我的生死
我的悲怆
也是我自己的选择

Staread
星文文化

天衣有风

NO.0882

凤囚凰

全3册·上

天衣有风 著

凤囚凰

江苏凤凰文艺出版社
JIANGSU PHOENIX LITERATURE AND ART PUBLISHING

图书在版编目（CIP）数据

凤囚凰 : 全3册 / 天衣有风著. -- 南京 : 江苏凤凰文艺出版社, 2025. 9. -- ISBN 978-7-5594-8915-9

Ⅰ. I247.5

中国国家版本馆CIP数据核字第2024H7M442号

凤囚凰：全3册

天衣有风　著

选题策划　澜　亭

责任编辑　王昕宁

特约编辑　赵丽杰

责任印制　杨　丹

出版发行　江苏凤凰文艺出版社

　　　　　南京市中央路165号，邮编：210009

网　　址　http://www.jswenyi.com

印　　刷　北京盛通印刷股份有限公司

开　　本　787mm×1092mm　1/16

印　　张　53.25

字　　数　1031千字

版　　次　2025年9月第1版

印　　次　2025年9月第1次印刷

书　　号　ISBN 978-7-5594-8915-9

定　　价　108元（全3册）

目录

|第一卷|

缓带轻裘疏狂事　天阔云闲向歌声

第二卷

彩云易散琉璃脆　大都好物不坚牢

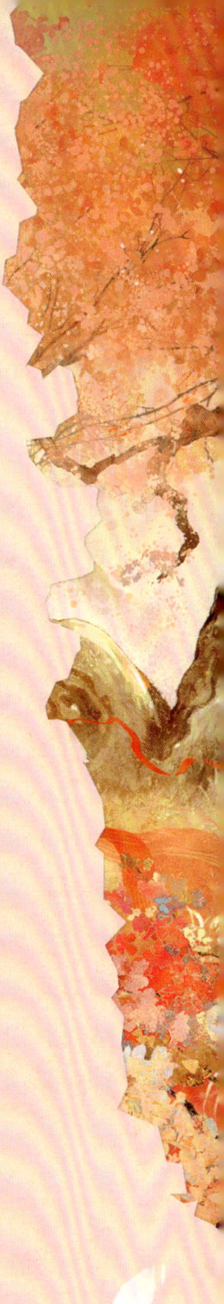

|第三卷|

东边日出西边雨　道是无晴却有晴

· 第一卷 ·

缓带轻裘疏狂事
天阔云闲向歌声

第一章　春色关不住

妙龄女子，一觉醒来，比发现身边睡着陌生人有多可怕？

现在的楚玉，便面临着这样的境况。

从甜美的酣睡中醒来，楚玉隐约感觉到身边有人。她以为是好友跟她闹着玩儿，便半支起躺得酥软的身体，睁开蒙眬的睡眼，随意地，甚至有些漫不经心地朝身旁看去——

楚玉一看，立即如遭雷击，周身的舒适闲逸不翼而飞。

睡在楚玉身旁的少年，看上去十七八岁，乌黑的长发披在肩头，形容秀美，眉如远山之黛，唇似三月桃花。

这少年生得像女孩子一样秀美绝伦，可是再怎么秀美绝伦，他都是个男人。

任何一个正常的女孩子，一觉醒来时，发觉身边睡着一个陌生的少年，恐怕心情都不会太过愉悦，即便这少年相貌十分秀丽。

楚玉还有些迷蒙的脑子顿时被炸得清醒过来。

震惊之中，楚玉慢慢地感受到一丝屈辱，这屈辱随后陡然被放大，为此，她全身都微微颤抖起来！

这究竟是怎么回事？

此时楚玉方发觉，身上盖的被子是非常精细的丝被，被面绣工繁丽精致，而身子底下的床，大得可以随意打滚。

这个少年是谁？怎么会睡在这里？

咬着牙，楚玉想推醒身边的少年，却听得身后传来声响，她的身体立时僵住了。

她慢慢地转过身，慢慢地调动目光，当看见身后躺着另一个男子时，楚玉终于无法再保持冷静了。

错愕、惊恐、屈辱……各种复杂而强烈的情绪在楚玉胸中激荡着，太过突然的变故让她无法接受，她的思维甚至陷入停滞状态，最后化作一声低哑的、极度压抑的叫喊：“啊——”她双手紧紧地抱着丝被，遮挡着自己的身躯。

躺在她身侧的两个少年被她的叫声惊醒，睁开眼来。而在两个少年坐起来后，楚玉看见，在床下又先后爬出来三个少年。

楚玉只觉得眼前一黑，几乎晕过去。所幸她自制力还算不错，强令自己不能在这个时候失去意识。饶是如此，她还是不由得有些恍惚。

这么荒诞的场景，居然就出现在她的面前！

楚玉用力地咬了一下嘴唇，坚硬的牙齿陷入柔软的唇中，微微的疼痛让楚玉冷静下来，神志略略清醒了一些。

待楚玉定下神来，见那五个少年中，有四人已经整整齐齐地跪在床边，而剩下的那个，便是楚玉最先看到的少年。只见他飞快地一展臂，将挂在屏风上的外衫拉下来，宽大的衣服像蝴蝶羽翼一样展开，披在他修长的身躯上。

衣袂破空之声打破死寂的安静。

终于，楚玉不知该往哪里放的目光无措地投向了他。

楚玉这时候注意到，那少年的衣服很宽大，制作精致典雅，纯白色布料，领口与袖口处却有一条大约一寸半宽的黑色镶边，其上绣着隐约滑过暗光的精美纹饰。

衣服往身上这么一披，少年立现神采飞扬的气度。他看上去十七八岁，容颜秀丽，还带着那么一丝无邪的纯真稚气，可是他的眼神那么高雅，好似蓝天白云，高山流水。

方才他闭着眼时，楚玉觉着他容色秀美，待他睁开眼后，楚玉却只能注意到他的神情高雅，不可攀附，仿佛那温柔的秀色，都被这高旷之气洗涤一空。

他是谁？

少年将衣服的领口用一只手拢着，另一只手将头发捋至颈后，偏头对楚玉微微一笑。相比其余四人的跪伏姿态，少年有一种洗练般的豁达。别人跪着，他站着，他是屋内唯一一个以平等的目光与楚玉对视的人。

少年慢慢地走过来，衣摆有少许拖过光滑无尘的地面。他温柔地看着楚玉，曼声道：“公主怎么了？是不是做了噩梦？”

空气中弥漫着舒雅慵懒的靡丽香气。楚玉闻听，心头陡然升起无可遏止的寒意，甚至在这温暖如春的室内，她也忍不住微微颤抖着。

也许……这本来就不是开玩笑？

第二章　魂魄今安在

这是一间卧房。

这卧房内的摆设繁丽精美，透着一派婉雅秀丽之象，墙边挂着鎏金凤灯，屏风案几端庄典雅，皆是古式家具。

之所以开始怀疑这并不是一个玩笑，是因为，楚玉彻底清醒过来终于想起，假如按照常理来说，她应该已经死了。

在这次醒来之前，她最后的记忆是飞机失事，那并不是什么好的回忆，可是她也必须面对。

飞机失事，然后，她来到了一个陌生的地方，屋内的摆设都是不可思议的繁华典雅，而她的手……

楚玉看着自己抬到了眼前的手。这根本不是她的手，这双手骨肉均匀，白皙纤丽，细嫩的肌肤上没有任何伤痕或粗糙的硬皮旧茧，简直养尊处优到了极点，绝不是楚玉自己所拥有的那双修长骨感的、有儿时摔倒留下伤痕的，以及长期握笔生出硬茧的手。

这是最大的不协调，也是莫大的证据。

这不是玩笑，她所认识的人里，没有人能和她开这样大手笔的玩笑。

生前的楚玉每每闲暇之时，喜欢看网上的流行小说，其中有写到穿越时空、借尸还魂、夺魄重生的，虽然故事都新颖有趣，但楚玉却丝毫不曾当真，只把它们当作是奇妙的幻想。可是当无法辩驳的证据落到了自己身上时，楚玉才想起这个不可能的可能。

陌生的环境、陌生的少年以及陌生的身体。

除了穿越，楚玉想不到别的更合理的解释。

楚玉眼前一黑，几欲晕倒过去，心脏剧烈地紧缩，巨大的变故让她几乎无法承受，可是她不得不强迫自己接受眼前的事实，并且开始思索。

少年说话的口音有些奇怪，发音与现代人说话截然不同，像是某地的方言，却又不是楚玉自己所知道的任何一种。可是，奇怪的是，楚玉却能够毫无障碍地听懂，好像她原本就掌握了这种发音似的。

楚玉知道，古代汉语的发音，在经历了千百年的变迁之后，与现代汉语是大不一样的，但这都不是她所要追究的重点。目前楚玉最关心的是：她是谁？她在哪里？这是什么时代？

楚玉的内心被极度的惊恐与不知所措充斥着，但是在理智被逼到极限的时候，却又无端地衍生出一种极端的冷静来，好像将理智抽离出来，变成另外一个灵魂，冷冷地旁观着，思索着，考量着。

这少年叫她公主，再看他的穿着，多半不是清代或元代的，这两个朝代首先可以排除。但是她现在的身份，难道真的是一个公主吗？

心念电转之间，楚玉的脑中飞快地晃过几个念头，她以尽量平稳的声音道："你们都起来吧。"话才出口，她便有些后悔，要是让他们听出发音不同该怎么办？可是片刻之后，她又猛然发觉，自己说出来的话，语调发音，也因为这身体的改变而改变了。

发音的变化这个疑问先暂时搁置了，因为楚玉分明瞧见，在自己说了让四个少年起身的话后，最先站着的那少年，漆黑的眼眸里闪过惊诧之色，虽然只有短短的一瞬，可是也被敏感的楚玉捕捉到了。

她说错话了吗？

楚玉心跳加快，不安地猜测着，只见那少年的惊诧之色一闪而过后，面上神情似笑非笑："公主今日看起来有些不同。"他偏头随意吩咐那四名少年："你们先出去，待会儿有事便会唤你们进来。"

他的话似是极有威信，四名少年原本听楚玉让他们都起来，并未有何动作，但一听到他的话，当即纷纷站起来。楚玉甚至能听到他们微微松了口气的声音，这让她心中越发疑虑与不安。

四人绕过门口竖立的屏风，陆续离去，屋内只剩下楚玉与那神情高雅的少年。尽管少年的样子纯良无害，可楚玉依旧觉得很不自在，她轻轻地开口道："你也出去。"她需要一个足够让她冷静的空间，既然这少年叫她公主，那么相信她还是有些权威的。

"公主？"少年愕然，似是料不到自己也遭到这样的对待，看着楚玉的眼神随即变得有些奇异，好像指控楚玉做了什么不对的事一样。楚玉被看得十分心虚，但是此时此刻，她自顾不暇，已经没有多余的心思去顾虑别人的感受了。

等了好一会儿，没等到楚玉收回成命，少年的神情中流露出丝丝奇妙莫测。他微微点了点头："既然如此，容止告退。但是，公主倘若有什么事，请随时传唤容止。"

自称容止的少年说完，便不疾不徐地跟在先前四名少年身后，离开了这间卧房。他走得不快不慢，阴暗的光线里，他的背影孤绝料峭，与温和的面容大不相同。

随后，这间宽大的屋子里，就只剩下楚玉一人，孤独无助感像云一样卷上她的身体，楚玉深呼吸了几下，才用力地压制住胸口疯狂滋生的软弱。

即便是旅行时迷失在森林中，在黑暗之中只身摸索脱险的道路，她也不曾有过这样惨淡的情绪。

因为这已经超出了她所能掌控的能力范围。

距离床边不远的地面上摆放着一张方形的案几，上面整齐地叠着几件衣服，大件小件层层叠叠的，让楚玉看得有些眼晕，一下子不知道应该先穿哪一件。

不等楚玉深思，被屏风遮挡的门外传来怯生生的女声："公主，幼蓝来给您更衣了。"

楚玉原想不答理，忽然念头一转，抿抿嘴唇，朗声道："进来。"

绕过门口竖立的插屏，出现在楚玉视线之中的，是一个相貌清秀、神情胆怯的十五六岁少女，这便是自称幼蓝的人。幼蓝穿着浅蓝色的衣裙，端着一只铜盆。她身后还跟着两个少女，两人手上一人捧着一块叠起来的手巾，低头跟在幼蓝的身后。

幼蓝走进来后，先是小心翼翼地看了楚玉一眼，随后将盆放在墙边的六脚盆架上。

楚玉阻止了她接过布巾放进盆中浸湿的动作："你们两个出去……幼、幼蓝你留下来。"试图用一种熟练的口吻叫出幼蓝的名字，楚玉觉得很别扭。

两个少女不敢有异议，欠身拜了一拜，便慢慢地退出门外。楚玉冷淡地吩咐幼蓝："你过来，靠近一些。"

幼蓝神色间飞快地晃过一抹不安。她慢慢走到床边，端端正正地跪下，唯恐触怒楚玉。

少女惶恐的态度，让楚玉慌乱的心得到了一丝安慰。方才在面对那名叫容止的少年时，少年不卑不亢的态度，让楚玉无法把握与掌控。她想得知自己是谁，这里是什么地方，最快最直接的办法，莫过于询问身边的人。但楚玉谨慎考虑，深知自己的问题也许会招来怀疑，容止看起来一副不好糊弄的模样，相比之下，眼下诚惶诚恐的幼蓝，才是最好的询问对象。

楚玉从来没想过，自己会有这么一天，慌乱害怕得要从别人的胆怯中获取自信和勇气，可是现在事实正是如此。

她需要勇气，让她面对这一切。

稳定住情绪，楚玉微微一笑："幼蓝，我问问你，你今年多大了？"

幼蓝神情有些畏惧，怯生生地道："回公主，十六。"

楚玉沉吟片刻："你来我这里，有多久了？"

"三个月。"

巧妙地引导，有一搭没一搭地问着话，片刻后楚玉转向正题："我问你一些事，答得好了，我不会亏待你，要是你敢有半句假话或欺瞒，可就要多加小心……看着我回话！”最后一句话，她突然抬高音调，语气冷厉，从威慑入手。

面对不同的人，要用不同的办法，虽然吓唬一个年纪比自己小的女孩不太厚道，但是楚玉也顾不上那么多了。

最后的低喝让幼蓝胆怯地瑟缩了一下。她不敢抗命，怯怯地抬起脸望向楚玉：“公主请问。”

见想要的效果差不多达到，楚玉便缓和语气，直接切入主题：“我是谁？”

幼蓝愣了愣，很不理解楚玉为什么会问出这样的问题：“您是公主啊。”

楚玉心中暗道：你们一直叫我公主，不问也可以知道。她点出了重点：“我问的是，我的名字，我要你说出来。”

幼蓝赶紧伏拜在地：“幼蓝不敢直呼公主的名字。”

楚玉淡淡地道：“我叫你说，你就说，我不怪罪你就是。”她心中急切，想要知道答案，面上却不得不维持着随意淡然的神情，不让焦虑流露出来。

“公主……”声音犹在为难。

在幼蓝迟疑之时，几个呼吸的工夫，楚玉的耐心已经被消磨殆尽：“说！”

楚玉一声低喝，这喝声之中的决断冷厉吓得幼蓝全身打一个哆嗦，跪在地上快速道：“公主姓刘名楚玉，封号山阴。”

山阴公主刘楚玉？

有一秒钟的时间，楚玉的脑海里，是一片空白的，就连眼前一切，也好似瞬间失去了视觉。

山阴公主——刘楚玉？

历史上，是有这个人的。楚玉知道刘楚玉是谁。

三国之后，隋唐之前，两晋南北朝时期的人物。

这个时代拥有太多被埋没的华彩，有掷果盈车的潘安，有明珠美玉的卫玠，有凤止阿房的慕容冲、侧帽风流的独孤信、音容兼美的兰陵王、广陵绝响的嵇康、《兰亭集序》的王羲之，也有……山阴公主刘楚玉。

历史上大部分的公主，都是只有封号而没有名字记载的。而山阴公主刘楚玉，这位生于南朝宋国的公主，她的名字却流传到了一千多年之后。这并不是什么好的名声，刘楚玉之名，在一千多年前就以一种耻辱的姿态，被钉在了罪柱之上。

这位公主最出名的功绩，便在于她的弟弟刘子业当上了皇帝后，她对刘子业说：“我跟陛下虽然男女不同，但是我们都是同一个老爹生的，为什么你可以拥有那么多女人，我却只能每天守着驸马一人，这真是不公平！”

虽然宫廷之中，偷偷寻欢作乐的女人不算少数，但是像山阴公主这样光明正大问皇帝要男人的，前无古人，后无来者，简直可说是剽悍！不是一般的剽悍！

首富的女儿都不敢这么干，但是一千多年前的山阴公主竟然干了，不仅干了，还干得理直气壮。

而身为皇帝的弟弟刘子业听了他姐姐的话之后，竟然认为很有道理，随后立刻知错就改，精心挑选了三十名俊美少年。

对于楚玉来说，山阴公主的身份倒在其次，她甚至几乎忘却了方才所感受到的羞耻与屈辱。然而从他人的口中确定了自己所处的时代后，她的整个灵魂处在急遽的动荡之中，好像周围的世界寸寸断裂崩毁。

一千多年！

时光是多么恐怖！

身体不是自己的了，环境也发生了巨大变迁。

也许她应满足，毕竟她本来已死去，但是生命却以这样的方式得到重生。这条命，可以说是捡回来的。

可是……

她的家人朋友，她的一切，都离她那么遥远，远到即便楚玉竭尽所能伸长手臂，伸到断了，也没有能力触碰到一千多年后二十一世纪的残影。

父亲低沉威严却暗藏亲情的询问，母亲有些絮叨的殷殷关切，兄弟姐妹偶尔飞过的只言片语，朋友欢笑的眼神……全都没有了。

多么汹涌澎湃的灭顶之灾。

那么多的眷恋和羁绊，被时间之刀狠狠地斩断。

痛得她鲜血淋漓。

第三章　来路不可溯

山阴公主变了，就像彻底换了一个人一样。

几日之内，公主府上上下下，都有了这样新的认知。

自从有一日早晨，她将侍寝的五个男宠都赶出门，甚至连平日里最纵容宠爱的容止也没能留下后，山阴公主就变了。

她不再整日纵情享乐，而是将自己关在屋子里，也不叫人服侍，只让幼蓝几个侍女送入三餐和打理她的起居，不肯见一见从前几乎离不开的男宠。几名男宠前去求见，都被挡了回来。

一连五日，皆是如此。

到了第六日，男宠之中有一人按捺不住了。

柳色是山阴公主后宫的男宠之一，他今年十七岁，容颜生得丰润娇艳，喜欢穿碧色衣裳，眉目波光流动之间娇媚无比。楚玉发生变化的那日，他没能轮上侍寝，这些天来屡次求见楚玉不成，心中不免惊疑猜测，便忍不住去找容止。

公主府内苑分别有东上阁与西上阁，贵为公主的楚玉住在东上阁，而相对的西上阁，则住着她的驸马和男宠。

柳色找到容止的时候，容止正靠坐在庭院的竹林中。竹影疏落里，他手握着一卷竹册，低头专心阅读着。

柳色是后来的，在他到来的时候，容止就已经在山阴公主身边了。山阴公主对容止的宠爱让人难以琢磨，她不仅赐给他西上阁最好的院子，还因为容止喜欢看书，就命人给他四处搜集流传较少的书籍。

甚至，她还免去了容止的一切礼节，令容止可以不用对她行礼。

论容貌，容止并不是男宠之中最娇艳美丽的，而他对山阴公主，甚至也不够恭敬小心，可是不管之后来了多么美丽的男宠，山阴公主对容止的偏爱，依旧丝毫没有减少。

容止的来路与身份，对于众男宠而言都是一个谜。他们不知道这个少年的底细，只知道容止在山阴公主心中的地位举足轻重。容止说一句话，抵得上他们说百十句话，而山阴公主的心意，容止看一眼便能通透了悟。

公主这些天来性情大变，让府内的男宠也跟着猜测不休，不知道她又要做些什么。柳色出身寒门，依靠色相成为山阴公主的男宠，这个身份虽然让人不齿，但却很实惠。因为他的身份，柳色家中的兄长已经做了小官，过得颇为滋润。因此，山阴公主不再召他们取乐，让柳色很担心自己是否会就此失宠。

但是楚玉让人在门口挡驾，他也不敢仗着公主平日的一点宠爱硬闯，只有来找从前一贯看不顺眼的容止。

走到沐雪园门口，安静隔世的气息便扑面而来，跨进大门后是一片清雅的竹林，林中放着一块过膝高的青色石台，可容坐卧，容止平日里便时常在此看书。

容止低头专注地看着竹简，侧面优雅的轮廓泛着玉石一般温润的光泽，呈现在扶疏的枝叶空隙之间。他看起来是那么悠闲自在，山阴公主的拒不相见，似乎没有对他造成丝毫影响。

柳色踏入林中，发出轻微的声响，打破满园的静谧。容止抬起头来，执竹简的手微微一顿，随即转过头，瞧着柳色浅浅微笑："有什么事吗？"

来向自己一直看不顺眼的人求助，柳色心里是有些别扭的，但他连男宠都安心地做了，又怎么会在乎这些别扭？只迟疑片刻，他就放开顾忌："我想请你去看看公主，这些天来，公主足不出户，也不再召见我们，你难道不觉得奇怪吗？"

容止慢慢站起来，他一手拿着合拢的竹简，宽大的雪白衣袖轻柔地垂着，随着风吹而轻摆，仿若云一般轻缓，月一样柔和。柳色看得直眼热：这雪蚕丝所织成的布料极为难得，整个公主府就只有两匹，只因为容止所居住的园子名称里有一个"雪"字，山阴公主便将布料全部送给了容止，让他制成衣服，穿在身上。

这并不是单纯的名字的缘故，柳色相信，即便他们所有人的名字里都带着"雪"字，山阴公主也不会赏赐给他们一丝半缕雪蚕丝。

假如这小小的公主府西上阁是一个后宫，那么公主的驸马便如同那皇后，握有实际权柄，最为得宠的妃子就是容止。剩下的他们，不管多少人，都是容止照人光彩下的点缀。

容止将竹简放入宽大的衣袖中，微微一笑，道："公主自然有她的打算，我们又何必打扰她，给她增添麻烦呢？"

柳色愤然，忍不住脱口而出："你当然不必担忧，但我们……"话语忽然中止。

在发觉自己把心底不甘的怨怼说出来时，柳色就后悔了。他虽然不喜欢容止，可是也知道他在府中的地位，几乎一句话就能左右他的命运……他不该在这个时候发作出来。

可是压抑不住，他恨容止。他的眼神总是那么高雅，恍若山巅不可攀附的冰雪，每每让他看了，都不由自主地自惭形秽。

明明都是男宠，为何他可以看起来如此洁白无垢？

容止发出一声轻笑，他好像完全没有将柳色的愤恨放在心上，脚步不疾不徐地走向门口：“好，那我就依你所言，去看一看公主。”

走出西上阁，穿过中庭，容止风度翩翩的身影来到了东上阁，找到山阴公主的卧房。因为容止拥有在府内随意来去的特权，院子门口的守卫没有阻拦他，自动放行了。

站在紧闭的房门前，容止光洁漂亮的下巴微微仰起，眉间却含着沉思之色，有些迟疑。

他确实是最了解公主的，也确实是最受宠的。可是在那日早晨，公主惊叫一声后，他便发现，他好像忽然看不透那个美丽的女子了。

容止微微皱起眉，回想起那日的情形，他被叫声惊醒的那一刻，第一眼瞧见的，就是那美丽女子的惊恐慌乱，甚至……错愕的神情，那眼神……

容止仰起脸，深深地吸了一口气，嘴角溢出一抹浅浅的微笑。

真是不愿意回想。

收回思绪，容止有些涣散的目光，又重新聚集在面前的门上。

其实这些天来，他心中不是不奇怪的，公主的失常，他比任何人都更深刻真切地看在眼里，只是他心志沉静坚定，表面功夫做得极好，没有如柳色等人一般流露出惊疑焦虑之态。

今日柳色找来，让容止偶然想起了一件事，那就是，全府上下，假如连他都不肯来探究山阴公主发生了什么事，那么就没人敢第一个以身犯险了。

容止叹了口气，抬手推开门。

屋内是黑暗的，冷寂的，没有点灯，甚至撤去了公主平日偏爱的熏香。

容止不由得皱眉。

当外界的光亮伴随着门轴转动的声音精灵一般投入屋内时，容止听到那宽大的屏风后，传来低低的声音：“谁？”

那声音分明是熟悉的，却又如此陌生。

低柔微哑的调子，那是他听过了许多次的，只是没有一次如现在这般，这般……

好像来自极为遥远的地方，冷静，坚定，内敛，并且，有着破茧重生的释然。

一瞬间，容止以为自己来到了另外一个世界，见到了另外一个人。

“谁？”也许是因为沉默得太久，屏风后的人等不到回答，又问。

容止站在门口，伸手推了一下挡在门口的屏风，可是这屏风太过沉重，他只推开了一小段距离，便没了气力。一道阳光从不算大的开口处洒进来，容止低头凝视着自己修长的手，轻轻叹了口气：“是我，公主，我是容止。”

他缓步走向内室，又绕过一道屏风，便瞧见了公主的卧房，不太意外，却又有些意外地在床上看见了楚玉。

虽然已经成婚，并且广纳男宠，但是山阴公主目前还是少女的样貌与年岁，容止入目所见，便是那美丽的少女，身着白色深衣，乌黑的长发宛如丝缎一般披散着，坐在床边。

黑暗之中，少女的容颜还是欺骗世人的舒雅温文，可是眼神那么冷静清澈，与容止从前熟悉的迷离浅笑，截然不同。

同时容止也发现，几日不见，公主温雅的脸颊清减了不少，他暗暗疑惑：在山阴公主身上，究竟发生了什么事？

“是你。”楚玉看了一眼容止，这少年的风采还是那么清雅高华，气度还是那么从容淡泊，与她来到这里第一日所见一般无二。他没有戴巾帽，仅仅将乌墨一般的头发盘结成髻，以一支玳瑁发簪固定。

但是现在的楚玉，已经不像几日前那么惊慌，她甚至可以冷静地审视少年，打量他的模样，思忖他的身份。

虽然对于山阴公主的习性有些郁闷，可是楚玉不得不承认，这个女子的审美品位极高。假如不知道容止的身份是男宠，她几乎会错以为，这个眼神高雅的少年是哪家显贵士族的公子。

“你是怎么进来的？”楚玉扬扬眉毛，假如她记得不错，她应该吩咐过，让人在外面挡驾，谁都不见的。难道守卫给她摸鱼去了？

容止并未作答，他往前走了两步，站在楚玉身前三步外，温柔地道：“公主，你已经好几日没有出屋了，我们都很担忧……”

楚玉淡淡接道：“担忧什么？”

容止笑了笑，宛如月光流水一般宁静悠闲。他的语调也十分悠闲安然，甚至有一些随意：“担忧辜负春光，再过一些日子，到了炎夏，便不那么有趣了。”

楚玉原以为他会说担忧她的身体，却没料到他说这样一番话，惊讶之余，也不由得莞尔：“你说得对，时光如水，不待我辈，我确实不能一直这么关着自己了。”

容止眸光微闪：“其实容止也十分奇怪，这些日子公主在房中，想了些什么呢？”

“想了什么？”楚玉微微抬起脸，从下巴到颈项，构成一条优美的曲线。她霍然轻松地笑了起来，“想了很多，有过去，有现在，告别已经无法挽回的，放弃终身不得见的，接受已经发生的，面对并非梦境的。”身为二十一世纪的楚玉，所拥有的一切，都在睁开眼的那一瞬间，失去了。

她的亲人、朋友、熟悉的生活环境以及她的生命。

倘若迷路，第一要务便是冷静，不要像无头苍蝇一样四处乱跑，冷静地观察周围的环境，做出最有利自己的判断，并果断地采取行动。

即便穿越了时间与空间，在历史上迷失了道路，也应该一样。

只是这迷路，让她失去得太多了，以至于她花费了足足五天的时间，来整理自己的思绪。

仓皇，震惊，痛苦，迷惘，清醒，冷静，抛弃，决断，思索。

死了，又活了。

回不去，怎么办?

正视自己，面对当前。

将一处处痛到麻木的伤口被揭开，让冷静的思维手术刀慢慢切割。

从不知所措到将思绪整理得条理分明，楚玉的灵魂经过了一次几乎可说是浴火重生般的磨砺考验。这过程不能说不痛苦，幸而已经过去。

尽管已经做好了面对的准备，做了许多的心理建设，但是出于本能的惰性与对周围一切未知的排斥，楚玉始终不愿意推开门走出去。

直到容止进屋。

他将门推开，把阳光放进来，也好像推开了她心中紧闭的不愿开启的门扉。

楚玉站起来。

她没有穿鞋，赤足披发，走在光滑冰凉的地面上，沁凉的丝丝寒意从脚心蹿入身体里，却让楚玉更为清醒与坚定。

她走到门口，绕过歪斜的屏风，便见好大一片春光扑面而来，新抽的嫩绿映入眼帘，温柔清澈的日光一下子照亮了心底晦暗的角落，扫净沉闷之气，楚玉只觉得胸口豁然开朗。

多么美丽的景色！这些天来，她把自己关在了屋内，也把这大好的光景关在了屋外。

她转过头看向容止，真心实意地说道：“多谢。”透亮的阳光打在她白玉般清丽的脸上，让她雪白的肌肤看起来好像半透明一般。

假如不是他闯入，她不知道还要磨蹭多长时间。

说着谢语的，不是山阴公主刘楚玉，而是千余年之后，穿透那如水的时光，越过不可逾越的障碍，来到此地的另一个楚玉。

第四章　活色暗生香

“越捷飞，陪我走走。”楚玉向身旁穿着蓝色紧身武士服的青年道。随后也不等他答话，自己便走上了蜿蜒的石子小径。

名叫越捷飞的青年，有着挺拔英武的身材，收身剪裁的衣服显出他漂亮的长腿、窄腰和宽肩。他的面容虽然不是绝顶好看，但是别有一种飞扬英挺的俊气。

楚玉还记得她来到这个世界几天后，头一次走出屋子时，越捷飞好像鬼魅一般，无声无息地出现在她身边，吓得她险些心肌梗死。后来弄清楚越捷飞是她的贴身护卫，才稍稍安下心来，明白这大约是传说中高来高去的轻功。

只要走出起居室，越捷飞就会立刻出现在她身边，不分白天黑夜，不论什么时候。而只要楚玉回房，越捷飞就会自动消失，绝不浪费一秒时间。楚玉曾经尝试过清早突然跑出屋子，才踏出门口，往身边一瞧，就看见了那非常容易辨认的宽肩、窄腰、长腿，让楚玉不得不承认，越捷飞对她的保护真的是二十四小时贴身，完全不带休假的。

楚玉曾经私下里猜想，这么贴身地进行保护，越捷飞平时都是在哪里休息的？难不成他每天就在她的屋顶上睡觉？万一天下雨怎么办？不过遗憾的是，楚玉自穿越过来到现在，遇上的几场雨都是在半夜落下，那时她睡得正香，哪里可能特地爬起来证实自己的疑问？

曾经有那么一个笑话，是说一个砍柴的樵夫，幻想皇帝的生活是每天吃一大碗红烧肉，然后带着大臣们用金斧头砍柴。

这样的误解自然是因为眼界的局限造成的，楚玉虽然不至于像故事里的樵夫那么无知，但公主是怎么生活的，她也是亲身体验后，才有了切实感受。

公主府占地面积可以称得上辽阔，就好像土地不要钱一样。前世在现代城市里寸土值寸金，贵得不得了，有人工作一辈子，也不过是为一套房屋努力。此时放眼望去，亭台楼阁、园林假山都是属于她的领地。楚玉每每想及此，都忍不住心花怒放。

而公主的衣食，也是超出想象的奢华，三四十个菜式，那是最简单的早饭、夜宵，正餐菜式至少过百，这还是楚玉自己一个人吃饭的状况。衣服更是每天翻新地换花样，都是簇新的衣料，没有哪一天的衣服是相同的。楚玉问过幼蓝，得知那许多精美的衣裳，山阴公主一般只穿一次，穿过之后便送到仓库里堆积灰尘，让楚玉小小地心疼了一把。

在适应了没有现代设施尤其是没有电脑的生活后，楚玉过得极为滋润。

“奢侈，真奢侈；腐败，太腐败了。”楚玉一边这么感慨着，一边笑眯眯地享受着穿越重生的福利，新身份所拥有的一切，只除了一样——男人。

虽然走出了屋子，但是楚玉走得并不太远，她忘了解除禁令，导致来找她的男宠还是如前几日般被挡驾。至今为止，楚玉依然没有见除了容止山阴公主其他的男宠，最初醒来那日虽然还看见另外四人，但他们的模样在楚玉脑海里一团模糊。

好吃好喝好睡，楚玉将全部的精力投入在品尝古代天然无污染食品的活动上，过剩的营养迅速将前些天忧思造成的瘦削补了回来。只不过腐败了几日，楚玉的脸颊又恢复了柔润动人的光泽。假如继续这么腐败下去，她怀疑自己的身材很有可能开始往横向发展。

所以楚玉停了下来。不光是为了保持身材，也是想要活动活动身子，去见一见公主府上的其他人。

这其中十分重要的一部分，便是那些男宠。

前夜下了一场雨，虽然已经过了一日光景，铺就小路的石子之间还残留着微凉的湿意。庭院里树木新抽的绿叶笼罩着一层动人心魄的苍翠，这样清新可人的碧色，只有在江南的春日才堪拥有。

走了不过三两步路程，楚玉忽然想起，自己身为公主，巴巴地跑去瞅自家男宠，岂不是太过奇怪了些？她顿住脚步，唤来幼蓝代为传话，说她要在府内办春日酒宴。

幼蓝小心地问：“此事是否还与从前一样，交给容公子打理？”就幼蓝所知，公主府内苑的许多重要事宜，都是交由容止办理的。

楚玉略一迟疑，随即微笑点头：“对，交给他。”眼下她对一切都还较为陌生，事情交代给熟手会比较省事，但是楚玉也在心里揣度，山阴公主给那容止的权限，是不是稍微大了一点？不仅能够无视她的禁令在府内任意走动，还经常经手山阴公主交代的事务。这少年在众多男宠之中，必然是有什么不同的。

不过楚玉暂时不打算有所动作，凡事皆应先谋定而后动，她计划先考量一番。

楚玉下达命令后，容止便去代为执行了。他效率很高，不过两刻钟的工夫，在一片杏花林中，便摆开了坐席。缤纷的花树之间，一尺高的长几呈两列排开，长几上摆放着美食佳酿，而一个个或美丽或俊俏的少年，也纷纷入座。

楚玉静静地坐在首座。身为公主，她本不必这么早来，但是楚玉心中另有计较，便让幼蓝领路，几乎是第一个入席。坐在长几后的锦垫上，她眼睛一眨不眨地注视着庭院的门口，看着每一个来人，用自己的眼睛去衡量、判断。

这个时候，虽然椅子已经从游牧民族那里传入，可是并不流行。人们要做什么事，比如谈话、办公、吃饭等，都是跪坐着，且是那种双腿并拢，脚后跟贴着臀部的坐法。

因此，在公主召开聚会时，即便是公主本人，也必须跪着。

楚玉一边暗暗挪动跪得僵硬的双腿，以此来缓解麻木的感觉，一边腹诽这个椅子还没有开始流行的朝代，虽然双腿之下有柔软的垫子垫着，可是被身体的重量压迫久了，血液循环迟滞，仍然是一件十分痛苦的事。

跪坐了才一会儿，楚玉便有些受不住了。她偏头看已经将所有琐事交代分派完毕，坐在右侧席首位的容止，他脸上的神情安宁平和，丝毫没有不适之色。她偷偷地撇撇嘴：难道这些跪坐的古人，腿都不会发麻的吗？还是麻着麻着就习惯了？

楚玉胡思乱想了一会儿，便有人入席了，这才转移了她的注意力。

一个两个三四个，五个六个七八个，九个十个十一个……虽然史书上载山阴公主刘楚玉一共三十个男宠，乃是皇帝一次性批发给她的，但是楚玉问过幼蓝，事实并非如此，公主府上的男宠，一共二十四名。虽然有半数是皇帝一次性送的，但也有半数，是山阴公主自己陆续从四处精挑细选来的。

其中容止，便是山阴公主最早带回府中的。

各色美少年、美青年从庭院门口接连亮相，看得楚玉心中惊叹不已，并且再一次肯定了这位公主的审美，不仅品位极高，而且趋向于多样化，几乎每个类型的都要来那么两三个，同类之中又有细微不同，风格各异，真是异彩纷呈。

山阴公主就好像是一个挑剔的收藏家，不断收集家中缺乏的艺术品，每一种风格的，她只要两三样，务必做到种类齐全化，风格多样化。

原本以为容止的容貌便算十分不错了，怎料见过其他男宠后，楚玉才晓得“人外有人，天外有天”的道理。假如撇去气质这一项，光以皮相论断，公主府内比容止强的男宠，不在少数。

这些男子的年龄，不一而足，普遍都不算大，楚玉摇摇头：显然山阴公主不是一个全年龄爱好者，甚至，有“啃嫩草”习性。

男宠加上容止一共二十四名，其中两人据说病了，容止提前代其向楚玉说了声不能来，但至于是真不能来还是别的什么原因，楚玉无从判断，只是暗笑一声，记住那两人的名字。山阴公主的那位驸马何戢也不在府上，来了这些天，都没有瞧过这名份上的正牌丈夫，让楚玉有些遗憾。不过从这个角度亦可以说明，山阴公主和这位驸马爷的感情不怎么样——这是当然的，不管哪个男人，看着老婆当着他的面出轨，他和老婆的感情都不会太好的。

可怜的何驸马……看着面前两排各有风采的美少年、美青年，楚玉不由得深深同情起了那个尚未谋面的男人。他头顶上的绿帽子，算算摞起来该有一层楼那么高了吧？

最后出现在席上的，是两个神情娇媚、容貌艳丽的少年。他们一个穿着浅粉色衣裳，一个一身仿佛要滴下来的翠绿，并肩朝楚玉走来。此时，楚玉正端起酒杯啜饮一小口果酒，还没来得及品出味道，便见这一粉一绿走了过来，险些岔气呛住，她赶紧低头，强行咽下那口液体，这才缓了口气。

楚玉舔舔嘴唇，也没什么心思喝酒了，她看着已经走近的两个少年：逼人艳色，炫目夺神，不管哪一个，单看都是了不得的美人，但是……红配绿，这是谁想出来的搭配？

那一身翠绿的妩媚少年正是求容止去见公主的柳色，他得知公主要在杏林之中设宴，连忙梳妆打扮，甚至还洁身沐浴了一下，这才匆匆赶来，以至于有些迟了。而与他一样迟到了片刻的，是一直与他争宠争得十分厉害的墨香。

两人从两条相对的小道上走出来相遇，看见对方都是精心打扮，各自以仇恨的眼光剜了对方一眼，随后谁都不肯落后，加快脚步，几乎是同时来到席间。

假如要问柳色在这公主府中最看不惯什么人，这个人既不是驸马何戢，也不是备受公主宠爱的容止，而是这个墨香。

何戢这个驸马做得窝囊，于他们没有半分威胁；而容止虽然极为受宠，平日为人却很是舒雅清简，除了偶尔向公主要些书，从不去主动争取什么。他所有的一切，都是公主自己主动给的，柳色对于容止，与其说是憎恨怨怼，倒不如说是出于不可攀附不可企及的绝望妒忌。

然而这个墨香，却是真正能威胁到柳色实际利益、目前最为柳色痛恨的。

府里的人几乎都知道，山阴公主挑选男宠，不喜欢有太多的重复，那么越是独特的，就越为珍惜宠爱。柳色与墨香同样是以艳色夺人，虽说在姿色上，柳色胜出半分，但是墨香却有一项特点是他所没有的，这成了墨香最有力的武器，也是他最大的资本。

此时席间还有两个空位，但是两个艳丽少年，连看都不看那空位一眼，同时向楚玉行了礼，就从两旁分头而行，绕过案几，在楚玉身边坐下。

两人才靠近，楚玉便闻到一股甜腻柔润的芬芳，那香味不同于平日所用的熏香，不带烟火之气，却又比花香温厚悠长，还隐约带着暖意。

楚玉略一思索，忽然想到一个可能，忍不住偏头朝墨香看了又看，大约是路上走得急了，墨香的额头鼻尖，渗出一层微微的薄汗，轻风一吹，便有一阵馨香飘来。

清代有一位新疆的绝色美人，体有幽香，不施香料而自发香气，迷住了乾隆皇帝，被封为香妃。但楚玉没想到在一千多年前的南北朝，竟然有这么一个男性版的香妃，身在山阴公主的后宫里。

楚玉现在有点佩服山阴公主了：因为每个人自身体质的不同，能够天生散发动人体香的人少之又少，但这样少见的人，却被山阴公主这个“美男子收藏家”给弄到手，收入了后宫。

柳色、墨香来时，也发觉了楚玉与从前的不同，两人心有顾忌，不敢贸然亲近，只保持着大约一尺多的距离，跪坐在楚玉的两侧随侍。但是柳色万万没想到，他们才一坐下，楚玉便立即扭过头，冲墨香看个不停，完全不顾另一旁的他。

相较于墨香的欣喜，柳色暗恨，面上却不便发作。从前此等聚会，他与墨香都随侍公主两侧，墨香虽然会与他争夺公主的注意力，可是他容颜生得娇媚，艳色比墨香更胜一筹，也不会被忽视，却不料今日……

柳色暗暗生气之时，楚玉还在看墨香，之前看着两人粉配绿的出现只觉得好笑，没有细看两人的容貌，现在从近处仔细瞧了，却让楚玉从心底生出另一种惊叹。只见墨香姿容俏丽，眼中波光流转，散发出的香气柔媚动人，肤如凝脂，这么近的距离也完全看不到毛孔，这样的美人，实在是世间难得，只是，呃……是不是太弱了一点？她现在感觉有点性别倒错了，一个男人比女人还妩媚，让她几乎错以为她才是男人，眼前的柔媚少年，却是一个不折不扣的女子。

山阴公主喜欢这个调调吗？楚玉暗暗思忖着，她抬眼看一圈席上的其他人，目光扫到容止的时候，又觉得自己想得不对，同是男宠，容止的风采气度，与墨香、柳色便截然不同，而席上诸人，亦是气质容貌各异。

这些人对楚玉的态度也有所不同，如柳色、墨香者是殷勤备至，也有人并不那么热切，甚至有面色僵硬，神情抗拒者，想来是被迫成为男宠，不肯完全屈服的。

可是这其中最为独特的，却是容止。他的神情是那么从容自在，淡定温和，好像周围的一切，皆与他没有关系，他独自一人，在清幽林间漫步徐行。

“公主。”身边带着几分幽怨的轻唤让楚玉想起了柳色。她偏转过头，见柳色双手端起琉璃杯盏，眉眼妩媚，娇艳欲滴的朱唇轻轻开启：“公主，您前些日子闷在屋里，让柳色很是担忧啊，柳色是着急得没办法了，才求容止去找您的。还望公主不要责怪。”

这回近处看了，楚玉才发觉，柳色容色更在墨香之上，恍若春光柳色之中最浓艳凝翠的一抹。大大的眼睛黑白分明，勾魂摄魄，睫毛浓黑长翘，嘴唇莹润娇艳。柳色的衣领微微敞开，露出小片白皙光洁的胸口肌肤，里衣领口的阴影下，还隐约可见漂亮的锁骨……这简直就是富有冲击力的美貌。

好在她方才看了一会儿墨香，有了点免疫力，这才不至于当场失态。定定神，楚玉眉毛轻挑，随口道：“原来如此，是你让容止来找我的，为什么你不亲自来呢？”

柳色愣了一下，旋即又笑道：“公主在拿柳色说笑吗？公主不让我们见，我们又岂可擅闯？”他的语调转瞬间变得有些哀怨，“公主这样可不公平，容止时时都能见着您，但柳色却要苦苦思念等待呢。”

目光越过楚玉的肩头，柳色看见墨香讥诮的笑。两人的视线对上，墨香不屑地抬起头，嘴唇无声开合：“别以为我不知道你的念头，你不就想和容止一样在府内有特权吗？”墨香和柳色自从见面以来，两人便一直在斗，彼此都十分了解对方的想法，柳色才说出这饱含暗示的话，墨香便知道他打的是什么鬼主意。

柳色也不管他，只冲着楚玉嫣然一笑，以此作为向墨香的示威。

楚玉沉思片刻，慢慢道："你说得很对……"她说话间顿了一下，却让柳色心跳一下子加快，他原本并没有想要得到与容止一样的待遇，只希望以这个为由头，以退为进地趁机要些好处，可是现在听楚玉的意思，似乎是有些赞同的味道，这让柳色也不由得紧张过度，猜想难道公主打算将他的地位提升到与容止一样了？

楚玉顿了一顿，嘴角勾起一抹玩味的微笑，接着道："你说得很对，我确实该一视同仁。"就在柳色做好了准备，打算要感激涕零时，却听见楚玉淡淡地道，"今后，把容止在府内的所有特权取消，如此大家就都一样了。"

她这话一出，几乎席间所有人，都对此产生了反应。

柳色极为惊愕，也极为不安，他没想到这番话不但没使自己捞到好处，还牵连容止失去了一切特权。也许这并不影响容止在公主府上的地位，但是会不会因此让容止记恨上他了？

况且，容止在府上男宠中极受尊重，假如因为他而遭到损伤，自己今后也许会遭到大部分人的联合抵制。

柳色一下子慌了神，他这一招不单是损人不利己，还有可能招来敌视，实在是太失策了。

相比柳色的惊愕不安，墨香却在偷偷暗笑。

席上诸人，也是反应不一，有的人不平地看向楚玉，有的人愤怒地瞪着柳色，也有少数幸灾乐祸不小心流露出一丝喜色的……

楚玉垂下眼帘，眸中笑意一闪而过。只是一句话，便好像巨石入水，激起汹涌的浪花。突如其来的惊变会让人难以掩饰自己的情绪，根据不同人的反应，可以初步判断他们对公主以及对容止的态度。

虽然从幼蓝口中旁敲侧击地问出一些，但是，楚玉为了不露出破绽让人起疑，还是控制住自己没有问太多。更何况，从幼蓝口中得知的，只不过是一个不谙世事的小姑娘眼中的世界，真正的情形究竟如何，楚玉还要自己来判断。

席上诸人之中，有两人让楚玉较为留意，其中一个坐在左侧最下首的位置，那青年看上去比容止年岁大些，二十一二岁的模样，容颜瘦削清俊。但是这人自从进入庭院之后，神情郁郁，面上孤涩之气半刻都没有消散。

他的神情气度与这满园春色格格不入，明朗的蓝天白云之下，只这么一小片晦暗阴影，因而显得分外醒目。

从入席到楚玉说出罢免容止的权利的话之前，他甚至连看都没有看她一眼，连一个目光都吝啬给予，好像看楚玉一眼，就会玷污了他的眼睛一般。

楚玉说出话后，便留神着他的态度。只见那神情郁郁的青年果然有了反应，他错愕地扫了一眼楚玉，神情有些不屑，也有些不忿。但是他压抑住了自己，什么都没说，眼中一道冷光闪过，便又扭过头去。

但在所有人之中，最让楚玉惊讶的，是容止。

楚玉说出要免除容止自由来去的权利时，容止正举杯欲饮，听见楚玉的话，他的神情丝毫没有变化，动作也没有停顿，只十分文雅地喝了一小口酒，轻柔地放下酒杯，神情安适地转向楚玉，微微一笑："好。"

有人在为他不平，有人在幸灾乐祸，可是他却好像全不知晓。不，他其实是知晓的，只是他并不在意，那种沉静，是一种接近奢华的高雅，宛如和氏美玉，只可偶遇，不可强求。

好像一切纷乱的情绪，到了他那里，都会被梳理被安抚。

很仔细地看完了席上每个人的表现，楚玉微微一笑："我说笑的，你们不要当真。"在没有弄清楚容止的底细前，她并不打算着急做出太大的改动，方才的话，不过是为了试探一二，众人的反应没有辜负楚玉的期待，只除了容止。

这少年眉间眼梢似有芬芳书卷，每翻一页都能看到新的内容，楚玉直到现在，都没看清这本书一共有多少页。

听见楚玉这么说，柳色吊着的心才安定下来，暗暗庆幸避过一劫，并在心底盘算着待会儿是否要前去向容止示好，以免他记恨。相对地，墨香秀丽婉约的眉间浮现出失望之色。

容止则依旧温和淡定，如天边白云漫卷。花树之下，衣衫如雪的少年微笑着再应一声："是。"

这本该是一场聚餐，但是楚玉忙着观察诸人，心中别有牵挂，几乎没吃什么东西，就是吃进嘴里了，也感觉不到味道。她在席上偶尔说一些话，并观察众人的反应，以此来做出相应的判断。

楚玉吃得心不在焉，大部分男宠也不得心安，有的人在心中揣测这位公主又打算玩什么花样，吃得甚至比楚玉还少。

这些天不见，公主的变化实在太大了，相貌并无改变，关键在于她的神情。那坐在首座的少女，欺骗世人的优雅面容上，呈现的不再是往日半醉一般的迷离笑意。她笑得很少，很浅，但是也很果决，清澈如水的眼睛看着每个人，好像要把他们看穿一样。

简直就像是，彻底变成了另外一个人。

楚玉不是不知道众人的疑惑，但是她并不在乎，自打从侍女幼蓝口中得知了自己的身份和地位后，她就开始放下心来。

只要平素小心一些，不要留下切实证据，有人怀疑她又怎么样？谁能拿出证据，说她不是真的刘楚玉？谁敢来质问她这么一个地位尊荣的公主？她与过去不同又怎么样？她高兴，她乐意改变，谁有资格过问？

真要被逼得没办法，她还有“失忆”这手最后绝招可以打出去。

丧失记忆，这可是古今中外附体穿越小说百分之九十要用到的必杀法宝。但是对于楚玉来说，却是万不得已的最后手段。

用失忆来扮无辜，依靠他人来感知世界，被人牵着走，有什么问题也不能掌控，这不是她楚玉的作风。

不过楚玉对山阴公主的淫威有一点信心，在这个王府之中，想必没有人敢随便对她提出质疑……除了容止。

这少年，是楚玉目前最为顾虑之人。

按照楚玉原来最先想的，是应该立即遣散所有男宠的。美少年固然赏心悦目，但她毕竟不是山阴公主，没有那方面的需要，还是不要耽误好男儿的前程为好。

通过观察，楚玉发现容止在山阴公主心目中以及在所有男宠之中的地位都极为特殊，而容止的身份来历竟是一个谜团。他看起来不像是被迫成为男宠的，可是对于楚玉的态度也绝不谄媚，他甚至拥有在府内完全自由的权利，但却从不妄自尊大，恐怕只有原来的正牌山阴公主，才知道容止是什么人。

他看上去好像无所求，正因为如此，楚玉才觉得他深不可测。

聚会在半个时辰后便结束了，楚玉宣布散席，但是她不动，又有谁敢当着公主的面走人，因此出现的尴尬境况便是大家都一个个默默地坐在座位上，大眼瞪小眼。

楚玉道：“我还想在这里多留片刻，你们都先走吧。”

她说了这话，还是无人动弹。楚玉初时不解，仔细想了一会儿，才恍然明白，这山阴公主只怕是有不良记录，曾经用类似的办法耍弄过人，所以这些人才会如此谨慎小心。

她正在思索应该如何劝解，忽然有人发出一声轻笑，楚玉抬眼看去，却是容止。他端起酒杯，对楚玉遥遥一举后饮尽，随即长身立起，潇洒离去。

在容止之后，那不屑楚玉的清俊青年也跟着走了。有人带头，便会有人跟随，不一会儿，席上的人走了大半。可是楚玉身边的两个美少年却不肯走，一个楚楚可怜，一个娇媚艳丽，都眼巴巴地瞧着楚玉。

楚玉无奈又好笑，她明白这两个少年打的是争宠的主意，可惜她不是山阴公主，解不来这么多的风情，不得已只好再出声赶人：“你们也先走吧，我想一个人静一静。”

墨香、柳色对视一眼，彼此交换一缕敌意，又各自小心地对楚玉行了一礼，才磨磨蹭蹭地走了。

两排坐席空落落的，虽说未必有多少感情，但是宴席过后那种曲终人散的寂寥，还是让楚玉不由得一阵怅然。

公主府富贵繁华，让初来乍到的楚玉狠狠腐败了一把。但是那么多的华服美食，却无法填满她胸怀之中的空旷。

来到这里，她付出了失去前世一切的代价，虽然身为公主，拥有奢华的享受，可是却未必比在现代时更无拘无束，更快活自在。

但是，楚玉不抱怨，不自怜，不自伤。清醒过来后，她的目光坚定地投向前方。

她骨子里有着一种充满韧性的生机，在任何时候都那么郁郁葱葱，即便是在这蒙昧的一千多年之前，也能绽放出绚烂的花朵。

这是一种坦然，发自灵魂的高贵，与物质无关，与身份无关，与世俗无关，更与时间无关。

楚玉一扬眉毛，朝杏林之外看去，目光穿过艳红的花枝和雪色的花瓣，蓝天白云，辽远澄明。

她总有一天能自在飞翔。

第五章　有绿竹如篑

该走的都走了，长几锦垫什么的都撤得差不多了，只是没动她公主大人面前的这张。

人也几乎走得干干净净，但是越捷飞却一直守在她身后的不远处，楚玉扭过头看着越捷飞挺拔的身姿："越捷飞，你到前面守着，不要看我。"

越捷飞的神情一下子变得有些奇怪，也不知道想到了什么，他脸上微微一红，便依言向前走了十多步。

看见越捷飞脸红，楚玉的脸有点绿：他刚才那个表情，该不会是以为她要做什么下流事吧？其实她之所以让人先走，只不过是因为……

楚玉一下子垮下脸，挣扎着挪动身体，双手撑着地面，将两条已经麻木到失去知觉的小腿从身下解放出来，跪坐得太久，她的腿麻了。

她将手攥成拳敲打着没有感觉的双腿，针刺般的痛感一寸寸深入肌理，揉了一下双腿，舒活被压迫久了的血脉，再站起来摇晃地走几步，楚玉才堪堪恢复过来，打定主意今后要在公主府内大力推行坐椅。

来回走动一会儿，行走才自如了。楚玉轻轻地吐了口气，唤越捷飞："跟我过来，我想走一走。"她还没有好好看过公主府。

越捷飞道："是，我这就命人将轿子抬过来。"从前若是走得远一些，山阴公主总是以轿代步的。

楚玉摇摇头："不必，你陪着我步行就好。"

"是。"越捷飞嘴上应着，眼神却左右飘移，躲躲闪闪地不敢看楚玉，好像楚玉是什么吃人的野兽一样。过了片刻，他犹豫地问道："公主是否需要多叫上几人作陪？"

楚玉先是一愣，看着他的神情，忽然反应过来，敢情这小子是怕她趁着两人独处时兽性大发，非礼良家帅哥，把他给糟蹋了，才这么不情不愿。

以公主府上那么多美貌男子为参照标准，越捷飞这样的容貌简直就是在及格线之下，这样他还能如此自恋，也让楚玉不由得有些佩服。

楚玉好气又好笑，想要解释两句，转念一想，觉得没必要，便先行朝杏花林外走去：“得了，别啰唆，随我来。”

一边走着，楚玉一边默记府内的地形路线，慢慢地在脑海中勾画出一幅公主府局部地形图。之所以说是局部，主要是因为公主府占地面积太广阔，楚玉足足走了三十多分钟，走走停停，偶尔看看风景，才将内苑走了一半。

整个公主府分为外府和内苑，简单地说就是内外两层。这两层之间的等级界限十分严格。有资格住进内苑的，都是公主信得过的侍女部下，以及所有男宠外捎带俊美驸马一名。而外府的部分，除了修葺供游玩享乐的地方，还居住着一些门客、府上的官吏以及卫队私兵。最开始，楚玉听说自己府中有私人武装时十分惊讶，暗道，这难道不会被皇帝咔嚓掉吗？后来才知道，原来这时候皇亲贵族的权势还是很大的，甚至可以在府上私人任命官吏。

既然不会被“咔嚓”，加上这些事有专人去管理，无须她多操劳，楚玉也就不再理会。

虽然路上要不时地停下来，但是半个多小时站着走着，楚玉还是觉得累了。对于这个身体的娇贵，她有些不满，但是这个问题不是一天能改变的，现在只得忍着。

靠在一株梧桐树下休息，楚玉拿袖子轻轻擦拭额角的薄汗。四周种植着绿竹疏桐，环境极为清雅宜人，风吹过树叶发出轻微声响，窸窸窣窣，抚慰着心中的躁动。

公主府内花木茂盛，园林假山秀丽端方，动辄小桥流水，花树成林，美则美矣，但这般景色看久了，未免觉得枯燥。这片竹林翠枝，入目的清幽绿意，有一分别样的雅意深致。

透过竹枝之间的缝隙，楚玉勉强看清前方立着一堵白墙，墙后也有桐竹扶疏。她唤过越捷飞，漫不经心地随口问道：“这附近是谁的住所？”

越捷飞不疑她在探问，不假思索地道：“是容公子的沐雪园。”

楚玉轻轻地“哦”了一声，隐约看见似有人朝这边走来。她定睛一瞧，却是一名儒雅俊美的青年男子，峨冠博带，行走之间，宽袍广袖款摆飘动，颇有古时风雅名士之姿。他没有注意到隐藏于林木之间的楚玉，脚步匆忙地走向沐雪园，推开虚掩的朱漆门，便那么直接地走了进去。

楚玉这才注意到，沐雪园周围没有守卫，也看不出有任何的警戒布置，也正因为如此，此地才有那么清逸的脱俗之意。

那青年的面孔楚玉未曾见过，他出现在内苑，相貌又如此俊美，他的身份很快在楚玉心中呼之欲出，要么他是她那尚未谋面的驸马，要么就是那两个称病的男宠之一。

楚玉原本就怀疑，哪里有这么巧的事，在这么滋润温暖的春日，一连病倒了两个，不过究竟是怎么回事，还需要她进一步求证。

楚玉心里面还在盘算着应该怎么做，不一会儿，又见一人走来，来人是先前在宴席上所见的神情阴郁的孤傲青年。他也没看见她，径直朝那沐雪园而去。

楚玉依稀记得，席上曾有人唤他作江淹。

嗯哼。

楚玉从鼻子里发出轻轻的哼声：她才在杏花林里办了春日宴，容止就要在自己的地盘办春日小宴吗？

随手扯下一片新生的竹叶在指尖缠绕，柔软的叶片随着她手指的动作不停地扭动。楚玉眼中忽然漾开笑意：很有意思。

丢下被撕裂的叶片，她大步朝沐雪园走去。

沐雪园之中，也是大片的翠竹，枝叶扶疏，分外安静，地面上的败叶残枝已经陈腐，脚踩上去软绵绵的，空气湿润而清新。

按照楚玉的猜测，容止大概和那两个人，也许还有更多的先前就来了的人，一群人聚集在一间黑漆漆的屋子里。容止身为头领坐在中央，其他人围绕在他身边，脸色阴森森地密谋什么坏事。

甲说：嘿嘿嘿……

乙说：如此如此，嘻嘻嘻……

丙说：这样我们的奸计就可以得逞了，嘎嘎嘎……

以上纯属楚玉夸张无聊的胡思乱想。

事实大大出乎意料，楚玉像做贼一样悄无声息地闪进朱门内，才走了两三步，就愕然瞧见，她想象中的邪恶轴心悠然地坐在一棵梧桐树下的青石台上，手捧一卷竹简在阅读。楚玉发现他后，他也发现了楚玉的到来，抬起头来。

层叠的翠嶂绿云之间，衣冠胜雪的容止，眉目格外分明。楚玉瞪着容止，容止也凝视着楚玉，他漆黑的眼瞳深不见底，好像宇宙尽头可以吞噬一切的黑洞，又似最高山巅永世不可攀附的冰雪。

撇了撇嘴，楚玉回过神来。她左右看了看，没瞧见先前进来的那两人的影子，于是又望向容止。

两人一站一坐，隔着一丈多的距离，心电感应，眉目传情。大概是两个人之间电导率不够的缘故，楚玉除了眼睛有些发酸，再没有别的收获。

大概觉得这么怠慢公主不太好，容止把竹简放进袖子里。

楚玉又撇撇嘴，转身朝竹林后的阁楼走去，既然那两人不在周围林子里，就该在阁楼之中。快步走出竹林，楚玉放轻脚步，这回没有让她失望，前方两扇半掩的纱窗内，传来了隐隐约约的人声。

身后传来细微的声响，偏头一看，发现容止也跟了过来。楚玉扬扬眉毛，心想你打算怎么办呢？出声向他们示警吗？倘若容止故意发出较大的声音，那么正好，她更有理由怀疑里面人的谈话见不得光。

容止微微一笑，飞快地眨眨眼睛，示意楚玉跟着他来。

回头瞟一眼越捷飞，他一直在身后不远处跟着。楚玉安下心来，抱着看容止要做什么的念头，放轻脚步跟随他走到窗边。这个时候，阁楼内的人声已十分清晰了。

才听到时，楚玉有那么一点点兴奋，以为能抓到什么好玩的把柄。但是等到听清楚谈话的内容时，她顿觉一阵失望。

屋内两个好听的男声，一个温柔款款，一个隐带锐气，交错在一起，听起来显得异常和谐。楚玉从窗缝里朝内看去，但见屋内两条人影投射在地面上，而影子的主人跪坐在侧面窗边的一张桌案后，两人肩膀相靠，低头看着桌案上摊开的竹简。

那古雅俊美的不知名青年身量稍高，他伸出修长的手指，指着竹简上某处，对江淹道："你方才所言，我并不赞同，你看这里所写……"之后便是对典故的论证。

江淹偏着头，阳光从窗口投射而入，打在他的眉梢和侧脸的轮廓上，将料峭染得柔和，虽然从窗外漏进屋内的春光只有一点点，可是现在的江淹，整个人都好像化在了春意之中，与杏花林中的形貌大不相同。

两人在争论文学上的一个问题，时而彼此阐明论点，时而微笑着倾听对方说话，伴着微微的点头。不过对于不太听得懂他们在谈论什么的楚玉来说，她只觉得这个气氛简直太可疑了。

楚玉原是想来窥探江淹等人的秘密的，可是眼下确实给她窥探到了些东西，却不是她所想要的那种，这落差让楚玉十分失落。

两人所谈论的内容在文学方面太过艰深和专业，楚玉越听越是茫然无趣，心道这样下去也不是办法，便想离开。

这么想着，楚玉不经意地瞟向站在窗户另一侧的容止，却见他神情专注地倾听着。他原就生得风度翩翩，这般神情更显动人，漆黑温润的眼眸好像夜空星辰，安宁、深邃、美丽。

过了片刻，屋内两人似是谈论到了观点矛盾的地方，争论声音一下子大了起来，才令楚玉惊醒。她看容止还在听，便伸手拍拍他的肩膀，朝林中一指，示意他到那边说话。

来到林中，两人面对面站着，楚玉望着他，却并不说话。过了好一会儿，还是容止先开了口，他轻叹了一声："公主既然瞧见，我也不能再欺瞒，桓远并未患病，我称他卧病在床，实是在说谎。"

他坦坦荡荡地承认，楚玉也在一愣之后，将那个峨冠博带的俊美青年与桓远这个名字联系起来，这名字赫然便是两个称病未到的男宠之一。

楚玉低低地轻笑一声："好大的架子啊。"她脸上悄然无波，无喜无怒。

容止一时间也猜不透她的想法，只低声叹道："桓远有惊世之才，这等人物百年才得一见，性子傲一些是难免的，偏偏身世飘零坎坷，才造就如此行为，请公主不要太过责罚他。”

他说得没头没尾，楚玉听得一头雾水。她今天才是第一次瞧见那桓远，对他的身世性格什么的简直全不知情，容止劝解的话，却是站在知根知底的角度上说的，两人所知不同，造成理解不能合拍。

楚玉自然不会追根究底地问怎么回事，只估摸着容止在为那桓远求情，便顺势微微笑道：“好，我不追究，这个人情算是卖给你了，但今后不要让我发现这样的事。”

她心里面也有了大概的猜测。

版本一：估计桓远本是一名良家帅哥，在路上走着走着，被公主瞧见，色心大发抢回府内。这帅哥才高八斗，学富五车，前途无量，可惜被公主看上后，似锦的前程都葬送在公主床上。

版本二：这桓远和江淹原本是一对知己好友，然而奈何容貌生得太好，被山阴公主给硬生生地强夺，全部来伺候她了，不恨才怪。

不管哪一种，桓远当然都对山阴公主恨之入骨，仇深似海，却又无可奈何，只有借助与人谈论诗词歌赋来排遣忧思，又或者偷偷会见旧友。她举办的宴会，尽量是能不去就不去，最好一年到头每天装病。

可后来她才知道，自己对于桓远的这些猜测，虽然不能说是全错，但也差不多全错了。

第六章　玩弄于股掌

目送楚玉出门，容止叹了口气，转身朝阁楼内走去，推开门便见桓远与江淹并肩坐在桌案后。可是走近之后，却可以看见，那桌案上摆放着的竹简，竟然是反着放的。

见容止回来，桓远与江淹都站起来，躬身一揖：“多谢容公子为我二人示警。”其实楚玉最初所想虽然有些差错，但是距离真相并不太远。桓远与江淹二人，正是在这府上谈论着如何扳倒公主，获得各自的自由。

容止的居所孤幽偏僻，兼之因为他喜好清静，山阴公主便撤去附近的守卫，甚至下令不得轻易叨扰。桓远、江淹二人皆是才子，原本来容止这里，只为借阅典籍，可长久相处下来，却逐渐觉察出对方心中的不甘抑郁，两人心思相同，心意相通，一拍即合，日后再来，便是密谋思反。

虽然容貌俊美，可是因为不愿讨好公主，兼之桓远身份特殊，在公主府内极不自由，别说出府，就连要去什么地方，也要提前报备。容止这里，对他们而言反而是最安全的。

最初这件事，两人是瞒着容止进行的，交换的任何意见，都是只言片语，甚至是通过暗示委婉传递，可后来江淹觉察出容止已经发现他们正在密谋的事了，二人担忧容止向公主告发，便索性将计划向他和盘托出，并且邀请他加入反叛计划。

那时容止神情散淡，只道：“你们要做什么，皆与我无关，我既不会将此事密报公主，也不会帮助你们，不论成功失败，结果自己承受，你们好自为之。”

从那之后，两人每次商谈，容止都会主动离开，坐在林中看书，表明不愿参与他们的计划，放任自流。但是他却又在林中青石下布置机关，一旦有人到来，只需起身时那一瞬，便可以神不知鬼不觉地传递警讯。

桓远以为，容止如此行为，已经证明了他的偏向。

容止曼声道：“我前几日便说过，公主似是有些不同，今日在宴席上没有见到你，竟然寻到此地，不知她有什么打算，我从前如此说，今日也是如此。”

淡淡地交代几句，他便要转身离去，桓远却大步赶上来拦在他面前，恳求道：“容公子留步，桓远有事相商。”

容止停步，敛眸：“请说。”

桓远犹豫了一下，片刻后才下定决心道：“我与江兄密谋，公子隐瞒不报，这份恩德桓远铭记在心……但是公子可否想过，公子虽然从不参与，但是他日不论成功还是失败，公子只怕都逃不脱干系。”他说罢，嘴角露出一丝微微笑意，“公子虽然受尽公主宠爱，但放纵甚至暗中提供便利方便我等反叛，只怕公主也不能容忍。”

虽然这么做有些恩将仇报，可是为了争取容止的支持，他只能将心头愧疚暂且压下。容止在公主府内苑权限极大，地位极尊，几乎大小事务，只要他愿意，都可随意插手，不夸张地说，几乎可谓一手遮天，倘若有他相助，他们行事便可以更加便利。

桓远在说出话来时，早已准备好承接容止的怒气，可是等了片刻，却见容止十分随意地笑了笑。

他神色原本柔和散淡，但是这一笑之下，却现出微微的犀利：“你在威胁我？”他的语意低柔婉转，可是隐约之间却有一种凛然的威势，令桓远心神为之一颤。

桓远强压下心头升腾起的不安，拱手温和地道：“在下只是无奈出此下策，请容公子不要见怪。”

容止展颜微微笑道：“我的立场始终如一，我实话告诉你，桓远，我之所以不将你与江淹的图谋告诉公主，是因为你们根本就无法动摇公主分毫，等待他日你事败，尽管将事情推到我身上。你倒是看看，我会不会因此受到责难。”他似笑非笑，神情散淡，语意却隐带尊贵之意，“我知情不报，只是懒得作为，并不是护着你们，你千万不要自作多情。”

他这一番话连消带打，损人不带脏字却又讥诮无比，说得桓远无言以对，白皙的脸上泛起愤怒的红晕，却偏偏发作不得，只能将一口郁气积在胸口。

咬了咬牙，桓远甩甩袖子，咬牙切齿地道：“江兄，我们走。”

两条人影一前一后穿过竹林梧桐，离开沐雪园，但是他们都没有发现，就在那阁楼顶层的飞檐之上，有两道目光一直看着他们。

一直到桓远、江淹的身影隐没在林木的遮蔽之中，楚玉才收回视线。她望着距离脚下七八米的地面，淡淡一笑，道：“好了，他们走了，越捷飞，带我下去吧。”

方才她虽然表面上做出了离开的假象，但是立即就杀了个回马枪，让越捷飞暗中带她回来，听到桓远与容止的谈话，这才是她所想要获取的真相。刚才为了避免与出来的桓远二人撞个正着，越捷飞带她跃了上来，仿似短短片刻的腾云驾雾，让楚玉亲身体会到世界上是有轻功存在的，现在，她又要再“飞”一次。

越捷飞揽上楚玉的腰，轻轻一带，也不见他如何动作，便宛如一只大鸟般从飞檐上轻飘飘落下，半空中一个转折改变路线，斜插入竹林之中。落地之后，他立即放开楚玉，动作极为规矩守礼。不过楚玉猜他大约是怕她忽然“兽性大发”把他给玷污了，才这么小心翼翼的。

虽然频频遭到误解，但楚玉并不打算解释，日久见人心，时间长了，他人总会觉察出“公主”的改变。

桓、江二人走后，容止将两人放下的书册收拾起来，片刻后耳边听到微小的衣袂破空之声，他微微皱眉，快步来到窗边，却正瞧见越捷飞带着楚玉落在竹林之中。

楚玉双脚站定，回头对上容止的目光，并不惊愕，也不慌忙，只非常自然地冲他粲然一笑，便转身朝园外走去。

容止轻轻地摇摇头，暗道桓、远二人只怕尚不知他们早已失败，多么苦心的策划落在公主眼里，不过是玩了一点小小的反抗游戏，只是楚玉最近一些举止大出他意料之外，让他有些许困惑。

只是少许而已。

楚玉走出沐雪园，便朝自己居住的东上阁走去。她来时强记住路线，回去时已经不需人指引。

回到东上阁，楚玉命人取来府上所有男宠的卷宗记录。交代下去后，她瞥见越捷飞站立一旁，脸上神情欲言又止，便笑道：“想问什么便问吧。”

越捷飞想了想：“公主打算如何处置桓远与江淹？”

楚玉微微蹙眉，她目前为止还没有什么打算，听方才容止所言，似乎对山阴公主十分有信心，认定桓、远二人不能把她怎么样，但可惜她不是正牌的公主，遇到这种情况，实在是有点不知所措。

想了想，她抿一下嘴唇，笑道：“秀才造反，三年不成。那两人根本不需要太过计较，我先瞧瞧情况。”

卷宗即刻被送来。这些男宠的资料是以锦帛卷轴记录，卷起来后盛装在丝绢袋子里的。淡青色的绢丝上，书写着所记载的男宠的姓名，随意打开一封，便能看见该人的资料。

虽然是繁体古文，但是楚玉父亲是研究古代文学的，她幼年时曾受过一阵子家学熏陶，虽然不能说是很有研究，但是看懂这些叙述性的文字还不算太过吃力。

楚玉首先打开了写着江淹名字的袋子。卷轴上记载，江淹原本是少年丧父，甚有才名，曾经做过小官，后来被人诬陷受贿入狱，他在狱中上书陈情。可是那陈情书却几经辗转，落入山阴公主手中，山阴公主见那陈情书写得辞采飞扬精美绝伦，字里行间不卑不亢，便动了心思，设法将他从牢狱之中弄了出来。

可怜江淹没想到自己出了牢笼，却进了另一个更为华丽的监狱，在山阴公主的后宫，有志不能抒，有才无用武之地。

江淹，江淹……楚玉皱着眉头反复在齿间咀嚼这个名字，怎么感觉这名字有点眼熟呢？努力地思考了许久，楚玉猛地一拍桌案，叫道："想起来了，江郎才尽！"

江郎才尽是一个成语，用来比喻一个本来很有才华的人才情减退，但是这个成语的典故来源，也就是这位江郎，正是公主府上的江淹！据说此人年轻时才华横溢，可是中年之后，文采逐渐衰退，就有了这一典故，称之为"江郎才尽"。

江淹的诗文也许不像李白、杜甫那样是个人都能背上两句，可他的那句"黯然销魂者，唯别而已矣"却也极为著名。武侠小说《神雕侠侣》中杨过自创的"黯然销魂掌"，名字的出处便是这句话。

总算想起了江郎的名字，楚玉忍不住有一种荒谬的错位感，这位历史上曾经留下名姓，成为典故的才子，此时正在山阴公主……准确地说，是正在她的后宫。而她前世所看的典籍记载之中，江淹并没有被迫成为男宠的这一段遭遇，也许这只是一个同名同姓的人。

但是所处时代是这样接近，还同样是少年丧父，家境贫寒，身世遭遇相近到这个程度，很难说服她这是两个人，至于记载……历史是由人记录的，只要掌握住权利，爱怎么改就怎么改……

楚玉看着江淹的资料，许久都不能确定，但不管这个江淹究竟是不是历史上那个，她都打定主意要将他放出公主府，今后让他海阔凭鱼跃，天高任鸟飞。

又阅览了别人的资料，楚玉发现后宫男宠们的身世来历各不相同，复杂得足以书写一部百态恩怨史。根据不同人的情况，楚玉在心中分类，初步制定出处理的办法，最后翻到了桓远的卷轴，袋子边缘的花纹绣得格外精致，楚玉试图打开袋子，却发现与别的丝袋不同，这只袋子是封起来的。

有什么秘密？

楚玉一下子来了兴趣。

楚玉从袖中取出发簪——她嫌发髻麻烦，没有绾发，只将长发用一条丝绢束起来，但是却在袖子里收纳了一支银簪。楚玉也不知道为什么会这么做，照理说她不需要防身武器，可是带着尖锐的东西才感觉比较安心——她用发簪的末端挑开缝合袋子的麻线，片刻后，桓远的资料便在楚玉面前一览无余。

展开卷轴时，楚玉面上还带着浅浅的笑意，但看清卷轴上以朱笔书写的前几行字时，她的笑意在嘴角凝结住了。

这是！

桓远？

原来……

竟然……

果然……

这么说来……

也不知道过了多久，她放下卷轴，忽然间就有一点头疼。

江淹很好处理，随便写封信把他推荐给一位皇亲贵族或者什么官员就行了，但是这个桓远，却有点难办啊。

楚玉用力揉散皱起来的眉头，片刻后又振奋起来：不就是几个面首吗？山阴公主搞得定，她也搞得定。

楚玉重新将锦帛卷起来，斜眼瞥向一旁的越捷飞，沉声道："越捷飞，你要记住，今天在这房里看到的事，一件都不准外传。"她虽非真正的公主，但是扮起威严来，也有几分气度模样。越捷飞心中一凛，连忙口称不敢。

楚玉定了定神，犹豫一下，还是将手伸向了最后一份卷轴：容止。

一个桓远就已经如此有来头，那么地位在府上无比特殊的容止呢？他会是什么人，又是什么原因，通过什么途径来到公主府上的？为何在与桓远相对时，他言辞之间会如此维护山阴公主？又为什么，山阴公主会对他百般宠爱？

指尖触碰到柔软的丝绢，楚玉脑海中便浮现出那双漆黑幽深的眼眸，澄澈平和，带着微微的笑意。命令自己不要多想，她快速地将卷轴从袋中抽出，展开一看，却是大大的愕然。

本以为看过桓远的资料，她已经不会这么吃惊了，但是容止却又让她惊讶了一次，原来这锦帛之上，干干净净一片，什么都没有。

姓名，籍贯，年岁，只言片语的描述，甚至一个字都没有。

这诡异的空白化作一张绵密而无形的网，将她的不安和猜疑网在一起，缓缓地浮上心头。

这是怎么回事？忘记记录了吗？还是……什么都没有？

楚玉满心疑惑地合上卷轴，令人将这些资料重新归位。这次调查可以说是一半成功一半失败，通过这些文字记载，她知道了很多事，可是同时，她又有了更多的疑问。

第七章　一箭三雕计

楚玉坐在灯旁，手上横拿着一支银制蝴蝶发簪，放在眼前仔仔细细地看，发簪的尾端非常尖锐，锐利得扎心。

自从来到这个时代的第一天起，她便用这支银簪在床沿边上画“正”字，每天一笔，到了现在，已经足足有两个“正”字。

看了好一会儿，楚玉才慢慢地转动手腕，将发簪尾端送到灯中的火焰上。片刻后她取出发簪，又仔细地看了一下，将尖端浸入清水之中，拿起擦干。

如此往复几次。

发簪尖利的尾端闪烁着流利冰凉的光芒，楚玉有些迟疑，拿在左手上对着右手比画了几分钟，最后才选准一个角度，飞快地向下一划。

锐利的银色尖端划破细嫩的掌缘肌肤，殷红的鲜血迅速地从一寸多长的口子里涌了出来。楚玉果断地用丝帕压住伤口，扬声道：“来人啊！本公主受伤了！”

随后自然是侍女闻声赶来，叫来府上的医官一阵忙碌，楚玉任凭他们摆弄自己受伤的手，面上虽有痛楚之色，眼神却带着丝丝笑意。

虽然口音问题因为换了身体神奇地得到了解决，但是楚玉这两天私下尝试过，她的笔迹却没有因此而解决。楚玉前世童年时虽然练过书法，但是已经荒废许久，写出来的字不成模样，倘若遇到需要写字的场合，只怕会留下破绽。

这个笔迹与平时的言行举止是不一样的，言行举止的异样可以随口否认死不认账，但是笔迹却留在纸上，是实打实的证据。

楚玉明白自己一旦开始处理事务，免不了会遇到动笔书写的机会。她心思灵敏果决，不等他人起疑，便自伤右手，以微小代价免除巨大风险。如此一来，便有了名正言顺的让他人代笔的理由。

她做事也是极为小心的，先将发簪尾端清洁，再行下手，以免伤口感染。簪子顺着掌心肌肉纹理来划，表面上看起来伤势严重，但是愈合起来却很快，留疤也不会太严重。

自残这样的事楚玉原本很不喜欢，她也可以借故假装玩乐一阵子，找来山阴公主手迹慢慢临摹。但是知道了桓远这档子事，时间便拖不得，她毕竟不是真正的山阴公主，她甚至不知道，除了江淹，还有谁参与了桓远的计划。桓远所能够鼓动的，大约就只有府内的男宠了。虽然楚玉笑言“秀才造反，三年不成”，但是这么多人拧在一起，还是让人不能掉以轻心。

既然不能胸有成竹地把握大局，唯有雷厉风行施展手段。

伤口才包裹好，楚玉便命人叫来容止。

望着手上一层层厚厚的白色丝绢，楚玉遣退左右，仅留容止一人共处一室，开门见山地道：“我打算把江淹送出公主府，你怎么看？”其实容止并不是太好的选择，但是楚玉听他话语之中有对山阴公主的维护之意，估摸着容止应该是站在她这边的。

尽管直觉上还有些不安，但是理智地分析，目前容止应该可以作为不错的臂助。

容止也没有什么表面的客套，直接问道：“怎么送？”

“举荐，给予他官职。”楚玉早有腹案，随口答来。

容止眼睛一亮：“只有江淹一个？”

“不，”楚玉露出玩味的笑容，她报出了五六个名字，不过其中却不包含桓远。

容止偏头思忖片刻后，含笑道：“一箭三雕，公主既然已经拿定了最好的主意，为什么还要问我的意思呢？”

两人四目相对，彼此看见对方眼睛里点点微妙的笑意，忽然就有一种奇妙的会心之感。

楚玉所打的主意，无非就是分化，既然桓远与江淹是计划的首脑，那么她就把这两个人分开来，放江淹自由，一来可以消减江淹的恶感敌意，二来也断绝了他和桓远的联系。

江淹的离去，将是对桓远极大的打击，削去他一半的力量，加上把其他一些可能参与其事的男宠也一并送走，这更加等于折断了桓远的手脚，让他的布置无从施展。

第三点便是，江淹并不单单是获得自由而已，他甚至还经由楚玉的举荐，走向光辉的仕途，这无疑是给府内其他男宠一个暗示，今后他们也将有希望如此。如此一来，桓远那边的人心更散，有了看得见的前程，还有谁会跟着他冒险？

他们只会努力地讨好她，甚至有的人会为了自由不惜出卖桓远。

这一手一举三得，不可谓不利落，是楚玉深思熟虑的想法。但是她才稍微透露一些，容止便通盘明了，心思之敏悟，又岂止是玲珑剔透所能形容。

楚玉一边忍不住暗暗赞叹，心里却不由自主地升起强烈的戒备之心：她想了许久的东西，容止听她提一下便片刻通晓，这少年简直太聪明了，聪明得让她感觉害怕。

假如他和桓远做一样的事，她绝不可能如此轻易地应付过来。

这份戒备将刚刚才萌生出来的会心之意强行压抑了下去。楚玉眼珠转了转，问道：“我叫你来，是想问你，我应该把江淹推荐给谁？平心而论，他是个人才。”

容止闻言，愕然望向楚玉：“公主真要举荐此人？”

楚玉比他还要愕然：“这个是自然的，难道要本公主出尔反尔不成？”

容止定定地看了楚玉片刻，好像是想要看清她是真心还是假意，过了片刻才豁然笑道：“公主当真不同了，倘若是从前的公主，就算表面上用此计离间众人，但是暗地里，一定会处置江淹，更遑论举荐他任职。”

楚玉心中狂跳，面上若无其事道：“我变成这样，是好还是不好呢？”楚玉也没料到，自己竟然露出了这样大的破绽，但一想容止并无证据，便稍稍安下心来。就算是让她知道山阴公主原本的作风，为了不露破绽而辣手杀人，她也是不愿意的。

容止笑道：“说不上好与不好，从前的公主，心思缜密滴水不漏，杀伐决断从不手软，但是却欠缺些胸怀，今日公主似乎心软了一些，可是气度却大不相同。江淹试图反叛，公主不但不以为忤，反而给他一个前程，虽然未免有放纵之嫌，但是这等气度，容止也不由心折。”

楚玉忍不住脸上发热，虽然她对容止现在还谈不上有多少好感，甚至有些戒备，但是被这么一个漂漂亮亮的美少年用真诚的眼睛看着，笑吟吟地说对她心折，她还是不能免俗地心跳快了几拍。

楚玉性格果断坚定，片刻后微受影响的心情已经平复，她努力不去想容止刚才的话：“我只是看他才华难得，不忍心明珠蒙尘罢了。”假如她猜测得不错，这个江淹，应该就是历史上那个写“黯然销魂者，唯别而已矣”的江淹啊，虽然地球上少了他照样能转，但毕竟是太过可惜。

容止微微一笑，他神色虽有些不以为意，但是却没有说什么来反驳。

在楚玉的授意引导和容止的配合下，很快地，六个将要放出公主府的男宠全部安排完毕，根据各人的情况，给了他们不一样的未来，其中分属带头的江淹与另外五人有一定的距离，等于被孤立了。

由于楚玉手上有伤，推荐信以及盖印章等事宜皆由容止代劳。

但不知道是不是错觉，楚玉总觉得容止的目光，似是有意无意地扫过她被白纱布包裹的右手。

楚玉又一次在杏花林中召开聚会，时间间隔不到两日，不少人都以为公主只不过静下来几日，又恢复到了以前醉生梦死的状态。

但江淹心头却有不祥的预感。

由于上回容止的告诫，桓远也来了，他常常不见公主，也不知道公主有什么变化，只有来亲自一看，眼见为实。

席上，柳色与墨香都没有能坐到楚玉身边，他们两人望着首席的楚玉干瞪眼，却不敢上前，因为楚玉身边坐着一个容止。

楚玉右手不便活动，倒酒和一些烦琐的小事都交给容止代劳了。容止坐在她身边，比起柳色、墨香二人还有一个好处便是，他不会逮着机会就贴近抛媚眼色诱她，只会在适当时候领会她的意思给予帮助，这省了她不少心。

喝了几杯酒，楚玉便以眼神示意容止可以开始了。后者微微一笑，从袖中取出六封封了火漆的信件："江淹，你上来。"

江淹心头一沉。他来此之前，便直觉不妙，看见容止坐在楚玉身边，暗想难道容止不甘心受桓远威胁，先发制人，将他们所密谋的事告诉了公主?

步子几乎有千斤重，江淹慢慢地朝楚玉走过去。他只是一介书生，想要在这里动武强行逃脱根本就是痴心妄想。

不管将要发生什么事，他都只能坦然处之，坦然受之。

不过三四丈的距离，江淹却觉得自己宛如走了一生。来到楚玉席前，他缓缓跪下，已经做好了赴死的准备，心头却没有慷慨激昂之意，只是空落落地可怕。

临到关头，江淹忽然有些后悔参与了桓远的计划。觉察到自己心里的变化，江淹又忍不住有些羞愧，可是慷慨赴死，并不是一件那么容易做到的事。

江淹的心理活动反映到脸上只是一片黯然，楚玉见他如此神情，也猜到了少许他心中所想。她仔细地端详江淹的模样，俊俏斯文的面容，浓黑如剑的双眉增添了些许英气，狭长的眼睛和紧抿的薄唇显得有些抑郁。楚玉看得专注，毕竟马上就要放他离开，今后应该没有机会再看到这个才子。

历史名人难得一见，楚玉看得有点久，直到容止轻轻地在长几的底下拉她的衣袖，楚玉才反应过来应该办正事了。她微微一笑，左手从容止手中拿过一只信封递向江淹，神情温和地道："江淹，你来我这里也已经有了一段时间，我决定让你出府。这里有一封举荐信，你只要拿去求见建平王刘景素，便能够得到他的任用。"

前一秒还以为将落入地狱，可下一秒睁开眼睛，却瞧见身边是天堂。

江淹听着那一字一字的声音，每个字他都知道，但是合在一起，那意思却是那么令人不敢置信。他震惊得甚至连手掌也不由自主地颤抖起来。

他梦想了那么久的自由和前程，两样东西，如今同时呈在了他面前。

唾手可得。

伴随着醒悟一起来的，是欣喜若狂，江淹狭长的眼睛里闪过热烈的神采。他伸出双手，就要接过楚玉手上的信封，他可以离开这个牢笼，他可以尽情地施展自己的才华……

江淹脑海里一片空白，他深吸一口气，就要郑重地接下那封信。可是这时背后却传来一声轻咳，那声音他再熟悉不过了——曾经与他探讨诗文，曾经与他密谋议事……心头好像蓦地打响一声霹雳，江淹脸色煞白，他看着面前含笑的楚玉，忽然明白了她这封信的用意。

离间。

他不动，楚玉也不动，就那么笑吟吟地手执信封，维持着递给他的姿态。

她悠然微笑：你接还是不接？

这不是阴谋，这是光明正大堂堂正正的阳谋，就这么坦然地摆在明面上给他看，可是江淹偏偏无法拒绝。

现在楚玉手上拿着的，是他梦寐以求的，只要接过来，他就不再需要冒险，能够平安地离开，平安地奔赴前程……可是这么做的前提是——

背叛桓远。

桓远的身份，他略微了解一二，假如按照正常的途径，桓远此生都不能脱离牢笼，因为这个理由，桓远才会冒险考虑反叛的事。他这么一走，等于在桓远毫无防备的时候，给了他血淋淋的一刀。

就算别人不知道，可是江淹自己却明白，他与桓远之间相知相惜心灵相通的情谊，虽然那日在公主面前是做戏，可戏是假，情是真，若不是两年深厚的交往，又如何能做出那样逼真的戏来？

看出江淹的动摇，楚玉温和地再加一把火："你素来有才名，建平王应该会很喜欢你。你曾经作过的诗文，我已经派人给他送去了，只要你去，就能得到他的任用。"说着楚玉觉得有些好笑，感觉自己好像是拿着香甜的毒苹果引诱人的巫婆，不过这毒苹果对于江淹有益无害，所损害的，不过是另一个人的利益罢了。

她并不太担心江淹最后会拒绝。

一面是安逸的仕途与可见的自由，一面是已经可以算是失败的反叛；一面是无限风光，一面是崎岖坎坷；一面是锦袍加身，一面是流血死亡。

利益得失是永恒的矛盾焦点。人皆有趋利避害的本能。

想起早亡的父亲，想起母亲对自己的期望，江淹的脸色像纸一样苍白，手指微微颤抖，从楚玉手上接过了重逾千斤的举荐信，他被压得几乎喘不过气来。

容止不着痕迹地微微摇了摇头，轻叹口气。

楚玉满意地笑了笑。

第八章　天地为炭炉

江淹袖子里揣着沉甸甸的信件，脚步不太稳地回到自己的座位。他一直不敢去看桓远，害怕看见他面上的责难、怨怼、指控，这任何一种情绪都会刺伤他。

江淹之后，是另外五人，楚玉亲自把信交给每一个人，十分温和地给予适当的勉励，看起来简直就像是一个宽容的上位者。没有得到举荐的，也在这其中看到了希望，有的甚至露出了跃跃欲试的神态。

可是席中一人，风仪古雅，面色却凄厉惨白，眼神幽冷似鬼。这人便是桓远。

入眼是灿烂的春光，桓远却只觉得自己身处隆冬，满枝雪白的杏花尽作冰雪。

他本以为就算被公主发现事败，也不过就是一个“死”字。却没料到楚玉采取了这样的手段，她不要他死，她要他众叛亲离，被所有人背弃。

他不在乎失败，可他在乎江淹。

直至现在，他还记得，昔日在容止阁楼之中，他与江淹有一段时间同处一室，但彼此都不交谈，直到有一天两人在找书的时候，不约而同地摸上同一册本，看向对方，才忍不住开了口。

“这位……”

“兄台……”

支离破碎片片飘零……全都一去不返了。

安排好六人，楚玉心情放松了不少。她端起酒杯，下意识地瞥向桓远所在的方向，想要看看现在的他是何神情。目光触及桓远，楚玉愣了一下，虽然计划是她安排的，可她没料到江淹的背叛给桓远的打击那么大。

虽然心头有些过意不去，但是假如再来一次，楚玉还是不会改变做法的，毕竟此事不可不为，她并非真正的山阴公主，暂时无法掌控全局从容布置，只能另辟蹊径分化他们。

宴席散后，楚玉特地留下江淹，给他敬了三杯送别酒，微笑道："建平王向来喜欢文章书籍，并且也是年轻人，你在他那里，一定能够如鱼得水，我在此祝你一路顺风。"

此时人已经散去，留在楚玉身边的，只有江淹、容止以及不远处贴身保护的越捷飞。

听着楚玉的话，江淹百感交集五味杂陈，他现在也不知道自己对楚玉是憎恨还是感激。但楚玉给予了他恩惠和帮助，这是不争的事实。

猛地灌下一杯酒，江淹脸颊上浮现两片飞红，他低头恳求道："公主，我走之后，请不要降罪桓远，此人有惊世的才华，即便是我，也远远不及，倘若……实在可惜。"他估计楚玉大概是知道他们密谋的事了，才会使出这样的手段分化他们，带着对桓远的愧疚之心，他向楚玉求情。

楚玉微微一笑："这个你可以放心，倘若我真想处置你们，根本不必如此大费周章。你也看出来了，我今天故意在众人面前让你选择，逼迫你背弃桓远，这一点，你是否怨我？"

江淹神情迷惘道："我不知道。"

楚玉端起酒杯，抿了一口酒，此时的酒度数不高，加上又是温和的果酒，她纯粹就拿来当果汁喝了："你很诚实，假如你立刻说不怨我，那就是胡说八道了。我这么做，有我的用意，你是否还记得当初你遭人诬陷入狱，虽然是那人不对，可是你有没有反省过自己？"

江淹立即就有些不痛快："我没有过错，为何要反省？"

楚玉叹息道："为什么那人不诬陷别人，偏偏诬陷你？而且你从前的同僚，没有一个为你周旋，难道这不是你平时做人太失败的缘故吗？"

见江淹发愣，楚玉继续道："有一个词，叫作刚极易折，太过刚硬了就容易折断，我绝不是让你和贪官污吏同流合污，可是你在保持自身高洁品格的同时，也要懂得一些委婉周旋，没有几个官场上的朋友，你的仕途很难顺利。"她安抚地一笑，"我并不是想说服你什么，只是希望你在一些时候能想起我的话，有时候低头和妥协并不可耻，太过在乎一些不必要的东西，反而会害了自己。"

江淹凝视楚玉许久，才慎重地举杯："多谢公主教诲。"虽然并不认同楚玉的话，但是他能够感受到楚玉说话间情真意切，确实是为了他好。

楚玉笑一下，举起杯子来，却发现杯中的酒不知什么时候空了，她让容止倒酒，但是酒壶中也是涓滴不剩，便索性放在一旁："我今天这么做，其实是想磨一下你的锐气，这样今后你再碰壁，受到的挫折会少一些。你才气惊人，有大好前程，往日都可视作尘烟。"这么说，虽然一开始是存着一点收买人心的意图，但是她也确实不忍心让这个才子因为过于刚强的性格遭受打击才说的那番话，劝到后来，却是诚心诚意了。

尘烟？

江淹有一些惘然地看着前方枝头飘落的杏花，在这里的一切，真的都可以当作过往尘烟吗？

话说到这里，该说的该劝的都已经做齐了，楚玉慢慢地站起来，忽然好像想起了什么，偏头看着江淹，轻轻念道："黯然销魂者，唯别而已矣。"

越捷飞不懂得诗文，但是容止和江淹听了，先是不由得一愣，奇怪楚玉为何说出这样的话，可是两人暗中拿这话在心里一揣摩，心中皆是一动。

"黯然销魂者，唯别而已矣"。这话乍听起来浅白，却道尽了别离之意，有些东西，第一个说的人是天才，第二个说的则是跟风，从前未曾有人这样形容过别离，因此二人听来，都觉得耳目一新，却不晓得楚玉不过照本宣科而已。

江淹自己就是个很会写文做诗的，鉴赏品位自然不错，他将这句话细细琢磨几遍，神情越来越惊讶，这句话太合他的心意了，不知怎的，无端便有种难以言喻的亲切感，胸中有什么隐隐约约地要萌发出来，却又好像少了些什么。

可是他也能确定，自己从未见过或听过这句话。

楚玉说出这句话，本意是想试探一下，最后分辨一下这个江淹是不是历史上那个，说出来后瞥见二人神情，她忽然想起一个忽略掉的细节，暗叫一声糟。

就算这个江淹就是那个江淹，以他现在的年龄阅历，也写不出来这句话，换而言之，她把今后江淹要写的句子给剽窃过来了。

哎呀呀，真不是故意的。

楚玉耸耸肩。

不过事已至此，反正都已经剽窃了，她也不能说这是你今后会写的诗文，我提前说出来还给你，只故作镇定地微笑着，任由江淹放眼打量。

喝完了送别酒，楚玉让人带江淹去收拾路上需要的东西。自己却留在杏花林中，靠在一棵杏花树边，未受伤的手拿起空了的酒杯随意把玩。

"你看我处置得如何？"她凝视着杯缘，问一旁的容止。

容止笑道："很高明，我从不知道公主有这样的好口才，一番话，不费吹灰之力就淡化了江淹心头的不快。他日若有缘相逢，他也会记得今日公主的恩惠。"

楚玉扯扯嘴角。其实她并不是很耐烦留在公主府内算计一帮男宠的事，但是既然继承了山阴公主的身体，也应理所当然继承其他的一切。处理这些事，是她的义务。

不一会儿，便有一个英气勃勃的少年走回来。他站在杏花林边，犹豫着要不要接近，倒是楚玉先发现了他，让他过来说话。

这少年也是男宠之一，楚玉记得他好像姓沈，名字却是忘了，少年走过来，神情似是有些不安挣扎，最后才终于下定决心地跪下："公主，沈光左有十分重要的事，向你禀报。"

楚玉手指一紧：来了。

容止淡淡地笑了笑："他倒是见机得快。"

沈光左将自己所知道的桓远的筹划全盘托出。原来桓远身在府内，却设法买通了公主府上的人，得以与当朝一些手握权势的重臣联络。

楚玉听着不由得有些惊叹，惊讶于桓远的手法之巧妙，其实说白了，他所用的手法，无非是买通。可是这买通也需要技巧，什么人能买，什么人不能买，需要多少代价，从内府到外府的传递，机密的保护，彼此的制衡，因为要考虑的事情太多。兼之自身局限，导致进行得比较慢，还没完成就被楚玉中途截断，可是这其中的巧妙精细之处，也足够令人惊叹了。

不得不说桓远等人毕竟是读书人，办事情还是比较文明的，没有动不动就要打打杀杀。他的计划，也不过就是借助外界压力，强迫楚玉释放他们，兵刃相见，那是不得已的最后一步。

怕楚玉不相信，沈光左特地说得十分详细，楚玉虽然一直面带微笑地听着，心中却有些不太舒服。毕竟这才前后脚，这少年便摸上门来告密了，可见利益的诱惑何等强大，人心又是何等容易动摇。

眼前这沈光左，倘若为官，恐怕也只是趋炎附势之辈。

但是他所为毕竟是对她有好处的，楚玉不会傻到因为一点个人好恶而做出任性的决断。她十分亲切地扶起沈光左，微微笑道："你说的这些，我查证之后，会给你重赏，你来到我这里也有一阵子了，想不想出去闯一番事业？"

沈光左面上露出跃跃欲试的神情，却又不太敢直接说出来。楚玉随口道："你是擅长文，还是擅长武？"

沈光左眼睛一亮："我自幼练习武艺……"

楚玉打断他："很好。"随即偏头望向容止，"你说我应该把他举荐给谁？"

容止认真地思考了一下："我建议，将他推荐给龙骧将军沈攸之。"方才沈光左所说的桓远欲联络的重臣之中，首位的便是当朝重臣沈庆之，沈攸之则是沈庆之的堂侄。

沈光左一听他的话，脸上压抑不住狂喜之色。楚玉就算不知道这个龙骧将军是干什么吃的，但看他的神情，也知道这是一个好去处。

打发走了沈光左，楚玉便忍不住问容止道："这个沈光左是个趋炎附势的小人，你为什么反而给他这么优厚的前程？"口头虽应下，但由于沈光左投诚得太快，楚玉还是有点瞧不起这种人。尽管沈光左是投靠向自己这一面，可是楚玉心里的观念令她更为看重有骨气的人。

容止微微一笑道："眼下时局动荡不安，派他到沈攸之那里，还能够发挥更多的用途。我曾经查过沈光左的底细，他算是沈家远房的族亲，有这层关系，他的晋升会更快些。你莫要嫌弃他是小人，正因为他是小人，用起来才格外得心应手。假如是江淹这样的人，我反而不敢随意使用。”

听他言下之意，这个沈光左，今后尚有用处，楚玉略一沉吟，便不再追究。

有时候感情和理智是不能统一的，这个道理她能明白。

再等一会儿，没有人跟着来告密了。容止便对楚玉道：“我去跟沈光左说一些要注意的事。”说罢，先行离去。

容止找到沈光左，两人在房中谈了足足半个时辰的工夫。过后，容止走出沈光左的卧室，忽然想起一事，便朝距离此处不远的修远居走去。

修远居是桓远的住所，也是单人独居，整个西上阁里，除了驸马何戢，就只有桓远与容止是独居的，别的男宠，都跟其他人住在一起。但是与容止住处的清静不同，桓远的居所，周围有侍卫把守着，门口站着的两名侍卫一看容止来了，立即行礼让路：“容公子请进。”

面前摆着一个长方形漆盘，盘中装着一把酒壶、两只酒杯。桓远跪坐在角落的阴影之中，模糊了面容神情，只隐约能瞧见其修朗眉目的轮廓。

容止走近的时候，桓远忽然从地上一跃而起，一把揪住他的衣领，将他重重地按在墙上。容止的肩胛骨与坚硬的墙面狠狠撞击，钻心的痛楚立即蔓延到四肢百骸。

“你要做什么？”身体痛得几乎僵硬，容止冷淡地道。

因为痛楚，他额上迅速涌出冷汗，一颗颗汇聚滑落下来，可是他的神情却还是那么散漫，眼色从容悠然，好像那身体与他全无关系：“动粗不是你的性子，桓远，不要丢了自己的风度。”

桓远面无表情地凝视容止片刻，才缓缓松开手。他坐回原来的位置，拿起放在面前的酒壶，自己斟了杯酒：“公主知道了我和江淹谋划的事，是不是你告的密？”这酒，是他为了给江淹饯别准备的，虽然江淹弃他而去，可他还是想要再见他一面，却不料刚走到门口就被侍卫拦下，限制了他的行动。

从前他行动虽不自由，可是却也不似这般被困于室内，显然这些侍卫得到了特别吩咐。

容止轻笑一声道：“你太低估公主了，今天席上的处置，是公主所想出来的。那日你与江淹密谈，公主在假意离开后，又去而复返，连我也不曾防范，随后公主便决定把江淹遣出府。”不过那拦阻桓远的侍卫，却是他吩咐的。桓远虽然已经失败，可是犹不死心，想要借送别来勾起江淹的愧疚，便于他今后行事，但容止偏偏不给他这个机会。

桓远沉默半晌，才慢慢道：“容止，事情已经到了这个地步，我怎么样已经没关系了，我真心真意地问你，在公主身边，你真的甘心吗？”

容止笑而不答。

桓远低声道：“虽然除了平日帮助公主管理内苑事务，你从来不显风头，可是我却觉得，你所展示的才华，尚不及所拥有的一成，你是不世出的人物，到了外面，足以呼风唤雨影响天下，你真的甘心留在这公主府，做一个骄奢女子玩赏的面首？”他的声音低沉沉的，在暗沉的空气中压了过来，“你真的甘心吗？”他来到公主府两年，认识了容止两年，这么长的时间，他从未真正看透过容止。最初以为他温和可欺，后来却渐渐明白，这个貌似无害的少年是多么深不可测。

容止依旧笑而不答。

望着他好一会儿，桓远神情一松，忽然笑道：“你不甘心的，否则你为什么不敢回答我？你没办法真心实意地说自己心甘情愿。”他相貌极其温雅俊美，神情舒展开来，刹那间仿若在暗处翻开大片皎白的花瓣，于洁净之中飘浮着抑郁又空灵的美。

桓远说完这番话，容止有了反应，他伸出手来，慢慢地给自己倒了一杯酒，倒得很满，直到酒液快要漫出杯子，他才放下酒壶，轻声道：“桓远，你莫要忘了，今天你能够安然活着，是谁给的？你是罪人之子，倘若不是公主设法救护，你早就死在乱刀之下。你不但不感激她，反而心心念念着反叛，忘恩负义，桓家的祖先是这么教导后人的吗？”

桓远道：“不可否认她救了我，庇佑了我，可是她的营救，纯粹出自私心，将我当做禁脔收藏起来，老死在这公主府中。可是容止，我不愿意。”他以非常平静的口吻这么说，这是一种已经彻悟的决然。他的眉眼修长疏朗，眼睛里的光彩，宛如润玉上那一点微微的莹泽，看上去柔和，实际上却坚韧无比，“至于桓家祖先……难道不就是毁在她刘家的手上吗？”

曾经辉煌一时的士族，多年前连衣衫上都带着不可逼视的荣光，如今都埋葬在不知名的黄土之下。这乱世里成王败寇，他无话可说。

可是……

“我不愿意。”桓远坚定地说。

尽管已经沦落至此，可是让他做一个女子的玩物，他不甘心。

他也绝不会为了成全清白而自杀。生存乃是世上最大的恩赐，放弃生命才是懦夫的行为，曾经府内有男宠因不愿受辱而投湖自尽，看着那冰冷的尸体，桓远虽然感慨，却并无一丝敬佩。

生难死易，他选择了艰难的那条道路。

“不愿意啊。”容止轻轻地笑出声来，“好志气，好风骨。可是桓远，你没得选择。”

容止端起酒杯，观赏澄碧的液体，酒液因为他的动作洒出来少许，洒在他雪白的衣衫上，洇开一小片幽绿的印渍，“你方才说我不甘心，你不是我，又怎么会知道我的想法？”

见容止起身要走，桓远知道今天无法说服他，叹了口气道：“也罢，你甘心，我却不甘心。就算这次失败了，但只要我活着，就不会放弃。纵然不幸死了，也强过在此忍受煎熬。”

容止笑了一下，慢慢地朝屋外走去，走到门口时，他的脚步顿了一下：“煎熬？”他反问桓远，“你觉得，留在这里锦衣玉食性命无忧，对你来说是一种煎熬？”

桓远嗤笑一声：“难道我应该认为这是天大的恩宠？”

容止的脚步顿了一下，便继续朝外走去。过了一会儿，桓远好像听见屋外隐隐约约模模糊糊地传来一句话，好像有，但又好像是他恍惚间产生的错觉。那声音是那么渺茫，好似自亘古洪荒时便存在的怆然——天地为炉，世间万物冥冥众生，谁不是在苦苦煎熬？

容止离开后，楚玉在杏花林中徘徊片刻后，便打算回去。途经东上阁与西上阁交界处，正看见江淹和其他五名刚才已经得到出路的少年朝外府走去，楚玉朝他们点点头，便从他们身边错肩而过。

没有牵挂，没有回头，出了这扇门，他们今后便是陌生人。事实上，对于楚玉来说，这些人原本就是陌生人，没有什么舍不得的。从此之后便是永诀。楚玉这么想着，嘴角微微翘起，没有回头。

这是一场告别，对过去的山阴公主，也是对过去的楚玉。

从此以后再难相见。几乎是同时，这么想着的江淹，忍不住回头看了一眼，他从前日夜所想的，无非是早些离开这个鬼地方，可是能够离开的时候，却产生了一些困惑。

那个女子的背影，洒脱而自由，没有了往日的高高在上，陌生得好像第一次看到一样。

第九章　街头狂奔秀

送走江淹、沈光左等七人，又过两日，陆续有男宠向她投诚，说出桓远的安排，他们也得到了想要得到的——自由与前程。至于具体将谁举荐给什么人，由于楚玉对环境缺乏了解，还是不得不将这件事交托给容止，让他全权办理。

虽然楚玉依然没有完全相信容止，可是在这个完全陌生的世界，假如不借助他人的力量，她只能像只无头苍蝇一样乱撞。

有的男宠只求走人就了事了，但也有些不安分的，临走前还不忘陷害别人，比如跟她告密说谁谁谁某日某时骂过公主什么的。楚玉左耳进，右耳出，笑笑点点头，转身便忘得干净。

三个女人是不是一台戏她不晓得，不过三个男人一台戏，她在这里算是见识到了。她要是真耐心处理这些乱成一团的关系，不知要耗费多少精力，不若什么也不理，干干脆脆一刀斩断。

短短几日，人物风流云散。除了不能放的，不想走的，没处送的，二十多个男宠，只剩下六个还留在府上。

虽然每天被一大群美男子围绕着，确实赏心悦目，但是看久了也会眼花。更何况，他们大部分并不是真心诚意留在这里的，在一起困久了难免会出乱子。桓远的这件事虽然被她扼杀在摇篮里，可是他日难保不会再出现一个张远李远，不如早早将他们送走，还能顺便做个人情，让他们心存一点感激。

楚玉知道，倘若是从前的山阴公主，绝不会像她这么压不住阵，但是山阴公主的威信，无非是通过狠厉手段换来的。她无法狠下心效仿，便只能做千年之后的楚玉，用她自己的法子。

虽然楚玉本意是想要全部送走，可是最后却还是意料之外地留下了六个人。

那日在席上看到的少年，名叫百里流桑，便是没处送的。毕竟一个年岁不大的男子，再有才华也是能力有限，而当初山阴公主见到流桑时，他的父母已经被盗贼杀死，现在就算放流桑出府，他也无处可去。

柳色、墨香两人，他们虽然有出府的机会，但是两人都拒绝了，表示一定要跟在楚玉身边，甚至给她玩起了一哭二闹三上吊的把戏。这两人中，柳色是贫寒出身，因为听说山阴公主好男色，便奓着胆子埋伏在山阴公主游玩的地方，进而被收入府内。而墨香，则是别的权贵送给山阴公主的玩物，据说家中犯了重罪，已经被满门抄斩。

两人一个哭着说假如被赶走就会活不下去，一个泫然欲泣地控诉当初叫人家小香香现在却翻脸不认人，同时一个上吊一个投河，简直就好像事先编排好的一样。楚玉何尝不知道他们在装模作样，这套把戏当初她在电视上不晓得看过多少遍，曾想狠下心驱逐二人，但又担心这二人寻死太过用力，弄假成真真挂了，不得已只好留下了他俩。

毕竟是于心不忍。

另外一个叫花错的，就是那个两次宴会都抱病不来的男宠。不过与桓远的称病不同，花错是真的疾病缠身卧床不起，他的命全靠公主府的上好药材和医生吊着，因此楚玉也不能就这么将他赶走。

而桓远……楚玉觉得这个人十分为难，在看到资料之后，楚玉才知道，原来桓远的祖辈桓家也曾经是一个权倾朝野的名门世家。可是在几十年前，桓家的主事者因为造反，被山阴公主的先祖刘裕趁机给灭了，而桓家没有参与谋反的成员则被软禁，几十年来也陆续被杀得差不多了，只留下桓远这么一点血脉。

两年前山阴公主无意之中看见桓远，大为心动，便想方设法将桓远秘密弄到了自己的府上。至于桓远愿不愿意，却不是她关心的事。

从这层关系看来，楚玉的祖先是桓远抄家灭族的仇人，所谓父仇不共戴天，更何况楚玉家里把桓远的父仇母仇这仇那仇给占全了，桓远没有拿刀子捅她，那是他忍辱负重，绝不是仇恨化解了。

但是微妙就微妙在，桓远是罪人之后，他虽然憎恨着山阴公主，但却也要依靠公主的势力才能保全自身的安危。

最后是容止。

楚玉也曾问他想不想离开，结果容止没有回答，只笑着对她念了一首琴歌《凤求凰》，语调温柔款款，念得楚玉心跳加速脸颊发烧，竟然没好意思再问。

公主的生活是什么样的？

身为公主，既不用关心国计民生，也不用操劳外敌内乱，有吃有喝有房有地有权有势，外加有美男子，也难怪山阴公主闲着无聊，将大好的青春都消耗在卧室里那张华丽的大床上。

既然自己来到这个身体里，不用多想，山阴公主八成是挂了，楚玉也不关心她是怎么挂的，只不过，她既然继承了山阴公主的身份，那么顺理成章地，吃喝嫖赌……呃，嫖就不用了，吃喝赌之外，她应该以一千多年后的眼光，发掘些新玩意儿来给自己找乐子，否则在这个没有电脑的年代，生活显得苍白缺少乐趣。

花了点时间研究山阴公主的笔迹，楚玉发现山阴公主从前写的都是行书，一手字写得很是娟秀，难以在短时间内模仿得像。斟酌再三，楚玉决定练习隶书，从头练起，这样就没有人能指出笔迹的差异了。

两三天时间把从前荒废的字练得像些模样，看上去勉强能唬人了，楚玉也懒得精益求精，便开始执行身为公主的主要任务：玩。

留在家里没什么意思，无非是吃吃喝喝，她现在已经无聊得开始拿夜明珠当弹珠玩了。假如再自由发展下去，她恐怕会效法古人，撕绸缎听声音玩，于是很快地，楚玉将目光放到了公主府外。

楚玉现在所在的城市名叫建康，但是在今后的一千多年里，它会改名叫作金陵，最后叫作南京。

千年古都南京，这个城市凝聚了太多的繁华光彩，太多的颠沛沧桑，厚重得难以想象。重生在古代，并且正好重生在这个时代这个地方，假如不好好浏览一番，实在是辜负上天的美意。

既然要玩，楚玉自然有自己的原则，假如一大群侍卫跟着，前呼后拥地逛街，那有什么趣味？唯一的好处就是看到良家帅哥强抢起来方便，可是现在楚玉没这嗜好，完全不需要。

家中才清理走一批，留下的那六个还让她有点头疼，她毕竟不是山阴公主，没那么大的胃口吞下。

楚玉也不想在街上太过引人注目，那么最好的办法便是改装。她穿上男装，将头发束起来，摇身一变，便成了个翩翩美少年。

她容貌原本就舒雅清秀，即便是做男子打扮，依然显得风仪出众。

楚玉带着越捷飞从公主府后门溜出去，穿过偏僻的巷子，便来到了人来人往的街道上。

街道两旁店铺林立，旗帜招展，一些人家门口种植着高大的柳树。此时正是春季，暖风一吹，柳絮便在空气中飘飘荡荡，有的飘到了楚玉身上，楚玉拿手指将柳絮拈起来，仔细看了一会儿才丢开。虽然这柳絮与公主府内的、与一千多年后的并无两样，可是楚玉却忍不住打心眼儿里觉得飞扬欢喜。

走着走着，楚玉发现有很多人正以热烈的目光看着她，最初是一些十六七岁的小姑娘，她没有往心里去，可是后来发展到了街上百分之八十的人都在看她，一边看还一边朝她指指点点，彼此窃窃私语。

从来没遇到过这种情况，楚玉有点慌神，不知道这些人为什么都看着她。楚玉自觉穿男装的样子虽然俊俏，可是却没有达到那种能把人迷得神魂颠倒的地步，那么她被人瞩目的原因又是什么呢？

难道他们看出来她是女孩子了？

楚玉停住脚步，走向距离自己最近的一个平民少女问道：“你们为什么看……”她话还没说完，却听见那少女一声惊叫，抬手取下头发上簪的绢花，朝楚玉丢了过来。

楚玉心头一凛，立即后退：“你做什么？”难道她看起来这么像色狼禽兽吗？连一个小姑娘都要朝她丢东西不让她靠近？但是要丢东西自卫，也不要丢这么没有杀伤力的东西吧？更何况，她曾经用水盆照过脸，觉得自己这外貌还是比较拿得出手的啊……

在少女行动之后，恐怖的事情发生了，只见附近的男男女女都拿出了东西，有的拿着花，有的拿着柳条，有的拿着还没成熟的瓜果，甚至有人拿着一棵个头尚小的白菜……

纷纷朝楚玉砸过来。

疯了。

楚玉脑子里陡然浮现出这个词，她下意识地拉住越捷飞，护着头，拔腿就跑。

都这个架势了，她要是还留在原地被人砸，那她就是个傻瓜！

虽说楚玉完全可以命令越捷飞殴打甚至驱散这些人，可她毕竟不是山阴公主。生于自由平等环境的少女，骨子里完全没有视百姓为蝼蚁的心态，遇到这种情况，第一个反应不是“给本公主打散这群蚁民”，而是不知如何是好地逃跑。

跑了几步，楚玉回头一看，脸唰的一下白了，只见刚才拿东西砸她的人，砸完了还不过瘾，居然纷纷朝她追了过来，嘴里还叫喊着。

楚玉哪里见过这个阵势，心绪杂乱如麻，根本就没注意他们乱糟糟地喊些什么，她只想赶紧逃走，于是拉着越捷飞跑得更快。

这帮人简直就是一群暴民！就算，就算她看起来比较像禽兽，也用不着对她赶尽杀绝吧？

但楚玉越是逃跑得飞快，那些人越是追得起劲，最初是十几人在追，她每跑过一条街，身后都会多一些人，最后竟然发展成上百人的队伍！

楚玉和越捷飞两个人在前面狂跑，后面跟着一百多人狂追，浩浩荡荡好不壮观！

疯了！

楚玉脑海之中一片混乱，她甚至不明白为什么自己只是出来逛一次街，就闹出这么大的动静。

堂堂的南朝首都，治安民风怎么糟糕到了这个地步！

一片混乱之中，楚玉脑中飞快地闪过一些破碎的念头，乱七八糟地撞在一起，砸得四分五裂，一瞬间又被急迫的焦虑所淹没，在慌乱之中，越捷飞的手不知道什么时候已经被她放开了，转眼间连人都看不到，楚玉也不敢回头去找，只能继续跑下去。

身后的脚步声噼里啪啦，轰轰隆隆，敲打着楚玉紧绷的神经，这身体毕竟不够强健，跑了一会儿便忍不住开始喘气，楚玉的脚步也慢了下来。可是一听到身后逼近的人潮声，身体里又凭空注入一股力量，跑得更快一些，直到再一次感到力气不支。

如此反复几次，楚玉终于再也无法从身体里榨出更多的潜力了，拐过一个拐角时，心中一横，暗道：死就死吧。可是眼前忽然横里闪出一个人，飞快地对楚玉道："跟我来。"

他带着楚玉，在复杂交错的小巷中穿梭，不一会儿，便甩开了那些人。楚玉停下脚步，剧烈地喘着气，脑海里一片空白，只感觉汗水拼命地往身体外涌出。

其实也不是一片空白，身体极度的负荷之中，楚玉在回想自己刚才的表现，她骤然看到这么多古代人气势汹汹地围过来，一下子慌了神，甚至来不及思考如何才能作出最合适的处置，只能凭着直觉逃跑。

那人在身旁好像说了什么，楚玉迟了几秒才反应过来："这位兄台，你说什么？"她的声线原本就稍偏低沉，剧烈奔跑之下喘息未定，更是掩盖了所有的女性特色。

救了楚玉的那人，容貌端正，衣衫十分华丽，显然也是家境不错。他近处瞧着楚玉姣好的容貌，心底暗暗赞叹，对于楚玉刚才没听到他说什么也不以为意，又重复了一遍："在下柳述，阁下是第一回独自出门吧？"

楚玉点点头，诧异地反问："你怎知道？"柳"树"，这名字真个性。

柳述笑道："看你刚才模样便晓得了，你大可不必害怕，那些人没有恶意。"

楚玉犹自惊魂未定，下意识地脱口而出："那还叫没有恶意？"都拿着东西砸人了，假如这叫没恶意，那什么才是有恶意？

柳述道："阁下有所不知，其实方才他们只是想要表达对美男子的仰慕，才会群情激动。阁下一逃，反而触动群情，叫他们追得更加疯狂了。"

楚玉瞪大眼睛，简直不敢相信自己听到的话：怎么可能？这都快赶上二十一世纪的追星了，可她有什么好追的？

柳述一笑："你莫要奇怪，本地风气向来如此，只要你应对得当，并不会引发骚乱，又或者今后出门时，多带几个护卫，这样便可隔开百姓。"他见楚玉衣衫精致，风仪华美，想来家世多半不凡，便有心刻意结交，利用对地形的熟悉为她解围。

听柳述慢慢解说，楚玉才明白，原来这是潘安那时候传下来的风俗，看见美男子出行，大家就拿鲜花瓜果丢给他，来表达自己的倾慕之意。她听着便感觉头皮发麻，遥想潘安当年竟然能在那么多瓜果的攻击下保住一条命，委实太不容易了。

古代还有个美男子叫卫玠，和潘安一样都十分帅，帅到什么程度呢？就说他往人群中那么一站，仿佛明珠美玉居于瓦砾之中一样。当年他头一次来南京，也就是建康，本地群众听说这个美男子来了，结果人山人海地围观，街道上被挤得水泄不通寸步难移，硬是把人家体弱多病的美少年给活活看死了。但是结合今天自己的遭遇，楚玉怀疑那位卫家美男子是被果子鲜花什么的活活砸死的。

这是一个崇拜美色的时代，尤其是男色。

这年头当美男子不仅需要外表漂亮，还需要一具灵活矫健的身体。

楚玉愣了半晌，松了口气，笑道："长见识了。"心道原来不是她看起来太禽兽，而是本地的民众太禽兽，见着个美男子就要扑过来。如此说来，她的变装还不算失败。

休息一阵，两人挑选僻静的地方走。路上又攀谈一番，楚玉心中透亮，明白自己不过是半桶水，大多数时候都是倾听，在能明白的地方偶尔插上一两句自己的见解。她含笑沉默的神情翩翩，显得沉稳深沉，兼之见解别有独到之处，令柳述更为心折。

柳述所谈的，多半是诗文，虽然楚玉对古代韵文的研究不深，但是这并不妨碍她装高明，毕竟她胸中所藏，是积攒了一千多年的诗文精粹，见识上就高出不少，因此每每说话时，虽然只寥寥片语，却能恰好说到点子上。

柳述刻意结纳楚玉，楚玉也想结识一下外面不同的人，有助于自己更了解这个世界，两人越谈越是投机，虽然不知道对方内心是怎么想的，但是表面上看起来，已经像是多年好友一般了。

时间就在交谈中慢慢流过，柳述想起自己还有事要办，便向楚玉告别，才走了两步又回过神来，赧然笑道："说了这么久，我还不知道应该如何称呼阁下。"

楚玉微微一笑："在下喻子楚。"考虑到山阴公主那绝对算不上好的名声，她不便说出自己真正的名字。

"原来是子楚兄。"柳述笑道，"三日后我将在城外的平顶山举办曲水流觞诗会，子楚兄可否愿意参加？"他见楚玉见解深刻，便想当然地以为她作诗一定不错，又哪里知道楚玉不过是占着时代的优势，直接攫取前人的成果。

顿一下，他又好似漫不经心地道："届时，千金公子也会前来。"虽然表面上像是漫不经心，可是楚玉能看出来，他话语之中有一种压抑不住的、近乎炫耀的意思，仿佛在说："大明星也会参加，你要是不来，那太可惜了。"

虽然柳述被蒙骗了，但是楚玉对自己的水准却是心知肚明。她刚想拒绝，忽然念头一转，便应承下来："好的，我一定去。"虽然另有目的，但同时，柳述的言行让她不由得对那位千金公子有些好奇，不知是何等了不起的人物。

第十章　临时抱佛脚

目送柳述离开后，楚玉才郁闷地想起来，她根本不知道自己现在在什么地方，方才情急之下，她忘了记忆路途，大概是迷路了。

她左右看看，选了一个方向便要尝试找来路，身边却忽然多了一条人影，那人影无声无息的，鬼魅般出现。若非在公主府内已经有过同样的情况，楚玉此时恐怕就要叫出声来。

来人自然是被楚玉不小心甩掉的越捷飞，他望着柳述离开的方向："公主不把那人带回去吗？"

楚玉正想直觉地反问为什么要带回去，话未出口便陡然领悟过来：那山阴公主从前只怕没少让越捷飞干这类勾当，在街上瞧见顺眼的男子便让人打昏了带回府去。现在想来柳述长得也算不错，只是在公主府内那些人的映衬下，却仅仅能够得上"端正"二字而已。

有比较才有优劣，楚玉现在才明白，山阴公主收藏起来的男人是什么等级的优质货色，但是却被她一下子放走了大半。假如，她是说假如，假如山阴公主地下有知，也许会被她气得再死一次。

"不必……"伴随着心里的一声叹息，楚玉淡淡地道，忽而又想起来，"你方才为何不带着我逃离？"看越捷飞这个架势，似乎并不像她原先所想的一样被甩开，而是一直跟在她身后，为何他不出手相救，难道存心看她笑话不成？

越捷飞惊讶地道："公主原来不喜欢那样吗？"

楚玉登时默然。

原来因为她没有下令，导致越捷飞以为她在享受被追逐的乐趣，时下确实有名门公子有这样的嗜好，被这么多人倾慕追赶，是一种极大的荣耀，甚至有极端者攀比谁身后追逐的人比较多。

两人挑选僻静的小道回公主府，走过一条街巷时，楚玉听到巷口传出妇人的喝骂声：“你们若是再不听话，就叫坏公主把你们给捉了去！”

坏公主？

楚玉心中微动，不由自主地停下脚步，朝巷子里望去。只见参差不齐的两排木房之间，一个健壮的妇人正拿着一条看不清原本什么颜色的抹布，单手叉腰喝骂身边的两个小孩。

两个孩子一男一女，好像在地上打过滚一样脏兮兮的，都是六七岁上下。男的那个听了这话，立即瑟缩一下老实了，而女孩儿却还不肯乖乖听话，用稚气的嗓音反驳道：“我才不怕，坏公主只抓男娃娃，不抓女娃娃。”

他们口中的坏公主……

楚玉心头有一种很不妙的预感，下意识地朝越捷飞看了一眼，对方回以十分肯定的眼神：说的就是你。

楚玉大为郁闷，心想这山阴公主真是恶名在外了，连大婶都拿她当作狼外婆吓唬小孩子，幸好刚才没对柳述说本名，否则他九成九跑得比兔子还快。

不过话说回来，她就算要抓男人，也至少是抓家里容止、桓远那个等级的，至于看上这脏兮兮的小破孩吗？

那妇人见吓唬不了女孩儿，立马变了脸色，骂道：“坏公主不抓女孩儿，但是妖法师抓，当心把你们俩抓去，正好凑一对童男童女。”

小女孩儿一听，似乎极为戒惧，也跟着老实了。

楚玉眼睛一亮，心想原来还有比她更加恶名昭彰的人啊，不晓得那妖法师是什么人物，又有什么“杰出”事迹，比她的名号更能吓唬小孩？

带着疑问，楚玉回到公主府里，结束了这一次虎头蛇尾的出游。

楚玉站在沐雪园的园门口。这是她第二次来到这里，上一次是闲逛时瞧见桓远与江淹相会，这次，却是为了临时抱佛脚。

虽然胸中有超出千年的品位见识，但是楚玉却并不打算完全依赖这些。

文学这个东西，因为时代的不同，欣赏的角度与方向是有很大差异的。假如她在诗会上作出一首元曲，甚至是现代散文诗，只怕没有几人会欣赏，因此当务之急是多了解现在的诗文界流行风向，所谓临阵磨枪，不利也光。至少她能装装模样。

打听到府内最大的藏书阁在容止的沐雪园中时，楚玉就犹豫着要不要来，现在却不知不觉地走到了这里。

站在门口，她踌躇不已。她有些不敢见容止。

几天前的情形还清晰地呈现在脑子里，当她处理完府内其他的人后，转头问他是否想要离开时，那个眼神高雅仿若不可攀附的少年，用深不见底的眸光注视着她，似笑非笑，轻轻地吟起来：

有一美人兮，见之不忘，一日不见兮，思之如狂。

凤飞翱翔兮，四海求凰。无奈佳人兮，不在东墙。

将琴代语兮，聊写衷肠。何日见许兮，慰我彷徨。

愿言配德兮，携手相将。不得于飞兮，使我沦亡。

这是一首用来求爱的琴歌《凤求凰》，大意是说看到一个美丽的人，对她思慕如狂，希望能与她比翼双飞。

楚玉房间里收藏有古琴和琴谱琴歌，正好前不久看到了这么一曲琴歌。

楚玉忍不住皱眉，容止究竟是什么意思呢？难道他在借助这首琴歌来表达对山阴公主的爱慕？只是山阴公主身上哪有一丝一毫值得他爱慕的？又或者，他是如柳色、墨香一般邀宠献媚之辈？可是假如他是那样的人，眼神却为何那般高雅？

他的容貌明明不是顶尖，不要说柳色、墨香，就连被她赶走的男宠之中，也有七八个比他强的。他唯一不同的便是那高雅不可仰止的神情，游离于众人之外，既不抗拒，也不谄媚。

难道这就是山阴公主看重他的原因？

蓦地，楚玉明白过来，原来她心中一直对容止有着深深的忌惮，超过她重生以来所见过的任何人。不管是献媚讨好的柳色、墨香，还是傲骨隐忍的桓远、刚极易折的江淹，又或者反复小人沈光左，这些人至少有一方面是可以看透的。只要一个人有所求，那么便不难找到他的弱点。可是容止不同，他看起来好像什么都不需要，什么都不在乎，甚至连自由也不要……

假如容止是一个什么都不懂的白痴废物，什么都不要地浑浑噩噩度日，便也不足为怪，但是他的心思却那么敏悟通透，处理起事情来井井有条，桓远甚至还曾想拉拢他。这样一个人，怎么甘心以这样尴尬的身份，消磨在一个声名狼藉的公主府里？

又想起那支《凤求凰》，楚玉有一种不敢置信的荒谬感。容止，他该不会真的倾慕着山阴公主吧？这太令人难以置信了。还是说，这《凤求凰》之中，别有什么深意？

意识到自己已经在门口站得太久，楚玉抿了一下嘴唇，推开门，步入园中。

只见满园的清气里，竹林之中，青石台上，斜倚着一个悠然的人影。

容止白色的衣衫似云一般散落在石台上，背靠着身后的翠竹丛。竹简散落在一边。平日里看似深不可测的双目合拢着，自在随意地睡着了，显得毫无防备。

楚玉想了想，放轻脚步，朝林子后面的阁楼走去。可是在经过容止身边时，楚玉脚下不知踩着了什么，林中立即响起了清脆的玉石碰撞声。楚玉一惊，还未及有所动作，容止便已经醒了。

“啊，是公主。”容止懒洋洋地揉一下睡眼，看清是楚玉时，也没起身行礼，只是笑着问道，“公主来我这里，是有什么事吗？”

楚玉略一迟疑，即直言不讳地道：“我想拿几本诗集看看。”

容止有些惊诧，神情莫测地看着她：“我记得公主从前似乎不怎么爱看诗文的啊。”

一时间，春光灿烂绿意葱茏的庭院里，竟似生出些许寒意来。

楚玉连眼睛都没有多眨一下，不慌不忙道：“我现在想看了，不成吗？”她知道容止已经开始起疑，但是只要她不留下确切证据就不必紧张。

静默片刻，容止一笑，道：“公主若是想要亲自寻找，只怕不太容易，还是让我来帮公主吧。”

来到藏书阁之中，楚玉才明白，容止所说的不太容易，究竟是什么意思。

对书阁的第一印象——大。

非常大，七八间宽大的屋子，全都摆满了书架，架子上也都放得满满的，几乎不见什么空余。

对书阁的第二印象——乱。

这是楚玉细看之后发现的，书架上有纸书，有锦帛卷轴，也有竹册。一捆捆竹简卷轴以淡青色的丝绸书衣包着，整整齐齐地摞放在书架上，干净无尘。空气里漫溢着淡淡的书香与檀香混合的味道，可见容止平日里对书阁的打理十分用心。

书阁之乱，并非指容止乱丢书籍，而是这些书籍的摆放，几乎没有什么规律，竹简与纸书混着放在一起，虽然各自摆放得整整齐齐，但是整体看起来，还是乱。

而这些书也没有按照内容分类，各种类型的堆放在一起，非常不便寻找。

对书阁的第三印象——杂。

楚玉随意地翻了一些书，发现这书阁之中，收藏之繁杂，超出她的想象。山川、地理、政治、诗文、民间故事、异闻杂录，几乎什么都有。

容止静静地站在书阁门口，看着楚玉在书架边不停地走来走去，拿起一册又一册书草草翻阅一下，并无半点上前帮忙的意思。他只是在原地沉默地看着，乌黑的深不见底的眼瞳里，似有一股莫测的情绪蔓延开来。

他什么也不说，什么也不做，只是出神似的看着楚玉东翻西找。过了好一会儿，他才慢腾腾地开口指点着楚玉，应该在哪里找她要的诗文书册，同时他自己也帮忙挑选了一些诗集。

“左侧书架第二排第三格第七册。”按照容止的指点，楚玉准确无误地找到了她想要的书。她心中对于他的记忆力表示一百二十万分的佩服。如此杂乱的排布，还能一丝不差地记得哪本书放在哪个位置，这人的脑子堪比电脑啊。

怀里抱着二十多册书，楚玉感觉双臂酸麻发痛。回头正想招呼容止帮忙，却见容止手上捧着十册书，缓缓地道："公主，我拿不动了，你帮忙分担些吧。"说着，他走过来，给楚玉雪上加霜地又摞了十册。

她都没说辛苦，他手上才几册书，就喊累了？

楚玉不悦地瞪着他，后者神情倒十分坦然，好像这是理所应当的。想起自己这些天从未见过容止拿起比一册竹简更重的东西，也许他大概真的是体质柔弱，不胜负荷吧。想及此，楚玉咬牙忍下，权当做一回大力水手吧。

当楚玉抱着书慢慢往外走时，作势继续翻找诗集的容止停下了动作，从楚玉看不见的角度，深深地看着她。

满是书卷芬芳的空气里，那少女容貌是欺骗世人的清雅，虽然她手上的重负让她有些难过，可是压抑之下的神情依然明快如山间松风，眸中有几分飒爽之态。

恍惚间，容止好像看到了另外一个影子，模模糊糊的，与楚玉清丽的面庞分离又重合。

狂翻了两天的书，楚玉看得头昏脑涨，她觉得自己好像又回到了前世上大学时，每每一临近考试前，大家便都拼命地学习，努力记忆书中要点，靠着这种考前突击的做法，竟然一路平安，大学四年都没有落到补考的境地。

对于这种突击式的学习，楚玉是轻车熟路，早已习惯，但是两天来一直看着她的容止却十分不解，终于忍不住在两天后问出来："公主，你这么辛苦地看书，是要做什么吗？"

楚玉放下书本，揉揉酸涩的眼睛："没法子，我受人邀约，要去参加诗会，总要做些准备吧。"

容止失笑道："竟然是这样，公主是想要自己作出诗来吗？"这可有些不太容易。

楚玉想想，道："这倒未必，只是诗会上若只有我一人不作诗，未免有些出格。"

容止抿了一下嘴唇，柔声道："倘若公主在为这个烦恼，大可不必如此辛苦，只消在参加诗会时带上一个人便可。"

"谁，你？"楚玉微微眯起眼，觉得颇为有趣，难道参加诗会也能带枪手吗？

容止摇摇头："我算什么？我说的那人，是桓远。只要带上他，保管不会有人会留心公主你是否有作诗。"

他顿一顿："不过桓远的身份不便示人，公主应该掌控得严密一些。"他说着走到书架的尽头，手按在墙面上，掌心一转，便有一个暗格弹了出来。他从暗格中取出两只瓷瓶，一只瓷瓶身上有斑驳的青蓝色莲纹，另一只瓷瓶身上则晶莹玉白。

楚玉有点紧张又有点好奇地睁大了双眼，盯着两只瓷瓶，心想，那该不会是传说中的毒药吧？

容止仔细地端详着两只瓷瓶，随即将带莲纹的瓷瓶握在手心，将那只晶莹玉白的瓷瓶放回去："这药名为三日锁心丹，服下一粒，大约有三日的时间身子乏力，只能行走，却不能跑动，更遑论动武了，如此一来，你便不必担忧桓远会借机逃走了。"

"这个，会不会对身体有损害？"

"自然是有一些的，三日之后，桓远需要卧床调养半月，才能恢复过来。"容止很随意地说着，好像这并没有什么大不了的，随手将手中的药瓶递给楚玉。

楚玉盯着他，并不伸手接："桓远是不是曾经得罪过你？"假如没有，何以要怂恿她对桓远施以这么阴损的药物呢？

她忽然想起一件事，既然容止在内苑的权力如此之大，那么，那些记载所有男宠资料的卷轴，他是不是也曾经手过？

假如是这个缘故，卷轴上不见容止的记载，也是理所应当的了。

她还记得，府上曾经有几个男宠，据说因为不守规矩而被处置了，那，会不会就是容止干的呢？

容止闻言一愣。他抬眼望向楚玉，漆黑的眼瞳里浮现出微微波动，更深处，依旧是令人看不分明的含义。

楚玉被他看得心虚。虽然明知道自己没什么可心虚的，可是被这样一双眼睛静静地看着，她还是忍不住地心虚……不仅心虚，她的心还乱跳了好几拍。

"公主既然舍不得让桓远受苦，那么便让越捷飞留神将他看紧一些。此人假如放到了外面，一定会反过来成为对付公主的利器。"容止微微一笑，方才异样的眼神好似水月镜花的幻影一般，就那么不着痕迹地抹去。他将药瓶放回原处，"容止还有要事，先行离去了。"他甚至连最简单的礼节也免了，头也不回地匆匆离去。

楚玉就算再迟钝，也晓得容止像是生气了，而生气的原因恰恰是她。可是她想不通那家伙为什么生气，她只是不想伤人而已，这样有什么问题吗？

那家伙究竟计较什么？若是有什么问题，坦白说出来不更好吗？给她摆什么脸色啊？

第十一章　敬酒与罚酒

容止莫名其妙地走了，楚玉比他还莫名其妙地留在原地，手上虽然拿着书，却一个字也看不进去。

她想来想去，怎么都想不通，容止他气恼什么，照理说，容止在府内的地位，几乎就是在山阴公主一人之下，其他所有人之上，甚至连驸马都未必能比得上他。据幼蓝所说，容止平素待人十分宽厚，并不像是小心眼儿的人。

她只不过是带桓远出府门一趟而已，也没有说要给他什么天大的好处，容止不至于连这点小事都容不下吧？

思来想去，乱成一团，不知不觉，斜阳从窗口照入屋内，照在书页和楚玉的手上，像是给楚玉如玉的手指镀上了一层浅金色的光辉。楚玉知道自己这个状态是看不进书了，只得暂时放下，回到东上阁吃了晚饭，洗漱一番，天色便完全暗了下去。

楚玉记得明天就是与柳述约定的参加诗会的日子，也不想睡得太晚，免得耽误了，便走回卧室，准备睡觉。她心中有事牵挂着，没留神卧室所在院子前侍卫的奇怪神情以及幼蓝的古怪眼色。

推开房门，楚玉如同往常一样随口吩咐幼蓝不用守着伺候了，进了屋，反手关上门。

屋内没点灯，但是楚玉这些天来已经把摆设位置记得烂熟，无须分辨，便可以顺畅地走到床边。双手摸在腰上，准备解衣上床，可是她尚未动手，便嗅到空气里有一抹温暖柔滑的若有若无的香气。

楚玉皱了一下眉，原本这卧室里点有熏香，但是楚玉嫌点香时紧闭门窗，空气不流通，加上身上沾染得满是香味也不习惯，便让人撤了。几日下来，屋内香味渐渐消散。怎料现在又闻到了，她才想出声叫人进来询问，忽然想起这香味似乎不是熏香，她好像在哪里闻过。

沉思片刻，楚玉眯起了眼，借着屋内微光，隐约瞧见自己床上的被子下似乎有一个人形的隆起。

楚玉沉默地看了一会儿，走到墙边，点燃挂在墙上的灯具。并不算明亮的黄色光线，立即照亮了整个房间，也让楚玉看清楚了床上的人。那人整个身子连同脑袋几乎都埋在被子里，只露出宛如丝缎般柔软光滑的黑发，铺在床上。

楚玉走回床边，双手环胸，淡淡地道："出来吧。"

那人缓缓地爬起来，不出楚玉所料，果然是墨香。他身上独特的香气专属他一人，若不是闻到这香气，她还觉察不到床上有人。

墨香姿态慵懒地支起身子，丝被随着他起身的动作滑落。他的肌肤皎白如玉，神情似梦非梦，狭长的凤眸之中水光潋滟，流转着惊人的妩媚，伴随着周身的异香，简直是天生尤物。

但是楚玉并不为之所动，只是冷淡地注视着他。墨香似乎能感觉到她心中所想，咬了一下嫣红的嘴唇，眸子半垂，泫然欲泣，眼泪却不流出来。他轻启朱唇："公主，都已经这些天了，你当真一点儿都不想墨香吗？"

楚玉皱了皱眉，并不说话。

墨香的睫毛微微地颤了颤，一滴晶莹的泪水便凄然落下："墨香很害怕，墨香原本便是送给公主的玩物，除了侍奉主人，本身全无所长。倘若公主不要我了，墨香不知该如何自处，公主会不会厌倦了，要把墨香送给别人？"

楚玉原想呵斥他，可是见他身体微微颤抖着，已是不能自持，心头不禁一软，温和地道："你尽管放心，我虽然不再贪恋……床笫之事，可也绝不会如此待你。若你实在是不愿离开，有我一日，有公主府一日，便不会少了你的衣食，你就算想在这里住一辈子，也行。"她心中叹息着，看这个情形，这墨香也是受过不少苦，才会如此没有安全感，甚至想方设法地爬到了她床上，希望能用身体争取一些什么。

楚玉好不容易打发走感激涕零的墨香，叫来侍卫，问道："你们怎么放他进来的？"她早就宣布过，不要轻易放男人进来，幸好这是墨香，倘若是心存杀意的人，趁她就寝时一刀刺过来……

侍卫恭敬地道："是容公子带他进来的，我们以为是公主的意思。"

楚玉默然片刻，点点头，叫来侍女换掉盈满墨香体香的床单被子。终于躺上床时，已经有了倦意。

虽然心中尚有许多不解，可是倦意与黑暗一起袭来，楚玉沉沉睡去。

墨香用单薄的衣衫包裹住身体，走出东上阁时，面上还带有惊惶之色。可是才走入西上阁，神情便陡然一变，倘若楚玉在此，定会吃惊得说不出话来。此时的墨香，妩媚的眼眸中，目光平稳坚定，身躯虽然柔弱，却似蕴藏着不可摧毁的韧性。

西上阁的隐香苑是墨香的住所，原本与他同住的还有一名男宠，只不过此时已经离开。

走进隐香苑的主屋，屋内站立着一个人。那人背对着墨香，雪白的衣衫曳地，身姿孤绝冷峭，仿佛黑暗之中的冰雪。

墨香趋步上前，半跪在那人身后："见过公子。"

那人转过身来，弯腰搀扶起墨香："说了许多次，不管是私底下还是外面，都不要对我行此大礼。在外是不能，在此是不必。"

他的嘴角牵着柔和散淡的笑容，漆黑的眼眸深不可测。

正是容止。

夜沉如水。

容止身后跟随着四名侍卫，双手端着一只托盘，盘上放着一把酒壶和一只白玉杯子。五人走进了修远居，而门口的侍卫并未阻拦。

这个时候，桓远还未入睡，正捧着一本书坐在灯下，表面看像是在看书，目光却无焦点，不知神游何方去了。门被推开的声音将他惊醒，转头一看，见容止面带笑意地走进来，桓远心中一沉，顿时便与这夜色一般的凉了。

容止面上带着慵懒散漫的笑意，眼神高雅又温柔，可是桓远知道，这人甚少有从容以外的表情，虽然从未亲见，可是他能想象，这人即便是在杀人的时候，也不会流露出血腥的戾气。

那么现在，他要做什么？

目光落在容止端着的托盘上，桓远猜测着，神情也警惕起来："这么晚了，容公子驾临修远居，可是有什么吩咐？"

容止微微一笑："桓远，在你面前我不想兜圈子，喝我一杯酒，我便走。"

桓远放下书本，淡淡地道："若我不愿呢？"

容止哂然道："你以为，我带来这些人，是做什么的？"

桓远将目光移向酒壶。容止淡淡地道："你大可放心，我并不是来杀你的。让你饮下这杯酒，乃是另有用途。"

知道再无转圜的余地，桓远拿过杯子，稳稳地端着，待人一斟满杯子，便毫不迟疑地仰头一饮而尽。酒液之中，带着微微的甜味，过喉却又有淡淡的苦涩回转。他情知酒中加了别的料，只是不知是什么。

容止了然地微笑着，桓远的性子，他早已捉摸透了的。此人虽然才华横溢，但因生平眼界所限，骨子里有些放不开的书生气，就算明知道这是毒酒，为了面子上不难看，他还是会主动饮了的。

喝下酒后，桓远感觉身体并无异样，既无料想中的剧痛，也无昏沉眩晕之感，正自疑惑之间，容止已经带人离去了。

这厢里，桓远迷惑不解；那厢里，楚玉安睡无梦。

次日醒来，楚玉着衣出门，才推开门，便见容止站在门外，似是正要抬手敲门。

“公主早啊。”他微微笑着，眼神如云，好似昨天的不欢而散是一场幻影。

楚玉也乐得装无辜，虽然有点想责难他为什么往她床上送男人，可是想起从前容止只怕没少干这等事，也不便说些什么，只含笑点点头。

两人并肩而行，容止漫不经心地道：“公主是打算去找桓远吗？”

沉默片刻，楚玉点点头：“不错，我是要带他出去。”她也明白，自己的诗文水平很难在短时间内突击提高，因此不管有没有用，既然容止说了，那她不妨试一试。带桓远出去，同时也算是借这个机会，看看能不能与桓远构建良好的关系。

不想一直被人敌视着，也不愿意消灭敌视的来源，那么只有想办法消除敌意。

容止看看楚玉的男装打扮，浅笑道：“公主这个模样，要是走在街上，只怕会颇受百姓倾慕呢。”

楚玉听他这话，想起了三天前的遭遇，马上就面无人色了。可是，她是去参加诗会，总不能穿着女装或者穿得邋遢不堪吧？

容止了然地道：“如若公主不嫌，我可以为公主稍加修饰。”

一个时辰后，楚玉走出沐雪园，样子已经不大一样。容止取了一些药物为她修饰容貌，这不是易容，只是将脸色变得暗一些，风华登时少了四五分，以确保她不会因为面相过于俊美而被人追逐。

算算时间差不多了，楚玉便去找桓远。她本来还担心能不能找到，才走近修远居，正好与目标相遇。桓远与流桑从远处走来，流桑抱着桓远的手，样子很是依赖。

桓远偏着头，好像在对流桑说些什么。走近了才瞧见楚玉，他的神情有些僵硬，站在原地不进不退，倒是流桑欢呼一声扑上来，抱着楚玉的胳膊，叫道：“公主，你怎么穿着男装？”流桑的身高只到楚玉的肩头，他仰起脸，一边说着，一边用水汪汪、亮闪闪的大眼睛望着楚玉。

这双大眼睛那么纯真可爱，楚玉见了，心中不由得柔软了几分，想起流桑的身世，她拔出被他抱住的手，安抚地拍拍他的肩膀：“我想出去走走，换上这身衣服方便些。”

她话才说完，却看见流桑的眼中忽然绽放出明亮的光芒。他又一次抱住楚玉的手，贴在楚玉身旁用力蹭：“公主，我也想出去玩，你带我出去，好不好？”

流桑细软的黑色发丝微微颤动着，嫩嫩的脸蛋令人忍不住想伸手捏一下。楚玉并不好色，可是这种好像柔软绒毛小动物一样的东西，让人无法不喜欢。她活动一下手指，忍住开捏的冲动：“好，我可以带你出去，但是你要记住，在外面要叫我公子，不许暴露我的身份。”

流桑自然是连连点头。要求得到了满足，他一开心，又抱着楚玉蹭啊蹭的，像一只幼小乖巧的猫咪。

自己能出去了，流桑看一眼桓远，又得寸进尺地提出要求：“公主……公子，我们也带桓哥哥一起出去，好不好？”

楚玉原本就有此意，闻言瞥一眼桓远，只见他双眸垂敛，一副漠不关心的样子，便微笑地道：“好。”

闻言，一直冷淡的桓远忍不住震惊地抬起头来，似是不敢相信地看着楚玉。见楚玉对他微微一笑，他立即收敛神情，又恢复了一派漠然神色。

“公主，”出声叫她的人是越捷飞，被楚玉瞥了一眼后，他无奈地改了称呼，“公子，桓公子……”桓远毕竟是叛逆之子，这么带他出去，万一他跑了，怎么办？

楚玉笑道：“有你在身边，我有什么好担心的？”带桓远去参加诗会是容止的建议，给桓远下药也是容止的建议，但是楚玉以自己的意志决断，采用前者，而抛却后者。

为了一己私欲而伤害他人的身体，楚玉认为不可取，那么就只有依靠侍卫的严密保护了。

越捷飞不再多言。

第十二章　流水非诗会

为了避免人注意，楚玉和上次一样，还是从后门出发。四人走出门去，便是公主府后的巷子。这巷子十分冷清，平素少有人来，但就在这个时候，他们听到了一阵马蹄声。

一人一骑出现在巷口，马蹄声声，片刻后已来到他们面前，仿若一阵疾奔的风。

骑士勒住骏马停下，此时楚玉才看清他的模样。因为骑马疾驰，他身上的衣服有些凌乱，帽子斜落在肩头，乍看上去，却不觉狼狈，反而有一种飞扬挺拔的气质。他俊美的脸上没有表情，坐在马上微微侧眼俯视四人，身姿笔挺，用现代的话来说，这造型很酷。

“驸马爷。”流桑喃喃出声，抱着楚玉胳膊的手臂慢慢地松开。

难道面前此人就是这么多天一直没见到的驸马何戢？楚玉这具身体的名义上的丈夫？

即便这些天楚玉已经被府上的容止等人养刁了眼睛，看到帅哥早已见怪不怪，但楚玉还是不得不承认，何戢的容貌，十分上等。就光靠着这张脸，也足够成为驸马的了。

何戢骑马回府，瞧见门口不远处站着一个似乎从未见过的人，身边是越捷飞、桓远和流桑，他眉毛微耸，本以为这是公主新带回来的男宠，暗道不过如此，可是再看一眼却有些眼熟，更仔细观察……

何戢面色微变，翻身下马，来到楚玉面前，深深一揖：“见过公主。”

看到何戢时，楚玉原以为自己又要遭一次白眼了。毕竟身为山阴公主的丈夫，却被戴上这么多顶绿帽子，是任谁都无法忍受的，就算没办法休妻，也至少会摆出高傲不屑的姿态，对这个妻子视而不见，就好像江淹那样。

可是何驸马的反应大出楚玉意料之外，导致她一时间不知道该作何反应。

何戢抬眼瞧见楚玉眼中流露出一片迷茫，便立即面露关切之色，上前握住楚玉的手，担忧地道：“公主的身子是否还未恢复？前些天公主生病，我身为驸马，却因为公务繁忙，无法探望公主，如今想来真是羞愧万分。”他说着，眼角还微微泛红，似是动了真情。

楚玉被他的手一握，就立即惊醒过来，随即在心中赞叹：演技！什么是演技？这就是演技呀。这位驸马的演技，绝对是奥斯卡影帝级别的！这么细腻的神态表演，如此真情流露的台词，假如不知道内情的人看来，绝对会认为这是一对如胶似漆的恩爱夫妻。

楚玉绝不认为，何驸马会对自己妻子养男宠的事宽宏大量毫不介怀，事实上，没有哪个男人会对这种事不介怀的。她甚至认为，假如自己的身份不是公主，早就被何驸马杀了一万遍了。可是，现在她身边还站着两个男宠，何驸马却能够如此深情款款地……

微微的寒意笼罩着楚玉的心，尽管被帅哥亲热地握着手，可楚玉丝毫不觉得甜蜜温馨，只警觉地暗叹，能忍常人所不能忍，这样的人不是有大智慧，便是有大图谋。今后对这个人，她要多加小心。

她淡淡一笑，从何戢手中抽回自己的手：“我康健无恙，驸马如果事务繁忙，不必理会我，我有流桑、桓远陪着就好。”

何戢犹豫一下，见楚玉神情散淡，便又说了两句关怀的话，才称尚有急事，将马匹交给看门的人，走入公主府。尽管他衣衫凌乱，可是他的风姿仪态，却似穿着整整齐齐的盛装华服一般。

身后的大门关上，楚玉才长长地吐出一口气。流桑又抱住她的手臂，低着头，闷闷地道：“公主……公子，我不喜欢驸马。”

楚玉莞尔一笑，忍不住伸出另一只空闲的手，摸摸他的头顶，手下发丝柔软细致：“为什么不喜欢他？”

“我不知道。”流桑困惑地摇摇头，又习惯性地蹭了楚玉两下，“我不知道为什么，反正就是不喜欢他。”他的眼睛清澈纯真，漾着粼粼波光。

楚玉一愣，随即恍然：孩子的心是最敏感的，他能够感受到何戢伪装外表下所掩藏的恨意，直觉地转化为自己的不喜欢。

失笑出声，楚玉拍拍他的嫩脸，手感极佳，终于忍不住顺手捏了一把：“没关系，我也不喜欢他，我们一起不喜欢好了。”

听她这么说，流桑很开心地笑了起来。

楚玉跟着微笑，眉间不由得透出一丝沉沉的忧色。

尽管何戢的外貌极好，风仪出众，让人无论如何都讨厌不起来，可是才见过一次，楚玉立即将他上升为心目中危险程度仅次于容止的角色。

何戢是驸马，是世家子弟，是有官职在身的人，不像公主府上那些男宠，一般都没有后台。这样的人，根本无须看公主的脸色行事，他却如此隐忍，甚至不惜作出恩爱的表象，究竟是为了什么？

想得心烦，楚玉决定暂时放下，不再困扰自己，念头一转，她决定今后暗地里尊他为

“忍者神龟”。

也是为了在心中警醒自己，千万要防备这位驸马。

他如此忍耐，必有所图。

才走出公主府后的巷子，走到大街上，楚玉便敏锐地觉察到，桓远在宽大衣衫下的身躯有些僵硬，尽管他极力掩饰，但仍被楚玉看出来他的不自然。

而他俊美的面容，也不由自主地流露出少许像是有些防备又像是有些向往的神情，恋恋不舍地看着每一样事物，好像怎么都看不够。假如一定要拿什么来比喻，楚玉觉得是刚降临到这个世界上的生物，想要探索外界，却又本能地防备着。

心头随即浮现容止今天对她说的话，桓远已经有两年未曾踏出公主府了。

而在被公主看中纳入后宫之前，桓远也没有多少自由，他身为叛逆族人，被皇室软禁，本身就不得自由，想要做什么都受到监视，时刻如履薄冰，甚少有像这样在街上行走的机会。

四人挑较为僻静的街巷走，饶是如此，桓远俊美的外貌还是引人注目。不一会儿，便有个小姑娘红着脸跑过来，朝桓远身上丢了一枝桃花。

楚玉暗叹失算，她只记着自己改装了，却忘了桓远的俊美比起她来尤有过之。幸而他们今天没有跑到人来人往的大街上，否则只怕会被鲜花瓜果活生生地砸死。

桓远下意识地接住桃花花枝，神情有些不解，楚玉偏头瞥着他，笑道：“你怎的不高兴啊？有人倾慕你呢。”

桓远白皙俊美的脸上瞬间闪过赧然之色。他从出生开始，就没有像这样光明正大地走到大街上，从被软禁到被强辱，不过是从一个牢笼到另一个牢笼，从未有像现在这般走在路上，收到年轻少女的倾慕。

从小在封闭的环境下长大，比谁都渴望挣脱牢笼，现在辽阔的天际就在眼前，他几乎是用尽全力，才压抑住拔足逃跑的冲动。因为桓远知道自己逃不了。尽管身边只有一个越捷飞，可是他见识过此人的武技，知道自己不能力敌，只要他稍有妄动，越捷飞腰间的长剑，就会准确无误地架在他的颈上。

桃花逸散着浅浅的馨香，桓远一时间不知道如何是好。虽然那少女的容貌平常普通，可是这毕竟是他生平第一次遇到……

尚未来得及思索许多，桓远脑中闪电般地掠过一件旧事，面色微变，好像甩开什么大麻烦一样，飞快地丢开花枝。

他并不害怕楚玉因为他收下花枝而惩罚他，却怕楚玉加害那个姑娘。

那是一年多前，一个与公主时常往来的很要好的堂姐看上容止，便嬉笑着向公主索取，被公主笑着婉拒。然后，桓远就再也没有见过那女子，疑虑之下，请人打听，却得知那女子出了意外，丧生了。

可是谁又晓得，那意外是不是真的意外？

楚玉眼明手快，捞过半空中坠落的花枝，笑道：“人家小姑娘送你的花，怎么丢了呢？你若是不要，我便要了。”这枝桃花开得很是娇艳，看花枝折断处还很新鲜，想来是才折下来不久。

桓远怔忡着，不知道她说这些有什么用意，还不及细想，见楚玉朝前走去，而他的袖子一紧，身不由己地被流桑拉着跟上。

平顶山是城外一座并不算出名的小山，这名字甚至也不在记载之中。山虽不高，看上去倒也秀丽婉约。来到山脚时，楚玉便瞧见有一汪清澈的流水，顺着山间的岩石狭缝潺潺流下。

山道虽然有修葺，可还是稍嫌陡峭，幸而山间林荫不时送来缕缕凉风，令人心情舒畅。

山道有几处分岔，林木十分密集，打眼看去，宛若铺了一层碧装，看不清远处的道路曲折。走上一条岔道时，楚玉听见从另一条道上飘出来的人声。绿荫遮挡住了人影，只有那轻快的声音隐隐传来：“意之兄，往这边走！小心！”另一人似是回了什么，但因为声音稍低，听不清楚。随后便听到发出声音之处，有人渐行渐远。

过了片刻，楚玉一行人来到山顶。山顶上是一大片的平台，大约这就是平顶山名字的来由。平台尽头的尖角处是一座依着山崖边建造的八角亭。亭边青白色的山石中，有一汪清澈的泉水潺潺流出，从一条像是人工开辟出来、有一尺多宽的弯弯曲曲的水道里，顺着山石的坡度蜿蜒而下。

曲折的流水两旁，每隔大约两米间距，放置了一两张锦垫。锦垫边，各安置了一张四方矮几，摆上肉脯糕点，供客人自行取用。

不过楚玉却无暇关注这些，因为她的心神正处在惊讶之中。

山顶上已经来了不少人，想必都是来参加诗会的。人多不稀奇，稀奇的是，这些人几乎都是美男子，走动起来，一个个长袖飘飘，身姿潇洒，甚是好看。就算其中有几个外貌不是那么出众，但举止仪态十分优美，让人一看就心生亲近的念头。

这哪里是什么流水诗会，分明是美男荟萃！

楚玉有点郁闷，早知道如此，她何必突击式地啃那么多古文？直接带着一张脸来就好了！

与楚玉心中的惊讶不同，桓远和越捷飞都是一脸恍然大悟的神色，不由自主地各自看一眼楚玉，心想难怪公主最近好像转性了一样，还以为她准备朝高雅层次发展了……原来如此。

这下子可算是狼掉进羊群里了。

除了与桓远所想的一样，而越捷飞却在为可能发生的另一件事犯愁：这里上档次的美男子实在不少，假如公主看上的目标太多，他要怎么把这些人全打包带回去？

邀请楚玉来此的柳述正与几名美男子谈笑风生，冷不防瞧见楚玉，便与正交谈的人告了声罪，施施然走过来，笑道："子楚兄真是守信。"说罢，将目光移到楚玉身边其他三人身上，带着几分询问的意味，"请问这几位是——"

楚玉接上他拖长的调子："这两位是我家人。这位是堂兄喻子远，这位是堂弟喻流桑，子远才学胜我许多，我想他才更为适合参加诗会，便带他们来了。"嘴唇上下一碰，便轻巧地给桓远、流桑二人改了名。介绍完他们，楚玉又指向越捷飞，"这是我的好友，姓越，前日听说我遭了意外，便送我来此。"

越捷飞也知道自己在一旁很是突兀，便微微一点头，告一声罪，退到了一旁不起眼的角落，在那里照看楚玉的安危。

随后，柳述带着楚玉绕山顶走了一圈，向她介绍那些美男子，同时也将楚玉介绍给他们，彼此只通姓名，不说来历。

柳述每介绍一个人，楚玉都含笑地冲那人点点头。她心中坦然，风度翩翩，不管柳述介绍到什么人，都像是丝毫不为所动，更让柳述对她高看几分。

其实楚玉之所以没反应，主要是因为，光听名字，她不太清楚这些人的来历，因此这些名字对她来说不过是一个个抽象意义上的符号，并没太多的含义。可是一旁的桓远听着，心中却波涛汹涌。

这里约莫二三十人，从他们的姓氏和彼此之间的态度亲疏以及他所掌握的资料来分析，他们大概是南朝上层阶级将近半数的权贵的继承人。换而言之，假如将来没有什么太大的政治变动发生，这些人将会成长为新一代的权力核心。

桓远心里翻滚着什么，楚玉丝毫没有觉察，她的注意力集中在柳述身上。不知道是不是错觉，她总感觉今天柳述的样子，比三天前看到时好看了不少。他的皮肤变白了，并且还细腻了很多，几乎可以说是跨了好几个台阶。

楚玉虽然心里想着这也许是错觉吧，但疑虑却越来越深，若非古代没有整容技术，她简直怀疑他去做漂白了。还有一点便是，柳述身上不时飘来的淡淡香气，让楚玉怀疑自己是不是碰到了第二个墨香？可是前些天她遇见柳述时，他身上并没有这种香气啊？

注意到楚玉关切得有些过分的眼神，柳述先是一愣，随即领悟过来，笑道："子楚兄有没有看出来，我今天擦了粉？"

"擦粉？"面对完全无法联系起来的人和语言，楚玉怀疑自己是否出现了幻听，几乎是无意识地重复了一遍。

在她生前二十多年的人生观世界观价值观中，好像"擦粉"这个词，是女性专用的。还记得有这么一款化妆品广告，一个肌肤雪白滑嫩的女人指着自己的脸，在屏幕上笑嘻嘻地说："你猜，我今天擦粉了没有？"那时候楚玉正在追看一部电视剧，每天都要忍受电视剧插播的这则广告，故而印象十分深刻。今天柳述的一句话，将她多年前的回忆又重新勾了起来。

“对啊。”柳述的神情有点得意，指了指自己的脸，“我擦的是特地从歆兰坊购来的桃花粉。这种粉很细，擦在脸上跟没擦一样，而且也不容易掉落，不信你看？”今天是特别的日子，当然要认真打扮咯。

楚玉的心神，还留在震撼之中，没回过神来：这柳述原本怎么看都像一个正常人啊，居然有这样让人郁闷的毛病！而旁边的人，听见他这么说，似乎丝毫不觉得惊讶奇怪，好像这么做再正常不过似的。

猛地想到一个可能，楚玉环顾四周，随后又猛地看向柳述：“这些人不会都擦了粉吧？”一想到她现在正身处一群涂脂抹粉的男人中间，楚玉便忍不住全身一阵恶寒。

“倒也不是。”柳述的这句话让楚玉心头一松，暗道还好，下句话却又让她郁闷起来，“一半一半吧。”

看楚玉表现出一副对这个时代的时尚潮流方面很无知很震撼的样子，柳述好心地给她做了特殊补习，让楚玉知道了现下的流行。在这个时代，男子擦粉熏香都是一种时尚，就好像穿衣服那样平常。当然也有天生丽质本钱雄厚又或者喜好亲近自然的，这样的人不会这么做。

假如要给擦粉派的风潮拟一个口号，想必应该是：更白！更嫩！更闪亮！

楚玉暗暗松了口气，心想幸好还有些比较正常的，否则她真想拔腿就跑。

真可怜。

楚玉怜悯地看着柳述，勉强算一个帅哥吧，怎么审美扭曲到这种地步？

真可怜。

柳述看着楚玉，也这么想，连擦粉都不知道，这孩子从前不晓得被家里怎么严格管束甚至囚禁呢。

参加诗会的这些人好像大多数都十分健谈，几个几个凑在一起，谈论人生哲学，天地道理，气氛十分热烈。柳述带着楚玉一边走一边说着话，经过山崖边的亭子时，柳述道了一声歉：“请稍待，我补一下妆。”说着，施施然从袖子里取出一只粉盒，拿一小块细软绒布蘸了蘸，而后往脸上扑。

楚玉又是一阵恶寒，不过看柳述一脸十分自然的神态，她也不好表现得太明显，心里说服自己今后把他当作姐妹就好。但这个景象对她来说毕竟太过冲击了，索性佯装四处张望，转过头去，不意瞥见亭中坐着一名蓝衫青年。

方才在远处时，这青年与楚玉之间隔着几个正在聊天的男子，导致楚玉走近了才发现他。

青年面前的桌案上摆放着一具古琴，他双手拢在宽大的袖子里，垂目注视着琴弦，他的下颌很尖，俊美的面容紧绷，好像笼罩着一层冰冷的寒霜，但那双垂下的眼眸又让他看起来有些忧郁。

他周围好像有一层刻意隔绝的空气，仿佛外界的事与他毫无干系。他不想去理睬别人，也不希望有人来打扰他。楚玉正想问刚补完妆的柳述，这是何人，忽然发现周围的人有些骚动，不少人朝一个方向走了过去。

发生了什么事？怀着好奇心，楚玉也望了过去。

第十三章　王家有意之

楚玉视线转移时，眼角余光瞥见柳述几乎是朝那个方向小跑而去，很快就赶到了众人之前，扬声对从山道上走过来的三人道："可算是把你们盼来了。"

从山道上徐徐而来的一行三人，两人在前，一人在后。在前的一人与柳述似是熟识，笑嘻嘻地道："恕罪恕罪，我们贪看山间景色，耽误了一些时候。"

楚玉一听差点嗤笑出声：贪看山间景色？这小山虽然也算秀丽，却没什么出奇的景观，倒是上山的岔路比较多且复杂，照她看，此三人八成是迷路了。

柳述也不知道是真信了他所言，还是跟着装傻，先冲前面另一人打了一声招呼，叫一声"义阳兄"，随即转向后方的那一人，长身一揖，"意之兄屈尊到来，真是不胜荣幸。"

楚玉冷眼旁观，看柳述这态度，似乎后面那人很是了得。她站在原地，微微眯起眼睛，这才看清那人的形貌。尽管原先心中有些不以为然，可是在看清后，她还是忍不住暗暗地赞叹一声："好人物！"

尽管楚玉认为这里是美男荟萃，可是这人一现身，立即就将周围的美男子比下去了一个档次。那人二十六七岁，不同于别人梳着发髻甚至戴冠，他的头发只在脑后松松地束着，狭长的双目眼角斜飞，嘴角悠然地敛着若有若无的笑意。

假如单纯比容貌，这男子最多与在场众人打个平手。可是他往那里一站，整个人都带着让人难以移开视线的气质，明明站立不动，可是楚玉却有一种错觉，好像他是随意流动的水，就算伸手去抓，也抓他不住。

放眼在场众人，楚玉环顾一圈，竟然找不到能与这人相抗衡的人物。勉强说来，其实有两个，一个是亭中的蓝衫青年，即便那意之兄的到来引发骚动，他也好似完全没注意到一般，依旧是宛如冰霜封结，周身散发着生人勿扰的气息。而另外一人，此时正在楚玉身边。

桓远的古雅风仪，又是另一番风采，这两人加在一起，大约勉强能与那人的风采打个平手。

自然，不管是楚玉还是桓远，都没有这种无聊的争强好胜念头，而楚玉只在心中好奇，这位是否便是柳述那天所说的千金公子?

柳述清清嗓子，向众人隆重介绍，最先被介绍的，就是楚玉留意的那人："这一位，便是王意之，想必大家都知道了。"

"王意之？"众人之中有人发出不和谐音，"哪个王意之？"

柳述瞥了那人一眼，带着一点骄傲和不屑道："天底下有几个王意之？自然是琅琊王氏的王意之。"

柳述才说完，在座诸人之中，便发出了一阵惊叹。方才仅仅是有人倾慕那人的风采，这会儿却已经有人露出了仰慕之色，甚至有人按捺不住上前见礼，更有甚者，竟然请求王意之在他所穿的衣衫上留下墨宝。

楚玉听了，惊讶了一下，虽然她历史并不太好，可是对于琅琊王氏，还是知道一些的。

不为别的，只因为这个王家，实在是太有名、太显赫、太尊荣了。

纵观中国历史，几乎没有哪个世家大族堪与琅琊王氏比肩。这个家族曾经是那么繁荣昌盛，爵位蝉联，文才相继，几百年的王朝更迭，时局变幻之中，王家始终屹立不倒，显赫华贵，冠冕相承。数百年来，王家出的名士是以百为基本单位计算的，而宰相则有九十多人。这样辉煌的华彩，这样显赫的历史，没有一个家族可以匹敌。

唐诗中有这么一句："旧时王谢堂前燕，飞入寻常百姓家。"其中的"王"，说的就是琅琊王氏。

毫不夸张地说，王家是第一贵族，第一世家。

在这一刻，楚玉再一次真切地体会到，她是真的穿越了，她可以用自己的眼睛，亲眼见证琅琊王氏的传奇。

楚玉知道王家，可是她所不知道的是，这位王意之，即便是在王家，也是一位传奇人物。他有什么本事，无人知晓，只知道现任王家的主事者是他的叔祖，叔祖打算跳过自己的儿子，让他继承王家领导人的权位。面对这样的重视和宠爱，王意之却笑着婉拒，将大好的生命投放到山水之间，成了出名的浪荡子。

可即便是放纵不羁，他依旧是名满天下的浪荡子。他的叔祖直到现在都未曾放弃让他继承家业的念头，时不时派人苦劝，每劝一次，王意之的名声便显赫一分。

这王意之来了之后，众人在曲水两旁纷纷坐下，楚玉心头雪亮：看来这次美男荟萃的重头戏是王家公子。这位来了，就没别人什么事了。自己在这里，也不过是个凑数的。

而那位与王意之同来的"义阳兄"，后来被介绍说是姓刘，算是山阴公主刘楚玉的本家。虽然因为王意之太过显眼受到众人冷落，但是他好似不在意，只是一直好脾气地微笑着。

接下来，楚玉看到柳述差人取出纸笔，心中十分惊讶。过了一会儿，总算想起来，这是那个什么流水诗会，只不过之前的美男子亮相过于重头戏，令她险些忘了真正的主题。

楚玉与流桑、桓远找了个周围人少的空位，坐在流水边。锦垫旁矮几上的点心看起来玲珑精致。楚玉顺手拈了一块送进嘴里，绵软的甜香在舌尖化开，还没等她下咽，眼角余光便瞥见刚才引起骚动的王意之，慢悠悠地走到她身旁不远处，优哉游哉地坐下。

虽然坐在附近，但王意之并未多留意楚玉。诗会很快就开始了，这所谓的曲水流觞诗会，其实不过就是文雅版的击鼓传花。在琴声起时，将盛着酒的酒觞放入流水里，让它顺水漂流，琴声停下时，酒觞漂到谁的面前，那人就要喝酒加作诗。

之前楚玉所见，亭中坐着的蓝衫青年此时终于有了动作。他缓慢地抬起手来，在琴弦上虚按一下，随即开始了弹奏。

酒杯顺水而下，楚玉念咒一样默默地心中祈祷：不要停在我面前，不要停在我面前。

她是真没那诗才啊！

可是也不知道是楚玉自己乌鸦嘴，还是命运专门与她作对，琴声停下时，酒觞正在楚玉面前的水流漩涡里微微地打着转儿。

众目睽睽之下，无法蒙混，楚玉苦笑着拿起酒杯。

抄袭？瞎掰？装晕？

一瞬间，楚玉脑中同时闪过三个念头。

抄袭，这条道路最简单最实惠也最快捷。此时还是一千多年前，在唐朝之前，还没有到达诗词繁荣鼎盛的时代。所有的唐诗，只要是她记得的，都能借来使用，绝对没有人会在这个时候跳出来跟她追究版权问题。

楚玉在突击诗文时，也曾动过这个念头，为此还在记忆中仔细筛选，将用了典故的剔除，不符合这个时代潮流趋向的剔除，留下来的也有七八首，足够她拿来应付凑数了。

但是事到临头要她真这么做，她却又有心理障碍了。

因为楚玉记得的诗，多半是极喜欢的，连带着也会对诗人本人有尊敬之意。就这样拿走他们的才华结晶，她有些过意不去。

第二条路瞎掰，便是楚玉自己胡诌出几句诗来，这一条更是万万行不通。且不说文辞绮丽这方面她不达标，光想到那些平仄用韵，就让人脑袋一团糨糊。

第三种办法比前两种更无耻，就是她死皮赖脸地往地上一躺，假装自己犯病了，头脑昏沉，便能逃过此劫。可先不说这么做丢不丢面子，倘若她实施了，只怕会被立即送下山去。

楚玉面上神情凝重，一动不动地握着酒觞，心中还在天人交战，忽然感觉垂下那只手的袖子被人拉了一下，扭头一看却是流桑。流桑低着头，小小声地提醒：“公……”话才出口，他就想起楚玉方才对他们的介绍，连忙改口，“子楚堂哥，大家都在等着你呢。”

他一只手扯着楚玉的袖子，另一只手却灵巧地钻入袖子下，指尖在楚玉手背上慢慢地写了几笔。楚玉仔细辨认，认出那是一个“止”字。

止？容止？

想到容止，楚玉蓦地想起容止的建议——桓远。她竟然差点把这个人给忘记了！

于是第四条路在眼前霍然呈现：枪手。

从某种意义上说，第四种办法的无耻程度不亚于前三种，但是在眼前，对于楚玉来说，似乎确实是极好的办法。

楚玉露出微笑，朝柳述所在方向举杯：“我眼下作不出诗来，可否请同行的堂兄喻子远代我接下这考题？”

柳述还未答话，楚玉便听见旁边传来带着笑意的声音：“这自然无妨，只不过他既然是代你接下，那么诗要作两首，酒要喝两杯。”

闻声偏头，却见说话的人是王意之。他拿着酒壶自斟自饮，一双眼睛带着漫不经心的笑意望着楚玉。

既然王意之抢先这么说了，柳述也不好提出异议，便顺势点了点头：“如此正好。”

楚玉皱一下眉，随即很快笑着道：“作诗交给我堂兄，喝酒留给我便好。”倒不是她小气，只是怕桓远喝醉了说出什么不该说的话来。

桓远闻言，面色微变，正要说些什么，忽然见楚玉靠近他，耳边传来很轻的声音：“这是为了你自己而作的诗。”

声音细微得好像一线若即若离的丝，可是桓远听了，手指却不由得轻轻颤抖起来。楚玉这么说，也是出门前容止特别交代的。他早就料到桓远有可能会拒绝，因此教给她这么一句话，笑言只要说出这句话，桓远的诗就多半能作出来了。

楚玉不过是依言而行，桓远却心中激荡。他想起两年前被带入公主府时，见到那个傲慢的女子，以近乎调笑的轻蔑口气，让他“作两首诗来玩玩”，他自然是拒绝。从那以后足足两年，他再也不曾写出半句诗文来。

可是，此时楚玉却对他这样一说。

为了他自己而作诗？

什么笑话？

虽然在心里嘲弄着，但是桓远的情绪却无法很快平复下来。今日的片刻自由已经动摇了他的心神，两年的压抑已经将他逼到了某种极限，楚玉稍一触碰，便好似决堤一般汹涌而出。

打铁要趁热，看出他有所动摇，楚玉笑眯眯地让人送上纸笔桌案，摆在桓远面前。

桓远不由自主地伸出手去，才握住笔，便宛如岩石迸裂，泉水涌动，心头锦缎一般的诗句便源源不断地流出来。

桓远正奋笔疾书时，在角落里站着的越捷飞，却已经无聊得快要蹲在地上数蚂蚁了：来了这么久，没看到发生什么意外，公主竟然认认真真地参加起什么诗会来了，难道真的是转性了吗？

照公主以前的习惯，这时候早就把一个两个三个甚至更多的美男子往回带了。

他就是个没文化没品位的俗人，看见眼前这个情景闷得要命，就差没挠地了……

越捷飞在心里小声地呻吟着：公主，您要是看上谁就直说吧，不管那人是谁，我都给您打包捆回去。

容止进入东上阁，便径直朝公主卧室所在的院子走去。

一路行来，无人阻拦，甚至有人询问他是否需要帮忙，都被容止笑着拒绝。

进入楚玉的卧室后，他反手关上房门，随手落闩，如此一来，便不会有前来整理房间的侍女误闯进来了。

目光在室内环顾一周，容止眼神幽深莫测，嘴角露出一抹浅浅的笑容。

四处翻找一番后，容止来到楚玉床边，正要俯身掀开被褥，手扶在床沿上，指尖却触碰到凹凸不平的粗糙刻痕。

他扬扬眉毛，偏头看去，看见床沿上刻着几个“正”字，还有一个只刻了三笔，并未完成。

又过了约莫一刻钟的工夫，容止双手空空地离开了。

第十四章　倚马可千言

桓远片刻工夫便作出两首诗来，楚玉拿过来看看，觉得大概还不错，但并没什么把握，只有拿给一旁的仆童，让其交给柳述。柳述念出诗句，众人一阵交口称赞，楚玉这才相信这诗是真不错的了。

第二支曲子响起时，酒觞顺水再流，楚玉又一次在心中念咒。可是最后琴声停下时，那酒觞正好来到了她面前。

一分不多，一分不少。

楚玉下意识地看了那弹琴的蓝衫青年一眼，几乎想脱口问他是不是故意的，可那青年始终只凝视着古琴，俊美的容颜上封着不能亲近的寒霜，让人猜不透他的真正想法。

默默地再看蓝衫青年一眼，楚玉举杯朝柳述笑笑，仰头一饮而尽，而纸笔桌案，又一次被抬到了桓远面前。

楚玉笑笑，拍一下桓远的肩膀："看你的了。"现在，她只能寄希望于容止所说的没有夸大，桓远确实有倚马千言的诗才。

与此同时，她心中正疑惑着，两次琴曲停下，酒觞都停在她的面前，究竟是巧合还是刻意？倘若是后者，那蓝衫青年为什么要这么做？

山巅、流泉，听琴、酌酒、吟诗，这本来是极为风雅的事，可是对于一旁的越捷飞，却宛如遭受酷刑。听着幽幽的琴声，再听着华美的诗篇，他默默地从内衬的里衣里撕了两条布，卷成小团塞入耳中。

两首诗又好像流水线作业一样现场生产出来，楚玉把写有诗文的纸交给柳述时，后者看着桓远的眼神，已经有点儿像看怪物的样子了。

第三支琴曲响起，酒觞再度漂流，楚玉这回没有在心里念咒，只扭头定定地看着蓝衫青年，嘴角挂着浅浅的笑。

她倒是要看看，这回还会不会再一次“巧合”。

容止徐徐地走出东上阁，脸上的神情似笑非笑，此时墨香正好从西上阁里走出来，瞧见他的笑容，犹豫了一下，还是走上前去。

容止对他微微点头，散漫地笑道：“陪我下一局棋。”容止除了看书，爱好便是下棋，偶尔拉府上其他男宠去相陪，这一点几乎所有人都知道。

两人来到沐雪园中，只见绿竹阴影里的青石台上摆放着一张棋盘，纵横交错的格路间，黑白二子疏密不等地散落其上。

这是一个残局。

墨香已经不是第一次和容止下棋，很自觉地便上前坐在一侧，从棋盒之中拈起白子，落子，口中却轻声问道：“公子去了东上阁？”

容止随即落黑子，淡然笑道：“去证实一件事，你不必忧心，我自有分寸。”

听他这么说，墨香也是一笑：“是我多事了，公子素来先谋而后动，不会有什么危险。”再落一子，他想起什么似的抬起头，“公子，我听说今天公主带着桓远出去了。”

容止道：“不错，是我劝公主这么做的。”

“为什么？”墨香忍不住蹙起眉头，“我始终不明白，公子为何对桓远如此看重，他也不过就是个文采好些的书生罢了，能成什么大事？”

容止正拈起一粒黑子，听他这么问，抬起头来，慢慢地道：“你知不知道，桓远是什么人？”

墨香老老实实说：“我听说过一些，桓远似乎是反贼桓家的后人。”

“反贼？”容止偏头想想，笑道，“也对，对于刘氏王朝来说，桓家确实是反贼吧。但是若说反贼，南朝高祖刘裕也是。这乱世之中，忠诚便如竹纸一般易摧，姬发灭商而建周，刘邦反秦而成汉，司马篡魏而立晋，几乎每一代成就帝王之业的人，都要推翻前一代的王朝，又有谁不是反贼呢？成者为王败者寇，倘若当初败的人是刘裕，那么今天便轮到桓家的人统治天下，刘家的人被赶尽杀绝了。”他语调虽然从容温和，可是言语之间对于开国皇帝却毫无敬意，甚至满不在乎地直呼南朝开国帝王的名字。

墨香对此似是见怪不怪，甚至不露半分惊讶的神情，只静静地听容止说下去。

容止微微一笑，落子：“我今日之所以如此多言，是希望你不要把眼光局限在一家一姓之中，以天下之目看天下之事，会看得分外清楚。”他目光一转，温和地勉励墨香。

“昔年操纵东晋权柄的顶级士族之中，只有桓家与谢家是白手起家的。可谢家的崛起经历了好几代人的持续努力，桓家却仅凭一人。那便是桓远的先祖桓温，以一人之力，在短短的十数年内，振兴出一个顶级士族。桓温是绝世豪杰，只因为病，死得太早，没能成就功业，而他的儿子桓玄却是个志向与才能不匹配的草包，白白做了刘裕建功立业的踏脚石。

“桓家的传奇本应就此结束，可是我看到桓远时，就知道，他身上有着桓家最后的希望。我并不是因为桓家而看重桓远，反是因桓远而注意到桓家。”容止沉默片刻后，继续道，“我打听到，公主之所以知道桓远的存在，是桓家的其他人设法传递来的消息。那时还是公主的父亲为帝，准备对桓家赶尽杀绝，斩除最后一脉。但桓远被公主瞧见，此后桓远进入公主府，才得以保得一命。”除桓远之外，桓家的人死得一个都不剩了。

对于这件事，墨香倒是第一次听闻，他忍不住惊讶道：“那，桓远知不知道此事？”

容止微微一笑：“他当然不知道，我那时也不会让他知道。”

“这又是为什么？”

“你看不出桓远有多大本事，因为桓远的才能被限制了，他自幼便被软禁，虽然受些限制委屈，可是真正复杂的人情世故，世间百态，他一样都没有见识过。他所学所知，不过来自书本和同样受软禁的家人。可是你看他前次做出来的反叛计划，像是一个毫无历练毫无经验的人想得出来的吗？”

假如说，这世界上有天才存在，那么就是桓远了，完全没有社会经验，完全没有钩心斗角的经历，却可以做出这样缜密的计划，其中环环相扣，虽然在他眼中仍有破绽，可也不过是因为他比桓远多一些眼线罢了。

也许桓家先辈桓温天生的政客才能，到了他这一代便又复苏了，即便是在那样狭隘的环境下长大，依然不能磨去其所有的光辉。

琴声停下，最后一个音符落入楚玉耳中，酒觞再一次停在楚玉面前。

依旧是一分不多，一分不少，恰恰好，就在楚玉的正前方。

这个时候，就连其他人，也感觉出些许不对劲了，不管多么凑巧，也极少发生这样的事，连续三支曲子停下来时，酒觞流到同一个人面前。

哪里有这样的巧合？！

柳述不由自主地望向蓝衫青年，欲言又止：“萧兄……”

蓝衫青年依旧只凝视着琴弦，其他什么都不看，也不理睬柳述。

先前与王意之一道前来的刘义阳也忍不住出了声：“如此似是有些不好。”

楚玉忽然笑了起来，她探手从冰凉的泉流之中取出酒觞，转向蓝衫青年，露齿一笑：“真巧。”随即，仰头一饮而尽。

别人看来，似乎是楚玉想要和平带过此事，含混不去追究，楚玉自己却知道，她的话别有用意。她是在试探，这句话，是对着那蓝衫青年说的。

楚玉虽然大概知道山阴公主是什么人，有过什么重大事迹，可这是作为史料上的山阴公主，那么作为一个人的山阴公主呢？她曾经是什么样的一个人？她的亲人是什么样的？

她过去有什么遭遇？她的好色是天生还是后天的？她是否有深爱的人？她喜欢什么，讨厌什么？以及，她曾遇见过什么人，认识谁，又或者……有谁认识她？

虽然曾经设法向幼蓝套话，可是那仅仅是套幼蓝对别人的看法，关于她自己的问题，她只问明白了身份后便刻意回避，以免留下更多的破绽，惹人怀疑。因此，虽然来这里这么多天，担着这个身份，她对于自己这个身份的过去，依然不了解。

她知道作为一个历史人物的山阴公主，却不知道作为一个活生生的人的刘楚玉。

又或者，她其实是潜意识里刻意回避这个问题。假如了解得太多，山阴公主在她脑海之中真正活起来，对于自己侵占的这具身体，也许会失去一颗平常心吧。

文字叙述的空渺抽离感，与现实具体的捉摸体会，在这一刻，终于奇妙地有了一个融合点。

虽然不知道蓝衫青年为什么要为难她，但是她估计这青年从前是认得山阴公主的，他才会刻意如此。

这猜测至少有七八成是准确的。所以楚玉便出言加以试探。

话说出口，楚玉即便在喝酒时，也不忘分出心神观察蓝衫青年的反应，却并不见他有所动容，心中不由得有些失望，转而想起何驸马惊人的演技，便立刻释然了。

没人送上桌案纸笔，因为上一次放在桓远面前的那些还没拿开，伺候的仆童偷了个小懒。

这一回，不需要楚玉开口，桓远的手便自动地伸向了笔墨。

他压抑得太久了，需要一个机会来倾泻出来，两年的抑郁，两年的隐忍，已经将他的心志压迫到了某个极限，身为不得自由的笼中鸟，他唯一发泄的方式，便是眼前的纸笔。

又两首诗送上，这下子不光柳述，在场大部分人的目光，都聚集在了桓远的身上。

第四支琴曲响起时，许多人直接将视线投向了楚玉。而那蓝衫青年也没有辜负他们的期望，当酒觞正好顺水流到楚玉面前时，琴声终止，楚玉笑吟吟地拿起酒觞，朝蓝衫青年遥遥一举，饮尽。

武，她有侍卫越捷飞；文，她有枪手桓远。即便那青年过去真与山阴公主有什么过节，她也无所畏惧，兵来她将挡，水来她土掩。她倒是要看看，他究竟打的是什么主意。

“桓远的可贵之处，在于他没有经过刻意雕琢，现在你看他，也许仅仅认为这是一块形状好看一些的石头，其实这外壳之下，埋藏着真正的美玉。”竹林中很静，静得只有风吹叶动声和容止的说话声，“但是这块美玉并不好到手，虽然因为少接触人而书生气，可也因为此，兼之其身为桓家后人，他骨子里带着傲气，不可能轻易臣服于任何人。”

墨香看着棋盘上的局面，自己的白子已岌岌可危，原本双方均势的局面，现在却已经呈一面倒之势。

“我要压着桓远的心性。”容止凝视着黑白两色棋子，仔细地盘算棋路。

桓远受的委屈还不够，他要慢慢磨去桓远身为桓家后人的傲气，让他忘却先辈的荣耀。

他有的是时间这么做。接着，在合适的时候，在所有人都离弃他的时候，向他伸出手去。

要让桓远认为，所有人都抛弃了他，包括他的家人。

溺水的人，在绝望之中，即便是一根稻草，也会死死地抓住不放的。

容止微微一笑，笑容之中有一点点愉快。修长的手指拈起光滑的黑子，按在棋形的眼位：“墨香，你要记住，有的人，是不可以武力屈之的。”

上兵伐谋。同时，也是伐人心。

二，四，六，八，十……

当桓远写出第二十首诗，在场众人看着他的眼神，已经有些像看着天外飞仙。

曾有人怀疑桓远是自己从前写着早就攒好的，要求现场命题作诗，可是桓远照样接下，听过命题后便拿起笔，其间的间隔连走七步路的时间都不用。

这样近乎批量生产的诗文，却并没有干枯晦涩之嫌，也不见有雷同或相似之处，文采更是华美端丽，令众人心折。除了蓝衫青年、王意之和楚玉一行人还能保持点冷静，其他人对桓远几近狂热与敬畏了。

这不是一首两首，而是接连作了几十首诗，身为读书人，在场许多人都有过文思滞涩的时候，也曾为一个句子绞尽脑汁，何曾见过如此倾流直下的文思。

古来文无第一，武无第二，可是这前半句成立的前提，却是在彼此相若的条件下。桓远压抑两年，此刻文采喷薄而出，竟是对比得一干人等黯然失色，不得不对他心悦诚服。

相比起桓远文采的光芒万丈，楚玉简直就被遗忘到了天边的角落，她现在唯一的价值，就是替人喝酒。

几杯酒尚能忍受，太多了却不行，虽然特制的酒觞内盛装液体不多，可数倍叠加起来还是很惊人的。喝下第十杯酒后，楚玉虽然还没有醉，却已经开始刻意地控制饮酒量，从水中拿起酒杯时，都好像不经意地歪一下手腕，倒去大半杯。到了最后，干脆整杯一起倒进泉水里。

可是那时候已经没人理会她喝不喝酒，因为大多数人都以一种接近迷狂的状态，等待桓远的下一首诗。

二十，二十二，二十四，二十六……字字珠玑，句句华章。

到了第三十首诗时，就连蓝衫青年也不由得抬起头来，看了桓远一眼。

这场楚玉临时起意参加的诗会，最出风头的，不是放荡不羁的王意之，更不是那个什么千金公子，而是作为枪手、最开始仅仅被看成楚玉附属物的桓远。

当酒觞第N次放入流水中时，琴声却没有响起来。蓝衫青年抱起古琴，慢慢地走出亭子，走到桓远面前，看了桓远一眼，冷冰冰地道了一声："卿本佳人。"

随后他便头也不回地迈步离去，任凭柳述如何唤他，也未停半步。

第十五章　谋算无遗策

“卿本佳人”后面的字那青年虽然没说出来，但楚玉甚至不需要劳动脑细胞便能接上：奈何从贼。

这下子，完全可以肯定了，蓝衫青年认识从前的山阴公主，又或者，曾经吃过她的什么亏之类的。

望着青年的背影，楚玉有点不怀好意地想：至于他能吃什么亏……在山阴公主面前，还能吃什么亏呢？

柳述几番都唤不回蓝衫青年后，神情为难地走到楚玉面前：“子楚兄，萧兄虽然不近人情，但是也绝非不讲道理，你从前是不是开罪过他？”

楚玉耸耸肩，无所谓地笑道：“谁知道呢？也许没有，也许有，我忘记了。”

见从楚玉这里问不出什么端倪，柳述又去向其他人赔罪。没了操琴的人，诗会便少了一半的风雅，其他人分别过来认识桓远，相谈片刻后，一个个相继离去。

那蓝衫青年虽然好似处在隔绝的空间，可是他对诗会的影响之大，出乎楚玉的意料。就如同眼前这些人，都很倾慕桓远的文采，却又好像顾忌什么，不愿深谈，结识之后便一一告辞而去。

曲终人散，热闹的山顶一下子变得空旷，留下来的不过寥寥数人。王意之慢慢站起来，又慢悠悠地走到桓远面前，仔细地看了看，微微一笑，转向楚玉，笑道：“有意思。”

楚玉扬眉问：“有什么意思？”

王意之哈哈一笑：“你若问我，我却问谁？”他忽然转身，大步朝山下走去。

接着离开的人是柳述。他望着楚玉，犹豫了很久，才道：“子楚兄，我也要告辞了。”

楚玉浅浅一笑：“请自便。”见柳述抬脚就走，她想起一件事，“前一次你所说的千金公子，我怎么没见着？他是哪位？”

柳述惊讶地睁大眼睛，片刻后，叹息道：“现在我才相信你真的不记得了，方才那因你而离去的萧兄，便是千金公子萧别啊。”他一边叹息着，一边告辞离去。

一旁的越捷飞大大地松了口气，从耳朵里扯出布团来：嘘——总算解脱了。

微风轻送。

容止在棋盘上落下决定局势的最后一子，站起来道：“时候差不多了。”

因为撤得匆忙，那些矮几、锦垫都没有收走，楚玉便让越捷飞把自己身边的那张矮几连同上面的点心一起搬到亭中。坐在亭子里，迎着有些急的山风，楚玉俯视着都城建康。这城市透着迷乱的繁华之美。

楚玉正自出神，忽然感觉袖子被轻轻拉动，不必回头，也知是流桑，这里的人，也只有他会用这种方式吸引她的注意。

咕的一声从身后传来，楚玉听见这声音，惊讶地转过头，确定这声音是从流桑肚子里传出来的，她才想起自己一直在吃独食，其他人什么都还没吃呢。

她潜意识里认为流桑他们自己饿了会拿吃的，可是却忘了自己这具身体的身份以及与他们的关系，不得她的允准，他们是不会在她面前妄动的。

楚玉笑吟吟地把食盘朝流桑那里推一下：“饿了就自己拿。”虽然语调温和，可是声音里透着一些连她自己都觉察不到的冷寂。

流桑觉察到了，他没有去拿点心，只是巴巴地望着楚玉：“公主不开心吗？假如出来不开心，那我们回去好了。”他忽然想到什么，“是不是方才那些人叫你不开心的？”

楚玉莞尔一笑，伸出手摸摸他的脑袋：“那些人与我有何干系，他们有什么能耐能叫我不快？”她微微笑着，眼神辽远，宛如碧蓝如洗的万里长空。

就算她现在是山阴公主，那又如何？

旁人的毁誉，与她有什么关系？

桓远原本立在一旁，听见这话，朝楚玉看去，却见那清雅的少女目光坦然，竟是他从未见过的高阔。

楚玉正要再说什么，身子忽然被猛力一拉，推至一旁，随即耳边响起流桑几乎变了调子的惊呼：“小心！”

兵刃相交，发出刺耳的响声。

楚玉踉跄几步，走到站在角落的桓远身边。她扶着亭边栏杆，转过身，却见山上亭中不知什么时候多了几人，身材高大，动作矫健，头戴斗笠，身披蓑衣，竟不知是何时潜上山来的。

更重要的是，他们手上都握着一柄长剑。

来人的身份昭然若揭，是刺客。

刺客一共五人，着装统一，配合默契。他们中的三人缠住越捷飞，两人直接越过他，直扑向亭中的楚玉。

雪亮的剑锋迫近，空气瞬间变得阴冷而肃杀。

楚玉眼前一花，却见流桑一个闪身挡在她面前，迅速地拔出袖中短剑，挡住来人。方才也是流桑将她从亭中央拉开，推到较为偏僻的角落。

对方见流桑年幼，并未留意，只随意地挥剑，两剑相交，流桑手腕一抖，犀利准确地振臂横斩，竟将那人逼退一步，而那人的同伴上来接下流桑的剑势，才免于血光之灾。

两名刺客皆感惊讶，彼此对视一眼，挥剑再上，这回不敢再轻敌了。

楚玉也十分惊讶，她原本只当流桑是个什么都不懂的孩子，可是此时看见他的侧脸，虽然尚年幼稚嫩，却已经散发出坚毅果决的气息。

饶是流桑剑术不错，毕竟经验不足，几个回合下来，便露出破绽，其中一名刺客闯过防线，直扑桓远和楚玉所在的方向。

“什么时候差不多了？”墨香见容止似是心情不错，便随意地问道。

容止嘴角含笑，眼眸幽深如海：“大约是……刺客吧。”

危机迫近，楚玉的脑子反而十分清醒冷静，尽管心脏因为太过刺激已开始隐隐作痛，但她依然知道自己现在应该做什么。

她伸手一捞，想要抓住桓远一起躲避，不意捞了个空，侧眼一看，发现桓远不知什么时候已离开了亭子，面无表情地站在亭外。

楚玉不由得一愣。就这片刻的耽搁，刺客已经来到楚玉面前。她情知自己逃不了了，便无奈地苦笑一声，没想到又要死了。

好不容易得回来的生命，就这样再失去吗？

真不甘心。

这一回假如死了，她会不会再穿越回去呢？还是运气只有一次，这回死去，便是真的再也不会有知觉？

她真不想死。

预期之中的剑锋并没有加到她的身上，刺客来到了她面前后，看了她一眼，竟然转过身，跳出亭子去杀桓远，连看都不多看她一眼。

楚玉见此目瞪口呆。

看着桓远有些狼狈地闪躲刺客的追杀，此地身份最重要最有刺杀价值的人反而被晾在亭子里，虽然死里逃生，暂无生命危险，楚玉却有一种轻微的被羞辱的错觉。

喂喂喂，不带这样玩儿的。

她知道这个时代崇拜美色，以貌取人十分严重，可是，就连刺杀，也先挑比较俊美的那个去杀，这也太过分了点吧？

哪里有这样不讲职业道德的！

或许，这些刺客不是冲她来的，目标本来就是桓远？

这也不太可能啊，桓远从小不是被软禁就是被禁软，哪里有机会到外面去得罪人，甚至严重到要动用刺客的地步？

“您要刺杀公主？”墨香之前问话时，还拿着一颗棋子看看有没有机会扳回少许败局，听清容止说的话后，惊得手指一松，棋子落在盘上，与几枚棋子相碰，发出清脆的声响。

“怎么可能？”容止散淡地笑笑，“刺杀是有的，只是并非出自我的授意，是另有人安排。”

“什么人？”

容止弯腰将棋盘上的黑子一粒一粒捡回棋盒，轻声道：“桓远。”

桓远在刺客的剑下左右闪躲，他从前也曾得家人教导，学了两三手粗劣武艺，虽然不如越捷飞，甚至不如流桑，但是自保片刻，却是够了。

可此时他却感觉到前所未有的力不从心，气力好像流水一般从他身体里流失，动起来艰难迟滞，宛如干涸的河床，他忽然想起昨夜容止逼他喝的酒，心中蓦然有所了悟。

不过片刻工夫，桓远便气喘吁吁，身上多了好几道伤痕。

越捷飞见桓远情势不妙，猛地发力逼开与他缠斗的三人，箭一般地疾冲过来，拉开桓远，挡住刺客的长剑，于千钧一发之际解了桓远的危急。

一对一的局面，那刺客立即落了下风。越捷飞击伤那刺客，接着又回身与其他三人缠斗在一起，逐渐将四人逼于一处，不让刺客有机会走脱。

越捷飞将桓远推向亭子的方向。后者退了几步，后背碰到亭边支柱才停下来。

流桑且战且退，一步步地与那刺客退到了亭边。他经验不足，偶尔会被刺客的一些小花招弄得手忙脚乱，前期优势荡然无存，反而被节节逼退。

楚玉见流桑眼看就要退到自己这里了，为免刀剑无眼，她也跨过亭边的栏杆，出了亭外。

桓远才刚站稳，瞥见楚玉就在一旁，便下意识地往相反的方向迈了一步。

可是他忘记了这里是山崖边，也忘记了在迈步之前，先看一下脚下。

鞋底好像踩着一粒小石子，桓远脚下不稳，一滑而出。

倘若这是在平地上，不过摔个跤而已。但，这是在山崖边上。

倘若他不是因为药物而致体力衰竭，那么还有能力自救。

“桓远在谋划出府之际，也准备了破釜沉舟的最后一招，他自命君子，不到最后关头是不会兵刃见血的，而这一招，由于事关紧要，并没有太多人知情，而又因自身的不自由，负责替他出面安排的，是沈光左。”容止微微一笑。

桓远却不知道，容止能许诺给沈光左的，比桓远自己的要多得多。

沈光左早已经是容止的人了。

沈光左的第一个投诚倒戈，是他一手安排的，否则哪里会有那么莽撞的人，在别人甚至还没有分辨清楚这是否是一个陷阱时，便急匆匆地前来告密？

而因为这样，桓远的全盘计划，也都在他的掌控之下。

桓远的住处，养着一只鸽子，那是江湖上的隐秘刺客组织转剑堂专门培养出来，用于与雇主联系的，但桓远一直没有放出，因为他不到最后关头，不会使用暴力手段。

楚玉前些日子的作为，彻底地让他失去了希望。

昨日，桓远得知楚玉要前往平顶山参加诗会，便放出了这只鸽子。

墨香想了想，问道：“那么，公子是打算助桓远一臂之力，还是打算阻止他？”

“皆非。”终于将黑子全部收回棋盒，容止支起身子，笑道，“我打算利用这场刺杀。我的手虽然不能伸得太远，可是在都城建康之中，还是有些办法的。”

对于转剑堂，他略知一二，想要几个刚来到建康城的刺客，在打探刺杀目标的外貌时，有所偏差，也不是太难的事。他配合外界妖魔化山阴公主的传言，将公主说成是身材高大如男人一般的女子，但相貌上佳，而公主一行之中，最符合这个说法的，便是桓远了。

他劝公主带桓远一起去参加诗会，逼桓远喝下削弱体力不能剧烈活动的毒酒，加上临出门前，用药汁涂抹在公主脸上，遮去她的美貌，每一件事，都是有目的的。

“桓远现在恐怕也想明白了我的五分用意。”容止笃定地微笑着，“我要在他心头种下一个念头——他永远敌不过我。”

假如没有得到良好的解决，这个阴影会伴随着桓远一辈子。

他要施恩，可是在此之前，也要威压。

他要让桓远在面对他时，永远生不出反抗的意志。

墨香看着容止，也跟着笑了。

不管看多少次，容止的心思始终深沉不可猜测，每次墨香以为触摸到他的心思时，总是意外发现，所触摸到的，不过是一个假象。

永远不要与这个人为敌。

从两年前第一次见面第一次相谈起，他便决定跟随容止。

永不背叛。

永不后悔。

第十六章　不舍弃的人

桓远脚下一滑，身子一歪，一踩空，便知情形很不妙了。身子在半空中，没有任何物体可以依凭的。

此时，桓远的神志反而一片清明。容止容止，你真是算无遗策。下落的瞬间，桓远苦笑着想。

容止早就料到了一切，料到了刺客，也料到这刺客是桓远他自己请来的……甚至，连刺客不认识他这一事实，也一并料到了。

又或者，这根本就是容止所谋划的。

这样算无遗策，仅仅用可怕来形容是远远不够的。

桓远心头升起前所未有的萧索。

不过，这些与他都没什么关系了，此地景色还算秀丽，埋骨于此，未尝不是一件快事。

他已疲惫不堪了。假如获得自由的前提是一定要胜过容止的谋算，那么他承认自己不如。假如容止打算用这一局杀死他，那么如他所愿好了。

也许在这里死去，会获得前所未有的宁静。

可是耳边风声尚未啸起，桓远手腕上忽然一紧，被人紧紧地拉住，身体顿了一下，悬在崖边。

是谁救他？

桓远惊讶地睁开眼，看见了他这一生都无法忘怀的情景：他一直深深憎恨的人，此时正神情艰难地趴在崖边，抓着他的手腕。

相较于桓远的震惊，楚玉心中却是一片无奈：倘若她知道，自己下意识地伸手会有什么样的后果，那么她说什么也会管住自己的手的。

方才前一刻，她瞥见桓远摔向崖边，没有来得及想什么，便下意识地伸手去抓。

但她力量不足，不仅没有拉住桓远，反而被他下坠的力量一起拉了出去，摔在崖边，另一只手抠住崖边的石头，身体紧贴着地面，才没有一下子被拽下去。

即便如此，她已没多余的气力，把桓远一个上百斤的大男人拉上来了。

身体有一部分露出崖边，隐约有慢慢被往下拖的趋势，楚玉咬着牙，感觉自己的手腕好像要被拽断似的，便不由自主地更加用力地拽紧了桓远的手腕。

桓远愣愣地看着楚玉，脑中一片空白。

她？

楚玉看不见身后的情形，只听见打斗声交错在一起，一会儿近，一会儿远，腿上还不知道被谁踩了一下，不过根据对方踩的力道判断体重，估计是流桑。

所有人里，就他最轻了。

因为看不见战局，楚玉心中不禁焦躁起来，山顶上的人还在打斗，局面僵持着。桓远吊在悬崖外，楚玉为了拉住他，趴在崖边，越捷飞以一敌四脱不开身，流桑的剑招虽然慢慢变得圆融，可一时间却也无法击杀对手，返回来将两人救回安全之地。

楚玉苦笑了一下，她现在是上下不着边，进退维谷，没办法把桓远拉上来，却阻止不了桓远的体重将自己一分一寸地往下拽。虽然这下拽的速度很慢，但是楚玉知道，愈多被拽出去一分，她的生命就愈少一分保障。

面对这个局面，最理性的做法就是立刻松手，松开桓远这个巨大的负担，这样便能轻易地保住自己。

楚玉不是不知道，可是她做不到。这种一点一点慢慢地被拉进深渊的感觉很不好受，好像用钝刀子有一下没一下地切割着。

可是不能放手。

假如事先知道会发生这样的情况，她也许会在犹豫间错失救助桓远的机会，又假如她当时失手没抓住，那么事后也不过就是内疚一阵子而已。

可是现在她抓住了桓远，她是桓远唯一活下来的希望，楚玉没有办法说服自己放手。这个时候放手，几近于谋杀了。

这山虽然不高，可也毕竟是一座山，摔下去，九成九活不下来的。

生命是多么可贵，来自一千多年后死过一次的楚玉再明白不过，对于生命，她十分尊重。

“公主！放开桓哥哥。你这样太危险了！”打斗中的流桑终于发现楚玉的身体已经朝悬崖外挪动了几寸，却苦于无法脱身，惊恐地大叫出声。

他这一叫，几名刺客终于醒悟自己搞错了目标。恼羞成怒的他们一下子疯狂地进攻起来，越捷飞一时间几乎招架不住。

桓远听着流桑的声音，胸口已接近麻木。在公主府里，除了兴趣相投的江淹与他最为亲近，便是流桑这个可爱的孩子了。可是时日长久，他却忘记了，在流桑心目中，排在第一位的，是公主。假如是为了公主，那么将其他所有人都抛弃也没关系。

他明知道自己不该在乎这个，可是心头还是不可避免地泛起了近乎绝望的凄凉：永远敌不过容止，永远得不到自由，永远都会被亲近的人因为某种理由而抛弃。

假如他的一生就是这样，那么这条命于他还有什么价值呢？

“不要放手。”在逐渐空茫的神思中，耳中忽然闯入这么一句话，让他猛地清醒过来。

因为拼尽全身的力量，楚玉涨红了脸，非常艰难地出声：“不要放手。”

有一名刺客终于获得一丝空隙，将长剑朝楚玉掷去。越捷飞中途一拦，仅仅打偏少许，长剑依旧朝楚玉呼啸而去，直直地从她的头顶擦过，将发髻削开，长发轻柔地散开，遮盖住她的脸。

楚玉惊出一身冷汗，此时她抓着桓远手腕的掌心也沁出了汗水，湿滑得越来越抓不住。

楚玉咬牙道：“桓远，抓住我，别放手。”

桓远睁大眼睛，几乎是难以置信地看着说出这话的楚玉。

他方才……听到了什么？还是因为太过伤怀而生出的不可能的妄想？

那人的脸埋在散发的阴影中，可是一双眼睛却明亮莹澈，焕发出动人心魄的光芒。

不要放手。她竟然这么说。

桓远曾一度认为，这个世界上，再没有什么人会拉住他了。

在这尘世里，命运宛如浮萍一般漂荡，又有谁能分出多余的心思，去理会别人的生死？

可是为什么在这生死关头，却有一个人，毫不犹豫地伸出手来，不顾一切地在危风猎猎的断崖边，将他紧紧地拉住？

竟然是她？

竟然是她！

容止，你千谋百算，有没有算到这样一件事？

楚玉不知道桓远心中汹涌，继续艰难地道：“不要这么快放弃，坚持住，总会等到机会的。”也许下一刻，流桑和越捷飞就立即大发神威打败刺客了呢？

即便那希望异常渺茫，可是在真正绝望之前，无论如何不要放弃。

话未说完，楚玉便听见身后传来流桑的欢叫声，心中大喜，知道有了转机。她勉力稍稍偏头一看，瞥见一抹红云和一片灿烂的剑影。

兵刃交接之声宛如雨点密打，因为扭头看的动作太吃力，楚玉只匆匆地瞟了一眼，便不得不继续努力拉着桓远，对他吃力一笑：“再撑一会儿，很快。”

如她所言，在一连串的剑光和惨叫声后，几声重物落地的声音接连响起来，很快便有人跑过来，扶住她的身子不让其继续下滑，越捷飞则上前把桓远拉上来了。

流桑小心翼翼地搀扶住筋疲力竭的楚玉，见她衣服上的污迹和被削去少许的头发，一句话也不说，眼泪就噼里啪啦地往下掉。

楚玉哭笑不得，她靠在流桑身上喘息片刻，才慢慢地伸出手，轻拍一下他的脑袋：“你哭什么？别哭了，没事了。”

好累！刚才也不知为何，她竟然支撑了那么久，好像一下子把好几天的力气全部透支了一般，骨头里像是空的。现在她只想找个平地，什么都不管地躺下去。

不过楚玉想起刚才看见的那片红云，又勉强转头，可此时山顶上别说红云，连红线都没瞧见半根。

楚玉有些不确定地问流桑：“刚才，是不是有人来帮了我们？怎么一会儿就不见了？”

流桑抽抽搭搭地道：“是花哥哥，花哥哥帮了我们，然后便离开了。”

花哥哥？谁？她还花姑娘呢。

楚玉眨眨眼，有点迷惘地扭头看越捷飞，以眼神询问，流桑叫人花哥哥，你总不至于叫花哥哥吧？

越捷飞没有辜负楚玉的期待，如实地回答道：“是花错，他身子不太好，给我们解了围便回公主府休养去了。”

花错？楚玉愕然。花错是谁？这个名字她是知道的，便是府上那个据说病重，需要用珍贵药材吊着命的药罐子。当初楚玉瞧见花错的资料时，还暗暗感叹山阴公主对于美男子品种多样化的追求，连药罐子也不放过。如今看来，花错似乎并不是什么单纯的药罐子啊。

知道再继续问下去会露了自己的马脚，楚玉适时露出一副“我了解了”的神情，随即虚弱地要求流桑把自己扶回亭子里。

坐在亭中任由山风吹拂，楚玉慢慢恢复了一些气力。她忍着不自在，看越捷飞翻检地面上五具刺客的尸体，惊讶地发现，除了身上杂乱的伤痕，五名刺客的咽喉、双肩、眉心、胸口处都有着一点不超过指尖大小的伤口，而鲜血从伤口中流出来，染红附近的地面。

楚玉想了想，问正在给桓远包裹伤口的流桑：“你把方才的情形跟我说说。”

流桑自然不会不从，从他的叙述中，楚玉得知花错是突然出现的，而后以极高明的剑术快速杀死五人，得手之后未作片刻停留，便飘然去了。

楚玉好奇地道：“花错的剑术那么厉害？比越捷飞还强？”流桑和越捷飞打了半天，没能搞定的刺客，花错一下子就给解决了，这之间的差距未免太大了些吧。

越捷飞脸黑了一下，默默地转过身去，搜索下一具尸体。

流桑摇摇头：“这倒未必，花哥哥之所以这么快得手，是因为那几名刺客被越哥哥缠得无暇防备从旁来的袭击。倘若让花哥哥和越哥哥两个人交手，败的人也许是花哥哥，因为他的体力不能久战，力量也有所欠缺。”

楚玉点点头，她这回算是知道流桑的逻辑了，花错叫花哥哥，越捷飞叫越哥哥，桓远叫桓哥哥，那么依此类推，容止就是容哥哥了。

见流桑的神情依然有些沮丧，楚玉大概猜出了他的心思，鼓励地揉揉他的头发：“流桑今天也很了不起，拦住了一个刺客啊。”

流桑咬着嘴唇，有些不好意思地低下头：“谢谢公主。”忽然他好像想起了什么似的抬起头来，露出心有余悸的表情，“幸好今天容哥哥叫我把短剑佩在身上，否则我就算是想帮公主，也帮不上忙呢。”

真是想什么来什么。楚玉挑了挑眉毛，容止？压下心头的别样心思，楚玉笑着问流桑：“你将来打算做什么呢？”看他这么小年纪，剑术就已经不错，再怎么不济，估计也能谋一个好职位吧？

一听她这话，流桑当即仰起脸，嫩嫩的脸颊上还带着少许不知是兴奋还是羞涩的绯红，一双水汪汪的大眼睛直直地望着楚玉：“流桑将来长大以后，要当公主的面首！”

楚玉的脸立时绿了大半，仍怀疑是自己听错了，等流桑以纯真又热情的眼神将面首宣言再重复一遍后，她默默地将一口血咽回肚子里。

不得不说，山阴公主的养成调教，很成功，非常成功。

容止收起棋盘，便将墨香送出沐雪园，可是他并没有立刻返回，而是慢慢地绕着公主府行走，沿途有人向他行礼，容止也都微微点头回礼。

他的嘴角一直挂着不变的微笑弧度，眼神却幽深安静，不见波澜。

绕着公主府走了几乎半圈，他再从容折回，最后在一间极为冷落僻静的院子前停下脚步。院子里传来很浓郁的药味，这药味不是一朝一夕，而是经年累月留下来的。而院门上的牌匾伤痕累累，摇摇欲坠，隐约可见五个字：“三千繁花剑”。

虽然此时是春日，院内的景致却十分萧条。花木零落一地，好似遭狂风暴雨肆虐过一般。

才踏入院门，便瞧见一柄细剑斜插在地面上，剑身上还带着些隐约的浅红。

容止微笑了一下，走入房门半开的主屋，轻柔地唤道：“阿错。”

第十七章　无以破妖娆

为免再度遇险无力相抗，几人在山顶上休息片刻，待楚玉稍稍恢复一些体力后，便匆匆下山。越捷飞虽然仔细搜索过，却并未从刺客身上搜出任何可以作为线索的事物。

流桑先行一步回公主府，再带着车驾前来接楚玉回府，否则以她现在的外形，估计路上能引发的回头率比来时还要厉害。

回到公主府，这一路上桓远一直沉默着。虽然他之前在楚玉面前也一样不怎么说话，可是这沉默却与来时有些不同，好像有什么彻底沉下去了一般，静得让人心凉。

两人进入公主府，走了一段路，就要在东、西上阁交界处分别，桓远走了几步，忽然转身叫住楚玉："倘若花错没及时到来，只要迟片刻，你我便将落崖，那时候，你会不会一直拉着我？"

楚玉闻言有些惊讶，她仔细看着桓远，这俊美青年的眼中有着无比的失落和迷惘，似是找不到方向了。她想一想，微笑道："我不知道。生死关头，人的所为未必由本身意志所决定，也许到了那一刻，我会因为怕死放开你的手也说不准，可是……"楚玉望着桓远，真挚而诚恳地说道，"方才，至少方才，我是真的不想放手的。"

桓远怔忡片刻，低声道："我信你。"随后离去。

楚玉轻轻地叹了口气，朝相反的方向走去。

虽然她方才说的每一句话每一个字都是实话，可在这个时候说出来，却是别有用心了。

桓远的心志显然已经有些动摇，她要适当地把握住。

回房间里换了身衣服，楚玉让幼蓝给她整理一下头发。由于被刺客掷剑削开发髻，她的头发被削去不少，下半部分参差不齐，也需要修剪一番。

不过这么修剪下来，头发又短一截，楚玉来到此地，最开始是继承了山阴公主的及腰长发，为了扮男装方便剪去一些，这下子又要剪短，仅仅齐肩，基本上很难梳比较复杂的发髻了。

不过楚玉对于这种状况很满意，她原本就不耐烦在脑袋上堆着一堆东西，前些天尝试过一次，差点没把脖子压断，眼下倒落了个清爽。

楚玉心里痛快了，幼蓝却在犯愁怎么给公主梳个漂亮的发式，拿着梳了左右比画，迟迟无法下决定。这时门外遥遥传来容止轻柔的嗓音："公主是否回来了？"

楚玉略一沉吟，让幼蓝自行退下，披上外衣，出门去见容止。

正好，她也想要见他。

两人一路并肩而行，各自想着心事，谁都不先开口，最后还是楚玉暗叹一声，挑开了话头："你来找我有什么事，说吧。"

容止微微一笑："今日我担忧公主安危，让花错前去照看。他从前是江湖中人，性子放荡不羁，倘若有失礼之处，还请公主见谅。"

还没等楚玉询问，容止便自己把相应的答案给说了出来。她听了不由得一愣，随即淡淡地道："无妨。"倒是省得她询问，为什么花错会及时出现在山顶，至于流桑为什么会佩剑，为什么会与桓远一起出现，她也为容止想好了现成答案：都是因为担心她的安危。

如此一来，她心中所有疑虑，都不必再问，可是不知为何，心中有莫名的不安。楚玉强行压下，又道："你来找我，便是为了这个？"

容止偏头瞧着她，展颜一笑："自然不是。"

两人已经走到前次设宴的杏花林边。虽然过了这些天，但杏花仍盛开着，雪白的花瓣繁复地簇在一起，遮蔽住花枝。有一枝横逸斜出，几乎擦过容止的脸颊，映着他幽静深沉的漆黑眼眸，几乎绽放出一种灼伤人眼的妖娆。

是花，还是人？楚玉有一瞬间的恍惚，片刻后又立即清醒过来。她握紧双手，指甲深深掐进肌肤里，在这个人面前，绝对不能掉以轻心。

容止笑道："我自然是还有一事要与公主说，不过却不是在这里。"他回头望一眼跟了两人一路的越捷飞，温和有礼地道，"能否请阁下退守于林外？我有非常重要的事与公主相谈。"

越捷飞并不为其所动，只将目光投向楚玉，似是在询问她的意见。楚玉心头剧烈交战着：是答应，还是不答应？

倘若答应他，进了林子就不知道会发生什么事，毕竟她到现在还没弄明白容止的意图。

可若是不答应呢？看容止这个架势，假如不答应，那么他恐怕不会把接下来要说的话讲出来，那她便更加无从探究他的目的。

犹豫只在片刻之间，楚玉果断地作出决定，对越捷飞点点头，吩咐道："不要走得太远。"

越捷飞脸上浮现出古怪的神色，随后领命行事。楚玉先是愕然，转身与容止再走几步才醒悟过来。越捷飞那个表情，恐怕又是误会她和容止打算在没人的地方做些什么……看来山阴公主留下来的阴影依然十分严重。

在林中穿花而行，雪白的杏花偶尔因为两人动摇花枝而簌簌落下，眼前是一派极美的景色。楚玉走着走着，兼之今日已经受过一次惊，强行提起来的心神逐渐放松。她几乎忘记容止就在身边，大部分心思，都放在了眼前的杏花上。

耳边传来一声柔和得让人完全提不起戒心的声音："你叫什么名字？"

"楚玉。"几乎是不假思索地，楚玉下意识地脱口而出。话说出来后，她才悚然领悟方才那话是谁问的，又有什么目的。

山阴公主的名字叫刘楚玉，而她之前的姓名则是姓楚名玉，两者之间只一字之差，若非如此相似，只怕她现在就露出了破绽来。

楚玉心中凛然，目光锐利地逼视容止。

真是一刻都不能掉以轻心啊，她冷笑着想。

容止微微一笑，轻柔地拉过身旁的花枝，靠近，轻嗅杏花的芬芳。因为他的动作，有两朵杏花一先一后地从枝头坠落，轻飘飘地落在地面上，楚玉几乎可以听见落花细碎的声音。

容止低声地道："公主，你是否还记得，四年前，你带我来到公主府时，曾对我说过一句话？这句话，我一辈子不会忘记，你也不会。"

楚玉的心一下子提了起来。她面无表情地凝视着容止，好一会儿才慢吞吞地道："你这话，是在问本公主？"

她自然不是山阴公主，容止的这个问题，她不可能答上来，乱答是不可能的，但是也不能推说自己不记得。

楚玉想了想，正打算用"都是陈年往事了，你还提起来做什么"之类的话含混过去，忽然心头一凛，冷然哂道："你以为，本公主是什么人，你凭什么用这样的口气来审问本公主？"

什么都不答是最好的回答，但是这并不代表沉默。

方才楚玉临时想到一个可能，那便是，根本就没有容止所说的那句话，那不过是一个引她上钩的幌子，不管她怎么样回答，都是致命的错处。

而容止接下来的话更是让楚玉松了口气："公主不屑回答，自然是对的，因为那时候，你什么都没有对我说。"

果然！

但是楚玉并未因此露出得意的神情，反而继续冷笑地看着容止，因为方才那句话，也有可能是引诱的陷阱，她不能贸然上钩。

在这个人面前，每一步行动，都需要预先反复思量，真可谓步步惊心。

楚玉现在庆幸自己当初没有选择假装失忆一途。虽然那样做会让她轻松许多，但假如露出那么大的马脚，她指不定怎么被他盯准弱点，蒙混得团团转呢。

至少，现在仗着过去山阴公主的名头，很多人都不敢玩太多花样。

容止望着楚玉，眼波柔和得几乎要滴出水来，可是说出来的话却吓得楚玉心脏差点罢工："请公主宽衣。"

楚玉暗暗压住脆弱的小心脏，面上冷笑一声，继续扮酷："本公主今日不……"她的话还没说完，便见容止一只洁白修长的手伸了过来，手指捂上她的嘴唇。

楚玉睁大眼睛，正要闪避，可是此时容止迫近半步，含笑的面容看起来是那么温柔纯真，但手上动作却半分不含糊。他另一只手飞快地擒住楚玉的双腕，压过头顶，接着仰面往地面上一倒，再一个翻身，楚玉便被他给压在了身下。

放手！

容止的拇指和食指中指扣在楚玉的下颌关节处，虎口则卡在楚玉微张的双唇之间。他的力气并不算太大，可是手法却巧妙得骇人，不管楚玉怎么拼力挣扎，都只能发出含糊而微弱的"唔唔"声。

口被封住，她的双手双脚更是被牢牢地压制着。说来奇怪，楚玉甚至能够感觉到，容止的力量不算大，可是自己却好像忽然脱力一般，怎么都挣不开。

她虽然料到容止别有用心，可是却没想到他竟敢就这样直接对自己下手！楚玉徒劳无功之后，只能寄希望于越捷飞能听到林子里异样的声音。

容止笑了，他俯视着楚玉，眼神高深莫测，从容地道："公主，不要这么着急，我很疼呢。"

他在说什么鬼话？

片刻后，楚玉领悟他这话并不是说给自己听的，而是说给林外的越捷飞听的。

当林中传出好像有什么重物落地的声音后，蹲在杏花林边的越捷飞下意识地站起来，想要进去看看情况。可片刻后容止从容不迫的声音又让他立即释然了，脸上随即浮现出古怪神情，公主又在玩某些特殊游戏了。

因此，他不但没有走进林去，反而非常识相地非礼勿听，朝相反的方向挪了几步。

等了一会儿，不见越捷飞闯过来，楚玉知道大约是容止的那句话起了作用，心下顿时凉了半截。到了这个境况，她心中反而一片清明坦然，毫不畏惧地与容止对视。

容止微微一笑，俯下身去，嘴唇贴在楚玉的耳边，气息伴着羽毛一般的声音吹拂着："别怕，我知道，你不是公主。既然你不是公主，那么告诉我，真正的公主去了哪里？"

他就这么笃定？

楚玉心中叹息一声，知道自己这阵子的表现实在太过可疑了，稍微心思缜密的人就会发现破绽的。可是就算被发现，他们也仅仅只是猜想公主转了性子，谁都不似容止这样胆大，作出最不可思议可也是最接近事实的判断。

“我在你的床边发现了‘正’字刻痕，所刻下的笔画，算起来，正好与那日你将我和其他面首赶出房间，直至今日的日子数目相同。”

楚玉心头一颤：他连这个都发现了？那些“正”字，最初是楚玉在彷徨迷惘之中下意识地做的一些安定心神的标记，后来一天一刻已成习惯，却没料到容止连这种小细节都没有忽略掉。

楚玉望着容止，虽然不说话，可是眼神却讥诮锐利，向容止传递“那又如何”的信息。

是，被发现了，可是那又怎么样？她自己的床，自己高兴刻着玩儿，又有什么问题？谁能干涉她？

容止的气息还在她耳边吹着，这一次，那声音是那么富有诱惑力：“不要害怕，我不会把你怎么样的，只要你告诉我，你是谁？公主眼下在什么地方？我会保你自由，要知道，我也是身不由己才留在这里的。”

楚玉情不自禁地屏住呼吸。

第十八章　相信不相信

说，还是不说？

楚玉望着容止，眼睛一眨不眨。

他的相貌十分秀丽，乍看上去仿佛柔软而高雅；他的眉目分明，眼珠子是纯粹的漆黑，黑得好像宇宙尽头的深渊，多看一会儿便有一种快要被吸进去的错觉；他的鼻梁挺直，鼻尖又有些柔润；他的肌肤雪白，温润细腻宛如玉石，可是又比玉石温暖柔软。

四目相对，在这样近的距离下，彼此的情绪都似乎能一目了然。他黑白分明的眼睛里流转着真挚的诚意，随着他的耳语声微微波澜："相信我。"

楚玉看着他，眼中的讥诮之色逐渐转化为嘲弄。

相信他？

她，不信。一个字都不信！

虽然在来此之后，她曾经分别给过不同的人不同程度的信任，可那是以山阴公主刘楚玉的身份，而不是作为一千多年后的楚玉。

作为山阴公主刘楚玉，她会相信一些人，可是作为楚玉，她不信。

一千多年后的楚玉，来到这里，谁都不相信，她保持着戒心，谨守着自己的秘密和底线，在保护自己的前提下探究周围，思索着未来的方向。

她不确定，不知道，可是她不会为此伤怀，不因此消沉。

来历的秘密，是她最后的底线，也许告诉容止后，他会与她合作，但也有截然相反的可能，他会利用这一点，将她推往万劫不复的深渊。

楚玉并不多疑刻薄，她只是无法相信——容止有什么能值得她抛弃最后底线去信任的呢？

容止扬扬眉毛，他的眉形很好看，扬眉的样子有一种好像振翅欲飞的风采："你不肯说？不肯说，我也有凭证。”

楚玉眼中的讥诮之色更浓，凭证？什么凭证？难道他还有本事剖开她的脑子，看见她的想法不成？

容止不会伤害她。楚玉心中有这样的直觉，不光是因为容止眼中没有杀意，也是因为他在公主府内的权限，令他有过太多的机会这么做。他完全可以做得更隐蔽更加不着痕迹，而不是在这杏花林中，光天化日下动用暴力。

而即便是动用暴力，他的手法依旧轻柔，就连刚才将她压在地上时，他也是先自己身体后仰承接了倒地的撞击，才翻身反压她的。

但是容止的下一个动作，让楚玉情不自禁地全身僵硬、瞠目结舌：他俯下身，张开嘴，用牙齿轻轻咬住楚玉的领口，慢慢地往一侧拉。

全身的鸡皮疙瘩都好像要集体跳出来抗议，楚玉无法遏制身体本能的恐惧，只觉得连骨头最深处都在颤抖，带着微微屈辱的刺痛。

他在脱她的衣服！

虽然此刻身为山阴公主，可是生前的经历造就了她的性格，她不是一个放纵欲望的人，遣散男宠一来是避免麻烦，二来也是本身不需要。

在某些方面，某种意义上，楚玉反而比山阴公主这个古代人更传统。她坚持两情相悦，也坚持尊重和平等。容止行为的亲密程度，已经侵犯了她的底线。

容止之所以用牙咬，是因为他两只手都不得空闲，不得已只好用嘴。楚玉也知道，她告诉自己不要去介意，努力压抑着自己的本能，令身体不要太过僵硬，同时想着别的事情，让自己分心：方才容止说是四年前，看容止现在的外貌不过十七八岁，四年前也就十三四岁，难道他那么小的年纪就被山阴公主看中了？还是说，她估计错了他的真实年龄？

容止缓慢地咬开楚玉的一边衣襟，抬起头来轻轻地吐一口气，接着又低下头去，继续咬里衣。少了一层衣服的阻隔，他温热的呼吸吹拂在她颈项的肌肤上，楚玉睁眼看着上方天空一动不动，只当自己是条死鱼。

瞥见楚玉一脸严肃悲壮、准备就义的神情，容止忍不住莞尔一笑：“你是哪家派来的？来此之前，不知道公主平日的喜好吗？竟然连这点都忍受不住？”他心中已经将楚玉认作是哪一方派来的细作，只不过仍有些好奇，在公主府森严的戒备下，她究竟是怎么把真正的公主换走的？

终于将里外好几层衣服都扯到了一边，楚玉光洁的肩头裸露在外。容止轻吐口气，目光自然而然地投向锁骨下方。

然后，他的目光凝固了。

锁骨下方的一粒细小红点，宛如朱砂那样鲜艳，与楚玉的眼神一起，好像在嘲弄着他。

容止露出思索的神情，他放开卡住楚玉下颔的手，伸出手指抹过那枚红点，然而他所看见的并没有消失。

楚玉这时心中的石头方落地，撇撇嘴：她还道容止有什么证据呢，原来是在找身体特征，他大概万万没有料到，这具身体根本就是属于山阴公主的吧？

此时容止放松了对她的钳制。楚玉连忙扭头大叫："越捷飞！还不速来救驾？！"

林子内是否太安静了？走出几步继续蹲守的越捷飞过了一会儿，忍不住有点起疑，他正犹豫着是否要回去看看，忽然听见楚玉拔高的声音，顿时不再踌躇，飞身朝林中扑去。

当看见林中两人的现状时，越捷飞傻了，他使劲地揉一下眼睛，才确定自己没有眼花。就他所知，从前哪一次不是公主主动扑倒容止，怎么可能发生容止压住公主的情况？难道扑着扑着容止就习惯了？扑着扑着容止就反扑了？

看着越捷飞眼中显而易见的怀疑，楚玉大怒：他那是什么眼神？难道看见天鹅想吃那什么什么不成？（坚决不承认自己是那什么什么。）

楚玉再叫一声："越捷飞你在那里做什么？快来救本公主！"

听到她的催促，越捷飞才如梦初醒，快步上前。

虽然对眼前的情形感到荒谬和不可思议，但是越捷飞还是十分尽忠职守的。不管怎么像是做梦，即便是在梦中，容止冒犯了公主，这是事实，他应该行动。

楚玉只见越捷飞三两步走过来，弯腰劈手朝容止肩膀一切，趁他松开楚玉的片刻，拗过他的手臂反折，咔嚓。

听到一声悚然的像是骨头断裂的声音，楚玉耳朵一麻，随即瞧见容止的手臂以不正常的角度弯折着。

越捷飞提起容止，朝着他肋下屈膝狠撞，又伴随着一声可怕的折断声，容止的身体就好像风筝一样斜飞出去了。

楚玉的手脚很快就变凉了，她不由自主地坐起来，转身，目光追随着容止的身影，看着他向后飞的身体撞上三米外一株杏花树。花枝折断了小半，但依然拦住了容止，他的身体停顿片刻，便伴随着缤纷飘落的花瓣，一起落在地上。

容止……还活着吧？

楚玉脑中顿时空白。她叫来越捷飞，原本只想让他帮忙拉开容止，却不料他风格狠辣，下起手来完全没有当容止是个活人。容止在府内的超然地位，也丝毫没有让他动作轻一些。

容止在公主府里不是很有地位吗？他不是很受公主宠幸吗？为什么越捷飞出手这么不容情？

方才还肆无忌惮地钳制着楚玉的容止，此时却毫无生气地倒在地上，一动不动，任由雪白的杏花撒在他的黑发和雪衣之上。

楚玉忍不住屏住呼吸看着，直到看见容止的身体微微动了一下，她才放下心头悬着的石头，恢复了正常思考的能力。

她虽然气恼容止扒她衣裳，可是却从来没有想要置他于死地。越捷飞出手之重出乎她的意料。

容止动了一动，用完好的那只手支撑着地面，迟缓地翻身坐起来。他的头发散落开，披散在苍白的面容两侧，花瓣随着他的动作滑过黑发，慢慢地飘下。

容止坐起来后，背部靠在树干上，双目却依旧凝视着楚玉，更准确地说，是凝视着楚玉裸露的肩膀。楚玉这才意识到自己还是一副衣衫不整的模样，哼了一声，赶紧站起来，拉好衣服。

容止的神情很复杂，脸上千万种微妙的神情交织在一起，最后——楚玉确定自己没有看错，最后容止所流露出来的，竟然是一种如释重负的神色。

越捷飞见容止还能坐起来，上前又要下狠手。楚玉开口叫住了他，才又转向容止："你现在可算信我了？"

片刻的动容过后，容止又恢复了平静。他淡淡地一笑，眼神沉寂从容，无畏生死："我今日在做这件事之前，便已经预料到了最坏的后果，也完全做好了承受的准备。"言下之意，便是任由处置。

他语气虽然平静，可是那种自然而然的态度却让楚玉有一种凛冽决然的错觉，她忍不住开口道："你胆子好大。"明知道失败后会有这样的后果，却依然这么做，是什么令他不顾一切的？

容止微微一笑："我胆子素来大，公主三年前就知道的。"

见楚玉迟迟不作出对他的处置，容止又笑了笑："公主既然不打算追究容止，那么容止告辞了。"他说着低下头，一只手扳着受伤的另一只手的上臂，猛一用力接上脱了的臼。骨节交错声响起来的那刻，他的笑容一下子绽放开来，前所未有的璀璨，灿烂得令楚玉心头发寒！

接着，他又接好了折断的臂骨与肋骨。

楚玉以为越捷飞下手已经非常狠了，可他没有想到容止更狠。越捷飞狠，那也仅仅是对别人，身体是人家的，他打起来不心疼，可现在容止满不在乎地摆弄的，是他自己已经损伤的身体！

更让她心惊悚然的，还不是容止对待自己的血肉之躯好像死物一样的动作，而是他脸上的笑容，从始至终一直那么灿烂，没有丝毫的勉强痛楚，好像骨折是一件很开心的事情。

山阴公主的后院里，究竟都养了些什么生物啊：一个貌似正常可爱但竟然立志当面首，一个短短时间内飙出几十首诗的"人形作诗机"，一个剑术卓绝超然的药罐子，一个头顶绿帽拥有奥斯卡影帝级别演技的驸马爷，接下来便是眼前这位不把自己的肉体当肉体而当积木一样摆弄的家伙了。

其他被她放出公主府的男宠，还不知都有什么特殊之处，也亏得从前的山阴公主能镇住，没出什么大乱子。

楚玉眼睁睁地看着容止面带笑容地接好骨头，他吃力地站起来，扶着肋部的创伤，慢慢地朝林外走去。

楚玉没有阻止他，也没有再问他什么。

待容止离开，楚玉随口对越捷飞道："你下手很重啊。"

她这话只是随便说说，并没有追究的意思，毕竟越捷飞也是尽职。可是一听见这话，越捷飞立即单膝跪地，低头请罪："越捷飞自作主张，请公主降罪。"

楚玉有些惊讶，她伸手把自己衣领的领口拉紧一些，叹口气："你保护了我，何罪之有？"

越捷飞不肯起来，依旧低着头道："越捷飞本来可以不对容止下此重手的，却因私怨，有意为之，公主还记得从前的那桩旧事……请公主饶恕。"

随口一句话竟然勾出陈年往事，这绝对是始料不及的，但越捷飞话说到最关键、最八卦的地方忽然停住，楚玉的好奇心一下子被勾起来，很想知道从前究竟发生过什么，可那之后越捷飞便只是请罪了。

虽然好奇得要命，楚玉也不便多问，以免越捷飞觉察出不对来，只好打断他请罪的话："什么都不必说了，这件事就此揭过，我累了，要回去了。"

鄙视！鄙视说八卦只说一半的人！

第十九章　问君如有意

山顶上惊吓一场，回公主府后又是一阵起落，楚玉觉得疲惫，第二天直睡到日上三竿才起来。

换好衣服披散着头发，楚玉优哉地吃着幼蓝送来的早饭。严格地说，这是早午饭。吃得半饱时，她留意到幼蓝神情拘谨，好像有什么话想要说，便温和地问道："有什么事吗？"

山阴公主的侍女自然不止幼蓝一人，但是楚玉来此之后，第一个见到的除自己以外的女性便是幼蓝，更从她口中初步了解了自己的身份。从那以后，她便指定幼蓝一人专门服侍自己，并且提升了她的待遇。

见楚玉心情好像不错，幼蓝才爹着胆子道："公主，外府的一些人从今早上起，便站在内苑的门口那儿，到现在都还没走。"

楚玉扯过丝帕擦了擦嘴唇，好整以暇地问："他们守着门口做什么？"

仔细观察楚玉并无不悦，幼蓝心中暗喜，攥了一下藏在袖子里的名贵珠花，低下头恭敬地道："他们是来找容公子的，一些大笔的花销款项，需要容公子的批条才能去库房领取以及半个月核对一次的账目，府内的人事安排……"她很乖巧地说了一半没有说下去，但是意思已经很明了了，因为容止的关系，这些事都卡着。

容止在公主府管的事情居然这么多？

楚玉原想再吃一些东西，听到这里，不由得停了下来，她思索片刻："容止不肯见他们？"这行为，算是在给她颜色看吗？

"自然不是！"惊讶于楚玉的想法，幼蓝连忙摇头，唯恐楚玉误会什么，"容公子并没有拒不相见，只是花公子守在他院子门口。"

楚玉沉默片刻，放下筷子，站起来披上外衣："好，我去看看。"

出门之后，越捷飞自然跟上，两人一路行至西上阁。素来清静的沐雪园附近，此时站了不少人。侍卫、侍女、侍从，算起来也有二十多人，但是他们谁都不敢接近园子的大门，面上带着惊惧之色，好像那里有什么吃人的猛兽。

这些人身上几乎都有一个共同特点，那便是衣衫的领口开了个一寸长左右的口子，又或者头发被削去一段。

这大约便是花错的杰作。

有人发现公主到来，连忙要行礼，楚玉摆摆手，阻止了他们。她随意叫过来离自己最近的一个年轻人，问道："里面情形如何？"

那人连忙低下头，小心翼翼地道："回公主，花公子说，他不会让任何人见到容公子。我们想要进去，都被打了回来。"第一剑是警告，第二剑便会动真格了，他们虽然是给人办事的，可也没有必要拿自己的命去冒险吧。

此时又有勇士大无畏地闯入园内，一两秒后，园中传出惊叫，伴随着惊叫声，墙头像抛垃圾一样抛出一个人来，正是刚刚闯入的勇士。

楚玉朝门里望了望，只见碧色的竹影微微摇曳，并不能窥见人影，她转头又问年轻人："一定非找容止不可吗？"难道没有了容止，他们就不能自行处理？

听着年轻人的回话，楚玉方知道，容止平时虽然看起来比较悠闲，但是他手里掌控着公主府的印鉴以及公主府内金钱、人事等极为重要的几条运转命脉。

容止竟然有这样大的权限？

楚玉心中惊讶不已，却又有了更多的不解：容止手中权力如此之大，假如他不想留在公主府，早就能走了，甚至连害死她也不是不可能……究竟是什么让他一直留下来的？

在沐雪园外站了会儿，楚玉把周围人召集过来，告诉他们，她会有所处置的，让他们先行散去。

待众人走得差不多了，楚玉也没往沐雪园走一步，她转过身，快速地朝来时的路走去。

越捷飞追上她，忍不住开口问道："公主，你要去哪里？"

楚玉淡然道："修远居。"

修远居中，桓远不像往日一般手中握着书本浏览，他前次从容止那里借来的书已经看完，眼下也不愿再见到容止。

屋外隐约传来侍卫的说话声，随即有人推门而入，桓远忍不住偏头看去：是谁在这时候来找他？

楚玉微笑着跨入桓远的屋子，扫视一眼坐在角落的青年，便径直朝他走了过去。

见到楚玉，桓远俊美的脸上泛起复杂的波动。他迷惘地看着朝自己走来的少女，觉得自己从前好像从未认真地瞧过这个人。经过昨日之事，他的心志已动摇，只是两年来埋在心底的耻辱，又岂是片刻的动摇可以抹除的？

两种截然不同的情绪在桓远心中交织着，一面是救命的恩情，另一面则是被迫成为禁脔的耻辱，他现在甚至不晓得，应该以怎样的神情来面对楚玉。

相对于桓远的挣扎，楚玉的想法却十分明确。她来到桓远面前，与桓远隔着一张桌案相对坐下，开门见山地道：“桓远，我今天来，是来和你谈一笔交易。”

桓远皱了皱眉：“我有与公主交易的资格吗？”他这句话是脱口而出的，只是话刚出口，不知为何却有些后悔，他缓了缓口气，道，“公主恕罪，桓远失态了……请问公主，是什么交易？”

楚玉缓缓伸出手来，比出三个手指：“三年，今后你不再是我的面首，而是我的幕僚，为我做三年的事。三年之后，我给你安排一个家底干净的新身份，还你自由，这笔交易，你可愿意答应？”

这个时间跨度虽然稍微长了一些，但楚玉也有自己的考量，她需要一个得力的可靠帮手，比起不知深浅的容止，此时的桓远反而更符合她的要求。

“可是，桓远，”楚玉目光锐利地紧紧地盯着他的双眼，不容他回避，“这三年之内，我要你完全献出你的忠诚，这是我最基本的要求，假如你不能做到，那么就当我今天没来过。”

是就是，不是就不是。

楚玉面上虽然果决坚定，但是心里却不是很有底。她知道自己这是在冒险，她心中想法虽然明确，但是桓远不一定吃她这一套，就算吃了这套，也不一定完全信守承诺。

这种完全依赖于个人信用的事情，倘若选错了人，后果是一败涂地。

但是目前楚玉并无别的选择，毕竟她目前的接触面还不够广泛，称得上认识甚至比较熟的人不多。

流桑虽然年纪小，有可塑性，可是他对人没有什么防备心，一声声“容哥哥”叫得那么亲热，改天容止把他卖了，他还说不定反过来帮着数钱呢。

有着奥斯卡影帝演技的驸马爷更是不可信，设身处地地反思，楚玉觉得何戢更愿意干脆一刀把她捅了。

柳色、墨香两人，楚玉也不是没考量过，不过感觉他们走的都是花瓶路线，能力方面值得商榷，只能略过不提。至于花错，看方才的情形，他明显是与容止站在一条线上的，可以提前出局了。

于是，便只剩下桓远。他有才华，心思缜密，性格之中有刚直隐忍的一面，除了对自己的身份和过去有些放不开，已经找不出什么别的缺点。更为重要的是，楚玉昨天才冒着绝大风险救了他的命，虽然当时是下意识地不由自主，可是现在却正好能拿来动之以情，而许诺给他全新的自由人身份，便是诱之以利。

双管齐下，楚玉自认为已经尽了自己所能做到的人事。至于能达到多少效果，今后会有什么变数，却是她无法预计的。

尽人事而不从天命，如此而已。

听到楚玉开出的条件后，桓远几乎有些不敢置信地望着她，想要相信却又忍不住怀疑，还未来得及欣喜，自己便先暗暗泼冷水，一时间不知该如何作答。

等了一会儿，见桓远只是沉着脸，不见其他反应，楚玉站起身来，对他微笑道："我等你的答复，你好好想想，不急在一时半刻。"

她站起来的时候，身体正好背光，面容埋在阴影里，一双眼睛却澄明清澈，蕴藏着冷静坚定的光泽。

昨日的那一刻，她也是这般模样。

好似有什么在脑海中陡然炸开，桓远神志一空，不由自主地脱口而出："好！"话说出来他又微微有些懊悔，想要收回，已是不能了。

因为楚玉的手掌朝外飞快地伸到桓远的面前："一言为定，击掌为誓！"

袖子随着动作微微地卷动，她纤细的手腕露在外面。桓远注视着这手腕，想起昨天就是这只手拉住了他，即便是在那么危急的关头，也始终没有放开。

就在楚玉等得有些心焦时，桓远终于抬起手来，掌缘轻轻贴上她的手，两只手慢慢地合在一起。

楚玉认为自己在冒险的时候，桓远又何尝不是？

可是所有的猜疑和不安，都被相互贴着的手掌平缓而温柔地压下。

一言为定，击掌为誓。

步出修远居，楚玉的心已经放下了一半，接着，她又折回沐雪园。

因为她的吩咐，周围人都已散去，绿竹梧桐又重新显现出了原有的幽静。接近院门口时，楚玉瞧见一名侍女双手端着托盘，正朝这里走来。

她上前拦住那侍女，问道："这是什么？"

侍女想要跪下，被楚玉阻止。她小心翼翼地偷眼瞧楚玉，确定她神情没有异样，才低声答道："是给容公子准备的药粥。"

托盘中放着一只瓷盅。楚玉掀开盖子一看，里面是热气腾腾的稠粥，不过粥的颜色却不是大米粒的白色，而是带着些肉色混合褐色，米粥里混着碎肉末，以及不知是什么切成的白色细丁。

盖子一揭开，药粥的香气便弥散开来，虽然带着药味，但是并不令人反感，米粥的香气和肉香奇妙地融合起来，令人胃口大开。

楚玉盖上盖子，便伸出手将托盘顺了过来："你回去吧，这个我来送。"

似是料不到楚玉会如此，那侍女一脸见了鬼的受惊神情，却不能阻止楚玉把托盘从她手上拿走。过了好一会儿，楚玉见她用一种很梦幻的神情行了一礼，接着像梦游般，以近乎飘浮的姿态沿原路往回走，一边走一边发出梦呓似的呢喃："我一定是还没睡醒。"

与一直维持着震撼表情的越捷飞走到沐雪园门口，楚玉回想起方才那位壮士的前科，微笑着让出一步，以眼神示意越捷飞先行，在前面顶着，假如花错杀过来，好做她的盾牌。

突然听得园内传出声音来，楚玉连忙摇摇头，示意越捷飞且慢。

那声音是容止的，慵懒无奈、带着些虚弱地道："我说阿错，你这么守着，也不是办法，总不能让他们一辈子不进来，我一辈子不出去吧？"

接着便有一道沙哑的声音响起："你不必多说，倘若不是因为我的伤势不便大肆动武，我定要把那伤你的人刺穿千百个窟窿。"不必分辨，这个声音，自然是花错的了。

楚玉听见身旁一声轻哼，才感觉不妙，但已来不及阻止了，越捷飞大步跨进门去，冷声道："伤了他的人是我，倘若不是公主阻拦，我会下手更重些，把他给杀了。"

随后，楚玉便听见花错反唇相讥："我当是谁，原来是手下败将的师弟，真是丢人，没办法与我堂堂正正地较量，却对不能动武的阿止出手，你们一门也真是越来越有出息了。你不是时刻跟随着公主吗？她在哪里？"他的声音沙哑低柔，但是说起话来却十分狠毒刻薄，声音不大，却像尖锐的针，直扎人最痛的地方。

越捷飞一个冲动，把自己给暴露了，心知没办法继续听墙角，楚玉叹息一声，抬脚跨入门内。

朝园内林中走了两步，顾不得看越捷飞以及与之对峙的那条红色人影，楚玉的目光，直直地落在了半躺在青石台上的容止身上。

第二十章　花伤并鹤唳

一看见容止，楚玉的目光就几乎移不开了，倒不是这时候容止有多么俊美，主要是他现在的着装，比较有个性。

容止半躺在青石台上，靠着梧桐树，他的身下垫着好几层棉被，而身上也裹着一层一层的被子，里三层外三层地，把原本一个身材修长风度翩翩的美少年裹得像球一样。楚玉很克制地才没有用眼神去数他身上一共裹了多少层。

楚玉小时候看过一则童话，是说一个王子想找一个真正的公主当妻子，结果挑了许多公主都难以判定。最后在一个下雨天，遇见一个来城堡里借宿的姑娘，那姑娘自称是真正的公主。于是王后便给姑娘亲自准备床铺，她在床板上放了一颗豌豆，然后在豌豆上铺了二十层床垫和二十层羽绒被。第二天他们来问公主是否睡得好时，公主说她几乎整夜没合眼，身下好像有什么硬东西，弄得她的皮肤青一块紫一块的。因为有着无比娇嫩的肌肤，这位姑娘被认为是真正的公主。

现在的楚玉，也很有往容止身下的被子底下放一颗什么豆的冲动，虽然被裹成圆球的样子有些可笑，可此时被柔软被子盖住身体的容止，脸色苍白得接近半透明，半敛着漆黑的眼眸，像是被上好的丝绒小心翼翼地呵护着的珍贵易碎的艺术品，不得有半分损伤。

看见楚玉惊诧的神色，容止瞥一眼自己的身上，无奈笑道："我说想出来吹吹风，阿错便一定要把我弄成这副模样，让公主见笑了。"

他神情坦然自在，好像昨天的事是一场幻觉。楚玉顺着他的意思微微一笑："他也是为了你好，你现在这样，吹不得风，不过……这么厚的被子，伤口没有压着吧？"昨天的一幕，她自然不会忘怀。但是，此时她还没有摸清楚容止的目的，眼下也不是与他正式翻脸的时候，能装一下糊涂，自然是好的。

此时楚玉才想起来，她好像一直没有见过那位药罐子剑客花错，连忙转头朝一旁红影所在的方向看去，原以为会看见一个脸色苍白骨瘦如柴的男子，但映入眼帘的，却是一片火烧般的艳红。

花错的样子，其实说不上多么俊美。他的五官分开看，都十分平凡，可是凑在一起，却生动得焕发出骄狂的风采。一身鲜红的衣裳令他看起来太过艳丽。他的嘴唇没有血色，却十分骄傲凌厉地勾着，弧度宛如剑尖一样锐利，几乎能刺伤人。楚玉完全看不出来，他是一个需要用珍贵药材吊着才能活命的人。

他看起来二十三四岁模样，手里拿着一柄剑，这剑的剑身比起普通的要稍微窄些薄些，并且微微发红，也不知是映着他身上的红衣，还是本身色泽如此。

见楚玉望了过来，花错狂傲地一笑："长公主殿下，希望您能管好自己身边的狗，不要放它出来随便咬人，要是一不小心被人宰了，那就糟糕了。"

他话语中指桑骂槐的意思再明显不过，就差没有指着越捷飞的鼻子破口大骂了。面对这种侮辱，越捷飞自然也没必要忍受，他拔出剑来，飞快地朝花错刺了过去。

花错等的就是他主动出手，冷笑一声，手腕轻抖格住他的剑势，一击之后，两人谁都没有收手的意思，反而更加激烈地打了起来，越打越远，几乎将楚玉和容止忘在一旁。

楚玉看不太清楚他们的动作，但见容止毫不关心，连看都不看他们一眼，便也暂时放下不管。昨天流桑说过，假如打起来，败的人应该是花错。因为花错体力不足，不能久战，现在就是验证这个判断是否正确的时机了。

她就算要阻止，也要等他们"久战"之后，看出胜负了再说。花错口舌锐利恶毒，越捷飞沉不住气，让两人都吃一点教训也好。

看容止正闲着，楚玉便在青石台边放下手上的托盘，揭开瓷盅的盖子："我给你带来了一碗药粥，趁着现在还热，赶紧喝了吧。"

容止微微一诧，随即露出柔和的笑容："多谢公主。"他动了动身子，缓缓地从被子里抽出没有受伤的那只手，拿起托盘上摆放的勺子，轻轻舀了半勺，慢慢送入嘴里。

药粥入口，他的手顿了一下，一直留神观察的楚玉连忙问道："怎么了？有什么问题？"

"不，"容止抿一下嘴唇，微笑道，"很好吃，多谢公主为我费心。"

楚玉松了口气：没事就好，刚才也不知怎么的，她直接联想到粥里有毒了。

在楚玉的注视下，容止一口一口慢慢喝光了药粥。他安静含笑的模样柔软而无害，楚玉凝视着他，心里叹息：假如容止真的如同外表这样乖巧无害，该多么好！

可假如那样，他也就不是容止了。

喝完了药粥，花越二人那里的战斗也接近了尾声。花错面上泛起了绯红，这让他的五官看起来洋溢着骄横的艳丽，而他的动作，也不似最开始那样凌厉狠毒，逐渐地散乱起来。

两人周围的树林看起来一片狼藉，绿竹梧桐伤的伤，断的断，清幽之气荡然无存。

楚玉正想着怎么出言阻止这两人，容止却早她一步。他看也不看两人一眼，放下勺子，悠然地曼声道：“你们非要毁了我的园子不成？”提醒之后，他的声调陡然一沉，“越捷飞，花错言语得罪你，你出了气也就算了，不要得寸进尺。”

几乎是立刻，两人同时住了手。花错单手抚着胸口，低头喘息不已，而越捷飞神情虽有不甘，却像顾忌什么，便生生地收住了手。

楚玉端起托盘，对容止道：“这些天，你身体不适，我让桓远暂代你处理事务吧。”

容止笑笑：“好。”他神情从容平静，好像了然看透一切一般，对于楚玉明着说是要帮他减轻负担，实际上是分权的行径完全没有该有的反应。

楚玉轻叹一声：“你好好休养。”假如容止的目的能更加明确一些，假如他不是这样完全让人看不透，也许她还不会如此戒备。她一直在想，自己这么做，究竟是不是正确的。尽管原本计划得很好，可是真的临到实行时，还是会有些过意不去，“这药粥假如你喜欢的话，我让人每天煮给你喝。”

听她这么说，容止露出诧异之色，慢吞吞地开口道：“公主，你知不知道，这药粥有什么功用？”

难道不是补品吗？楚玉心底狐疑着，只听他不紧不慢地继续道：“除了补气养血，这药粥里的一些药材，是用以补肾的。”

补肾，更直白一点地说，就是壮阳。

……补肾？壮阳？

饶是楚玉做好了十分坚强的心理准备，听了这个答案，依然忍不住想要抓狂。

这家伙，哪里像是肾虚的样子？！

这种粥究竟是哪个混蛋煮的？！

容止笑吟吟地道：“约莫是府内尚药司的人所为。”他眨眨眼睛，目光纯洁极了，“他们猜想我也许是因为服侍公主不力，才会遭到如此惩罚，于是特意给我进补，我回头找他们说说便好。”

楚玉望着他，目光也纯洁极了，好一会儿才领会他的主题思想：敢情公主府里那个什么尚药司的人，以为容止是因为在与她进行某种活动时不够卖力，才被她下令打成这样的？！

其实当时的情形，叫外人粗略看来，也确实会惹人误会：楚玉和容止走入杏花林中，越捷飞在外蹲守望风，片刻后越捷飞入林，紧接着便是容止重伤勉力走出来，接着楚玉衣衫不太整齐地，身上还有明显地在地面上滚过的痕迹，面带不悦之色，也走了出来。

综合以上现象，再经过流言的扭曲，最后便成了一个十分惊悚的故事。

容止平时待府内上下都算不错，也积累下不少的人缘，尚药司是公主府内专门司职医药的机构，医官又与容止交好，便想帮容止一把，于是与厨房联手精心调制药粥，差人给容止送去——便是楚玉端来的这盅。

楚玉现在觉得手上端着的托盘无比烫手，端着难受，但是丢也不是办法。过了一会儿，她才想起来问："你既然知道，又为什么要喝？"

容止凝望着她，柔声道："因为是公主你端给我的啊，我永远不能拒绝公主的。"

他的声音那么温柔，楚玉与他对视片刻，终于正视了一个从前不愿去正视的问题：会不会，也许，可能，容止的心，真是向着山阴公主的？也许在她的观念中，不可能有人甘心与别的男人一起服侍一个女人，可是在这个疯狂的时代，又有什么是不可能的？

楚玉从前一直不愿意这么想，不是不能，是不愿，因为倘若容止真的是喜爱着山阴公主的，那么，她的到来，算不算是夺走了他恋人的躯体呢？

假如他知道这身躯之下的灵魂已经换了一个，将会是什么样的心情呢？

可是，她又能怎么办呢？连她自己也不知道为何会来到此处，更不清楚山阴公主魂归何方。她去哪里寻找一个真正的山阴公主给他？

倘若他知晓真相，又会不会因此伤怀甚至愤怒？

不管是出于哪方面的考量，都不能说出事实。楚玉默默地想。假如今后证实了她的猜测，也只有尽力地补偿他。

虽然在情感上，楚玉依然不愿相信这件事有百分之一真实的可能。

楚玉垂着眼眸，仿佛沉默了许久，才开口道："假如我要杀死你呢？"她才说完，那边花错便警惕地看向她，手再一次紧紧地攥着长剑，只要楚玉稍稍有不利于容止的举动，他便会动手。

容止伸出手朝花错摆了摆，目光却一直胶着在楚玉的面上："只要是你的愿望，我都会为你达成。"

楚玉终于无法再维持表面的平静，扭头就走。

走出很长的一段路，楚玉才稍为冷静下来。她深吸一口气，借此摒除脑海中关于容止的事，边走边随口问一旁的越捷飞："你对那花错知道多少？不管多少，都给我仔细说一遍。"

越捷飞跟着楚玉的脚步："是，公主。"

花错原本是江湖人，一手凌厉狠毒的折花剑十分出名。昔年他与一个年岁相仿的鹤姓少年一道四处游历，两人皆是剑术高手，人称"花伤鹤唳"，一时风头无两。

但在四五年前的时候，两个少年不知道因为什么闹翻了，分道扬镳。而很快，江湖上便失去了花错的踪影。再过两三年，花错不知因何事身受重伤，他仇家甚多，不方便再以重伤之躯只身行走江湖，便来到公主府找容止，由容止将他作为面首安顿进来，一直以药材吊着性命。

越捷飞还说了些花错在江湖上的战役，说得比较专业，楚玉听不太懂。说话间，两人已经走近尚药司，途中楚玉将烫手的托盘随便交给了遇见的侍女。

楚玉早些天在府内闲逛时，曾经路过这里，只是没有进去瞧一瞧，路线却还是记得的。一进尚药司的院子，便闻到浓郁的药材味，有几名医工学徒正在院子里以刀圭量取药末分装，专注得连有人进来都没发觉。

楚玉径直走入里屋，屋内坐着两个人，一个五十多岁，还有一个三十多岁，身上穿着很庄重的服装，应该便是府上医官，正在阅读书籍。楚玉轻咳一声，惊动二人，趁着两人行礼之际，楚玉问道："容止的伤势，你们去看过没有？"

年长的那个低头答道："回公主，容公子的伤势并无大碍，只需休养数十日，便可痊愈。"

楚玉点了点头，忽然不知道该说些什么好了。她既然过来了，也不能就只问这么一个问题吧，但要说让她问那个壮阳的粥，她也实在不晓得应当如何开口。她佯作若无其事的样子，顺着屋子行走，目光晃过靠墙的书架，最后落在两人面前的桌案上。书架和桌案上都摞着一些书籍和诊断记录，还有公主府里用药的记录。

看情形，这两人是在整理过去的资料。

楚玉随手抽了几本册子浏览，看着看着，她便皱起眉来。

原本只是随意地翻看，渐渐地，楚玉看出一点不对劲来。在四年前到三年半前这段时间里，诊断记录竟然是一片空白，好像凭空缺了一块似的。不过与诊断记录不同，药物消耗的记录却还在，并且就正好摆在桌案上。她取过来那本册子，低头仔细地看起来。

那段时间的药物消耗量十分大，楚玉拿了另外几段时间的记录作对比，那段时间，府内的药物消耗超出正常水准的三至四倍，并且，大部分都是治疗外伤的药物。

联想起越捷飞方才说的话，楚玉眉头一皱，张口便想问那两名医官，话到嘴边又拐个弯咽了回去。倘若真的曾经发生过什么大事，作为公主不可能不知道，而那份不见了的诊断记录，也许是刻意销毁掉的。

念头一转，她的话便变成了"你们在这里多久了"。

"三年。"年老的那名医官恭敬地回答。

楚玉扬扬眉毛，放下记录册子，便朝外走去。

时间，掐得可真是恰到好处。

那一段被掩盖住的时间，也许是无意，也许是有意，但想必都是很值得深究的过去，然而她的好奇不能表现得太过明显和急切。

因为现在她是山阴公主。

楚玉已经吩咐人把应该处理的事务暂时移交给桓远，当然，这并不是说，马上就让桓远取代容止的地位了，因为不管是人缘还是威信，乃至经验和手腕，桓远都远不如容止。

假如一下就进行权力移交，先不说容止那边，光是下面，恐怕就会引起动荡，甚至反弹。

因此名义上的借口仅仅是暂代处理，实际上也只能暂时如此。

她让桓远去容止那里，一方面是把印鉴取来，另一方面，也是带着批条和账目去请教容止。容止是一个现成的前辈，拥有丰富的经验，在他的指导下，能够事半功倍，假如让桓远自己摸索，也许会走许多弯路。

等容止伤势好些了，大部分的权力还是要还回去的，不过桓远也可以分一些过来做，但不会太多。

嗯，循序渐进，不骄不躁。楚玉有那个耐心。

回到自己的住处，楚玉让人调来府内的人事记录，从四年前一直到现在的。之所以要这么多，是为了混淆目标，不让人看出来她的直接目的，不过关上门后，楚玉翻看的，还是从四年前到三年前的那段时期。

有些出乎意料，却又有种果然如此的感觉，楚玉看到三年前公主府内苑有一次庞大的人事大换血。换而言之，内苑的人，三年多前和现在的，完全不是同一批，而那些被换走的人，记录上则没有做详细说明。

那个时候，一定曾经发生过什么事，才会有如此剧烈的变动。

但是楚玉现在正在考虑的问题是，是不是真的要去探究，假如花费心力探究出来的结果，与她所想象的不一样，反而因为太过分心去做这件事，导致她做出失误判断，那么岂不是得不偿失？

可放着不去理会，楚玉的好奇心始终压抑不住。或许，那件事与眼前未必毫无关联。

让人把宗卷拿走，楚玉慢慢地在公主府里踱步，希望能借由流动的空气吹散她心底的谜团，可没走出东上阁多久，远远地迎面过来一人，楚玉一看便忍不住有些无奈地笑起来。

那人是柳色。

山阴公主的面首，楚玉最后留下了六人，容止是不知深浅，桓远是身份特殊，花错是怀有痼疾，流桑是年纪尚小，而柳色与墨香两人，才纯粹是作为花瓶摆设留下来的，公主府也不是养不起两个闲人。

这六人里，除了天真的流桑，楚玉最放心的反而是这两人，只不过他们留下来的目的令她有些啼笑皆非。墨香虽然平时没什么小动作，但前些日子光溜溜地跑到她床上的举动却是让楚玉吓了一跳。而相比墨香的不鸣则已一鸣惊人，柳色则是更为细水长流的骚扰。

虽然被限制不能随意闯入东上阁，可每当楚玉走出东上阁时，柳色几乎总能有意无意地晃到她面前，比偶遇还要偶遇，理由千奇百怪，借口五花八门。

就好像大大前天，楚玉看见他时，他正一脸迷惑地左右顾盼，目光扫到她后立即欢悦地跑过来，竟然自称迷路了。那时两人所在的地方距离公主府主干通道不足二十米，这样的借口他也好意思说出来。

再说大前天，柳色从她身边走过，就在即将走过去时脚崴了一下，然后倒在地上眼泪汪汪地看着楚玉。楚玉当时很想告诉他，他的演技和驸马爷不是一个档次的，就好像三流小明星和奥斯卡影帝之间的差距那么大。不过最后她还是没说什么，把柳色交给附近的侍卫送回去了事。

至于前天就更为有趣了，楚玉远远地看着柳色蹲在地上摆弄什么，一时好奇心起，便走了过去，却见他一脸苍白，眼角挂着泪珠，手中拿着一把小铲子，正在……葬花。

比林妹妹足足先进了一千多年。

柳色的小把戏每次都十分拙劣，让人一眼就能看穿，让楚玉无奈之余，又觉得很好玩。每天一段不重样的小插曲，让人都忍不住有了一些期待。

可是今天却好像有些不同了，柳色直直地朝她走过来，中途既没有故意崴到脚，也没有左顾右盼，更不曾吐血葬花。他来到楚玉面前，停下来，一脸的哀凄："公主近来每日里不是与容止在一块儿，便是去找桓远，是柳色有什么地方做得不好，让公主厌倦了吗？"

楚玉凝视着眼前的少年，柳色只有十八九岁，他出身贫苦，没念过什么书，身体也不太强壮，唯一的特长，便是天生的美色了，将前程赌在身为别人男宠之上，是无奈的选择，也是他不甘心贫苦的欲望驱使。

比起容止，柳色的心思目的简直宛如玻璃一样透明。

心中念头打定，楚玉笑眯眯地看着柳色："你知道我这些天为什么不理会你吗？"

这些日子以来，不管柳色怎么使尽手段，楚玉总是对他爱理不理，态度漠然，冷不防地亲切起来，让他忍不住有些受宠若惊："柳色不知道。"

楚玉微微一笑，把已经检查过一遍的腹稿说了出来："你相貌极美，但是比起桓远、容止来，仍然差了不少，须知美貌只是皮囊，终有一日会衰老，内在的才华才是最重要的，桓远便是如此。"

柳色艰难地想了想，没说什么，走了。

越捷飞好奇地问："他这就走了？"老实说，楚玉方才的话，他没怎么听明白。

楚玉笑吟吟地道："大概是培养气质去了。"短期内，不用担心他再来骚扰。

才处理好柳色，另一条道路上走来的人影却让楚玉刚稍微好了些的心情又沉了下去，对方明显是冲着她走来的。所以楚玉也不作无谓的躲藏，做好心理上的武装，便大大方方迎上去："忍者……驸马。"好险。

何戢走近，温文有礼地道："公主，今日上朝后，陛下对我说，已经许久不曾见公主了，希望公主能入宫去见他。"

陛下，也就是现在的皇帝，同时也是山阴公主的弟弟——刘子业。

第二十一章　近亲情反怯

终于来了，楚玉心中一沉，暗自叹了口气。

山阴公主的弟弟，也就是现在的皇帝陛下，据楚玉所知的历史资料，是个荒淫好色的少年皇帝，并且，好像在亲缘关系之外，与公主有那么一丝说不清、道不明的暧昧。

楚玉之所以一拖再拖，不主动去见刘子业，也就是因为那么一份暧昧。在公主府里，天大地大她最大，只要她不想要，没有人敢强迫她，可是一旦入了宫，她便处在了被动的位置。倘若刘子业对她有某方面的要求，却被她断然拒绝，会不会因此招来杀身之祸？

但不管怎么不情愿，应该面对的还是要面对，假如她现在因为害怕就抗命不从，那才是死定了呢。

见机行事，随机应变吧。

主意打定，楚玉果断地道："走吧。"

何戢讶然地望着楚玉："公主就这样入宫？"眼里带着不可思议的神色。

楚玉先是一愣，随即想起来自己昨日剪了头发，才刚及肩，便一直披散着，这样打扮，在自个儿家里没人敢说什么，可是她现在要去的地方是皇宫，不能如此仪态不整。

楚玉回房让幼蓝给自己梳发，只梳了一个简单端正的发髻，头一次上了淡妆，而后换上较为正式的服装，这一准备，近半个时辰便过去了。

在这做准备的当口，楚玉听见屋外有兵戈相击之声传来，紧接着听见越捷飞的呵斥："花错，你擅闯公主居所，要做什么？"

花错嘿嘿笑了一声："就算我要杀人，也不会这么光明正大地来做，是容止让我来见长公主，有件物什必须交给她。"

越捷飞马上应道："什么物什，我先看看。"

门外又传来打斗的响动，过了片刻，楚玉才听见花错嘲弄的声音："容止给公主的东西，什么时候轮到你来过问了？倘若这其中放置的是私房话，你也要看不成？”

楚玉预感假如放任他继续说下去，接下来不知道会有什么狠话吐出来，便起身开门打断他们：“停手。”她先对越捷飞点点头，“不妨事。”随后望向花错，“是什么？”

花错手腕一转，伸出手来，在他的掌心上，静静地躺着一个拳头大小的丝囊，里面鼓囊囊的，不知装着什么。

花错道：“这是容止让我交给你的。”

楚玉接过，对他展颜一笑。

花错收回手，抬起眼来，漫不经心地瞥向楚玉，一看之下却不由得一怔。

他平日里甚少见公主，就算瞧见了，也极少正眼仔细看她，印象里那少女周身始终带着委靡的气息，这两日来更是没有整齐模样，可今天乍然近距离地看见盛装的楚玉，她目光清澈而高远，神情坚定却不逼人，一洗胭脂的娇慵，恍若山间有清泉流淌，若林间有清风轻柔。

花错惊讶过后，不由得皱了下眉，厌弃地冷笑起来，旋即转身离去。

楚玉好奇地解开紧缚的缎带，拉开丝囊的袋口，发觉丝囊中装的是香料，各种切碎的香料混合在一起，散发着宁和舒缓的香气。

楚玉不知道容止这时候送来香囊是何意思，但是想来他不会做无谓的事，此举必是别有用意。楚玉想了想，将丝囊的口系好，仔细地放进怀里。

这回出门是为了入宫，公主府门口已有一驾华丽的马车等候着，两人才刚坐稳，车驾便动了起来。

楚玉与何戢共乘一车，两人坐在车内，之间隔着大约有一米的距离，但楚玉依然觉得很不自在，神情也随之僵硬。何戢很关切地望着她：“公主若是身体不适，不妨现在回府。”

楚玉淡淡地笑道：“我若不入宫，陛下恐怕会怪罪你。”现在才说这废话，不觉得晚了吗？刚才干什么去了？

何戢极为诚恳地道：“我就算拼着受陛下责罚，也不能不顾公主的身体啊。”

楚玉叹了口气，摇摇头，闭上眼睛靠在身后的软垫上，假装闭目养神，不再理会何戢。论起拼演技，她实在不是这位的对手。更何况，就算拼赢了也没什么好处，表面的和睦并不能改变内里的裂痕。这是双方都心知肚明的。

公主府距离皇宫还不算远，不一会儿便抵达了目的地。何戢将楚玉送到宫门处，便与她分别。随后楚玉由门口等待迎接的宦官引领着前去见皇帝。

在见到刘子业之前，楚玉做过无数种可怕的设想。她的历史知识不算深厚，可也大概知道，刘子业是一个好色又残暴的少年，这样的少年倘若是普通人，也就为害一下乡里，可他偏偏是皇帝。

楚玉甚至很认真地考虑过，假如刘子业向她提出某种要求，她是否应该谎称自己好朋友来了，借此逃过此难？

由于先入为主的缘故，楚玉对刘子业印象极坏，楚玉几乎把这个与山阴公主有血脉亲缘的少年想象成一个面目狰狞、青面獠牙的怪物，也因此，当楚玉看见刘子业时，眼前的形象与自己脑子里的想象反差极大，令楚玉不得不惊讶。

楚玉是在一个名叫华林园的园子里见到刘子业的。其中的宫殿名作竹林堂，大约是因为外面种植了许多竹林而得名。宽敞的殿内，那个身穿玄色衣袍的少年靠在桌案边，与墨香同样是狭长的眼睛，可这少年的眼睛却闪烁着焦躁的戾气，令他看起来有几分阴狠。那苍白的脸上写着痛恨的不耐烦。尽管这样，他的容貌却是出人意料的……俊秀。

忽略掉他暴躁的神情，这少年的相貌，竟然算得上是十分端正清俊的。

少年看见楚玉，双眼一亮，一扫不耐之色，立即扑了过来，将楚玉紧紧地抱住："阿姐，你有好多天没来看我了！"

这少年便是当今南朝的帝王——刘子业。

刘子业扑过来的一刹那，楚玉心头暗道，来了。但她也只是老老实实地站在原地让他扑。

被一双手臂牢牢地箍住，楚玉的身体顿时僵硬无比，冷汗直冒。

不会这么直接就那什么什么吧？

出乎楚玉的意料，刘子业并没有下一步动作，就只是静静地抱着她，将脑袋埋在她的肩头，一动不动的，好像睡着了一般。

楚玉心中忐忑，不知他要做什么，却也不敢妄动，也同样安静地等待着。

先前胡乱想的说辞，这一刻竟然一句也说不出来了。

也不知过了多久，大约是直到楚玉僵直的身体接近麻木的时候，刘子业才终于出了声，有些委屈地抱怨道："阿姐，你这么些天不来看我，是不是讨厌我了？"

楚玉揣摩他的语气，似乎并没有质问或指责的意思，反而更像是在撒娇，才慢慢地筛选词汇："怎么会？我前些日子身体不好，休养了数日，这两日才稍微好些。"

"怎么会这样？！"刘子业听了一惊，连忙松开楚玉，仔细地端详她的面容，好一会儿才忧虑道，"阿姐，你的脸色好生苍白，要多吃补品才行。"

楚玉心想这纯粹是被你给吓的，再说养生之道可不仅在吃多少补品。不过她并未多言，只是任由刘子业拉扯着坐到桌案边，听他张口一叫："华愿儿！"

伴着他的叫喊，殿外守着的太监立即跑了进来。那太监与刘子业年岁差不多，一双眼睛转来转去，显得很是滑溜。刘子业口述了他的旨意，赐给长公主大量的珍贵补品和珠宝绸缎。

楚玉在旁听得头皮发麻：这对姐弟平常的小意思都如此大手笔吗？那正式的封赏又会有多少？

太监退下之后，刘子业的手又一次爬上楚玉的腰，身子一歪就躺在她跪坐的双腿上。

楚玉心中咬牙，暗道这小鬼倒是会躺。不过刘子业的动作似乎并无猥亵，他只是安静地躺着，随着一呼一吸，时间慢慢流逝，他脸上的戾气逐渐消散，最后竟然化作一片安宁平和。

他的脸微微苍白，神情有一种紧绷之后放松的释然，方才的模样与现在相较，简直就像截然不同的两个人。楚玉几乎怀疑在自己一眨眼的工夫，有人把躺在自己腿上的少年皇帝给调了包，现在在她面前的，仅仅是一个面貌相同的人。

刘子业轻轻地舒一口气："阿姐你今后可要常来看我，你不在，我烦心得很，总想杀人。"

这句话，让楚玉心头一沉，知道刚才所想不过是错觉，这个神情安宁的少年，依然是那个狠毒残暴的小皇帝。

楚玉心中暗道，既然知道你想杀人，我还常来做什么？虽然从外面看，两人一片姐弟和睦亲融的气氛，可楚玉心中的惊惧无以言表：天知道躺在她腿上的少年曾杀过多少人？听他的语气，杀个把人就好像吃饭喝水一样简单平常。倘若他现在生气了，会不会下令也把她给砍了？

她面色虽然沉静，心中的警戒却提到了最高点，能不说话就不说话，以免说出什么不该说的。

过了片刻，她又听刘子业慢慢开口，带着点儿疑惑："对了，阿姐，你今天身上的香气好像有点儿不对，和以前不太一样呢。"

楚玉愣了愣，想起临行前容止给她的香囊，念头在脑中转了五六个旋儿，她轻声道："今天出门前恰好沐浴了一番，用了新的香料，所以与往日不太一样了。"那香囊的气味与她初次醒来时屋里的熏香类似，她还没觉察出其中有什么细微不同，这刘子业倒是觉察出来了。

"哦，"刘子业不再多问，他眯着眼睛，脑袋在楚玉腿上蹭了蹭，像是找个更舒服的姿势躺好，"阿姐身上总是这么香呢，每次我头疼，闻到阿姐身上的香气，就好了许多。"

楚玉随口应着，盯着睡在腿上的少年，目光如临大敌，好似看着可怕的生物。

传说中，历史上，荒淫暴戾的废帝刘子业，此时竟然像一只收起了利爪的家猫，慵懒地睡在她的腿上。

午后的阳光温暖和煦，从窗口照进来，照在两人身上，这情形倘若是发生在寻常人家，只怕并不出奇，可是皇室之中，怎么会有这样的情形出现？

楚玉很是困惑。

躺了片刻，刘子业不太老实地翻了个身，眯着眼睛，扯住楚玉的袖子，拖长声音："阿姐，你帮我按一下额头吧，我这两年常常头疼，阿姐按着就会很舒服呢。"

楚玉先是不解，随即明白过来，她伸出手指，轻柔却坚定地按在了刘子业的太阳穴上，缓慢地施加力量揉动，同时，方才的一些疑窦，在心底汇聚起来，也慢慢地浮现出一个令她惊骇的答案。

告别刘子业离开皇宫时，已经接近黄昏时分。楚玉走近宫门时，停下脚步，从怀里取出容止临行前交给她的香囊，放在鼻尖下深深地嗅了嗅。慵懒的香气沁入肺腑，使整个人都舒展开来，心情平静下来。

这香囊，有安神静气的效果。

而刘子业，又似乎是有着某种暗疾，时不时地头疼，导致平日性情暴戾，动辄杀人。也许应该称之为间歇性狂躁症，而山阴公主屋内的熏香长年累月地点着，时日长了，也便沾染到了山阴公主身上。因为这香气能舒缓刘子业的神经，于是刘子业便认为和这个姐姐在一起分外舒适，各方面都对她宽待不少。

而自从楚玉成为山阴公主以来，她嫌整日点着熏香气闷，便令人撤去。时日久了，身上香气渐渐淡去，倘若不是今天有容止送来的香囊，只怕根本起不到舒缓少年皇帝神经的作用。只不过直接从香料散发出来的和人身上沾染的香气毕竟有所不同，才会让刘子业察觉出细微的异样。

楚玉仔细地回想每一处细节：假如仅仅是香料便能让刘子业的情绪缓和，山阴公主为什么不说，直接把香料提供给刘子业，她也就不必频频进宫了……又或者，她其实是故意不说的？

故意隐瞒真相，甚至，连刘子业发病的原因，也是因为她？

虽然逐渐转夏，天气渐热，可楚玉还是被这个想法生生地惊出一身冷汗。手脚冰冷得好像浸在雪水里。

第二十二章　但见新人哭

一步一步慢慢地走出宫门，何戢的马车还在宫外候着。越捷飞靠在车边，嘴里叼着一片树叶，眼睛半合，昏昏欲睡。

楚玉上前拍醒他，上车，回府。与何戢依然一路无言。

到了府里，在东、西上阁交界处，楚玉与何戢分开，两人斯文有礼地道别，看上去相敬如宾。

楚玉回到住处，下意识地摸出银簪要划床沿，才俯下身，脑海中随即浮现出容止漆黑幽深的眼眸。她撇撇嘴，手腕一转，银簪收回袖子里，想一下子就戒掉一开始便依赖上的习惯，心里总是有些不好受，心头好像有什么轻挠着一样，微微躁动不安。

定下神，楚玉唤来幼蓝，让她把前阵子撤去的熏香炉子搬回来，点上。

门窗闭锁，舒雅轻靡的香气很快便充盈了房间，让整个人的神经放松起来，但是楚玉却没办法安宁地睡过去，她坐到床边的桌案前，自取纸笔，一大张白纸摊在面前，她垂眸沉思，握笔的手却悬在半空，迟迟不落下去。

发生了容止那件事后，楚玉便有了更深一层的危机意识，这年头，面首不可靠，侍卫不可靠，驸马不可靠，连皇帝看起来也很不可靠，她唯一能相信的便只有自己了。

思量片刻，楚玉还是放下笔，叫来幼蓝吩咐了几句。见幼蓝回以惊愕的目光时，楚玉微笑道："记住，不要多打听，不要多问，按照我说的去做便是，我自有打算。此外不要让太多人知道。"

次日清早，楚玉早早就起来了，把跟自己一样被熏香熏了一整晚的衣服穿在身上，犹豫一下，带上容止昨日送的香囊，坐上自己的马车，入宫去。

昨天她虽然根据所看到的作出一些推导和想象，然而毕竟没有充分的证据来支撑，昨日所见，也许只是巧合。想要证实，最好自己再亲眼看一遍。

这回楚玉见到刘子业，却不是在空荡荡的宫殿里。她被太监引领到皇帝的书房，又看到那个面容苍白的少年一脸阴戾地坐在长几后，眼神狠毒得骇人。

他丝毫不掩饰满脸的杀意，就这样喧嚣地张扬着。这少年方舞象之年，性情却好似早已被墨汁染得漆黑。楚玉见了，心下一凉，又忍不住忐忑起来。

虽然她府上的男宠，也有心怀叵测者，然而没有一个如他这般毫不遮掩，全无半点克制。那些人所做之事，必然是有理可循，有利可图的，并且在某种程度上受她身份的钳制。

可是刘子业呢？他身为帝王，手中的权力在王土之上无可限量，偏偏是这样喜怒无常的脾气……

刘子业好似正在发怒，他不经意抬起眼来，瞧见楚玉站在门口，却没像昨天一样扑过来，只是阴沉沉地道："阿姐，我想杀人。"今天的刘子业显出了几分为君者的持重，可这样才让楚玉更担忧。

楚玉心头一凛，面上却不动声色地走过去，轻声道："杀谁？"不会是她吧？现在跑，不知道还来不来得及？

温柔的香气在空中飘散，宛如丝缕一般抚过刘子业刺痛的神经。他深吸一口气，忽然不那么暴躁了，可眼神依旧有些阴沉："有个人太讨厌，每天上书教训我，我很不想看见他。"

楚玉轻缓地跪坐在刘子业身边，目光瞟过桌案上的谏书，将其中几行收入眼中，大概意思是说小皇帝行为不检，宠幸奸佞，有失君王风范什么的。

这谏书写得很不客气，刘子业又是这样的脾气，楚玉觉得那大臣能活到今天，实在是老天保佑。

刘子业抬手一挥，那奏章便被扫落桌下。他身体一歪，斜倒在楚玉的腿上，深吸口气后，发出一声舒服的呻吟，片刻后，懒洋洋地拉楚玉的衣袖："阿姐，你怎么今天又来了？是不是缺什么？我立即下旨赏赐给你。"

楚玉无声地摇头，尽可能压抑住心中的异样，柔声道："什么都不需要，我前阵子来得少了，今天特意补偿一下，还不行吗？"尽管这身体与少年皇帝是至亲的血肉，但心理上，刘子业对楚玉而言不过是个拥有可怕权势的陌生人，就算刘子业表现出多么大的依赖，楚玉的反应，依然是戒惧审慎居多。

她不过是一千多年后误入此间的游魂，要她对一个才见到两次面的小恶魔产生亲情，本就是天方夜谭。

仔细观察刘子业的神情，从暴躁一点点逐渐变得平和，楚玉的心也在一点点往下沉：她的猜测，大概是正确的。不管真相如何，刘子业的情绪，确实会被这种香气所影响。

如此推算，山阴公主所以这么受皇帝偏爱，也许就是这个原因。

那么，接下来所需要思索的是，这是容止的主意，还是山阴公主本人？

目光触及地面上的谏书，楚玉伸指按住刘子业的太阳穴，像昨天那样为他按揉，趁着他神经放松的时候，问道："陛下方才说要杀人，究竟是杀谁？"

刘子业随口说了个名字，叫方南。楚玉搜索一遍记忆，不认识，不仅在史料上没读到过，也从没听容止提起过，估计不是什么太重要的人。她犹豫了一会儿，缓缓地开口："陛下能不能饶恕那人？将他贬官算了。"

"为什么？"刘子业忽然睁开眼睛，眼底的光芒正对上楚玉，那么令人心寒，"阿姐，你从前可是从来不管这种事的。"

楚玉压下如擂鼓般的心跳，不紧不慢地道："我……"她还没解释，刘子业便笑嘻嘻地打断她，"我知道了，那方南相貌很是不错呢……阿姐既然看上他了，我明日便令他去公主府服侍阿姐。"

楚玉张口结舌，想要给自己辩白，但是想想这个理由好像也不错，至少比她编造的那个更合情合理，便闷声背下了这口黑锅。

可以确定的是，山阴公主有能力影响身为皇帝的刘子业的判断和决定，不过这个影响的程度能有多少，还需要今后逐步了解。

楚玉并不因此觉得惊喜，相反她很是惶然。假如今后发现自己的影响力比想象的更大，她也许会更为惶然。就好像一个不怎么喜欢花钱的人，手握着宝藏金库的钥匙一般。

与刘子业扯一些不着边际的话，楚玉在宫里又心惊胆战地待了半日。看小皇帝一会儿像正常少年一样撒娇，一会儿又阴着脸怨恨发狠地说要杀谁，七上八下地锻炼了半天心脏的承受能力，最后离去前没有听到自己的名字，才松了口气。

这回出皇宫时，楚玉没有太着急，她一边走着，一边悠闲地四处张望，暗中记下周围环境。

顾盼之际，楚玉瞧见一个人，其实宫中可以瞧见的人不少，唯独这个人，让楚玉不由自主地停了脚步，目不转睛地深深凝望。

那是一个十七八岁的少年，论容貌，他不如柳色、墨香，也就是容止、桓远那个等级。楚玉这些天来阅惯美色，早已能视美色如浮云，可是这少年不同，太不同了。

他双眸清澈，却不似容止那般深沉，而是一种接近初生婴儿般的纯真，眉宇间的纯净，几乎令人窒息。他虽然行走在这天底下权力欲望最为集中的地方，可是楚玉却觉得他走在红尘之外，没有沾染上人世的半丝爱恨情仇，贪嗔痴怨。

这少年，太干净了。

他身穿几乎曳地的紫色长袍。长袍外笼着一层轻纱，行走之间，轻纱扬起，飘然若仙。

容止与这少年年龄相近，气质相仿，可是这两人之间，却有着天壤之别，相反的两个极端。容止是宛如宇宙尽头的黑洞一样深不见底，不可度测，怎么都瞧不见真实的心思，而这少年，却仿若世外不染纤尘的水晶，清澈纯净。

像是觉察到楚玉的注视，少年停下脚步，微微偏头瞧来，望见楚玉时，他的目光散漫地扫过，像没看到人一般，随即继续朝前走去。

与楚玉同行的太监察言观色，小声地对楚玉耳语："长公主殿下，那位是太史令天如镜，乃是云锦山一脉的传人，仙术很是了得，公主如是冲撞了什么晦气，可以请天师大人前去驱邪。这番天师大人入宫，便是为宫里闹鬼的屋子驱邪去呢。"

太史令只不过是按照体制安排的官职，平时的工作十分空闲，不过是推算一下历法而已。其实，天如镜的另一重身份却是效忠皇室的天师，因此虽然职位不高，皇宫之中却无人敢小看于他。

天师？

回味过来天师是什么意思后，楚玉刚萌生的好感立即去了七八分：这气质纯净的少年竟然是那种装神弄鬼的神棍？反差也未免太大了吧？

这个世界，果然是人不可貌相啊。

回到自家马车上，楚玉已将方才在宫中瞧见的少年忘却。就算再怎么气质纯净，再怎么表里不一，天如镜也与她没有关系。她不需要驱邪，也不贪恋美色，遥遥的一瞥之后，两人之间不会再有什么交集。

马车之内除了软垫摆设矮几，此时却比来时多了一样东西。是一个被绑得很艺术的年轻男子。他身穿新换的干净衣裳，头发还有一些湿润。楚玉研究了一下那绳子，觉得不是一般的高手能绑出来的，就算正常解开，估摸着也要费个五六分钟吧。

那青年嘴里塞着白巾，呜呜地说不出话来，一双眼睛含着愤怒屈辱的泪水，眼里的光芒化作利剑直直地射向楚玉。

这青年便是刘子业送给他姐姐的新礼物——方南。方才刘子业觉得择日不如撞日，早点把方南解决了，也省得再一次瞧见他，便在与楚玉闲聊时，下令把方南洗干净了送到楚玉车上。假如楚玉有兴趣，路上就可以享用，不着急的话，也可以带回府，慢慢品尝。

此时车正在往回行驶，楚玉坐在车上，面无表情地承受方南目光的凌迟，心中无奈地苦笑。虽然她这样算是救下了这人的性命，但是，保住性命的同时却要身为男宠，这对于有志向的年轻人来说，是更加无法忍受的事吧？

但是楚玉并不打算告诉方南真相，也没有打算获得他的感激，她救下此人不过是一时怜悯，并不是多么伟大的情操，也不打算对其推心置腹。只要把这人关在公主府里，就算是取得了初步的胜利，至于今后，还可以从长计议。

回到府里，楚玉让人给方南安排一个住处，就住在已遣散面首的旧居里，如此一来也算落实了他的身份。楚玉叮嘱人对方南严加看管，以防止他一时想不开自杀。临走之前她忽然转身望着面如死灰的方南，这也是两人见面以来的第一句话："你如是真的心存死志，旁人很难阻拦得了你，但须知，生难死易，假如你就在这里死了，那么不过是我公主府上一个卑微的面首。永远都是。”

方南闻言，双眼大放异彩。楚玉心知已经打消他内心消极的一面，这才放心离去。

就在楚玉绑着一个男人回府的时候，已经有人向容止报信。

容止彼时正在摆棋谱，听到消息时，依旧不紧不慢地用完好的那只手落下棋子：“我知道了，你回去吧。”

与此同时，桓远那里也收到了消息，他闻言愣了一下，面上神情变幻，好一会儿才挥手让那人退下。

府内众人反应各异，柳色虽然着急，却无可奈何，只好继续努力培养自己的气质。

最为忧愁的人是越捷飞：“原来公主最近的口味转向了有身份的贵人，有些人可是不好惹的……今后，我的任务岂不是更加沉重了？”

第二十三章　流向与意志

又过了半个月，春日渐暮，薄衫取代了层层重衣，不知不觉间，初夏悄然而至。

正是流光易逝之时。

楚玉躺在长椅上，头顶是盘着棚架的藤蔓植物，绿荫遮挡着阳光，炎夏还未到来，她已经开始提前做消暑的准备了。

触手可及的，是摆放在长椅边的矮几，上面放着精致玲珑的点心以及才煮好的甜汤，微微热了热，在这个时候喝，既不嫌太热，也不嫌太寒凉。

楚玉揉了揉眉心，轻轻地叹了口气，虽说这环境清幽，可她的心却一直放松不下来。

这半个月，她几乎每隔两日便要进宫一次。一方面是为了揣摩小皇帝与山阴公主的关系，另一方面则是她发现了山阴公主用来收藏男宠的后院居然还有这个作用，于是继方南之后，又有一位官员被洗干净了五花大绑地送到了她的车内。

不得不说，刘子业这个不务正业的皇帝，虽然做皇帝做得不太称职，可是送起面首来，还是相当顺手麻利的，下手那叫一个快、准、狠，全套服务，送货上门。

方南已经安分了许多，这些天不需要捆着，便很乖地在一方院子里待着。他甚至还主动劝慰起那个后来被楚玉带回来的官员，让他也安分下来。

另外一方面，这些日子以来，楚玉也发现了刘子业对山阴公主信任、偏爱到什么地步，他甚至完全不介意把奏章给楚玉看，楚玉随口说些什么处置，他也十分轻松地应承照办。

而后来楚玉又在无意间骇然发现，山阴公主那一手漂亮的行书，字迹竟然与刘子业相差无几！

假如说，原本楚玉只觉得自己拿着一座小金库的钥匙，那么，现在，她是知道了，这金库的容量，远远超出自己的想象，因此也令她更加不知所措。

楚玉幽幽地叹了口气，觉得自己来到这个世界后就没过过几天悠闲日子，不过几十天的算计，竟然比前世所有的考试加起来还要复杂。

身旁传来悠然笑语："公主究竟何故叹气？良辰美景，为何不放宽心境，偷得浮生半日闲？"在楚玉身侧一米外，另外一张长椅上，躺着一个温柔清秀的少年。他眉目间好像润着一层柔光，身上的衣衫如雪似云一般散开来，倘若凝神细瞧，便能发觉他眸底不可度测的深渊。

这少年自然便是容止。

他的伤势已经日渐好转，可是却不见他问桓远索回权力，反而每日将更多的工作交给桓远承担，交付之后他便再不过问，好像巴不得甩开肩头重担似的。倒是桓远，一时间被加诸身上的重任压迫得喘不过气来，手忙脚乱之下，才骇然发觉原来容止从前是在处理这么多烦琐的事，而在那样的情况下他还能看起来很悠闲，这人的手腕简直令人敬畏。

容止这番动作让楚玉疑惑不已，觉得他这么做，仿佛是在向她表什么态，可是却也想不明白缘由，反正目前桓远接管事务对她暂时是没有危害的，所以楚玉也默不作声，乐观其成。

听见身旁容止的声音，楚玉偏头瞥他一眼，下意识地摸了一下袖口。袖子底下，她的手臂上，绑着易拆装的袖箭。这是她让幼蓝秘密延请工匠，与那工匠交流一番后选择的防身武器。虽然是古代的打造技术，但是其中也增加了一些现代武器的设计，一些簧片的构造出自楚玉的提议，精细方面的要求提高了不少，直到昨天才打造完成，送到楚玉手上。

这也是现在，为什么楚玉敢这么安然地和容止并肩躺着的原因之一。

自然，这袖箭造出来，也不单是为了对付容止，而是在今后遇到危险的时候，她能多出一点自保的能力，只要一点点令人意外的手段就好。

大概没有人会料到，她一介公主之尊，会在自己衣服里藏不入流的暗箭。

见楚玉出神不答，容止不恼也不急，他悠悠闲闲坐起来，从自己手边的矮几上端起盛装甜汤的碗，很文雅地喝了一小口，慢慢咽下，放下碗后又慵懒地躺了回去。

藤蔓的绿荫遮蔽着午后的阳光，这实在是个午睡的好地方。

楚玉有点妒忌地看了他一眼，这些天来，最为悠闲的，莫过于容止了。他每天的正式工作，无非是喝药养伤，偶尔开口指点一下桓远，近几日来竟然有把身上任务全部撇清的意思。而桓远的辛苦，更反衬出容止令人发指的悠闲。

见容止舒服得半眯起眼睛，她迟疑一下，还是忍不住开了口："这些日子以来，我一直有一个疑惑，这疑惑令我十分不解。"之所以无法决定今后的动向，也是因为这个问题一直悬疑未决。

容止的眼睛眉毛很好看地弯了一下："是什么疑难？公主如果有什么烦恼，不妨告诉容止，容止一定会竭尽所能为公主分忧的。"

楚玉不是很信任地看看他，回想起桓远的话，心中也十分无奈。这个问题，她在前些天已经问过桓远，可对方思索之后的回答是他不知道，并且建议她来问容止。

桓远虽然有高卓的天分，可是毕竟才开始开发，远远不及容止那近乎可怕的洞察与练达。

楚玉迟疑了好一会儿，才慢吞吞地道："我的问题，是与河流有关的，关于河流流淌的方向。"

容止眉毛微微一皱：河流流向？公主什么时候关心起这类问题来了？他眼帘一动，天下山川河流的分布便在脑海中浮现，却不明白这与楚玉有何关系……更何况，最近似乎没有哪条河出什么大问题呀。

虽然心中疑惑着，但容止并没有把自己的疑问说出来。因为他看出来，楚玉现在面上的神情，是很认真很真诚地在苦恼着，并不是寻常说笑。

楚玉想了想，才开口道："我的问题是有关河流的。假如有这么一条河，很长很长的河，很久以前就一直流淌着，润泽河道两侧的土地，今后也将一直流淌下去。可是有那么一天，假如，我是说假如，这条河流忽然有了自己的主意，又或者说，还在上游的时候，河流里有那么一小股水流有了自己的主意，想要换个方向流去，然后，因为它的念头，整条河的方向，都发生了一点点变化，随后，变化越来越大，整条河远远地偏离了它原本流淌的河道……"

楚玉皱了皱眉，咬一下嘴唇，思索着应该用的言辞，这话虽然已经对桓远说过一遍，可是在容止面前，她却是要提起超出十倍的小心谨慎，反复斟酌言辞，暗喻不喻，确定不会被容止看出真实用意后才说出来。

容止此时也暂时放下了悠闲的姿态，很诚恳很认真地倾听着，如同世界上最好的听众。

楚玉又缓了片刻，才接着道："假如光是河流改道，这没什么，可是问题在于，河流下游有一大片的土地，那些土地非常渴望着被河水润泽，假如没有那条河，那片土地就会干涸。"楚玉苦恼地望着容止，"你说，那条河，究竟应不应该改变方向？"

容止很平静地眨了眨漆黑漂亮的眼睛，慢慢坐起来，白皙修长的手指拈起一块不过指头大小的点心，轻轻地送入口中。

虽然预先有过设想，可是谁能想到楚玉问的这个问题竟然这么荒谬？河流有了自己的主意？这算是什么道理？

又或者，她是借着河流，说别的什么？容止又拿起一样点心，沉静地想着。

楚玉很明白自己在说什么，她在比喻，用河流来比喻历史。这滔滔不断的河流，便是滚滚而下的历史，夏商周，汉晋隋唐，宋元明清，历史的汹涌波涛呼啸而来，奔腾而去。但是很偶然的，河流里出现了那么一丝不和谐，有一小股水流，想要换个方向流流看，这小股水流，便是千年之后而来的楚玉。

她知道历史上的山阴公主很快就会死，但是换成了现在的她，她不想死，所以要为此作出一些改变，这是一切的大前提，为了活下去，她必须有所动作。

可问题就糟糕在两点上：第一，楚玉不知道应该如何动；第二，她不知道，自己这一动之后，会带来什么后果。

楚玉的历史很糟糕很糟糕，糟糕到在偶然看到有关山阴公主的故事之前，她甚至几乎完全不知道历史上有南北朝这个时代的存在。而在偶然知道山阴公主的故事之后，她也不过是当普通故事一样，随意看过去，笑一笑，知道有这么个人，这么个时代，然后不再理会。

所以，尽管知道历史上山阴公主很快就要挂了，她却始终想不起，那个带头谋反、杀死刘子业、自己坐上王位的人是谁。只依稀记得，好像是刘子业招了三位亲王——也就是她与刘子业的叔叔们——回建康，关在宫中取乐，其中一位参与了这场政变。楚玉刚醒来，就设法打听到这件事还没有发生，暂且安下心来。知道自己短期内不会有什么问题，她的时间还比较充裕。

比较麻烦的是，她实在想不起那位叔父是谁了，即便是浏览了一遍所有拥有皇室血脉之人的名字，也想不起，那人究竟是谁，而在叔父政变之前，还有别的兄弟也要政变，楚玉自然也记不得那人是谁。

要怪只能怪，山阴公主的父亲和祖父太能生了，留下来叔伯兄弟一大堆，光是记清楚他们的名字，就要花好大的一番工夫。

楚玉曾经很是阴冷地想过，假如她能找出来那个人，那么说什么也要先下手为强，先把那人给解决掉。虽然她心理上对杀人有着极大的抵触，可是假如逼急了，她未必不会那么做。

自然，这是万不得已的最后一步，就连楚玉也不知道，自己届时是否真能下得了手，只是先在理智上提供这么一个蛮横的解决方案。

但是只知道一味地杀，是完全不够的。真正的不安定因子，其实在小皇帝刘子业身上，官逼民反，君逼臣反，假如小皇帝不那么残暴，假如对各王以怀柔政策加以安抚，那么有反叛之心的人，只怕会少一半。

现在从山阴公主对刘子业的影响力看来，想要左右一下皇帝陛下的决定，并不是太难的事。但是由于楚玉缺乏这方面的斗争经验与政治触觉，她并不清楚，应该从哪方面入手整顿朝纲，假如弄巧成拙，实在是大大的不妙。

这是“进”的那一面。

楚玉来到这个时代，定下神之后，首先想到的，便是进退两个方面。进，便是主动出击，抢先斩除将危害到自己的因子。假如她身为男子，其实不需要考虑这么多麻烦。但女子干政，总是有些犯忌讳的。而与之相反的，退，则是为自己安排好后路，假如事态最终无法挽回，也好保全性命，安然远遁。

但是这个退也是有讲究的，流离失所、三餐不继、衣不蔽体的退也是退，锦衣玉食、华服美宅、安然度日的退也是退。关键看怎么安排。

想要隐遁，并不是一件举手之间就能做好的事，尤其是在知道山阴公主与皇帝的牵扯如此之深后，想要全身退出，便愈加不容易。

潇洒走江湖这种事，最多就是在书上看看，若是自己做，却很不实际。首先，想要生活下去，需要钱，她需要一大笔钱给自己打底，这个不难，公主府很有钱。难的是，她必须悄无声息地抽调出一大笔钱，还不让别人发现去向和用途，这个就需要做一些手脚。这也就是为什么楚玉急着让桓远从容止手上分权的原因：她要掌握住钱，但还不能让别人发现。

啧啧。

楚玉喝口甜汤，咂了咂嘴，觉得很不是滋味，本来应该属于她的钱，她却花得这般偷偷摸摸的，感觉真别扭。

假如要隐遁，就必须彻底放弃公主这个身份，而且抛弃得干干净净，绝不能留下半点线索。那样的情况，必然是小皇帝看她不顺眼了，或是小皇帝倒台，龙椅换人坐了，龙椅上的新人想要杀死她。解决一个看不顺眼的东西，并不需要太多的理由。

假如她托庇在什么人的保护下，那人出卖了她，她便是连哭都找不到地方的。

楚玉所完全信任的人，只有自己。

要隐遁，就需要一个新的身份，而这个新的身份，必然不在皇家掌握之下，只由她自己控制。可是，这并不容易做到。

首先必须在某个地方有一处房子，最好不要太小。买房子要花些钱，这个倒是其次，关键在于房子的选址，最好是个近几十年少经战祸的地方。假如长期遭铁骑践踏，她就算住得下，但也不得安宁。

房子有了之后，便是户籍身份，这个身份自然是凭空伪造的，并且由楚玉亲自去伪造，经手之人，必须能够保守秘密。那个户籍身份，必须完全与皇室脱离关系。

接着，便是阶级地位问题。

生活也有不同的生活方式，假如是以平民的身份，很难逃过官宦和当地豪强的欺压，就算是再有钱的平民，假如没有自己的防卫力量，也不过是一只比较肥嫩的羊，会被群狼一口一口地享用完的。楚玉当然不愿意自己成为那只被享用的羊。

而一个人的阶级地位，某种程度上取决于他的交往对象。

需要与当地官府和豪强打点关系，需要在当地建立自己的防卫力量，需要金钱、人力、时间！这些，没有一项是可以轻易完成的。

所以楚玉需要桓远，她不仅需要桓远，还需要更多的人为她未雨绸缪，为她奠定基础。然而她现在所能用的，也就是半个人——桓远经验不足，只能算半个。

流桑年纪太小，暂时不方便接触这些，墨香、柳色目前尚未看出是否有用，花错、容止她目前不敢太动，只有桓远能算上半个自己人，就连越捷飞，楚玉也不能在这方面信任他。

来这里的前几日，楚玉已经套出话来，越捷飞之所以效忠于山阴公主，是因为他的整个师门，都是效忠于皇室的，是皇室，当今的皇帝，不是她本人。因此，楚玉不能完全信任越捷飞的立场，也不能告诉越捷飞自己要做什么，否则对方会想，为什么一个堂堂正正的公主想要过隐姓埋名的生活呢，到时她将怎么对他解释呢？

就算是退，楚玉也不愿意狼狈地作为逃难者，四处受人欺凌。假如她现在就逃走，只怕今后真会落到那个下场。

她需要在这乱世之中拥有能保障自己安乐的实力。

不仅仅是单纯的武力，还有势力和人脉。

假如说别人看情势，是从一州一县，一隅一地，最了不起也不过是从当今天下去看，那么楚玉看情势，便是从历史的角度去看。

她穿透了千年的时光而来，看起来自然不同，也许因为阅历和处世经验的不足显得有些天真稚嫩，可是却绝对拥有凌越于时代之上的超然。

他人或以利益，或以强弱，或以识人判断局势，然而楚玉的眼光却是——历史。

这是她超出别人的地方。

尽管她的历史学得实在不大好，可是在大局方面，她有明确而清晰的把握。

虽说在很早就制定了攻变退遁的战略，然而楚玉不得不考虑一个问题，假如她为了自保而有所动作，会不会影响到今后的历史发展？

假如因为她的异动，导致历史上发生小小的波澜，而这个波澜慢慢扩大，最后不小心影响到了一千多年后，怎么办呢？

更直白一点说，就是楚玉担心因为自己的愿望，不小心直接或间接地导致二十一世纪楚玉的某位祖先被咔嚓掉了，那么她楚玉还会不会存在？

这个问题，可能有点无聊和无趣，却是楚玉不得不要正视的，假如因为她改变了历史事件，导致历史的轨迹发生了偏移，那么……会怎么样？

她会不会"嗖"的一下凭空就没了？

也许别人看来，这个问题实在是庸人自扰，可是事关自己的小命，楚玉怎么可能不反复思量嘛。

"呃……"容止想了许久，好一会儿才想起楚玉是在等他的回答，沉吟片刻后，道，"公主，我想问一下，那条河流，真的那么想改变流淌的方向吗？"他好像隐约猜出来了什么，但又好像什么都没猜到。

那条河流，真的那么想改变流淌的方向吗？

一个字一个字地轻而慢地敲打在楚玉的心上。

楚玉闭上眼深吸一口气，再缓缓地睁开来，平稳地道："想，很想。"尽管刻意维持平静，可是楚玉微微颤抖的嗓音里，还是流露出了那么一丝压抑不住的渴望，"那条河，真的很想换个方向流一流。”

很想，很想。

容止笑意宛然地看着楚玉：“既然那条河流很想换一个方向，那么我说什么，能改变她的念头吗？能阻止她吗？”

听着他的话，楚玉陷入呆愣状态，很快地，她露出了灿烂的笑容，即便是在遮蔽了阳光的绿荫下，依然耀眼得不可逼视：“你说得不错，那条河自己的主意，不会被改变。”她话语间坚定了不少，并且有着放下什么的释然。

是的，那条河流，是一定要改变方向的。

楚玉忽然站起来，快步离去。

楚玉走了，容止整个人又好像没骨头一样躺回长椅上，神情慵懒而舒适。

河流……吗？

第二十四章　我赠君砒霜

很蠢，很无聊。

楚玉走出容止的园子，自嘲地笑了笑。

其实前世看穿越小说，她也曾对那些担忧历史变动的描述有些不以为然，可是现在轮到自己头上，竟然分外沉重。

她身在局中，不敢轻易冒险。

犹豫了这么久，与其说是瞻前顾后，最根本的原因，其实不过是楚玉骨子里对历史潜在的敬畏，这敬畏让她不敢随意地“换个方向流流”。

在终于下定决心，放下负担之后，再来看这些天的挣扎，楚玉不由得感到一丝豁然与释然，也忍不住有些好笑。再怎么敬畏，又有什么用呢？这个历史，是要她死的，假如不变，她怎么活下去？

所以说，这些天来的烦恼，可以说是庸人自扰。

她转身回望，容止的身影已经被两人之间隔着的竹桐给挡住，楚玉所能瞧见的，不过是一片绿意。她微微眯起眼睛，嘴角翘起很浅的弧度，片刻后舒展容颜，突兀地哈了一声，耸耸肩，像是在对过去做最后的告别，随后也不顾身旁越捷飞的惊讶，大步离去。

总是要说再见。

在小命面前，历史就请容许她稍稍……践踏一下吧。

离开容止，楚玉便去见桓远。经过这些天的变动，修远居已经与从前看起来大不一样。为了表示自己的诚意和信任，楚玉撤走了在桓远门前看守的侍卫，容他自由出入无须报备。这个自由自然是有限度的，假如要出府，还是必须要和她说一声的。

一入修远居，便瞧见桓远有些苍白的面容。他的嘴唇抿成薄薄的一线，那双沉静古雅的眸子正在快速地浏览账簿。左手翻着账簿，空出来的右手笔走龙蛇，一行行流利的小楷自笔尖流出，简要地记录着什么。

楚玉走进屋子里，见桓远太过专心，没发现她的到来。楚玉暗暗一笑，走到他的桌案面前，坐下，安静地等着。

足足等了半刻钟，桓远似是有些累了，他放下笔，抬起手，捏捏自己的眉心，这时才瞥见楚玉坐在自己身前。

桓远一愣，按照他现在的身份，似乎应该立刻诚惶诚恐地离座，向她行礼，可他心中却仍有些不情愿和别扭，一时便僵在原地。

瞧见他面上显而易见的挣扎之态，楚玉笑着摆摆手，凑过头去看了眼账册，随口问道："做得怎么样？"

"勉力而为。"桓远的回答既不自谦也不盲目自大，是很稳重的那种。顿了一下，他还是忍不住道："这些日子来，我观府内繁多事务，从前在容止手上竟然井井有条一丝不乱，越发觉得容止真是……"

楚玉在他停顿的当口，笑吟吟地接上一句："什么？"

"深不可测。"

他用尽全力才能勉强处理好的事务，在容止手上，好像是转眼间就能完成一般，虽然这与经验历练有些干系，可是抬起头来，桓远对容止还是忍不住有种高山仰止的感觉。

那是一种无形的压力，压在身上，令他有些喘不过气来。

楚玉微微一笑，拍了拍他的肩膀，觉察到他因为她的触碰而身体僵硬，便笑着拿开手，柔声道："不必灰心丧气，我并没有要你现在去和容止对比，我只是让你学习管理一些事务罢了。"虽然时间不等人，但是倘若迫得太紧，让桓远还没成长起来就在幼苗期被压垮了，反而会令目前的她前功尽弃。

她想了想，慢慢地道："我让你做这些，自然是有我的打算，却不是让你和容止对比，你也不必拿自己与他比较，你有你自己的好处。"顿了顿，楚玉咬着嘴唇一笑，望着他道，"我想，就算容止再有本事，也没有你当日在诗会上流水成诗的才能。"

楚玉只是无意间提起，桓远立即想起了当日悬崖上的一幕，自那日之后，越捷飞也曾派人去查，却不知为何没有查到他头上，线索似乎被人给强行掐断了。

他轻轻地叹了口气。

我赠君砒霜，君予我浮木。

假如那刺客不是他请来的，他几乎要怀疑那一幕是楚玉刻意安排来收买人心的，也恰恰因为刺客是他请来的，桓远的心神震荡才远比一般情形之下来得巨大。

为什么，你会伸出手来呢？

桓远凝视着楚玉，迷惘之中，甚至有一丝无法觉察的怨怼：为什么是她呢？假如是别人，那么他报恩的心，不会如此为难吧？

见桓远发呆地看着自己，楚玉先是下意识地检查自己身上有什么不妥，再摸摸脸，确定没什么问题，才微微松了口气。她看看账本，看不大懂，内心便决定放弃培养自己这方面的才能，直接问桓远：“这些日子来，你接手了多少？”从容止手上，接手了多少权限过来？

桓远闻言惊醒，连忙收敛心神道：“大半。”

内库、钱粮几乎全到了他手上，而人事安排方面，普通的人手调动，容止交给了他，但是防卫力量的安排，却是给了越捷飞。

“容止放下了绝大部分的事务，唯有几样，他坚持不放。”

楚玉神情不变，掀了掀眼帘：“是什么？”

“香料、药材以及尚药司。”他去接手容止手头事务时，容止几乎是毫不吝啬地全部给他，但是却也摆明车马地告诉他，别的东西他都可以拿去，唯独这三样，半丝念头都不要动，他不会交给任何人。

香料、药材、尚药司。

这三个词，桓远每吐出一个，楚玉的眉毛就跳一跳。她垂着眼，淡淡地道：“他留着药材和尚药司，大约是想一手安排医治花错的伤势。”这个她打听明白了，容止的医术很不错，甚至尚药司里两位大夫，有时候还需要向他请教。

“至于香料……”楚玉的手忍不住抚上腰间挂着的香囊，轻轻地弹了一下，一阵淡雅的香气便弥漫开来，“也一并给他留着好了。你先暂时管理手头的事务，待时机成熟，我有事情交代给你。”

临走之前，楚玉抚慰了桓远几句，劝他不要灰心，另外也不要这么拼命，累坏了自己今后怎么办，云云，才说到待会儿让人送补品来，却听见外面传来巨大的喧哗声。

第二十五章　卖艺不卖身

非常大的喧哗声，由远及近而来，好像有人在唱歌，好像有人在惊叫，又好像有人在哭诉，抑或是各种声音混杂在一起。

总而言之，非常混乱。

楚玉眉头一皱，下意识地隔着袖子抚过臂上的暗箭，随即果断地站起来朝外走去："越捷飞，跟上，陪我去看看。"

越捷飞从屋顶跃回门口，脚步轻盈地与楚玉同行，他一边走一边说："公主，还是不要去了吧，对上那疯子，我也有几分吃力，届时恐怕难以保全公主，横竖他也就是闹一番，收拾收拾便罢了。"

楚玉却没停下脚步。

从越捷飞的话中，可以得到两个信息：

第一，对方比较强大，就连越捷飞也自认对付不了。虽然当日在山上遇险，但是楚玉从流桑口中得知，被越捷飞首先拦住的三个刺客都是一流的高手，越捷飞以一敌多挡住了那些人，本身已显示出极为高超的剑术。

第二，当前情况并不紧张，听越捷飞的口气，甚至这还不是第一次发生的，可能已经习以为常，山阴公主也大概知道这件事的存在。

但是楚玉不知道。

她很想看看究竟是怎么回事。

快步走出修远居，便瞧见一群人从远处朝这里走来，中间的一片红影，分外显眼。

楚玉看了一会儿，才瞧清楚那抹红影，竟是曾见过一次的花错。

此时的花错，与楚玉那日所见大不相同：他脸上泛起红晕，眉毛飞扬，双眸含着水雾，稍嫌平凡的五官顿时多了几分逼人的艳色。他一手握着长剑，一手提着酒壶，拖着步子踉跄摇晃，且行且歌，一副目中无人的样子。在他的周围，多是府上的守卫侍从，他们小心翼翼地包围着花错，却又不敢靠得太近。花错前进一步，包围圈也都要跟着动。

见是花错，楚玉便大约明白是怎么回事了。只听身旁越捷飞道："公主，您不要走得太近，花错那酒疯子一喝醉便不认识人了，他喝醉之后，剑术威力倍增，我也有些为难。"

楚玉随意笑笑，找了个隐蔽的角落站定，和越捷飞一起观赏花错……发酒疯。

不错，花错这个模样，便是实实在在地发酒疯了，只是不知道他究竟喝了多少酒，才能被这种超低度数的酒给弄醉。

在楚玉看来，这个时代的酒，比起现代那些白酒，酒精浓度实在不够高。

花错一边高声唱歌，一边慢慢朝楚玉所在的地方靠近，就在快要从楚玉面前走过去的时候，好像警报预告，酒壶哐当一声，摔在石子铺就的道路上。他停下脚步。众人顿时如临大敌，越捷飞动作矫健地挡在楚玉身前，手扶在腰间剑柄上，严阵以待。

楚玉被挡住视线，看热闹很不方便，于是歪着脑袋，悄悄地从越捷飞的身侧探出头来，继续观看剑客发酒疯。

比起周围众人的严肃，花错的态度极为散漫，甚至是嚣张的。他醉意熏染的面上笼罩着仿佛要滴下来的艳色，好似怒放的蔷薇花。他慢慢地抬起手中细细的剑，剑身上隐约映着浅浅的红光。据说，这红光是因为杀人过多，被死者的血染出来的。

花错挑着一边眉毛，左右看看，他目光停在谁的身上，谁就情不自禁地后退一步。最后，花错的目光越过包围圈，停在了越捷飞身上。

越捷飞苦恼地哀叹一声："怎么又是我？"

花错眯起醉意潋滟的眼睛，剑尖直指越捷飞，围住他的人见花错已经选中了目标，都纷纷散开来，让开一条路，容花错方便直取越捷飞。

越捷飞叹了口气，吩咐其他侍卫暂时保护楚玉，不待花错过来，自己直接冲过去，出剑。

两人再度战作一团。

楚玉有些好笑地想，似乎她每次见到花错时，越捷飞都要与他打上一场。上次是这样，这次也是这样，这两人就好像前世的冤家一般，见了面保不住就要打一架。

伴着花错沙哑的歌声，两人还像上次一样，从近处打到远处，损毁花木无数。只不过这一回，花错那淡红色的剑光似乎更加艳丽了一些，光彩也稍稍夺目了一些。

看着看着，楚玉便感觉有些不对劲，不知道是不是她眼花了，总觉得那滚滚的剑光中，好像有什么细碎的东西在往外落。

她站得不太近，加上两人的动作太快，楚玉心想，也许自己看错了。可过了片刻，趁两人剑光纠缠分开的空隙，楚玉陡然发觉，越捷飞身上的衣服，好像稍微少了一点。他现在只穿着一件白色的内衫，还少了一边袖子，露出了修长结实、肌理匀称的手臂。

衣服呢，哪里去了？

楚玉的视线慢慢下移，落在地面上，这才看清地面上一路零落的，竟然都是细碎的布条。

越捷飞身上的衣服，竟然被花错一条一条地全都挑成了碎布。

哧啦一声。

清脆的布帛撕裂声划破空气，楚玉闻声抬头，却见越捷飞的衣裳被花错以剑割挑开来，整个上半身几乎裸露在空气里，也露在了周围所有人的视野之中。

褪去了衣裳累赘的包裹，越捷飞上半身完美的线条流畅而矫健，每一寸肌肤都似蕴藏着强劲的力道，然而却不像健美先生那样肌肉隆起，而是一种十分亲近自然的美感。

被周围或艳羡或妒忌或审视评判的目光包围着，越捷飞脸上涨出几分红色，他咬着牙道："花错，够了吧，你每次喝醉几乎都找上我，用剑扒我的衣服，你够了吧？"不管是谁，被人在大庭广众之下脱光了让大家观赏肉体，基本都不会是一件太愉快的事。

学得文武艺，卖与帝王家。

他是来卖艺的，不是来卖身的。

花错却好像没听见越捷飞的话一般，歌声稍歇，眯眼歪头打量了他一会儿，长剑反手一削，他自己身上的层层红衣也翩然落地，同样裸露出上半身来。接着，花错剑尖一抖，再度朝越捷飞刺了过去，这回的目标，却直指越捷飞腰下的部位。

"花错好酒，然而好酒无量。"正看着，身边传来不疾不徐的声音。楚玉偏头一瞥，容止受伤的手以绷带吊在颈上，笑吟吟地站在她身边，"饮必醉，醉必脱。"

醉了之后，花错便六亲不认，只管在周围的人里挑一个最不顺眼的来开脱。他不仅脱别人的，也脱他自己的。

只要不脱到自家身上，府上其他的人是十分乐见其脱的。毕竟，习武者的身材，是很好看的，十分具有可观赏性的。爱美之心，人皆有之。这个时代，男色是一种时尚。

这便是，每隔两三个月时间，公主府内苑里，必然上演的一场大戏。

哧哧哧几声轻响，越捷飞的裤子已经被挑下了几缕布条。想起楚玉就在一旁，越捷飞脸色大变，瞬间就联想到了一个非常不妙的未来。

他仿佛隐约看见金光闪闪的"面首"两个大字，正在前方飘荡着朝他招手。

他真的不卖身啊！

恍惚之间，花错又是两剑，分别从越捷飞左右大腿两侧削下来两片布，越捷飞只觉得腿上一凉，而前方的"面首"两字，似乎又飘荡着靠近了一段距离。

越捷飞毛骨悚然，心惊胆战，拼死反抗，剑光瞬间如潮暴涨，凭着绝境之下爆发出来的潜力，一时间竟然与花错打了个平手，身上的布料也暂时没再减少了。

见两人打得精彩，周围的人却发出了一阵惋惜的叹息。楚玉这才发现，除了护卫侍从，还有一些侍女也悄悄地围了过来，两只手挡在眼睛前，可五指之间张开的缝隙什么都遮不住，露出来的明媚眼睛里满是欣赏爱慕之意。

越捷飞与花错的动作已经快得完全看不清楚了，刀光剑影之间，楚玉有点担心，忍不住偏头问容止："你有没有法子让他们停下来？"这样下去不是办法，刀剑无眼，万一不小心伤了谁怎么办？

话才出口，她暗道自己真是问错人了，容止又不会武，否则那日也不会被越捷飞打得那么惨，现在两个超级高手过招，他能有什么办法？

容止抬手抹了抹眉毛，眼睛里盈满悠然笑意："公主不必忧心，花错不会伤越捷飞，只要把他身上的衣服挑干净，发完了酒疯便没事了，过些时候便好。"

楚玉凝神看了一会儿正在远处交手的两人，忽然张口问道："花错是真醉还是装醉？"

容止不意她陡然发问，几乎就要脱口而出，然而出声之前却本能地顿住。他脸上浮现出微妙的神色，似笑非笑地看一眼楚玉，才慢慢将方才卡在嗓子眼的两个字吐出来："真醉。"

确实真醉。倘若花错眼下是清醒的，以他现在的剑术，不会仅仅只将越捷飞的衣服脱光，还会顺便削越捷飞一层皮下来。

这两人几乎从三年前就互相看不顺眼了，若非他偶尔从中拦着，只怕不知道发生过多少次生死决斗。

花错所学的剑术三千繁花，是以华美细腻著称的，却并不注重杀戮。然而花错少年时便有深仇背负，心思偏戾，硬是凭着自身的剑术天分，将柔和婉转的三千繁花剑，去繁存简，专取杀招狠招，甚至换用薄窄的长剑，成就了现在的花错。虽然杀伤力倍增，然而在剑意的层次上，却是低了不少。

虽然仇恨已了，此时的花错却再也找不回从前的繁花剑。

唯独在他喝醉之后，能抛弃所有的烦恼与重负，重现繁花剑的风采……

只有在这一刻，相争着的两个人，是纯粹干净的，像小孩子一般，斗着气，吵着嘴。

自然，抛弃了重负的花错，酒品实在说不上太好，这个一喝醉便脱人衣服的毛病，就连容止，也不知道是怎么给养出来的。

楚玉瞥着他微笑道："假如我一定要他们分开呢？"

容止笑了笑："公主既然有此意，我便去试试。"他扶了一下绑着夹板的手，确定尚且稳固，便缓步走上前去。众人见他走过来，便都纷纷让开道，尽管今日府内风传容止已经在公主面前失宠，公主的新宠应是最近弄回府的两人以及桓远，可是容止积威之下，竟然无人敢对他少半分敬畏。

容止走近花越二人，在一丈开外便能感觉到凌厉的剑风刮面。他站定看了片刻，弯腰捡起半根不知被谁削断的树枝，十分随意地，好像漫不经心地朝二人抛了过去。

树枝没入交织的剑光之内，一瞬间被绞成数段，接着化作碎屑落在地面上，然而两人却也因为这一根树枝的加入停了下来。

花错的肩头多了一道浅浅的血痕，伤势虽然不重，但疼痛却让他满是醉意的眼睛慢慢恢复清醒。他迷惘地看着身前不远处的越捷飞，忽然跳起来叫道："越捷飞，你在我面前脱光做什么？"骂过之后，他瞥见自己衣衫半褪，脸色变得更加难看，"你要做什么龌龊事？！我警告你，今后不准靠近我三丈以内，否则，我的剑对你不客气！"

越捷飞闻言大怒："你酒醒了吧？我的衣服是被你给割没的，你倒是有脸皮栽到我身上，不信你可以问大家，是谁脱谁的衣服？！"

花错一脸的不信任："胡说八道！我脱谁的衣服也不稀罕脱你的！你的肉很好看吗？你是什么了不得的美男子吗？"

越捷飞也怒道："难道你是什么美男子吗？我会稀罕你这个样子的？"

两人愤怒地对骂，这个挑剔那个的肌肉线条不够优美，那个挑剔这个的肩膀太宽骨架僵硬。片刻后演变成互相人身攻击，将皮肤松弛、带黑痣等莫须有的罪名安在对方身上，慢慢地，骂战升级，两人都顾不上穿好衣服，再度开展起全武行。

容止无奈地摊开手，转身冲楚玉摇了摇头，眼神似是问："我拉过了，现在怎么办？"

楚玉翻了翻白眼："凉拌。"不管了，让他们打吧。

她转身打算让侍卫送自己回去，却瞧见有一个人站在侍卫的拦阻之外，身上一身灰色的袍子显得有些暗淡，望着楚玉的神情有些迟疑。

那人看着有些脸生，楚玉用心回想一会儿，才想起这是自己半个月前从刘子业的铡刀下抢救出来并且以面首名义带回来的方南。前几天方南已经比较老实，因为他表现良好，获得了在西上阁自由活动的权利。

望着方南，楚玉对他点了点头："跟我来。"示意侍卫不要阻拦他。

楚玉走在前面，方南在后，回到东上阁楚玉卧房所在的园子。护卫们在门口止步。楚玉领着方南，一直走到房门口。

一手拉开房门，楚玉回头望着忐忑不安的方南，微笑道："怎么？害怕了？害怕的话，可以现在就离开。"楚玉知道她现在带方南回自己的卧房，会给别人带来怎样的错觉，但是，目前这个错觉对她而言却是最好的掩护。

说罢，楚玉进屋，片刻，方南跟进来了。

楚玉打量着满面疑惑的方南，心中暗暗叹息：倘若不是时间不等人，她也不会冒这样的风险。不等方南安下心，她便冷然道："你可否知道，你已经死了？"

方南一愣。楚玉从墙边桌案上取出一卷锦帛，丢给方南："自己看吧。"

次日，公主府无声无息地少了一批布帛钱粮，少了一辆马车，也少了一个人。

第二十六章　上梁下梁歪

对于方南的失踪，没有人给予过多的关注，府上的护卫侍从都知道什么事应该睁一只眼，什么事应该闭另外一只眼。

越捷飞只负责楚玉的安全，其他的事情他就算看见，也会转眼忘记。

桓远虽然知道楚玉从他这里调走一笔钱物，却没有多加追问。

而容止呢?

竹林的绿意之中，青石台的十九路纵横棋盘上，漆黑与雪白的棋子杀伐从容。容止半边身子倚在青石台边，深沉的眉宇之间有一丝慵懒之意。他手边放着一碗漆黑的药汁，苦涩的药味弥散开来，冲淡了竹叶的清香。

容止散漫地笑道："方南？"

坐在棋盘另一方的墨香想了想："是的。"

"不用去理会。"容止端起药碗，轻轻地吹了一下，苍白的嘴唇轻轻开启。他长长的睫毛如帘子般半敛，盖住深不见底的眼眸，"放任。现在不比从前，公主在栽培桓远，我们作壁上观便好。"

墨香犹豫一下，忍不住又为容止有些不值："这些年来，公主府一直是公子打理的。"

容止含笑喝了一口药，打断他："但终究是属于公主的。"那药汁味道极为苦涩，墨香送药来时，曾经偷偷尝了一点，苦得他险些呕吐出来，却不料容止此时神情平静如水，好像他方才饮下的是甜蜜的糖浆。

抬起眼来，看出墨香心中所想，容止微微一笑："我并不是个喜欢说道理的人，这两年来为了你，我破了许多次例，平素里将做法告诉你，你也该明白我的用心，怎么如今还如此沉不住气呢？"

墨香心头一惊，满面愧色地低下了头。

容止笑了笑："你是为我忧心，我知道。但这大可不必，待花错的伤势痊愈，我会把手头上把持的最后三项都交给桓远打理，也正好落得一身轻松。"

"公子……"墨香想要说些什么，对上容止沉静的带着些微笑意的目光后，却什么都说不出来了。

容止望着他，莞尔一笑："放手，是因为我不在乎。"交给桓远也好，交给别的什么人也好，三年多的经营，说放手也不过是一个呼吸的瞬间，但是他并不怎么放在心上。

"那您在乎什么？"墨香忍不住问道。

容止没有说话，他的眼光穿透竹叶间的缝隙，扫过墙外的天空，深处飞快掠过一丝轻渺的光芒，嘴角却始终挂着那丝莫测的笑意。

过了许久，容止将见底的药碗放下，慢悠悠地舒了口气，折了一片细嫩的新竹叶含在口中："公主，现在在宫里吧？"

楚玉在宫中，确切地说，是在皇帝陛下的身边。

姐弟之间的相处模式还是如同往常那样，刘子业躺在楚玉的腿上，脸上的戾气慢慢消散，而楚玉则随手拿起一本奏章浏览。

看了一会儿便觉得有些疲累，楚玉拧了一下眉心，半闭着眼好像在养神，但她心里却在思考一个问题。

怎么样改造刘子业？

凭着山阴公主对刘子业的影响力，她也许能够稍稍改变这个少年，她并不奢望刘子业能做什么流芳百世的明君，只要不成为天怒人怨的暴君，不至于因为暴行过多被人推翻杀死，便是极大的胜利了。

可是，要怎么做呢？

小皇帝的暴戾，虽然大约有一小半是头疼引起的，可是他自身的狠毒因子，却是根深蒂固的。楚玉曾经尝试着与他交谈几次，在她面前，小皇帝丝毫不遮掩他对血腥的直白渴望，那种狠毒的快意，每每令她感到心寒。

想要改变这么一个人，实在是一项不可能的大工程。

楚玉忍不住有些埋怨山阴公主那死去的父亲，也便是前任皇帝陛下，他究竟是怎么教儿子的，教出这么个变态来，还让他继承了皇位？

再转念一想，她既然有那么多兄弟姐妹，估计那位父亲把有限的生命投入到了无限的生育之中，根本没空管教养孩子的事，刘子业长成变态，极可能是顺着那不正的上梁，一路朝脑残的道路上狂奔。

而现在，她却要把刘子业从那条道路上拉回来。

楚玉目前还不知道有多困难，即便知道不容易，也要尝试一下。

时间就在刘子业的舒适与楚玉的反复盘算中度过，准备离开的时候，楚玉的手指抹过袖口的镶边，浅浅的芬芳萦绕开来。这些天来，她一直坚持给每件衣服熏香，入睡时也不再排斥在屋里点燃香料，虽然稍微闷了一点，却是为了今后作出的努力。

香料这一环，目前不着急，但今后要设法问容止要，既然山阴公主给她留下了这条线，她就要彻底利用起来。

“阿姐，你什么时候再来？”

楚玉一边整理衣服上的皱褶，一边仔细地想着今后的每一个环节，忽然听见刘子业这么问，不由得朝他看去。

这个集狠毒、暴躁、好色、偏激与变态于一体的少年，面容有些苍白，眼神却颇为渴盼。他穿着庄重的朝服，歪歪斜斜地趴在桌案上，一双狭长的眼睛直勾勾地望着楚玉：“阿姐，我们找时间再一起出去玩儿，好不好？”

阿姐？楚玉咬了一下嘴唇。

她前世是独生女，没有兄弟姐妹。穿越过来后，也不会天真地把这个变态皇帝当作弟弟看，可是人心毕竟是肉长的，最初的恐惧过后，楚玉慢慢体会到刘子业对自己毫无防备的依恋，那一声声的“阿姐”虽然听过便忘，可还是不经意地有一声抵达到了她心里，轻轻地敲打着她的心房。

这个变态一点都不可怜。虽然反复告诫自己，但楚玉终究还是在这个时候，有了一丝丝的动摇。这少年的相貌，和在水中瞧见的自己的倒影，真的是有几分相似的。

然而迟疑也不过是一个眨眼的空当，楚玉迅速恢复清明如止水的冷静，神色如常地快步离开。

正朝宫外走着，迎面走过来一个身穿紫衣的少年。

隔了半个月，楚玉又在宫中瞧见了人称是天师然而在她看来不过是神棍的天如镜。

楚玉发现天如镜时，两人之间尚有二十多丈距离，虽然看不清面容，但一看那一身紫衣和轻飘飘得好像脚不着地的走路姿态，楚玉便准确地认出了来者何人。

庄严而辉煌的宫殿之中，少年的身影仿若行走在隔绝的空间里，不染俗世的尘埃。

天如镜……楚玉不屑地撇撇嘴。她有些瞧不上神棍。

生长在信息爆炸的唯物论时代，楚玉很难对宗教产生什么盲目的信仰。尽管自己来到这里本身便是不可解释的存在，可是历史上侍奉皇帝的方士，无非都是炼一些带重金属的丹药给皇帝吃，不但不能长生，反而吃得短命了。

更别说眼前这位，一副不食人间烟火的清高姿态，倘若真个清高，为什么还要身居高职，尽享荣华呢？这便足以让楚玉暗地里对天如镜鄙视一百遍。

天如镜这个架势，估计又是去宫内哪位娘娘那里驱鬼的。他身前领路的是两个十五六岁的小宫女，其中一人不知是否头一次给伟大的天师大人领路，显得有些紧张，看见迎面过来的楚玉时，吓了一跳，后退两步，后脚跟恰好踩上天如镜的鞋子。

意识到自己踩着什么后，小宫女吓得脸蛋和嘴唇像雪一样白。她慌慌张张地跪下，求天师大人宽恕。

此时楚玉已经走近，她放慢脚步冷眼旁观，假如天如镜要责罚那小宫女，她也好及时阻止。

天如镜宽袖一摆，便半弯腰扶起全身发抖的小宫女，淡淡道了声："不要停下，继续走。"

楚玉脚下顿住，轻轻"咦"一声。与她想象的不同，天如镜既没有严苛地责罚小宫女，也没有温和地抚慰她以表示自己的宽容大度，他的神情清淡得仿佛游离于人世，好像没有谁踩谁的脚，什么都没发生一般。

这让楚玉有一点点意外。

望见楚玉好奇探询的目光，天如镜如初见一般，目光漫漫扫来，随后视若无物地从她面前走过。

两次错身而过，第一次楚玉对天如镜的印象从极好到极差。第二次见面，因为一个小宫女引发的意外，又让楚玉稍稍地往好的方面改观。

楚玉可以看出来，天如镜并不是故意在她面前作态，那种目下无尘的冷淡好像天生带来的，而他对她无视的态度近于无礼。正是这无礼，让楚玉对他恶感稍减。

然而天如镜也不过就是分了楚玉片刻的心神，才一会儿，她又把念头转回到先前所想的问题上，苦苦思索着如何改造刘子业。

讲道理这种事，楚玉相信刘子业当太子时，他的老师没少干过。看刘子业现在这副模样，看来口头教育没什么效果，那么她又该如何呢?

坐到自己的车上，车身才稍稍晃动，楚玉便连忙叫住驾车的人："暂且停下。"

坐在车上思索片刻，楚玉身子一侧，来到车厢边缘。角落里摆放着几只箱子，掀开第二只，箱内摆放着折叠整齐的男装。

"公主……"越捷飞跟在楚玉身后，低声道。

楚玉手握折扇，转身敲了他额头一记，笑眯眯地道："叫公子。"她在自己的车上放着干净的男装女装以备不时之需，还特别问容止要了那日给她遮掩容貌的药物，方便随时易装出游。

现在的楚玉，就是数日前诗会时的打扮，经过几次练习，她已经能很熟练地自己梳发髻。

"好的，公子。"越捷飞皱着脸改口，但还是忍不住尽忠职守地提醒楚玉，"公子，您为什么不让多带几个侍卫呢？上次刺客的事还没查出来，我实在不能放心。"

楚玉笑道："难道你对自己的剑术不自信，觉得没能力保护我？"

要越捷飞说自己剑术不行，那是绝对不可能的，所以他很快闭了口，乖乖地跟在楚玉身后。

说来楚玉似乎与易服出游这种事很没有缘分，头一次，因为看起来太俊美被人追得满街乱跑，第二次参加诗会又遇到刺客。倘若要她老老实实地待在公主府里，或者只能在公主府与皇宫之间两点一线，楚玉还是宁愿每次都遇到意外。

甩开属于公主的那些累赘排场的时候，是楚玉最欢快的时候，即便曾经有过两次受挫，也不能抑制她飞扬的心情。

向路人询问了一下，楚玉沿着街道，直取歆兰坊，这是在上次诗会时，听柳述提及的贩卖上好脂粉的地方。歆兰坊店中不仅贩卖脂粉，还兼售各种香料。楚玉找到歆兰坊，站在半开的店门前，便嗅到了门内传出来的细腻幽雅的脂粉香。

楚玉迈过门槛，目光在店内巡回，只见店中不仅有女子，还有一些俊美的青年少年，都在挑选香粉或香料。

暗地里叹了一声时下的爱美风潮，楚玉直接走到看起来像是柜台的地方，对其后正在算账的男子道："这里有谁比较懂香料的？我有些东西想要请教。"

柜台后的男子抬起一张瘦削的脸，打量一下楚玉，似是在端详她的荷包是否足够丰满，打量了片刻后，才朝内堂门里喊了一声，好像是在叫谁的名字。他这么一声喊，把店内其他人的注意力也吸引过来了。

楚玉便听到一个惊讶的声音："子楚兄？"

楚玉心想这名字有些熟悉，那声音也似曾相识，偏头瞧过去，便见柳述一脸惊讶，才想起自己前次结识柳述便是用的"喻子楚"这个假名。

"子楚兄也来买香粉吗？"柳述高兴地走了过来。他左右望了望，迟疑片刻后，又道，"怎么不见那位喻子远？"

楚玉做了一个稍待的手势，因为方才账房叫的人出来了。她从袖子里取出一只丝囊递了过去，微笑道："劳烦你替我看看，这里面究竟有哪几种香料？"

第二十七章　弦为知音断

账房叫出来的是个身穿灰色布衣的年轻人。他打开丝囊之后，瞧见其内的香料碎片，眉头飞快地皱了一下，过了一会儿才抬起头来，对楚玉道："这位公子……"

他话才起个头，便被楚玉打断："能否找个僻静地方说话？"

对方想了想，点点头，便引领着楚玉和越捷飞从侧门穿出，越过一片苗圃后，来到一间空房，三人站定。他不紧不慢地开口："这位公子，您的这些香料切得太细碎了，又混得太匀，只怕难以辨认完整。"

楚玉笑笑道："倘若是完整的，我也不必来找你们了。"

灰衣青年被噎了一下，转念一想也是，便朝一旁的墙边走去。靠墙的位置以木架支起一块光滑的石板，光从窗棂之中透过来，打在石板的边缘。

灰衣青年手腕轻振，将丝囊中部分香料倒在石板上。随后从怀中取出一条与衣衫同色的布巾，布巾里缝着暗兜，兜中放置着各种形状的工具。青年取出一只细小的方寸匕首，把倒出来的一小堆香料缓慢均匀地摊开。他的手很稳，神情也十分专注，刀尖偶尔灵巧地挑起碎屑放在鼻尖轻嗅。

虽然青年熟练的动作让楚玉有些安心，等了一会儿，还是忍不住问道："这位兄台，还要多久？"

青年沉默了一会儿，才道："这位公子，丝囊之中的香料足有二十余种，我才能不足，恐怕难以很快地一一辨别。"他神情磊落自如，不卑不亢，令人不由得心生好感。

楚玉思索了一下："建康城中，还有没有谁对香料比较内行的？"

青年的嘴角微微扬起，似是有些自傲："公子，建康城中，各坊各堂，再没有比在下更熟识香料之人。若说比在下强，只有一人，只不过那是位贵人，公子只怕请不来。公子如是肯稍待半日，我去向那位贵人请教，再来告知公子。"

观他语气神情，似乎是对“那位贵人”极为有信心。

楚玉忍不住笑了：贵人？以她现在的身份，什么贵人请不来？只不过她不想为了一袋香料如此大张旗鼓罢了。

思索片刻，楚玉心知不能太过苛求，便道：“也好，明日这个时候，我来问你结果，香囊先放在你这儿，明日我来这里取回。”

顺着原路走回，回到歆兰坊大堂中时，柳述还在店内，楚玉稍一犹疑，走上前去，扬起笑容：“柳兄，别来无恙。”她现在几乎可以肯定，那萧别并没有将与她结怨的事说出来，尤其是没有说出她的身份，否则柳述不会如此热情地招呼她。

两人打了招呼，待柳述提出想要拜访桓远时，楚玉一脸真诚抱歉的神色：“我那堂兄近日正在闭门读书，谢绝访客。”原本以为那萧别肯定把自己的身份说出去了，柳述这条线算是断了，但现在看来，似乎还有回旋余地。楚玉心头微动，不由得又将前些天放下的念头重新提了起来。

于是，她脸上的神情变得更加真诚和恳切。目前是绝对不能让柳述拜访桓远的，这张牌她要留着，在合适的时候以恰当的方式打出去。

听说“人形作诗机”不见客，柳述有些失落，随即想起眼前的楚玉是“人形作诗机”携带者，又十分热情地与她攀谈。

两人交谈一会儿，说到柳述接到了王意之的邀请，待会儿要去拜访他，参加王意之家中举办的私人集会，楚玉便顺势请求一道前往。

柳述有些迟疑：“这……”话未出口，他面上已浮现出犹豫之色，似是打算拒绝。

楚玉不慌不忙，使出撒手锏：“我那堂兄不喜欢与人交往，我却是盼望他多结识些名士呢。”她就不信，桓远那个“人形作诗机”会对这帮文人一点诱惑力都没有。

柳述立即上钩：“虽然有些冒昧，但是意之兄向来胸怀广阔，想必不会介意，不过萧兄也在，你如是与他有什么过节，还是早些化解了为好。”

楚玉笑吟吟地满口应下，便与越捷飞跟随柳述走出歆兰坊。

六朝古都建康，亦是千年后的南京，在这个时候，还没有经历完称呼里的“六朝”，建康城以大江为固，秦淮河贯穿城中，显出一派优雅古典的气势。

王意之的住宅，便在城南面的长干里，那里是名门望族的聚居之地。

在秦淮河边叫了一艘载人的小舟，三人乘舟而下，一路繁华，行至长干里边上岸，再随着柳述穿过几条街巷，便来到一座青瓦白墙宅子前。

与周围显贵人家的高墙相较，这间宅子的墙实在矮得太多了，就好像满是逼人贵气的琼花玉树之间，混入了亲切纯挚的寻常草木，显得有些突兀。然而楚玉看着却十分顺眼。

朱红色的木门半开着，没有一路行来所见高门紧闭的森严。柳述上前几步，轻敲一下木门，便不请自入：“意之兄，在下来晚了，还请见谅！”

楚玉跟着他走进门去。

门后是一片园子，一花一木乍看并无章法，倘若细细看去，却好像暗合了一种很自然的韵味。楚玉尚在观察中，却听见越捷飞的惊叹声，他指着道旁一株一人高的小树："这是一种十分名贵的树木，十年方生一寸，价值可抵万金。"

听他这么说，楚玉才知道那看起来没什么奇特之处的小树苗竟然有这样的身价，而前方柳述也转过身来，笑道："这位越兄真是眼光高明，子楚兄不要看此间布置毫不起眼，意之兄家中的物件，便是你我脚下的泥土，也是比别处珍贵的。"

听柳述简单介绍了一下院子里的一草一木的价值，楚玉看着这间园子的眼光，已经大大不同了。

而脑海中王意之的形象，也在此时正式晋升为钻石镶边的。

前方走过来一名青衣童子，走近三人，行礼道："柳公子，我家主人已经等候许久了。"这童子也就是流桑那个年纪，相貌俊秀，眉宇神情很是清雅，行止之间颇有风致，身上的衣衫虽然不华丽，却极为素净整洁，与整个园子含而不露的贵气十分协调。

见微而知著，单是看仆从的表现，便能揣摩出其主人的作风气派。

柳述连忙回礼道歉："是在下的不是，但在下有礼物将要送给意之兄，还须在此等仆人送来……这两位是在下的好友，因仰慕意之兄而来，还望代为引路。"

他转手就把楚玉、越捷飞推给了青衣童子，自己则往回走到了门口等候。

楚玉下意识地张口想辩解自己不是仰慕王意之来的，但想想这毕竟是别人的地盘，姑且看在王意之超级有钱的分儿上，便仰慕一下好了。

沿着曲折清幽的回廊，青衣童子在前，楚玉居中，越捷飞最后，还未走到回廊尽头，便听见了轻渺的琴声，缓缓地在空气中回荡，而回廊尽头是一片青郁的垂柳，碧玉裁成的柳丝好像一道天然的屏障，遮挡住楚玉的视线。

那琴声是从垂柳林后传出来的。

虽然是在初夏的中午，可在这园子里，却没有丝毫燥热的感觉，就连阳光也好像比外面的温柔了许多，清凉的绿意伴着微微的水汽，渗入呼吸之间，令人心旷神怡。

王意之不仅有钱，还很会享受。

在低垂的柳枝之间穿行，那琴声便越来越清晰。当三人穿过垂柳林，眼前豁然开阔之际，淡远的琴声却戛然而止。

楚玉放眼看去，只见眼前是一片清莹如翡翠的湖畔，湖中养着水草游鱼，湖面上漂浮着片片莲叶，莲花尚未绽放，雪白的花苞紧紧闭合着。偶有柔风吹过湖面，带来凉爽的湿意。

湖中有鱼，湖上有亭。

此间的主人王意之以及另外三位上次在诗会上见过的青年，便在湖上修建的亭舍里休息。亭边有长桥与岸相连。

楚玉等人出林之际，便是琴声休止之时。亭中诸人的目光，都聚在萧别的手指之下。那修长的手指底下，一根断弦无力地贴在琴身上，而其他的琴弦，依然有细微的振动。

弦，断了。

一时间，众人寂然。

身为聚会主人的王意之靠在亭旁的梁柱边上，随口打趣道："弦为知音而断，来者可是萧别兄的知音？"他在众人的最边上，因此也是最早发现垂柳林中有人行走的。

听闻此言，亭中的人都将目光投向了湖畔，萧别也抬起了冷若冰霜的眼。

亭子距离湖畔边的垂柳林也不过四五丈距离，因此楚玉三人甫穿出林，众人便看清楚了她的面容。

王意之轻轻地"咦"了一声，眼中多了些玩味之意。而萧别瞧见楚玉，陡然面色变冷，虚按着琴弦的双手无意识地下压，古琴发出苦闷的声响。

楚玉也是一眼就瞧见了亭中端坐抚琴的萧别，更瞧见了他眼中冷冽的排斥之意。不过自己既然已经厚着脸皮来了，当然不会在乎个别人的反对意见。

亭中都是文人雅士，武者若在其间，大家都不自在。楚玉让越捷飞在湖边守着，自己随青衣小童踏上方一尺多宽的石桥，不疾不徐地走向八角亭。

亭前站定，迎来的目光，有不屑的，有排斥的，有好奇的，也有玩味的。

青衣童子向王意之行了一礼，三言两语简要地说明楚玉是柳述带来的。王意之挥了挥手，让他退下，而后他对上楚玉坦然的目光。

王意之轻轻地拍了拍手，笑道："来者便是客，我家中没什么规矩，请这位客人随意自便。"他眉间带着慵懒不羁的笑意，衣衫领口半敞开，发未束髻，随意散着，颈项边还残留着半抹可疑的嫣红，看起来像是姑娘家芳唇的印痕。

上次诗会时，也许是因为在公共场合，王意之还稍微收敛一些，而现在在自己家中，他好像抛开了所有的束缚，怎么自在怎么来。

楚玉才踏上亭子的台阶，便听见萧别冷冷地道："她怎会在此？她若在，我走。"话语虽然简短，态度却表露无遗，显然是有点和楚玉不共戴天的意思。

王意之微微抬手，做了个拦阻的动作，虽然并没有拦到实处，但萧别却因为他这个动作停了下来。只听见王意之笑道："弦为知音而断，二位如此有缘，纵然过去有什么恩怨，也该就此化解了为好。"

恩怨？

楚玉饶有兴味地看着萧别，只打算看他怎么应对。

萧别双目含霜，冷然道："这琴弦，是不堪忍受有污浊之人倾听，才断了的。"

他所说的污浊之人，自然是指楚玉。

楚玉微微一笑，毫不客气地反唇相讥："这琴弦也真是难为，每日在不入流的弹奏者手下饱受折磨，终于在方才了断残生。"她抬手对王意之一揖，扬眉道，"说在下是知音，在下是绝对不敢当的，这等庸俗之音，又有什么值得人去知的？”

她话音未落，众人便给惊住了。

千金公子萧别，生平所长便是琴艺，这个名字的由来也与琴有关。昔年曾有人千金求一曲而不可得，因此有人送了他一个“千金公子”的名号，这从侧面也反衬出萧别的琴艺之高，当世少有人及。然而楚玉竟然毫无顾忌地贬损他，简直就是狂妄至极！

不入流？庸俗？

就连放浪不羁的王意之，也没想到这样的形容有一日会被放在萧别的身上。

楚玉虽然才刚刚来，却因为短短的几句话，将所有人的注意力全都聚集到了自己身上。就连才往回走了几步尚未远离的青衣小童，也不由得回头望了一眼，看这人究竟有什么本事，竟敢放出这么狂妄的话。

这也正是楚玉的目的。

第二十八章　难得无价宝

一万年太久，只争朝夕。

虽然不知道山阴公主被杀的确切时间，但是楚玉每次合上眼睛，似乎总能感觉到，历史的巨轮在脑海中轰隆隆地滚动，以不可抗拒之势朝她推进，漫起的尘沙仿佛遮蔽了天地。

在楚玉的计划里，有进与退两面，然而这两面之间，唯一重合交错的纽带便是眼前这些人。这是楚玉偶然从桓远口中得知王意之等人身份后，便不由自主萌发的念头。

她要打入这个阶层，这个团体，也许靠着桓远，她能够摸上这群人的边，然而那远远不够，她需要的是成为能够影响他们的人物，就好像王意之，又或者萧别那样具有特殊地位的。

纵然桓远有惊世的文才，但那是桓远的，不是她的。她一定要有什么东西，能镇住这些眼高于顶的文人。

于是今天才一见面，萧别便被她拿来开刀。

徐徐图之，这不是不可以，但是也许会来不及，所以楚玉只有采用激将的态度。

她这是在赌博，要么一夜成名，要么失去手头可用的所有筹码。

萧别正要冷笑，这时又有人穿林而出，楚玉原以为是柳述终于来了，随意偏头一看，看清来人后，却不由得愣住了。

来人不是柳述，却是方才她见过的歆兰坊中年轻的香料师傅。他随着青衣小童来到湖畔，皱着眉对那小童说着些什么。

楚玉一下子忘记了萧别，忍不住微微张开嘴：真是意外的重见啊……

联想到先前这位香料师傅所说的“懂香料的贵人”，楚玉下意识地看了一眼王意之。

青年朝亭中看来，也正好瞧见楚玉，神情一下子变得有些尴尬。他原本是打算来向东家求助疑难，却没料到提出疑难的客人竟是与东家认识的。

王意之目光先后扫过楚玉和香料师傅的脸上，片刻后，了然一笑，站起来懒散地道：“在下有些私事要处理，各位还请稍待。”

他拖着步子慢慢朝湖边走去，楚玉这时候才发现他脚下穿的是像拖鞋一样的木屐，而不是中规中矩的靴子。

木屐是深紫色的，接近黑色，鞋帮一下一下地敲击在石桥上，发出圆润的极有质感的响声。

啪嗒，啪嗒。长衣的款摆之下，声调节奏很是从容。

王意之懒懒散散地走到湖边，便开始与那年轻的香料师傅说话，两人的声音不大，亭中诸人都听不到。不过楚玉看香料师傅将一只拳头大小的蓝布小包交给王意之，并且不时朝她这里投来目光，便大致能猜出他们谈话的内容。

交谈片刻，香料师傅神情复杂地最后看楚玉一眼，才向王意之作揖告辞。而王意之手中拿着蓝布小包，一抛一接地慢慢走回来，脚下木屐啪嗒啪嗒地敲打着石桥。他走在桥上时，楚玉的心也跟着他手中的布包一跳一跳的，生怕他一个失手就把小包掉湖水里了，她手头可就只有这么一份香料，没备份的。

王意之拖着脚步慢悠悠地走回来，先朝其他几人点了点头，随后盯着楚玉道：“这位子楚兄，能否私下详谈？”在说到“子楚兄”三字时，他稍稍加重了语气。

楚玉知道他大概是要说香囊的事，神情自若地点了点头，随着王意之离开亭子。走过桥梁时，越捷飞便自动走到楚玉身后。王意之停下脚步，望了越捷飞一眼：“这位兄台最好不要跟来，我只想与子楚兄一人交谈而已。”他态度虽然随意懒散，可是话语之间，透着难以抗拒的高贵威仪，朝越捷飞压了过去。

越捷飞停下脚步，看了楚玉一眼，意思是全凭楚玉吩咐。楚玉思索片刻，让越捷飞留下来。

之所以如此冒险，首先因为王意之没有害她的动机，其次，她迫切想要知道答案。

尽管已经有了容止的前车之鉴，但是楚玉并不畏惧冒险。

两人来到湖畔边一座清雅的屋舍之中，屋子里空空落落的，家具摆设整洁干净，但是太齐整了，缺乏温暖的人气。两人才进屋，楚玉便笑道：“这间屋子很久没人住了吧？”

王意之一边关门一边道：“不错。”他转过身，手腕一转，把袖子里的蓝布包取出来，打开外面的蓝色小包，里面装着的正是楚玉今天留给香料师傅的丝囊。

王意之托着丝囊，微笑道：“子楚兄是否应该说些什么呢？”

楚玉眨眨眼，装傻：“意之兄认为我应该说什么？”

两人打了一个来回的哑谜，都觉得很是好玩，看着对方了然的眼色，忽然齐齐地笑出声来。

楚玉摆了摆手：“算了算了，装模作样没意思，那位香料师傅想必已经和你说了许多，我就是好奇，你为什么猜到我会希望私下谈论这只香囊呢？”有些问题，在有第三者在场的前提下，她实在不方便问。

王意之靠在墙上，身姿很是潇洒：“那是因为，你在香料店中，便要求找个僻静地方……自然，这还不足够猜疑，假如再加上，你是女儿身这一条呢？”他漆黑的眸子荡漾着玩味的笑意，眼睛一眨不眨地望着楚玉，“我说得对不对，子楚姑娘？又或者，这不是你的真名？”

楚玉并不吃惊，她从来就不认为自己女扮男装可以全无破绽。从前看的武侠电视剧里，女主角换个男装打扮就没人能认出她是女儿身，那绝对是艺术的夸张。因为女性和男性的身体骨架首先就有差异，行动起来更易露出端倪，虽然这个时代衣衫宽大可以遮掩一下体形，可就算她再怎么极力掩饰，碰到眼光狠毒的，一样是无所遁形。

王意之不着急拆开香囊，只望着楚玉道：“我可以保证，这建康城中，没有什么人能比我更懂香料。姑娘假如想要我如实回答，那么我也要问姑娘一个问题，希望姑娘老实回答。”

他一字一顿、清晰而沉着地问道：“你，是，谁？”

你是谁。

我是谁。

这个千百年来被哲人们不停讨论思辨的问题，在这个时候问出，目的其实十分简单和明确。

王意之要楚玉亮底牌。

就好像两个武林高手放弃了小心翼翼的试探，直接以凶狠的杀招交锋。

王意之的问题来得尖锐又直接，楚玉听了不由得一愣。她还没想好应该怎么回答时，又听到王意之道：“你那位护卫的身手十分高明，在我所见过的剑手之中，算是有数的。建康城里的豪门通常都会养着一些剑手，然而如他一般水准的却实在不多，更别说，这样一位剑手，竟然被派遣来保护一个姑娘。”

王意之嘴角含笑望着楚玉，他的眼眸里好像含着千万种深情，温柔款款地道：“你，究竟是什么人呢？”不似容止的含而不露，他的眼神，是毫无顾忌赤裸裸的勾引。

真是为难。

楚玉轻咳了两声，很无奈地开始拖延时间。目光上下左右飘移，从房梁到窗棂，从箱子到柜子，看了半天，虽然没有看出一朵花来，却让她发现了一件事。那便是，这屋子里的木质家具，与王意之脚下的木屐一样，似乎都是紫黑色的木料，表面浮现出一种非常光滑的缎子一般柔润的光泽。

王意之一直定定地瞧着楚玉，不容她就这样混过去。楚玉情知没有办法，只好找了一个看起来不太相干的话题：“你穿的木屐，是什么木材做的？”

王意之微微一笑："小叶紫檀。"

紫檀是一种稀有的木材，分为大叶、小叶两种，其中小叶紫檀最为珍贵，是紫檀木中的精品。古时候有寸檀寸金之说，换而言之，王意之脚下踩着的，几乎是同体积的金子。

然而楚玉也能看出来，他并不是刻意地彰显自己的豪阔，倘若她不问，他不会告诉她脚下那双木屐的价值。她问了，他也不避讳说出来，就好像把名贵无比的小叶紫檀当作最普通的木料来对待一般。

他不在意，不在意别人看不出来他有钱，也不在意别人看出来他有钱，他傲然而自由地活在这个世界上，我行我素地做自己想做的事。

而现在，他想知道的，便是楚玉的身份。

楚玉抿着嘴唇，定定地望着王意之。两人目光相对，坚持着探询的意味，彼此在心里猜测揣摩。相比起王意之的胸有成竹，楚玉却是有些紧张。

过了一会儿，楚玉笑着呼出一口气。她脑中浮现出一个念头，忽然有点儿恶作剧的心态，望着王意之，也是一字一顿地道："我，是，刘，楚，玉。"

刘楚玉，山阴公主刘楚玉，不管她承不承认，这个身份现在与她密不可分。

说完，楚玉便等着看他有什么表情，最好吓得他转身就跑，反正横竖是要摊牌，能吓唬一下王意之，也是不错的。

刘楚玉？

王意之微微皱眉，有些困惑地在脑海中搜索这个似曾听过的名字。慢慢地，他俊逸的脸上浮现出惊愕的神色，望着楚玉的双眼微微张大……

楚玉笑眯眯地望着他：再激烈一点，再震撼一点，发抖吧，逃跑吧。

但是楚玉所希望的并没有发生。只不过片刻工夫，王意之便迅速恢复了冷静镇定，但是眸子里还带着几分讶然之色："会稽郡的那位长公主？"山阴公主的名号是根据她的封地山阴县来的，不过最近刘子业为了让她欢欣，又把山阴县所属的会稽郡给了她，因此，现在楚玉在外的正式称呼应该是会稽长公主，只不过楚玉心里并不怎么习惯这个称呼，迟了一瞬才反应过来王意之说的是自己。

楚玉笑着点点头，顺道剽窃了柳述介绍王意之时的台词："这世界上，有几个刘楚玉？"

王意之望着楚玉，他的眼神很复杂，但是令楚玉吃惊的是，这双眼睛里，始终没有流露出鄙弃嫌恶的神情。

楚玉不信王意之一点都不知道山阴公主家有面首的事，尽管这个时代还不似宋代以后被礼教严格束缚，但山阴公主的所为，对于男权社会来说是一次挑战，但凡正统社会的人都会觉得不齿。

可是王意之没有，他的眼中，有好奇，有揣摩，还有些说不清道不明的意思，就是没有厌恶。

也不知过了多久，王意之微微笑道：“和传闻不一样。”

楚玉顺口接道：“什么和传闻不一样？”

王意之笑道：“传言中你貌若夜叉，今天看到却不一样……你生得很是美丽。”他语气近于调笑，说着还伸出手来，手指抚上楚玉的颊侧，“为什么要用修容膏遮掩住呢？你这样很好看。”

楚玉微微侧脸，避开他的手指触碰，以眼杀人：“你不怕我？”

王意之很有兴趣地问道：“怕你什么？”

楚玉翻翻白眼：“当然是把你捉回去当面首。”虽然王意之这个不同寻常的反应让她有点高兴，不过也让她有点郁闷，眼前这个男人，好像完全无视她的恶名一般。

王意之摸了摸自己下巴，笑道：“我所关心的，不过是姑娘家的美貌，对我而言，你生得很是好看，这便够了，至于别的，我理会作甚？”他满不在乎地耸耸肩，“倘若你真有法子让我成为你的面首，那我也会甘心服气你。至于你养面首嘛……但凡家里有些底子的，谁不养着几十个歌伎呢？”

楚玉凝视着他，沉默一会儿，才叹了口气，想说什么，张了张口，却什么也没说出来。

因为已经不需要说了。

看王意之靠在墙上的样子很悠闲很舒服，楚玉也学着他的样子，靠在他身侧的墙面上。

虽然旁人的毁誉并不能伤害她，可是遇到一个眼光和心胸都如此豁达的男子，楚玉还是不由得有些震动。

山阴公主的作为，他认为那不算什么大不了的，他也不畏惧她的恶名，甚至满不在乎地对她调笑。

楚玉来到这世上，第一次见到这样的人。

他有智慧，懂享受，在世情里打过滚，却保持着不羁的本心。

正如柳述所说，王意之的家宅，每件事物都比别处要珍贵不少，可是楚玉却觉得，这其中最珍贵的，却是宅子的主人。

他是无价之宝。

第二十九章　灯半昏黄时

深呼吸几下，楚玉才平复内心的震动，歪了歪头，瞥着王意之问道："如今我可是说了自己的名字，你可以履行你的承诺了。"

她可没忘记，最初的目的是让王意之辨识香料。

王意之笑了笑，修长手指扯动一下，拉开丝囊的袋口，轻嗅一下其中传出的香味，慢慢皱起了眉。

楚玉看着他感觉有异样，便问："怎么样？"难道他也辨不出来？

王意之的手腕晃动一下，扭头回瞥楚玉："这香囊是由谁所制的？"

楚玉不意外地眨眨眼："我要是知道的话，还需要找你吗？"

"也是。"王意之耸耸肩，不再靠在墙上，带着楚玉走向内室。内室打扫得比外面更干净，没有任何家具摆设，但是在房屋正中的地面上，却有一张圆形的石台，石台表面光滑如镜。

王意之走到石台边上，将部分香料撒在边缘，随后他手中多了一柄银色的纤细匕首，将香料的碎屑慢慢刮开："这块石头，是在建房之前便生在地上的，我见它石材甚好，形状也佳，觉得很是有趣，令人不要将其从地下凿出来，而是稍加打磨，便是现在这个模样。"

他的手腕一抖，挑起香料碎屑，放在鼻尖下轻嗅，动作与香料师傅先前所做的一般无二，但是随意自在得多。

里屋的光线比外面暗了不少，与方才的随意懒散不同，此时王意之认真起来，眉目间汇聚着不可逼视的端凝之色，他脸上的轮廓在昏暗中反而更加深刻。

过了片刻，王意之轻轻叹了口气："这位调制香料的兄台，是不可多得的高手，倘若能够亲见，我倒是希望能将其请到我的歆兰坊来。"

楚玉自然不会告诉他香囊的来源，只有些焦急地问：“如何？”

王意之却不答话，只是将匕首尖上的香料弃于一旁，小心地挑起一些碎屑，轻嗅其味。

香料切得太碎，混得太均匀，光看外表，已经很难辨认出其原本的模样，所以王意之索性放弃了用眼睛辨识这一道工序，直接走到光线较暗且异味不多的地方，用嗅觉来判断。

人的五感有时候是互补的，当其中一种有所缺失时，其他的四种会相应加强，在黑暗之中视觉无法发挥，而相对的，嗅觉会稍微灵敏一些。

偶尔沉思，偶尔皱眉，偶尔微笑，足足过了两炷香的时间，王意之才翻转手腕，银色匕首反递回袖中。他将香料重新归入丝囊之中，对楚玉道：“稍待片刻。”

他回到外面的主屋，开门吩咐仆人准备一些清水来。接着楚玉看见他从一只靠墙的箱子里取出很多瓶瓶罐罐，一件一件摆在地面上。最后他盘坐于地，身前整整齐齐地放了一排两寸高的白色瓷碗，瓷碗的大小几乎完全相同，看起来很是齐整。

这个情形怎么看起来这么熟悉？

楚玉微微眯起眼睛，直到仆人将一桶清水送来，王意之用白瓷勺子把清水倾倒入每个瓷碗中，接着再从瓶罐里取出一些带颜色的粉末，倒入碗中，以瓷勺搅拌时，楚玉才恍然大悟。

难怪她看起来这么眼熟，眼前王意之所做的一切，和前世高中时做化学实验何其相像？只不过王意之没有玻璃试管，便用白色的瓷碗来充当容器。

楚玉目瞪口呆地看着王意之将粉末用水化开，再挑出少量香料碎屑浸入碗装溶液里，仔细观察碎屑变化。过了许久，她终于忍不住开口：“你这手法，是跟谁学来的？”

“跟谁学来的？”王意之的思路似乎还沉浸在香料之中，重复了一遍，才领会到楚玉话中的意思。他微微一笑，“这法子是我自己想出来的，怎么，你见过有谁和我用一样的法子辨识香料吗？”

自己想出来的？

楚玉有些失望，也有些不信。

王意之笑了笑：“确实是我自己想出来的，只不过有些用料，却是出自前任太史令的建议，比如这些碗，还有一些药物的获取。”

太史令？楚玉回想一下，才想起这是神棍天如镜在朝中的官职，却不知前任太史令是什么人物。

王意之所做的这些，从某个角度看，几乎可以看成是现代化学的一个萌芽。古时候方士为了炼丹，经常接触矿物，也可以说，他们是化学研究者的前身，然而可惜的是，这个萌芽还没有怎么成长，就被各种各样的原因给掐断捏死了。

前任太史令。

楚玉犹豫一下，没有问王意之前任太史令是谁，虽然心中忽然萌生了一个想法，但是她自己也无法太过确定。

王意之没有留意到楚玉的神情变化，他一直低头摆弄着面前的器具，不时将药粉加入不同的碗中，搅拌均匀后再浸入少许香料碎屑，仔细观察它们的反应变化。

楚玉一点都不着急了，反而有些心安，看着他不算熟练的动作，好像回到了前世的高中化学实验室里，那么久远而令人怀念。

直到王意之忙碌完毕，将废弃的液体倒入一旁木桶中，令仆人清洗瓷碗器具时，楚玉才轻声问道："你很喜欢香料？"

王意之耸了耸肩，正经事结束，他立即又恢复了先前的随意散漫："尚可吧，我最初精研香料，如此另辟蹊径，其实是为了讨一位姑娘欢心。"

楚玉很感兴趣地在他身边坐下，催促道："姑娘？说说看。"她倒是很好奇，究竟是什么样的女人，能让王意之这样的男子倾心。

王意之低头看着自己修长有力的手，眼中浮现出温柔之色："有什么好说的，不过是十年前的往事罢了，她如今已经不在了。"

楚玉有些后悔，神色一黯，低声道："抱歉……"她无意揭别人的伤疤。

王意之伸手拨了一下她的头发，指尖带着残留的香气："无须歉疚，她留给我的，都是欢悦的往事。她死前盼我活得更好，我也不会将自己埋在哀伤之中。"

虽然曾经经历过悲痛，但是哀伤最终还是被时光冲散，留下生命里焕发着华彩的珍珠。王意之是善待自己的人，他懂得如何活得更好，不会流连于无法挽回的过去。

身体放松，靠在身后的紫檀木柜子上，因为想起了曾经的恋人，王意之的语气也分外温柔，仿佛春水缓缓荡漾涟漪，令人心醉沉迷："都有什么香料，我已经弄明白了大半，那么，你想要问些什么呢？"

"这其中有没有毒物？"

"没有。"

"有没有成瘾性的香料？"

"什么叫成瘾性？"

"就是用上一段时间会产生依赖，进而再也离不开。"

"约莫没有。"

楚玉与王意之聊了很久，然而究其要点，也不过就是这几句。

至于香料各自的名称、用途、特性，这些次要的信息，楚玉也一一记下来了，虽然没什么用处。

据王意之所言，这些香料在切碎之后应该还被一种药水浸泡过，所以他也不能十分准确地把所有香料分辨出来，只能猜测个大概。

药材和香料，这两样东西，目前都掌握在容止手中。

楚玉坐在地上，望着又交还到自己手上的锦囊发愣。

王意之这时候已经站了起来，但还是懒洋洋地靠在墙上，鞋帮支地，有一下没一下地踩着木屐，名贵的紫檀木发出悦耳的响声："是否有什么为难之处？说出来，我也许可以帮忙。"

楚玉收敛忧色，摇了摇头："没，只是在想一些事。"她抬起头，对上王意之了然的目光，那目光之中透着宽容的理解以及通透的豁达。

他看出来她没说实话，只是宽容地不拆穿她。

楚玉又有了些抱歉："我并非有心隐瞒你，只是一来不知该怎么说，二来还有些事要考虑。"

王意之了解地笑笑："不必介怀，这世上，有谁没有几件不愿告诉别人的私事呢……"

他的话被轻轻的敲门声打断，门外轻敲两下后，传来一个年幼的声音："主人，萧公子等人说今日先行离去，改日再来拜访。"

王意之这才想起自己把客人丢在了亭子里，苦笑着拉开门，门外立着先前引领楚玉进来的青衣童子，见了王意之，恭声道："萧公子他们已经离开。"

楚玉这才恍然她与王意之消磨了许多时间，把萧别给消磨走了。她有些惋惜，心想只能下次再接着打击他，这回缓缓好了。

见识到王意之这样的人物，她今天已经十分满足。

青衣童子说完话没有离开，他像是犹豫了一下，才小声道："萧公子离开之前，给这位客人也留下了一句话。"

王意之笑着瞥了楚玉一眼："说吧。"

青衣童子清了清嗓子，脆声道："下一次，他会向这位公子讨教琴艺。"

王意之让童子退下，笑吟吟地望着楚玉。两人四目相对，沉默片刻后，忽然同时笑出声来。

王意之一边摇头一边道："你可是把萧别给激怒了。萧别平日冷若冰霜，甚少关怀身外之事，能把他给撩拨起来，实在是难得至极。你究竟做过什么，让萧别对你如此怀恨在心？"

楚玉站起来，边笑边道："许是我把他给玷污了也说不准。"

"真可怜。"王意之虽然说着可怜，脸上却是一副等着看好戏的神情，并无半点对萧别的同情。

两人并肩走出湖畔屋舍时，天色已经近暮，湖面上笼罩着一层暗色。而在暮色之中，越捷飞笔直地站在湖边，双臂环胸，身姿挺拔如剑，影子长长地拖在地上，也同样笔直。

王意之走几步便停了下来："你的护卫还在等候，我便不远送了。"

楚玉回头望他，抬手一揖："今日多谢意之兄，不过我的身份，还请意之兄代为保密，毕竟不是每个人在知道了我的身份后都能如你这般不以为意的。”

王意之微微一笑：“这是自然。”

楚玉和越捷飞走出王意之家，来到秦淮河边时，暮色已然降临，白日里热闹的秦淮河此时变得很安静，只有那几不可察的水声柔婉地流向远方。

暮色深沉。

白日里河上的行船已经不在，楚玉与越捷飞只得步行回去，有些压抑的夜色环绕着这座城市，街上只有楚玉和越捷飞两个人一前一后行走着。

古代的夜生活原本就少得可怜，再加上前些日子楚玉遇刺，城内的防卫更加严密了些，四处有官兵巡逻，如此一来，晚上更是无人外出。

两人路上遇到了两拨士兵，越捷飞亮出公主府的令牌，便被轻易放行通过。

“那些刺客现在还没什么消息吗？”楚玉随口问，她回想起王意之慢慢悠悠、懒懒散散的走路姿态，忍不住根据记忆模仿了一下，不过走了几步后发觉脚上没穿他那种木屐，很是缺乏脚感，于是又恢复了正常的姿势。

越捷飞奇怪地看了看楚玉的脚：“属下也不大清楚，现在这已经是官府的事了，不过因为那是有组织的刺客，又没留下来活口，此事大约也是无头案。”

“哦，陪我继续走吧，我很久没有这么行走了。”

两人回到公主府时，夜色深沉如墨，除了巡夜的守卫，大部分人都已经睡下，周围沉寂着。楚玉慢慢往自己的居室走，走到了东西上阁的交界处，蓦地瞧见一个人影。

桓远还是那一身峨冠博带的打扮，一个人站在西上阁的门口，身姿仿佛有些落寞。他手上提着一盏灯笼，昏黄的光从薄纸之中透出来，照在他俊美的面容上，一半映着浅浅的光，另一半埋在阴影之中。

他眉宇之间含着忧思，神情似在迷惘，然而更多的却被夜色掩盖住，楚玉看不清楚。

楚玉一直走到了桓远身侧，见他毫无反应，才恍然他是在发呆，忍不住笑着拍拍他：“怎么还不睡呢？”

她不拍则已，一拍之下，桓远刹那间的反应竟是激烈无比。他猛地侧过身子，挥手打掉楚玉的手，退后一步，才看清楚来人是楚玉，神情转为错愕。

楚玉若无其事地甩了甩手腕，手背火辣辣的疼，估计已经红了。她尽量不在面上表现出来，只望着桓远笑道：“怎么这么晚了还不睡？”这个时候换算到现代只是晚上十点，对于很多夜猫子来说还算很早，然而在古代却已经过了标准睡觉时间，毕竟古人的夜间活动没有那么多。

她本是随口一问，可是问出来后，却见桓远神情迷惘，好一会儿才垂下眼眸，淡淡地道：“今日处理事务有些累了，便四处走走，正巧遇见公主，公主怎的这么晚才回来？”

楚玉笑笑，一语带过，说是在新认识的朋友那里忘了时辰，但没有说是什么朋友。

一日没有休息，又徒步走回公主府，楚玉身体里的疲惫逐渐泛上来了。她打了个哈欠，随意地又拍了一下桓远的手臂：“你也早些休息吧，太晚入睡对身子不好。”桓远的身高比她高不少，拍起肩膀来很不顺手，楚玉便改拍手臂。

初夏的夜晚不冷，站着不会着凉，可是一个大活人，站在这里还是很招蚊子的。

身着男装的少女慢悠悠地踱入东上阁中，桓远站在原地，神思仍飘摇不定，一如他手上提着的时明时暗的灯笼。

夜风轻暖，夜色却带着些微的冷意。

在原地发了一会儿愣，桓远才转过身，朝西上阁内走去。他心中很是奇怪：他为何要那么一直站着？

玲珑七窍仿佛被堵塞，如何都想不明白。

次日醒来时，楚玉给自己放假一天，让幼蓝给容止带话，说自己把香囊弄丢了，让他再给准备几个。

打发走幼蓝，令人不要再来打扰，楚玉舒服地在床上打个滚，又缩进了被子里，准备睡个香甜的回笼觉。

也不知道睡了多久，快到中午时分，楚玉才懒洋洋地爬起来，洗漱穿衣，等待午饭。

与午饭一起送来的，是一份礼物，放在精美的锦盒之中，并附有一封短信，字迹龙飞凤舞，意气纵横：“薄礼奉上，子楚兄笑纳。”

落款是王意之。

楚玉好奇地拆开来，却见锦盒之中，端正地摆放着一双黑紫色的木屐，色泽光滑圆润。

昨日交谈时，楚玉偶尔问起王意之的紫檀木拖鞋是哪家匠人做的，过后也便忘了，却不料王意之还记得。

楚玉脱下鞋袜，将双脚伸入木屐之中，鞋底的弧度十分合脚，冰凉润泽的触感从脚底缓慢沁入。

第三十章　睡到自然醒

穿木屐有一个好处，便是舒服，双脚不必受鞋袜的严密束缚，露出来让皮肤呼吸。

在自己家里面，穿着拖鞋慢慢晃悠，是很悠闲很自在的。

楚玉慢悠悠地品尝着午饭。其中一盘小银鱼做得很美味，便多吃了几口，雪白的鱼肉细致鲜嫩，含在口中还有些微的甜味。她脚下有节奏地一踏一踏，听着昂贵的小叶紫檀敲打地面的圆润声音。

睡觉睡到自然醒，让别人帮数钱数到手抽筋，口啜白玉肴，脚踩黄金……拖鞋，假如没有迫在眼前的政变风暴性命之忧，那么这样的生活真的没有什么可以挑剔了。

幼蓝站在一旁，楚玉想吃桌上的什么菜，便动动嘴吩咐她盛过来。楚玉吃得半饱后，才放下银筷，叹了口气道："要说什么，说吧。"

刚才她就注意到了幼蓝一脸有话想说但又不敢说的神情，知道肯定是有事，不过为了避免听过之后没心思吃饭，她还是先自己吃了半饱，才开口询问。

幼蓝慌忙低下头："是容公子。"

楚玉一听果然失去了胃口，忍不住皱眉道："他又做什么了？"

幼蓝小声道："今天早晨公主让幼蓝给容公子带话，说要他多准备几个香囊……"

楚玉偏了偏脑袋，想起了这么回事："不错，是这样，他怎么说？"

幼蓝迟疑片刻，才道："容公子他说，要等公主用了饭后再交给公主，否则公主会吃不下。"

楚玉愣了一下，忽然忍不住笑出声来，仿佛能瞧见容止说这话时，那似笑非笑的神情。她拿起一旁放置的丝巾擦拭嘴唇，淡淡地道："他要你转交什么，拿出来吧，横竖我现在也吃不下去了。"

幼蓝从袖子里取出来的，是一块折叠起来的白色锦帛，展开来有一尺见方，洁白丝滑的缎面上，墨黑的字迹很是俊秀优美。

楚玉仔细一看，脸色顿时阴沉起来，吓得幼蓝肩膀一哆嗦，暗暗叫苦，心想，容公子你和公主闹别扭就闹呗，把我夹在中间做什么？

楚玉静静地将锦帛上的字看了一遍又一遍，许久才放下来，想要冷笑一下表态，却又不知该如何抒发现在的心情，只有随便哼了一声了事。

容止完全看穿了她。

她之所以特意让容止多准备几个香囊，一来是想要多一些让王意之分析研究的材料，二来可以直接从他所取用的香料之中，获取原始成分——也许容止会取一些别的香料来做烟幕弹，但毕竟可缩小范围。

但是，容止亲手送来的这方锦帛上，规规整整写着的是香料的名称、用量、加工方式，最后还有一份药水的配方。

锦帛上所书香料的名称，大部分都是昨天楚玉从王意之口中听过的，最后的药水也没有超出他的判断，这说明了王意之对于香料的研究十分精深。另一面，也说明了容止洞悉她的意图，她稍有动作，容止便能判断出她想要什么。

就如今天这桩，眼前此事。

有一点点不爽……但是不爽的同时，却好像又有一点点的……楚玉说不出来那是什么心情，好像有什么在水波之下涌动着，波纹的交汇之间，折射出锐利的光辉。

也许，还有一些佩服吧。

只不过，让楚玉不解的是，容止这么做，究竟打算干什么呢？

他应该不知道王意之的事，毕竟楚玉得见王意之是纯粹的巧合。容止只是从今天她的命令里猜出她的意图……但是，为什么他要直接把配方送过来？

他有什么目的？

示威？表示他能看穿她的想法？显摆他很聪明？

还是示好？用实际行动证明他没有敌意？

不管从哪个角度去思考，容止都不像是会做示威这种无聊的事的人，至于另一个可能……

假如容止这个行为是示好，那么他想通过这向她要求些什么？

将锦帛折叠起来放进怀里，楚玉看一眼面前的饭菜，果然失去了胃口，倒不是因为生气，而是心中塞着太多杂乱的思绪，没有心思再品尝美食。

想起方才幼蓝说的话，她忍不住笑了起来，有点儿生气，又觉得有趣。

容止有什么目的，她自己一个人胡思乱想是没有用的，最好最直接的办法，就是直接去找容止询问。

倘若这香料的配方是正确的，他有什么要求，只要不过分，她都会允准。

合理交易，付出什么就得到什么，这很公平。

楚玉思索停当，便让人撤下饭菜，却不着急出门，只取来纸笔，沉吟片刻才缓缓在纸上书写。

她练字的时间不多，字迹还有些生涩，但是慢慢写来，也算是端正好看。

幼蓝在一旁小心地伺候磨墨，偶尔偷瞧一眼。她不识字，楚玉写的什么，她看不明白，但是在一些字的旁边，纸上还画着图，最大的东西像是锅炉，旁边还有些看起来像是碗的图形，中间还有些线条连着，不知道是做什么的。

她不敢多看，但每隔一小段时间，都会偷偷地抬起眼来飞快地瞟一下。多看几次，便也将画上的东西给记得八九不离十。还有些细节想看清楚时，楚玉已经拿起纸来吹干墨迹，小心翼翼地折叠起来，收进怀中。

做完这些，楚玉才出门。可是她才走出东上阁，却见桓远站在东上阁的门口，与侍卫说着什么。

楚玉好似漫不经心地问道："他等了多久了？"

幼蓝下意识地道："约莫过了一个时辰。"话刚出口，她才意识到自己说了什么，刹那间脸色惨白。

楚玉停下脚步，笑眯眯地望着幼蓝："很不错啊，你敢冒着会让我不高兴的风险，给容止传递消息。桓远是来找我的，你却不捎带着通报一声。"看来，容止的影响力，在公主府上依旧非常巨大呢。

意识到楚玉话语中的冰冷之意，幼蓝脸色惨白，咚的一声双膝跪地，哆嗦着道："公主饶命。"

楚玉依旧笑吟吟地，居高临下地望着她，却不出手相扶。

虽然楚玉并没有对幼蓝下黑手的打算，但是却有意识地延长她恐惧的时间。这是一种心理上的压迫，也是对这个小姑娘的一次小小警告。

不要太放肆，不要太自作主张，这是楚玉的潜台词。

每一个人，都是独立自主的个体，楚玉从来不认为，她身躯一震，又或者喊两句平等什么的就能够轻易收买人心。利益、情感、理性与欲望，人是由多方面因素组成的集合体，有时候所谓忠诚不过是利益的附带衍生物，每个人都有私心，包括楚玉自己。

既然连她自己都不能免俗，又凭什么要求别人成为完全没有自我意识的木偶呢?

因此对于幼蓝的小小心思，楚玉是完全可以理解的。虽然现在看起来容止好像已经失宠，然而日久积威之下，还是能令幼蓝下意识地服从。

在最新受宠的桓远和貌似失宠的容止之间，幼蓝无意识的选择已经表明了立场。她潜意识里认为跟着容止能得到更多好处，因而冷落了想要见楚玉的桓远。

理解归理解，然而不能轻纵。

其实幼蓝的作为并没有怎么造成损失和伤害，只不过她正好倒霉地撞在了楚玉刚磨亮的刀口上，被楚玉给逮个正着，准备宰来给别的猴子看。

只不过具体应该怎么宰，涉及细节方面，楚玉自己却首先犯了难。幼蓝也不过是一个十五六岁的少女，假如拖下去打几板子，先别说会不会打死，楚玉自己就开不了这个口。但假如罚得轻了，又怕对别人没有震慑力，不能给人留下教训。

思索了一会儿，楚玉吩咐侍卫："把她关到柴房里，不准给她送吃的，三日后的这时候再放出来。"她语气淡淡，却隐约透着冰冷。

幼蓝哆嗦着身子，被侍卫架着双臂拖走。楚玉望着她幼小的惨白面容，有些心软，几乎要脱口而出收回命令，但理性还是及时回笼，压抑住了不该有的冲动。

这时候不能够心软，楚玉对自己说。

不去理会被拖走的幼蓝，楚玉径直走向桓远，问道："找我有什么事？"没等桓远回答，她又吩咐两侧的侍卫，"今后桓公子要是来找我，你们就直接放行，记住了!"

两侧侍卫彼此对视，交换惊奇的目光，心中暗暗揣摩公主的宠爱果真已经移到桓远身上，今后要多加小心。

交代完毕，楚玉才又一次望向桓远："有事便说吧，今后若有什么要事，可以直接唤人来通报我，我给你的那几个侍从不是用来摆着好看的。"看着桓远有些清减的俊美面容，楚玉是有些愧疚的。因为在她偶尔睡觉睡到自然醒的时候，那个帮她数钱数到手抽筋的人却是桓远。

有了桓远在幕后的忙碌，她才能有足够从容的时间做其他准备工作。

桓远请楚玉与他走到一旁较安静的地方，面带愧色道："府内接连有些珍贵物件失窃。"其实这件事他昨日便想禀告，却不知为何昨晚见到楚玉后竟忘了此事，以致拖延到现在。

楚玉眉头一凝："查出来是谁干的没有？"看桓远神情，她心中已经明了答案，不待桓远回答，她微笑着自己接道，"都丢失了什么？损失很大吗？"

"少了些珠宝玉器，折合起来约莫有三四十万钱。"桓远微微抿着嘴唇，"还有一些陈年账目有些问题。"

楚玉一听桓远提到账目就头疼，那些烦琐的数字能把人看晕过去。她屈起手指扣着自己下巴，片刻后有了主意："这事情交给我吧，我现在要去一个地方，你随我来。"

桓远愣了一下，跟上楚玉的脚步："公主这是要去哪里？"

"沐雪园。"容止的住所。

容止的沐雪园清幽如故，前些天被花错和越捷飞斩断的竹子已经被清理掉，并从别处移来了新的树木，在正午的阳光下，散发着令人心旷神怡的绿意。

专门搭起来遮阴的藤架下，容止悠闲地躺在软榻上，直射的日光大半被藤蔓的宽阔绿叶遮挡。他眼眸合敛，嘴角含笑，身姿慵懒，似在假寐。楚玉却直觉地认为，他在等她。

当楚玉走到容止身边时，那双深不见底的眼眸便缓缓睁开了。

楚玉也不拐弯抹角，直接从怀里掏出叠起来的锦帛，在他头顶上晃了晃后收起："你不要说不知道我的来意。”

容止笑了笑：“这是当然，容止原本便是在此等待公主的。”他一手支着软榻缓缓起身，坐起来时好像牵动到了伤口，身体顿了一下，脸上却刹那间浮现出欣然的微笑。好容易才坐起来，他微微喘了口气，过了好一会儿才道：“我想问公主讨一件东西。”

“是什么？”

“七叶雪芝。”

七叶雪芝？那是什么东西？

楚玉眨眨眼，努力回忆着，一旁桓远低声提醒：“公主，是前些天陛下的赏赐之一。”

虽然容止手上掌握着尚药司、药材库和香料三项权力，然而诸如七叶雪芝这样皇帝赏赐的珍贵又可以较长时间保存的药材，却是归于宝物那一类，收藏入宝库之中的。而这一项权力，目前已经由桓远接管，但凡有谁想要从中取用，都要通过楚玉这一关。

容止微微一笑，他仰头望着站在身旁的楚玉，神情坦然：“阿错的伤势已经拖延了好几年，如今总算是等到了关键的一味药材，希望公主能够成全。”

容止有所需求，察觉到楚玉想要香料的配方后，便主动送上，以此来交换治愈花错的药材。

平心而论，这笔交易其实是很划算的，因为那什么七叶雪芝对楚玉而言可有可无。假如把香囊的配方掌握在手里，对于楚玉而言，只有好处而没有坏处。

但是……

楚玉站立着俯视容止，两人的眼睛只有不到二尺的距离，彼此表露的情绪都一目了然。

她几乎是有些恶意地微笑：“假如，我不准呢？”

第三十一章　原非聪明人

容止慢悠悠地笑起来，并未如楚玉所希望的那样露出焦急为难之色，只是十分安适地道：“公主还想要什么？”

楚玉无奈地叹了口气：“你就不能稍微笨一点，不要猜出我的想法吗？”她倒也不是小气，只不过容止现在既然有所要求，她便想趁着这个机会多掌控一些东西。

正所谓趁火打劫，过期不候。

而方才刻意为难的说辞，也不过是不甘心地小小任性一下，想要看容止不管何时都从容不迫的脸上出现别的神情。

容止依旧慢悠悠地笑：“让公主失望，实在是我的罪过。”说虽是这么说，可他的神情自在得很，没有半点儿罪过的意思。

楚玉不爽地撇撇嘴，伸出三根手指：“三件事。”她继续俯视着容止，“你替我完成三件事，我会给你你想要的。如何？”

容止微微一笑：“难道我可以拒绝吗？”绿荫的遮蔽下，他的面容苍白得惊人，几乎与身上的雪裳同色，眉毛眼睛却漆黑如墨，深不见底。

他缓缓地站起来。

两人原本就挨得很近，只不过一站一坐才显出些距离，容止这么一站，差点就撞上楚玉。一瞬间，他们的脸贴得很近，呼吸交错相闻。

楚玉微微睁大眼，看着他羽扇般颤动的睫毛，柔软的发丝几乎擦过她的鼻尖。她下意识地后退一步。

容止长身而立，敛容，正色道：“公主有何吩咐？”

虽然后退了一步，两人之间的距离还是太近了，楚玉不得不抬起头才能正视容止。她又退了两步，不动声色地将方才桓远所说的又重复一遍：“你如此聪明，该知道我要让你做些什么。”

容止想了想，有些无奈地道：“公主这不是强人所难吗？我近来足不出户，怎么会晓得是谁手脚不干净？”

楚玉此时却一步不让，她冷静地微笑着，定定地望着容止：“你知道的，不要含混过去。”尽管没有任何证据，可是楚玉心里异常清晰地感觉容止知道一切。

他所掌握的，绝不仅仅是物质上的权力。

虽然对一个不明底细的人有这样强烈的信心是一件很荒谬的事，可是楚玉的感觉从来没有这样明确过，就好像理所当然的事情一般。

容止抿了一下苍白的嘴唇，忽然一笑：“假如公主一定要这么认为，那么我也只得勉力尝试。”他欠了欠身，“偷盗那人应该不会立即出手，尚且需要时间等待，请公主调给我一些侍卫，三日内，我将给公主答复。”

见他愿意配合，楚玉自然十分满意，点了点头，允准了他的要求。然而冷不防，容止的话音传过来：“那么公主，第二桩和第三桩事是什么呢？一并在此说了吧，我也好一同办了。”

楚玉冷笑一声：“你先办好了此事，再来谈第二桩吧，倘若这一桩也办不好，我便将那七叶雪芝切碎了喂鱼去。”

丢下这挟灵芝以令容止的话，楚玉心虚地转过身去。什么第二第三件事，她现在压根儿都还没想好，就连那第一件，也不过是临时拉来凑数的。虽然她原本带着桓远来就有让容止为此出力的意思，然而能够这么轻易得手，还是让楚玉有些意外。

楚玉招呼一声桓远跟她离开，快步走动之际，听到身后容止的声音悠悠传来：“既然如此，那么我便不送公主。只是公主，你对那小丫头的惩罚，似乎太轻了些。”

才不过饿上三天而已，这么做，最多也就是能吓唬到幼蓝一个人。

楚玉心头一震，脚步顿住，却没有回头，只开口问道：“那你说当如何？”

容止的嗓音轻柔如雪，可是言辞之间，却闪烁着杀伐决断的冷酷辉光：“杖杀，拖到人来人往最显眼的地方，施以杖刑，不要一棍子打死，要打上整整三日，让所有人都瞧见。”如此，才能显示出威慑的力量，让所有人心有所惧，胆寒不已，头顶仿佛有利剑高悬。

楚玉冷然道：“你不觉得如此御下，太过严苛酷厉了吗？”

容止微微一笑，重新坐回软榻上，尽量不牵动伤势，小心翼翼地躺好：“非常之时行非常之事，如不行非常手段，难以在极短时日内奏效。”

楚玉依旧定定地站着，背脊笔直，身子没有半点动弹歪斜。

桓远就站在楚玉身旁，听了容止的话，忍不住偏头瞧了楚玉一眼，却见那张清雅的脸上仿佛凝着阴郁的层云，澄澈的眼底翻卷着狂澜。

“你说得不错。”过了好一会儿，楚玉微微地笑了，这些微的笑意好像自云层深处折射出的一缕光，登时扫尽她面上的阴霾之色，有一点无奈，也有一点骄傲，“这确实是最好的法子。”

最后一句话，压在她心底没说：可是她做不到。

楚玉知道，自己现在想要行事动作，需要花很大的气力，也许每一步都会遇到很大的阻力。假如想要快些达成目的，抛弃怜悯，决断行事，是最好的选择。

容止应该也是隐约觉察到了她想要做些什么，才会如此提醒，楚玉也明白，他说得很对，她的理性，也完全赞同他的说法——可是她做不到。

假如能够做到，那么她便不是楚玉了。

因此，她宁可抛弃最容易的那条道路，曲折迂回地前进，小心翼翼地靠近那不知道什么时候才能触摸到的目标，尽管身后的历史巨轮滚动声已迫近耳旁。

楚玉仰了仰下巴，嘴角的笑容有些倔强，再回过头去时，眼底已经是灿烂的眸光：“不过你这么说，可不太对，幼蓝受到责罚，可是因为你。”

真是铁石心肠，幼蓝受罚，根本的原因正是他，这般用完转手便丢，未免也太过不念旧情了些。

容止漫不经心地笑笑：“一码归一码，那是两回事。”

楚玉也是一笑：“你说得不错，那是两回事。”

夜过半。

一弯新月如钩，高挂在墨蓝色的苍穹之上，洒着极为淡薄的清辉，一条纤细的身影走近柴房，左右看看，确定了四下无人，才取出藏在袖中的钥匙，打开柴房门上的铜锁。

柴房门吱呀一声响了。

这柴房乃是好几间相连的大屋，屋内堆放着干柴，一捆一捆，高高的，几乎摞到了梁上，幼蓝纤瘦的身子蜷缩在角落里，初夏的夜晚依然有些微的凉意，一天的饥饿更是令她全身虚软。

好饿……幼蓝脑袋晕乎乎地想，整个人都空空的，好像飘在软绵绵的云端，但身后坚硬的柴枝却硌着肩背。

幼蓝想要挪动下身子，可是却又没力气动弹，她今日一早上去给容止传话，中午没来得及吃饭便去服侍公主，接着便进了柴房，一直饿到现在。

幼蓝倒没有怨恨楚玉，她知道自己的身份是个下人，做了让公主生气的事，公主只饿她三天便已经是格外开恩了，只盼着这三日赶紧过去。

意识昏沉之中，幼蓝心想睡着就不饿了，才含含糊糊地闭上眼睛，却又听见门外传来的声音。

开锁声，推门声。

寂静将声音放大，深深地传入幼蓝耳中。

是谁？

幼蓝迷茫地睁开眼，视野好一会儿才由模糊到清楚，借着从窗口进来的些许微光，瞧见猫一般溜进来一个十四五岁的粉衣少女。她进屋之后便反手将柴房门掩上，将手上提着的竹篮子放在地上。

幼蓝忍不住吃惊地叫出来人的名字："小黛？"来人是平日与她最为交好的侍女粉黛。两人是一同进入公主府的，在她受到公主重用之前，两人都是同吃同住，受了府内其他人欺负，也是抱在一起互相安慰。

只不过，当幼蓝被楚玉提拔之后，便与粉黛渐渐生疏了。

粉黛生得很单薄，整个人都是小小的，纤细的手脚，瓜子脸，下巴尖得仿佛能瞧见骨头，一双眼睛却是大而明亮，看起来楚楚可怜。篮子很大也很沉，她提着有些吃力，放下后大大地喘了口气，才着急地凑过来瞧幼蓝："小蓝，你没事吧？"

幼蓝心底涌现出感激的暖流，又不由得有些焦急："你来这里做什么？"一时间，她竟忘了问粉黛是怎么有柴房钥匙的了。

粉黛抿着薄薄的嘴唇一笑，悄声道："饿了很久了吧？我给你送吃的来了。"她说着将盖在篮子上的蓝布小袄掀开，把篮中盛装的碟碗杯子一件件取出来放在地面上。一共有四张面饼，一大碗拌了肉汤的米饭，一小罐腌菜，另外篮子里还放着一只大铜壶，看起来里面装满了水。

这些食物虽不精美，但胜在数量够多，足够幼蓝吃上一天还有余。

幼蓝惊愕不已，望着粉黛失声道："这些……你哪来的？"

粉黛被她的声音吓了一跳，赶紧跑回门边，透过门缝望一下外面，确定没引起别人注意，回到幼蓝身边，小声道："偷来的剩饭，你别这么大声叫啊，要是给人发现了，我有十张嘴都说不清呢。"

幼蓝感激地望着粉黛："小黛，你对我真好，你快些走吧，这样太危险了，要是你被发现……"幼蓝现在总算明白，患难才见真情，也为自己前些日子没有好好照顾粉黛而羞愧。

粉黛的神色飞快闪过一丝不自然，她打断幼蓝道："你别这么说，我们是姐妹啊……快些吃吧，吃完后留着一些藏起来，我明日这时候再来看你。"她把盛米饭的碗放在幼蓝无力的手上。

幼蓝聚起气力，端起碗来吃得狼吞虎咽，粉黛拿起搭在一旁柴垛上的小袄，给她披在背上："虽说夏风不凉，可你还是要小心为好。"

幼蓝饿得很了，加上肉汤拌饭也算美味，她把脸埋在碗里，连连应声。粉黛看着她，善睐的明眸中流露出些微怜悯之色，等幼蓝差不多吃饱了，才低声道："其实，这些东西，不是我弄来的。"

幼蓝惊讶地抬起头，嘴角边还沾着几粒饭粒，这才想起来，她方才吃进肚子里的拌汤饭，是温热的，眼下已是深夜，怎么还会有温热的剩饭？

这饭粒黏软香甜，又哪里是剩下的？分明是才做好的，幼蓝又去摸一下面饼，也是温热微软的。

粉黛咬着薄薄的嘴唇，好一会儿才慢慢地道：“其实，早些时候，我原本打算去伙房给你偷些干馍，但是却在那儿瞧见一个人，你猜是谁？”

幼蓝眨眨眼，她实在想不出，这个时候还会有什么人敢冒着让公主生气的风险给她找吃的。

粉黛的嘴唇贴到幼蓝的耳边，声音很低：“是公主。”

“啊？！”幼蓝惊呼出声。

粉黛伸出一根手指，压住她的嘴唇，悄声道：“我偷偷告诉你的，你可不要对别人说。公主是很宠你的，今日因为你擅做主张而生气，罚过之后便有些后悔了，但又不好收回说出的话，便命我给你送些吃的，她还让我别告诉你。”

幼蓝忍不住又要惊呼出声，想起粉黛的话，连忙闭上嘴。两个女孩子又悄悄地说了一会儿话，粉黛才提着轻了不少的篮子离开，离开之前又将门锁原样锁上。

先将篮子放回厨房，粉黛快步赶往东上阁。楚玉就站在东上阁门口，见她来了，问道：“给她送去了？”

“是。”粉黛低着头，轻声道。

楚玉笑笑：“你也回去睡吧。不必服侍我了。”也不等粉黛应声，楚玉便返身往回走。

脚步如风，脸上却不自觉地浮现出自嘲的笑容。

假如那家伙知道她干了这件事，一定又会用那种看不透的眼神说一些含糊的话，甚至有可能在心里嘲笑她蠢吧？

杀伐决断是聪明，理性取舍是聪明。

也许，她这辈子，都没办法做个聪明人了。

第三十二章　闭口无须辨

次日早上，进宫。

除了第一次应召，之后楚玉挑选的进宫时间，几乎都是掐在小皇帝散朝之后，对于朝上所发生的事，通过观察刘子业的情绪并稍加套问，便有一个粗略的掌握。

今天也不例外。

然而在进宫时，楚玉无意间又瞧见了天如镜那一抹缥缈离尘的紫色身影，朝刘子业后宫的方向走去。直到天如镜的背影消失在宫墙之后，楚玉才皱了一下眉头，偏头问一旁的太监："他时常来宫中驱鬼？"

她每次入宫，几乎每个来回都是这太监领路。这太监十七八岁，楚玉已经知道他的名字叫玄安，这些天她已经记熟了宫中路线，眼下的领路，也不过是做个姿态，摆一摆身份罢了。

玄安的声音有些细，因为音调低柔，并不显得刺耳："是的。"

虽然他回答得中规中矩，但是楚玉并不满意，她从袖子里取出一支金簪，递给玄安，微微一笑："还有呢？"

现在楚玉的袖子里，有金簪、银簪、玉簪各数支，轻巧易携，贿赂防身两用便利。

交递的时候，楚玉闻到玄安身上有很好闻的香气，只不过她自己身上也带有香味，因而并不能辨得分明。

不动声色地接过簪子纳入袖中，玄安低声道："后宫之中，哪天能不死人呢？人死得多了，便自然生了鬼。"

楚玉笑了一下，向前走着："你该知道，我要的并不是这个回答。"玄安说的虽然不能算错，却不是楚玉想要知道的。

玄安犹豫片刻，跟上楚玉的脚步，犹豫了好一会儿，还是开了口："其实有些时候，是宫中女子发自私心，以驱鬼为借口，天师大人年轻俊俏……”

说到这里，楚玉已经明了，深宫之中女人很多，除了少数受宠的，大部分女人很寂寞，但她还是忍不住惊讶不已：“陛下他……不知道？”这算是给刘子业戴绿帽子吧？那小皇帝这么大方？

玄安连忙道：“公主千万不要误会，天师大人人品端正清雅，从不与世俗沾染，乃是天人转世，又岂是凡俗人能匹配的？”那些后宫妃子召天如镜前去，了不起也便是瞧上一瞧，连碰上他的衣角都难。

楚玉冷静地审视玄安，发现他的神情微微狂热，对天如镜的仰慕竟然完全找不到半点生硬的痕迹，好似发自真心一般：“那天如镜有这么了不得？”

玄安叹道：“天师大人是有道之士啊，自然与我等凡夫俗子不同，那周身的气派，岂是凡人能有的？公主若是靠近天师大人，便会感觉到，他周身都好像带着一片空灵之气。”

楚玉实在听不下去这么肉麻的吹捧，摆摆手示意他不必再说。去见了刘子业，重复之前每日的安抚功课。

楚玉出宫之际，还是玄安相送，于是很顺利地又接上了先前打断的话头：“倘若请天师大人去驱鬼，需要付多少酬劳？”说到“天师大人”四个字时，她微微冷笑，加重了读音。

玄安一怔：“天师大人是人间仙郎，又怎么会贪图酬劳？”

楚玉很想再讽刺几句，然而想起眼前的太监似乎对天如镜很推崇，不便与他发生太大的矛盾，便暗自忍下，微笑道：“如此实在太好了，这些日子也不知怎么的，我府上有几间屋子闹鬼，我已经与陛下说过，倘若天师大人有闲暇，便请他去我府上驱鬼吧。”

两人已经走到了宫门前，闻她此言，对天师大人仰慕不已的年轻宦官僵立在当场，眼睁睁地看着楚玉扬长而去。

过了好一会儿，直到楚玉的车驾离开，他才缓过神来，脚下踉踉跄跄地便朝天如镜现在所在的宫室跑去：他要，他要提醒天师大人，这位公主可是啃男人不吐骨头的。

楚玉回了公主府，直取修远居去找桓远。才走到东西上阁交界处，便有人告知今天有位姓王的给她投递了一封帖子。楚玉懒得为一封帖子特地停下，便令人一同送往修远居。

修远居中，桓远还在处理事务，楚玉坐在他对面，定定地望着他。

虽然楚玉让桓远不必理会她，可是桓远始终无法忽略长几对面投来的视线，越是想要忽略，反而越是无法不去在意，仿佛芒刺在背，骨鲠在喉。终于，他忍不住抬起头来，正欲张口，外面却传来敲门声。

“公主，您要的帖子拿来了。”声音怯怯的细细的，说话的人是今日方被楚玉调到身边的粉黛。

粉黛进来送了帖子又快速离开。楚玉翻开帖子，帖子是王意之写的，不过是邀请“喻子楚”前去参加一场聚会，除了正常的邀请措辞，下方还有一些闲笔，是向楚玉询问蒸馏水以及其他的一些细节问题。

昨日楚玉出门找容止之前，曾写写画画弄了封信。去见过容止后，便让人给王意之送去，其实信中不过就是写了一些她所知道的化学实验注意事项，比如用水最好用蒸馏水，实验之前要洗净双手，取药粉时要用不同的容器以及一些保存的方案，都是一些非常基本的现代化学试验要求，但在一千多年前，却是闻所未闻的。

不出所料，这些引起了王意之的兴趣，使得他主动提出邀约，楚玉的第一步算是取得了成功。

看完了帖子上的内容，楚玉忍不住又欣赏了一遍王意之写的帖子。王意之的字很漂亮，尽管身在古代，写一手漂亮的毛笔字是每个人的基本技能，容止、桓远的字都很好看，可是王意之的字，别有一分飘逸洒脱的气韵，已经接近了艺术的领域。

楚玉之所以要一直留在桓远房中，倒不是故意要给桓远找不痛快，她这么做，是要用实际行动让府上的人看明白现在的风向，让他们看清楚她的偏向。

桓远并不知道楚玉的想法，他已经无心处理事务，见楚玉拿着帖子看了又看，不由得有些好奇，也想看看是什么，能让楚玉这么欢快。眼光才悄无声息地飘过去，此时外面有人敲门：“公主，太史令天如镜来访。”

“来得好！”楚玉将帖子一合，唰的一下站起来，快步朝外走去。

桓远望着楚玉离开的方向郁闷不已，帖子上的东西，他还没瞧见。

楚玉快步走出西上阁，便看到被带来见她的现任太史令大人，据说是不惹凡俗的天师，天如镜静静地背对着她站立。

他的身姿还是宛如初见一般出尘，轻风吹起他的衣衫，在白纱的笼罩下似幻似真，远远看去，有翩然若乘风而去的错觉。楚玉虽然对他很是不以为然，可是见此情形，还是不由自主地放慢了脚步。

不得不说，这卖相还是极具欺骗性的。

楚玉正要走近天如镜，忽然眼前一晃，仿佛有什么挡在身前。她连忙刹住脚步，定睛瞧去，见是越捷飞单膝跪在她面前，面带恳求之意。

楚玉皱眉道：“越捷飞，你这是什么意思？有什么话起来再说。”

越捷飞却不肯起来，只问道：“公主请天如镜来此，有何用意？”

楚玉眉毛一挑，尽量平静地道：“自然是找天师来驱鬼，除此之外，还能做什么？”她有些心虚，暗道：难道她的意图表现得这么明显，连越捷飞都发现了？

越捷飞先回头看了一眼天如镜，才转回身道：“请公主放过镜师弟。”

放过……楚玉好一会儿才领会他的意思，这神棍天如镜，竟然是越捷飞的师弟？

楚玉还来不及深究一个术士和一个剑客是怎么扯到一起的，便见越捷飞面现壮士断腕之色，沉声道："公主若是放过镜师弟，越捷飞愿意为公主物色十名绝色美少年相换。"越捷飞是跟随在楚玉身边的，他虽然性格单纯，可是也能一眼看穿楚玉所谓的驱鬼不过是借口。他平素都跟随在楚玉身边，又哪曾见过什么鬼怪？

借口，这绝对是借口。至于楚玉为什么要用借口招来天如镜，越捷飞采用了他一贯的直线思维，得出一贯的直线思考结果。

假如是别人，他完全可以不予理会，可是这回公主的猎物竟是他最疼爱的小师弟。

他师从云锦山一脉，师父也是非常厉害的天师，然而门下诸弟子，除了天如镜，其他人都没有资质学成师父的道法，只学成了还算高明的武技。今后传承师门的希望就放在了天如镜身上，加上天如镜年纪最小，也颇受师兄弟们的宠爱。

他维护天如镜，是责任，也是发自真心。

楚玉自然知道越捷飞在想些什么，却不解释，只微笑道："假如要我放过他，你愿意为了他做到什么地步？"她对此很是好奇。

越捷飞牙一咬，决然道："任凭公主吩咐。"

楚玉居高临下地望着他，有些好笑地问："假如我要你代替他呢？"任凭吩咐？这话未免说得太满了。

然而让楚玉惊讶的是，越捷飞这回只犹豫了一会儿，便闭上眼睛，艰难地道："也可。"

这两个字很轻。

可是这些日子来对越捷飞有些了解的楚玉，却明白这两个字的分量有多重。

越捷飞很自恋，也很害怕被她看上，然而为了一个天如镜，他竟然甘心去面对从前最为避之不及的事情。

楚玉原以为他头脑一发热便夸大其词，说什么都愿意做，却没想到这竟是真的。

什么样的力量，驱使他甘愿代为牺牲？

不再玩笑，楚玉柔和了眉眼，弯腰扶上越捷飞的双肩，在触碰到他的身体时，感觉到一瞬间的僵硬，更是有些怜惜："你不必如此，我方才都是说笑的。"

她虽然只是和越捷飞开玩笑，但是他的这份心意也让她不由得认真起来。

楚玉要扶起越捷飞，但后者却执着地不愿起来。她正要拿出公主架子，身前忽然变得有些暗，抬眼一瞧，是天如镜走到越捷飞身旁，挡住了部分光线。

天如镜的脸上是一派平淡，既不见生气，也不见因越捷飞为他牺牲而产生的感激，只静静地道："师兄，请不必为我担忧，我自当无事。"

他伸出一只手朝越捷飞肋下一托，后者便顺势站了起来。楚玉也跟随着二人的动作后退半步，抬头望着天如镜，微笑道："天师大人，要驱鬼的地方便在我的卧房，请随我来。"

说起来，山阴公主的好色性情是不错的保护色，一切想要暗中进行的事，都可以藏在这个表皮之下。

越捷飞一听有些焦急，忍不住叫出声来："镜师弟……"

相较于越捷飞的焦急，天如镜却是淡漠以对，楚玉很是好奇，他竟然一点都不害怕吗？难道他不知道山阴公主的传闻？

本想再说上两句试探试探，但看一旁越捷飞已经焦急得不得了的模样，楚玉心头一软，还是放弃了这个念头，若是不小心把越捷飞给逼得叛变了，那可不太妙。

三人进了东上阁，一路行往楚玉卧房。临到门前，楚玉令越捷飞在门口守着，拉开门就要往里走，眼角余光朝旁一瞥，却瞥见令她哭笑不得的景象。

越捷飞紧张又不舍地拉着天如镜的衣袖，殷切关怀地嘱咐："阿镜，假如你进去之后，公主要对你做什么奇怪的事，你千万不要答应，说什么也不要答应。"

天如镜面上虽没什么表情，但还是点了点头，态度还算认真。

越捷飞放开衣袖，好像猛地想起来什么，抓住他的手腕："对了，倘若公主要你吃什么或者喝什么，千万不要入口，知道吗？"

天如镜不厌其烦地点了点头，样子看起来可以算得上乖巧了。

楚玉忍不住猛翻白眼：至于吗？她就那么像色中恶鬼豺狼虎豹？就算真发生什么事，按照传统男女观念来看，吃亏的人应该是她吧？

见越捷飞有拉着天如镜不舍得放手的意思，楚玉冷冷地提醒："你打算拉他一辈子？"

越捷飞很失望地松开手，眼睁睁地看着跟楚玉走进屋的天如镜，好像看着走向大灰狼血盆大口的小绵羊。

就在楚玉回身打算关门的时候，越捷飞踮起脚朝门内喊："阿镜，你记住，假如有什么事，就大声叫师兄，师兄会保护你的！"

靠！你究竟是向谁领薪水的？！

当着越捷飞的面，楚玉黑着脸，狠狠地摔上门。

第三十三章　草木本无心

楚玉用力摔上门，仍然有点余怒未消，落闩之后又在门上踹了一脚，这才转过身来。一转身，她的目光便陷入一双漆黑澄莹的眸子之中。

天如镜就站在她身后一尺处，他面容如玉典雅，神情无喜无怒，无忧无虑。他纯黑眼眸的边缘好似泛着一层浅浅的微光，圆圆的眼瞳好似映着婴儿般不染世俗的纯净。

头一次挨得这么近，楚玉脸颊上的肌肤好似感觉到天如镜身侧的空气格外清爽。她猛地回过神来，暗道自己竟然被神棍崇拜者的言语给误导了，竟然也产生了“仙人身旁有仙气”的错觉。

去他的仙气！

楚玉甩甩手往屋里走，自己拉了张椅子坐下。自从头一次聚会跪坐得双腿发麻后，楚玉便火速令人制造了几张椅子。原本还想在公主府里推行，不过看别人的接受热情都好像不太高，便只在自己屋子里普及了。除了自己屋里，还有容止也要过去两张。

楚玉在外屋墙边坐定，望着站在屋中央的天如镜，脑子里还有些乱，没怎么厘清便张口问：“名字？”

“天如镜。”

“今年多大了？”

“十九。”

比她小五岁。

一问一答两回，楚玉自己先打住了，觉得自己好像在查户口。她注视着天如镜，被她一直看着的人却没有半分不自在，好像世界上的一切都与他无关。

这种跳出红尘之外的漠然，好像一种接近大自然的无情，若草木山石，流风缺月。

草木本无心，风月不关情。

这看在别人的眼中，便成了破出红尘的仙人气质。

虽然还有别的事必须做，可是现在楚玉最想做的，却是探究天如镜是不是真如他的外表一般超脱。

压下这奇怪的念头，楚玉神情一怔："我听人说，你是仙人转世，会很多法术？"

天如镜默默听着，并不接话。

楚玉很亲切地问："都会什么法术？会呼风唤雨吗？"

天如镜摇摇头："不会。"

"会移山填海吗？"

"不会。"

楚玉一手托腮，手肘支在椅子扶手上："那你都会些什么法术？"

天如镜又沉默了。

楚玉暗暗揣摩两人刚才的问答，发现在问及天如镜是否会法术，又或者会什么法术的时候，他都会很适时地保持沉默，而在具体问到会不会某项法术时，他又会很诚实地回答不会。

他没有说自己不会法术，也没有说自己会法术，这样的回答反而更加坐实了楚玉先前的猜测。这个神棍根本就是在装神弄鬼，真实的本事，他是没有的。

楚玉心下冷笑，面色却更加柔和："那么……驱鬼呢？"

这回，天如镜却没有保持缄默。他直视着楚玉，眼神之中没有闪躲，只有坦诚。楚玉几乎无法想象，一个装神弄鬼的人怎么会这样的坦诚。

"没有鬼。"他静静地道，"这里没有鬼。"

楚玉微微一笑："我的屋子里自然不会有鬼，可是你心里呢？"她将语速放得很慢，"我听说，你经常给宫里的妃子驱鬼呢？"

她心里有些奇怪，天如镜为什么要这么坦诚？假如他说谎，至少能够拖延一二，难道他有就算被拆穿装神弄鬼也不会遭到罪责的把握吗？还是有别的什么原因？

楚玉还要进一步继续逼问，此时门外却传来桓远的声音："公主是否方便相见，桓远有要事禀告。"

桓远的性格楚玉是知道的，倘若不是真的有事，他不会来找她的。昨日的警告显然有些用，桓远能直接抵达她屋外，应该是途中侍卫一路放行的缘故。

"进来。"楚玉走过去起闩，拉开门道。

门扇缓缓分开，屋外白炽的阳光一下子射进来，照亮阴暗的外屋角落。桓远俊美的面容在日光里好像发着光，他面上略带焦虑之色，开门瞧见楚玉身后的天如镜，愣了一下，但很快就压住了惊讶之态。

见他神情为难，有踌躇之意，楚玉了然一笑偏过头，示意他附耳说来，很快便听到桓远压低的嗓音："太后病危。"

太后姓王，是现任皇帝刘子业的母亲，亦是楚玉这个身体山阴公主的母亲。

楚玉这才恍然想起，她来到这个世界这么久，竟然一直没有去见过这身体的母亲。与其说是忘了，倒不如说是抵触，就连去见小皇帝刘子业，也是拖延到不能再拖，才应召入宫的。

虽然太后对现在的楚玉来说是一个陌生人，但毕竟与这具身体有血亲之缘，眼下病危，她这个身为人子女的，应该去做做样子。楚玉很快便下决定，暂时放过眼前的天如镜，立即进宫。

桓远嘴唇张了张，似乎还有话要说，楚玉自动把耳朵凑过去，又听到一个让她意外的消息。听完这个消息，她的脸色变得有些阴沉："他怕鬼？"

很好很强大。

楚玉目光一转，转到一旁的天如镜身上。她走过去一把抓住天如镜的手腕，只感觉触手之处温润微凉，好像上等的玉石。顾不得多想，她拉着天如镜就朝外走："天师大人，还有事要劳烦您一下，请随我一道入宫。"

坐在疾驰的马车上，楚玉面上的阴云一直聚集不散。方才桓远告诉她，王太后病危，想要在临死前见自己的儿子一眼，派人前去通传，但是刘子业却不肯去，还说病人屋里有鬼。

虽然楚玉从没把王太后当作自己的母亲，可是在此时也不由得为她有了一丝悲哀。辛苦怀胎十月生下来的，却是这么个不孝的孽子，得到这样的回话，那女子心中的痛苦应该十分强烈吧？

同时楚玉也在心里怀疑，对于刘子业这么一个本性恶劣天性凉薄的少年，她真的可以改造他吗？楚玉发自内心地觉得前途渺茫。

与楚玉、天如镜同车的，还有一身衣衫如雪的容止，他靠坐在角落，黑眸深不可测，饶有兴味地观赏楚玉现在的神情。

容止是楚玉半途给硬拉来的。她拽着天如镜步出东上阁，正要往公主府外走时，忽然想起容止的医术在公主府内是最高明的，虽然不清楚高到了什么程度，比之宫中御医如何，但是死马当作活马医，顺道带上他，也算是尽一份人事。

楚玉自己生了一会儿闷气，慢慢地平静下来。现在不管怎么样，反正到了这一步，她就算再怎么郁闷，也改变不了事实。静下来后，她开始注意车内的两个人。

此时容止已经收回了观察楚玉的目光，转而投向坐在车内另一侧的天如镜。他很仔细地看着天如镜，剖析的目光好像连被观察者的每一根头发都要切开来看看。这时候楚玉不得不佩服天如镜的定力，假如她被人这么看着，铁定浑身不舒服，亏他还能平静如初地与容止对视。

楚玉不说话，容止不说话，天如镜也不说话。

车内一片诡异的安静，只有车轮和马蹄声贯耳而过。

容止和天如镜两人的年龄看起来相仿，而气质也有些相似，都是像玉一般温润，像云一般高雅。可是仔细分辨，却是天渊之别，一个好似天上明澄之镜，剔透清澈；一个宛如渊底无尽之潭，深沉悠远。

容止嘴角扬起一个微笑而奇妙的弧度，他望着天如镜，慢慢地道：“你就是现任的太史令？虽然曾经听闻大名，但如今还是头一次见到你的模样。”

天如镜淡淡地道：“我也知道你。”

这一趟出门匆忙，车内还没来得及置上平日出门要准备的点心酒肴，就只随便拿了几张锦垫容人坐着，车内还残留着若有若无的缠绵香气。

车壁的内侧贴着雪白柔软的毛皮，容止靠在皮毛上，身上雪白的衣衫与身后几乎融为一体。他纯黑色的眼眸中泛起一丝浅浅的波澜，很快又湮没在无尽的幽深之中。“他提过我？”不等天如镜回答，他轻轻地叹了口气，“你和他……前任太史令，是什么关系？”

前任太史令？

楚玉猛地想起来，上回听王意之说，提出化学试验方法雏形建议的，便是前任太史令。楚玉这回找来天如镜，除了想要利用他达成目的，还想顺便问一下他前任的去向，怎料还没问到点子上，就被打断了。

听容止的口气，他似乎和前任太史令打过交道？

天如镜的回答很平和：“他是我师父。”

容止点了点头：“几代太史令都是由你们云锦山一脉传承，你与他的关系我原也能猜出，只是不求证一番，总是心有不安。既然你继承了太史令之位，那么……”他的嗓音陡然幽冷，仿若浸在寒冬的雪水之中，“他……呢？”

这话问得极好，也是楚玉想知道的，前任太史令呢？去哪里了？

“师父已死。”天如镜静静地说。他说这话时，神情依旧冷淡漠然，好像死的并不是至亲的师长，而是一个毫无关联的路人。

气氛诡异静谧，车外和车内好像完全隔绝的两个空间，只有声音和行驶的震动来回贯穿。

容止眼波温柔地望着天如镜，很慢很慢地道：“原来他竟已死了……真可惜。”他说话原就轻缓低慢，马车行驶之间，几乎将他的声音完全盖住，只余些微纤细游丝在空气中飘浮。

楚玉也想跟着说些节哀顺变什么的场面话，虽说人家看起来并不怎么哀伤，可是连容止都说了可惜，想必那位前辈是个不错的人，她也该表示表示……

还没张口，却又听见空气里飘来容止轻慢的声音：“这样惨淡收场，一死了之，可真是不像他的为人。不过你既然是他的传人，我也不会怀疑你说的话。云锦山一脉的正统传人，从来不在这种事上说谎的。我几个月没得他的消息，原来他是死了……虽然此时应道节哀顺变，可是我还是想要说，听闻他的死讯，我很是高兴。唯一有些可惜的，便是，他非我所杀。”

他语调轻柔如雪，语意却又何其恶毒刻薄。

楚玉这才回过味来，容止根本就不是在叹惋，而是可惜没能亲手干掉天如镜他师父。这两人究竟有什么天大过节，竟然直到对方死了，还依旧怀恨在心？

可是面对这样的言语攻讦，天如镜别说色变，连眼睛都没眨一下。看着他的样子，楚玉甚至有些开始怀疑那死的人究竟是不是他师父。过了片刻，他才道：“师父临死之前，曾对我说过，世间万物，皆有定数，不是你的终究不属于你，人之生死也是如此。他的死，与世间万物的生灭一样，皆是天数。每一天，都会有无数的新生与无数的死亡，他不过是其中之一。他对我说，倘若我有机会与你相见，便带一句话：你是他生平所遇最可怕的敌人，也是最了不起的敌人，倘若死后有幽冥鬼蜮，他会在那里等着你。”

楚玉从最初瞧见天如镜始，直至现在，头一次听天如镜说这么长的一段话。他的咬字很清晰，每一个字都清清楚楚，然而一长串地听下来，却有一种奇妙的久违感，好像他只是在朗诵一段写在纸上的话，没有自己的半点感情加入其中。

容止听了，面上浮现出莫测的笑容。他静静地笑了一会儿，才低声道：“确实，令师是我此生唯一的败绩，算到如今已经有三年七个月。只可惜他已经身死，我有生之年再没有机会挽回……倘若有鬼域，我会去寻他的。”

他的声音低得几乎听不到，若非楚玉坐得较近，兼之马车行驶的声音减弱了，她也许会错过这段话。

而当容止说完后，放慢了速度的马车也在此时停了下来。

目的地皇宫已抵达。

方才楚玉着急去见王太后，心中只嫌马车行驶得不够快。现在，她忽然觉得，马车的速度太快了，因为车才停下，这两人便又恢复了如最初死寂般的沉默，甚至连看也不看对方一眼。

第三十四章　尽人事而已

三人之中，楚玉坐在出口位置，若要下车，也是她先下。此时容止和天如镜都朝她投来了目光，很自然地等着她先下车，他们才好下去。

楚玉很想叫车子绕着皇宫慢慢转两圈，好让这两个人有时间说更多的话，然而外面越捷飞在催促："公主，已经到了。"虽然有一个容止在车上，越捷飞还是不放心让天如镜和楚玉在密闭空间内共处。

无奈低叹一声，楚玉弓腰下了车，便领着三人进了皇宫。原本越捷飞和容止没有应召，也不似天如镜有特权，是不应进入皇宫的。以前楚玉入宫见刘子业，越捷飞也是在外候着。但此时情况不同，楚玉便动用自己的权力多带了两人。

穿过层层宫门，见周围的景致由辉煌宏伟变作柔婉繁丽，楚玉便自知到了后宫女子居住的地方。走近王太后居住的永训宫，远远便听到了一阵吵闹声。楚玉眉头一皱，直接越过领路的宫人，飞快地朝那混乱声来源处跑去。

楚玉提着裙摆，在长长的回廊上奔跑。她也不知道自己着急什么，心中只有一个念头，让她快些更快些。回廊上的宫人纷纷看着楚玉，有的想要行礼，挡在了楚玉身前，被她一把推开。

几乎是飞奔着闯入永训宫。穿过几扇门，绕过精致华美的屏风，在弥漫的浓郁药味里，楚玉喘息未定，看见了一个垂死的女子，便是这繁丽之中唯一破败。

非常华丽的屋子，非常华丽的床榻，被褥上绣着绚烂的繁花。可是一片繁盛之中，那个苍白的妇人面上写着凄厉的痛意。她披散着头发，双手不住挥舞着，若不是旁边有宫女扶着拦着，她只怕要立即滚下床来："拿刀来！拿刀来！"

一名年老医官脸涨得通红，手足无措地站在一旁。

妇人喊得声嘶力竭，也许是病体虚弱的缘故，这喊声并不能传出太远。周围宫女一片慌乱，不住地劝慰："太后，别伤了自个儿身子……"她们也是手忙脚乱，毕竟这床上躺着的是尊贵的太后，谁都不敢太用力气按着她老人家，可是倘若放开，却又怕她伤着自己。

楚玉站在屋子里，停下脚步，方才的焦躁仿佛都散去了，她用全然陌生的眼光小心审视着王太后：她身姿消瘦，三十多岁的模样，并不似楚玉想象中的那样苍老。此时她的风度仪态荡然无存，只哭泣着喊道："快拿刀子来，我要剖开肚子，看看怎么会生下这样的儿子！"

她双颊上泛起病态的嫣红，这让她看起来更加憔悴。

此时有宫女转头让人再传唤别的御医，发现了楚玉的到来，就要上前见礼。楚玉挥了挥手，快步走到床边，握住王太后一只挥舞的手。

好瘦。

所握着的手纤瘦苍白，光滑的皮肤应该是长期保养所致，可是皮肤下便是硌人的骨头，所谓的皮包骨也莫过如是。

楚玉心头有些怜悯，暗道，就算是继承山阴公主的身份，替她尽一尽孝道吧。虽然她不确定山阴公主本人是否想要尽这个孝道，但至少她实在不忍心看到一个母亲这样痛苦地死去。

察觉手猛地被人抓住，王太后转过头来，瞧见楚玉，一怔之后，面容慢慢地由疯狂变得冷静："是你？"

楚玉叹口气，屈膝跪在床边，让自己与王太后之间的视线尽量持平。她伸出另一只手，两只手一起包住妇人瘦得只剩下骨头的指掌，心里稍稍别扭了一下，才开口唤道："母……母后，是我，从前都是女儿不好，没能尽为人子女的孝道，今日女儿才知道后悔，希望母后能原谅。"

她真诚恳切地望着王太后："母后，不管我们从前有什么不快，今日都暂且放下，好吗？"

从王太后先前的反应，她拿不准这对母女之间的关系如何，但是不管怎么说，先低头认错总是没问题的。

楚玉注视着王太后，此时冷静下来的妇人，眉目间终于隐现当年的高贵风仪，即便是病痛缠绵的憔悴，也不能够完全将其遮掩。她还这样年轻，却已走到生命的尽头，而这个时候，她的儿子竟然连看也不来看她一眼。

心头浮现柔软的怜悯，楚玉面上也浮现出丝毫不曾作伪的悲色。

王太后注视了她片刻，才颤抖着伸出另一只枯柴般的手，轻轻抚上楚玉的脸颊，嘴角似是想要笑，眼泪却流了出来："原来我还有一个女儿……"她艰难地想要坐起来，却被楚玉赶紧按住，"母后，您现在的身子不宜妄动。"

王太后见到楚玉，虽然来的不是儿子，可是也有些欢喜，可欢喜之余，方才的气力却好像忽然全部失去，就连意识都有些恍惚。

楚玉见王太后就要虚软地合上双眼，连忙叫道："母后！"第一口"母后"叫出来后，之后便顺口了许多。

眼角余光瞥见门口一角雪白的影子，楚玉稍稍偏头，冷然道："容止，来了就进来吧，我知你医术高明，替我母后瞧瞧，看能不能治好她。"

容止与天如镜、越捷飞二人跟着楚玉行来，也不能擅闯太后寝宫，只得在门口站着，却不料给楚玉瞥见了衣角。

容止迟疑片刻，才缓缓踱入屋内。在楚玉目光的逼视之下，来到太后的床边，只随意地瞥了一眼，便摇了摇头，意思不言而喻，就是没救了，赶紧准备后事吧。

楚玉冷笑道："我特意带着你来，可不是为着让你说这话的……"她顿了顿，拉长了声调，"七——叶——雪——芝。"现在唯一能牵动容止心思的，大约便是这医治花错的药材了。

容止无奈地道："公主，你不能这样强人所难，我也有做不到的事。"太后已经是病入膏肓，油尽灯枯，眼下仅余半口的生气，能一直活到现在，已经是心头愤懑意志支撑，即便他有通天的医术，也救不回来。

楚玉松开太后的手，小心让她躺好，拉上被子，严密地盖上，才转过身注目容止："我要你竭力相救，而不只是瞧一眼，便对我摇头。"

容止沉默一会儿："既然公主这么说，我也只有尽力而为，给我准备药材针具，所有人听我指派，也许能延长些许时候，可是如此也不能完全作保。"

楚玉也知道这是他能让步的极限，得到这个结果已经满足，便咬了咬牙应下："如此便好，尽人事，听天命，倘若不能挽回，我也不怪罪你。"说完按照容止说的吩咐下去，末了转头望着已经陷入半昏迷的王太后，柔声道："母后，您不是想见那小子吗？我这便去把他带来！"

她的话开头时十分柔和，可是说到最后几字已是咬牙切齿。

原本楚玉对刘子业的观感，只不过来自于记载与风评，可是眼前这一幕，却勾起了她的怒气。

身为人子的，竟然在母亲重病濒亡的时候，拒不来见最后一面！这样的心肠，又岂是狠毒凉薄可以形容的？

留下一个容止给王太后诊治，楚玉转身又匆匆走出永训宫。她出门时飞快地拽上天如镜，动作快得连越捷飞都有些反应不及。

看着小师弟被楚玉拽走，越捷飞连忙想要跟上，却被屋内传出的容止的声音给叫住："越捷飞，我伤势未愈，有所不便，你来帮我一把。"越捷飞一愣之间，已经被随后走出来的容止扶住肩膀。

楚玉拉着天如镜走出几步，听到容止的声音，脚步微顿，头也不回地吩咐道："越捷飞，你也听从安排。”说着又继续朝前走去。

越捷飞满面为难，在小师弟和抗命之间犹豫，最终还是打算冒险跟上去，可面前却横着容止伸出来的一只手，拦住他的去路，前方楚玉与天如镜正越走越远。

容止轻咳一声道：“你便放心吧，眼下公主没有心思动你的宝贝师弟，事有轻重缓急，公主不会不分轻重。”他眼眸半敛，嘴角含笑，“你难道瞧不出来吗？公主并不想你跟随着。”否则也不会命令越捷飞留下。

越捷飞面色阴晴不定，片刻后才扭头瞪着容止：“你保证公主不会对阿镜下手？”

容止失笑道：“我保证有什么用处？就算公主真下手了，你还打算怎么给他找回来不成？”见越捷飞瞬间色变，他才收起戏弄之色，微笑道，“这回不是骗你，我与你师门旧日有怨，府里有一个你便已经足够头疼，我又何苦再让公主弄一个天如镜与我相伴？”

他提起旧日恩怨，越捷飞的心思陡然被转移。他望着容止，面上不由得浮现凛然杀气，几乎便要克制不住地出手，可一想容止现在的境况，公主还要留着他救太后，只有强自忍下，硬邦邦地道：“回屋。”

楚玉和来时一样疾走如风，拽得天如镜也不得不跟着她加快了脚步，可是楚玉并没有直接闯入刘子业的宫室，而是先在路上找了个冷僻的院落，打量一下，发现无人居住，便拉着天如镜一起走进去。

微微喘息，楚玉停下脚步，这才放开气度清华的紫衣少年。

虽然这些日子楚玉已经刻意让自己多加活动，身体比从前灵活了一些，可她方才气闷之下一路疾走，还是有些乏力。

园中的花圃已经荒芜。因为少人打理，不知名的野草灌木拥挤在一起，深浅不同的绿色混杂成一片。楚玉喘息之际看着杂乱的草木，心中不但不曾安宁，反而更加烦躁。

转过头来，楚玉的目光，陷入一片空灵的澄明之中，心头仿佛被猛地浇了一盆凉水，混乱焦躁都被冲刷得干干净净，半点儿不剩。

天如镜却没什么反应，他只是被动地被拉来，被动地跟着楚玉，之后也没有主动将目光调往别处，就这样望着楚玉，他的眼眸清澈剔透如水晶，在接近天道无情的眸中，好像能看到最真实的自己。

楚玉拉着天如镜来到这里停下，原本是为了别的目的，可是此时却忽然鬼使神差地问道：“你是否知道，你师父与容止的恩怨？”

话才出口，楚玉陡然一惊，可心头也随之陡然一松，整个人好像放下了一层重担一般：原来在她心里，容止给她带来的压力已经如此之重，重到了超出所有事物之上。甚至在眼下这个时候，内忧外患交逼之下，一找到机会，她最先想知道的，却是容止的事。

因此，当下意识地问出心中最为沉重的负担之后，楚玉惊喘一口气，忽然有种冲动想要笑出来。

原来如此。

世界上最可怕的，除了死亡，莫过于未知。在容止身上，有着太多的未知，她才会如此忌惮小心，如此百般防备。

天如镜的话让楚玉的心再一次地提起来："师父曾经对我说过一些。"

楚玉几乎没有觉察到，自己的脸色已经微微苍白。她紧张地上前一步，用力抓住天如镜的手腕："你师父说过什么？"

一阵风吹过来，吹动两人的衣衫，天如镜衣袍外笼罩的纱衣被风卷起少许，反贴在楚玉的手上。

若是此时有人从园外经过，从门口看来，便会看到这两人相对僵持着，楚玉的手还抓着天如镜的手腕，距离近得有些暧昧，传扬出去，该是公主大人又成功糟蹋美少年一名。

过了片刻，楚玉有些恍然，松开天如镜，也不知是失落还是释然，慢慢地后退了两步。

原来是这样。

半猜测半询问着，从天如镜的口中，楚玉才算断断续续地知道昔年发生的一些事。

三年多前，容止在游历之际，毒杀了越捷飞的师兄，于是他们的师父天如月前去寻找容止，经历了半个多月的斗智追逐，容止因为年龄尚轻，经验不足，落败成擒。可是就在天如月要杀死容止时，山阴公主赶去阻拦，将容止带回自己府上。

天如月与容止定下约定，除非容止能挽回败绩，否则他要一直留在山阴公主身边。

心中的重担卸下之后，取而代之的，是一阵巨大的茫然的失落感。楚玉现在确定了容止真正的敌人并不是山阴公主，她应该为此松一口气，感到高兴才对，可是在放松的同时，不知为何，她又想起了容止今天在马车上的反应。

倘若一个心心念念要战胜的人，却在忽然之间得知他已经死了，此生再也没有翻身的机会，那种怅然的失落遗憾，会不会比她现在更加空茫虚无？

而天如月一死，容止所受约定的束缚，可否就此解除？

第三十五章　装神不弄鬼

心中所想的问题，楚玉也便这么问了出来，反正她已经问了天如镜太多，也不差这一个。

天如镜缓缓摇头："师父与他的约定，由我来继承。"他神情淡薄，只是在陈述一件很自然的事，语调平静，目光纯然。

楚玉沉默片刻，情势一下子剧烈转变。原先所认定的事发生了彻底的颠覆，这让她思想上一时之间还转不过来，因此除了必要的思考，楚玉脑海之中，竟是一片混沌的茫然。

命令自己不要在这件事上耗费太多心神，楚玉抬起双手，用力揉了一下脸，再拍打两下，才振作起精神来，重重地吐出一口气。她望向天如镜："待会儿，我要带着你去见陛下，陛下以太后房中有鬼为由不愿去探望太后，你便告诉他，你可以驱散那些鬼怪，让他尽可放心。"

这个时候宣扬破除迷信是不可能的，楚玉也不奢望能在短时间内唤起刘子业的良知。眼下，既然刘子业迷信畏鬼，她就以迷信制迷信。

天如镜缓慢地道："我不会驱鬼。"

这话是意料之中的，所以楚玉也不惊奇，她冷笑着挥手打断他："我才不管你会不会驱鬼，你只要宣称自己会便可以了。你不必担心，此事之后，我会给你足够丰厚的酬劳。"

天如镜神情不变，只淡然道："我不说谎。"

他竟然敢如此坦然地宣称自己不会驱鬼，也许是真的不担心此事揭破有任何后果，又或者天如镜真是一个从来不说谎的正直之人？

思绪转了几圈，楚玉放缓神情，改以怀柔政策，试图动之以情："天如镜，你在门口，也瞧见了我母后的模样。她如今已是将死，只想再见一见自己的亲生儿子。这样一个母亲临死前的愿望，你怎么忍心让她含恨离去？”

她自觉声音已经难过得快要滴出泪水来，语气也是分外凄然。可是听到这一切的天如镜，神情不曾有半分波动……不，也是有波动的，他明净的眼睛里流露出微微的不解，好像听不懂楚玉所说的话一般。

楚玉反复劝了几次，什么仁爱慈悲的道理都说出来了，才听得天如镜慢慢地道：“我不会说谎，此生皆不会。”他说得很慢。楚玉一听，却紧紧闭上了口。她能感觉到天如镜说这话时的不容否定，已经完全不能改变了。

楚玉叹了口气，对天如镜这个软硬不吃的家伙感到很无奈。她想了想，还是自己先退让一步，打算今后再慢慢从头收拾旧山河：“好吧，这样如何？我不逼着你说谎，但是，请你在适当的时候保持沉默总可以吧？至少，在陛下面前，不要说你不懂驱鬼这样的话，不要拆我的台子，这样总行了吧？你今天要是不答应，我便不放你走了。”

到了这份儿上，楚玉不得不使出无赖手段，才说完又觉得十分好笑。她紧紧地盯着天如镜，也不知道过了多久，才看到天如镜的下颌微微动了一下，点头的动作几不可察。

总算解决了这一关！楚玉心里谢天谢地，转身就走：“跟我来吧。”

她现在觉得天如镜比容止还难对付，容止仅仅是难以度测他的想法，正常的对话还是很有条理可循的。可是这天如镜，他时不时地就玩一把沉默是金，半天问不出什么来，可偏偏一回想，又发现他的思维回路简单到空白，所言所行，好像完全没有任何动机。

路上抓了几个宫人询问，楚玉总算得知了刘子业现在所在的方位，母亲病在垂危的皇帝陛下，此时正在第一次与她相见的竹林堂中与妃子宫女享乐。

楚玉就站在宫殿外，听着里面传出女子的欢笑声，觉得那周围的竹林也变得令人生厌，同样是青青翠竹，种在容止那里便是清雅高华，可种在刘子业的宫殿边，却显得庸俗不堪。

平复心境，楚玉面上扬起自然温和的笑容。她回眸望了一眼天如镜，紫衣少年目不斜视，神情自若，并没有像她这样即将上战场般的紧张不安。

还是自己的定力不够。摇头笑一下自己，楚玉缓慢地走进宫殿。

一入室内，虽然已经在来之前做了心理建设，可楚玉还是为眼前所见一惊。

宫殿之中，分布着十多名妙龄女子。她们身上所穿的布料，大约加起来还没有楚玉身上的一件多，几乎接近不着寸缕。她们或坐或卧，还有几人在中央空地慢慢爬动，爬动之时身体曲线优美地晃动，偶尔露出隐秘部位。她们的肌肤皎白如玉，泛着年轻的动人光泽。

而在这其中衣裳穿得最多的，大约便是刘子业了。他身处七八位美貌女子的包围之中，头枕在其中一人丰满的胸脯上，脚搭在另外一名女子的玉腿上。几双如玉的手在他身上揉捏按摩，还有个美丽女子不时拿起旁边桌案上的点心送入他半张的口中。

白日宣淫。

目睹如此荒唐的景象，楚玉不由得呆愣当地。

空气中弥漫着的轻浮香气充斥鼻间，仿佛靡丽的艳帜徐徐展开。意识清醒的瞬间，楚玉几乎要夺门而出！

冷静，要冷静。

这种阵仗想必对山阴公主而言只是小意思，她也不该表现得太大惊小怪。

努力地说服自己，楚玉心下反感不已，面上却维持着微笑，缓步走向被娇美胴体包围着的刘子业。

此时刘子业也发现了楚玉，他随手推开身边的女子，欢喜地站起来："阿姐，你怎么来了？"

楚玉并不答话，只是微笑着环视周围的女子。刘子业很快注意到她的目光，手一挥道："你们都出去。"

直到殿内只剩下三人，刘子业才攀着楚玉的肩膀，奇怪地道："阿姐找我有什么事吗？"今天早上楚玉才进过宫，此时去而复返，也难怪刘子业惊奇。

楚玉慢慢地，小心地，柔声地道："我听人说，陛下不愿意去见母后？"

刘子业一听，登时用力甩开楚玉的手，面色阴冷地道："阿姐你也是来跟我啰唆什么仁孝的吗？"

瞥见他狭长目中的阴狠之色，楚玉只觉得毛骨悚然。她强压心中不适，扶上刘子业的手臂，柔声道："陛下，我与别人不同，此番特地来见你，却是为了你啊。"情知刘子业已经生怒，她的每一个字都说得极为小心，因为说错一句话，也许就会招来杀身之祸。

楚玉做了一件很简单的事——说故事。

她跟刘子业说了一个故事，只不过这个故事有些不同，是一个鬼故事。

其内容是说一个富家浪荡子，他喜好花天酒地，每日不着家。一日他醉醺醺地喝完酒回家，发现老父已经断气，可他浑不在意，便随意令人埋了。可那之后的每天夜晚，都有厉鬼作祟，正是那老父含恨所化，终弄得那浪荡子心惊胆战夜不能寐，最后家破人亡。

浪荡子重病在床，生命垂危之际，依稀想起昔日自己喝得大醉时，似乎曾有家仆前来叫他见父亲最后一面，却被他拒绝了，如今却是落得他一人孤苦地死去。

楚玉这故事是临时编来的，此时面临着压力，她的心思反而分外机敏镇定，竟是不紧不慢地将这个故事娓娓道来，情节生动，细节翔实，说得活灵活现。甚至在说到夜晚浪荡子被鬼魅侵扰之际，特地绕到刘子业的身后，冲他的颈后轻幽幽地吹了一口气，压低声音道："就是这样，那时他只觉得颈后一股凉气传来，这口气可比我吹得还要阴冷得多，当下他只觉得全身如坠冰雪之中……"

楚玉故事馆在一千多年前头回开张，说的竟是最为荒谬不经的鬼故事。

刘子业虽然贵为皇帝，可是见识上哪里是来自信息量爆炸时代的楚玉的对手，听着听着便被曲折离奇的故事吸引住，被她这么一表演，禁不住"哇"地叫了一声，脸色苍白，觉得自己全身如坠冰雪之中。

楚玉故作关心地扶住他："陛下，你没事吧？都怪我，和你说这个故事。我还是不要说了。"

她才松开手，衣袖却被紧紧地拉住。只见刘子业面色惨白畏惧，可神情之中竟有渴盼期待之意，分明是又害怕，又想听下去。

大凡听鬼故事看恐怖小说的人，几乎都是这样，虽然心有恐惧，可还是一边害怕着一边往下瞧，只盼能知道结局，最后究竟怎么样了。更何况刘子业从小到大，从未听过这样的故事，自然大觉新鲜，虽然无比恐惧，却是欲罢不能。

楚玉心中暗笑，自然如他所愿，继续将故事说完，只不过在气氛上又往恐怖里渲染了几分，直吓得刘子业紧紧抓着她的手，力气大得几乎要握碎她的骨头。

楚玉手上疼痛，心中却感到快意，暗道，总算是找到了令你害怕的东西。当故事讲完后，刘子业脸色犹自惨白，可是过了好一会儿，却阴森地问道："阿姐，你不会是故意编造这故事来吓唬我吧？"

他这么一说，倒是说个正着。可是楚玉怎么可能承认，只是笑得更自然些，反握住刘子业的手，柔声道："陛下，这故事又岂是我能编出来的？乃是前阵子认识一名异人，他给我讲了许多故事，这不过是其中一个。说是若死者临死之前怀有怨恨，死后化作厉鬼，将缠着所恨者至死方休。而血亲之间的关联又极为紧密，甚至伤那厉鬼不得。我害怕陛下你今后给太后的鬼魂缠上，才告诉你这些。我本是一片好意，陛下竟然怀疑我？"

她说着，眼中自然而然地闪现泪光，内心却是在对自己冷笑：楚玉啊楚玉，你现在骗起人来可真是越来越拿手了，过不了多久，想必就能与何驸马一较高下了。

她前世生前并不怎么擅长此道，然而此时做来却是得心应手，好像排演过许多遍一般，却是因为情势所迫。内忧外患，逼得她步步为营，处处心机，思量起来，心中忍不住有些难过。

刘子业虽然也有些意动，但面上还有狐疑之色："真的？"

楚玉便抬手一指天如镜："陛下，我此举全是为了你着想，陛下是天命所授的帝王，寻常鬼魅又怎么能伤着陛下，更何况，有天师大人在，又有什么鬼魅敢在他面前现身？"

刘子业看一眼天如镜，后者遵从与楚玉的约定，不言不语，不能说谎，便保持沉默。

楚玉趁机加把火道："陛下，你看天师大人分明是胸有成竹，这等小事，想必根本就不在话下。"

前有鬼故事，后有天如镜，一个吓唬一个抚慰，刘子业终于下定决心，摆驾太后所在的永训宫。

前呼后拥而来，楚玉抢在前面先入室内，见满屋药香弥漫，容止面无表情地坐在床边，修长的手指按在太后的颈侧处，而太后的头脸颈上，扎着数根纤细的银针。

越捷飞就在他身旁立着，铁青着脸不时递送器具。楚玉猛地想起方才从天如镜口中知道的，容止与越捷飞有杀师……兄之仇，她竟然不小心把他们给放在了一起，真是太过冒险了。好在现在二人相安无事，否则她实在对不住容止。

见楚玉进来了，容止扬扬眉毛："我已用针术暂时稳住太后，再要等一会儿，拔出银针后，她便可醒来。公主可要与太后说话？"

楚玉想了想，点头。

容止手腕一动，手指好像翻出绚烂的花，转眼间便将银针悉数取出，身体一旋，飞快起身，立在旁侧不起眼的位置。不消片刻，王太后轻吟一声，缓缓睁开眼睛，而此时，刘子业也进了屋内。

刘子业虽然心中不愿来看太后，然而记着楚玉说的鬼故事，也是有些害怕。进门之后，礼数倒也是做得足够，只不过稍微虚假了些，这个状况，却是比之前不愿前来要好上许多了。

然而，王太后看见刘子业，并无多少欢喜之色。楚玉一旁看着暗暗奇怪，她不是很想儿子前来的吗？怎么这会儿来了又不高兴了？

太后嘱咐了刘子业一些话，无非是要好好治国什么的，刘子业在一旁口不对心地应着，面上渐渐浮现不耐之色。

楚玉看着着急，才想劝解，却听王太后道："你们都出去吧，楚玉留下，我们母女有些话想说。"

刘子业面上毫无遮掩地闪过一丝喜意，即便有天如镜跟着，他在这重病人的房间里也很不自在，如今能够尽快离开，这是再合意不过了，当下便快步离去。

屋内侍女、御医以及容止、越捷飞等人纷纷朝外走去。楚玉也想走，可是碍于太后命令只能留着。她孤零零地站在房中，有些忐忑，不知道王太后单独留下她一个人是何用意。

第三十六章　天命不可违

众人一走，室内顿时空旷了许多，周围的药味好像更加浓郁起来。

药味之中，似乎还有少许若有若无的熏香，在这繁丽华贵的屋子里，显出一股绮丽的衰颓之意，仿佛花开到极致，即将凋零的那一刻。

她要干什么？

紧张了一下，楚玉暗笑自己太过小心，她连皇帝都红口白牙地哄了，怎么眼下竟然怕起了一个垂死的病人？

释然一笑，楚玉走到床边，在王太后手旁跪下，柔声道："母后还有什么吩咐？"已是下定决心要让这妇人走得安心，楚玉神情也分外自如，虽然心里还是以怜悯居多，但面上至少像个孝顺的女儿。

王太后稍稍抬起手，楚玉便顺势握住，又一次为这双手的消瘦感到哀凉。

床角边原本还有一女官留下来伺候，看起来像是太后的心腹，可太后又吩咐了一声，竟连她也赶了出去。

楚玉于是更加不安，不晓得山阴公主的母亲要对她说些什么。

注视了楚玉良久，王太后才低声叹道："你果真是我的女儿吗？"

自然不是。楚玉心里应着，嘴上却道："母后，昔日都是我的不对，眼下就别提那些旧事了，好吗？"她心惊不已，唯恐王太后说起从前的什么事，对于山阴公主的过往从前毫无印象的她，只怕会立即露出马脚。

因此楚玉立即岔开话题："母后不是想见陛下吗？要不要我叫他进来一同听您吩咐？"

好在太后没有继续问下去，只定神凝视了楚玉片刻，眼底流露出温情的笑意。她无力地伸出手来，在楚玉手背上拍了拍："那孽子是你设法请来的吧？我的儿子是什么样子，我还是知道的，他对我这个母后，根本毫无情意，也亏得你能让他过来，想必花了不少心思。”

楚玉很温顺地摇摇头，心想，不花心思，只是讲个鬼故事罢了，您有话快说，别吊着让人难受。

太后微微一笑，她苍白憔悴的脸上忽然焕发出动人的容光，眼眸一下子生动起来，肌肤上也泛起了光泽，眉宇之间气韵优雅清丽，好像一下子年轻了十岁：“楚玉，你附耳过来，我对你说……”

楚玉见她面色好转，也有些高兴，听话地凑了过去，只听见王太后说道：“皇帝如此昏聩，这天下，迟早要给他人夺了去……倘若，倘若有那么一日，你……”

她的声音一下子低弱下去，好像游丝一般，风大些就会吹跑，楚玉几乎是屏住了呼吸，才堪堪听清楚她的话。听完之后她愕然愣住，甚至没有注意到，太后面上挂着安然的神色，生动的脸迅速衰败，好像一朵花萎谢的瞬间。

当楚玉回过神来时，发现太后已经合上了双眼。她伸手去探太后的呼吸与心跳，却摸到这具尚有余温的身体渐渐冷却僵硬，于是这才知道太后方才的精神焕发是回光返照。

孝武帝皇后王宪，为王氏大家之女，生有二子四女，重病终于永训宫含章殿，年不足四十，临死前，在身边陪伴着的，只有一个不是女儿的女儿。

楚玉怔怔地望着太后，虽然面前是一具尸体，可是不知为何她并不害怕，只觉得怜悯。她神思飘忽，想起太后出身王氏，如此算来，她与王意之也算是有些亲缘关系。

意识到自己发愣太久，楚玉连忙俯下身体，按照王太后临死前所说的，将手伸到床下，小心地逐寸摸索到一块扁圆形的凸起，连忙按了下去，听到一声轻响后，又朝左转了半圈，再继续朝下按。随后，床沿边便弹出了一个小抽屉。仅有一掌宽的抽屉里，静静躺着一只白玉盒子。楚玉却没有着急伸手去拿，而是先在抽屉底部边缘按动机簧，解除了抽屉里的机关。

玉盒入手温润凉滑，楚玉不忙着打开，先收藏进了袖子里，拍拍外面确定瞧不出来了，才将抽屉恢复原样，一推回去，抽屉口边缘立即与周围密合上，看不出分毫缝隙。

站起来酝酿一会儿，楚玉现出一脸的悲色，出去通知众人太后的死讯。其余人自然要适时地表达出震惊与哀恸，于是又是一番表演，略过不提。

反复确定了太后不会变成鬼缠着他，刘子业下了一道旨意，让太后与先皇合葬，随后一脸高兴地走了。楚玉望着他的背影，深思了许久。带来的人都跟在她身边，越捷飞与天如镜这对师兄弟并肩站着，容止悠然盘膝靠坐在回廊的梁柱边，微仰着脸，笑意吟吟地望着楚玉。

“天如镜，你随我来一下。”楚玉思索良久，才作出决定。她才要转身走，又想起了什么，回头吩咐容止，“你先回去吧，越捷飞留下来等我就好。”她这次赶人，却是为容止着想。得知这两人之间的仇怨后，楚玉再也不放心把他们单独放在一起，生怕自己一个疏忽，回来再看时，便是一死一活。

容止轻松地应了一声，起身便走，走了几步，他停下来，转头望着天如镜微笑："我与天如月的约定，如今应转移到你身上，天如月已死，希望你不要让我失望。"

天如镜没有回答他，容止原也没有期待着他回应，说完后便自顾而去。

有了先前容止的劝说，越捷飞这回也没有拦着楚玉。于是在他恋恋不舍的目光之中，楚玉带着天如镜，又回到了他们先前私下说话的那座荒芜园子。

二人站定之后，楚玉看着天如镜片刻，忽然长身一揖，礼数已是恭敬足够。然而面对楚玉以公主之尊行如此大礼，天如镜却并无动容，他甚至也没有退避，而是坦然地受了这一礼。

"你要我做什么？"天如镜淡淡地问道。

他心思虽纯，可并不笨，别人所言所行所思，他其实看得很通透，只是不去在意罢了。

楚玉凝望着他，温和地道："陛下年少失德，如今母后又已病逝，我身为陛下的姐姐，理应多多照看陛下。可惜陛下年少气盛，听不得劝，唯独害怕鬼，我希望天师大人能与我配合，共同教导陛下走上正途。"其实这话用浅白粗俗的方法复述一遍，就是：老的都死啦，现在没人能管教那无法无天的小兔崽子了。正好他怕鬼，你这个神棍便跟我合作一下，一起把小皇帝吓唬得规矩些吧。

楚玉面上虽然极为诚恳正气，内心却很郁闷，照理说这应该是朝上官员该干的事，她只不过是个清闲公主，却要额外揽下不属于自己的工作。

天如镜冷漠地摇了摇头："公主，你不该妄想以一己之力，改变一个王朝的气运。"他的神情是高高在上的，好像天空张开了眼，无情而悲悯地俯视众生。

楚玉气结："什么叫妄想？"她想活下去，想要很好地活下去，这算是什么妄想？对于天如镜说的什么气运，她半个笔画都不相信。

不管楚玉怎么放低姿态，天如镜始终回以冷漠。楚玉心头急怒之下，伸出手来紧紧抓住天如镜的衣领，另外一只手已是金簪在握。

尖锐的簪尾抵着天如镜的咽喉，楚玉冷然问道："我再问你一次，你答应还是不答应？"她已经丧失了耐心，不愿意继续磨蹭下去。

她之所以选择天如镜做合作对象，是因为他本身的身份和形象，而看刘子业对此人也非常信服，虽然自己对神棍不以为然，可楚玉不会因为自身的喜恶小瞧他的影响力。

楚玉才出手，金簪堪堪抵着天如镜的颈部肌肤上，忽然她觉着掌心一麻，从天如镜身上传来一股无形的无可抗拒的力量，将她整个人掀翻抛向空中，片刻后，落在拥挤的花木之间！

手中金簪脱落，锐利的发簪落在地上，好像没入软豆腐一般，无声无息地插入土壤一小截。

身体仿佛仰面飘在半空之中，视野瞬间变幻，天如镜霎时从眼前消失，取而代之的是大片辽阔的天空，凝滞在眼眸中的蔚蓝，一刹那间瑰丽到震撼。

直到身体落在花木丛中，过了好一会儿，躺在繁茂草叶上的楚玉才醒悟过来发生了什么事。身下的枝叶浓密柔软，保护她没有受到半点伤害。

蔚蓝的天空中，有一团洁白的云朵，结成眼睛的形状，仿佛天空之眼，与楚玉对视。

躺着发了一会儿愣，楚玉才慢吞吞地爬起来：“下手真不客气……”她对天如镜说。可是瞧见天如镜现在的模样，话语哑然中止，楚玉陷入了更大的惊愕之中。

此时的天如镜……

此时的天如镜，静静地立着，可他的身体之外，却笼着一层透明的球形光罩，正好将他整个人包裹住，刚才，好像也是这个把楚玉给硬生生弹开的。

光罩是很浅的蓝色，好像天空的颜色被稀释了无数倍。光华之中，天如镜容颜清隽出尘，衣衫拂动飘然若仙，仿佛与尘世隔离。

那是什么？！

见此情形，楚玉整个人濒临崩溃。尽管超越了时空，尽管魂魄夺体这么荒谬的事发生在了自己身上，可是本质上，楚玉依然是一个坚定的无神论者兼唯物信仰者，把自己来此，理解为时空裂缝以及电磁波转移，不相信有什么超自然的存在。

可是，她一直以来的信念，被眼前的情形彻底打破颠覆了。

这是什么？

楚玉几乎是不知所措地在心中不断自问。她想起了之前所见的宦官对天如镜的狂热崇拜，想起了容止对天如镜的看重，想起了刘子业对天如镜的信服。她甚至想起了，第一次出公主府时，听到大婶拿自己吓唬小孩，与她坏公主并列的恐怖的妖法师……

然后，楚玉联想到了之前天如镜的坦然，他诚实地承认自己根本不会驱鬼，也毫不畏惧她会拿这个来威胁他，并不是因为他有多么忠直诚恳，宁可背上杀身的罪名也不撒谎，而是他根本有恃无恐。

不会驱鬼？那又怎么样？只消将这套排场在众人面前一亮，没有人会怀疑他是有道的法师，就连压根儿不信鬼神的楚玉，也受到了极大的震撼。

瞪视了天如镜良久，楚玉才慢慢地问道：“原来你真的会法术？刚才说的什么气运，也不是信口开河？”虽然语气之中依然带着强烈的质疑，可是如今的楚玉，却是有些想要相信了。

她就算再怎么坚持唯物论，也没办法自我欺骗，说天如镜外面那层光罩其实是光线的折射，又或者是她眼睛花了。

而由于楚玉本身的来历不同，她也知道，这个王朝即将倾覆，与天如镜所说的气运衰败，正好不谋而合。

怀着最后一丝侥幸心理，楚玉伸出手指想要碰一碰那浅蓝色光罩，手才伸出去一半，忽然想起可能有危险，便拔出斜插在地上的金簪代替手指，才捡起来又担心金簪不够长，于是从旁边的花木上折了一条约莫两尺长的细枝。

楚玉随手除去枝条上的分杈，只留下尾端的两片细小树叶，将树枝小心朝前探，天如镜站在原地丝毫不动，任由她尝试。

在尖端的细软枝叶伸到距离光罩还有大概一尺半距离时，楚玉便感觉到了一股阻力透过枝条传来，那阻力并不是碰到什么坚硬的东西，而是仿佛陷入了极为浓稠的液体之中，好像那一层的空气极度压缩起来，有一种强大的张力。

再努力往前探，枝端却是不能寸进，被那浓稠的压力迫得动弹不得。

楚玉心中猜测这也许就是刚才弹开自己的力量。证实了心中的想法，她弃去树枝不再尝试，而天如镜也在此时撤去光罩，细枝失去依托的力量，颓然落地。

轻轻叹息一声，楚玉垂下头，伸手抚上自己的额，只觉得这个动作做起来那么无力。也不知过了多久，她苦笑一声道："我真是少见多怪了，居然被吓成这副难看的模样，让你见笑，实在抱歉。"

放下手时，楚玉的神情，已经恢复了冷静，不仅恢复了冷静，甚至她清雅的面容上，对眼前的天如镜，并无多少敬意。

见楚玉如此，天如镜反而微觉奇怪，因为凡是见过他和他师父这个模样的人，惊吓之后，几乎无不把他们当作神人来膜拜，如楚玉这般还能坦然直视的，他从没见过。

这奇怪也是须臾间稍纵即逝，天如镜很快又恢复了原本的心如止水。

楚玉此时又感到了早些日子面对容止的无力感。容止是完全看不透，他的心思比深渊更深，手段关系盘根错节，牵一发唯恐动全身；而天如镜则完全相反，他将一切都摆在你面前，本人完全没有什么目的，纯澈如一汪清水，可是他却拥有不属于这世间的力量，毫无所惧地行走在所谓的凡尘之中。

楚玉轻声道："倘若我要做些什么，你会不会阻止？"

天如镜淡淡地道："不会，你做什么都是枉然。"一个朝代的气运，不是一个人能够左右的，他并不认为楚玉能有多少本事，更过分一些说，他完全没把楚玉放在眼里。

"很好。"得到答案，楚玉转身便走。

发生意外状况，策略临时改变，她需要从头考量，现在留在这里，已是完全无益。

她原本以为天如镜只是一个装神弄鬼的神棍，能够诱之以利或晓之以理，邀请他合作一起影响小皇帝。可是没料到他竟然真的拥有超出世俗的力量，这令她意识到，天如镜不是她能够用自身权柄全盘掌控的人，甚至可以说是完全不受控制，那么原本的计划就要彻底推翻。

即便发现了天如镜的非人力量，可楚玉并不为之困扰。天如镜与容止不同，他是那种你不去动他，他也懒得理你的人，最坏的状况也就是不能任意支使他做事，对她目前的主要方向和目标并不构成影响。

他虽然有超然的力量，可是却不屑理会她的动作。

这就很好，她巴不得天如镜轻视她，如此她才能不受阻碍地行事。以天如镜的能力，假如出手拦阻，将会对她造成很大的压力。

目标是什么，想要什么，楚玉心中宛如明镜，清醒而冷静，即便发现天如镜拥有非人力量这样震撼的事，她也依旧不会迷失方向。

她要改变自己灭亡的命运，她要减缓这个王朝衰败的脚步，即便被天如镜说是妄想，她也不在乎。

楚玉离开院子，便去找被她丢下的越捷飞，一同回公主府。两人正面相对时没什么，可当楚玉转过身朝宫外走时，越捷飞却看见楚玉身后，衣裳、头发上沾着尘土和凌乱的草叶。

楚玉被天如镜摔开又爬起来时，由于心神太过震撼，忘了打理自己的仪容，后来更是没想起这事。她在宫中行走，每个看见她身后草叶的宫人都很是古怪，可是没人敢到她面前提醒一二，就让楚玉这样一路走过来。

什么样的状况下，身后会沾上尘土草叶？越捷飞想着想着，脸色大变！

他下定决心，今晚要偷个空跑出来，好好询问天如镜，是否遭到了楚玉毒手。假如……假如……木已成那什么，米已成那什么……他也不能拿公主怎么样……

师弟，都怪师兄没有保护好你。

越捷飞悲痛地想。

第三十七章　十步见芳草

楚玉回到府中，天色已经微暗。经历一日的波折，她有些疲累，但并没有就此休息，而是拉住人，问明白容止此刻正在他自己的住处，衣裳也不换，便径直找他去。

在车中，她已经发现了身后的玄机，回想起所遇到宫人的古怪神情，才恍然大悟，知道明天宫中大约又将谣言四起。

不过她并不在意。

在住处没找到容止，楚玉便返回竹林中。这一次，容止并未坐在一入林便能瞧见的青石台上。那青石台空空落落，楚玉伸手去摸，指尖冰凉。

容止心中想必也和她一样，不太平静吧？三年的目标陡然消失，这样突如其来的变故，任是谁都难以接受。

现在的容止，也许在某个隐蔽的角落里，静静沉思吧。

正要返身离开到别处去寻找，楚玉忽然闻到一丝若有若无的香气，好像是烤肉的香味。她心中一动，便朝竹林深处走去，越走那香味越浓郁，让楚玉及时想起来，她今日来回入宫，都没怎么吃东西。

走到了园子的角落，也是竹林的边缘，楚玉不意外地瞧见了容止。他随意地坐在地上，面前支着一个木架，架下有火，木架中横着一根树枝，树枝上穿着一只体形比鸡略小、已经被拔光毛烤得焦黄、不知道是什么品种的鸟。

香气就是从这只烧烤鸟身上传出来的。

楚玉心中忽然平静了，不知道是因为鸟还是因为人。

容止秀丽清雅的脸上没有表情，雪白的衣衫上沾着少许烟灰污渍，火光明暗不定地跳动着，照不亮他漆黑如墨的眼睛，光一投入他的眼眸，便好像被彻底吸收了似的。

即便是在烧烤，他看起来依然是从容优雅的，动作如行云流水般自然。

他拿起一旁的瓶子往烤鸟上撒一些粉末，香气顿时变得无比勾人，楚玉再也忍不住，三步并作两步上前，隔着火堆坐在容止对面，笑道：“见面分一半。”

容止抬眸看她一眼，并不讶异，只微微一笑：“公主确定真的要吃？”

楚玉笑道：“难道你在这里下了毒？”

“自然没有。”

“那么，还有什么问题？”

容止凝视了楚玉片刻，露出个奇妙的微笑。他移开架着烤肉的木架，冷却片刻后，便从袖中抽出一柄不过巴掌长的纤细小刀，割下鸟腿上的一片肉，约莫二分之一手掌大小，穿在刀刃上递给楚玉：“眼下器具不足，还请公主将就，不过如此用餐，也别有一番风味，公主不妨尝尝。”

那片烤肉只有不到半寸厚，一面焦黄流油，另一面却是洁白鲜嫩，色香俱全，令人食指大动。楚玉接过刀柄，小心地吹了几下，确定不怎么烫了才送入口中。

过了片刻，楚玉面无表情地停止咀嚼。容止了然地笑笑，指指火堆，示意她吐在火里，又随手把她手上的小刀顺过来。

楚玉犹豫一会儿，还是把嘴里的东西强行咽下了肚，望向容止，斟酌着词句道：“你，是不是用错了调料？”肉烤得完全没有问题，表皮焦脆，内里鲜嫩，咬起来口感极佳，可是问题却出在渗入肉里的调料上。

这烤肉的味道其实也不算夸张，不像那些初学做菜的新手做得太咸或太淡，只是有微微地扭曲，进入肉中的咸味里，多了一点不该有的苦味和甜味，这两种味道混合在肉中，尝起来便很奇怪。

就宛如调色一般，明明该是绿色，却不小心混入了红色黄色的颜料，整体匀起来便很奇怪。

看容止一脸聪明相，也不像是厨艺白痴的样子，怎么会这样？

容止淡淡一笑，并不解释，只拿起小刀端详，刀刃上还穿着大半片楚玉方才吃剩的烤肉。他也没有丢弃，低头张口轻轻咬下。

文雅地一小口一小口咬下肉片，容止极为从容惬意地吃着，好像丝毫不受那古怪味道的干扰。

楚玉见他这个模样，忽然想起了一个可能：“你……感觉不到味道？”假如是这样，那么就说得通了，色盲难以完美地调色，而没有味觉的人，自己不知道什么是真正的美味，自然也很难作出美味的饭菜来。

但话才说出口，楚玉就驳回了自己的猜测：“不对，感觉不到味道，你为什么要调味？你的味觉……我是说舌头……是不是有什么问题？”楚玉思索着道。

容止低头咬下刀刃上最后一片肉。在火光映照下，他浅色的嘴唇泛着柔润的微光，眼帘如扇半敛，乌黑的发丝滑落少许，遮挡住半张脸。

再抬起头来时，他看向一旁，微笑道："越捷飞，可否帮个小忙，替我给厨子传个话，让他们料理只野兔送来。"

越捷飞平素皆是与楚玉共同进出，如影随形，只不过他身为侍卫，时常在不易被觉察的暗处隐藏着，此时听见容止吩咐，先是望了楚玉一眼，后者点头后，才转身离开。

越捷飞走了，容止这才接着说："我的舌……"他停顿一下，似在思索应该如何表述，"尝出来的味道，与旁人都有些不同，人觉着是苦的，我尝来却感觉带着一丝丝甜味儿，人说是酸的，我却觉着有些咸，我觉着好吃的，别人却未必如此想。"

他耸了耸肩，虽然无奈，却也满不在乎："就是这样了。"公主府上的厨子都知道他喜好的味道与别人不同，给他准备食物时，都是专门单独准备一份，却不晓得有这等缘由。

楚玉愕然，好一会儿才道："这件事，除了我，还有谁知道？"

容止微微一笑，又从已经微微冷却的烤鸟上挑下一小片肉。他折断的右臂现在已经不用吊着绷带了，可依然不能太过使力，可完好的左手却灵活至极，动作轻盈得像灵巧的燕子："没有人问起这事，只当我口味古怪，所以也只有公主知道此间真正的缘由。"

楚玉皱眉道："怎么会这样？"他这样的味觉，和别人一起吃饭时，岂不是很不方便?

容止笑了笑，舔了舔沾上油的嘴唇："其实小时候还是如常人一般的，也许是后来尝过太多的毒药，不知怎的就变成这样了，也不知该如何医治，横竖没什么大碍，这些年便这么过来了。"别人做的东西多半不能吃，他便自己摸索着学习调味，倒也是练出了一手好厨艺，可算是意外收获。

容止说得轻松，楚玉却有些明白，他的"这么过来了"，并不是那么惬意的。可是见他不愿多提，她也不便相询，只好岔开话题："越捷飞怎么还不回来？"

容止望了楚玉片刻，带着几分玩味的目光在她身侧周遭扫了一圈，随后高深莫测地一笑："他恐怕一时半刻回不来。"

果然如容止所言，当被宰好剖开洗净的兔子由厨房下人送来时，越捷飞还没有回来。

而容止动作利落地切肉穿在树枝上，把兔子肉架在了火上，翻动兔肉时抹盐刷酱，不一会儿便又有香味飘出。

楚玉看一眼他还没吃多少的烤鸟，忍不住道："你一顿要吃多少？"一只鸟还不够?

容止笑了笑："这是给公主你准备的啊，我口味虽然不寻常，可要想做常人的饮食，也不是难事。公主稍待片刻，很快就好。"

容止烤好了兔肉，灭去火堆，便连枝递给楚玉。楚玉一尝，果然十分美味，便索性将晚饭直接在这里解决了。

幽静的竹林边上，暮色渐沉渐暗，一男一女，一鸟一兔，一人一只，相对微笑，这景象虽然奇怪，却别有一番动人之处。

两人吃饱后，休息片刻，越捷飞才回来。他脸上带着欢悦之色，好像知道了什么令人高兴的事。容止微微笑着，望了越捷飞一眼，再望望楚玉，随后站起来，宽袖一掸衣袍，扫去其上灰烬：“公主来得正好，我有一事相告，请随我来。”

楚玉下意识地问道：“什么事？”

容止笑道：“公主忘了吗？前日你令我做的三件事，那第一件……如今已经完成了。”

什么事？

啊？她还真忘记了。

楚玉恍然一阵子才想起，两天前，她还用七叶雪芝威胁容止来着，目的是让容止帮她做事，而第一件事，便是找出府上的窃贼。

今天过得很是混乱，不仅得知容止与越捷飞一门的结怨缘由，又瞧见天如镜的非人能力，楚玉受了太多震撼，以至于把偷窃小事给抛到了十万八千里远。

她当初之所以那么做，是因为无法捉摸容止的立场，只能暂时将他假想为敌人，针对他做的每一件事都不太客气。但今天知道了当年一些原委后，便为自己的过度小心产生了些许愧意。

她那时实在是有些逼迫过甚。

思及此，楚玉看着容止的目光便不由得有些抱歉；“已经找到了？”

容止含笑而立：“不错，已经找到了。”

假如是今日之前，楚玉定要怀疑他这么快找着窃贼，是不是与对方有所勾结，可现在一旦改观，想事情也会往好的方向想，不再一味地怀疑猜忌。

楚玉发自内心地轻松：容止不是敌人，这实在是太好了。

虽然天如镜的事让她有些受挫，可得知容止的真正目标并不是她，也算是塞翁失马，焉知祸福。

楚玉拍拍衣裙，也站起来：“是谁？已经扣起来了？带我去看看。”她说着就要穿过竹林，往园外走去，却被容止伸手拉了一下衣袖。

楚玉停步回头一看，见容止递过来一块折叠好的丝帕；“公主，先擦一擦吧。”

楚玉有些怔忡，不知他这是何意。容止笑了笑，握着丝帕一角，抬手为楚玉擦拭嘴唇。他轻柔又仔细地擦去她唇上沾着的油渍后，轻声道：“如此好了。”

两人站得很近，楚玉全身僵硬着任由他动作，周围的一切都是昏暗的，容止笑意模糊，只有一双眼睛清润如水，幽静如潭。直到容止拿开了手，楚玉才回过神来，禁不住脸上发热，幸好此时夜色已浓，她才不必发愁该如何掩盖。

容止先朝林中走去，他雪白的衣衫在黑暗中轻轻拂动，不时有纤细竹枝划过，偶尔有淡薄的月光透过竹叶之间的缝隙，打在他身上，仿若浮冰碎雪。楚玉迟了片刻，才跟上他的脚步。

穿过竹林，走出沐雪园，才走出几步，便有侍卫靠近。那侍卫先向楚玉行礼，才请示容止道："容公子，都已经安排妥当。"那是楚玉前日分配给容止的人手。

容止瞥了楚玉一眼，似乎是想起了什么有趣的事，笑道："公主也一起去瞧吧，虽然那人我早已猜到，可也有猜不中的地方。如今我方信了那句话，十步之泽，必有芳草。"

由那侍卫在前引路，没出西上阁就到了目的地。园门前书着这座园子的名称：春色暖园。

这是从前山阴公主两名男宠的住处，如今这园中，只有一人居住——便是柳色。

竟然是柳色？

楚玉感到愕然。她转头看向容止，容止也恰好在此时转过头来，笑吟吟地点头，其意无须多言。院门是虚掩着的，从缝隙里隐约传出蛮横的叫骂声，听那声音像是柳色。容止一笑，推开门，几人走了进去。

进了院子，楚玉也听清了柳色的骂声，多半是市井间的粗鄙俚语，骂得流利无比，话语之间不带半点儿停顿，有些词句之妙，楚玉甚至要回味好一阵子才能领悟其中的意思。

从院门口走到房屋前不过二十多步的距离，在这短短的时间内，柳色一直从容止的祖宗八代骂到祖宗十八代，并且多次试图与容止的父母发生某种不正当关系。容止一进屋，便笑着接口道："那可真是对不住，家父家母已经入土为安，你来晚一步。"

二人进门的那刻，好像有谁按动了消音按钮，骂声陡然中止。

屋内只点了一盏灯，光线很暗，有几名侍卫在门口屋内看守着，见容止、楚玉来了，连忙纷纷行礼。容止径直走向房屋正中央，目光含笑，望向柳色。

此时柳色被拇指粗细的麻绳绑缚着，翠色衣衫凌乱，长发狼狈披散，雪白的脸上有掌掴的红痕，看起来显得楚楚可怜。他先是看见容止，正要继续破口大骂，忽然瞧见容止身后的楚玉，立即变了神色，眼中迅速涌出晶莹泪珠，嫣红丰润的嘴唇微微开启着，颤抖着道："求公主救救柳色！公主若是不来，柳色便要被容止给害死了。"

接着，柳色便滔滔不绝地控诉容止的跋扈专断，简直将容止说成了天上有地下无的天字第一号恶人。楚玉听得颇为有趣，而一旁的容止却忍不住连连微笑，好不容易等柳色说累了，才接口道："好口才，听你这么说，就连我，也都险些要信以为真了。"

楚玉偏头瞧他，故意道："他说的不会是真的吧？"

容止曼声笑道："公主以为呢？"

他拍了拍手，门外便有一行人走了进来，是一对侍卫绑缚着几个人。这几人之中，有府内打杂的下人，有守门的守卫、外府账房，亦有普通商贾、贩夫走卒，以及一个相貌阴柔、与柳色有几分相似的青年。

柳色一见那阴柔青年便变了脸色，叫道："容止，你有什么私怨便冲着我来，抓住我哥哥做什么？"原来那青年是柳色的兄长。

容止摇了摇头，望着柳色的目光是居高临下的怜悯。他一弹手指，身后便有人将搜索来的证据奉上，正是公主府上丢失的珠宝玉器。

柳色的面色已是苍白，可想到承认的后果，他依然嘴硬地抵抗着："这是你在栽赃陷害，我压根儿就没见过这些东西。"

容止也不气恼，只是弹了下手指，便有人替他说出查探的经过以及对其他人单独审问的结果。

听着听着，柳色一下子泄了气。他双目发直，浑身无力，若非有绳子强行靠柱绑着身体，只怕就要立即瘫倒在地上。

柳色早些年入府后，就曾经奓着胆子做过一笔，勾结外府的账房贪污，贪来的钱财给他哥哥送去，用于走入仕途后官场上的交际。后来因为容止全面接掌了府内的事务，他便没敢再下手。而这些日子，柳色预感到自己今后再也不会受到公主宠爱，便又动起了念头，想要在被赶走之前捞上一笔，弄笔养老金，今后也能过得舒服。却没料到已经被削权的容止，再次横插一杠，将他给硬生生揪了出来。

他被人捆在此处时，心中还抱有侥幸，现在却是完全绝望，证据确凿，他再没有喊冤的理由和立场了。

容止微微一笑，转向楚玉道："我从前倒是没有留神，柳色是这样的人才。他勾结外府的账房贪污，并盗取珍玩，辗转偷运出去变卖，销赃的路子也算隐秘。"虽然看在他的眼里，尚算粗疏，可对于没有经受过任何指导的柳色而言，却是极为难得的了。

容止虽然仅凭对府上各人的了解，猜出了偷盗者是柳色，但在查证过程中，却还是感到有些意外：柳色出身贫民，他没有念过书，只是跟着从商的父亲学过算账，可是对金钱与买卖却有着出人意料的敏感与热爱，账目做得很是巧妙，虽然瞒不过容止，却至少糊弄过了新手上路的桓远。

容止将前后向楚玉详述一遍，便问她如何处置。楚玉目不转睛地看着柳色，心里也有些犯愁，不知该如何是好。

其实她对于偷盗府上财物的人，并无多大痛恨，命令容止将其找出来，不过是不想身边有只耗子啃墙脚，甚至没想过真抓出来时要如何处置。

最为为难之处，是因为楚玉前两日才从严处置了幼蓝，倘若一下子放轻处置，会令她前面的一番做作宣告无效，但现在柳色犯下的是大错，不要说从严，甚至正常的处罚，就是打死也不为过。

难道真要打死他不成？

似乎是瞧出了楚玉的为难，容止在一旁翩翩笑道："公主倘若为难，便把柳色交给我处理如何？"

柳色一听，登时面色惨白，哭着求楚玉饶命。容止虽然平日里待人谦和，可是柳色心里，对他始终有着不可磨灭的莫大惧意。

第三十八章　一叶而知秋

容止太可怕了。

在他幽深的目光下，好像一切都无所遁形，只不过一日的工夫，他便将所有的一切连根给挖了出来。

准确的洞察，决断的行动，冷静的判断，这些，与容止温雅的外表截然不同，也显示出他的手段是何等圆融犀利，这与桓远的生涩是截然不同的。

也因为此，柳色越发害怕落在容止手中。他看不透这个人，根本无从猜想会有什么后果。

楚玉想起容止昨日说过的要杖杀幼蓝的话，虽然已经对他改观，但他手段冷酷狠毒，却是事实，当下便要摇头。即便柳色该罚，也不要太过狠戾为好。

楚玉虽未说话，容止却仿佛猜出了她的意思，又道："公主请放心，我不会无故苛待柳色，只不过见他天分惊人，埋没了未免可惜，倘若教导一番，可做桓远的帮手。"

容止提到桓远，楚玉也想了起来，桓远接掌府内事务也有了一段时间，很是尽心尽力，可是成效始终上不来，对府内其他人也没有统领的魄力。自打她得知容止并非敌人后，便打算将权力转交回给他，如此也算是减轻了桓远的负担。而对桓远，她则另有打算。

楚玉才这么想，便见容止微微摇头，漆黑温润的目中流露出少许不赞同之色，正要细问，却听他道："公主，我们到一旁再说。"

两人走到院中，容止站定，便张口道："公主不可。"

楚玉反道："如何不可？"她尚未说，他便知道她要做什么了吗？

容止幽深的黑眸几乎与夜色漫成一片，他轻声道："公主待我前后大不相同，我如何不知公主所想，只是不能如此。公主，虽然我重新掌管事务，是再方便不过，可是你有没有想过桓远？他会如何想？”

楚玉陡然清醒，也明白过来容止的用意。假如她将刚交给桓远掌管不久的事务再交还容止，这自然是维持正常运作的最好办法，而桓远也可以从中脱身。可是问题在于，这么做，几乎等于当面给桓远一个耳光，等于是告诉他，因为他太无能了，才不得不让容止重新执掌事务。

容止反对这么做，便是为了保护桓远的自尊心。

凝望楚玉，容止柔声道：“公主，倘若你给予了桓远信任，却又忽然在此时收回，他会受不住的。”

这与他对桓远的打击不同。他与桓远平素并不相合，来自于他的打击，仿佛一种敌对的磨砺。可是楚玉对桓远，却是委以重任在先，桓远初上手事务，尽心竭力，已是疲惫不堪，任何人都能看出他的憔悴。倘若楚玉此时收回桓远的权力，便是全盘否定了他之前所做的努力。就好像两人同一阵营，但是楚玉却在桓远不设防之时，在背后捅了他一刀。

楚玉先前急于夺取容止手中的权限，两人之间的权力移交太过粗暴，导致桓远身负重担疲惫不堪。现在的桓远，需要的是他人给予的信心与信任，倘若没有，身上压力过重的他，也许真的会被压垮。

想明白前后，楚玉冒出一身冷汗。假如容止没有提醒她，那么她可能真的会说错做错。行动表明态度，就算她事后努力向桓远解释，却再也不能挽回。

幸好有容止。

思及此，楚玉抬手想要作揖，忽然想起自己身穿女装，这姿势不伦不类，中途放下一只手，想拍容止肩膀表示感谢。可是转眼间，她面色变了一变，伸出的手强行在空中转了个弯，掩饰地摸上自己的下巴。

忽然生疏起来，是因为楚玉想起一事。

方才容止说，桓远的自尊会被伤害，那么容止呢？被她叫来的越捷飞打断骨头，养伤期间被趁机剥夺权柄，被算计、被冷落、被薄待……他又是什么心情呢？

楚玉全身僵硬地想着。

会不会，她已经犯下了什么无可挽回的错误？

楚玉望着容止，两人的距离很近，可是仿佛永远触摸不到。他们之间仿佛隔着一层无形的墙，如何都不能打破。

对上容止含笑的目光，楚玉忽然间不知该如何是好，久久不能言语。即便容止原本的立场是站在她这边的，可在那样被对待后，他还会毫无怨恨毫无芥蒂地帮助她吗？

她过度地小心，是否已经将一个本来是朋友的人，推到了敌对的位置？

楚玉想问，可是不知该如何开口。

见楚玉神情变幻不定，容止莞尔一笑：“公主在想些什么呢？”

楚玉心中正乱，随口回道：“你应该知道我在想些什么吧？”她现在已经毫不怀疑容止洞悉人心的能耐，也不认为容止会看不出她现在所思所虑。

容止轻笑一声："公主若不说，我怎知道公主在想些什么呢？"

楚玉撇撇嘴，下意识地反问："难道我不说，你就不知道我在想什么了？"

容止接口道："难道公主不说，就认定我知道公主在想什么？"

这一回，楚玉没有再接下去，这样叠加反问着的对话，实在太没养分太浪费时间了，可是……两人的目光正正对上，仿佛胶着在一起，而后微微错开视线，彼此一笑。

方才那堵无形的墙，瞬间融解消弭。

几句心知肚明却互相反问的对话，听起来有些无聊，可楚玉的心，就这样安稳下来了。她也明白，容止方才与她无聊地斗嘴，目的用意便是为此。

他在无声息地传递信息：请放心，我会置身事外，不会对你造成阻力。

你不说，我不说，蒙着一层纱，雾里看花，可彼此都是明白的。这样的隐约，最是微妙。

楚玉才感安心，又想起一事，问道："那么你是否需要什么？"

容止飒然一笑，望着她，目光又转温和："我只需在此容身便好，公主还是快去瞧瞧桓远吧，这里大可交给我来办。"府上事务对他而言已经太不新鲜，重复同样的烦琐工作，已经失去了当初独自接手的挑战。他不愿回收权力，还有一个没说出口的理由，便是这个。

不过，调教柳色，想必十分有趣。

楚玉听了容止的话，急急赶往修远居。才一推门入内，便见桓远端坐在案几之前，正低头专注地整理账册。一本本账册整整齐齐地摞好，放在两侧，而正中摆放着一只方形托盘，盘上垫着一层锦布，托着公主府理事的印鉴。

听见推门声，桓远抬起头来，并不奇怪楚玉的到来，平静地道："公主，我已收拾停当，账册整理完毕，什么时候交给容止？"他修长的清隽的手放在账册上，俊美的脸上没有表情，眼中却好似有什么濒临破碎。

楚玉心中叹了一声，暗道容止实在料事如神。她走上前，坐在他对面，正色道："谁告诉你我要把这些事再交给容止的？谁造的这等谣言，说出来，我定要重重惩罚，竟然敢背着我这么胡说八道！"

桓远死寂的神情中终于产生一丝裂缝，流露出少许惊讶："难道不是吗？"

细微的不经意的行为，会反映出人的倾向。今日楚玉随容止去看被擒住的柳色，却没有通知桓远，是因为那时她已经放下了对容止的排拒戒心，并准备信任他的决定判断，倘若是在今日之前，这样的情形下，楚玉定会先叫上桓远陪同。

见一叶落，而知天下秋，容止有洞悉全局的能力，桓远在这方面虽不及他，可是也有着敏锐的思维。当有人告知他楚玉与容止一同去看被抓住的柳色时，他便知道，自己恐怕要被放弃了。

对于这个结局，他很平静，并没有什么愤怒，只是默默地做着准备，等待着那一刻。

他不如容止，完全比不上。

这个认知再一次打进桓远心里，打在他已经摇摇欲坠的信心和自尊上，只待楚玉前来收拾残局，给他最后一击。

楚玉微微一笑，双手覆上桓远的手，目光清澈澄明，丝毫不动摇地注视着他："我相信你。"她没有解释，也没有说什么多余的勉励的话，只温柔又坚定地说一声"我相信你"。

桓远神情微震，片刻后觉察手背上温热柔软的触感，有些不自然地挣出手来，低声道："公主，容止之能，远在我之上。"虽然不情愿，可是他也不得不承认这一点。

他低沉地说着："公主，我才能不足，这些事务，还是交还给容止为好。"

真是口是心非。

楚玉双臂撑在长几上，身体前倾，越过低矮的桌案，脸与桓远不足一尺距离。她紧紧地盯着他："我说你可以，你就可以。今后不要再让我听见你说出妄自菲薄的话。你才接手这些事务多久，而容止又是做了多久的？你资历不如他，此时艰难些在所难免，倘若你不思进取，那才是真正输了！"

一张脸猛然在眼前放大，桓远一时间不由得屏息。他的目光在楚玉姣好的容颜上停留片刻，有些不自在地避开，身子后仰少许："是，公主。"

为什么，心中忽然升腾起无可遏制的欢悦，暗暗高兴着？

真是可耻。

不对，他与她之间，仅仅是交易，他付出忠诚，她给他自由，先前彷徨失落，只是怕她会反悔罢了。

定是这样的。

收敛起心神，桓远垂目肃容道："是。"

楚玉虽然不明白他为什么一下子变了语气，但她现在已经极累，一日奔走耗费心力，解决了桓远，此时便有了倦意。懒得多想，她站起身，摆了摆手道："总之你莫要再提这件事，我不但不会让容止取代你的位置，过些天，我还有重要的事要交给你去办，你等着便好。"

还有？

楚玉说完便起身离开，留下桓远身如木雕般呆坐着。他微微懊悔：早知道会这样，方才应该更坚决地辞去职责才对。

一觉睡到自然醒，已经是中午时分，楚玉躺在床上，看着从窗纱透出的阳光，也知道时候不早，可是身体惫懒着，不想动弹。

已经有好几天是这样度过，除了处理必要的事，楚玉基本都躺在床上发呆。

往常这个时候，她已经进入宫中，和小皇帝套亲情关系，可是经过那日，她格外不想看刘子业那张脸。

而针对刘子业的那部分计划，也因为天如镜的拒不合作而暂告中断，不得不重新拟定。

楚玉翻了个身，幽幽地叹了口气，想了想，还是起床，唤幼蓝、粉黛进来服侍她洗漱。

那三日的惩罚时间已经过去，楚玉又把幼蓝调回了自己身边。毕竟这个心灵手巧的侍女在本职工作方面还是做得很不错的，不过因为幼蓝三日禁足不能干活，她又多提拔了一个粉黛，一起贴身服侍。

懒散着衣，脚踏木屐，楚玉拖着步子，先去桓远那里逛了一圈，照例说番勉励的话，随后便前往沐雪园，发现容止不在。

楚玉想想，又慢悠悠地折往春色暖园。还没走近院子大门，便听见一声凄厉惨叫："啊！"惨叫声落下后，柳色愤然的声音传出，"疼啊，容止！你能不能让花错放下那根竹条，我又怎么了？你动不动让他打我！"

楚玉一笑，推门进去，放轻脚步，小心地不惊扰屋内的人。只听见容止悠然道："你方才瞧错一个数，自然该打，再有异议，我让花错加倍打。"

柳色声音弱了些，可还是十分不平："你要打也成，可别打我的脸，再这么打下去，我还要见人吗？"

容止轻笑一声："你怕这个作甚？若是爱惜容颜，我这里有上好伤药，待你完成了今日应做的课业，我便给你敷药。"

之后屋内的声音模糊起来，大约是柳色小声地抱怨了几句，最后还是不得已屈服于强权。

楚玉走入屋内。

窗户开着，阳光从屋外透入，屋子里显得十分明净。花错靠在窗边，一手拿着一根约莫两米长的细竹竿。竹竿的尖梢正好搭在一条黑色长几边上，容止与柳色坐在长几一侧，面前摊开几本陈旧账册。容止背靠身后梁柱，眸光半合，而柳色则扭着被抽得青一道紫一道的脸，痛苦地浏览着账册。

听见楚玉木屐的声响，柳色抬起头来，正让楚玉瞧清楚了他脸上的伤痕。柔媚娇艳的容颜上，一共八道青紫交错的瘀痕，纵横地隐约构成一个字：花。

楚玉一瞧，便忍不住笑出声来。虽然有些可怜，可这尊容实在太有趣。柳色慌忙抬手捂住自己的脸，不想让她瞧见这么一副难看的模样。片刻后他忽然想起来，即便他容貌无损，公主也不会再宠幸他了。

目光暗淡了少许，柳色慢慢放下手，起来行礼："见过公主。"

见他如此凄惨的模样，楚玉也有些不忍，注目一旁的容止，以眼神问他能否不要那么严苛。

容止笑着摇摇头道："公主，你有所不知，柳色虽然天分惊人，可是我却发觉，他有个好逸恶劳的毛病，倘若不逼上一逼，想让他学点儿东西，可是比登天还难。"柳色怕痛怕苦，如此作为，是制住他的最简单的办法。

若非好逸恶劳又贪图享受，柳色就算只是子承父业，也能混个小康。但他偏偏不愿意辛苦劳累，才巴巴地自个儿送上门来当面首。而在公主府冒险偷盗贪污，也是为了今后能安然享受。

楚玉想想也是，倘若柳色不快点儿学习并职掌府内的账目，她很难把桓远给腾出来做别的，她自己这边也很缺人手，于是便不再过问容止的管教方法。

想起自己的事，楚玉下意识地瞥了容止一眼。后者闻弦歌而知雅意，手指轻敲一下长几："暂且休息片刻，花错，劳烦你给柳色敷药，我与公主出去一会儿。"

两人走入园中，又听见房中传来惨叫声："花错！轻点轻点！死人啦！"

相视一笑，容止对楚玉道："公主可是有什么为难之事？"

楚玉想了想，决定道出自己的烦恼："确实有为难之处，我想在城中或近郊处，另外置办一处清净宅院，可是不能以我的名义来，而是委以他人之名。"要做到完全的隐秘，不让人知道房主的身份，家中仆役也要全新的，与公主府全无关系的。

这件事说起来容易，但是到了想要实施的时候，操作起来却不方便。先别说隐藏伪造身份，光是想要找一处清净宅院，便不是那么容易的事。

容止悠然道："公主烦恼于此，为何不去相求于王意之？"不论是财富还是人脉，王意之都是顶尖的。只要王意之愿意代为出手，什么假身份，又或者清净宅院，都能手到擒来。

楚玉一听，愣住。她定定地看了容止许久，才无奈地撇撇嘴："还有什么事，是你不知道的呢？"她认识王意之，也不过最近的事，然而却好似一切都逃不过容止的耳目，令楚玉很是无可奈何。

不过……知道就知道吧，眼下也没什么必要瞒着他，甚至还有可能要借助于他的力量。

容止笑了笑，曼声道："公主如是愿意信任我，可以将此事交给我，改日由我与王意之商谈，担保公主如意便是。此外，除了柳色，我想向公主推荐一人，大约能帮桓远一二。"

"那就交给你吧。"听到说正事，楚玉收拾好了心情，问道，"是谁？"

容止静静地道："墨香。"

第三十九章　惺惺遥相惜

“墨香？”

容止微微一笑：“不错，墨香。我调教了他两年，本想过阵子再告知公主，眼下既然有用，便让他派上用场。”

楚玉一愣，道：“那，桓远……”桓远会不会再想些什么有的没的？

容止笑吟吟地道：“不是我，便不会。”桓远所受到的压力挫败，大半来自于容止。倘若不是他，桓远便不会有那么严重的压抑感。更何况，墨香派过去，是作为桓远的属下，全权由桓远调派，只会减轻桓远的负担，不会令桓远有任何为难。

这便是容止与墨香的不同之处。倘若是容止，就算仅仅是作为桓远的副手听从调派，到了最后，不管有意无意，掌控权还是会到他手上，这不仅仅是天性使然，也是他的才能手腕所致。

选择在这个时候用上墨香，一来是为了让桓远对之后的柳色有所准备；二来，墨香可以在桓远与柳色之间做个中介的搭桥。

不管是曲意逢迎，揣测心思，还是进退合度，经过容止两年的调教，墨香在这方面远比柳色在行，他懂得什么时候该低头，并且极为识时务，不会让桓远有任何不快。有一就有二，接受一个墨香，那么再让桓远接受一个柳色便不是难事了。

墨香是先导，也是缓冲。

原来如此。楚玉点了点头：“就依你的意思办吧。”

又过一日，容止便告知楚玉，要办的事已经办好，这个世界上，又凭空出现了两个叫喻子楚和喻子远的人，分别是给楚玉与桓远用的假身份。从前这两个名字还只是自称，可给容止这么经手一遭，却是实实在在地落在户籍上，谁来查都不怕了。

容止很谦逊地说，这大半是王意之的功劳，他不过从中穿针引线，出面与各方面机构说话都是王意之一手包办，甚至大半置办的钱财，也是王意之给垫上的。

通过王意之伪造身份还有个好处，那便是不会有人怀疑这身份的真假，因为王意之这三个字就是响当当的保证。

虽说已经对王家的豪富有所了解，可是这惊人的效率还是让楚玉吃了一惊。她特地易装随容止去瞧了被命名为楚园的新宅院。

府内的守卫仆役不知道是从哪里找来的，素质很不错，手脚利落，外貌也甚为齐整端正，里外都很有面子，想必王意之也在其中出了力。楚玉去认了一回人，对王意之的帮忙很是感激。想起那日王意之送来的请帖，楚玉想了想，笑笑，准备了一份回礼。

王意之什么都不缺，尤其不缺钱，所以假如要送珍贵器物，反而落得下乘，那么想要表现心意，便要送这世上没有的东西。

不日便是王意之的邀约之期，楚玉赶着做了准备。到了日子，便乘车前去。车上摆放了一只沉甸甸的木箱，这回楚玉不是独自前往，而是带上了流桑。

带上流桑，也是偶然想起来的，楚玉需要一个人给她打下手，偶尔跑跑腿，但是为了安全起见，在外越捷飞绝不能离开她身边，因而就需要多一个人手。

带的那人身份若是太低，不方便出现在上流阶层公子们聚会的场所，而倘若带上容止、桓远之流，又太过大材小用，因此年纪较小的流桑刚刚好。

得知楚玉要再次带他出去，已经被遗忘了许多天的流桑自然是赶着点头说好，不管楚玉说什么都连连应声，上车下车都是用跳的。

楚玉先从公主府来到楚园，再从楚园整装出发。楚园距离王意之的宅院很近，不一会儿便到了。将马车交给王家仆役，楚玉等三人便在一名童子的带领下，去见身为聚会主人的王意之。

王意之就在湖边。

眼下时候还早，大约是早上八九点钟，别的客人尚未到来，湖边停泊着一叶扁舟，王意之就躺在这船上，伴着湖水荡漾，闭目享受轻暖的晨风。

看见王意之这样，楚玉心里便不由得微微羡慕。她走上前去，抬脚踢了踢船身，笑眯眯地道："意之兄好兴致。"

小舟浮在湖边受不得力，被她轻轻踢了一下，顿时晃荡起来，躺在船上的人便有一种船快要翻身的错觉。一旁的童子瞧着睁大眼，怎么也料不到这位看起来秀秀气气的公子哥会如此不客气，见了他们家主人，敢拿脚上前打招呼。

童子愣了片刻就想上前阻拦楚玉，却被越捷飞尽职地拦阻。王意之在摇晃的船上却不慌张，他不疾不徐地睁开眼睛，身体随着船摇晃："子楚兄，这可不是为客之道。"

他虽然嘴上说着斥责的话，眼睛里却荡漾着欢快不羁的笑意，没有一丝生气的意思。楚玉微微一笑："意之兄若是心有不平，下次让你踢回来便是。"

王意之慢腾腾地站起来，小舟依然摇晃不定，可他站在舟上，却没有半点儿站不稳的迹象，让存心等他笑话看的楚玉略为失望。

王意之朝楚玉身后望了望，瞧见流桑后，微露讶然之色。他抬脚踏上岸边，也不在乎衣袍角沾了湖水，便笑道："我原以为陪你同来的是几日前的那位。"

王意之说的那位，自然便是容止了。

楚玉不知道他在此时提容止做什么，心里"咯噔"了一下，面上却不动声色道："他另有要事繁忙，不能前来。"

"那可真是遗憾。"王意之明显地表现出惋惜之色，毫不掩饰对容止的欣赏，"我原想他若在你手下无甚大用，便将他给要过来呢，如今看来却是不行的了。"

楚玉扬扬眉毛，表示不解之意。

王意之恳切地道："我这话出自真心，他日你若是不想留他了，便将他给我吧，如此人才，便是做宰相也足够了。"既然知道楚玉的身份，王意之对于容止的身份也能猜个八九不离十。他怎么也想不通，这么个惊才绝艳的少年，怎会甘心为人面首呢？

倒不是他瞧不起楚玉，而是那少年太不平凡，根本不是区区一座公主府能容下的。

楚玉无言以对，只好陪着傻笑，心里对当日的情形好奇得要死，后悔当初容止来跟王意之商谈的时候，她不该一时犯懒没有随行旁观。

到底这两人都干了什么，让他们对彼此如此欣赏，毫不吝惜对对方的赞美？

楚玉才想探问，王意之却又转了话头，向她询问起了当日她所说的蒸馏水："你前些天给我说的东西，别的倒也罢了，但是其中一件，我如何也想不明白。难道那水煮过了之后，便比没煮过的要干净许多？"

楚玉知道他大概不会多说了，也便顺着他的话道："这个意之兄便有所不知了，我们平日所用的水虽然清澄透彻，可是这世界上，有许多尘埃，是我们的眼睛瞧不见的。"

王意之狡黠地反问："既然瞧不见，那么你又怎么知道有那些尘埃呢？"

楚玉仔细想了想："意之兄，在早晨一些时候，日光从窗户里投入，你是否会瞧见一些很细小的灰尘在凌空飘舞？"显微镜什么的楚玉没条件制作，只能用大家都能瞧见的例子做示范："这便是我们平日瞧不见的尘埃，只有偶尔能瞥见其踪影，水中也是一般模样，我们平日里看不见，却并不意味着尘埃不存在。"

楚玉紧接着又补充道："意之兄若是时常见人烧热水便会晓得，倘若锅炉长时间烧水，就只是烧水，并不烧其他的东西，锅内壁会留下一层水垢，这也是明证之一。"其实水垢是水中矿物质的沉淀，但是眼下楚玉为了证明自己的观点，也就胡乱拿过来用了。只要能说服王意之，不管真的假的，总归是好的。

倘若王意之再不信，她可以给他来个当面演示，玩玩沉淀结晶什么的，要是再精深一点的，她就玩不转了。

楚玉连举两证，也由不得王意之不动摇，他忍不住皱了皱眉："原来我们平日饮食用的水是如此肮脏？"

楚玉一听大窘，心想要是把王意之忽悠得不敢喝水那就糟糕了，连忙又补救道："倒也不能这么说，平日空气中处处微尘，我们不也照样活得好好的？只不过对于实验来说，自然是材料越纯净越好，些微差错不得。"

"实验？"王意之准确地捉住了楚玉说出的新名词。

楚玉心念急转，不慌不忙解释道："不错，实验实验，实地检验也，若无实验，怎得真理？"她一边说，一边在心里暗暗抹汗，说起来她的化学水准也是半调子，王意之稍微问得深入一些，她便捉襟见肘了。

说完这些，她又忍不住想起了天如镜以及他的师父。照理说这一门应该是走神怪路线的，怎么又会对于现代的实验方法有类似的结论呢？

"妙哉！"王意之思索片刻后击掌赞叹，对于楚玉的解释很是赞赏，神色之间满是飞扬快意，"若无实验，怎得真理？正如纸上谈兵终不可信，子楚兄这话，实应为我辈训诫。"

接着楚玉又叮嘱王意之，取蒸馏水时，用具本身要洗净，如何将水蒸成气后用洁净容器冷凝收集，虽然本身并非化学专业，但是中学时受到的基本教育让楚玉有这么个概念：对于实验来说，其材料都是尽可能纯净一些好。

仔仔细细地交代完毕，楚玉冷不防听王意之问道："你说得很是有理，可我还有疑难。你贵为公主，怎么会对这些事知之甚详呢？"领路童子已经离开，去迎接新的客人，所以王意之也不在乎说出楚玉的身份。可他这个问题，也听得楚玉一惊，意识到自己的失言。

灰尘在阳光里飘舞这种事是每个人都能发现的，这且不提，可是以一个公主的身份，怎么会去关注烧水的锅炉呢？

可一时之间，楚玉却找不出用来补救的语言，忍不住抓住自己的袖子，手指摸到其中的硬物，楚玉忽然想起来随身携带的东西，便取出来递给王意之，生硬地转移话题："还要多谢前些日子意之兄鼎力帮忙，在下有份回礼相赠。"她从袖中取出一柄合拢的折扇，双手端着递给王意之，以示诚意。

扇子这个东西是古来有之，可是这个时代尚无折扇，楚玉特地找人打听了，时下用的几乎都是羽扇执扇等，却无纸扇折扇。楚玉前些日子令人做了柄自己使用，便是这世上头一份，只不过做出来时天气尚不热，她把玩两天便束之高阁。

她前些日子想要回王意之一份别出心裁的礼物，想来想去便想到了这折扇，毕竟别的东西技术含量太高，她做不来，而这折扇仅仅是一个别致的创意，说出来工匠便能照做。

她心中有鬼，话题转移起来也很不自然，带着明显的刻意之象，旁人如何不知？然而王意之也没追究，只笑笑接折扇过来，打量一会儿，而发现其中玄机，带着点好奇，双手拎着两侧扇骨，慢慢拉开折扇，瞧见扇面上画着的墨色山水，他眼中的惊奇之意更甚。

楚玉自己再拿出一柄折扇，手腕一动，唰地展开，笑道："意之兄，该是这么做的。”她拢起折扇，又放慢做了一遍示范。

王意之看一眼便明白过来，也学楚玉用一只手展开折扇。他手上灵活有力，很快就做得比楚玉更潇洒好看。拢起折扇，王意之目中难掩欣喜之意，口中却道：“你身为公主，也未免太过小家子气，竟然拿几片竹条两张薄纸来做回礼，不觉得太过轻慢了吗？”王意之素来不在乎钱财，反倒对于巧思之物极为喜爱，楚玉这份礼正对他的心思，已是令他极为满意。之所以出此言，不过是高兴之余，忍不住想要逗逗楚玉。

楚玉抿着嘴笑道：“自然不是，这扇坠也有巧妙，意之兄不妨看看。”

扇坠乍一看是块条状的白玉，约莫一指长，白玉虽然无瑕，可这玩意儿王意之家中多了去了，并不怎么放在心上，还嫌这白玉条坠子太破坏折扇的雅致意境。然而听楚玉提起，他拿起来细细端详，却发觉这白玉条，竟然也是一柄折扇。

一柄纯粹玉制的折扇，因为通体洁白，接缝太过浑然一体，导致王意之先前竟然没有发觉。

慢慢地用手指展开白玉小扇，便可见其全貌，每一片扇页都打磨得十分均匀纤薄，白玉接近半透明，精巧玲珑，好像稍一用力便会粉碎。

而这白玉薄片组成的扇面上，以秀逸的字体雕刻着一份邀请，反面则雕着山水，与纸扇上的水墨画结构颇为相似，字便隐在山水之间，映着画意，却并不重叠。这份邀请不过寥寥数字，请王意之在一个月后，去楚园参加聚会。

以折扇为由，巧妙地送出自己的请帖，也以送请帖为由，巧妙地送出折扇。

虽然折扇是后人智慧的结晶，然而这扇外有扇，以扇为邀，画中有字，字中有画的构思，却是楚玉自个儿费心想出来的；那精巧细致的白玉小扇，则是容止花了足足两个日夜，亲手细细琢磨而成的。

府上虽有工匠，可是却没人做得来这样精细致密的雕工。

这不起眼的地方，才是楚玉真正煞费苦心之处。

第四十章　琴心今何在

楚玉如此作为，不过是为了让王意之能够感受到她的诚意。折扇的构思虽然当下没有，但是制作工艺并不复杂，明眼人一看就差不多能明白，可是那玉扇却是非巧手耐心不可得。

王意之是识货的人，也知道这样的玉扇要花多大的工夫，越是精巧纤细，才越是考验手艺，暗暗领了楚玉这份心意，口中笑着应声道："好，届时我一定前往。"

楚玉微微一笑，这扇子不过是个路引，她还有些玩意儿，要准备一些日子才能拿出来。

两人说话间已经走出柳树林，流桑与越捷飞跟在他们身后。越捷飞是早就习惯了被忽略，但流桑却望着两人背影闷闷不乐。他听不懂二人的谈话，仿佛楚玉与王意之站在了另外一个世界，他看得见，却摸不着。

好容易等楚玉与王意之谈完了，流桑一个箭步冲上前去，抱住楚玉的手腕，并特意看了看王意之。可惜他的示威并没有多大的震慑力，看起来反而像一只全身毛竖起来的小猫。

王意之的目光在流桑的手上停留片刻，随即转向楚玉，扬了扬眉毛，笑道："你养的小猫很是有趣。"

流桑年纪虽小，却并不笨，他如何不知道王意之这话完全没把他放在眼里，气不过道："你别得意，今后你来了公主府，论起先来后到，你还得叫我一声百里哥哥！"他之所以叫容止等人为哥哥，并不是因为他们的年龄比他大，而是因为这些人都在他之前便已经在公主身边。

这个，与世间男子纳妻妾，后来的小妾叫先来的为姐姐，是一样的道理。

流桑话音方落，周围便陷入可怕的寂静之中。

楚玉愣了。

越捷飞愣了。

王意之也愣了。

过了片刻，王意之陡然爆发出大笑。他一边笑，一边用手按着腹部弯下腰，俊逸的面容微微扭曲，似是笑得肚子都痛了。

楚玉一瞬间脸烧得好像要燃起来，只恨不得身旁有个地缝能让她钻进去。

太丢人了！

呸呸呸呸呸！童言无忌，童言无忌，大风吹去，吹得远远的！

看流桑还有再开口的意思，楚玉连忙伸手一把捂住他的嘴，严厉地瞪了他一眼："出门前我怎么对你说的？要听话，不能乱说话，你怎么做的？"

流桑眼光一闪，顿时变得可怜巴巴，像被遗弃的宠物一样垂下头去。

教训完流桑，楚玉苦笑转头望向王意之："意之兄不要介意，小孩子胡乱说话。"

王意之只顾笑个不停，她还想解释，却有外人从远处插入话来："老远便听见意之兄的笑声，不知是什么事让意之兄如此欢喜？"楚玉闻声看去，见来者是柳述，面上尴尬之色立即收敛，自己也退到了一旁。

说起来，柳述还是引荐她与王意之结识的牵线人，若不是头回出公主府在街上被人追逐偶遇柳述，楚玉也许现在都找不到接触本朝上流阶层的机会。

即便她身为公主，可是有些贵族的家世，追溯起来比这个朝代的年岁还要长，他们若是不愿意带着她玩儿，她一点办法都没有。

她只能先获得其中一部分人的承认，进而融入这个圈子。

虽然遇见柳述是偶然，可之后的每一步，越是走下来，楚玉心中的计划便越是明确。可惜她毕竟不是精于谋算的人物，虽然尽量冷静与缜密，可是在过程之中还是有不少意外。大思路是对的，错的是小细节。

府内、宫中以及外交，这三者之中，前二者在进行时，发生了不少的意外，比如容止，比如柳色，比如桓远，而宫中的天如镜又是最大的挫折，眼下唯一没有什么波折的，便是这里了。

可偏偏这是最不着急进行的。

事有轻重缓急，本来王意之这边算是缓的，可以徐徐图之，而刘子业那边却是急的，需要加紧进行，可是一来是因为天如镜，二来是因为楚玉对刘子业极端失望，导致本来该着急的那方，反而寸步不前。

王意之令童子先将柳述领往余香斋，自己落后几步，瞧着楚玉微笑道："虽然子楚兄来了我这里后，一直与我谈笑，可是我却晓得，子楚兄心有所忧。我虽不知是什么事，也不知该如何劝解，但子楚兄若是有暇，可常来我这儿休憩，聊以忘忧。"

说罢，他便大步去追已经走远的柳述。

楚玉站在原地，苦笑着摸摸脸：她竟然表现得这么明显吗？明日不能这么虚掷光阴了，须知她现在每一天都是用来救命的，明日就算再怎么反感刘子业，也要以一副好姐姐的模样去见他。

会客的大厅名为余香斋，其他宾客陆续到来时，楚玉也身在其中。

余香斋简洁而清雅，厅中木质摆设，乃至房梁木壁皆采用带着香气的木料。因为时日已久，香气早已消散，可是倘若细细嗅闻，却又于虚无之中，感觉到那么一丝若有若无的余香。

余香斋大厅内摆放着两排堪堪一尺高的长几。楚玉与随她同来的流桑、越捷飞一起坐在一条长几后，越捷飞虽然也跟着坐下，但他的手始终按在剑柄上，随时可以拔剑。

聚会的主题无非是吃喝玩乐，众人在一起谈论些文学或人生道理，更有甚者，讨论起生命的意义。场面很热闹，楚玉却觉得没什么意思，不想参与其中。她不说话，流桑和越捷飞就更加不会说。因此，楚玉这一座的沉默，便成了唯一的不和谐。

柳述与萧别是坐在一起的，就正好在楚玉所在长几的对面。萧别神情冷淡，不怎么说话，但是柳述却与人交谈得热切。好容易休息一下，楚玉瞧见萧别偏头对柳述说了些什么，心中警铃声陡然作响。不一会儿，就看柳述望了过来，开始发难，“子楚兄一直不说话，可是心中有什么高论？”

楚玉凝视着柳述，见后者的目光有些闪烁，便知他此举是萧别指使的。再看看萧别，后者又恢复了眼观鼻、鼻观心的不理睬状态。

知道是萧别有意为难，楚玉心中冷笑一声，镇定地开口道：“在下其实在想一件不怎么相干的事，一直百思不得其解，请诸位见谅。”

“哦？是什么事呢？子楚兄不妨说来听听。”王意之取出折扇，唰的一下展开。这个动作顿时吸引了其他人的注意力。便有人询问折扇的来路，王意之自是笑着抬出楚玉，于是又有更多的人将目光集中在楚玉身上。

楚玉冲王意之一笑以示谢意，随后吩咐流桑去马车上取来自带的折扇。见流桑快步跑出去了，她才不紧不慢地道：“我所想的，是前几日有人跟我说的故事。是说，一位拥有神通法术的天师，将一名二十八岁的男子送往三十年前，命令他杀死两个人，那两人便是男子的生身父母，而三十年前，男子还未曾出生。听了这个故事，我觉得很是奇怪，倘若那男子在自己出生之前，杀死了他的父母，那么三十年后也不会有他；可是倘若没有他，也不会有人去三十年前杀死他的父母，那么他的父母又将生下他来，可是倘若他能够生下来，又会回到三十年前去杀父母……如此反复想下来，怎么也不是个尽头呢。”

楚玉丢下这些话，便自顾取出折扇展开，风度翩翩地轻摇。

其实她方才所想的并不是这个，但这个问题，她在一段时间前却是考量过的。这是个奇妙的悖论，每一个结局，都可以造成其前提不成立，想必足够这些人费些时间思考，没有人会再有闲暇来为难她。

不出楚玉所料，她话才说完，周围便一片寂静，众人各自陷入沉思。楚玉嘴角挂着一丝冷笑，瞥一眼发愣的萧别后，望向首座的王意之。后者并无为难之处，只如楚玉一般慢悠悠地摇着扇子，似是胸有成竹。

过了片刻，流桑抱着一堆折扇回来了。这是楚玉事先便准备好的，而每把折扇的吊坠上，都是一把小扇子，扇上刻着她的请帖，只不过这些小扇子的材质多半是木材，制作较为简易，不似王意之手中那柄花了许多工夫。

楚玉微微一笑，打破沉默："这是我家自制的折扇，并不是什么了不得的事物，平日出入携带也方便些，算是给各位的见面礼。此外，吊坠之中有在下的邀约，一月之后，我楚园将举办一场极为别致的聚会，诸位如是有暇，盼望拨冗来访。"

众人接过折扇，看了都觉新奇，一时间，投向楚玉的目光和悦了许多。萧别嘴角一勾，像是笑了，可笑意却冷冰冰地透着寒气："这扇子确实别致，可惜主人人品污秽不堪。前日你说我的琴声粗劣，眼下大家都在，你可敢操琴一曲，让旁人品评一番？"

原来萧别见柳述没能为难着楚玉，便自己开口挑明。语调的冷意之中，颇有几分咄咄逼人的意思。

然而楚玉还真就等着他亲口发难，否则她还不知道怎么办。她微微一笑，又摇了摇折扇。她外貌清雅秀美，又兼风度洒脱，明亮，坦然，锐利。亭外的日光打在她身上，好似将光源汇聚起来。

就连王意之，也不由得挑了挑眉头。

装吧。

楚玉心中无奈地暗叹，表面却不露破绽，风仪越发从容优雅。她过了片刻，才望着萧别，慢慢地道："这位……萧别兄，会下厨烧饭吗？"

萧别不知她这话什么意思，不由得愣了。

趁着萧别没反应过来，楚玉又慢悠悠地问："人言君子远庖厨，想必萧别兄也是不会的，可萧别兄却会吃饭吧？会吃饭的人，未必要会做饭，同理可证，会听琴的人，未必要会弹琴。只因我说萧别兄琴艺粗劣，萧别兄便逼在下弹奏，这未免心眼儿太小了些。难道不会抚琴，便没有资格说琴艺不好了吗？"

她这一番话连消带打，乍听起来很有道理，但楚玉自己却晓得，她不过是在无耻地偷换概念罢了。

吃饭是每个人的本能，饿了就会想吃东西，好吃不好吃，味觉会自动品尝出来。可是琴艺到了萧别这个水准的，想要挑出其错处，却是需要极为高明的艺术修养的。

只不过她这个概念偷换得十分巧妙，用了相似类比的办法，所以就连王意之也没能分辨出来，虽然感觉出某些不对劲来，可是却抓不住其中的关键。

用这句话噎住萧别，楚玉摇着扇子，继续教训道："萧别兄抚琴的技法的确无可挑剔，可是我倒要问，你的琴心呢？"一声脆响，她拢起折扇拿在手上，目光清澄而锐利，逼视着萧别，“琴是什么？清微淡远高山流水之声，乃是最为出尘的，可是萧别兄，你在拿琴做什么？你在为自己逐名！替人演奏，供人玩赏……”

“住口！”柳述急急打断楚玉的话，腾地站起来，怒指楚玉，“你这人真是不知好歹，信口开河，萧别兄前次为我等伴奏，乃是朋友之谊，你明白什么？”

楚玉展开折扇，神情翩翩地等他说完。柳述正高声斥责，说着说着忽然感觉不对劲，瞧见楚玉面上带着点嘲意的微笑。他感觉周围十分安静，安静得令人不安，左右看去，发现所有人看着他的眼神都有些不对劲。

王意之懒洋洋地直起腰来，用折扇敲了敲长几边，笑道：“柳兄，你有点儿失礼啊。”

柳述也陡然醒悟过来，方才他情急之下，竟做了一件很不招人待见的事——插嘴。

如王意之举办的这类聚会，有个名字叫清谈会，说白了也就是聊天辩论会，没事练练嘴皮子。但是清谈会有一个不成文的规矩，那便是，其中一方在陈述观点时，另一方应该倾听，等对方说完了再有针对地回答，打断别人说话，是很冒失无礼的行为。

因此，柳述这么一来，便引来众人侧目。

楚玉虽不知道这规矩，但是她一来抢不过话，二来也觉得没必要抢。跟人辩论时，假如气急败坏脸红脖子粗，那么气度上便首先落了下乘，有理有据娓娓道来才更容易让人信服。

所以楚玉让柳述尽情地抢。见柳述停了下来，楚玉笑笑，很好脾气地问：“柳兄说完了吗？”

柳述很是后悔，他恨恨地看了楚玉一眼，暗道：当初在街上怎么没看出这小子是个狠角色，早知道如此，便不该邀请他参加诗会，然而此时后悔已是晚了。

确定柳述不会再来抢话了，楚玉才又望向萧别，悠悠然道：“追名逐欲，以琴为器具，在你的琴声里，我听不见悠远的情怀，也听不见淡微的深意，纯粹完美的技法之外一无所有。孤傲之心蔽目，孤芳之心塞耳，孤寒之心绝情，可……你的琴心呢？”

她声音不大，声调不高，几乎可以说是温文尔雅，可是每一个字都好像尖刀一般，刺进萧别的心里。她说话间，萧别的面色变化几次，最后一字话音落下时，转为雪一般的苍白。

柳述很是不忿，正要继续反驳，忽然面前横出一只手，却是萧别站了起来。

萧别拦阻住柳述，却没看他，只转向王意之，微一欠身，随后转身离座，朝外走去。柳述狠狠一瞪楚玉，也跟着追了出去。

耶？就这样连战都不战就认输了？

见萧别如此，楚玉也有些意外，她原本还做好了迎接对方反击，并且一条条与之辩驳的准备呢，却没料到自己只一亮兵器，对方就转头跑了。

大约是，正好被她说中了吧？

楚玉房中有几本琴谱和记载了琴歌的本子，其中一本上，留着山阴公主对萧别的琴曲点评。虽然说了不少的优点，但最后却写道，萧别徒具琴技而无琴心，千金公子这个俗气的名号对他而言是再适合不过。

这便是山阴公主曾与萧别打过交道的唯一证明。楚玉思来想去，决定就围绕山阴公主这句话的核心来批驳萧别，以他为踏脚石树立自己的形象，反正萧别是看她不顺眼的，倒不如她抢先出手……但她并不能判断山阴公主这话的可靠性，因而还做了许多的准备，用来对付萧别的反击。

却没料到，萧别在这番话面前，竟是如此无力，直接逃跑认输了。从这一点看来，似乎山阴公主的音乐鉴赏水准，还是相当不错的。

通过这个激烈的手段，想必在座的所有人都记住了喻子楚这个名字，也许这名字甚至并没有伴着太好的印象，但总算是给人留下深刻的印象，想忘也忘不掉。

目的已然达成，楚玉宽袖一掸衣袍，站起来，转向王意之，手握折扇一揖，微笑道："扰了大家的谈兴，子楚实在是有愧于心，今日尚有旁事，就此作别，还望意之兄见谅。"

见王意之微微点头，楚玉也没多客套，慢慢地摇着扇子，翩然走出余香斋。她每个动作都文雅从容至极，行云流水，赏心悦目，可是这离去的时机，却是嚣张又高调。

楚玉在前，越捷飞与流桑随后跟从。三人走出很远，楚玉才停下脚步，抬袖擦拭额头，眼下天气和暖，可她额头上的汗水都是冰冷的。

楚玉擦完汗，用力地摇扇子，再无一丝方才的风雅之态，脸上的神情古怪又难受，好一会儿才恢复如常。

她方才作态，全是刻意伪装，因为她的对手是名门子弟，世家风范，她不仅仅要在言辞上压倒对方，风度也不能输于人，为了这个，她曾把自己关在房子里排练了大半日，而这些动作，有几分是向容止学的。

仔细回想一下方才的情形，楚玉又是一阵寒毛倒竖。她很是奇怪，为什么同样的文雅风度，容止做起来赏心悦目，她模仿起来却感觉那么不自在呢？仿佛全身上下，每一根骨头的位置都不对劲……

这大约便是自然与刻意的区别吧。

走出大门，巷道内停着一大排的车驾。来此的客人都是有些身家的，出车入轿的自然不会少，楚玉便在其中寻找自己的马车。

正要上车，身后却传来拔剑声。回头一看，却是越捷飞停下脚步，执剑指着三五步外的萧别，看他的样子，似乎是早就在这里等待的了。

萧别面色微白，眼睛一眨不眨地望着楚玉。方才跟出来的柳述已经不知所终，只剩下他一人。

楚玉皱着眉道："你做什么？"难道是不忿刚才被她打压，特地前来找场子的？

怎料萧别长身一揖，坚定地道："愿赌服输，萧别自愿入府，请公主收留。"

咦咦咦咦咦咦咦？

自自自自……自愿！

楚玉瞪大眼，看萧别似乎不是在开玩笑，脑子里忽然嗡了一下：她刚才，是不是做了什么不该做的事啊？

怎么会演变成这个局面？

看萧别的模样，不像是在开玩笑。

楚玉极力镇定，不让自己表现出震惊的神色，咳了两声，佯作漫不经心地问道："愿赌服输？"

萧别轻叹一声："四月之前，我与公主狭路相逢，我们谈论音律，一言不合，公主烧毁了我的琴谱。我一直视公主如仇寇，今日听闻当头棒喝，才知晓公主烧得没错，我确实已经失却了琴心。"他原本学琴，不过是为了陶冶性情，以求自娱，可是不知从何时开始，越来越在乎外人的赞美，在技法上努力地精益求精，并且频频参加各种聚会……

虽然受万人盛赞，可是他再也找不到当初弹出第一个音时，那种欣喜欢悦、宁和淡远的情致。

然而这些变化，他却不曾发现，反而被眼前这声名狼藉的女子一针见血地指出来了。

之前山阴公主嘲弄似的与他立下的赌约，他愿赌服输。

楚玉迅速在心里盘算一下，四个月前，她还不在这里，换而言之，真正跟萧别有过去的人是山阴公主。究竟怎么回事，她现在大约也能猜出五六分，倘若是原来的公主，面对萧别自己送上门来，只怕会欣然笑纳，而对于现在的楚玉而言，却好像烫手山芋般接不得。

流桑抱着楚玉的手臂，带点警惕地盯着萧别，这个可能成为他……呃，成为他弟弟的人……

楚玉沉默半晌，才慢慢地道："不过是一句戏言，你不要当真，就当我没说过那话吧。"说完她不再理会萧别，自顾自地上了马车。

萧别下意识地上前一步，面前却横过越捷飞的长剑，阻拦他靠近马车。

虽然不知道楚玉为什么放弃跑到嘴边的肥肉，既然楚玉已经表明了不想让萧别接近，越捷飞还是按照指示拦阻住了他。

一拦之下，萧别也意识到自己的失态。他收住脚步，眼睁睁地看越捷飞驾车离开。

楚玉透过马车门的缝隙，瞧见萧别伫立在道旁，高挑的身形有些孤单。她只看了一眼便收回目光，安抚地摸摸身旁流桑的头发。

流桑蹭一下楚玉的手背，困惑道："公主，你不让那个人入府吗？"

楚玉语塞了一下。她低头瞥着流桑，微笑道："你很想他进公主府？"

流桑想了会儿，眨眨眼，摇摇头，诚实地道："不想。"他之前便在公主身边的人倒也罢了，可是他对之后来的，怎么都看不顺眼。

“那不就得了？”楚玉又摸摸流桑的头发，细软的发丝摸起来很舒服，她的眸光转向马车后方，刹那间变得幽冷：她的脑海中，似乎有这样一个印象，山阴公主所在刘宋王朝之后的下一朝代，皇帝好像是姓萧的。

而萧别，也是姓萧的。

第四十一章　阳关独木桥

从王意之那里回来，才中午，楚玉回府换回正装，便令人驱车入宫。

宫中远远瞧见一抹出尘的紫色身影，楚玉当即让领路太监改道，绕远路去找刘子业，不和天如镜撞上。

绕路途中路过一座空园子，楚玉不由自主地停下脚步，想起几日前，她便是在这里发现天如镜身具非人力量，几乎打乱她的所有计划。

她曾经装作不在意地随口问容止，倘若想要杀死天如镜，需要多强的武力。容止在思索片刻后，给她的答案是——至少五千精兵，还是骁勇善战状态完好武器装备齐全的那种。

听容止这么说，楚玉立刻便打消了从武力上制伏天如镜的念头。这么一尊大神，她惹不起，难道还躲不起吗？

今后远远见了避开就是，眼下她也确实是这么做的。

来到永和宫偏殿，踏入门口，刘子业正在里面发脾气，又摔书又摔笔的。一旁的太监宫女也不敢反抗，只得硬着头皮站在原地任他随意砸。楚玉到来时，看到的便是几人鼻青脸肿头破血流的模样。

楚玉下意识地摸一下藏在袖子里的香囊，这才走上前去，柔声问道："又是谁惹陛下不高兴了？"

刘子业正回头拿东西，听见身后有人说话，怒火蒙心之下也没想起是谁，反手拿了条玉如意就要往来人脑袋上敲。

楚玉眼瞧着那玉如意当头砸下，一瞬间本能地想要躲闪，可身体却动不了，只有僵立在原地。

玉如意砸下之际，刘子业也看清楚了身后的人是谁。淡雅的香气令他精神一振，他猛地转动手腕，如意改变路线，擦着楚玉的额际而过，在额角上留下一小块红痕，万幸的是没有砸实。

刘子业丢开如意，也不管那上好白玉在地上摔成两段，他倒抽一口气拉起楚玉的手，有些后怕地道："阿姐，你怎么突然来了？"他是知道自己手劲的，那玉如意也不是什么丝绢羽毛，真要砸中了，楚玉脑袋上只怕会出现一个大血口子。

楚玉安抚一下狂跳的心脏，若无其事地微笑道："前些天说的故事，我想来有些后悔，一直在家中反省呢。"

过了片刻，刘子业的情绪稍稍缓和，令左右退下。一旁被打得满头鲜血的太监宫女感激地望了楚玉一眼，以尽可能平稳的脚步往外走，可是他们脚步的频率却泄露了迫不及待的心情。

刘子业兴致勃勃地拉着楚玉坐下，不像往常一般将脑袋枕在楚玉腿上，只是摇晃一下楚玉的手，有点儿迟疑地道："阿姐，你上回给我说的故事，还有没有别的？要稍微不可怕一点儿的。"

楚玉坐下后，便忍不住抬手揉额头被擦伤的那块，第一次没听清楚，待第二次听他重复之后，她忍不住有些惊讶地偏头，目光越过抚额的手瞟向刘子业：他神情带点跃跃欲试，可是却又有点儿惧意，想听可是又有点儿不敢。

不会是听鬼故事听上瘾了吧？可她现下肚子里没鬼故事了，怎么办？上回给刘子业说的那个，已经是集合了她看过的所有恐怖小说的精华，短时间内无法超越。

楚玉目光飘移不定，最后在飘到小皇帝身上时，忽然有了点子。她清清嗓子："我这里还有个故事，没有鬼，不知道陛下可愿意听？"

听说没有鬼，刘子业略显失望之态。楚玉看着直想翻白眼，敢情他就是冲着鬼故事来的？鉴于眼前人的身份，楚玉不便发火，只得温和地解释道："我只听人说了那么一个有鬼的故事，别的故事也是极有趣的，陛下不妨听听。"

楚玉要了一杯清水，润了润嗓子后，开口道："话说在千万年前，有上古的朝代，比我们所知的三皇五帝还要久远得多，远得所有的记载已经消失，有一个皇帝，名叫康熙……"

手指有节奏地敲着杯沿，楚玉便将前世看过的电视剧胡乱换了个名头，当故事给刘子业说了出来。她说的正是前世中学时代曾无数次在电视上看到过的《康熙微服私访记》。

横竖这时候不可能有人指出康熙生于一千多年后，而不是什么所谓的上古时代，楚玉也乐得瞎编。

电视剧格调不高没关系，能吸引住人就好，准确地说，能吸引刘子业听下去便好。虽然这部清朝剧拍得很扯，但是对于通俗性而言，没有比这一部更好的了，别的历史电视剧都太"正"了，并不适合拿来吸引小孩子。

"……话说那康熙皇帝手下有一名忠臣，名叫纪晓岚。"楚玉喝口水润润冒烟的喉咙，忽然发觉不对劲，那纪晓岚是康熙的孙子乾隆那一辈的，她一时失言给说错了，只得愣了一会儿，又安心地继续说下去，“那纪晓岚有个外号，名叫铁齿铜牙，为什么呢？因为他这人特别能说会道……”串就串吧，反正这时候不可能有人来指出她的错误，这个故事是由她说了算的。

在这个小说尚未成为体系的年代，她抬出来的这故事领先了上千年，糊弄个刘子业，足够了。

刘子业趴在楚玉腿上，眼睛一眨不眨地听得入神，听到紧张处便忍不住抓楚玉的裙子，原本平整的衣料被他抓得皱皱巴巴的，但楚玉反而心中欣喜：只要他能听进去，别的什么都好说。

楚玉方才又想了一遍刘子业如今性情的形成原因，一来大约是他的爹上梁不正，二来也大约是那教导他的人教得不得法。

刘子业的性格偏急躁，经常会不耐烦，而教导他的人，恐怕不懂得什么因材施教的道理，只会一条一条灌输刻板的教条。

叛逆期的小孩都有这样的毛病，那些大道理他半个字都听不进去，越是教训，反而越是逆反，以至于道路越走越偏，最后一条道走到黑。假如把想要说的道理不着痕迹地融入故事之中，也许会有些效果吧。

楚玉并不期待，自己说个故事，刘子业便会立即大彻大悟，改邪归正，重新做人。那不现实，也绝不可能。江山易改，本性却要慢慢地潜移默化。

她不辞辛苦地说故事，只是想告诉刘子业这么一个大致的概念，什么是善的，什么是恶的，什么是好的，什么是坏的。

所谓的故事，不过是在刘子业的心中种下一颗种子，这颗种子什么时候发芽，楚玉不知道，也许永远都不会萌发，可至少是个希望。

楚玉是这么想的。

这一说，就说了大半日。直到夜色降临，楚玉才疲惫不堪地走出永和宫，刘子业还依依不舍地拉着她的手，反复叮嘱：“阿姐，你明儿一定要来继续给我说，要是你不来，我便到你府上去听故事。”

楚玉反手拍拍他的手，微笑着哑声道：“那陛下便来吧，最好是午后再来，我也好令人做些准备。”

所谓连续剧，便是以长为特点的，更别说楚玉自己又加进去不少情节，估计没一两个月说不完。这样也正合了楚玉的心意，至少一两个月刘子业惦记着她的故事，便没空去做混世魔王了，也好安稳些，少惹事。

好不容易告别了依依不舍的刘子业，楚玉踏着夜色，慢慢地朝宫外走去。

接近宫门时，迎面走来天如镜，这回楚玉没有避开，而是目不斜视地与他错肩而过。

你有天师道，我有电视剧。各凭手段，阳关道，独木桥，大家走着瞧。

第四十二章　袖里藏乾坤

回到公主府，楚玉虽然疲累，却并未睡下。她穿着单衣，找来纸笔，简要地将今天所说的故事记录下来。

虽说是瞎编，但也要编圆了，一个漏洞百出的故事，即便是故事，也没多少人愿意听的。

鉴于她已经让纪晓岚穿越去了康熙时代，楚玉想了想，又把唐、宋、元、明、清的有名人物都穿越到了康熙手下，从魏征到魏忠贤，忠臣奸臣，文人名士，个个都是顶尖角色。

整理完讲过的故事，又顺便给明天要说的部分编了个大纲，把写下来的文稿放在床头，楚玉才揉着酸涩的眼睛放心睡下。计划是想得不错，可是楚玉高估了自己的身体，第二天她竟是被嗓子的不适唤醒的，喉间麻痒隐痛，张张嘴，只能发出低哑得变调的声音。

原来昨天楚玉在宫中给刘子业说了整整一下午的故事，嗓子一直没得到休息，已经是伤着了，回府之后又不曾悉心调养，写完故事便躺下，睡一觉后便恶化成现在这个状态。

拍门把幼蓝、粉黛传进来，楚玉比画着让粉黛去叫容止，说一下自己的情况，然后在幼蓝的服侍下，洗漱完毕，坐在床边。楚玉看见容止从门口进来，顿时露出松一口气的神情。她伸手指了指自己的喉咙，无声地张张嘴，随后露出苦笑。

容止走过来，站在楚玉身前，原本站在一旁的幼蓝立即自动退开，给他让开空间。尽管已经受过教训，但幼蓝依然丝毫不敢对容止有半分不敬。

嘴角挂着浅笑，容止静静地看着楚玉，却迟迟没有动作。楚玉等得不耐烦，又拿手指了指咽喉，才见他低笑一声，耳边轻飘飘地擦过三个字：“失礼了。”

容止微微倾身，伸出手来轻扣楚玉下巴，漆黑的眼眸里却有些好笑的意味：“公主，你不张开嘴，叫我怎么瞧呢？”他声音依旧是如方才一般的轻，轻得好像羽毛的尖端，若即若离地拂在心尖。

楚玉有些窘迫，想要挣开他的手，却又怕动作过大，显得可疑。她犹豫一下，最后还是顺着容止的动作仰起头来，慢慢地张开嘴。嘴是张开了，可她忍不住回想她刚才漱口有没有漱干净，恨不得立即回头再漱一遍才能放心。

仰起来的目光只能看见容止额际以上的头发，漆黑不带半丝杂色，就像他的眼睛。看不见容止此刻的神情，楚玉的其他感官分外敏锐起来。她能感觉到容止低下头，由于赶过来太急，他连头发都没仔细梳理，几缕如丝柔软的发丝顺着他的动作垂在楚玉脸颊上，发梢有点刺人。而容止的呼吸很近，温暖的气息吹在她的脖颈上，那部分肌肤好像冒出了细小的疙瘩。

而楚玉的呼吸，则拂动了容止额前的头发，微微地飘开来，很快又落在她脸颊上。楚玉几次忍不住屏息，可过一会儿又憋不住，反而让呼吸更加剧烈了。

时间被无限拉长，每一秒都煎熬着数过去。楚玉仰着头，双手放在腿上，尽管容止扣着她下巴的动作很轻柔，轻柔得随意便能挣脱开，可她却好像被施了定身法，任由他摆弄着。

感觉上好像是过了许久，楚玉深呼吸一口气，伸手扯扯容止的袖子，以行动示意问他什么时候结束，接着便听见容止的笑声飘过：“公主你昨日究竟做了什么，喉咙肿成这副模样？”楚玉感觉到下巴上的手松开，立即如蒙大赦地朝床里坐了一些，直起仰得发酸的脖子，目光正与后退半步的容止对上。

容止凝望着楚玉，温和地安慰道：“公主不必忧心，我这便去开药，只需调养三五天，便可恢复如常，不过这些天要留神别再说话，以免伤上加伤。”

楚玉已经吃了苦头，哪里还敢任意乱来，连忙闭嘴点头。虽然遗憾这两日不能继续给刘子业讲故事，但她也要先保住这嗓子，才能今后继续作为。

粉黛送走容止，楚玉又比画着让幼蓝取来纸笔，给刘子业去信，说明自己的情况，故事暂时停止，等她什么时候嗓子恢复了，再继续说。

容止先去了尚药司取了医治咽喉的药，写明用法用量，令人给楚玉送去。他却一个人回了住处，在书阁中将自己关了足足大半日。

一直到傍晚，容止才缓步踱入修远居，坐在一旁静静地看着桓远与墨香忙碌。直到桓远忙完了歇下来，问他来此何事，容止才带着点困惑不解的神色，问道：“桓远，你可知道，史上有个叫康熙的皇帝？我阅遍典籍，也未曾找到有关康熙皇帝的记录。你学识渊博，想必知道的典故比我多些。”

今日给楚玉看喉咙时，他不小心瞥见楚玉放在床头的文稿大纲，纸上写得密密麻麻的。他倒也不是存心偷看，只是他目力极佳，又兼记性惊人，只瞟了一眼便记住了七八成。好奇心驱使下他又多看了两眼，虽然不耽误给楚玉看病，可心里却记住了那个名叫康熙的皇帝以及纸上所记载的有关事迹。

那纸上所书的断断续续，甚至有些文理不通，但容止心思灵敏，很容易便通篇理解，然而他搜遍记忆，却想不起史上什么时候有这么一个富有传奇色彩的皇帝。

桓远自然也不记得什么时候有一个叫康熙的皇帝，然而他知道容止不是一个会在这种问题上胡闹的人，思索片刻后道："我的所学也有不足之处，不知你房中典籍可有记载？"

容止摇摇头："我来此之前，已经将有关的资料翻阅遍了，自然是没有，才来求助于你。"

两人默然对坐了一会儿，没什么话可说。容止站起身道："也许我有所疏失，错过了什么也未可知。"

接下来的一连好几天，府上两位学识最渊博的人，都为同一个问题困扰着：康熙是谁？

而几日后，楚玉嗓子痊愈再入宫中，却看见天如镜正站在一座偏殿门口。

他看起来好像在等人，并且在楚玉走近时将目光投向了她。楚玉有一瞬间怀疑他是否等的就是她，不一会儿又自嘲地笑笑：怎么可能？

正想就这样装着什么也没看见走过去，然而在经过天如镜身边时，楚玉忽然听见他清澈无波的声音："康熙。有没有乾隆？"

就算是问话，他的声音，依旧没什么起伏，说得好像陈述一番。

楚玉陡然停步，僵立着过了好一会儿，才慢慢地转过身去看天如镜，眼神好像见了鬼。她对刘子业说的故事，是有胡乱编造没错，可是她敢发誓，她绝对未曾从嘴里吐出过"乾隆"这个词！

她就算再怎么胡扯，也不至于让祖孙同台登场竞技。

楚玉还没来得及深思，天如镜的第二句问话又来了："你看过天书？"

天书？

什么是天书？天如镜为什么要问她这个？凭什么判断她看过那什么天书？

楚玉面上不动声色，心里却在飞快地思索盘算着，联系天如镜的前一句话，他说出一个"乾隆"，康熙与乾隆都是一千多年后的人，是不可能被这个时代的人所知的角色，她知道康熙，是因为她本身来自一千多年后，那么天如镜呢？

难道他也是穿越而来的？

不对，这并不能解释他身上那圈蓝光的来路，而所谓的天书又该怎么说？

天书天书，顾名思义，便应该是书了……楚玉面无表情地看着天如镜，胸口却好似有波浪在翻滚，一波又一波的，连灵魂都跟随着泛起了涟漪。

天书……天书……

天如镜认为她看过天书，是因为她说出了康熙，而天如镜说出来乾隆，其原因是否是……他也看过那什么天书？

而所谓的天书，上面记载的，竟然是超出这个时代的历史？

短短几分钟的工夫，楚玉心里面已经作出了几十种设想。她双眼一眨不眨地看着天如镜，反问道："在我答话之前，你也该先告知，你是如何知道，我说过康熙此人的？"

其实不用天如镜说，她也能大致猜出来经过，无非是刘子业将她说过的故事又告诉了别人，也许是直接让天如镜听到了，或是经过几人转述。楚玉问这个问题，并不在乎天如镜的回答，只是想给自己一个缓冲的时间，让思路更加清晰些。

她要怎么说，才能在不暴露自己来路的前提下，获取更多的信息？

经由天如镜，楚玉才知道她养嗓子的这些天，刘子业闲着没事，又记挂着她的故事，便将从她这儿听来的东西向后宫妃子显摆，直接在宫中开了个说书馆。而那些妃子听了之后，又彼此相传，偶然被应召前去"驱鬼"的天如镜听到，便又顺藤摸瓜地找到了故事的源头，也便是楚玉。

绕了一个圈，终于又回到她身上，于是天如镜就在这里等着楚玉，等她前来，问个分明。

楚玉凝视着天如镜的眼睛，微微一笑，慢慢地道："天如镜，我忽然有一个很有意思的想法，我们来对上一对如何？看我所知的，与你所知的是否一样？"天如镜应该与她不同，并非穿越而来，否则他不会问什么天书，而是直接问她来自什么时候。现在的重点，便在那"天书"身上。

不意楚玉会这样说，天如镜微微一愣，点了点头。两人撇开宦官，在宫中一条安静的小路上并肩徐行。

楚玉先开口："三国之后是两晋，两晋过后南北朝，隋朝一统南北，唐取隋而代之，而南北朝中，南朝又分四代，宋为第一代。"

楚玉所说的，是自己所在的这个年代前后的历史，她所处的南北朝位于隋朝之前，三国两晋之后，是天下南北两分的局面，这段时期超级混乱，混乱到楚玉甚至记不清一共换过几个朝代，只能泛泛地简述，对于南边这半边儿的地盘，她大致知道分为四代，第一代是刘裕所立的宋，不是唐、宋、元、明、清的那个宋，而是南朝刘宋。

至于北边的那一半，现在叫作北魏。

至于今后的三代，楚玉只记得接下来的那个朝代皇帝姓萧，其余的，完全没印象了。

楚玉说完后，便扭头看着天如镜："之后又是什么？"该他说了。

天如镜也侧脸看向楚玉，目下无尘的清淡眼眸里，头一次真正刻印了楚玉的身影。他莹润的眼睛里浮现出微微的讶色，好像才看清楚玉的模样。惊讶转瞬即逝，天如镜很快恢复了冷漠，接着楚玉方才说到的地方："唐、宋、元、明、清，帝制结束。"

这是……今后真实的历史。

楚玉合上眼，又飞快地张开。她扯了一下嘴角，感觉自己笑得有些勉强。

天书？天书！

这分明是，今后真实的历史！

虽然不知道具体到什么程度，但是至少可以肯定的是，天如镜从什么地方看来了今后的历史记载，甚至，这份记载也许就为他拥有。

所以，他才会直言这个朝代气数已尽，因为就楚玉所知，刘宋这一代，确实是距离覆灭不远了。

又细细地想了想，楚玉稳住自己的心神，问道："我们继续来，历朝的更迭你我都已知晓，那么你可知道，康熙帝下一代的帝王雍正，乃是康熙的第十四子？"

天如镜一怔道："分明是第四子，怎会是第十四子？"

楚玉眼角不着痕迹地弯了一下，狡猾地反问："怎么会是第四子？分明是第十四子，你记错了呢。"

被她这么反问，天如镜有些困惑，也拿不准自己是否记错了。他匆匆忙忙地对楚玉一点头，脚步一转，便朝一旁走去。走出七八步外，他背对楚玉站立，抬起左手，低下头，也不知道在看着什么。

他这一动作，大出楚玉的意料之外。

雍正是康熙的第四个儿子，这个楚玉是知道的。方才她是故意说错的，为的是混淆天如镜的思路。如此一来，为了求证，天如镜便会翻阅那所谓的天书查证，而楚玉也正好可以得知天书的所在。

楚玉原本以为，天如镜的那什么天书，应该是放在家里的，趁着天如镜回家翻天书，她可以向容止借花错一用，去看看那"天书"的所在。可是却没料到，天如镜竟然是随身携带着"天书"！

看到天如镜这般动作，楚玉迟了两秒才反应过来。醒悟天如镜避开她就是为了看那"天书"，她脑中一片空白，直觉地奔过去，伸手要扳过天如镜的肩膀，以期看个究竟。

来到天如镜身后两步时，楚玉越过天如镜的肩头，瞧见微微的蓝光。下一瞬间蓝光大盛，她又和上次一样，被无形的力量弹开，只是这一回的力量不强，并没有把她掀到半空，只震退了她几步。

踉跄着站稳身子，楚玉才想起来天如镜有这么一招防身的绝技，方才她一时情急，竟然忘了。

不甘心地想要从旁侧绕过去看，才踏出一步，楚玉便失望地瞧见天如镜转过身来，光罩消失。他神情冷淡而平静："你记错了，不是第十四，而是第四。"他目中写着了然，此时也明白了楚玉方才诓骗他的用意。

机会错过不复来，楚玉苦笑一声："没错，是我记错了。"

两人又走了一会儿，便分开了。临别之际，楚玉紧盯着天如镜的左袖：“我不知道我的那个是不是天书，眼下我未曾带在身上，假如你想看，四日后来我公主府。”虽然在身后看不分明，可是楚玉可以肯定，天如镜抬起左手看了什么，那东西八成就藏在袖子里。

最后恋恋不舍地看一下天如镜的袖子，楚玉才大步朝宫内走去。

那袖子里藏着什么，她一定要弄个明白！

第四十三章　我乃世俗人

入宫，讲故事，回府。

回到公主府时，夜已经深了，楚玉没直接回房，而是大步踏入西上阁，一路踩着旖旎夜色，杀入沐雪园。

在沐雪园附近巡夜的一队侍卫瞧见楚玉行去的方向，都愣了一下，甚至忘了上前见礼。直到楚玉和越捷飞的背影消失在院门内，才互相对视一下，目光心照不宣。

命令越捷飞在门外候着，楚玉砰的一声推开门，意外地发现门没有上闩。转过几道房门，便来到容止的卧室。

卧室没点灯，窗户也紧闭着，让室内更加漆黑如墨，伸手不见五指。楚玉放慢脚步，摸索着附近没有什么障碍物，才走到床边。此时眼睛适应了屋内的黑暗，她依稀可以瞧见床上睡着一条白色的人影。一把掀开幔帐，楚玉曲起一膝上床，一手撑在床上，倾身伸手，揪起床上躺着的人，暴躁地唤道："容止，起来，我有事要问你。"

片刻后，静谧里一声轻笑。

黑暗之中，那最先分明的，是一双清如水的眼，黑白分明的，幽深无底的，也是……似笑非笑的。

楚玉原本闷了一肚子的焦躁火气，可是见了这双眼眸，刹那间火气忽然消散了。

容止慢悠悠地道："公主，你确定我们要这么谈？"

楚玉一怔，也终于意识到此时两人姿态暧昧。她几乎整个人都伏在床上，只有一条腿还在床外，并且只要稍有一个不稳，她就会趴在容止身上。

楚玉慢慢地放开手，慢慢地退下床，强自平稳心神，点上一旁的灯。等容止起身坐在了床边，她才张口问道："上一回，你告诉我天如镜抵五千精兵，是真的还是你胡诌的？"

昏黄而柔和的光线里，容止只穿着一件白色的单衣，黑发披散在肩膀上，眸光柔和似水，漆黑如墨。他微微一笑："自然是我猜的，我又没有五千精兵，更不可能试过袭击天如镜。"

楚玉一听，忍不住翻了翻白眼，当日说得那么夸张，敢情他是胡扯的，害得她丧气了那么久："为什么要骗我？"

也不知道是不是错觉，在片刻的沉默后，楚玉觉得容止的笑容里似乎多了一丝无奈，好一会儿才听他慢慢地道："所以如此说，是因为不希望公主你冒险。虽然天如镜未必比得上他的师父天如月，可也应该是有几分本事的。公主，也许你忘记了，可是我却记得的，花错这一身伤，便是当年刺杀天如月时落下来的。"不要以为他看不出来楚玉对天如镜隐约的敌意。

楚玉原本有些责怪容止，可此时却不由得默然，心下有了歉意，前日她已经提前找借口把七叶雪芝给了容止，却没料到原来花错的伤是如此落下来的。思及此，楚玉随口问道："花错现在如何？"

容止点了点头，笑道："谢公主关心，我正在收集其余药材，待齐备之后便可为花错医治。"

听他如此说，楚玉也安了心，只是对于天如镜还有些耿耿于怀。

见她似是犹有不甘，容止笑道："公主如是不信，我可让你亲眼瞧瞧，什么时候公主将天如镜约出来相见，也好给我下手的机会。"

楚玉愣了一下，见容止笑容平稳笃定，已经有些想要信了，寻常人力根本无法伤害天如镜，然而她两次被那奇怪的蓝色光罩弹开，身为被弹开的那个人，都没怎么从旁看清过程，假如能看清楚些，想必也是好事。

不过片刻工夫，楚玉便从沐雪园回转而出，面上还挂着点满意的笑容。那队巡逻的侍卫还没走远，见楚玉出来了，又是一阵面面相觑：这么快？

接下来的三天，楚玉也照常入宫给刘子业说故事。她提供点子和基本思路，让容止给做出类似于金嗓子喉宝一样滋润保护咽喉的含片随身携带，说一段后便含上一片。味道虽然有点儿不尽如人意，药效却是不错的，至少楚玉说个半天下来，声音也只是微微地发哑，回来再喝药调养一二，第二天又是金嗓子一副。

三日转瞬即逝，到了第四日，也是楚玉与天如镜约定之日。楚玉已经提前一天跟刘子业请了假，说那天休息不入宫。自己在府内一大早便起来，梳洗完毕便一直在屋内等待。她已经派了人在街口等待，一见天如镜身影便回来通报，她也好去门口迎接，顺便观赏容止给她准备的一场戏。

当站在门口，看着天如镜从马车上走下来时，楚玉的心情十分平静，平静得连她自己也觉得有些不可思议。对于接下来将要发生的事，她好像一点紧张的感觉都没有。

天如镜依旧是一身紫衣，风采出尘。当他走到距离楚玉大约只有十步远的时候，对面的墙头传来一声断喝：“妖道，纳命来！”

墙头上出现四人，皆是头戴斗笠，身披蓑衣，与上回行刺楚玉的人打扮一般无二。楚玉一看便忍不住皱起了眉头，然而此时也不容她多想，因为戏已经开场了。

那四人在墙头喝过之后，便跳下来朝天如镜奔来。照理说在行刺之前还要先和敌人打招呼，这是很蠢的事。然而更扯的是，天如镜这个被打招呼的刺杀目标，对身后疾奔而来的刺客看也不看，明净透彻的目光只望着楚玉，“我来了。”

对于天如镜这个反应，四位刺客都有点儿意外。他们原本打算由他们四人来吸引其他人的注意力，真正的杀招在第五个人身上，可却没料到天如镜连看都懒得看他们一眼，而公主府的侍卫，也都只顾围着楚玉，并未分出一人去保护天如镜。

楚玉心中了然，她自然知道天如镜为什么看都不看，他那个光罩是全角度全方位防御的，一个空隙半个死角都没有，既然如此，又何必回头？

目标如此不配合，刺客们很是无奈。此时天如镜马车上那驾车的车夫将头上的斗笠往下压了压，跳下车来。他从车辕底下抽出一把长剑，与四名刺客走在了一起。

他便是隐藏着的第五人，若非雇主一定要他们在公主府前杀人，他只怕在行来途中便下了手。

五剑一起朝天如镜刺了过来。

蓝光，又见蓝光。光罩，又是光罩。

可是这回楚玉看得更清楚了一些，先是天如镜的左袖内发出一瞬间的蓝紫色微光，随后光罩才瞬间出现。

完美浑圆的球体包裹着天如镜，他稳稳地站立不动，而五名刺客被齐齐震飞开去。那力量异常巨大，一直撞破了身后的墙壁还止不住去势。最后楚玉派侍卫去查看那五人情况时，侍卫回报说，都只剩下一口气了。

好厉害！

楚玉愕然地看着天如镜，并且感到了一丝后怕。她单知道那光罩可以防御，却没料到竟然也是可以攻击的，五个健康强壮的大男人，转眼间就快没命了，她当日的一时莽撞，是否也曾差点落到这个下场？

能活到现在真是万幸。

将天如镜请到自己房里，关上门谢绝任何人探询。楚玉才抬眼望着天如镜，天如镜从遭遇刺杀，到进门，直到现在，都是沉默的。他的神情冷淡无比，好似什么都漠不关心，也好似什么都透彻了然于心。楚玉甚至觉得，他已经猜出那些刺客是经由她所授意的了。

与天如镜相对站立，楚玉轻咳一声：“我能否看看你的天书？”

天如镜摇摇头：“师门规矩，不能让外人得窥。”

楚玉叹息一声道：“这天书，其实你也未必能完全看懂吧？假如我能解除你的疑惑呢？”

天如镜好看的眉毛微微皱起，神情依旧淡漠：“我是头一次听到，有人这么说。”一个普通凡人，竟然妄言要指导他看天书？这口气，是不是太大了些？

楚玉踌躇片刻，把心一横，决定再赌一次。她深吸口气，从怀中取出一张纸，展开亮给天如镜：“你可看过这些字？”

这是她昨晚趁夜写好的，纸上写着的，是纯正的简体字，而非古时所用的繁体。

天如镜瞧见纸上的内容，眼睛微微一亮。

见天如镜的反应还不够激烈，楚玉又取出第二张纸，这一回上面写着的，是当时的中国人根本看不懂的符号，然而对于现代人来说，却是再寻常不过，那就是a，b，c，d，e……直到z，二十六个英文字母。

看到这英文字母时，天如镜的平静终于被彻底打破了。他深深地凝望着楚玉，双目之中是怎么也压不住的惊愕。

他面上的神情不断变换着，在是否妥协之间挣扎。楚玉也不打扰他，静静地等待着。

过了许久，天如镜的右手，终于慢慢抚上左袖的袖口。

当天如镜开始拉开衣袖时，楚玉的心脏一阵狂跳。她不由自主地屏住呼吸，而后好像忽然想起了什么，叫道：“等会儿！”

天如镜停下动作，一言不发地望着她。

楚玉意识到自己这时候喊停很没意义，于是又苦笑一声：“没事了，继续吧。对了，你的动作稍微慢一点，不要像上次那样一下子就藏起来，也好让我瞧个清楚。”

天如镜穿的是两重衣衫，紫色外袍的袖子撩起来后，里面露出白色的里衣，又一次相同的动作后，他的手腕呈现在楚玉面前。

白皙的手腕上，严密地扣合着一只银白色的手环。那手环约莫两寸宽，一厘米厚，通体是宛如丝缎般细腻的银色，柔润的光华流转，浑然一体，只在手背那一面的正中部位镶嵌着一粒鸽蛋大小的红宝石。

天如镜肃容道：“这是我云锦山世代相传的神物。”

楚玉面无表情地问：“那么天书呢？”天书何在？

天如镜轻移右手，伸出食指点在红宝石上，随后，他的手腕上空，出现了奇异的变化。

星星点点的幽蓝色光点，在空气中缓慢地显现。光点异常晶莹，仿佛将天上星辰的光辉浸染了流沙，聚集在眼前，闪烁着动人心魄的美丽。浮动的光点仿佛有生命一般，聚沙般缓慢地汇聚，最后在空气中浮现一面浅蓝色的光幕。光幕上那些光点构成端正的文字，文字内容正是史书的片段。

楚玉只在前世的科幻电影里看过相似的景象，大约叫什么三维立体投影的，只不过眼前的一切更加具体实在。

天如镜刻意放慢了速度演示。待光幕出现，他才抬眼望向楚玉，却惊讶地瞧见这女子看到这些之后，神情平静得甚至接近冷漠。

天如镜有些错愕，光幕也随着他情绪的波动抖动一下，但很快又恢复如初。

当年他师父天如月教导他如何使用神物时，所展示出来的也是今天他给楚玉瞧的这一番景象。虽然只是片刻工夫，却令一向冷淡的他大受震动，几乎不能自持。然而眼前的少女，明明是多思多忧易喜易怒的凡人，为何在这一景象面前竟然如此平静？

她究竟是什么人？

天如镜却不知道，楚玉面上没什么表情，心中却不似外表一般毫无波澜。她的灵魂好像分成了两半，一半由纯然的理性控制着，一片澄澈宁静，每一条思路都格外清晰分明，在瞧见三维立体投影时，心里便冷静地道："果然如此。"

可是另一半不受理性控制的部分，却汹涌沸腾得好像要脱出身体一般，复杂而浓烈的情绪激烈地冲撞交汇，几乎要撑破她的心脏，这一半在心中不断呼喊着："竟然如此！竟然如此！"

楚玉平静地问道："你身上那蓝色的光罩子，也是这……神物弄出来的吧？"说到"神物"二字时，楚玉顿了一下，有些不情愿地吐出声来。

天如镜点了点头："不错。"妥协了第一次，第二次便不那么困难。天如镜从善如流地又演示一次，银色手环上晃过一片微微的蓝光，随后他身体周围瞬间出现蓝色光罩。

楚玉定定地看了一会儿，闭上眼，再睁开。

自从天如镜被她诓了去看天书验证历史之后，楚玉心里面便有一种隐约的猜测。那便是，天如镜的手上掌握着什么不属于这时代的东西，这东西令他通晓历史，并且，拥有非人的力量。

这个猜测随着时间的推移越来越清晰，方才在门口看到天如镜排拒刺客时，已经距离真相只有一层纱的阻隔，而现在，天如镜亲手掀开了这层纱。

天如镜腕上的手环，也许甚至超出了楚玉所处的那个时代的科技。

不是什么法术，而是科技，也不是什么朝代气运，而是许多年后所记载的历史，意外地来到不该出现的时空，与它所同挟的科技一起，造成微妙的扭曲与影响。

尽管理智早已先一步地预料到真相，真正面对时并不惊讶，可是在亲眼证实后，她的情感却不受控制地激荡着。

果然如此，竟然如此。

这两种情绪是同时产生的，看似矛盾，其实相生。

楚玉不知道这件东西是如何来到这个时代的，她也不太清楚这东西的来历，可是在瞧见投影之后，她忽然有些想哭。

她和这手环，都是这个世界的外来者。

在遥远的年代，小心翼翼地隐藏着自己的来历，一个人思索着不可知的将来，努力适应陌生的人和环境，脑子里有很多东西，就算大声地喊出来，也不会有人能理解。

寂寞得要死。

纵然是玲珑剔透如容止，也不可能完全明了她心中所思，一千多年的壁垒，不是那么容易跨越的。

她始终还是一个人。

片刻的怅然之后，楚玉又迅速强迫自己回归冷静。眼下并不是抒情的好时候，她还有更重要的问题需要面对，比如：如何利用现有的所知，站在对自己最有利的位置，来获取最大的利益？

现在已经知道，天如镜腕上那只手环——目前不晓得这玩意儿具体是什么，也不愿称之为神物，就叫手环好了——应该是偶然落在了天如镜的师父又或者某一代师长的手上。他们也许是偶然发现了手环的神奇功能，便尊其为神物代代相传，而手环之中记载了一套历史，又被他们奉为天书。

那球形的防御光罩，应该也是手环的功能之一。本该是纯粹的科技结晶，却被用来彰显所谓神迹，成为人人敬惧的天师。

比较有趣的是，他们并没有使用手环建功立业称霸天下什么的，而是将这当作了上天赋予自己的使命。

历代掌握了手环力量的传人，比如天如镜这样的，都小心翼翼地将天书奉为圣旨，让历史的轨迹与未来的历史记载重合相叠。

楚玉望着手环，眼神有些温暖和怀念。虽然这手环并不能理解她的情感，可是骤然在冷寂的一千多年前，看到只有自己能完全理解的外来物，还是让楚玉有一种在异乡看到亲人的错觉。

你也很孤单吧？

她默默地对手环说：明明是智慧的结晶，却用来传播愚昧虚妄，记载的历史被当作天书，防御的设施被当作法术，生不得其所，你也很孤单吧？

思及此，楚玉忍不住有些想发笑，她真想告诉天如镜：喂，小子！你所谓的天书，不过是历史书而已！

忍住笑意，楚玉一本正经，十分严肃地望着天如镜：“除了天书和那光罩，这……神物还能做什么？”

这一回，天如镜没有再如她所愿地演示，也许是已经从楚玉带来的惊愕中清醒了，他不再失神地任由她牵着走，而是又恢复了那种近乎透彻的冷淡，对楚玉的问话不理不睬。

不说？不说也没关系，她另有办法。

楚玉耸了耸肩，又拿起那张写着二十六个英文字母的纸在天如镜面前晃啊晃。伴随着她的动作，天如镜的目光也不由得跟着晃动。

天如镜即便多么冷淡，即便多么不关心世俗，可是他毕竟还是一个人，无法做到真正超脱无我，无法真正做到万事不理。

见天如镜这副模样，楚玉心中微微高兴。他这个样子，可比那副不食人间烟火的模样顺眼多了。

虽然看起来像是不解世事，可天如镜并不是真的不解，只是不去理会罢了。别人想做什么，他还是心里明白的。他知道楚玉在逗他上钩，她如此动作，表示她知道那些符号的含义，并且以此为条件，想与他做某种交换。

倘若他想获知那些符号的含义，便必须在某方面作出重大的妥协，甚至有可能必须让她更深入地了解神物的奥妙。

这是很危险的，也是对他很不利的交易。

可是……那些符号，乃是他云锦山师门一脉，世世代代以来，都想要解开的谜题，困扰了多少代多少年，已经成了一种刻在历任传承者心中的信念。却没料到在天如镜这一代，从一个意想不到的人这里，看到可以解惑的曙光。

叫他如何不心动？

天如镜独自思索着，挣扎着，楚玉将书写了英文字母的纸条收起来，在旁冷眼瞧着，也不催促，更不打扰。要让天如镜一下子下定决心，并不是容易的事，毕竟此事对他来说应该是十分重要的，她要给他思索的余地，不宜催逼过急。

现在这个时候，她反而不着急了。

现在她和天如镜，两人各自都有一些对方不知道的底牌。天如镜的底牌大半在那手环上，那手环内还有什么资讯，还有什么功能，这是楚玉想要得知的。而楚玉的底牌，却是她自己。

虽然现在手环的主人是天如镜，但是最能够理解其内涵的，却是楚玉。

现在天如镜完全不知道楚玉的来历，反倒是楚玉知道手环大概是怎么一回事，认识上的差距，就决定了优势在楚玉这边。

思量良久，天如镜终于开了口："我要回去好好想一想。"他转过身，朝外走去，却忘记自己原本就站在距离门不远的地方。恍恍惚惚地走了两步，眼看就要撞在门上，那蓝色光罩却陡然出现，将两扇门强硬地弹开，避免了他额头受苦。

楚玉在他身后看见这一幕，眉头一皱，暗暗记下这点：天如镜并不是个张扬狂嚣的人，刚才他也确实是神思恍惚，根本不会来得及反应前方的阻挡，如此看来，那光罩似乎是可以自行发动的。

目送天如镜离开视野范围，楚玉才长长地吐出一口气，紧绷的心情放松下来，她一下子有些疲惫，懒洋洋的，什么都不想。

发了一会儿呆，幼蓝来问是否要用饭，楚玉才发觉已经到了中午。挥挥手让幼蓝退下，她关上被光罩弹开的已经有些松动的房门，返身走入卧房，看了一会儿床，随后像没骨头一样扑上去，将脸埋在柔软的羽被之中。

眼睛闭着，什么都看不见，一片黑暗的静寂中，有一种被全世界遗弃的错觉。楚玉用力抓住被角，肩膀微微颤抖。她很想家。

她曾经很坚决地告诉过自己一切已过去，人要向前看，不能沉溺过去。这些天来，她也很好地做到了这一点，积极地为未来打算着，偶尔想起从前，只是一笑而过，并不深思。

她以为自己放下了，其实根本没有，过去二十四年的生活经历，生长的环境已经烙在了灵魂深处，怎么会是那么容易抹杀的。而今天，天如镜的手环所展示的一切，又一次明确地提醒她——她不属于这里。

被浓烈的发自灵魂的孤单所包围，楚玉身体里的力量仿佛被瞬间抽空，尽管心中对今后有着清晰而明确的思路，可是此时却一点都提不起劲来。

今天与天如镜的交锋，表面上看起来是她赢了，实际上她也占据了优势，可是楚玉却并不感到欢欣。回头收拾，她的内心已伤亡惨重，无法遏制的孤独感让她全身发冷，在这个不属于她的世界，她找不到归属和依恋，绞尽脑汁地延长性命，也仅仅是为了活下去罢了。

室内的光线渐渐变暗，楚玉一动不动地趴在床上，身影一点一点地被昏黄掩盖住。一直到屋内很暗了，楚玉才慢慢地从床上爬起来，肚子里咕地叫了一声。

她说不让人来打扰，到了晚上吃饭时间，侍女也不敢来敲门。楚玉从早上一直到现在都没用餐，早就饿得前胸贴后背了。

原想唤侍女来，楚玉想了想，决定还是自己去找食。轻飘飘地走出门，她一路朝前走去，可走着走着，忘记了自己的初衷，不知不觉地改变了方向。待回过神来时，眼前却是一片幽静的竹林，她已经身在沐雪园之中。

怎么会来到这里？

楚玉摇头笑了一下，打算转身离开，余光瞥见不远处的青石台，便是容止时常靠卧的那块，楚玉心中一动，忍不住走过去。

青石台光滑而冰凉，楚玉伸手摸了摸，没灰尘，便放心地躺了上去。石台上虽然有点儿硬，但是表面微微下凹，正好与背部的线条有些吻合，睡起来很舒服，而那冰凉的感觉也不刺骨，浅浅凉意如玉般温润。难怪容止时常靠在这块石头上。

夜里的夏风凉而不寒，温而不燥，楚玉躺下，竟不想动了。她闭上眼睛，迷迷糊糊地睡了一会儿。半梦半醒之间，感觉有些异样，楚玉张开眼睛，却瞧见模糊的夜色里，容止一身白衣，宛若浮冰冻雪一般，站在一旁。

他凝视着她的眼眸深不见底，带着似笑非笑的意味。楚玉却没有笑，她看了他一会儿，忽然开口道："容止，我很不快活。你不快活的时候，会做什么？"

容止微微一怔，对她的问题有些意外。他很仔细地想了想，才微笑道："我也不知晓，不快活便不快活呗，有多少人是真正快活的呢？"

楚玉笑了笑，便不再说什么了。

容止并没在这里站得太久，见楚玉没有再说话的意思，笑了一下，转身离去。

楚玉没留他，甚至也没有转头去看他的背影，依旧静静地躺着，仰面向天。从疏朗的竹枝空隙里，她可以看见墨蓝色的天空，星子晶莹而璀璨，可是每一颗都十分寂寞。

这些天来她费心思量，步步为营，说穿了，还是她自己没实力没底气的缘故。倘若把她和天如镜的位置换一换，有那手环光罩护身，她只怕哪里都去得，也犯不着管这么多。

楚玉在心里幻想了一下，要是她能得到那手环，一切都该会是多么美好？最起码，假如有人要杀她，她可以凭借光罩防御一切物理伤害，而手环中的历史资料，也可以令她更好地把握眼下的局面，直接得知将来谁要篡位，而不是一个人孤独地慢慢摸索着。

但这自然是不可能的事，天如镜对那手环如斯重视，不论明抢还是暗骗，都很难得手。

也不知过了多久，在十分清幽的竹林清香里，飘浮着非常诱人的食物香气。楚玉皱皱眉，想起什么，翻身站起，走出林外。便瞧见容止席地而坐，面前生着一堆火，火上架着一口锅，香气便是从锅中沸腾的浓汤中飘出来的。

容止撒了一把切成丁的蘑菇进汤里，抬眼笑吟吟地望着楚玉，眨了眨眼睛，好像在说，就知道这样你会出来。

楚玉有点不忿，想要抬脚离开，可是浓汤的香味不住地往她鼻子里钻，把饥饿感全勾出来了。又看见容止拿汤勺搅动一下汤，露出锅里煮得酥烂的肉骨头，她便很没出息地挪动脚步，朝容止走过去。

愿者上钩，上钩就上钩呗。民以食为天，输给天并不是什么太丢脸的事。

容止准备了两个碗，拿起其中一个，盛了一些汤，还特地舀出一大块肉放入碗中，随后将碗递给楚玉。他没说话，只一直笑着。楚玉原本有些郁闷，可过后也忍不住笑了起来，接过碗道："多谢。"

夏夜里喝肉汤，喝完后便出了一身汗，虽然身上有些难受，可是充实起来的胃部格外地满足。楚玉垂目凝视着空碗半晌，忽而抬眼望向容止，又笑道："多谢。"

前一个多谢是谢肉汤，后一个多谢则是谢容止。

面前的火堆烧得很旺，热气熏着身体，可楚玉不想离开。与方才入口的肉汤一样，这样真实而温暖的烟火气，让她忽然间觉得很安稳，今天下午所有的不开心，都慢慢地化作烟尘散去。

她其实是一个很世俗很寻常的人，会做错事，会为了一些事耿耿于怀，会思念会沮丧，可是让她愉快起来也十分简单，比如只需一碗温暖的肉汤，就能够驱散孤独的寒冷。

身体是热的，心中也逐渐温暖起来。

没有家，没关系，她自己建立一个家；没有亲人，也没关系，她可以在这里找到关心的人。

慢慢来，总会好的。

“容止。”放下碗，楚玉轻唤道，叫出他的名字，忽然不说话了。

容止放下碗，挪动身体，坐过来。他的手按在她的手背上，火光之中，他的眼眸依然如雪般清冽，带着温柔的笑意：“我不会离开。”

他的话说得有些没头没尾，楚玉却知道他在定她的心，可依然忍不住问道：“假如十分危险呢？”手掌上传来光滑温润的触感，楚玉有些不自在，想要抽出来。

容止微微一笑，拉起她的手，一根一根合拢她纤长的手指，最后慢慢地握住：“也不会。”他微温的掌心贴着她的指腹，肌肤摩挲着肌肤。他的指甲修剪得很整齐，力量不大，手却很稳。

声音宛如誓言一般。

夜风温凉，仿佛沉静的春水，楚玉情不自禁地睁大眼，心跳好似擂鼓，那么急促。

第四十四章　微服未私访

“玄安，我没来的日子里，陛下都做些什么呢？”缓慢地在宫中踱着步，楚玉一边走，一边问身旁的玄安。

玄安是贴身服侍刘子业的太监之一，每次楚玉进宫时都被派过来给楚玉领路。借着带路的机会，楚玉给过玄安几次好处，一来二去这识趣的小太监也颇为心领神会，不消楚玉多问，便垂着眉眼将刘子业的一言一行挑重点汇报。

自从她开始说故事后，刘子业比以前老实了不少，不再动不动发怒把身边的人打得头破血流，也再没有拿朝中看不顺眼的大臣开刀。这些天还偶尔会想什么想得出神，时而发出笑声，令周围宫人有些惊惧，不晓得他又准备玩什么花样。

楚玉听了，忍不住心中一喜，心道也许是她说的故事起了作用，让刘子业开始学会思考。假如真是这样，那么她这些天辛苦入宫累得半死，也就没有白费。

见了刘子业后，后者便让左右退下。楚玉正待关门说故事，却见刘子业摆了摆手，一脸神秘兴奋的笑意：“阿姐，我思量了许久，我们今天去微服私访，好不好？”

楚玉先是一惊，瞧见刘子业脸上兴奋的神情，随即了然。她的故事固然是对刘子业产生了影响，却不是她所期望的那方面。刘子业正是好玩好动的年岁，又没什么人管束，听了她的故事，倒是没怎么想着做明君，反而想着怎么微服私访玩儿了。

楚玉在心里反省了一下自己的策略，想想其实目前也没有比这更好的办法，要是真给小皇帝说什么比较严肃的连续剧，他只怕没耐心听下去。眼下刘子业虽然是好玩一些，但是稍微收敛了残暴的性格，也算是不错的成果。

眼下刘子业一副跃跃欲试的模样，楚玉知道他这念头已动，便很难劝阻，问她的意见，只不过想要一个附和罢了。她不能在这时候拂他的兴致，便顺着他的意思笑道：“好哇，要是遇到什么刁民作乱，我们也便顺手平了去，陛下可不比那康熙帝差呢。”说完她一阵反胃，这吹捧也太昧着良心了。

然而刘子业却很受用，欢喜地叫了一声，便要唤人进来，让人准备出行车辆。

楚玉赶紧拉住他："这么大张旗鼓的，便不叫微服出行了。"好歹劝说刘子业换了常服，楚玉也借了刘子业一套衣衫换上，她的身材在女子中尚算高挑，刘子业也还是个没完全长大的少年，他的衣服穿在她身上，虽然有些宽大，但也不算过分。

两人换好了衣服，便一路朝宫外走去，路上虽然也有侍卫瞧见，上前询问陛下要往何处，但刘子业只将眯起的眼睛阴狠一瞪，那侍卫慑于淫威，便不敢再问，更别说阻拦。就这样，两人一直顺当地走到了皇宫的出口，才遇到了真正的阻力。

站在宫门前的老者和两人一样穿着便服，甚至不够华贵，可是这身寻常衣裳穿在他身上，衬着高大的身材，却有无比的威势。他的年纪已经很大了，须发皆白，脸上也有深刻的皱纹，可是他雄壮的肩背却好像山岳那般沉重巍峨，不可摧毁。

楚玉只觉得他双目如电如剑，拥有无比的威势，被他看上一眼，她几乎动弹不得，不由自主地屏住了呼吸。过了好一会儿，她才忍不住低声问刘子业："他是谁？"

刘子业不太情愿地道："是沈庆之。"

沈庆之，南朝宋的战神。

这些天来，楚玉也听闻过一些关于这位沈庆之的传闻。

他是南朝的守护神，因为有了他，才有了山阴公主的父亲成为皇帝，有了刘子业的帝位。他非常善战，几乎每战皆胜，虽然已经年过八十，但是气概不减当年。

这些都是楚玉听来的闲话，如今她才算是真正见识到沈庆之的豪雄气概。那一眼看过来，她几乎整个人都无法抵抗地被镇住，那是久历沙场兵戈磨砺出来的气势，没有相似经历的人，很难与他匹敌。

至少楚玉在前世今生，都没见过这样的人。

顿了一下，刘子业想起什么似的问道："阿姐你不是见过此人吗？怎么还问我？"

楚玉心中一惊，面上不动声色地道："这人又不是什么美男子，我记着他作甚？"这个理由够公主吧？

刘子业一听，随即释然，哈哈一笑道："也是。"但是他在触及沈庆之的目光时，又敛住了笑容。他虽然任性暴躁，但在这老人的目光下也有些不自在。

楚玉这时才想起沈庆之同时还是刘子业父亲给他留下来的几个辅政大臣之一，算是刘子业的左膀右臂。只不过，这样的左膀右臂，常常成为他的钳制。

沈庆之只看了楚玉一眼，便不再理会。他望着刘子业，先行了一礼，才沉声问道："陛下要前往何处？"

刘子业迟疑一下，想起了自己好歹是皇帝，根本不需害怕什么，才挺起胸，朗声道："朕要出宫去走走，你可是要拦阻？"

沈庆之淡淡地道："臣自然不敢，但陛下乃是一国之君，还得顾全己身，出宫怎能不带着侍卫？”楚玉朝他身后一看，见门外一队士兵，便知道在他们走到宫门前的这段时间内，有人去告诉了沈庆之这事，而后者便赶来阻拦皇帝私自微服出游。

沈庆之作为辅政大臣，说话还是很有分量的，刘子业就算对他不满，也不能说杀就杀。然而这正旺盛的兴致被粗暴地打断，还没法说出个反对的道理来，刘子业还是气得脸颊发红，眼神一扫方才的开朗，变得阴戾起来。

刘子业不爽，楚玉却是不安。看小皇帝眼神开始不对劲，她连忙打圆场道：“沈大人说得很对，陛下是万金之躯，怎能如此轻易抛头露面？”听到这番话，沈庆之又朝她看了一眼，这回目光里多了些探询的深意。

她悄悄地在袖子下拉住刘子业的手，示意他少安毋躁，对沈庆之道了声谢，便往回走。走了一会儿，刘子业忽然用力地甩开她的手，焦躁地叫道：“阿姐，连你也帮着那老匹夫！”

楚玉回头看了看，已经看不见沈庆之的身影了，才转头温言道：“沈大人好歹是国家重臣，你也要给他几分面子，难道还要在宫门口与他冲突不成？那样岂不是让别人看了笑话去？”真要冲突起来，她对身为皇帝的刘子业反而没什么信心。

见刘子业神情更加阴郁，楚玉叹了口气，宽慰道：“陛下，我们犯不着跟一个老顽固较劲，他不是不让你微服出宫吗？那么你明日便先移驾到我公主府，我们再换了衣服出去，我就不信他能管到我公主府门口来。”

听楚玉这么说了，刘子业才总算有些松口。经这么一闹，两人一个无心想故事，一个无心听故事。楚玉便提早离开，再回到宫门，却意外地瞧见沈庆之还没走，门外的侍卫已经撤去了，他却还留在这里，看样子，像是在等她。

既然来了便躲不了，楚玉心中有些不安，可还是迎了上去，面上若无其事地笑道：“沈大人可是在等本公主？”被沈庆之森严的目光所笼罩，楚玉觉得很是不好受，然而却不能表露出来。她下意识地看一眼宫门外，她的马车就停在附近，越捷飞靠在马车边，也望着这边的情形。他双手抱剑，身躯微微紧绷，见楚玉投来目光，便朝她点了点头，示意她放心。

沈庆之缓缓地道：“我听说长公主殿下很会说故事，近来一直说给陛下听，恕老臣失礼，这样的故事，公主还是少说一些为好。您只是公主。”

过了一秒，楚玉才想明白沈庆之这是在警告她，遵守作为公主的本分，乖乖地吃喝玩乐便好，不要试图蛊惑刘子业做什么。

楚玉冷笑一声：“本公主的事，似乎轮不到沈大人来过问。”她也懒得和沈庆之讲道理。像沈庆之这样的老人，一般十分顽固，根本就无法说服。既然他认定她在蛊惑皇帝，那么她说什么都没有用，还不如省下一些气力，明天继续去哄骗刘子业。

若不是这帮朝臣没能耐劝诫好刘子业，她何苦如此操劳？

道不同不相为谋而已，她依旧敬重沈庆之朝堂重臣南朝大将的身份，也很欣赏他的忠直，可是由于立场和看问题的角度不同，对于他的观点，她却并不能认同。

不仅不能认同，也许还要跟他作对。

话音方落，楚玉便见沈庆之面色陡变，他没有什么动作，可是整个人散发着森严，每一条皱纹都好像散发着杀气，假如此时有蚊虫飞过，定然死于非命。

就算心里知道沈庆之不会把她怎么样，楚玉还是禁不住后退了半步。她知道自己这回是把这位老将军给得罪了，得罪沈庆之这件事也许很严重，可是比起她所要进行的，却又不算什么了。因而楚玉仅仅是在心里担心一二，便放下了忧虑。

就算沈庆之再怎么看她不顺眼，也必会顾忌她的公主身份。在这个王朝之中，唯一能光明正大让她死的，只有刘子业一人而已。

第四十五章　似被前缘误

在马车中柔软的矮榻上躺着，伴随着行车微微的摇晃，楚玉很快就忘记了宫门前的不快。即将行至公主府时，她忽然记起一事，掀开车帘子问坐在前方车辕上的越捷飞："前面有没有……呃……情况？"

越捷飞望了望前方的巷口，答道："回公主，没有。"

楚玉想了想，还是作出了决定："绕路，今天走后门回府。"要是等看到情况，那就晚了。

前方越捷飞笑了一声，声音里有点强忍的笑意："是，公主。"

对于越捷飞的情绪，楚玉有点恼怒，不过怒了一下，觉得自己也实在没什么出息，忍不住笑了起来，又躺回到软榻之上。

马车绕了一段路，从公主府后门连通的巷子里穿入，远离了主干街道，这里便多了几分寂静的冷清。

马车转了个弯，比楚玉预料得早地停下，不需要特别向外看便知道还没到达，因为按照楚玉的记忆，公主府的后门距离巷口是有些距离的。

"怎么回事？"没有多想，楚玉直接拉开车门跳下马车，这里距离公主府也不太远了，走几步也无妨，然而才下马车，楚玉便瞧见前方站立着她特意绕路的原因。

对方长身玉立地站着，面色虽然冷漠，却没有了那种拒人于千里之外的距离感。瞧见楚玉，那人冰冷的眼中便带上了些许暖意。

他的背上，背着一只长长的茶色木匣。

"萧……别？"楚玉神情古怪地叫出来人的名字，随后忍不住问道，"你怎么来这儿了？"她今天特地避开前门走后门，就是要躲萧别，怎料偏偏在后门给他撞上。

自从那日萧别自请入府被她拒绝之后，没过几天，楚玉从宫中回府的时候，便瞧见萧别站在她公主府门口等着她，说是新制了琴曲，请她品评，当场骇得楚玉落荒而逃。

开玩笑！她可不是原来那正牌的山阴公主，能品出个什么来？要是胡说一气，只怕会露馅儿。

可被回绝了一次后，萧别并不灰心，又接二连三地找上门来。好在公主府的正门也并非正对街道，平素没什么人，否则千金公子萧别成为山阴公主入幕之宾这一劲爆消息只怕要瞬间传遍建康城。

萧别望着她，嘴角勾起一抹浅浅的弧度，笑意很淡，淡到放在别人身上几乎看不出是在笑："公主不愿见我，我如何不晓得？可我既然视公主为知音，又岂有轻易放弃之理？"

楚玉一边面上僵硬微笑，一边在心里腹诽道："你才知音，你们全家都知音！"尽管十分不满，但她还是决定不耻下问，"你今日算准我会走后门回府？"

萧别道："公主莫要忘记了，萧别虽然擅长抚琴，然而家中却有人以武晋身，萧别从前也是学过兵法的。兵法云，兵者，诡道也，虚则实之，实则虚之。公主前几次都是在正门见到我，算算下来，也该心生避意，这一轮，该往后门来了。我便在此恭候。"

楚玉听得脸皮发青，心想算你狠，竟然连兵法都用上了。同时也算是知道，萧别的决心何等坚定，她想要完全避开，不是没办法，可是那样要花费太多的工夫，实在不划算。

思索片刻，楚玉道："也罢，今后我不会再躲着你，但你也不要来这儿找我，我给你们每人一把的扇子你没扔吧？请帖上顺便标明了楚园的所在，我每隔一段时间就会往那儿去，你若是要见我，便去那里找我好了。"

萧别一怔道："公主不愿意别人知晓我与你相交？"他并不是笨拙之人，如何听不出楚玉言语中的避讳？

楚玉无奈地道："你整日来往于公主府前，好在这些天知道你身份的人没瞧见，瞧见你的人大多不晓得你身份，才如此平静，若是传出去了……"她想了想，山阴公主根本就没有清誉可言，要说萧别影响她名声，这太不要脸了，只有改口道，"若是传出去，对你的清誉很是不好。"

得，她没清誉，萧别总算有了吧？

萧别淡然道："我并不在乎。"经过楚玉当头棒喝，现在他也看开了，那些名声又算个什么？于他有何干系？

楚玉的面色由青转黑，咬着牙道："你不在乎，我在乎。"生怕萧别又说出什么话来，她斩钉截铁地下定论道，"就这么说定了。"不等萧别反应，她越过萧别，快步走向公主府后门，最后三步并作两步，几乎是用跑的。

楚玉生怕他追来，走得极快，萧别却并未这么做，他只转身望着楚玉背影，有一点难过，低声道："我就是这样不堪交往吗？"

越捷飞跟在楚玉身后，在经过萧别身侧时，停下来拍拍他的肩膀，宽慰道："公主近来也不知怎么的，一下子变得清心寡欲起来，也许过阵子便会恢复了。届时你就算不上门，公主也会去找你的。"只稍一停顿，他又尽职地加快脚步跟上楚玉。

楚玉跑回公主府中，又走了几步，回头望望，确定萧别不会追来，才松了口气。可是没走几步，她又及时地想起来，府外有一个她避之不及的，她能躲到府内；可府内的那位呢，假如要躲，她要躲到哪里去？

幸好，府内的那位，并不像萧别那样充满了行动力。

走到东西上阁的交界处，楚玉没先回屋，反是去了桓远的修远居。

现在修远居中一般都有三人在处理事务，柳色已经正式交派用场，与墨香一起，将桓远身上的重担接了下来。墨香管人事和物品，柳色管金钱，但是接受墨香和桓远的监督，桓远有全权指挥处置柳色、墨香的权力。虽然职权分工不同，但三者之中，柳色却是处于被压迫的最底层的。

来到修远居见到桓远，询问一下事务都在正轨上运转，楚玉便不再多关心，而是告诉桓远一件事，这些天尽量腾出空来，她有别的事交付给他。

离开修远居，楚玉原本应往东上阁去，可不知怎么的，脚步不太听使唤，慢慢地走着，来到一个地方停下，瞧见前方门上的字迹，她忍不住无奈地叹口气。

门是虚掩着的，只要她上前一推便能推开，假如推开，即便闭上眼睛，也能感觉到那萧疏而清爽的绿意，而层层叠叠的绿影之中，却有一道雪白的身影，宛若浮冰碎雪，永远不能磨灭。

那日……落荒而逃了。

那日容止握住她的手，誓言一般的温柔话语后，她的脑海一片空白，不知该如何回答。虽然当时极力装出若无其事的样子离开，可她心中更狼狈。

这些天她一直避着这儿走，心慌意乱地不想瞧见容止，而容止仿佛也知道她的心意，一直没走出沐雪园来，每日都把自己关在园内。

不知道他现在如何了？

忍不住这么想着，楚玉慢慢走过去，手按在黑漆大门上。入手的凉意让她头脑一醒，没有推开门，更没有踏入门中。

也正在此时，在一片寂静之中，她听见门内传出来棋子的脆响。

啪。

啪。

一粒一粒敲打在棋盘上，清脆的声音一直传到园外，传入楚玉的耳中，一声又一声。

脑海中仿佛浮现出这样一幅画面，在幽深寂静的竹林绿影之中，秀美清雅的少年坐在青石台上，白皙的手指拈着黑白二色云子，与自己下着棋。

衣衫如雪如画，非常非常寂寞。

在疏落的棋声里，门内门外，一男一女，多情无情，各怀心思。

楚玉的心情很复杂。

避开萧别，是因为担心自己琴艺造诣不佳被瞧出破绽，此外也是不希望有人通过萧别将她的两个身份联系起来，这行为里是有目的和利害权衡存在的。而避开容止，则是纯粹出自心情。

她从来不是娇柔文静的女孩子，放假的时候，别的女孩子逛街买衣服，她却喜欢登山入林，到绝少有人前往的地方，领略另一番风光。也许是因为性格过于大而化之，她从小到大的桃花运少得几乎没有，与山阴公主这儿的花团锦簇大相径庭。

也正因为此，她才会因为容止的一句话那么不知所措。

心里面好像有非常隐秘的一角被揭开，有一点儿羞涩，有一点儿欢喜，又那么不安地忐忑着，隐隐约约地沉沉浮浮着，隔着一层雾气，却始终不能分明，暧昧不可言说。

倘若告诉别人，拥有众多面首的山阴公主正在为了一句暧昧的话辗转难安，一定笑掉旁人的下巴。可又有谁知道，这身躯内换了个崭新的灵魂，于这乌黑的泥土里，绽放着不可思议的皎洁纯净？

最看不分明的，是她自己。

容止的话，虽然没有直接说出来，可言语之间却已经表明了他的态度，暧昧不清的，也只有她一人而已。

楚玉原可以问得更清楚，喜欢或不喜欢，不过是一句话的工夫，可是她却仓皇得心生退意，在那温情款款的时刻落荒而逃。

她不知道容止那话是对着谁说的，是她，还是山阴公主？她想多半是后者，倘若如此，她要如何告诉他，那个他不离不弃的人已经不在了？

退一千步一万步，不考虑其他人，单考虑她自己，这也是最根本的原因。她弄不清楚自己的心意。她对容止是有好感，容色秀美，手腕高超，善解人意，待人温和，即便是之前认为容止是敌人的时候，她也忍不住佩服容止的本事……可这究竟是什么样一种心情？

楚玉毫无类似经验，更不可能在这个时代求助于身边的人，只能自己摸索，然而摸索来摸索去，也仅仅只是浅浅的游离的暧昧，始终挥不去那层浓郁的雾气。

还不够，好像有什么，还不够。

在门外站了半晌，楚玉终于完全地清醒过来，趁着棋子声稍歇，她转身匆匆地逃开。

现在，还不是面对容止的时候。

对，不是时候，不是时候。

楚玉强迫自己将思绪放在接下来要进行的事情之上。她走得很急，带起耳边风声呼呼，很快压过心底微弱的质问声：你跑什么？

次日，刘子业即将摆驾公主府，楚玉自然要在门口迎接。提早来到门口，却意外地瞧见在皇帝之前，还有一人来了，只不过这人应该说是“回来”。

正是多日不见的“忍者神龟”驸马爷何戢。

楚玉来这个世界这么多天，算算见到这位驸马爷的次数，一只手都能数得过来。她在府内时，他基本不在，而他回府的时候，她又基本外出了。何戢在西上阁也有住处，但一年到头三百六十五天，只怕有三百六十天是空着的，可以想象何戢有多么不愿意留在公主府内。

然而让楚玉比较佩服的是，即便这样，那少数几次的相遇，他都表现得对她关怀备至，让楚玉一阵又一阵的恶寒。

现在，何戢又与前几次一样，风度翩翩地上前来请安。楚玉挑眉望着他波澜不兴的俊逸面容，笑着问道：“驸马这些日子都宿在何处？”

何戢正有些奇怪楚玉为何站在门口，心思在别处，不及提防便脱口而出：“在尚书吏部郎褚渊家中。”话方出口，他瞧见楚玉神情变化，当即大为后悔。

褚渊这个名字，楚玉来到这个时代前便有印象了。据说是个绝世帅哥，并且是山阴公主的姑父，不过楚玉之所以知道他，还是因为历史上山阴公主曾觊觎过这位帅哥，甚至求刘子业下旨让褚渊来他的公主府。褚渊竟是以死相逼，足足过了十日，才保全了自己的清白。

据说何戢与褚渊的外貌举止有些相似，故而何戢又被称作小褚公。

思及此，楚玉忍不住道：“我听闻褚渊与你相貌有些相像，倘若走在一起，不认识的人会误以为你们是兄弟，是不是真的？”

何戢背上冷汗连连，既不愿说是，又不能说不是。他看楚玉的神情，分明是有些意动，倘若让她瞧见褚渊，那么只怕本朝又一美男子要遭到辣手摧花，可是假如说不是，却又是睁眼说瞎话，倘若公主他日发现他说谎，只怕会迁怒于他。

是与不是间，何戢汗湿衣衫，只推脱道：“这个都是外人传言，我与褚公相交，是倾慕他的品德，与外貌并无关系。”

大热天里，楚玉见何戢额头上的汗水就那样涌出来，也知道他在痛苦些什么，有些好笑，又有些怜悯，心想索性就此带过，放他一马。此时门外传来另外一道声音，让何戢的心一直沉到底：“想知道是不是，改日让褚渊来姐姐府上住上些日子便好了。”

楚玉抬目看去，发现竟是刘子业。不知他什么时候到的，身穿黑衣，虽然仅仅是常服，可袖口领边的精致花纹也显出十分庄重。虽然身量比何戢还要矮一些，可是他看着何戢的眼神，却是居高临下睥睨的：“到时候驸马与褚渊同吃同住，姐姐去看，就知道他们像不像了。”

看眼前的境况，山阴公主应该还没来得及如历史所记载一般辣手摧姑父，可是却阴错阳差地，让继承山阴公主身份的楚玉有机会完成这一未竟的事业。

何戢内心犹如遭雷击般，收敛起脸上的极不情愿，与也很不情愿的楚玉一起，两人各自以高超的演技控制住面部表情，向刘子业谢恩。刘子业很是不耐烦地看着何戢在眼前碍事，谢完恩了赶紧让他滚蛋，随后亲热地拉着楚玉到僻静之处，悄声问："阿姐，我们什么时候溜出去？"

他心里还一直惦记着那儿戏般的微服私访。

第四十六章　两个刘子业

楚玉早有准备，听刘子业这么说，便先让粉黛带他去花厅休息，自己回房换上男装。之后便按照昨天的布置，与刘子业从公主府一侧的墙头翻出去。

穿过冷清的巷子，两人便来到了街道上。刘子业拉着楚玉的手左顾右盼。从前即便是出游，他也是坐车出来的，周围侍卫重重，从未有过像现在这样的自由自在，全身上下每一根骨头都好似轻了几分。

虽然楚玉和刘子业的外貌都极为不错，可街上的百姓不再有楚玉第一次上街那样的反应。其中一个原因大约是刘子业，虽然换上常服，甚至心情十分轻松，可是刘子业不经意间还是会流露出些许容易给人带来压力的阴狠。

刘子业平素与楚玉亲近，并不怎么在她面前摆架子，因此楚玉也没有太过注意尊卑的分明，可是在别人眼中，刘子业还是有几分上位者的生杀予夺气派。

而更重要的原因，则在他们的身后，楚玉和刘子业并肩走在前方，他们身后三四尺外跟着两个人。其中一个是越捷飞，始终作为楚玉的侍卫存在，而另外一名男子看起来三十出头模样，五官原本还算端正，但脸上一道伤疤从额头斜着划过鼻梁，一直延伸到左侧耳下，这道骇人的伤疤令他的脸微微扭曲，看起来极是恐怖。

这人名叫干林，是刘子业的贴身护卫，有点儿像是越捷飞在楚玉身边担任的角色，只不过他藏身更加隐秘些。楚玉出入宫中这么多次，竟然一次都没瞧见这个干林，还是方才翻墙时，刘子业将他从暗处叫出来帮忙，楚玉才得知此人的存在。

干林十分沉默，不仅言语上，神情也同样沉默着，不管越捷飞在他身旁怎么说话，他始终一言不发，假如不是刘子业在命令他的时候他答了一个“是”字，楚玉只怕要以为他是个哑巴。

通过越捷飞对干林的称呼，楚玉知道干林是他的师兄，算起来，天如镜应该至少有三个师兄，一个被容止干掉了，一个越捷飞，一个干林，不知道还有没有其他选手。

两人先去了建康城边的东市，集市上有卖各种东西的。楚玉虽然不是第一次出门，可也是头一次来这样专门用以交易的集市，各种摊贩密集地拥在一个地方，熙熙攘攘的，叫卖声此起彼伏，各种商品混杂在一起，有的卖家禽，有的卖粮食布匹，有的卖一些手工制作的小玩意儿。

楚玉见识过现代超市的繁荣和丰富，看到古代的集市，只稍微新鲜一下便失去了深究的兴趣。倒是刘子业兴致盎然，买了这个又买那个。他只负责挑选自己中意的东西，付钱全由越捷飞代劳，而干林则负责当搬运工，左右手和背上都挂着新买来的东西，稻草扎的，叶子包的，麻袋装的，好好一个毁容派酷哥弄得形象尽失，最后刘子业甚至要买一只活鹅抱回皇宫里玩，被楚玉死活给拦住了。

好容易等到刘子业买得尽兴，时间也快到正午了，空气很是燥热，楚玉提议到附近的建初寺去休息。由越捷飞开路，四人在拥挤的集市里杀出一条路，其实也不需要怎么杀，干林的那张毁容脸摆在那里，只需要稍微阴沉一些，便足以令左右旁人自动退避了。

路上刘子业将自己买来的东西一件件拿过来把玩，玩一会儿就失去了兴趣，又一一丢弃在地上，一路走一路丢，等他们走出集市的时候，已经将买来的东西丢得只剩下十分之一二。

越捷飞有点心疼钱，不过这些钱也都是楚玉事先给他的，人家皇家子女喜欢自己买东西扔着玩儿，他能有什么异议？倒是干林在丢掉了大部分杂物后，虽然脸上依旧没什么表情，可是动作明显轻松了很多。

建初寺的距离不算远，一会儿便走到了。这座寺庙是三国时孙权建造的，也算是有些历史，远远看去，最先瞧见的是一座塔，立在寺庙的中央。

佛教在南北朝兴盛起来，那是在下一个朝代。这个时候的佛教极其衰败，因为刘子业的父亲极为讨厌佛教，刻意打压，借口僧人谋反，强令大量和尚还俗。

能在这样严苛的环境下存活下来的，都是有些历史和规模的寺庙。

建初寺前挂着巨大的牌匾，原本漆金的雕刻字已经脱落得斑斑驳驳，显得十分陈旧，但字的形状依旧遒劲有力。楚玉一行人走近的时候，却瞧见一个令楚玉有些意外的人从寺内走出来。炽烈的正午日光下，即便在这陈旧的佛寺边，那人的气度依然如流水一般悠然自在。

“意之兄，你怎么在此处？”楚玉快步上前，不能不说有些惊喜，虽然她也不知道自己在惊喜什么，可瞧见王意之，周身的燥热便仿佛减了几分。

王意之看见楚玉，也有些意外。他的目光先投向楚玉，随后扫过她身后的三人，眼中闪过一丝惊异后，又对楚玉道：“你怎么在此？”

与此同时，楚玉也问：“你怎么在此？”她印象中王意之是个放荡不羁、闲散自在的人，和佛学这些严肃的东西扯不上半点儿关系。

两人的声音一字不差地重合起来，连惊诧的情绪都那么吻合。

王意之微微一怔，随后忍不住与楚玉一起笑了起来。

楚玉笑着道："失礼失礼，我却是忘了，意之兄是有本事把一切无趣的东西变得有趣的人物。你来此，想必也是找到了有趣之处。"

王意之也笑道："失敬失敬，我也是忘了，子楚兄的言行常常能出人意表，想到什么旁人想不到的事物……"他学着楚玉说话，然而最后一句却是怎么都学不来了，只得道，"不过你来此，想必无他目的，不过是累了歇脚而已。"

他的心思是何等多智明慧，见到刘子业形貌及其他两人的样子，便极快地推断出他们方才做了什么以及来此的目的。

两人说完又是一笑，交换了一下"知我者子楚兄"和"知我者意之兄"的笑语，王意之随意作了一揖："子楚兄想必身有旁务，我今日不便多加打扰，改日我们再聚。"说完他又一指身边的人，"这位是我在寺中的好友，法号寂然，于佛理玄经都很有研究，可以请他领着你们在寺中游览一番。"

楚玉这才注意到王意之身侧站着一名身穿白色僧衣的和尚，与王意之并肩而立。这和尚大约二十五六的年纪，他双手合十，眉目低垂，神情安详平和，该是方才和王意之一同走出来的。可楚玉眼中只瞧见王意之，竟是把他给完全忽略了。

既然是王意之介绍的，楚玉便多瞧了寂然几眼。他相貌俊秀不凡，气度清逸出尘，眉心缀着一点米粒大小的嫣红朱砂。他的白色僧衣并不似如雪的洁白，而是那种陈年的旧白，松松垮垮地穿在身上，却也别有一种飘然之意。

方才之所以被忽略，主要是因为寂然和王意之站在了一起，又兼神情低调内敛，才被盖去了风采。

王意之没多做停留便离去了，楚玉对着陌生的寂然，并不觉不自在，虽然才是初见，可是寂然身上好像有一种使人心神稳固安宁的力量。

随即楚玉转身对这时才从后面跟过来的刘子业介绍寂然的身份，随后寂然便带领着他们参观寺院了。

寺院的占地范围很大，方才在远处瞧见的高塔在寺院中心，院庭的前方有殿堂，四周院落重重回廊围绕，虽然因为年久失修而显得晦暗破败，但是依旧可以瞧见从前鲜丽华美的影子。

楚玉一行人参观完毕后，再由寂然将他们送出寺院。楚玉在最前面与寂然并肩而行，忽然问道："意之兄时常来这里吗？"

寂然笑了笑，仿佛悄然绽开一朵皎白的莲花："意之居士胸罗万象，小僧与他相交，不论是佛法，还是世俗道理，都进益不少。"

楚玉微微一笑："今日有所不便，改日我会再前来请教，届时希望寂然小师父不要将我拒之门外。”

告别了寂然，便该往回走了。楚玉走出二十几米，忍不住回头看去，寂然站在寺庙之前的阶梯上，双手合十。纵然前任皇帝厌佛抑佛，但是前来进香的人依旧不少，他们面上的神情或者带着祈盼或者带着虔诚，无一例外地怀抱着希望。

楚玉停下脚步，望着人群中寂然的身影出神。刘子业回转过来，手扶着她的肩膀问：“阿姐，你看上那光脑袋了？你要是看上了，我明天就下旨……”

楚玉哭笑不得，言语劝阻，好容易才让刘子业打消这个念头，没有再给山阴公主的功绩簿上添一笔亵渎出家人的丰功伟绩。

回去的路上没什么波折，四人乘坐秦淮河上的泊船，顺着贯穿建康城的河流行驶，节省了不少脚力。最后四人先回了公主府，再让刘子业与那些侍从在一起，摆驾回宫。

恭送刘子业离开，楚玉才缓步返回自己的卧室，在她的房间里，竟还站着一个“刘子业”，只是神情少了些阴戾，气韵从容平和，然而这些细微差别也只有在明处近观会显现出来，房中光线昏暗，猛一看便是第二个当今陛下。

那“刘子业”见楚玉回来，抿着嘴笑：“公主回来了？”他缓缓走到屋子角落，从怀里取出手巾浸入水盆中，再拿湿毛巾往脸上轻抹，擦了几遍，便还原了本来面貌。

这“刘子业”是容止假扮的。

虽然楚玉与刘子业翻墙偷偷外出，但是不怕一万就怕万一，为了防止有什么预料之外的状况发生，楚玉让容止穿上相似的衣裳，用药物修饰容貌假扮刘子业在她房中坐着，就坐在可以让外面人瞧见的地方，房中的昏暗很好地遮盖住了装扮上的破绽。一天下来，宫内护送刘子业的侍卫统领几次从院门口走过，硬是没发现他们的陛下被人调了包。

楚玉瞧见容止，顿时就有些踌躇，其实这件事她本不想让容止参与进来，但是她府上会易容这种旁门左道的，也就只有容止一人，因而不管心里面再怎么打鼓，她还是在昨天去找了容止，说明自己的要求。

好在容止并没有为难她，完全不提前些天的事，待她的态度也是从容又自然，好似什么都没发生过一般，令楚玉大大地松了口气。

容止身上穿着与刘子业相仿的黑色衣衫，这是楚玉头一次瞧见他穿着白色以外的服色，感觉有些怪异。往他身上的衣衫看了几眼，楚玉的目光才转向他的脸庞，却讶异地发现容止脸颊上有一小片微微发红，印在雪白的脸上显得分外碍眼。

楚玉皱眉道：“怎么回事？”昨天她看容止的脸还是好好的，怎么今天变成了这副模样？

容止先是有些不解，随即恍然抬手抚上脸颊，笑道：“公主不必担忧，只因今日要装扮的人不同寻常，为了力求逼真，我用了些凶猛的药物。这是修容的药物在脸上留得太久了，伤了肌肤，我自行调制一服药，三两日便可复原。”

听他解释完毕，楚玉便不知道该接什么才好。两人相对站立着，相距一丈之遥，然而楚玉却好像能听见容止浅浅的呼吸，应和着她有些错乱的心跳。

说安抚的话，会否太亲昵，此时送客赶人，会否太冷漠?

正在忐忑之际，一声通传解救了楚玉此时尴尬的窘境，是天如镜前来拜访。

来了？！

那日天如镜说要回去考虑，便再无消息，如今看来总算是作出了决定，然而楚玉现在却不是为了他作出决定而惊喜——有了天如镜这个借口，让容止现在走掉感觉便不那么伤人。

楚玉正如释重负，却听容止低声笑了一下。回头看去，只见容止伸手按在腰上，解开了收束的腰带。

容止解下腰带后还不停手，又不紧不慢地拉开了衣裳。楚玉有些着慌，脱口问道："你脱衣服做什么?"

容止深深地望了她一眼，眼神似笑非笑地道："公主以为我是要做什么?"

对上他的眼神，楚玉明白自己可能又误会了什么，心中有些发恼，面上却完全恢复了镇定。她看着容止脱下外衫，弃于地面，正等着他下一步动作，容止就这样仅着单衣，缓缓地走了出去。

直到容止走出门外，楚玉才恍然大悟他这么做的用意。容止是在昨天夜晚，绕过所有人的耳目由越捷飞带过来的，才能在今天一早在皇家护卫的眼皮子底下上演大变活人，倘若他现在穿着类似刘子业的外衣出去，给府上的人瞧见，也许会被有心人联想到什么。

心细如发的容止，连这点儿微末之处都没有错过。

容止身穿单衣，纯白的丝绸贴着他的身体，单薄顺滑的衣料将修长的身躯线条勾勒出来。此时大约是下午三四点，还算明亮的阳光将白色丝缎照得有些通透，似乎能瞧见衣衫下纤细漂亮的腰线。楚玉瞧着他的背影，呆愣一下，忽然不知怎么就冲了出去，将他给拉回房中："你给我在这里待着，等晚上再回去。"

容止高深莫测地看着她，嘴角微微翘起，说不出是在笑还是不笑。好一会儿，他才慢慢问道："公主不是要与天如镜商谈要事吗?我在旁总是不好。"

楚玉瞪他一眼："我去别处谈！"

反手关上门，把容止关在房间里，楚玉低头看着自己的手发呆，想不通她方才为什么要把容止拽回来。他就算现在走出去，也不过是多给府上增添一桩闲话，又有什么值得在意的?

方才她为什么会有点儿不舒服呢?

不一会儿，天如镜便被幼蓝引领了进来。他的神情十分平静，目光清澈，目下无尘。看着天如镜，楚玉脑海中却浮现出了白日所见的寂然。

笑着摇头甩去杂念，楚玉让幼蓝退下去，转身带着天如镜前往一旁的花厅，也就是今天她让刘子业等待的地方，这里用来谈判，是再合适不过了。

她并不以为天如镜将会乖乖地接受她所开出的一切条件，总会在某些地方做些坚持，因此接下来她将进行的，是一场可能激烈的讨价还价。

第四十七章　各自的底线

楚玉在花厅内设了檀木椅子，一左一右摆在黑漆的高脚方桌边，桌上摆放着些干果零食，中心立着一只羊脂玉瓶子，瓶中插一枝青翠新柳。

楚玉坐下来后，便迫不及待地转向天如镜："许多天不见，你想得怎么样？"从前她入宫的时候，一般能偶尔遇见天如镜，可这些天来竟然一面也不曾见过，想必是天如镜刻意要避开。

如今他既然亲自前来，便说明他已经作出了决定。

已经作出决定——这个事实楚玉只稍微想想，便忍不住激动得微微颤抖。虽然早知道天如镜会让步，可是终于能让她接触那手环里的东西时，楚玉的心神还是不由得飘忽摇曳，不能自持。

那里面会有什么？除了历史记载，是否还有别的东西？天如镜的师父天如月曾经制作类似化学实验的容器，想必也是从那手环里得来的知识。

天如镜垂下眼眸，淡淡地道："你想要什么？"他没有亮底牌，而是让她先开条件。

楚玉尽量作出一副漫不经心的神态，微笑道："我尚且不确定你那里有些什么呢，万一我要的你没有，那岂不是糟糕？"她微微低下头，以这个动作掩盖眼中的急切。

虽然尽量表现得不太在乎，楚玉自己却知道，她简直在乎得要死。可是她不能表现出来，现在这个时候，是谁比较不在乎，谁就占了上风。

天如镜也明白她的意思，是要现在就能看到些实在的东西，否则交易无法进行，于是便问道："你要怎的？"

楚玉淡淡地道："我知道再过一段时间，陛下便会被乱臣杀死，改拥立一位皇叔做皇帝，我要看看这部分天书的内容与我所知的是否相同，倘若一般无二，我才肯信你。"

目前她还暂时不知道天如镜的手环里都有些什么，也不打算胡乱猜测，要些没有的东西。楚玉把自己最迫切需要解决的问题当作一件无关紧要的小事放上台面，以验证天书真伪为理由，让天如镜展示出接下来的那段历史。

她知道刘子业会死，可究竟是为谁所杀，接下来又是哪个皇帝上位，这个关键性的问题她却不记得，这是楚玉最大的烦恼。倘若能骗得天如镜展示出那段历史，她也好针对主事者做出相应的对策，接下来不管这场交易谈判是否成功，她都已经先取得了实在的利益。

楚玉打的，就是这个如意算盘。

这个要求表面上看是合情合理的，看起来也没有什么破绽，然而天如镜却道："这一点我不能同意，我只能给你看本朝之前的那部分天书记载，而本朝之后的，时候尚未到，我不能呈现在人前。"

楚玉心中陡然一沉，面上不动声色："这又有何不可？我已经知道陛下必死，朝政必改，难道看一看天书上是否有记载都不成？"她陡然冷笑一声，目光锐利地看着天如镜，"本朝之前的事物，各种典籍之中皆有记载，我又看你的天书作甚？还是说，你的天书，根本就没有本朝之后的部分？那天书根本就是你捏造出来的？！"

楚玉红口白牙地倒打一耙，很不客气地指认天如镜在说谎，用的也无非是激将法。只要天如镜受了激，一个冲动，说不定就把接下来的部分历史亮给她看了。虽然嘴上言辞激烈，可是楚玉心头却并不抱有多大的期待，相反沉甸甸的，沉得把先前的激动都压了下去。

天如镜肯来找她，应是做好了各方面的考量，他的底线不会因为她的一两句话而变动，所谓的激将法，对他冷静无情的心性更是很难产生影响。

面对楚玉的信口污蔑，天如镜神情没有半分动摇。他静静地望着楚玉，既不辩驳，更不为此生气，只十分平静地看着，澄明的目光好似穿透了她的灵魂。过了许久，他才淡淡开口："不能给你看天书的这一部分，是因为你会为了扭转自己的命运，做出违背天书记载的事，我很明白。"

楚玉苦笑一声，一下子放松身体，靠在椅背上，仰起头，她抬起一只手横盖住双眼，轻声道："你说得不错。"

关心则乱，现在乱的那个人，是她。

天如镜看出来了，虽然前阵子她的突然袭击打乱了他的思绪，让他慌乱了片刻，可是这些天冷静下来后，天如镜知道她并不完全清楚接下来的历史，因为倘若她完全知道是谁杀死了皇帝，又是谁夺去了宝座，她一定会为了自己的生存去对付那个人。

可是她没有，因为那么多人里，她根本无法找到确切的目标。

因此天如镜不让她看与她切身相关的那部分"天书"，这是他的底线。

虽然经过这些天的思索，心神已经十分坚定，但见到楚玉这副模样，天如镜还是忍不住有些微的好奇。他想知道除了这些，楚玉还知道多少？她是如何得知这些的？

还有便是，在得知自己注定会死之后，她心中又是什么样的一番感受？她是以什么样的眼光看着自己一步步迈向死亡的？

天如镜从小受到的教育便是旁人之事微不足道，不需挂怀。这些年来，他也是如此成长的，他能看明白很多事，却从来不曾放在心上。他看着别人的悲欢离合，喜怒哀乐，却好像是看着另外一个世界，那么漠不关心。

可是如今……

天如镜微微地蹙了一下眉毛，他开始有些好奇眼前的少女，虽然只是有些，虽然只是开始，却让从未有过此种感受的少年产生了不知所措的情绪。

我该怎么办，师父？

天如镜在心里默默地问：师父，我眼前的女子，名叫楚玉的，她也是知道天书的，那么，她是否可以不算入旁人的那个范围内，成为不是旁人的那个人？

天如镜望着以手遮眼的楚玉："你在难过？还是绝望？"不由自主地问出话来，天如镜听见自己的声音，忍不住有些后悔。

"难过？绝望？"楚玉听见他的问话，忽然哈地笑了一声。她拿开手，以肘支撑，伏在方桌边，目中神采丝毫不见暗淡，在奇怪之中还带着些兴味，"你这个问题问得真奇怪，我为什么要绝望？"

无可否认，没能诓骗出来自己想知道的东西，楚玉有一点沮丧：天如镜已经有了警觉，将来会越来越不好骗。可要说到难过绝望，却是半点也扯不上干系。

与盲信"天书"的天如镜不同，作为穿越者的楚玉，是用挑剔和审视的目光来研究自己和这个世界的，她清醒地知道自己走在一条什么样的道路上，也清楚地知道那并不是什么天命，只不过是既定的历史。

纵然自身遭遇离奇，但楚玉并不打算任由所谓的命运摆布。时候尚早，一切尚未到来，她为什么要为了还没有发生的事去绝望？真是好笑。

两人的目光一触即分。更准确地说，是天如镜避开了楚玉的目光。他垂下视线，注视着自己的双脚，淡然道："无论如何，我不会将天书上本朝之后的内容透露给你，你可以死了这份心了。"

楚玉微微一笑，也不气馁，她拈起桌上碟子里的一片肉脯放入口中，慢条斯理地嚼碎，咽下，喝了口水，才轻声开口："你既然如此坚持，那么我也不勉强，可是天如镜，你看，为了不触及你的底线，我连自己的生死大事都放在一边了，那么你是否应该给我一些回报，来补偿我遭受到的损失呢？"

楚玉方才激动得不能自持，有至少一半的原因是以为即将能知道山阴公主的具体死因，这一点暗藏心思被天如镜识破并拒绝后，她反而彻底地冷静下来。

天如镜亮出底线，好像是冰凉的冷水浇在她心头迷乱的狂热上，让楚玉躁动的心一下子变得冷静，她并不因此不甘，更不会失去希望。

在知道天如镜拥有历史记载之前，她也是对未来知之甚少，现在只不过是和从前一样不知道，并彻底打消了她走捷径的念头而已，没什么大不了的。

而冷静下来的楚玉，立即利用起了这一点，当作自己的筹码，与天如镜讨价还价。

假如换了从前，对于楚玉这种哀兵政策，天如镜根本不加理会，可他目光一转，对上楚玉的双眼。那双眼睛清澈坚定，又带着微微的恳切哀求，显得十分美丽。他心中鬼使神差地一软，竟然没再坚持，低声道："我让你看看这神物之中的东西，除了天书，可以让你选一项。"

耶？这算不算是意外之喜？

楚玉原本以为还要经过一番激烈的讨价还价才能达成一点点最初目标，毕竟现在天如镜立场清明很难哄骗。可是没料到才一提出来，对方便让步了，一下子连她自己都没反应过来。

天如镜说出那些话来，原本有些懊悔，可视线对上她猛然一亮的眼睛，那眼中的欣喜仿佛会传染一般，一丝丝的懊悔竟在不知不觉间消散了。

楚玉身体往前靠了少许，更加倾向天如镜，期待地道："那么，都有什么可以选的，你总该让我瞧瞧吧？"

天如镜下意识地将身子微微后仰，他抬起手来，一只手指按在手环上的宝石中央。楚玉见状举了一下手："等等，你是怎么使用这个……呃，神物的，用手按在那宝石上？"

天如镜随口答道："偶尔需要这样，有些简单的用途，只需要想一想便可以。"若非如此神奇，他也不会认定这是神物。

居然还带脑波操作的！

抓起桌上的水杯灌了一气，给自己压惊，楚玉极力排除心中的郁闷，这时，浅蓝色的光幕显现，光幕上两排标志出现在她的眼前。

就好像电脑上的功能选项一般，光幕上一共有六个图标，左右各分布三项，分别标注着：经、史、文、理、技、御，下面还有半页没显现出来。

楚玉瞟了天如镜一眼，眼神示意他展示下半页。天如镜垂下眼帘，不予回应。看他的样子，应该是隐瞒了下方的那部分，只让楚玉在这六项中抉择。

"史"的那部分，应该是历史的，这一项天如镜不可能让她看，而剩下五项，楚玉并不太能分辨清楚它们各自所代表的内涵。一时间有些茫然，她定了定神，一项项仔细地分析。

天如月传授给王意之的那部分约莫来自"理"，而这部分对于目前的楚玉来说并无大用，对古人传授理科知识，能确定保住她的命吗？

不能。

假如"理"指的是理科知识，那么相对"文"的那部分，代表文科知识，也可暂时排除，"经"大约可以理解为经典或经书，亦不是她所需要的，于是接下来只需在技、御两项之中筛选。

楚玉的目光来回在技与御之间徘徊，心里计算着何者为她所需要的，耳旁冷不防听见天如镜冷淡地催促：“请快一些。”

赌一把吧。

楚玉一咬牙，抬手朝“御”字戳了过去。她纤细的手指尖点在“御”字上，穿透淡蓝色的光幕，浅浅的蓝光照在她的手上，让楚玉又有一种回到了前世，坐在电脑前被电脑屏幕的光芒映照的错觉，胸口生起少许的怀念。

“御？好的。”因为楚玉的行为，天如镜又愣了一下。他料不到楚玉竟然敢伸手戳过光幕，昔年，他第一次看见这光幕时，别说触碰，就连靠近，也是在天如月告诉他无害并命令之后。

眼前名叫楚玉的女子并不是冲动无脑之人，然而她却敢伸手放心地触碰光幕……她早就知道这蓝光不会伤人？

天如镜奇怪地望了楚玉一眼，随即又命令自己不要深思，脑海中发出指令，楚玉便感觉到一股无形的力量在周围展开，空气仿佛有点紧缩，眼前亦被浅色蓝光所包围。

这便是曾数次弹开楚玉的球形光罩，此时却将两个人一起包裹在其中，从光罩内朝外看，外面的一切都镀上了一层浅蓝的色泽。

现在，这个“御”字的含义已经明白地显现出来了，乃是防御的意思，这光罩是手环本身所具备的防御手段。

对于这个信息，楚玉很不满意，早知道她就选另外一项了：“这可不够，这罩子我早就见识过了，现在也不过是从里面往外看，没什么稀奇的，至少要让我知道，这光罩的发动原理才行。”

“发动原理？”天如镜微微皱眉，随即眉心展开来，“这罩子，神物之中确实有一些解说，然而也许是我天分驽钝，竟然不怎么看得明白，让你看看……也无妨。”

他在心中默默地道：师父，我并不是违背你的训诫，只是，也许她真的能看懂，对我等今后传承大有帮助。

天如镜又飞快地操作了几次，蓝光屏幕上界面变幻得极为迅速，楚玉甚至还没怎么瞧清楚，天如镜便调出来了储存在资料之中的光罩的原理说明。

楚玉仔仔细细地阅读这份说明，过了许久之后，她抬起眼来微笑凝视天如镜，一字一顿地道：“我也看不明白。”

“说谎。”天如镜脱口而出。

方才她阅读之际全神贯注，一会儿沉思，一会儿皱眉，显然是把其中内容给看进去了，此时却自称不懂，分明是睁眼说瞎话。天如镜微微有些愠怒，才一动怒便立即警醒，暗怪自己今天情绪波动太厉害，实在是大大地异常。

楚玉笑了笑：“我没骗你，我真的是没有完全看懂，最多也就明白了五成。”她只看明白了防御光罩的发动条件和发动后果，而具体的原理部分，因为其中所用的专业术语名词太过艰深，她无法理解。

最多也就是，知其然，而不知其所以然。

不过就算只看懂一半，这也足够了，毕竟每个用电脑的人，不一定都要深入理解电脑中每个程序的原理结构，只要知道怎么用便够应付得了。

楚玉笑眯眯地看着天如镜："怎么样，要不要我给你解说我看懂的那部分？"

天如镜倒也没有矜持，很干脆地点了点头："你想要什么？"他很明白，她肯坦言看懂，并且出言引诱，无非是为了获取更多的利益。

楚玉笑道："爽快，我要看你方才所隐藏起来的那部分选项。"正好趁这个机会得知手环的全部功用，就算是知道个大概也好。

待天如镜应允，楚玉便将自己所理解的内容说了出来：其实那光罩，只是一个按照某种条件发动的力场，防御外来的袭击。力场以身体中心为球心，其作用最大的地方，也就是排拒力最强的地方，在距离球心两米的位置。

而发动的条件细说来比较复杂，简单总结则是，外来的物体，假如以超过某个范围的速度朝天如镜接近，那么这防御力场就会自行发动。比如先前楚玉两次朝天如镜出手以及天如镜遭到刺客袭击，速度都超过了那个限速范围，导致力场自行发动。

而力场发动之后，会给予力场作用范围内的物体一些反作用力，运动速度越高，所承担的反作用力越大，这就是为什么楚玉仅仅被轻描淡写地弹开和掀开，而那些刺客却好像炮弹一样被打出去的缘故。

因为楚玉袭击的速度不够快，这反而让她逃过了一劫。

至于那蓝色的光不过是附带的光芒效果，没有什么别的用途。

楚玉说完之后，天如镜又针对他听不懂的部分作了询问，比如什么是速度，什么是力场这些名词的具体解释，楚玉存心给他一些甜头，便反复地解释说明，直到他听懂为止。

"所谓力场，就是说，在某个范围内，一些集中作用的力量，这个范围称作力场……你明白了吗？"楚玉低柔的声音在花厅中慢慢地回荡，越捷飞早已被遣开，难得面对一个可以做一些交流的人，楚玉说得兴致勃勃，没一点儿不耐烦。

然而她的声音，却通过了墙上的管道，曲曲折折地传递，一直传到另外一间房里。

容止懒懒地靠在墙边，身姿从容悠闲。他的一只手掀起了墙面上挂着的一幅画，画下的墙面上，一条不知通往何处的管道漆黑幽深，从中隐约传出楚玉的声音，虽然通过传递，这声音低弱了许多，然而依旧能勉强听清。

容止面无表情地听着，他的脸色苍白如雪，眼神深不见底，好像蕴藏着无处不在的极其可怕的掌控力量。

过了一会儿，管道之中又传来对话。

"公主，我想知道，这些你究竟是从何处学来的？"冷淡的声音是属于天如镜的，然而今天却在冷淡之余，多了些不该有的好奇。

“嘿，你想知道？”楚玉的声音带着笑意，光是听着这轻快的声音，容止便能想象出她现在得意微笑的模样，“我偏不告诉你，你有底线，难道我没有吗？”

想着楚玉现在的样子，几乎不自觉地，容止嘴角翘起很浅的弧度，眼中带出些微的柔和温暖。

楚玉完全不知道自己和天如镜的对话还被另一个人听到了，见天如镜欲言又止，秀丽的脸上强自压抑着不情愿的神色，心中止不住地愉快。

看见天如镜这副模样，楚玉心中暗爽，不过更重要的是，她得到了十分宝贵的信息，便能以此为依据，做出抉择判断。

得知那光罩，也就是防御力场发动原理后，楚玉便打消了从外界武力突破的念头，那力场的发动除了速度过限，还有几项附加的标准，比如防御系统判断会对天如镜造成损伤的物体，包括生物和人，都会被自动地排拒在防护罩外。

而另外一个资讯则是，那手环的操作通过脑波进行，具体的细节如何尚不清楚，可是看天如镜将手指按在宝石上的动作，楚玉估计大概还有指纹什么的因素包含在内。

这样的尖端物品，倘若没有一点防护识别措施，那才真正见鬼呢。

换而言之，就算她想方设法抢夺过来，没有天如镜的手指，可能也无法对手环进行操作。

砍天如镜的手指下来，这么血腥的事她自然是做不来的，而且手指砍下来后她也没有相应技术能保持完好不损，如此无异于杀鸡取卵。

望着流转着美丽银光的手环，楚玉不甘心地抿一下嘴唇，提醒天如镜：“好啦，我都给你解释了，你方才应允我看的呢？”

天如镜点了点头。他心念一动，屏幕便缓慢地上移，将方才楚玉没有看到的那部分呈现出来。

屏幕下半页显示出：时、位、囚、医、攻、记。

也是六个选项左右各三，然而却多了一些比较浅显明白的关键词。

时和位，大约说的是时间位置，“囚”不知道是什么，“医”应该指医疗，“攻”是攻击，“记”不清楚。

心中迅速地有了判断，楚玉含笑凝望天如镜：“那么，开始谈判吧，我教你那种文字，作为报酬，你要让我知道，其中六项的具体内涵。”

漫天开价，坐地还钱。

天如镜摇头，斩钉截铁地道：“不行，你的要求太多了，最多只能一项。”六项，简直就是狮子大开口。

楚玉忽然站起来，双手撑在桌沿上，身体前倾，盯着天如镜，提高声音道：“太多？！你知不知道这是一套完全不同的语言体系，你不要以为只有二十六个字母符号，就错以为它很简单，你要记的东西多着呢，三个月都未必能学得完！”

也不知道是被楚玉气势所迫还是觉得她靠得太近，天如镜身体又向后仰了一些，背部靠上了坚硬的椅背：“你要的太多了。”他脸颊微微发红，不是很熟练地开口。

他记事以来便被保护着长大，高高在上，几乎不食人间烟火。除了师父，从来都只有别人向他妥协，哪里有像这样站在对等位置商讨的机会？更别说是如此激烈地讨价还价了。

接下来，便是一场拉锯战，楚玉尽可能地占便宜，天如镜尽可能地避免被占便宜，好像砍价一般，一分一寸地慢慢磨，偶尔作出一拍两散作势欲走的姿态等对方喊住自己让步……

当然，这些大部分都是由曾经见识并学习过砍价的楚玉所作出来的，天如镜在这方面毫无经验。对上楚玉时，尽管神志十分清明，可是完全没想过原来讨价还价可以这么干，这样赤裸裸地毫不遮掩地索取利益，表示自己有多么吃亏，多么不值得，进而得寸进尺地索要，简直就是让他见识了一片截然不同的新天地。

谈完了用几项来交换英文教习后，两人又在那几项之间慢慢地磨，足足过了一个时辰，几乎没有讨价还价经验的天如镜被楚玉杀得节节败退，最后签下“丧权辱国”不平等条约，答应让楚玉看三项，并且用笔抄录下其中一项的内容。

这样的结果，其实是超出楚玉的预想的。她虽然一开始信口开河说要看六项，但那不过是为了方便喊价而做的上限罢了，前世去一些市场买衣服的时候，砍价的秘诀便是先压到原价的三分之一，再一点点往上和对方磨。原本估计撑死能要到两项的观赏权，竟然比预计的多收获了不少。

签下了“丧权辱国”条约，按照他们方才谈的，天如镜先履行部分条约，先将其中一项展示给楚玉看：攻。

现在楚玉知道了手环的防御手段，却从未见过天如镜主动攻击任何人。为了保险起见，她必须先得知手环的攻击手段，届时即便到了最坏的状况，双方翻脸了，她也好有针对性地做出应对。

天如镜的手指依旧按在红宝石之上，等了半晌没有任何反应，楚玉出声提醒他：“喂，攻击啊，等等，先别冲着我，换个方向。”

天如镜面无表情地道：“我已经发动了，没有攻击，这一部分无法用出来。”

楚玉很轻蔑地瞥了一眼天如镜：“你这个神器还会坏的？”质量真差。

天如镜忍不住一拍桌子，他方才经历了一场砍价大战，情绪还有些波动没能恢复，被楚玉一激，腾的一下升了起来：“你可以侮辱我，但是不能侮辱我师门神物！熟归熟，乱讲话我一样告你诽谤！”

楚玉扑哧一声笑出来：“这台词你从哪里学来的？”没记错的话，这好像是某部电视剧里的台词，此时听来真是备感亲切。

天如镜下意识地瞥一眼手环。

“真好。”楚玉笑眯眯地点了点头，“很好。”手环里大概还储存有娱乐的内容，她真是越来越想要这东西了，只可惜短期内无法到手，只能看着解解馋。

笑意一凝，她又回到了方才的话题上：“你这神物不能发起攻击？”

天如镜摇了摇头：“不能。”他目光清澈，神情无比坦然。纵然楚玉再问一万次，他的回答还是一样的。

楚玉冷笑一声：“难怪你方才在这一项上让步得这么快，原来是因为根本无须保密。”方才她在与天如镜讨价还价，商量具体给楚玉展现哪一项时，谈到“攻”这一项时，天如镜几乎没怎么跟她僵持便让了步，让她错以为自己占了好大的便宜，却没料到结果是被人反摆一道。

也许是天如镜的操作方法不对，也许是程序硬件上出了什么问题，令手环的攻击功能无法实现。既然无用，天如镜也不打算攻击，那么便不介意让她知晓。

楚玉不甘心地道：“我小瞧你了。”先前因为越捷飞对他的保护态度错以为他很弱，方才又因为天如镜的不谙世故而低估了他的心机，直到现在，楚玉才意识到，即便是看起来单纯如天如镜，必要的时候，也是会耍一点小手段的。

天如镜微微点头，此时也恢复了冷静的神色：“过奖。”

楚玉做出送客的手势：“我需要时间来判断你是否说谎，从明天起，你每日午后来我府上，我教你那种文字。”

天如镜面上虽然平静，心中依旧有些纷乱，此时抽身正是求之不得。他没说什么，点了点头，转身便离去。

楚玉又在花厅里坐了一阵子，才慢慢起身回到起居室。容止不在外面的房间中，楚玉有些奇怪，便朝里走去，一直到了卧室，才瞧见一条白色的身影斜躺在她的床上，伴随着呼吸，身体微微起伏。

楚玉没多想，走上前拍醒他：“容止，醒来，我有话问你。”容止原本是面朝内侧睡着的，被她拍了一下，翻过身来，微微睁开眼睛，轻轻地“嗯”了一声。

他丝质单衣的衣领顺滑地敞开，露出胸口大片平坦雪白的肌肤，那肌肤盈满温润的光泽，竟比身上的丝缎还要细腻光滑，慵懒眯起的双眼瑰丽惑人。楚玉心跳陡然加快，连忙快步走出去，丢下一句话：“穿好衣服出来，我有正经事要问你。”

楚玉走出卧室后，容止半眯着的眼睛立即张开，眼中的困倦荡然无存，只余冷静的清醒。他慢慢地坐起来，漆黑的眸中翻腾着什么。

第四十八章　血色无情月

在前厅坐下，又猛灌了好几口凉水，楚玉的心跳才逐渐平复下来。她从前也不是没看过光着上身的男人，上学时男生们打篮球，热了就把上衣一脱，挥汗如雨地继续跟一个球过不去。那时她看了也不见得怎么样，今天容止裸露的部分比那少多了，可她的心跳却快得不成样子。

大概是因为……太漂亮了。

平常容止穿着衣服时，只觉得他容颜秀美，风华高雅，可是他今日衣衫不整，却好像不慎将平凡的伪装掀开一角，露出其下鲜亮诱惑的气息。那双明明是黑白分明的眸子，却仿佛汇聚了众生诸般色相，深不可测，好像能吸食人的灵魂。

没一会儿容止便走了出来，敞开的领口已经合拢，平静柔和的秀丽面容高雅莫测。见到与平常一般无二的容止，楚玉才舒了口气，做个手势让他在旁边的椅子上坐下，才道："你对天如镜了解多少？"

开门见山，直奔主题。

方才她与天如镜讨价还价，虽然折腾得天如镜够呛，可是她自己也是大费心神，此时已经没有那么多的耐心和精力与容止绕圈子，反正最后一定要暴露自己的目的，不如早早地和盘托出。

容止思索片刻，沉着地道："我对天如镜几乎一无所知。"还没等楚玉有反应，他又微微一笑，笑意里带着些狡黠，"可是我知道天如月，公主想要听吗？"

天如镜与他不过是几面之缘，要说了解，那实在是夸张了。而且对于天如镜，他也不认为有什么需要了解的。天如镜比他师父天如月实在差得太远，在容止看来，根本就不是一个层次上的对手。

楚玉点了点头："那便说天如月，把你知道的都说出来，说得越多越好。"其实她只想从容止这里侧面了解到那手环的能力，天如月也算是手环的曾经拥有者，了解一下没坏处。

“公主，你知不知道建康城中有个传言？”像是在回忆应该从何说起，容止沉默了会儿，才低缓柔和地开口，“这些日子公主时常出府，有没有见到大人吓唬小孩子……”

楚玉白眼一翻，明白过来了。她第一次出府，便目睹有位大婶拿自家名号生生吓唬得小男孩不敢造次，自然，这不是什么太光彩的事，之后再见到类似情形，她都视而不见，装作对方或自己不存在。

“有一位妖法师与公主齐名呢。”容止一说，楚玉也跟着想起来更多，她的名号只能吓唬男孩，不能吓唬女孩，反倒是那位“妖法师”的名号男女通吃，男孩女孩都管用。

那妖法师不是说天如镜吗？难道……

楚玉心中的疑问很快就在容止口中得到了解答：“那妖法师说的自然不是天如镜，他接替他师父的职位才多长时间，名声尚且不彰显，又有多少威势？那妖法师，说的是天如月。”

容止说完这些，又陷入了沉默，目光虽然望着前方，却好似没有焦点，而是穿越了时间的阻隔，看到了从前的影像。过了一会儿，他回过神来，为自己的失神向楚玉道歉，随后微微一笑：“我这辈子，一共见过三个半人，能让我另眼相看。一个是王意之，前阵子与王意之会晤半日，令我心折不已。论权谋之术，他不如我，然而论起洒脱自在，我不如他，这世界上亦没有人能比得上他。”

先说了王意之，容止才说到天如月：“接下来便是天如月，也是一个能令我另眼相看的，现在的天如镜，与他的师父相比根本就不成气候，他太干净了。”

听到容止这个形容，楚玉不由得为之愕然：太干净了，这是什么意思？

容止忍不住微笑一下：“天如镜太干净了，他手上几乎一滴鲜血都没有沾染，也不曾害过什么人，他的心思也很容易看明白……和天如镜比起来，天如月简直就像一条在腥风血雨里慢行的毒蛇。”

他第一次见到天如月的时候，便觉得十分吃惊。这世上能让他那么吃惊的人很少，天如月偏偏就在其中。

天如月那时身穿牙白色的衣衫，月光之下貌若好女，如月皎洁，可是他的眼神却书写着漆黑浓重的血腥残酷。让容止此生头一遭感受到这样彻底的威胁和恐怖。

就算是月，天如月也是凄厉骇人的血月。

由于天如镜的关系，楚玉也想当然地以为他师父天如月是类似人物，也是一样出尘脱俗水晶般透明无垢。如今听容止说来，彻底地颠覆了想象中的印象，觉得很是不可思议。

容止慢慢地道：“天如镜的无情是不解世事，天如月的无情却是本性狠毒，你知道他曾经做出过什么事得来那个妖法师的名号吗？他问先帝要了五百个童男童女去祭天，但是据我查探，这祭天之说根本就是借口，也不知道那五百童男童女到了什么地方，派了什么用途。”

听着容止似笑非笑地说着往事，楚玉感觉心脏好像被一股寒意笼罩，她心里对自己低声地道：“我知道。”

她知道天如月要那五百童男童女做什么去了，虽然不能完全肯定，但猜测约有八成的准确率。

天如月在做实验。

那手环的真正内涵和功能，不是这些未受过现代系统教育的古人能够完全理解的，他们要如何摸索手环的用途？唯一的办法，大约就是实验。

天如月恐怕是其中的极端翘楚，为了得知自己想要的东西，不惜用活人来做实验，就好像现代的科学家，用小白鼠来当作实验材料一样，只不过天如月的实验更加残酷，更加灭绝人性。

现在楚玉忍不住发自内心地想说：这家伙死掉，真是太好了，不管是出自私心还是出自良心，她头一次觉得一个人死得如此之好……要是活着的人是天如月，她恐怕完全没勇气对他进行这些天对天如镜做的一切。

如此看来，天如镜也实在是出淤泥而不染，有这样的一个师父，这些天竟然没有对她采取暴力手段，甚至在她得寸进尺，步步紧逼的时候，也没有对她下黑手。

倘若是换了杀人不眨眼的天如月，她只怕早就死了不知道多少回了。

因为天如月的事太过震撼，导致楚玉把方才容止所说的三个半数目抛去了九霄云外，忘了问接下来的一个半人是谁，而是接着听容止道：“我很讨厌天如月的那个手环。”

楚玉忍不住一惊：“你也知道那个手环？”

容止微微一笑，拿起桌上的水杯，楚玉后知后觉地想起这水杯是她方才喝水用的，其中还剩下半杯水。张开口还没来得及阻止，便看到容止的嘴唇凑到杯沿边，苍白而柔软的唇正好印在她留下的水印边，好像低头亲吻她残留下来的唇角痕迹。

楚玉的嗓子好像被什么塞住，一下子什么话都说不出来，只是眼睁睁地看着容止将杯中水一饮而尽。

容止放下杯子，神情坦然，继续道：“我与天如月也算交过手，如何不知道他的那些奇异力量来自那手环？我讨厌的，并不是那些奇异的能力，而是觉得那手环似乎是不该在这世上出现的。”

他的直觉，真是敏锐真切得恐怖。

楚玉轻轻地叹了口气，那手环，确实不该在这世界上出现，那本来就是不属于这时代的产物。

超越了一千多年的时间，用多少代人的智慧结晶，结合目前无人能运用的能量欺负古代人，实在是拥有太多的优势，说起来，容止败给天如月，丝毫不算丢人。

输给时代，这是不能抗拒的。

楚玉悄悄地打量容止，他秀美的脸上并无颓丧，也无不甘，有的只是从容，带着些许嘲弄的笑意，曼声道：“而我尤为看不上的，是天如月口口声声身负天命。真是可笑，天命什么时候竟是由他这种人背负起来了？”

待容止说完他想要说的，楚玉问出她最关心的事：“那么，你有没有办法设法夺来那手环？”她说得很慢，每说出一个字，心脏就跟随着跳一下。

容止偏了偏头，凝望着她，笑道：“公主以为，我昔日没有尝试过吗？”

楚玉恍然地“哦”了一声，看他现在这样，自然是失败了的，否则也不至于落到如此境地。然而意外的是，她听见容止道：“我曾经试过，虽然有些艰难，可是我确实曾骗得天如月取下那手环交给我，可是……”他无奈地一笑，“我无法像天如月那般用手环施展出那些门道，相反，我将那手环套上自己手腕，怎么也无法令那手环发出蓝色的罩子，也不能做其他功用。过了不一会儿，便有一股奇怪的痛楚闯入我的身体，好像针刺，又仿佛火烧，令我全身疼痛麻痹，几乎脱力。”

容止详细描述了当时的情况，楚玉心中了然，知道是怎么回事：容止那分明是触电的症状。那手环应该也有防范保护机制，限定范围之外的人拿到后，会产生电流电击对方。

如此看来，想要拿到那手环，先必须准备一双绝缘手套。

与容止一番长谈，虽然还不知道具体应该如何拿到手环，但是至少得知了一些注意事项，可以放在今后慢慢打听，比如手环对使用者有所限制，也许需要指纹验证以及会放出电流麻痹意图夺取者。

如此看来，还需要进一步了解，以便徐徐图之，不可操之过急。抢夺手环对她来说，不过是在笼络天如镜失败后的最后手段，假如不对立，那是最好不过的。

两人一直交谈到夜深，分析了种种可能，楚玉在言语之间透露出少许她对手环的了解，但是容止并没有询问。直到分别时，楚玉才想起先前容止说他对三个半人另眼相看，便随口问道：“剩下的那一个半人是谁？”

在他们商讨期间，楚玉让越捷飞去拿了容止的一套衣服，此时容止已经是衣冠整齐，不过因为要谈论手环的事，一直拖到深夜才让他离开。

容止的心思原本还在天如月与手环身上，听楚玉忽然扯回话题，不由得一怔，随即露出笑容：“那一个半人公主并不认识，说了也没什么用途。”

楚玉这么一问，不过是忽然想起，听容止如此回答，也不再多想。看容止转过身，便将一手扶着的门关上，回房安睡去。

缓步走出东上阁的容止却并没有直接回自己的住所，他白色的身影在西上阁中缓缓绕行，面容平静，神情深沉，穿过写着“三千繁花剑”的牌匾，穿过院中仿佛被狂风肆虐过的草木，他缓缓地走入花错的房中。

不一会儿，房中传出哀叫呻吟声："你来得正好！阿止，你给我用的是什么药？弄得我全身又麻又痛，好像被千万只蚂蚁咬一般，手脚一点气力都没有，这样下去，我实在受不了！"

昏暗的室内，花错全身绑着厚厚的绷带躺在床上，绷带下透出深黑色的药膏，散发着浓重难闻的味道。

容止立在床边，不紧不慢地道："就是这样才能治好你，昔年你不听我的劝阻，去刺杀天如月，落得一身伤，深入筋骨，假如不用狠一些的药物，你会留下病根的。"

花错噎了一下，有些不甘心，"谁晓得他是那么古怪的？"说完后，他又继续哀号，"好痒好疼啊，什么时候才能不用这该死的药啊？！"

容止无奈道："你今天一整天都不叫，怎么偏偏就拣着我来的时候叫？"

花错嘿嘿一笑："当然是专门叫给你听啦，若是没人听着，我叫什么？不是白费气力吗？"

容止转身便走："内服外敷，外敷的药我治不了你，你尽管叫，等着吧，明儿我让尚药司在煎药汤时多给你加二两黄连。"

花错立即迭声惨叫："等等，等等，等等！阿止！我错了，我错了还不行吗？"

虽然暗地里盘算着谋夺天如镜的手环，但再见到天如镜时，楚玉面上并没有什么异样。并不是因为她不想要，而是目前根本要不来，再加上他们之间的矛盾并没有达到针锋相对的情况，目前还不着急对付天如镜。

容止昨夜说过，倘若真到了生死相见的时候，天如镜并不是不能对付，这少年比天如月生涩太多了。

在皇宫门口遇上天如镜，楚玉对他微一点头，趁着错身而过的机会对他低语："午后到我家里来。"她也该履行自己付出的承诺了。

怀着平静的心情，楚玉见到刘子业。他坐在长几前，身穿庄重朝服，案上的文书都被他扫落在地，取而代之的是昨天从集市上买来的小玩意儿。刘子业一会儿碰碰这个，一会儿碰碰那个，看起来满脸兴致勃勃的。见楚玉来了，他遣退左右，拉住楚玉："阿姐阿姐，昨天真是好玩儿，我们改天再出去微服私访如何？"

楚玉瞥一眼长几，心中郁闷极了，她虽然没打算教育出一个旷世明君来，可是也没打算养成一个购物狂啊，看刘子业这模样，显然是对逛街购物此类活动上瘾了。

早知道带他出去竟然是这个结果，她还不如一直关在宫里给他讲故事呢。

楚玉想了想，劝阻道："陛下，上次我们出宫，已经很不容易，这件事只怕要慢慢来。"

刘子业一听，大为扫兴，忽然他眼睛一亮："阿姐，不出宫也可以微服私访，我们在宫里弄一个集市，让宫女太监们装成买卖东西的，这样不就成了？"

楚玉一听，险些背过气去，刘子业这想法太天才了，在皇宫里开集市玩微服私访，亏他想得出来，简直就分明在脸上写着“昏君”两个字，生怕别人不来谋反。

强行压下打人的冲动，楚玉耐着性子道：“陛下，微服私访可不仅仅是逛集市而已，您忘了吗？我给你说的康熙帝的故事里，那位康熙帝做得更多的，是锄强扶弱，除暴安良，路见不平，拔刀相助啊。”她的教育方向是不是弄错了？不仅没让刘子业产生进取心，反而激发了他作为一个潜在购物狂的热情。

楚玉这么一提醒，刘子业也从购物的狂热里暂时清醒过来，他皱起眉道：“可是，昨日我们微服私访的时候，并未瞧见有人作恶啊，也没有马贼强盗什么的，要怎么样去除恶呢？”

楚玉心想，在这天子脚下，治安好歹也是有点保证的，倘若这里都有马贼强盗横行，他这个皇帝就不用当了。这里所谓的恶，也就是些豪门的纨绔子弟，然而那些人多半都有些势力背景，别说楚玉撞不上这些人作恶，就算撞上了，也要先衡量一下是否应该出手。虽然她背后就是最大的靠山，然而得罪强大的力量并不划算。

沉思中，楚玉的面色变了几变，最后她一咬牙下了决心，正色对刘子业道：“陛下，再过几日，我们再出去微服私访，昨日我们去的地方太过太平，导致没有人作恶，下回我们换个去处，便能锄强扶弱了！”

安抚好刘子业，又草草地说了几段故事，楚玉很早便从宫中离去，回府之际才正午时分。她一回府，便立即传召容止、桓远、柳色和墨香，连同正在养伤的花错，排除年纪太小的流桑，召开第二届面首大会。

众人围坐一圈，唯独花错远远在圈外。花错全身包得好像木乃伊一般，只露一张脸在绷带外。他躺在一张软榻上被抬来，身上药味很是浓重，因此只是在远处听着，并不靠近大家。

“花错是习武之人，耳力比寻常人好上不少，公主不必担忧，他听得见。”容止轻描淡写地道。

楚玉微微一笑，目光扫过几张各有特色、但都同样出众美貌的脸：“叫你们来，是有事要吩咐你们去做。”

伸出一根手指，楚玉提出论题：“我一个人才智有限，希望大家群策群力，共同帮我想——怎么样善意地欺君？”

欺君，是的，楚玉要欺君。

现在的楚玉，对于刘子业这个皇帝的印象，有一种很矛盾的割裂感。一方面，她畏惧刘子业所处的权位，身为皇帝，他能一句话便让她死；可是另一方面，她对于身为皇帝的刘子业并没有多大的尊敬。

来自二十一世纪的楚玉，天性中对于所谓天赋皇权的说法打心里排斥，也没有太多的阶级观念，对她来说，一个人就是一个人，并不会因为他所处的位置和所拥有的权利高人一等或低人一等。

她知道什么是阶级，也懂得如何去利用，甚至她自己就站在这所谓阶级的顶层，可是她的内心深处，始终不能将这种人分三六九等的制度烙印在观念之中。

因此她对于身为皇帝的刘子业，既是戒惧，又是不敬，戒惧的是那皇帝的权力，不敬的则是刘子业本人。换而言之，她是把刘子业和皇帝这两个身份割裂开来看的。

此外还有一点儿，大约便是一点点连楚玉自己都不愿意承认的……心软。

那个阴戾狠毒的少年，纵然有千般的不好，可是不曾对她有过半分伤害，甚至全然地依赖她相信她，纵然心里不断提防戒备，楚玉在偶尔的回眸时分，会对刘子业产生一点点的愧疚。

楚玉想出来要欺君这个点子，是既把刘子业当皇帝，又有些不把他当皇帝看的结果。

楚玉简单地说了一下刘子业想要锄强扶弱行侠仗义的私访愿望，当然不会说这一切都是她引起来的，只道："现在，陛下是一定要微服私访了才舒心，但是我绝不可能真的将他带到危险的地方，令他陷入险境，所以，陛下要除恶，我们就造出一个恶来给他除。"

经过一番商量，终于敲定了欺君的细节，楚玉开这个会的目的，主要是把所有人都拉上自己的贼船，上来了就谁都别想下去。

现在楚玉最为放心的，反而是这些面首。柳色、墨香等于是她养着的，干什么，由她说了算。桓远被拉来，却是楚玉为了表现对他的信任。而花错来此是因为必须由他扮演欺君主力，容止虽然不需要参与，可以他与花错的交情，楚玉不认为花错会不告诉他这件事，倒不如一开始便告诉他她要做些什么。

其实这也并不是什么太过需要保密的事，虽然需要冒一点不敬之罪的风险。但楚玉权衡之下，认为即便此事曝光，刘子业也不会为了这善意的欺骗而惩罚她，了不起便是生气抱怨一下。而假如成功了，则可以让刘子业过一下微服私访显威风的瘾，免得他满脑子的开集市玩采购。

商定之后，楚玉便接到通传，天如镜来访。时间掐得刚好，一点儿都不浪费。

让面首们撤走，楚玉最后叫住桓远，问道："楚园那边准备得如何？"

桓远略一欠身，微笑道："公主请放心，一切顺利。"

楚玉微微叹了口气："辛苦你了。"

接下来的一段时间，顺利得让楚玉觉得有些不真实。

持续进行的一件事是教天如镜学习英文，一开始是认字母，跟着是让他背单词。发现天如镜的记忆力惊人，很长一串的单词他只需要看一遍就能记住。为了能更方便地给自己争取时间，楚玉有意扭曲教导的进程，这并不是说，她故意把错误的知识教给天如镜，她只是教了一些对天如镜来说完全没必要的东西。

英文的语法与中文有很大差异，并且复杂起来让人很是头疼，凡是学习英文的学生，在考试的时候，几乎都受过那些超长超复杂的长句的刁难。

而楚玉把自己记忆中的难点，加了点料转给天如镜，让他也尝试一下一千多年后学子们曾遭受过的苦难，深刻体会考试的残酷、考官的无情以及零分的惨淡。

什么完形填空、概括句子大意、阅读理解，各种考试题型，楚玉都翻出来对付天如镜。这样一来，为了学习那些复杂长句的句式语法，天如镜的学习进度不得不放慢下来。

在虐待天如镜的期间，楚玉又请求天如镜启动那手环，深入查探了一下手环中“攻”那一项。却意外地发现，天如镜之所以无法发动攻击，是因为那一项的程序文件有部分缺失，想来大约是不知道哪一个古人，失手错误删除掉的。

楚玉前世才刚刚接触电脑时，也曾糊里糊涂地干过类似的傻事，将某些程序的文件删除了，导致文件无法启动，这是一样的道理。天如镜的那个手环内部，相当于一个多功能电脑，其中装有资料，也安放了一些与外界关联的实用程序，比如自动防御的光罩，等等。

可是假如程序中的文件被删除，再怎么强大的功能都无法用出来，并不是手环质量差的缘故，而是操作手环的人使用不当，才令其明珠蒙尘。

英文教习之外，楚玉的欺君大计也同样顺利，事先已经让柳色、墨香等人排演过几遍，由花错扮演反派，身穿黑衣、脸蒙黑布，装成打劫的强盗，“正好”让微服私访的刘子业一行撞上。之后路见不平，拔剑相助，自然顺理成章，干林作为主力打手，刘子业也冲上前去砍了几剑，花错意思意思地招呼几下，便落荒而逃。

唯一一点波折是为了符合劫匪身份，花错需要换用武器，丢下常用的细剑，改使九环大砍刀。对于如此缺乏气质破坏品位的行为，花错自然是强烈反对，却被容止一个眼神给高压镇住。

时间过得很快，非常快，快得楚玉伸手去抓，也抓不住溜走的影子。

气候很快就由初夏时分进入了酷暑，蝉儿在树上垂死似的叫着，许多天没下一滴雨，空气中盈满了干裂一般的燥热。

然而在这一天，建康城中不少名流公子、士族青年，乘着华丽的马车，前往同一地方。

那个地方的名字叫楚园。

楚园的主人是一位神秘少年，昔日与一位作诗如流水般的才子共同参加诗会，与风流倜傥的王意之亲密交好，又曾狂妄地斥责千金公子萧别的琴音不堪入耳。

而萧别并未反驳。

他所送出的折扇，亦是别具一格。

那少年的名字叫喻子楚。

还是早晨时分，楚园外的街道上，便拥满了各式车驾。倘若此时在这里放一把火，至少能烧着都城半数以上的权贵人家。

紧闭的黑漆大门上挂着牌匾，龙飞凤舞的“楚园”二字，笔意之中带着欲凌风而去的气派，乃是王意之亲笔所书。

第四十九章　可以清心也

王襄是王意之的本家，同属王姓一脉，辈分上算是王意之的堂弟。虽然亦属名流，却有高下之分，他在王家的地位与王意之简直不可同日而语。对于这位亲戚，王襄的心中既羡慕，又妒忌。

他没见过那名叫喻子楚的少年，然而在风声传开后，得知自家的堂兄与此人交好，便也不由得起了好奇心，想方设法寻了执有请帖的人，带了他一并前往。

因为心中好奇，许多人都来得早了些，却不料吃了闭门羹。有的性子高傲急躁的派人上前拍门，却得不到门内回应，愤愤地走了。

此时才有人想起来喻子楚胆敢当众训斥千金公子的那份狂妄。

在炎热中等待的滋味不太好受，好在没过多久，邀约的时辰便到了。

楚园的黑漆大门吱呀一声开启，开门的是四个身穿白衣的清秀少年，大约十三四岁模样，身上白衣清简至极，一丝多余的装饰也没有，头发整齐地梳成髻，眉目之间透着灵秀。

其中一名少年对来客微微欠身："诸位贵客，请随我来。"

一入园中，众人便感到一股清爽之气扑面而来，霎时间冲散了酷暑的燥热，全身的毛孔都舒畅地张开，园中的景象也映入他们眼底。

绿。

许多的绿。

粉白的高墙之内，是一片盈满的绿意，在第一时间闯入各人的眼帘，也洗涤着众人的呼吸。

迟了片刻，才有人惊叹道："好多的竹子。"

寻常人家，林木不过是作为建筑的装饰存在，将亭台楼阁点缀得更为生动，然而在楚园，却正好相反，眼前一片茂盛的竹林，绿意压眼，哪里有房屋的踪影？

见此情形，王襄不由得惊讶地问身边的白衣少年："这是怎么一回事？"

开门的四名少年，留两个在门口候着，另外两个则与此时已经到来的名流士族在一起。一个在前方带路，另一个就走在王襄身侧。

少年微微笑道："我们家主人生性爱竹，他曾对我们说，宁可食无肉，不可居无竹，无肉令人瘦，无竹令人俗，人瘦尚可肥，士俗不可医。"这少年文质彬彬，虽然身为仆从，却也能出口成章，又兼态度不卑不亢，令人观之可亲。

"好一个士俗不可医。"少年话音方落，便有声音从后方传来。王襄转头一看，却是自家那位高不可攀的堂兄。他靠在门边，手中折扇合拢，轻敲掌心，意态潇洒至极，"子楚兄真是个妙人，给他这么说，明儿我也要在家中栽些竹子了，以免成了俗人。"

那少年见了王意之，却也不曾如何动容，只将他与其他人一般对待："公子既然来了，便随我们一道走吧。"

王意之笑了笑，走过来，与那正在王襄身边的白衣少年并肩而行。王襄想了想，绕过去，走在王意之身边，先行了一礼，才道："见过堂兄。"

王意之漫不经心地扫他一眼，目光微微闪动："你，是叫王襄没错吧？怎么也在此处？我记得上次子楚兄发请帖时，你并不在。"

不意王意之竟然认得他这个人，王襄强压心中欢喜，小心地道："我听近来传闻甚嚣，便随朋友慕名而来。"

"这样啊。"王意之淡淡地应了一声，接着便没再说话。王襄更不好搭讪，只好一路沉默地跟随着。

白衣少年将众人领入竹林之中。绿意之中枝叶扶疏，遮蔽住阳光，使各人身上残余的暑气清除殆尽。

林中的竹枝并不太密集，偶尔三五根一丛，丛与丛之间也有间距，在缝隙之间地面上撒了白色鹅卵石权作道路。周围尽是湿软芬芳的泥土，林间温柔的湿气凉意将燥热的心灵从内到外洗涤个通透。在这酷暑的日子里，此处却仿佛挽留住了些许动人的春光。

走出这片竹林，众人才瞧见隐藏在竹林之后的屋舍。才出竹林，暑意又朝人身上围拢过来。有几人甚至忍不住要转身回那竹林之中去，继续感受那透彻的凉爽，幸而前方带路的童子出声提醒，才没有人脱离团体，"前方便是了，请诸位贵客随我来。"

王意之笑了笑。一进院中，不见房屋，却先穿林，这安排格局与时下宅院大不相同，就连当日他找到这宅子时，也想不到楚玉会如此布置。

这宅子本是久无人居住，竹林才生得如此肆无忌惮地茂盛，王意之原本想派人将这片竹林给除去，但楚玉却巧妙地利用起来，稍一改动，便是绝妙天地。

林后的房舍倒是并无出奇之处，只极尽了清逸简洁之能，立在这竹林之后，便显得十分秀丽雅致。

众人与两名白衣少年一路行来，并未瞧见其他人，此时在竹林屋舍之后，才见到一名白衣青年，站在屋前相候。

那青年容颜俊美，峨冠博带，宽袖轻摆之间很是飘逸。他见众人来了，便微微一揖，淡然道："诸位请了。"

凡是参加过山顶诗会的人，都认出了这青年。他正是那有倚马千言之才的喻子远，也便是桓远。此际他神情坦然磊落，比起山顶上压抑着什么的模样更为光彩照人。

而初见桓远的人，都不由得在心底暗暗赞叹。

桓远微微一笑，两名白衣少年便立即退下，返回去迎接新来的客人，将这群客人交给他来接待。

王意之也忍不住微微好奇，走上前去，折扇半展地挡着，低声问："怎么不见子楚兄？"他们究竟玩的是哪一出？

桓远神情不动，依旧十分温和地笑着："阁下何必着急，再过一会儿，便都知道了。"

王意之愣了一下，随即放声笑道："你说得不错。"他不再追问，而是与桓远并肩，一齐朝屋舍走了过去。

一行人穿过曲折的回廊，却发现他们聚会的地方并不在室内，而是四周被房屋环绕的一处庭院，庭院之中亦是错落地栽着翠竹，地面上摆放着一圈案几和锦垫。

案几之间已有一人在等待，那人却依旧不是楚玉。

黛青的瓦与青白的墙，翠绿色的竹枝与白衣俊美的青年，眼前的一切仿佛与喧嚣的尘世隔绝开来，宁静得只听见水沸的声音。

咕嘟咕嘟，声声不绝。

红泥小火炉上，虽然没有绿蚁新醅酒，但紫砂壶中的水翻滚着，不住地有白色蒸汽冒出来，然而很快便散在了一片青绿之色中。

照看火炉的年轻和尚身穿旧白的衣裳，仿佛披着一大片陈年的月色，动作不疾不徐地执扇轻摇，低垂的眉眼柔化了面部英俊的线条，眉心一点米粒大小的朱砂嫣红清寂端丽。

这和尚跪坐在案几锦垫之外，竹林下的青石板上，安静悠闲地煮着水。他的神情十分专注，好像壶中的水一直如此翻滚着，也将一直这样翻滚下去。滚水声中是极致的安静沉寂，众人的到来，似与他毫无关系，他也毫不关心。

此情此景中，炉中跳动的火焰也如同不曾沾染烟尘之气，明净宛如琉璃。

眼前一切，好像只在梦中才能瞧见。众人情不自禁地放缓了脚步，有人甚至不由自主地屏住呼吸，唯恐稍微大气些便会吹散眼前的幻象。

桓远轻咳一声，打破寂静，温文尔雅地笑着："诸位，地方已经到了，请入座。"

众人如梦初醒，才各自走入席间。座旁皆有竹荫遮蔽，挡住阳光的照射。王意之落后两步，之前他虽然也愣了一下，但吃惊的方向却与别人大不相同，只因那白衣和尚是他再相熟不过的人——寂然。

他却不知道，楚玉什么时候竟与寂然如此相熟了。寂然是不太喜欢离开寺庙的，就连他，也难得请寂然离寺一遭，然而眼前情形，寂然分明是听了楚玉的安排，才在此煮水。

虽然并不知道煮的这些水有何用途，王意之也不甚关心此事，他只好奇，楚玉究竟是如何请动寂然的？寂然虽然性子随和，可是若他不愿意的事，便是以权势威逼，也未必可成。

眼下寂然的模样安然优哉，也不像是遭人强劫来的。

虽然心里疑惑着，王意之面上却并无异状，神情甚至可以称得上从容自如，眼中闪动着兴味盎然的光彩。他原以为除了竹林，不会再有什么意外了，却不料竹林之后更让他惊奇，他很想知道，这几手外，楚玉还有什么筹谋。

王襄就坐在王意之身旁的案几后，待他们坐定，便立即有四名身穿白衣的少年仆从流水而出，端上来藤条编织的碗，藤碗之中盛放着清洗干净、并在冰凉泉水中镇了一夜的瓜果。光滑的表皮五颜六色鲜亮可人，拿起来便可闻到一股清甜的泉水香味，大热天里冰冽清凉，咬一口便是满口的清脆。

王意之家中也是富贵惯了的，自然知道这冰凉瓜果是如何来的。每到冬日，富贵人家都会凿冰或凝冰储藏在家中的地窖里，留待夏日享受之用。但是用大量冰块来冰镇瓜果，而不是直接碎冰取食，这手笔也算是比较奢侈了。

客人很快便差不多齐全了，虽然有之前不耐等待愤而离开的，然而不请自来的客人却又补上了空缺。因此席间桌案并没有如何空下，待众人差不多都入座时，只听见一声悠远的琴声，渺渺地响起，听声音似是来源于先前他们所经过的竹林。

而琴声在竹林一侧响起之后，竹林的另一侧，随即跟随着歌声唱起来，低柔如云烟，清雅如林风。

那琴声和歌声都不甚分明，一东一西，却仿佛遥相应和。琴声稍高时，那歌声便低缓下来，而歌声清远之际，琴声便微不可闻。

不论琴声还是歌声，其中的清幽之意，都令人沉迷，仿佛又再度身临无边无际的竹林之中，世间再没有比这更好的景致去处。

“瞻彼淇奥，绿竹猗猗。有匪君子，如切如磋，如琢如磨……”王意之听着这歌声有些耳熟，细细想起来，才想起声音的主人竟是与他有一面之缘的容止。他此时合琴唱来，声调曼声，却又仿佛随时要破空而去。

“……瞻彼淇奥，绿竹如箦。有匪君子，如金如锡，如圭如璧……”反复咏唱了几遍，琴声忽然降低，便几乎成了容止一人的清唱。他的声音在竹林中越飘越高，仿佛顺风乘云，叠叠而上，又在达到最高处时，声音戛然而止。而琴声却又在此时渺渺然地响起，渐渐地低弱，直至再无声响，好像一位尘世外的仙人，闲暇于竹林休息，长啸作声之后，复又飘然远去。

琴声方停歇，众人渐渐回过神来。然而才回过神，却又发现周遭弥漫着一股奇异的芬芳，那并不是花香，也不是惯用的熏香香料，那香气有些清，有些浅浅的涩，却那么沁人心脾，与竹叶的芬芳融在一起，竟无半丝不协调。

王襄忍不住出声问道："这是什么香气？"

桓远此时正施施然地朝寂然走去，听见问话，依旧缓步而行，边行边道："此乃茶香。"

"茶？"众人俱是惊诧不已，就连王意之也不由得感到吃惊，"茶怎么会如此芬芳？"

此时人们喝茶，几乎都是煮叶而饮，还要在茶中加入芝麻、食盐、瓜仁、桃仁这些杂七杂八的东西。楚玉头一次喝到这里的茶时，几乎喷了出来，后来才弄明白此时与后世的茶大大不同，又经由一些契机，便萌生了这个念头。

有桓远这个作诗机固然不错，可是想要更多地博名，莫过于推行一种文化，真正树立起自己无人可取代的地位。此时的茶酒都还在原始初级的阶段，有很大的上升空间，不管是真正的清茶还是蒸馏的烈酒，都可以尝试拿出手。但是楚玉并不好酒，加上增添一群醉鬼对她没好处，便选择了茶作为自己的武器，借着这一席，宣扬她所知的茶文化。

不论是清幽的竹林、领路的文士、煮茶的僧人，还是琴歌合鸣，以超出十多个世纪的审美积累，结合时下的流行观念，楚玉将风雅玩到了极致，也把作秀做到了极致。

最后为众人沏茶，是由桓远与寂然两人一并进行的。细白瓷的茶盏中，碧绿的茶水清澈莹然，与时下混浊的茶汤大不相同，茶水之中沉沉浮浮地漂着几片细小的茶叶，很是巧致可人。

王意之端起茶盏，微微抿了一小口，只觉入口茶水味淡，还带着些许涩意，可在唇齿间转了半圈，却又化作了缭绕回旋的余香，明明是热的茶水，可是入喉之后，便感觉到一片清透悠远之意缓缓荡开来，暑气尽消。

王意之半合眼眸，轻轻叹了口气，才转向桓远道："这是子楚兄的安排吧？王意之自以为喝了二十多年茶，可如今才觉得，算是第一次喝了茶。"

一旁的王襄惊诧不已：得王意之这么一赞，那还未露面的喻子楚，明日便将名满建康。怀着好奇心，他也忍不住学王意之饮了一口。茶方入口时，他不以为然，随后没过一会儿，便跟着愣住了。

茶盏的盖子放在一旁，王意之似是别有心事，并未如其他人一般沉浸于茶香之中。随手掀起盖子要盖上茶杯，可才掀起来，却瞧见盖子反面，绕着轴心转圈写着五个字。字迹圆润温雅，相邻两个字之间的距离几乎完全相同，这五个字分别是：可、以、清、心、也。

王意之轻声念道："可以清心也。"可以清心也，这五字写在茶杯盖上，真是再妥当不过。

而此时，旁侧也有人注意到了盖上的字，随口念出："清心也可以。"

又有一人接着道："也可以清心。"

三种不一样的读法引发了众人兴趣，反复看了一遍才发觉，顺着某个固定方向，不管以哪个字为开头，都是一句完整且意思相近的话。

纵然王意之眼中尚有忧色，也不由得为这巧思莞尔一笑。

接下来，楚玉一直没有现身，而是由王意之与寂然二人与众位来客相谈。这两人风姿翩翩，意态不俗，一人文采斐然，熟读经史，一人深谙佛学，对儒家学说亦有涉猎，几番深谈下来，更是令席上众人佩服不已。

一直到日光西斜，众人才依依不舍地离开。虽然楚玉完全没有露面，可是喻子楚这个名字从今往后，便在所有人心里生了根。

王襄很想瞧瞧那喻子楚生得什么模样，忍不住在临走前问桓远："请问，此间主人喻子楚究竟身在何处？"

还未等桓远回答，旁边便有个名士笑道："王襄你俗了不是？我等乘兴而来，尽兴而归，见与不见子楚兄，又有什么关系？"接着几人便是一番大笑，笑得王襄面上微红，也不敢再提见楚玉一事。

所有客人几乎都走了，只有一人例外，那人是王意之。他走在最后，看所有人都离开了，站在门边，转身问桓远："容止在哪里？"

先前琴歌合鸣之际，也许别人听不出来，他却觉察到了，容止最后的一段歌声，最后的一个发音并不是人为中止，而是好像被什么强行打断，气力不足而不得不停歇。琴声也并非早已安排好，乃是发觉不对，见机续接上曲调。

容止怎么了？

王意之一直到现在才相问，显见是十分耐心了。

第五十章　谁的钟子期

在桓远的带领下，王意之在一条回廊的最末端找到楚玉和容止两人。雅致清简的房屋中，两条长椅并排摆放着，中间放一张方形矮几。屋内两人分别躺在左右长椅上，身下垫着柔软的垫子，你一粒我一粒，拈起矮几上瓷碟中的果仁吃着玩儿。

见王意之来了，楚玉猛地坐起来，笑眯眯地招手道："意之兄来啦？今天席上的事我听人说了，还要多谢意之兄方才为我美言。"

见容止看起来暂时安然无恙，王意之松了口气，笑着转向楚玉："我不过是锦上添花罢了，就算我什么都不说，你喻子楚之名还是会传遍建康的。"

楚玉微微一笑，知道王意之不想居功，但心里还是记下这份谢意，锦上添花，那也是花。假如不是王意之第一个站出来肯定，名流之中肯定会有不和谐音出现。他的那句话，压住了所有微弱的反对苗头。

目光转向王意之身旁的桓远，楚玉朝他点了点头，感激地道："今日辛苦你了。"其实楚玉原本是打算亲自上阵作秀的，可是思量一番后，还是让桓远取代了她的工作，她则退隐到幕后，进行全盘的布置与筹划。

然后，才有了这么个茶话会。

秘密训练了一个月，今日将成果展现出来，躲在暗处偷窥，楚玉才发现自己先前犯了什么样的严重错误。桓远根本就是交际谈辩的天才，昔日却险些被她给埋葬在账本里，险些生生地毁掉自信，套用前世的说法就是——好好的一个文科天才，被她逼着去钻研数理化。

茶话会上的桓远，游刃有余地与众多不同的来客周旋着，一开始是一人两人，最后是同时与七八个人谈话，每个人说的话题都还不一样。桓远应对自如，条理丝毫不乱，风度翩翩地一个个加以辩驳，令对方心服口服。

而在谈话的过程里，每个人都觉得桓远好像是在优先跟他说话，没有一人觉得受到冷落。

这样的本事，不仅需要强大的记忆，也需要极为圆融的待人接物能力。然而桓远不过是练习了这么一阵时间，就做得如此完美，这已经不是训练的结果，而是天生的才能。

只是这才能缺乏自信支撑，一直没有被发掘，直到今日才爆发出来。

是的，自信，一直以来，被软禁着控制着，入府后又一直被容止压制着，桓远的才能得不到发挥。他看不到自己价值的实现，自尊心太强，信心太弱，这矛盾的差异导致他的心中越来越低郁痛苦。虽然痛苦是文人的精神财富，可是这种痛苦对一个人的心理健康来说，并不是什么好事。

这一个月来，楚玉做得最多的并不是什么细节上的指导——说到古雅风仪，满身书香味的桓远比她强多了——而是不断地对桓远说："你可以的，我相信你。"

虽然只是寥寥数语，却是现今桓远所最为缺乏的。

一遍一遍地不断地对他说，目光无比地坚定，语调无比地诚恳，就算原本是谎言，重复了一千遍后也成了真话。

今日座上，几乎脱胎换骨的桓远是唯一的发光体，明亮却不刺人，吸引所有人的视线，就连王意之也略有不及，因为他毕竟不是主角，也没怎么太过积极地参与。

此番之后，不仅喻子楚这个名字会传开，喻子远之名也将一并口耳相传。

此时桓远脸上依然残留着温润明亮的笑意，虽然身体疲惫，可是他的心情却飞扬着不能落下，脑海中一遍又一遍地回想着方才与人相谈的情形，胸口不断滋长漫溢着欣悦，幸福得好像在梦里一般。

桓远对楚玉微一施礼："公主言重了，这是桓远应该做的。"真要谢的话，应该是他来感谢楚玉才对，可是这份感激不论用什么言辞来表示都显得浅薄，桓远只有默默地记在心底。

眼光才一抬起，桓远便瞥见楚玉身旁的容止。他依旧懒洋洋地靠躺在长椅上，漆黑眼眸深不可测，微微翘起的嘴角似笑非笑，似是有些玩味和嘲弄。桓远心中忽然一阵不舒服，好心情也给压抑了不少，又一行礼，便转身离去。

容止微不可闻地低笑一声。

不是没觉察到桓远与容止之间的异样，但王意之依然有些介怀容止方才歌声的停歇，毕竟那歌声真不似自然停下来的，便讲出自己的来意，问道："你当真无事？"

容止微微一笑："意之兄不必忧虑，在下方才歌声停歇，说来有些丢人，却是中气不足，不能发声，才勉强停下。"

盯着容止一会儿，王意之才缓缓露出笑容："你这么说，我便放心了。"他走到楚玉所在的长椅边，就在楚玉身边坐下，想起今日所见，不由得对她赞道，"你这园中是如何弄得如此清凉的？好像与外边两个世界。"他自家院子里虽然有湖泊和树木，可也做不到如此透彻纯粹的清凉，便想向楚玉请教一二。

假如能在夏日里时刻享受凉爽，那实在再好不过。

王意之不提还好，一提起来，便让楚玉忍不住连连叹气："我如今才知道，所谓的高雅，都是阿堵物给堆起来的。"

正所谓台上一分钟，台下十年功，为了这一出作秀，楚玉虽然没有花费十年苦工，可是一个月来也是殚精竭虑，煞费苦心。

除了训练人辛苦，楚玉体会更深的，则是如流水一般的花费。这些天来她都不忍心去看账目，怕心脏受不住。山阴公主虽然有钱，可也不带她这么花的。

首先这宅子花钱自是不必说了。宅子买下后，因为买的是旧宅，需要按照自己的要求装修整理，这又是一大笔钱，这些还是小数目。最让楚玉心疼的，却是为了营造所谓的清凉气息，楚玉使用了大量的冰块。用来冰镇瓜果的冰块不过是一点点碎片零头，绝大部分都用来白白地融化了。

听楚玉的解说，王意之才知道，为了办好今天这个茶话会，楚玉花了一大笔金钱，几乎购买了建康城富贵人家中半数以上的储藏冰块，装放在水车之中，藏在宅子的四处角落任其自由融化。

楚玉随便一指墙壁："外面是不用说了，屋内也不少，不信意之兄你去旁边的房屋里瞧瞧，定然还有没来得及收走的水车。"车中装着已经尽数化开的水，还是微凉的。

冰融化时需要吸收热量，大量的冰块融化，便会整体降低周围空气的温度，而富余的水蒸气也令许多天没有下一点雨的宅院变得湿润清凉。如此一来，客人从炎热的外部走入楚园中，感受到院内的凉意，便仿佛进入了另一个世界一般。

从酷热到清凉，这样极大的反差会给人留下深刻的印象。在外面越是炎热，进门之后的清凉便越能令人震撼，选在这个炎夏的天气开茶话会以及之前有人早到，楚玉不但不放人，反而让他们吃闭门羹，便是为了营造这样的反差。

所谓风雅，是需要金钱基础的。有了亲身体验，楚玉说起这话来，便不由得分外切齿，一字一字吐出来尽是心疼。

细节决定成败，那些看起来不起眼不经意不引人注目的地方，才是她真正花费心思之处。

楚玉指着自己微微苦笑的脸，一本正经地对王意之道："你莫要看我现在在笑，其实我是在哭的。"

又交谈了一会儿，楚玉送走王意之，一个人慢慢踱步，却来到门口正对着的那片竹林中。

此时夜色已深，明月挂在墨蓝的夜空，点点清辉洒落，银色的辉光洒在夜晚染了墨色的竹林间。

楚玉面上的笑意化作淡淡的无奈，先前她同王意之说的那句"面上在笑，心里在哭”，是从一部漫画里化用来的台词。可当她顺口说出嘴来时，才失落地想起，这个世界上不会有人能听懂这句话，并且对她会心一笑。

王意之不懂，容止也不会懂。

一瞬间，虽然当时身边就有两人，可楚玉还是感觉到了无比寂寞。纵然这世界上有千千万万个人，可她依然仿佛是一个人，被遗弃在世界尽头荒凉的角落。

尽管早就明白这一点，并且告诉自己不要介意，可是真正面对这个事实的时候，还是忍不住会有些难以遏制的失落。

既然难以遏制，那么就不要遏制，楚玉放任自己散漫的思绪，在竹林里慢慢走着。

该用的冰都已经用尽，空气渐渐被外界的酷热侵蚀，些微的风吹起来，将温热的空气吹在楚玉的脸上，转瞬间又散了开。

幽静的竹林之中忽然传来琴声，很低，断断续续的，弹奏者弹了一会儿，便又停下来，好像在思索着什么。

楚玉才想起萧别依旧留在竹林之中，便信步走了过去。

楚玉安排容止与萧别在竹林里唱歌和弹琴，不同于容止，是在最后关头实在找不到人了，才由他顶上唱歌，萧别却是她一开始便想到的。

虽然山阴公主把萧别批评得很差，可那也是上了层次和境界的差，别人想差还差不来。至少在建康城中，应该找不到比他更好的琴师。

于是楚玉便找了隔三岔五前来楚园的萧别，将自己的意思跟他说了说，请求他在竹林之中帮忙伴奏。萧别二话没说便答应下来，快得让楚玉心里觉得有些过意不去。

演奏完后，萧别一直留在竹林之中，也不知道在做些什么。

走得近了些，楚玉的目光透过扶疏的枝叶，看到萧别跪坐在古琴前，为了防止弄湿弄脏衣服和琴，他身下垫着厚厚的毛毯，眉头微微锁起，神情沉凝专注，似是在思索着什么。

想了一会儿，他又抬手拨动琴弦，琴声之中带着犹疑不决。如此反复几次，他的眉头舒展开来，顺畅地弹奏出一段清幽淡远的曲调。弹奏完后，他的嘴角翘起一个不易觉察的细小弧度，似是笑了。

楚玉轻咳一声走出去，不再偷窥，瞧见萧别时又有些尴尬。最开始她把他说得那么不客气，可到头来他还是愿意帮忙，让她反而内疚起来："你怎的还留在此处？"

萧别抬眼望向她："我方才新想出来一支曲子，便索性在此演练一会儿……"他话还没说完，忽然有些怔忡有些不知所措地朝周围看了一眼，才发觉此时竟然已经天黑了。他一直沉迷于琴中，竟然连天色变化都不晓得。

出神片刻，萧别眼帘垂下，淡淡地道："原来，竟然这么晚了啊。"面上落寞之色一闪而过，他抱琴站起身来，对楚玉微一点头，"公主，时候不早了，我也该走了。"

觉得自己简直就好像是专门赶人来的，楚玉有些过意不去，陪着他并肩走，"今日还是多谢你了，我昔日的言语，你莫要放在心上。”

萧别停下脚步，有些诧异地望向楚玉：“公主何出此言？”

楚玉微微一笑：“我说你为了博名利而弹琴，难道我便是真正脱俗高雅？今日这场茶话会若不是为能博取盛名，我又怎会如此煞费苦心？我那日斥责你，不过是五十步笑百步罢了。”

她小心地吐了口气，转身正视萧别，真诚地道：“我其实没有资格教训你什么，也请你不要再把此事放在心上了。”

假如萧别对她依旧如同初见时那般针锋相对，楚玉还不怕，有什么招原样反击回去便是，可现在他待人态度依旧冰冷，却偏偏对她一人有求必应，并且时不时地前来造访，请她听他的琴曲……这样的萧别，楚玉不知道该如何面对。

她有点后悔：早知道，当初不那么说他就好了。

萧别没说话，他凝望着楚玉，眼眸在黑夜里显得很幽深，俊俏的眉目好似封着一层冰，可是冰下却依稀可以看见温暖的神情，也不知道过了多久，他低声道：“公主，你真是个坦率的人，你坦率地承认自己的想望，坦率地去获取，也坦率地承认自己博取名利，这是我真正佩服你的地方。我之所以如此，并不是因为你说了那些话，而是因为，你能听懂我的琴声。”

他换了一个动作抱怀中的琴，声音虽然依旧冷漠，却又蕴藏着情感：“琴为心声，公主你可以听懂我的心声，这便足够。”

楚玉完完全全地呆愣在当场，眼睁睁看着萧别对她微微欠身，转身缓步离去。他走得很慢，也很稳，可直到他走出大门，楚玉都没能挽留他。

她说不出话来。

原来山阴公主在这个世界上留下了如此深刻的痕迹，就刻在那人的心底，一直无法磨灭。

楚玉忍不住叹了口气：她要如何对那个人说，真正能听懂你心声的那个人，已经不在了？

她要如何告诉那位弹琴的俞伯牙，他的钟子期已死了，现在站在他面前的，不过是一个占据着“钟子期”皮囊、对音乐一窍不通的隔世灵魂？

虽然已经做到在名流之中扬名，可是第二天楚玉的活动与之前并没什么区别，依旧是进宫讲故事，回府教英文。

她博名并不是为了炫耀显摆，而是为了今后在以喻子楚身份行事的时候，能多一分便利。

屋内放着一张方桌，两人坐在相邻的两侧，楚玉看着天如镜写完考题，拿过来检查一番后，用朱笔勾出几个错误还给他。虽然她着意刁难，可天如镜还是靠着很强的记忆力和学习能力，慢慢提高，测试的错误一天比一天少。

望着天如镜沉静淡漠的神情，楚玉将写着考题的纸按在桌子上，逼近他，附在他耳边道：“你知不知道，昨天我做了什么？”

不待天如镜说话，楚玉又道：“我请了一个和尚。”伴随着她“喻子楚”、桓远“喻子远”这两个名字的传播，与桓远在一起的寂然的名字也不会寂寞，也会在短短的时间内传遍名流圈内，让众人都知道有这么一位精通佛法的年轻僧人。

除了冰块很花钱，楚玉另外一笔较大的花费，却是花在了寂然身上。她向建初寺捐献了一大笔钱，让寺僧借出寂然半个月时间，以便与桓远排演茶话会上的那一幕。

寂然本身才学出众，外貌英俊，眉心一点朱砂更是令人难忘。除了这些，他在建初寺内也有比较重要的地位，是被当作住持的继承人培养的。楚玉拉拢他，其实是一个双方互赢互惠的交易。

她以皇家成员的身份，给建初寺提供资金和势力支持，而建初寺则派出寂然帮助她达到她想要的目的。

之所以让和尚在她的剧本里插一脚，是临时决定，也是局势使然。她在培养另一种宗教，试图让这种宗教信仰壮大，壮大到完全磨灭天如镜所属道家的存在。

更直白地说，她要让寂然留在小皇帝刘子业身边，取代天如镜的地位。

稍微后退一些，盯着他，楚玉缓慢而坚定地道：“我一定会成功。”

天如镜明白楚玉的意思，想要说他知道，他不在乎，可是楚玉这时候贴得很近，近得能感受到彼此的呼吸。少年的目光定定地看着少女清雅的眉梢眼角，她清澈的眼睛里，闪动着与文秀外表截然不同的坚定、倔强，那种光辉不同于他所见过的任何人，几乎夺走他的心神。

她不害怕他，见识到他的本事之后，也不曾将他当作神明看待，只是看着一个普通人，会跟他吵架，会对他微笑，威胁又利诱，还会向他拍桌子，出题考他，他做错了题就骂他。

鼻端嗅到慵懒舒缓的香气，天如镜的心神有些恍惚，他也不知道，自己为什么像着了魔一般，如何都无法转移视线。

慢慢地，他的脸上有如被火烧般地热起来，不知道究竟是什么情绪，带着奇妙的滋味，在他的胸口滋长，仿佛春日的蔓草一般肆无忌惮地扩张，青葱，茂盛。

那是他从来没有体验过的新鲜感受。

Staread
星文文化

凤囚凰

全3册·中

天衣有风 著

凤囚凰

江苏凤凰文艺出版社
JIANGSU PHOENIX LITERATURE AND
ART PUBLISHING

第二卷

彩云易散琉璃脆
大都好物不坚牢

第五十一章　远道昆仑奴

楚玉的假身份在建康名声大噪时，她自己却不得不离开建康城。

原因是刘子业已不满足只在建康城这一个地方微服私访了。楚玉配合他做了好几次"路见不平，拔刀相助"的侠客后，小孩子的虚荣心高度膨胀，渐渐觉得不过瘾了，想"访"得更远一些。

朝堂上也没遇到什么阻碍，皇帝要出巡是他自己的正当权益，只不过这回不是偷偷溜出宫，而是端足了架子公开出巡。朝臣们稍微关怀了一下皇帝的安危，多派些军队保护，便也没怎么为难皇帝出巡一事。

出巡的目的地定在会稽山阴。山阴正是楚玉的封地，是一块十分富庶之地。山阴公主的收入主要有两大块：一块是皇帝的封赏，另一块便是山阴封地上贡的钱粮。

选山阴为出巡目的地是楚玉撺掇的，一来，这里好歹是自己的地盘，比较放心；二来，楚玉也想亲眼看看自己的封地是什么模样。

刘子业上朝归来，将与朝臣商议的出巡时间告知正在等待着的楚玉，就在七日后，这还是刘子业强烈要求加快的结果。毕竟皇帝出游是件大事，需要诸多准备，倘若按照正常规矩慢慢来，只怕一个月后，他们还在建康城中待着。

楚玉说了些出巡的注意事项，才告别刘子业，回府安排自己的家事，可还没走到皇宫门口，她便被拦住了。拦路的人堵在皇宫门口，楚玉整个人几乎都埋在对方的身影里，她垂目看了一眼地面，然后抬眼望向对方，笑了笑，道："沈将军，这好像是你第二次拦我，好歹我还是公主呢，身为臣子，你不觉得这样太过失礼吗？"

面前的老人已脱了盔甲，只穿着朝服，但从近处看来，兵戈之气依然扑面而来。尤其是老人一脸威严杀气，几乎毫不遮掩的敌意，让楚玉感觉很不舒服。

这人便是沈庆之，南朝的老将军，刘宋的守护神。他的身边站着一名四十岁上下的男子，也是一身朝服，他的身材比沈庆之矮不少，相貌平常。

沈庆之淡淡地道："公主是害怕了吗？如若害怕，今后便不要蛊惑陛下，让他贸然犯险。"

楚玉嗤笑一声："沈将军这是恐吓吗？没本事教导陛下，却来吓唬我一个弱女子，真是威风凛凛啊！"趁沈庆之一愣之际，楚玉从他身侧绕过。

沈庆之回过神来，大怒：这公主是什么东西？不过是个喜好小白脸的骄奢女子，竟敢这么对他说话！他伸手就想扣住楚玉的肩膀，那双好似铁铸般的大手才伸出去，却被横空探出来的一只手给拦住，抓住了他的手腕，不让他触到楚玉。

楚玉停步，转身，发现帮自己的竟是沈庆之身边相貌平常的中年男子，不禁有些吃惊。只见这男子抓着沈庆之的手腕，两人的力量旗鼓相当，在半空中僵持着。男子不赞同地道："叔父，您太莽撞了，这位可是金枝玉叶的公主，您若是伤了她，陛下只怕会不高兴。"听他对沈庆之的称呼，这男子该是沈庆之的侄子。

沈庆之脸色冷硬，沉默片刻，才猛地甩开他的手，却没再刁难楚玉，任她离开。

楚玉嘴角翘了翘，望了一眼这名男子，一言不发地走了。

回到府中，楚玉便着手安排自己府上的人：墨香、柳色必须留下来，否则公主府的日常事务没人打理；桓远在建康城里继续做他的"交际草"，替她在名流圈中交游周旋，扩张人脉；流桑原本闹着要去，却被楚玉驳回，让他留在府内老实待着。伴君如伴虎，虽然这只老虎对她还算不错，但不代表他的獠牙不会咬其他人，为防止意外，楚玉没带府内一个人。

最后便是——容止。房间里容止与桓远各坐在一侧，楚玉安排完在她离开期间的所有任务，这才轮到坐在她身边的容止。她望着容止，一时为难起来。

越是和容止相处久了，她便越觉得他深不可测。他好像什么都会，什么都难不倒他，安排他做什么，他都能从容完成，就像棋盘上一颗万能棋子，不管放在什么位置，都能发挥举足轻重的作用。太过万能的结果便是，楚玉觉得不管安排容止去做什么，都大材小用了，她有时候甚至觉得应该把容止放在她所处的位置，让他负责谋断筹划，可能会比她做得好十倍。

过了许久，楚玉才下了决定，对容止道："你先行一步，到我在山阴县的府邸，替我安排好一切。其余的，暂不理会。"

听了楚玉的话，容止没马上应承，他一脸平静，沉默着。楚玉见此情景，渐渐不安起来，不知自己说错了什么，只得硬着头皮问："怎么了？有什么问题吗？"

容止微微一笑："没事，公主请放心，我会好好完成公主交代的事情。"

另一方面，被刘子业派遣来的褚渊已经在公主府住了十日。楚玉原本有些好奇这位传说中的本朝出众的美男子长什么模样，但亲眼看过后，便失去了兴趣，都懒得多看一眼。

原因很简单，褚渊虽是美男子，可他留了胡子，还不短，一缕缕的，很飘逸。但不管那胡须有多么美，楚玉对胡子完全无爱，自然对褚渊的美貌评分打了好几个折扣。

退一万步想，就算楚玉是“胡须控”，以她现在的心性，也不可能对一个才见面的人太过亲近。

晾了褚渊十天，楚玉便放他走了，至于他对外面是怎么说的，比如说他自己如何坚贞清白、宁死不屈之类，楚玉也不去理会。

其实微服私访这种事情，在楚玉看来，不过是拿着公款吃喝玩乐。那些电视剧里，不管是《戏说某某》，还是《某某微服私访记》《铁齿铜牙某某某》，甚至《某某格格》，几乎所有的微服私访，都是以吃喝玩乐为主，以巡视民情为辅，皇帝到了民间，顺带还能捎回去一两个江南美女作为当地的特产留念。

所以说皇帝不管私访还是公访，一般都往江南跑，江南有山有水，有美食美酒，还有美人。基本上很少有人反其道而行之，往漠北风沙之地去的。当然，刘子业也不例外。

虽然这个出巡地点是楚玉建议的，但最后还得刘子业点头才能成行。

皇帝出巡的仪仗队浩浩荡荡地往山阴而去。一路上各地官员隆重接待，上表政绩，自然一个个把自己吹得天花乱坠，或求升官，或求赏赐。如此且行且停，历时一月，方至山阴。

一路上除了楚玉伴驾，同行的还有一位姓谢的贵妃。那位贵妃看起来比刘子业年龄大，二十出头的样子，容貌十分美艳，神情举止间散发着成熟女人的诱人魅力。此贵妃平时不怎么说话，楚玉跟她一路同车，竟然都找不到一个跟她说话的机会。

在一些风景好的地方暂作停留时，刘子业即兴作了几首诗，显得颇有几分文采。这让楚玉有些诧异，她也曾听说刘子业有几分文采，还以为是旁人的曲意逢迎吹捧，如今亲眼瞧见他现场作诗，才知传言不虚。楚玉心想，假如他性情不那么残暴的话，作为一个青年男子，只怕还算不错的。

山阴县是一个有着颇多传说之地。远的不说，就说王羲之那会儿，听说山阴有一个道士养鹅养得很好，便前去求取。道士要王羲之替他抄写完《道德经》，才将鹅送给他。这事从此便流传了下来。

另一桩典故便是曲水流觞的诗会，最初便是在山阴兰亭举办的。有千古流传下来的《兰亭集》，其序即王羲之所写。

楚玉在自己的封地有府邸，在公主府接待了刘子业一行。抵达时已是中午，楚玉见站在门口迎接的人是墨香，很是吃惊。接风洗尘一番忙碌，等刘子业终于安歇下来之后，已是深夜，楚玉才唤来墨香，问道：“容止怎么没来？”

墨香的眉头轻轻皱了皱，望着楚玉，柔声道："容公子本来计划要来的，可临行之前忽然患病，无法上路，只得遣我代他前来接待。"

患病？楚玉一愣，来不及多想，急急地问道："什么病？"

墨香摇了摇头："这个，墨香不知。"尽管天色已暗，他还是能清楚地瞧见，此刻楚玉的面容，在听说容止患病之后微微发白。

用力咬一下唇，让自己的思绪从空洞中抽离，楚玉强自镇定，问道："那么你离开时，容止的病怎么样了？"

楚玉的心头仿佛揪着乱麻，因为担忧，感觉心跳愈来愈强烈。可她现在身在山阴，想要赶回去，不是很快就能做到的。

墨香微微一笑，低头施礼："公主不必忧心。容公子只是体虚小病，不能奔波劳累而已。调养一阵子，便会好起来的。"

虽然听墨香这么说，楚玉稍稍放了心，但还是有些担心。她不知自己究竟在担心什么。她反复追问了几次，从墨香那里得到重样的回复后，才安慰自己不必太挂念，说不定等她回去时，看到的又是一个完好闲适的容止。楚玉虽然担心容止，却也明白这个时候不可能回得去，她不想因此败了刘子业的玩兴。

第二日一早，刘子业醒来，不见了昨日旅途的劳顿，看起来神清气爽，他心情明朗地问楚玉附近有什么好玩的。

楚玉心想，我也是第一次来啊，你问我，我去问谁？好在她还记得文学史中关于兰亭诗会这一桥段，便提议去兰亭看看。

刘子业欣然同意，金秋时节，天高云淡，远山近景看上去清爽明澈，不由得游兴大发。

这一次，刘子业带的人不多，两名贴身侍卫外加一队护卫。为了不扰民，大家都穿了便装，一行人朝山阴县郊外行去。

护卫的带队之人竟然是宗越将军。这位将军的相貌看起来很阴柔，细长的眼睛，笑起来眯成一线。楚玉曾听说他手底下的人个个极其凶残。传说当年一位亲王曾占据广陵城谋反，宗越将军带兵攻城。城破之后，这位将军竟然把广陵城中的老少男子杀了个干净，人头都堆成了小山。

虽然宗越对楚玉说话时都是细声细气的，可楚玉在对上他的视线时，总觉胆寒。幸好他对皇帝还算忠诚，皇帝说什么他便做什么，是最忠诚的部下，暂时还不会对楚玉怎么样。

山阴郊外，景致极美，愈接近目的地，空气便愈清新，正如《兰亭集序》中所书："此地有崇山峻岭，茂林修竹；又有清流激湍，映带左右"，虽然并非春日，但夏末之际来到此处，也有另一番别致面貌。

沿着“之”字形蜿蜒流淌的小溪一路行进，美景接踵而至。楚玉烦乱的心情随之平静下来，暂时不去想远在建康城中的事。没过多久，突然瞧见前头溪水边趴着一个黑乎乎的人，看上去好像是在溪边喝水。

没等楚玉或刘子业出声，宗越便冷冷地吩咐护卫：“上去看看，什么人在前方，把他给赶走了，别让他扰了陛下的游兴。”

护卫走到那人身边时，楚玉和刘子业也走近了少许。楚玉看清楚了那人的模样，只见那人直起身子，抬手抹了一把脸上的水，琥珀色的眸子便投向来人。他看一看护卫，又看看护卫身后的楚玉等人，剔透的眼眸里流露出不解的神色。

看到那人的模样，楚玉十分惊讶，忍不住脱口而出：“昆仑奴？”他怎么会出现在这里？

那人一身衣衫破破烂烂，只勉强以破布遮挡住腰臀，束腰的麻绳尾端自然垂落，胸膛、大腿都裸露在外。然而那肌肤却与别人大不相同，竟然是接近黝黑的深蜜色，这与长期日照晒黑的不同，而是天然的颜色，阳光照在他的身上，折射出缎子一般滑腻的光芒。

他的身材修长，肌肉微微隆起，显得结实健康，不是二十一世纪健美先生那样生硬的块状肌，而是宛如流水山峦般自然起伏。一眼看上去好像一头人形黑豹，全身蕴藏着爆发的力量。

他的头发很短，黑色短发一绺绺打着卷儿，因为太黑了，站得比较远的楚玉暂时看不太清楚他的五官相貌，只觉得他比较年轻。他的眼睛是非常纯粹的琥珀色，仿佛盛在水晶杯中的美酒，剔透动人。

“要我……让开？”被护卫驱赶后，那人慢慢地开口，语调很生硬，带些迟缓，“为，为什么？不，不让！”

刘子业此时也惊讶地叫了起来，告诉了楚玉此人的身份：“昆仑奴！”

昆仑奴，其实就是海外贩卖来的奴仆。他们身体健壮，性情温良，耐劳肯干，是非常好的奴仆。在这个时候，能得到一个昆仑奴作为仆人，是一件很时髦的事。

但，这个昆仑奴怎么会一人出现在此处呢？

看他此时的情形，像是没有从属的主人。

护卫见赶不走昆仑奴，害怕宗越责罚，便拔出了刀。楚玉怕他伤人，连忙叫道：“不要用刀，省得血迹污了此地的美景！”这时候表现得慈悲为怀未免太扯淡，楚玉只得用这个理由避免干戈。

公主大人开口，护卫不得不收了刀，伸手去推那昆仑奴，可他用尽了气力，也无法动摇对方半分。昆仑奴稳稳当当地站着，他低头看了一眼抓在他肩臂上的手，像挥开一只蚊子那样，轻描淡写地挥了挥手，护卫便整个人飞了出去，摔落在溪水中，溅起好大一片雪白水花。

“不，不走。”他结结巴巴地说，口音有些奇怪，眼神却异常坚定清澈，宛如上好的琥珀，澄澈，坚硬。

宗越皱了皱眉，细长的眼睛里闪过一丝阴毒，但很快就将这阴毒压了下去。他抬了抬手，便又有四名护卫围上去，合力推搡着昆仑奴。此时，越走越靠近的楚玉也看清楚了那昆仑奴的相貌：他是个少年，十七八岁的模样，双颊勃发着青春的气息，五官十分标致，大大的杏眼，挺直的鼻梁，嘴唇丰润饱满，假如剔除那黝黑的肤色，甚至有几分艳丽之色。

真是一头漂亮的豹子。

楚玉在心中赞叹着，虽然见惯了府内的美色，但乍见这种截然不同的野性风味，还是让她不由得产生了惊艳之感。

四个人上前一起推，总算是稍微推得昆仑奴少年动了动。但只是稍稍动了一动而已，他一皱眉，伸出双手抗拒，大喝一声，那四人便被他给反推开去，虽然不似第一个护卫那样凄惨地掉入水中，但也狼狈地退了好几步。

宗越的脸色变了变，几个护卫都奈何不了一个昆仑奴，这个事实让他大感脸上无光，便慢慢升腾起凶狠之意来。楚玉虽然在关注昆仑奴那边，可也没忘记时不时看一眼宗越，发现他眼神有点儿不对劲了，在一旁连忙道：“再上几个人，我倒要看看，这昆仑奴的力气有多大。”

楚玉这么发话了，宗越只好服从。于是，五个人，六个人，七个人，一直加到八个人，总算将昆仑奴给推开了。

昆仑奴少年跌跌撞撞地后退，一屁股坐在溪水边，一条漂亮的长腿被清澈水流没过一半。他双手撑着地面，神情懊恼地看了楚玉等人一眼，很不服气：“你们，人，人多。”

楚玉笑眯眯地道：“对，我们就是人多，欺负你一人。”其实他们八个护卫都没怎么讨到好，有的扭了关节，有的脱了臼，一个个痛得直抽气。

听她这么坦白承认，昆仑奴一下子泄了气，没再说什么。他手脚利落地爬起来，拍拍身上的泥沙，转身就要走。在昆仑奴少年的心里，人多欺负人少，输了也就是不服气一下，并不会认为对方仗势欺人什么的，更不会有什么羞辱感，既然楚玉等人推赢了他，那么他就马上走掉好了。

他才转身，肚子里便发出了咕的一声响，声音大得连楚玉都听到了。昆仑奴沮丧地摸一下肚子，轻轻拍拍，望着肚子自言自语：“不，不饿。”好像这么说，就真的不饿似的。

楚玉扑哧一声笑出来，她拉起刘子业的手，低声道：“陛下，我想要这个昆仑奴。他力气这么大，一定很好玩。”虽然脸上笑着，她心里却吃了一惊。这少年还是饥饿的状态，力气便能抵过八个壮汉，假如让他吃饱了，不知会是何番模样。

只不过是个昆仑奴而已，看得高兴的刘子业自然不会反对。他点了点头：“好，要不要我让人把他给捉起来？”

楚玉笑着摇摇头：“不必，我自己来便可。”正要走上前去，楚玉听到身后刘子业的叮嘱：“那阿姐可要小心，昆仑奴力气很大的。”

她没回头，只反手做了个放心的手势。

顾忌着昆仑奴那惊人的力气，楚玉没敢靠得太近，只站在距离他六七尺的地方，问道：“喂，你叫什么名字？”

见昆仑奴露出不解之色，楚玉笑吟吟地指了指自己，手指点在鼻尖：“楚玉，我叫楚玉，你叫什么名字？”她洁白的脸庞映着阳光，手指鼻尖，映着玉石般柔润美丽的色泽。

昆仑奴呆了一下，学着她的模样，点了点自己的鼻子，却一不小心太过用力，痛得他“啊”了一声，捂着鼻子弯下腰去。再直起身子时，他的鼻尖泛出一点不易发觉的暗红。

昆仑奴少年琥珀色的眼眸眯了起来，眼角沁出泪花：“痛……”他鼓起腮帮子用力吹气，想减轻些疼痛，可痛处在鼻子上，鼻子在嘴巴之上，吹出来的气自然无法触及痛处。他想了想，稍微仰起头，这样，气息便可以朝上喷，可他仰起头时，鼻子也跟着朝上了，还是吹不到。

怎么也吹不到，昆仑奴很着急，呼呼呼地吹得更用力，一点点抬头，最后头仰到了最大幅度，楚玉完全看不到他的脸了。

身后的刘子业见此哈哈大笑起来，护卫们笑成一团。楚玉虽然也想笑，却不得不强忍着，继续问道：“你叫什么名字？”

发现怎么也吹不到自己的鼻子，昆仑奴悻悻地低下头，仔细想了想，吐出一大串楚玉听不懂的发音后，有些结巴地道：“阿，阿蛮。”

前面那个是他本来的名字。不过自从被绑着上了船后，大家都叫他阿蛮。叫来叫去的，他也默认这个名字了。可从自己口中说出来，却还是第一次，因为没有人这样问过他的名字。

从来没有。

“好，阿蛮。”楚玉的语气变得很温和。忽然，她有一种照镜子的冲动，想看看自己现在像不像哄骗小孩的狼外婆：“你愿不愿意跟着我走？”

“跟，跟你走？”阿蛮迷茫地眨眨眼睛，“为，为什么？”

楚玉脱口而出：“我给你吃好吃的，有鱼和肉啊。”她原本只是随口说出，可话音才落，便瞧见阿蛮的眼睛陡然发亮，那双琥珀色的眼眸一瞬间漂亮得难以逼视。

“真，真的？”伴随着生硬结巴又欣喜的声音，与之合奏的是阿蛮肚子里长长的鸣响，咕——

“有，有很多肉？”阿蛮一边说，一边不由自主地吞口水，整张脸好像在发光，仿佛又艳丽了几分。

楚玉很肯定地点点头："我让你每顿都吃肉，吃到饱为止，怎么样，跟不跟我走……"

她的话还没说完，阿蛮便着急地打断，生怕她反悔似的猛点头："我跟，我跟！"

这么容易就到手，这小子是不是太好拐了？

楚玉怀疑，这拥有怪力的昆仑奴少年，很可能就是因为贪吃，才被人抓来当奴隶的。

第五十二章　湘中出天子

既然阿蛮表示愿意跟着楚玉，那么便是她的人了。可他穿得这么破烂，就这么跟着他们一路走，楚玉虽然不在乎，但刘子业不乐意。

宗越很是知情识趣，命一个护卫带着自己的令牌，领着阿蛮暂时先回公主府安顿。阿蛮站在原地不愿走，直勾勾地望着楚玉："肉……"

楚玉翻翻白眼："你跟着我们的护卫走，先回我府上，到时候自然有人煮肉给你吃。"说完她转头叮嘱护卫，"你带他回去后，吩咐厨子，说我的命令，烧肉给他吃，让他吃到饱。"

那护卫嫉妒地看了阿蛮一眼，心想自己都没这么好的待遇，便踢了踢阿蛮的小腿："走啦，黑蛮子。"

他这一脚是带点儿怨气踢出去的，可没想到才挨着阿蛮的腿，却感觉好像踢在钢铁柱子上一般，痛得他抱脚跳起来。于是又一番折腾，才好不容易送走了阿蛮，得以继续他们今日游玩的行程。

顺着溪流进入山中，过一小桥，便是兰亭，又称为流觞亭。正是当年王羲之等一干名士一觞一咏，畅叙幽情之地。

日光被山间的浓荫遮蔽了，阴凉的微风里，楚玉与刘子业二人坐在亭中，呼吸山间清新的空气。周围竹林散着淡淡的芬芳，刘子业兴致来了，吟道："此地有崇山峻岭，茂林修竹；又有清流激湍，映带左右。"正是《兰亭集序》中的句子。

两人坐在亭边。亭是八角亭，看上去并不华丽精美，亭栏方过膝盖高，支撑亭盖的柱子有些红漆也脱落了，露出木质纹理，但因这里有一处曲水流觞的典故，便可流传千古。

吟了两句，一路走来，人已疲乏不堪。刘子业双脚分开，一脚跨在亭栏外，一脚跨在亭栏里，头枕在楚玉腿上，在这清幽的环境中大睡。楚玉低头看着刘子业，伸手拂去停在他额角的一只细小飞虫。

被楚玉的手骚扰，刘子业皱了皱眉，含含糊糊地嘟哝几声，便又合上眼睛。

楚玉平静地看着他：只有在这个时候，这个凶残狠毒的少年皇帝才是可爱的。睡着时，他不会动不动就杀人，也不会暴戾地打骂身边的人，甚至不会流露出那种令人心寒的阴毒神色。

也只有这个时候，楚玉才会感觉到，这少年今年才不过十六七岁，并且，是自己这具身体的亲生弟弟。他的脑袋枕在她腿上，彼此之间的接触传递着脉脉温情，她可以不带恶感和恐惧地凝视着他。

温热的风吹得人昏昏欲睡，楚玉也不由得靠在亭柱上，蒙蒙眬眬地合上眼睛。好像才眯了一会儿，楚玉感觉腿上动了动，便也跟着睁开眼。瞧见刘子业侧枕着她的腿，脸朝向她定定地望着，平时残忍狠毒的狭长眼睛里，此时竟然流露出柔软的怀念与温情。

“怎么了？”楚玉还没怎么睡醒，神志不太清醒地就去摸他的脸，拍一拍，还顺手轻捏了一把刘子业的鼻梁，捏完之后她立即被自己给吓醒了：刚才做了什么？这可是皇帝的鼻子！

但刘子业并未因为楚玉的动作而生气，他换了个更舒服的姿势，翻过身来半趴在她腿上，扬起脸来，喃喃道：“阿姐，我好像又回到了小时候。”

小时候？那就是真公主那阵子了，怕露破绽，楚玉不敢多说，只好带着疑问的语气“嗯”了一声。

刘子业微微一笑，依旧是一脸怀念的神色：“小时候，我也是这样枕着你的腿，我们在花园里吹着风睡觉，那时候很舒服，别的皇子都不怎么理睬我，只有阿姐你愿意跟我玩，那个死酒糟鼻要责罚我，也是阿姐你帮我求情。”

楚玉一边听一边点头：明白了，刘子业和山阴公主的交情是从小打下的。只是那酒糟鼻是谁？能责罚太子，大概是太子的老师一类的人吧。

楚玉自然不会知道，皇帝口中那酒糟鼻，指的是先帝刘骏——刘子业和山阴公主的父亲。刘子业恨极了这个父亲，竟然连一声父皇甚至先帝都不肯称呼，直接用他外貌上的缺陷代指。

相对地，刘子业有多么恨他父亲，就对这个姐姐有多么亲近依赖。楚玉虽然还不知这种亲近究竟到了什么程度，却隐约明白，就算她问刘子业要一半江山，只怕他也是肯的。

两人又说了会儿话，多半是刘子业在说，怀念儿时的一些小事。楚玉在他停顿的间歇“嗯嗯”两声，表示她正在听着。

正说着，自远处传来清脆童稚的歌声，像有好几个孩童一齐唱着，脆生生的歌声很是悦耳动听。

宗越听见这歌声，暗道怎么又有人骚扰。正想命人将小孩赶走，刘子业忽然坐起来招招手：“让他们过来。”随即兴高采烈地转向楚玉，“阿姐，你还记不记得，你小时候教我唱的歌谣？”

楚玉心中一阵慌乱，面上却很镇定，微笑道：“都那么久的事了，我哪里还记得？”

幸好刘子业并未起疑，他张嘴想唱什么来着，嘴张了好几下，而后无奈地闭上：“我也不记得了。”只一会儿他又高兴起来，“我叫那些小孩来，让他们唱给我们听。”

不一会儿，护卫带过来四个孩子，两男两女，都是六七岁模样。男孩梳着冲天辫，女孩头上扎两个小包。他们的衣着很简朴，是薄薄的洗得发白的麻衣和草鞋。四人手上都拿着香甜的糖酥和新鲜的果子，吃得满嘴满脸都是。

刘子业心情正好，也不计较这些小孩儿在御驾前仪态不佳，只挥了挥手，问道：“你们刚才唱的都是什么歌？很好听，再唱一遍给我听听。”

四个小孩你看看我，我看看你，都有点儿害怕。刚才他们正唱着歌，却被两个很凶的侍卫大哥带过来，现在不敢开口了。

刘子业不满地看了宗越一眼。后者登时会意，从怀里摸出几个钱，弯下腰对四个小孩道：“看到这个了吗？这个是钱，拿了钱能买很多好吃的，你们好好儿唱，就像刚才那样唱，唱好了我给你们钱。”他笑眯眯的，眼睛眯成一条线，看上去很和气的样子。

看到钱，小孩子们一个个眼睛发出光来，其中一个也顾不得脸上的糖渣汁水没擦干净，头一个唱出声来。有了他开头，剩下三个小孩也跟着唱了起来。他们一边唱，一边随着音律转圈蹦跳，大概是小孩子的一种游戏。因为跳动着，几人发声也不是很清楚，更不整齐，只是听着孩童清脆柔嫩的嗓音彼此交错。

刘子业原本面带微笑听着，可听着听着，笑容僵在了他的嘴角，他的脸变成了一种奇怪的铁青色。

楚玉看他神情不对，心知不妙。那几个小孩带着点儿地方的口音唱歌，方才她没仔细听，也没明白小孩子唱的是什么。不过现在她也无暇再细听了，连忙打断他们：“停下！都停下！”刘子业脸色难看成这样，这些孩子一定唱了些什么他不爱听的。

刘子业的嘴角不带感情地扬了扬，慢慢道：“对，停下，我方才没听清楚。现在你们站在我面前，一个个把这首歌谣清清楚楚地唱一遍给我听。”

小孩子不疑有他，听话地照做了。四个孩子依次皆唱：真皇帝，假皇帝，皇宫有二帝。老天子，少天子，湘中出天子。

听到最后，楚玉心中顿时冰凉。

刘子业不咸不淡地问：“这首歌谣是哪里来的？”

四个小孩互相看了看，其中一人道：“是我们大家都在唱的歌，很多人都唱的。”想到先前那大叔说的，他们唱了歌，便能得到钱去买零嘴吃，孩子们都十分高兴。

刘子业瞥了宗越一眼，淡然地吐出来两个字：“杀了。”

杀了。

直到抵达公主府，这两个字依旧在楚玉的脑海里回旋。

她始终忘不掉那时候刘子业的眼神，那是一种混合着极度的狰狞、残忍、恐惧、焦虑和阴暗，最终糅合而成的可怕的淡然。

她也始终忘不掉，在刘子业说出“杀了”二字后，宗越手一挥，身旁护卫便如狼似虎地扑上去，雪亮的刀光一闪，小孩细小幼嫩的脖子上立即鲜血喷涌。她忘不掉那小小的身躯软软地倒地，鲜血染红了碧草，四双清澈纯真的眼睛里都未及现出痛苦之色，唯有一点点的惊愕凝固在瞳孔里。

这一幕幕就好像有人用刀子刻入她的脑海里一样，怎么都抹不去。

这不是她第一次看到杀人，先前山崖之上遇刺时，她也经历过生死，见过死尸，可并不像这一次，看着他们残杀手无寸铁的人——四个幼小的孩子！

她为刘子业的眼神所惊悚，来不及阻止，声音犹含在嗓子里，几个孩子的身子便已纷纷倒地。

回去途中，楚玉情绪木然，脑海里反复回放着那一幕幕情景，心中是说不出的愤怒和怨恨，她只觉得自己整个人好像变成了木头。那几个孩子不过是唱了一首流传的歌谣，他们可能还不明白这歌谣的实际含义，只因为倒霉地在刘子业面前唱出来了，结果丢了性命。

一直到快接近山阴公主府时，楚玉才找回说话的能力：“陛下，您可知道，那‘湘中出天子’是什么意思？那歌谣虽然大不敬，可说得好生含糊，实在让人不解。”那首歌谣其实很浅白简单，意思很明确。就是说皇宫中有两个皇帝，湘中这个地方会出天子。但目前楚玉对大局的了解还不够，不知那真皇帝、假皇帝指的都是谁，而那老天子、少天子，又是什么人物。

刘子业看了楚玉一眼，阴郁狠毒的眼神有些柔和下来。静默片刻，他叹了口气：“前面一句是说，宫里有两位皇帝，我是假皇帝，戴法兴是真皇帝。”

戴法兴？

楚玉偏头想了想，才把名字和真人对接起来。她出入皇宫时也曾见过这位大臣，是先皇留下来的老臣，看起来很忠厚的样子。难道这人想篡位？

刘子业抱着楚玉的手臂：“阿姐别看我现在是皇帝，可我看的奏折，都是他先看过的，不知有多少被他扣下。我想赏赐什么人，都得被他说两句。上回我想赏赐阿姐你一些东西，戴法兴却给你减去了一半。难道他不是真皇帝吗？”除了戴法兴，其他几个先帝留下来的老臣，也都事事处处管着他，对他指手画脚。他虽然杀人，杀的只是一些小官员，没办法对戴法兴之流怎么样。

楚玉险些脱口而出“我不介意”，但看看刘子业现在的脸色，还是忍了。

她并不介意赏赐多与少，那都是额外来的。她公主府有足够的钱财供她挥霍，再多的赏赐只不过是锦上添花而已。楚玉的观念是钱够用就好，生活舒适就行，否则就算坐在金山银山上，又有什么意思呢？

显然刘子业并不是这么想的，他的脸上猛地掠过一片艳丽的血红，一瞬间诡异的阴戾之后，脸色变得苍白：“至于后面的，嘿嘿，湘中出天子……阿姐，你还记不记得我们的皇叔——湘东王。”

为了防止认不得人闹笑话，楚玉特地研究了一下刘家的亲族关系。湘，就是湖南一带。在那里封王的湘东王刘彧，是刘子业的叔父，自然是比刘子业年纪大，正好应了“老天子”一说。巧合的是，刘彧的名字，正好与本朝开国皇帝刘裕读音相同。

楚玉深呼吸几下，反手握住刘子业的手：“从前一直不知，陛下竟然这样辛苦，希望陛下要好好保重。对了，陛下，我们立即回去吧，以免陛下不在宫中，让这些小人乘虚而入了。”不要让这死小鬼再微服私访了，他太年轻，太暴戾，完全没有容人的器量，这趟出行是一场大错误。

刘子业微微一笑：“阿姐，你放心，我定然不会让这些老不死的得逞的。我要让所有人瞧瞧，谁才是真天子！”此时他的神情既不凶狠也不残暴，语调甚至还有点儿温柔。可楚玉看着他的眼神，从心里凉到手掌心。他那双眼里闪烁着类似野兽的幽幽的绿光。

走到公主府门前时，已近日暮，只是天色还比较明亮。墨香身穿墨绿色的衣裳，一脸焦急地在门口站着，见她回来，连忙迎上前。

墨香先向刘子业施了礼，才转向楚玉，舒了口气，道：“公主，您可算是回来了。出事了！”

见墨香一脸焦虑之色，楚玉心里咯噔一下，猛然联想到昨天听到的消息：容止病了。眼下墨香如此着急，难道是建康那边传来了什么消息？

楚玉先前就经历了一番惊吓，已是身心疲惫，此时想到容止有事，身子里最后一丝气力好像一下子被抽离了，禁不住晃了晃。墨香连忙伸手搀扶住她，她才不至于摔倒在地。

墨香急切地唤了两声，楚玉才缓缓回过神来。楚玉用力抿了抿唇，失去血色的双唇泛起少许红润。过了好一会儿，她反手握住墨香的手腕，平静地道：“说吧，容止出了什么事？”

墨香一愣，随即失笑：“公主，您想到哪里去了？建康那里没事，我今天还收到公子的传信，问您是否抵达了呢。我说的，是此处府里的事。”

听他说容止没事，楚玉才安下心来，暗道自己怎么这么沉不住气，一听说有事就立即联想到容止身上去。心思一转，她很快就把注意力集中到眼前：“府里出什么事了？”

墨香哭笑不得，无奈地道：“还不是您白天让人带回来的昆仑奴……”想说什么，墨香立即闭上嘴，“您还是自己去看看吧。”

在墨香的带领下，楚玉走进公主府，来到府内一大片……废墟前。

楚玉茫然地看着废墟，转头问身旁的墨香：“这是什么？”

她记得原本这里是一片房屋来着，怎么变成这样？砖瓦石块乱七八糟一地，屋内的家具也都成了碎木板。就算是房子翻修，也没必要拆得如此彻底吧？

墨香重重地叹了口气：“这便是您那昆仑奴的杰作！”

第五十三章　世间更无双

“阿蛮？”楚玉更惊讶了，“他怎么了？”话才问出口，楚玉立即很紧张地道，“难道他是个奸细？”

墨香愣了愣，看着楚玉的眼神变得奇怪：“公主，今日您怎么了？好像很不对劲，发生什么事了？”

接连两次，楚玉都将他的话想到别的方面。就算墨香再迟钝，也觉出不对劲了，更何况他心思细腻，第一次错误还可以用楚玉太挂怀容止来解释，可第二次的错误猜想又是从哪里来的呢？

不需要墨香再说什么，楚玉便知道自己又问了蠢话，这世界上哪来这么目标明显的奸细啊？哪有奸细是以摧毁别人家房屋为目标的？

楚玉苦笑一声，拍拍自己的额头：“我也不知怎么了，你接着说吧，别管我。”

听了墨香有条不紊的叙述，楚玉才知道阿蛮都干了什么事。那昆仑奴少年被带回来后，墨香便按照楚玉的吩咐，让厨房专门给他一人煮肉吃，他足足吃了五六碗才吃饱。之后，墨香让人给他刺字，于是……

“他反抗的结果，就在您面前。”墨香无奈地道。他知道昆仑奴的力气都很大，却没想到这个昆仑奴力气竟然大到这种地步，十多个人一起围上去，都还制不住他。

楚玉道：“为什么要在他身上刺字？”她不觉得阿蛮有什么做得不对的，要是换作她，肯定也会反抗。

墨香告诉楚玉这是通用惯例，因为昆仑奴是很抢手的奴隶，刺字是为了标明他的所属权，告诉别人这昆仑奴已经有主了。楚玉虽然对此惯例不敢苟同，但看墨香一脸理所当然的样子，也不好说什么，只摆摆手，道：“不必刺了，现在阿蛮在哪里？”不会是跑了吧？

阿蛮没跑，在拆了几间屋子后，便自个儿蹲在院子的一个角落里，等着楚玉回来。

墨香看着这么个怪力少年，很头疼，所以才会在门口焦急地等着楚玉，问她该如何处置。

楚玉让墨香领着自己去看阿蛮。在公主府院子的一角，只见阿蛮抱膝蹲在墙角，整个人缩成一团。他听见有人，猛地抬起头来。看见楚玉后，眼睛变得亮亮的，十分好看。不过他很不高兴看见墨香，用手指着墨香，向楚玉告状："坏人！他刺，刺我。"

这状告得可真没水准。

楚玉扑哧一笑，像哄小孩一样好生安抚他："好啦，我骂过他了，他不会再刺你了。你乖乖儿地听话，明天跟我走。"

墨香听了楚玉的话，一惊："怎么，公主要离开了？"刚来就走啊。

楚玉叹了口气："这是陛下的意思。"

墨香皱起好看的眉，身上浅浅的幽香被风吹过来："是墨香有怠慢之处，让陛下生气了？"

楚玉苦笑一下："没有，跟你没关系。"也许，跟她有些关系，假如不是她提议去看兰亭，也许就不会遇到那几个小孩，不会听见歌谣，那四个幼小生命也就不会夭折了。

楚玉正哄着阿蛮，告诉他，他跟着她回建康可以有更多的肉吃。这时，刘子业派宗越来找楚玉，说过去商量明天起程的事。

房间里，只有刘子业和楚玉。刘子业默默地喝着酒，不说话，楚玉看着他喝，也不开口。他喝得很慢，脸色在阴暗的屋子里更显阴沉。过了好一会儿，他才重重地一摔杯子，叫道："阿姐，我害怕！"青瓷杯子清脆地摔在地面上，碎成好几片。

他猛地抬起头来，目光狰狞凶狠，却又痛苦狼狈："阿姐，我害怕，还是太子时，我怕那死酒糟鼻废了我，找借口处死我。他喜欢一个小杂种，却不喜欢我。为什么当上皇帝后，我还要害怕？"

楚玉被他摔杯子的声音吓了一跳，上前也不是，不上前也不是，只能全身僵硬地坐在原位不动。但她知道自己一定要做些什么，刘子业现在需要的是她表明态度。假如她不做什么，可能一时之间不会怎么样，可今后的路大概不会太好走。她应该上前安慰他，鼓励他，甚至像从前那样，让他的头枕在她腿上。可她没有勇气在这个时候去接近一头咆哮的野兽。

刘子业低下头，开始咬牙切齿地诅咒，从戴法兴到刘彧，以及他的各个叔父和兄弟，一个个名字点过去，在口头上把他们统统凌迟了一遍。他的声音越来越低，越来越快，几乎有些歇斯底里。

楚玉明白他快要到爆发的顶点，却依然不知该如何抚慰他。正在楚玉左右为难之际，门砰的一声被推开了。楚玉朝门口看去，发自内心地感谢给她解围的救星，可才看清门口的情形，她便愣住了。门外居然是墨香，他白皙颀长的脖子被宗越用手掐着，整个人被提了起来，他的脚尖伸直才勉强能触到地面，秀美的脸涨得通红，因为痛苦而微微扭曲。墨香看见楚玉后，连忙投来乞求的目光。

"怎么回事？"抢在刘子业和宗越开口之前，楚玉问道，"宗将军，你抓我的人做什么？"

宗越看了楚玉一眼，对刘子业欠了欠身，才道："陛下，方才发现这小子在这间屋子外鬼鬼祟祟的，似乎在偷听什么，我便将他给抓了起来。请问陛下，应该如何处置？"

说完原委，宗越转向楚玉，一双眼睛眯得很细，阴恻恻地问道："长公主殿下，您的人不会是奸细吧？"

楚玉心头一惊，知道宗越这话问得恶毒，不仅给墨香扣了个死罪的帽子，还顺便把她拖进了泥水潭子。她连忙开口，因为慌乱，连说话都有些磕巴："不，不是这样，陛下，墨香只怕是一时好奇，绝非有意偷听陛下说话……"她越说越乱，竟然找不到正确的措辞。

刘子业淡淡地道："我自然相信阿姐不会害我，宗将军，今后少说无用的废话。"

宗越低下头："是。"

一听刘子业如此说，楚玉才松了口气，正想进一步为墨香求情，抬眼瞧见刘子业露出一个很浅的笑容，那笑容和在兰亭杀人时一般无二，极度残忍混合而成的平静，温情外衣掩盖不住血腥的本质，眼中闪烁着野兽般的绿光："至于这小子……"

"杀了。"

和在兰亭时一样，刘子业淡淡地吐出一模一样的两个字，就像碾死一只蚂蚁般简单随意。

楚玉睁大了双眼，嗓子里含着"不"的声音，可还是像先前一样，发不出来，也来不及发出来。

刘子业话音才落，宗越便飞快地抬手拔出腰间长剑，剑光映着黄昏最后的血色。他放开墨香的颈脖，随后横剑一划。

墨香白皙的颈项上印着恐怖的红色指痕，随后这指痕被喷出来的鲜血所掩盖，那鲜血也喷到了剑上，盖住了剑身倒映的残阳。

墨香粉色的双唇微微张开，平日里狭长妩媚的凤眼睁得大大的，像是来不及想明白自己为何竟然招此厄运。

容貌端丽的绝世美人，世间无双的幽雅绝色，就这么轻易地失去了性命。

“真对不住啊，阿姐，错杀了你一个人，改天我再送你十个好了。”这是事后刘子业对自己的行为做出来的唯一解释。

那日墨香死后，楚玉走到门外，发现门外地面上躺着一只小小的香炉，又想起门被推开时传来有什么东西落地的声音，方知墨香其实是来给屋内换熏香的，却在几句话间丢了性命。

楚玉不知自己是怎么回到建康的，或者说，她沉浸在自己的世界中，不及理会身外周遭的人与事。

唯一记住的，就是刘子业那句满不在乎的话，意思就像轻描淡写地说“对不起哦，打碎了你一个杯子，改天我送你十个赔偿”。

纵然就是杯子，杯子与杯子也是不尽相同的，每一个杯子都有自己独一无二之处，何况是人命？这一点，视人命如草芥的他如何能明白啊？

楚玉与墨香并不算太亲近，除了那次墨香爬到她的床上色诱她，两人几乎没单独相处过，对墨香的全部印象仅仅是他那温婉如水、楚楚可怜的模样儿，以及接手桓远工作之后的低调沉静。

楚玉陪同刘子业返回建康，回程没绕路，也没在途中多作停留，于是，回京比出游之时快了很多，不久，便抵达了建康。刘子业回了他的皇宫，而楚玉则回到了自己的公主府。

“物是人非”，楚玉慢慢踏入离开一个多月的地方，心头浮现的竟是这句话。有的人还在，有的人却再也不见了。

当她瞧见容止时，不自觉地，全身一下子紧绷起来。因为楚玉曾下令不要传递墨香的死讯，容止应该还没有接到消息。此刻，他正站在她的房门口等着，笑意吟吟。他的脸看起来有些苍白，像是病后的虚弱，神情却极为从容自在，微笑着问楚玉：“数十日不见，公主一切可好？”

楚玉看着他，脑海里一片空白，墨香是容止一手调教出来的，想必花费了不少苦心，她应该如何对容止说，那个人已经不在了？只因为不小心赶上在刘子业诉说心事时走到了门口，便成为宗越的剑下亡魂？

见楚玉不答，容止微微现出疑惑之色，随后笑了笑，拉开门道：“我忘了，公主远道归来，自然是累了，请先进屋休息吧。”

楚玉随他进了屋，木然地坐在椅子上，看容止将准备好的热茶倒入杯中，慢慢地道：“我有一事要告诉你。”墨香的死讯，总要说的，还是由自己来说更好一些吧，这是她的责任。

容止笑吟吟地将茶杯放在黑漆方盘上，端到她的面前：“公主请说吧，其实我在这里等公主，也是有事要说，不，是有一事相求。”

对上他莹然如雪的目光，楚玉凝聚的意志刹那间有些涣散，她别开目光，低声道：“你先说吧。”

“好的。”容止也没有谦让，将托盘放在桌上后，便坐到另一侧椅子上，身子半侧过来，“我这件事是替人求的，公主还记不记得那个叫粉黛的小姑娘？就是被公主调到了身边，看起来很纤弱的姑娘。”

“当然记得，她怎么了？”

容止低头笑了笑：“墨香其实心里面有些喜欢这位姑娘，我便代他向公主求个情，求公主将粉黛许给他。”

听见墨香的名字，楚玉的脸唰的一下变得苍白，过了好一会儿，她才迟疑地开口：“墨香，粉黛？我怎么没发觉他们……”

容止微微笑道：“其实就只是墨香一个人的心思，粉黛还不知。所以我今日才特地来为他求公主，请公主应允他们俩的事。”他的眼眸和发丝都是纯然的黑，仿佛留住了岁月的光辉似的，衬得他肤光如雪。

楚玉的心立时像被无形之手一把攥住，呼吸停窒，胸口作痛，此刻，复杂的情绪交织在一起，冲击着她的心胸。她惨然一笑，闭上双眼：“容止，墨香死了。”

她之前想过很多次，该如何说出墨香的死讯，在说出关键信息之前，应该怎样减缓这件事会带来的冲击力。可临到头来，却以这样最直接的方式表达出来。总算说了出来，那只揪着她的心的无形之手顿时消失无踪了，麻木了好些天的心终于恢复正常。

假如说从前墨香在她心里，仅仅只是一个伴着一缕幽香的影像，那么此时，在他死了数日后，反而在楚玉脑海里血肉丰满起来。他也是一个活生生的人，有喜欢的人，有自己的希望与渴求。但现在他死了，这一切都没有了。

过了好一会儿，楚玉才睁开双眼：“容止，对不起。”

她偏头去看容止的神情，并不见容止怎么悲伤，他纯黑的眼眸里泛着微微的错愕，片刻后，轻声开口道：“公主，究竟是怎么一回事？”

楚玉将发生的事慢慢地告诉他，只省去了刘子业为什么发怒的那部分。她的声音一点点地降低，最后低得几乎听不见。忽然，手上传来微凉柔软的触感，她惊诧地一抬头，见容止的手伸过横在两人之间的桌面，按住她放在扶手的手背上，他沉静地凝视着她，柔声道：“公主，不要自责，这不是你的过错。”

楚玉抿了抿唇，迟疑片刻，最后还是将心中的话说了出来：“不，我不能原谅我自己，并不仅仅是因为这个原因。”

容止感觉到自己所盖住的手微微战栗了一下，随后听见楚玉痛苦的声音：“我不能原谅我自己，因为在墨香死后，过了许久，我回过神来时，第一个念头竟然是，幸好来的人不是你，幸好来的人是墨香，幸好……”

容止错愕地一抬眼，他清楚地瞧见，眼前的少女用力咬着嘴唇，牙齿几乎要深深地嵌入唇瓣之中。她清澈的目中，毫不掩饰对她自己的痛恨。尽管这么痛苦和自责，她还是坦然地直面自己的阴暗与软弱、胆怯与私心。

楚玉不能原谅自己。就在那一瞬间，她几乎不敢相信，自己竟然会萌生那样的念头。都是无辜的，没有哪个人比哪个人更应该去死。可在那一刻，她竟然会觉得庆幸，因为死的人不是容止，而是墨香……多么可怕！

容止依然静静地凝视着她。他忽然觉得，楚玉没有哪一刻，比现在更加美丽。纵然她现在衣衫素简，不施脂粉，脸上身上还残留着一路的风尘，可是在狼狈之间，却透出前所未有的夺目光彩。

伤病和死亡并不是最可怕的，从某种意义上说，人最大的敌人是他自己。并不是每个人都有勇气，能坦然地面对自身的缺点，楚玉的坦然是她痛苦的根源，也是她珍贵的勇气。

“公主。”容止站起来，走到楚玉面前，微微俯身，抬臂揽过她的肩膀，随后将她缓缓拥抱进怀中，“公主，你已经很好很好了，不要再责怪自己，你所想的，不过是每个人都会有的私心，你并不是不在乎墨香的死活，你只是……”

他顿了顿，目光在一瞬间变得无比柔和，像春天的水那么温软，眼底的澄澈化作涟漪的水波，一圈一圈地扩散开来：“你只是，更在乎我。”

容止拥抱着楚玉，一遍又一遍地，轻轻呢喃着：“请不要自责了，这并不是你的罪过。”

第五十四章　人形破坏机

啪的一声，门被推开。

“公……”来人只呼出一字，瞧见屋内两人相拥的情形，声音陡然中断。

楚玉连忙推开容止，抬头朝门口看去，见来人是桓远。

桓远此刻想起自己方才的失态，抬手欠身一揖：“桓远莽撞，请公主恕罪。”直起身子时，他的目光飞快地扫过容止。

楚玉抬手捋了捋有些乱的发丝，强自镇定地道：“什么事？”虽然方才她和容止没什么，可不知为什么，此刻显然有一种被捉住什么的感觉，止不住一阵心虚。

桓远面上浮现出有点儿哭笑不得的神情：“公主带回来的那名昆仑奴……”

闻弦歌而知雅意，他话没说完，楚玉便猜到阿蛮大概又闯祸了。她摆了摆手：“带我去看看。”这一路回来时她心神恍惚，竟然忘了那名自己拐骗回来的昆仑奴少年。他又闯什么祸了呢？

桓远带着楚玉去了花错的院子，花错的伤势已痊愈，以往在院中弥漫的浓郁药味也散去了七八成，只还残留一丝若有若无的苦意。原本住在院中负责照顾花错的仆从都搬了出去，正好空出来的房间不需要刻意收拾，便让新来的阿蛮住了。

虽然楚玉没有交代，桓远还是从同行之人口中得知阿蛮是楚玉路上收来的，也听得一些阿蛮在山阴县公主府的光辉事迹。权衡再三，他把阿蛮跟花错放在了一起，必要时以暴制暴。饶是如此，他还是低估了这个外表并不算太健硕的昆仑奴少年。

院子门口“三千繁花剑”的牌匾已是摇摇欲坠，楚玉踏入院中，看着里面的情形，扑哧一声笑了出来。

此刻阿蛮正呆呆地站在门前，清澈的眼睛懵然无知，不知所措，就像一只迷失的小狗，而他的手里，正拿着一扇门板。

“怎么回事儿？”心中的痛楚沉闷被一扫而空，楚玉扭头问桓远。

桓远叹了口气：“那门是往里推的，可他只轻轻往外一拉……就……”就这样了。拉坏门后，阿蛮便死活不肯进门，他就站在门口，但并不闹事。没奈何，桓远只好去找楚玉，却看到了楚玉被容止拥抱的一幕。

听完桓远的解释，楚玉走上前去，笑着问阿蛮：“怎么站在这里不进屋去？今后这里就是你的家了。”

阿蛮一见楚玉，琥珀色的眼眸里立即现出不安的神色。他哀求地望着楚玉，结结巴巴地道：“肉，不要，不给我；错了，不要赶，赶走……”虽然才踏上这片土地没多久，也不了解这里的风俗习惯，甚至头脑有点儿笨笨的，阿蛮心里也明白，自己做错了事，很可能会惹眼前这个给自己肉吃的人不高兴。

楚玉好一会儿才理解过来阿蛮的话。她摆了摆手，柔声道：“你应该这么说，不要不给我肉，不要赶我走，这才是正确的顺序。”

楚玉让阿蛮跟着她缓缓地念了几遍，听他把话说得还算顺溜，便伸手摸了摸他的脑袋。短短的卷发并不柔顺，感觉毛茸茸的，很是别致，楚玉柔声道：“不要怕，今后小心些便是，进屋子休息吧，你走了一路，也该累了。”和安适地坐在车上的她不同，阿蛮可是一路步行跟来的。

阿蛮望了一眼屋内，摇摇头：“不，要，以前，睡外面，地上。”

楚玉不得不把他的话整理一遍：“不要，以前我都是睡外面地上的。来，跟我这么说一遍。”她决定从现在开始培养这小子的语言能力，不要求舌灿莲花，至少能说得让人一下子听懂。

随后她才道：“我不管你以前是怎么样的，到了我这里，就一定有地方住。我说过，跟我走，你不但会有肉吃，还会有屋子住，有衣服穿……”说到这里，楚玉忽然停住，目光停留在阿蛮身上。他身上穿的衣服已经不是前些天见他时的破布片，而是和众人一样的衣裳，还是崭新的衣服，现在却已是那边裂了一条口子，这边缺了一块布料，零零落落的。于是，阿蛮这里露出一条大腿，那里露出半片胸脯，就跟没穿差不了多少了。

阿蛮羞愧地低下了头：“不，不习惯，衣服，麻烦，伸手，坏了。”他不习惯穿这样遮得严严实实的衣服，再加上他的力气大得惊人，衣服便很容易变成破布，挂在身上。

楚玉的笑容僵硬片刻，继续摆手道：“没关系，我这里有的是衣服，坏了可以再换一件。假如你不喜欢这样的衣服，说一下你原来的穿着，我让人给你做。”

一听这话，阿蛮十分高兴，立即动手撕身上的破衣，然而他的力气太大，只轻轻地那么动了动，几层衣服便好像薄纸似的，哧啦一声全开了。

阿蛮从上到下，从里到外，彻彻底底地……

楚玉的目光，顺着他光滑的胸口慢慢下移……然后郁闷地转身，拍拍桓远的肩膀："你把他安排住在这里，还真是有先见之明。"看来他跟花错会很有共同语言。

阿蛮重新穿上新衣服后，楚玉才敢正视他。新衣服是府上裁缝临时赶制出来的，由容止指导口述昆仑奴的着装，因为样式很简单，并不费工夫。上身赤裸，斜批帛带，横幅像短裙一样绕腰，像短裙一样包住阿蛮的腰部和臀部，裸露出来半截劲瘦的黑色腰线和赤裸的双腿，显得十分有力，散发着野性的诱惑。

虽然异国情调的美男很好看，但可惜的是，这美男太怪力，虽然本性纯良，可稍不小心，举手投足间就会毁坏什么家具。这不才进屋转了一圈，屋子里便多了一堆木料残渣……

楚玉很无奈地望着破坏现场，终于明白为什么阿蛮会一个人单身流落路上了。一来他一身怪力很少有人能强制得了他，二来就算能强制住他，让他干活时，那身怪力所产生的破坏远比劳力的代价高……

好在她公主府身家还算丰厚，寻常人家谁也经不起他这么破坏。

她原以为自己捡来一个大便宜，却不料捡来一个人形破坏机。

但人既然已经捡回来了，楚玉也不忍心把阿蛮给赶走。照他这样的性情，倘若让他流落街头，只怕会活活饿死。

转念间楚玉已经做好了打算，今后阿蛮屋子里的家具房门全换成铁制的，各种器具也做好随时替换的备份。总之一切慢慢来，也许今后他能渐渐学会控制力量。

正好阿蛮住在花错这里，楚玉顺便让花错教阿蛮学武，假如这样的力气再学会剑术，大概会是一个很可靠的武力，超级打手或者超级保镖。一开始拐骗阿蛮，楚玉动的就是这个心思。她需要一个真正完全属于自己的战斗力，不像越捷飞那样属于皇家，也不像花错那样，每次指派都需要通过容止。天生神力的阿蛮，假如经过训练，想必是很好的选择。

之后的几日，楚玉一直留在公主府内，依然按时给天如镜上课，顺带又多了一道课程，教阿蛮识字说话。换句话说，她在开英语四六级培训的同时，又开了一门小学语文课程。

阿蛮不聪明，是那种真的不聪明。天如镜虽然不解世事，可思维极为透彻明晰，学起东西来也很快。可阿蛮不一样，他是那种真正有点儿笨的人，别人说话，他能听懂，但要他自己正确说出来，还是比较困难，认字也认得很慢。天如镜一天背上百个单词小意思，可阿蛮一天认十个字都比较勉强。所谓资优生和落后生的差距，在两人身上算是体现到了极致。

纵然慢慢拖延时间，可楚玉能教天如镜的东西依然是越来越少了。直到有一天，天如镜告诉她，他能读懂手环里英文记载的那些文字了。他看不懂的那部分，其实是整套西方历史，只不过是用英文记载的。

“是吗？”楚玉听他这么说，挑了挑眉毛，微微一笑，道，“那么从明天开始，你不用来了，之前约定的东西暂时寄放在你那儿，我不着急索取酬劳，拜拜。”

天如镜没料到楚玉竟然如此干脆。他心思剔透，在此之前早已发觉了楚玉的刻意拖延，但不知为什么，他并不想拆穿她的小小阴谋，就顺着她的意思一直拖延了下来。没想到这个拖延的尽头，竟会这么早到来，而在到了尽头时，她竟然毫不留恋。

她心里在想什么？

女人心真是海底针，困惑的天如镜，心头浮现出曾在手环的一篇小说里看过的语句。

楚玉低头为即将前来上小学语文课的阿蛮准备材料。过了好一会儿，她抬起头来，见天如镜依然站在门口，并未离去，不由得奇怪地道：“你还在这里做什么？”不会是想继续冲击托福、雅思吧？不好意思，她的水准还没到那程度。

天如镜没说话，只定定地望着她，过了好一会儿，才无言地转身，正遇上兴冲冲赶来的阿蛮。阿蛮奇怪地看了一眼天如镜，没怎么理他，径直进屋去了：“公主，今天，教什么？”虽然口齿依然有些不清晰，可经过这阵子的锻炼，他说话的顺序已经基本没什么大错了。

楚玉一看见阿蛮便笑：“你过来，今天教怎么写你的名字。”

天如镜正朝外走去，听见楚玉的话，脚下顿了一顿。他皱了皱眉，只觉得胸口好似有什么东西微微涌动着，好像吃到了调味失败的菜，味道流入心里。可他又说不上是什么缘故，只停顿片刻，接着便走了。

阿蛮虽然有些笨拙，但人十分乖巧。见楚玉在纸上写了“阿蛮”两个字，便轻手轻脚拿过铁制的毛笔，小心翼翼地往砚台里蘸了点墨水，又极为小心地站在桌前，往桌上的白纸上写字。

楚玉看着阿蛮一脸惶恐生怕弄坏什么东西的模样，忍不住微笑。她还记得第一天教阿蛮写字时，阿蛮就不小心捏碎了竹制的笔杆，用一支坏一支。虽然阿蛮极其小心地放轻力道，可他经常容易投入精力，一专心，就会不自觉地用力，于是后来便都换用铁笔了。饶是如此，那铁笔笔杆现在也微微变形了。

而椅子更是坐不得。自从阿蛮习字以来，楚玉屋子里的椅子都给他坐废了，不得不重新命人赶制。

虽然器具不断损坏，但好在阿蛮十分认真，肯用心练习，也不算太让楚玉费心，反而是花错那边快要承受不住了。

楚玉拜托容止，让花错教阿蛮习武，尝试看能不能把他那一身怪力用到正途上。几天工夫下来，花错因此快要疯了，好几次跑来楚玉这儿要撂挑子不干。他从没见过这么笨、破坏力却这么强的学生。力气大是好事，可坏就坏在这力气不受控制，总是用力过猛，而花错的剑术，走的却是轻灵花巧一脉，怎么也没办法将二者融合起来。

教阿蛮学武的这几天，花错的院子几乎被拆了一半，铁剑也用坏了好几把，然而阿蛮的剑术却不见半点儿长进，依旧停留在乱劈乱砍的阶段，让身为教导者的花错身心受挫。

楚玉正想得暗自发笑，忽然听见阿蛮的叫喊声："公主，我写好了。"

她侧身往桌上看去，只见白纸上写满了密密麻麻的"阿蛮"两个字，从最开始的鬼画符，到最后的勉强能识别，进步是显而易见的。

楚玉发现阿蛮脸上沁着汗水，一双琥珀色眼睛满是兴奋，忍不住伸出手去，摸摸他的脑袋："乖，你写得很好。"他一身怪力，平时搬动五六百斤的重物也不见大喘气，可今天为了放轻力气写好字，硬是出了一身的汗，可见他很上心写自己的名字，楚玉自然十分高兴。

阿蛮虽然学会了写自己的名字，但依然有些不满足，手里攥着已经有点儿变形的铁杆毛笔，问道："公主，名字，怎么写？"

楚玉眨眨眼，随手换了一张白纸，提笔写下自己的名字：楚玉。不是刘楚玉，而是楚玉。

她放下笔，轻快地道："这便是我的名字，不过你今天已经学了十个字啦，不用再练习了，明天再来学吧。"

阿蛮认认真真地盯着纸上的两个字看了许久，才听话地点点头。

直到阿蛮离开了，楚玉面上的笑意才消失。她放松身体，靠在新制的檀木椅子里，目光中带着茫然。

经过山阴一行，她大概能确定，最后发动暗杀篡了刘子业帝位的，就是那位湘中出天子的湘东王刘彧。假如没有发生那四个孩子以及墨香被杀的事，她大概会毫不迟疑地帮助刘子业吧？可现在她不确定是否还要继续下去。

狡兔三窟，现在她在各地已经有了几个暗中的"窟"，想要撤走，随时可以隐姓埋名做一个地主什么的。眼下她完全可以独善其身，带着公主府上几个亲信偷偷逃走，逃到不会被人认出来的地方，这似乎是目前最安全也最舒心省力的办法。

可她不甘心。她不甘心之前做的一切成了无用功，也不甘心像一个失败者那样灰溜溜地逃走，她心中有强烈的渴望，那是在见到墨香死去，而她深感无能为力之后萌生的。

仿佛有一个声音在心底催促，使她一定要做些什么。

入夜，花错正在熟睡，忽然觉察出一些异样，他闪电般地探手入枕拔剑出鞘，雪亮的剑光毒蛇似的直指站在床边的人影。还没刺中对方，他就陡然停下来，瞪着来人骂道："找死吗！你进门怎么不出点儿响动？我险些就将你当成敌人给杀了。"

笑吟吟地站在花错床边的，正是一身白衣胜雪的容止。

花错喘一口气，吐出心底的惊骇，庆幸自己方才及时看清了对方。他平日出招一般都直指对方的要害部位，这一剑直指来人的咽喉，倘若真刺出去，而容止没避开……

容止瞥一眼咽喉前不到半尺处不住颤动的剑尖，并不动容，只是悠然地微笑道：“我怎知道你会睡得如此之熟？若是以往我如此进来，你早就觉察到了。”

花错重重地叹了口气：“还不是长公主殿下带回来的那个昆仑奴！本来我看他力大无穷，应该是学武的好材料，可没想到那小子笨得没救，空有一身蛮力，却不能正确运用，教得我累死了。”

容止嘴角微微翘起：“我今夜前来，便是来为你解除麻烦的。”

花错一下子睁大眼，兴奋地道：“怎么解除？不着痕迹地把他杀了毁尸灭迹？”

第五十五章　深夜来相会

“咦，你来做什么？”楚玉正在给阿蛮整理下一个阶段的课程，听见有人敲房门，转头一看，却见天如镜站在门口，不由得惊讶地问道，“找我有什么事吗？”

“上课……”天如镜话还含在嗓子眼里，忽然想起来，他与楚玉之间的课程昨天就已结束了，他今天却忘了这一点，依旧如同往常一样，习惯性地前来公主府，来到她面前。在她惊讶发问后，才想起来，他们之间的教与学已经结束了。

由于两人暗中达成的协议，天如镜已是公主府常客，朝中关于天师大人已成长公主入幕之宾的流言甚嚣尘上。楚玉对自己的名声早已是破罐子破摔，不去理会，而天如镜也不在乎这个，懒得澄清避讳什么。就连公主府上的人，也默认了天如镜与楚玉的某种“特殊关系”，今天天如镜一路走过来，都没有人拦阻。

习惯真是一种可怕的东西。

只稍稍错愕了一下，天如镜立即恢复平静，淡淡地道：“记错了。”便转身从原路返回，走出东上阁时看见阿蛮，原本并不怎么在意的，可与对方错身而过时，他忽然觉得有些不对劲，回头看了一眼。

阿蛮还是原来那个阿蛮，可天如镜却感觉到，这个昆仑奴少年的身上，仿佛有了什么与从前不一样的地方。看了几眼再没有别的发现，阿蛮的背影消失在一面墙之后，天如镜收回目光，慢慢朝公主府外走去。不管有什么不同，都不关他的事。

天如镜离开没一会儿，楚玉便等来了阿蛮。照例是先让他跟着她读一段话，接着教他写字。教了八个字后，楚玉抿嘴一笑：“昨天正好给你写了我的名字，今天就教这两个字吧。”她在白纸上写下“楚玉”二字，随后让阿蛮临摹。

楚玉原本没期待阿蛮能写得多好看，只要能认得出来就好，可令她惊讶的是，阿蛮拿起铁毛笔，蘸了蘸墨水，手腕轻抖，不过一个呼吸的工夫，“楚玉”两个字便跃然纸上，端端正正，整整齐齐，竟然比楚玉自己写的还要工整漂亮。

楚玉有点儿不敢置信，假如不是亲眼看着阿蛮落笔，她一定会怀疑那是别人代笔的。阿蛮开始写字以来，从来没有写得这么漂亮过，今天究竟怎么回事？

跟阿蛮说话，楚玉不绕圈子，直接问出了自己心底的疑问。虽然他们现在沟通还算顺利，可按照阿蛮的理解力，假如拐着弯儿问话，只怕到死也得不到回应。

阿蛮扭捏地低下头，小声道：“昨天晚上，一个人，练习。”

楚玉在心里把他的话重复了一遍，忍不住发自内心地露出微笑来：“你是说，你打算给我一个惊喜，所以昨晚上一直在练习写我的名字，对吗？”

真乖，真可爱。楚玉伸出手用力揉阿蛮的头发：她一直想要一个很乖的弟弟或者妹妹，却没想到在这里碰到个异国来客，给了她这种感觉。阿蛮偷偷看楚玉一眼，心虚地点了点头。楚玉沉浸在快乐情绪中，虽然阿蛮并未做什么了不起的事，但他是没有丝毫目的和私心，一心一意为她而做的。只是这么一点点小事，便足以让她的心情好起来。

仔细看看，其实阿蛮的眼睛下有少许浮肿，因为他实在太黑了，所以看不出黑眼圈来。沉浸在快乐之中的楚玉，并未觉察出阿蛮眼中的躲闪和心虚。她甚至也没有发现，今天阿蛮写起字来，轻松了许多，不像昨天那么吃力。

楚玉给阿蛮放了假，让他早些回去休息，熬夜不好。阿蛮回房后，确实是躺在铁床上睡了，可半夜，他又睁开了眼睛。

从身上掀开被他在梦中撕碎的被褥，阿蛮穿上铁屐朝外走去。走出门时，他看见了一个雪白宛如浮冰的身影，在月光下分外朦胧，也分外遥远。

“守时是好习惯。”容止笑吟吟地转过身来，朝阿蛮招招手，“过来，我今天继续教你怎么用力。”

阿蛮走了过去，接过他递过来的瓷碗。碗中盛满了水，阿蛮小心翼翼地端着，唯恐水洒出来，但又怕手上用力过度，不小心把瓷碗给捏碎了。

一边端着碗，一边听从容止的指示，他小心地做着每一个动作，庞大的蛮力在身体里流动着，渐渐地收束控制起来。当容止让他休息时，阿蛮全身上下都已经被汗水浸湿了。

放下已经被捏出裂缝的瓷碗，阿蛮看一眼站在身前不远处的容止，迟疑地开口道：“今天，我写了，她的名字。”

容止轻轻地“哦”了一声，似笑非笑地瞥了他一眼：“然后呢？”

阿蛮盯着他，慢慢地道：“我没有说，是你教的。”这句话，他竟然说得很顺畅。

“很好。”容止点了点头。

“我也，没有说，你半夜，来教我。”昨天，今天，以及今后的半夜。

“也很好。”相对于阿蛮越来越凝重的神色，容止却越来越漫不经心，好像阿蛮说的事情完全与己无关。

“我，很不，舒服。”阿蛮低叫起来，“骗她，我不舒服。”昨天半夜，他正在地上用铁棍练习写楚玉的名字，这个人找到他，说可以教会他用力的技巧，让他像普通人一样生活，不至于害怕一不小心弄坏什么物件，或者……什么人。

而相对交换的条件则是，阿蛮不能将这件事告诉楚玉，就算楚玉发现阿蛮的变化，问起来，他也只能推说，是花错教得好。

这个条件的诱惑力实在太大了，从小到大都为自己的怪力所苦恼，因为他力气太大，动不动便弄坏东西或弄伤人，导致几乎没人愿意理睬他。假如有一天能摆脱这困扰，阿蛮愿意用一切去换取，因此在容止提出教他时，他连想都没想，便一口答应了。

昨天晚上，容止教了他一些基本的控制力量的技巧。可面对楚玉说谎时，他心里面忽然生出很难受的感觉，不知为什么，只是不愿意再隐瞒，所以刚才才会对容止如此抱怨。

容止微微一笑，笑意明净如雪光，眼底却冷若冰霜：“你就那么忠诚于公主？为什么？”

阿蛮很努力地想了想，想来想去只有一个理由：“她，给我，肉。”

容止笑了笑，道：“竟然是这样吗？倘若我也保证给你很多的肉，你会不会离开她，转而跟着我？”

阿蛮不假思索地摇摇头。

容止笑道：“我给的肉难道与公主给的有什么差别？同样是给你肉吃，你为什么不愿意跟着我，却要跟着她？要知道，我能够给你的，可比她能够给的多得多。”

阿蛮陷入了苦恼之中，照理说谁给的肉都是肉，可为什么他刚才不愿意呢？想了许久，他才想到一个勉强能解释的理由：“她在先，你后来的。”

也许还有很多别的原因，复杂的，微妙的，汇聚在一起。但阿蛮简单的思维里想不到那么多，也懒得去想，一个最简单最直白的答案已经足够：楚玉是第一个主动朝他伸出手来的人。

跟着她，可以吃很多的肉。她是第一个这么对他说的人。所以，他跟随。

楚玉回建康后没几日，朝堂上发生了一些变化，戴法兴被杀了。

就是那首歌谣之中，皇宫有二帝中的“真皇帝”，这个“真皇帝”被“假皇帝”给干掉了。

刘子业杀起人来，动作迅速得与他送面首给楚玉一样雷厉风行。他先下旨让戴法兴退休，接着命令他回乡养老，等戴法兴一出城，便改令其发配远方，最后一杯毒酒赐死了事。

楚玉听到这个消息时，除了吃惊于刘子业的动作如此之快，对于戴法兴的死并不怎么意外。她知道，在山阴县时，那首歌谣就彻底点燃了刘子业心底的暴虐，他一定会在朝堂上掀起一阵腥风血雨。那些与造反歌谣中有关的人，统统都会死。

也就在戴法兴的死讯传来之际，楚玉接到了一封请帖。邀请函上的地址全然陌生，王玄谟，这是邀请人的名字。这个名字楚玉依稀有些印象，好像是朝中某个大臣，但具体是干什么的，却没有太多的印象。只不过这个人……姓王。

邀请函是桓远安排在楚园的人收到转交而来的，受邀请的人自然是那个被创造出来的虚假身份“喻子楚”。

假如是千百年后，看到两个姓王的，楚玉绝不会太在意，也不会将他们之间联系起来。可这时候，人们提起“王”姓，首先想到的便是那秦淮河畔乌衣巷里的辉煌家族。楚玉在心里斟酌片刻，便换上男装，驱车前往王家——王意之家。

邀约的时间在下午，对方大概是想给她一点儿时间来考虑。既然得闲，楚玉也不介意去问一下旁人的意见，想要问王家的事，找王家的人应该最直截了当。目前楚玉比较熟识的，就是王意之一人。

通报求见，楚玉被童子引领到卧房，见到才起床的王意之。他穿着一身白色的中衣，黛青色的外袍松松垮垮地披在身上，半躺在床边的模样极是慵懒。见楚玉来了，他眯着眼，微微一笑：“子楚兄，好啊。夏日酣睡不觉时日，衣衫不整，在下失礼了。”虽然嘴上这么说，可他脸上却丝毫没有觉得羞愧或抱歉的意思。

楚玉不禁莞尔一笑：“这么早前来叨扰，是鄙人失礼了才对。”

两人一个“鄙人”一个“在下”地自称，相映成趣，彼此会心一笑。

接过侍从送上来的冷水手巾擦了擦脸，王意之清醒过来，眼神也不那么困倦了：“子楚兄这么早来寻我，是否有要紧事？”

楚玉也不绕弯子，从怀中取出请柬递过去：“今天一早，我收到了这个。”请柬用金漆硬纸制作，上面蒙了一层雪白的细纱，看上去很精致。

王意之接过去，看清请帖上的字迹，眼神微微变了变。他沉思片刻，随即道：“我与你一道前去，路上细说。”

一直到王意之来到楚玉车上，与她正面对坐时，楚玉才回过神来，有些不安地道：“意之兄，这样太麻烦你了。”自然，有王意之陪同前往，她的底气增加了不少。

王意之靠在车厢壁上，懒洋洋地一笑，狭长双目中流转着水一般的奇异光彩：“其实不过是顺路罢了，昨天我这位叔祖也差人前来找了我，让我今日去见他。我原本懒得动弹，既然他也找了你，正好顺路，就一道前往吧。”

经由王意之的口中，楚玉得知那位王玄谟老爷子是王意之辈分上的叔祖，不是直系的那种，而是之间隔着五六层血缘的远亲。今年已经七十多岁的老人家宦海沉浮一生，目前正担任王家的当家。

王意之淡淡道："接下来要说的，是我们王家内部的事，本来不该与外人道，但你今日要去面对老爷子，为免出什么岔子，我还是先对你讲明为好。"

楚玉错愕道："你怎么这么相信我？"

王意之微微一笑，并未见如何作态，眉眼之中的自信却在刹那间溢开来，双眼都仿佛发着光："虽然生性惫懒不成器，可说到看人，我还是有些自信的。我说与你听，自然是相信你。"

不待楚玉接话，他摆了摆手："外人之中，有人叫他草包，也有人叫他直臣。说他草包，是因为他当年曾经力主发兵北伐，却对一城久攻不下，不听部下劝说，错失战胜良机，却又在此期间内搜刮民财，最后险些被处死。当时还是靠着沈庆之帮着求情，才逃过一死。"

楚玉不可思议地望着大肆批评长辈的王意之：这就是你们王家的当家？这……未免也太……低能了吧？这样的人也能当上家族统领？现在她忍不住要对所谓的世家有点儿怀疑了。

至于王意之对长辈的冒犯，她倒是没怎么往心里去。就算是长辈，做错了也是做错了，没什么好避讳的。

王意之继续道："然而他又生性耿直，刚正不阿，与朝中一些官员不合，几次遭人构陷，生死交逼，仕途起落。"

"等等。"楚玉连忙举起手，请王意之暂停。虽然王意之没有说多少，但她已经听出来少许不对劲。原以为王玄谟是个贪财无能的草包，可这样一个草包，又怎么会刚正不阿，生性耿直？

这二者之间的矛盾如何调和？

王意之含笑望着楚玉，见她眉头紧锁神情困惑，便又补上一句："虽然一生起伏，可他活到现在，七十多岁，依然活着。"

这话好像是一点灵光，点散了横亘在真相之前的迷雾。楚玉猛地抬起眼，直直地望着王意之："你说，难道他是故意战败的？"不管草包还是忠直，都是他装出来的表象？

王意之赞许地点了点头："你能看出这点，可算是不错。当年在征战之前，他还不是王家的主事，可他的声望与权柄，已经开始能威胁到当时的主事者，几乎有了性命之忧。他故意战败，自污名声，乃是为了避祸，也是为了今后的长期考量。虽然战败之后险些丢了性命，但他事前已经做好了准备，刻意与沈庆之交好，在关键时候保住自己一命。"

而之后政权更迭，官职起落，也都是为了政治和局势的需要，在他的掌握之中操控。直臣，不过是一个掩护的表象罢了，倘若是真正的直臣，又怎么可能活到现在？

想通了前后，楚玉悚然而惊，对自己来找王意之的决定，也暗暗庆幸。倘若她是从别人口中获取王玄谟的资料，仅仅通过表象，只怕会小看了这位老人家，而现在，她心里已经做好了十二万分的警戒准备。

而同时，她心中更为疑惑了，这样的一位人物，找她来做什么呢？虽然她喻子楚的名声在建康城名流中还算响亮，可距离权力的高地还有不短的距离，王玄谟怎么会忽然想到找她？

带着这样的疑问，楚玉转向王意之。后者摇了摇头，道：“你莫要看我，我不理会家中事务很久了，老爷子怎么想的，我半点儿都不晓得。”顿了顿，他微微一笑，“你大可放心，我既然与你同去，便自会与你同归。”

两人低声说着话，马车驶入一条冷清的小巷，停在一座精致的小型宅院门前。下了车，王意之一边推门一边朝楚玉解释：“这并非老爷子的住处，而是他名下的一处宅院，平日少有人至。”

一般来说，楚玉走到哪里，越捷飞便会跟到哪儿。尤其在她出府之后，更是一路跟随着，可这一回，他跟在楚玉身后想走进这小宅院时，却被门口的两名青衣家仆拦阻住。

“除了这位公子和王少爷，其余的人不得入内。”家仆忠实地传达上面的命令。

越捷飞一皱眉，就要发作，楚玉朝他摆了摆手：“你在这里等着我便好。”

越捷飞有些焦急地道：“公……公子，这里可不比……”不比皇宫，皇宫里都是皇帝的人，没有人敢伤害她。这可是王家，世家的人，天知道他们打的什么主意？

楚玉瞥一眼王意之，悠然一笑，道：“我相信意之兄。”

听她这么一说，王意之的眼神立现诧异之色。待到两人走进院子好一会儿，他终于忍不住问道：“你竟然不怕？”她方才听了他叔祖的事，照理说，该是更为谨慎才对，怎么对自身的安全如此放任？

楚玉停下脚步，笑道：“意之兄方才既然肯相信我，对我直言相告，我为何不能相信意之兄？”

她并未因王意之的信任和坦诚相告而太过感动，因为她已决定回报以同等的信任，这是应该的，自然而然的，并不需要过多的解释，或是感激。

两人踏过园中白石子小径，来到一处院落，王玄谟就在院子里。楚玉仔细打量这位老人，除了外貌清癯一些，精神疏朗一些，和普通的老人家并无太多不同，他也不像沈庆之那样，拥有健壮的身躯。

此时王玄谟靠在躺椅上，半眯着双眼，似在假寐，他身旁的案席上面陈列着众多精致菜肴。

王意之微微一笑，走上前，道：“老爷子，人已经来了，还在装睡吗？”

老人缓缓睁开眼，眼里闪过精光，一瞬间明亮得简直不像是个七十多岁的老人，让楚玉的心不由自主地一跳。接下来王玄谟的一句话，让楚玉真的跳了起来。

“长公主请入座。”王玄谟慢悠悠地说道。

第五十六章　愿意不愿意

长公主!

随着这一声称呼，楚玉感觉全身的汗毛立即竖起来了。

他是怎么知道的？楚玉下意识地望了一眼王意之，后者苦笑着摇摇头，表示他也不晓得。

想起王意之在路上所说的这位老人家的神奇之处，楚玉很快就释然了。她前些天在建康也算是出尽了风头，加上与王意之有往来，所以，得到这位老人的关注并不算奇怪，而以上位者之能，想要查清楚她的身份，并不是太过困难的事。

一惊之后，楚玉随即又恢复了冷静自如。她朝王玄谟点了点头："多谢。"言罢，便在桌案后的锦垫上坐下。坐定后，楚玉抬首望向王玄谟，微笑道："请问王都督，请本公主来，可有什么事？"

一时之间想不出该如何称呼，学着王意之那样叫老爷子显然不行，那是人家自家人的特称。王玄谟既然点出了她的身份，她也索性不再作伪，便以本来的面目相对，直接称呼王玄谟现在的官职。

王玄谟睁开眼后，便一直注视着楚玉，他看着楚玉落座，才淡淡地道："公主与以前有些不一样了。"

楚玉叹口气，不用想，她也知道那个"以前"指的是从前的山阴公主。尽管已经很努力了，可她与山阴公主的区别，还是让明眼人一目了然，只是没人前来过问，楚玉也就当没人发现罢了。

她心里面知道，自己做不来山阴公主，不够狠，不够果决，不够精明。既然如此，那就尽量做一个不违背良心的楚玉吧。

迅速安定了心神，楚玉正视王玄谟的目光，微笑道："人总是会变的，难道这世上有谁是一成不变的？"趁着说话的机会，她仔细地打量着这位王意之口中的传奇人物，好像要将他的每一根头发都看清楚似的，还带着点儿高山仰止的心情：眼前这位老爷子太强大了，要是自己有他那份对政局和形势明确而清晰的判断力，她也不至于到现在还在发愁。

王玄谟有些惊讶于楚玉探究的目光，于是也仔细观察楚玉，略一思索，便知道原委："意之来时便已告诉过你有关我的事吧？这小子还是这么不向着家里人。"

见被当面点破，王意之无奈地苦笑了一下，也跟着在楚玉身旁的锦垫上坐下："老爷子，你就不要玩虚的了，下马威不是这么下的，直说找公主有什么事吧，说完了我们也早些回去。"

正好早饭还没吃，他便随手抄起筷子，夹起长案上摆放的菜肴往嘴里送。

王玄谟深深地凝视着楚玉："公主方才称呼我为都督，其实错了，我前日得到陛下旨意，回朝任领军。"

楚玉见王意之一点儿都不客气地在一旁大吃，肚子里的饿虫也给勾了起来。她收到请柬后便没睡好，眼下看王意之这么自在，也跟着拿起筷子，一边吃一边随意道："恭喜高升，那，这与我又有什么关系呢？"

王玄谟沉默地看了她一会儿："公主此刻如此作为，似乎并不稳妥吧？"当着他的面大吃，可以说是十分失礼的，难道她并不怕触怒他？

楚玉放下筷子，拿起放在一旁银盘上的绢帕擦拭嘴唇，笑容绽开来，刹那间显得十分清澈明亮："王将军在试探我，我又何尝不是在试探王将军呢？本公主一直以为有些话必须在双方立于平等地位的前提下才能谈下去，否则便只是一方对另一方的操控或命令。"顿了顿，她指了指桌上的菜肴，"更何况，王将军准备的菜肴，不就是为了给人吃的吗？"她也确实是饿了。

王玄谟笑了起来，自从楚玉来了之后，他这才露出头一个笑容，慢慢地从软榻上坐起。伴随着他的动作，楚玉隐约感觉好像有什么东西纷纷扰扰地浮现出来。

这个看起来并不太打眼的老人，是王家的主事者啊！楚玉有些心惊肉跳地想着，觉得口中有些干涩，伸手去拿茶杯，喝了一口浅碧色的茶水。她还没咽下，便听见王玄谟道："公主觉得意之如何，可有资格做你的驸马？"

楚玉一愣，正在往下咽的茶水一下子呛在嗓子眼，怀疑自己出现了幻听。不对啊，就算出现幻听，也不至于是这么离谱的内容吧。

楚玉好不容易平复了剧烈的咳嗽，无语地瞪视王玄谟，从对方的神情中证实自己方才听到的话不是幻觉，才终于愿意承认：现实就是这么离奇。

王意之只比楚玉晚一些放下筷子，之后便展开折扇，闲看一老一少斗法的好戏，却没料到老爷子第一句话便扯到了自己身上，也不由得呆住了。

比楚玉先回过神来，王意之苦笑道：“老爷子，你这是在报复吗？”真是老狐狸！

楚玉此时才找回说话的能力，慢吞吞地道：“王将军，本公主已经有驸马了。”虽然只是挂着名好看的忍者神龟，但好歹是个名头。

老狐狸神色不变：“公主何等身份，随时可以休弃了何戢。”

楚玉郁闷地皱眉，声音依旧慢吞吞的：“这，不太好……”

“有什么不好，我家意之比不上那姓何的小子？”王玄谟不屑地道。

倘若不是记着要尊重老人，楚玉现在就想掀桌子暴走，不是比不比得上的问题啊！为什么您老人家可以面不改色地说出这么劲爆的话啊！您又不是做媒婆工作的！

自然，这样的话楚玉只能在心里悲愤呐喊，面上却不得不十分客气地道：“是本公主，不，是鄙人觉得自己配不上意之兄，怕平白糟蹋了意之兄……”更何况，那驸马也不是说休就休的。

纵然山阴公主的胆子极大，养了二十多个面首，却也没有做出休夫这么惊悚的事，楚玉又怎么可能做得出来？何家好歹也算有些势力，这简直就像是往何驸马及其家人脸上扇耳光啊……当然，之前山阴公主也扇了不少就是了。

……靠，这都什么乱七八糟的啊？

王玄谟大度地挥了挥手：“没什么配得上配不上的，我看你们倒是很搭调，我说配得上就配得上。”

果然是宴无好宴鸿门宴，楚玉感觉十分倒霉，早知道会发生这样的事，她干脆就赖掉邀请不来好了。

就算休个把驸马不是什么太了不起的大事，可这替换的人选竟然是王意之，一想到今后要换称王驸马，楚玉便感觉一阵阵奇怪和不自在。

王意之此刻无心再摇手上的折扇，无奈地道：“老爷子，你说来说去，都没问过我的意思呢。”这么就把他的终身大事给断送出去，不太好吧？

王玄谟看了王意之一眼：“你不愿意？”

王意之叹了口气：“我自然不愿意。”

楚玉也赶紧跟着接口道：“我也不愿意。”

都不愿意。

气氛一下子沉寂下来。王玄谟的笑容变得有些冷。

过了一会儿，王意之无奈地开口道：“老爷子，我不知你打的是什么主意，可通过姻亲关系将王家与公主的利益连在一起，这并不可靠。我不是一个可靠的人，公主也不应当背负这样的责任。”

联姻！

楚玉这才恍然大悟王玄谟的用意，这看似胡闹的决定下，隐藏的是赤裸裸的利益交换。她想了想，诚恳地对王玄谟道："老狐……王将军，为什么您会认为我是一个恰当的合作对象呢？又为什么选择这种方式呢？"就算不联姻，合作的方式有很多种啊，他何苦将王意之送进她这个外人看作是火坑的公主府？甚至于有些迫不及待了。

王玄谟叹了口气，苍老的手放在躺椅边上，骨节筋络纠结突出，好像是苍老纠缠的树根，过了许久，才慢慢地道："选择公主，是因为公主对陛下的影响力，公主自己也应该知道这一点才对。至于后一个问题，则请公主宽恕，我不能回答。"

楚玉慢慢地站起来，她弯腰拍去衣袍下摆边角沾上的灰尘，动作从容不迫，随后抬起眼帘，坦然无畏地对上王玄谟的目光："王将军，也请恕我暂时不能给你回应。你研究我，想必花了不少时日，那么相对地，我可否也能思索一阵子呢？此外，婚姻一说，王将军还是不要再提了。"

王玄谟愕然道："公主可以告诉我理由吗？"

楚玉身体挺直，她转头望一眼苦笑不已的王意之，笑道："我与意之兄之间，并无男女之情，清风明月，高山流水，这些东西，本来就不该是沾染俗物的。"不论用何种方式，也不应联姻，那不仅仅为难了她，也折辱了自由自在洒脱不羁的王意之。

王意之是何等人物，怎能如此轻慢？就算仅仅是挂着婚姻之名，也不可以。

她朝王玄谟所在的方向作了一揖，才转向王意之："意之兄，你走不走？"

王意之歉然道："我还有些话想与老爷子谈谈……"

观他神情，楚玉便知道王意之要谈的是不能让自己知道的话，便一笑，道："那么我便在门口等你，同去同归，意之兄你可要说话算话。"

王意之微微一怔，随即展颜笑道："这是自然。"

目送楚玉走远，王意之发现楚玉走路时背脊笔直，脚步间好像带着风，虽然此时的衣衫讲究宽袍大袖，行走当风，却好似没有见过什么人像她这样毫不迟疑、毫无阻滞地走路的。

一直等到楚玉的身影消失在院子门外，又过了一会儿，听见她的脚步声渐远渐弱，王意之才走到王玄谟的身边，伸出双手给老人捏肩。他一边用力一边道："老爷子，我想听你不能告诉公主的理由。"顿了顿，问，"是不是因为我？"

王玄谟叹了口气，这一叹之间，仿佛老了好几岁。微微笑了笑，老狐狸慢慢地道："我一直不明白，你生得如此聪明，明明可以看穿许多，却为何不肯接掌王家呢？"

王意之俊美的眉眼浮现些许歉然愧色，他纵然再怎么洒脱，面对这个血缘不算太近，却一直为自己着想的老人时，还是偶尔会为自己的任性感到愧疚。他的嘴角微微翘起："也许，我其实是个愚人吧。"

王玄谟反手拍拍王意之的手背："我也知道你志不在此，不该强逼。你很久没有理会家中的事了，不知王家现在是什么情形，我得告诉你，也许过不了多久，家主的位子，便得换人了。我也不是舍不得这个位子，可这些年来我对你的偏爱，已经造成家中许多人的妒恨。我的年岁也大了，倘若我一旦归天，便再也护不住你，为此不得不提前打算。眼下你只有两条路可走，第一，回来帮我，接掌我的位子，站在王家的顶端，便没有人能将你怎么样；第二，借着公主的权柄以及驸马的身份寻求庇佑，那些家伙纵然胆子再大，却也不敢太明显地招惹公主。”

老人犀利冷漠的目光渐渐柔化，在王意之看不到的地方变得慈爱：“你选哪条路？”他也知道，不管是哪条路，对王意之来说，都不那么尽如人意，可倘若要保住他的地位乃至性命，便只有这么做。

王意之捏肩的动作顿住，他停下来，转到王玄谟的面前，半蹲着身子，双目平视老人，柔声道：“叔祖，你是为意之好，意之铭感在心。可意之是不受教的顽劣性子，这两条路，我一条都不会选。”

王玄谟睁开半眯的眼睛，精光一下子掩盖住了柔和：“你倘若一意孤行，将来会吃很大苦头的。”

王意之不在意地笑了笑：“倘若我为难自己，才是真正的现在就吃苦头。”他握紧老人的手，感到自己掌中所握的手竟然是那么瘦削，忍不住一惊，道：“您……”虽然说他自己没什么干系，可王玄谟呢？家族之中暗潮汹涌他知道一些，王玄谟年纪这么大了，他是否还能支撑得住？

王玄谟叹了口气，心情复杂地抽出手来，拍拍王意之的肩膀：“也罢，你一向很有自己的主见，既然执意如此，我也不便拦你。至于我……”老人冷笑一声，神情很是老辣：“就算我不再是当家，他们也不能拿我怎么样，我这些年可不是白活过来的。”

听见老人这般说话，王意之才放了心。他还想多陪王玄谟一会儿，却见老人闭上了眼，身体后仰，重新躺在躺椅上，已经是送客的态度：“你走吧，公主还在等你呢，你素来风流，此际又怎好让一个姑娘家等着？”

情知老狐狸还没放弃他和公主这档子事，王意之有些哭笑不得，但也不好拂老人的好意，便低声告别，起身朝外走去。走了几步，便听见身后传来微不可闻的低语：“这公主与从前传闻的很是不像，虽然未必配得上你，却也是个有意思的女子。”

王意之脚步一顿，没说话，之后又继续朝外走去，一直到宅院门口，瞧见倚门等待的楚玉。楚玉此时靠在门边，神情悠然随意，正伸手去摘离她最近的树枝上的嫩叶。她双目清朗透彻，目光坦荡如水，秀丽的脸看起来十分雅致。

想起之前的一些事，王意之在心里默默地道：“是的，很有意思。”

同去同归，王意之和楚玉又重新坐在马车上往回走。楚玉凝望半空良久，忽然开口道：“意之兄，你们家老爷子的信用如何？”

第五十七章　皆是无情人

王意之闻言，惊异地看了一眼楚玉：“我以为，你会先问我与老爷子刚刚私下说的话。”

楚玉微微笑道：“他人的隐私，我并不想过于深入探究。其实你也不用回答，我知道，权柄之中，是没有什么信用可言的。”

能爬到现在的位置，出卖了多少人，背叛了多少人，伤害了多少人，抛弃了多少人，只怕已经数不胜数。富贵权柄，是用血腥白骨编织起来的华丽衣裳。她纵然不擅长算计，可来之前和来之后看了这么多，又如何会不明白？

王意之笑了笑，没说话，既然楚玉已经明白，他也不愿多费口舌数落自己的叔祖。

功利场上尔虞我诈本是寻常事，倘若大家都坦诚相待，那才是最大的不正常。他性好自由，不喜受到拘束，素来不愿牵扯入此间，若非得知楚玉被王玄谟叫来，他今日只怕不会前来。

楚玉缩着肩膀，靠在马车壁上，叹了口气道：“正因为如此，我才不愿意立即答应你的叔祖啊。”联姻这件事是万万不能同意的，而协议合作，楚玉也不太放心王玄谟的立场和信用，同时，也对自己尚存迷茫。

她不知是否应该继续帮助刘子业那个残酷又天真的暴君。

这些天来，墨香死去的那一刻情形，依旧一遍遍在她面前回放，梦境里被洇得血红一片，他漂亮的五官在惊愕中定格。楚玉知道这是自己的心结，需要时间去化解。因为墨香，以及先前被杀的四个孩子，楚玉始终无法释怀。

她知道王权的残酷，知道人性泯灭的可怕，可亲眼看到时，还是会被骇得动弹不得，不仅仅是害怕死亡，也害怕那狰狞又血腥的场景。

不管她怎么想，纵然对刘子业百般怨怼，在外人眼中，她和小皇帝是牢牢绑缚在同一阵营内的，刘子业的利益就是她的利益，倘若刘子业倒下了，她也会跟着失势，甚至被杀。

戴法兴死了，接下来，阻挠刘子业任意妄为的其他朝中老臣大概也会被杀，再接着会有一位皇叔谋反，杀了小皇帝，自己坐上龙椅。

那位谋反的皇叔，楚玉现在能猜测到是谁了，大约便是那首歌谣中提到的湘东王刘彧。倘若过阵子他还没死，那么将会拥有大大的后福。

楚玉忍不住思索起来，她要不要干脆现在就去讨好未来的皇帝，在关键时刻帮他一帮，以便在龙椅易主之后，刘彧会感念她的恩情，特赦放过她也说不定。

可这个主意极不可靠，先不说未来的皇帝是否真的就是刘彧了，即便是，世界上恩将仇报的例子数不胜数，纵然她施惠在前，要是刘彧翻脸不认人，她的下场只怕会更凄惨。

仔细思量许久，楚玉悲哀地发现，她现在可以相信的，能够不伤害她的政权中人，竟然只有刘子业一人！

扶植别人上位，首先将面对的，便是刘子业的敌意。斗争之中的利益争夺，残酷竞争，而就算最后取得了成功，那个上位者会不会过河拆桥，兔死狗烹，还是个未知之数。

倘若要以公主的身份活下去，她最好最省事的选择，便是依附着刘子业，保证这个暴君活得更长久一些。

这个现实让楚玉心中一阵厌恶，禁不住长长地叹了口气。王意之闻之，倾身过来，抬手按平她眉心的皱褶，微笑道："不要时常皱眉，女孩家这样可不好看。"

楚玉自然而然地反手抓住他的手，带着点儿期冀的目光看向他，问道："你知不知道，你们家老爷子，究竟打的是什么主意，他究竟是站在哪一方的？"

王意之无奈地摇头道："我素来不干涉这些，又怎么会了解个中内情？"他抽出手，望着楚玉，柔声道，"我很不喜欢这些，这大约是我头一次，也是最后一次在这方面帮你。奉劝一句，在斗争之中，谁的承诺都不要相信。"千万不要相信，谁相信，谁就输了。

楚玉这才恍然想起，眼前这个男子，是那个沉浸在风月山河之中，于世俗无碍无扰的王意之。这一趟实在是为难了他，倘若不是看着她的面子，他的脑海里，怕是连半点儿权柄的影子都不会出现的，更别提说出来了。

思及此，楚玉不由得愧疚道："意之兄，实在对不住。"明知道王意之不喜欢，她还这么对他问东问西，实在是强人所难了。

王意之微微一笑："子楚尽管放心，我纵然不喜欢官场之事，但并不会因为自己的不喜欢，而与参与其中的人断交。你依旧是我的子楚，我也永远都是你的意之兄，今后我们只谈风月，不谈家国天下，如此可好？"

楚玉凝视王意之，而后展颜一笑："多谢意之兄，今后我若是去寻意之兄，必定携茶带酒，心无旁骛。"虽然困难依旧在前方，可不知为什么，她的心情陡然轻松开阔了许多，原本苦恼着不知该如何选择，现在竟然有车到山前必有路的错觉。

王意之也笑道："我也定然随时恭候，只怕你不来。"

一瞬间烦忧消散，两人相视而笑。

先送王意之回了家，楚玉才让人驱车返回公主府。王意之一离开，她便感觉身体周遭的气氛沉重起来，依旧是找不到答案，依旧是看不见前路。

入府经过东西上阁交界处，楚玉原本应该直接回自己的居所，却脚下一转，往西上阁而去，打算去看看桓远。

房间里桓远和柳色正在忙碌。楚玉见了微微一怔，景物虽然相似，人却不一样了，从前的三个人，现在只剩下两个。往常她偶尔前来，都会听见墨香慢条斯理地讥讽柳色，两人吵吵嚷嚷的好一番热闹，可如今，屋子里安静了许多，就连空气里也好像多了一分寂寥的味道。

楚玉将桓远叫出来，问了问在她离开期间交际的结果，得到的回答大大出乎她的预料。当然，出乎预料的是好的那一方面。在她离开的这段时间里，桓远取得了比预想更好的成绩。他已经与几个世家子弟成为好友，成了互通往来的常客，甚至还见过两位世家的当家，有数人对"喻子楚"其人表现出一定程度的兴趣，目前这些交往还浮于表面，是因为楚玉一方还没有真正体现出能让人看清楚的实力。

从桓远的叙述里，楚玉发现一件事，那便是桓远虽然与建康城中的世家贵族交好，却唯独没有王家。然而，今天王玄谟却直接找上了她本人，可见别家都暂时不清楚她的底细，而王家却是直接对准了正主下工夫。从这一侧面，王玄谟的老谋深算可见一斑。

楚玉带着重重疑虑离开修远居，前往沐雪园。

刚入初秋时节，夏日暑意犹残留少许在空气里，但在沐雪园的竹林之中，暑意却被洗涤一空。

一进沐雪园，便见大片竹林。楚玉这才明白过来，自己那楚园的格局是如何想到的：进门见林，不就是从沐雪园抄来的创意吗？

进门见林，入林而见人，这已经是习以为常的事。容止舒舒服服地躺在林中青石台上，神情安适，双眼半合。楚玉知道他并未睡着，便走上前去，在石台边站着。

不一会儿，容止睁开眼，冲她一笑，笑意在青影竹香之中绽开，宛如月光流水般皎然："公主有事？"

楚玉低头望着他，沉默良久，才将心里的疑问问出来："墨香死了，我怎么从来没有见你伤心过？”好歹他教导了墨香这么久。

虽然先前她困于自己的心结，没能注意到容止的异常，可这些天回味过来，便忍不住有些为墨香感到心寒：他就这样被容止毫无牵挂和痛苦地放弃了？

容止依旧微笑着：“公主，我不伤心，你可以说我无情，也可以说我狠心，可倘若我做出悲痛之态，那便是可笑了，会被人笑话的。”

他悠然一笑，眼睛里黑白分明，倒映着冰雪般的无情：“我，本就是无情之人，眼下所能在乎的，唯公主一人而已。”

楚玉定定地注视着他眼中化不去的冰雪，许久，才慢慢道：“你是无情之人，不在乎墨香的生死。可你对我说的，便是真话吗？”

焉知道，他昔日是否也曾对墨香说过这样的话。

现在她就在他面前，他可以自然而然地说出在乎，倘若某一日她不幸故去，他是否也会如此若无其事地、冰雪无情地微笑着对另一个人说“我本是无情之人”？

楚玉的心微微收缩着，隐约的寒意缓慢而坚定地漫上来。她胸口发着冷，脸上却一片平静，眼睛一眨不眨地望着容止。

容止神情不变，也没丝毫动作，他躺在青石台上，身姿慵懒到极点，眼底却料峭而孤寒，冰冷地轻笑着：“公主难道想看我为了墨香伤心欲绝？可公主……”他的语调柔和低缓，语意却藏着锐利的锋芒，“我伤心有什么用？痛恨又有什么用？我该视谁为敌，以谁为仇？我要为了什么雪恨？用什么来洗刷怨恨？”

楚玉被他一连串的问话问得心头巨震，是的，他伤心有什么用？痛恨又该如何？杀死墨香的人是刘子业和宗越，她也是原因之一，难道她要让容止去找这几人复仇不成？难道她潜意识里竟然是希望容止怨恨她吗？

他不恨她，她会为了墨香不甘心，可倘若他恨她，自己又会不开心。一边是她不甘心，一边是她不开心，她要容止如何选择？

楚玉呆呆地站着，默默地道：是了，其实她才是最没资格质问他的人，那时候，她为什么没有扑上去阻止呢？为什么她竟然会害怕得不能动弹，连说话的能力都失去了呢？

假如她不是那么没用，也不会发生那桩惨事了吧？

瞥见她神情的细微变化，容止忽而温柔地笑了笑：“没有用的事我是不会去做的，而多余的爱恨，我也极为吝啬。”他缓缓地站起来，站立的落脚地与楚玉几乎贴在一起。楚玉看着他几乎贴上自己，眼睛望着眼前的光洁下巴和嘴唇，以及他优美的颈项线条，心中却是一片茫然。

容止让开两步，转过身去，淡然道：“公主，当断不断，必受其害，手握权柄的人，必然执掌一柄生杀予夺之剑，剑有双刃，一面对敌，一面朝着自己。纵然心里万般不舍，可为了某个目的，还是应当抛弃一些东西，倘若你做不到狠心，还是尽早离开这是非之地的好。”又想温柔良善，又想身居高位，又想保全所有人，哪有那么便宜的事！

就算是他和王意之，也做不到这一点，更何况区区一个楚玉？

王意之早已洞悉这些，才不想涉入名利场中，甘愿放浪纵情，而他入局太深，开弓莫返，不能退，也不愿意退。

人生不如意事十之八九，永远没有什么十全十美的，想获取什么，便要失去别的什么，他在很早以前便已明白这个道理。

容止的话，好像在空气里盘旋了许久，才传入楚玉耳中，又兜兜转转地印入脑海里，当楚玉体味出他话中的意思时，容止的身影已消失不见，不知去了何处。

楚玉没有去找他，只是站在原地待着，竹林的芬芳和寂寞将她包围，清透的气息洗涤着她纷扰杂乱的心灵。她自个儿待了好一会儿，才转出沐雪园，快步前往隐香苑。

隐香苑是墨香生前的住所，而此时在院子里立着墨香的衣冠冢。墨香死时还是夏末，天气十分炎热，楚玉担心将尸体运回来，在路上就腐烂了，便命人将他安葬在山阴县的公主府里。

楚玉回来后，容止让人整理了墨香生前的遗物，取了一套衣冠鞋袜和墨香常用的器具，在隐香苑里立了一个衣冠冢。

原本只是任由容止自行安排，可眼下，这衣冠冢倒是成了楚玉倾诉的对象。

楚玉立在墓前，点燃了一段半尺长、一指粗的香料，插在碑前，让香味伴随着烟气缭绕挥散。这若隐若现的香气，让楚玉想起了安葬墨香的情形。姿容妩媚的美人，脸上因为痛楚和惊愕微微扭曲，失去温度的身躯只残留着一抹淡淡的冰冷余香。

等待香料燃尽，楚玉才缓缓道：“这是我第一次祭拜你，大约也是最后一次，墨香，我对不住你了。我没能救你，也不能为你报仇，这是我欠你的，你可以怨恨我，因为这是我的选择。”今后这个地方，她也不会再来。

说罢，她深深一揖，随即转过身去，断然离开。

次日，当楚玉再一次来到皇宫门前时，眼前所见的还是富丽景色。可她的心境，却与从前似乎有些不同了。从前每次到来时，她都会有些忐忑，可现在，她的心端被逼出了一股锐气，让她咬着牙往前方看。

此时正是退朝的时间，楚玉看见了沈庆之。从前，她一直对这个老将军有些害怕，可现在看来，他似乎也不是那么可怕的。她只淡淡地瞥了一眼沈庆之，便自顾自地朝宫中走去。

沈庆之眉头微皱，身旁他的侄儿却拉住他：“叔父，不要与一个女子动气，陛下对您宠信正盛，此时还是与她交好为妙。”

沈庆之迟疑了一下，点了点头。

楚玉一边走一边奇怪为什么沈庆之明明面带敌意，却未上前来教训她，不过她很快就将这小小的疑虑抛诸脑后，因为她看见了数日未见的刘子业。

刘子业身穿玄色的衣衫，正在花园里拿着一根竹鞭抽打四处跑动的宫女太监。宫女太监们配合着他的动作，纵然痛楚，也不敢跑得太快，只能绕着圈子，一个个轮流让小皇帝抽个尽兴。

刘子业欢快地抽着，觉得自己的心情舒畅起来。听着周围人发出惨叫声，看着他们露出痛苦的表情，脸上、脖子上现出一道道青红交错的痕迹，他便发自内心地感到一阵酣畅快意。

这是刘子业平时比较喜欢的游戏之一，且还是最不伤人的游戏。

他又一次举起了竹鞭，还没落下，忽然半空中横过来一只白皙纤细的手，精准地一把握住竹鞭的中段。刘子业大怒，转头去看是谁在打扰他的兴致。

“阿，阿姐？”见是楚玉，先前蓄满的气势一下子消弭殆尽，刘子业连忙扔下竹鞭，像赶苍蝇似的挥手示意宫女太监们滚蛋，随后亲热地拉起楚玉的手，小心翼翼地道，“阿姐，你好些天不来看我，是不是还在生我的气？”他就算再怎么狼心狗肺，也感觉出了楚玉对他的态度改变是从墨香死后开始的。

楚玉冷冷一笑：“我怎么敢生陛下的气？”

虽然楚玉神情冰冷，可毕竟是愿意对他说话了，而且今天肯主动来找他，刘子业悄悄地舒一口气，拉着她的手道：“阿姐，只不过区区一个面首而已，杀了也就杀了，你不要一直生气啦。”

楚玉叹了口气道：“你知不知道，墨香其实是枉死的？他根本没有偷听你说话。”她将自己那日走出房门之后所瞧见的一切告诉了刘子业。

刘子业眨眨眼，似是不为所动地道：“就算他没听到我说话，我也是要找个由头杀他的。”

第五十八章　四王来相见

“为什么？”楚玉惊异地问。

刘子业低下头，拿脚踩着地上的竹鞭，来回滚动着玩：“阿姐，你难道忘记了，那个带着香味的家伙，是什么来路？”

楚玉微微一怔，她大约记得墨香是某位权贵赠送的，可具体的情形却忘记了。

她努力回想当初统一看面首资料时，锦帛卷轴上所记载的内容，脑海里浮现出一段文字，刹那间拨开了迷雾，楚玉不由得叫出声来：“是湘东王！”

她想起来了！墨香，是湘东王刘彧送给山阴公主的生辰礼物！

而眼下，刘子业要对付湘东王，便也看不顺眼湘东王送到山阴公主身边的活人，于是找个借口命人杀了。

原来是这么回事！

刘子业冷冷笑道：“湘东出天子，我把他的人都杀了，把他也杀了，我倒是要看看，他打算如何当天子？”他这话说得杀气腾腾的，说完后猛然想起楚玉还在生气，一张脸又可怜兮兮地垮了下来。他伸手揪了揪楚玉的袖子，重新拉住她的手，小声道：“阿姐，你别生气啦，我要是知道你那么喜欢那小子，就不会杀他了。现在横竖杀了也是杀了，要不然这样：我明天下一道旨意，让各地的官员搜罗体带异香的美少年，多送给你几个便好啦。”顿了顿，他又讨好地补上一句，“那小子身上的香味也不好闻，还没有阿姐你身上的味道好闻呢。”

楚玉被他热乎乎的手握着，这么炽热的掌心，心肠却是如此冰凉，她叹了一声道：“搜集美少年就不必了，我近来不太想要这样的类型了，陛下也不必下旨，以免又有臣子非议。”皇室中人的权力争斗，与墨香有何干系……这便是上位者视人命如草芥的心态。

刘子业得意扬扬地道："阿姐，这个你大可不必担心，我杀了戴老头儿后，上朝时便安静了许多，没有谁敢对我大呼小叫了。今后谁要是再敢对我说三道四，我就杀了他！"

楚玉淡淡地道："我今日进宫，便是要告诉你，我可以不再生你的气，可你也得应承我一件事。"

"什么事？"刘子业一听楚玉松口，顿时很高兴，一副一百件事也能应承下来的样子。只有在面对这个姐姐时，他完全想不到摆皇帝的架子，并且总有回到从前的错觉。

他在楚玉的面前，不是一国之君，而是一个地位乃至生命都有可能随时失去的倒霉太子，只有阿姐愿意关照他，保护他，在她的身边，他觉得很安全，很舒适。阿姐是他的手足、友伴，乃至母亲，他已经不记得母亲的面容，却还记得自己小时候被父皇责打时，阿姐心疼地给他擦药的情形。这个世界上，他唯一不会伤害的人，就是阿姐，而阿姐也是这世上他完全相信依赖的人……

想得入神，刘子业几乎忽略了楚玉说话的声音，待他意识过来时，楚玉已经说完了。

刘子业顺口道："好啊，我答应你……呃，阿姐，你能不能再说一遍，是什么事？"

楚玉忍着怒，重复一遍方才的话："我说，要我不生气也行，今后，你不可以因着自己的喜怒，随意杀死朝中大臣。"

刘子业没料到楚玉想的竟然是这个，忍不住皱起眉，眼神阴戾，有点儿焦躁地道："这也不行，那也不行，阿姐你怎么变得和那些老头子一样爱唠叨了？"

他如此神情语气有些吓人，倘若换了从前，楚玉一定早就吓得闭嘴了，可奇怪的是，现在她看着刘子业，心里面竟然没有一丝害怕。她直直地盯着他，一字一顿地道："陛下，你的国家还需要有人来帮你治理，倘若现在都杀光了，让谁来帮你治国？"她十分敏锐地感觉到，刘子业不会因为她的要求而发怒。

刘子业顺着她的话，想一想，觉得也是，便轻快地道："也对，假如把人都杀了，那么那些事便都要我来费心了，累都会把人累死。阿姐，我答应你便是。"

他应承得极为随便，毫无诚意，楚玉知道能达到这个效果已经不错了，便暂且停缓，不再进一步催逼督促。见刘子业还在拿脚踩动地面上的竹鞭，便和颜悦色地道："那么陛下，对于那首歌谣……"

见她神情转柔，知道这风波算是过去了，刘子业心中高兴，便顺口把自己的计划说了出来："我已经下旨，命令湘东王、建安王与山阳王三人前来建康，阿姐，这回你可不要拦着我，我就算不杀他们，也得牢牢地看紧他们，不让他们有谋反的机会。"

湘东王刘彧、建安王刘休仁、山阳王刘休佑，这三人都是刘子业和山阴公主的叔父。平时三人的关系都比较要好，所以刘子业决定一网打尽。

楚玉迟疑一下，默许了刘子业的行为，这三人应该是谋反的关键人物，倘若早早把他们囚禁，甚至杀死，也许将来便没有人敢出来夺刘子业的皇位了吧。

这个想法虽然自私，却是自保的本能。更何况，刘子业并未打算立即处死三人。楚玉也决定先看看这三位叔父，再决定下一步如何处置。

现在，她已经下定决心站在刘子业这边，先扫除谋反的可能，再接着慢慢考虑别的。为了这个目的，她不得不将对墨香的歉疚埋葬起来，冷硬地对自己说，这是理智的抉择。

时值七月，三王抵达建康。一个不落，甚至，还多了一个。多出来的那一个，是义阳王刘昶。

义阳王刘昶也是刘子业的叔父，楚玉头一次瞧见“昶”这个字时，还以为是“永日”两个字，但古时文字是竖着写的，她习惯性地按照现代横行的阅读方式看过去，感觉不对，愣了一下，即刻便反应过来“永”“日”两个字是凑在一块的。

刘昶手握兵权，是一方刺史，在刘子业还没有继位前，刘昶就很不得自家皇帝哥哥的喜欢，时常被猜疑要谋反，战战兢兢的，好不容易等到刘骏死了，刘子业继位，他依然是被怀疑要谋反的首选。

皇帝这种生物的疑心病素来是很重的，更别说这疑心还带点儿遗传性质。这么折腾人会把人折腾出神经病的，尤其刘昶的神经还有那么点儿脆弱。有时，午夜梦回时，刘昶几乎也误以为自己真要谋反了或者已经谋反了。

在听到那首造反歌谣之前，刘子业最猜忌的对象不是别人，正是刘昶，以至于这位义阳王生活得十分痛苦，一言一行都小心谨慎，生怕给人抓住把柄。

如今刘昶作出决定，放弃自己的驻地兵马，回建康在皇帝身边待着，以消除刘子业的疑心。不过他没敢直接出现在刘子业面前，与三王一起面见刘子业的，是他属下的一位使者。

楚玉看到三王和使者时，正与刘子业在御花园的湖边欣赏荷花，虽然已经是秋天了，荷花却还没有凋零，平静的湖面上花朵清雅，别具情致。

等四人参见完毕，楚玉打量着四人的外貌。几人之中刘彧比较富态，稍微胖一些，但白皙圆润的脸上眉目很是典雅，胡须修剪得整整齐齐的，显得雍容，很有风度。刘休仁最瘦，像是一根竹竿，脸上带着笑，但又不太像是笑，感觉只是在活动面部肌肉。

三王的外貌都在基本水准之上，不过跟站在他们后方的刘昶的使者比起来，却又逊色多了。这位使者大约三十出头，相貌英俊儒雅，朝服穿在身上也显得风流倜傥，人往那里一站，就像鹤立鸡群，对比起来，好像他才是真正的王爷，其他三王只是他的随从一般。

然而让楚玉惊诧的并不是这个，而是这使者竟然是她认得的！

在她参加诗会之时，萧别刻意刁难她，曾有一个叫刘义阳的人给她说过话，虽然并没能阻止萧别，但楚玉还是有些感谢的。

而后来的几次聚会中，楚玉与这人虽不算熟络，但也算勉强认识，不料如今此人摇身一变，竟然成了刘昶的使者！这使者现在不叫刘义阳了，而叫蘧法生。

使者递交了刘昶回建康的申请，刘子业便撇开其他人不理会，先问那使者："我听说你们家王爷要谋反？"

使者的思维回路很显然还在正常人的范畴内，没料到刘子业居然一开始就这么不客气地直接污蔑，愣神了好一会儿，才赶紧出言补救："没有的事，义阳王对陛下十分忠诚，陛下千万不要听信那些流言。"

刘子业才不理会，只继续道："他要谋反，你身为他的部下，怎么不阻止他呢？"

两人足足对话了一炷香的工夫，使者绝望地发现，不管他说什么，刘子业都一口咬定他们家王爷要谋反。明明大家说的都是中文，每一个字都能明白，可联系起上下文，怎么看怎么不通顺，不光使者有这种感觉，楚玉也有同样的感觉。

刘子业没跟人讲道理，他根本就没理，他只是一个劲地说你要造反了，你要造反了，没造反也硬说你造反了……这莫不是要存心逼反对方？

楚玉坐在刘子业的身边，手悄悄伸到刘子业的袖子下，紧紧抓住他的手，示意他不要太过分。感觉到楚玉的不悦，刘子业稍微收敛了一些，便没再继续逼迫，只对使者道："你先留在这里，待我派人去徐州查探一番，也许真是谣言也说不准。"这才算是放过了对方。

让人给三王和使者安排了住处，等人都离开后，楚玉松开了刘子业的手，冷淡地问道："你答应我的事，不会作废吧？"

刘子业心虚地看她一眼，小声辩解道："我只是说不杀那三个人，但又没说不杀义阳王，阿姐你干吗那么在乎这些家伙的死活？那些外人值得你这么重视吗？"

外人？是你叔叔好不好！

楚玉闻言瞪着他，过了好一会儿，她紧绷的神情松懈下来，伸手抱住刘子业："听阿姐的话，好吗？阿姐是怕你杀人太多，招来他们的鬼魂……鬼魂暂且不提，你杀太多人，今后谁来帮你治理国家？刚才你分明是逼着刘昶造反，这样才有借口名正言顺地杀他，你的心思难道我会不知道吗？"现在她每天都在房间里点熏香，那熏香是按照容止所给的配方制作的，并且在熏衣物时加重了分量，让香气的作用更加明显。

刘子业乖巧地偎依在楚玉怀里，闻着楚玉身上飘散出来的舒雅芬芳，他慵懒地闭上眼睛，心中的杀意慢慢缓减，只觉无限的安宁和悦："好吧，阿姐，我这回听你的，先不杀刘昶，把他和那三个一起留在建康，看管着。"

"嗯……一起？"楚玉原本随口应着，忽然发觉不对，刘昶并未来建康啊，怎么留着？难道刘子业要再下诏让人来？

刘子业眯了眯眼，不以为意地撇撇嘴："原来阿姐你不晓得，刚才那个使者，就是刘昶假扮的啊。嘁，他以为扮成别人，我便不认识他了吗？"刘昶也太不老实了，既然自己来了，为何不敢以真实身份相见，竟然假冒使者！他本想着一会儿拆穿刘昶治个罪，不过楚玉就在身边，她不喜欢他杀人，他只好暂时将此事压下。反正，就算让刘昶回去发兵，他手上的兵力也不足以与他抗衡。

楚玉恍然大悟，原来那刘义阳便是刘昶，他身为义阳王，所以在隐瞒身份参加诗会时，便用了自己的封号。

虽然以楚玉从前对刘昶的了解，她这位叔父是个很软弱的人，基本上不大可能篡位，但所谓人不可貌相，这位隐瞒身份的叔父或许有自己的门道也说不准。她心中暗道，这四个人中哪一个才是最后篡位的呢？

楚玉心中陡然浮现出一个念头：假如把这四个人全杀了，这样就不会有人谋反了吧？不，也不对，刘子业还有其他的叔伯兄弟，杀了这些，还有别人，反倒是杀了四王后，会落人口实，说皇帝暴戾无道，平白给人提供谋反的借口。她也不可能让刘子业把有机会篡位的刘姓人全都杀了，先不说刘家人太多了，一时半刻杀不完，倘若这么做，她的行为与刘子业等一干暴君又有什么不同？

想着想着，楚玉忽然发觉刘子业刚才那个逼人反叛的法子其实是不错的，先设法逼对方起兵，这样道义上他就占了制高点……只不过，这么做的代价是牺牲百倍千倍的……士兵的生命。

胡思乱想了不知多久，楚玉发现怀里的刘子业已经睡熟，便小心地移开他的身体，扶着他躺在柔软的草坪上，招手让远处的太监过来服侍，自己才悄然离开。

楚玉还没走出皇宫的地界，见迎面走来个紫色的身影，走近时，两人都站住了。楚玉微微一笑，招呼道："好些天没见，你还好吧？"瞧见楚玉微笑的面容，天如镜有些愣怔，待楚玉说了话，他才如梦初醒般，道："好，你呢？"

楚玉对人打招呼本是习惯，面对这个人，她从来没想到能得到回应，此刻见对方回应了，她反倒吃了一惊，回望对方："天如镜你怎么了？今天有点儿奇怪呀。"

第五十九章　一波未平息

楚玉觉得很奇怪，天如镜今天怎么了，竟然会问她好不好。他从前一向不关心这些，也从来不说客套话的啊。问候的话从她口里说出来是正常的，可从天如镜口中说出来，却是大大地反常了。

楚玉下意识地朝天际望一眼：没错，太阳还挂在东边，没蹦到西边去。

天如镜意识到自己方才说了什么后，咬住下唇，有些懊恼，却又不知为何胸中有淡淡的欢喜，仿佛泉水一般，源源不断地涌出来。

从未有过这样的迷茫，这样的懵懂，这样的不知所措。也从来没有过，仅仅因为看到一个人，心便陡然雀跃起来，仅仅数日不见，又让他感觉缺失了重要的东西。他不知这是什么，没有人教导过他，他也丝毫不明白，可他隐约感觉到，倘若继续这样下去，会不妙，会很不妙……会坠入一个未知的境地，不知有何等下场。

朝楚玉点了点头，天如镜想要从楚玉身旁绕过去。才抬脚走了一步，身前却横出一只手来，拦住了他的去路。

楚玉心想，正好在这里撞见了，那便把事情一起办了吧，于是笑眯眯地拦着天如镜："天师大人，别跑啊。来来来，我们先履行当初的契约，你没有忘记你欠着我什么吧？"

天如镜一愣，随即想起之前的约定，不得不停下脚步，心底却忍不住松了口气："好。"他不是自愿留下来的，是为约定所迫，不得已才如此。

楚玉一笑，向前带路："那好，我在公主府里等着你，你进宫把事情办完后，便立即来见我。"前些天她暂缓索取报酬，是因为没有想好今后应该站在哪一边，现在她想好了，便不再迟疑了。

天如镜摇摇头："我入宫没什么事，只是来这里走走。"那个驱鬼的邀请，他不过是去当个摆设，不去也没有关系，这便是没有事了。

楚玉笑道：“如此正好，我们一起走吧。”

两人上了马车，坐在车里，楚玉兴致勃勃地道：“现在开始吧。你先打开‘文’的那一块给我瞧瞧。”马车开始行驶，从车底传来轻微的震动，横竖车内除了他俩没别人，楚玉决定干脆现在就开始。

天如镜却没动，他看着楚玉，看着她明亮的双眼定定地望着他的手腕，他与她的全部牵系，便在于此了，她所有的心思都在他的手环上，分给他的目光不过是附带而已。忽然间，天如镜觉得手腕上扣着的金属环很沉，沉得他很不舒服。他压下心头不适，双手微微抬起，撩起袖子，露出手腕，像往常一样，将手指按在红宝石上，心中默念启动。

假如是从前，一两秒钟内，便会有淡蓝色的微光亮起，可这一回，一直过了十多秒钟，马车内一切仍然如常。

楚玉不知天如镜在玩什么玄虚，看着他手指按在红宝石上却没反应，等了一会儿，以为他心存顾忌怕被人看见，便宽慰道：“没事的，这是我的马车，不会有人进来的，你尽管放心亮出来吧。”

天如镜困惑地道：“我……”他神情陡然一变，好似遭遇到什么极为可怕的事情。

楚玉正要问他怎么了，却见天如镜飞快地伸出手去，掀开遮挡的车厢帘子，从疾驰的马车上一跃而下。

楚玉没料到他会有这样的举动，甚至连出声都来不及，便眼睁睁地看着天如镜跳下车，马车行驶很快，一瞬间便没了那紫色的身影。片刻工夫后，楚玉才出声大叫：“停车！停下车来！”她的话音未落，蹄声便伴随着骏马的嘶鸣放缓，又过了几秒钟，车身的震动才停止。

没等马车停稳，楚玉便生气地跳下车：天如镜刚才那举动，是想赖账吗？哪有那么便宜的事？

马车停下来时，已经距离天如镜落地的地方有四五十米远，楚玉快步往回跑，打算抓住赖账的家伙，可跑出十多步时觉察到不对：天如镜就算想赖账，也不必采用这样拙劣的手法啊，他就算摆明了对她说他要赖掉交易内容，她也不能将他怎么样呀。毕竟他拥有超越时代的自保能力。

这里还在皇宫外围，天如镜跳下车后，整个人狼狈地摔在地上。他忍着痛楚爬起来，正好有一队巡逻的卫兵走近，看见天如镜狼狈的模样，他们停了下来。“你是什么人？”一个新兵不认识天如镜，首先出声喝道：“这里是皇……”

他话没说完，被身旁老兵拦住：“你不要命了，这是天师大人。”

领队的队长上前对天如镜一施礼：“见过太史令大人。请问大人，出了什么事吗？”

此时的天如镜，形容是前所未有的狼狈，他跌倒时脸颊擦过地面，沾上了一片灰尘，灰尘中又渗出殷红的血珠，他的衣衫凌乱，满是灰尘，发髻松开，垮垮地坠着，最狼狈的，是他的眼神，几近惊慌茫然，不知所措。

昔日那个周身洁净，一尘不染，仿佛在云端之上的天师怎么会落得这样狼狈不堪的情形？已经有认识天如镜的卫兵小声地交头接耳起来。他们的声音全都落入了天如镜耳中，他呆呆地站着，感觉自己好像被扒光了衣服丢在大庭广众之下，毫无防备地被人围观，被人议论，喧嚣盈耳。

头顶的日光炽热，照耀得整个世界都发着白光，整个身体好像飘飞起来，随后被一片耀眼的白光吞没殆尽。

楚玉这时候也看出了不对劲儿，她想要走近问个究竟，身前忽然伸出一只手拦住了她，就好像她方才拦住天如镜一般。只见越捷飞赶到她面前，拦住了她："公主，请留步。"他满脸凝重，低声又道，"公主，请留步。"

楚玉被他所阻，不得不缓下脚步，不满地道："越捷飞，你干什么？我没打算对你的师弟怎么样，收起你的那些疑心，我只想看看究竟怎么回事！"

越捷飞依旧固执地拦住她，这一次，他的语调中带着恳求："公主，您能不能先回府？不要管镜师弟了……真的，这件事，求您，别管了。"

楚玉沉默片刻："是不能让我知道的事情吗？"

越捷飞道："是。"

他的神情十分坚持，楚玉知道自己不能强行闯过，也不想为难越捷飞，便干脆转身往马车的方向走："好，我不过去，你也不能过去，至少，在送我回府之前。"

越捷飞如释重负地松了口气，跟上楚玉。行走之间，他匆匆回头瞥了一眼，看着依旧站在卫兵面前的天如镜，眉宇之间飞快地滑过一丝忧虑。

一到公主府门前，脚还没踏入门内，越捷飞便立即向楚玉告假。看他的样子，楚玉用脚指头想都知道他是要去看天如镜，当下也不为难他，挥一挥手准了假，看越捷飞三两步跃上围墙，直接从别人家屋顶上抄近路赶过去。楚玉飞快地跑进府内，用最快的速度直奔西上阁沐雪园，从竹林里揪起在青石台上午睡的容止。

"快，快……"楚玉跑得上气不接下气，好一会儿才能将话说顺溜，"你让花错偷偷去看看，天如镜究竟出了什么事？"她将方才发生的事简要地跟容止叙述了一遍，末了补充一句，"别让越捷飞发现了。"哼，拦住她一次她就会放弃了吗？做梦！事关她的重要报酬，她今天还偏要知道究竟发生了什么事！

楚玉说完后，却发现被她揪住的容止眯着眼睛，又有要睡过去的趋势，不由得气结，用力地摇晃着他："醒醒！等办完正事再睡！"也不知怎么回事，这些天容止每天都睡到很晚才起来，好像怎么都睡不够似的，以至于她每次来找，他几乎都在林中或者房内睡觉。

“嗯，好。”容止打了个哈欠，慢悠悠地开口，“这点小事，公主直接去找花错便可，只要是和越捷飞一门有所牵扯，能让他们为难的事，即便不恳求，花错也会自己去做的。”说完，他便漫不经心地往石台上一躺。

楚玉急匆匆地去找花错，得他应允后片刻转回，见容止呼吸缓慢均匀，显然又睡着了。楚玉伸手想要拍醒他，手才伸出去一半，便停下了动作。她望着容止安宁的睡颜，方才焦躁、猜疑、纷扰的心一下子安静下来，像是被施了魔法。

交错的竹桐阴影遮挡住炽热的正午日光，他平和的脸秀丽绝伦，以往深不可测的眼眸闭着，长长的睫毛宛如羽扇。他的唇瓣颜色很浅，浅得几乎与白皙的肌肤化作一样的色泽，只有仔细看时，才能瞧见那么一丝淡淡的浅粉色。

他的嘴唇，什么时候变得这么苍白了呢？楚玉侧身坐在他身旁青石台上空出来的边缘，目光依旧凝视着容止，思绪纷乱，却不迷惘，好像就在万里云天之上顺风飞翔，无拘无束，呼吸也如同周围的空气一般，炎热中带着微凉。

时间慢慢地流逝，日光照射的角度移动，有一柱日光正照耀在容止的脸上。晃得他缓缓睁开眼眸，望见坐在一旁的楚玉，支起身子避开光照，露出浅浅的笑容：“公主，早。”

两人目光相对，一尺多遥。

“还早呢？”楚玉没好气地道，看着他含笑的眼眸，那点儿不悦忽然又尽数散了开去，“你很奇怪啊，照理说，天如镜的事，你难道不关心了吗？今儿听我说了，你居然还睡得下去？”

容止从容地道：“这种事，我便是心急如焚也不会有半分用处，花错已经前去打探，我只需要坐等他的消息便好。若是没有这样的心境，又如何在纷杂之中找到正确的途径呢？”不着急，并不代表毫不关心，他只是比别人更加沉得住气罢了。

对于不能确定的事，不要漫无边际地胡乱猜测，假如没有强大的心理掌控力，这么做很容易让自己陷入混乱。

漆黑的眼眸深如幽潭，容止沉静地道：“公主，等待。”

是的，等待。一直等到傍晚时分，才等来披着一身晚霞回来的花错。

因为缠绵几年的旧伤已经被治好，花错的脸色比从前好了许多，顶着烈日出去一趟，他的脸微微发红，气韵看来更为艳丽。

他来到竹林里，看着并肩坐在青石上谈笑的楚玉、容止，微微一愣，随即抬袖拭去额上汗水，喘了口气道：“不见了。”

“不见了？什么不见了？”他这话猛地冒出来很没来由，可楚玉却有些许不妙的预感，已经在脑海内补完了缺省的内容。

“天如镜不在他的家中。”花错停顿片刻，继续说道，“我找遍了他家也没有找到他。我又抓住他家中看门的仆人逼问，得知天如镜今日根本就没有回去，倒是越捷飞曾在我之前去找过天如镜，也一样无功而返。”

去过天如镜家中后，花错还专程去了一趟皇宫，伪装成天如镜家中的人，询问门口的守卫天如镜是否入宫，得到的回答是没有。之后他又寻找了一阵，还是一无所得。

简单地说，那就是：天如镜，失踪了。戴着他的手环失踪了，都还没支付她的四六级外语培训费呢。

楚玉完全糊涂了，从今天见到自己开始，天如镜就开始反常，先是破天荒地像正常人一样打了招呼，随后在应该履行约定时二话不说跳车逃走，眼下却失踪了。

她忍不住又往天上看去，看今天太阳是不是往东边落了。太阳很正常，她也很正常，反常的只有一个天如镜。他就那样跑了，完全不顾形象地、不负责任地、不守约定地跑了，从头到尾都没有交代一句话。

楚玉完全摸不着头脑，她下意识地朝身旁的容止投去探询的目光。容止微微一笑，反问道：“公主，越捷飞向你告了多久的假？”

楚玉道：“六个时辰。”折合十二个小时。

容止笑道：“那么，接着等。”这一回，等的是越捷飞。天如镜会失踪，但越捷飞不会，等时候到了，越捷飞自然会回来。

花错忙了一下午，回来汇报后便回自己房中睡了。容止让人准备了晚饭，就露天摆着，两人一边吃一边等。大部分时间是沉默的，偶尔楚玉会忍不住出声问容止，天如镜究竟怎么了？虽然她明知道容止不能给她答案，可仿佛这么问了，她焦虑的心情便会稍微舒缓一些。

两人吃了个八分饱，暮色深了少许，院子门口传来响动。楚玉循声望去，只见越捷飞推开门奔了进来，直奔到楚玉面前才停下。他双腿修长，动作极为轻捷矫健，可神情却仓皇忧虑。

还未站定，越捷飞便单膝跪下，焦急地道：“求公主应我一事！”他比预料的要回来得早一些。

楚玉一手虚抬，示意他起来说话：“有什么事？你起来再说吧。”

越捷飞却不肯起来，只低下头道：“求公主派人寻找镜师弟，他不见了。”这一下午，他找遍了整个建康城，都找不到天如镜，最后是从城门守卫那里得知，天如镜朝城外去了。但那已是两三个时辰之前的事，谁都不知，天如镜去了何方。

楚玉叹了口气道：“这件事我自然应允，你可以起来了。你也不要如此担忧，天如镜也不是小孩子了，也许他只是出去走走。”

越捷飞焦灼地抬起头：“公主，并不是这么简单的，今天您也发现了，阿镜他不对劲儿。前不久，师父也曾有过那样的情形，不告而别失踪了几日几夜，不多久，他便离我们而去。”他不敢想象天如镜也将迎来那样的命运。天如镜还那么年轻。

楚玉忽然想起来，天如镜跳下马车是很危险的，可那时候，手环所具有的自动防御功能并未开启，反而任由他狼狈地摔倒，难道这之间有什么关系？

楚玉想着种种可能，心便沉了下去。她快步往外走，一面走一面下令：“容止，帮我做准备，派兵出去找人，要尽快找到天如镜！要快！”天如镜不能死，他死了，她的报酬该向谁要去？更何况，这些天相处下来，就算原本没有什么干系，也会有些亲近的感情，她不希望天如镜就这样死去。

马车很快备好，府上的私兵也聚集起来。此时夜色渐深，换上男装的楚玉与容止坐入马车之中，才驾驶出街口，便被一队全副武装的士兵拦住去路。

“车上什么人？”为首军官喝道。

楚玉看了容止一眼，后者点了点头，从怀中取出公主府令牌，掀开马车帘子，探出一只拿着令牌的手，冲对方晃了晃：“公主府外出办事，我们是会稽长公主的人，前方何人阻拦？”

军官的口气缓和了不少：“原来是公主府的人，下官冒犯了，请诸位今夜不要外出，现在正全城戒严。”

楚玉忍不住隔着车帘问道：“戒严？怎么回事？”

军官犹豫一下，走近说出真相：原来那义阳王刘永日，不，刘昶，今天早上被刘子业那么一顿吓唬，竟然坚定了逃跑的决心，临近傍晚时，从接待的住所逃走了！

第六十章　狭路再相逢

虽然刘昶跑了，但他真正的身份并未公开，刘子业的命令是捉拿逃跑使者，不过总归是那个人没错的了。

刘昶的画像已经被散播开来，此刻建康城全城戒备，气氛森严凝重，仿佛此际头顶直欲压下的黑云。

“那个混蛋。”楚玉在车内听完军官的解释，便忍不住低声骂了一句。小皇帝已听了她劝，只要刘昶自己安分守己，小皇帝暂时还不会找他什么碴儿的。不过，她转念一想，随即也便释然了，假如换她在刘昶的立场上，察觉皇帝已起了杀心，她只怕会跑得比这个叔父更快。

处于惊慌之中的鸟，纵然只是听见弓弦声，也会吓得到处乱飞，更何况刘昶已经足足做了超过十年的惊弓之鸟。

不过他这么一出逃，导致他们的行动也受到了影响。

那军官隔着车帘向楚玉请示：“下官自然是不敢为难诸位，只是城中其他地方也在戒严，您带着这么多人，万一起了冲突……”他没有继续说下去，但言下之意很明显了。

楚玉瞥一眼容止，以眼神问他该怎么做。容止略一思索，便下令府内私兵暂时撤回大半，只带着四十人一道外出。

楚玉冷冷地朝车外军官道：“让路，今日本公主是无论如何也要出去的。”

撤走大半的人，已是给了很大的面子，那军官一听楚玉自报身份，知道自己无论如何不能再拦了，便低身一礼，让开去路。

说话间，天光好像被什么吞没掉，天色刹那间转暗。车轮再次转动的那一刻，已经变得漆黑的天幕下起了淅淅沥沥的雨，还有些热的空气夹带着湿凉的水汽侵来。

下雨了。雨势瞬间转骤，稀里哗啦地泼下来，好像要将夏天夺去的雨量一次性补偿回来一般。

在这漆黑的夜里，楚玉坐在结实舒适的马车内，感觉正惬意之时，但见外面的卫兵，不论皇家还是自己的，转眼间都给浇了个透湿。

容止的目光不动声色地朝外微微转了转："公主，此时天气不宜外出搜寻，你看是不是……"

他的话还没完，便被车外一直听着的越捷飞打断："公主！"他没有多说什么，只这"公主"二字喊得哀婉至极，百般恳求皆蕴藏其中，好像谁要是不允了他的请求，便是辜负了他一般。

楚玉笑了笑，道："准备一下，我们继续。"虽然天气恶劣，但人还是要找的。

因为突如其来的大雨，一行人不得不又耽搁了片刻。回府取来雨具，府上护卫们全都头戴斗笠，身披蓑衣，冒着大雨，在视野极其不佳的雨夜中，缓慢地前行。

途中又遇到几拨巡视的士兵，在得知这是哪家的马车后全都放行了。除了那些片刻的停留，一路算是畅通无阻。

雨越来越大了，明明在黑夜里，眼前却是白茫茫一片，车轮滚动时带起很大的水花，卫兵们的斗笠蓑衣形同虚设，里里外外已湿成一片。强大的雨势不仅压迫着人的身体，也让人的心加倍地滑向疲劳。

楚玉的目标很直接，既然天如镜出城，那么他们也出城。越朝外走，楚玉的信心越是不足，眼下这个天气，别说在城外找一个不知踪影的人，就连他们想要保全自己的人马不丢失都有一定困难。

楚玉在心里犹豫着要不要先下令回转，但先前已经答应了越捷飞，这时候反悔只怕不好。就在她迟疑间，打头的马车正经过一条街道，而同时，与这条街道纵横交错的另一条街道上，飞驰过来一辆马车。

四匹马眼看就要撞上来，暂时担任车夫的越捷飞眼明手快，及时勒马。对方的技术却明显差了不少，没能拉住。于是各自有一匹当头的马还是撞上了，马吃痛狂奔，带着别的马不得不跟着，偏移了原本的方向，两辆马车硬是没能停住，眼看便要撞到一起去。

越捷飞斗笠下的眼睛冷静无比，在两辆马车即将撞上的一刹那间，只见他飞快地拔剑，手起剑落，斩马，斩车，随即收剑驾驭住马匹，马车停下。

当然斩的是对方的马，对方的车。

越捷飞只用了两剑。第一剑，斩向对方那匹因为吃痛而狂奔的马，正好从与马车连接的部位斩下，马身还保持着余势跑出去，而马头却和车一起停了下来。

骏马垂死吃痛的嘶鸣，纵然在巨大的雨声中，依然传出去老远。

第二剑，斩的是对方的车辕，第一剑极为大开大阖，而第二剑却甚是巧妙轻灵，并未如何用力，车子也没见有损毁，可当他控马停车，对方的车顺着余势撞过来时，车身就像朽木一般散了开去。这一剑，他已经摧毁了对方马车结构最脆弱的地方。

最为凌厉与最为巧妙的剑，这两剑已经是耗尽越捷飞毕生所学，再费力控马，三个动作做完，饶是以他的能耐，也不得不停下来暂作喘息，以图恢复。

这两剑的判断十分准确，在方才千钧一发的关头做出来，以损毁对方为代价保存己方，是十分损人利己的招数。

容止坐在车内，听着车外动静，等车停下后，轻轻地道了声“好”。

与他们相撞的那辆马车，被越捷飞斩马又斩车，导致车厢摔在地上散了开去，车内的人便也随着跌了出来。因着方才马车的剧烈晃动和车外马嘶，楚玉忍不住掀开车帘看外面的情况，正好看见对方车上的人跌出来。只见那人手里抱着一只足有半人多高的盒子，这动作看着极为熟悉。

眯着眼细瞧，楚玉认出对方来，不禁惊呼出声：“萧别！”

在这雨夜乘车疾驰的，竟是千金公子萧别。

楚玉忍不住问道：“这么大雨，你外出做什么？”更别说现在全城戒严着。

瞧见这边车上的人是楚玉，萧别被雨水淋湿的俊美脸孔上闪过一丝不自然。他忧心地看一眼怀里的木盒，道：“公主，能否借你的马车暂放我的琴？”虽然琴盒密封很严，可下这么大的雨，他担心雨水会渗进去。

楚玉点了点头，看他把琴放上车后又退开，笑道：“你不怕自己淋雨，却怕琴给淋着？”

萧别抿了抿嘴唇，紧绷着脸，没说话。

楚玉把帘子又掀开了少许，邀请道：“方才实在是对不住，我们并非有意破坏你的马车，导致你现在没车可坐。不如上来吧，若顺路的话，我还能送你一程。”看见车外一片狼藉，楚玉大概能猜出方才的情形。

萧别的车原本也有一名车夫，因为越捷飞方才所为，那名车夫便摔在了地上。此刻只见他狼狈不堪地爬起来，头上的斗笠滑落，他的脸正好映入楚玉的眼帘。

纵然在这大雨天看得并不算太真切，楚玉还是一眼就认出了这马车车夫的形貌，分明就是白日里在皇宫见过的，此时正被四处缉捕的，冒充使者被刘子业吓得半死的，皇家中年帅哥刘永日……不，刘昶！

第六十一章　深夜风雨晦

刘昶看见楚玉时，顿觉不妙。方才雨声太大，加上他被摔得头昏眼花，没能听清楚萧别与楚玉的对话。假如他知道这辆马车里坐着的是一名公主，他怎么也不会抬起头来。

看见刘昶，楚玉一下子全明白过来了，为什么方才萧别的神情那么不自在，为什么他在这个漆黑的雨夜独自外出。

她的目光停留在刘昶脸上：原来是这样。

萧别正在帮刘昶秘密逃离，他假装要出城，让刘昶假扮成他的马车夫，以期掩人耳目。这场大雨原本是极好的掩蔽，可他们的运气偏偏不好，中途竟然发生这样的事故，交通工具被越捷飞两剑便了结了。

“公主。”萧别脸色有些尴尬，不知该做何说辞，此刻极不情愿地看着楚玉。两人不管在音乐上多么相通，可此刻正站在相反的立场上，至少在外人看来，楚玉是刘子业那一边的。

此时刘昶心中只有四个字：天要亡我。他眼巴巴地看着楚玉，也不知是害怕还是难过，眼眶发红。

方才他已见识了越捷飞的剑术，纵然是他和萧别两人加起来，也不敌越捷飞的一只手，想要从他们眼前闯过，几乎是不可能的事。

正在刘昶绝望之际，楚玉将车帘完全掀起来，淡淡地道：“你们在外面站着做什么？赶快上车。”

萧别惊愕地转回目光：“公主？”她竟然让他们上车？

楚玉左右看了看，催促道：“你们快点儿，不要磨磨蹭蹭的，我车上还算宽敞，两个都上来。”

刘昶和萧别两人对视一眼，虽然有些迟疑，但若是在外面耽搁久了，只怕会更加不妙，便先后上了楚玉的马车。马车内足以容下四人，容止和楚玉坐在一侧，后来上车的两人坐在另一侧。

楚玉放下车帘后，容止便立即吩咐越捷飞："离开这里。"随后他掀开身旁的藤箱，取出两条干净布巾，分别丢给萧别和刘昶："擦干。"接着他又一指车外，"擦干血迹后，劳烦刘兄暂代车夫之职。"说这话时，他的眼睛是看着刘昶的。

越捷飞斩马喷出的鲜血有少许溅到了刘昶脸上和身上，不过很快就被大雨冲刷掉了大部分，只两三下便将残余血迹擦干，他听容止如此一说，拿着布巾的手微微一顿，随即明白过来他的意思。他现在是一副车夫的打扮，虽然说不会有什么人有胆子进入公主的马车搜查，可为策万全，还是让刘昶继续扮演车夫的好，倘若真的被人拦下，对方也许会仔细搜查车内，却不会太关注一个马车夫。

"不过在此之前，请刘兄恕罪。"冷不防地，容止趋近刘昶，双手手指在他脸上巧妙地轻轻一拂。刘昶只觉得自己的眉尖、眼角、鼻梁和脸颊四处被擦上了些微微温热的东西。随后容止抽身而退。萧别往这边一看，忍不住大吃一惊。

容止改动得并不多，仅仅是将刘昶的眉毛往内凑了一些，眼角勾出一条线拉长拉细，鼻梁和脸颊两侧分别抹上了一点颜色，便立即让整个人看起来不一样了，脸颊和鼻子的变化尤其明显，鼻子带着明显的鹰钩，而脸颊则好像被削去了两片。倘若是不熟悉刘昶的人，只怕现在完全认不出他来！

容止收回手，又懒洋洋地靠在了车厢壁上，淡然道："我等今夜冒雨出行，本是为了寻人，准备不足，仓促为之，两位见笑。"

萧别却笑不出来，他们一上车，便见这文雅得有些羸弱的少年从容调派，言语之间竟似认得刘昶，但对其却毫无恭敬之意，指派得理所当然，这种气度，仿佛长期处于上位一般。

而他方才露出的一手，也是神乎其技。

这少年是什么人？

刘昶经容止巧手一改装，立即戴上斗笠，虽说对于容止毫无恭敬的指派有些不悦，但现在是生死存亡的关头，不是要面子的时候，他是个很识相的人，立即就遵从了容止的调遣，戴上斗笠，往马车前头钻去。马车内他坐过的地方，留下了一摊暗色的水渍。

等刘昶出去了，一直任由容止安排的楚玉才感觉出一些疑虑：她并未说出刘昶的身份，但看容止的表现，似是早已掌握了全盘局势一般。他是如何知道的？不过因为萧别在此，她并未问出来，只在眼神之中流露少许疑惑。

容止懒散地侧过身来，对着楚玉，轻轻地解释了一句："察言观色，辨局思人。"简单地说明白了他为什么会看出刘昶的身份。

谋断的高手，观一叶落便知天下秋。

萧别拿过布巾后，先把琴盒上的水渍擦拭净，然后才轮到他自己。他全身业已被浇得透湿，头发有几缕从发簪下脱出来，紧紧地贴在俊美的脸颊上。坐在车内，他显得有些拘谨，神情也越发地紧绷起来。

楚玉望着他，微微一笑："正巧我也要出城，顺便送你们一程。"

萧别欲言又止，然而就在这时，马车停了下来，一股沉凝而肃杀的气氛，伴随着如瀑而下的雨势和丝丝冰凉的水汽，侵入马车内。

楚玉静静地问："越捷飞，怎么了？"

车外传来越捷飞压低的声音："公主，过不去了。前方是，前方是……"

楚玉倾身掀开车帘，透过茫茫的雨幕，只见前方森然的银光，刀枪剑戟，锋芒扑面而来。为首的人坐在马上，更显身材高大。他和其他士兵一样穿戴雨具，可纵然他的脸被遮挡了一半，这种气势依旧是无人可模仿的。

前方是——南宋战神沈庆之。

楚玉微微一笑，只露出小半张脸，也不下车，便在车内慢慢地道："沈将军，你拦住我的去路，可有什么事吗？"

沈庆之冷笑一声："公主在戒严的深夜外出，可有什么事吗？"

楚玉心头一阵紧张，暗叫倒霉，之前她就和沈庆之不太对盘，沈庆之一直认为她蛊惑皇帝，看她很不顺眼，今夜这个关头却又撞上，就算她亮出了公主的名头，也没办法顺利通关。

越捷飞冷喝一声拔出长剑："大胆！沈庆之，这可是长公主殿下的车驾，你是要冒犯公主吗？"他剑一出鞘，沈庆之身后的士兵们也齐齐举起了武器指向前方，他们的动作极为整齐统一，声势一刹那将雨声完全压下，似刀剑的锋芒一般，扑面而来。

转眼间双方已经是剑拔弩张，仿佛一言不合便要开战。忽然，楚玉感到头上的发簪被抽走，发丝慵懒地披散开来，紧接着，肩后方搭上一只手来，另有一只手伸过她耳边，将车帘子完全拉开，一道温柔的声音宛如春水一般在耳边化开，甚至连这滂沱大雨也被化得旖旎醉人："公主，怎么还不回来？"

沈庆之这时候看清楚车内的情形，不由得一愣。

楚玉顺着声音扭头去看她身后的人，也同样一愣。

正在楚玉等人与沈庆之僵持之际，城东外四十里的东山脚下，一条人影孤零零地站着，遍身包着紫色衣裳，几乎要被浓深的夜给吞没。

风雨如晦。

第六十二章　归来见东山

好，好色情！

楚玉回头一看，首先涌入脑海的竟然是这个。

方才还洁净整齐的马车，现在竟然变成了这副模样！

车厢底的毛毯上凌乱地堆着两件衣服，马车内摆放的箱子、桌案等物件翻倒在地。最让楚玉吃惊的，则是此刻贴在她身后的容止和躺在里面的萧别的模样：容止的外衣已经脱下来了，只穿着一层单衣。他漆黑如墨的头发披散，正从肩头柔软地滑落下来，眼角微微上挑，眼波流转之间便有了十分妩媚，微微敞开的领口间，线条优美的颈项光洁修长，其间还有几点可疑的红痕，像是唇瓣的印记。

现在的容止，简直就像被柳色、墨香同时附身了一般。

萧别此刻几乎与容止一般模样。他躺在车厢稍里面一些的位置，头发散乱，眼神迷茫，外衣被褪去，甚至露出了一小片胸口，裸露的部分散布着红痕，他的相貌原是冰冷俊美，可现在却透着十足的诱人魅力。

容止的双手从后方伸过来，揽住楚玉的腰，袖子往上提了两寸，滑出白皙如玉的手腕。他漫不经心地瞥了沈庆之一眼，随后伏在楚玉肩头低笑："公主，不是说要出城抓住那小家伙的吗？怎么还不往前走？"

这，这简直就好像那什么什么现场，被人捉那什么在车嘛！

看到这个情形，沈庆之的脸色顿时黑了大半，脑海里自动勾勒出马车停下前车内的景象：一个美少年，又一个美青年，两人衣衫不整地偎依在楚玉身边，而楚玉左拥右抱，亲一口这个，再亲一口那个……虽然对这位公主的作风早有耳闻，但没想到竟然这么荒唐。

楚玉在容止贴上来的那一刻，脑海里便出现了一瞬间的空白，只听见自己的心跳，比雨水落下更密集。她强压下慌乱，佯作镇定地任由容止抱着，转向沈庆之，冷然道：“沈将军，本公主的人便都在这车上了，你若是想要查探，最好还是快些，本公主府上逃了个不听话的家伙，已经出了城，现在要将他给追回来，耽误这些时候，只怕他逃得远了。”

她的反应也算是灵敏的，很快就编造出了一个合情合理的借口，声称要去追捕逃走的面首。

沈庆之神情一滞，虽然他是见惯战场上的风浪了，可对于这么混乱的私生活，还是觉得匪夷所思，深感和年轻人很有代沟。下令检查了一遍公主府的士兵，没发现什么异常，老将军内心带着对楚玉的浓浓唾弃，让开了道。

马车再度开动时，楚玉放下车帘，方才装出来的强硬气势一下子松懈了下去，整个人无力地倒在了容止怀里。她仰起头与容止对视一眼，两人眼中同时闪过一丝笑意：“哈。”低微的笑声中，有一种恶作剧得逞的快意。

多么默契，多么好玩。想起方才沈庆之的脸色，楚玉就忍不住想要发笑。不过回想起来，她方才的表演，似乎有那么一点儿熟悉，在漫画里，在小说里，又或是在电视里，女主角遭人追捕，碰到了男主角后，就与男主角装成情侣或者藏在男主角的床上，以风月之事来掩蔽真相，只不过在她这儿，男女的位置稍微调换了一下。

想着想着，楚玉忽然想起自己竟身不由己地靠在容止的怀里，容止只穿了一层单衣，两人间亲近得暧昧，连忙装作若无其事地坐了起来。

容止微微一笑。

再回头仔细看容止，楚玉发现他在自己的脸上也做了手脚，稍微画了一下眼线，眼尾上挑，便造成了妩媚的错觉，萧别也一样，外貌上有少许修饰。

自车帘子放下之后，萧别连忙抓起衣服，手忙脚乱地把衣领拉起来，掩盖住胸前外泄的春光。他将外衣披在身上，抬起眼来正瞧见楚玉倒在容止怀里，两人目光胶着地相视而笑，神情忽然暗淡了少许。

不一会儿，楚玉便离开了容止的怀抱，坐在一旁看两人穿外衣，穿好后擦去皮肤上的胭脂。虽然惊讶于容止作假的速度，但其过程她大概也能想出来。无非是弄乱车内摆设，脱下两人的衣服，散开头发，以颜料勾画眼角，营造妩媚气质，再用车上备用的胭脂在身上点成唇印，便让人误以为他们方才正在做某些事。

横竖山阴公主的名声已经那样了，能够利用一把，楚玉并不介意。

容止这么做并非毫无用处，冲击的景象扰乱了沈庆之的心神，让他失去了冷静的心态和准确的判断力，没有仔细地搜查每一个人，仅仅是让部下草草了事，同时也忽略了就在他们面前的马车夫，反而将目光放到了后方。

容止玩弄人的心思，可以说是到了巧妙的地步。

只不过……楚玉对萧别笑了笑，道：“委屈萧兄了，我们也是不得已而为之，感谢萧兄方才的配合。”她倒是没什么，容止想必也不甚在意，不过萧别平日里一本正经，楚玉害怕他的神经承受不了，便出言安慰。

萧别的嘴角淡淡地勾了勾：“情势所迫，更何况公主乃是为了帮我。这位兄台好手段，我很是佩服。”虽然面上十分尴尬，全身感觉不自在，但他也知道这么做对于方才闯过那一关很重要，于是自个儿便尽量不往心里去。

马车继续朝城外驶去，途中又遇到几拨士兵，都没有再遭遇像沈庆之那样的阻拦和检查。一直到出了城，向北驶出了约莫十里地，先让卫兵后退一段距离，楚玉才掀开前头车帘，笑着叫刘昶停下马车，将缰绳还给越捷飞。

楚玉坐在车内，望着站在车外的刘昶笑道：“送到这里应该安全了。请问皇叔，此行离开建康，可有什么别的打算？”

刘昶站在马车旁，神情忧郁地道：“这里已经没有我的容身之所，我还能有什么打算？只有逃离这片土地了。”他性子温和，还有那么一点点软弱，加上他的兵力远不及刘子业，便只有逃跑一途了。

越捷飞就在一旁，楚玉也不怕越捷飞听到，断然地对刘昶道：“如此再好不过，逃离这个国家，不要再回来！我今日帮你，并不代表我决定背叛陛下，我只是不希望他造成太大的血亲相残的杀孽，希望皇叔能够明白。”

刘昶想了想，道：“这个我自然知晓，今日的恩情，他日若有机会，我必定会相报。也许你听不进去，楚玉：”他叫了山阴公主的名字，“也许我这话不中听，但我还是要奉劝你，陛下身边，并不是久留之地。留在他身边，不见得会有多么长久的安宁。”

知道他是真心担忧自己，楚玉心中一暖，微笑道：“这个我记下了，皇叔一路保重。”

目送刘昶走远，楚玉目光一转，便转向一旁的越捷飞，冷笑道：“今天这件事，不准说出去，算是我帮你找天如镜的条件，如何？”

越捷飞正在发愣，听到楚玉这么说，他迟疑了一下，便爽快地点了头：“好！”

横竖已经是出城了，加上与越捷飞有约定，楚玉便命人分散开来寻找天如镜。

天如镜是从东面出城的，所以楚玉等人也从城东为起始，冒着漫天的风雨，四散搜索开了。

就在这个时候，天如镜正在远处的东山脚下。衣衫紧紧地贴在他的身上，湿衣与肌肤之间一丝空隙也没有。他的双脚踩在混着泥沙的积水之中，大风吹着他，雨水浇在他的身上，他从里到外冷得好像一块冰。天如镜只是静静地站着，也不知过了多久，他慢慢仰起头，抬起了湿漉而冰凉的脸，看眼前的东山。

叫作东山的山很多，贵阳有一座，山东有一座，这建康城外，也有一座。东晋时候一个叫谢安的年轻人仕途不利，便在此山隐居，直到四十一岁才再度来到建康（当时叫建郧）当官，并将这座山命名为东山。大约八十年前，在他的指挥下，东晋取得了一场以少胜多的决定性战役。这一战不仅暂时稳定了南北格局，也稳定了他在朝廷中的地位，从此权倾朝野，官至宰相。“东山再起”这个成语，便是以这个典故拟就。

天如镜与这座东山的联系，是他师父天如月告诉他的，他是在东山山顶上被捡来的。他今天魂不守舍地出了城，不知朝哪里走，也不知走了多久，待他再度清醒过来时，便已经在这东山脚下了。

莫非这就是天意，让他来到最初开始的地方？

雨水浇在他的头、脸和身上，流水顺着脸颊一波又一波地刷下，似是不会停下来，但天如镜感觉不到寒冷，他的思绪空渺而迷惘，清澈的眼眸里写着不知所措。

他不知该怎么办才好。师父曾告诉他，使用神物的人没有别的要求，只需要心志纯一，心无旁骛。之所以选择他作为继承人，是因为他心思单纯没有杂念，他从前一直不曾多想这些，可自今日发现再也无法开启神物时，他才意识到，自己心中的杂念，已经纷乱得几乎不可收拾。

他越是想要专注，越是无法凝聚心神，仿佛千丝万缕密密纠缠，令他惶恐，令他不知所措。

师父是个骄傲的人，当他发现自己再也没有办法开启神物时，便将神物传给了他，而后悄然自尽，可他现在应该如何呢？

天如镜与天如月不一样，他并不曾因自己的失败感到耻辱什么的，也没有自我了断的念头，他只是……不知该如何是好。

难道现在就要去找传人了？但往何处去寻找呢？没有人能指导他，没有人能给他做出正确的示范，而天如镜还太年轻，纵然心思十分通透，却缺乏足够的阅历与从容回转的冷静。

站了不知多久，他直觉地认为应该做些什么，便慢慢抬起了脚，朝山上走去。才起步，长时间凝立不动的双腿感觉麻木，脚下一阵虚软刺痛，天如镜狼狈地摔倒在泥水之中，头和脸以及身上都沾满了泥沙。他在地上趴了一阵子，才重新爬起来，拖着依旧有些刺痛发麻的双脚，一脚深一脚浅地朝山上走去。

风，在此时越来越大了，密如麻的白色雨线被吹得东倒西歪，一波一波的，好像源源不断的波浪。在这个天气里攀山的紫色人影，也是歪歪斜斜的，几乎要跌倒。脚下湿滑泥泞，天如镜的脚陷入泥坑之中，一踩上去几乎要滑倒。跌跌撞撞地攀爬到了半山腰，他的脸上身上已经多了几处擦伤的瘀痕。身体的疲惫和疼痛交错着折磨他，刹那冰凉刹那火热，奇怪的是，被迷雾笼罩的心灵却逐渐清明起来。

什么也不要去想，就是这样。

他抬手抹去糊住双眼的雨水，朝上方看去。并不太高的东山，在夜色下有一种巍峨森严的错觉，山上林荫重重，黑漆漆地压着视野。大雨滂沱如瀑，遮住了前方的路途。但他只需要前行。

天如镜轻轻地舒了口气，继续朝山上爬去，一次又一次滑倒，使不上力气，就随手抓住身旁的草木山石，全身上下都好像在泥水中打过滚一般，伤痕之上再添伤痕，冰冷的疼痛里，他迷蒙的心绪渐渐变得清醒而坚定起来。

风雨好像鞭子一般抽打着冰冷疲惫的身躯，整个人都仿佛不属于自己了，浑身没一处清爽，可心中某一处，却整整洁洁、明明白白地浮现出一个人影来——楚玉。

那一线斩不断的牵挂，陡然间汇聚起来，让他清楚地感受到自己的心被扰乱，是因为楚玉。这个女子太过奇特，她知道他知道的，她还知道他不知道的。他怀念他们共坐一桌她微笑说话的样子，有一种别人不知晓的亲密，他不知那是什么。可他知道，从未有过一人这样深刻地在他心里留下烙印。

就连天如月也不曾在他心中留下如此深刻的烙印。

想起楚玉，心中涌现微微的甜蜜与苦涩，会不小心地想起，会看她看得不知什么时候失了神。他好像完全不像自己了，却又好像更像是自己。

在这漆黑如墨、风雨大作的夜里，在这阴森泥泞的山上，不解情愁的少年天如镜的胸口涌出一种新鲜干净的情愫，那么羞涩、那么生涩地缓缓绽放开来。

宛如才开启的花瓣上，凝结出生命中第一滴晶莹的露珠。

疲惫反复积压，灵魂却是前所未有的轻盈，轻得好像要飘出身躯。随着时间的推移，雨势逐渐减弱，终于抵达山顶时，雨停了，空气里是一片喧嚣之后的清爽，天边蒙蒙泛白。

山顶上近崖处的树下，有一块一尺高的圆形石盘，石盘上刻着纵横十九道纹路，天如镜低身去抚摸那已经有些模糊的线条，擦伤的指尖微微刺痛。他发了一会儿呆，忽然似有所感，转过头去。

天色陡然发亮，天边的层云镶着金色的边，云彩流动着，渐渐染上微红带金的颜色，好像整片云霞被火烧一般。忽然，云间裂开一条大大的缝隙，金色的阳光从缝隙中透出，好像长剑斩开最后的暮色。

下一瞬，一轮红日，从沸腾的云海中跳出！

天如镜屏息望着，他的心也仿佛随着太阳跳出云层，一并跳出了胸膛。

云层逐渐淡薄消散，天如镜剧烈的心跳也慢慢平复，一夜的疲惫被初升的日光洗刷干净，身体从内到外都是轻盈的，再没有冗余的杂质。

天如镜抬起手腕，心静如水，幽蓝的微光再度亮起来，虽然心里还有一块牵挂着楚玉，但这牵挂再也扰乱不了他。

天如镜彻底松懈下来后，疲惫与疼痛再度袭来，眼前一黑，栽倒在地上。失去意识前，他听到一个清越的声音：“咦，怎的被人抢先了一步？”

第六十三章　王孙自可留

楚玉一行人足足找了大半夜，找了不知多少地方，仍然没有天如镜的踪迹。府上虽然有擅长追踪的人，但大雨洗刷掉了几乎所有的踪迹。在雨歇天色微明之时，众人来到了东山脚下。

越捷飞眼尖地看见山脚下的一块尖石上挂着一小缕紫色布条，当下便飞身跃了过去。拾起布条，仔细辨认后，他焦急地回头对楚玉道："公主，这是阿镜的衣料。"

楚玉惊讶地朝山上看了一眼："难道天如镜在山上？昨晚大风大雨，他爬山做什么？"她思量片刻，下了车，命士兵守在山下，而她要与容止、越捷飞二人一同上山，看个究竟。

楚玉下车之后才想起萧别依然在她车上。萧别送刘昶出城，也不便让他单独回城引人疑窦，便这样一路带着。她回头对萧别道："萧别兄，你就在车中休息，如何？"

萧别摇了摇头，抱着琴自己走下车来："不，我与公主一同上山。"

雨势已歇。越捷飞不时地帮忙搭扶一把，楚玉这一路上山来，比天如镜要轻松许多，只是苦了越捷飞，他本已是心急如焚，却又不好甩开楚玉自己奔上山去，只得来回走动，舒缓一下自己的焦躁。

路上不断地发现天如镜留下来的痕迹，更能确定他是往山上去了。

好不容易到了东山山顶，此时太阳已经升起来了，朝阳的光辉肆无忌惮地挥洒着，好像要将天地间的沉郁洗刷干净。四人最先看见的便是站在崖边的一个人，那人头顶上一轮红日耀眼夺目，背对着他们负手而立，仿佛随时会跳下山巅。

越捷飞惊骇得无以复加，再也顾不上楚玉，他三步并作两步，飞身跃到那人身后，从后方一把抱住他，向远离崖边的方向拉扯，一边扯还一边叫道："阿镜，你可千万不要想不开啊！”

将那人朝后拖了五六尺后，越捷飞才感觉到有些不对劲：手感不对，他的镜师弟，好像没有这么高啊……

迟疑地松开手，越捷飞后退两步。而被他抱住的人此时也转过身来，俊美的脸上泛着潇洒不羁的笑意，他的眼神带着莞尔的调侃望向越捷飞：“意之并无龙阳之好，兄台的一片盛情，也只好忍痛辜负了。”

认错了人，越捷飞的脸一阵红一阵白，此时他更加忧心如焚，一路上渐渐确定天如镜已经上了山，可却不见他踪影，难道……

顺手玩弄了一把越捷飞，王意之便笑吟吟地走向楚玉，拱手一笑道：“子楚兄怎的如此有兴致，一大早就上东山来？”

看见王意之，楚玉有些意外，也是一揖，笑道：“我们是来找人的。不知意之兄有没有看到一个十八九岁、身穿紫色衣裳的少年？”

王意之微微一怔，随即展颜道：“他正在舍下，请随我来。”

跟着王意之走，众人才发现，在这山顶稍下方的密林里，一处极为隐蔽的地方，有一座精致清雅的宅子。屋顶青灰色的瓦片埋在灰色的林影之中，若不细瞧很难发现。

王意之引领众人进门，一边走一边道：“这屋子是别家的，我兴致偶发，想来东山赏景，便向人借了来用，屋内的仆从也暂且让他们离去，留我一人好清静清静。”昨夜暴雨正好眠，今天他一早起来，原想看看初升的朝阳，不料正好捡到了昏迷的天如镜。

天如镜静静地躺在床上，一脸苍白地昏睡着。容止给他诊了脉，发现他仅仅是脱力和疲劳过度，身上的伤也都是皮外伤，并不算严重。

得知天如镜没有生命危险，越捷飞才终于放下心来。

王意之邀请楚玉在此休息。楚玉昨晚一夜没合眼，直到现在终于感觉疲惫，便点头应承下来，将其余的杂事交给容止处理。

楚玉一躺上床，便被滚滚翻涌而来的黑暗淹没了。

这一觉睡得很是香甜安稳，直睡得全身舒畅酥软，楚玉才慵懒地睁开眼睛。望一眼头顶纱帐，看看天色还暗，便迷迷糊糊地翻身继续睡去。没过多久，却被咕咕叫的肚子给弄醒了。

楚玉不情不愿地爬下床，把脚踩进鞋子里，外衣披在肩头，就这么拖着双腿往外走。才推开门，一股微微的凉意便沁了进来，空气中残留着雨后的清新，让人分外舒展。

她以为这是黎明，可抬起头来，却发现群星闪耀。

高旷悠远的墨蓝天幕上星子璀璨地闪烁，一刹那间，千万颗星辰涌入视野，晶莹璀璨的辉光无限生长，有一种飘浮在星海之中的错觉。

楚玉愣了好一会儿，才意识到自己这一觉睡了一整天，将整个白天都睡过去了。

左右看看，没见到其他人，旁侧一排房间都是空着的，冷冷清清不闻人声。楚玉有些疑惑地顺着屋舍走动，才走几步，便隐隐约约闻得人声。

楚玉才醒来，脑子里还有些发蒙，没多想，便循着声音走过去。绕过一排屋舍，眼前豁然开朗，方才瞧不见的人，都聚集在林间空地上的一泓泉水边，王意之、容止、萧别、天如镜都在，就连越捷飞也在！

停下脚步定睛一看，楚玉才看见在泉边架起的泥炉，炉上放着一口大铁锅，锅里沸腾着不知什么汤，色泽微深，发出阵阵香气。王意之和容止说说笑笑，不时地往锅里加着什么。而萧别抱着琴，天如镜双手拢在袖子里，在一旁生硬地站着，神情都有些不知所措，有点儿像是被强行拉来的感觉。

不一会儿，便有一童子端着托盘走来，目不斜视地从楚玉身边走过。楚玉认得那是常伴王意之身边的侍童，侍童从楚玉身旁越过的一瞬间，楚玉看清了他端着的东西：二尺宽漆盘之上摆放着四只质地莹润的青釉瓷盘，瓷盘上整整齐齐地堆叠着一片片切得极薄的肉，鱼肉、羊肉、猪肉、牛肉和兔肉，各种不同颜色和纹理的肉片映着青色的瓷盘，显得更加鲜嫩。

这架势是……火锅?

最先发现楚玉的人是萧别，王意之和容止在给一大锅汤调味，萧别不懂得烹饪之道，不知这时候应该做些什么，只有为难地左右顾盼，无意之间瞥见楚玉站在屋舍旁，目光为之一顿。

既然被看到了，楚玉便不再停留，径直走过去，冲王意之抬手一揖，笑道：“意之兄，多谢收留。”

火锅后方摆放着两张桌案，一张案上除了方才侍童端来的肉片，还有各种切得精致整齐的新鲜蔬菜，齐齐地叠成一排或一圈，刚洗过的蔬菜叶子在炉火的照耀下显得翠绿可人。另一张距离远些的案上，摆放着巴掌大小的白瓷碗碟，其中盛着各种各样的调料。因为这边光线暗些，楚玉看不分明。

泉水顺着山石活泼地流淌下来，此际是初秋，芳菲已歇，然而天气高远，格外舒爽。

王意之取了一只空的小瓷碗，从各个调料容器里各取少量调料混在一起，随后他拿起竹筷将肉片放入锅中，在滚动沸腾的汤里飞快地涮了一下，切得纤薄的肉片转眼间便变了颜色。他涮了一片肉，转手一蘸调料，便往嘴里送：“差不多了，大家也别闲着，这里没有多少人手，要吃什么自己动手，子楚兄你也来吧。”瞧见楚玉，王意之并不意外，只笑吟吟地招呼着。

楚玉也不客气，瞅着王意之和容止之间还有块空地，便走过去坐下，自己从案上拿了竹筷。火锅她在现代是常吃的，只是来了这里之后，没想过弄，府上也没人做，眼下看到这个情形，仿佛想起了她来此之前，却又是一千多年后，和家人围成一桌吃火锅的情形。

楚玉熟练地涮着肉片，接过王意之已调好的一碗调料，蘸了蘸，送入口中。鲜嫩的肉片在滚烫的汤里卷了起来，上面沾了薄薄一层调料，放入嘴里一咬，鲜嫩的肉香在舌尖弥散，伴随着微微的辛辣，带着一点点香醋的绵软酸甜。

楚玉吃了一片肉，正想再动筷子，忽然瞧见王意之又混和好了一碗调料给容止，连忙伸手拦住，站起身来，走到站在三五步外的天如镜身边，把调料碗强塞到他的手里："天如镜，这碗给你，一起过来吃吧。"

出乎楚玉的预料，原本以为还要再三邀请，可她才说完，便见天如镜在火锅旁另一处空位坐下了。见天如镜坐下，越捷飞也跟着蹭到了他身边。萧别终于不能一个人站着，也跟着来到锅前。

楚玉拿了个空碗给容止："你自己来。"

虽然别人不知，但楚玉却还记得那日在竹林里容止告诉她关于他味觉不同的事情，此事解说起来麻烦，楚玉也懒得对众人细说。

接过碗，容止微微愣了愣，随即嘴角泛起一丝笑意。

吃火锅是很热闹的一件事，纵然在场的人不算多，有的还性情冷淡，但在这热闹气氛带动下，也不由得融了进来，众人听着容止、王意之、越捷飞三人谈论他们昔日在外地的见闻。

期间侍童又送了酒过来，众人便就着火锅喝酒。楚玉也不记得自己喝了多少，酒精被火锅的热力蒸开，血液奔流沸腾，便有一些肆无忌惮的冲动。

萧别是最早离开火锅旁的。他吃得很少，看着楚玉左容止右意之，心里不太痛快，离开几步，盘膝坐下，将古琴从琴盒里取出来，抬眼望了望星空，便开始弹奏起来。

琴声幽幽地响起，王意之趁着酒兴，执筷敲击碗边，和着琴音唱道："君不见……"他才起了个头，一旁楚玉便放声接道："君不见，黄河之水天上来，奔流到海不复回！"

王意之一愣，转头看去，却见楚玉清雅的脸颊生出双晕，宛如白玉珊瑚，美不胜收，她的眼眸里映着星子的辰光，没有留意王意之的讶然，继续唱："君不见，高堂明镜悲白发，朝如青丝暮成雪！"

容止也不由得转过头来，这时楚玉笑吟吟地抓住他的手，继续高声唱着：

人生得意须尽欢，
莫使金樽空对月。
天生我材必有用，
千金散尽还复来。
烹羊宰牛且为乐，
会须一饮三百杯！

她和着琴音胡乱唱着，虽然不怎么成曲调，却别有放旷自由的意味。唱得兴起了，楚玉顺手拿起筷子，学王意之在碗边敲击。

将进酒，
杯莫停！
与君歌一曲，
请君为我倾耳听。

楚玉来此之后，一直谨慎地控制酒量，从来不曾喝醉，也不曾忘形，可今天，她醉了。

也许是夜色太美好，也许是心情一下子放松，也许是火锅太热闹，她有些醉了，不仅醉了，她还忘形地唱出应该在几百年后才出现的诗词。

即便是处在诗歌最繁盛的年代，这一支《将进酒》依然璀璨耀眼，即便是将时空提前了几百年，它依然散发出奔放的魅力。

楚玉唱了一遍，还觉不够，便又翻过来唱。这一回，王意之竟然和了起来。他笑吟吟地望着楚玉，顺着她的调子一同唱道："君不见，黄河之水天上来……"

"君不见，高堂明镜悲白发……"过了片刻，容止柔声地跟着唱道，"朝如青丝暮成雪……"

越捷飞拔出长剑，弹剑高歌道："人生得意须尽欢，莫使金樽空对月。天生我材必有用，千金散尽还复来……"

长剑发出清亮的金戈之声，颤动着传出很远。

楚玉一边笑一边唱道："将进酒，杯莫停。"手中竹筷一指天如镜，她眼中含着微醉的水光，在火光的映照下，竟然潋滟明媚不可方物。天如镜心跳快了一拍，不由自主地将手里端着的酒喝下。

对！就是这样！今朝有酒今朝醉。

楚玉心中欢快，竟然忘了一直以来的顾忌，忘形地抓紧容止的手，仰头唱道：

将进酒，
杯莫停。
与君歌一曲，
请君为我倾耳听。
…………
古来圣贤皆寂寞，

唯有饮者留其名。

…………

五花马，

千金裘，

呼儿将出换美酒，

与尔同销万古愁！

“——啊哈！与尔同销万古愁！”最后一句，她又重复了一遍，一筷子敲下去，瓷碗脆裂的清脆声应和着。

楚玉看也不看，随手丢开筷子，复又仰起头，看着天空。

墨蓝天幕里的星子璀璨明丽，楚玉看得入神，忽然抬手指天问道：“喂，你们知不知道，这些星光，来到我们面前，已经是几亿年前的光辉。”

与久远的恒星相比，人的一生是那么短暂，短暂得宛如尘埃般微不足道。不管是悲欢还是爱恨，都仿佛不再重要。

随着她手指的动作，众人一起仰起了头，万千星辰，瑰丽而深刻地映入眼帘，好像无数颗晶莹的宝石，闪烁着动人的光彩。

也许今后他们将分离，将反目，将痛恨，将死亡，可这一刻，宛如记忆中的宝石，即便埋入尘土，也不能忘怀。

第六十四章　萧瑟渐入秋

宿醉的结果，便是第二日起来头痛欲裂。

“后，后来呢？”楚玉觉得自己的嗓子有点儿发抖，“我唱了一曲《将进酒》之后，又做了什么？”早上一起来，楚玉还有些疼痛的脑袋隐约想起了昨晚的事，越想越是不妙，便问给她端来醒酒汤的容止。

剽窃别人的诗倒是其次，关键是之后的事情她记不得了，唯恐做出什么出格的事。

容止笑吟吟地望着她，慢悠悠地道：“公主不记得了吗？你唱完了歌，便抱住了意之兄，说让他做你的驸马……”

楚玉脸色大变，一口醒酒汤喷出来。

容止继续道：“接着，公主又把我推倒在地，骑在我腰上。”

楚玉脸色雪白，身体僵硬，动弹不得。

“越捷飞想来拉开公主，被公主反手撕开衣服……”

好，好禽兽。

“公主你放开我后，又亲了天如镜和萧别……”

他每说一句话，都把楚玉打下一层地狱，楚玉脸色青白地听着，简直想当场找个地缝钻下去：她的酒品，怎么会差到这个地步啊？简直就像被山阴公主给附身了一样。

“还有……”容止顿了顿。

楚玉叹了口气：“还有什么？一起说了吧！”她能挺住。

容止微微一笑：“还有，公主，我骗你的，方才说的都是假的。”他顺过楚玉手上的汤碗，脸上似笑非笑，十分可恶，“公主上当的模样很有意思。”虽然原本来时没这个意思，但看她脸色青白，他便禁不住想逗逗她。

去你的！楚玉猛翻了翻白眼，好气又好笑地捶了捶他的肩膀，同时，她心里暗暗地松了口气。

撇开坏心眼的容止，去书房找王意之作别。楚玉看见王意之就坐在桌案前，红木桌案上平摊着一沓接近二尺宽的白纸。王意之悬着手肘提笔，在纸上写着些什么。楚玉见他神情专注，不由得放缓脚步，慢慢走近，看他笔走龙蛇，字迹狂放不羁，仔细辨认，他写的竟然是：君不见，黄河之水天上来……

楚玉按住额头，觉得才刚减轻少许的头疼又有了加剧的迹象，但她没有上前打断，只等王意之写完了，才开口道："意之兄，我有一事相求。"

王意之闻声转过头来，随口道："谈不上什么相求不相求的，子楚兄有什么吩咐便说吧。"

楚玉叹了口气，道："昨日那支酒歌，并非是我所作，而是我认得的一名隐士所写……"

王意之凝望着她，笑道："那这位隐士现在何方？"

楚玉险些脱口而出说在几百年后，所幸及时咽下，改口道："这位隐士不欲他人知道他的存在。因此，这支歌，也请王兄不要传出去。"

王意之沉默了一会儿不说话，见楚玉有些着急，才笑道："这个自然好说，正好我将那支歌抄写下来，还请子楚兄告知那位隐士的名字，我这幅字才算完成。"

楚玉道："李白，字太白，号青莲居士。"

王意之轻轻巧巧地在字幅末端留下青莲居士的字迹，晾干墨迹后才将纸卷起来递给楚玉："这便送给子楚兄了。"

楚玉接过这一卷字，盘算着回去裱起来挂在卧室里，也算是留下一个纪念。跟王意之说了要走的事，两人简单告别，她便离开了书房。

楚玉回到建康城时，已经是她出城第三天的下午。这时候戒严已经撤除，与上回出城时比，车上少了一人，但同时又多了另一人。

方一入城，便有一阵秋风吹开车帘。楚玉静静地望向车外，一场秋雨过后，显露出了少许秋的萧瑟，秋风吹起地上的尘沙，打着小小的旋儿。

街道上的行人不太多，偶尔几个，眼光里透着木然或不安。看见楚玉一行人的车子驶入城中时，便有三两人凑在一起窃窃私语起来。

楚玉有些惊讶，怎么她才离开了两天，城里就好像换了一个气氛似的。照理说，就算秋天来了，大家也不该提早冬眠啊。

遣了个护卫去打探，回报的结果让楚玉觉得既吃惊又理所当然。前天夜里，刘昶跑了，搜遍全城也没搜到。于是，刘子业第二天便将怒火发泄到留下的三个叔叔身上，不再让他们住招待贵客的地方，而是把他们三人统统给抓起来关在竹笼子里，昨天已经正式游衔了一次。

楚玉脸色一变，隐隐约约地感觉到，记忆里有什么模模糊糊的东西被唤醒了，却一时不能辨得分明，这好像是记忆里曾经有过的。换而言之，历史在最意想不到的时候，一下子跳到了她面前。

什么宿醉啊，什么《将进酒》啊，听到消息后，在一瞬间，楚玉将这些忘得干干净净，脑子里只专注地回荡着一个念头：开始了，要开始了？

静默片刻，楚玉淡淡地道："我知道了，回府。"

回府，然后进宫。

楚玉在书房看到刘子业时，很意外地发现这时候他身边还围绕着朝臣，都是些六七十岁上下的老头子，其中便有王玄谟，还看到了沈庆之。

照理说，这时候应该退朝了。一般情况下，退朝之后刘子业是不喜欢朝臣来打扰他玩乐的，今儿怎么会有这么多人在？

楚玉看到了众大臣，大臣们也自然看到了楚玉。他们正言辞激烈地要求刘子业放了三王，其中以王玄谟的声音最大最响亮。不过楚玉进来后，书房内便一下子安静下来。

刘子业慢慢地道："说够了吗？"他的心情好像十分好，就连被这么多大臣围着进言——这可是他从前最讨厌的事，居然也没有生气。

见楚玉来了，刘子业站了起来，走向楚玉，拉住她的手，两人并肩而行。

不少大臣看到这一幕，都皱起了眉头，但他们今天的主要目的不在于此，不方便分散精力，也就没有谁多嘴。

刘子业道："阿姐，你昨天上哪儿去了？"

楚玉微微一笑，将曾经对沈庆之说过的借口再说一遍，接着便道："陛下这是在做什么呢？"她一点儿也不担心刘子业会怀疑她送走了刘昶。因为在外人看来，不管于情于理，她都是和小皇帝一条船的。

不经意地朝旁瞥了一下，电光石火间，她与王玄谟对视了一眼。再收回目光时，楚玉眼中凝聚起些微决然。

刘子业对自己昨天做的事很是得意，见楚玉来了，心里痒痒地想对她说一遍那种凌辱人的快意：三个叔叔都被他关在笼子里，透过空隙望着他的目光怜悯而哀求，他的血液沸腾着，在这种扭曲的快意里，他感受到了前所未有的欣慰愉悦。因为这种好心情，连今天被一群老臣围着念叨，他都没怎么往心里去。

刘子业一点儿都没觉察，他正在往变态的道上一路狂奔。

楚玉与刘子业并肩而行，忽然感觉好像有一道目光狠狠地剜了她一下。偏头一看，不是预料之中的沈庆之，而是另一位老人。

老，这个字是不可忽视的，官场上的升迁交际，有时候需要资历来支撑，年岁越大，就意味着资格越深厚。此时除了楚玉、刘子业和小太监，书房里站着的几乎都是一班老人。这帮老人在朝堂上拥有不可忽视的地位声望，每一个人说出来的话都极有分量。

他们对于刘子业囚禁羞辱自家叔父的行为不能谅解，认为这有失一个皇帝的德行标准，便一直在此劝诫。

刘子业见楚玉来了，便不再耐烦与一帮老家伙缠磨，他不耐烦地挥了挥手："你们都下去吧，三王的事情朕会考虑，现在朕要与阿姐说话。"

"陛下！"一个有点儿趾高气扬的声音插了进来。楚玉循声一看，却是方才用眼睛剜她的那老者。他的着装好像比周围的大臣更显华丽庄重些，教训刘子业的口吻像教训自己的孙子，"陛下年岁也不小了，也该知道礼仪，会稽长公主见陛下而不下拜，现在又与陛下并肩而行，这不合礼节。

"此外，还望陛下尽快释放三王，给予安抚。"

楚玉正在好奇这老者是谁，敢这么对皇帝说话，却听刘子业阴冷地道："刘义恭，不要以为你是朕的叔祖，就可以这样放肆，朕是皇帝！"

他这话一出，刘义恭神情大变，顿时安静下来。而楚玉也在这时候明白了他的身份。这刘义恭应该是刘子业他爷爷的弟弟，算起来也是祖父那一辈的，难怪训刘子业像训自家孙子一样。算起来他也该是三朝元老，而因为皇亲的身份，比别的元老更加尊贵些。

但……太忘形了，楚玉在心里叹息。

因为自恃身份，便敢这么教训刘子业，他只记得自己是刘子业的叔祖，却忘记了刘子业的另一个身份：皇帝。

生杀予夺，这本来就是皇帝的权力。

楚玉站得近，她看得很清楚，刘子业眼底已经牵动了隐约的怒意。

楚玉笑了笑，权当没听到刘义恭在说什么，只将自己的来意说了出来："陛下，我听说您将三王囚禁起来了，这是为什么呢？"

刘子业道："阿姐，我这么做，可是有缘由的。前日那刘昶明明与他们住在一起，我也派人看守着他们四人，可那刘昶偏偏跑了，他们三人定然是包庇的帮凶。"他的语气还有一点儿委屈，好像都是别人的过错。

楚玉看了一眼王玄谟，后者立即心领神会，率先告退。其他臣子见有人起了头，也都陆陆续续跟着走了，很快，书房里便只剩下刘子业和楚玉两人。刘子业有点儿闷闷不乐地抿着嘴唇，好一会儿才道："阿姐，你不会也是来劝我放了那三个坏家伙的吧？"他这时候忽然想起来，楚玉一直反对他杀三王。

楚玉走出宫门时，意外地发现，在她的马车旁，并排停着一辆车，而越捷飞则有点儿警惕地看着那辆车，手一直按在剑柄上。

当走近车驾之时，对方拉开了车帘。从缝隙中，楚玉看见了一张脸，那张脸苍老却不衰败，精神矍铄，是属于王玄谟的。

楚玉对王玄谟略一点头，便上了车。两辆车并排缓缓行驶，在几乎相贴的车厢壁上，两个小窗口一直相对着。

楚玉靠坐在小窗边，听到窗外传来声音："公主出来了？"王玄谟通过相对的窗子在跟她说话。

楚玉闭上眼睛，淡淡地道："方才，我劝陛下杀了三王。"话说出口时，楚玉的声音是幽冷的。方才刘子业问她是不是给三王求情去的，她却一反之前的态度，劝刘子业杀了三王。

这是她到此以来，第一次主动地想要杀害与她无冤无仇的人。这种感觉很不好受，楚玉说出那句话后，一直到走出来见到王玄谟，心情都是郁郁的。

但她清醒地明白，之前她要求刘子业不要为难三王，是因为还没有到生死相见时。能够不死人，她还是尽可能地希望和平解决，可现在已经没办法挽回了。在她稍微一不注意出城找人的当口，刘子业竟然就做出了这样无可挽回的事情，极大地羞辱了三王。三王的心中已埋下了仇恨的种子，一旦他们被放回去，不知今后将生出什么样的事端来。

情感上不愿意死人，但理智上楚玉很清楚，这已是死局了，除非有一方死亡，否则这份仇恨将一直延续下去。

所以，楚玉劝说刘子业尽早杀掉三人，在适当时机，找一个差不多的借口，彻底铲除祸根。

要么不动，要动，则如九天之外的雷霆，牵一发，瞬息倾覆，一击成功。羞辱什么的压根儿不要提，把人赶紧杀了，才是最关键的事。

楚玉轻轻地吐出一口气，慢慢地道："不知王将军有什么看法？"

过了一会儿，从窗户里再次传出那位王家当家有些欣慰的声音："公主终于下定决心了。"

楚玉忍不住有些惊讶，她偏过头，从小窗去看对面马车里王玄谟此时的神情。可这时候，忽然，王玄谟的车行驶得快了一步，两扇窗户错开，楚玉眼前只晃过了一片模糊的影子。

过了好一会儿，窗口才再度对上："王将军何出此言，难道我从前没有下定决心吗？"

王玄谟轻笑道："这个，公主心中应该才是最明白的。"

楚玉沉默了，是的，王玄谟没说错，在政治里，心软和迟疑是最要不得的累赘，她必须将之抛弃。

直到现在，楚玉依然觉得有些奇妙，她当初做梦也没想到，自己会成为昏君帮凶一类的角色，怂恿皇帝杀人。倘若传了出去，只怕她要遭到众多口诛笔伐。

为了测试王玄谟的立场，楚玉将自己做的事说了出来，不料王玄谟是这个反应，她忍不住开口问道："你究竟忠于谁？"他看起来，完全不像是忠于皇帝的样子，可也不曾偏向三王。

王玄谟慢慢道："我忠于王家。"

通过两扇小窗，楚玉总算看清楚了王玄谟此时的模样。几乎整个埋在阴影之中的老人，眼神异常清醒坚定："我只忠于王家。"谁能给王家带来利益，他便与谁合作。就是这么简单。什么都是虚的，只有利益才是永恒的。

楚玉伸出手，探向几乎相接的窗口："成交。"

两只手在空中虚拍一下，并未接触，就各自收了回去，算是达成协议。而两辆一直并行的马车，也就此分开。

"你回去之后告诉当家的，他要我做的事情，我已经做了，今后不要随意来打扰我。"萧别回到自己家中时，看到一个人静静地坐在屋内，毫不吃惊，只冷漠地对那人道，"义阳王刘昶已经安然离开，你也可以走了。"

那人站起来，对萧别行了一礼："公子为何不肯回萧家呢？老爷子对你寄望甚高，甚至有意将萧家交给你执掌……"

萧别不容分说地打断他："人各有志，我心意已决，你不必多劝。你若是不走，那么我便走。"

那人不愿与萧别言语冲突，匆匆离去："小的先行告退。"

虽然楚玉提出要杀三王，可每次刘子业想要动手时，都会因为这样或者那样的理由，被这样或者那样的人阻止，简直好像冥冥之中有着一股不可抗力，在与楚玉所做出的努力抗衡着。

每一次受到阻碍，楚玉虽然感觉危急，但在内心深处，她的良知却不由自主地松了口气。

也许是因为朝局的紧张影响了建康城，今年建康城的秋格外萧瑟，名流士族们的玩乐也减少了，气氛显得十分消沉。可这消沉的气氛却因为一个人的到来而被打破了。

那个人被称作——天下第一美人。

第六十五章　年年有年年

“天下第一美人？”楚玉听到这个称号时，这位所谓的天下第一美人，已经来建康有两日的光景了。

天下第一美人的名字叫作钟年年。这钟年年的身份有一点儿复杂，她本是商贾人家的女儿，因为家道中落，在十六岁时不得已沦落风尘。但她和别的烟花女子不一样：她四处游走，认识有才华的人，她一直歌唱，唱自己喜欢的歌。

倘若遇上可心的男子，她便会和对方过一夜，假如不喜欢那人，便仅仅是卖唱换取金钱。

钟年年与不少富家豪门子弟有交往，因此也不怎么会遇上被强逼的事。出道七年，钟年年这个名字传遍江南。她在各地行走时，结识了不少名流士族，见过她的人，几乎无不认为她是天下第一美人。她才华横溢，琴棋书画无一不精，不少与她结交的文士，在与她相谈后，都拜倒在她的文采之下。

钟年年来建康一共四次，从四年前到去年，每年一次。不过山阴公主并无百合倾向，便没有费心去看。就算她去看了，现在的楚玉也不可能对钟年年有任何印象。

钟年年这一次来建康，广发邀请函，邀请建康城内的名流豪门，就连楚玉近期才崛起的假身份“喻子楚”，以及桓远所扮演的“喻子远”也都分别收到了一份。仔仔细细地端详手上这封做工精致的请帖，楚玉笑眯眯地望向屋内也同样拿着一份请帖的桓远：“怎么样桓远？要不要去看美人？”

桓远的脸上沉静得像无波的水，眼观鼻，鼻观心：“请公主吩咐。”

见他答得一板一眼，楚玉立即失去了继续玩笑的兴致：“好啦，不要如此正经，我是真想去瞧瞧那天下第一美人是什么模样，子远兄便陪我一道去吧。”

柳色正好端着账本走进屋来，听了楚玉的最后一句话，随口接道：“公主要去看钟年年？去年她来建康时，我正好在路旁看了，确实是个美人。”

楚玉偏头看柳色，墨香走了之后，柳色整个人似乎沉寂很多，不再像从前那样变着法儿地打扮自己，神情动作亦不曾刻意勾引，想来墨香这个竞争对手的离去，也给柳色带来了一定的打击。现在的柳色，沉默寡言，偶然还会发呆出神，与从前娇媚横生的模样相比，简直是两个人。

楚玉听柳色说看过钟年年，忍不住好奇地问道：“那个钟年年长得很美？美到什么地步？”

待楚玉问出来，柳色脸上一时有些尴尬，他竟然忘记了，公主也是个女人，他怎么能在一个女人面前夸另一个女人好看呢。

见柳色支支吾吾不肯说，楚玉念头一转，便知道他在想什么了，心里觉得有趣，也不解释，只是笑吟吟地想看他如何应对。憋了好一会儿，最后柳色还是不得不开了口：“不一样，公主是皇家第一美人，钟年年不过是民间的美人，公主与她身份不同，怎能相比？”

他答得很是讨巧，按照那第一美人的名头看，钟年年必定比山阴公主美丽。倘若他昧着良心说钟年年不够美，楚玉若是有心找碴儿，也能办他个欺瞒之罪，而倘若老实说钟年年比较美，又害怕激怒了楚玉。因此，他很巧妙地将两人的身份分开来，都是第一美人，但因为身份不同，没必要相互比较。

听了这个回答，楚玉觉得很是有趣。虽然柳色有刻意吹捧的嫌疑，但也体现出了他的机智。楚玉笑了笑，便将话题带往别处，不再让柳色紧张。

又过两日，楚玉换上男装，带上桓远，去赴第一美人的邀约。

邀请的地点是建康城郊外一位士族子弟的宅院。钟年年自己在建康城里没有固定房产，每次来都是蹭别人家的屋子住，就连举办聚会，也是用别人的地盘，前几年都分别在不同的地方。能让那些年轻高傲的公子哥争相借出自己家给她，钟年年的魅力可见一斑。

这一次聚会是在一间宽大的厅中进行的，厅的外面则是一大片枫林。

楚玉走到大厅门口，瞥一眼里面，靠墙的两侧各摆放着一排案儿，背后竖着花纹精美的屏风，此时已经有不少人到来，估计都是冲着美人来的。楚玉的眼睛在厅内转了一圈，没发现可能是钟年年的那位，想必对方还没到，便也不着急入座。她目光一转，转向旁侧的枫林。

也许是因为最好的时节还没到，也许是因为这些枫树的品种不太好，枫林并不像楚玉所想象的那样，霜叶红于二月花。有一半叶子已泛红，另一半尚残留着青绿的颜色，红红绿绿的，混杂在一起，虽然别有番热闹，却并不够精致华美。

然而在这枫林外，有一人负手而立，看这片景色看得津津有味。

让桓远先行进屋，楚玉自己快步走过去，抬起手来拍那人肩膀："意之兄也在此处？"

王意之肩头受了一拍后，并不吃惊，转过身来，看着楚玉，笑道："第一美人的邀请，我怎么能不来瞧瞧？倒是子楚兄你，怎么也对这第一美人有了兴致？"

楚玉亦笑道："怎么？难道就许你们看美人，却不许我来瞧瞧吗？倒是意之兄你，既然是为了美人来的，怎么不进屋，反而在这里磨蹭？"

王意之淡淡地道："我只是心里奇怪，钟年年今年为何来得如此之晚？"他做了个手势，示意边走边谈。

"哦，怎么说？"楚玉随口问道。

"前些年钟年年前来建康，几乎都是在春夏两季，今年却是入秋方至，我心里觉得有些奇怪……"王意之说着说着，忽然释然，笑道，"也罢，这与我并无什么干系，或许是我多心了。我如此忧虑，又是何苦来哉？"

他说完之后，两人正好来到大厅门口。王意之衣袖一振，率先踏入门内。

王意之是天底下第一风流人物，加上楚玉所刻意营造的虚假身份喻子楚，两人同时进来，顿时吸引了在场不少人的目光。自那次茶话会后，楚玉还是头一次以喻子楚身份在大众面前露面，一下子受到众多目光聚焦，心不由得猛地一跳。

随即她便听到了一个柔婉软腻的声音，好像春天里柔滑旖旎的水调和成的蜜糖般："让诸位久等了，实在是年年的不是。"

这声音里好像含着麻药，凡是听到的人，都会在第一时间里骨头酥软一半。楚玉虽然是女孩子，不至于反应过度，但也忍不住全身窜过一片战栗：这声音，太让人受不了了！

声音的主人其实并未如何矫揉造作，也没有刻意扭捏或引诱，那是音质本身的魅力，非常柔软的女声，黏得像是新煮熟的糯米。然而这黏软之中又带着微微的沙哑，每一丝震颤都好似滚在人的心尖上，这样的嗓音，配上微微疏离淡漠的语调，便构造了奇妙的魅力。

在听到这个声音时，厅内几乎所有人都将目光投往了声音的来处，楚玉也跟着看了过去。

而这个时候，一个盛装少女从厅后的侧门里走了出来。

那少女看上去十八九岁模样，目如秋水，顾盼生辉，样貌极美，眉间的气质很别致。可楚玉一看之下，却不由得有些失望，不知是否因为期望过高才导致失望更大。她看着这少女，觉得第一美人不外乎如此，似乎是外界传闻将所谓钟年年的美貌给夸大了，才会传出第一美人的称呼。

少女走出来后，并没有如楚玉所想的那般走向众人，而是停步转身，恭立在门边。

紧接着，又一个少女走了出来，相貌与先前那少女生得一模一样，只是神情略微沉静些，她走出来后，站在了门的另一侧。

王意之偏头对楚玉低声道：“这二人是钟年年的贴身侍女，名叫朱颜和朱砂，从三年前起，便一直陪伴在钟年年的身边。”

在两名侍女走出来后，接下来的，才是钟年年。

先伸出来的是一只手，那只手洁白滑腻，带着温润的玉泽，好像是由一整块玉石雕琢而成的一般。这不过是一只普通的手而已，只是比普通女子的手白了那么一些，光滑了那么一些，线条形状优美了那么一些，可仿佛有一种无形的魔力，吸引住他人的视线。

细说起来时间很长，可实际上却很短。钟年年伸出手来，在最先走出来的那名少女，不知是朱颜还是朱砂的肩上轻轻拍了拍，接着，她便走了出来。她就那么平常地走了出来，神情温柔而宁静，一身海棠红的长裙，色泽娇娆艳丽。她走到大厅中央，朝各个方向各施一礼：“年年迟来，让各位久候了。”

楚玉目不转睛地看着钟年年，她现在才知道，原来世界上真有这样美的女人：她的五官精致，几乎无可挑剔。她的妆容很淡，睫毛长长的，半敛着，遮盖住明澈的眼神。她的神情既不幽怨也不娇媚，就那样清清浅浅的，然而清浅之中，透出万种风情。

她走动时，每一个动作都好似一朵花悠然绽开，那么从容优美。钟年年的美貌不仅在外表，假如只是容貌的美丽，各人的审美不同，未必公认她为第一美人。钟年年真正令人倾倒的，正是这不经意间的风华。

就连同为女人的楚玉，也不由自主地屏住了呼吸，连半点儿比较的心思都没有。

天下第一美人，钟年年的确当得起这个称呼。

钟年年，这本来是一个十分普通的名字，但在见到她本人后，这三个字就仿佛蒙上了一层梦幻般的美感，钟——年——年，每一个音节，每一个升降调，都好似从心口发出来，带着不忍心唐突美丽的谨慎。

钟年年行礼完毕，走回大厅正面后方，缓缓在首位坐下。楚玉轻轻吐了口气，这才移开目光，转头对王意之道：“名不虚传。”

王意之并未如在场许多人一般看得入迷，虽然眼中也带着欣赏之意，但这欣赏，却与欣赏山水欣赏字画一般，不带任何绮思杂念，故而楚玉一说话，他便立即能顺当地接上：“确实是美人，怎么样，子楚兄动心了？”他笑嘻嘻地调侃楚玉。

楚玉忍不住翻翻白眼：“意之兄不要说笑。”

王意之哈哈一笑，便一拉楚玉，两人在角落随意找了个空位，并肩贴近着坐下，也方便继续说话。目光一转，楚玉看见桓远坐在他们对面的位置，正神情专注地望着钟年年，忍不住微微一笑，又转向王意之：“意之兄，你知不知道，钟年年邀请人聚会，通常都做什么？”

王意之轻声道："不外乎是与人探讨琴棋书画，作诗唱曲。钟年年的才学，我也是很佩服的。本朝虽然文人名士众多，但能及得上她的，却是少之又少。"

楚玉一笑，也跟着压低了声音："那么，比起意之兄你来，钟年年她又如何呢？"

似乎是头一次听到人问这样的问题，王意之思索片刻，道："这个，我未曾想过。别的，我大约比不上她，唯独'书'这一项，钟年年应该比我逊色两分。"他坦然而公正地评价，说到自己不如时，并未有什么挫败感。说到自己比钟年年强的地方时，也并不觉得多么自得。

假如说钟年年各项才艺都是九十分，比起别人的六七十分强了许多，但唯独在书法一项上，王意之是一百分，钟年年远不能及。

"再说到诗才，钟年年应该也不如你府上那位喻子远。那位兄台可是我自识字以来，所见的文采最为卓越的人物。"王意之看了一眼桓远，毫不掩饰地赞扬，"若论琴艺，钟年年也不如萧别。萧别的琴音，是只差临门一脚便可踏入化境，钟年年距离这个境界还很远。"

换句话说，钟年年的每一项才艺，都很优秀很出色，比起大部分人都要好，可距离顶尖的层次，却还差那么一点儿距离。

这样的例子，楚玉在前世二十一世纪也曾看过，上学时学生要考数门学科，而学生之中也有各种各样的，有的学生就只擅长一项学科，把那一科学得很好，每次考试几乎都是满分，学科竞赛也是频频拿奖。然而学生考试算的是总分，纵然他把这一科学得如何好，也不能完全补足他在其他方面的欠缺。这样的学生，往往让老师又爱又恨。

而有的学生，每一门科目单科都不算顶尖，然而他用力十分平均，所有科目都学得不错，如此总分算下来，最后排行榜上总能稳居榜首。这样的学生，则是最让老师放心的那种，每一年三好生优秀生都少不了他的份儿。

拿这个来打比方，王意之就是那偏科的学生，而钟年年则是让老师放心的好学生。

虽然做全才并没什么不好，但当大家提起偏科的学生时，都会说是"那个什么学得很好的某某某"，可提到全面发展的好学生时，说的却是"学习好的某某某"，若要细说他哪一科学得比较好，却又说不上来了。

钟年年便是这样的好学生，大家都说她琴棋书画作诗唱曲无一不精，可具体哪一项比较厉害，却又不甚明白，她每一项都不错，可都不是那个领域的顶尖。

感觉……有点儿奇怪。

楚玉忍不住想。

虽然她说不上是哪里奇怪，可就是很奇怪。

而这时候，优秀生钟年年说出了自己邀请大家前来的目的。

第六十六章　青丝红颜刀

楚玉还没厘清心里异样的感觉是什么，就被钟年年的话吸引住了注意力，只听她道："年年此行，是最后一次为诸位唱曲……"

钟年年举办这次聚会的缘由是打算金盆洗手嫁人了，至于嫁给谁，她还没决定。所以希望在场众人能送她一件东西，倘若正好合她的心意，便愿意将一生托付，而其余的人，她会用一支曲子回赠对方。

其实钟年年今年才不过二十三岁，正是一个女子青春盛放的时候，丝毫不见半点儿老态。虽然已经过了古代女子嫁人的黄金时期，但以她绝世的风华美貌，从来就不缺乏倾慕者。

楚玉正在惊讶于钟年年这么早就要嫁人的决定，王意之却留心到了钟年年身后两个侍女的异样神情。名叫朱砂的侍女气质利落一些，她皱了皱眉，好像对钟年年的决定十分惊讶。而后，她与那名叫朱颜的侍女飞快地对视了一眼。

钟年年的要求很简单，她会等一个时辰，这一个时辰里，便是大家去寻找礼物的期限。

钟年年刚一说完，在场的大部分人就动了起来，或者亲自回家去取，或者吩咐属下去找，场面顿时显得很混乱。但在一片混乱中，除了钟年年自己的人，只剩下三个人安坐于席上，分别是王意之、桓远和楚玉。

与周围的忙碌相比，这三人的不作为便显得分外醒目。

钟年年温柔的目光也自然投在三人身上，她的眼波在桓远周遭转了一圈，随即望向楚玉："这位便是近来大家都在谈论的喻子楚公子吧？"

楚玉一怔，随即点了点头。

钟年年继续微笑道："喻公子一会儿能否也送年年一件薄礼呢？虽然今日方是头一回见着公子，可年年却觉得好像认识公子许久一般。"

她说这话，简直就像男子对女子搭讪，说感觉好像十分面熟，是不是从前认识一样。这样的套路，楚玉生前在网上帖子和小说故事里不晓得看过多少遍，不料来到古代后头一次遇到，却是被一个女人搭讪，感觉很诡异。

因为这诡异的错位感，楚玉沉默了好久才回话。在她沉默的当口，收到了不少钟年年仰慕者的带刺目光，更是让她全身不自在："咳，多谢年年的赏识，这是在下的荣幸。"

才答话不久，楚玉便后悔了，早知道，最开始就不该搭理钟年年。因为在她接话之后，钟年年好像被她勾起了莫大的兴趣，一直跟她说话，对于她私人秘制的茶叶很感兴趣，并且一直询问那次茶话会中的情形。

钟年年的浓厚兴趣，导致聚集在楚玉身上的目光如刀如剑如刺般越来越多，楚玉只觉得自己好像要被穿成筛子了，最后只好借口说要去寻觅给钟年年的礼物，逃也似的离开了。

其实钟年年人生得美貌，酥酥软软的声音虽然一开始让人发麻，可听久了也十分顺耳，她说话很有见地。只可惜时间不对，地方不对，倘若换个没有这么多钟年年仰慕者的场合，楚玉还是很愿意和她聊天的。

毕竟她来到这里之后，所见过的女子之中才华出众的，仅钟年年一人而已。

楚玉逃出大厅，发现身后跟上来两个人，分别是王意之和桓远。桓远跟来她不奇怪，但……楚玉转向王意之，苦笑道："意之兄你出来做什么？不好好看你的美人，却来看我的笑话？"

王意之哈哈一笑，伸手搭上楚玉的肩膀："自然是因为子楚兄你的笑话更为好看啊！"

被他这么一说，楚玉也忍不住笑了起来，方才的情形实在恐怖，男人真正吃起醋来，还真是让人吃不消。

与王意之、桓远在枫林边消磨了一会儿，便瞧见先前出去取礼物的公子们一个个回来了，楚玉对桓远略一点头，示意他们也趁这个时候一起回去。

王意之站在一旁笑道："你的礼物准备得如何了？方才你可答应了钟年年要送礼的。"

楚玉不慌不忙地从袖子里取出一支玉簪，拿起来在王意之眼前摇了摇，笑道："不就在此处吗？"她随身携带玉簪金簪等装饰物，一来可以防身，二来便是为了随时送出"薄礼"。

今天来参加聚会的都是有钱人，出手礼物想必都价值不菲。楚玉这支玉簪实在是有些寒酸，但她暂且也没有更合适的礼物了，横竖也不指望钟年年选中她，寒酸就寒酸吧。

回到大厅时，钟年年正在唱曲子，一边弹着琴，一边慢悠悠地唱：

鸿飞满西洲，望郎上青楼。
楼高望不见，尽日栏杆头。
栏杆十二曲，垂手明如玉。
卷帘天自高，海水摇空绿。
海水梦悠悠，君愁我亦愁。
南风知我意，吹梦到西洲。
…………

她的歌声极美，优雅而缠绵，神情却有些漫不经心，好像唱成什么样都没关系，也不在乎是不是有人愿意听。

不管在什么时候，不管在什么地方，她只是在那里歌唱。

不如何欢快，也不如何幽怨，她只是十分自在地唱着歌，在歌声中飞扬……

楚玉忽然间觉得，她方才想错了，钟年年没有一项是特别擅长的，可她又何尝不是每一项都擅长？至少这歌声便足够打动她。

重新入座，便是众人先后给钟年年呈上礼物，虽然钟年年再三表明不要太贵重的东西，可还是有败家子为了讨美人一笑，几乎将传家宝给弄来了，以至于钟年年不得不一一奉还，或者许诺作画，或者写诗，或者唱歌弹琴，作为拒绝对方的补偿。

王意之送的是一个字。他在外面的枫林中摘了一片红色的叶子，借来笔墨写了一个字：年，就那样当成礼物给送了出去。当钟年年拿起枫叶时，一直平静的美丽眼眸里终于泛起了波澜。她深深地凝望着王意之，最后什么都没说，并未像对其他人一般以诗文或歌曲回报，只缓缓地欠身行了一礼，接着便将枫叶收入袖口，转头看下一件礼物去了。

王意之微举酒杯，受了她这一礼。

当钟年年对王意之行礼时，在场众人包括楚玉，几乎都以为钟年年看上王意之了，不过因为王意之身份超然，也没有人敢对此有什么意见，只在心里暗暗着急。因此，当钟年年若无其事地继续看下一件礼物时，厅中甚至有人情不自禁地发出松一口气的声音。

最后被拿起来的，才是楚玉的礼物。楚玉来的时候是早晨八九点钟的样子，此时已经接近傍晚，时间流逝得很快。

楚玉的礼物很寒酸，不仅没有包装，而且本身就只是素素净净的一支玉簪，甚至连花纹都没有，转手卖出去，也值不了多少钱。然而钟年年拿起玉簪后，站起来，从座位上离开，一直走到楚玉的面前，随后，她散开头发，用楚玉所赠送的玉簪绾起一个已婚女子的发髻。

看着她的动作，楚玉不由自主地张大眼，几乎想夺路而逃，可还没等她将愿望付诸实践，便听到钟年年宣判死刑一般的声音：“我愿将这一生，托付于喻子楚公子。”

她话音未落，楚玉便感觉到在场至少三分之二以上的人的目光，好像利剑一般唰唰唰朝她扫了过来。

楚玉只觉得自己好像再一次被人“看”成了筛子。

最是杀人不见血，美人青丝红颜刀。

楚玉苦笑一下，斟酌着词句想要拒绝，然而她还没开口，钟年年便接着道：“莫非是公子嫌弃贱妾此身卑贱，配不上公子？”

已经不能成为筛子了，直接被绞碎成了粉末。

楚玉忍不住问道：“我有一个疑问，为何年年姑娘对在下如此青睐有加呢？众位送的礼物，哪一件不比在下的强，为何年年姑娘独独选中在下？”她这个问题不仅仅是她一个人想知道的，也是在场众多输了的公子迫切想弄明白的。

沉吟片刻，钟年年如水一般的目光环视众人，柔声道：“年年已经过了轻狂的年华，此次乃是想嫁作他人妇，喻子楚公子所赠玉簪毫不奢华，暗含洗尽铅华谨慎持家之意，我便以此簪为君绾起长发。”

楚玉郁闷地眨了眨眼睛，她只是随便拿了身上一件东西送出去而已，之前可没想到这些杂七杂八的。

在众人可怕的目光相逼之下，楚玉不得不答应下来，在许多家公子羡慕的眼光下，接钟年年上了马车。楚玉心中却是哭笑不得，倘若可以的话，她倒是愿意与那些人交换。

待钟年年上了车，楚玉才与桓远要上去。还未抬脚，袖子便给桓远拉了拉。见他目含忧虑，低声道：“方才王意之让我提醒您，小心。”他原以为自己不过是多心而已，假如王意之也这么看，那便不会错了。

这钟年年，只怕心怀叵测。

楚玉冷笑一下，点点头示意她已知晓，身为当事人，她又何尝没有觉察，这钟年年哪里是来挑男人的，分明一开始便是冲着她来的，就算她送的是一根肉骨头，她也可以用民以食为天的理由赖过来。

只要有心，又有什么理由是找不到的？有什么借口是说不出的？

然而现在情势所迫，也只有暂时接钟年年回去，再加上，楚玉自己也十分好奇，钟年年为什么要故意接近她。

第六十七章　南风知我意

楚玉方才忽然明白过来，为什么钟年年各项才艺都优秀得如此平均。每一项都学好了并且学精了，这是需要花费大量精力时间的，倘若不是每一项都喜欢，强迫自己学不喜欢的东西，那是一件十分痛苦的事。楚玉曾在枯燥的学习生涯中受到过煎熬，对这种痛苦很有体会。

假如不是被人要求，楚玉很难想象一个人对于琴棋书画都保持着均衡的兴趣。而在沦落风尘之前，钟年年不过是一个商人之女，不可能有太过深厚的艺术氛围熏陶，而埋藏在水下的答案也随着呼之欲出：她别有目的。

纵然都是有权有势的人，每个人的喜爱偏好也有所不同，比如王意之好书，萧别喜琴，唯独各项都精通了，才能获得所有人的喜爱。

钟年年的才艺不是为了自己而学的，与其说是才艺，不如说是属于她自己的，独特的武器。这武器没有锋芒，却无坚不摧。

色字头上一把刀，不管这刀是谁拿的，总归是刀。

现在这把刀，架在了楚玉的脖子上。

虽说已经做好了接招的准备，但上车之后，瞧见钟年年和她身旁的两个侍女，楚玉还是忍不住心中苦笑。

马车十分宽大，即便是坐下五个人也不嫌拥挤，只不过身前坐着一个别有用心的绝色美人，让楚玉有些许不自在。

既然知道钟年年别有目的，她便会小心防范，不让她有机会达成什么阴谋。

她隐约能猜出钟年年的真实身份，她是一个间谍，或者说是探子、细作，怎么称呼都行。不论是在古代还是现代，又或者在楚玉所看的书和电影里，女间谍总是拥有过人的美貌和才华，用如花的生命堆垒钢铁一般的政权。

所以楚玉并不如何痛憎，反而为钟年年感到惋惜。心中转动着这样的念头，她看着钟年年的目光也逐渐柔软起来。

钟年年笑了笑，她容颜极美，这一笑起来，更是动人心魄。纵然桓远心志稳固，也禁不住感到惊艳。楚玉也看得出神，忍不住将心中所想脱口而出："卿本佳人。"

钟年年闻言微微错愕，她也知道，自己这等刻意作态，应该瞒不过对方的心思，可却没料到两人对坐之际，等来的却是这么一句隐隐带着惋惜与怜惜的话。

楚玉轻叹一声，望着钟年年道："你唱歌很好听。"真的，她能听出来，那歌声发自真心，每一字每一句，都是用了真情去唱。这样一个美貌多才的女子，本来不应该陷入这政治的泥潭之中，假如和普通女子一样长大嫁人，想必会幸福许多。

钟年年听了这话，又是一愣，但很快地，面上再度浮现笑意："多谢公子怜惜，可年年并不后悔。"

楚玉先安排她在楚园住下，让桓远小心看着。而她自己，则与越捷飞回到公主府中。

回到府上，楚玉想起今天原本说好了要教阿蛮背诗的，不料因为钟年年耽误了这么久，心中有些抱歉，便前往花错的院落去找阿蛮。

三千繁华居中，房屋有一半是新修葺的，院子里两个身影正在交手。凝立在中央挥舞着枪的黝黑少年赤裸着上身，一滴滴汗珠顺着矫健的动作飞溅，而一条红色的身影游走在少年的周围，剑影伸缩不定，诡变莫测。

见楚玉进来，红影的身形陡然一变，迅速突进，剑尖指在黝黑少年的咽喉上，结束了这场战斗。

阿蛮苦恼地扔下枪："还是打不过你。"沉重的铁枪闷声倒下，陷入柔软的土地里。

花错瞥了楚玉一眼，嘴角一翘："这是自然，也不看你才练了多久？我练了多少年？"在容止指导了阿蛮用力的技巧后，这个来自他乡的异族少年好像一下子开了窍，进步的速度让花错都觉得有些可怕。

虽然他现在犹能凭着精妙轻灵的剑术轻易战胜阿蛮，可一年之后，只需要一年，当阿蛮能够完全将天生神力融入这一套专门为他设计的枪法时，他也许将败给自己曾经的手下败将。对于这种恐怖的进境，花错甚至忍不住有微微的妒忌。

阿蛮谨记容止的吩咐，在动手之后先平静呼吸，体会身体内力量的奔流与衰减。过了好一会儿，阿蛮才注意到楚玉来了，连忙迎上去："公主，今天你去哪里了？"经过这些天的调教，阿蛮已经能够流畅地说话了，不再结结巴巴的。

楚玉微微笑道："今天我去看了那天下第一美人，那可真是个绝世美人。"

花错撇撇嘴，往外走去，说话的语气极为不屑："天下第一美人？钟年年算哪门子的天下第一美人？"

他走得极快，转眼间便没了影子。楚玉虽然有些奇怪，但一旁阿蛮在等着，便将花错说的这句话忘于脑后了。

反正也不是太重要的事，就算有另外一个美人，也与她没多大的关联。

阿蛮跟着楚玉回东上阁背书，顺便在楚玉那里吃了一顿晚饭。回来时已是深夜，一片静谧黑暗里，他的耳朵灵敏地动了动，随即整个人宛如豹子一般轻捷又迅猛地越过几道墙头，飞快地赶上几步，正好截在往外走的白衣人面前。

阿蛮发现被自己拦住的人竟然是容止，一愣，还是警戒地问："你要去哪里？"

容止漫不经心地看了他一眼，微微笑道："我要去哪里，这与你有什么干系吗？听话，乖乖回去睡觉，忘记你今晚上看到过我。"说话的语气很是随意敷衍。

阿蛮下意识地后退一步，忍不住又问道："你，是不是要出去做坏事？"望着眼前的白衣少年，他发自内心地感到敬畏。

他不害怕每天跟他练习对打，并且每次都能打败他的花错，可他害怕容止。没来由地，好像野生动物的灵敏直觉，他觉得这个看起来柔弱无力的少年十分可怕。

容止摇了摇头，上前了一步。阿蛮下意识地又退一步，可想起才吃了楚玉的一顿饭，这让他鼓起了勇气："你不能害公主。"

然而下一瞬，他只听见脑后生风。还没来得及反应过来，后脑便传来一阵剧痛，随即眼前一黑，便不省人事了。

见阿蛮闷哼一声倒下，容止抬起眼帘，看向左侧前方的墙头。那里坐着一个红色的身影，在月光下镶上一层银白的辉芒，显得有些妖异。他微笑一下，点了点头："阿错，这小子交给你了，待我回来再慢慢料理。"说完，他便不疾不徐地继续朝前走去。

月上柳梢头，人约黄昏后，虽然时候晚了一些，但"天下第一美人"的邀约，他怎能不去？

钟年年进驻楚园后，并未休息，反倒是将桓远给邀请了来，两人灯前对坐。桓远眼观鼻，鼻观心。

钟年年笑意盈盈："妾身的容貌就这样不堪入公子的尊目吗？"她笑着斟满酒杯，双手端起敬给桓远，桓远不愿多与这女子相处，草草饮下便打算告辞。

可他还没站起来，便感觉脚下酸软，而他眼前的绝色女子也越来越模糊，最后留在印象里的是那一抹尽管模糊却含着讽刺的微笑。

他万万没想到这个外表温柔美丽很有心计的女子，竟然会满不在乎地采用这种近乎蛮横的手法，就这么明目张胆地昭示她的来意不善。

看着桓远带着不敢置信的神情倒下，钟年年缓缓地站起来，笑了笑，对一旁的朱颜道："读书人纵然有千般计谋，但他们经常会想不到，有时候，暴力才是真正决定一切的手段。”古往今来，王朝更迭，皆是如此。说完，她慢慢地走出门外。

月色非常温柔地洒落在钟年年身上，她眉眼间的清新如梦一般地氤氲开，好像人世间最容易破碎的幻影。她轻移脚步，从容徜徉在夜色之中，就那样不紧不慢地、不慌不忙地走着。

门外的监视者都已经被朱砂和朱颜清除了，横七竖八地倒在各处，钟年年却好似没有看到，只径直向前走着。她一边走，一边低低地歌唱：

海水梦悠悠，君愁我亦愁。

南风知我意，吹梦到西洲。

“……南风知我意，吹梦到西洲。”最后一句，她反复地唱了好几遍，绵软而低哑的嗓音在夜色里回荡着，空灵缥缈，好似神话故事中引诱凡人的山精鬼魅，每一个音调的起伏都带着无穷的魔力。

就这样在夜色里边走边唱，她走出了楚园，接着便看到了在门外负手而立的身影。

那个身影整个沐在如水一般的月光下，白色的轻柔衣衫宛如飘浮的冰雪，那么柔和，又那么寒冷。

钟年年走上前去，在白衣人身后一丈处拜倒：“多谢公子愿意来见年年。”

容止转过身来望着这绝美的女子，他柔软的眼波中没有情感，纵然钟年年美貌不可方物，可他看着她的样子，却好像是看着一件无生命的东西，比如石子或棋子。看了钟年年一会儿，容止露出一个似笑非笑的神情。他一撩衣摆，就在钟年年面前坐下，与她相对平视：“你的歌声还是那么动听，与七年前我所听到的相比毫不逊色。”

钟年年如水的盈盈目光不由得晃动一下，因着容止的话，仿佛又回到了七年前。那时候她家道中落，父死母病，弟弟是家中唯一的男孩子，才五岁，还不懂事，更别说支撑起家业了。

那时候，面对众多的债主，钟年年唯一的选择是嫁给一个有钱的富商做妾。那富商的年纪大得可以做她的爹，身子足有两个她那么宽。

花样年华的她正是对未来充满了憧憬和幻想之时，有哪个女子愿意面对这样悲惨的未来？可钟年年那时候没得选择，她只能一个人跑到附近的湖边，一边哭一边唱歌。从小她就喜欢唱歌，只有在唱歌时，她才能忘记烦恼。可她唱着唱着，泪眼模糊得完全看不清楚时，忽然听到有水声接近，随后一个十分柔和有似于天神一般的声音响起：“你唱歌很好听。”

这是容止跟钟年年说的第一句话。

“我想让你为我办事。”这是第二句。

“你家中欠的债和你的弟弟我会顾全。”

短短三句话，打动了钟年年的心。她勉力擦干眼泪，看到的那个人便是现在坐在她面前的少年，虽然容貌有些改变，神情也更为柔和，可那种掌控一切的无形力量，从过去到现在，没有丝毫变化。

思绪飘飞了一会儿，钟年年的神志才回到当下。她望着容止，忽然一笑：“在见着公子之前，我原本有许多话要对公子说，可见着之后，忽然觉着什么都不用说了，公子分明胸中早有定计，我又何须多言？”

容止依旧似笑非笑，他站了起来，缓缓朝旁边走了几步，又回过头来，淡淡地道：“钟年年，明日即刻离开建康城。你回去禀告她，早则半年，迟则一年，我便会返回。”

听他语气转变，钟年年知道是吩咐正事，神情一凝，转为肃然：“是。”顿了顿，她迟疑着问，“那么，要不要对公主……”

“不要动她，公主之事，我自有计较，你无须插手。”

“是。”

钟年年躬身下拜，当她再直起身子时，容止已经走得很远。他如雪的背影在银白色的月光里几乎融成一片，仿佛连接着天空与地面。

钟年年小心地舒了口气。

次日，楚玉在公主府一醒来，接连传来的三个消息便打得她晕头转向。头两件事是连着的：

第一，桓远昨天在楚园被钟年年给药昏了，直到今晨才被救起。楚园内所有仆人、守卫都被放倒，无一例外。

第二，钟年年药翻了桓远之后，竟然像强盗一样席卷了楚园里所有值钱的货色，甚至包括王意之帮楚玉写的那一帖《将进酒》，她于今早天刚蒙蒙亮的时候出了城。

楚玉听桓远禀告消息时，几乎惊得说不出话来。这钟年年难道不是女间谍吗，怎么这样没有职业道德？还是说她兼职做强盗？

太……粗暴了，太嚣张了。

楚玉愣了半晌，才从牙齿缝里挤出来一个字：“追！”桓远才要去执行，却立即被楚玉叫住：“等等，不要动用公主府的力量，而是以喻子远和喻子楚的身份去追，通过官府这一层。”

桓远匆匆离开后，楚玉才接到紧随而来的第三条消息。这条消息是花错遣府内的下人来转告的：“阿蛮病了。”

自从见识到了阿蛮的天生神力后，楚玉就打心里认为他简直是一架人形战车，与伤病这种东西是万万扯不上关系的。楚玉一听说阿蛮病了，反而觉得有点儿稀奇，便连忙穿衣去看。

楚玉最初仅仅以为阿蛮只是咳嗽感冒之类的小病，可看到他人之后，才明白自己的认知是何等错误。看到阿蛮时，他正躺在床上，一直昏迷着。尽管他肌肤黝黑，可楚玉还是看出来那黑里透着滚烫的暗红色，他的头、脸和身上冒出汗水，洇湿了身下的被褥。即便在昏迷之中，他依然不时地发出轻微的呻吟，可见十分痛苦。

楚玉一阵愕然，转头问花错："怎么回事？"

花错摊了摊手，一脸"你问我我去问谁"的神情："我怎么知道？今早我来叫他过招，打开门便看他这副模样了。"

楚玉伸手摸了摸阿蛮的额头，只觉得触手之处滚烫无比，热得超乎想象。以楚玉所知，假如一个人脑子高热过久，会把脑子烧坏的。

虽然阿蛮智商本来就不太高，但总归还是有的。假如把那不算多的一点儿智商给烧没了，楚玉真不知该怎么办才好。

楚玉有些焦急地转头问花错："有没有请大夫来看过？"

花错一怔，摇摇头道："还没有，我先派人告诉你了，同时也派人去请了容止。"

说容止，容止便到。他匆忙而来，外衣仅仅披在肩上，进门后对楚玉略一施礼，便走到阿蛮床边，伸手去探他的脉象。

容止的两根手指压在阿蛮的手腕上。可就在这时候，半昏迷中的昆仑奴少年迷迷糊糊地哼了一声，似是被人惊醒，眼睛微微张开一条线，竟然反手抓住了容止。纵然在重病之下，他的力气依旧大得出奇。容止微微一笑，接着楚玉便听见他腕上传来骨节错位的声音。

花错神情大变，飞快地劈手斩在阿蛮的颈侧，令他再度陷入昏迷。可即便在昏迷中，阿蛮依旧捏着容止的手腕，好在他已经停止用力，否则继续扭下去，难保不把容止的手腕直接拧断。

黝黑的五指和容止雪白的手腕贴在一起，白加黑对比分外鲜明。

花错焦急地问："阿止，你的手怎么样？"他神情焦灼之中带着隐痛，好像受伤的那个人不是容止而是他。

相比起花错，容止倒是镇定得很，他转向一旁的楚玉："公主，可否劳烦公主去取一些伤药来？花错必须时刻看管着阿蛮，眼下走不开。"

见容止受伤，楚玉的心一下子乱了，连忙应下来，出去找伤药。

待楚玉离开，花错的脸上顿时闪过杀意，以指做剑便要刺向阿蛮。

"慢。"容止不紧不慢地开口，阻止了花错杀人的动作，"不要杀他，我的手并无大碍，这样的伤势没什么大不了的。"

花错抿了抿嘴，虽然有些不甘心，但还是遵从了容止的意思，放下手来转而去解救容止的手腕，将阿蛮的五指一根根地掰了开来。

容止微笑着偏头，看看不自然扭曲的右手腕，微笑一下，道："这昆仑奴倒是有趣，即便神志不清了，也依然记得不让我好过。"幸亏花错出手及时，眼下仅仅是脱臼，比骨折要好医治多了。

说着他便神情自若地接上手腕。

楚玉这时候也急忙跑了回来："我已经吩咐人去拿了，容止你怎么样？"

她现在心里乱成一团：已经分不清东南西北，方才跑出去后好一会儿，才想起可以吩咐下人去做这件事。楚园的人被放倒，钟年年挟财私逃，加上阿蛮重病，容止来诊脉却又被阿蛮弄伤，这一连串的事在她心里堆积着，挤压着，迫得她心中积攒起一股怨气，却不知对谁发泄出去。对钟年年吗？那女人已经跑得没边了。对桓远吗？别说是他，就连自己也没想到钟年年竟然当夜就翻脸。对阿蛮吗？他此时昏迷着，想来扭伤容止仅仅是他本能的防备反应。

容止微微一笑，正待说些什么，忽然瞥见楚玉的神情，他想了想，走过去，伸出那只未受伤的手握住她的手："公主无须担心，我不过是小伤，不要为我分神。"

楚玉深深地呼吸了几下，强令自己平静下来。那只握着她的手虽然有些凉意，可不知为何却又那么温暖，好像无形间给她注入了力量。楚玉这才将注意力转移到更应该重视的地方："阿蛮的病怎么样？"

"三日之内，我可令他醒来。"

第六十八章　十步杀一人

容止说三日，便真是三日。三日之后，阿蛮果然退烧醒来了，只是大概烧得有些迷糊，生病之前的一些事记得比较混乱，其余的倒没什么大碍。楚玉问了他几句话，见大部分都正常，估计他的智商没有烧掉太多，便也放下心来。

钟年年倒是没能追回，她挟带着财物私逃，也不知是怎么逃的，竟然比轻装追捕的官兵还要迅速，两日之内便没了踪影。

楚玉知道这个结果后没什么反应，只挥挥手说算了，反正钟年年卷走的那些都是身外之物，心疼一会儿也就过去了。唯独有些觉得对不住的，是王意之那幅字帖，白白给她顺了去。

钟年年的仰慕者反应也不大一致，最初听说钟年年竟然偷盗，几乎所有人异口同声地表示不相信。最后证据确凿时，有的人表现得很愤怒，认为自己竟然被一个女贼欺骗了青春与肉体、金钱与感情，有的人比较淡定，表示钟年年也许有什么苦衷，还有人执迷不悟，一口咬定是喻子楚在污蔑钟年年，假如碰到喻子楚，一定会让他好看……诸如此类，不胜枚举。

因为钟年年，楚玉接到了不少的恐吓信。不过大家都是读书人，即便竭力辱骂，也还是文绉绉地用词，楚玉看得有趣，看到好玩的，甚至拿去跟容止一起欣赏。

虽说收到恐吓信，楚玉略为加强戒备之后，便没有再往心里去，可她低估了钟年年的魅力，也高估了单方面热恋中的某些男人的智商，竟然真的有人请刺客来杀她。

一日，楚玉正在楚园里走着，忽然间腰上一紧，竟是越捷飞一把揽住了她的腰，飞身跃起，落在墙头上。越捷飞扶着她站稳，随即顺手拔出长剑。

空气里传来锐利的尖啸声，几乎要刺破耳膜。

楚玉回头看去，看见自己原来站立的位置，一道深深的划痕嵌入地面，而在那划痕旁边，立着一名黑衣少年。

乍看之下是少年，可仔细再看，却发现那人已经有了二十一二岁的模样。只因为他眉间张扬的锐气凌厉逼人，让他看起来年轻了好几岁。黑衣人一击未中，甩了甩手上的剑，神情很是无所谓地斜眼瞥向站立在墙上的两人。

楚玉一看清这人的脸，心底便浮现出两个字：坏人。

原来世界上，真的有人是天生一脸恶人相的：黑衣人的相貌其实并不丑陋，相反，他长得十分英俊。但不论是狭长凌厉的眉眼、高挺的鼻梁，还是闭合的薄唇，组合在一起，便给人一种错觉——这是个坏蛋。

不是不英俊，只是那种英俊带着冷戾的杀气，那么张狂而放肆地，张牙舞爪地向观者扑过来。尤其他斜眼看人时，你会觉得他心里正在谋划什么杀人放火的坏事。

虽然，他现在确实是在杀人。

相对于黑衣人的态度轻松，越捷飞却是如临大敌。拔出剑后，他让楚玉扶着横过墙头的树枝，随后便放开她，紧张地凝视着黑衣人，一刻也不放松。

楚玉感觉到越捷飞态度的不同，忍不住问："很强？"

越捷飞轻轻地"嗯"了一声，算作回答。他现在的心神不敢有半丝放松，唯恐有所差池。

好吧，明白了。

知道这回没什么好事，楚玉便不再出声打扰越捷飞，乖乖地缩在一旁，抱着树干观战。

越捷飞紧握手中的剑，盯着黑衣人问："来者何人？"方才那一击太可怕了，那种剑速快得简直让他有些胆寒。而那黑衣人方才并不是想杀人，越捷飞心里很清楚。他方才直觉危机接近，本能地带起楚玉逃离那个位置，才得以避开那一击。看对方的神情，似乎对刚才那凌厉一剑的失手并不怎么痛惜，好像随时都能施展出更强的剑术。

这个人是高手，越捷飞心里这么说。

黑衣人却没有回答越捷飞的问题，他轻慢地瞥了一眼一旁抱树的楚玉："喻子楚？"没等楚玉接话，他继续往下说，"有人花钱买我，让我杀你。"话音未落，他长剑一振，再次出手！

楚玉只觉得黑衣人的身形模糊地闪了一下，便在原地消失不见了。接着一道黑色闪电扑向半空，长而尖厉的破空啸声里，她只觉得一股森然冷戾之气直迫而来，身子却怎么也无法移动寸许，剑锋尚未触及，寒意便已经笼罩全身。

一瞬间，临近死亡的恐怖将楚玉包围，压得她好像连心脏都停止了跳动。

所幸只是片刻工夫，那黑衣人便被及时赶到的越捷飞阻拦住。两人在半空中飞快地交换了几剑，速度极快，兵刃交接的声音重叠在一起，转眼间，两人双双落地。

落地的下一刻，两人又极快速地交手。楚玉看不清楚他们的动作，只听见金属撞击的声音密集得好像雨点。而在金属交击的铿锵声中，还不时地夹杂着一两声宛如禽鸟凄厉鸣叫的声音。

楚玉皱了下眉，偏头小心地看了看墙的另一面，见下方是柔软的草丛灌木，回头担忧地看了越捷飞一眼，见他和黑衣人打得不可开交，将心一横，便放开树枝，跳下墙去。

方才越捷飞转过身去时，给了她一个快逃的手势。这让楚玉感到了危机，越捷飞的功夫有多高明，她从第一次被刺杀以及后来他与花错的交手之中便可窥得一二，而越捷飞本身也是极为自信的。现在对方只有一个黑衣人，照理说楚玉站在他身边才是最安全的，可现在越捷飞竟然叫她逃跑，这说明他没足够的自信打败黑衣人，担心黑衣人战胜了他之后会继续杀她。

楚玉不是那种让她跑她却非要留下来同生共死的人。她知道武力不佳的自己对于越捷飞是一个负累，就算守在一旁，也帮不上忙，不如现在逃走，让越捷飞能心无旁骛。

逃！

落地之后，这个字便占据了楚玉的脑海。她撩起衣袍的下摆，用她所能达到的最大速度向外跑去，身后剑锋交接的声音逐渐减弱。跑着跑着，楚玉发现整个楚园几乎都处在一种可怕的死寂中。

是的，死寂。

因为园子里绝大部分白天还活着的人此刻都死了。

那些外貌清秀的、风仪不凡的、进退知度的，有的甚至是她一手调教出来的侍从，以及保护着楚园安危的护卫，钟年年虽然掠劫，也仅仅是把他们给药晕或打晕，并未夺取他们的性命，可他们全都在今天，死在一个黑衣人的剑下。

横躺在地上的尸体，每一具的伤痕特征都是一样的：皆是咽喉上一点致命伤，鲜血从颈上流淌出来……一剑夺命。

楚玉几乎可以想象当时的情形，黑衣人大摇大摆地闯入楚园，见人便杀，毫无顾忌，毫无怜悯，一剑一人。

楚玉只觉得自己的脑子好像已经僵化，她来不及感受愤怒，也来不及感觉伤心，她的心被恐惧包围，她的身体忠实地执行着逃跑的命令。可每当看到一个死人时，就会有一个声音好像铭刻一般的，在她心里刻下一个数字。

一，二，三……

七，八，九……

十五，十六，十七……

从墙头落下的地点，一直到楚园门口，一共三百四十八步，一共四十七人。

从马车上解下一匹马，顾不上管粗粝的缰绳把手磨破皮，楚玉翻身上马，生疏地抖了抖缰绳："驾!"嗓音沙哑。

楚玉曾经学过骑马，但只学习了一阵，因为她觉得马背磨得大腿内侧不舒服，便停止了一时兴起的练习，这个时候她才有些后悔当初为什么没有好好学。马才起步，楚玉便险些摔下去，她用力伏在马背上，确定身体平衡后才直起腰。她回头看了一眼，楚园的门大开着，好像张着吃人的口，原本清雅安静的庭院，此时里面已经是血光漫天。

楚玉一咬牙，挥了挥鞭子，用力夹紧双腿，在摔死和被追上杀死的双重恐惧里，竟然顺利地回到了公主府。虽然这个时候她已经狼狈不堪，头发散乱，衣服也脏得不像样子了。

楚玉惊魂甫定，便想起自己离开楚园之际，越捷飞还在跟黑衣人打斗，也不知现在凶吉如何。便飞奔去找了花错，连阿蛮也一起叫上，正要准备召集卫兵时，她想要找的人已出现在门口。

越捷飞勉强地靠在门边，他的左肩膀和小腹都中了一剑，左肩处的伤势较重，鲜血染红了整条袖子，还在不断向下滴着鲜血，他以往英挺的眉宇被灰败所笼罩，连眼光都有些涣散。

越捷飞一见到楚玉，白眼一翻，便倒在了地上。

楚玉心中大急，正想赶上前去，看越捷飞怎么样，忽然肩膀被人扣住，回头一看，却是一同跟过来的容止。容止按着她的肩膀，目光投向前方的上空："当心。"

顺着他看的方向望去，楚玉看见，在公主府大门上方位置的墙头，站立着一个死神般的黑影。

由于方才匆忙，护卫还没能召集过来，眼下周围也不过是楚玉、花错、容止和阿蛮几人而已。

楚玉的身子瞬间僵硬。

黑衣人的神情轻慢邪恶，带着微微的冷酷笑意。他手中提着剑，视线从几人的脸上一个一个晃过，目光投在楚玉身边时，他的笑容忽然凝固，震惊得变了颜色。

第六十九章　坐困城池中

“你怎么会在这里？”震惊之后，黑衣人的眼神转为愤怒、伤心、疑惑，好像还有怀念，这么多种强烈的情感在他英俊的脸上交织，竟然一点儿都不显得矛盾。

楚玉下意识地朝自己身旁看去……容止？呃，不对，方向错了。再转向另一侧，楚玉才知道黑衣人看的人是谁。

是花错。

花错此时也望着黑衣人，神情有些复杂，过了好久，他才轻声招呼道：“许久不见，鹤绝。”

看样子，两人竟然是从前认识的。

被称作鹤绝的黑衣人冷笑了一声：“原来你还记得我的名字，我只当你早把我忘得一干二净了呢。”

花错苦笑一声，没再说话。

鹤绝盯着花错，继续道：“怎么不说话呢？四年不见，花伤鹤唳相对无言，这可不像样子。”

花伤鹤唳？

他这么一说，楚玉猛地想了起来，越捷飞曾经说过，昔年花错曾经与一名姓鹤的少年剑客交好，后来二人反目，如今看来，便是这位鹤绝。只是想不到这位鹤绝竟然还是一个杀手，而在刺杀过程中，又与昔年反目的好友重逢。

花错神情有些恍惚：“是四年又五个月。”已经那么久了。

鹤绝分出眼神来看了看楚玉，眼神不屑又厌恶。只一眼他便立即移开了目光：“昔日你我分别时，你说要去找天下第一美人，这就是你找到的天下第一美人？你的眼光是否太低劣了些？”

此时楚玉的头发散落下来，虽然看起来狼狈了一些，但至少可以看出是个女的。听了鹤绝的话，她有些错愕：天下第一美人？不是钟年年吗？

花错依旧有些失神，好一会儿他才笑了笑，低声道：“都是多少年前的事了，现在，早已经不是啦。”他声音里带着浓烈的感伤，好像有一股挥不去的怅然盘旋其中。

鹤绝哼了一声：“不要以为你这么说，我便会放过你。”他手腕抬起，长剑剑尖凛冽地直指花错，厉声喝道，“拔剑！四年光景，我要看看，你究竟长进了多少！”

此时此刻，他竟然将注意力完全放在了花错身上，把他原本的目标楚玉抛在一边，毫不理睬。楚玉此时是巴不得被忽略，趁着鹤绝向花错挑战，她连忙拉着容止走到一边，转头让阿蛮也跟过来。他们才刚走开，鹤绝便动手了。

鹤绝的剑几乎总是伴着仿佛要撕裂耳膜的破空啸声，他与花错两人都是走快速狠毒的路子。很快，楚玉便看不清楚两人交手的状况，干脆暂时不看。此时越捷飞依旧不省人事地躺在门边。楚玉拉着容止去探他的情况——没死，万幸。

见越捷飞还有呼吸，楚玉连忙让容止给他止血包扎。这时候忽然听见阿蛮大叫一声，抬头一看，阿蛮握紧长枪加入了战团。

因为阿蛮的加入，交击之后，伴随着一声厉啸，花错与鹤绝两人的动作停顿下来，让楚玉看清楚了他们现在的情形。只见花错脸上身上伤痕累累，都是较轻的伤，可如此积累下来也十分可观，再对比鹤绝，除了因为动武，令衣服不太整齐外，没有半丝损伤，胜负结果一览无余。

阿蛮想必也是看清楚了花错的劣势，才提枪上前助阵。

鹤绝轻蔑地看着花错：“真不知你这四年是怎么过的，剑术丝毫没有精进，四年前你我剑术水准相当，眼下却已经相差如此之多。”

花错叹了口气，并未说出自己伤势缠绵三年的事实，任由他去猜想误会。

鹤绝更加不满地皱着眉头：“我以前就对你说过，女色误人，我们学剑的人就更应该远离女色。你却不听我劝告，去找那什么天下第一美人，该不会你这些年为了讨好那美人，荒废了剑术吧？”

楚玉方才派人去召集的卫兵，在这个时候终于赶来。看见这般情形，近百名护卫将鹤绝三人团团包围住，内层的人拿着刀剑，而外层的人则张着弓弩，目标瞄准鹤绝。

鹤绝看着这个情形，在心里盘算了一下：他虽然并不惧这个阵势，但真要把这些受过训练的卫兵都杀死，也需要花一些气力。一旁还有花错虎视眈眈地看着他，合起来对付他，他只怕讨不了好。迅速想明利害关系，便不再迟疑，他脚下发力，朝包围薄弱的方向冲了过去，闪电般地连杀数人，趁着混乱之际逃离无踪。

侍卫统领正要命令去追，楚玉出声阻止：“慢，都留在这里，传令下去，加强公主府的防卫，今后不要再让人这么轻易地闯进来。”一想起鹤绝今天视防卫如无物地出入公主府，她便忍不住感到一股寒意蹿入骨髓。假如今天不是有花错的出现转移了鹤绝的注意力，只怕她已被杀死了。

花错和越捷飞都受了伤，容止为二人处理后，便转手交给府上的大夫照料，这只是纯外伤，不需要他亲自花太多工夫。

花错身上的伤口虽然多，但都很浅，鹤绝仿佛是要刻意折磨他一般，一剑一剑慢慢地在他身上割。而越捷飞就比较惨了，除了楚玉之前所看见的肩膀和小腹两处伤，背后还有一道剑伤，加上他在跑回公主府的路上失血过多，差点儿就没能抢救过来。

楚玉命人画下鹤绝的容貌，在建康城中全城通缉，悬赏了大笔金额，不论生死。最后一句是楚玉特别加上去的，楚园四十七人，再加上公主府八人，鹤绝一共欠她五十五条人命，只还一条，实在太便宜了。

而接下来的一段日子，楚玉只能留在公主府内，哪里都去不了。从前但凡她出门，都需要越捷飞跟随着，发生什么意外也可以应付，但现在碰到个剑术高明得可怖的刺客，不但她的安危没办法保障，就连越捷飞也是自身难保。没办法，楚玉只得一直留在公主府内，依靠公主府的兵力防卫，以策安全。

里三层外三层的守卫，将公主府包围着，这是楚玉的城池，只有这里是安全的。每日例行的进宫自然是没办法再进行了，与外界的联系也少得可怜，楚玉只能从收集来的片段信息中了解现在的局势。

三王依旧好好地活着。这件事让楚玉在放松和紧张之间徘徊，情感上，她很难接受杀死这三人，但理智上，她却知道这是不死不休之局。而在一片愁云惨雾里，假如说还有什么能让楚玉稍微高兴些的，便是那日鹤绝闯入楚园时桓远正好不在，幸运地逃过了一劫。

八月，秋意渐浓，秋风萧索，秋天仿佛鹤绝的剑一般，杀意扑面而来，只是鹤绝杀的是人，秋天杀的是那碧绿装点的万物。

在闭关数日后，两道宛如闪电而来的消息，令楚玉再也坐不住了。

第七十章　王家无意之

风云变幻，真的是风云变幻。

两件事。

第一件，刘义恭，也便是那次楚玉在小皇帝书房里看到的那位仗着自己身份不把刘子业当回事的老人，与几名在朝中有地位的老臣秘密谋反，主要参与人员有柳元景、颜师伯，柳元景又拉了沈庆之入伙。但后来沈庆之知道了他们的计划后，面上答应说不会对人说出去，可出门便去向刘子业告了密。刘子业亲自带领羽林军，杀了刘义恭，再派人召柳元景。柳元景知道自己必死，穿上朝服从容就戮。而颜师伯也被半途截杀。

三个主谋皆死，刘子业又杀了数个同谋，才满足地收了手。

连杀数人，迅若雷霆。

刘子业并不在乎几个老臣在朝堂上的号召力和影响力有多大，兵权在他的手里攥着。

第二件，不是在朝堂上的，而是与王家有关系。

楚玉在听到这两件事之后，登时心智大乱。纵然明知道鹤绝还没抓住，还在外面晃荡着，不晓得什么时候也许就蹦出来刺杀她，可她实在是坐不住了，挣扎了片刻，决定冒险外出。

进宫见到刘子业，楚玉也顾不上行礼，劈头便问："你为什么要杀那些人？"

刘子业瞧见多日不见的楚玉，原本十分高兴，可楚玉迎头便是大声质问，好一会儿，他才想明白楚玉是为了刘义恭等人而来，顿时就觉得很委屈："阿姐，是他们想要谋反啊，我难道还不能杀他们？"

楚玉哑口无言，不知该接什么话才好。

她方才只顾着气愤刘子业杀人太过，心狠手辣，一时忘了这是作为一个帝王应该做的。假如他不杀刘义恭等人，难道要等着对方来推翻他吗？

楚玉怔了好一会儿，才深呼吸恢复平静：“陛下杀死谋反者自然不错。可陛下有没有想过，为什么他们要谋反呢？”归根结底，还是刘子业这个皇帝太不称职的缘故吧。

假如不是刘子业任性、暴虐、滥杀，又怎会有人甘愿冒着生命危险做谋反这样大逆不道的事呢？虽然身为现代人，楚玉并不觉得谋反是什么太坏的事，但她也知道，在古代，这是要背负骂名的。古人很重视忠孝节义，倘若不是忍无可忍，又或者拥有枭雄心性，一般都不会谋反。

刘子业满不在乎地道：“还能是为什么？刘义恭那个老贼也想当皇帝呗。”

楚玉无力地瞪了他一会儿，觉得假如对他讲“水能载舟，亦能覆舟”的道理也许是对牛弹琴，反正人已经杀了，她现在就算跟刘子业闹翻，也不可能复活那些死去的人。沉默片刻，楚玉绕开话题：“陛下杀了这些人，朝中有些位置便会空缺，陛下决定怎么办？”刘子业杀了几个老臣，但朝堂上所损失的，却不仅仅是被杀的几个人。死去的那些人之中，还各自有好友，有朋党，有利益共同者，见情势不妙，不少人都递了辞官申请。

只不过是一两日的工夫，朝堂上便空了一大块。

即便是到了这样的情形，也不能让刘子业有危机感，去反省自己的错误，他只一味地认为是别人的错。他猛地想起一件事，兴高采烈地对楚玉道：“对了，阿姐，那天在书房里，我瞧见刘义恭那老贼拿眼睛瞪你，就把他的眼睛给挖下来了，送给你玩儿好不好？”

他的眼神纯真热烈，像一只讨好主人的小动物一样望着楚玉，就像送出寻常珠宝一样，用还带着血的双手捧上一对血淋淋的眼睛。

虽然刘子业这么做是一心想要讨好楚玉，她却感到十分震惊。纵然时空如何变幻，她都没办法像一个真正的上位者那样，视别人的生命如草芥，更不要说接受这么一份染满了殷红鲜血的爱意。

她无论如何也不是山阴公主。是的，刘子业爱着山阴公主，把她当成自己的好姐姐、母亲，甚至是知心友伴，几乎凡事都想着她，觉得有了好东西便要送给她。可对楚玉而言，刘子业单方面的爱太过扭曲和凄厉，她不但不为其感动，反而十分害怕他。

害怕得……恨不得夺门而逃。继上次亲眼看到刘子业下令杀死四个孩童和墨香后，楚玉再一次见识到这个少年皇帝暴虐残忍的一面。

又或者说，其实他根本就不觉得自己做了什么了不得的事，杀人是很自然的，就连挖出叔祖的眼珠子做礼物，也是轻轻松松小菜一碟。这是多么黑暗的人性，多么扭曲的时代！一时间，楚玉怔怔地望着刘子业，只觉得一切是那么荒谬。

刘子业全不知她内心所想，只继续兴高采烈地说着：“阿姐，我们以前也玩过挖眼珠游戏的，今后再一起玩吧。”

楚玉苦笑一声，勉强掩盖住内心的恐惧，找了个借口，称自己今天身体不适，匆匆告辞，离开了皇宫。

近来诸事不顺。当楚玉再度坐在马车上时，心里面想的便是这个。她想要救的人，救不及；她想要杀的人，杀不了。她不愿发生的事情却偏偏发生了。

她在名流士族中声名关系正好时，来了一个天下第一美人钟年年。好不容易钟年年自己走了，又来了个刺客逼得她不敢出门。也正是因为刺客逼得她不敢出门，才导致她错过了这场朝堂巨变，不要说事先知道有所反应，就连稍微做一些努力都不能。

一连串的事件不断发生，看上去好像没有什么关系，可楚玉有时候忍不住会想，是否冥冥之中有一只虚无之手操控着这一切？

会不会真的有这么一个人跟她作对？她要杀的人，对方就保住；她要保的人，对方偏不让她保；她要建立声望，对方给她毁掉；她要左右皇帝，对方甚至让她不能出门……

那人是谁？世界上有这么可怕的能不留痕迹地操纵一切的人吗？

虽然说这个可能性很小，但楚玉在马车上闲着，还是将可疑的对象在脑海里一个个过滤一遍。

滤过了沈庆之，滤过了驸马何戢，最后认为最有这个可能的，竟是天如镜。可也不对，倘若是天如镜，他有很多杀她的机会，何必花大力气请一个杀手来呢？

眼前好像被什么遮盖着，盖住了最重要的那部分，让她无法瞧见事情的关键。

楚玉先回公主府，换上男装，又马不停蹄地令人驱车前往王家。惊动她的第二件事，与王家有关，与王玄谟有关，也与王意之有关。

在她无法出门的期间，王家的权力构架也发生了一些改变。王玄谟从家主的位置下来了，他不是自愿下的，而是被人拉下来的。而新任的家主，很是看不惯王意之的逍遥做派，头一个便要拿他来开刀。

楚玉赶至王意之宅院时，已经有不少人在附近围观，看热闹者有之，关心者有之，幸灾乐祸者也有之。每个人的脸上都浮现出不同的神情，全神贯注地看着那洞开的门庭——门被撞坏了，断裂的木闩躺在地上，残破而安静。

楚玉心底一沉，便走下马车，紧跟着花错也走了下来。越捷飞伤势未愈，楚玉打算冒险出门，容止便让花错暂代护卫一职，平时越捷飞都是坐在马车前面或者直接躺在马车顶上。但花错一出门就十分自觉地跟着楚玉一起坐在马车里，楚玉也随着他去。

一下车，楚玉随手拉了旁边看热闹的闲人来问，得知大约一炷香前，王家的人带着一群仆从，不曾敲门便直接破门闯入，也不知里面现在是否凶多吉少。

楚玉略一思索，便与花错走上前去，走到门边时，门后便有四个身强力壮的护卫拦在她身前。楚玉看看四人，微微一笑，道：“我姓喻，名子楚，是意之兄的好友，不知此地发生了什么事？”

四名护卫对视一眼，再看看楚玉衣着华丽，竟默然地让开了道。

楚玉进门之后，便按照自己的记忆，与花错一道往内院走去，一路上只见到处狼藉。那些名贵但不起眼的花木被恣意践踏，折断倒伏在地面上，一直走到接近人工湖时，楚玉方瞧见王意之。

湖边的柳树已经有些凋零，再不复碧玉妆成绿丝绦的美丽。一张舒适的软榻就摆在柳树林边，王意之很悠闲地躺在软榻上。软榻边摆放着一张小小的黑漆方形案几，案几上立着一个酒壶，而王意之修长的手指稳稳地端着酒杯，神情平静，笑意微微。

王意之就是这样的人，不管他身在何地，不管他身边有多少人，但一眼看去，第一个被注意到的总是他。

楚玉从第一次见到他，直至现在，皆如此。

来到此地，楚玉才发现，能进这里来的人，不仅仅是她，但凡建康城内有些家底的名流，似乎都被门口的护卫放了进来。这些人聚在一起，远远望着王意之和他身边的人，偶尔交头接耳说上两句。

外面那群围观的似是普通百姓，能来宅院里参观现场的，却都是世家豪富出身。门口护卫看衣放人，如此把关，倒也有趣。

不过楚玉现在并不觉得轻松愉快，见王意之状似无恙，她微微松了口气，与花错一同走上前去，瞧见萧别也在其中，便走到了他身旁。此时她看清楚了正站在王意之身前的人，那人楚玉也曾见过，名叫王行之，是王意之的堂兄。他站在王意之身前一丈外的位置，神情有些阴沉。

“难道这人就是王家现任的当家？”楚玉有些奇怪，看王行之喜怒形于色的模样，完全不像是能斗得过王玄谟那老狐狸的样子啊。

楚玉原是自言自语，但一旁的萧别却低声接上了话：“王行之乃是现任当家的儿子。”

原来如此，老子不出面，让儿子代劳，以避免落个欺压晚辈的口实。可现在也算是欺压了啊，单看王行之身边仆从护卫呼啦啦的好几十号人，而王意之却只身一人，情势便一目了然。

可不知为什么，楚玉看到王意之的样子，竟然一点儿都不觉得着急。她刚才还一路心急火燎的，可来到这里，看见王意之悠闲的模样，好像整个人都跟着他一起放松下来。

王行之今天前来，是来抄家的。王意之的吃穿用度、衣食住行，都是挂着王家的名义。也许是因为懒，也许是别的什么原因，他竟然完全没有将这些东西转入他私人名下。因此，王行之此时以王家的名义来收回，也是完全合理合法的，虽然并不合情。

他清点了一切属于王家名下的物件，包括房屋地契、桌椅板凳、花草树木、衣帽鞋袜，事无巨细，全都登记在册。最后清点下来，王意之家中内外、全身上下，竟然没一件是属于他自己的，包括他身上穿的这件衣服。假如说真有什么是属于他的，大概也就是他这个人了。

待王行之令人清点完毕，王意之慢悠悠地放下酒杯，很悠闲地问道："点完了？"他满不在乎，好像他才是掌控局势的人。

王行之料不到此时此刻王意之依然如此漫不经心，倒是衬得他一番行为就像跳梁小丑般可笑，心中更为愤恨。他冷声道："王意之，从今往后，你便不是我们王家的人，今日我命你离开此处，不得带走王家任何东西。"

王意之笑吟吟地从软榻上坐起来，抬手便开始解身上的衣服，此时天气已经转凉，王意之脱下两层，才露出雪白的内衫。王行之目瞪口呆地看着他的动作，好一会儿才如梦初醒地叫道："你做什么？"

王意之望着他，笑吟吟地道："行之方才不是说了吗？我出门之际，不许带走王家的任何东西，这身上衣衫也是王家之物，我自然要脱下来还给行之。"

他一句话堵得王行之哑口无言，好一会儿才道："这几件衣服送与你了，你不必再脱。"说完他又有些后悔，倘若让王意之光着出去，不是更能羞辱他吗？然而话已出口，此地这么多人看着听着，他也不便反悔。

王意之哈哈一笑，随手将外衫一拢，站起来便朝门外走去。楚玉略一犹豫，也跟着追了出去。王意之走得很快，一直追到门口，楚玉才追上他，抓住他飘荡的袖子："意之兄要前往何方，在下送你一程可好？"

王意之看了楚玉一眼，微微一笑，点了点头。两人上了马车，待花错也上车后，王意之便说了一个去处。楚玉原不知那是什么地方，待马车行至而停下，停在一条巷子前，她才发觉周围是一片低矮的木屋，参差不齐的排布让环境显得十分杂乱，周围的人看衣着都是贫民，每个人都拿好奇的眼光偷偷地看不知为何而来的华丽马车。

王意之谢过楚玉，便毫不迟疑地跳下马车，朝巷子里走去，一直走到尽头，在一座稍微显得有点儿新的木屋前停下来，推开虚掩的门，走进去。

屋内的空间很狭小，除了一张木床，便再无其他杂物。王意之一进门，便张开手脚往床上一躺，闭上了眼睛。好一会儿，他才睁开眼来，冲着门口目瞪口呆的楚玉道："子楚兄可觉得奇怪？"

楚玉苦笑一下，道："是觉得奇怪。"她现在算是明白了，这间贫民区里的屋子，是王意之给自己准备的。他似乎早就知道自己会被赶出王家，便准备了这么一个栖身之所："你既然知道王行之要那么对你，为何还要任由他妄为？"被赶出王家很好玩吗？失去经济来源，吃苦受累很好玩吗？

从前被人侍候惯了的少爷公子，即便是在低矮昏暗的木房里，也宛如皎洁的明珠一般散发着柔光，怎么看怎么与周围环境格格不入。

王意之微微笑道："我为什么不能由着他？我无意于权势之争，在王家白吃白喝了这么多年，也算够本了，他们没有叫我还债，说起来，还是我占了大便宜。”他笑起来的样子好看到了极点，身上衣衫仅仅是随意拢着，满是惫懒随意的味道。

楚玉拿他没办法，只得暂时由他去，只道：“你若是住不惯这里，我楚园的大门随时为你敞开。”转身欲走之际，楚玉听见身后传来低低的一声“多谢”。

从此王家无意之。

这话虽然落寞，却也现实。不能给王家任何好处的王意之，即便被赶出来，也没有家中的人给他说半句好话，而唯一疼爱他的王玄谟，此时已经退隐二线，不再管事。

倾覆是那么容易的事，一日之间从云端跌落，纵然王意之不觉得疼，但楚玉却看得心惊。

天上明月跌落在污泥里是什么样的感觉？现在的王意之，便给楚玉这样的感觉。他本是世家公子，从小被呵护着长大，被长辈所期待，被世人所瞩目，被亲友所艳羡。但现在的他，却被一文不名地赶出家门，居住在贫民区低矮的木屋内，甚至不知下一顿有没有保障。因此楚玉虽然嘴上说不管他，但第二天还是驱车前来探望。

可出乎她的预料，王意之并未饿昏在屋子里，他竟然在巷口摆了一个摊子，专门替人写字。王意之的那一手字是极好的，不光是周围不识字的贫民有的央他写信，就连从前认识的世家公子，也都巴巴地赶来，求王意之的一幅字帖。

王意之就靠卖字为生，竟然也过得逍遥自在，简陋的食物，他也吃得，坚硬的木床，他也睡得。楚玉一开始是吃惊，之后接连几日，便渐渐地转为佩服。

素来是由俭入奢易，由奢入俭难，像王意之这样适应自如的，楚玉还是头一次见到。

这样的日子一连持续了四五日，楚玉头两天出来时，还有些提心吊胆，担心鹤绝又来刺杀她，可过了两日不见动静，便渐渐放下心来。她之所以如此频繁地来看王意之，是担心他会离开。

繁华富贵拘束不住他，建康城也拘束不住他。偶尔的一瞥，楚玉看见他眼中的去意，已经宛如远道的尘沙，飘扬到了眼下她无法抵达的地方。

可楚玉没想到，这一天来得如此之早，如此之快。和以往的早晨一样，楚玉又去找王意之，推开门时，却见屋内空空荡荡的，只在木板床上用半块砚台压着一张一尺见方的纸。

楚玉拿起纸来，只见纸上写着：天地之间，任我逍遥，子楚见字，不必相送。

隔着纸端，楚玉想象得出王意之写下这四句话时，眼中飞扬着的洒脱不羁的笑意。如今他是真的没了任何的拘束和羁绊，这个世界如此之大，他可以听从自己的心意，随意去往任何一个地方。

或许，王意之很早就想离开了，建康的风风雨雨、是非纠缠，让这个潇洒不羁的男子很是不耐烦了。王家驱逐他，反而正合了他的心意，天地之大，方是他的归处。

建康城里的局势他不是不知，但他懒得管，别人怎么样争来斗去，都与他全无干系。这时候离开，并非为了避祸或别的什么，只是因为他想走了。

他想走了，于是他便走了，就这么简单。

楚玉反复读着这四句话，渐渐地，她的心也仿佛随着这四句话飞扬了起来，忍不住抿唇笑道：“我真是作茧自缚。”

她招呼花错一声，走出房门，外面阳光耀眼生花，楚玉才要将王意之留下的纸折叠起来，忽然手腕一顿，脸色变了变。

她看见，白纸与墨迹之中，竟然混杂着星星点点的针孔，在明亮的光线下，隐约地显现出来。

第七十一章　斩草复除根

那些针孔十分细小，在室内根本看不出来，在阳光下，被光一照，才呈现在楚玉的眼前。

而针孔连成了一个字。

楚玉的眼皮跳了跳，想起花错在一旁，她连忙假装若无其事地将那张纸纳入袖中，与花错一同上了马车。原定计划是看过王意之后便进宫去，楚玉并不打算有所改变，径直往皇宫去。才进得皇宫，她站定，拿出那张字条，对着光确认起来。

楚玉皱着眉头，许久之后才慢慢地将纸张折叠起来，带着困惑收好。

王意之想对她说什么呢？为什么要用这么隐蔽的办法，将那个字藏在留书之中？

甩甩头，楚玉暂时压下疑问，先提起精神去见刘子业。两人交流了一下姐弟感情后，刘子业提出来人手不足，打算全体官员晋升两级，来弥补因为杀了几个辅政大臣而造成的权力机构空白。

楚玉对于政权的人事变动并不太了解，但听刘子业说缺人手后，便忽然生出个念头："陛下，我给你举荐一个人，如何？"

楚玉打算举荐的那个人便是桓远。现在她与建康城的世家子弟至少有一半交恶，而她对刘子业也几乎失去了仅存的一点儿信心，现在举荐桓远，却是全然的私心了：让桓远掌握一部分兵权，今后出了什么乱子，她的安全保障也多了一分。

刘子业连杀数臣，空出来的职位自然不少，眼下见楚玉竟然有兴趣，便让她随意挑选。楚玉比较了一下各个职位，便给桓远选择了一个"丹阳尹"的职位。

这个职位说白了，其实就是建康的地方长官，以执掌军权、掌治民政、荐举任用与掌刑政诉讼为主，并参与朝政。这个官职的级别未必有多高，却十分重要，乃是近天子之官。

楚玉看中的，就是“近天子”三个字和掌握建康军权这一点。

因为女子身份，喻子楚现在在名流圈中寸步难行。喻子远这个人的文采却远近扬名，再加上楚玉先前的造势，赐给他这样一个官职，倒也说得过去。

走出皇宫时楚玉觉得很轻松，因为今天她没有跟刘子业提杀三王的事。王意之的留书，让她看清楚了自己从前的狭隘和软弱。她根本就不是那种心狠手辣杀伐决断的人，也不是擅长钻营谋算的智者。她虽然有超越千年的眼光，却未必有超越千年的智谋。强迫自己去做那样的人，反而容易弄巧成拙。

看到了短处，这是一件好事。

让自己痛苦难过的事情不要去做，她想要活下去，想要舒舒服服安安稳稳地活下去。假如因此要让良心背负着无法卸除的愧疚，那么这样痛苦地活着，又有何滋味呢？

回公主府换上男装，楚玉犹豫了一会儿，让花错留在府内，转而让阿蛮和越捷飞两人一道陪同她前往。经过一阵子的休养，越捷飞的伤势好得差不多了，虽然不能说是痊愈，但至少动手打架是没问题的了。

马车在建初寺门前停下来，楚玉深吸一口气，平缓心中的不安，才下了马车。

王意之留给她的纸上，针孔连成一个字：然。

什么“然”，楚玉想到了与王意之交好的寂然，才来到这所寺庙前。

为什么王意之用那么曲折隐蔽的办法将消息传递给她？他不希望谁看见？楚玉拿不准，但那些天，每天与她一道的人是花错，楚玉虽然不愿意怀疑花错，却还是秉持着不怕一万就怕万一的念头，暂时将花错与自己隔离。

然后来找寂然。

也许从寂然口中，她可以得知王意之想要告诉她的事。

然而楚玉才一下车，便看到建初寺门前站着一群人，朝寺庙内指指点点的，似乎在议论着什么。她心头浮起不祥的感觉，连忙奔过去，拉了其中一人询问，得知刚才有刺客前来光临建初寺，杀了几个和尚后，那刺客闯入素来与人无怨的寂然大师的房中，片刻之后，房内便没了人影，只留下一摊血迹。

那刺客，据说脸上蒙着黑布，着一身黑衣。

而此时此刻的沐雪园内，一个黑衣人站在容止身前，身影在夕照下镀上一圈血色光辉。

在与守寺僧人交涉一番后，楚玉与越捷飞、阿蛮步入建初寺。被刺客杀死的几名僧人尸体已经整整齐齐地并排摆在正院里的地面上，旁边站着几个面无血色的和尚，神情惶然不安地小声议论着什么。

楚玉吩咐越捷飞上前检查尸体，接着便向旁边僧人询问当时的情形。据看到那刺客杀人的僧人说，那刺客全身都包在黑色的衣衫里，头戴斗笠，斗笠下露出的半张脸上也蒙着黑色的缎子，根本就瞧不见外貌。但刺客每次挥剑时，都会发出一声令人心悸的、长而尖厉的啸声，宛如鹤鸣一般。

“是鹤绝没错。”楚玉问完之后，越捷飞也检查尸体完毕，回到楚玉身边，取出手巾擦拭指尖的血迹，“留下来的几具尸体，是他惯用的杀人手法，直刺咽喉，一剑致命，出手狠毒险恶。而鹤绝还有一个尽人皆知的特点，那便是，他每一次快速出剑时，剑身上都会发出如同鹤唳一般的尖啸，这也是他外号的由来。”

楚玉点了点头：“如此说来，刺客便是鹤绝没错了。”可是，他为什么要杀寂然呢？他杀的人是她正要找的人，是偶然呢？还是说她来找寂然与他有什么关系？

鹤绝？怎么会是鹤绝呢？

他跟王意之、寂然有什么关系？与王意之想告诉她的事情又有什么关系？

楚玉直觉自己好像忽略了什么，真相不应该是这样的，不应该只到这里为止。可她越着急，就越是忽略了什么。

为什么是鹤绝？她现在全部心神都被这个问题给吸引了过去。

站在容止身前的黑衣人脱下外面罩着的黑衣，露出里面的一片鲜红。

花错一把扯下面罩，拿手在脸旁扇了扇风，想扫去皮肤上的闷气：“你让我假扮谁不好，偏要扮鹤绝那个讨厌鬼去杀人？”

容止悠然一笑：“你们两人真是小孩子，不过是几年前的一件小事，也可以闹别扭闹到现在，谁都不肯低头认错。”让花错这么做，是因为花错了解鹤绝，这两人曾经是至交好友。不管是出手用剑的方式，还是出剑时的鹤鸣声，花错都能惟妙惟肖地模仿出来。

花错不屑地撇撇嘴：“别拿我与他相提并论，我跟他可不一样。行啦！事情我已经办完，公主不会找到寂然啦，我回去休息。”

容止微微点了点头。他身体倚在青石台上，秋天里，竹林显得有些萧瑟，青石台也是冰凉的，寒冷的秋意从石上渗入衣衫里，再侵入他的身体，他却并不觉得寒冷。他的目光柔和平静，完全不像是才下令杀人灭口的模样。容止从袖子里取出一张折叠起来的纸，展开来看，纸上墨迹宛然：天地之间，任我逍遥，子楚见字，不必相送。

对着夕照最后残余的光辉，纸面上的针孔组合成一个“然”字。望了一会儿，容止叹了口气，自语道：“想不到王意之临走之前，竟还留下这么一手。”

幸而今晨花错瞥见楚玉出门之后看着纸张的神情异样，趁着回府的期间，将今天发生的事情的来龙去脉告知于他，又按照他的交代将纸从楚玉的衣衫里偷来。王意之的字里藏字，虽然能瞒过花错的眼睛，但如何能躲得过他的心思？

一见字中藏字，以容止的智慧，当即便想透许多。他丝毫不问前因后果，更不需要去找寂然或王意之求证什么。他只简单地对花错说了一个字：“杀。”接着又补充，“扮作鹤绝。”

如此凌厉，如此果决，如此狠辣，如此缜密，并且，决不留情。

唯一可惜的是，花错方才回来汇报，并未成功地杀死寂然，在紧要关头，让他给逃了。不过他给寂然留下了一道很深的伤口，只消一时半刻无人救助，便会血尽人亡。

横竖是不让公主见到活着的寂然，既然根本目的已经达到，过程稍微出现一些偏差，容止也不十分在乎。

“王意之……”容止慢慢地将纸揉碎，又把碎屑小心地收回怀中，忍不住微微笑了笑，“不必相送吗？你倒是看得开，即便是看出公主并非公主，你也毫不理睬，只将她当成与你相识的子楚。”

王意之的洒脱，他远远不能企及，但他并不羡慕，也不向往。他心里清楚，他与王意之是截然不同的两种人，这是他们各自的选择，清醒而理智，并且，决不后悔。

又细细地盘算了一阵，计算今后的各种路线，他手头所掌握的棋子能发挥的作用，各方面影响的交汇。这样的计算十分繁重琐碎，可他还是不慌不忙地，一条条宛如抽丝剥茧般梳理顺畅，仿佛无形之中有一只强有力的钢铁之手，将这些东西稳稳当当地统合起来。

也不知过了多久，他感到少许疲惫，便缓慢地合上眼睛，就这样在竹林之中睡着了。

合眼时，暮色降临，一片黑暗笼罩下来。

接下来几日，楚玉派人一直寻找寂然。她心里还存着最后一线希望，没有看到寂然的尸体，就不能确定他死了。活要见人，死要见尸。除了寻找寂然，楚玉还想找到王意之。但这似乎比寻找寂然更难，王意之是在她见到留字的前一天走的，一直到她知道寂然遇害时，已经有一天多的工夫，早就走得没了踪影。她也不晓得王意之的目标，更加不愿意大张旗鼓地寻找，以免在她见到王意之前，王意之已经被人先一步杀死。

除了派人在城内外搜寻寂然的下落，楚玉每天都会前往王意之居住的贫民区，希望能从周围人口中得知王意之在离开之前的言行举止，以期从中推测出一些蛛丝马迹。

一连失望了好几天后，楚玉终于发现了一点儿线索。一个住处与王意之家隔一条街的居民将楚玉带到一个又脏又旧的木屋前，只见木屋的顶上漏了一个大洞，门板和墙面都满布腐朽的损坏，好像稍微用力一推，这个饱经风霜的屋子便会倒塌。

这屋子里住着一个给人编草鞋的瘸子，几年之前，他曾经是公主府内苑的护卫。

付了一些钱将带路的人打发走，楚玉转头凝望着眼前的房屋。

门是虚掩着的，楚玉伸出手来，稍稍拨动一下门边，门口便开了一条缝。她有点儿犹豫有点儿忐忑地将门拉开，迎面而来的便是一股陈腐的湿气，好像稻草在水里泡久了发霉的味道。

楚玉忍不住皱了下眉头。这里简直不是人住的地方，偏偏方才那人告诉她，王意之曾经来过此处。

越捷飞见状，低声道：“公主，要不然我们就别进去了。”

楚玉摇了摇头，令越捷飞在周围看守，随后与阿蛮一起走进屋内。

狭小而低矮的房屋内，摆设简单，只有一个歪歪扭扭的木架子，一堆已经腐烂了的稻草，而屋内的人正躺在草席上呼呼大睡。

屋子的主人据说叫杜威，只见他身上穿得破破烂烂的，衣服脏污得几乎看不出原本的颜色，脸被乱糟糟的胡子盖住半张。最惹人注意的是他脸上的伤痕，深紫色的伤疤将脸部肌肉扭曲，看起来十分狰狞，伤痕从鼻梁处一直没入胡子里，可以想象出当初伤势的惨重。

他的身材还算高大，却瘦得只剩大骨架，看起来很不健康。他的两条腿，其中一条腿是齐膝而断的，裤管空空荡荡，另一条腿，足踝处不自然地扭曲着，看来也是陈年旧伤。

墙根边上躺着一根手臂粗细的拐棍，像是直接砍了一根树枝做拐杖用的。

楚玉轻轻地叫了两声，却不见杜威醒来，仔细地观察了一下，才闻见空气里飘荡着一股酒味，三四只空酒瓮倒伏在墙边。

看来他早已烂醉。

楚玉忍不住皱眉，暗道自己来得不巧，杜威早不喝醉晚不喝醉，怎么偏巧在这时候喝醉了？

越捷飞在门外望风，等了约莫一刻钟，才见楚玉阴着一张脸走出来。

站在阳光底下猛地呼吸了几口新鲜空气，以驱散方才在屋里吸入的霉味，楚玉咬牙切齿，愤愤地道：“见过醉的，没见过醉得这么厉害的，怎么弄也弄不醒！摆驾回府，明天再来！”

越捷飞“啊”了一声，随即想到了什么似的道：“公主，不如这样，您若是有什么想问，就把那小子弄回府里去，等他醒来再问便可，这样也省得您纡尊降贵再来一次。”这里的环境实在是不怎么样。

楚玉一愣，随即面上浮现出奇怪的神情，她轻声道：“不必，就让他留在这里吧，带回府里，恐怕不太好。”说完，她也没理会一头雾水的越捷飞，便转身走出这杂乱的巷子。

楚玉没有上马车，她顺着弯曲的巷道慢慢走着。越捷飞不解其意，但看楚玉的模样，直觉似乎不该发问，便驾着车一路跟随。楚玉慢慢走到了秦淮河畔，河水静静地流淌着，就连水面上的波纹，也是如此温柔与轻缓，好像不忍心伤害任何人与事物。可又有谁知道，河底有多少暗流，在湍急地激荡着呢？

楚玉才离开不久，一条白色的身影便出现在楚玉方才进入的房屋前。他松松地挽了挽宽大的衣袖，露出白皙洁净的手腕，修长的手指按在门上，粗糙的木质刺着柔软的指腹。

容止缓缓地叹了口气，拉开门，进入。

见屋内的人正沉睡着，他神情不变，从怀中取出一只药瓶，拔开塞子，在杜威的鼻孔前晃了晃，刺鼻的味道钻入鼻内，尖锐地直刺神经，很快便令酒醉的人清醒了。杜威迷迷糊糊地睁开眼睛，不耐烦地嘟囔道："是谁啊？"

容止微微一笑，柔声问道："你还记不记得，三四年前公主府上发生的事？"

一听公主府，杜威全身上下打了一个激灵，当即清醒过来。他看清楚容止的面容，先是有些困惑，随即好像想起了什么，全身剧烈地发起抖来！

他的上下牙齿不受控制地连连磕击，连话都说不连贯："你，你，是你……"

容止微笑依旧，他漆黑的眼眸是那么温润柔和，可在杜威的眼中，却无异于妖孽的魔瞳："你……你来……做什么？"

容止笑吟吟地道："你这是在质问我吗？当年活下来的无名小卒，胆子竟然变大了？"

他的话语十分柔和，可杜威却感到一阵森然酷厉的杀意，吓得胆子都破了。他仿佛又回到了当年那个雨夜，他从郊外乱葬岗的大坑里爬出来，失去了一条腿和健康的身体，苟延残喘地在这座城里延续生命。不料在今日，又见到几年来驱散不走的噩梦。

容止叹了口气，道："方才有人来找你，你可曾说出来什么？"

杜威恐惧得连连摇头，他方才醉得那么不清醒，又怎么可能记得有谁来过？

容止非常和煦地微笑一下："这就好。"说罢，转身离开。

杜威整个人脱力地瘫在草席上，这才发觉自己全身已被汗水浸湿。虽然遭了一场惊吓，竟然意外地保住了性命，这让他很是欣喜。唯恐又有人找来，杜威连忙爬起来，支着拐杖整理屋内的东西，其实也没什么好整理的，他从席子底下摸出两串钱，往怀里一揣，便一瘸一拐地往外走去。

才拉开门，杜威猛然瞧见门口立着一条红色的影子。那影子背着光，挡住了门口的出路，衣衫鲜红，他还来不及多想，便感到咽喉一凉。

那是一抹很薄的凉意，薄而尖锐地侵入肌肤，好像很轻易地便把什么给斩断了。怎么会凉呢？他迷茫地伸出另外一只手去摸脖子，却摸到了涌出的温热液体。他困惑地抬起手，只见一手的鲜红，与那人的衣衫变成了一样的颜色。杜威想要开口呼喊，可咽喉里却灌入冰冷的秋风，还没有完全想明白，他便倒在了地上。

容止在巷子里慢慢地走着，他身后是不紧不慢跟着的花错，秋意高爽，微风吹起他雪白的衣衫，让他看上去仿佛飘浮起来了一般。

容止轻声开口，也不知是对谁说话："王意之既然留书，自然是知道了什么。我既然猜到此点，又怎么会不斩草除根呢？"

第二日，楚玉清早先入宫，随后回府换装出门，她没机会得知杜威的死讯，甚至马车还没驶出公主府外的街道，就发生了意外。

第七十二章　你不要过来

头几天楚玉出门时，也是忐忑不安小心翼翼的，但接连几日平安无事，让她解除了警报。以至于再一次遭到袭击时，她甚至有些反应不过来。

最初是马车遭到撞击，楚玉坐在车内，只觉得马车一阵剧烈摇晃，晃得她险些摔倒在车内。勉强伸手扶住车厢壁稳住身子，她侧脸从车帘的缝隙里往外看去，瞧见几个身披蓑衣、头戴斗笠的剑客持剑围攻过来，而越捷飞和阿蛮分别在马车两边以一敌众，虽然并未落败，却一时之间无法顾上楚玉。

楚玉虽然心里当下一惊，念头一转之后却并不焦急。因为这里就在公主府门口，只要稍微拖延一点儿时间，公主府的护卫便会跑出来保护她，届时这些刺客便会就擒的就擒，撤退的撤退。

具体对方是什么来路，容她审问后便知。

但她才刚这么一想，马车忽然就动了，不是马匹缓缓地走动，而是一下子猛烈地带动马车，向前行驶。

因为这突然的动作，楚玉险些又摔倒。刹那间她好像想到了什么，连忙掀开前面的车帘，却见应该是驾车人坐的位置上，坐着一名蓑衣斗笠的刺客。那刺客专注地驾驭着马车，似乎并未留意到她的窥探。

刺客并不在乎她是否坐得舒服，抽打马匹的动作十分粗暴，导致两匹马嘶鸣着拼命向前跑，颠得楚玉头昏脑涨。

楚玉脸色大变，也不管能不能坐稳了，她迅速翻身，就要从车后方跳下去。假如就任由被他们这样带走，她实在不敢想象后果如何，倒不如冒险跳车，也就是受一点儿伤的风险。现在楚玉已经来不及顾及受伤与否，也来不及想自己这么做是否稳妥，紧迫的情势下，她的心情也同样焦虑，能够分出一点儿心神想出应对的办法已是极为不易。

可楚玉还没有接近车门，车帘便被掀开，紧接着一条黑色的身影灵巧地弓身钻了进来。下一刻，她的动作凝固，因为一抹冰凉的剑锋贴在了她的颈上，剑刃的锋芒好像能破开她的肌肤。

楚玉全身僵硬，她抬起目光，正对上鹤绝阴戾森冷的眼神，那目光好像实质的利刃一般，几乎将她的生机割断。触及那目光，她只觉得脑海里一片空白，什么都想不了。思绪停滞间，她看见鹤绝的嘴唇一张一合，过了一会儿，话语才传递入她耳中："你莫要妄动，假如试图逃跑，我会在你迈出第一步前杀了你。"

他的语调十分平静，但楚玉却知道，他并不是在威胁，而是陈述事实。

正因为是陈述事实，所以才更加恐怖。

车厢内空气紧绷得犹如一根拉直的弦，好像稍微喘息大力一些，弦就会崩断。

说完这话，鹤绝便收起剑，身子向后一靠，倚在楚玉对面的车厢壁上，完全不担心楚玉会逃跑。

马车依旧在飞速奔驰着，不时的颠簸震得车内的两人都不能坐得太稳。楚玉尤其倒霉，她的身体摇摇晃晃，竟然在古代体会到了一次晕车。

也不知过了多久，混乱的思绪终于恢复了少许清醒。楚玉抵抗着晕车的难受，尝试张口："那个……鹤绝。"

鹤绝看了她一眼，没说话。

看他似乎没有什么太激烈的反应，楚玉这才小心地接着说下去："你……不杀我吗？"虽然有许多疑问，但现在她最奇怪的反而是这一点，前些天鹤绝还要杀死她，怎么现在却只捉不杀了呢？

在这样的条件下，她很难思索得周密，只能挑最切近的问题来问。

鹤绝冷淡地瞥了她一眼，略带不耐地道："我已经放弃那笔生意。我虽然是刺客，但许多人都晓得，我不杀女人，你既然是女人，我便不杀。"

听见他这话，楚玉顿时觉得安全感加强了不少。在现在这个她完全弱势的情形下，鹤绝完全没有必要对她说谎，既然他说了不杀，那就是真的不杀了。

生命得到了保障，楚玉的胆子也稍微大了些，她很小声地开口："既然你放弃了，为什么要绑架我？"她尽可能放轻声量，以免一不小心刺激到鹤绝哪根残酷的神经。

鹤绝的嘴角浮现出一丝冷诮的讽笑，慢慢地道："你以为我是为了你？我是为了花错。"他上上下下看了楚玉一遍，才不屑地接着道，"虽然不知花错为什么会看上你，但他留在你府上却是真的。我只要绑了你来，花错自然会乖乖地来向我认错。"

看他得意扬扬的样子，好像对自己想出来这个主意颇为自得。楚玉目瞪口呆，片刻后才哭笑不得地道："你……吃醋也应该找准对象啊。"为什么她所遇到的武力比较强悍的家伙，智力都不太高？越捷飞、花错已经是单纯直白，阿蛮更是有点儿笨笨的，原以为鹤绝会不一样，可还是没有打破四肢发达头脑不太发达的定律。

他是从谁那里获取的消息？根本就完全搞错了！花错哪里是为了她才留在公主府的？真要那家伙投降，应该去绑容止才对，绑她有什么用！

在心里面反复咬了几遍牙，楚玉一脸肃然地道："鹤绝，你真的找错人了，花错根本就不是为了我才留在公主府里的。"

鹤绝哼了一声："你若是想让我放了你，也该找个好些的理由，他不是为了你留下，难不成竟是为了我而留下来的？上回我刺杀你时，他若不是为了保护你，又怎么会明知道必败却依然不逃走？"

当时容止也在啊。楚玉翻了个白眼，知道一时半刻没办法说服他，只好耐下性子慢慢解释道："上回你刺杀我时，不是说了吗？花错的剑术几年不见长进，难道你不觉得奇怪？"

从鹤绝自己验证过的事实入手，果然吸引了他的注意力。仔细思索一下，鹤绝皱眉问道："也对，究竟是何原因？"虽然吵架闹翻，但他们毕竟曾是知交好友，鹤绝还是有些了解花错的，花错并不是一个懒怠的武者。

"因为他受了伤，受了很重的伤，几乎致命。"楚玉努力让自己脸上看起来凝重一些，一边说一边偷瞄鹤绝的神情，果然见他变了脸色，便继续补充道，"因为花错身受重伤，正好我与他也算是有些相识，便把他藏在府内，让他疗养。他的伤势，直到前不久才算痊愈。"她说的倒也不是假话，只是省略了一些很重要的部分罢了。

鹤绝没有注意到被她剪切掉的那部分，他在听说花错受了致命创伤后，脸上瞬间变得冷冽。他猛地靠过来，一把揪住楚玉的衣领，阴冷地问道："是谁伤了花错？"

他心里一着急，却忘了控制手上的力量，只听见哧的一声，楚玉领口的衣料竟然不结实，就那样被撕裂开了。

什么都没来得及想，楚玉的身体做出了本能反应，挥手一巴掌打出去。

楚玉这一下反应大，不料鹤绝比她的反应更大。

她一巴掌扇出去，已经是女性本能直觉的反应，快到不能再快，但鹤绝退得比她还要快，他闪电般地松开手，身形一晃，便后撤到她够不着的地方，背部紧贴着车厢壁。

一巴掌挥了个空，楚玉心中的恼怒羞愤才缓缓地浮现出来。她来到这里后，顶着个公主的身份，除了上回被容止怀疑她的身份，再没有人敢剥她的衣服。

楚玉低头看了一眼，意外发现衣服的破损程度不如想象中严重，刚才听那长长的撕裂声，还以为撕坏很大一道口子呢，其实不过就是露出了领口一小块肌肤和一边肩膀，就当穿回露肩装吧。

松了口气，楚玉的怒火来得快去得也快，毕竟鹤绝不过是一时情急失手，而这情急说到底还是她挑起来的……抬眼望向鹤绝，楚玉正想说些什么缓和气氛，却看见鹤绝一脸厌恶地闭着眼睛，脸色惨白如纸，好像看到了什么极为讨厌害怕的东西一般。

楚玉心中一动，起身想要靠过去，鹤绝此时眼睛微张，看出她的意图，连忙闭眼大叫道："你，你不要过来！"

楚玉奇怪道："为什么不要过来？"看鹤绝现在这个样子，好像她一下子变成了洪水猛兽一般，楚玉反而一点儿都不害怕了，稳了稳身体，便继续朝鹤绝那边移动。

此时马车不知行驶到了什么地方，震荡比方才更为剧烈了，好像正在往什么上面跑。楚玉不知从自己被俘虏一直到现在具体过了多长时间，但约莫已经到了黄昏，从缝隙里投射进来的光线都是晚霞的残晖。最后一次离开公主府前她还没吃午饭，现在肚子已经感觉到了饥饿。

马车一直在飞速地行驶，楚玉偶尔从车帘缝隙往车外瞄几眼，瞧见一会儿黄，一会儿绿，一会儿青灰。虽然因为车行太快，缝隙太窄，看不清楚景物的模样，却可以知道环境是在一直改变着的，半日的疾驰，也不知行了多少里路程。

虽然知道鹤绝的目标不是自己，让她放心了不少，但她并没把握鹤绝就会这样放过她——万一鹤绝为了保险起见，决定先扣着她呢？

眼下看鹤绝如此反常的样子，楚玉直觉这是一个机会。鹤绝越是让她不要靠过去，她反而偏想冒险一试，在车厢中部停下来，仔细观察鹤绝的样子：他似乎并不是假装，而是真的害怕什么。

鹤绝闭上了双眼，等了一会儿，听着没有动静，以为警报已过，便睁开眼来，不料一只雪白的肩膀便映入眼帘，柔滑的肌肤泛着温润如玉的光泽。鹤绝呆愣片刻，下一瞬，便用手捂住了鼻子，只见他的指缝间竟然淌出鲜血来！他懊恼地捏着鼻子，移开视线不去看楚玉裸露的肩膀，迭声叫道："你你你你你，快把衣服掩上！"

楚玉也愣住了，方才她曾想过鹤绝如此害怕的几个可能性，却完全没想到，竟然是这个原因！

联想起最开始鹤绝上马车后执剑威胁她的情形，他用剑指着她的脖子，威胁她不要逃走，而后他坐在尽量离她远的地方。起先她还以为是鹤绝艺高人胆大，不怕她跑了，但结合现在的情形看来，根本原因竟然是这家伙恐惧女色！

方才她打人是本能，而他后退……也是本能。

楚玉恶意地想，只看个肩膀他就这么受不了，要是让他穿越到二十一世纪的夏天，他大概会失血而死吧。

鹤绝止不住地喷鼻血，见楚玉并未把衣服拉起来，鲜血便像泉水一样不断地从鼻子里涌出来，好像是开关坏掉的水管，只能开不能关。见楚玉甚至还想继续往他身边凑，鹤绝终于惊恐起来，想起楚玉的身份，再想起她以往的作为来，便禁不住高声叫道："你，你不要乱来啊！你要是再过来，我就喊人了！”

楚玉促狭地道：“你叫吧，你就是叫破了喉咙，也不会有人来救你的。”话方出口她便郁闷了，这立场颠倒得真奇怪。

两人在车内动静这么大，奇怪的是，车外明显与鹤绝一伙的那个负责驾车的刺客好像完全没听到一般，丝毫没有停一下车关心关心车厢内这个倒霉人的意思。

楚玉和鹤绝同时意识到这一点，登时都感到反常，齐齐朝车头看去。鹤绝虽然还在喷血，但也强打起精神，正在这个时候，车前的帘子被掀开，出现在二人面前的，却是一张秀丽高雅的面容。

容止的脸色苍白到极点，眼眸却漆黑得宛如可吞噬一切光泽。他左手扶在车厢入口边缘，右手提着一柄长剑。他神情倦怠，好像极为虚弱，但他手中的长剑却缓缓抬起，剑尖异常稳定地指向鹤绝：“我昔日曾听花错说，鹤绝天不怕地不怕，唯一的要害便是——天生恐惧女色。我原本还不信的，不料今日一见，竟然是真的。”

鹤绝却像没听见容止的话，他的目光森冷阴戾，如临大敌般紧盯着容止的剑尖。楚玉不懂剑术，不知容止这看似随意的一指，究竟有什么玄妙。鹤绝心中却宛如明镜，虽然眼前这白衣少年看起来孱弱，可他剑尖牵引的杀机，正好指在他脆弱的死角，倘若在这个状态下反击，将对他很不利。

鹤绝心中凛然。

方才他们在马车上闹腾，但前面驾车的人一点儿动静也无，想必已被这少年除去。可这少年并未急着进来解救公主，反倒是等着他的弱点暴露出来，才趁机捡便宜。

他鹤绝狠毒，只对自己不在意或者痛恨的人狠毒。可这少年明明是来救公主的，在这种情况下，竟然还沉得住气，等着对他有利的那一刻，为此甚至不惜让要解救的人继续身处险境……这种对自己人也狠毒无情的心性，他远远比不上。

权衡一下情势，鹤绝自忖不能拿楚玉来威胁容止，此时他已处下风。虽然对自己的剑术有信心，但也不能一边喷着鼻血一边跟人拼剑吧，心念一转，当下便用力一蹬，身体后撤，从车后方跳下了马车。

见鹤绝走了，容止轻轻吐了口气，手中长剑砰的一声落在马车里。他没理会那把长剑，只靠在车厢入口处，白衣乌发，凌乱却风采沛然，漆黑眼瞳中氤氲的倦意一丝丝化开，他朝楚玉浅浅一笑：“公主受惊了。”

第七十三章　温柔的谎言

楚玉没有笑，她只是冷冷地看着容止。鹤绝想到的事情，她如何想不到？

虽然知道容止是为了取得有利条件，可那种漠视的心态，让她的心一阵阵发冷。楚玉也没想到，自己竟然在这种紧要关头，在这么危险的境地里犯起了别扭。

可她不能不在意，因为这么做的人是容止。她觉得心里很凉，冰凉。

容止笑了笑，他笑得很随意，也很轻慢，身体依旧维持着原来的姿态，倚靠着车厢入口边，伸出一只手扶着。马车一直在颠簸，方才容止脱手的长剑顺着震荡滑动，滑到了马车边，借着冲力插入了车厢壁，可他竟然就着这个不能算平衡的姿势站得稳稳当当，完全没有要摔倒的意思。

楚玉注视着他，甚至也没有说要让马车停下来。就这样马车还在倾斜地超速疾驰着，车轮越过障碍，车厢壁不知撞上了什么，就这么好像是喝醉了一般横冲直撞。她问："你方才就在外面等着？"他难道是等着鹤绝的弱点发作？假如鹤绝的这个弱点不是真的呢？假如鹤绝恼羞成怒之下把她给杀了呢？

他就那么放心？还是因为根本就不在乎，所以才这样放任？

容止漆黑的眼眸黑得纯粹，里面微微荡漾起一丝浅浅的笑意，好像是玩味，又好像是嘲弄："是的。"

虽然早已猜到，但亲耳听他这么说，楚玉还是觉得，自己的心好像被人用针扎了一下，只是微微的刺痛，但十分不舒服。

第一个问题问出口，接下来便好办多了，楚玉继续问道："你追上来救我，也并不是情愿的吧？"

容止笑了笑，这回没有说话，可从那满不在乎的笑容中，楚玉便能读出他的回答。

楚玉深吸一口气，再重重地吐出，闭眼又睁开，她很不舒服，心口的针扎进去后便没有拔出来，一直用细微的刺痛提醒她它的存在："我明白了……容止，回去之后，你便离开吧。"这样的话，他还是不要留在她身边的好。

容止又是一笑，那么温柔而从容地，那么高雅而出尘地道："好。"

他总是这样什么都不在乎的样子，从前说过的那些话都是假的！

说什么不得于飞兮，说什么不会离开，说什么……

楚玉忽然被激怒了，她很不忿，为什么在她惊涛骇浪时，容止却可以如此平静无波？好像什么事情都没有发生一般？她冷声道："既然你我相看两相厌，你还不快些下车？省了你的心，也省得污了我的眼！"

马车飞驰得如此之快，楚玉并无安然控马或者跳下马车的把握，但看容止这样，她反而被激起了怒意，决定待会儿即便受伤，也不要容止扶一把。

怎料容止却轻笑道："公主若是不愿见我，便自个儿下车去吧。眼下乘风而行，我正好自在，却不想离开呢。"

这明显的反客为主让楚玉更加惊怒，她恨恨地咬了咬嘴唇，看了容止一眼。只见他神情从容高雅，纵然衣衫头发被狂风吹得凌乱，依旧不减丝毫风采。

楚玉轻叹了口气，转身打算从马车后方跳出去。他们现在大概在一座高山上，马车正在往山顶疾驰，一路磕磕绊绊，楚玉从自己坐的地方移动到马车边，便费了很大的气力，中途险些摔倒。掀开车帘，看到外面不断后退的林木和山石，楚玉狠了狠心，就要往下跳。

猛烈的狂风忽然灌入车内，被风一吹，楚玉的脑子忽然清醒过来，方才她一直在生气，竟然忽略了一个问题，那便是：她如此小心翼翼了，可依旧还是差点儿摔倒，容止站的位置和姿势比她更加恶劣，他怎么站得那么稳？

已经准备要伸出去的脚又收了回来，楚玉摇摇晃晃地挪到车厢前方的位置，来到容止的身旁，双眼盯着他，而被她盯着的容止微笑着，慢慢地道："公主您这可是出尔反尔，方才还说要走的，怎么现在又不走了？莫非是舍不得我？"

他语调低柔，话语却暗讽得厉害。楚玉一听，忍不住又想生气，但她强忍下来，只冷着脸伸出手，猛地拉开前方的车帘！

他一向是温柔入骨的样子，更不曾这样明显地嘲讽过她，此时一反常态，反而让她起疑。

马车前的情形，清晰地展现在楚玉面前。

楚玉倒吸了一口凉气。

她看到了容止站得这么稳的原因：他一只脚的足踝硬生生卡在了马车前方与马车厢底仅有少许距离的一条活动木杠内。那条木杠楚玉不知是用来做什么的，但看情形大约是固定马匹和马车的衔接，可这个时候，却是用来固定住容止的脚。

木杠因为车行的震动，碾磨着容止的足踝！楚玉只看见容止的半截小腿之下，白色衣摆和露出来的白色靴子都已经被鲜血染红，因为有衣服遮盖，更严重的状况她看不到，却能想象出来。

那是人体的关节，根本没有多少肌理缓冲，磨破了皮肤后便轮到筋骨，她能想象到那有多么疼痛。

他之所以站得这么稳当，完全不曾因马车的摇晃而摔倒，并不是因为他多么有定力，而是因为他付出了伤残身体的代价——他的脸色苍白至此，也是因为这个。

他根本就已是强弩之末，甚至连拔出脚解救自己的力量都没有了，所以方才才会行险招等鹤绝露出破绽，随后再故意作态惊走他。倘若真的打起来，他根本就不是鹤绝的对手。他亦不欲让她知道他的情形，便故意言语讥讽，想要让她先自行离开。

目光转移不开，楚玉定定地看着容止的脚，一瞬间五味陈杂，不知胸口是什么滋味。

“说谎，说谎，说谎……你这个骗子!”

容止笑了笑，神情还是那么漫然，有点儿满不在乎的意味，好像那伤势压根儿便不在他身上：“还是被公主觉察了，如此也好。公主，此间危险，眼下我实在是无法离开，方才与车前刺客交手时，刺伤了马匹，这车停不下来，只能一直到山顶。”

跑到尽头，然后，摔落。

“公主。”马车在飞速地疾驰，楚玉却觉得时间过得很慢，容止的每一个动作，都清清楚楚地放缓。他抬起苍白的手，抚在她的额发边，动作轻弱得好像跌落枝头的花，“保重。”

晚霞里，他的眸光有些模糊，却依然那么温柔。

听他说“保重”，楚玉心头升起不祥的预感，这句话听着简直就像是在诀别。来不及多想，她已经一把握住了容止的手腕，只觉得他的手凉得吓人，贴在掌心宛如一块冰。容止的体温好像原本就偏低，这个时候更是冷得可怕，可能是失血过多了吧。

“既然知道快要死了，你在这里发什么呆啊！”楚玉咬牙切齿地拔出刺在车厢壁上的长剑，就要交给容止。

把那根该死的木头砍断，不就什么事都没有了？

容止却没有接过剑去，只无奈地笑了笑：“公主，我拿不动了。”他的声音无悲无喜，只平静地陈述事实，楚玉想起方才鹤绝走后，他的剑便脱手，想来那时便已经支持不住。

怎么会这样呢？楚玉有些惶惶然不知所措，前一刻还沉浸在愤怒里，几乎要开始憎恨，可这一刻却又不知如何才能减轻他的痛楚。

马车仍然在疾驰，每震动一下，那木杠便辗转碾磨着容止的足踝，鲜血不断地往下滴落。惶急之中，楚玉想起来应该先让马车停下，这么下去他们俩都得摔死，可想起来容易，想要付诸实践，却有一定的困难。

楚玉最先想到的是杀马，毕竟曾见越捷飞这么做过。

两匹疯狂奔跑的马距离马车厢有一米多的距离，这段距离倘若是在平地上还好办，可在疾驰的马车中，她很难保持平衡地来到马身边，并顺利将两匹疯狂的马杀死……她不被马杀就不错了。

第二个便是砍车，将马车与马匹衔接的部分斩断，让马车失去前进的拉力。这一条比较可行，也是楚玉现在打算做的。

看出她的意图，容止摇了摇头："公主，这不行的。"他眼色温柔，微笑着让她放弃，"公主，我已经算过了，以你的气力，想要将马车与马匹分开，至少需要全力斩下四十剑。这四十剑里包含因为马车颠簸斩偏的，然而约莫在斩下二十剑后，你便会脱力，倘若要休息恢复，马车已经落下山崖。"

他的语调冷静又清晰，不带感情地给楚玉剖析着，在这个生死关头，依旧好像漠不关心一般，平静地诉说自己的命运。即便将要死去的那个人是他，他依然可以这么冷静。

楚玉没有理会他的话，只是用双手握紧长剑，一下又一下朝衔接的部分砍去。她不像容止那样能算计得那么清楚，即便她可以算清楚，她也不会独自一个人逃生。

这辆马车由公主府特制，做得非常结实，结实得有点儿过头了，这在平时是很好，可现在却成了他们致命的负累。每一处薄弱的地方，都用牛筋或铁皮铜片加固，夹住容止脚的那条横杠也是如此，马车上所有木料亦是选的最为坚固的，更增加了楚玉达成目的的难度。但楚玉来不及计较这些，现在不是计较这些的时候，她只是专心致志地一剑又一剑地斩下去。

他要她放弃，她便偏不放弃。

狂风凛冽，吹起楚玉的衣发，她的头发完全散了开来，毫无顾忌地在空中狂舞。她的脸被风吹得发白，嘴唇没有血色，可又在霞光里映上了温柔的光泽。

她的目光专注无比，黑眸中透出恐惧，却又强硬地坚定着。

容止目光转动，微微敛眸，轻声道："公主，剑朝右上偏一寸，那里比较容易使力。"

楚玉不假思索地照他的话去做，果然接下来轻松了不少，每一剑斩出来的痕迹比先前要深一些。然而虽然有所改善，到了第二十三剑时，楚玉终于还是如容止所言的那样停了下来。

并不仅仅是脱力这么简单，她每一剑斩下时，马车的颠簸、反震的力量都会顺着剑身传达到她手上，震得她的双手连同双臂又痛又麻，手臂与肩头连接的部分好像要脱开一般，痛苦得不能言说。她原本想凭着意志强撑下去，可她并不知世上有些事情并不是意志坚定便可以达成的。身体总有达到极限的时候，到时会失控，会不听使唤。

楚玉的双手麻痹，好像都不是自己的了，只能勉强握紧剑柄不让长剑脱手，她只能靠在车厢壁上，勉强维持着身体的平衡。

马车依然没有停下，相反，因为楚玉方才斩车的举动，惊到了前方的马匹，使得原本疯狂的两匹马更加失控。

楚玉焦急得不知该如何是好。可容止却十分镇定，他的身体靠在马车厢边，笑意更是不合时宜的从容："公主，跳车。"这已经不知是他第几次说这句话，但楚玉一次都没有听。

她不愿意。

上一回，同样是在山上，同样是在生死关头，她下意识地拉住坠崖的桓远不放手，那时是因为不忍心。可这一回，她分明有很多次机会思考利弊，她明明不愿死去，甚至容止也不止一次让她一个人逃离，她却不走，究竟又是为了什么呢？

不仅仅是因为不忍，也绝对不是同情怜悯，而是一种更复杂、更难舍的情绪。

那是微微的欢悦与惆怅，如丝一般缠绕着，心口好像有什么涨起来，又好似被挖空了一块，充盈却虚无。可她清楚地知道，她不能够离开，这与理性无关，与利弊无关，只是她单纯地不愿意。

这是她自己的选择。

居然有这么一刻时光，让她完全抛弃理性，甚至让她不考虑自己的生死，在狂风之中，在料峭的山巅上，固执地留了下来，与这个人对视。

马车的颠簸好像减弱了，两个人被绚丽的霞光环绕着，他那惨白的面容，被这温柔的光包裹着。

楚玉靠坐在车厢边，手臂酸软，双腿也动不了了，只是定定地看着容止。过了一会儿，她微笑道："那就这样吧。"这条命本来就是捡回来的，这个时候还回去，也没什么啊。

容止漆黑的眼瞳里泛起奇异的波澜，过了片刻，他轻轻地叹了口气："公主，我不会死的，你不必这样留下来陪我冒险。"

楚玉对他的话并不信："你有什么办法？说来听听。"他要是能早脱困，为何不早点儿用？

容止静静地道："再过些时候，我便可恢复些气力，到时只需斩断我的腿，便能从容脱身。"见楚玉脸色立变，他又是一笑，"玩笑而已，但我确实需要一些时间积攒气力。"

楚玉沉默片刻，道："好，我等。"鉴于容止之前的恶劣记录，她决定亲眼看着才相信。

第七十四章　千钧只一发

骏马疯跑着，失去了控制。

车上的楚玉觉得自己好像失去了理性。在这个生死关头，她竟然愿意留下来，跟另外一个人同生共死。

可她没办法控制自己，心脏被灼热的东西充盈着，脑海里也被乱窜的狂热充斥着，让她根本冷静不下来。惊惧、难舍、迷惘、彷徨……不知多少种情绪交织在一起，好像各色颜料彼此渗透沾染，可最终回归的竟是雪白的纯色。

夕阳西下，山崖渐渐近了……

楚玉望着马车前方，本来该十分恐惧的，可她忽然间阴差阳错地想到一个好笑的现象：大概是武侠小说里跳崖或落崖的人基本都不会死，反而会在崖底下遇见前辈高人或者发现武功秘籍什么，又或者找到什么能增长功力的灵丹妙药，总之是：大难不死，必有后福。

想到这里，楚玉忍不住苦笑：她并不期望自己会有那样的好运气，也不期待武功秘籍或灵丹妙药什么的，她只要和容止能捡回命即可。

容止见她露出笑容，微微诧异道："你笑什么？"她脸色苍白，不仅是被风吹的，也有被自己吓的，眼眸里依旧深藏着惧意，但这笑容却发自真心，两相对比，很是矛盾。

楚玉又是一笑："快到崖顶了。"

容止点了点头，他望了一眼楚玉虚握着的长剑。楚玉立即醒悟过来，便反手将剑柄递过去。

容止接过剑，道："公主，还请坐稳。"说罢，轻吐一口气，身体猛地后仰！

他的一条腿卡在横杠里，另一条腿勾着马车底，双腿弯曲，腰部好像柔韧的弓一般拉开。他的手也跟着伸展，看也不看，回手一剑，剑尖正好划过立在左侧马匹的左后腿的腿弯上。

只不过瞬息工夫，容止又借着方才躺倒之际，脚下蓄积的反弹之力，放开紧绷得像弓弦一般的身子，重新直起。他轻喘了口气，身体靠在马车边，闭目，弃剑。

楚玉看得不由得发怔：方才容止的动作并不快，她也看清楚了，可这样一剑能有什么用呢？只不过弄伤了其中一匹马的马腿，即便这匹马不能跑了，另一匹马还是照样在向前冲啊！

接下来的变化及时解答了楚玉尚未问出口的困惑。左侧马匹的腿部受伤后，才刚踏出一步，那条后腿便因伤痛弯曲了一下，从腿弯处喷溅出鲜红的血液。而因为受伤的是侧面一条腿，马匹前进的方向也发生了偏移，不再是直上山顶的道路，而是朝着旁侧一棵足有一人合抱粗的大树冲了过去。

另一匹马虽然没受伤，但因受到它同伴的影响，稍微偏移了方向。

两匹原本紧挨着并行的马分别从那株大树的左右两侧冲了过去，楚玉只觉得褐色的树干飞快地迎面而来，马车几乎就要撞上了。幸好前方有将两匹马并排固定住的木架和结实的牛筋，猛烈的冲力在折断了这两样物件后，等冲到马车前已减弱了几近一半。就算这样撞上了，楚玉也不会受伤。

可，容止呢？

楚玉一眼就看明白了，夹着容止足踝的那条横杠是在马车前方的，倘若就这样撞上，强大的力量会压迫着横杠碾碎容止的骨头。楚玉的脑子里一片空白，她只能定定地看着容止的腿。

接下来毫无意外地迎来猛烈的撞击，这力量十分巨大，震得楚玉差点儿摔出马车去，好不容易稳住了身子，手脚都被震得发麻。这时候，马车已经停了下来，其中一匹马脱离了束缚，继续朝前奔去，另外一匹马，也就是被容止斩伤的那匹马，侧躺在地上。

因为遭受撞击，大树晃了晃，片刻后，漫天落叶纷纷而下。

楚玉当即想起来容止的脚，急切地低头看去，只见那横杠没撞上树干，距离大树竟然仅剩一寸，避免了严重的后果。

可，究竟是撞着了什么才让马车停下来的？

楚玉左右看看，也没找到比马车厢更突出的物件。看她一脸迷茫的样子，容止忍不住笑了笑，指了指上方。

楚玉抬头一看，恍然大悟：原来马车厢顶上伸出来一道遮雨檐，是给赶车人遮挡雨水用的，比下方的横杠要突出两三寸左右，如此一来，先撞上大树的便是这道遮雨檐了。

虽然方才表面上容止只出了一剑，可这一剑却不是轻易能做到的。

在已经力竭的前提下，容止只剩下出一剑的力量，这一剑要用在最有效的地方。即便他将马车与马匹分离，因为强大的惯性，马车还是会朝前冲去，一直冲出悬崖。

因此，容止将这一剑用在了马腿上，他没力量也没必要斩断马腿，只需要弄伤便好，在最紧要的关头，时机、角度，还有环境，电光石火之间计算得分毫不差，便让马匹偏移了原来的方向，紧接着借助大树的阻力，马车才得以停下来。

冷静、精密、果断、胆识，缺一不可。

倘若不冷静，便不会想出解救的法子，并沉着地蓄积力量。

倘若不精密，稍微出一些差错，就有可能掉下悬崖。

倘若不果断，出手稍迟，也不能达到如此效果。

即便计算得多么准确，在这样的生死关头，依然要冒着一种极大的风险，只要失之毫厘，便会谬以千里。没有胆量的人是不敢这么做的。

楚玉怔怔地愣了好一会儿，才恢复如常。容止只是平静地抬起眼帘，十分自然地对她笑了笑，仿佛清晨醒来时露出的第一个微笑：“公主，现下能劳烦您一下吗？将横木斩断。”

相比起方才的凶险，现在时间一下子变得充裕起来，就算慢慢地磨，也不必担心马车会自己往山崖边滚。

但，容止的脚已不能再耽搁下去。楚玉赶紧跳下车，捡起容止扔下的长剑，照着他的指点，小心地将横杠拆卸下来，如此，容止的脚终于获得解脱。

屏住呼吸看容止抬起脚，楚玉胸口悬着的石头终于落了地。容止也不多话，靠在马车撞上的那棵大树下，抬手拔下绾发的木质发簪，于三分之二处轻轻扭开来，原来这发簪是中空的。发簪内左右分有两格，其中一格内装着十多根银针，另外一格内只有一根，只见容止从银针较多的那格里取出一根，手腕一抖，便插入受伤的腿上。

楚玉不忍心看他那满是鲜血的腿，为了转移注意力，她指了指占据了一格空间的那根针：“这里为何只有一根？”

容止从同一格里又取了一根银针，再朝腿上扎去：“因为那格中装着的是毒针。”

毒针？楚玉旋即明白容止是怎么解决掉车前那名刺客的，但……

“你为什么不拿这个对付鹤绝？”

话音未落，楚玉便听到身后传来一个阴冷的声音：“我也想知道，你为什么不用毒针刺我呢？”

楚玉闻声，身子陡然一僵，艰难地转过身去，此时霞光已暗淡，鹤绝提着长剑，眼神阴戾，慢慢逼近他们。

天色已暮。

鹤绝去而复返。

楚玉紧张起来，虽然不懂剑术，但从前些天交战的胜败来看，鹤绝的剑术可以说是十分厉害的了。且不提容止本来就体质孱弱，就算他是个强壮的人，流了那么多的血，足踝又伤得这么严重，估计也很难站起来跟鹤绝比拼了。

但容止看都不看鹤绝一眼，尽管心里也清楚只要这个人一出剑，便能将自己击毙，但他依然一副满不在乎的样子，低头抽出第三根银针，继续插入腿伤处，手上一边动作，口里一边道："你这话不是明知故问吗？若是能用仅余的一根毒针击杀你，我又何必如此辛苦？"

用最小代价换取最大利益是容止的宗旨，他是骑快马追来的，抄捷径上了山，埋伏在马车必经之处，完成这一系列，几乎力竭，兼之他出门匆忙，无暇做充足准备，手头只有四根毒性不算烈的毒针。

他伏在车行前方的树干上，在马车经过的瞬间跃上车辕，趁着驾车刺客一愣之际快速出手，甩手将三根毒针刺入刺客脸上，而后悄无声息地割断那刺客的喉咙，弃尸。

那时候马车行驶得颠簸，偶尔车身还撞上旁边的岩石或者别的什么东西，所以弃尸的动静并未引起鹤绝的注意。而容止跃上马车前，为了能站稳，强行使用最后一分力量，将脚伸进那后来一直碾磨着他腿的地方。

之后的事情，不管是楚玉还是鹤绝，都知道了。

不用相同的办法对付鹤绝，一来是对方身手远在之前那刺客之上，就算甩出毒针，也无法刺伤他。二来则是，即便刺伤了，毒针的药力并不足以对一个身体强壮的年轻男子造成太大影响。

鹤绝没有立即靠近容止，而是站在四丈之外的距离，低头观察地面上的痕迹。

他是下山之际，发现自己部属尸体的脸上钉着毒针，并且颈部的剑痕很浅，才猛然醒悟过来，方才容止在装模作样，故意装出实力很强的样子，让他心生退意，于是他便悄悄地返回来察看，情形果然如他所想。

容止不紧不慢、从从容容地插下第五根银针，苍白的嘴唇勾起些微弧度："你要杀死我吗？"

鹤绝很仔细地看了看地上的痕迹，从容止斩马腿的那个位置开始，一直到两人身旁的马车底下，接着目光又上移到容止所倚靠的树干上。片刻之后，他轻吐了一口气："不错，我要杀你。"慢慢地举起剑，鹤绝眼中有一丝敬意，也有一丝畏惧，"我只知道公主府上值得注意的高手只有三人，现在都让我的手下给缠住了，却不晓得原来你才是最可怕的。倘若让你活下去，我会很不安心。"他是刺客，不是什么光明磊落的剑侠，一旦发现强大的敌人便会干净利落地杀掉，免除后患才是正理。

虽然鹤绝在某些方面有欠缺，但他毕竟是一个合格的刺客，也是一个高明的剑手，仅从地面和马车上遗留的痕迹，便能推断出马车转向的全过程，以微乎其微的力量做到这一切，已经不是“可怕”二字可以概括得了的。

鹤绝心想，倘若让这少年拥有自己五成……不，三成的力量，便能正面杀了自己。有时候，胜负不完全是由力量的多少决定的，而是在对力量掌控的准确与否上。阿蛮纵然拥有强悍的蛮力，当他还不曾跟着容止练习之前，他只怕连花错一只手都拼不过——是同样的道理。

重点不在拥有多少，而在能掌控多少。

闲话已毕，鹤绝慢慢走了过来。虽然容止现在这个状态几近半残，根本无法对他构成什么威胁，可他内心对这少年极为戒惧，只有早些除掉他，他才心安。

见鹤绝一步步走来，楚玉下意识地挡在容止身前。肩头的微凉提醒了她之前发生过的事，她一咬牙，抬手准备把衣服撕得更开些。

容止的声音从身后传来，还是那么不紧不慢的：“公主，不必多此一举。花错也说过，鹤绝虽畏惧女色，但一次过后，便有至少十日半月不受影响。”假如时刻发作，见一次喷一次血，那鹤绝也活不到现在。

听了容止的话，楚玉几乎要绝望了。之所以还没完全丧失希望，是因为容止语气中的镇静，让她内心期待着他会有什么办法。

容止看也不看鹤绝，兀自取出第八根针，将扎针的位置上移至大腿位置：“鹤绝，有句话，我对花错说过，如今也对你说说，你们两个就像小孩子，不过是几年前的一场小吵小闹而已，犯得着记恨这么久吗？倘若没有宽大的胸怀，如何挥出纵横的剑术？”

鹤绝不由自主地停下了脚步，因为容止方才的话里提到了花错，还提到了……剑术。

容止十分镇定，第九根银针稳稳地扎入左手手腕，不见双手有一丝颤抖：“你们两人的剑术，都太小家子气了，难怪直到现在依然不堪造就。”

“你说什么？”听到容止直言不讳地贬低自己，鹤绝不由得大怒，眼中戾气倍增。楚玉也吓了一跳，她一旁看着，大概也明白过来容止是在拖延时间，可有他这么拖延的吗？难道不是应该先安抚鹤绝的情绪，怎么反而故意激怒他？

容止依旧低着头，发出轻轻的嗤笑声，手上扎针的动作还是不停，只是这回已经不局限于伤腿，而是更广泛的位置，手、肩膀、膝盖。他下针又快又稳，毫不迟疑，好像扎的不是自己的身体，而是练习用的人偶。他淡淡地说：“既然你不愿提，那也罢了。然而我也要告诉你，你想让花错对你低头，那你找错了人，你找的应该是我才对。”方才歇息时，楚玉已经将鹤绝的目的告诉了他。

从鹤绝去而复返露面起，直到现在，容止才第一次抬起头直视他：“花错是为了我才留在公主府的，否则你以为我如何轻易便知晓你剑术的命门？自然是花错告诉我的。”淡淡的暮色里，他的眼眸黑白分明，霜雪料峭。

鹤绝的双眼一下子变得通红，在微沉的暮色中显得有些可怖。容止微微一笑，毫不畏惧地继续道：“说你小家子气还不信，不过是这点儿小事，你便这么轻易地动怒。”

他扶着树干慢慢站起来，让楚玉将剑捡起来递给他：“现在我让你见识一下，什么才是纵横的剑术。”他的动作十分吃力，说完，低头喘息片刻，然而他漆黑的眸子里，没有丝毫的虚弱，唯有坚定与自信。

鹤绝也没有急着动手，而是一眨不眨地看着容止，等着看所谓“纵横的剑术”，横竖容止现在伤势严重，不怕他要什么花招。

容止走到前方的空地，只见他脚步虚浮，神情却十分坚定。

楚玉在一旁看着，忍不住放缓了呼吸：也许鹤绝没注意到，但她看到了，从一开始的被动，容止在言谈之间，攻守进退，一寸寸瓦解了鹤绝的敌意，不知不觉地将局势主动权掌控在了自己手上。

是啊，重点不在拥有多少，而在能掌控多少！

第七十五章　生死或尊严

容止一步一步慢慢地走到前方空地处。

鹤绝虽然任由他动作，但依旧十分警戒，只要容止稍有异动，向他发起攻击，他便能立即反应。

不怕他打什么主意。鹤绝也有自己的自信，容止对剑术的了解纵然再怎么了不起，可一个人的身体是根本，他的身体已经如此孱弱，纵然有绝高的剑术，也不能发挥多大作用。

他只等着看容止那所谓纵横的剑术。

看着容止走到空地处，楚玉忽然间涌起不祥的预感。此时容止露出一丝笑容，这笑容和他从前的笑容不太一样，骄傲，讥诮，还有那么一点点的狡黠。

容止素来内敛的黑眸中，头一次浮现出如此动人的华光，以至于他整个人看起来都不一样了。纵然是在朦胧的暮色之中，楚玉与鹤绝依然可以看见，容止那苍白秀丽的脸上，显出不可思议的美丽，好像花朵最后绽放的芳华，好像夜莺垂死之时清丽的歌唱。

容止没有看楚玉，他望着鹤绝，嘴角绽放出狡猾的微笑，可眼神深处却隐藏着宛如冰霜的酷厉决绝："没有人能杀死我，除了我自己。"说罢，他纵身向后一跃，就那样毫无预兆地跳下悬崖。

在楚玉震惊的目光中，在鹤绝不及阻止的身影前，容止的身子往下坠落。

楚玉在原地愣住了，她终于想起方才那不祥的感觉来自何处，是容止身后。因为天色暗淡，她忽略了他身后便是悬崖。

容止方才做那些，原来并不是有什么打算，而是宁可自己死，也不愿意死在鹤绝手上。

他原本就是一个能对自己狠下心狠下手的人，当初被越捷飞折断手臂却笑着为自己接骨，一直到今日自残身体，险中求生……容止外表柔弱秀丽，甚至有点儿像女孩，可他的内心意志却是无人能及的强韧坚固，宛如钢铁，不可摧折。

楚玉心中空空荡荡的，望着原本站着人的地方，却好像失去了感觉，整个世界只有那一片空白。而鹤绝在容止跳下悬崖后，怔忡了片刻，才想起赶上前去，站在崖边往下看，只看见深崖底下一个小小的白点，很快便消失不见了。

从如此高的地方落下，即便是他，也难以保全生命，更何况是已然重伤的容止？

鹤绝发了一会儿呆，旋即神情肃然地后退半步，长剑轻轻在地上一点，算是表达对容止的敬意。虽然这时候容止未必需要。

他想杀掉容止，是因为意识到容止的可怕，这是作为一个刺客的立场。而此时表达敬意，则是对对手的尊重，他已经将容止看成了一个与他平级的、能与他站在同一高度上的对手。

容止死了，固然令他松了口气，但不可避免的，也带来一抹挥不去的怅然。

没有发呆太久，鹤绝转过身走了几步，在楚玉身旁停下来，双眼却凝视着前方的半空：“虽然他方才说带着你无用，但眼下死无对证，我还是要带着你上路。”方才容止求死的行为，令他现在依然有些没回过神来。

楚玉没说话，只默默地点了点头。

鹤绝也不怕她跑，从这里下山只有一条道，就算她想逃，也逃不远。见楚玉点头，他便继续朝前走去。没过多久，楚玉的脚步声将神游天外的他惊醒过来，想到什么，鹤绝脸色大变，立即转过身。

此时楚玉已经站在了崖边，背对着悬崖。她在山顶的风中站立着，衣衫被风吹起来，就那么安安静静地对鹤绝笑了笑：“我跟容止走，不跟你走。”随后她也如容止一般，没有丝毫迟疑地跳了下去。

鹤绝愣住了。

方才那少年跳崖，是为了个人尊严不死于他手，鹤绝可以理解。可现在跳崖的楚玉，却不在他能理解的范围内，她原本可以不死的，为何偏要往死路上走？

鹤绝知道这位公主的往日事迹，很难把楚玉的行为跟“殉情”两个字扯在一起，然而这件事就这么在他面前发生了，让他如何也想不明白。

鹤绝对两人并无多么深厚的感情，加上他原本就是个杀人不眨眼的刺客，手底下已不知有多少条人命了。纵然容止、楚玉在他面前先后跳崖，也不过动容一会儿，随后便收拾心情朝山下走去。

原本没打算见血，而是想要用人质引花错主动去找他，出一口当年的恶气，可现在却发生这样的意外，与花错的仇恨将再度加深，大概要演化到不死不休的局面。

鹤绝走远后，山崖底下才发出轻微的声音。

“走了？”楚玉小心地朝上看了一眼，悄声问道。入眼所见，尽是岩石和草木藤蔓，看不到鹤绝。

“走了，”容止一直凝视着楚玉，见状苦笑了一下，很是无奈地叹了口气，“我跳下来是置之死地而后生，可眼下鹤绝并不打算伤害你，你跳下来做什么？”

楚玉瞪他一眼：“我刚才忽然想到，你这么狡猾的家伙，怎么可能就这么傻乎乎地跳下去呢？”

容止是对自己狠毒的人，但那狠毒建立在强大的掌控力和信心上，而他看起来也不像是自尊心压倒一切，为了一点儿尊严就去寻死的人。

这是楚玉在回忆往事时忽然想到的。她不似鹤绝等人那样，身为武者，拥有武者的尊严，在她看来，死在别人手上和死在自己手上都是死，没有多大的区别，正因为这样，她才能更轻易地接近容止的真实想法。

容止并不是寻死，而是求生。

不管是先前的千钧一发，还是现在的死地求生，容止从不畏惧冒险。他将危险掌握在手上，操纵其使之成为助力，之前的一番作态，不过是让鹤绝确信他是一心求死，以免鹤绝再下山搜查。

他不是慷慨豪情的剑客，却是果断善谋的弈者。

此时两人蜷缩在一处距离山崖不到十米、崖壁上向内的凹陷里，暮色和周围的藤木将两人的身影完全遮盖，这里空间狭窄，两人不得不靠在一起才能容身，黑暗中看不清彼此的脸，只有清亮如水的四目相对。

容止已经将外衫扔下了悬崖，透过单薄的衣衫，楚玉感到容止的体温越来越低，方才还好似有些热度，现在却冷得像一块冰。楚玉忍不住握住他的手，低声问道：“你怎么了？”刚才她落下来时，被容止一把拉住，拽入这里，那时容止的手心还有些暖气，现在却好像连一丝温度都不剩了，好像被逐渐打回原形，变回了先前半死不活的模样。

容止喃喃道：“不过力竭而已……公主，让我休息一会儿……”他的声音越来越低，最后沉没在黑暗里，他的身体软软地倒在楚玉身上。

他以银针逼出身体潜力，但由于底子太差，才这么一会儿，便已经到了油尽灯枯的边缘。

楚玉却没有立即去看他的情形，她只是握着容止的手，好一会儿才低下头，以只有自己才能听见的声音道：“我为什么跳下来，连我自己都不知晓……容止，我想相信你，你千万莫要骗我。”

容止昏迷时，楚玉打量了一下周围的状况。暮色依然沉沉，加上外面枝蔓遮挡，让这一小块容身的空间更加黑暗，她只能依稀看见一尺范围内的景物，再远了便瞧不分明。

容止方才在周围撒了些药粉，能驱赶蛇虫，不必担忧遭到侵扰。

这里是崖壁上一块朝内陷的部分，下方比较平整，人坐在上面很安稳，不用担心会摔下去。楚玉抬手朝上方摸，手才伸出一半，便摸到凹凸不平的冰冷岩石，朝左右探去，也是才伸直手便碰到岩壁。

洞内阴暗狭窄，楚玉单手抱着容止，确定他不会摔下去。静静地坐着，黑夜里她能看到的很少，但内心却分外平静宁和。容止的上半身躺在她的腿上，脸部朝上，楚玉低头凝视着他，透过黑暗，她可以隐约看见他苍白的脸，秀丽的五官仿佛一碰就会粉碎的琉璃。他的气息微弱，宛如游丝。

就这么定定地凝视着，也不知过了多久，楚玉才朝外看了看，只见繁星漫天，璀璨美丽，这一看，她才感觉双目酸乏疲累。想了想，楚玉蜷起双腿，固定住容止的身体，上半身稍稍前倾，双手探出去，将外面的藤蔓交错拉起来打了几个结，随后才以不太舒服的姿势，紧挨着容止一起睡下。

这里很黑很安静，不会有什么人来伤害她，黑暗里她什么都做不了，现在休息恢复体力，是最好的选择。

夜晚风寒露重，楚玉闭眼没一会儿又睁开眼来。她咬了咬嘴唇，脱下外衫罩在两人的身上，衣衫下她紧紧地搂住容止，两人之间几乎没一丝空隙地贴着。

楚玉的脸有些发热，除了那次醒来不能自主，她从未以这样暧昧的姿态拥抱过一个异性，身体好像连在了一起似的，可现在容止体温很低，她要是不抱着他睡，只怕他挺不过今天晚上。

你抱着的是一个南瓜，楚玉这样催眠自己。但这个世界上哪来这么雪白秀丽的南瓜？好在过了一阵子倦意渐渐涌上来，才缓解了她满身的不自在。

半梦半醒间，楚玉感觉自己心口好像有什么东西软软地化开，好像暖洋洋的春水，无声无息地销蚀着心脏周围的樊篱。可这感觉很舒服，她竟然不想抗拒。嘴角带着一丝微笑，楚玉进入了梦乡。

山崖下没有隐居的高人，没有武功秘籍，但有一个容止。

楚玉醒来时已是天明，清透的晨光投入岩洞内，空气里带着露水的湿意和寒意，楚玉睁开眼睛时只觉得全身很不舒服，想要动一动，一动之下却发出惨叫声：“好痛！”因为空间太小，她连睡觉都不敢大意，睡姿很是扭曲，两只手一直紧紧地抱着容止，其中一只手压在他身体下一晚上。

睡姿不对的后果便是现在这样，楚玉只觉得全身好像被水泥糊住了一般无比僵硬，骨头好似被压得变形，每动一下就酸痛难当，忍不住痛叫出声。

虽然很疼，但楚玉知道不能停下来，咬着牙继续坚持着。她穿越前在书上看到过这种情况，因为长时间维持压迫的不正确姿势，导致身体骨节轻微错位，只要正常舒展一下身体便好。楚玉慢慢从容止身下抽出手，再小心地伸展手臂，活动腰脊，伴随着骨节咯吱咯吱的响声，一连串的惨叫后，她长长地舒了一口气：总算是舒服一些了。

忽然觉得有些不对劲儿，楚玉朝身前看去，却瞧见一双笑吟吟亮晶晶的眼睛。

容止醒了。

呆愣了一会儿，楚玉才意识到刚才自己的声音吵醒了容止。她脸上微微发烧，别过头去。

刚才她叫痛时，脸都皱起来了，会不会很难看？

等了一会儿不见动静，楚玉再移回目光，容止的脸色还是和昨天一样苍白，但手底下的温度却稍微升高了一些，不再冷得好像死人。意识到自己的一只手还箍着容止的腰，楚玉连忙松开手，扯了扯嘴角，算是对他笑："你醒来了？"

瞧见身上的衣衫，容止便知道了昨夜发生的事。他看了一会儿，没说什么，只淡淡地笑了笑，一手支撑着身子坐起来，顺便也扶着楚玉坐正。

容止将衣服还给楚玉，也和楚玉刚才所做的一般，在小范围内活动身体，舒展因为睡姿压迫的筋骨，身体里发出骨节的声响。楚玉方才尝试过，光听声音便知道绝不好受，但容止面上却一直挂着如沐春风的笑容。

只见容止把骨节掰正了，接着处理足踝处的伤。伤处过了一夜已收口，但尚未愈合，惨白的肌理间隐约可见森森白骨。楚玉只看了一眼便不由得移开了视线，抬眼却见容止一脸春风，好像那不是他的脚，也没有受那么严重的伤。

楚玉不舒服地搓了搓手臂上冒出来的鸡皮疙瘩，虽然已经知道容止有笑对疼痛的毛病，已经不像第一次看到时那么骇然，但还是觉得很怪异，忍耐了一会儿没忍住，终于道："你能不能不要这么笑？眼下没有旁人，在我面前，不必还如此伪装吧？"

容止微微一笑："公主误会了。"他瞥了楚玉一眼，她距离他很近，眼眸之中满是真挚关切，她温热的呼吸绵绵地传了过来，就仿佛他今天刚睁开眼睛时一般。其实在楚玉醒来之前，他便已经醒了，只是不曾动弹。

撕下衣服包扎好伤口，他又轻声道："这些伤势，并不怎么疼啊。"

楚玉咬着嘴唇，对他说的话半个字都不信："怎么可能不疼？"连骨头几乎都看到了，除非没有感觉神经，除非是机器人，否则怎么可能不疼？

容止微微笑道："习以为常了，相比起从前，这算不了什么。"相比起从前，眼下这点儿伤势简直轻微得让他发笑。

他语调平常散淡，可楚玉听了心头发酸，这种事哪里是可以习惯的？

可他好像真的是习惯了，把自己的身体当成器物来使用，他对别人是冷酷，对自己却是接近残酷。

见楚玉怔怔地望着他，目光之中竟似大有怜意，容止眨眨眼睛，似笑非笑地柔声道：“公主当真了？我随口胡说的。我这么笑，自然是为骗人。”

楚玉没发怒，她眼睛一眨不眨地盯着他。看得向来从容淡定的容止也有些不自在，下意识地转了视线。忽然一双手环过容止的肩膀，接着他感觉被一股力量拉入一个温暖柔软的怀抱：“是假的？你这个骗子。”楚玉的下巴抵着容止的发际，低声道。

容止被楚玉拉入怀里，脸埋在她的领口处，有些愕然，随即听见头顶上传来低低的声音：“很痛吧？”

容止抿了抿嘴唇，有些后悔方才一不留神说漏了嘴，正要笑着敷衍过去，话到嘴边却愣住了，一向言辞巧妙的他忽然什么都说不出来了。

她的身体不算强壮，即便用尽全力抱着他，他也是可以轻易挣脱开来的，可一种突如其来的、不合时宜的懒散袭来，让他不想有所动作。

容止什么也不想说了，任由她静静地拥抱着。也不知过了多久，他才慢慢地道：“公主，你若是再不放开我，我们便要在这里过夜了。”

第七十六章　奇货当可居

容止打算离开这里。

虽然花错、越捷飞等人有可能会随后赶来解救，但他并不太习惯将自己的生死交托给别人来掌控，这与自尊无关，纯粹是习惯使然。不管是什么东西，还是自己掌握来得保险些。

更何况他一路紧急追赶着，来不及留下暗记，公主府的人只怕要花很大一番工夫才找得到这里。

与其在这里等待，以至陷入绝境，不如在尚能行动自如时，从此地脱身。

之所以不在昨夜离开，是因为那时天色已暗，难以看清周围的情形，且担忧鹤绝并未走远，两人才在此熬过一夜。

足足一天没进食，楚玉的手脚有些发软，相较之下容止的情况要好一些，经过一晚的休息，他已经恢复了几成的气力。

容止拿银针又把自己扎了一遍，感觉体力好得差不多了，便攀上悬崖，用从崖顶垂下的藤蔓编成绳子，把楚玉拉了上来。

两人都不是勇武有力的人，不到十米的高度，他们花了半个时辰来对付，好不容易拉着楚玉爬上来，容止便倒在地上大口喘息着。楚玉更是累得四肢无力，一句话也说不出来。

昨夜夜色深重，她看不清楚悬崖下面的情形，便不怎么害怕。可现下天光已亮，她方才爬上来时，不小心朝脚下瞥了一眼，脚下方的深崖仿佛没有尽头，绝壁料峭，不由自主地一阵眩晕，她感到有些不可思议，昨天晚上，她居然那么大无畏地跳下去了！居然连这种地方也敢跳！

假如昨晚她事先看清了地形如此可怕，肯定是没胆量往下跳的。

仰面躺在地上，望着蔚蓝的天空，飘浮的白云缓缓地流动着。

方才那一刻，真的好像一脚踏入了鬼门关里，此时又似劫后余生。

楚玉约莫躺了半刻钟，感觉被人拉了拉手，这才意识到容止拉她上来时，紧紧攥着她的手，直到现在还没松开。她扭过头去，看见容止和她一样躺着，此时正朝她看过来。

一看之下楚玉不由得莞尔：容止原本白净的脸上这里一片灰那里一片土，头发散乱，看起来狼狈不堪，不由得笑了起来，但转而一想，既然容止都这个样子了，那她也好不到哪儿去，忍不住脸上一热。

楚玉也不知为什么要笑，身体虽然劳累疲惫，可心口却异常轻快欢悦，好像除了笑想不出还应该做什么。

昨天被迫停下来的马车依旧留在原地，两匹马儿已不知跑到哪儿去了。两人坐在山顶上吹了一会儿风，容止到车上取了一些食物，并从固定在车厢地板上的箱子里取出衣服，让楚玉重新穿戴好。

虽是日常出行，楚玉也还是习惯在马车上放一些备用衣物、糕点等。原只是为自己路上解馋的点心，这个时候派上了大用场。

一番打理后，两人全身上下神清气爽。楚玉吃了几块糕点，因为没水，吃了一点儿便咽不下去了，容止吃得也不多。剩下的糕点放回食盒，用一件衣服包起来，背在背上带走。车上一些值钱物件也一并捎带上。

商量一下，楚玉、容止相携下山，在山脚下找到一条小溪，溪水大约有一米多宽，水质还算清澈，水面上漂浮着一些泛黄的落叶，秋天已到来。

楚玉蹲在溪边，先用手掬起水来，喝了一大口，随即扯起沾水的袖子把脸擦干净。

两人就着溪水洗漱一番，顿时焕然一新。为方便上路，楚玉继续作男装打扮，容止把昨天救命的木簪重新插回了发髻里。

方才在山顶上楚玉便看清了周围情形，四处是连绵起伏的山峦，虽已入秋，山体大体还是青绿色的，夹杂着一丝丝黄，此时来到山脚下，四周巍峨，高山耸立，乍一看好像有一种要压过来的错觉。

楚玉被挟持来时，一路坐在马车里，被车子颠簸得昏昏沉沉的。也不知到了何处，问容止，才晓得这里距建康约莫二三百里，若是想徒步回去，只怕要好几天。

两人并肩走了一程，便听见马蹄声和车轮滚动的声音。楚玉心中一喜，下意识地想要迎向发出声音的地方，还没迈出脚步，便感到肩头一紧，知是容止按住了她的肩膀。她回头看，一愣之下，便立即明白过来。跟着容止的脚步，两人后退到前方的岩石后面。等到对方走近，才看清几辆马车上堆载了大量的货物，而随行之人个个强壮，是干粗活的下人打扮。

从外表看，这应该是商家送货的队伍。楚玉和容止对视一眼，从对方眼色中彼此确认，才放下了警戒。

容止让楚玉藏起来，自己则走上前去。走到商队前方一丈外时，商队的马车和随行人员便停了下来，用怀疑的目光看着容止。

容止微微一笑，是那种最容易让人放下戒心的笑容，温雅秀丽，纵然此时他苍白憔悴，却依旧让人如沐春风。笑了一笑后，容止才柔声道："诸位见谅，在下并非恶人，在下与友人原本要去建康访友，怎料恶仆勾结贼人谋害，我与友人侥幸逃脱，却迷失了方向。今日见到诸位，实在喜出望外，还望各位能够告知在下，若是要往建康去，须得朝什么方向走？"

他言辞文雅，风度翩翩，又是一副弱质少年模样，外貌极具欺骗性，衣衫精致华丽，怎么看都不像是恶人。车队的人当下便放松了警惕，热情地回答了容止的问题，并与他攀谈起来。几句话后，车队主人便出言邀请他与他们同行，在路上照应他。

容止此时见目的已达到，便向车队主人告了一声罪，说还有一同伴。

在容止跟商队搭话时，楚玉已经从岩石后走了出来，此时见容止投来目光，当即会意，缓步走上前去，学着他一样施礼。

他俩用的是假名，楚玉自称于楚，容止自称于容。

商队主人对两人很是礼遇，邀请他们到他乘坐的车上休息。楚玉有些迟疑，但被容止一拉，也跟着放开来。

商队主人姓任，穿着简单的麻衣，车队上下叫他任老板。商队并不是前往建康的，而是往建康相反方向走的。任老板以避免路上再出意外为由，邀请两人同行，并保证将护送他们前往最近的城里，再做其他打算。

两人上了车后，任老板下车交代事情去了。楚玉看车上只有他们两人，便靠近容止，低声问："会不会有什么问题？"他们素不相识，为何这个任老板对他俩这么好？

无事献殷勤，不能怪她杯弓蛇影。

容止淡淡笑道："公主不必忧虑，那姓任的不过是瞧着我们奇货可居罢了。"纵然万分落魄，但他与楚玉的衣着外貌、行止谈吐，还是处处透着贵气。那任老板自然以为他们是名门贵族，主动讨好尚且不及，哪里会迫害嘛。

战国时吕不韦见到秦质子，认为奇货可居，资助金钱赠送美女，帮助其回国登上帝位，后来他自己也因之权倾一时。虽然任老板未必能想得那么遥远，但他讨好落难中的两人，以求日后两人图报什么的，和这个故事是一样的道理。不怕他有所图，就怕不知他图的是什么。

容止说完便困倦地合上了双眼，身子歪倒在楚玉身上。虽然休息的时间差不多，但他所消耗的体力远比楚玉要多，也更辛苦，支撑到现在，已是极为不易。

楚玉见他睡着了，便也不打扰，静静坐着，让容止靠在她肩头。她将包袱放在身旁，自己也垂下了头，好似昏昏欲睡。

过了一会儿，任老板回来，看到车内情形，一愣。随即，将目光停留在楚玉手边的包袱上，神情有些游移，好一会儿他才艰难地移开目光，下令车队继续前进。

楚玉等了一会儿，没听到任老板有什么动静，只一直坐在车厢入口的位置，才暗暗松了口气，放下心来，闭目休息。

楚玉本想只是休息一会儿的，可毕竟太累了，心情一放松，便沉沉地睡了过去。等她睁开眼时，是被吵醒过来的，马车外传来很大的喧嚣声，由远而近，闯入她安宁的梦境。

马车不知什么时候停了下来，原本坐在车厢入口处的任老板也不知所终。车外喧嚣声听起来有些不善，像是有人在斗殴叫喊着。楚玉心中一惊，立即清醒过来，她拉了拉容止，随即掀开车帘一条缝，悄悄往车外看去。

发生什么事了？没人回答她，但眼前的景象让她惊呆了。

外面，两方人正在厮杀，商队这边的是一群保镖和苦力，而另一边则是挥舞着钉锤大刀的马贼，粗略估算有四五十人。

商队的保镖并不多，而苦力毕竟不是专业打架的，很快就被人多势众的马贼杀了个干净。马贼将商队的马车包围起来，分出来几人，有人一辆接一辆搜索着马车，有人检查地上躺倒的商队的人，发现还有一口气的，便补上一刀。

看着倒了一地的尸体，楚玉有些害怕，情不自禁地朝车内缩了缩，背部碰到了什么，扭头一看是容止。见容止神情平静，楚玉也跟着放松了少许，低声问他："有没有什么办法？"

容止摇摇头，以同样轻微的声音回答道："没有法子，马贼人太多，我对付不了。"杀人，是需要天时、地利、人和的。顿了顿，他接着微笑道："公主不必忧心，他们不过是求财，不会伤害我们的。"

两个马贼逐辆车检查着，最后到了楚玉、容止所在的车上，掀开帘子瞧见二人，当即眼前一亮，用刀尖招呼着："你们俩，下来！"

容止拍拍楚玉，示意她安心，随即利落地跳下车，站定后，彬彬有礼地问道："请问贵首领是哪位，我想和他商量一件事。"

一个留着络腮胡子的马贼走上前两步，铁塔般的身躯站在容止跟前，声音洪亮，好像雷声滚过："小子，你找我做什么？"

容止微微一笑："我，我们是江陵于家的人，假如首领愿意让我们回家去，我可以让家人送来大量赎金。"

首领咧嘴一笑："江陵于家？原本就是想拿你们去换钱的，你自个儿说出身份正好。但要钱送来了，我们才会放人。"说罢他挥了挥手，令喽啰们把抓到的其他人全绑起来，

“都给老子小心点！别打坏了，这些人都是要拿去换钱的！”

楚玉一看，见与他们一起被俘的还有任老板、商队里的管事账房，以及与商队同行的几个零散小商人。马贼们大概是打着用肉票换赎金的念头，难怪刚才容止说马贼不会伤害他们。

楚玉和容止所得到的待遇最优厚，别的俘虏是绑成一串，在地上走着，他俩不但没遭绑缚，还被获准两人单独乘坐一辆马车，就是楚玉、容止原来乘坐的那辆。虽然马车周围绕着不少马贼看守他们，但毕竟没遭到实质性的身体伤害。

上车后，容止很快又睡了过去，只是一直抓着楚玉的手。

马蹄声声，车轮滚滚，楚玉忧虑地望着车外，原本只想搭顺风马车去最近的城市，不料倒霉地遇到了山贼，以至于前方的路途愈来愈遥远莫测。万幸的是，他们还都活着。握住容止的手，尽管依旧看不到前路，但楚玉稍稍有点儿安心。

第七十七章　随遇可安然

楚玉和容止一共在马车上待了三日，虽然没有挨打，但每天吃的食物很少。楚玉的包袱自然早就被马贼们拿去了。两人下车时，都饿得头昏眼花。

不消说，这也是马贼防止肉票逃跑的办法，把他们给饿得没力气跑掉，只能乖乖地跟着他们走。

到了最后一天，所有肉票都被蒙上了双眼，大概是不想让他们知晓贼窝的确切所在地。楚玉和容止虽然获得了特别礼遇，没有给他们戴眼罩，但车内多了两个马贼看守着他俩，也不让两人朝车外张望。

尽管不能朝外看，但外界光线的明暗还是能反映到车中，车队停下来之前，曾经有一段路途极黑暗，就好像行驶的火车钻过山洞里一样，周围陷入一片漆黑。等走过了那段路，车内又亮了起来。

楚玉一被获准下车，所做的事便是朝前后左右看去。她原本以为，马贼们的大本营该是建立在极为险峻的山岭之上的山寨，可事实证明，她所想象的与眼前所看到的有极大差距。

这是一个安宁美丽的村子，四周平坦开阔，屋舍排列整齐，土地肥沃，田间小路纵横交错，偶尔还能听见村子里传出隐约的鸡鸣与犬吠。八九名妇人老者正在地里劳作，结了穗的麦子沉甸甸地垂着，绿油油的蔬菜长势喜人。

这是怎么回事？楚玉一下子愣了，下一刻，她立即想到，这一片平静的田原即将被凶残的马贼洗劫，心中顿时大为不安。

但令她大大意外的是，村里人见马贼们来了，不但不害怕，反而热情地围过来：妇人放下了手上的农活，村里玩耍的孩子也蹦蹦跳跳地迎了上来，擦汗的擦汗，送水的送水，俨然是一家人的模样。

楚玉刹那间明白过来：这里，竟然是马贼的老巢！

马贼们回到这里，一个个都归了家，有几人已经上去和自家妻子闲话，也有人抱起孩子转圈儿，就连最凶悍的马贼，也流露出了柔和温馨的表情。在外面，他们是凶残的恶鬼，掠劫财物，伤害生命；可回到家中，他们却是好丈夫好父亲，一家人其乐融融，幸福无比——纵然这幸福是建立在别人的不幸之上的。

容止站在楚玉身边，他比楚玉更先明白过来。看周围的马贼都放松了，便低声对楚玉道："我猜得果然不错，这一群人是横行十多年的追风盗。他们手段狠毒，来去如风，虽然官兵曾经出动清剿，但始终找不到他们的老巢，原来是这样一个地方。"

这村庄的所在，应是极为隐蔽的，即便有人偶然来到这村子里，绝不会认为这样一个宁静祥和的地方遮掩着凶残狰狞的真相。

至少一半的马贼先离开队伍与家人团聚去了，剩下的一半则继续押送肉票。所有肉票被分成两拨，关在村头的两间屋子里，其中楚玉和容止两人算一拨，所住的环境比较舒适，而任老板等人则被赶入另外一间较为寒酸简陋的屋子里。

楚玉心里明白，他们能一直受到如此礼遇，多亏了容止说的谎。士族毕竟身份高贵，顾忌着他们的身份，也看在巨额赎金的分儿上，马贼会尽量善待他们。但他俩皇族的身份却不能暴露，因为这个身份意味着很可能会有军队介入，为避免麻烦，马贼反而会尽快杀了他们了事。

楚玉才和容止进了屋子，身后便传来响亮的关门落锁声，她并未着急回头，反而四下打量起来。

此时差不多是正午，墙上一人高的位置，开有一个约莫七寸长宽的窗口，给屋内带来了光源。楚玉看清室内的情形：屋内还算干净，没有床，只在墙角铺了厚厚的稻草，占了半间屋子的地面，算是睡觉的地方。另一处墙角处摞着两张小马扎，除此之外，没别的用具。

以他们的身份，尚且还是这个待遇，可以想见另外一间屋子里的情形会是何等恶劣。

楚玉还在打量着，容止却已越过她，走到稻草旁，翻身一躺，悠闲而慵懒地躺在厚厚的稻草上。见他如此轻松惬意，楚玉走近几步，撇了撇嘴："你有工夫睡觉，不如先想想如何脱身吧。"为避免隔墙有耳，她将声音压得低低的。

容止只是静静地躺着，与站在一旁的楚玉对视着。他的目光漆黑幽深，平静无澜："走不了，追风盗横行十数年，就连官府也不能拿他们怎样，可见此地如何隐蔽了。只怕在你我寻找到出路之前，早已死在乱刀之下。"

楚玉朝窗外看了一眼，村庄里还是那样宁静美丽。马贼们已换上了务农的衣裳，走到地里干活，倘若不是见过他们凶残的行径，楚玉几乎不敢相信这是一群马贼。村子里每一个人的脸上都荡漾着满足的笑容。这片土地是如此美好，就好像传说中可遇而不可求的世外桃源，然而这桃源中的幸福生活却是用外面的鲜血换来的。

她可以想象得出这个村子的生存模式，平时妇女和老人在家务农，男人们出去抢劫杀人，不管他们抢劫是基于什么理由，这里并不是陶渊明所描述的那个淳朴祥和的桃花源。

知道楚玉在看什么，容止淡淡地道："你且稍安心，江陵距离此地有一段路途，往返需要些时日，纵然他们到了江陵，也未必会发觉我们是假冒的。"

楚玉闻言微微一惊，转头看向他，却见容止笑吟吟的，并不慌忙："与其担忧那么久远的事，不如与我一道随遇而安吧。"他拍了拍身边的稻草，笑道，"不来试试吗？你身份尊贵，这稻草想必不曾睡过吧？来试试，还是很舒服的。"

楚玉犹豫了一会儿，学着容止的样子，与他并肩躺下。稻草中有些较粗硬的秸秆，隔着衣服戳着背脊，让肌肤有些发痒的感觉，身下蓬松的感觉却让精神紧绷了好几天的楚玉一下子舒缓下来。

还没躺下多久，楚玉便听见门外锁链的响动声。片刻后，有人开门走进来，她睁开眼睛一看，见是那马贼首领。

那首领手中拿着纸笔砚台，一进屋看见两人躺着，忍不住笑了一声："两位倒是安心。"

容止慢慢坐起来，目光柔和地直视马贼首领："阁下客气，我们如今落到这个境地，再怎么费劲也是枉然，不若任由各位安排。"

马贼首领爽朗一笑："到底是有教养的，和旁边屋里的匹夫就是不同。"他将白纸平铺在地上，砚台放一旁，里面盛着已经研磨好的墨汁，接着，他把手上的笔递过来，"劳烦两位谁给家中写个信，我们也好作为证物带给你们的家人。"这便是要写勒索信了。

楚玉尚在发愣，容止已自然而然地接过笔来，左手一拉白纸，蘸墨，沉腕，悬肘，一封求救信写得文采斐然，清丽绝伦。楚玉回过神来时，容止已经写完了，她草草扫一眼，文中大致说被追风盗的兄弟请去住一阵子，希望家人送钱来云云。行文不卑不亢，从容不迫。

倘若不是知道容止长居公主府，楚玉简直怀疑他是不是经常被绑票，写绑票信这种业务竟然如此熟练流畅。

将容止的信拿过去看了一番，马贼首领十分满意："你们先在这里好好休息，我派人出去送信，一会儿有人来给你们送饭。"

容止笑了笑，还是那种极度无害的笑容："敢问这位首领尊姓大名？"

马贼首领神情一冷："怎么，你脱困之后要回来教训老子吗？"

面对杀气腾腾的男人，容止并不畏惧，只淡淡地道："兄台想到哪里去了？我只是为了方便称呼阁下罢了。"

“早说嘛。”马贼首领怒容一敛，又恢复了刚才和气好说话的样子。他转身走出屋子，落锁时门外传来四个字：“我叫孙立。”

果然如孙立所言，过了一会儿，两个男人开门给他们送饭来。楚玉认得这两人，他们都是参加掳劫杀人的马贼，但此时已换上了寻常衣服，盖住了满身的剽悍戾气。

马贼给他们准备的牢饭竟然出人意料的丰盛。本来按照路上的待遇，楚玉以为最多给两块干饼让他们啃就算最高待遇了。不料装食物的藤篮里，整整齐齐地摆放着两大碗香喷喷的米饭，还有两碟可口的小菜，一盘素菜，一盘荤菜。

两个马贼放下藤篮便先后走了出去，再度把门给锁上。碗碟筷子都是木质的，材质比较软，在防止肉票逃跑这一方面，马贼们显然很有经验。

藤篮底部还装着两碗水，楚玉吃饱后喝了半碗，剩下半碗小心翼翼地拿来沾湿衣服，擦拭脸部，三天没洗脸，她感觉很不舒服。另外一碗水，自然是给容止的，容止倒是没浪费，很干脆地端起碗来一口气喝光。再过一会儿，送饭的马贼来回收餐具。容止趁机跟他们套交情，得知这两人一人叫孙虎，一人叫孙当。

他的笑容和言辞，就是现在他握在手中的利器，孙虎孙当二人一人收拾碗筷，一人在门口看守。从进来到出去，说起来也不过就一两分钟的工夫，但从短短的几句闲聊里，容止便获得了这两人的好感，其中收拾碗筷的孙当在出门时，还冲容止笑了笑。

从小窗里看着孙虎孙当走远了，楚玉才转向容止笑道：“还说什么都不打算做，那你方才是干什么？”不断地套问对方名字，她不信他仅仅是想正确称呼而已。

这是从以往经验里得来的判断，容止做什么事必定是有目的的。

容止笑笑，并不辩解，只道：“你今后便晓得了。”他挪动身体，在稻草铺上慢慢后退，一直退到背部靠上了墙壁，才朝楚玉招招手，“过来吗阿楚？横竖闲着没事，听我说故事吧。”为了避免在交谈时不经意地泄露出彼此的身份，两人商量好，容止叫她阿楚，楚玉则叫他小容。真正叫起来，这还是第一次，但容止的语气神情却似极为熟稔自然，好像他一直是这么唤楚玉似的。

一刹那间，楚玉仿佛觉得自己回到了二十一世纪，与相熟的朋友谈笑，她的朋友都叫她阿楚。已经很久没人这么叫她了，那些逝去的或远去的，像虚无缥缈的梦，她也只能在梦境里寻求。

愣了好一会儿，楚玉才意识到容止刚才说了什么，心下一惊：容止居然有兴致说故事！虽然心中疑惑，但楚玉还是依言坐在他身边的稻草上，与他一样背靠墙壁：“什么故事，说吧。”

容止微微一笑，便说了个故事，故事很浅显，像楚玉小时候听妈妈讲的睡前故事，不过是多了些曲折起伏的情节罢了，然而对于阅览过大量网络小说的楚玉而言，还是不具吸引力的。

一个故事说完，容止接着又说下一个故事，这个故事比上一个要简短些。楚玉听得有点儿闷，正想开口打断他，却见容止做了一个噤声的手势，便按住疑惑，忍耐下来。一直讲到第三个故事时，容止说了一半，忽然中断不说了。楚玉才要松口气，却听见与他们一墙之隔的外面传来一个稚嫩的声音：“怎么不继续讲呢？后来怎么了？”

容止咳嗽两声，眼眸里浮现出浅浅的笑意，依旧靠着墙道：“不说了，我口渴。”

沉默了片刻，那稚嫩的声音道：“你等着，我去给你拿水来。”

接着两人便听到一阵噔噔噔的跑步声，过了一会儿，那声音回来了：“我拿水来了，怎么把水给你？”

在容止的指点下，小孩搬来两张小马扎，叠放在窗下，困难地端着水爬上来，将因奔跑颠簸已经洒了半碗的水从窗口递给容止。

这时候楚玉看见那孩子大概八九岁，晒得黑黑的小脸上满是期待。容止站了起来，笑眯眯地接过盛水的木碗：“多谢。”

拿着水碗坐下，容止没有喝，他掀开衣衫下摆，拆除绑缚伤处的布料，竟然是拿这碗水来清洗伤口。

第七十八章　逐日慢侵销

接下来几天，楚玉算是见识了容止哄小孩的本事。

每天固定八个故事。

第一天，仅仅只有这个孩子在墙脚听故事；第二天，那孩子带了两个小伙伴来；第二天下午，增加到四人；第三天，墙脚蹲着的脚变成了十二只；第四天，容止一说口渴，不消如何等待，立即就有七八只碗争先恐后地递过来。碗中盛装的都是清冽冰凉的井水，清洗伤口之余，剩下的干净井水便留给楚玉洗脸洗手。

从第二日起，容止不仅仅局限于要水，他描述出几种常见草药的模样，让孩子们替他找来。容止将草药揉碎，敷在自己的伤处。

找草药这活儿并不算轻松，但容止说的故事，对这群长期憋在村子里，没见识过世面的小孩儿还是很有吸引力的。他见多识广，故事之余，讲起各地风土人情来娓娓动听，有时候就连楚玉也听得入了神。

楚玉曾从小窗子往外看过一次，只见墙脚下蹲着十多个孩子，从五六岁到十五六岁，容止就是把这群孩子支使得团团转，让他们干这干那，他们还一点儿怨言都没有。几个孩子之间原本还有矛盾，也被容止几句话化开，一团和气地乖乖听话。

这样特异的情形，一开始村里的大人也注意到了，但了解到容止要的东西并不过分后，便也不做过多关注，只让孩子们注意不要把危险的东西交给容止。

但第五日后，楚玉觉得有些担忧，虽然容止不过是讲讲故事，偶尔要一点儿水和草药，但他已经在无形之间，聚集起了村子里所有五岁以上的孩子。他的笑容哄大人都绰绰有余，更不要说哄骗几个小孩子了。

不光是村里的小孩儿，就连每天给他们送饭的孙当孙虎，也与容止渐渐热络亲近起来，有时候把饭送来后并不急着离去，而是坐下来与容止聊上几句，甚至告诉他关于村子的一些基本情况，比如有多少口人，诸如此类信息。

楚玉隐约有种预感，感觉这样的日子不会太长。容止闹出来这么大的动静，虽然只是要了一点儿水和草药，但村子里的马贼不可能一直这样坐视不理。她将自己的忧虑告诉容止，容止却不慌不忙地笑道："我自有计较。"

还没等楚玉看出来容止的什么计较，第七日时，往日早已有人送饭来了，今日却迟了许久。到了中午，终于等到门锁响动，门被推开时，出现在门口的却不是以往的孙虎孙当，而是身材高大宛如铁塔一般的马贼首领孙立，孙立不仅仅是马贼的首领，也是这个村子的村长。

他站在门口，几乎将整扇门给遮挡住，需要稍微弓腰才能走进来，他手里提着送餐的藤篮，脸上没有表情。

楚玉下意识地拉了拉容止的衣袖：你勾搭别人家花朵，花朵们的大家长找你算账来了。

容止直视孙立，笑得很从容，完全没有身负诱骗未成年人罪责的自觉，只淡淡地道："孙立大当家的，找我可有什么事？"

孙立进屋后，留在外面的人便立刻将屋门关上，还上了锁，连孙立也一并锁在里面。

马贼首领的胡子比上次见到时剪短了不少，不再是严严实实地盖住半张脸，从空隙里可以依稀瞧见他粗犷刚毅的轮廓。他眉骨高耸，显得眼窝深陷，近处细看起来，楚玉才发觉这马贼首领有一双深邃的眼睛，虽然他的外形粗犷，可这双眼睛却从粗犷深处翻出来别样的细致，这马贼是一个粗中有细之人。

孙立盘腿在两人身前坐下，目光如刀子一般轮流在二人面上刮过，当然，刮容止的多些，给楚玉的压力则相对小了不少。良久，孙立才缓缓开口："你究竟打的什么主意？"在回村之前，面对马贼部下，他表现得十分粗鲁蛮横，但回到村中，那种剽悍的莽夫气质突然就收敛起来。

容止温文尔雅地笑了笑，带着一点儿骄矜，从容不迫地拂了拂已经理得十分整齐的衣衫。他这个做派，让楚玉不由自主想起了建康城中见过的那些士族，也是这样矜持傲慢的神情动作，因为家世而自傲，标榜自己的身份。

现在的容止，就在完美地扮演一个世家公子，然而那些士族的风度，是安乐时才能保有的。容止在劫难之中犹能如此，令孙立眼中多了些不一样的东西。

如此做作一番，容止才柔声道："我并没打什么主意，只是想要过得稍微舒服一些。以我和阿楚的能耐，并不足以翻起风浪，大当家的您过虑了。"

孙立冷冷地瞪视着他，好一会儿才开口道："你想过得舒服些，为何不问我要？"

容止微微掀了掀眼帘，眸光沉静安宁，他浅笑道："难道我现在不是在跟大当家的要吗？”

孙立一怔，片刻后恢复如常。过了一会儿，他忽然站起来，一脚踢翻了放在身旁盛装食物的藤篮，篮中的饭菜翻倒出来，撒了一地。楚玉不知他将要做什么，不禁有些紧张。但孙立只是转身走到门口，轻敲了两下门，门外候着的人随即将门打开。

孙立站在门口，头也不回地道：“好，我答应你。”

孙立走后，楚玉和容止立即被请出了牢房，搬到村子里的一间屋子。这间屋子内有桌椅床榻，有柔软的被褥和干净的衣服，质料虽然比不上公主府里的，却也不是一般人家提供得起的。而他们的午饭，也从简单的两个菜变得更丰盛起来。

作为良好待遇的交换，孙立要求容止暂时担任夫子一职，教村里的孩子念书。

两人吃饱了饭后，便有个皮肤微黑的小孩推门进来。这个小孩是最早来听故事的那个孩子，九岁，叫孙小江，是孙立的儿子。

孙小江噌噌噌地跑进屋，先亲热地叫了声“容哥哥”，而后敷衍地喊楚玉一声“楚哥哥”，亲疏之别一目了然。楚玉无心哄骗马贼家的花朵，也不在乎这小孩儿亲不亲她。只见孙小江从怀里掏出一只拳头大小的小瓷瓶，拿到容止眼前晃了晃：“容哥哥，我爹说你的脚伤不能这么拖着，叫我拿药给你。”

容止温柔地谢过他，保证下回给他多讲个故事作为报偿。

打发走孙小江，容止拿着瓷瓶在手中把玩着，楚玉在一旁看他只玩不用，好奇道：“你怎么不上药？”

容止微微一笑：“倘若敷上这药，我的腿只怕这辈子就废了。”论起玩药，孙立还差太远。

楚玉闻言色变：“是毒？”孙立为什么要这样做呢？

容止笑了笑，随手将药瓶搁在一旁，没有回答。他低头思索了一会儿，随后便开始解衣。容止并未脱下衣服，他仅仅是解开衣带，翻开层层叠叠的衣衫，从腰侧的内衣里取出一样东西。

因为两人一路上表现得都很乖巧，加上他们的身份摆在那里，马贼们仅仅是拿走了他们装食物的包袱，并未搜他们的身，容止和楚玉原本身上带着什么，现在便依然带着什么。

不过这对楚玉来说没什么便利，她平时出门连钱都是越捷飞帮带着的，原本袖子里是装着袖箭的，但在先前跳崖和爬上来时，用来固定山藤用光了，就算袖箭还有剩下的，她也不敢拿来对付马贼，那样不但不能解救自己，反而可能会害了自己。

越捷飞曾经告诉过她，她的袖箭最多在突然袭击时射伤几个没什么防备且身手不太高明的人，遇到真正的高手或者对方人多时，千万不能使用。

因此，看到容止拿出一个东西时，楚玉以为那是什么藏起来的撒手锏，登时便有些欣喜。能让容止这么慎重地藏起来的东西，一定不会太糟糕，基于容止的一贯作风，说不定就是那种无色无味见血封喉的剧毒。

然而，当看清楚容止手中的物件时，原本抱着幻想的楚玉顿时大失所望。那并不是什么毒药，也不是什么杀伤性的利器，而只是一块拇指粗细、一寸半长的白色长方体玉石，首尾两头包着刻有精美花纹的金制薄片，金片将长方体的头尾两端完全包住，边缘伸展出来好像花萼一般的小片，紧紧地压着玉石的两端侧面，让金质薄片与玉石之间一丝空隙也没有。

其中一端薄片上，隆起一个用来穿绳的带孔的凸起，并穿过了一缕紫色丝线。

容止取出这个物件后，凝视了一会儿，便将其交给楚玉。

他神情郑重，眉目间不见笑意。被他的严肃所感染，楚玉先伸手接过，才开口问道："这是什么？"原本以为这块白色的长方体是玉石，可拿过来细看，才发觉与玉石有细微不同。这长方体表面呈现出一种十分浓郁的乳白色，少了几分玉石的莹润，却多了几分光滑，纵然剔除两边金片的重量，也比寻常玉石至少重一倍。

容止低声道："这不是玉。"

楚玉忍不住翻翻白眼："我自然知道这不是玉。"

听她言语轻快，容止嘴角扯起来一个很浅的弧度："这是我家传信物。"他的笑容还是如往常一般沉静从容，可不知为什么，楚玉却好似听到了一些冷寂灰败的味道，"阿楚，再过些时日，你便能离开此地，但我却走不了了……"

楚玉听他这么说，心头一颤，睁大眼睛看着他，却不晓得该说些什么好。

容止继续道："我少习观人之术，少有走眼。那孙立并不是简单的马贼，此人颇有心计，也极富野心，只怕会留下我以做图谋。他假自家儿子之手赠药，便流露了几分这样的心思。"

孙立要留住他，但也要压制他，最简单最容易的法子，就是让他在某方面残疾。一个瘸子，是很难轻易获得独立威望的，只能充当幕僚一类的角色。但孙立还想用他，并不会太过激怒于他，也不会与他正面翻脸，便让孙小江把药送来，届时要是出了什么问题，有这中间人可以推脱。

尽管孙立已高估容止，但依旧还是大大低估了他。孙立的心思也许比起寻常人复杂深沉，可在容止面前，却宛如透明的一般。

楚玉用力咬了咬嘴唇："难道你就没什么解决的办法？"他那么细心缜密，聪明机变，就连在鹤绝那样的高手面前都能够两度诈骗逃生，难道现在就没辙了？

她用直觉预感到，容止接下来将要说的话，绝对不是她愿意听的，但她却又必须听下去。

容止轻叹了一口气："天时、地利、人和，眼下我们三者都欠缺，如何借势？"孙立并不像鹤绝那样好骗，纵然孙立的武功不如鹤绝，然而在为人处世、思谋决断方面，却比鹤绝强了不止一个层次。

假如纯以智谋论，孙立远不及容止，可智者纵然有千般计谋，但大部分时候，暴力才是真正决定一切的手段。古往今来，莫不如是。

容止清醒而冷静地看到这些，对将来的前景并不乐观，但他还是沉静从容地笑了起来，好像他才是掌握一切的主宰者。他抬起手，按在楚玉的手上，将她握着信物的手包起来，一双漆黑润泽的眼眸凝视着她的双眼，仿佛要看到最深的地方："阿楚，我托付你一事。想来我是走不了了，但孙立不会留你，也不会为难你。你离开此地后，便自己回公主府，不要来寻我，追风盗横行十数年绝非浪得虚名，你对付不了他们的。"

楚玉何曾听过他这样托付后事一般的语气，纵然马车在山上疾奔，面临坠崖危险时，他也不曾这样郑重交代过，手里握着的不知什么材料的信物仿佛有千斤重量："你究竟要说什么，便直说吧。"她受不了在这紧要关头悬着的感觉，只是才问出口，便后悔了，是怕听到答案。

然而阻止不及，容止已然笑道："阿楚你果然爽快，也好，我便直说了吧。这其间有些曲折，你要牢牢记住——你回去等我，倘若我两月不归，便当我已经死了，届时，请你差遣人前往江陵于家，找一个叫于文的人。"

楚玉听到这里，脱口而出打断他："把这信物交给他？"她记得容止在孙立的要求下写绑票信时，写信的对象就叫于文。

"不。"容止轻轻摆摆手，否定了她的猜测，"你派去的人，须得沉着稳重，千万不要只派花错，他性情单纯，保不住什么时候便给人骗了，不过，让他随行保护倒是可行。你派去的人见到于文时，请代我传讯，令他寻找一个叫沧海客的人，找到沧海客后，再将这信物交给他。"

楚玉心里有许多问题：于文是谁，沧海客是谁，江陵于家跟容止是什么关系？但她一个都没问，只是握紧手中的信物，点头道："不负所托。"

时间过得很快，一晃二十天过去了。楚玉整日关在屋子里，不是吃，就是睡。容止倒是忙碌得很，每天都出去勾引——不对，是教导——马贼家的花朵。有时候，楚玉还会看见容止与孙立并排在田埂上走过，两人似乎在交谈些什么。

楚玉没去打探，更没自作主张地横加干涉，她知道自己目前能力有限，也明白眼下的情形：不管她做什么都将是无用功。她能够发挥力量的地方不在这里，她所拥有的力量在她的身份，但在这里她的身份毫无用途。

分别的日子在预料之中，却还是毫无预警地到来了。一个清晨，两人才各自起了床，孙立便推门入内，不像往常一样来找容止，目光只看着楚玉："于楚，跟我来。"

第七十九章　两厢自曲折

在密闭的马车中过了暗无天日的四个晨昏，楚玉仅凭着光线方向的改变来判断时间。

当马车行驶在一条较为平坦宽敞的道路上时，孙立命令停下马车。

见到久违的日光，楚玉眼前一片眩晕，过了好一会儿才定下神来。她转眸望向孙立，低声问道："你们不会伤害于容，是吧？"

虽然她很想相信容止，但之前容止托付信物的行为让她一直深感不安，这是从未有过的，尤其她现在看不到容止，便更加深了这种不安。

孙立看了楚玉一眼："这个自然。"

其实差遣人打探了江陵于家的具体消息后，孙立原本是想直接杀掉容止的，因为于家是所谓的次等士族，这样的家族并不是以深厚的文化底蕴和高贵的地位做基础，而是以武勋快速提升地位。

这样的次等士族，虽然名气上不如正统士族，但倘若出兵交战，他们却是要强一些，孙立等人不愿意惹上这样的对头，更别说前去敲诈。没有多少钱，反而容易惹来麻烦。

可，那时候他已经舍不得杀容止了，最开始送毒药是第一次试探，之后的时日让他越来越不舍：容止太罕有了，每次与他交谈，都感觉好像打开了一个全新的宝库，山河地理、诸子百家，大至排兵布阵，小至民俗风情，容止竟然鲜有不知的。这让孙立难得地动了惜才之心，想留下容止为己用。

这也正是容止的谋算，他知道自己假托的于家身份会让孙立生出杀机来，便使用另一种办法保全两人。他与孙立谈条件，表示愿意留下来，但条件是他们必须放楚玉安然无恙地离开。

两人谈判时，容止已经承认楚玉并不是于家人，而是他在外出时认识的平民女子。和盘托出楚玉的女子身份，这让孙立对楚玉立即低看了几分。而这一点，也从回报的消息中可以得到佐证，于家只有于容，并无于楚。因此孙立并不在乎放走一个楚玉，只要容止愿意听话便好。

此时孙立甚至懒得理会楚玉，只敷衍地点了点头，便招呼部下上马离去，将楚玉一个人孤零零地丢在这前不着村、后不着店的大道上。

楚玉一个人沿着道路走了许久，终于瞧见一名骑士。走得近了，看清楚那骑士三十多岁，一身衣衫华贵，容颜英武刚毅，眼角有细细的风霜皱纹。

楚玉原以为此骑士不过是个路人而已，只看了一眼，便想走过去，但在两人接近之时，那骑士却停下来，翻身下马，来到她面前，和气地问道："请问阁下，你一路行来，有没有见到一个自称于容、相貌很是秀美的少年人？"

"于容？"这岂不是容止用的假名？

那骑士笑了笑，道："不错，于容，在下姓于，名叫于文，乃是他的家人，他许多日不曾着家，家里老人有些想念，便令我出来寻找。"

听见骑士自报名姓，楚玉心中狂跳。她几乎是下意识地按住腰侧，在最内层的衣服里，贴着肌肤收藏着容止交给她的信物。而容止指名交代，假如他两月不归，那么就拿着信物去江陵于家找于文。不料在这个时候，在这样一个地方，提前遇到了这个人。

于文想了想，可能觉得自己刚才问得不对，补充道："倘若没有见过一个叫于容的少年，叫于楚的也可以。"

于文见眼前这少年公子双眼圆睁，直勾勾地望着他，虽然心中疑惑，却依旧耐着性子柔声道："这位公子可曾听过在下所说的名字？"

楚玉又定定地看了他一会儿，才问道："你说你是于家人，有什么证据？"

于文一怔，看着楚玉好像明白过来什么，他没有说话，只做了一个手势。对上了，没错。将于文做的手势和几天前容止比画给她看的动作比较一下，楚玉这才放下戒心："我是于楚。"

于文不着痕迹地皱了皱眉，问道："于楚公子……请问于容他……"

出于孙立这方面的考量，于家并没收到容止写出去的求救信，但孙立派去打探于家是否有于容此人的人还是引起了他们的注意。虽然没有跟上那人，但也觉察到容止该是出了什么事，便一路追来，追了几日后失去对方行踪，只得在附近漫无目的地寻找。

而于楚这名字，则因为与于容一起被打听，因此于文以为那是容止用的另一个假名。

孙立并不笨，他们这群马贼的行事手法已经用了十数年，因为足够谨慎，几乎没有失手过，这回对容止让步，实在是舍不得容止的满腹才华。孙立自己何尝不知留下容止是巨大的冒险，可他也知道，倘若他能收服这个人，将会获得前所未有的报偿。

容止赌上了自己的性命，孙立也赌上了自己所有的身家，然而楚玉却被他们排除在了赌局之外，并且遇上了同样没能进入赌局的于文。

于文没料到他亲自前来，原本是为了接应容止，不料原来那位“于楚”却另有其人，并不是他所期望的容止。望着楚玉的神色，于文心中也有了不祥的预感，只是他为人老成，并没表露出来。

楚玉心中一暗，从怀里取出一张折叠起来的纸条，这是容止交给她的。他交代她，假如遇到于家人，便交给对方。于文见了，有些失礼地劈手夺过，展开一看，纸上只有四字：无须忧我。

四个字墨迹宛然，从从容容，光看着这字迹，便可以想象出写字的人当时闲适悠然的姿态。见到这四个字，于文长长地吐了口气，立刻露出了笑容，他小心地把字条收好，随即向楚玉施了一礼：“多谢阁下。”

于文邀请楚玉与他同行，两人在路上边走边说。

楚玉大致交代了自己与容止在与商队同行时遇到马贼，到了马贼村中所发生的事，却隐瞒了自己的身份，以及容止与他同行的原因。

那边于文也说了他们在被惊动后所做的事，然而同样隐瞒了容止与于家的关系。

两人虽然彼此知道对方有所保留，没有尽数吐实，但因为自己也做了同样的事，也不好继续追问，于文不知楚玉的底细，更不知容止对她是如何打算的，不敢轻易造次，否则他只怕早就诉诸武力了。

虽然彼此都有没说出来的事实，但光就说出来的这部分，便已是各有曲折，然而两人竟然如此巧合地遇上了，不知是不是冥冥之中自有天意，又或是容止早就料到了这一切？

两人一直走到傍晚，才找到一个村庄，敲开一户人家的大门借宿住下。楚玉贴身收藏着容止交付的信物，此时只觉沉重无比。她见于文气定神闲，忍不住问道：“你一点儿都不担心他？”这个“他”，自然是指容止。

于文微笑道：“他既然说了让我们无须担忧，我便不必多虑。以他的本事，定能从那儿脱身的。”他的言语之间对容止的能力很信服。

楚玉听了他的话，却没有半点儿轻松，她在心里道：那是因为你不知这一回有多么严重，容止竟然连贴身带着的信物都交给我了，可见他自己都没什么把握。

她也是很相信容止能力的，可腰间的信物好像一颗定时炸弹一般，时时刻刻提醒着她。

楚玉忽然有一种冲动，想此刻就给于文看信物，提前完成容止的交代，去找到他所说的那位沧海客。可这个念头才起来，她忽然想起，容止交代她两个月后去做这件事，倘若她提前两个月，是不是反而弄巧成拙呢？

毕竟，她根本就不知那沧海客的身份，更不晓得他是敌是友。

可若不做些什么，只安安稳稳地等待容止死活的消息，她实在难以心安。

见楚玉面上神情变幻不定，于文随口问道："于楚公子，你在想什么？"

楚玉正在犹豫间，听见于文问话，冷不防惊了惊，片刻后她咬了咬牙，下定决心："请问阁下，你是否认得一个叫作沧海客的人？"

第八十章　琴弦为谁断

久违的建康城终于到了。进了城门，才走出几十米，楚玉便停下脚步，周围的人来来往往，她却恍若未觉，心安稳得仿佛脱水的花瓣恢复生机，层层叠叠地绽放舒展开，疲惫此刻也一同袭来。

风自秦淮河上吹来，带来温柔的水汽，拂过楚玉脸颊，顿觉点点清凉沁人心脾。金秋的阳光十分铺张地从天际洒下，楚玉眯起眼睛，一刹那间，竟然恍若隔世。

之前一个月的光景，好像做梦一般，被风一吹，便如同烟消云散一般，可容止已不在她的身边了，仍留在那个梦境里。

那个深沉莫测、神情清雅却手段狠毒的少年将信物交付给她，让她带回来，楚玉却感觉自己好像有什么失落在了容止身上。

也不知呆站了多久，楚玉才缓缓回过神来，循着记忆慢慢往回走。不知不觉间，她来到楚园门前不远处，望着前方门上高悬的牌匾，不由得微微苦笑。

那牌匾还是王意之写的，现在物虽在眼前，人却不知到了天涯何处。

一种浅浅的、无法挥散的怅然抓住楚玉的心口，告诉自己为什么不知不觉地来到这里。她累了想回家，就像倦鸟归巢般，要一个安稳的地方休息，但下意识里她又不想回公主府，结果绕来绕去，便绕到了这里。

她有一点儿不想回去……否则在看到花错时，她不知该如何解释，容止追着她离开，可为什么她回来了，容止却没回来？

楚园的大门紧闭着，不见门口有守卫，楚玉心中疑惑，定定地凝视大门许久，才缓缓靠近，抬手在门上轻拍了两下。不一会儿，门被拉开了一条缝，一个侍从模样的少年从门内探出头来。他上下打量了一下楚玉，问道：“这位公子，可有什么事？”人看衣装，此时楚玉身上的衣衫质地华贵，因而少年的语言也十分客气。

楚玉一怔，这才想起那一日楚园上下的人差不多已被鹤绝给杀光了，之后她再没来过楚园，新换上的仆人还不认识她。

一时之间，她拿不出来自己是此间主人的证据，空口说白话只怕无人肯信，想了想，只得道："我与此地的喻子远兄有旧，从外地前来寻他，请问他是否在此？"事到如今，先找到桓远为好。

其实楚玉对于能在这里找到桓远也没多大信心，毕竟她一个月前出了事，这么久了还没一点儿消息，桓远应该不会在这里干等着。

果然不出所料，那少年摇了摇头："喻公子不在，他已有好些日子没来了，您请回吧。"

楚玉点了点头，转身打算往回走，虽然不愿意回公主府，但那是她必须面对的一切，无论怎样为难，也必须回去。

楚玉还未走开，那少年也还没关上门，就在此时，从楚园里传出来清雅空渺的琴声。琴声虽淡，但其间的哀伤悲切之意绵绵不绝。听着这琴音，楚玉才迈出去的脚收了回来，转而问那少年："是谁在弹琴？"

那少年抿了抿嘴唇："是一位客人在此怀念故人。"

楚玉呆了一呆，顿时想到什么，抬手朝那少年一揖："可否带我去见那位客人？"

那少年一愣，正要拒绝，忽然见楚玉趋上前来，十分麻利地朝他手里塞了件东西，少年一看，却是一颗龙眼大小的明珠。

楚玉十分熟练地送上贿赂，报以温和的笑容："我听见这琴音，知道这位客人也是我相识的，只是他此刻正在弹琴，不好打扰，只请这位小兄弟带我去见他便好。"

少年握了一把躺在掌心的明珠，温润的触感令他心间发颤，怎么也没想到这个看起来与他一般大的客人竟然出手这样阔绰。终究还是舍不得这一颗珠子，他咬牙点了点头："好，我带你去。"有他在一旁看着，谅这位客人也生不出什么事端来。

见少年转过身去，楚玉脸上的笑容刹那间冷淡下去：自从她亲手培训的第一批侍从被鹤绝一把剑杀了个精光后，临时换上的这批侍从素质差了很多啊，才一颗珠子就给收买了，要是再多给些财物，指不定让做什么就做什么呢。

但现在她无心计较这些，只默默地跟着少年往楚园内走去。这条道楚玉比少年更熟悉，她几乎是踏着少年的脚步往前走，走着走着，忍不住笑了起来：她竟然要贿赂下人才得以偷偷进入自己家中。

少年带楚玉走入竹林，琴声越发近了，又走了一会儿，在竹林角落的一片空地上，楚玉看到了弹琴的人。她心中低叹一声：果然是萧别。

建康城中，除了萧别，无人可以弹奏出如此动人的琴声。此时的琴声，比楚玉离开之前似乎又多了些什么，楚玉不懂琴，说不上来，倘若有懂琴的人在此处，定会赞叹萧别的琴技已经脱离了最后一丝匠气，臻入至高的境界——听山是山，听水是水，听琴还是琴——琴为心声。

楚玉没上前打扰萧别，只是站在不远处看着。只见萧别盘腿坐在地上，坐姿并不十分端正，脸上也没什么表情，修长的手指轻轻拨弄着琴弦，心中的哀伤随之一层层扩散开来。

萧别弹着弹着，似有所觉，忽然抬起头来，目光正对上凝视着他的楚玉。见被萧别发觉，楚玉自然而然地冲他微微一笑。

萧别却一下愣住了，手下一用力，生生勾断了一根琴弦。琴声就此中止，琴韵却一直回荡在竹林中，仿佛久久不绝。萧别愣愣地看着楚玉，好像此生第一次看见她。过了好一会儿，他才回过神来，低头看了看断掉的琴弦，轻叹一声："我这琴弦，已是第三次为你而断了。"

楚玉与萧别一起离开楚园，两人乘上马车，坐在车内，萧别定定地望着她，一动不动。

楚玉装作没注意到萧别的目光，转头去看车外风景，好一会儿，她听到萧别的声音："你不在的日子，发生了许多事。"

一句话便将楚玉的心吊了起来，她皱了皱眉，心想这是必然的事情，她是被人劫走的，这么久了一直没音信，无论府内，还是刘子业那里，肯定都会发生变故。听萧别话里的意思，似乎并不太妙，楚玉也在心里做好了准备，迎接最坏的结果——不管小皇帝又杀了哪个亲人，她都能承受住，对萧别道："说吧。"

萧别想了想，垂下眼眸："因为你遭人……掳劫，陛下大怒，全城惊动。同时，你扮作喻子楚的男子身份被发觉了。"等了一会儿没有等到楚玉的回应，他有些奇怪地抬起头来，意外地见她神情镇定，眼中甚至还带着一丝笑意，正等着他继续说下去。

她……怎么看上去并不难过似的？

萧别担心楚玉强作欢笑，便安慰她道："其实此事知道的人并不多，只有昔日与公主交往的士族公子们知晓了，他们各自将此事压了下去，除了不再用公主赠与他们的茶和扇子，并无太大的风声。"

萧别避重就轻地并没说出造成这个结果的真正原因。之所以这件事只被压在一个很小的范围内，是因为那些贵族子弟都不愿意让人知晓他们曾与山阴公主有过交往。

但萧别纵然没说出来，楚玉心里如何能不明白？她轻轻嗤笑一声："他们不屑与本公主来往，难道本公主又看得上他们不成？"固然，士族之中有像王意之那样令人心折的贵公子，可大部分人是平庸无聊之辈。楚玉现在有了别的想法，士族这条路断了便断了，她也不是十分在乎。

至于他人褒贬，于她而言不过是过眼云烟，更莫说她不是真的山阴公主，就算她是，只要自己过得自在，又何必因为别人而影响了自己的心情？

唯一一点可惜的，便是她原以为已改动了历史上至少两件事的发展进程，比如茶与扇子，甚至已经有世家所掌管的作坊商行跟她接洽制作茶的工艺，以期能大规模地发展，如今看来，似是又被打回到原点了。

楚玉挥了挥手，让萧别不必再提此事："这些琐事不必去理会，我不在的这阵子，公主府上……有没有什么动静？"她本来还想顺便问问皇宫里怎么样，但一想到萧别仅仅是个喜欢弹琴的贵族子弟，想必不会太深入了解朝政，便省去那一节不问。

萧别看了楚玉一会儿，才慢慢地道："我大半时日留在楚园之中，并不怎么理会外界，公主如是想知自家情形，马上便可知晓，又何必多问我？"

楚玉咧了咧嘴，心想也是，提前从别人口中得知和自己亲眼看到，不过早晚罢了。

不过，萧别的那个腔调，听上去感觉有点儿别扭啊，真奇怪了。

当马车渐渐接近目的地，楚玉还是忍不住有些紧张，但当她一下车，胸口澎湃的心潮刹那间即被看见的景象冻得冰凉：只见公主府门口的树下，几支白幡迎风招展，门上挂着白帘孝幔，这般摆设，显然是公主府中有人过世。

关心则乱，楚玉不及多想，便直奔大门而去，冲着一个守门护卫问道："府上是谁去了？"她忽然想起了一个一直被她忽视了的问题，刘子业的脾气有多暴躁她是知道的，他对她有多么依恋她也是知道的，她就在公主府门口被人劫走，刘子业知道后，盛怒之下，难保不会迁怒府上的人……

难怪萧别刚才不肯对她吐露实情，府上究竟死了多少人？！

楚玉越想越害怕，也顾不得守卫看到自己的眼神像看到了鬼，越过他们直接朝府内走去。萧别跟在她的身后，冷笑一声，也跟了上去。

在公主府中一路行来，只见各处屋舍几乎处处披挂着白幡，而见到她的仆人侍从，无一不呆呆地愣在当场，不管楚玉如何焦急询问，一个个双眼圆睁，嘴巴大张，硬是什么话都说不出来。

楚玉没闲心与他们磨蹭。容止可能无法活着回来这件事一直压在她心头，此时又看到这番景象，府内的那些人，不管是桓远还是流桑，甚至是柳色、幼蓝，这些与她曾经相处过一段时日的人，哪一个死了，她都不能轻易释怀。

前方几乎全被白幡丧幔给盖住门口的大厅之中，传来隐约的哭声。楚玉心中一恸，原本就疾步行走的双脚跑了起来，她穿过被风吹起来的数道丧幔，冲进被改造成灵堂的大厅。

厅中围着一圈人，几乎个个披麻戴孝，听见有人闯入，其中一人转过身来，目光在看到楚玉时便凝固住，整个人像是中了定身法，如雕像一般呆呆地立着。

最先转过身来的是柳色，他瞪大一双漂亮的杏眼，十分恐惧地看着楚玉。过了一会儿，其他人也跟着转过身来，看见楚玉，都齐齐发愣。

桓远、流桑、阿蛮、越捷飞、柳色、花错……幼蓝，楚玉一个个数人头，大家基本都在，除了神情伤心憔悴一些，看上去不曾遭受到什么虐待。

就在这个时候，许多人风一般地冲进灵堂，几乎要把楚玉给挤到一边去，冲进来的多是府上的侍女护卫，他们一进来便纷纷朝桓远喊道："桓公子，公主回魂了！"胆小的侍女已经吓得哆哆嗦嗦的："公公公公公主变成鬼魂回来了！还在大白天里现身，一定是很厉害的厉鬼！"

楚玉站在一旁，听得直翻白眼：她现在总算明白过来，敢情这灵堂是给她设的。她这一路上走来，之所以大家都反应诡异，都以为看到了她的鬼魂给吓坏了吧。

唉，真是一群没文化的孩子。楚玉一边摇头叹气，一边望向桓远等人，心想劳动人民没读过什么书，造成这种错误情有可原，你们现在总该明白我没死了吧？

还没等楚玉开口，流桑忽然哇的一声哭了出来，扑过来抱着楚玉："公主，你是来带我走的吗？你死了，我活着也没意思！"

萧别缓缓地走进来，看着这一幕，嘴角翘起一个不知是不是笑容的弧度，感觉好像是在嘲笑。

楚玉脑子里嗡的一下，真希望自己能直接昏过去。

第八十一章　如此已足够

楚玉好一番解释，总算让大家相信了一个事实——她是个大活人，才得以安抚住因为“白日回魂”这一灵异事件而鸡飞狗跳的公主府的人，大家各回各家，该干啥干啥去。灵堂里依然留下原本在此守灵的几个人，还有才进来的萧别和楚玉。

门口遮挡着的白幡已经叫下人给撤掉了，灵堂中央摆放着的两口黑漆棺材孤零零地躺着，此时也没人理会了。看着灵堂内东一道西一道的丧幔，楚玉忍不住有些好笑：怎么会料到回来时迎接自己的，竟然是这样一场葬礼！

这也算是一次新鲜的体验吧。

知道自己犯下了多大的失误，桓远等人各自沉默不语，楚玉也不说话，只是静静地听着他们说。

也不知过了多久，桓远缓缓道：“回来就好。”他嗓音温厚醇和，目光真挚柔和，楚玉心中一热，忍不住微微一笑：“是的，回来就好。”

萧别站在距离门口最近的地方，也是距离桓远等人最远的地方。他的目光扫过穿着麻衣孝服的几人，嘴角冷冷地一勾：“斩衰和齐衰，嘿。”

古代办丧事时有一种制度叫作五服，即以丧服来表示亲属之间的远近或尊卑关系，分为斩衰、齐衰、大功、小功，以及缌麻。桓远现在身上穿的，是用极粗的生麻布制成的丧服，不缝衣袖和下边，乃是五服中最重的一种，服期三年，也就是说要守三年的丧。

桓远人生得俊美如玉，纵然穿着这样宽大的粗布麻衣，也还是颇具风姿的。他的脸看上去清减了许多，眼神郁郁中含着隐痛，却在看到楚玉后，从沉寂里重新焕发出生机。

柳色流桑等人所穿的，从齐衰到大功，二三等丧服各不相同，服丧期都比斩衰要少，只一年或几个月。

自己还活得好好儿的，竟然就给办了葬礼，这一点让楚玉哭笑不得，但楚玉却可以感觉到其中的心意，桓远他们以为她已死去，便以家人的身份为她守丧。

“这，已足够了。”楚玉轻轻闭了一下微微发热的眼睛，在心里对自己道。

“回来就好。”有这句话，这些人，足够了。她曾经以为自己失去了家，没有家，可在这里，这些为了她穿上一身粗麻的人，就是她的家人。

是的，她有家人。

从未有一刻如此清晰明白。

若非现在看着她的人太多，楚玉只怕就流下泪来了。

不管她是不是山阴公主，不管她是不是千年之后的楚玉，有人为她如此，已经足以令她感动的了。

楚玉心潮涌动，眼眶发热，脸上却依然平静如水，眨了眨眼睛，露出一个笑容来：“把这些都撤了吧，我还好好儿活着呢。不用招魂了，再招，也不过是把人招来而已。”顿了顿，又道，“桓远，你随我来。”

她叫来桓远，是因为不论在之前还是现在，桓远都是公主府内苑的中心人物。她离开之前，也许桓远还是靠着她所赋予的权力，可她方才所见，那些惊见她“回魂”赶来报告的仆人们，都是第一时间就向桓远禀报的，所有人的行止，也都是看桓远的眼色，听桓远的命令而发。桓远已经不再是名义上的总管，俨然成了这些人真正的主心骨。

因此，想要了解府内外的情形，问桓远应该是最快的。

“公主不要丢下我。”桓远还没应声，一旁的流桑又扑了过来。他用力抱着楚玉的手，看那架势好像死都不肯放开。

楚玉试图抽出手来，可她刚一用力，流桑便立即哭了起来：“公主太坏了！这么久都不肯理睬我，一下子失踪那么久，害我以为你死了，现在回来后你又把我撇在一旁……”

流桑的情况是众人之中最糟糕的，两只眼睛肿得像核桃，红红的，看上去极是可怜。楚玉被他哭得手忙脚乱，连忙小心安抚道：“我这不是回来了吗？而且我也不是故意撇开你，我是找你桓哥哥谈正经事……”

流桑带着哭腔打断她：“骗人，公主是骗子！你压根儿便是嫌弃我年纪小，不能帮上你的忙，才不理睬我的。我已经不小了，你骗不了我！”他的声音哭得沙哑，从前那种脆脆的有点儿嫩的声音，如今好像被砂纸磨过一般，让楚玉好生不忍。

楚玉叹了口气，拍了拍流桑扒在自己手臂上不肯松开的手：“你一定要的话，就一起来吧。”反正也不是什么狠毒血腥或者要紧的事情，让他听听也无妨。

一听楚玉这么说，流桑立即破涕为笑，眼泪还挂在小脸上，眼睛却已经笑得几乎看不见了。

楚玉又看一眼他红肿的眼睛，吩咐幼蓝去打一盆凉水，浸湿了毛巾，先给她放在屋子里，她和桓远谈事情时，要让这小家伙冷敷一下眼睛，这么肿着可不好。

楚玉抬脚要往外走时，一条人影无声无息地靠了上来，以为是桓远，定睛一看却是阿蛮，忍不住奇道："你有什么事吗？"远处有点儿黑，看不清楚，此时在近处看，楚玉才发现这个昆仑奴少年也有些憔悴，一双琥珀色的眼瞳旁布满了血丝，仿佛好些天未曾合眼的模样。

阿蛮低头看了看自己的脚尖，好一会儿才慢吞吞地道："我也要去。"他的声音不大，但语气却十分坚定。

楚玉望着阿蛮叹口气：这个少年被她捡回来后，她也没怎么花心思，得他如此真切关怀，让她有些汗颜。"那就来吧。"反正已经带上了一个小猫一样的流桑，也不在乎多一个小狗一样的阿蛮。

楚玉携一猫一狗，正要走出灵堂，忽然身后传来一声低呼："且慢。"

听到这声低呼，楚玉的脚步顿了顿，慢慢转过头去，见花错在灵堂里便脱去了外面套着的麻衣，露出他平时穿的鲜红衣裳，神情急切地看着楚玉，急急地问："容止呢？"

原本以为容止和楚玉一块儿死了，花错伤心不已，他对楚玉没什么感情，这身丧服也是为容止所穿。

可眼下楚玉竟然回来了，不仅回来了，她全身上下，竟完完整整的没半点儿损伤，这让花错已然冰凉的心底又燃起了无穷希望：这是不是说明，容止也和她一样，安然完好地活着？

房里燃着熏香，暖热的香气弥漫了整间屋子，迤逦而缠绵，把寒凉的秋意阻隔在屋外。

楚玉坐在屋子里，捧着热乎乎的茶杯，带着茶香的热气从杯中冒出来，熏得楚玉十分舒服。

她左边坐着的是流桑，哭惨了的双眼敷着浸着冷水的手巾，虽然目不能视，但他伸出来的手依旧紧紧地抓着楚玉的衣袖。她的右边则是阿蛮，虽然入了秋，但昆仑奴依旧是一身清凉打扮，露胳膊露腿的，他坐姿不算端正，但坐得认认真真，一动不动。

楚玉静静地听桓远说这一个月来她所错过的事。

朝堂之中有一些变化，但并不大，至少不是颠覆性的改变。让楚玉比较欣慰的是，刘子业并未违背她被掳走之前许下的承诺，让桓远出任了官职。

交代完外面的事，便轮到公主府内部了。这一方面桓远说得很简短，只说陛下因为公主遭掳劫十分震怒，来了公主府几次等消息，直到听说楚玉的死讯，便没有再来。

他们之所以会认为楚玉已经死去，是因为一周前鹤绝转回来，告诉他们楚玉和容止已经双双坠崖而死，并且带回来两具血肉模糊的尸体。

花错当时就疯了，抱着玉石俱焚的念头不顾一切地朝鹤绝出剑，所用的无一不是两败俱伤的凶险招数，但还是被鹤绝跑掉了。这些天花错除了每天花三个时辰守灵，别的时间都在没命一般地练剑。花错见他们二十天没找到楚玉的下落，也便跟着信了，又怎么想到鹤绝竟然会说谎呢？

桓远说完这些，楚玉便感觉自己的袖子被扯了扯，转头一看是流桑，他取下了敷在眼睛上的手巾，甜甜地笑了笑："桓哥哥是不居功的人，他有些事没说呢。"

在流桑的补充下，楚玉得知原来刘子业在获知她的死讯后，除了立即下死命令追捕鹤绝，他当时暴戾得还想让整个公主府给她陪葬，完全靠着桓远的全力斡旋，才勉强将公主府的人保了下来，竟然奇迹般地一个都没有被处斩，这也是全府上下现在对桓远如此信服的原因。

楚玉听完流桑连说带比画的叙述后，转头惊讶地望着桓远，后者方才一直从容沉静，此刻却闪过一瞬困窘赧然的神情。

什么时候桓远突然就成长了呢？刘子业的杀心有多重她是知道的，能从他手底下救人，并不是一件容易的事。时间是多么奇妙的魔法师，不过是一个月不见，桓远居然有了大不同。

楚玉抿着嘴唇笑了笑，她拍拍流桑的手，让他暂时松开，站起来，走到桓远面前，定定地看了桓远一会儿后，深深地一揖，几乎一揖到地。

桓远一惊，连忙扶住楚玉，低声道："公主，我当不起。"

楚玉任由他扶着，双眼却一直盯着他，慢慢地道："不，你当得起，我这一揖，不仅仅是为了你，也是为了公主府上上下下。"她缓慢地、十分真诚地道，"真的，桓远，我谢谢你。"

倘若不是桓远，她今天回来时，看到的恐怕就不是一场闹剧，而是一场大悲剧了，她会憎恨刘子业，也会憎恨自己，虽然杀人的是刘子业，但最初诱发的主因却是她自己。她谢桓远，是因为他不仅仅挽救了全府的生命，也避免了她陷入血腥的怨恨之中。

"对了。"桓远有些窘迫，尽管他面对大部分人可以应对从容，游刃有余，可楚玉这么认真地对他表示感谢，却让他有些不适。他想起一事，连忙岔开话题，"还有一事忘记禀报公主，您那位叫作粉黛的侍女……"

楚玉一怔，忽然想起刚才在灵堂之中并未看到粉黛，随即问道："她怎么了？"

得知答案后楚玉略松了口气，粉黛并未死，也没怎么受伤，只是刘子业前几次来公主府时，都是粉黛负责服侍他，结果服侍着服侍着，就服侍到床上去了，于是粉黛便被刘子业带到了皇宫里。桓远纵然有心，也无法阻拦皇帝带一个已经属于他的女人走。

楚玉苦笑了一下，就算她当时在，也没办法阻止刘子业带粉黛走。毕竟她从前没少问刘子业要面首，相对地，刘子业问他要一两个女人，看起来也是极为自然的事情，不给的话，反而是她小气了。更何况，他是皇帝。

后宫粉黛三千人，这回粉黛倒是真的成了后宫粉黛之一了。

楚玉苦笑一下，安抚了一遍流桑和阿蛮，再换上女装，便下令驱车前往皇宫。与桓远谈话之前，她便已下令让人给皇宫里送一封信，通知刘子业自己依然活着，等她沐浴更衣之后，便前去拜见他。

去皇宫的路楚玉已经走得很熟，虽然一个月没来，但走在这里甚至比走在建康城中更加熟稔，闭着眼睛都能找到刘子业所在的宫殿。当然楚玉并未闭眼，她在宫殿门口站着，与站在门内的紫衣少年对视。

对视了片刻，楚玉忽然笑了笑，问道："我没有死，你会不会有点儿失望？"

天如镜面无表情地道："不会，你不应该是这个时候死，也不会是以这种方式。"

楚玉笑了笑："你是说我一定要按照天书上所记载的方式死，对吧？难道你就不怕发生什么意外，我没有跟天书一样，反而提前死了？"

见天如镜似乎有些出神，楚玉越过他朝前走去。历史是怎么样的，她已经不强求提前知道，因为她已经想明白了自己想要什么，明确了目标，摒除纷繁的杂念，目光就会分外稳定清晰。

直到楚玉走出很远了，天如镜才缓缓地摇头："我不担心，因为容止活着。"他一直活着，他知道。

见到刘子业，姐弟之间自然是叙述彼此离情。楚玉说了自己这一个月的遭遇，听得小皇帝惊叹连连，末了，拍胸口信誓旦旦地保证会派军队围剿那群马贼。

叙完了别情，楚玉佯作不经意地左右看看，随即装作刚想起来一般，道："对了，陛下，我听说陛下看上了我的侍女粉黛……"楚玉笑眯眯地道，"这自然是她的福气，不过我好些天不见她，想见她一见，不知陛下是否允许。"

楚玉的打算很简单，亲眼看看粉黛过得好不好，假如粉黛过得好，那么她也放心了。毕竟当皇帝的妃子衣食不愁，还不用干活，刘子业脾气虽然不好，但好坏算个帅哥，想必古时候大部分女孩子都是比较愿意在后宫就业的。

自然，她不是古人，也不能完全猜对别人的心思，所以要看一眼粉黛才放心。

刘子业也不推托，很干脆地命人召粉黛前来相见。

楚玉仔细看着一个月不见的粉黛，这个女孩原本就生得秀气，大大的眼睛仿佛能荡漾出水来，下巴比原来更尖了一点儿，反而生生多了几分妩媚的风致。她穿着华贵的衣裳，头上插着各色玲珑发簪，简直要把脑袋变成首饰展示台，不过楚玉知道这是现在时兴的华贵打扮，见了也不奇怪。

见了楚玉，粉黛盈盈一拜："见过公主。"她身姿娇小，弱不胜衣，低下头时，很有几分楚楚可怜的味道。大概就是这种风致吸引了刘子业吧。

楚玉仔细看了粉黛一会儿，见她气色不错，神情也十分平静，便放下心来。她拍了拍刘子业，随口让他好好关照粉黛，便告辞离开。

公主府内，还有人等着她。

楚玉走了之后，原本一直站着的粉黛当即支撑不住，脸色惨变，倒在地上。刘子业也不去扶她，面上依旧残留着面对楚玉时的笑意，看着粉黛的目光却是阴冷无比："你做得很好，没有被阿姐发现破绽，今后我不会再打你，不过你也该知道自己的本分，该做什么，不该做什么，明白吗？"

粉黛伏在地上，含着泪恐惧地点了点头，若非在来此之前，有专人为她上妆，掩饰她憔悴的脸色，只怕楚玉一眼就会看出她过得很不好。

她后悔了，早知道刘子业是这样残暴的一个人，她说什么也不会一时鬼迷心窍，勾引了他，以期能够享受荣华富贵。

她仅仅看到了刘子业在楚玉面前的真情，却忘记了这个少年其实是一个喜怒无常、性情暴戾的皇帝。自从楚玉的死讯传来后，刘子业没能杀光公主府里的人为阿姐陪葬，回来后便折磨她出气，又偏偏不杀她，只每天在她身上增添一些伤口。现在她的外表看起来光鲜无比，衣服底下却几乎没有完好的肌肤。

后宫粉黛三千人，她不过是无足轻重，随时都可以消失的那一个。

第八十二章　从此与君绝

楚园——公主府——皇宫——公主府。

这是回建康第一日，楚玉的行程。

纵然最开始时有彷徨不安，甚至近家情怯，可一日下来，楚玉已经能够以十分镇定的神情面对花错质疑的目光。

从楚玉下午入宫始，到她傍晚回来，花错一直站在公主府进门的地方。他抱着剑，骄傲的脸好像已经压抑不住某种冲动，可他依旧压抑地等待着，等待楚玉给他一个答复。

今天楚玉去和桓远说话前，他问她容止在哪里。那时候她沉默片刻，告诉他这件事待会儿再说。这一待，便待到了现在。她和桓远说完话便立即入宫，直至夕阳西下，才终于返回。

秋天白日短，太阳也落得比夏天要早些，晚霞的余晖好像血光，但花错觉得很自在，他习惯血，正如他习惯剑，这是剑客的宿命。楚玉回来时，看到的正是沐浴在似血残阳的光辉里，红衣鲜艳的花错。

见花错要张口，楚玉抢先微微一笑，冲他摆了摆手："我知道你要问什么，不要着急，就算有什么事，也等我吃饱了饭再说吧。"

又走几步，便见幼蓝迎上来，行了一礼，对楚玉低声道："公主，随您一道回来的那位萧公子还没有走，现在正在流桑公子那儿，您打算如何处置？"

楚玉不由得"啊"了一声，失笑地拍了拍额头：竟然把萧别给忘记了。进入灵堂后，她便被自己的葬礼弄得哭笑不得，之后注意力又迅速转移到了别的方面，竟然忘记了与她一道前来的萧别。

与其说是她善忘，倒不如说是因为她根本就没有太认真地把萧别放在心上。

楚玉皱了皱眉，想起自己在楚园听到的曲子，那琴曲十分悲伤，既然桓远等人以为她死了，那么萧别应该也相信了，所以在乍见到她时，他才会太过惊讶，以致一时失手挑断了琴弦。

楚园看门的仆人说过，萧别在那里弹琴，是在怀念一个故人，而这个故人，如今想来，显而易见就是她自己了。

相比起她对萧别的漫不经心，萧别对她却是极为认真和用心，这种严重的不对等关系让楚玉十分不自在。她和萧别本来应该是毫不相干的两个人，之所以会有现在这个状况，皆是因为山阴公主。能听懂萧别琴音的人是山阴公主，能指出他谬误的人也是山阴公主，高雅懂得鉴赏的还是山阴公主，与她楚玉半根头发的关系都没有。

然而那个让萧别百般牵挂的人，早已不在了。

楚玉心里低叹一声，又细问了幼蓝一些事，吩咐她去自己房中取一件东西，便去流桑的住处。一入院门，楚玉便看见前方亭中的两个人，地上坐着的那个是萧别，而眼巴巴地站在一旁的则是流桑。

萧别在教流桑弹琴。

幼蓝告诉了楚玉原委：今天楚玉突然跑回来，拆了灵堂，见了桓远，又匆匆入宫，便将萧别撂在灵堂里，让萧别走也不是，不走也不是。后来流桑闲着没事跑来与他攀谈，得知他擅长弹琴，便拿了一把琴过来，缠着让他教，萧别也便顺势留在府内等着楚玉。

流桑先看到楚玉，他欢叫一声，飞快地跑了过来，十分熟练地抱住楚玉的手臂，用脸蹭了两下。

楚玉随手揉了揉他的头发，目光却一直望着萧别。

萧别也在此时抬起头来，毫不避让地对上楚玉的目光。片刻后，他淡淡地道："我近来又制出一支新曲，你能否听上一听？"

楚玉一笑，摇了摇头。此时幼蓝匆匆忙忙地小步跑来，她手上拿着一本用蓝色丝缎包着书封的册子。楚玉接过来打开看看，确认无误后走过去转递给萧别："萧兄，这是我送给你的赠别礼物。"

她话音才落，萧别的脸便陡然一寒，他没接那册子，只望着楚玉，冷冷地道："你这是何意？"

楚玉好像没看到他寒冽的眼神，她的目光垂落在蓝缎书封册子上："这是公……这是我写下来的对琴曲的心得。"这大概也是山阴公主唯一留给萧别的东西。

萧别冷笑一声，推开身前的琴，缓缓站起来："公主殿下，我再三前来，并不是为了受辱而来的。"

楚玉不为所动，她的心神游离于外，冷漠地注视着自己和萧别，极力控制着自己的声音，听起来平静得不带任何感情："倘若萧别兄觉得受了侮辱，那么大可离去，建康城并不是久居之地。”

萧别望着楚玉半晌，忽然笑了起来。他笑得很冰冷，眼中的冰霜好像要满溢出来一般：“公主说得极是，萧别告辞。”他冷冷地说完，便快步往外走，从楚玉身边越过去。

萧别不是没有傲气的，出身高贵，在家族中受重视，精通高雅乐器，这三样加起来，足够萧别自傲。他之所以愿意对山阴公主拜伏，也仅仅是因为她比他在某方面站得更高，想得更深。

伯牙、子期高山流水，几乎每一个琴者，都在潜意识里希望找到一个知音。

萧别也是。纵然山阴公主声名不堪惊世骇俗，可她能听懂他的琴声。

假如一次又一次的曲意接近，换来的是漫不经心的漠视，最后是显而易见的驱逐，纵然“知音”这两个字有多么重，萧别的自尊也难以忍受。建康已不是留人之地，他的钟子期不愿意听高山流水，这里纵然有多少繁华，可在他的眼里，也不过是满城萧瑟的落叶。

萧别决定明天就走。

望着萧别的背影消失在门口，楚玉暗暗吐了一口气。假如她记忆不错，历史上的政变应该越来越近了。假如萧别继续和她交往，恐怕会让他卷入危险中，倒不如趁着他尚未入局，将他逼走。

公主府里的其他人已经与她牵扯太深，必须同进退，只有萧别不同，他尚未入局，尚可脱身。

这样也好。这法子也许有些激进，也许会伤害到萧别的自尊，但楚玉并不太关心。她原本就不是萧别的知音，如此快刀斩乱麻，也算是痛快淋漓。

楚玉摸了摸流桑的头发，微笑道：“不好意思啊，流桑，我把教你弹琴的人给赶走了，你若是想学琴，我让人给你请个琴师来如何？”

流桑拿脸蹭了蹭楚玉的手背：“公主不喜欢他，那我也不喜欢琴了……”蹭过之后他想起来，“公主，容止哥哥……是不是出了什么事情？”

他年纪虽小，却非一无所知，楚玉独自回来，避而不答花错的问话，花错一下午阴沉着脸，这些已经足够让流桑有了不妙的预感。

“是啊。有话大可直说出来，何必一等再等？”身后传来花错有些阴冷的嗓音，“公主可是在害怕什么？”

一直默默跟在楚玉身边的越捷飞感觉到花错针刺一般密集的杀意，下意识地握住了剑柄。此时花错的脸色已是极其难看了，仿佛只要楚玉说出半句不中听的话，他的剑就会闪电般地出鞘。越捷飞握紧剑柄，闪身挡在楚玉面前，隔开两人。

花错尖锐地盯着越捷飞，面上浮现出冷笑。他早就看越捷飞不顺眼。从前他们交手，都是因为他身负重伤不能久战，次次落下风，这一回，正好试试他的剑。

两人正剑拔弩张之际，越捷飞感觉肩头被人拍了拍，回头一望，却见楚玉轻快地笑道："你们这架势是做什么？"她的目光在花错的脸上飞快地一扫，嘴角翘了翘，"边吃边说。"

于是，众人便上饭菜。

上菜期间，楚玉回房换了一套男装出来。

此时天色已暗，几处灯台上点着蜡烛，微微晃动的烛火映照着周围的情景。

屋子里几张方形矮几摆放在各人面前，矮几上是热腾腾的菜肴，除了楚玉，其他人都没动饭菜，他们吃不下。

忙碌了一天，楚玉早就饿了，先自个儿吃了三分饱，停下，笑着看了看对面的花错和越捷飞。两人左手拿着筷子，右手却放在剑柄上，目光不时朝对方扫一眼，而且他们的坐姿也不是跪坐，而是蹲踞的姿态，随时都能暴起拔剑。

楚玉笑了笑，便转头看身旁的流桑。小男孩低着头，看着饭菜愁眉苦脸。她忍不住伸手摸摸流桑的脑袋，笑道："怎么不吃？"

流桑的声音闷闷的："吃不下。公主你很快又要走了，是不是？"方才幼蓝让人上饭菜时，他听到楚玉吩咐幼蓝去准备外出的马车行装，看样子似打算出去一段不算短的时间。

楚玉夹了一片鹿肉放入口中，细细咀嚼着："不错，我确实有事情要外出，你愿不愿意乖乖地待在公主府里等我？"

等了一会儿，她听到流桑闷闷的声音："不愿意，我会想法子跟着公主。公主去哪里，我就去哪里。"

就知道会这样，楚玉在心里叹了口气，面上却轻松地道："那么你就跟着我走吧。"放他在家里反而不放心，倒不如一开始就带在身边。其实相比于萧别，楚玉更想送走的人是流桑，这孩子也是因山阴公主的缘故而依赖楚玉的，但她实在找不出送走他的理由，更何况，就算她找得出理由，流桑也可能会赖在她身边。撒娇是小孩子的特权嘛。

"你要出去？去哪里？"花错敏锐地感觉到了什么，顾不上与越捷飞用眼神交锋，急忙望向楚玉。

楚玉慢慢地又吃了点儿东西，直磨得花错不耐烦了，才点了点头："你不是想知道我这一个月都发生了什么事吗？那我告诉你。"

端着细致的青瓷茶杯，楚玉喝了口热茶，冲洗去菜肴的味道，才一点一点地从容止在马车前出现的那一刻慢慢讲起。

时间有限，她说得比较简单，其间许多曲折和惊心动魄之处都省略了，但花错犹可想象，容止是如何在生死攸关的刀尖上行走的。

越是往下听，花错的神情便越是难看，待到最后，楚玉轻轻说道："于是这样，我便回来了。"她只说自己被孙立放走，至于路上的事，也没有多说。

花错立即脱口而出："你就这么回来了？留容止一个人在那鬼地方受苦，你于心何忍？"他很生气，很不满意，为什么回来的人是她，而不是容止？为什么她在这里心安理得地享受仆人的服侍，容止却要在那个鬼地方生死不明地受苦?

一种难言的刺痛攥住花错的心，他没多想，直接将自己的不满冲楚玉发泄出来。

听了他的指责，楚玉神情没什么变化，甚至连眉毛也没抖一下。她十分镇定地看着花错，目光坦然。过了好一会儿，她抿了一口茶，轻声道："那么，你要我如何？"

轻轻巧巧的一句话，花错被问得一怔。

"你要我如何？"垂下眼眸，楚玉望着杯中澄碧的茶水，悠悠然地道，"我肩不能挑，手不能提，文不能安邦，武不能定国，我留在那里，对容止有何用处？"原本她以为会很难面对花错，却没想到临到头来，她可以如此自如地应对他。

花错一时语塞，好一会儿才吞吞吐吐地道："至少，你不能把他一个人留在那儿……"

楚玉忍不住笑了出来，她好似很有趣地看着花错："我从来不晓得你是这么天真的一个人。纵然我留在那里与容止共进退，我能帮他做什么？难道我会配毒药，还是能杀人？"

她放下茶杯，拿起旁边叠得整齐的白色丝帕，仔细地擦拭嘴唇："花错，不要以为只有你一人担忧容止的安危，我对他的担忧不亚于你。倘若我留在那里，除了成为容止的累赘，再无别的用处，我只有回来，才能设法解救他脱身。"

花错惊诧地看着楚玉，他隐约感觉这个女子与从前不一样了，虽然话语还是那么低柔，但她那缓缓的声音里，好像隐藏着一股极为柔韧、坚定的力量。她的眼睛里，多了一些从前没有的东西，仿佛经历了远道上风沙的磨砺，磨去了玉石上暗淡的瑕疵，显出了原本的光泽与坚固。

此时有人来报马车准备好了，楚玉随手丢开丝帕，站起来拉拉流桑："好了，你回去做些准备，想带什么上路早些拿好，不要带太多，准备好了便去门口上车等我。"

两句话打发了流桑，楚玉又转向花错，她走到他面前，她站着，而他蹲踞着，一个仰视，一个俯视。

烛火的光芒照在楚玉的脸侧，柔和的光芒勾勒出她美好的面容。然而花错却看见那一双眼睛沉淀着黑夜的光彩，竟然有了一些让他捉摸不透的意味。

楚玉淡淡地道："我这回出去，是要找一个可能帮得上容止的人，我不知要找的这个人究竟是什么样的人，也不知此行会不会有危险，甚至不知这么做有没有用。但有些事情，我一定要去做。为安全起见，我想带上你，只问你去是不去？"

花错正要点头，却见楚玉先他一步，摆了摆手，打断他道："你先别忙着答应。跟着我去，你我必须约法三章：第一，你不得透露我的身份；第二，除非是他人向我攻击，否则你不得随便出手；第三，这一路上，你都得听我的吩咐。”她面无表情地望着他，“你若是答应，便跟我来，否则，咱们各走各的路。”她明明是有求于他，但却是这么一番从容不迫稳操胜券的态度，反客为主，便是吃准了他一定会因为放不下容止而答应。

花错咬了咬牙：“三章就三章，你也要言而有信，真的是想法子去救容止。”

楚玉微微点头，转身朝外走去：“那便跟着来吧。”

花错有些发愣地看着她的背影，她穿着一身浅蓝色的衣服，夜风吹起她的衣摆，反而显出她脚步稳定，不紧不慢。前阵子，容止做了些什么，他是知道的，也知道这女子一直被蒙在鼓里，有时候他心里会暗暗发笑，笑她身陷容止的指掌而不自知。

可现在的楚玉，与一个月前大不一样了。从回来、入宫、回府，再到离开，她的每一次判断、每一个行动都进行得毫不迟疑，毫不犹豫，没有多余的徘徊，也舍弃了软弱的忧思——此时的楚玉，有一点儿像刚刚遣散面首那阵子的模样，却比那时候更清楚，更明确，也更坦然，更强大。

花错隐约觉得，在楚玉心里真的生出什么他无法撼动的东西了，他不能，容止不能，任何人都不能。

经历了死亡和流离、分别与相聚，她正在从无边无际的迷惘困顿中……走出来。

一步一步地，毫不迟疑地，走出来。

第八十三章　唯人可自迷

楚玉离府，是为了找于文。

那日她心中彷徨之下，向于文询问沧海客的下落，随即一不做二不休，谎称是容止让他找沧海客有要事相告，希望于文代为引荐。

抵达建康城的前一天，她与于文分别，于文赠送了她一些财物，两人约定三日后在某处见面，一同去见那沧海客。接下来，便是她回府的那些事。

楚玉贴身收藏着容止的信物，但她并不打算拿给于文看，而是预备以另外的理由去接近那沧海客，这样也不算违背容止的嘱托。

临行之前，楚玉留给桓远一封信，交代他明日方可送给刘子业，并嘱托桓远，让他利用手上的职权，派人去寻找马贼和容止的所在，但不是军队。因为大规模的行动会令马贼们有所警醒，孙立有可能会认为是容止招来了军队，那样将对容止不利。

投鼠忌器，她目前所能做的，就这么多。另外一半期望，楚玉则放在那个不知是什么来路的沧海客身上。物以类聚，人以群分，虽然不知那位沧海客是什么人，但能得容止如此郑重托付，想必不是平庸之辈。

除此之外，楚玉还有不曾对任何人表露的另外一重用意。

走到公主府门口的马车前时，流桑已等在车前了。他腰上佩着短剑，背上背着长弓箭袋，睁大眼睛，一副要出去打仗的模样。在流桑的身边站着一个意料之外却在情理之中的人，黝黑的皮肤结实健康，手中握着一杆精铁长枪，腰背挺得笔直。明丽的星空之下，华丽的马车之旁，这个组合怎么看怎么诡异。

楚玉看着两人，有些无奈，却又很想笑，面部表情扭曲了几秒钟，她才压抑住笑意：“你们这是做什么？我可不是要去跟人打架啊。”

流桑扁了扁嘴唇，稚嫩的小脸努力显出大人的神情：“我们要保护公主，不能再让公主有危险，对吧，小黑？”说完，拍了拍阿蛮。阿蛮很认真地配合着点了点头。

楚玉终于忍不住笑了起来，无奈地看两人几眼，率先走上马车：“都上来吧。”好在马车够大，否则还得另添一辆。

要走就要连夜走，她才脱险归来，就这样仅带几人便轻装外出，刘子业若是得知，一定不会允准的，到时候若无法阻拦她，便会派大批的军队随行保护，那样反而容易耽误事情。

但她假如先斩后奏，就算刘子业有些生气，等她回来时说上两句好话，想必能雨过天晴吧。

带着花错、阿蛮、流桑，马车内坐了四人，越捷飞照例充当马车夫的角色，外加一队可靠的护卫，一行人便这样乘着车，披着漫天的夜色星华，趁夜出城。

此夜有星无月。

次日。皇宫。

刘子业慢慢地握紧桓远送来的信，脸一沉，意欲揉碎信纸，转念之间却又舍不得，忙又小心地展开，用手指一点点地压平纸上的皱褶。他一边压，一边吩咐身边的心腹太监华愿儿：“去把粉黛唤来。”

粉黛忐忑不安地应召而来，见刘子业正专心地抚摸一张纸，虽然心中奇怪，但也不敢多问，只小心翼翼地上前行了礼。见皇帝此刻的神情并不生气，暗想，也许今日陛下心情不错。

可她才直起腰来，便听见刘子业随意的吩咐声：“华愿儿，替我掌嘴。”

刘子业手上慢慢地抹平信纸，耳中听着清脆的耳光声，心中那股暴戾的郁气逐渐平息下去。等他想起来叫停时，粉黛的双颊已经肿得快像馒头了。把好不容易抚平的信纸折起来收好，刘子业挥挥手，让完成了任务的粉黛退下，却没有注意到粉黛盈满泪水的眼中一闪而过的绝望与怨恨之色。

入夜，刘子业才要就寝时，有宫人传来消息，说是粉黛在自己的房中，用一条腰带悬梁自尽了。

她今天被刘子业传去打着玩之后，便一个人把自己关在房中，也不让宫女服侍，直到傍晚一个宫女去送晚饭时，推门进屋，见粉黛只穿着一层单衣，悬在半空中的身体显得纤细娇弱，却已然冰冷僵硬，救不回来了。

听闻此事，刘子业的脸色变了几变，好一会儿才从牙缝里挤出来声音：“有多少宫人知道这件事？”都杀了，彻底封锁消息，绝不能让粉黛的死讯，传入阿姐耳中。

皇宫中的刘子业被粉黛的死讯闹得睡不好觉的时候，连夜出了建康城且赶了一天路的楚玉却在一家酒馆里酣然入梦。

楚玉远道回府，没怎么休息便再度上路，到了傍晚已经累得不行，好不容易找到住处，脑袋一沾枕头便沉沉睡去。两边相邻的房子里，阿蛮、流桑也同样睡得香甜。

而与楚玉相隔一间房的花错一直静静地坐在靠窗的床边。等三更的敲打声过后，他抓起横放身侧的长剑，身体灵巧地一翻，便从窗口跃了出去。落地时，花错的衣衫像花瓣一般展开，宛如血色蝴蝶的双翼。片刻后，这血色蝴蝶在黑夜的掩盖下，迅速朝城外奔去，一口气奔出十里地，在一片土丘前停下脚步。

他要见的人已站在土丘的上方，双手背负着，那身姿看起来竟然有一点儿眼熟。花错提起精神，几个起落，来到那人身边。

那人身披黑色斗篷，盖住了大半张脸，见花错来了，开门见山就问："你这么急非要见我，究竟有何要事？你要知道，我从皇宫里出来一遭并不容易，还得追着你们的马车跑，究竟是什么事如此急切？"

花错微微喘了口气，才拣着要紧的，将楚玉回来后诉说的经历转告给他："眼下容止只怕不妙，我希望你调用些人手想法子救容止脱险……"

他话未说完，就给那人打断："不可能，我所能指派的人各自都有自己的事要做，这是公子事先吩咐下来的，不能有分毫疏忽，以免坏了公子的事。"

花错有些着急，争辩道："但容止的性命是最为重要的，我们所做的一切，难道不都是为了这个吗？倘若容止死了，这些安排还有何用处？"

那人沉默了许久，才缓缓地道："我比你更相信公子。"

一句话将花错堵得哑口无言。

一直到黎明将近，花错才踏着快要散去的夜色，从离开的窗口返回暂住的房屋里。和衣小睡片刻后，花错便被楚玉派人叫起来，一行人继续上路。

又行了半日，在一个种满了桑树的村庄里，楚玉见到了分别三日的于文。

假如是春天，便可以看到鲜嫩新绿的桑叶，假如是初夏，便能收获饱满可口的深紫色桑葚，但在秋季，便只能瞧见开始凋零的桑园。从村中分布的房舍间，楚玉感受到了一种极为悠闲的田园生活。

于文显然比她来得要早，可能已在这里停留了一两日。他站在村口与一个老人说着话，看到楚玉的马车驶过来时，他朝那老人拱了拱手，便径直朝他们走来。

距离还有一丈远时，马车与于文同时停了下来。

于文的目光在越捷飞身上不经意地扫了一下，随后便对上跳下马车的楚玉微微一笑："兄台果然守时。"

楚玉也是一笑："比不上阁下，让阁下久等了。"

两人没多废话，会合之后便立即出发。于文骑一匹马，带一队护卫走在前方，楚玉的马车和人手则紧随其后。

在马车里，楚玉大致说了于文的身份，也稍微透露了一下容止似乎与江陵于家有着不寻常的关联。这些事是她在公主府内不曾提及的，待她说完，便见花错皱起眉来，自语道："江陵于家，我怎么不知？"

他无意识发出的声音极小，但马车内没有其他人声，加上彼此距离很近，楚玉一字不差地听清了他的自语，便不怀好意地笑了笑："哦，原来你不晓得于家和容止的关系吗？我见你与容止如此亲近，还以为你知道呢。"

她轻声细语十分低柔，却像一柄利刃，一下刺入花错的心扉，骄傲的剑客面上当即浮现出尴尬的神情。

虽然不愿意承认，可花错不得不正视，他其实对容止了解得不多。

虽然这三年来他一直陪伴着容止，知道他做了什么，可回想起来，他甚至不晓得容止来自何方，可有父母家人在世，一身本事又是从哪里学来的。

他一直以为自己知道很多，可今天楚玉状似不经意的一句话，让他猛地想到，相比起他知道的，也许他不知道的更多——至少，江陵于家以及沧海客，这两个，他从未从容止口中听说过。

花错心里有些慌乱，他抬眼望了望坐在对面的楚玉，容貌秀丽的少女扮作男装，显得十分清雅洒脱，她一双温和清澈的眼睛，此时含着浅浅的笑意，一眨不眨地盯着他，那种笃定的目光好像能看穿他的心。

相比起因为发现有不知的东西而产生的迷惑，更让花错惊慌的是，他竟然因为这么一句话，开始有些怀疑容止……

不对，打住，容止那么做，定是有他的苦衷，他怎么能因为公主的一句话而动摇呢？

望着花错变幻不定的神情，楚玉微微笑了笑，背部靠上了车厢壁，背后的皮毛让她靠得更舒服些。

她可没有故意挑拨离间，只是随便问问罢了。

花错的爱憎太强烈，对她的敌意也有些过甚，这么动摇一下他，也未尝不是好事，至少今后一段时间内，也许会分散他的心神，好令他安分些。

只不过这个信息也让她有些意外，她原本特地勾着花错来，就是想让他和于文见上一见，然而看他们的神情，似乎彼此都不知对方的存在，也都不知对方和容止的关系。

那么相对地，于文也许也不知她的身份，她原以为既然是和容止有关系的，那么便应该知道才对——不过这一点并不重要，知道与否，并不影响现在的楚玉。

楚玉笑意才浮上眼角眉梢，便化作心底一声叹息：虽然说鸡蛋不要都放在一个篮子里，可是，容止究竟有多少只篮子呢？每个篮子里的鸡蛋，又有多少呢？

看看坐在马车里的“花鸡蛋”，又从窗口看看前方骑在马上的“于鸡蛋”，楚玉小心地吐出一口气：两颗鸡蛋碰在一起，千万别碎了。

她的确有些冒险，其实她大可平安地留在公主府中，派人代替她来走这一遭，但一来她信得过的人不多，二来，那次在山崖上主动选择跳下去后，她的心境终于有了变化。

好逸恶劳、贪生怕死，楚玉很不客气地评价自己来到这个世界后的表现，纵然她努力地觉得自己已经很忙碌很辛苦了，但仔细想来，确实还是被那八个字概括了。

在飞机上死过一次，那并未减轻她对死亡的恐惧，反而更加深了对死亡的恐惧感。因为死过，所以才更想要活下去，苏醒之后，发现自己变成了公主，也让她的心志产生了一些偏差。

被鹤绝掳劫走，经历了千钧一发的生死，接着又落入马贼手中，这期间的辗转波折，纵然让她吃了一些苦头，精神上也饱受磨砺，可现在回想起来，未尝不是一种幸运：面临生死的那一刻，容止的镇定和冷静引领着她，让她从一个超出局外的角度去观看，之后敢冒险从悬崖上跳下去，是源自新生的勇气与果决。

而在被马贼囚禁的那段日子里，容止施展手段与孙立交涉时，她的反思也一刻不曾停过：究竟是自己迷失了方向，还是被温软的奢华腐蚀了肌骨？

她来到这里，一下子变成权力颇大、地位极尊的公主，锦衣玉食，前呼后拥，多少人的生死握在她的手里，就连一国之君的皇帝也对她依赖亲近。纵然她极力地想要保持自己原来的观念思想，可平日里的环境还是在不知不觉间影响着她，多少人对她毕恭毕敬，让她有些迷失了原本的自己。

她可以不在乎别人的轻蔑或鄙夷，面对来自别人的敌意，她可以本能地树立起心防，可舒适的生活、旁人的恭敬奉承，这些不带敌意的东西，就好像房屋里燃烧着的熏香，无形无色，靡丽醉人，潜移默化地改变着她。

贫贱不能移，富贵不能淫，威武不能屈。

唯人可自迷。

外力不过是借口，真正改变的根本，是不够坚定的内心。

楚玉的好处便在于，她对自己足够诚实，纵然一时看不清楚，也会努力地反省，并且及时自我约束。

容止是对自己的身体狠毒，楚玉却是对自己的内心严苛，她敢于审视自己心中阴暗软弱的地方，能客观地评价甚至谴责，有过则改之，无过则勉之。

人最容易面对的是自己，最难面对的也是自己。

马车上和马车外的人，怀着各自的心思，想着各自的心事，双方并不怎么多加交流，“花鸡蛋”和“于鸡蛋”也都十分安分。

在经过了数日的行程后，他们终于来到了士族云集的江陵。

第八十四章　古来江陵城

江陵城，又称作荆州城，地处长江中游，江汉平原西部，南临长江，北依汉水，西控巴蜀，南通湘粤，古称“七省通衢”。三国时刘备借荆州，有借无还的就是这块地方。

因“近州无高山，所有皆陵阜”，故称江陵。

又因江陵富庶繁华，处于水路交通要冲的地位，战争时期，这里是兵家必争之地，而在和平时期，这里又是封王置府的重地，比之长安、洛阳那样的城市亦是毫不逊色。

江陵城具体的情形，楚玉也不是太清楚，不过大体上知道这是一个不逊于建康的繁华都市。远处看去，城墙之外有护城河环绕。从河上的桥梁通过，一入江陵，优雅又繁华的气韵便扑面而来。

楚玉从窗子里往外看去，总觉得路上的百姓看起来比建康城里的要悠闲自在一些。也许这里不是天子脚下的缘故。

于文在城东给楚玉一行人找了个空宅院，暂且住下，而他自己则需先行一步寻找那位沧海客，并且获得沧海客的允准之后，才能带楚玉他们去见他。

听于文这么说，楚玉忍不住笑了笑：“好大的架子。”顿了顿，她垂下目光，恳切地道，“于文兄大约比我熟悉那沧海客，相见之时有什么忌讳，能否提点一二？以免我冒犯。”

于文怔了怔，苦笑道：“非是我不愿告诉你，而是就连我也不晓得那位有什么忌讳，只是于容几年前告知我有这么一人，要我时时小心，恭敬相待，却没说那人是何身份。倘若硬要说那沧海客有什么忌讳，那便是他不愿有人上门打扰吧。”

真扯，这算是哪门子的避讳？

楚玉还想多套一些消息，但于文已经不愿再说什么，匆匆告辞，将楚玉一行人撂在了这座宅子里。

这一撂，便是十日的光景。

每天楚玉的生活便是吃饭和睡觉，以及等于文的消息，于文特地调来了一些仆佣来照顾他们。这宅子虽然不大，住起来却十分舒服。

楚玉曾令侍卫去打听江陵于家的消息，得知于家原本是住在南朝之外的另一半江山——北魏境内的汉人，几十年前迁居此地，后来靠着军功慢慢爬了上来。但因为于家家底不厚，在士族云集的江陵，并不算多么打眼的角色，只算得上是二等贵族。

但楚玉心知于家远非表面所见的这么简单，在见到于文的第一日，越捷飞便抽了个没人在的工夫悄悄告诉楚玉，说于文带着的那一队护卫，表面上很普通，实际上个个受过特殊训练。他们服从命令的效率比正规军队还高，而那些人的实力，越捷飞估计自己一个人只能对付三四人。

面对这样一群人，越捷飞感到了危险，劝楚玉立即回转，至少回建康让皇帝派一支军队随行，但楚玉笑着拒绝了。

虽然未必要学容止那样冷酷地拿自己的生命去搏，但她也要有一点点冒险精神。

自然，楚玉也不是没留后路，她出发前便跟桓远交代了自己的目的地，在抵达江陵城之后，又给桓远发了一封信，用事先约定好的暗语向他报平安，倘若她出了什么事，建康那边自会有应对。

十天内楚玉不知催了于文多少次，但每次于文的回复都是，那位沧海客还不曾答应见他们。楚玉不知他这话是真是假，也许那沧海客的架子真的很大，也许于文在说谎，可他说谎又有什么目的？留他们在这里好吃好喝供着吗？

楚玉心有挂念，每天留在宅子里，也就是看看书打发时间。流桑从没来过江陵，小孩子对新鲜的环境感到好奇，便每日出去玩耍，十天下来，竟然认识了一帮孩子。后面几天，每天都有孩子上门来找流桑玩。

看流桑很少有这么开心的模样，楚玉心有所感。心想也许流桑从前的同龄朋友太少，才会对山阴公主如此依赖，今后多放他出去玩，大概能分散他的心思。

一直等到第十日上，楚玉终于有些不耐烦了。十天时间，已经是她给于文的极限，算是客人对主人的尊重，再这么拖延下去，于文拖得起，她可拖不起。

于是一大早，楚玉便去找花错。

既然于文坚持在取得沧海客的同意前，不让他们知道他的所在，那么她便自己去找。

其实论起轻功，越捷飞比花错要强一些，但楚玉想留个可靠的人在身边保护自己，所以只得让花错去完成这个任务，让他跟踪于文或于文派出去的属下，看看他们是否去过什么地方，见过什么人。

不知是不是因为楚玉上次说话的影响，花错这些天来意外地安分老实，来到江陵后，每天把自己关在房间里。楚玉偶尔从窗口看去，都能看见花错坐在床边，一脸珍惜地擦拭着他的长剑。

不过花错并未消沉，楚玉在说出让他办的事情后，便瞧见他的眼睛里陡然闪出亮光。

派花错出去不久，楚玉便和往常一样，拿着一本书坐在院子里慢慢地看。才看了没两页，便听到有人走近，接着一双手从她身后伸出来，捂住她的眼睛："猜猜我是谁？"来人故意压低声音问道。

楚玉抿着嘴唇一笑："让我猜猜看啊，是花错？"

"不对。"

"越捷飞？"

"不对。"

"阿蛮？"

"也不对。"那声音有点儿不高兴了，忘记了压低声音。

楚玉笑意加深，继续道："不会是于文兄吧？你也跟我开这样的玩笑？"

"讨厌啊。"流桑不高兴地放开手，"公……公子，你不记得我了吗？"

楚玉哈哈一笑，回过头来伸手刮了刮流桑的小鼻子："笨蛋，跟谁学来的游戏？你也不想想，这宅子里除了你，谁敢跟我玩这样的游戏，又有谁的手和你一般小？你没说话，我便知道是你了。"

这游戏大概是流桑跟同龄人玩时学来的。见他比前些天开朗了不少，楚玉也发自内心地为他高兴：男孩子就该这样才好。

用力揉了一会儿流桑的头发，过了一把手瘾后，楚玉才想起来："今天不跟你的朋友出去玩吗？怎么想起我来了？"

"是这么回事，"经楚玉一提醒，流桑才想起自己提早回来的目的，高兴地道，"我昨天在城外发现一个好玩的地方，想带公……公子你去看看。"

虽然跟同龄的孩子一起玩耍很开心，可发现好玩的地方，他还是迫不及待地想与楚玉一起分享。

楚玉见他兴高采烈的，也不忍拂他的意，想想目前暂时无事可做，便点头应允，与他一道外出。

虽然于文并未表露出敌意，但为了安全起见，楚玉出门时，还是让越捷飞紧紧跟随着自己，以备不测。

既然他们都出门，又不好厚此薄彼，留阿蛮一人在宅子里。于是，最后便是四人同行，阿蛮样貌奇特醒目，走在路上，惹来不少人注目。

他们四人虽然惹眼，但并无人敢上来找碴儿，昆仑奴虽然是好用的奴仆，但因为数量稀少，能够拥有的人一般都家底颇厚，这江陵城中，纵然是纨绔子弟，也有几分眼力，不是无脑之辈。

既然已经出来了，便索性抛开心事玩个痛快。江陵，便是荆州，既然曾是三国重地，便也留下了不少有传说的地方。楚玉带着流桑在城里逛了一圈，买了不少零食吃着玩儿。

一直到了中午，一行人才从东门出城。

出城时，越过护城河上的桥，正在与流桑说笑之际，一辆马车从楚玉身边经过，驶到了他们前面。那马车外观典雅，用上好木料打磨而就，边缘装饰的云纹很是漂亮，蓝色的车帘稍微素净了些。这种程度的排场，在江陵城这等地方，也算不上怎么出奇，但不知为什么，楚玉感觉有些古怪横于心间。

她心中虽感异样，但并未多加注意，只在那马车还在视线范围内时多看了几眼，见车后的帘里伸出一只修长白皙的手，片刻后收了回去。

然而，距离一远，楚玉便将疑虑放下。

待马车从楚玉一行身边走远后，车内传出一声冷漠的轻哼，随即冷冷地道："她怎会在此？"

话语未落，便有一道低低的琴音接上，带着仿佛丝一样漫长的寂寥，氤氲地散开来，许久才重归寂静。接着，车中响起微不可闻的低语："罢了，我与她已不相干，管她为何在这里。"

楚玉自是不知方才在桥上与一位故人失之交臂。出了东城门一路东行，没过一会儿，便到了城东的画扇峰。这江陵城内外四周有什么景致，楚玉方才在逛街时也找人打探清楚了，这画扇峰便是其中之一。然而楚玉没料到的是，与她想象中的崇山峻岭不同，这画扇峰，只不过是一片丘陵。

《荆州记》有云：一峰屹然，西映落月，远而望之，如画扇然。

现在这个时候不是晚上，落月什么的楚玉无缘得见；正是秋季，草也开始凋敝，也显不出芳草鲜美，便让楚玉生出"见面不如闻名"之感。

绕过画扇山，便瞧见了一小片湖泊，流桑兴致勃勃地拉着楚玉绕过湖水，欢快地闯入湖泊后的一大片竹林之中。

竹林里横着一道大约三米宽的小溪，清澈见底，流桑带着楚玉沿着溪边逆流而上。他们走得并不快，偶尔流桑会停下脚步，伸手去捞水里的小鱼小虾，抓到之后又放回溪中。

如此走走停停，差不多又过了一个时辰，流桑指着前方转弯处的溪水道："公……公子，绕过前方便是了。"

楚玉笑笑，这一路行来，满目皆是竹林，与容止院中清雅幽静的翠竹不同，这里的竹林多了点山野的风味，景致各有千秋，算是一个游玩的好去处。

顺着溪水转过一道弯，少了林木的遮蔽，楚玉看向前方，一时愣住了。

只见前方七八米远的地方，在一块半人高的石头上，坐着一个穿着孝服的人，看样式是第一等的孝服，服孝三年的那种。那人还以粗麻布制了一件斗篷，盖住了他的大半张脸，从楚玉这个角度看去，竟是一丝也看不到，只能通过身材判断那人是名男子。

他手握一渔竿，正在溪边垂钓。

但让楚玉吃惊的，并不是那身穿孝服的人，而是站在那孝服人之后，一身蓝衣的青年。

“萧别？”他怎会在此？

萧别身后站着一个劲装打扮的男子，看上去应该是他的护卫。

流桑也惊讶地叫道：“怎么石头上有人了？”

楚玉这边惊讶不已，而那边萧别看到楚玉，内心也是五味杂陈。料不到她竟然也来到此处，一时不知做何反应。

片刻惊愕之后，楚玉冲萧别略一点头，歉然道：“不知两位在此，还请见谅。”说着便拉起流桑，要往回走。

流桑却站在原地，一双眼睛盯着孝服人身下的石头，好似很舍不得。而孝服人也在此时出声道：“萧公子请回吧，我为父亲守孝，孝期还有一月方满，不便离开此地。”这人不错啊。

也许是因为之前看着桓远等人为她穿孝服，楚玉一听这话，便对这孝服男子生有好感，不管怎么说，为父亲守孝，孝顺总不是一件坏事。

萧别冷冷一笑，也顾不得楚玉在侧了：“在下怎么记得，阁下在三个月前，也说过同样的话呢？莫非是在下记错了？”

他说这话，本意是讽刺那男子出尔反尔，就连楚玉也听出了其中的意思，不料那男子竟然顺口接道：“不错，定然是萧公子你贵人事忙，记错了时日。”

好厚实的……脸皮。

楚玉听着忍不住一笑，萧别却是面上一寒，此时楚玉就在旁看着，他纵然有心发作，也有诸多不便，只好愤怒地一揖，转身拂袖而去。

萧别走了，面对一个不知是什么身份的人，楚玉也没有多少好奇心，转身就想离开。流桑却挣脱开她的手跑了上去：“就是这块石头，公子，我昨日跟人来玩时，这块石头自己会叫呢……眼下怎么不叫了呢？”

流桑也不管有没有人坐在上面，趴在石头边摸了起来。

那孝服男子淡淡地道：“此时无风。”

听到那人说话，楚玉当即明白过来。她前世的见识也算广博，自然知道这是什么。无非是石中有些细密的孔洞，风吹过时，就好像人吹笛子一样，空气摩擦发出声响。流桑没见过这等东西，才会觉得新奇，楚玉兴致却不高，上前两步，笑道：“好啦，既然它不叫，我们便回去吧。”

那孝服男子忽然出声道：“这也不难。”他摘下斗篷，闪电般地在半空中挥了一下，随即又披回身上，动作之快，甚至让人来不及看清楚他的脸孔。

同时，楚玉便感到一阵风卷了起来，纵然是站在距离男子五六米的地方，也感觉到了一阵拂面之风。而那男子身下的石头，更是发出如泣如诉的呜咽。

下一瞬，楚玉眼前便晃了晃，却是越捷飞拦在她身前，沉声道：“危险！”

楚玉心中也是凛然，刚才那阵风是男子挥斗篷造成的，仅仅是随意一挥，便连她也感觉到了那风，那需要多么可怕的力量！

第八十五章　垂钓沧海客

尽管越捷飞严阵以待，那孝服男子却不再有何动作，他甚至还悠闲地晃着渔竿，在清澈平和的水面上打出一圈又一圈的涟漪。

流桑却没有发觉那阵风的可怕，他还在饶有兴致地琢磨那石头是如何发出声音来的，也试着伸手扇了扇风，并未发出声音，便伸手去推那孝服男子："你让开一下，好不好？"流桑你小子找死吗？

楚玉整颗心都快要提到嗓子眼了，她从越捷飞身后探出头来，叫道："流桑回来。"话出口之后，她才发觉自己的声音沙哑得都变调了。

那男子低笑了一声，竟然听了流桑的话，轻轻地从石上跳下来，朝与楚玉等人相反的方向走了几步再坐下，身形被石块遮挡了大半："你喜欢这块石头便拿去玩吧，这石头是我在游历之际发现的，觉着好玩便搬回来，坐了三年也坐厌烦了，送你无妨。"

流桑原本想听楚玉的话回去的，一听孝服男子这么说，立即欢喜地又凑过去，爱不释手地抚摸那半人高的石头。他伸手推一下，推不动，便回头招呼阿蛮："小黑，你来试试，能不能抬起来？"

阿蛮却像没听到，一双眼睛只定定地望着前方，面上满是憧憬之色，显然方才孝服男子露的那一手令他极为心折。

楚玉也是直直地瞪着前方，好一会儿才露出一脸释然的神色，笑着拍拍越捷飞的肩膀："无须戒备，那人倘若对我等有敌意，你可能防备住吗？"

对方从容宽厚，一再容让，他们若是还小心戒备，反而显出小家子气了。今天与这人相遇，纯属巧合，并无乱七八糟的算计掺和其中，不过是他们几个有点儿特殊的人遇到了另一个有点儿特殊的人。反倒是他们自己草木皆兵，对男子产生敌意，让楚玉颇感歉意。

越捷飞一怔，随即赧然低下头，手也跟着从剑柄上放开。

楚玉招手让流桑过来：“流桑，不要胡闹了，那么大一块石头，就算阿蛮能抬起来，难道还要一路招摇着抱回去吗？你若是实在喜欢，我明日命人来取。”

流桑犹豫一下，他们今天是步行出来游玩的，也知道几个人抱一块石头回去不成样子。

接着楚玉上前两步，朝那男子的方向作了一揖：“在下前些日子经历了些危险波折，家人不免担忧了些，方才冒犯之处，还请阁下见谅。”那男子坐在石后，又兼身上披着斗篷，也许是不愿别人看到他的脸，楚玉也不靠近，只隔着一段距离说话。虽然隔着石头又兼有斗篷遮拦，男子瞧不见她的动作，但楚玉还是诚诚恳恳地将礼数做足。

男子懒懒地道：“你的护卫尽忠职守，并无不对之处，你也无须在意，横竖他也没法子冒犯于我。”

他这话说得颇为自大，简直将越捷飞这么一个高手视若无物。但越捷飞并无不忿之色，只依旧谨慎地看着男子从石后露出来的粗麻斗篷，丝毫不敢放松大意。

虽然有些好奇萧别与这人是什么关系，来此又有什么目的，但这斗篷男子一来与他们毫无交情，二来不能以武力拿下，简直就是块没有缝的铁板。思索片刻，楚玉无可奈何地下令打道回府。

“流桑，回去吧，还要等那于文的消息。”楚玉转过身率先往回走，边走边道，“虽说我们要见的那人几日没有答复，但空着个宅子让他找不到人也不好。”

流桑心中奇怪，暗道：他们出门前不是跟留在宅院里的护卫交代去向了吗？届时于文来了，转告便是，又有什么不好的？但他瞥见楚玉神情冷然，也想起来该有所顾忌，玩闹之心稍有收敛，压住疑问，一言不发地跟着走了。

楚玉才走过溪水转角，一行人消失在竹林遮挡之后，水面上又泛起了一圈一圈的涟漪。

路上楚玉等人并未如来时一般游玩，而是毫不停歇地返回宅中。才进门时，却发现院子里气氛与往日的悠闲有些不同，抓住一个正迎过来的护卫一问，楚玉脸色陡变：原来在差不多中午时，花错一个人跑了回来，才跑回院里便晕倒在地，吐出一大口鲜血，身上亦是带着重创。虽然请了大夫来看，但他至今依然没醒。

花错是她派出去的，目的是跟踪于文，本以为以花错的功夫，纵然被发现，也来得及逃脱，纵然来不及逃脱，被于文抓住，看在容止的分儿上，亦不会有什么危险，不料竟然是这样惨烈的下场。

楚玉才走进门几步，乍闻得消息，一时间心乱如麻，不知该如何处置。片刻之后，她精神缓了过来，见于文安排的下人除了有些惶急，并无其他异状，而他们所带着的护卫，也似是全不知情。倘若是于文令人下了这个狠手，只怕此时已经找上门来等他们自投罗网了，周围又怎么会如此宁静？

楚玉去看了花错的状况，据大夫说，花错胸口带着被利物划开的伤痕，内腑也稍稍有所创伤，但总体来说并不危及生命。

她心中盘算一二，原本第一个念头是火速带着一干人连同花错逃走，现在仔细想来，却不着急了。强迫自己冷静，楚玉在心里慢慢梳理一遍，估计于文等人尚未知道花错跟踪他们。而她现在面前有两条路，无非便是走与留，表面上都要装得若无其事，可还没等楚玉作出决定，外面又有通传，竟是于文来了。

十日以来，都是她差遣人去找于文，后者从未主动上过门，如今前来，想必是有了不同的答复。

楚玉微微一怔，随后站在花错床前苦笑一下，这消息本来是她一直盼望的，可这个时候来，却让她没法子高兴。

凝视花错片刻，楚玉忽然一笑，转身走出门去。不一会儿在正厅内瞧见于文，后者似乎对花错的事情毫不知晓，开门见山地道："沧海客已经答应与阁下相见。但他有一个条件，那便是，只准许阁下与我一道前往，其余人不得跟随。"

越捷飞闻言当即露出怒色，但还没等他发难，楚玉便抬手横在他身前："好，一人去便一人去。"

越捷飞还要劝阻，正对上楚玉回眸。只见她目光柔和坚定，似有不可动摇之力，眼中清澈明皎的笑意，更是比从前多了几分坦荡决绝："不必劝阻，我心意已决。"人总是要有点儿冒险精神的。

于文见楚玉如此爽快，不由得赞了一句。他请楚玉坐上他的马车，便使人驱车从东门而出，越过画扇峰，驱车行了约莫半个时辰后，才令车子停下。

两人走下车来，于文命令车夫在原地等待，便带楚玉穿入道旁的竹林。

从出东门起，楚玉嘴角便浮现出很浅的笑意，直到过画扇峰，再入竹林，她嘴角的笑意越来越深。

最后跟着于文走到小溪边，看到重新坐回到石块上，身穿麻衣孝服，背对着他们的男子时，楚玉禁不住长出了一口气。

凑巧，她赌对了。

事实上，在见识到孝服男子的武力之后，楚玉便萌生了一个大胆的联想。

武功高绝，远避尘世，纵然连萧别这样的士族公子也要礼待相求，这个身穿孝服，看不到脸孔的人，会不会就是他们要找的那位沧海客？

自然，楚玉不认为自己的运气会好得随便走走就能碰上想要见的人，但仔细想来，似乎这巧合之中，又有着必然。于文将他们带到江陵城附近等待消息，那人应该就住在江陵城内外，如此，才方便通传和求见。

容止当初嘱咐楚玉时，并未说真正的名字，而是以“沧海客”三字唤之，说明那人对外的称号便是这个。这种带着点儿出世意味的称呼，也大概可以推测沧海客是隐士一类的人物。

江陵城附近隐藏了多少隐士，楚玉不知，她甚至无法确定那身穿孝服，平易中带着点儿惫懒无赖的男子是不是她要找的人，只是在那一瞬间，她脑海里奇异地将眼前人和一个虚幻的名字联系在了一起。

因此，楚玉才会故意在离去之前，状似无意地说出要等于文找人的消息。她说的话表面上看起来并无多少异样，但只有真正的局内人才能明白。倘若孝服男子便是沧海客，他定能听明白她话中的意思。若非如她所想，那么她说了和没说一样，不会有什么损失。

她此番孤身前来，也是冒着一点儿风险的。按照越捷飞之前对于家的分析，倘若于文有什么歹意，她只有受死的份儿。所幸于文并未欺她，更幸运的是，孝服男子真是她要找的人。

纵然这场会面是楚玉自个儿设计引发的，但看到孝服男子的背影时，楚玉还是立即发出了惊叹的声音：“啊，是你？”连同表情也变得十分惊讶。

于文诧异道：“阁下认识沧海客？”话刚出口，即觉不对：倘若认识，又何须他来通传？又何须等待这十日光景？

楚玉低声说今日出来游玩时偶然见过，简单地解释了于文的疑惑，才郑重地朝沧海客一揖：“在下于楚，想不到阁下便是沧海客，上次相逢，冒犯之处，还请见谅。”

那穿着孝服的沧海客却没有回答她，只吩咐于文道：“你且先退开，我有话要与这位单独说。”

于文行了一礼，旋即朝林外退去，没做半刻停留。

过了好一会儿，大约是确定于文已经退到无法听到他们说话的地方了，楚玉才听见沧海客没好气的声音：“得了，小姑娘，你也不必装出一副无比吃惊的模样，你上次离开之前，故意说的那两句话，就是冲着我说的，你当我听不出来吗？”

不管是她的心思，还是她的性别，都在几句话间被拆穿。

这一下，楚玉是真的吃惊了。

既然被人看破，楚玉也不必继续演戏。她有点儿不好意思地摸摸鼻子，走上前几步，站在了沧海客的身后：“请问，我扮男装哪里有破绽吗？怎么你看都不看便认出来了？”她的音线本偏低，刻意压抑之下，更加肖似少年的声音。她来自二十一世纪，走路都是大步走的，动作上也学不来古代女子的婉约，这也是她经常扮成男装的缘故，一来是为了外出方便，二来则是因为穿女装时，必须小心注意自己的行止。

再者，本朝男子以阴柔为美，比如柳色之流甚至比她还柔，在这个追求美色的环境里，若非是眼光非常毒辣的人，一般不会这么快就认出来她是女子。

沧海客依旧没回头，他晃了晃渔竿，慢慢地道：“我不是看出来，而是听出来的。不论你外貌装扮得如何肖似男子，但你的呼吸韵律、脚步轻重，乃至言语动作之间，依旧脱不去女子的痕迹，光是听着你走路的风声，我便能判明你的骨架形状。”

纵然是武侠小说里的听声辨形，也莫过于此吧？

楚玉还在心中惊叹，又听那沧海客不紧不慢地道：“你要找我，我已经听于家小子说了……你跟容止是什么关系？”他的声音并不苍老，但叫起小子小姑娘却毫不客气。

容止？

于文一直称容止叫作于容，而她也从未在于文面前提过容止这个名字，那么看起来，容止似乎是他真实的名字了？

楚玉微微怔了怔，随即有一点儿高兴，但转眼间，她又为难起来：什么关系？她和容止是什么关系？

第八十六章　闲散世外人

公主与面首？

猜疑与被猜疑人？

报恩者与施恩者？

朋友？

楚玉凝望着溪水，只见水面平静缓慢地流淌着，偶尔带起小小的漩涡。百转千回之间，她微微一笑，轻轻地舒一口气，坦然道：“我喜欢他。”

就这么复杂。

就这么简单。

不知从什么时候开始的，不管她承认与不承认，甚至也不论她曾经如何竭力抵抗逃避，到了现在，已是她无法否认的事实。看到他，她心头便会荡漾起柔软的温情，那个外貌幽雅柔软，心思深沉狠戾的少年，已经深深地刻在了她的脑海里，如何都不能抹去。

奇怪的是，这在别人面前说不出来的话，在这个人面前，自然而然地便脱口而出了。

沧海客嗤笑一声：“你知道他多少，便喜欢上他了？”

楚玉笑眯眯地接道：“就是不晓得，所以才要向你请教啊，你既然与他相熟，便告诉我吧。”

大概是没见过这样给三分颜色就毫不客气开染坊的女子，曾经顺当地噎过萧别的沧海客也被噎了一下，好一会儿才嘟囔道：“知道也不告诉你。”

楚玉笑了出来。

她感到全身一阵轻松，现在站着显得拘谨了，她便在附近找了块泥土少些的地方，自在随意地坐下。

沧海客身上有一种随意散漫的气息，言谈之间让人不由自主地放松。第一次初见时的戒备，到现在才不过短短半日的光景，楚玉却在这个连真实姓名都不知，并且连外貌也没让她看到一角的人面前，完全放下了戒备。

这种感觉，与王意之有点儿像，但不同于王意之身为贵家公子，纵然随意，身上也带着令人无法忽视的尊贵华光。沧海客的散漫，更像是山野之中肆无忌惮生长的草木，因为平淡，而更加容易亲近。

先前楚玉因位置角度限制，没看清楚石后另一面的情形，现在从后方看，才瞧见沧海客身下那块石头边上，放着一只竹篾编织而就的鱼篓，鱼篓中的小鱼看上去数量不少。

假如除去他身上怪异的孝服，楚玉几乎要把他当成一个专业渔夫了。

“言归正传，你想方设法找到我，究竟有什么事？”沧海客手腕一抖，拉起渔竿，十分娴熟地摘下鱼钩上的小鱼，扔进鱼篓中，又再一次将鱼钩甩入溪水里。

说到正事，楚玉也微微收敛了笑意，思索片刻，斟酌着道：“我此次前来，是受容止所托。”

楚玉并未拿出容止交付的信物，而是编造了一个谎话。

她谎称容止现在受困于马贼，而她受容止嘱托前来找他，希望沧海客出手救人。

这话一半真一半假，容止受困这一部分是真，托她前来求救这部分则是假。

这个谎话，楚玉在路上，便已起了念头，只是那时候不能确定沧海客是什么人，没有深入打算。但一想容止既然肯将重要信物托付给他，想必这个人应该是站在容止那边的，倘若以容止的名义向他求助，估摸他应该不会拒绝。

越捷飞那个层次的武力，已经算是一流水准，鹤绝虽然高出他一筹，却并未高得太离谱，还是在可望其项背的范围。但先前回去的路上，她装作漫不经心的样子，问越捷飞孝服男子的武艺高到什么程度，看到的是越捷飞瞬间变白了的脸色。

之后过了许久，越捷飞才慢慢地说出，他完全看不透沧海客的深浅，但以他的见识而论，世间应该没人比他更强了。

这样强大的一个人，假如愿意出手相助，那么无论如何，对援救容止是有帮助的。

骗沧海客出手的念头，是在猜测孝服男子便是沧海客的同时产生的。来时的路上，楚玉已经将这个谎言默念许多次，正式说出来时，她的叙述条理清晰，呼吸心跳与平常一般无二，就连她自己，也几乎以为这是真话了。

可沧海客听了她的话，沉默半晌，才慢慢地，还是那么懒散平和地道：“假的。”

见鬼了！

怎么她两次扯谎都被此人识破？

正要悻悻地承认，楚玉忽然想起沧海客也许是故意诓骗套话，声音瞬间转为义正词严，继续睁眼说瞎话：“若不是要求你相救容止，我何苦辛辛苦苦找来？阁下未免太过自以为是了。”

沧海客不为所动，他的身体好像凝固在了石上，唯有发出的声音证明他是活人：“半真半假，你求我救人是真，容止托你而来是假。”

她骗人的技巧不会这么差吧？

楚玉有点儿郁闷，但还是决定垂死挣扎一下：“假如不是容止托我而来，我又是如何知道该通过于文来找你？”

沧海客哈哈一笑：“小姑娘，你不服气吗？那我便说与你听。”

“容止嘱托了你一件事，让你前来找我，可却不是去救他，但你因着自己的私心，自作主张改了主意，想唬我前去救他。”沧海客的声音里带着爽朗的笑意，“你说是也不是？”

他的声音本来便不怎么苍老，这么一笑起来，更显得年轻而有力。长笑声使竹林中发出一阵颤动，许多飞鸟惊起，展翅飞向空中，水中的小鱼也纷纷逃散开去，激起细小的水花。

他寥寥几句，点明前后因果，居然一丝不差，若非其中细节较为含糊，楚玉简直要怀疑，他是否有看透他人心理的特异功能。

先前见沧海客武力惊人，楚玉便犯了经验主义的错误，所见的阿蛮、花错、越捷飞，就算是行事狠辣的鹤绝，都是心思较为单纯的人，她便下意识地认为武功高明者，脑袋便会相对地退化一些。可这一条在沧海客面前却被彻底推翻。

先是她以言语勾引被对方轻易看透，并顺势将她引来，再来便是自以为还算过得去的谎言一戳便穿，四肢发达、头脑简单在沧海客身上完全不成立。强大的武力之外，他还拥有清晰的思路。

简直是变态。

在心里暗暗腹诽着，楚玉叹了口气，不得已只有承认：“你说得不错，请你去救他，是我自作主张……实在对不住。”

谎话被揭穿，照理说无以为继了，楚玉却不甘心就此离去。既然被拆穿，那便明着恳求吧。她才要开口，却又听沧海客道：“你可知道，为什么我知道你所言非实？”

楚玉一怔，随即点头道：“愿闻其详。”就算骗不过，吸取一下经验教训总是好的，也可戒骄戒躁再接再厉。

“他不是个好人，这个，你知道吧？”沧海客并未直接点出她哪里做得不够完善，而是先问了一个看起来并不相干的问题。

心头泛起一丝涩意，楚玉缓缓地点了点头，轻声道：“他对别人狠，对自己也狠。”她话音未落，沧海客忽然一把扯下了他的斗篷，在楚玉惊讶的目光中转过来。直到这个时候，楚玉才算见到了他的容貌。

他没有梳发髻，长发用一根细绳束在脑后，额前两旁的发丝松松地散落在脸侧，不凌乱，却很懒散。相比起那强大的武力和仿佛能看透人心的智慧，此时他展露在楚玉面前的外貌，让她有些失望。

这并不是说沧海客相貌不佳，他看起来大约二十七八岁，容颜端正俊秀，嘴角浅笑自然可亲，但这样的相貌，并不像是一个绝世高手，也丝毫显不出来武人的气质。

换一身华服，他便是翩翩公子，长衫纶巾，便可似文弱书生，而他所具有的那种平易的气质，让人很难对他生出敌意来。

他只是江陵城外，无名溪边，一个闲散旷达的钓鱼人。

楚玉看了一会儿，才发觉沧海客面上不协调的地方。方才她只顾因为沧海客的外貌惊讶，却忽略了一处，那便是他的眼睛。相比起柔和平易的神情，他的眼睛似乎太冷漠，也太……缺少光彩了。

又盯着沧海客看了一会儿，那双眼睛仿佛没有焦距，投向没有尽头的远方……

楚玉倒抽一口气："你……"他看不见？

这个人，竟然是个盲人？

沧海客微微一笑，那双冷漠的、不协调的眼睛慢慢地合上："正如你所看到的，我是个瞎子。"

"这双眼睛，是容止弄瞎的。我并不是容止的好友，相反，我是他的仇人。倘若你想找我救他，那么，你找错人了。"他的声音很低缓，很平和，也清晰有力，每一个字都敲打在楚玉心上，不啻于雷声轰鸣。

"我是他的仇人……"当沧海客吐出这句话时，楚玉整个儿傻在当场。

她很想柔弱地玩一把眼前一黑晕倒，但奈何最近的营养良好，精神状态也上佳，遭受到这样的打击还稳稳当当地坐着，别说眼前一黑，连阴影都没见着半片。

倘若此时容止在她身边，她一定会忍不住扑上去咬他。

不带这么玩人的！

楚玉原本以为，容止既然在这个关头，愿意将贴身信物托付给沧海客，那么沧海客即便不是他的心腹手下，也是他的至交好友。

可她万万没有想到，他们之间的关系竟然是仇敌。

有临死之前把重要事物托付给仇敌的吗？他明明有那么多"鸡蛋"……呃，属下，干吗非得找仇人办事？愣了半晌，楚玉恨恨地一咬牙，在自己膝盖上用力捶了一下：那家伙的脑容量绝对是外星人级别的，她无法理解！

沧海客对她笑了笑，又从容地转过身去，继续钓鱼。这时候楚玉才注意到，他那鱼钩上没有鱼饵，只在有鱼儿从鱼钩附近游过时，动一下渔竿，牵动水中的铁钩，准确地钩上鱼鳃或鱼嘴等部位，随后将鱼扯上岸来。

与其说是钓鱼，不如说他在钩鱼。

尽管他目不能视，但有此精准的控制力和辨别力，依旧让人不能小觑。

又随意地钩上来一条鱼，沧海客甩手将其丢进竹篓里。他收获的鱼都不太大，最大的也不过两指宽，小的便只得一根手指粗细，但好几十条堆在一块，数量还是很可观的。

“只有在容止死后，恩怨一笔勾销，我才会答应他的嘱托。”沧海客晃一下鱼钩，“但只要他尚在人间，我便绝不会出手。”

楚玉一阵默然：确实是这样，容止当时所说的，是假如他两个月没有脱身，就当他已死，已然是交代后事的意思。他所托付的这个人，也言明只有在他死后，才会应承出手。

这看似不经意的托付，藏着这样的扣合玄机，一丝差错都出不得，如她这般自作主张，一下子便被拆穿识破。

沧海客也不再多说，任由楚玉自个儿在一旁沮丧。过了一会儿，他又钩起来一条鱼，奇怪道：“你怎的不走？我可是容止的仇人，你不怕我出手折磨你吗？”

楚玉瞥他一眼，嘴角飞起一抹笑：“原本是想跑的，但现在不想了。”最初听到沧海客自己承认与容止有仇，她惊愕之余，便下意识地想要逃走，怕这人因容止迁怒于她，可刹那间，她又改变了主意。

沧海客若是想对付她，早就对付了，又何苦心平气和地与她说这么多？

假如他有心，以他的武力，她根本没法子从这里逃走，既然横竖都是无用功，又为什么要去做？

纵然见识了沧海客的绝世武力，知道他拥有不凡的智慧，可楚玉就是没法子对他存有提防之心，反而觉得他好像是一个相处多年的好友，让人感觉舒适安心。

横竖都已是定局，不如坦然处之。

不过有件事，她还是想尽力试试。

楚玉想了想，兴致勃勃地建议道：“你不是跟容止有仇吗？像他这般默默无闻地在你看不到的角落死去，你会不会有些不甘心？”

沧海客笑了起来：“你接下来要说的，是否便是让我去找到容止，亲手杀之方解心头之恨？我去对付马贼，你便可尾随我而设法营救他？小姑娘，为了救情郎，你可真是不遗余力。”他偏不上当。

楚玉脸上一热，知道自己转动的这点儿心思逃不过对方明察秋毫，沧海客虽然目不能视，心中却宛如明镜般。尽管如此，她还是忍不住小声辩解道：“他不是我的情郎。”

原本只是为了辩解而辩解，可话说出口后她又忍不住有些黯然。

似是察觉到了她的情绪变化，沧海客慢慢地道：“我虽是容止的仇敌，不过他的能耐我素来是很佩服的。我之所以不找他报仇，一来是因为我自认技不如人，二来则是眼睛瞎了对我未必没有好处。我虽然看不见俗世万物，却能更清楚地看明白人心。小姑娘，我劝你一句，容止并非良人，如他这般，保不住什么时候便把你卖了，还是早早远离他为上。”

楚玉低头凝视着自己盘坐起来的双脚，这一路走来，鞋尖沾了不少泥土，还夹带少许落叶，地面上的凉意透过衣衫，渗入她的身体，让她更真切地感受到，这秋意的寒凉。

秋天来了，天渐渐变凉了。

楚玉在心里反复念了几遍小学课本里才会出现的简单文字，神情一会儿忧伤，一会儿愉悦，最后化作浅浅的笑意，平静地抚上眼角眉梢：“多谢阁下指教，我也该告辞了。”

沧海客转过身，从石头上跳下来。他弯腰拎起鱼篓，对楚玉笑道：“不吃了再走吗？我这些鱼，可是为了你才钓来这么多的。”

天色已微暮，此时正是晚饭时。

楚玉释然一笑，替他拿起放在一旁的钓竿，笑道：“那么，我便恭敬不如从命。”难得遇到如此妙人，她其实也想多交往一二，虽然隔着一个容止，可沧海客不在乎，楚玉也不在乎。

容止是容止，沧海客是沧海客，她楚玉是楚玉。不管是情是仇，互不干涉便好。

两人说说笑笑，宛如多年不见的好友一般，相携向竹林中走去。

而于文，犹在远处林外的马车边苦苦等待，他虽然好奇那神秘的沧海客与楚玉说了什么，但他也知道沧海客实力惊人，只要稍一靠近，便会被觉察到。

他看了看天色，皱着眉继续等待，心想，沧海客总不会要留人吃晚饭吧？

楚玉返回马车时，已是月上林梢，于文蹲在马车边数蚂蚁，闻见楚玉遍身的烤鱼香味，禁不住脸色黑了，暗道：早知如此，还不如先回去吃一顿再来接人。

不过在哪里吃晚饭和跟谁一起吃，实在是别人的自由，于文纵然满肚腹诽，也只能默默地认了。

马车往回行驶，经过画扇山时，楚玉往窗外看了一眼。只见夜色下，一轮皓月洒下清辉，山顶的轮廓当真宛如水墨画扇，悠远绮丽。

“原来画扇山要在夜里看才觉出好来。”楚玉侧过身子来，笑了笑，笑得于文莫名其妙。

第八十七章　鸡蛋碰石头

“我没有杀你……

“是你自己寻死……

“你别来找我……别来……

“不要过来啊……

“啊！”

刘子业一声惊叫，从床上弹坐起来。他神色惊慌，汗水不断地从他的脸上身上冒出，很快便浸湿了单薄的内衫。他大口大口地喘着粗气，过了好一会儿，空洞迷惘的眼神才渐渐对上了焦距。

他抬手擦拭额头上的汗水，心脏依旧在激烈地跳动着，脑海里不断回放梦中的情形，梦到粉黛一直瞪着他，伸出两只手一直掐他的脖子。

他还记得那日得知粉黛自杀的消息后，他去看了一眼粉黛的尸身。娇小少女的颈上被勒出黑紫色的瘀痕，生前水灵灵的大眼睛圆睁着，诉说着她的怨愤和不甘。

他怕被阿姐知道，就将粉黛宫中的宫女太监统统杀了陪葬，可不知为什么，粉黛的死讯还是没几天工夫便传遍宫廷内外，甚至听说好像传到市井去了。

怎么会这样？

刘子业焦躁又愤怒地想着，最近不知为什么，他好像越来越难以控制自己的情绪，时不时地便陷入易怒的暴躁之中，就连折磨宫女取乐，也不能让他焦虑的心情舒缓。

已经不是第一次梦见死去的粉黛，连着好几个晚上，她都在他的梦里纠缠，每次都让他在噩梦中惊醒。

要是阿姐在便好了，他烦躁地想着。翻身下床，刘子业光脚踩在地毯上，内衫松松垮垮地挂在身上。他掀开窗子望向外面，发现天际已微微发白。

轮廓变淡的圆月在天边挂着，显得有些白，刘子业皱起眉毛，想起楚玉是连夜离开建康的，神情禁不住阴沉起来。

他在屋里一有动静，外面守夜的太监便立即觉察了，连忙进屋来问皇帝有没有什么需要。刘子业原要挥手让他退下，但忽然又改了主意，让人侍候着穿上衣裳，便在宫中闲逛起来。

护卫远远地跟在他身后，保持了一段距离，不敢上前打扰。

刘子业走得很慢，没什么目标，只是漫无目的地走着。他穿着一身玄黑的衣衫，身上仿佛披了一层尚未散去的夜色，宽大的衣摆随风吹起，看上去就像无主的游魂。

转了几个宫室，心中的烦躁并不见减少，刘子业想起前些天说要杀三个皇叔，后来不知因为什么给忘了，让三个皇叔又多活了一些时日。少年皇帝意兴阑珊地想：不如今天去把那三人杀了算了。

他正要转去囚禁三王的地方，就在这时候，前面一队宫女拿着要清洗的衣物走过，见到皇帝在附近，连忙跪下来行礼。

刘子业眯起眼睛，目光掠过宫女队伍里一人，陡然定住了：那是个十六七岁的少女，娇小秀丽，一双眼睛大大的，镶嵌在巴掌大的小脸上，模样身姿竟然与粉黛有六七分相似。一下子，许多天以来的噩梦仿佛找到了源头。

他慢慢地伸出手来，指向不知发生了什么事的宫女，嘴唇轻轻开合，吐出来一个字：“杀。”那么轻描淡写地，好像拾起一片柔软的花瓣。

随后，瑰丽的血光便喷洒在浸染了一夜月色的地面上。

刘子业依旧眯着眼，他打了个哈欠，觉得心情轻快了不少，便转头往回走去，打算睡个安稳的回笼觉。

他一边走一边思忖，何戢应该到江陵了吧？要快点儿把阿姐接回来啊。他的心口有些发闷：阿姐总是喜欢东奔西跑，为什么她就不为了他想想，让他安下心呢？

楚玉凝视着手中的信，却没有拆开。信是桓远送来的。

虽然离开了建康，但她并未完全放松对建康的掌控。桓远每隔两天都会送来一封信，信上用的是他们约定的暗语，不知情的人就算拿到了也看不懂。

她于谋断一道并不擅长，但不代表她身边没有人擅长。不说远的容止，就是近的桓远，从压抑中被解放出来后，也终于展现出他自身的才华来。

他操纵着所负责的部门，一方面正常执行公务，另一方面，暗地里小心翼翼地执行楚玉所交代的事。

朝堂上的事，身在朝堂上的他自然更加敏感，有什么变化也能先一步觉察。但令楚玉讶异的是，刘子业虽然没有做一个好皇帝的才能，但想要自保似乎并不成问题，他以强有力的手腕和优厚的赏赐让几名带兵的主要将领站在他那一边，又以暴戾的手段令反对他的官员不敢稍有微词。

朝堂上漫延着一种恐怖森然的气氛，但这气氛并不会危害到刘子业。那个总是对她一脸依赖的少年，做起暴君来竟然意外的娴熟老练，根本不需要她如何动心思便掌控了皇宫，掌控了建康。

刘子业的身边，总是跟随着严密的保护，纵然是有心刺杀暗袭，得手的概率也十分低。

在这样的情形下，楚玉不知还有什么能伤到刘子业。以她看来，皇宫中唯一的变数，大约便是天如镜这个特殊的存在了。

可天如镜也说过，他不会亲自出手干预……

她要不要稍微提醒刘子业一些事情，让他早些做防范呢？虽然想不起来历史上刘子业被杀的全部过程，但少数细节她还是有印象的，倘若让刘子业避开某些事，在现在的局面下，或许能改变命运。

楚玉一边暗暗盘算着，一边撕开信封。才掀开封口火漆部分，楚玉便感觉不对劲，因为信封封口的方式是她预先与桓远商量好的，外表看起来没什么特别的，但在封口的一角会用一点掺杂了黑墨的火漆来做一个小标记。而她手上的这封信，却少了一直以来的标记。显然这封信被人动过手脚。

楚玉皱了下眉头，手顿了顿，取一块锦帕包住自己的手，取出信纸后摊放在案几上，观察了一会儿，没看出信纸上有什么玄机，便从袖中抽出一支银簪，慢慢地将折叠的信纸挑开。

信纸还没有完全展开，便滑出一张字条来，简简单单的四个字映入楚玉的眼帘：粉黛自尽。

突如其来的消息微微动摇了一下楚玉的心神，但她迅速将注意力收回来。

她继续用簪子展开信纸，信上的内容照旧是桓远所书，字迹是熟悉的，暗语也没什么错误。楚玉草草浏览一遍，没看出什么新玩意儿，只是在信末，流露出了隐约的不安。

具体什么事，桓远没写，楚玉便回头去看那张小小的字条。

不知信纸有没有问题，楚玉依旧拿银簪在其上轻轻勾画着，不肯上手。

这封信显然是被人动过手脚的，应该是有人偷取了这封信，拆开来塞了张字条进去，再重新封好，目的是让她瞧见这条消息。

这消息应该不是假的，倘若是谎言，只要她一回建康，便能明白。

对方的目的很明确，就是让她和刘子业之间生出嫌隙，楚玉纵然明知道这一点，但看着“粉黛自尽”这四个字，内心里还是一阵不舒服：粉黛自尽，她为什么自尽？

由小婢女变成皇帝的妃子，锦衣玉食不再需要辛苦干活，她私底下问过桓远，对于入宫这件事，似乎是粉黛刻意引诱促成的，并不是刘子业强抢民女，也谈不上什么被迫失身。

虽然粉黛勾引了刘子业，但楚玉并未因此讨厌她，每个人都有自己的目的和理由，她想通过这条道过上好日子，也属人之常情。

只不过，粉黛出身贫寒，曾经是吃过不少苦的，入宫之后，即便受什么委屈，她也不该像那些娇滴滴的千金小姐一般经受不住，那么究竟是什么才造成了她自寻短见呢？

要么，就是刘子业虐待得太狠了；要么，就是有心人干掉粉黛，伪装成自杀的假象，并向外传播。

不管是哪一种，楚玉心里都不太舒服。仔细回想那日见粉黛的情形，楚玉想起一些她所忽视的细节。那日粉黛前来见她，打扮得似乎太过隆重了，简直就像是特意显示自己过得很好一般，如此想来，前一种的可能性比较大，当然也不排除后一种。

眼下的问题是她的态度。楚玉的眼睫微微扇动，如蝴蝶的翅膀。沉静良久，她小心地将字条和信纸重新塞回开了口的信封中，仔细收好。

她从沧海客处归来时已是子夜时分，若非于文与城门守卫有些交情，只怕他们连城都进不了，只能在外面过夜。回来后她便收到了这封送来的信。

从窗口朝外看，明月挂天际，清辉洒落，地上宛若铺了一层薄薄的银霜。

天空墨色沉沉，屋内烛火微微跳动，将女子身影映在窗纸上，楚玉偏头凝视着这跳动的烛火，脑中一片空茫。过了好一会儿，奔波了一天的疲惫终于袭上来，她打了个哈欠，便返身入内屋。正待解衣上床，忽然听见外间有人敲门："公子，花公子醒了。"

楚玉一个错愕，倦意顿时一扫而空，便急忙朝外走去。站在花错床前，楚玉定定地望了一会儿躺在床上的人，白天，大夫说花错的伤势并无大碍，养养便能好。现在看花错已醒来，她便安心了不少。

楚玉抬手揉了揉眉心，命左右退下，目光里含着恳切的歉意："都是我考虑不周，让你去跟踪于文，也怪我出来匆忙，人手不够……是不是于文做的？怎么弄成这样？"

没料到楚玉进门来对他说的第一句话竟是先自我批评，花错有些吃惊，原本心中小小的怨气顿时消散。他从前因着容止，对楚玉颇有成见，可这些天相处下来，他心中疑惑渐生，有时候忍不住想公主也并非他原本所以为的那般不堪，此时半夜里楚玉还赶来看他，衣装神情似是还未入睡，又有些感激。

他自然不可能知道，楚玉是才吃饱了，野炊夜游归来，正准备上床，听到他醒来，顺便过来看的，绝不是他所想象的因忧虑他的伤势不愿入睡。

回想一下自己昏迷前的事，花错苦笑一声，道："这跟于文倒是没有干系，是我招惹上了不该招惹的人。"

他从头慢慢说来，楚玉才知道原委。原来花错受楚玉委派后，大早晨便守在于家附近，见于文出来，便在马车后远远跟着，出城后跟到一片竹林里，便看到于文在溪边跟个穿着孝服正在垂钓的人说话。他站得远，听不太清二人说什么，只见孝服男子挥了挥手，于文便苦恼地原路返回。

他估计那人便是楚玉要找的沧海客，就打着容止的名义上前说话，希望他能救出容止。不料两句话间，那连脸孔都没露出来的沧海客长笑一声，毫无预警地对他出了手。

渔竿表面上像是竹子所制，动起手来才显出其坚硬，渔竿细部顶端像利剑一般划过他胸前，还没等他看清楚，那人便来到他身前，给了他重重的一拳。花错自知不敌，深感对方恐怖，只好逃走，一直支撑着逃回来才晕倒。

花错含糊带过了他如何对沧海客说话的那部分，但楚玉经过今日，已经知道沧海客并不是一个好战的人。推算起来，应该是花错误以为沧海客是容止的部下，上前说话时便不太客气，因他担忧容止安危，失去了分寸，才惹得沧海客出手教训。

虽然眼前局面尚未解开，但楚玉依然有些想笑：花错误以为沧海客是跟他一样的“鸡蛋”，便拿自己去碰，结果对方其实是伪装成鸡蛋的石头。

好生安慰花错一番，楚玉才回房睡觉。没睡多久，她又被外面的声音吵醒，似乎是有人在争执。穿上衣衫，出门去看，见原本清静的宅子被士兵里三层外三层地包围着，而她带来的护卫守着门口，正与对方僵持着。

见楚玉过来，护卫彼此看了看，便朝左右让开，楚玉这才看清楚了站在门口的人——何戢！

目光甫一对上，楚玉便不由得怔住。

他站在门前，长身玉立，风度翩翩，俊美的脸上带着一点儿恶意的笑容。而他的身后，是黑压压的军士。

“公主，”他清晰地道，“陛下命我接你回去。”

“公主，请回吧。”他用的是“请”字，但看这个架势，倘若她不吃敬酒，便要让她吃罚酒了。

楚玉平静地看着何戢，这个她曾经暗暗注意过，却因其人行事太过低调被她不知不觉间忽视的男子，在这个时候，露出了他的獠牙利爪。

他的眼里闪烁着怨毒的快意，想必这一天他已等了许久。

楚玉微微一笑：“好。”她自然不会拒绝，现在拒绝，无异于鸡蛋碰石头。虽然她不会像花错那般受伤，但总归面子上不会太好看。

总归是要回去的，那么就风风光光地被接回去好了。原本还想在江陵多留几天，做些别的打算，当下，只得暂时放下。

主意拿定，楚玉笑吟吟地走上前，在何戢微微惊愕的目光中，握住了他的手，十分温柔深情地望着他："本公主正在思念驸马，驸马便来了，实在是意外之喜。我们一同回去，路上也好倾诉别情。"

虽然何戢脸色如常，但楚玉敏锐地感到，一瞬间，他的手变得僵硬无比。

她笑意转冷，不客气地盯着他：很好，她不快活，他也休想开心。

第八十八章　故人心意变

来时悄悄的，回去时却如此大张旗鼓。

与两千军士同行，前后左右都是人，楚玉苦笑一下，越过何戢，上了早已备好的华丽马车。

马车驶出江陵城的那一刻，楚玉坐在车中，回头望一眼即将远离的城市，这座城市她只留了十几日，连全貌也未得尽窥。

江陵依旧是江陵，这座古城从前是这样伫立着，今后依然如此。但楚玉不再是来时的于楚。她没有向于文辞别，就算之前于文不知她的身份，眼下闹出这么大动静，也必定尽人皆知了。

马车厢内，花错躺在一侧，阿蛮与流桑坐在楚玉身边，这两人虽是一个大天真一个小天真，但都看得出来楚玉眼下的心情不大好。

楚玉自从上车后，一直沉默着。

纵然故意作弄了一下何戢，但这样如同遭押解一样被迫离开，她心中总是有些不快，这说明了一件事：何戢本身并没兵权，否则他早就使用了，何戢能带着军队来押解她，一定是得到了刘子业的允准和支持。

一个月的断层里，她只知道自己发生了改变，却忽略了别人也在改变着，比如桓远，比如刘子业。

桓远露出了他自身的锋芒，从前的压抑自卑变成现在的圆融稳重，可以将一切都放心交给他。若非信任桓远，她也不会在这样紧要的关头离开建康，并且在见过沧海客后也不着急回去；而刘子业，这个在她印象里总是赖着向她撒娇的少年，此时也开始与她离心，不再一切由着她，并且巧妙地起用了对她心怀怨恨的何戢。

变化的人，不仅仅是她啊，楚玉一脸冷漠地想着。她将自己从局中抽离出来，好像灵魂飘飞到上空，静静地俯视地面，虽然这对于解决问题并无多大帮助，但却能让她的心情平复下来。

想明白这些，楚玉绽出微笑，朝阿蛮和流桑招招手：“来，我教你们一个打发时间的游戏。”

她手腕一翻，掌心握着一副纸牌，这是十日来她闲着没事做的，用硬纸和笔墨就做好了，虽然简陋粗糙，但只要能玩就好。

头两日只是三人玩牌，到了第三日，花错伤势好了些，也爬起来加入了战团。纵然外面威武森严，可在舒适华丽的马车中，却是另一片小小的欢快天地。

行了几日，楚玉便又呼吸到了建康的空气，与江陵的放松不同，这里的空气是尖锐而紧绷的。其实空气是一样的，只是她的心情大不相同。

景物依旧，人心易变。莫说是她，任何人都一样。

回到熟悉的公主府，楚玉转脸对走在她身后的何戢一笑：“本公主想要进宫面见陛下，驸马总不会不允准吧？”

两人这一路上都不曾交谈，楚玉忽然说话，让何戢一愣，他有些弄不清楚这女子的心思，倘若换了从前的公主，被如此形同押解地回来，定会视为奇耻大辱，深深痛恨他的。可这些日子来，他偶尔偷瞧楚玉，却见她一派从容，怡然自得，仿佛自己真的只是单纯地接她回府，没有半丝强迫的意思。

楚玉平静地望着何戢，她并不是真正的公主，没有那种以己为尊的意识，虽然被迫离开让她有些不舒服，但也不过是片刻工夫，不能改变的就接受，在有限的范围内，让自己的心情好一些。

发觉自己出神了一会儿，何戢心中又有些恼怒，他让自己的声音尽可能听起来充满嘲弄和冰冷：“可以，但须得我陪同前往。”

楚玉轻笑一下：“无妨。请驸马稍待片刻，我去换身衣衫。”

听她用了个“请”字，何戢又是一惊，但没等他多想，楚玉便已经快步离开。

楚玉走到东西上阁交界处，见桓远抱着双臂等在那里。一见楚玉，桓远俊美的脸上即浮现歉意，上前两步道：“公主，桓远无能，近日一直被软禁于此。”他最后一次给楚玉送出信后，第二日便发现公主府被包围了，外苑中换了一批人控制住了公主府，而他也被告知禁足于此。

楚玉叹口气，拍拍他的肩膀道：“这不怪你，我也没想到。他们有心算计，兼之势力雄厚，我们怎么都玩不过的。”

只是她现在想知道，为什么刘子业忽然改变了对她的态度。

楚玉想了想，拉桓远走到一旁，仔细问了一些事。

桓远的手被楚玉拉着，虽然还有一半心神清醒地回答楚玉的问话，另一半却飘忽起来，纵然他现在已能独当一面，可面对眼前的人，他总是会感到有些拘谨和不自在。

楚玉拉着桓远，只是无意识的行为。桓远感到那只手温软细腻，骨肉匀停。他这些日子来也算见识了些世面，与达官显贵交往，也曾见人召歌姬陪伴，却并未如何动念，却在此时，因为握着他的一只手，生出了一点点儿绮丽的思绪。

桓远不是天如镜，他自然知道这意味着什么，心中大惊，甚至惊骇，却又不晓得该如何处置，连着那只手的半边身子也感觉不自在起来，却又不舍得挣脱开来，只任由楚玉说完后主动松开，才暗暗长出了一口气。

楚玉是在后花园见到刘子业的。彼时已是深秋，除了常青植物，花叶都已凋敝，光秃秃的枝干不复春夏的繁荣气象。

刘子业一身玄色衣衫，坐在临池的亭子边，低头凝视池水里游动的鱼。他看得专注认真，好像在鉴赏什么珍稀的宝物。可从楚玉的角度望去，却觉得这少年的身影单薄又寂寞。

纵然有侍卫就站在他身后，却仿佛唯有他一人站在无边无际的旷野里。

楚玉走上前去，在他身后站了一会儿，才低声道："陛下，天气凉，怎么不多加件衣服。"

刘子业仿佛没听到她说话，两只眼睛依旧直勾勾地望着水池。

皇帝在发呆，身为长公主的楚玉也只好在一旁呆呆地陪着。两人一站一坐，杵了不知多久，就在楚玉困顿不堪时，刘子业终于停止了鉴赏池鱼的行为艺术，侧过身子，开口道："阿姐，你要离开我吗？"

楚玉悚然一惊，这才对上刘子业的目光。只见这少年狭长的眼睛阴冷森然，深处翻卷着不安定的暴虐，以往相见时的温情好似被藏起来了一般。

楚玉有些受到惊吓，不光是因为少年皇帝的眼神，也因为他所说的话不偏不倚地正说中了她最近考量的事：虽然不清楚具体还有多少时间，但她有一种直觉，发生改变的那一天已经一步一步在逼近。纵然表面上依旧看不出端倪，但有备无患，楚玉已经开始命令桓远暗中联络从前发派出去用以构造狡兔三窟的人手，并准备逃离的路线。

倘若建康发生变故，她可以立即逃走。

强压下不妙的预感，楚玉跨上前一步，抬手扶住刘子业的手臂，试图让他平静下来："陛下，我怎么会离开你呢？"

她入宫之前，特地换了衣衫，取了熏香用的香料。她知道这香味对刘子业的影响，会让他紧绷的神经放松，也较容易听进她的话。

可不知为什么，今天这一招并未收到同样的效果。刘子业的神情不但没放松，相反在听见楚玉回答的那一刻，瞬间变得阴冷起来。他脸上微现扭曲狰狞之色，显得十分可怕。楚玉忍不住后退了半步，而这半步更加刺激了刘子业，让他目中射出仇恨的光芒：“阿姐，你说谎。”

他慢慢地说，每一个字都好像切齿咬碎了才吐出来一般：“阿姐，你骗我。”他一把抓住楚玉的肩膀，痛苦又痛恨地看着她。暴虐的少年皇帝从来都不是受了委屈便默默忍受的角色，他受的委屈，会从别人的不幸里讨回来。

刘子业的手劲出乎意料的大，好像钢铁一样钳着楚玉的肩膀。她忍不住吃痛地叫出声来：“好痛！陛下，你这是做什么？”

但刘子业没有放开她，他只是阴冷地盯着她，目光冰冷，好像毒蛇盯着自己的猎物。过了好一会儿，他一只手依旧紧扣着楚玉的肩膀，另一只手从身旁取了一沓纸交给她：“你看吧。”

那沓纸原本就放在他身边，楚玉以为是奏折什么的东西，便没细看。此时一瞥之下，竟然手脚冰凉，无法伸出手去接：那是一沓大约一寸厚的纸，纸张大小不太一样，颜色也有差异，有的已经有些陈旧，有的却是崭新的，最上面露出来的部分印着官印。

刘子业也不管她有没有接住，递出去后便松开手来，一张张纸零落地飘散在地面上，偶尔有风吹过，一页一页翻起来。

这些纸张都是……地契。散布在各地的，以各种名义、名目、身份取得的合法拥有房屋的居住证明。是楚玉所准备的狡兔三窟，留着今后做退路用的，现在却全都在刘子业的手上。

这些，是怎么被发现的？她一直做得很隐蔽很小心，怎么也不应该让他觉察才对啊！

刘子业见楚玉迟迟不语，更为恼怒，手上一用劲，几乎要将她的肩膀生生掐断：“你有什么可说的？”假如楚玉对他承认倒也罢了，他可以既往不咎，当她一时好玩，偏偏方才楚玉对他说谎，这一再的欺骗隐瞒让他无法容忍。

楚玉吃痛地回过神来，勉强露出若无其事的微笑：“没什么可说的，陛下不相信我，就是这么简单。陛下若是信我，那么看见什么都不会疑我。陛下不信，几张纸便能令你我离心。”

虽然尚不清楚缘由，但楚玉此刻明白，刘子业已经对她生出了嫌隙。这裂缝一时之间难以弥补，恐怕今后都难以修复，现在她唯一能做的便是尽量不显出自己理亏，让刘子业无从疑起。

刘子业冷笑道：“你在外暗设私宅的事情，是天如镜告诉朕的。这些地契，是宗越带人去搜来的。天如镜身为天师，乃是方外之人，难道会与你有什么私人仇怨不成？”

呃，天如镜出手了？听到这个消息，楚玉比方才看到地契时还要惊讶，一时间不能思考，怔在原地。那家伙不是说不会出手干预的吗，怎么出尔反尔？

她的出神看在刘子业眼中，正是被说中不能反驳的表现。刘子业心中痛苦，情绪更为暴躁，伸手将楚玉一推，楚玉不及防备，脚下不稳，摔在地上，手掌蹭过不甚平整的石面，顿时一阵火辣的刺痛传来。

这是刘子业第一次对她动粗。

刘子业脸部扭曲，他的双手在身侧紧握成拳，像是在极力控制自己，将无形的绳索加诸己身。倘若那绳索一旦崩断，他便会忍不住冲上来对楚玉施展暴力："你给我滚，现在便走！不要让我再瞧见你。"

楚玉咬着牙关慢慢站起来，见刘子业现在情绪激动，难以沟通，便压下辩解的念头，转身往外走去。临出花园门时，她想起一事，停下脚步，问道："陛下，我尚有一事请问，地契都在此处，那么那些人又在何方？"她派出去替她准备狡兔三窟的人呢？

刘子业瞪着她，冷冷地从牙缝里迸出两个字，映着嘴角血腥的狰狞："杀了。"他让宗越都杀了，一个都没留。

楚玉心中抽痛，没再说话，也不再停留。

目送楚玉的身影消失在墙后，刘子业呆了良久，直到扭曲的脸逐渐平复，才陡然如梦初醒：他方才做了什么，他竟然对阿姐发怒了？

他的目光停在一处石质地面，见上面有些许微红，脑中一片混乱：他甚至还将她推在地上，让她受了伤！

原本不是想着要好好地跟阿姐说的吗？怎么没几句话他便被怒火冲昏了头脑？

从前在阿姐身边时，他并不会发怒的啊！

他做的这些，在原本亲密不可分的两人之间，划下了一道不可修复的伤痕。

刘子业痛苦地抱住头：原本是那么亲密和依赖的人……他们之间，怎么会变成这样？

第八十九章　四面楚歌声

走在楚玉前面的，是刘子业最宠幸的太监华愿儿，走在楚玉后方的，则是四个皇宫侍卫。这五人是在宫门口迎接她的，将她一路送到刘子业面前，此时又将她一路护送出宫外。说是护送，倒不如说是怕她跑掉的监视者。

楚玉心中冷笑，她一不能飞天，二不能遁地，在守卫森严的皇宫里，她哪有可能逃走？

距离宫门还有一半时，楚玉忽然停下脚步，转身望向左侧远方，只见一抹紫色的身影遥遥伫立，正是天如镜。楚玉望着天如镜，天如镜也看着她，目光定定地胶着在一起。楚玉眼望着天如镜，对前面跟着停下来的华愿儿淡淡地道："停下，本公主与天师大人有事要商谈。"

华愿儿皱了皱眉，变了调的尖厉嗓子慢吞吞地道："长公主殿下，陛下让我们送你出宫，你看……"

他的语气毫无恭敬之意，从前楚玉为刘子业亲近之时，宫中有谁敢有半分不敬？眼下不过片刻工夫，一个太监也能给她脸色看了。

楚玉冷冰冰地瞥了华愿儿一眼，面上浅笑道："见风转舵也是要讲技巧的，今天风往南吹，难保某日不会再往北吹，你若是能保证一辈子风向不变，本公主也算佩服你了。"言下之意便是威胁华愿儿，她现在虽然一时失势，可将来未必没有翻盘的机会。倘若他日她得势了，必然会对在失势时落井下石的人加以报复。

华愿儿一个激灵，懂了楚玉的意思，顿时便换了一张笑脸，而楚玉也如愿地能与天如镜单独对话，让四个半男人退得远远的。

荒废冷宫的花园里，到处都是杂草乱木，巧的是，这儿正是他们头一次单独说话，且让楚玉见识了手环的防御功能的地方。

看华愿儿等人退远了，楚玉才转向天如镜，微笑道：“天师大人，好久不见。”

天如镜抿了抿嘴，有点儿不太自然地，认真回了她这句仅仅作为开场白的话：“好久不见。”

楚玉古怪地看着天如镜，好一会儿才道：“假如不是知道你有很强大的自保能力，我简直要怀疑你被人宰掉偷换了，你从前可不是会打招呼的人啊。”

不得不说这样的天如镜多了一点儿人情味儿，当然，这人情味儿对她没什么用，楚玉沉着脸想。

天如镜并不是一个喜欢说闲话的人，楚玉找他说话，也不是叙旧的。片刻沉默后，楚玉便直接说出了自己的质问：“陛下告诉我，我在各地置房的事，是你说出来的，是不是这样？”

纵然知道刘子业没什么理由欺骗她，但楚玉还是觉得有些难以置信。

天如镜不染尘埃的清秀面孔上，神情沉静空灵。过了好一会儿，他轻启嘴唇：“是。”

是他做的，他承认了。

楚玉的愤怒一瞬间爆发出来，她并未失态大吼，但她的神情比大吼更愤怒，也更冰冷尖锐：“好个天如镜，你好……你当初是怎么说的？你说我不能改变朝代的更替，所以不会出手阻止我什么，可你现在又在做什么？表面一副无辜不管事的样子，最后却在背地里做这种勾当！”

她并不是因为刘子业与她离心而愤怒，也不是因为失去了各地的狡兔之窟，她心痛的是那些曾与她做出约定，替她照看各地宅院的人。

这些人中，有府内得力的人，也有她故意问刘子业要来的官员。她给他们做出美好的承诺，引诱他们帮她做事，有的人甚至将一家都搬迁到了购置的宅院中，现在那些人都死在宗越的刀剑之下了。

她见识过宗越的狠毒，连几个小孩子都能下得了手的魔王将军，没道理放过那些本来便是刘子业要杀之人的家人。

粗略算了一下数量，因为这件事而死的，至少超过上百人，而这上百人，都是因她而死！

而这一切的起源，皆因天如镜轻巧的一句话。

天如镜看着她，张口欲说，楚玉却忽然伸出手挡了一下：“等等，你先不要说话，我现在听着你的声音心烦。”

她咬紧嘴唇，竭力克制住自己的情绪。楚玉现在好像有了点儿方才刘子业的感受，倘若不压抑住暴戾的情绪，便会忍不住冲上去殴打天如镜，但天如镜不是她凭一己之力能伤害的，她能克制住的也只有她自己了。

楚玉渐渐平静下来后，神情缓和了少许，虽然胸中依旧梗着怒火，但至少能维持表面的平静："你说吧，为什么要这么做？出尔反尔是很光彩的事吗？"

不管之前她做了什么，天如镜一直没有出手干涉。可他一动作，便是雷霆之击，首先断了她的后路，其次毁了她不少可用之人。最重要的是，他令刘子业对她生出了嫌隙，使两人之间的裂痕难以修补。

纵然粉黛那件事是假的，但此时的一百多条人命却是千真万确，如何都不能抹杀的。现在纵然是刘子业想要与她和好，她心中也不愿意了。

相较于楚玉的愤怒、不平与自责，天如镜的心情却十分单纯简单。他仔细地看着楚玉，觉得她比前些日子瘦了一些，却绽出一种无法忽视的光彩，好像不经磨砺便不会显出美丽的宝石。

此时她站在他面前，就在伸手可及的地方，只要朝前探出，便能触到她温热的呼吸和柔软的肌肤，但他并未被这些扰乱，他的目光一如往常清澈纯净，接近无欲无求。缓缓张口，天如镜低声道："因为你不一样。"

她不一样，和世人不同。她好像是来自另外一个奇异的地方，知道许多不该知道的事，倘若是她，也许真的能从另外一个角度影响这个世界。

虽然大部分时候，他都仅仅作为一个旁观者看着朝代更迭兴衰，可他师父天如月在临死之前曾经交代过他，假如遇到认为危险的角色，不必顾虑太多，出手清除掉便是。

天如月所说的清除，自然是将人杀死。但楚玉是天书上有载的人，她的死亡应该与刘子业在一起。因此，天如镜能做的，便是斩除她的羽翼，让她什么都做不了。

他成功了，只需要静静等待，不出两个月，便能等到楚玉的"自然死亡"。

天如镜没有絮絮叨叨地解释，但楚玉已经明白了他的用意。

方才路上，华愿儿已经向她传达了刘子业的旨意，让她今后都待在公主府里，不得外出，也就是变相地软禁她。华丽的公主府居所变成了一个巨大的囚牢，也许将一直困她到死。

楚玉凝望着天如镜，她的愤怒逐渐消散，眼角聚起少许忧伤："要让我等死吗？让我被困在公主府中，一天天等待那一天的到来，然后被反叛者乱刀杀死吗？你要让我在临死之前，尽情地品尝死亡迫近的恐怖，随着时间推移一点点绝望吗？"

天如镜一怔，他原本只想着这样便能不违背天书，却忘了身为必死之人楚玉的感受。一时间不知该如何解释，他看见楚玉清丽姣好的脸上露出凄凉的惨笑："竟然要我眼睁睁看着死期逼近……天如镜，你真残忍，你这么做，比直接杀死我，更多十倍的残忍。"

楚玉走出皇宫时，身前身后除了华愿儿和四个卫兵，与她并肩而行的，是方才私下谈了许久的天如镜。

两人肩膀之间虽然仅有一尺距离，却好像隔着一条不可跨越的鸿沟。

楚玉神情冷漠，方才的痛苦和伤心，都好似被掩盖在了这冷漠之下。走到门口，华愿儿看一眼外面等待着的何戢和一班护卫，停下脚步："公主，小人便送到这里，陛下想必也只是一时恼怒，很快便会想明白的。"因为顾忌着楚玉方才的话，华愿儿的态度好了许多，横竖说好话不花钱，便随口多说两句吧。

楚玉嘴角扯了扯，也没说话，便径直朝外走去。天如镜也是要出宫，便与她一道朝外走，但走了几步，两人便要一个向左，一个向右。

楚玉自然是毫不迟疑地转向，却意外地听见身后天如镜幽幽的声音："对不住。"

楚玉冷笑一声："你也会觉得对不住吗？"做都已经做了，现在道歉又有什么用。

见楚玉停下脚步，却不回头，天如镜知道她心中对他恼恨到了极点，但他并不奢求楚玉能原谅他，他只说出心中要说的那句话："这是我的职责。"

维护数代以前便传承下来的天书所记载的朝代更迭，天命所归，这是一种沉重的责任，他既然继承了神物，便必须这么做。

也许在楚玉眼中，这天书宛如儿戏一般，可天如镜从小建立的观念，便是万事遵从天书，这是屹立在他心中不可动摇的信仰。

他不能伸手救楚玉，甚至反而要往黄泉路上推她一把，即便他心里多么喜欢她，也绝不能忘记自己肩负的职责。纵然偶尔会难过得不知该如何呼吸，也不能阻止他的决心。心智单纯的人，一旦决定坚持做某件事，便会比石头更执拗。

楚玉听了天如镜的话，神情动了动，却没有回头去看他，只继续朝何戢所率领护卫包围的马车走去。马车边还站着越捷飞，虽然在这个"护送"阵容之下，越捷飞已经没什么用处。

楚玉看了越捷飞一眼，嘴角溢出冷笑："你也是尽忠职守吗？做得真好。"

越捷飞一怔，面上随即浮现出愧色。楚玉不再看他，径直上车，随后，她抱紧自己，好像很冷一样，蜷缩着坐在车内。

车厢壁上有一层柔软的厚毛皮，但楚玉依旧觉得冷。为什么连刘子业都不晓得的隐秘之事，天如镜却会知道？楚玉不需要询问，便知道是越捷飞在其中搭的桥梁。纵然做得如何隐秘，但越捷飞是贴身保护她的人，兼之武艺高强，还是令她防不胜防。因此，想要得知这件事并不困难。

楚玉没有去追究越捷飞是什么时候探知此事，以及什么时候告诉天如镜的。已经成为定局的结果，再去追究过程，是一件很无聊的事。她现在应该把心力放在前方，而不是向后看。

但……楚玉低下头，更用力地抱紧自己：刘子业离心，越捷飞背叛，天如镜出手，何戢开始报复。原本还算缓和的局面，一刹那间，变得剑拔弩张，从前勉强算是同伴，以及不是敌人的人，都站在了她的对立面，让楚玉一时间有四面楚歌之感。

纵然外面表现得十分刚强，但一下子陷入这样的境地，楚玉还是忍不住生出了软弱的情绪：要是容止在就好了。明知道他不是好人，明知道他……可在这一刻，她第一个想起来的人竟然依旧是容止。

想起容止，楚玉陡然从怅惘的迷雾中惊醒过来：容止现在还生死未卜，甚至他的处境有可能比她更危险，她怎么能只想着依赖他？

楚玉深吸一口气，抬起两只手，轻轻拍打自己的面颊："楚玉，坚持住。"

她力气不大，手掌与脸颊接触，发出轻微却清脆的声响，一声声慢慢地重叠。

楚玉，坚持住。

楚玉，坚持住。

这个时候，要化身钢铁，不可摧折。

要活下去，要再见到容止。

鹤绝拿着一张看起来还很新的小羊皮地图，顺着地图上的标识，找到了隐藏在密林里的山洞洞口。他毫不犹豫地走入洞内，在长长一段时间的漆黑后，又看见了光明。

但这光明里，却多了一重妖异的火光。往日清静祥和的桃花源，此时化作一片人间地狱……

烈火席卷了一切，肆无忌惮地焚烧着一切可燃烧的，火舌疯狂地四处舔舐着杂草、树木、屋舍以及人。

火海中，唯一响起的是灼烧的声音，火海中的人一动不动地躺在地面上，似是早已失去了生机。

唯一不见火焰的，便是山洞出口附近方圆二十多丈范围，因为附近的可灼烧之物都已经被铲除清理掉。

在出口侧面的不远处，安然地坐着个身穿白衣的少年。少年脸庞有些瘦削，下巴眉梢都尖了起来，虽然面色苍白，却显出一股奇异的秀丽气韵。他神情从容至极，纵然眼前是一派凄厉的景象，周围火光漫天，热浪滚滚蒸腾，但他却仿佛安坐在青青翠竹中一般，那么清雅怡然。

他面前摆放着一只酒壶，手中端着白瓷杯，液体半满。他举杯在苍白的唇边碰了一碰，也许只是让酒液润湿一下嘴唇，然后转过身来，望向鹤绝。

四周都是火光，可少年漆黑的眼睛，却宛若无底的黑洞，将这些光芒一丝不剩地吸收，只留下纯然的漆黑，在无边无际的夜色中漫开。

此时尚是白天正午，鹤绝却有一瞬间以为自己看到了无尽之夜，于是陡然心中烦乱，开口打破两人间的沉寂：“容止，你想法子把地图送到我手里，便是要我来看你放的火？你找我来，就不怕我杀了你？”

“转剑堂的继承人，天下所有刺客的头领，”容止放下酒杯，“整天不理会正事，你这头领做得可不怎么在行。”

猝然被叫出身份，鹤绝情不自禁地愣了愣。

容止微微一笑，十分从容地道：“鹤绝，我们做一笔交易吧。”他意态悠闲，嘴角的微笑，却透露出些许引诱之意。

第九十章　明里修栈道

一辆马车公然驶入公主府。

一辆马车飞快驶出江陵城。

一辆马车缓缓地驰往京城建康。

也有一辆马车，悄无声息地越过南宋、北魏的分界线。

四散的，汹涌或脉脉的明波暗流，因着不同的理由和愿望，循着各自的轨迹流淌，而其中一条，现在则流到了楚玉面前。

天如镜乘坐的马车是一直驶进公主府内才停下来的。下车后，便立即有一队护卫围上来，站在马车周围，随后走过来的人是驸马何戢。

何戢古怪地望了一会儿天如镜，想不明白他为什么会在这个时候来拜访楚玉。昨天，天如镜与楚玉并肩走出皇宫，想起前阵子流传的谣言，说天师大人已经失身于公主，而有一段时间，天如镜确实经常出入公主府……

于是何戢越发不解，他怎么看都没有看明白，楚玉身上有什么值得天如镜委身的地方，看他的模样，似乎也不像被迫……世外之人的口味竟然如此奇特吗?

纵然百般不愿让楚玉痛快，但以何戢的身份也只能做到这个地步。他奉刘子业之命看管着楚玉，将她的活动范围限制在府内，却不能伤害她。倘若楚玉有什么闪失，不管是伤了还是跑了，只怕第一个遭殃的便是他了。

他也能依仗自己所掌握的权势，阻挡一些外来人，但天如镜在皇帝面前的分量比他要重得多，强行阻拦，只会弄得他面上难看，倒不如在此卖个顺水人情。当然，天如镜人可以进去看楚玉，车却必须留在他们的看守之下，以防天如镜此番前来助楚玉逃走。

何戢客气地解释皇命难违，天如镜仿佛没听到一般，还是一脸淡漠的神情，连一个点头都懒得施舍，便离开马车径自走上通往内苑的道路。这公主府他之前来过不少次，已经不需要他人引路。

遭到这样明显的轻视，何戢面上飞快地闪过一丝厉色，转眼间又隐藏在和气的笑容之后。

天如镜不理会何戢有什么心思，他心里正在思考着另一件事。昨天与楚玉在皇宫分别之后，他以为那会是最后一次见到她。毕竟楚玉对他痛恨已极，在公主府内，两人更无交集的机会，不料今天一早，越捷飞前来寻他，代楚玉发出邀请，让他有空时前往公主府一晤。

天如镜是获得允准不必上朝的，以往还应付一下宫中妃子的邀约，但听说楚玉要见他，他便立即推掉了今日的所有杂事，出门前甚至还特地换了身新做的衣裳。他并未如何刻意地费心思，很自然而然地就这么做了，登门之际，心中虽然有些踌躇，却也全压在平静的表象下。

两人相见在东上阁楚玉的院子外，楚玉斜靠在院门边，抱臂而立，很放松，也很悠闲。这动作不太文雅，但楚玉做来，却看着很轻松自然。

见到她，心底便微微地泛起柔暖，天如镜正要走上前，脑海里却不由自主地响起一句话：“……天如镜，你真残忍，你这么做，比直接杀死我，更多十倍的残忍。”这话让天如镜不由自主地停下脚步，接着呼吸带动着心肺疼痛起来。这是他作出决定后，便时常发生的事，只不过这一次，比之从前的隐痛此时越发明显起来。

她会死，她会和天书上所记载的一样，在不久的将来，被人下令自尽。那个时候，他将再也看不到这个人，听不到她的声音，再也不会有这么多纷扰的情绪，再也不会……被如此严重地影响着。

会注意到一个人的想法，会像这尘世的普通人一般，生涩地说着些没有用处的话，会情不自禁地想念，心情因为她而波动。

因为她，他像是变了一个人。这是什么，天如镜已经知道，可有些感情，再怎么温柔，也撼动不了残酷的命运以及根深蒂固的责任。

他已经作出了选择。

见到天如镜来了，楚玉放下双臂，笑着走过来，轻轻松松地迈过天如镜停下来时两人之间的距离：“你总算来了，我原以为至少要等上半日呢。”

她笑意吟吟，眉宇间完全不见昨日的愤恨伤悲之色，看得天如镜又是一怔：怎么一夜之间，她便好似整个儿变了一般？

而这时候，他又听到楚玉院子里传来开凿之声，目光越过她的肩膀，却见几个年轻力壮的男子挥舞着锄头，在院内的一片空地上奋力挖掘。

注意到他的目光，楚玉一笑，道：“我已经想通了，与其凄凄惨惨地等死，倒不如在今后有限的时光里及时行乐。我让人在府里各处挖几个坑，打算修建鱼池。”顿了顿，她的笑容忽然又有些暗淡，“也不知是鱼活得久些，还是我能活得久些……”虽然她的自由被限制，但想要在自家的院子里挖个鱼池，或者建两间亭子玩玩，还是很容易办到的。

天如镜默然，他自然是明白楚玉这话是什么意思，但身为造成这一局面的他，也不知该说些什么。

楚玉消沉了片刻，又立即展颜笑出来，伸手拉起天如镜道：“好了，我们到别处去说话，这里实在太吵闹，换个清静的地方。”她拉着天如镜一路走出东上阁，却是直往西上阁而去。天如镜想不到在决裂之后，竟然还可以与她有如此亲近的时刻，一下子回不过神来，任由她拉扯着走。当他好不容易清醒过来，两人已经身处在一间废弃的空宅院里。

这里是从前山阴公主两名面首居住的地方，被楚玉清理了大半之后，便空了出来，但因一直有人定期打扫，还十分整洁干净。

进屋后让人点燃熏香，待侍女退下，楚玉才很有诚意地望着天如镜：“我想跟你商量一件事，我教你的那些文字，你还欠着我点儿学费没付。我想问能不能宽容地替换一下，反正我现在快死了，现在这个局面，我如何都不能逃脱……你就让我死个明白吧。”

天如镜心中一惊：“你是说……”

楚玉眼中的恳求之色更加浓厚，她很有诚意地望着他：“我想看今后发生了什么事，反正我已经是必死之人，想做什么都做不了。你不如成全我，让我至少完整地知道，我死去前后的事。”

楚玉的院子里，劳工依旧奋力开凿挖掘着，声音很是吵闹嘈杂，而在楚玉的房中，她的床榻之下，竟然也传来了类似较轻微的声响。

挖掘，挖掘，挖掘……

隐藏在床下，黑漆漆的洞口里，黑漆漆的人影奋力地挥动锄头。

听了楚玉的请求，天如镜怔了怔。

他直觉有什么不对，可这一点点预感，在看到楚玉哀求的目光后，便融在那目光中了。

两人相对而坐，中间隔着一条一尺半宽的黑色矮脚长案，二人跪坐的姿态让衣摆向两侧平平摊开，乍一看去，仿佛两只相对低伏的蝴蝶，轻盈、舒展、美丽而哀伤……

楚玉轻轻握住天如镜的手掌，忍住将那手环用力撸下来的冲动，小心翼翼地，尽量不露出自己的真实意图，眉宇间压着一丝轻愁，低声道：“天如镜，我知道，我已经没有多少日子好活了，你就当是满足我临死前的愿望，好不好？”

也许是因为她的目光太黯然，也许是因为掌上传来的触感太温软，也许是因为想到她即将永远离开人世，天如镜胸口闷痛，判断力随之下降不少。他想了想，觉得现在楚玉确实再也做不了什么了，纵然是告诉她政变的具体过程，她说出去，也不会有人相信。

刘子业已经与她离心，她所说的话，少年皇帝不再轻易相信和遵从，而他只需要从旁说上一二，她即便是将之后的事告诉刘子业，他也能让刘子业无动于衷。身为天师，他在皇帝面前，有着超然尊崇的地位，他的话，一句便可抵上别人十句。

这样想了一番，天如镜略为放下心来，再看楚玉一脸期盼的神情，终于禁不住心软了："好。"

天如镜话方出口，楚玉的眼睛微微亮起来一些，随即又垂下眼帘，低声道："虽然这个局面是你造成的，但你愿意答应我这个要求……还是很谢谢你。"最后一句话，她的声音陡然低弱，低得几乎听不见。

天如镜感觉到她握着他的手微微颤抖着，低眉的模样有几分楚楚可怜的意味，禁不住心中又是一软，反手拍了拍她的手背。他以为她想到将来要死心中害怕，不知该如何安慰她，只能笨拙地拍着她的手。

楚玉极力压抑着内心的欢喜，因为这难以克制的情绪，让她很费劲，才没表现出自己真实的心意。在这场剧里，她是一个即将要死去的人，不管是什么消息，都不应该表现得太高兴，否则很有可能会引起天如镜的怀疑。

她要表现出一点儿认命了的坦然，也要时不时地痛苦忧伤一下，要恰到好处地诱发天如镜的内疚，从而瞒天过海。

这是从昨天与天如镜说话时，她便已开始做的准备。她故意在天如镜面前露出一脸悲伤的神情，说他太残忍，那根本就不是她的性格。就算是觉得痛苦悲伤，假如不是别有目的，她也绝不会在敌人面前表现出来，更不要说去哭诉"你好残忍"那么肉麻的话。

现在楚玉回想起来，都觉得有点儿头皮发麻，但那时候她可谓是超水平发挥，达到了苦情戏女主角的演技水准。如今她所拥有的资源太少，唯有攻心为上。

纵然四面可闻楚歌声，但楚玉依旧没有放弃的念头，她一心一意往前走，走得比从前更加小心，也更加坚定。

太宗与左右阮佃夫、王道隆、李道儿密结帝左右寿寂之、姜产之等十一人，谋共废帝。戊午夜，帝于华林园竹堂射鬼。时巫觋云："此堂有鬼。"故帝自射之。寿寂之怀刀直入，姜产之为副。帝欲走，寂之追而殒之，时年十七。

——《宋书·本纪第七 前废帝》

上先已与腹心阮佃夫、李道儿等密共合谋。于时废帝左右常虑祸及，人人有异志。唯有直皞将军宗越、谭金、童太一等数人为其腹心，并虓虎有干力，在殿省久，众并畏服之，故莫敢动。是夕，越等并外宿。佃夫、道儿因结寿寂之等殒废帝于后堂，十一月二十九日夜也。

——《宋书·本纪第八 明帝》

天如镜的所谓天书中，保存的是较为正统的史书，而非乡间野史，古文读起来不够浅白，但意思尚能理解。楚玉压抑着心中的狂喜，慢慢将自己从前梦寐以求的内容收入眼底。她看得很慢，恨不得每一个字都看上十遍，深深刻在脑海里才算看过，最后她挑出来重点的两段，因为这两段关系着刘子业死亡的具体过程。

前废帝，指的是刘子业，因为他生前暴虐残酷，死后连一个称号也无。而明帝，则是刘子业之后的下一任皇帝，正是现在被刘子业关押宫中的，三王之中体态较为富态的那人，名义上是他们的皇叔，叫刘彧。

史书上记载，刘彧与他的心腹密谋，并联络刘子业身边的侍从寿寂之、姜产之等十一人密谋废帝。

刘子业对于自己安全的防护是比较严密的，但有一日夜晚，他在华林园竹堂驱鬼，防备稍有疏漏，便被刘彧勾结他身边的人将其刺杀："殒废帝于后堂。"

时间是十一月二十九日夜晚。现在是阴历九月下旬，还有两个月的光景。

终于确定了准确的时间，楚玉禁不住松了口气：还好，还有两个月，她能够多一些活动的余地，也可以有针对性地进行防备。

将刺杀行动里的几个名字默默地记下来，又反复看了两遍，确定自己已记牢，楚玉才放开天如镜的手，对他微微笑了笑："多谢你。"

这话是真心实意的，虽然她用了诓骗的手段，但若不是天如镜对她心存怜悯，也不会如此顺利，这其中有一半的功劳要算在天如镜的头上。

一直贴着手掌的肌肤离开，天如镜心头有一抹怅然。此时楚玉因为心情放松，显出破绽。她看完了自己死亡的日期后，照理说不该如此平静，但因为心里高兴，忽视了这一点。可天如镜此时也有些心神不属，竟然没发觉楚玉的异常。

依然有点儿意犹未尽，楚玉渴盼地望着天如镜："反正我快死了，你让我见识一下你这个手环……不，是神物，神物的其他几项功能，好不好？"

这时候，楚玉心头悬着的大石已经放下来，说要看别的，也不过是想得寸进尺顺手揩点儿便宜。此时，手环展开的立体屏幕还没收起来，她便随手指着其中一项："不如就给我看看这个吧。"

出乎楚玉的预料，天如镜竟然没怎么犹豫，便不声不响地满足了她的要求，也不知是不是看在她"将死"的分儿上优惠大放送。

楚玉起初只是漫不经心地瞥去，定了定神后，看得更仔细，然而当她看清楚屏幕上所显示的东西，又仔细想明白这是什么后，她的脸上便浮现出极为震撼、不可思议的神情。

第九十一章　可望不可即

楚玉不记得自己是怎么回去的。

她脸色苍白，目光涣散，脚步如踩在云端，软绵绵轻飘飘地，慢慢朝前走着，好像随时会摔倒似的。

她踩过院子里名贵的花木，脚下沾满了泥土和花木叶片。她一脚踏进道旁的浅沟里，只漠然地低头看了一眼，又维持原来的神情，梦游般地继续往回走。

楚玉这副轻飘飘的模样，像极了做多了某种运动后虚脱的表现。因此，当天如镜神清气爽精力十足地走出来后，所有人望着他的目光已经敬畏得不能再敬畏。而不一会儿，便从公主府内苑里传出流言，言说天师大人精通采阴补阳的法术，专门采别人精血来补自己，今天公主就被采了云云。

楚玉没有闲暇注意别人的目光，她几乎是靠着本能引领着身体回到自己的院落。她停下脚步，回头漠然地看了一眼还在院中挖坑的几名仆人："今天不用干活了，你们都退下。"等院子里的人都散去，楚玉才慢慢地从怀中取出钥匙，开了门口挂着的铜锁后，慢慢地拉开门进去。

院子的前后左右，都还有些微挖掘的声音传来，她指定建造池塘的地点，除了自家院子，其他的基本都分布在与院落相邻的四周，这样多重声音重叠起来，并不容易被人发觉她房里的一点儿响动。

门才开启，里面便冒出来一个脑袋，流桑的大半身子藏在门框后头，看开门的是楚玉，忙松了口气，笑道："公主，流桑一直乖乖地守在这里，没有人进来哦。"

为了防止有什么人误闯或者偷入她的屋子，楚玉不仅在门外上锁，还在上锁之前叫来流桑，让他给她看门。前阵子经历了流桑的抱怨，她不再将流桑当一个什么都不懂的孩子，而是有分寸地让他知道一些消息，有意识地让他执行一些事务。

换作平时，楚玉肯定会笑着摸摸他的脑袋，说几句好听的话嘉奖他，可现在她心神不定，闻言只看了流桑一眼，失魂落魄地点了点头，便踏入屋内，反手关上门。

门扉轻轻合上，楚玉的身体里好像一下子被抽离了所有力气。她软软地背靠着木门，门上的雕花硌得她背脊生疼，不过她现在无心顾及这些。

察觉楚玉情绪有异，流桑轻轻地扯了扯她的衣袖："公主，你怎么了？"

他连唤好几声，过了好一会儿，楚玉才仿佛从梦游里清醒过来。她嘴角微微翘起来一下，却并不像是在笑，仅仅只是做这么一个表情："没事。"

没事才怪。流桑担忧地看着她，也知道楚玉既然不想说，他也没法子从她口中挖出太多东西。他正暗暗苦恼着，忽见楚玉站直身子，朝卧室的方向走去，连忙跟随上去。

楚玉走到床边，又发起愣来，耳中听着从床底下发出的挖掘声，脚下偶尔也有微微的颤动，却好像什么都没听到，什么都没感觉到。静静地站了一会儿，她才弯下腰，朝床下的洞口叫道："阿蛮，先休息一会儿，别挖了。"

听到她的话，流桑赶紧帮忙把床榻推到一旁，露出来一个直径接近两米的洞口。洞口往下大约有两丈多深，到底之后，又在底部侧面开了个洞，平着朝旁边开凿。没过一会儿，一条黑影从洞中蹿出，矫健地一跃，跳上地面。那黑影赤着上身，只在腰下围了一块布，黝黑的皮肤上沾了不少泥土。

阿蛮一手拿着铁镐，另一手抬起来在脸上抹了一把汗，又在脸上蹭了一把泥印子。看见他的花脸，楚玉取出手帕给他擦了擦脸："今天就到这里，你先回去吧。我一个人要想些事。你们从别处回去，路上小心别给人瞧见，明日再来继续。要注意保密，这件事就我们三个晓得，不要再让别人知道。"

这是她昨天回来后作出的决定，从自家床底下挖出一条通道，通往公主府外。虽然这法子乍听起来荒谬，毕竟公主府占地广阔，想要挖出去并不容易，但靠着阿蛮过人的蛮力，也并非是不可实现的事情。

从坑中挖出来的泥土，由闲着的流桑负责用盆盛出来倒在旁边，现在已经在卧室里堆成了一座小山，几乎占据了这还算宽大的卧室的三分之一空间。这些泥土要等到晚上再处理掉。

然而现在不论是坑还是泥土，在楚玉眼中仿佛都失去了意义。她的目光扫过屋内，虽然事情进行得如她所想，可她一点儿高兴的感觉都没有。

阿蛮奇怪道："我还不累。"她不是说要快点儿通到外面吗？现在时候还早，还能再挖半天呢。

楚玉勉强笑了笑："不累也先回去休息，乖，听话。"

见楚玉坚持，阿蛮老实地点了点头，单手把床榻抬回原位，放开铁镐，转身往外走去。流桑却依旧站在原地，迟疑片刻后，犹豫着道：“公主，你若是有什么心事，不妨说出来。我年纪虽小，但也可以为你分担一二。”

听了他这话，楚玉终于露出来一个真正的笑容，抬手揉了揉流桑的脑袋，低声道：“好啦，我有分寸，不会出事的。”

流桑咬了咬嘴唇：“那，我便走了。”他走两步，又回过头来，带着点儿期冀的神情望着楚玉，等了一会儿不见楚玉留他，才终于露出失望之色，慢慢地离开。

直到脚步声渐渐远离，外面传来关门的声音，楚玉才轻叹了口气，喃喃道：“这要是能说出来的事情，就好了。”

楚玉放松身体躺在床上，双目空茫地朝上望，脑海里回放起一刻多钟前的情形来。

在天如镜的手环里，有一个“时”的选项。她原本以为是类似万年历里现实时间之类的程序，可今天开启之后，呈现在她面前的，却是一张极其复杂的三维虚拟立体图。横里，仔细分辨能看出来是全球地图，而纵里，线条如同交错的绳网一样复杂，而在线条的各段上，还标注有时间。

除此之外，还有时间裂缝、跳跃、空间等名字，楚玉将所有的资料汇集起来后，得出来一个连她自己都惊骇得失了态的结论：那手环，还兼具一项功能——穿越时空。

这四个字浮上心头的刹那，楚玉的心脏几乎要爆裂开来，她从未想过有一日能回去。

二十一世纪的事，对她而言仿佛一个遥不可及的幻梦。她原本以为这一辈子就这样过去了，可意外地，她又看到希望的曙光。

领悟到那是什么后，楚玉几乎是拼尽了全身的力量，才没有冲动地去抢夺天如镜的手环。从未有一刻如此狂喜过，从未有一刻如此急切过。好像各种色彩和声音快速地从四面八方纷沓而来，一下子全挤在她的脑海中，让她目不能视，耳不能闻。

以这具身体回去之后的身份问题，怎么样跟家人解释自己的经历，时间和空间的定位，以及过程之中是否会发生风险，这些细枝末节都是后来才慢慢想到的。在能够回去的巨大诱惑之下，它们变得那么微不足道。只要能回去，不管是什么身份，不管是什么途径，也不管要冒多大的风险，她依然认为这有百分之百值得尝试的可能。

从前她很羡慕天如镜拥有那手环，但仅仅是羡慕而已，想得到但也不强求，而如今她的心情却发生了巨大改变。

一定要拿到手！

这个念头接近狂热，烧得她整个人都迷迷糊糊的。

纵然是为求生而努力，她也未曾有过如此狂热渴盼的心情，有那么一瞬间，她无比妒忌天如镜，妒忌他身怀至宝而不自知。慢慢冷静下来后，楚玉才想到一个现实的问题，这问题一下子又将她从云端打到了泥泞里，那便是：如何将手环弄到手？

手环自身对持有者有保护的作用，使用暴力显然不现实，更何况她现在被刘子业软禁，也没什么暴力可以使用。楚玉静静地躺在床上，压下这个目前来说不切实际的念头。她也曾想过下迷药，但容止当年和天如月斗法时，以他的长才，肯定没少用过这手段，后来的结局便能说明这手段不管用。

只是——

容止似乎曾说过天如镜的层次远不及他师父天如月，假如是他，会不会有办法呢？这个念头也一样是镜中花水中月，她甚至不知容止现在在什么地方呢。

容止安坐在颠簸的马车里，虽然上上下下仿佛都在摇晃，但他的动作却好像是坐在平稳的地面上一般，十分宁静安然。他身前摆放着一张四方矮几，他正提笔往纸上写着字，因为马车不太稳，他写得有点儿慢，但字迹却依然秀丽端正。

鹤绝怀抱长剑，坐在马车车厢内与容止斜对面的位置，眼神古怪地看着容止：从他们今天早上起程开始，容止便一直在书写着什么，时不时停下来思索一下，接着落笔。每一张纸上，都写上寥寥几个字，然后将纸折叠起来收好。他曾好奇地去看容止写了什么，容止也很大方地让他看。但纸上的那些字，拆开来他都认识，连起来便是只有字认识他了。

那好像是一些字无意义地拼凑在一起，根本不能连成通顺的句子。鹤绝自己也是有点儿见识的，知道这大约是容止特定的暗语，不是事先有约定的人，不可能看懂这些话，也难怪容止不怕他瞧见。

只不过鹤绝有些好奇，容止从今早到现在，已经写了六七十张了，昨日下午经过城镇时买来的纸已用去了一半，究竟是什么暗语要写这么多，并且现在看来还没有停下来的苗头？

他有一种预感，容止写下的每一个字，每一句话，都仿佛有引发什么的力量，就如同一条条细小的水流，但所有的水流汇集起来，将会是奔腾的惊涛。

他也不怀疑，容止写下来的那些东西，原本在他的脑海里，便是一张早已成型的、巨大的、细密而繁复的网。

容止又写了一张，抬眼朝马车外瞥一下，接触到刺眼的阳光，他眼前忽然一暗，身体随之瘫倒。

鹤绝上前扶起他来，让他倚靠在自己的臂弯中。只见他双目紧闭，容色如雪，嘴角红迹斑斑异常鲜艳，竟是呕出血来。

鹤绝熟练地取出手帕，拭去他嘴角淌出的液体。

他们同行不过两日，这已不是第一次发生的事了，起初鹤绝以为容止有什么阴谋，好几次后，他才明白容止的身体虚弱到了什么程度，然而他每次都和第一次看到一样惊讶。

容止给他的感觉太强了。

从第一次交锋开始，他都一直处在下风。他徒有强大的武力，却屡次被容止玩弄于股掌之间。以至于虽然明知道容止身体孱弱，他却经常会忘记这一点，若不是两人之间已经有了协定，他已经几次萌生了想杀死容止的念头，且将之付诸实践。

这是他有生以来头一次如此戒惧一个人，头一次因为对方压倒性的强大甚至生不出争胜的念头，就连教导他剑术的师父，将刺客组织传给他的父亲，也不曾让他如此敬畏。而给他这种感觉的人，却是一个仿佛风一吹便会倒下，生命好像随时会结束的柔弱少年。

过了好一会儿，容止缓缓地睁开双眼，微微展颜一笑。这一笑将苍白憔悴全都压了下去。他谢过鹤绝，又端坐在矮几前，继续先前未完的工作。

在容止写字的同一时间，在不同的地方，萧别也在写字，以类似的方式，他写的是一封信。坐在平稳行驶的加大马车中，车厢的角落燃着香炉，底下铺着厚厚的毛毯垫子，纵然马车稍有颠簸，也被垫子给吸收了。

萧别的信很简单，无非是即将回家去，且表示愿意接受成为当家的安排。现在这辆马车正向江陵城外东面行驶，越过画扇山，目的地是沧海客的隐居之所。

他还打算在江陵城再留半个月，用这最后半个月说服沧海客出山助他。他之前沉迷于琴，于家族权力夺取方面并无用心，若是此时回去接任当家，定然会遭到阻力，沧海客的才华武功，是他数年来所见第一人，倘若能请得他帮助，会对自己今后助力不少。

更重要的是，沧海客是一个瞎子，这个先天的缺陷局限了他。自古以来，没有哪个领袖是身有严重残疾的，沧海客可以为士，却不可能反客为主。为士为臣，沧海客是上上之选，因为他很难完全自立。

目光触及一旁摆放的琴，萧别目中闪过一丝痛色。楚玉决绝的话犹在耳边，彻底激起了他的傲气。没有萧家的支持，他只是一个琴弹得比较好的人，在她面前根本无足轻重。只是染指了俗世的权力斗争之后，他是否还有资格触碰那出尘的清音？

第九十二章　垂堂千金子

楚玉半夜里忽然醒来，脸上满是泪水。她做了一个十分悲伤的梦，梦里她拼命追逐着远去的家人，却怎么都追不上。周围是久违的高楼大厦，虽然城市里空气污染很严重，但那毕竟是她生于斯长于斯的地方，纵然古代空气多么清新，她依旧怀念那污浊的空气。

家人远去时，周围的景色也淡去了，逐渐化作无边无际的黑暗，最后将她一并吞没。然后，她就醒了。

虽然梦里的情形已有点儿模糊，只记得二三成，可那种永世不可触及的绝望心情，却始终盘桓在胸口，挥之不散。

已经强迫自己淡忘的东西，因为发现天如镜所拥有的财富，而一度清晰地记起，让她甚至在梦里也不由自主地流下泪来。

楚玉静静坐着，双目凝望室内的黑暗，直到自己的心情逐渐平复，脸上的泪痕已干，才轻轻地喘了口气，自语道："真是的，不是说过不要再软弱了吗？"

分不清楚是前半夜还是后半夜，空气里飘浮着安静的因子。楚玉做梦惊醒，一时半刻睡不着，便从软榻上下来，回头看一眼：除了天如镜的因素，今晚临时换床睡，大概也是让她做噩梦的原因吧。

卧室已经被泥土堆成的小山占据，假如要在那儿睡，便会闻到很新鲜的湿润泥土的气味。虽然那味道并不算难闻，但能够有更好一点儿的睡眠环境，楚玉并不太愿意将就，于是便将睡觉的地点转移到了偏厅内平常用来休憩的软榻上。

夜晚的寒气有些许渗入了屋内，偏厅本来就不是一个适合过夜的地方。楚玉抱着锦被，慢慢走向卧室，看到那几乎顶到了房梁处的小土山，竟然有一种类似安心的情绪。室内装饰华丽高雅，与土山显得格格不入，而泥土的气息在周围弥散，盖过室内的熏香。

楚玉定定地看了一会儿，终于忍不住笑起来：何戢大概做梦都想不到，她竟然会用这么野蛮、这么笨拙的办法离开吧？

天如镜那边暂且无法图谋，为今之计，还是先脱身为上。

皇宫中，也有人和楚玉一样睡不着，那人是被关起来的刘彧。现在这个时候，除非能透视未来，否则大约没有人会想到，将来他可以登上龙椅宝座，执掌江山。

因为这位未来的皇帝此时狼狈到了极点，也凄惨到了极点。他的身上左一道又一道地交织着鞭痕，是今天早上刘子业心情不好，拿他出气时打的。秋夜已然深寒，薄薄一层衣衫根本抵挡不住冷意，他今天被打后昏了过去，又错过了吃饭，现在是又痛又饿又冷，人被关在铁笼里，吃的是剩饭残羹，睡的是干柴稻草。

与他一同被关押的两王都已经睡熟，虽然环境恶劣，但这么多日子以来，他们已经越来越习惯这种折磨，竟然能在这样的情形下睡得香甜。

刘彧挪动身体，试图让冰冷的手脚热一些，却又牵动了身上的伤口，痛得他闭上眼倒吸一口冷气。而当他睁开眼睛时，却看见一个人站在笼前。

那人身披黑色的斗篷，头脸以及整个身体几乎都被与夜色连成一片的斗篷掩盖着，只露出来一个尖尖的漂亮下巴。

一见到那人，刘彧不知从哪里生出来一股气力，不顾全身的疼痛，抓住笼子边，急切低哑地道："你来了，什么时候才能救我走？"看情形，两人竟是熟悉的。

那人蹲下来望着刘彧，兜帽下传来清冷的声音，更让刘彧感到寒冷："这里是皇宫，处处守卫森严，我一人来去已是不易，又如何带湘东王离开？"

刘彧听了一阵沮丧，他松开牢笼，身子瘫软在地上："既然不能，你又来见我作甚？"

那人从怀里取出三件折叠起来的细毛织成的内衫，轻轻放在牢笼前的地上，轻声道："我是来告诉你，我已经找到了你的心腹阮佃夫和李道儿，这二人对你甚是忠诚，届时我再收买皇帝左右之人，他日寻隙而动，废帝而自立……"他说着，刘彧的眼睛同时睁大。

那人飞快地说完这些，便低头朝刘彧欠了欠身："然而在此之前，请湘东王保重，只有你保住了性命，才有他日可言。这衣衫穿在衣内，不容易给人看出来，若是别的，容易让皇帝知道有人在暗中助你。"

听了那人的话，刘彧心中又燃起了希望，但他看着地面上三件同样的衣衫，又有些奇怪："我一人可穿不下三件，另外两件放在何处？"

那人本已要转身离去，听见他这话又停了下来，发出一声像是嗤笑的声音，慢慢道："你身边不是还有两位贵人吗？我总不好厚此薄彼。"

看那人走远了，刘彧赶紧脱下外衣，先挑一件看起来最厚实的内衫穿在里面，顿时便觉得暖和了不少。但看着另外两件，触手绵软温暖，他有些舍不得就这么给出去，便强撑着都套在身上，一下子臃肿不少，上半身也紧束得难受，他只有赶紧脱下来，看看旁边睡着的两个兄弟，他低声道："便宜你们了。"

他才要叫醒二人偷偷加衣裳，忽然想起来：他们三人同吃同住，同样受苦，他身上多件衣裳，别人不知，却瞒不过这二人，若是只有他穿得，难免引发妒忌。那人一次拿来三件，又何尝不是为了封他们的口？

凄冷的秋风吹过公主府，吹过皇宫，吹出建康城，吹过南宋与北魏的分界线，一直吹到北魏境内一座荒凉的小村庄里，吹动王意之单薄的衣衫。

王意之所在之地，是比建康更往北许多的平原，这里的秋意更加深浓，也更为凛冽，不似江南多山多水的温婉，一望无际的原野有一种辽阔的气魄，也让风更加毫无阻碍。

王意之并未在乎不断吹在身上的冷风，他正十分清闲地，十分随意地，坐在一间土屋的屋檐下，一双目光含着轻快笑意，竟像是在欣赏夜景。

也是这个夜晚，无星无月，并无多少夜景可言，有的仅仅是暗沉的、仿佛无边无际漫开的夜色。这夜色让他想起容止的眼眸，也是那么漆黑深沉，一望看不见底。

忍不住笑了一下，王意之感到一点儿冰凉的湿意顺着风飘到他脸上，他偏了偏头，快速探出手来在空中一抓，便抓到三两点雨星。过了一会儿，雨点渐渐密集起来，这秋天的雨并不暴烈，只是淅淅沥沥地下着，如这萧瑟的秋一般，给人带来更深一重的寒意。

王意之到来时，这座小村庄已遭遇流寇洗劫，空无一人，此时方圆数十丈，除了他，屋内还有一个活人。

他身上穿着粗糙的麻衣，流离的行程也让他面上多了些风尘的颜色，可此时的王意之，看起来比在建康时更自在，更快活，就连秋雨凄寒，也不能阻挡他露出微笑。

雨慢慢下着，将屋檐打湿，汇集出一滴水滴，颤颤巍巍地从一尺宽的屋檐边上落下来，正滴落在王意之的鞋尖上。与此同时，他听到远处传来嘈杂的脚步声，眼中笑意更深了几分。

"终于来了。"

凄风，冷雨，暗夜，有多少人不能成眠？

王意之在等人，他等的人此刻到了。

一行七人从远处奔来，前后不一地在冰冷的丝雨之中快速穿行着，雨水打湿了他们的衣衫头发，以及锐利的剑锋。

那七人来到王意之面前一丈外，呈半包围的姿态停下。他们前三后四地错落站着，面上有比王意之明显十倍的风霜疲惫。

王意之依旧安坐着，他抬起眼来微微一笑，纵然是在这么荒凉简陋的地方，他一笑起来，依旧如同金玉满堂，眉梢眼角的从容风度很有贵公子的气派。

见王意之这副模样，七人不由得一愣。他们也算见过些达官贵人，却从未有一人如王意之这般，即便是身处瓦砾之中，依旧宛如名贵无瑕的明珠美玉。

在生死之端，犹面不改色。

“我有些倦了。”王意之道，“从南宋一直追杀到北魏，你们逼迫得愈发甚了。我原本不想伤人，如今看来，也不得不偶一为之。”他言辞雍容典雅，与肃杀气息格格不入，以至于纵然他做出了要伤人的宣言，依然没有人能提高戒备。

他话音未落，便有一名刺客感觉眼前一花，颈项一凉，最后的视野里，竟是王意之平和的眼神。

他什么时候过来的？刺客倒下时犹在想这个问题。

刺客倒下的刹那，王意之丢开手头的半截断剑，顺着第一个刺客倒下的身势，轻松摘取了他手中长剑。那半截断剑是他捡来的，能有好的替换，他自然不会客气。

摘了剑，王意之又露出一个漫不经心的微笑，斜踏一步，将剑锋朝右侧的第二个刺客递了过去。纵然是极为疾厉的杀伐，他的动作依旧带着天生贵公子的优雅，就仿佛才折下一枝新鲜的柳枝，再随手转赠给他人。

又是在颈上轻轻一抹，便在对方惊愕不敢置信的眼光里，解决掉第二个敌人。

轮到第三人时，对方终于反应过来，及时避开要害，只在肩头留下一道血痕。王意之笑了笑，有些惋惜地，反手朝第四人刺去。

七人如何都料不到，这贵公子一般的人物竟会突然变为杀星，转眼间便折去他们两人。他们从南宋境内追入北魏，王意之都只是不断地迂回躲避，尽力免除与他们交锋，不料忽然在此时反手，而且，他的剑术居然如此高明。

冰凉的雨丝一直密密不得停歇，洒在屋顶上，顺着檐边零落滴下，一重又一重的凄清寒意伴随着水汽漫卷了大地。王意之的脸此时也覆上了一层雨水，他的头发已经全部浸湿，几缕发丝紧贴在脸颊上，衬得他的眉眼越发清俊。

他身上有几处伤痕，鲜血从伤处渗出来，浸透了衣衫，又被雨水稀释得浅淡，好似身上晕染了几处水红。

王意之叹了口气，将长剑从身前人的颈上抽出来，注视着他慢慢倒下，成为地上躺着的第七具尸体。

王意之有些古怪地笑了笑，丢开夺来的长剑，转身朝身后的土屋行去。还没走到门前，那残破腐朽的木门便吱呀一声开启，站在门口的男子身上血迹斑驳，几乎看不出僧袍原本是白色的。他的眉心有一点清妙的嫣红，头顶上微微发乌，头发才长出来不足一分。

王意之对那僧人一笑：“寂然，怎么出来了？你的伤还未好，还是多休息为妙。”

寂然的目光扫过王意之的身上，再扫过他身后的尸体，目中掠过悲悯的痛楚，合掌道：“居士为了救我，手染鲜血，损及自身，实在是寂然的罪过。”

王意之笑着拉过寂然，将他拖进屋内，不让他再多看雨中的尸体。

寂然身负重伤，被人追杀，皆是因他的嘱托，若真要追究罪过，最初的起源还是要算在他身上。

前阵子他发觉一些异样，欲给楚玉警示，但那时他已准备离开，便顺道将此事托付给了寂然。以为本该是极简单的，不料中途生变，让寂然受此牵连。

寂然险里逃生，但有一拨人盯上他，并追随着寂然的脚步，找到正暂留江陵的他，打算斩草除根。

王意之虽然少时便习剑术，但素来不喜欢与人争斗，遭遇刺客颇感无趣，便想避一避，正好他打算往北魏一游，便带着寂然进入北魏境内。可没有料到的是，进入北魏后，原本的暗杀变成了明杀，对方似乎放开了所有顾忌，逼得他不得不认真起来。

他打算带着寂然前往北魏的一个朋友家中，方便寂然养伤，倘若带着一群刺客上门，给朋友带来危害，总是不好。

说不得，只有杀人了。

今夜此处，便是他专程准备好的屠场。

瞥见王意之沉思的神色，寂然心中愧疚更甚。他是知道王意之的，虽然出身显贵，但王意之手上从未沾染一条人命，今日为他破了戒。

注意到寂然投来的目光，王意之略略一想，便知道他在愧疚什么。他扶寂然躺在屋内的土炕之上，洒脱笑道："杀便杀了，这事起因在我，难不成杀了人，我便不是王意之了不成？"

寂然伤势一直缠绵，强撑着起来已是不易，见王意之神情轻快，也终于放下心，又昏睡过去。

笑着等寂然睡熟，王意之转首望向墙壁，朝着建康所在的方向，仿佛能透过墙壁看到那遥远的地方："公主，看到我的留书，你也该有所觉察了吧？"

他并不着急回建康向楚玉传讯示警，之前留下的信息对于楚玉而言已经足够，更何况，王意之对于楚玉，还是有一些信心的。

只是……

"北魏，北魏……"王意之喃喃地念了两遍，清俊长眉微微扬起。

这些刺客进入北魏后，反而更加无所顾忌，这是否意味着他们本是来自北魏？而容止，又与北魏有什么关系？

"容止……"

"阿姐……"凄冷的寒意深入被暖意包围的室内，让刘子业情不自禁地蜷缩起身体，往被子里缩了缩。他的眉峰紧锁，即便是在梦中，也流露出不安定的痛苦神情。

翻了个身，残酷暴虐的少年皇帝在梦里喃喃地道："阿姐……你不要怪我……"

第九十三章　容止回来了

耽搁了半日工程后，第二日，楚玉便再叫来阿蛮和流桑，让他们继续挖掘工作。

白天阿蛮做地鼠，流桑将挖出来的泥土一盆一盆用绳子吊上来转移到地面上，等到了晚上，他们又趁着夜深人静，将挖掘出来的泥土，分开抛到四周开凿水池的大坑边，因为建造水池也会挖掘出大量泥土，多一些少一些，并不会太引人注目。

为了避免二人工作完跑来跑去，楚玉索性让两人在自己院子里住下，也省得露面太多惹人怀疑，只不过如此一来，公主府又有全新版本谣言产生。

连续数日的挖掘工作，就是天生神力如阿蛮，也觉得有些负担，而楚玉动口不动手，只每天挑剔院落四周的水池施工，一会儿说要方形的水池，一会儿说要圆形的，一会儿说要三角形的，又一会儿说要葫芦形的，主意反复不定，随意折腾着，尽可能延长施工时间，以此为阿蛮争取更多的掩护。

楚玉白日里左右挑剔，夜晚便正常在侧屋睡觉，阿蛮和流桑却是除了挖坑，还得趁夜处理挖出来的泥土，导致两人睡眠不足，偶尔在人前露面，都有些疲倦的样子。

而结合前些天楚玉见过天如镜失魂落魄一路走回东上阁的情形，谣言遂又演变成：公主向天师大人学习了采补的法术，每天采流桑和阿蛮二人精血。流桑年纪虽小，但平时习武身子强健，阿蛮更是天生神力，以这两人的资本，还被采成这副模样，可见那采补大法是何等阴损。

公主府内众人，看着楚玉的目光，也渐渐变得和前些天看天如镜时一般敬畏。

不管暗地里动作如何，楚玉至少在表面上做到了安分。三天两头邀请天如镜来做客，偶尔挑剔一下水池建造施工的毛病，活动范围仅局限在内苑里。何戢见她如此老实，渐渐放松了警惕，头几天还每天亲自镇守在公主府外苑，后来却把任务交给手下的将领，每天该干什么还干什么去了。

一直到第十日上。

基本上朝中消息灵敏的人都知道公主和陛下闹僵了，前者被后者软禁，因此原本门庭冷落鞍马稀的公主府门口更是门可罗雀。有的人宁可多绕几条街，也不要从公主府附近经过。

然而在这一天，公主府大门口却来了个不速之客。

那是一个身穿白衣的少年。他身上的白衣已经有些旧，也不算什么好材料，在萧瑟的秋风中飒然轻扬，却显出十分的从容风度。少年在门前站了许久，神情似笑非笑，凝视着公主府门上挂着的匾额。

门口巡逻的一小队护卫见他形容陌生可疑，领头的队长便走上前去呵斥："你是何人……这里是公主府，不是你该来的地方……"因为何戢全面接管公主府的防卫守备，旧人基本都换了，来的新人，都是不认得从前府内人的。

他话未说完，便猛然窒住，因为那少年朝他瞥了一眼。

那并不是多么凶狠的眼神，也不见如何有威慑力，只不过是寻常、平淡的一瞥，无喜无怒，不可测度。那眼神让人不由自主地屈服，并非慑于威势，而是好像面对亲近之人十分自然地责问：你怎么能这样？

令人愧疚、畏服之心油然升起。

少年眼神高雅宁和，宛若山巅冰雪一般不可攀附，他温文道："我名容止，原本是内苑中人，前些日子与公主失散，还请这位到内苑通传一声。"

那护卫队长听闻他所言，吓了一跳，暗道：居然还有主动回来当面首的。不知这人是真是假，便想先派出人传达消息，向何戢请示这件事。没等他叫人过来，公主府内便走出一人，拉住这队长，小声道："此人所言非虚。"

那人从前是公主府外苑专管粮食的管家，姓黄，也算是一个旧人，在强威之下投靠了何戢，因而自由度大一些。他认得容止形貌，也晓得容止当初在府内是何等荣宠，能不得罪此人，最好还是不要开罪，更何况，放容止进去，也能顺便给公主卖个人情。今后公主若能翻身，他也可称自己身在曹营心在汉。

至于容止回来后是否会给驸马爷带来麻烦，黄管家自动选择了忽略。

在别人手底下打工，每时每刻都应该以自保为上，别人两夫妻较劲，他们实在没必要卖命掺和进去，只需要学习那墙头草，风吹两边倒便好。每个人都有自己的心思，也都会思虑自保之道。找几个府内人证实容止确实是公主府内苑中人后，那护卫队长也没有理由再行阻拦，叫人开了门，让容止入内。

容止回来的消息，迅速传遍整个内苑外苑。没过一刻钟的工夫，便有人络绎前往沐雪园。这些都是公主府内公主一派的人，何戢虽然软禁楚玉，但也不能无端撤除公主府内依然心向公主的旧人，以免被人说成排除异己。但这些人的日子绝不算好过，吃了驸马派的不少刁难。

容止一回来，他们便看到了希望。

虽然是打着不同的理由，但众人前往，只有一个目的，便是请容止设法出手。虽然容止已经有一阵子没怎么管事，桓远之前也接掌过公主府上下权柄，但明眼人都知道，那是容止让的，倘若容止不让，桓远半点儿都夺不去。

彼时楚玉正在观摩阿蛮和流桑挖坑，听到门外传来急促的敲门声，忍不住皱了皱眉：她不是吩咐过，不是吃饭时间，不要来打扰她吗？

下一刻，幼蓝急促的声音让楚玉整个人都化作了木石：“容公子回来了！”

一瞬间，周围寂静至极。楚玉听不到地下阿蛮的挖掘动静，也听不到一旁流桑担忧的询问，她的脑海里只反复回荡着那一句话：容止，容止回来了。

这些天除了暗修地道，她也时常忧愁如何设法营救容止。刘子业已经与她反目，楚玉一筹莫展。

虽然表面上若无其事，可每次想到容止，她的心都会朝不可知的深渊沉下去。她有时候会很害怕他永远回不来，每当那时候，怀中他所交付的信物就宛如火烧一般。

终于醒悟到那句话代表什么后，楚玉猛地站起来，冲到门口，手忙脚乱地打开门。开门后，她一把揪住幼蓝的领子：“你刚才说了什么？”声音微微颤抖。

幼蓝险些一口气没上来，她有些害怕地看着楚玉，结结巴巴地道：“容、容公子回来了。他，现在，正、正在沐雪园中。”

楚玉想也不想便松开幼蓝，快步朝外走去。她几乎是凭着直觉走到了沐雪园附近，才稍稍恢复冷静，停住了脚步。

沐雪园外，以往清幽的地方此刻人来人往，公主府内的管事规规矩矩地在门外排队，整整齐齐地分作两列，一脸恭谨地等待容止的接见。

每隔一段时间，便有一人被叫进去，同时又有一人从门内倒着退出来，一边后退一边还十分恭敬地朝门内行礼。尚在排队的人，面上皆无不悦之色，有的仅仅是期待与盼望。

简直就像是——参拜君王。

不知为何，楚玉心头不期然地浮现出四个字。这四个字用在现在的容止身上很是诡异，却又让她觉着很贴切：王者归来。

楚玉定定地站着。

容止回来了。容止回来了。容止回来了……

心中仿佛有一面无形的回音壁，反复激荡着这句话，一重又一叠的，让楚玉的心跳时快时慢。

瞥见有人走过来，她没有多想，下意识地退到附近的林木阴影中。等那人走了，她才猛然醒悟这里是她的公主府，根本没必要做贼心虚。

她方才，在避什么？府内人皆知公主对容止宠爱有加，听说他回来，亲自前来探望也不奇怪，她究竟在做什么，如此害怕被别人看到？她避的，究竟是旁人的眼目，还是……

摒除心头杂念，楚玉缓步走出来。树木的阴影里比旁的地方更冷且更暗些，因此才走到阳光下，楚玉便感觉头顶上洒下来的光芒刺目得让人晕眩。

纵然本能地情怯，可楚玉的脚步没有半刻的停顿，一步接着一步。她强迫着自己迈过每一寸每一尺距离，眼看着沐雪园越来越近在眼前，她面无表情之下是宛如擂鼓般急遽的心跳，却依旧不曾停下脚步。

不知容止回来时，她要说什么，也不知该以何等的面貌去对着他，但这诸多的犹豫迟疑，都抵不过她想要见他。

是的，她想要见他，即便明知道他心怀叵测，即便明知道他不是什么好人，即便明知道他的心思在她也许永远看不到的地方，她还是想要看一眼他清幽高雅的眉目，深不可测的眼眸。

只一眼就好。

然后，摊牌。

她藏在心里的和他藏在心里的东西，都一并说出来，坦诚地曝光在白日之下，正如现在的她。

楚玉走近沐雪园，门外守候着的公主府管事下人见是公主本人来了，纷纷主动让开一条道，默默地退后，排着队即将进去的人也赶紧退开。

楚玉走入园中，虽然因经秋而显得有些萧索暗沉，但竹林之中的清幽之意，不曾有半分减少。

冷清了许多日子的青石台，如今又有熟悉的人影坐于其上。依旧是雪衣乌发的少年，低垂着墨黑眉目，那么清隽的神姿，那么从容的身形，才一入眼，楚玉便感觉眼眶微微发热。

亲眼看到这一刻，她躁动的心才陡然安定下来，一直在心底回响的声音也终于落到了实处——他，回来了。

容止闭目养神了片刻，才缓缓睁开眼，望见凝视着自己的楚玉，毫不意外地露出微笑：“公主别来无恙？”

楚玉定定地看着他，初看时不觉得，可定下神来细瞧，却发现他瘦得可怕。他的下巴线条原本优美柔和，现在却仿佛被削尖了，尖得像能刺伤人。而他的脸原本偶尔还有些血色，现在却似完全苍白的冰雪，更衬得眉目漆黑幽深。

虽然知道容止若要回来，必然会异常辛苦，但真正看到了他的憔悴，还是令她忍不住心头一痛。楚玉不说话，容止也不着急，他沉默着，目光清雅柔和。

要说什么？楚玉迷惑地想着，问他几年前的旧事，问他为什么要在这个当口回来，问他是如何脱身的，还是先说自己的决定，又或者先……

想要说出口的东西太多，一时之间，反而不知该说什么好。混乱片刻，楚玉叹了口气，走上前去，在容止的身旁坐下，两人之间相隔二尺。然后，她注目地面，口中轻声道："你回来了。"

纵然有那么多的利益矛盾、恩怨交缠，可她最想说的，竟然还是这句话。之后，又是长久的沉默，入耳的尽是风吹竹叶的细碎声响，好像非常寂寞的空旷箫声，穿透心中的荒原。

容止好像在发呆，他的神情有些怔忡，好一会儿才转过头来，问道："公主方才说了什么？"

楚玉笑了笑："没说什么。"

听不到就算了。

反正也不是什么重要的话。

先后历险归来，两人之间似乎生分了不少。在外面，他们仅仅是单纯的楚玉和容止，在生死之间，不必考虑前景和将来，也不必考虑过去和未来，更不必考虑他们彼此的身份和立场，只是一个人和另一个人，反而可以自然相处，看着他的眼波，看着他的动作，回以欢欣或悠闲的微笑。

现在却不一样了。回到这里，他和她所附带的一切都跟着被打回原形，无以遮掩，也无从遗忘。

在险境绝地，他以实际行动告诉她什么叫作从容。可纵然已经有了决定，纵然已经有了决心，在面对这个人时，她依旧从容不起来。

也不知是不是感受到了楚玉的心情，向来从容自如的容止，也同样没有说话，只静静地维系着这一段生涩的安静。

但有些人，有些事，始终要去面对。楚玉用力地拿指甲掐一下掌心，张口道："容……"

不料容止比她要快一步，也几乎在同时，比她快半秒开口："公主，怎么不见越捷飞？"

容止先开了口，楚玉便暂时压下自己的言语，还未开口，便先冷笑一声："他吗？"

在裂痕产生之前，越捷飞一直是她的贴身护卫，不管她走到哪里，他都不远不近地跟着。以前一看见他的身影，她就会感觉安全，但现在，这个名字只会让她冷笑。

她怎么会那么蠢，因为习惯了他的保护，便忽略了他根本就不是跟她一条心的？出卖起她来毫不迟疑，必要时也许还会兵刃相对吧？

他总是执剑挡在她的身前，竭力阻挡一切朝向她的锋刃，害怕被她染指的自恋心思偶尔又十分有趣，让她不知不觉间忘记他是天如镜的师兄，是属于皇室的打手。因为已经不知不觉地对他放下戒心，将他当成了可以信任的人，所以在面临他的背叛时，才会更加愤怒。

虽然天如镜和越捷飞是同谋，可在某种意义上，楚玉对越捷飞的不满远超过天如镜。

她知道这样很没道理，可她控制不住自己的感情，一如她面对容止。

所以，在那日见了刘子业，被何戢押送回府后，楚玉所做的第一件事，是让越捷飞给天如镜传讯。之后，她便将他赶出内苑。

他爱干什么就干什么去，去继续给刘子业卖命也好，去继续呵护他的镜师弟也好，总之不要出现在她眼前。

容止略一惊讶，面上随即浮现出了然笑意："原来如此。"结合他方才询问府内管事下人的话，再结合楚玉对越捷飞的态度，他已经将整件事的前因后果摸索出来八九成。

楚玉感觉手背上一凉，却是容止将手放在了她的手上。他的手冰凉如雪，冷得不似活人。

面对楚玉疑惑的目光，容止不慌不忙地伸出三根手指来："眼下情形，我有上、中、下三策，公主你要听哪一策？"

楚玉不动声色地将手从他掌下抽开，问道："上策如何，中策如何，下策又如何？"原本打算一见到容止便摊牌，但听他说了个上、中、下三策，楚玉又起了好奇心。

至于她自己的事，可以暂且压下来。

容止微微一笑："眼下情形，乃是因皇帝与公主反目，那么唯今之计，上策，当今皇帝昏聩，公主可另择一幼弟取而代之，届时幼弟登基，公主在他身后指点，便可把握朝政；中策，乃是安抚皇帝，令其相信公主并无异心，同时构陷驸马，让他失去皇帝的委任；下策，乃是独善其身，从公主府内悄然脱身离去。"

既然矛盾的焦点在楚玉和刘子业反目，那么解决问题的办法也很简单：第一，刘子业消失；第二，反目的理由消失；第三，楚玉消失。

他侃侃而谈，笑意从容幽雅，仿佛说的并非谋夺权柄的大事，而是清风明月、小桥流水般的诗情画意。

楚玉古怪地望着容止，她早就知道容止胆子很大，却没料到他狂到了这个地步，张口上策便是谋反，让她垂帘听政做武则天还没出生时的幕后武则天，而她现在正在做的，照他说来反而成了下策。

其实仔细想来，也确实如此。从她的角度出发，自然是希望能以最少的伤害损失达成最基本的平安。可容止不一样，她早就知道他是个狠毒的人，他的好坏判断，并不是以自身的安全为基本考量，而是从全局上把握，攫取最大利益。

倘若她逃了，一定会面临刘子业的追捕；倘若她希望化解与刘子业的矛盾，可化解了这一次，难保没有下一次。

而容止的上策，乍看上去虽然冒了绝大风险，执行的过程也不可谓不艰难，可一旦成功，前方将是一片坦途。

只不过……楚玉冷笑一下：是谁的坦途，还说不准呢。

倘若她被容止的言语所蛊惑，选择了他所说的上策，那么势必要大幅度地依赖于他，用谋施计，人事调派，都经由他手，他想要做什么手脚，实在是再容易不过了。

她绝对相信，容止能够完成这个上策，站在她的角度，这也是可行的，因为很快刘子业将会死于一场刺杀，只要她看准时机，便能从中牟利。可上策归上策，那是他容止的上策，而非她楚玉的上策。

更何况，容止所选的道路，必然是一条狠毒无比，充满了杀伐的路途，路上不知要牺牲多少无辜的生命。

就算这里面没有容止的算计，是真真正正地为了她好，她也不愿意如此执行。她心肠软，她优柔寡断，她感情用事，她拿得起放不下，因此有时候即便知道怎么做才能达到最好的效果，她也很不情愿。

她宁愿做一个二十一世纪的平民百姓，也不愿做公元5世纪的地下女皇。

等等，二十一世纪？！

思路漫无边际地飘飞着，前一刻，楚玉还在苦恼着如何安然从公主府逃离，可下一刻，她的全部心神都集中在了方才想到的事情上。

是啊，她怎么忘记了，天如镜的手腕上，有她回去的希望。假如她能够拿到那个手环，并且研究出来那手环是怎么工作的，是否就可以借此回到她原来的世界？

思及此，楚玉的呼吸不由得微微急促。她也想起来，容止对天如镜的评价——现在的天如镜，与他的师父相比根本就不成气候，他太干净了。

说天如镜干净，是相对于天如月曾经的行径而言。相比起杀人不眨眼、拿活人来做实验的天如月，天如镜不过就是在紧要关头陷害她一下，确实是干净不少。

而容止坦言曾骗得天如月取下那手环……

楚玉可以听见自己的心跳越来越急促，前些天强行浇灭的渴望又重新燃烧起来：假如是容止，能不能再一次从天如镜手上取得那手环？只要取下来就好，她拿到手环，可以好好研究一下，看看能不能使用。而相对地，天如镜失去手环，也等于失去了他最大的依仗。

虽然这么做会极大地损害天如镜，但想到能回家，楚玉便什么都顾不得了。

她要回去！

谁都不能够阻止！

能回去就好，只要回到那个世界，即便一时半刻没办法弄到合法身份，也不会有人想要她的命。

对，只要回去就好。

楚玉从来没有这样渴盼过一件事，也从来没有这样，因为一个目的，热切的希望几乎烧光她的理智。

这个目的对她而言实在太诱人了。

思及此，楚玉忽然开口问容止："你有没有什么法子，再将天如镜手腕上的手环给取下来？"

容止闻言微微一怔："公主要那东西做什么？那法宝只有天如镜一人用得，当初我从天如月手上骗下，就是因为用不得，反而给弄得全身剧痛，才吃了大亏。"

楚玉心想，你那是被电了，但她并不会告诉容止其中关键，只道："总之我问你有没有法子骗过来，只要能骗天如镜脱下那手环便好。"至于具体用途，她自己想法子。

容止似笑非笑道："公主若想要弄到那手环，实在再容易不过，只消邀请天如镜来公主府，请他用饭，在饭菜酒水之中加些许迷药，便可手到擒来。"自然，假如楚玉愿意亲手敬酒，想必效果更佳。

楚玉满脸狐疑，望着他一百二十分地不信。

他说的，简直就是普通的黑店手法，在饭菜里下药，这手段简直俗滥得不能再俗滥。倘若这么容易便能成功，那他当年又何苦跟天如月斗得死去活来？

容止笑吟吟地瞧着楚玉，他的笑容很可恶，高深莫测地，是那种好像知道了什么她所不知的事情的笑，让楚玉心中很是郁闷："你笑什么？"

他的笑意更深，眼眸之中闪烁着玩味的光辉："我虽然时常说笑，但这一回却是千真万确，公主大可一试，若是不成，公主再找我算账也不迟。"

他顿了顿，目光刹那间变得深凝："只不过，我有一事相求。倘若公主取得了手环，可否让我知晓，公主要那手环，是想做什么？"

第九十四章　暴风的荒原

楚玉在房间里收拾东西。

二十颗龙眼大小的夜明珠，四十粒几乎一模一样浑圆洁白的上好珍珠，四块毫无杂色的翡翠和美玉，两根黄灿灿的金条，各色宝石玛瑙若干，放在一起五光十色珠光宝气，几乎能晃花人的眼。

楚玉仔细地数了一遍，才分别用细软的丝囊分开盛装，随后再将所有小号丝囊放入一只用加厚双层细麻布制作成的背包中，布料染成了蓝色，边角部分又局部漂白，乍一看去便似后世的水磨牛仔背包。

楚玉强压着雀跃的心情，放开背包，又从床上拿起她请裁缝专门制作的衣裳。

上衣是以白色丝绢缝制的宽大衣裳，设计十分简单，长袖上窄下宽，朝下方延伸放开，好像蝴蝶羽翼，荷叶领如花瓣展开，柔软地盖住肩膀，内衬白色锦缎和丝质小背心，贴着肌肤，感觉十分舒适。与背包经过类似处理的“仿水磨牛仔裤”包裹着修长的双腿，勾勒出漂亮的线条。

虽然已是秋末冬初，但屋内点着火炉，缱绻的香气环绕的温暖的室内，纵然只穿着单薄的衣衫，也不会觉得冷。

穿上特制的衣裳，楚玉缓缓散下头发，自己一个人在屋子里转了一圈，却失望地发现，这里缺少明亮的落地镜子，只好随便拿了个铜盆盛水自照。水中的少女披散着长发，模样熟悉又陌生，熟悉是因为她已经习惯了这具身体，而且许多次从水里看到过自己的倒影，陌生则是因为身上久违的衣装。已经过了这么多日子，穿上仿制的现代服装，竟然有一丝陌生的久违感。

舍不得地最后摸了几下，楚玉换回平时穿的古装，将脱下来的这套衣衫整整齐齐叠好，与珠宝放在一处，接着便开始整理其他物品。

余下的事物很简单，一柄锋利的匕首，四套由精钢和皮套制作的袖箭，两瓶据说见血封喉的毒药。

没有亲手触摸过，更不曾做过试验，楚玉不知那手环的穿越功能有没有风险，又或者是否能精确地到达她想要去的时代和地点。可假如不冒这个风险，她便永远没有回去的机会。

财宝和凶器，都是因为可能出现穿越时间、地点不精确而准备的。假如她没有成功地回到想去的时代和地方，而是出了什么偏差，她也必须保证自己拥有一些能自保的武力，以及生活的本钱。

假如不小心去到了荒无人烟的地方，还需要带能维持一些时日的食物和水，不过这些东西容易坏，要在出发的前一天再准备才好。

因为自己的卧室在动工，楚玉早已经在原本空置的房间里另外布置了一个临时卧室，她让人找来自己所需的东西，还另找裁缝按照她的要求缝制衣服和背包，如此花了三日工夫才算大致准备停当。

必备物品差不多齐全后，楚玉便让人传话给越捷飞，令他明日和天如镜一起来内苑，她要摆酒席，也是准备按照容止的提议，对天如镜下药。

楚玉不知自己要琢磨多久才能弄明白那个手环操纵的原理，为了避免越捷飞发现她做的事而闹起来，便决定索性将越捷飞一起放倒。

这几日来，楚玉心中涨满了一种微微狂热的情绪，直到今天需要的东西都准备得差不多了，才稍微冷静下来。

这一冷静，楚玉终于想起一直被她忽略的问题：她走了，那府上的人怎么办？

柳色、流桑、阿蛮、桓远……以及容止。

假如她走了——在她能离开的前提下，她一走了之倒是自个儿方便了，可被她留下来的这些人呢？

容止可以暂且不去想，但想起其他几人，楚玉忍不住有些愧疚。假如她在公主府里失踪了，府内的其他人会不会被连累遭殃？这一次，桓远该挡不住刘子业的杀意了吧。

楚玉看一眼外面的天色，此时暮色已经降临，过了这个晚上，便是明天的鸿门宴。她忽然有些后悔这么快邀请天如镜和越捷飞来，之前她整个人被能够回家的兴奋笼罩，以至于忽略了身旁：这么短的时间，她要怎么给其他人安排后路？

唔，如此说来，在放倒了那两人后，她还不能马上走，还必须先安排好其他人，才能真正无牵无挂。否则她就算平安回去了，也会一直担忧这些人的生死。

楚玉兴奋之情略减，她打开门走出房间，外面的冷空气迎面而来，让她的思路更清晰了一些。转了几个屋子，再穿过一间花厅，穿过几道门，才回到自己原来的卧室。这里已经几乎没有卧室的样子，地面上满是散碎的泥土，因为已经动工深入到了地底深处，挖掘的声音已经听不到，只有蹲在洞口的流桑，表明阿蛮依旧在地下做土拨鼠的工作。

楚玉走到流桑身边，弯腰拍了拍他的肩膀："流桑，你过来，我有话和你说。"

流桑乖巧地点点头，站起来走近两步，仰起纯真的脸直直地望着楚玉，水汪汪的眼睛漂亮极了。

楚玉看着他，沉默许久后，叹了口气："流桑，你今后想做什么呢？"其实流桑什么都好，他文师从桓远，武师从花错和越捷飞，算起来也算是文武双全的未来栋梁，就是那个志向有点儿问题，当什么不好，偏偏想当山阴公主的面首。

不出意外地，流桑又回答出以前不知说过几次的理想，但楚玉这一回却没有苦笑着转移话题，她只是伸手摸了下流桑的头发，低声道："其实假如这真是你的理想，人各有志，我也实在不应该强行干涉……"她的声音很低，低得只有她自己能听到。片刻后，她的音量稍微抬高了一些，"流桑，我只是建议，假如你觉得我说得对，便稍微听上一听，假如觉得不对，便忘掉我说的话。

"其实以你的才能，不出三五年，便可以在这个世上有所作为。假如你一定要做面首，我不拦着你，但完全依附于他人，是一件很可悲的事。假如能够独立自主地活在世间，其实是一件再美好不过的事。"

没等流桑想明白，楚玉便又拍了拍他，离开了房间。走出东上阁，楚玉脚步顿了顿，才慢慢走入西上阁中。凄冷的夜色中，修远居内亮着清浅的灯光，虽然并不明亮，却在黑暗里燃起一抹温柔的暖意。楚玉迟疑片刻，才抬步走入。

不轻不重的磕击声在门上响起来，非常圆润而干脆的声响，好像水波的涟漪一圈一圈地向外扩散。拉开门，见敲门的人是楚玉，桓远有些意外，但他只是一愣，之后便迅速让开门："公主请进。"

两人在屋内坐定，恒远眼角余光瞥见楚玉的指甲微微发青，想来是走来的路上被风吹冻的，他便将放在案几上的黄铜手炉推给楚玉，让她拿着暖手。

楚玉感激地点了点头，不客气地伸手握住。她身体微微弓着，双手平放在桌案上，一时之间却又不知说些什么才好。

楚玉忽然来访，桓远心中也有些忐忑。那个挖地道的计划，桓远虽然最初不知，但以他的聪明，看阿蛮和流桑连续几日在楚玉那里，再结合府内到处挖池塘的景象，便大致猜出楚玉打的什么主意。

因为用心去看，知道现在的楚玉已经与从前不同，才不会如旁人那般陷入有关色情的错误猜测。

对于当土拨鼠这件事，桓远实在是没有什么心得。他基本上算是个比较纯粹的读书人，学的两手剑术连流桑都拼不过，对于这种纯粹依靠体力的活儿并不能胜任。他只偶尔让流桑过来，告诉他一些府内的地形方位，就是为了提醒他们不要弄错方向和位置。

桓远的知情也在楚玉的料想之内，我知道你在做什么，你知道我知道你在做什么，这个心照不宣的把戏便在共有的默契下维持了许多日子。楚玉不主动提，桓远也不主动询问，没什么事时便在府内看看书，直到今天楚玉趁夜来访。

虽然现在的日子和从前被公主软禁时没有多大区别，但放开过眼光，见识过这个世界的桓远与从前已经大不相同，至少眼力明显有进步。一看到楚玉，他便敏锐地发觉她心中仿佛在烦恼着什么，而这种烦恼隐约让他有了一种不妙的预感。

是出了什么事吗？

桓远静静地端详着楚玉，似乎并不是地道被发现，也不该是有什么危害，反而是有一些焦虑，又有一些不舍。

意识到自己沉默得太久了，楚玉放开手炉，正色望向桓远。这个容颜俊美、风仪俊雅的青年，虽然一开始是她救了他，且给予了他自由的空间，但到后来，很大程度上，却是她依赖他。假如没有桓远，只怕她现在的处境还会糟糕许多。

不知不觉间，桓远变得十分可靠，初见面时，他还有点儿倔犟和意气，可现在，则变成了她不知所措时可以倚靠的肩膀。

柳色太贪财，流桑年纪小，阿蛮头脑单纯，唯一有过人手腕和清晰意志，并且不会起什么坏心眼的，大概就是桓远了。他也许不及容止，但她并不要他跟容止争锋，只要他能代替她保护公主府内的其他人便好。

“桓远，”楚玉一边在心里斟酌措辞，一边慢吞吞地将自己令阿蛮二人挖掘地道的事情说出来，“这些你应该都知晓了吧？”

桓远抿了抿嘴唇，润着柔光的唇瓣绷出一个很优美的线条：“公主是否去意已决？”他没有像容止那样很华丽地献出上、中、下三策，而是直接问她对今后的打算。从某种意义上说，容止惯于主导，而桓远则稍微倾向于配合。

大约也是因为此，桓远缺少了一点儿容止的利落狠毒，也缺少一点儿强势的魄力。

发觉自己竟然不自觉地比较起两人来了，楚玉连忙打断思绪。她现在正在桓远身前，反而想着容止，这实在是一件对桓远很不尊重的事。

“是的，我去意已决。”清了清嗓子，楚玉认真道。她对于公主府的权位和财富并无多少留恋，更何况前方还有已知的死亡在等着她，若说还有什么放不下的，却是桓远等人。

她是一定要走的，只不过在走之前，她必须安排好其他人的后路。离开公主府后，如何安然混出城，如何逃避刘子业与何戢可能跟随来的追捕，应该前往何方，如何在他乡安顿下来，怎样经营今后的生计……

这些问题楚玉原本以为可以慢慢考虑，毕竟两个月时间还早，而地道也没有挖出公主府外，然而她突如其来的决定令这一切都急迫起来，回想起来，微感懊悔。

可懊悔归懊悔，楚玉并无停手的意思。她实在等不及了，就算要在这里多滞留一些时日，也要等手环拿到手再说。

桓远的嘴角微微翘起，他朝楚玉低了低头："在下倒是有法子，只是还得先请公主恕罪。"

他什么都没提便先说恕罪，楚玉便知道他后面一定有什么玄机。这个时候，不管桓远有什么罪过，她也懒得去追究，只随意挥了挥手："你说吧。"

桓远垂敛眼眸，低声道："我瞒着公主做了一件事。先前公主使人往各地安顿家宅时，我暗里多派了数人，另在别处有安家。"虽然楚玉对他可以说是十分宽容和信任了，可要说桓远就此死心塌地将前途完全赌在她的信任和宽容上，那也不大可能。因此掌握了实权后，桓远小心翼翼地做了一件事，便是假如有一日楚玉翻脸，那么他已经给自己留下了完善的退路。

从买通人手方便出逃，到出逃的路线，以及安家的地点，在悄无声息间，桓远已经安排停当。这并非楚玉所亲自安排的，因而越捷飞无从得知，也在上回刘子业铲除她的狡兔三窟时，没能挖掘出他的后路。

桓远低声说完，便不再言语，两人之间再一次陷入沉默。

过了许久，楚玉才把手炉抱进怀里，反复摩挲着发凉的手指，轻声问："为什么告诉我呢？"这件事她之前被瞒着，假如桓远不说，她今后也不会发现。倘若他想脱身，也可以自己独自一人离开，他其实完全没有必要告诉她这些。

桓远有些茫然地摇摇头，他一直垂敛着眼眸，不去看楚玉，也不去想象她现在的表情。

这已是他最后的底牌，此时全部交了出来，等于将自己的生命以献祭的姿态完全奉上，倘若楚玉因此要处置他，他完全反抗不了，完全抵挡不了。

"为什么？"桓远喃喃地道，"也许是我想要信你吧？"

他给自己留后路的安排，源自对楚玉没办法完全信任，可看到方才她认真苦恼的神态、她真切忧心的眼眸，他忽然间强烈不忍起来，竟然鬼使神差地将自己苦心的安排和盘托出。说完之后，他竟然没有后悔。

楚玉放下手炉。

发觉了她的动作，桓远终于忍不住抬起眼帘。楚玉却将脸别向一旁，她的声音里有着细弱的颤抖："谢谢你愿意相信我。"

对于楚玉而言，桓远留后路的做法根本就无可厚非，她脑海里并不存在主从之间需要完全服从坦诚的概念，可桓远最后的坦白，这分量却重得让她不能忽视。不仅仅是因为正好解除了她的燃眉之急，她知道桓远这一坦白意味着什么，意味着他完全地袒露在她面前，她随时可以伤害他，他却不能反抗抵挡。

不同于年纪小的流桑，也不同于没那么多心思的阿蛮，更不同于不在乎是否依附他人卑微存活的柳色，桓远的骄傲楚玉是见识过的，她也知道，他有多么渴望自由，他曾经受过侮辱和伤害，他思路严密，个性谨慎，不容易轻信人，也绝少这样毫无防备。

但他现在退让到了这么一步。

在这个世上，在这个人身上，彻底的信任是多么可贵。

楚玉从来不认为，别人为她付出什么是理所当然的，当有人真心地对待她，她也会感受到并记在心里。桓远这份心意沉重得难以想象，让楚玉的鼻子钻进一种酸涩的刺痛。

居然因为这个差点儿哭出来，楚玉觉得有点儿不好意思，但更多的则是震撼。

积累下来，她已经亏欠他太多了。既然有桓远的后路支持，楚玉便也放心许多。她纵然是立即消失，其他人也可托付给桓远。只是如此一来，她欠他的更多，并且永远都偿还不了。

接着，便迎来了第二日的鸿门宴。

虽然已经做好了充足准备，并且事先在心中排练了许多次，但真到了下药昆仑奴的当口，楚玉还是止不住地紧张。望着已经来到房屋门口的天如镜和越捷飞两人，她的胸口怦怦地急促跳着，手指藏在袖子下微微颤抖，但面上依旧是一副无比冷淡的模样。

她用力掐了掐自己的掌心，免得表现异常让两人发现蹊跷，随后才淡淡瞥两人一眼，目光冷淡地一扫而过便收回来。

楚玉今天特意选了一处幽深僻静的空置院子来招待客人。院子里一眼看上去很是冷清，然而屋内摆设却大不同，是一派豪华富丽。

地上铺着厚厚的毛毯，才一进门，越捷飞便感到屋内带着温软香味的热气迎面而来，冲散了外面初冬的冷意。但看着楚玉冷凝的神情，他心里有些捉摸不定。越捷飞自然不会天真地认为在他做出了背叛的行为后，楚玉还会对他和颜悦色。可楚玉邀请他们来，不知是何用意。

幼蓝引领着二人来到楚玉宴客的房间，这屋子比寻常待客的大厅小一些，就是一间单独的屋子，除了正门，没有其他出口。

天如镜只在门口一顿，随即抬步踏入。而越捷飞看到屋内只有楚玉一人，微微松了口气，倘若花错或者容止在，他大概会考虑一下要不要进去。

屋子里分散摆放着几张二尺宽、四尺长的黑漆矮几，楚玉坐在上首，左右两侧正好他们两人相对坐下。

楚玉冷漠地向两人打了声招呼：“两位请坐。”然后便自顾自地拿起放在身旁的书卷，佯作怠慢地看起书来。

无事献殷勤，非奸即盗，假如她这个时候对两人的到来表现得十分欢迎和热切，反而会引起越捷飞和天如镜的怀疑，尽量冷淡，才是她应该表现出来的正常态度。

幼蓝领着几个侍女里里外外忙碌着，将酒菜送进来，整齐地摆在三人面前的黑漆矮几上。雪白的瓷碟衬着乌黑的桌面，菜肴精致，颜色鲜亮缤纷，甚是好看。

待幼蓝等人上菜完毕换上新的熏香，躬身退出去后，楚玉才放下书册，看了看同样沉默的两人，冰冷的神情稍稍有所缓解，叹了口气道："为什么我们之间变得如此生疏冷落呢？"

她提起了话头，越捷飞也想起从前跟着楚玉的日子，虽然每天提心吊胆，担心会被公主看上，可事实上，公主并未染指于他，相反待他还甚是宽厚。他也想不明白，为什么天如镜好好儿地一定要密告公主，一反常态地参与政事，逼得陛下与公主离心。

他不知天如镜和楚玉有什么纠葛，可之前他们相处得不是还不错吗？甚至天如镜失踪了，楚玉还特地亲自出城去寻找。心里想着，越捷飞不由自主地看向天如镜，却见他的小师弟一如往常面无表情，也不知在想些什么。

屋子里溢满了浓郁的暖香，香气之中那种懒洋洋的意味几乎要从呼吸渗透到心跳，那种醉人的余味让人不由自主地松弛下来。

楚玉给自己斟了一杯酒，借着倒酒的动作稳了稳自己的手，即便是在熏香的舒缓下，她依旧难以压制疯狂的心跳——很近了，很近了。

尽管菜肴做得像花一样精致，但楚玉并未吃几口。她慢慢地自斟自饮，也慢慢地跟两人说一些从前的事情。她的声音里充满着落寞和惋惜，听得越捷飞也不由得恍惚起来。

"还记不记得我们一起在东山上喝酒？"楚玉说着，忽然想起王意之，心陡然一沉。当初一起喝酒的人已不在身边了，而当初一起喝酒的心情，也再找不回来了，她垂下眼帘，"那时候真的很好。"

美酒，星光，一同放声大笑，肆无忌惮地歌唱。

那样的日子，再也回不来了。

有的人远走他乡，有的人不能相信，有的人彻底决裂。

而她很快也将离去。

从前繁荣的土地变成了荒芜的平原，荒原之中不会剩下一个人，只有无穷无尽的暴风呼号着，席卷着。

第九十五章　有仇的报仇

越捷飞听着楚玉的话语，已经有了些绝望的颓意，忍不住开口安慰道：“公主不必如此，你与陛下不过是一时不合，等过阵子，陛下气消了，自然便不会再怪你了。”听着楚玉的话，他觉得很不祥，她这个口气，简直就好像是即将死去的人一般。

楚玉古怪地一笑，瞟了一眼天如镜：原来他没有将她必死的未来告诉越捷飞。

如此也好。

笑着摇了摇头，楚玉先自己满上一杯，随即从座位上起身，端起自己面前的酒壶来到二人跟前，给他们分别斟了一杯酒，柔声道：“最后一次吧，我最后敬你们三杯。”随手放下酒壶，楚玉回到座上，斯文地端起酒杯，目光先后望过二人，“第一杯，我敬越捷飞，我谢你从前一直保护我，不遗余力。”

楚玉给越捷飞倒酒时，他受了点儿惊吓，似乎不习惯楚玉做这样的事，但还是没有阻拦。听闻楚玉的话，他神情有些难过，跟着举起杯来：“公主何必言谢？那是我职责所在。”

楚玉抬了抬眉毛，举杯快速一饮而尽：“那是你的事，本公主还是要谢你。”纵然是职责所在，也不能否认越捷飞那么多次为了她刀光剑影，出生入死。

越捷飞先浅尝一口，接着也学楚玉的样子，仰头尽饮。却见楚玉的目光投向他对面的天如镜，天如镜看着酒杯，好像在呆呆地出神。越捷飞轻咳了一声，天如镜才怔怔地回过神来，慢慢举杯喝光杯中酒。

他不会看出什么问题了吧？楚玉有些忐忑地想。

不过她第一杯酒完全没有加料，就算天如镜疑心，也不能发现什么。

都已经做到了这一步，临时退缩也不是办法。楚玉咬了咬牙，这时候反而完全镇定下来，之前疯狂的心跳，颤抖的手脚好像全都是幻觉一般。她露出忧伤的微笑，又起身，端起自己的酒壶，照例是先给自己斟满了酒，然后才走到越捷飞的桌案前。

弯下身子时，有那么一刹那，楚玉宽大的袖子罩住了酒壶。也就在那一刹那，她扶在壶盖上的手微微使力，转了个很小的角度，接着若无其事地继续给越捷飞倒酒。

这只酒壶，是她陈述要求，让容止亲手加工出来的，乃是曾经在电视和小说中看过的鸳鸯壶。酒壶内分作完全隔绝的两半，一半酒没有问题，另外一半则混了迷药。转动机关，便可控制从壶嘴中倒出来的是哪一半的酒。

虽然已经做足了表面工夫，让越捷飞二人以为她这次邀请是来跟他们叙旧的，而且容止提供的迷药味道也不重，混在酒中完全尝不出来，但楚玉还是怕他们小心防备，便故意用自己用过的酒壶给他们倒酒，并且自己先行喝酒，以表示酒中无毒，降低他们的警惕性。

不仅如此，她第一轮斟上的酒也是没有加料的，更是为了解除对方的戒心。

十分冷静地给二人斟满酒，楚玉又一次返回座上举杯："这第二杯酒，"她转向天如镜，真诚地笑道，"虽然你害了我，但我还是要谢你，谢你告诉了我一些事。"随后又是满杯尽饮。

这酒是什么味道的，楚玉一点儿都没尝出来，她现在的心思全在天如镜手腕上，吃菜味如嚼蜡，喝酒也好像喝着白开水。

第三杯酒，楚玉也是依样画葫芦，虽然容止跟她保证只要一杯酒的药量便足以放倒一个人，但为了保险起见，楚玉还是自作主张地加了一倍。

"这第三杯，我敬你们二人。"楚玉平静地端起酒杯，面无表情地道，"从今以后，我们恩断义绝，各不相干。"

越捷飞一怔，面上随即浮现出毫不掩饰的难过之色，但他没说什么，只是慢慢地拿起酒杯。

天如镜倒是比他干脆，举杯，喝光，然后，身子一歪倒在地毯上。

天如镜倒下时，越捷飞也终于感觉到些许不对劲。他头脑昏沉，四肢无力，见天如镜失去意识，他刹那间明白过来。他一把摔开酒杯，极力维持清醒，勉强想要拔剑，可他的手才摸上剑柄，后脑忽然一痛，痛苦的晕眩疯狂地涌入他的脑海，让他再也支持不住，陷入一片漆黑。

楚玉站在越捷飞身旁，面无表情地丢开手中的酒壶，也不管壶中液体溢出来浸湿地毯。她弯腰摸了摸越捷飞还有气，才缓缓松了口气。

怕越捷飞学过武，体质强健提早醒来，楚玉扯出早已准备好的麻绳把他绑成肉粽。料理停当，她拿起从越捷飞腰上缴获的长剑，连鞘缓慢探去，在天如镜肩膀上碰了碰，看看没反应，又用力捅了捅，还是没反应。

楚玉丢开剑，这才走过去，天如镜侧躺在绵软的地毯上，几缕黑发从细腻的羊脂玉发冠中散落出来，轻柔地拂在他秀丽的脸上。

楚玉半蹲在他身边，扶住他的肩膀，翻过他身子正面，让他仰面躺着，接着便仔细地打量起来。

天如镜双目紧闭，眼帘敛住清冷无情的眸子，羽扇般的睫毛好似微微颤动了一下，楚玉吓了一跳，以为他要醒来，惊得后退了几步。过了片刻工夫，她看到天如镜并无动静，才又重新靠了过来。

天如镜静静地躺着，倘若不是胸口的起伏和鼻端的呼吸证明他还活着，简直就好像已经死去了一般。

这回，终于可以完全确定，她得手了，成功了。纵然事前做过很多准备，可一路这样顺畅地进行下来，却让楚玉忍不住有一种“这样就完了”的错觉。

好像……来得太容易了啊。

简直像在做梦一般。

不过不管怎么样梦幻，这总归是摆在眼前的现实。看着天如镜昏迷不醒的样子，楚玉一下子又高兴起来。她小心地伸出手，轻戳一下他白皙的脸颊，指尖微微陷入他细致的肌肤，柔软滑嫩而富有弹性的触感通过手指传递而来。

她就是被这家伙给害的，才弄成现在这个处境，现在他可算是落在她手上了！

想到现在她可以对天如镜为所欲为，楚玉便有一种莫名的兴奋感：终于，你也有这么一天啊！

一边在心里默默地想着，楚玉更加用力地戳了戳天如镜的脸颊，把天如镜的脸戳出来个红印子后，便换一个地方继续戳。

戳戳，戳戳戳。

戳戳戳戳戳戳戳。

把天如镜斯文秀丽的脸颊戳出十来个漂亮的小红点，又散开他的头发绑了十多个小辫，楚玉才心满意足地收了手，压抑住继续玩的冲动，先办正经事。

虽然她对容止的迷药很有信心，但还是不要太过忘形的好。

走向旁边的柜子，取出一副手套和一双大号靴子，楚玉仔细端详片刻，弯腰直接将那双靴子套在自己穿着鞋的双脚外，随后才戴上一只手套。

这手套和靴子也是她令人特制的，手套以双层鹿皮缝制，中间夹了一层棉布，靴子也同样是皮革制作，鞋底则是硬木，特地做得十分厚。这些都是绝缘的物质。

楚玉原本还想弄点儿橡胶，但橡胶树的生长地应该在两广云南那边，想要去获取制作又费事耗时，还不一定能顺利成功，便打消了这个念头。

深呼吸一口气，楚玉用戴着鹿皮手套的手摸上天如镜的手腕，小心翼翼地掀开他的衣袖，便露出了她朝思暮想的东西。超越时代的物件就那样静静地套在天如镜稍嫌纤细的手腕上，银色的圆弧边缘流转着细腻而冰冷的光辉，一侧中央镶嵌着朱红色的宝石，美丽剔透，宛如凝固的血液。

它就那样寂静地在那儿，没有发挥作用时，谁都不会知道它拥有多么可怕的能量。

楚玉一只手按住天如镜的手臂，掌缘触摸到他温热的肌肤，顿了顿，随后用力按住，戴着手套的手扣住手环边缘，十分小心地将其向外拉。

脱下来的过程十分顺利，只在经过天如镜手掌时，因为手掌的宽度产生了些许阻碍，但楚玉稍一用力，便彻底地将手环拔了出来。

天如镜大拇指根与掌缘相连的部位被蹭得微微发红，有一点儿破皮，过了一会儿，便从破皮的地方沁出来几粒纤小的血珠。

不过楚玉没注意到这个，她一拿到手环，便好似完成了个大工程，一直屏住的呼吸缓缓自如了，接着便迫不及待地研究起战利品来。

楚玉现在还是不敢用自己的手直接去触碰手环，可倘若不去触碰，她又该如何使用呢？

先尝试了一下意念遥控，数次失败后，楚玉拉起天如镜的手指，学习天如镜从前所做的那样，将他的手指按在朱红的宝石上，接着再发动指令：

"阿里巴巴。"

"芝麻开门。"

"天王盖地虎。"

"地震高岗，一派溪山千古秀。"

"ABCDEFG。"

"我们都是木头人。"

"……要买碟吗？"

…………

也不知尝试了多少句可能是关键暗语的话，楚玉最后还是疲惫地终止了没有目的的探询。

原本火热的心也渐渐冷了下来：不是天如镜就不行吗？

一定要是固定主人所发出的号令，这手环才会启动吗？

楚玉不太甘心地咬了咬嘴唇，拿出藏在自己桌案底下的玉盒，将手环轻轻放置其中，纳入自己怀里。接着，她拉过原本摆放在墙边当装饰的红木椅子，拖着天如镜到椅子上坐下，双手放在扶手之上，随后就着这个姿势，把他手脚身体都跟椅子绑在一起。

虽然天如镜多了张椅子坐，但在绳子的用料上，楚玉对这对师兄弟是一视同仁的。

接下来，便要把他弄醒了吧？

楚玉在心里盘算。

虽然不甘心，但这也是预料之中的事情，她可能会因为某些局限无法操纵手环，因此还是必须回头来请教天如镜。

要怎么样，才能哄得他说出实话呢？

楚玉叹了口气，走向墙角的盆架，走回来时，她手上已经端着一盆水。

她的计划表里，各方面的安排，都已经在屋子里藏好了相应的道具。别看这间屋子表面上繁华祥和，实际上处处埋伏着杀机。高矮柜子里藏有各色刑具：皮鞭、蜡烛、老虎凳、辣椒水、枷锁……这是在不同时候派不同用场的。

楚玉还没走回天如镜身边，便听到身后的门传来猛烈的撞击声。她吃了一惊，连忙转过身来，见雕花木门晃了两晃，在接下来的再一次撞击下，门闩断裂，两扇门砰地豁然开启，一条人影带着撞门的余力快速闯了进来。

闯入的人是桓远。

他神色惶急，似在恐惧着什么。闯进来后，一眼瞧见楚玉，见她端着水盆，也不知是要做什么，怔怔地安然站着，才悄悄松了口气。

见楚玉现在暂时无恙，桓远稍稍心安，这才有心思打量屋内。可他一扫周围，瞧见被绑成了肉粽的越捷飞，神色便有些震动，目光再一转，就看到了被绑在椅子上、白皙的脸上浮现十来个俏丽红点、头上被乱糟糟绑了十多条小辫的天如镜。

天如镜从前身份特殊地位超然，不管是何等时候，几乎都是一副整洁干净一尘不染的模样，而伴随着他的喧嚣传言，几乎从来都与他的神秘强大脱不开关系。然而此时此刻，桓远吃惊地目睹：天师大人无力地被人绑缚着，而他的身体也被拿来当成玩偶一样玩弄，什么清新气度啊，什么出尘风致啊，全都没了影子。

那些小辫，有的细、有的粗，有的绑在鬓角、有的直接朝天，三股麻花、四股麻花……总之，楚玉在天如镜脑袋上尝试了她所能想到的所有辫子编法。

桓远一看天如镜，脸上便露出想笑又强忍着的神情，好一会儿才艰难地咽下那阵笑意，重新望向楚玉，目光中已有了悟之色："公主今日便是要拿下他们？"

楚玉此时也回过神来，她随手在一旁矮柜上放下水盆，甩了甩犹带着水珠的手指，示意桓远先合上门，才微笑道："差不多吧。"擒住这二人只不过是方法，她的真正目标，自然不好对人直言相告。

顿了顿，她又问："你来，可有什么急事？"

桓远现在已经变得十分稳重，若非有十分紧要的事情，他绝不会这样不管不顾地硬闯进来，连敲门都顾不上了。

楚玉问出，桓远才从看见天如镜的震撼中回过神来，记起自己的来意，犹豫一下："我今日反复思量公主昨日见我时……"

昨日楚玉在问明他有退路后，又与他说了一会儿话，楚玉心中有事，言谈间隐约透露出假如他日她不在了，希望桓远代为照料众人的意思。

她说得十分隐讳，但桓远依旧感觉出不对劲，昨夜一夜未眠，一直思量到今日，终于确定她的确是存着托付后事的心思，又听闻楚玉今天邀请越捷飞、天如镜来此，以为她存有死志，欲与二人同归于尽或是做些别的凶险之事，便不管不顾地闯了进来。

虽然楚玉怎么看也不像是想要寻死的模样，可她那番话思索起来太像遗言了。桓远越想便越能确定这种猜测，简直就像是她马上要离开这个世界一般。

怎料进屋之后却发现完全不似他所想的那样，楚玉竟然轻松地制住了二人。看到她安然无恙，悬着的心放下了一些，桓远心中那种不妙的预感却依旧挥之不去。

可他倘若直言询问，问她是不是想死，会否显得太过冒失？

纵然对外人可以八面玲珑，但面对楚玉，桓远总是有那么些放不开的心思。事到如今，那已经不是什么提防戒备，而是因为在乎而异常珍惜的心情。

踌躇片刻，桓远抬起头来，正要说无事搪塞过去，却对上楚玉关切的眼眸，禁不住心中一软，暗道，罢了，便苦笑着坦言说出。

他害怕她要做些什么危险的事，只是因为一些托付的话语便惴惴不安得如此狼狈冒失，唯恐她就此消失。对他而言，这样的心思是有些隐秘和不愿启口的，连他自己都尚未完全发觉是什么缘故。

桓远转念一想，他连最后的底牌都可以毫无保留地告诉楚玉，又何必隐瞒这些想法呢？如此一来，反倒心中坦然：就当他是多虑了吧，他桓远本来就是个喜欢多思多虑的人。

楚玉无奈地笑了笑，昨晚因为确定其他人也能脱身，一时高兴跟桓远多说了几句话，也存在着一点儿暗示他今后照顾的意思，却没料到桓远敏锐如斯，这么轻易便发觉了她的意图。

只不过，她不会承认便是了。

楚玉笑着安抚了桓远几句，勉强安了他的心，桓远才告辞离去。他没有问楚玉绑住天如镜二人做什么，也不打算横加干涉，只盘算着出去后如何替楚玉遮掩。

手摸到房门上，桓远看到门上挂着的半截断裂木闩，面上一赧，暗道方才实在是太冒失了。他思量一番，还是放不下心，回身看向楚玉，眼光真挚温柔，低声道："倘若公主有什么烦恼，大可说出来，桓远虽然不才，但至少也可分担一二，公主万万不要独自犯险。"

楚玉一愣，笑着又安抚了几句，好不容易哄桓远离开。望着重新合上的门扉，她出神片刻，找来一条新的木闩，重新将门扣上："你说这些，不是让我更加舍不下吗？"

花了些时间平静思绪，楚玉重新端起铜盆，打算继续先前被桓远闯入所打断的计划。

可才迈出半步，身后的门又一次被人撞开。

这回来人却是直接破门而入，门扉四分五裂，在空中飞散，有一块直接落到了楚玉的脚边。

这个时候，在这个地方，能不引起外面骚动就直接闯进来的，基本上都是府里的人。上回是桓远，这回不知是谁。

怎么想扮回坏人逼供都行不通？楚玉没好气地放下铜盆，回头看究竟是哪一位再次打断她的“好事”，却见一抹艳丽的红衣站在碎片之中，他和桓远一样也看到了天如镜现在的模样。

天如镜脑袋上的小辫，即便是心事重重的人看了也会忍不住一笑，可花错的脸上尽是凄惶之色，半点笑意也无。

“公主！”花错咬了咬牙，朝楚玉半跪下，“容止……容止他……”他的衣衫上，有几处稍深的暗红，仿佛是才溅上去不久的新鲜血液。

花错一直看她不怎么顺眼，楚玉是知道的。他素来骄傲，并且对她不假辞色，可这一刻他竟然向她行大礼，定然是发生了极为可怕的事情。接着再听他说到容止，楚玉脑海里已是一片空白。

耳旁传来的焦灼声音仿佛沉闷的炸雷;“容止他，快不行了！”

第九十六章　命悬于一线

怎么会这样？

楚玉站在床边，看从宫中请出来的御医给容止诊断。

据花错所说，容止正与他谈天，忽然就口吐鲜血不止，随后陷入昏迷，怎么也叫不起来。

她知道容止出事，便也顾不上逼问天如镜，反正现在手环在她身上，横竖也跑不掉，便暂时将这二人交与还没走远的桓远，随后便跟随花错来到沐雪园。公主府上也有医官大夫，但那些人才一诊断完便都是跪地求饶，口称公主饶命，就是不肯说容止的病情。这反而让楚玉从另一个角度明白了容止现在的处境，于是越来越忧心如焚。

府上的医官不管用，楚玉便让人传话入宫中，请皇宫里的御医来，至少御医的本事应该比府上大夫强吧？

此时何戢不在外苑留守，负责监视楚玉的是他的手下，得知公主最宠爱的面首命在旦夕，也不敢令人阻拦楚玉的信差，很快便从皇宫里请来医术最高明的御医。这位御医已经七十多岁，但看上去还是五六十岁的样子，保养得很好。此刻他坐在容止的床沿边，伸出手指按在容止几乎可以看到骨头形状的手腕上。

楚玉望着他的手指，瞥见容止惨白手腕上青色的血脉，忍不住又是一阵难过。她光知道容止清减了不少，可此时是冬天，大家都穿着好几层衣衫，她竟然直到方才才知道容止已经憔悴成什么样！

在大夫来之前，楚玉脱下容止沾了血的外衣，让他只着单衣躺在床上。她看到容止衣衫下的身体，原本年轻柔韧的修长身躯，眼下竟然瘦削得好像只剩下一具空架子，惨青的血管在皮肤下清晰显现，每一条都仿佛容止即将断绝的生命。

而容止的呼吸和心跳是那么微弱，微弱得好像随时都会消失。

他的身体，怎么会糟糕成这样？

回来时不是还好好的吗？

能走能坐，能稳稳当当地运筹帷幄，能笑嘻嘻地算计人。

楚玉凝望着容止尖尖的眉梢，他的面色苍白如碎雪，总是似笑非笑的眸子如今已然合上，纵然不省人事，他周身依旧笼罩着一种深沉又料峭的气韵。

她一直望着容止，目光定定地不移开，口中却是问御医："他……怎么样？"

御医放开容止的手，望了眼楚玉，欲言又止。楚玉瞥见他的神情，知道他在犹豫什么，咬了咬牙："有话直说吧，本公主不会怪罪。"

至少，告诉她究竟怎么样了，总这么吞吞吐吐的，她反而会越来越担忧，不管结果如何，总归要让她知道个确切。

于是那御医壮了壮胆子，加上最近楚玉确实在宫中失了势，便真的有话直说了："公主还是……给他准备后事吧……"他没说完便中途噤声，因为看见楚玉的嘴角溢出来一线朱红的鲜血。

她咬破了自己的嘴唇。火辣辣的疼痛从唇瓣内侧传来，楚玉强迫自己露出一个笑容。那笑容在旁人看来甚至有一点儿阴冷凄厉："究竟怎么回事，你仔细说来。"

御医叹了口气，躬身一礼，仔细禀告。

容止的身体在三四年前便已经严重受损，这些年来虽然一直调养，可底子却是虚的，明明是个少年，体内生机却消耗殆尽，而前阵子，容止又受了一次伤，更大大亏损了，之后又没能好好调养，更是令他的身体彻底衰败下来。

御医低声道："这位公子能活到今日，约莫是心志坚定，强自支撑，如是换了寻常人，只怕早就死了。"在他看来，容止早就是个空壳子，现在还活着，简直不可思议。可不管意志如何坚忍稳固，终究不能够起死回生，该死的总是要死的。

楚玉抬起手来，抹去嘴角的血迹，以极大的自制力稳固住即将溃散的心神，缓慢地问道："没有法子救吗？"

御医没说话，看着她的目光似是带着点儿怜悯。没有答案便是答案。

楚玉沉默了一会儿，挥了挥手，好像用尽了全身气力一般，有气无力地道："你下去吧。"

怎么会这样呢？御医走了之后，楚玉心中再一次发出这个疑问。

容止的身体，从他回来那时候，便已经衰败得不成样子，但因为他总是掌控一切，让人觉得他很厉害很胸有成竹很胜券在握的样子，反而令人忽略了他虚弱的体质。

包括她。就连她，也被他的强大狠毒、冷静坚定给迷惑了。

因此，在他的身体超越极限终于崩溃时，她的第一感觉不是伤心，而是震惊，惊讶于这件事的发生，也惊讶于——原来他也会倒下的。

容止闭着眼睛，楚玉想起了刚才被她用药放倒的天如镜，也是这样闭着眼的。可她没有心思像作弄天如镜一样作弄容止，因为天如镜醒来之后什么事都不会有，可容止也许永远醒不过来了。

要怎么办他才能醒来？假如醒不过来又会怎么样？

楚玉不敢去深思，深思的前方是无以计算的恐怖。可有一个声音在清晰地提醒她，这个少年会死去，会在她面前凋零开败，就好像世界上每一朵短暂的花。

可她怎么办？她还有话想要对他说，她不知该怎样面对这场死别。

楚玉望着容止，她感觉不到那种撕心裂肺的悲伤，却觉得好像有黑色的浓雾慢慢地合拢过来，将她整个人包裹住，一点点吞噬湮没。她不想这样，这样太消沉了，可她控制不住。

也不知过了多久，传来轻轻的敲门声，楚玉随口道："进来。"目光却依旧停留在容止身上。

花错走进屋内，见楚玉目沉如水，那种死灰般的眼神简直令他的心也揪了起来。他低唤楚玉，直到楚玉回过神来，才轻声道："公主，我想起来一事，或许与容止此时的昏迷有关。"

楚玉闻言，顿时精神一振，眼睛里好像突地点燃一簇光："你说。"她其实并未对花错之言抱多大期待，只不过在这个时候，任何一根救命稻草她都会紧紧地抓住，哪怕那根稻草比丝线还细。

花错说得很慢，也不连贯，那是陈年的记忆，他要极力回想，才能想起大致的情节。

那是两三年前，他与容止饮酒闲谈，容止说他落到如此境地，都是拜天如月所赐，此身受制于他，衰败凋零，唯一解脱的法子，也在天如月身上。

在花错有些颠倒错乱的叙述里，楚玉了解到一些事。容止原本拥有绝世的剑术，甚至比鹤绝还要高明不少，以花错这些年所见，大约也就是那个沧海客能略胜他一筹。这本在她意料之中，但在她意料之外的是，容止变成今天这样，是天如月给他加了什么制约，容止身体衰败如斯，也是与那有关。不是武侠小说里的废除武功，具体是什么，因为当时花错已经喝醉，加上时候久远，也说不太清楚。

可以确定的是，假如解除那个制约，容止也许有救。但天如月已经死去。

天如月……

天如月的徒弟是天如镜，虽然天如月已经死去，但天如镜似乎曾说过，他继承了天如月的东西。

方才因容止的突然倒下，她一下子乱了方寸，不仅暂时搁浅了之前正在进行中的计划，甚至完全忘记了要回家这档子事。一回想起天如镜，楚玉便想起了方才到手的手环。

天如月制住容止的方法，是否也是手环的功能？

假如这样，她是不是也能将容止从此刻的绝境中救出来？

但，这前提是她必须能启动和使用手环，假如连使用都做不到，不管是救人还是回家，都只是幻想。

等花错离开，楚玉轻手轻脚地走到床边，唯恐惊扰了什么似的，小心地坐在床沿。她就这样凝视着容止，看他清减憔悴的脸色，好像削得极薄的雪片，稍一触碰就会化去。

楚玉伸出手，想碰一下容止，却在距离他下巴两三寸的地方停下来，削尖的下巴看来有种凌厉的错觉，仿佛触及就会被割伤。

但楚玉的手只顿了两三秒，便坚定地抚了上去，被割伤也无所谓。

她的手指在他的下巴上停留片刻，接着顺着他脸庞的轮廓，慢慢向上移动，最后停留在他的眼角眉梢，指尖缱绻着恋恋不舍。他的肌肤冰冷，好像寒冬的霜雪，即便这屋子里点了火炉，熏得空气暖洋洋的，却依旧无法温热他的躯体。

冰冷得仿佛已经死去。

“真狼狈。”楚玉忽然开口，随后起身，离开。

踏出屋子时，已经是星光满天，草草地吃了些东西，楚玉又回到了今天审讯两度被打断的地方。

被花错撞碎的门已经换上了新的，楚玉敲了两下门，里面便传来沉静中略带警戒的声音：“谁？”

“是我。”楚玉淡淡地道。

下一刻，门被打开，桓远神情奇异地站在门口，迎楚玉进屋。

进屋后桓远立即掩门落闩，随即拉开靠近门口的墙边立柜，大大的柜子里装着已经失去反抗能力的两人。

今天桓远让人来修门，为怕外人瞧见，便将这对师兄弟塞进柜子里，还找出楚玉在屋内藏着的迷药，多给二人加了点儿量，以防他们醒来。

因此，现在的天如镜和越捷飞都还是昏迷不醒的。虽然此刻的天如镜可以说是任人鱼肉的状态，但他的声名是与他拥有的神秘力量在一起的，桓远不像楚玉那样知道这究竟是怎么一回事，因此在他的心里，天如镜可以说是有点儿类似天人一样的存在，现在却落到被绑缚囚禁的境地，还被楚玉随意作弄，这在他看来简直就是不可想象的。

他现在虽是无条件地站在楚玉这一边，可要他看楚玉折腾一个天人，总归不是那么兴高采烈的，同时他也为楚玉这种从骨子里蔑视神明的做法所震动。她是怎么做到的？对天地鬼神毫无敬畏之意，甚至是在见识了天如镜的神通之后。

不敬鬼神，这对于以唯物论滋养长大的二十一世纪人来说，并不是什么困难的事，可对于还相信着世上有鬼神的古人而言，却是不可想象的。想要超脱这一点，多半需要有站在最高处的睥睨心态或刻骨无情的冷厉性情。

桓远并不具备任何一点，他太拘谨，也太温柔了。

楚玉没有觉察到桓远心中的波动，她只是让桓远帮忙把天如镜扶到外面来，依旧和白天一样绑在椅子上。接着，她端起白日里两次放下的铜盆，翻腕一掀，冰冷的水毫不留情地朝天如镜泼了过去，浇湿他一头一脸，还有不少水泼在了他身上，浸湿了他上半身的衣衫。

这回，总算没谁再闯进来打扰。

桓远不由自主地扭头转向一边，不忍心看天如镜狼狈的样子……虽然之前天如镜已经够狼狈了。

天如镜脸颊上白天被楚玉戳出来的红点已淡去，被水一浇，乱七八糟的头发湿漉漉地贴在脸上，勾勒出优美秀丽的轮廓。他长长的睫毛上挂着晶莹的水珠，白皙的皮肤蒙上一层水光，显得煞是动人。

猛地被冷水当头浇下，天如镜身体一紧，随后，他的睫毛微微颤抖一下，慢慢睁开眼睛，一双莹润而纯净的眸子正对上楚玉。

看见楚玉，天如镜先是有些茫然，像是在奇怪自己为什么会在这里。过了片刻，他觉察到些什么，面上陡然浮现出十分微妙的神色，好像有点儿想哭，又好像有点儿想笑。

“原来如此，我居然会错了意。”天如镜低低地说。他的声音微不可闻，楚玉只见他嘴唇开合，却听不到他在说什么，便忍不住追问：“你说什么？”

天如镜注视着她，很专心地看。他眼眸中不知浮动着什么情绪，那情绪的变幻越来越慢，越来越浅，最后消失得无影无踪，化作一片澄明的清宁。他抬高了一些声音，一字一字地道：“我说，我不会答应的。”绝不会。

天如镜并不愚笨。

他醒来的那一刻，还以为自己已死去。但当感觉自己身子被绑缚，且少了一件他平时随身佩戴、即便是入浴时也不会摘下的物件，而那物件的价值只有楚玉知道，他又为楚玉所擒时，自然想到是她拿走了手环。

接着，他便有点儿伤心，楚玉要的是他的手环，对她而言，他的全部价值，便在那神物上了吧。

楚玉皱了下眉，对于天如镜少有的强硬语气有些惊讶：“我还没说要什么呢，你怎么就一口咬定不答应了？”

天如镜静静地看着她：“还能是什么呢？你难道不是为了容止而来的吗？”

心脏被尖针的酸楚刺着，但天如镜面无表情，十分冷静，也十分肯定地道：“神物一直束缚着容止，让他一身本事无从施展，这你也是知道的。只是你们大约不晓得，神物虽是束缚了他，但也保全了他的性命。倘若神物从我身上离开，便会对容止造成最后的致命伤害。眼下他应当是生命垂危，你说是也不是？”

天如镜的嗓音清澈无比，好像一望见底的水流，却又那么无情：“你想救他，却反而害了他，便想从我这里得来救人的法子。”他顿了顿，语气陡然强硬了一些，“但，我不会说。”

喜欢的人为了另一个男子用药来害他，谋夺走他最重要的东西，甚至还为了那人，现在要来逼问他。天如镜心中哀凉，敛眸掩住忧伤之色。他不知这是不是伤心，心好像有很多把细细的刀子反复来回地切割着，酿着浓浓的酸意。他头一次这样渴望成为另外一个人，希望能够变成她心里所维护的，而不是这样敌对的状态。

但，这也仅仅是幻想而已。

天如镜猜对了一些，也猜错了一些。虽然楚玉此刻是为着容止而来的，但最初的开始，却是他不曾料到的理由。

楚玉定定地看了他片刻，也不说话，只当着他的面，打开屋内所有的箱柜，让他看到其中所藏物件，最后她又回到他面前，冷冷地问：“看到这些，你也该知道，我打算做什么了吧？”

天如镜的目光扫过位于他身前的部分，面上却毫无畏惧之色。听完楚玉的问话，他便缓缓合上双眼：“随你。”

楚玉永远不会知道，他在喝下那三杯酒之前，便已经知道宴无好宴。

来到公主府之前，他便觉察到有些不对劲，一直到对上她的视线，那是执拗的、不甘心的，甚至有那么一丝凌厉果敢的眼神……他之前怎么会以为，她完全放弃了抗争呢？

尽管她极力掩藏，可又如何能逃过用心之人的目光？

他一直在想，遇见她，是他的幸运，也是他的不幸。

在一个不恰当的时间，从一个没有料想的角度，闯入了一个不该闯入的人。

因为她，呼吸里沁入了绵软的芬芳，眼睛里看到锦绣的华光。从前仿佛虚幻的心跳，头一次真切起来。

但这是不对的。她是一定要消亡的人，而寄托在一个注定消亡之人身上的思慕，也如镜花水月一般，终有破碎的那一天。

可已经投注出去的心思收不回来，他只能克制，面上依旧没什么异样，心中却因为能见到她一次次地欢喜着。

可这真的是不对的。

假如有一个人，从刚懂事有记忆起，便不断地被告知他来到这个世界上的使命，一遍又一遍在他的脑海里刻印，如同无形的魔咒，主宰他的意志和灵魂。

头一次出手干涉政事，在皇帝和她之间设置出隔阂，是为了自己的职责，也许源于他心中对于未来不安定的恐惧。

他知道她会死的，并且那一天很快会到来，可他却不知如何去面对那一日。只要稍微想象一下，便会难过得忘记呼吸，深切地憎恨着自己，可却又不得不那么做。

那之后每次接到她的邀约，他都又欢喜又害怕。欢喜是因为能再见到她，害怕却也是因为要再见到她。他想多看看她，可他又害怕看到她伤心或者指责的目光。

理智与情感将他割裂成两半，一半挣扎着思慕和痛苦，一般冷酷地坚守着职责。

越想要抽身而出，反而越来越泥足深陷。

可，越来越喘不过气来了，现在便已经是这样，他真的不知道，假如她死了之后，他该如何度过漫长岁月。

当她给他斟满了酒，他心中也终于有了一丝了悟和恍然——他以为那是毒酒。

那一刻，他浑身的血液冰冷，好似被严酷的冬天完全封冻，一直过了许久，他才回过神来，竟然松了口气。

明知道是苦涩的毒酒，也要平静地饮下。那么冰冷，却又好像烈火灼烧，入喉的那一刹那，苦涩得他几乎快要哭出来。

喜欢上一个人，那真是，完全，完全没有办法的事情。无法以理智来主宰，不能用力量去摒除。

她给他的毒酒，他愿意喝下。

不说话，也不后悔，永远不会让她知晓。

他既然喝下那杯酒，便已经决定不再顾惜这条生命，纵然现在发现自己没有死，也是一样。

楚玉想怎么样，都随她。

但他不会去救容止，更不会教她如何救容止。

这不光是因为妒忌，还有师父的交代在。

容止并不是普通人，他拥有影响天下大势的才能，这样的人一旦得到施展，定不会默默无闻。要么是一方诸侯，要么将名满天下，但天书所记载的历史中，并不存在这个名字。

换而言之，与楚玉的必须消亡一样，容止也是不应该存在于这世界上的。

天如镜面上是一派平静，他的神情很安详，却带着一种彻悟后的决然，似乎已经做好准备，迎接一切苦楚伤痛，乃至死亡。

这是一种殉道者的神情，他愿意为自己所信奉的东西付出一切。假如痛楚来到，他会用信仰去抵抗痛楚；假如死亡降临，他会视为自己应有的归宿，并且死得其所。

楚玉看到了，感受到了，也被震动了。

倘若是平时，倘若事不关己，高高挂起，她一定会十分欣赏天如镜这等无所畏惧的风范，可现在这份无所畏惧，却是令她痛恨的固执。他连一丝动摇和考虑都没有，便毫不犹豫地拒绝她，完全没有商量的余地，也完全没有退让的可能。

面对这种顽固得如同石头一般的态度，楚玉根本不知如何是好。

她甚至有一种预感，就算是将十大酷刑轮流加诸天如镜身上，这个顽固得好像石头一样的少年，也绝不会松口半句。

更何况，倘若真要用刑，她未必狠得下这个心来。

第九十七章　复为操棋人

在公主府严密的守卫下，一抹稍嫌宽大的黑影飞快地从暗处掠过。

过了片刻，那抹黑影晃过所有人，潜入沐雪园，悄无声息地来到容止床前。

笼罩住全身的漆黑斗篷一撤，底下藏着的却是两个人，其中一人身穿艳红衣衫，正是花错。

花错不看另外一人，只快速返回窗边，从窗缝中朝外看了看，确定没有惊动外面的守卫，才步履轻盈地返回床边。

这时候负责照料容止的小厮已经趴在外面的矮几上睡着了，花错方才进来时，还给他闻了闻迷药，保证他睡得更熟。

看着容止雪白憔悴的容颜，花错绷着脸，手伸进怀里摸出一只玉色小瓶，拔开塞子，倒出一粒拇指大小的朱红药丸，喂给容止吃下。过了片刻，容止的眉毛动了一下，嘴角溢出来一线鲜血，眼睛却缓缓睁了开来。

见容止醒来，花错紧张的神情终于稍稍放松。他倾身扶容止坐起来，手摸到他衣服下的骨头，忍不住又流露出难过之色。

花错带来的另外一个人，身材较花错文弱，他面上戴着黑色面具，盖住大半张脸，只露出漂亮的嘴唇和下巴。

那人一见容止醒来，便连忙趋身上前就要下拜，却在容止含笑的目光下停了动作，重新直起腰来。

容止缓缓地摇了摇头，微笑道："说了多少次，在我面前，虚礼可以免去，说正事吧。"他三言两语间便立即居于主导地位。花错站在一侧沉默不语，而那人也低头听从吩咐。

“我时日已经不多，假装不支晕倒是为了骗过天如镜，但若是真算起来，也不过还有一个月的生机。”他神情从容沉静，好像身体残败濒死的人并不是他，“因此，花错，我交给你的事，便是时时看着公主，公主八成是无法从天如镜那儿得到操纵手环之法的，天如镜的性子我也知道，他绝不会那么容易屈服。

“三日，三日之内，假如公主还不能得手，那么你便替我将手环偷出来还给天如镜，顺道将他师兄弟二人放了。”

“为什么？”

“这不成！”

花错和他所带来的那人，同时发出疑问和反对的声音。

容止微微笑着，他眉宇间的笑意仿佛山巅冰雪那样遥远不可攀附，那种沉静又高华的气韵，让二人逐渐平静下来。

“你们且听我说，”容止慢慢地道，“尤其是花错，你性子冲动，我怕你自作主张，之前瞒了你不少事，如今也该告诉你了。

“我不离开公主府，一来是这里便于行事，二来，也确实是因为受制于天如月，他不知对我做了什么，令我变成如今这副模样。”容止简单地陈述了自己的处境，便道，“这些年来我也做了不少安置，如今已是万事俱备，虽然公主出手在我的意料之外，但我们的步子不可因此被打乱。”

只不过，楚玉为什么会忽然想要那手环了呢？她如此急切，甘冒风险，图谋的是什么？

容止的心思在这上面一晃而过，一时找不到头绪，便暂且放下。

“花错小心瞧着公主，从今天起，以三日为限，三日后再出手偷取手环解救天如镜。这三日内，只要公主不杀天如镜，随她怎么做都好。”

花错与那人进屋时，身上带着少许寒气，被屋内暖炉的热气一熏，很快便消散无踪。花错定了定神，联系容止前后所说，问道：“我救出天如镜，便挟恩要求他救你，是不是这样？”

难道就这样简单？

容止微微一笑，道：“自然不是。倘若你以此胁迫天如镜，他只怕是宁可不接受你的恩惠，也绝不肯助我。更何况，昔年我决意与天如月一较高下，纵然天如月已死，换成了个好对付的天如镜，我也不占他这个便宜，我绝不哀求这一脉来解救我，我要他们心甘情愿地对我低头。”

他神情散淡平和，可伴随着话语声，却有一股极其澎湃浩大的凛冽高华之气，仿佛绝世名剑，在他的眉宇间一现即隐。

纵然是身体受制于人的情形下，他也一点儿都不狼狈，反而好像他才是一切的主导者，旁人只能依从他的心意行事。

容止浅笑柔和：“至于如何逼迫天如镜，这你不必忧愁。”他说完便转向另一人，“我今日让花错带你来相见，是为安你的心。今后我纵然强撑着不死，也多半昏迷不醒，少有这样说话时，你也不必为我忧心，只需全盘遵照前些日子我让花错交给你的密语行事，必要之时见机变动一二也可，以你的才智，应该不难办到。”

那人低下头，低柔的嗓音在昏暗室内别有一番宛转意味：“是。”顿一顿，他又开口道，“公子，请恕我冒昧，我有一事不明，还请公子解惑。”

容止说了一长串话，感觉有些疲惫，休息了片刻，才淡淡地道：“说。”

“公子为何如此纵容公主？公子此番是凶险非常，多一日的工夫也是好的，为何要多给公主三日光景？眼下立即放了天如镜岂不正好？”那人说着，话语间便浮现出了些许不平之意，“再说当日她遭掳劫，公子又何须冒奇险前去相救，甚至一路全力保护？她肆意妄为这么些年，纵然是吃一些苦头，也是应该的。”

那人心中似是有些恨意，原本前几句话还称楚玉为公主，到了后来却是连尊称都懒得叫了，直接以“她”相称。

说到底，他对楚玉的恨意，其实大半来自容止身体的破败，倘若不是那一遭，容止眼下也不至于憔悴到这等境地。倒不是说要让楚玉死去，可倘若容止不是那么全力相护她，也许能少亏损一些。更何况，在他看来，楚玉也算是困顿容止的祸首之一，就算是在她身上找回来一些，也没什么大不了的。

容止听了那人的不平之音，眼眸里依然是笑吟吟的，舒展的气度极为从容。一直静静地等那人说完，他才慢悠悠地道：“你可知，你哪里不如我？”他并不解释，只问了一个看似毫不相干的问题。

那人一怔，以为容止动怒，连忙惶恐地低下头：“公子的才智岂是我能企及的？我自然是没有一处能比得上公子。”他虽然谦卑，但这话却是真心实意，发自肺腑，并非为了讨好容止而发的违心之言。

容止慵懒地笑了笑：“你扯这些做什么？这也是我的疏失，你跟着我有段时日，也算是学了不少筹谋算计，平日所见，也尽是暗中手段，固然是让你在算计人之时长进不少，却失之阴损了。”

那人的脸被面具遮挡着，但见耳朵微微发红，因为容止的话涨红了脸。“阴损”二字，不管用在何时何地，都不是什么好话，尤其是容止说来，更让他心中难过。但出于对容止一贯的服从和仰慕，他并未出言反驳解释。

容止叹了口气道：“我能支持的时日不多，你这毛病也只能你自己慢慢扳回来。你要记住，倘若太过沉迷阴谋诡道，便会迷失己身，为自家智计所误所迷所御。要精通计谋，也要跳出所有计谋，把持堂堂正正、恢弘浩大之心。”

他眼下已经衰弱得连一柄剑都提不起来，可眸中目光却清远深刻，温言淡语，眉目含笑，宛如天底下千万剑气归于一处。

这是何等的气魄，又是何等的风度。

花错看了，忽然笑出声来：“直到今日，我才瞧见昔日那个容止的几分模样，我原以为这些年困顿一处，已经将你消磨软弱了。”

容止笑了笑，瞥他一眼，并不接话，只转向那人：“你眼下用计已是不弱，但不该执着于此等微末小节。纵然我与公主昔日有些嫌隙，然而也不过是各自所想不同。我便是以阴狠手段报复了她，令她吃尽苦头，又与大局有何干系？”

他十分缓慢从容地道：“一直以来，我的大敌便是天如月，而不是她啊。”

不伤害楚玉，甚至保护她，是因为没有必要去伤害。

这不是他的目的，也不是为了达到目的所施展的手段，那么为什么要多此一举呢？

更何况，容止已知道现在这个楚玉，已经与当初那人并不相同，只不过出于他自己还不曾深思的理由，他不想告诉旁人这一点。

楚玉要对天如镜出手，这并不妨碍他的计划，他为什么要阻拦？她要施为，他便放手由她。

一个真正了不起的谋算者，并不是精通世间所有阴谋诡计的人，而是分明精通诡计，却从不因个人好恶爱憎滥用，不为其所迷惑的人。

驾驭计谋，而不是为计谋所驾驭，容止所秉持的，无非是一颗极为坚韧稳固、不为外物动摇分毫的强大心灵。

杀伐决断也好，冷厉残酷也好，阴谋诡道也好，杀什么人，伤害什么人，这些仅仅是手段，而不是目的。

他娴熟地操纵着这一切，却从不沉迷。为计所御者，只能是棋子，他是操棋的那个人。而这如画江山几万里，离乱人间数十年，是他施展的棋局。

几年前，天如月以不应存于这世间的手段强逼他退出棋局，只许他旁观，不让他落子。现在，是他重新拿回席位的时候了。这一回，他不会再失败。

第九十八章　山有草木兮

已是第二日。

楚玉已经留了天如镜整整一天，也与他僵持了整整一夜。

她并不担心留下天如镜和越捷飞会有什么大问题，只要不让外人瞧见真实情形，凭着山阴公主狼藉的名声，外人自会曲解出另一种情形。

天如镜被绑在椅子上，楚玉自己也坐在一张红木椅子上，脸和心紧绷得仿佛一根快要拉断的弓弦。

明亮的阳光从窗户的缝隙里照射进来，正好投射在两人之间，在他们面前劈开一道屏障。

细小的灰尘在晨光中飘飞舞动，只不过这个时候的灰尘，比楚玉后世所见的要少得多，大约是因为空气还未被严重污染。

楚玉一夜没睡，兼之忧心忡忡，脸上已经浮现出明显的疲惫之色。她的眼睛开始发红，却依旧坚定地盯着天如镜。

天如镜也不是多么强壮的身体，虽然之前因为迷药昏睡过一阵子，但因一直未进食，身体亏损的程度与楚玉相较是半斤八两。

其实这样的对视是很没意义的，楚玉知道，她光盯着天如镜看，而不采取行动的话，就算看得眼睛瞎了，天如镜也不会动摇半分，还不如先好好睡一觉，休息好了再来想别的办法。

可她睡不着，一想到容止虚弱的样子，心口上便好像有一把火在灼烧煎熬。她很害怕自己一闭眼，再睁开来时便听到容止的死讯，所以她连眨眼都舍不得。

而天如镜却也同样舍不得。他认真地看着楚玉，虽然明知道现在这个女子心里想着的是另一人，他多看她一眼，便会难过一分，可他还是挪不开目光。

不管结局如何，在能够看到她时，多看一会儿，总是好的。

门口传来了轻轻的敲门声，楚玉用力按了一下自己的眉心，试图让脑子更为清醒一些，前去开门。

门口站着的人是桓远，他原本也在屋中陪着她与天如镜对峙的，半个时辰前忽然告辞离去。楚玉原以为他休息去了，可看到此时他端着的黑漆方盘，盘中摆放着热腾腾的饭菜，才知他是去给她准备早饭了。

桓远见她神情怔忡，便晓得她又忘了吃饭，叹息一声，走进屋来，反手关了门："公主虽然忧心容止，可也要顾惜自己的身子。"

为了容止，这样糟蹋自己，不值得。这句话，他咽在喉咙里，没说出来。

在他看来不值得，在楚玉看来却未必，其实以他的身份，说这话并不算逾越，可不知为什么，他总觉得说这些有些不好，就连多想一想也是不好的。

桓远的归来，给这气氛僵硬得即将凝固的屋子里带来些许亮色。一样是熬了一夜，可他的神情较二人明显轻松许多，一阵阵不易觉察的倦意被清亮的俊美尽数压下，而他话语里的圆融温厚之意，也让楚玉稍稍感到放松。

"多谢。"楚玉拿过来一碗粥，坐回椅子上，一勺一勺往嘴里送。热腾腾的米粥里混了剁碎的肉末和不知名的药材，色泽有些发褐，初尝有一些涩，可在唇齿间转上一圈，便化作沁人心脾的温润清甜，连同绵软的肉香，回味悠长地暖着身体。

楚玉胃里填了食物，精神明显好了许多。放下碗，再一次谢过桓远，她抿了抿嘴唇，有些艰难地问："他怎么样？"

心照不宣地，这个他，说的自然是容止。

桓远离开这么久，不可能只往厨房走一遭，他应该将府内的情形都了解了个大概，包括容止现在的情形。

昨天她来此之前，就派好了人小心照料着容止，也交代花错，倘若容止的情形有什么变化，一定要立即来通知她。但从昨晚到现在，都没有收到从沐雪园传来的任何消息。

她不知这该算好事还是坏事。

听到楚玉这么问，天如镜也稍稍提起精神来，等待桓远的回答。

桓远低声道："还是老样子。"见容止一直昏迷着，呼吸微弱，心跳也几乎感觉不到。那种死人般的冰冷和苍白，纵然他与容止素来不睦，也忍不住为之心惊。

楚玉面露失望之色，正在此时，一旁传来天如镜冷淡的声音："果然如此，容止只怕时日无多。"

心口好似被猛地揪了一下，楚玉狠狠地瞪了一眼天如镜。虽然明知道他并不是故意落井下石，可这个时候，除非是他肯帮容止，否则不管他说什么，都是讨厌的。

但见他沉静的神色，楚玉也知道自己奈何不了他，脑子里更是乱成一团麻。

桓远就站在楚玉身后，因为距离很近，他能看到楚玉颤抖的肩膀，虽然穿了几重衣，但从桓远的角度看来，这肩膀依然有些单薄和瘦削了。

他忽然开口道："公主，我来吧。"顿了顿，补充道，"公主如是不愿脏了双手，桓远愿意代替公主。"他来对天如镜用刑。

楚玉闻言一怔，慢慢地转过身来，眸中现出一些不可思议的惊讶。虽然桓远没明说，但她也能看出来，他对于她"亵渎"天师的行为是不怎么拥护的，怎么这时候忽然主动要求参与进来？

对上桓远目光中的担忧关切之色，楚玉登时恍悟：他并非忽然转了性子，只是为了减轻她的负担，才强迫自己违心做这些不愿做的事。

楚玉叹了口气，摇摇头："再让我想想。"

己所不欲，勿施于人，她不愿意，难道桓远就能做到面不改色地把人抽筋剥皮？她不可能为了自己一时轻松，便将这事推给桓远。

时至今日，她已经不知该怎么对桓远说谢谢了。

倘若真要动手，倒是可以把天如镜交给花错，事关容止生死，想必花错不会手下留情。

但，楚玉依然不忍心，她不忍心看着容止死去，也不忍心真的用刑强逼天如镜，因为她自己明白，到头来折磨的会是她自己的心。

更何况，就算交给花错，也不一定问得出真相。假如被折磨得狠了，天如镜随口说一个错误的法子骗她，到时，岂不弄巧成拙，反而害了容止？

这一"再想想"，便一直想到了第三日。

楚玉偶尔见到花错，见他的黑眼圈很明显。

因为天如镜的滞留，外面的传言便朝着预想的情形流传开来。

阿蛮已将地道挖到了外苑，因不确定哪里才是公主府之外的范围，便不敢往上挖，于是暂时停工。

柳色不再数钱。

流桑找过楚玉七八趟，都被桓远拦住。

何戢此后再没回过公主府。

桓远路过沐雪园时，俊美的眉宇间浮现出如芒刺般的锐气。

不知不觉间，整个公主府，陷入一种难以觉察的却无处不在的焦灼气氛中。

但楚玉并未注意到这些，她不眠不休的，所在乎的不过两件事。

第一件，天如镜始终不松口。

第二件，容止依然昏迷。

楚玉低下头，将脸用力埋进冰冷的湿手巾里。冷水的寒意穿透肌肤直达大脑，让她稍稍振作了一些。

三天没休息，大量透支了她的体力和精力。但奇怪的是，楚玉一直睡不着，她曾经很努力地想让自己休息一会儿，可才闭上眼睛，就好像被什么催逼着，立即又睁开眼来。

放下手巾，楚玉转头望向天如镜。

天如镜和她一样三天没睡，但比楚玉更糟糕的是，三天来他没吃东西，只喝了少许清水。每当他支撑不住，看上去像快要失去意识时，楚玉便趁机问手环的使用方法，希望能在他神志不清时套问出来。但每当问及关键问题时，天如镜都会适时清醒，又恢复闭口不言状态。

两人互相对视，大量的精力消耗让他们已经做不出别的表情，只是面无表情地看着彼此，目光幽冷空洞，仿佛两只孤零零的鬼魂。

天如镜全身的骨头仿佛在凄厉地叫嚣着，脑子里像有人拿着大锤用力敲击着，发出巨大的令耳朵轰鸣的声响。视野变得很狭窄，直直地看着楚玉，便看不到周围其他的物件，倘若稍稍偏转目光，便会看不见楚玉。

他也明白自己现在的状态很糟糕，从来不曾有过这样长时间的困顿疲惫，虽然心志犹可支撑，但身体却快要垮掉了。

可……

他专注地凝视着楚玉，视野里只有一小片圆形的范围是亮着的，让他能看清楚玉的面容。周围一片漆黑，只有聚集于她眉眼的那一块是明亮清透的，连眉梢都累得倦怠不堪，目光却宛如凝固的冰块。

虽然感觉身体很难过，但天如镜看着楚玉僵冷的神情，脸上飞快地晃过一抹不易觉察的怜惜之色。慢慢地，他张开嘴，忽然发现自己发不出声来，喉咙像破败的风箱一般，吹过空洞的风声，嘴唇咽喉干涩难忍。

发觉天如镜想要说话的样子，楚玉连忙拿起搁置一旁的白瓷茶杯，走过去给他灌了一口水。

三日下来，她的耐心已被焦躁消磨干净，一开始还将水杯放在天如镜唇边，等他低头沾唇，现在是直接灌他，也不管天如镜是否喝下，会不会呛着。

冷水流入气管，天如镜狼狈地咳嗽起来，剧烈得整个人都好像要被咳散一般，可楚玉只是站在一旁冷眼看着，就好像在看三流电影一般。

片刻后，楚玉便放下茶杯，又从怀中取出手环，三天来已不知第几次仔细端详研究了。自从确定手环不会产生电流伤害她后，她便常常把玩这东西，现在就算闭上眼睛，她也能在脑子里描摹出手环上的每一条弧线、宝石的大小，以及各个细微处的形态。但她始终无法使用。

不是她的，始终不属于她。

焦灼和疲惫是十分可怕的，几乎将她逼疯，唯余下一丁点清明记住最初的执念，已没心力分给那些柔软的美好的情感。

天如镜知道楚玉是怎么一回事，并未因她的粗暴冷漠而感到愤怒，只是越发地怜悯她。虽然被绑缚着的人是他，可他手中依然握着不败的底牌，最先被逼迫至绝境的人反而会是她。

是他将她逼迫到此境地的吗？如此想着，天如镜剧烈地咳嗽着，过了好一会儿，总算恢复了一丝说话的力气，他哑着嗓子，慢慢地道：“……是不可能的，你是不可能使用神物的。”

这也是三天以来天如镜头一次主动跟楚玉说及手环。楚玉冷冷地抬起眼，等着他说下文。

“想要使用此物，必须得到现任执掌者的承认。”天如镜艰难地道。之前呛着水，他感觉气管里火辣辣地疼，每说一个字，从肺部到咽喉，都带动起一阵痛楚，“又或者，杀了我，再等三年，神物便自然无主，听凭驱策。”

他说的这两个条件，都极难达成，手环的现任执掌者便是天如镜他自己，他都坚持了这么久，又怎么可能愿意帮她？而三年光阴，她更是等不起。

她可以晚三年再回家，可容止能等三年吗？只怕到时他都已化作一堆枯骨了。

楚玉并不怀疑天如镜所说的，这个时候，他没有必要编造谎言来骗人，纵然编造，也不会提出杀他自己这种自寻死路的法子。想了一会儿，她静静地问：“你告诉我这些，是为了什么？”

这三日来，她已经费尽口舌，就连那所谓的天书只是历史记载这件事也一并说了，目的无非便是希望软化天如镜的执念。可惜他纵然听了这些，也没任何动摇。他修炼了三天的如封似闭之功，若非有所图谋，没必要在这个时候破功。

天如镜垂下眼帘，他的声音很轻，轻得像淡薄浮云上飘过的微风：“我想了三日，想通了一件事，你最初应该不是为容止而来的。以容止的智计，不该用这等手段，也不会让你出面，你挟持我，最初应该是为了另外一件事。”

楚玉面无表情地道：“你说得没错，我确实并非为容止。”她原本是为自己，可现在容止突发状况，昏迷不醒，她便立即改变了第一目标。

既然被看出来了，便没有隐瞒的必要。

天如镜没看楚玉，只看着地面，低声道：“那与容止是不相干的，对吗？”

“是。”

“你想从此间脱身？”

“是。”

“远走他方？”

“是。”

“再不回来？”

“是。”

“平淡度日？”

“是。”

“倘若我应允你这个，你是否愿意放弃容止？”

楚玉险些惯性地脱口而出“是”，好不容易艰难地咽回去，不可否认天如镜所说的对她而言有着极大的诱惑力，就算是仔细思索一番后，她也很有答应下来的可能。

天如镜看着她，慢慢地道：“我想过了，你是否活着，对大局的影响并不大。但容止活着，却足以改变天下大势。”两相比较，楚玉的危险性可以忽略不计。

天如镜也明白，楚玉对他所说的话并非全无影响。听了那历史记载之说，与其说是震动，不如说是让他悄悄松了口气：他终于有了能让楚玉活下去的理由。

大不了等过了二十年，他走遍天下，修改所有史书，让所谓的历史变得和手环中的记载一模一样。按照楚玉的说法，也未尝不可。虽然辛苦一些，但至少能保全她。

他带着一丝恳求，望着楚玉：“我已经让步，所以，你也退让一步吧。”

他认输。

他低头。

他屈服。

他退让。

不是为了容止，不是为了他自己，也不是为了别的人，只是为了她。

他从来没有想过，竟然会有这么一日，他珍惜一个人超过了珍惜自己，最后甚至压倒从小到大树立的信念和执着，令他做出这样的让步。

他退的这一步，看上去很小很小，却是从未有过的。

继续僵持下去，最先崩溃的人将会是楚玉。他到底还是不忍心。

三天不眠不休、无食少水，并未击倒他，可他却在她冷凝绝望的眼眸底下败下阵来。

看着楚玉怀疑审视的目光，知道她疑心他另有图谋，天如镜苦涩地一笑。

他终于认输，终于低头，终于屈服，终于退让，并不是为了他自己，而是缘于她永远不会知道的理由。

山有木兮木有枝，心悦君兮君不知。

这是世界上最深的寂寞与绝望——我就在你面前，你却不知我爱你。

听天如镜慢慢地说出“放弃容止”时，花错几乎要压抑不住心底愤怒的杀意。他整个人伏在房顶上，脸正对着推开半片瓦的缺口，窥视着屋内的情形，两人的说话清晰地传入他的耳中。

花错受容止托付看着楚玉，不让她对天如镜做出危害性命的举动。不过他一直忧心容止的身体，只是偶尔偷偷来看一眼，确定天如镜没死便回去。这一回正好撞上天如镜对楚玉说，让楚玉放弃容止。纵然知道容止原就没打算依赖着楚玉救命，可他还是为这句话感到不可遏制的愤怒，当下几乎便要发作。

但花错也明白现在不是发作的时候，怕给容止增添不必要的麻烦，强自忍耐了一会儿，他分散的心神又被下方传来的声音吸引去。

"换不换？"

"不换！"

"换！"

"不换！"

要求交换什么的是楚玉，而另一方坚持着"不换"的，自然是天如镜。

花错想了想，猜测他漏听的话，大约是楚玉要求用天如镜允诺她的要求换取救治容止，但天如镜依然坚持己见。虽然知道容止这边早有安排，但花错还是忍不住对楚玉生出了些许感激。不管怎么说，也不管她之前都做过什么，此刻她愿意放弃自己的利益而这样顾及容止，这份心便足以让花错对她的印象大为改观。

尽管如此，花错依然不认为楚玉这样能说动天如镜。她花了三天时间，才让天如镜退那么一小步，容止计划里只给她这么多时间，不会再有第二个三天了。到头来，还是必须由他出手。

花错决定不回去了，他在屋顶上等着，等两人松懈下来。最多再等两个时辰，他将伺机侵入，击昏楚玉，取走手环，释放天如镜，归还手环。以他的武技，在楚玉发现之前击倒她，这并不是什么难事。

纵然对不住楚玉，但为了容止，也只能如此了。

花错在屋顶上无声无息地等待着，听着屋子里的争吵声渐渐火药味愈来愈浓。

"换！"

"不换！"

两人还在僵持着，不仅仅是楚玉气急败坏，天如镜也开始焦躁起来："你不要再说了！我退让这一步已经是容忍到极限了，你不要得寸进尺！"

"换！"

"不换！"

为什么是为了他呢？为什么一定要卫护容止呢？

"换！"

“不换！”

天如镜有些狂乱地想，为什么她还不肯放弃呢？那个人真的那么重要吗，甚至比她的生命还重要？

“换！”

“不换！”

话都说到这份儿上了，挑明了利害和底线，彼此都逼迫到了绝境，为什么她还是不放弃呢？

“换！”

“不换！”

容止有什么好的？

情绪波动之下，他竟然失去了一贯的冷静平和，不再以一个局外人的眼光，而是下意识地在心里贬低容止。

“换！”

“不换！”

这个时候，天如镜再也不是那个高高在上、飘然出尘的天师，他跌落云端，跌在尘埃里，满身的泥泞，满腹的委屈和妒忌。

天地如炭炉，他只是那正在被苦苦煎熬的众生之一。

爱不能言，求不可得。

“换！”

“不……”

天如镜不敢置信地睁大双眼，声音卡在喉咙里，定定地看着楚玉。

与此同时，屋顶上的花错，也低低地倒抽了一口凉气，怀疑自己眼花生了幻觉。

楚玉心平气和地、慢慢地说：“天如镜，我求你，请你应允我，换成救治容止。”她的声音忽然间火气全消，宛如盛夏中涌出清凉的流水，平静柔和地朝四面八方延展开来。

她跪在天如镜的面前。

纵然是在尊卑森严的古代，因为身份特殊，楚玉从来不曾对任何一个人行过大礼。纵然是她这具身体的弟弟，对她十分依赖的骄横跋扈的小皇帝，在两人决裂之后，也不曾让她作出表示屈从的行为来。

但现在的楚玉屈膝跪在地上，为了容止。

她清雅的脸上没有表情，漆黑的眼眸就像是黑色宝石，紧抿的嘴唇泛着惨白，眼眸里闪现的水压抑着浓重的屈辱。

面对天如镜，没办法以利诱，没办法以死亡伤痛逼迫，唯一小小的缺口，大约便是一点点心软，一点点同情吧。

她什么都没有了，她只有她自己，以壮士断腕的决然，舍弃平等的尊严和骄傲，用这样的屈辱，以这样平静的姿态，向天如镜发出最后一次请求。

纵然排除楚玉的现代人身份，以她公主之尊，为了救人而向人屈膝，已是极为震惊的了，不光天如镜，就连屋顶上的花错也看得惊呆了。

他隐蔽自己的行止，只怔怔地看着下方：印象中那个骄傲的、不可一世的、飞扬跋扈的女子，竟然为了容止……

天如镜屏住了呼吸，他的目光渐渐迷惘，却像是投往了不可知的远方。

纵然天如镜和花错感到无比震动，但他们永远不会知道，这一跪，对楚玉而言，意味着什么。

纵然是从前的山阴公主，也曾经跪过君父，跪过鬼神，但楚玉来自一个完全不同的环境，她不曾跪父母，也不曾朝拜天地，更不曾刻意地讨好和乞求过什么人，这一跪给她带来的屈辱感受，比旁人所感知的还要强烈好几倍。

但她只是平静地、坦然地强自压抑着，她望着天如镜，双膝弯曲，背脊笔直。

天如镜的目光慢慢地从遥不可知的远方收回，重新投注在楚玉身上，低声问："我放过你，真的就只有这么一次机会，今后我不会再留情的。到了你应该死去时，假如你不死，我会让人来杀你。至于容止，我会全力对付他……即便是这样，你也坚持如此吗？"

听出他话中有了松动的意思，楚玉脸上现出一丝欣喜，也不管天如镜说的后果有多严重，眼下只要他愿意救容止，不管是什么，她都答应下来再说："是的。"

天如镜面上晃过一抹恍惚，他的呼吸陡然变得有些急促，似是心潮澎湃，不能自已，可转瞬间便压了下去，紧紧咬着牙关，一个字一个字地往外蹦，声音里带着连他自己都没觉察的赌气："好，就遂了你的意，今后你可莫要后悔。"

楚玉见目的已达到了，便上前解了天如镜身上的绳子。

屋顶上的花错也终于回过神来，轻轻把瓦片推回原位，一个纵身，从屋后飞掠而下。如此巨大的变故，他要马上告诉容止。

楚玉释放了天如镜，看着他白皙手腕上深紫色的勒痕，随着心情的放松，她满脸歉意地道："我先去瞧瞧容止，你在此休息片刻。"说完，便急匆匆地走出门去。

看着房门关上，天如镜快速地低下头，紧紧地捂住嘴，但从指缝间还是传出来压抑不住的痛苦呜咽。

再也无法忍受了！

明明知道她是为了另外一个人，明明知道她心中没有任何容纳他的角落，为什么到现在他竟然还会因为她的痛苦而备受煎熬呢？

楚玉脚步匆忙，赶到沐雪园时，见花错正从园中走出来，两人相对站住，目光碰个正着。

花错看着楚玉，眼神有一些不自然，他张了张嘴好像想说什么，但最后只挤出两个字：“公主。”

楚玉隐约感到好像有什么不对劲，但她此刻挂念着容止的身体，懒得在花错身上多费脑子，只是直接地问：“容止如何？”

因她的问话，花错的脸色更加不自然：“阿止，他……还没醒。”

楚玉点了点头，她让花错去看着点儿天如镜，随即越过他便朝园内走去。她穿过清冷无人的竹林，推开门，让小厮守在屋外，走到卧室看到容止时，脸上却没有多少欢悦的神情。

她没有欣喜若狂地上前抱着容止说“你有救了”。

她也没有关上门便哭出满腹的心酸委屈，说“我这一切都是为了你”。

她只是站在床边，静静地站着，静静地望着容止。

此刻容止正静静地睡着，气若游丝。

过了一会儿，楚玉在床边坐下，侧过身子仔细凝视着容止瘦削的脸，与上次一样，看到昏迷着的他，都会有一种不敢置信的荒谬感，这个人也会倒下，他也确实倒下了。她看了许久，似乎看得入了神，忽然开口轻唤：“容止。”

连唤了几声，容止的呼吸依旧微弱，楚玉低叹了口气：“明知道你不可能醒来的……不过这样也好。”她微微一笑，有点儿释然，“也许很多人都知道我喜欢你，可我想，就连几乎无所不知的你大概也不知我喜欢你到了什么程度。”

她的心神沉浸在自己的思绪中，竟然没有觉察，当她说“喜欢你到了什么程度”时，容止的睫毛，轻轻地、微微地颤动了一下。

在这盛满了暖意的屋内，绵软熏香之中混合了少许清新的草药味，她说得很慢也很低，只有贴近了才能听得分明：“因为这一点，我也是刚刚才知晓的。

“你大概不会知道，我究竟放弃了什么。

“假如在三天前，有人告诉我，我将伸手推开放在我眼前的回家机会，我一定不相信。

“啊，对了，你大概也不会知道，我的家在哪里，我一直不敢对人说，这是我心里最大的秘密，除非我死……不，就算我死了，我也不会说的。

“我来自一千五百多年之后，那时候距离现在，已经又更迭了许多个朝代，虽然那时候空气污染严重，生活压力也不小，但我还是很喜欢很想念那里，我的亲人朋友都在那里，我的过去也都在那里……发现可以回去时，我高兴得快要疯掉……”

她低低地说着，没有条理地随口说着，想到哪里就说到哪里，好像想要一口气把心中的郁气发泄出来一般，一开口便停不下来。

这是她最大的秘密，谁都不能说。她在这个孤独的时代里，一直严守着自己来历的底线，纵然会感到寂寞，也绝不对任何人提起。

但这些天来，她的情绪接连波动，到了如今，已经有些压抑不住，假如不找个地方倾吐，她也许会先把自己压抑成精神病。对着容止说是个不错的选择，现在容止昏迷着，听不到她说话，她可以一吐为快。

就好像童话里那个理发师，看到国王有一对驴耳朵，却不能向任何人说起，只好跑到森林里，对着树洞尽情大喊："国王长着驴耳朵！"

"我不是这个世界的人。

"我来自一千五百年后。

"我根本就不是山阴公主。

"天知道她怎么不见了。

"我不叫刘楚玉，我的名字比她少一个字，我姓楚，名玉。

"上次你突然袭击问我的名字，当时我是真中招了，不过我的名字和山阴公主只差一个字……哈，你想不到吧？"

楚玉把"昏迷"的容止当成了自己的树洞，说着不能对任何人启齿的秘密。一直说了半个小时，她才停下来，长舒一口气，只觉得全身都轻松了不少。

她虽然很想找个人诉说，但也只有面对昏迷不醒的人，她才能毫无保留地把自己的秘密说出口。

休息了一会儿，楚玉自嘲地笑了笑："经历了这一次，天如镜对我将存有很大戒心，若再想把手环弄来，应该不会如此容易了。就算弄得来，我也不一定会使用。"

正是因为确信昏迷之中的容止听不到，她才会说出来，她做这些是因为她想要这么做，而不是为了换取什么博取什么，她也绝不会让任何人知道她所舍弃的东西是多么宝贵。

"……就算是，我比较笨和比较倒霉吧。"楚玉笑了笑，很轻松也很释然，忽然俯身轻轻地亲吻上容止的眉梢。柔软的唇瓣擦过他冰冷的额角，若即若离的暧昧，只轻轻一吻，便立即抽身离开。

天如镜不是嘴碎的人，不会到处去说他们的交易，而相对地，作为交易另一方的她自然也会守口如瓶。

不是不能说，而是不愿说。有的事情不说，是因为骄傲。纵然这么喜欢了，她也绝不会用自己做出的牺牲做筹码去换取哀求或爱怜。

楚玉快速起身，朝门外走去。她赶着去看天如镜，问他什么时候才着手救人。因此在她转身朝外走时，来不及停下来回头看一眼，如果她能看一眼的话，便会瞧见她以为昏迷不醒的容止此刻睁大了双眼，那双一贯从容深沉的眼眸里，闪着不可遏制的震惊与错愕。

可惜她快步走出门外去了，就连回身关门之际，也没回头朝屋内瞥一眼。

容止睁开眼睛，怔怔地望着上方，却未出声叫住她。

第九十九章　失之以毫厘

他都……听到了，静静地睁大双眼，望着上方的虚空。素来性子沉静自持的他，少有如此沉不住气的时候，方才楚玉尚未离开屋，只是转过身去，他便忍不住睁开眼来，这在别人也许不过是小事，可在他而言，却是失了常态。

脑海里一遍又一遍地回响着楚玉方才所说的事，心中一片惊愕，分不清楚自己究竟为了什么而震惊，惯常明晰的心思此时竟乱成一团，好像潮水波涛般汹涌而来，不可抵御。

但他还是克制住了自己，没有在楚玉转身之前“醒来”，更没有在她转身之后叫住她。

就如同汹涌澎湃的潮水，不管多么激烈，却遇上了更为坚固的高大堤坝，一分一毫都动摇不得。

他曾对人说，为谋用计者，要掌控住自己的心态，不能沉迷于阴谋诡计中，他却留着一点没说出来：掌握得太强硬坚固，便也失了正常的人性。

若连自己的情绪都能完全以理性来掌控，人生中没有意外也没有悲喜，这是何等的可怖，又是何等的可怕？

容止知道这样不好，可他已经不是小孩子，人生的观念和信条都已固定成型，兼之他自己也没有改变的意图，便一直这么下来。

纵然有花错先告知了他已发生的变化，再来是楚玉以为他昏迷将心中最大的秘密说出来，这接二连三的冲击性消息，也不过是让他心神震荡，但还不至于感动，楚玉并不是第一个待他好的人，倘若每个人待他好，他都要感动一番，那容止也不会是今日的容止了。

只不过……

容止微微颦眉，秀丽的眉梢原本婉约柔和，却因为瘦削而显出一丝料峭的锋芒，每一动作，便似轻轻飞出一刀："楚玉，楚……玉……吗？"

他有些无意识地念着这个名字，从前只不过是一个寻常代号，可此时念起来，每一个音调，带起微微的气流，仿佛缓慢震荡起什么来。

一直盘桓在胸口的那只强大到无所不在的掌控着一切的钢铁手腕，在这一刻，产生了细细的裂纹，很细小、很微不足道，甚至觉察不出来，但实实在在地产生了。

容止感觉有些惘然，不知该如何处理这份奇异的震惊。他思索片刻，最后还是决定暂且压下。楚玉的事情可以容后再想，现在需要优先考虑的是，因这一变故对他所部署好的计划的影响。

依花错所说的情形，估计不必通过自己的安排便可获救，可如此一来……他的计划是在楚玉不能成功、他让花错将手环取来还给天如镜的基础上进行的。但看方才花错的神情，他对楚玉此举十分乐意，大约会暂缓出手，等天如镜救治好他之后再行打算吧。

而在此之后……

容止静静地躺在床上，有条不紊地梳理着一条又一条线索，反溯每一处安排。过了许久，他露出一抹无奈的笑容："花错……"他轻声开口，但没人回应。想是花错不在。容止抿了一下唇，慢慢蓄积全身的力量，支撑着自己坐起来，想要走下床去：有一环节可能会出差错，花错他……

想及自己这一睡去，不知什么时候才能醒来，即便得到天如镜的救治，也不一定能够立即苏醒，倘若醒来得晚了一些，便来不及了。

一定要提前制止……

他的身体已是强弩之末，纵然有一些作假，但也是他以自身意志强行抢来的时间，若是换了旁人，只怕早就支持不住了。

才坐起来，容止便觉胸中气血翻滚，一片漆黑的无力感将他整个人罩住，片刻后，喉间涌上来一抹甜味儿。他想张口呼唤，嗓子里却发不出声音，他想下床留下只字片语，全身的力量就像瞬间被抽离了似的。就只差那么一步，他总是与成功失之毫厘，四年前是这样，如今也是这样。虽说人生总是由一个意外连着一个意外组成，可发生在他身上的意外未免也太多了一些。

身体就像失重一般，全身轻若鸿毛，像在天上飘飞，但下一刻，背后却撞上了床铺，震得鲜血涌出口角。

容止知道自己的身体已到了极限，这回是真的要昏迷了，本来他还可以再支撑一日半日的，但今天听到楚玉说的事极大地震荡了他的心神，令他强自维持的身体提前崩溃。

他有些无奈地露出一抹嘲讽的笑容，也不知嘲笑什么，苍白的嘴角有点点鲜红，煞是刺眼。

也罢，人算不如天算，愿赌总要服输。

在这静悄悄的屋子里，柔软的芬芳香气中，以此处为中心，无形的波涛之中失了掌控的那只手，四处激荡奔流着，越来越活跃，越来越奔放，很快便要脱离轨迹。

容止缓缓地合上眼帘。

楚玉自己整理了一下，回到天如镜所在的屋子里时，里面的四个人正一言不发地面面相觑，一方是桓远和花错，一方是天如镜和越捷飞。

越捷飞十分愤怒地瞪着面前两人，见楚玉进来，立即掉转炮口："公主，我们是真心念着旧情，才喝下你的酒，你居然如此算计我们！"

楚玉与天如镜僵持的三日中，越捷飞一直被关押在隔壁房间里，每天给他灌下加足了迷药分量的参汤，迷药是为了确保他不醒，参汤则是确保他不至于饿死。现在看来，他虽然昏迷了三日，气色却比天如镜要好得多。

面对越捷飞的指责，楚玉微微一笑："不错，我就是算计你们来着，怎么，就准你们坑我，不准我坑你们？"她坦然承认，噎得越捷飞无话可说。楚玉不再搭理他，转向桓远，"你来了。"

之前她与天如镜达成协定时桓远不在，想是去料理府内其他事务，也稍作休息去了。方才他听得楚玉从屋子里走出来，料想有了结果，便急忙赶来，顺便放了越捷飞。

越捷飞被关了三日，不仅被喂了大量的药，还被绳索结实地绑着，身体里残存的大量迷药令手足酸软不说，还因为长时间捆绑，导致血脉不通。此时纵然释放了他，也不怕他翻出浪来。

桓远看楚玉的眼神有些探询的意味，他走之前天如镜还是一副顽石似的梗着，怎么才不过两个时辰工夫，便一下子答应下来了？她究竟做了什么，居然使天如镜改变了主意？

但看楚玉的神情，似是不做解释的意思，他便不好紧着追问。

其他的人都可以不予理会，楚玉深吸一口气，望向天如镜："你怎么样，现在能开始了吗？"

开始，救容止。

天如镜轻轻点了点头。

两人来到容止床前，各自休息了两个时辰，等天如镜养了会儿精神，才总算开始了。

令照料容止的小厮下去，房内便只剩下三个人。

天如镜的脸上没什么表情，他看了看容止，随后转头对楚玉道："虽然我出手救他，但也须有言在先，他的身子亏损太过，能不能醒过来，就要看他自己的造化了。"他这话就好像现代的医院里医生在进行危险的大手术之前，交代病人家属时说的话，生死由命吧。

楚玉闻言一愣，随即咬牙道：“你就不要废话了，尽人事，听天命，这个道理我又不是不知。”都到这个时候了，她难道还能说不救我们换家医院？

楚玉倒不怀疑天如镜拿这个骗她，手环已还给了天如镜，倘若天如镜有心毁约，转身即走就是了，她是奈何不得他的。天如镜既然愿意留下来，便是他要兑现自己的承诺。

只见天如镜低头按了一下手环，严密无缝的手环上立即浮现出一块指甲盖大小的正方形凸起，仔细一看，竟是一个开口的盖子。只见天如镜手指一动，将那银色的金属盖子掀开，随即微转手腕，倒出两粒绿豆大小的白色药丸。

楚玉看天如镜走到容止身边，弯腰将药丸塞入他的嘴里，感觉不可思议：“这样便可以了？”

天如镜淡然道：“自然不止，你当知晓，我师父对他的禁制，岂止单纯地限制他的体力？这只是首要的一节。昔日他吃下衰竭身体的毒药，应是他身体虚弱至今的祸首，这一粒正好是解药，只不过……”

楚玉听他解说，原本有些放下心来，忽听他补上一句“只不过”，心又悬在了半空：“只不过什么？”至于他那句“你当知晓”指什么，她虽有些好奇，但也不敢冒昧地追问。

天如镜慢吞吞地道：“其一，师父虽给他吃过毒药，却从未给他用过解药。当然此间有标注解药的，但已过了这么久，解药能不能解毒，我也拿不准。”

楚玉心想，你拿不准的药还拿来给人吃，当下强压着怒意道：“不能先找个猫狗什么的做个试验吗？”好歹先看看效果吧？

听出她言语中的不满，天如镜目光微微黯然，低声道：“毒药是先辈留下来的，已经用光了，也没有配制的方子。”当初天如月给容止吃的毒药，是最后一粒，倒是解药剩下来不少，所以他方才考虑到容止身体衰败了这么久，用上两份解药也许效果会好一些。

楚玉听着他的话，捕捉到一点儿不对劲，仔细想了想，忽然想起一事，陡然色变道：“你说是先辈留下来的，先了多少辈？是什么时候开始的？”

天如镜并不隐瞒：“至少三百多年，祖师在得到这神物之前，药已经藏在其中了。”

听了他这话，楚玉的心整个儿都凉了：三百多年啊！正常药物保质期三五年就算长的了，这个药竟然有三百多年了！也许还不止吧，说不定之前还过了漫长的几百年……天知道变质成什么样了！

楚玉努力回想天如镜拿出来的药丸有没有长绿毛什么的，虽然刚才看似雪白无瑕状，但万一她看走眼了呢？

就算手环是高科技产物，这里面的药也应该是高科技药，但再怎么强大，也架不住几百年几百年地放置吧，总会过期的。

这种过期的药，她怎么就放心让容止吃下去了呢？

楚玉正要开口责问，忽然又苦笑了一下，顿住：就算天如镜事前对她说明白这件事，她又能怎么样？就算明知道这药是过期的，她也不得不让容止服用，因为没有别的办法呀。

现在只能期待，既然毒药能发挥作用，那么相对地，解药也能发挥其应有的药效吧。天如镜喂完了药，重新站起来，静静地等待着，楚玉不知他下一步要做什么，也跟着等待。

足足等了半个时辰，才终于有了点儿动静：容止的身子动了动，随即嘴一张，呕出微微发乌的鲜血来，两口之后，血的颜色恢复正常，但他的嘴里却像开了个专门往外冒血的泉眼，嘴唇间涌出来的红色液体一直停不下来。

一口两口三四口，五口六口七八口……只不过片刻工夫，容止吐出来的血便染红了半张床铺，把好好一张床弄得像是谋杀现场，甚至还没有停下来的意思。

楚玉见此情形，一下子吓呆了。过了好一会儿她才艰难地挣扎反应过来，三步并作两步冲了上去，想碰碰容止，却又怕把他给碰坏了，只得回头揪住天如镜的衣领，咬牙切齿地问："这又是怎么一回事？容止他怎么了？"

天如镜也有些吃惊，他抿着嘴唇，目光里似是在忍耐着什么，一字不说。

看容止这样凶猛地吐血，暗地里他竟然有些幸灾乐祸。虽然他并没在其中做手脚，但是能够让容止多吃一些苦头，他还是感觉很高兴的。

这是不对的，他不该因为一个人的死活而轻易牵动心神。但凡是一牵扯到楚玉，他便很容易乱了方寸，失了平常心。

对上楚玉焦虑的眼神，天如镜的好心情顿时荡然无存了，取而代之的是一波又一波的酸楚。两人对视了好一会儿，天如镜别过视线，垂目道："我也不知。"他没有给人解过毒，天如月虽然拿活人做过试验，但每一个吃下解药的人都死了。

这些，他当然不会告诉楚玉。

也许容止命大能活下来，也许容止撑不过这一关。

假如真的有天意存在，那么就把容止的命交给上天来决定吧。

听天由命，这是最不负责任，也是最容易心安的做法。

听天由命。楚玉心里也浮现出这个词。片刻后，她忍不住有点儿讽刺地笑起来：容止应该是最讨厌这个词的吧？

容止那被鲜血染红的嘴唇看上去就像一种嘲笑。

第一百章　谬之以千里

容止还是活了下来，虚弱苍白的外表下，以一种强硬而坚韧的姿态保存了一线生机。

他的呼吸心跳增强了一些，体温也慢慢在回升，但只一点：他一直没有醒来。

他好像中了睡眠的魔法似的，就那样苍白而沉静地安睡着，不知是不是在等待公主的亲吻。

不苏醒，但也不死去。就好像时间的光轮，只在他身上停留息止。

容止停了下来，楚玉停了下来，公主府也停了下来。

地道已经挖通到外苑的边缘，只需要朝上方再挖个五六丈，便能够通向外界。但楚玉却不知自己现在该不该离开这里。假如她离开的话，她是一定要带着容止走的。可带走了他，该如何照料他呢？现在容止的生命每天就用药材吊着，他昏迷前曾经开出养气养身的方子，现在那些药材全都用在了他的身上。假如离开了公主府，虽说不至于立即断药，但少了公主府财力和权势的支撑，她去哪里找那些源源不断的药材？

因此曾经暗暗做好的脱身计划，因为意料之外的事不得不搁浅下来。

容止昏迷后的第二日夜里，天气骤然变冷，建康城内降下了当年第一场冬雪。纤柔而轻盈的雪花自墨蓝苍穹上飘飘而下，映着月光，点缀着深沉的夜色，给地面笼罩上一层晶莹的霜雪。

此刻的沐雪园里，同样沐着雪花，静静地静静地，仿佛随着它的主人一并沉沉睡着了……不时地有雪花簌簌落下的声响，那么静谧，那么幽远。

而此刻的公主府外一条无人的巷子里，和着深沉的夜色与飘飘而下的雪花，一袭红影飞快地踏雪而行，乍一看去，好似须臾掠过的红色流星，只留下虚幻不真的残影，伴随着飞溅的冰雪碎屑，在薄薄雪地上留下一串浅浅的足印。

那条红影一直疾奔到一栋宅院外才停下脚步，站定后望着门上的牌匾。“楚园”两个字依旧飘逸飞扬，但牌匾上的漆已有少许脱落，不复昔日气象。这里早已荒废了，做了他用。

花错只在门口略一停顿，抖落衣衫和发髻上的冰凉雪珠，才踏足步入，走入竹林，并不意外地见着了那背对着他的身穿斗篷的身影。

“叫我来何事？”大概天气寒冷的缘故，那人身上裹了厚厚的衣裳，显得有些臃肿。想是等得有些时候了，他的语气有些不善，“我还须办公子交代的事，有什么事你便快说吧。”

花错叹了口气：“你什么都不必做了，因为天如镜已经出手救了阿止，现在，他的身子已经好转。”他将事情的前后给那人说了一遍。

虽然不晓得天如镜是怎么做的，当他踏入屋中时看到满床鲜血也很是恐慌，但探其脉象，感觉到前所未有的有力，几年来容止的脉息从未这样有力过。久病成良医，花错自己也曾重伤几年，熏陶着学了不少医理，虽然比起容止来尚且不及，但基本诊脉还是会的。

那人冷然道：“这又如何？你叫我出来，就是告诉我这些？只要公子不曾醒来，我便不停下，更何况，纵然公子醒了，想必他也乐于见到我按他的吩咐办事。”

花错想了想，问道：“阿止究竟让你做什么？你们神神秘秘地弄那些暗语，我根本看不懂。”原本他忧心容止的身体，无心关注那些事，但现在容止算是没有生命之危了，他也稍稍分出来一些旁的心思。

那人想了想，大概是觉得花错也算是容止的心腹臂助，加上武功极佳，倘若有他帮手，或许将方便一些，便简单地说了说：“公子来自北魏……”

他才说出这么一句，花错的手便微微颤抖了一下，只是他的动作很不起眼，因此没被那人觉察。

那人继续道：“几年前，公子便已在南朝各处安插心腹，有带兵的将领，也有潜伏在亲王身边的谋士……”他说着说着，语调渐扬，显然有些难以抑制的兴奋。在得知了容止的全盘计划后，他便禁不住为之心醉神迷。这是怎样的谋算啊，看似不经意的安排，却是牵一发而动全局。一步紧接着一步，一环紧扣着一环，罩住了这半壁江山。

就算在公子生命最脆弱时，生命悬在微不可闻的呼吸里，身后恢弘凌厉的刀锋，却以无可匹敌之势向四周疾厉地展开。纵然足不出户，纵然昏睡不醒，但呼吸之间犹可杀人，转瞬之间犹可倾覆。

在那人说到引诱刘彧等人出手暗杀刘子业，紧接着将挟持拥立另外一位亲王以大义之名讨伐时，花错神情微变：“这样一来，岂不是天下大乱？”

那人不以为然地道：“乱就乱呗，与你我有何干系？这刘氏的王朝，乱一些有什么不好的？”

花错忍不住道："假如南朝大乱，岂不就给了北魏入侵的大好机会？！"

那人笑道："就是要给北魏入侵的机会啊！倘若局面大乱，也只有公子醒来才能稳住局面，以倾国的安危来威胁天如镜，岂不更妙？"虽然他尚且不知在这个无解的死局之下，容止打算如何扭转乾坤，但他对容止有着莫大的信心，只要容止说可以，那么，便一定是可以的。

以一人或者几人来权衡，这个价值太小了，也太微不足道了。容止竟然将整个国家作为自己的人质，以此来威胁天如镜，而倾国混乱的局势，这绝不是天如镜能够凭着一己之力扭转的。

他让洪水泛滥，将堤坝摧毁，而能够收束这洪流的人，只有他。

倘若他死了，就让这个世界随着他的死亡一并洪水滔天。

综合各方面的信息，容止仔细研究过天如月与天如镜的行为模式，发现唯一能动摇他们的，便是这江山大局，他便以这所谓的大局与之来一场豪赌。

那人低下头，忍不住笑了笑，每当审视容止的全盘计划时，他便打心底对容止敬畏无比。自己与容止之间的差距，并不是对待一件事上的计谋高低，而是胸怀与器量的差距，假如他是一杯水，那么容止便是滔滔江海。

这手法狠毒而浩大，直接拿一个国家的前途来赌自己一人的生死。

谁敢开这样大的赌局？

谁又如此冷酷无情，他人生死，家国荣辱，于他而言，不过是一盘棋局，或者一个筹码而已。

那人正说着，忽然颈后一痛，他惊骇地一扭头，却见花错面无表情地抬着手，手指并拢成刀："我不能让你如此作为。"花错轻声道，"倘若容止还未获救，我也许会同意帮你赌上一赌，但此时不同，纵然出身草莽，我终究还是南朝之人，不能眼睁睁地看着你掀起大乱，令北魏平白得利。"顿了顿，又道，"方才我没跟你说，公主是用什么法子换取了天如镜的出手，纵然你知道了，只怕你也不会感激她的。她待容止如此，至少我要回报她一些什么，就算是为了公主，我也不能让你得手。"他是亲眼看着全过程的人，所受到的震动远比旁人要大得多。

他知道那人已被打晕，失去了意识，此时该是听不到他所言，但花错依旧不住地往下说着，好像不说话，便不足以平复他波动的情绪："等容止醒来，我会向他告罪。我也要问他一些事，否则我心中不得安宁。公主曾经说对了一些话，正是我对容止所知实在太少。"少得简直接近于零。

荒废的楚园里所发生的一切，楚玉自然是一无所知，她甚至也不知自己间接地影响了什么人，又间接地影响了什么事，正是因为间接影响的人和事，又将对她带来什么样的影响。

容止一直沉睡着，每天只用补药来维持生命。但奇异的是，他却没有继续消瘦下去，反而随着时间的推移，显出一种夺人心魄的魅力来。

他的容色并未起多少变化，五官还是原来的样子，但眉宇之间微微舒展开来了，好像长期被囚困的凤凰，终于得以脱出牢笼，舒展开绚烂的羽翼。

他的脸色依然雪白，可雪白之外，却又焕发出一种极为清润柔和的光彩，如切如磋，如琢如磨，如金如锡，如圭如璧，一天一天生动鲜亮起来。

就连有时候来看容止的楚玉，也忍不住看得出神。

容止一直不醒，这原本让楚玉担忧不已，但看他原本瘦得只剩下骨架子的身躯反倒多了点儿肉，慢慢显出些健康的兆头，她便慢慢放下心来。

雪一场接着一场下，霜冻如刀剑严逼。刘子业的暴戾也在这季节里达到了极致，他就像一只受伤的野兽，稍有不顺便疯狂噬咬。他甚至下旨赐死了因为他行为日渐出格忍不住进言规劝的沈庆之。他让沈庆之的侄儿沈攸之带去了一杯毒酒。

楚玉听说此事后，只是略一吃惊，便不去理会。刘子业在自毁长城，虽说沈庆之为人刚直，对他多有约束，但这个人不会背叛，有他在，将会是刘子业安全的一道屏障。可惜刘子业自己毁了这道屏障。

倘若是从前，楚玉也许会去阻止，但现在她已无心多管闲事，刘子业要自己往黄泉的入口狂奔，她又何必阻拦？她静静地看着历史车轮缓缓滚过，就那么冷眼看着，毫不阻拦，毫不干涉。

然而沈庆之的死，有些内情却是楚玉所不知的。

沈庆之的侄子沈攸之几年前被叔父阻拦了一场升官，早就怀恨在心，又被身旁侍从撺掇了一下，便几次向刘子业说沈庆之的不好，终于给他等到了这么个机会，最后以一杯毒酒鸩死了身经百战的威武将领。

那侍从的名字叫沈光左，据说是沈家八竿子打不着的远亲，只有极少的人晓得他原来是从公主府出去的。

在花错阻止之前，容止的计划已然起步，花错只阻止了剩下的步骤。

应该发动的，有一部分发动了，有一部分尚未发动，原本精巧的环环相扣的设计被预想不到的外力粗暴摧毁，反而成了一个错漏百出的尴尬局面。

而所有跃跃欲动的棋子，因为一下子失去了主宰着的那只手，各自不安起来，有的按兵不动，有的急躁冒进。

容止看不到，阻止不了。

楚玉一直牢记着那个日子，十一月二十九日，那应该是刘子业丧命的日子。随着时间的逼近，纵然容止依然没有清醒的迹象，她也不得不为离开做准备了。

她原本是想等容止醒来了再走，因为容止现在看起来就像是普通睡熟了一般，可随着时日的推移，这个愿望显得不太现实。

在十一月二十七日中午，楚玉总算准备停当，决意入夜便与桓远一行人离开公主府，流桑、阿蛮、花错、柳色以及昏迷的容止，一个都不少，一起离开。

在此之前，楚玉已经找来了所有人，包括花错和柳色，跟他们说了要走的事。她自然不会说是预知了政变和自己的死亡才要走的，只道刘子业越来越凶残暴戾，她与刘子业此刻又已经离心，指不定什么时候也遭殃，还是趁早远走为妙。

近半月来公主府外苑何戢的守卫松懈了不少，在花错以及府内自己人的鼎力协助下，路上所需的物件已提前备好：马车行李自是不可少，而黄金珠宝、滋补药材也一应俱全，已交给来去自如的花错，几天之前都已带到城外去了。

今天晚上就要离开，楚玉心中忐忑，微微不安，等待天黑之时，却接到何戢带来的刘子业的旨意：入宫。

楚玉闻言一怔，暗忖不知为何刘子业又要见她了，大约有两个月没见着刘子业了吧。刘子业这时候召见她，究竟怎么一回事啊？

去了，不知会有什么事等着她，可倘若此时不去，说不定会触怒刘子业，反倒更加不妙。

借着换衣服的时机，楚玉告诉桓远，假如她能在晚上戌时（晚七点到晚九点）回来那是最好，倘若回不来，那么接下来亥时，也便是九点整，依然按照原定计划，桓远等人离开。

楚玉说完，见桓远神情微沉，没应声，过了好一会儿，才听他低声道："那么，公主呢？"假如他们走了，她又当如何？虽说他们也可以逃离后再让花错回来接人，但是，假如这期间发生什么变故，该当如何啊？

楚玉无奈道："建康不是久留之地，本来就该早早离开，但因我的私心耽搁这么久，今夜不能再留了。"此刻她有一种不妙的预感，总觉得会出事，甚至也怀疑过是不是刘子业打算对她下杀手了。这个时候刘子业既然要见她，何戢还带着人来接她入宫去，她想要逃跑也困难了，执意不从，反而会连累其他人。

心中所想，楚玉自然不会对桓远说及，费了一番口舌总算说服桓远带人先行离开。但桓远与她约定，出城之后便让花错立即返回来寻她，倘若她三日内还不与他们会合，他们也不会远离建康，而是会返回来寻找她。

楚玉这边说服了桓远，便到书房写了一封信交给他，让他交给花错。

信中写的却是请花错在二十九日夜之后，说什么也要迫桓远离开，绑着他也好，打晕他也好，说什么也要离开这是非之地。特别交代是否能找到她并不是第一要务。

楚玉匆匆写完，便草草封口交给了桓远，让他记得亲手转交给花错。桓远是端方谦和的君子，她给花错的信他定然不会私下拆开看的。这一点，她是十分放心的。

处理完一切，她换好衣装，施施然走向已经等得有些不耐烦的何戢。对上他焦躁的双眼时，她微微一笑："我们走吧。"

不管此番前去是何等路途，艰辛还是死亡，她都要走下去。

Staread
星文文化

凤囚凰

全3册·下

凤囚凰

天衣有风 著

江苏凤凰文艺出版社
JIANGSU PHOENIX LITERATURE AND ART PUBLISHING

·第三卷·

东边日出西边雨，
道是无情却有情

第一百零一章　夜来竹林堂

楚玉起初穿越到这里时，感觉山阴公主的生活十分奢华。但楚玉自己不习惯那样，除非特别必需，要求一切从简，平常都是自个儿在屋里用饭。同时，她还减了一大半侍女，只留下幼蓝一人能随意出入她的屋子，她的衣裳数量也大大减少了。

而她从前进宫见到的刘子业，除了刚刚退朝时，一般都穿常服，但今天傍晚的刘子业却大不相同，楚玉刚步入华林园竹林堂，便瞧见他身上的衣衫出乎意料的庄重。

几乎没见过刘子业这副打扮，现在并非才退朝回来，居然穿得如此庄重，究竟为何？楚玉虽感奇怪，却也不便开口询问，因为她与刘子业之间已不是从前那样可以随意说话的了。

天气寒冷，刘子业坐在竹林堂主殿内的首座上，他身下垫着足有三寸高的锦垫，肩膀上披了件厚厚的黑色毛皮大氅，衬得他的脸色十分苍白，他狭长的眼角微微发红，看上去像是没怎么睡好。

见到楚玉，刘子业挥退在一旁服侍的宫人，竹林堂大殿内便只剩下这对血缘意义上的姐弟。楚玉看着刘子业，也不知道这时候该说些什么好，但也不想上前去行礼，便就那么站着。

刘子业的神情有些古怪，眼中流露出来仿佛想要说些什么的意味，只见嘴唇动一下，却什么也没说。

虽然小皇帝穿着庄重，但很快就没了坐相，只见他两腿并拢，屈在身前，微微弓身，手肘支在身前的长案上，十指绞缠，不安分地扭来扭去，眼眸垂敛，时不时飞快地瞥一眼楚玉。

刘子业既然愿意这么耗着，楚玉也乐意陪着他耗。她眼观鼻，鼻观心，脸上一派沉静，心思却早已飞到了宫外，暗暗希望桓远他们最好能快些走。她人在宫中，能分散走何戢的一部分注意力，那边逃走也应方便一些。

正胡思乱想着，楚玉渐感寒气渗透衣衫，冰冰凉地钻进骨头里，忍不住瑟缩了一下肩膀。她来时匆忙，衣衫稍嫌单薄，马车上有暖炉，但下了马车进了宫门，再走这一路，身上的热气早已散去，再在这空寂宽大的殿内久站不动，全身都凉透了。

刘子业再抬头时，正好瞧见楚玉瑟缩的动作。见她冻着了，他一下子什么都忘了，慌忙站起来，抬脚跨过桌案，三两步来到楚玉的面前，脱下大氅披在楚玉身上，嘴里一迭声地抱怨："阿姐你怎么穿得这么少？真是的，冻坏了怎么办？"

他絮絮叨叨地抱怨了好一会儿，才想起他们正在冷战，手上动作陡然停下，拿着大氅不知该放手让楚玉披着，还是板起脸拿回去。

只不过，现在拿回去，也不能抹杀他方才的动作。

低下头扁了扁嘴唇，刘子业还是轻轻地给楚玉披上了大氅，十分笨拙地帮她拉好领子。

刘子业显然不曾伺候过谁，手上没轻没重的，他怕领口系得不严让冷风灌进来，便用力地系紧，勒得楚玉险些喘不过气来。发现楚玉不舒服，他又赶忙拉开，看着不够严实，忍不住又紧了紧……

如此反复几次，楚玉给他折腾得直翻白眼，若不是清楚地瞧见刘子业脸上的焦急神色，她几乎以为他想勒死她。忍了一会儿，见刘子业还折腾着，楚玉叹了口气，抬手一把抓住刘子业的手，说："算了。"

刘子业悻悻然地放开手，正要唤人进来代劳，楚玉一摆手要自己动手。毛皮大氅是从刘子业身上脱下来的，里层都被他的体温焐热，楚玉穿上后，感觉很温暖，这温暖是从刘子业身上传递过来的。

楚玉看着刘子业，见这个少年瘦削的脸苍白，眼睛红红的，对上她的目光时，还感觉有些不知所措，便立即移开视线，楚玉在心里叹息一声，低声道："子业，多谢。"她没有如往常一样称他陛下，而是直接叫了他的名字。

刘子业扁了扁嘴，眼光闪着欲哭不能的样子。他一把拉住楚玉的手，只觉入手冰凉，便拉过来放在他自己的手掌中来回摩挲着。好一会儿，他才低下头道："阿姐，你不要生我的气了，好不好？"

他这么低声下气地求和，楚玉闻言又一叹，道："我怎么敢生你的气？"真是笑话，她有什么资格跟他怄气？生杀予夺的权力从来都掌握在他的手上。

刘子业闻之，眼睛更红，他又低又快地道："骗人！你眼下便是在怨我！"等了一会儿，等不到楚玉安抚他的声音，他心中更为委屈难过：我是皇帝啊，阿姐就不肯说些好听的话哄哄我吗？

分明是阿姐的错，她怎么可以想着离开他，躲到别处去呢？

楚玉又是好气又是好笑，简直不知道该说他什么好。过了一会儿，她慢慢将手从他掌中抽出来，犹豫片刻才拍拍他的肩膀，轻声道："从前的事，就当作不曾发生吧，别再提了。"

横竖她马上便要离开，便顺着一会儿他的意思吧，横竖她也没办法为死去的人报仇，这时候跟他怄气很没意义。

心里如此想着，楚玉脸上也现出一些笑意来："今天你寻我来，可是有什么事？"

刘子业见楚玉终于松口，苍白的脸颊上现出喜悦的红晕，笑了好一会儿才想起来道："我心中想念阿姐，倒是没什么事。对了，待会儿阿姐要不要留下来？近几日宫中闹鬼，我打算在竹林堂做一场法事，驱鬼。"他穿得这么庄重，也是为了这个。

——帝于华林园竹林堂射鬼。

楚玉心中猛地一惊，脑海中现出早已经背熟了的、事关她生死存亡的一段话。眼看着刘子业就要叫人进来，楚玉做了个阻拦的手势，问道："陛下，宗越将军呢？"虽然她非常不喜欢宗越的阴狠毒辣，但这人至少确定是对刘子业忠诚的。

刘子业想了想，道："哦，近日有人谋反，我让宗将军和其他几位将军出城检阅军队去了，过些日子朕要御驾亲征。"他的口气轻描淡写，完全没将谋反那人放在眼里。

——唯有直閤将军宗越、谭金、童太一等数人为其腹心……是夕，越等并外宿。

楚玉微微睁大眼睛，又想起一事，问道："那，干林呢？"越捷飞和天如镜的师兄、保护刘子业的贴身影子，他在不在？

刘子业不以为意地道："他今日向我告假，一个时辰前已离开皇宫，阿姐找他们有事？"

楚玉下意识地摇了摇头，接着便看见刘子业唤人进来，做各种举办法事的摆设。楚玉若有所悟，她全身僵硬，几乎动弹不得。

——佃夫、道儿因结寿寂之等殒废帝于后堂，十一月二十九日夜也。

今天是十一月二十七日。

可是她记得，那段记载中的日期是十一月二十九日。

居然提前了两日，是发生了什么偏差吗？

眼看着竹林堂里里外外画好了驱鬼用的幡，幡上画着楚玉看不懂的鬼画符，不一会儿，太监华愿儿入内禀告，说是巫师已经集齐，正与天如镜一道在外等候。

天如镜也在？！

楚玉的面色越发不好看，仔细一想，时间问题反倒不是主要的，只不过是数字上的差别而已。重要的是，往常保护刘子业安全的人，都已经不在他身边，留下来的只是一些普通的侍从，周围的防卫格外薄弱，而天如镜竟然又在巫师之中，难道这件事是他一手策划的？

楚玉与刘子业一道走出竹林堂，此时已经入夜，竹林堂外的竹林黑漆漆的，虽然林外挂起了灯笼，却照不太远，光摇摇晃晃地打在竹枝竹叶上，地面上的影子交错闪动，好像鬼影憧憧，更让人觉得阴森鬼魅。

楚玉一眼便看到了巫师群中的天如镜，比起那群穿着华丽服装的巫师，天如镜一身紫色衣裳，看上去极为素净。

楚玉跟刘子业说了一声“暂时少陪”，便径直朝天如镜走去，拉住他的袖子就将他扯到一边去：“这是不是你弄出来的？”

天如镜定定地看着她，不说话，他的脸色有些苍白，因瘦削而衬得更大的眼睛里，一双眼眸宛如一泓清亮的秋水，每一个波光晃动，都欲说还休。

见天如镜迟迟不答，楚玉有些恼怒，咬了咬牙，道：“今日是二十七日，史书上记载应该是二十九日，你把这个时日提前，就不怕违反你的天书吗？”

这回，天如镜终于开了口：“我也不知为何会错开两日，这并非我一手安排得了的。”

或是天意本如此。

楚玉闻言一怔，忍不住追问一句：“真的？”

天如镜淡淡地道：“这个时候，我骗你作甚？”

两人远离了众人，在竹林里低声说话，冷硬的泥土上挨着竹根处还残留着些许未融的残雪，莹白的雪反射着星星的微光，在竹林夜色之下，显得格外静谧美丽，天如镜苍白的脸色，也蒙上了一层如梦如雾的光晕。

楚玉沉默了一会儿，道：“倘若我现在便告知陛下，他或许就不会死。”现在立即让刘子业加强防卫，到安全的地方去，将三王处死……改变历史的机会就在眼前，扭转乾坤的机会就在眼前。

方才刘子业给她披上衣服，别别扭扭地讨好她时，立即勾起了楚玉心底的些许温情。她做不到坐视刘子业的死，纵然刘子业有千万般不好，可他依然是楚玉这具身体的弟弟，且对她极为厚待。楚玉本打算一走了之，可是事到临头，却又不由得不忍心。

天如镜依旧面无表情，他有些木然地道："随你。"他已经不敢去审视现在的局势与天书上记载的有多少偏离。自从他背叛了自己的信念救了容止后，他便无时无刻不处在心灵的自我折磨中，以至于虽然经过这么长时间的调养，他反而比那时饿了三天离开公主府时更瘦了一圈。

楚玉叹了口气，扭头转回去，朝刘子业走去。此时刘子业一身玄衣，衣衫上绣着华丽的暗纹，神情端肃，看起来也有几分庄重的味道。他的左右站着华愿儿和玄安两个太监，一个捧着一把桃木弓，一个捧着一袋棘枝箭，桃弓棘矢都有能抵御不祥的传闻，能驱邪避凶，用桃木弓射出棘枝箭，射中鬼魂，便是这场驱鬼法事的重头戏了。

楚玉从前就拿鬼故事吓唬过刘子业，这时候自然不会反口说世上本没有鬼，只是上前询问："陛下怎么会想要驱鬼呢？"她还是不相信天如镜所言，想从刘子业这里套套口风：这场法事是不是天如镜主使的？

刘子业踯躅了一会儿，想想就是现在不说，楚玉待会儿也会知道的，便慢吞吞地说了。刘子业虽然性情暴戾，但是，他怕鬼。这几日来，他为噩梦所扰，好像看到被自己杀死的粉黛以及那个像粉黛的宫女回来找他索命，惊得他魂不附体，便想出来举办法事驱鬼这一招。

他原本也没怎么把杀个把人放在心上，说起来也渐渐忘了顾忌，却没注意到楚玉一下子变得古怪的神情以及瞬间转为冷漠的目光。

是了，楚玉冷冷地看着刘子业，在心里静静地想着：是了，她怎么忘记了，虽然在她面前的刘子业是体贴的好弟弟，可是对别人来说，这少年却是个暴虐的皇帝。

他杀了那四个无辜的孩子，杀了墨香，害死了粉黛，也间接害死了她手下一百多号人。那么多的鲜血，他怎么还得清？

他只不过对她好一些，她难道就忘记了那些无辜死去的人了吗？楚玉静静地看着他，方才微微热起来的心口，一下子变得冰凉。

刘子业指挥巫师们开始做法，天如镜此时走过来，站在刘子业的身旁，楚玉张了几次口，最终还是没有发出声音，她便向刘子业告辞："陛下，我身子有些不适，想提前回府休息。"

一听楚玉不舒服，刘子业也顾不上什么驱鬼了，张口便要吩咐人传唤御医，楚玉连忙阻止，再三保证自己只是觉得有些冷，回去睡一觉便会没事了。

"阿姐。"才走出两步，楚玉被刘子业叫住。

她转过身，见少年皇帝发红的眼睛里满是忧虑："阿姐，你今后都不要离开我了，好不好？"

楚玉一愣，随即有口无心地道："好的，不离开，再也不离开了。"

"不骗我？"

"嗯，不骗你。"声音听起来斩钉截铁。

得到楚玉的保证，刘子业松了口气，又安心地坐下来看人驱鬼。楚玉没让刘子业派人送她，自个儿孤独地走在皇宫里，身上还披着刘子业的毛皮大氅，走着走着，薄薄的雪片自天空稀稀落落地飘了下来。

很快便走到接近宫门的地方，在走出一个转角前，楚玉听得何戢的喝声："什么人？"她吓了一跳，下意识地停下脚步，侧耳倾听，才明白何戢这话并不是对她说的。

第一百零二章　漏网的大鱼

何戢喝问出声后，声调陡然一转，叫出那人的名字：“姜产之！”

——太宗与左右阮佃夫、王道隆、李道儿密结帝左右寿寂之、姜产之等十一人，谋共废帝。

楚玉听到这个名字，猛地屏住呼吸。

她在第二重宫门边上，何戢正在宫墙后不远处等着她，两人一墙之隔，直线距离不过三四丈而已。原本守在这一重宫门的守卫，则正偷懒与何戢带来的士兵闲聊。

依史书上所言，刘彧的部下勾结了刘子业的近臣——寿寂之与姜产之。这二人一人是执掌帝王官职的官员，谓主衣；另一人是禁军的细铠主。楚玉方才问过刘子业，得知主衣寿寂之便在宫中，姜产之今日正好休假。

这也是让楚玉有点疑虑的原因，怀疑这一遭是否便是历史记载中的那场法事，然而，现在听到何戢叫出那人的名字，她便完全确信了。

何戢叫住姜产之，与他闲聊几句，便让他与禁军随从进得宫来。楚玉听脚步声，知姜产之朝她所在的方向走来，便下意识地后退，退到身后一棵大树的阴影里。

方站定，楚玉才想起自己没必要这么心虚，就算姜产之是来杀刘子业的，但在他目的达到之前，多半不会动她，以免打草惊蛇，功亏一篑。

但是，这个时候她已经退后了，不方便再走出来。楚玉立在树后，便见姜产之带着七八个人朝皇宫内走去，几人的脚步很沉，步伐一致，零星的冰冷雪花落在他们身上，更添了几分肃杀之意。

楚玉看着他们，忽然有些后悔，甚至想现在便赶回去提醒刘子业要小心，可眼前一闪而过墨香死前的眼神，她又强迫自己硬起心肠，不作理会。

一直等姜产之等人走远，楚玉才静静地舒一口气，正想装作若无其事的样子走出来，这时候，又听到宫墙后两人的脚步声渐近，而后停了下来，一个刻意压低的声音传来："驸马，方才那姜产之……我见他怀中仿佛藏有硬物，恐怕要图谋不轨。"

何戢冷哼一声，放低音量道："我何尝不知，那姜产之身后几人并非他的同僚，只怕是欲行谋反，他既然要反，便看着他反吧，我为何要阻拦？！"

两人的说话声虽然压得很低，但还是让墙后的楚玉听了个分明。

楚玉猛地咬住嘴唇，不让惊呼声逸出口来。

何戢继续道："陛下今日召见那女子，怕是要与她重新修好，待她得势之后，焉有我的好日子过？那姜产之若能成事，对我而言是再好不过，若不能成，也怪不到我身上。"面前这人是他何家心腹，因而何戢也不怕说与他听。

一言以蔽之，他就打算当那墙头草，顺着风吹倒，姜产之身怀利刃，带身份不明之人入宫，他也只当没看到。

何戢话才说完没多久，听到墙后传来一声沉闷的折木声，心中大惊，连忙绕过宫墙，却见自己深深憎恨的女子神情怔忡地站在宫门边的树下，脚下正是一截断裂的干枯树枝。

楚玉看到何戢，心也是沉到了底，她方才听何戢语意不善，想找个地方躲起来，不料才迈出一步，就不慎踩到地面上一段干枯的树枝。

她心中叫苦，也不等何戢有什么反应，毫不迟疑地转身就跑。

这个时候说什么都是多余的，她要是还站在原地，那就是等着何戢杀人灭口。楚玉不太清楚何戢的武功如何，但一个健壮的大男人杀她一个弱女子还是很容易的。

何戢见楚玉转头跑了，先是犹豫了一下，随即便明白过来大事不妙。倘若楚玉现在跑回去找刘子业告密，且刘子业也逃过了姜产之那一劫，就该换成他倒霉了。

何戢一时间竟然不知是先追楚玉，还是干脆带着人马闯进皇宫去，犹豫片刻，最后还是没叫人，便朝楚玉追去。在潜意识里，他还是不想闹出太大动静，更不想亲手弑君。

楚玉没有出声求救，她始终不能确定刘子业是否死了，倘若惊动太多人，就算她逃脱了何戢的追杀，也逃不过谋反者的屠戮。

能一个人静悄悄地离开是最好不过的。楚玉毕竟是女子，天生体力弱，才跑了一段路，便听到身后何戢的脚步声越来越近。两人先后到了宫中最为冷清的地方，夜色下名为夫妻的一男一女，一追一逃，冰冷的雪花落在两人身上，见证这段扭曲的婚姻最后的生与死的挣扎。

楚玉一咬牙关，猛地转过身来，抬起手腕，扣动机簧。

何戢距离楚玉只剩下五六步远，正要追过来，却听见空气中刺刺两声锐响，好像有什么擦过脚边射在地面上，同时腿上传来剧痛。

楚玉射出两支暗藏的袖箭，其中一支射得偏了，贴着何戢的鞋边插在地上，另一支也偏了，好在没偏太远，射中了何戢的大腿。

一箭失败，一箭奏效，楚玉既未失望，也不欢喜，立即转过身去，一言不发地逃去。

何戢身为驸马，家中也是士族，何曾受过这样的伤，楚玉虽然一箭没射死他，却也让他一时间痛得蹲在地上没法动弹，只能眼睁睁看着楚玉跑远。

何戢的心腹在不久后便带着几个人追上来，将何戢扶了起来。草草止了血，何戢咬牙切齿地道："给我追！"

楚玉逃到的地方是永训宫附近，这里曾是刘子业生母王太后的住处，在太后病死之后，刘子业害怕太后的鬼魂，便命人不得接近此处。

她气喘吁吁地闯入永训宫内，很快又听到后方追来的脚步声，听上去足有六七人，但她所携袖箭不过八支，加上她的技术不太好，就算射出去，也不一定能射中。

楚玉躲躲藏藏的，然而对方毕竟人数较多，且都是军人出身，搜索起来很有一套，最后她还是在太后生前的卧房内，被一人堵住逃亡的路。

楚玉靠着墙，注视着站在门口的黑影，屋内没有灯，她看不清楚对方的脸，也看不清楚对方凶狠的神情，她只是慢慢地坐下，坐在太后死去的这张床上，双手按着床沿。

那人追上楚玉，暗暗松了口气，心想总算对何戢有了个交代，但是他却惊讶地看见，楚玉的身体忽然翻倒，伴随着铁索铰链的响声，床面忽然下陷，露了一个巨大的方形洞口来，只见楚玉身体后仰，一下便跌入那洞里去了。

华林园内，巫师们的仪式已毕，召出鬼来，指点着刘子业张起桃木弓朝虚空中射去，连射了十数下，巫师便称鬼已经被射死了。

刘子业大喜，悬着的心终于放下，命人奏乐。

而这个时候，在竹林边上的人群里，却投来饱含杀意的阴郁目光。

天如镜就站在刘子业身旁不远处，他目光如水，宛如明月清辉，等待着应该发生的事情发生。

之后的事情很简单了。

——寿寂之怀刀直入，姜产之为副。

姜产之带来的人暂时牵制住了刘子业的侍从。

天如镜静静地望着天空，雪花落在他紫色的衣衫上，分外寂寥冷清。

一片混乱中，刘子业逃入了竹林堂，他身后跟随着太监华愿儿和玄安，寿寂之紧随在他们身后，执刀追逐不舍，四人闯入后堂，刘子业返身张弓搭箭，一箭射空。

寿寂之手腕微侧，黑暗里刀光一闪。

此刻，亥时过去，子时方至。

宗越带着一队士兵，快马轻骑往回赶，他先前得到消息飞报，是说近侧有人欲行刺陛下。

纵然刘子业暴虐无道，但对宗越而言，却是个再大方不过的君主，他不希望刘子业就这样死去，所以他一得到消息，便挑了军中最快的马匹和两百名勇猛的骑兵，跟他一道往回赶。

才入城不久，穿过街巷的疾奔途中，宗越却瞥见一个人。此人身穿翠绿色的衣裳，怀里抱着一个鼓鼓的蓝色小包裹，在一条无人的巷子里快步走着，娇艳的脸上满布不安的神色。

宗越是见过此人的，因为山阴公主曾带他出游过，但此人这时候为何鬼鬼祟祟地出现在此地呢？难道他不该安分地留在公主府中吗？

心中疑窦大起，宗越下令暂停，独自打马过去，一只大手伸出去，单手揪住了柳色，将他整个人提了起来——就像当初提起墨香那样。

包裹掉在地上，里面滚出来一些珠宝金银。

柳色对上宗越的目光，登时吓得魂不附体。宗越眯了眯眼睛，那眼光如刀般锐利，欣赏了一会儿柳色瑟瑟发抖的情态，才以一种阴狠的、好像猫戏弄老鼠般的声音道：“你怎会在这里？”

此时，正是亥时过半。

“公主呢？”

桓远等人出城之后，在城外五里寻着了久候的花错，花错小心接过阿蛮背上背负着的容止，扫了一眼后却发现少了两人。

除了桓远、阿蛮、流桑等人，还有幼蓝和几名信得过的侍从同行，却少了逃亡行动的核心——楚玉，另一人倒是不值一提了。

将容止抱上早已经准备好的马车，让他躺在柔软的锦垫上，再为他盖上厚实的被子，花错才回过身来再看一眼，确定没看到楚玉和柳色时，才转向桓远又一次询问。

桓远目光微黯，简单地说了楚玉的交代，取出信来给花错，又顿了顿，苦笑一下：“至于柳色……他约莫是私逃了。”

发现柳色私逃后，桓远并没派人去找，而是按照原定计划，与其他人一道与花错会合。柳色的去向他并不怎么关心，人各有志，如今公主府已经不能给予他想要的，走便走了，没有必要为了他而费心，想必公主也不会为了这点小事烦恼，桓远心里默默地想。但是就连他自己也没发现，对于楚玉身边异性的减少，他表现出了一种乐见其成的态度。

桓远让流桑和随行的幼蓝暂时休息一下。花错走开两步，撕开信封口，抽出信纸来，草草浏览一番，片刻后，他的面色陡变。

楚玉在信中已经写明，说是务必先请花错骗得桓远远离建康城，能骗多远便骗多远，倘若二十九日后不见她与他们会合，也不必以她为念，直接下药，药翻桓远等人，把他们远远地带走，最好走到天高皇帝远的地方。

虽然楚玉并未明说，可花错却从信中感觉到她字里行间蕴含的诀别之意，好像有什么可怕的事情即将发生，那件事是她预先知道的，却无法回避。

花错在一旁拿着信沉默太久，引起了桓远的怀疑。他吩咐完侍从后，便走过来问道：“公主信上写了什么？”

不能让他知道。

花错合上信，淡淡地道：“没事，公主叫我照顾你们。”这话倒也没说谎，楚玉确实是有请花错暂时照拂大家的意思。以桓远的智慧和手段，想独自活下来并不算难事，楚玉只怕他担忧她的安危回到建康这处险地。

花错虽然也想返回一探，事到如今，他对楚玉的恶感已经消失得差不多了，但是他不可能放下容止，在他心里，还是容止更为重要些。

虽然花错反应十分迅速，但是他面上晃过的迟疑却没有躲过桓远的目光，桓远猛然想起前阵子，楚玉下药放倒天如镜之前，也曾经对他说过一番诀别的话，难道……

他越想越不安，便试探道：“可否让我看看公主的信？”

花错这回应得干脆：“好。”他说着便将信纸递了过去。

见花错如此爽快，桓远反倒疑心自己猜错了，然而，花错的手伸到他面前后却未停下，只见伸过来的手飞快地抬起来，横里在他的颈侧一切……

阿蛮正偏头跟流桑说话，几个侍从也在做出发前的准备，没人留意这一瞬间花错的动作。

单手接住倒下的桓远，花错佯作惊讶地叫道：“桓远，你怎么了？”声音惊动流桑等人后，他便解释道，桓远方才忽然晕倒，大约是这些天来劳心劳力过度，导致身体不支。

桓远已经起了疑心，花错知道自己绝无可能欺瞒过他，便索性使用暴力，提前启用了楚玉在信上的建议。

众人并未听到两人方才的对话，也没料到花错会有别样心思，便信了他所言，还帮忙将桓远扶上马车，与容止并排躺着。

花错转动了一下手腕，垂眸沉思片刻，这时候桓远昏迷，做主的人便是他了，他想了想，对流桑、阿蛮道："我们先走得远些。"

阿蛮眨了眨眼，有些不解："不等公主吗？"先前桓远跟他说过，他们出了城后等着公主呢。

花错勉强笑道："公主有她的安排，不是我不等，而是她让我们到远一些的地方再等。"

倘若是有桓远之外能做主的人在这里，便会看出花错的言不由衷，但是，眼下流桑和阿蛮两人，几乎都被花错指点过武技，感情上与他较为亲近，两人又是胸无城府，很容易给花错骗了去，就要听话启程。

众人尚未动身，便听到身后的道路上传来一阵急促的马蹄声，从后方道路口转出来一队骑士，很快便接近了他们，领头的正是宗越。

宗越身后跟着三十名骑兵，而他的马匹前方，横着一道绿色的身影，花错一看，便叫出声来："柳色？"

宗越翻身下马，反手拍了拍马背上柳色已经红肿的脸颊，微笑道："真乖，没有骗我，我会给你个痛快。"

拔刀一抹……

宗越并不收刀，带着血腥的笑意转向花错等人。方才从柳色口中得知公主和一群人私逃，他便立即分出三十人，由他带领着追来，另外一百多人则继续前往皇宫支援。

两方面准备，即便陛下真的遭遇到了不测，他抓到公主，也可以向新君领功，倘若陛下安好，他把公主带回去，也是功劳一件。

但是方才柳色在惊恐之下，竟然忘了说一起逃走只是楚玉原本的计划，现在楚玉却身在皇宫之中，而宗越也忽略了这一点，只以为他们是一道走的，便让柳色带着他追过来。

目光扫了一眼，宗越看到花错身后有一辆马车，便认定楚玉藏在车中。

而花错也认得宗越的身份，自然不会以为对方是来送他们的，不需要多言，他招呼众人护好马车，便挺剑迎了上去。

花错一人架住宗越，而阿蛮和流桑则与其余三十名军士战在一起，阿蛮抡着铁枪大开大合，流桑则灵活地游走于缝隙间时不时刺出一剑。

但是纵然花错武艺高强，流桑、阿蛮也不算弱，可对方也是精兵强将，宗越为人虽然不怎么样，武艺却与花错不相上下，而加上三十名军士的帮助，很快三人就要支持不住，渐渐地退向马车。

守护马车的侍从加入战团，稍稍减慢了一下对方前进的脚步，但是这道防线也迟早会被突破。

花错身上已经添了几道伤痕，他心中暗恨柳色死便死了，竟然还拖累他们至此，然而现在他连骂人的力气都没了，剑上传来的压力越来越重，让他几乎招架不住。

忽然，花错脚下一个踉跄，身体向后仰，就要摔在地上。宗越眼中闪过一丝快意，举刀向下劈斩，然而刀至半空，却被一道细小白影打中，力道不大，只让刀身稍稍偏了一个极小的角度，却给花错争取来了活命的时间。

花错一个扭身，从刀锋下逃离，让宗越劈了个空。

然而两人并未继续交手，同时朝身后看去。

不知什么时候，马车后方的青色帘子掀开了一条缝，从缝隙里无声无息地探出来一只苍白优美的手。

而宗越的脚边，一支玉簪碎成几段。

第一百零三章　一梦今日醒

宗越和花错停了下来。阿蛮、流桑以及其他军士也停了下来。他们的目光，都看向那一只手。

那是一只极为秀美的手，稍稍有些瘦削，但是更显出优雅的骨节，手指好像无瑕的白玉雕琢而成，丝毫不带烟火气息，就这样凝固在苍茫的天地间。

是的，凝固。

周围的一切都仿佛跟随着凝固起来，只有白茫茫的雪花纷纷扬扬地落下，洒向这片大地。

一瞬间呼吸变得轻缓，心跳变得压抑，杀意尽数化作春风般的旖旎。

只见那只手手腕微转，顺势扶在了马车的车厢边上。

车内的人轻轻叹息一声："好长的一场梦，一梦醒来，便入了冬。"声音听起来从容悠长。

那声音，仿佛从天上飘落下来的雪，融进了这无边无际的夜色里。

宗越眉头一皱，仿佛想到了什么，面色微微发青。

车内又传来带着点儿浅浅笑意的声音："数年不见，宗将军风采依旧。"

听到这句话，宗越的神情陡然间转为森寒酷厉，因为他已经证实了心中所想，猜到了车内的人是谁。

花错呆呆地看着马车，一直等那人跟宗越说上了话，才猛然醒悟过来，脸上随即现出不敢置信的狂喜之色。

他张了张嘴，却发现自己的嗓子哽咽，发不出声音。

宗越心中骇然，片刻之后，终于冷静下来。他想起了关于此人的一些传闻，稳了稳心神，道："你打算就这么缩在车内与我说话吗？"

"宗将军说得极是，我确实有失待客之道了。"车内人又轻轻一笑，很自然地便将自己放在了"主"的地位之上。

接着，车帘掀开，便现出了端坐车内的白衣少年。黑暗之中，少年模糊的脸上仿佛还微笑着，稍一停顿，便起身下了车。他这个简单的动作做得如行云流水般，双脚踏上雪地时，所有人便都看清了他的模样。

少年微笑着，白衣，散发，乌黑的发丝柔顺地滑落在肩头，而原本束发的发簪此时正躺在宗越脚边。

所有人看见他时，都不由自主地屏住了呼吸，花错眼中更是多了一些怀念的亮光。

那是一种极为动人的气韵，仿佛天地间的秀逸与高旷同时汇聚于他一身，宛如宁静流水下澄澈的月光，宛如峻岭山巅上不化的冰雪，宛如天高云淡中舒展的微风，宛如料峭早春隐约踏歌声里的第一朵绽开的花。

那么从容，那么自然，那么……美。

他柔和秀美的眉目浸在温软的月色下，漆黑如墨的眸底现出些许似笑非笑的意味，那眼色有一种足以令人为之生、为之死的力量。

他的相貌极为年轻，可是神情却有一种超越于一切之上的从容……你可以说他十七八岁，也可以说他二十七八岁。

最先回过神来的人，却是流桑，他有些讷讷地开口道："容……容哥哥？"他的声音里充满了不确定，眼前这个少年，容貌分明与从前的容止并无多少差别，可是整个人却好像被换掉了一般，在他看不到的内里，仿佛有什么东西在破茧而出。

有他在……钟年年算什么天下第一美人？皮相的精致与气韵的瑰丽，又怎么能相提并论？

容止下得车来，朝宗越悠然一笑："此地草木丰茂，又有白雪做伴，正是绝佳的埋骨之地。"

宗越心中已生退意，脸上却依旧冷然道："埋骨？你的？我的？"

容止笑了笑："宗将军以为呢？"笑得有一点点委婉，有一点点料峭。

他手朝后一带，便抽出一柄剑来。那柄剑比寻常的剑稍短一些，剑身略宽，剑脊上刻有精美的花纹，看起来装饰的作用还要大于实战。这是桓远的佩剑，但是容止全不在意地握在手中，便朝宗越踏出去一步。

他踏前一步，宗越便不由自主地退后一步，纵然百般不情愿，但望着容止眉梢的轻浅笑意，他还是记起了昔日的恐怖，那是令他曾经在梦中都战栗不休的眼光，从容安宁，掌握着绝对的生杀予夺。

宗越面色阴沉，一声令下，自己先转身回到马前，率领部下上马离开。

宗越那边折了六名士兵，容止这边的侍卫则全军覆没，雪地上横躺着十多具尸体。

没有人阻拦他们。

眼望着宗越等人率众走远，消失在道口转角，马蹄声渐行渐远之后，容止长舒出一口气："总算走了。"

话音未落，他便支持不住似的跌坐在车厢边上，花错赶忙奔过来扶起他，问道："你怎么了？"

容止眉毛微掀，笑道："你若是像我这样一睡这么久，也会站不住的。"虽然身体恢复了健康，但是长时间的沉睡，还是让他的体力大幅度地衰竭了。

"那方才……"花错愕然。

容止笑道："自然是我骗他的。"

他目光左右略扫，不见楚玉，再想起方才醒来在车厢内所见昏迷的桓远以及现在前方地面上横躺着的柳色的尸体，便大致猜出了眼下的境况。

见到容止苏醒的狂喜逐渐退去后，花错终于想起自己所做的破坏容止计划的事情，看着他欲言又止。

容止瞥了他一眼："你先去埋了柳色。"接着，他又吩咐阿蛮将其他的尸体拖到道旁。

看着花错抱起柳色的尸身走向一旁，容止嘴角现出一丝莫测的笑意，路口转角处却发出一道阴沉的声音："你果然只是虚张声势。"

宗越方才走远后，越想越觉不对，觉得容止不可能就这么轻易地放他走，便命全体下马，带着二十几名军士去而复返。

他们这回没有骑马，隐藏住了返回来的动静，因而宗越听到了那句"……我骗他的"。

心中气怒自己竟然被四年前的回忆吓退，宗越的杀意也越发炽烈，当下拔刀疾奔过来。

花错想要前来救援，却被宗越分出来的二十名士兵挡住，而阿蛮拖着战死的侍从尸体走远，一时间赶不回来。

在容止身边的只有流桑。

流桑匆忙从旁侧出剑，试图阻拦一下宗越，宗越完全不把他当回事，随手挥刀格挡，然而就在此时，他直觉到一股极为危险尖锐的寒气，下意识侧了一下身子，接着颈上传来一道寒意，痛楚紧随而来。

容止笑吟吟地收回剑。

宗越捂着颈侧的伤口倒退几步，又惊又怒地瞪着容止："你！"他本以为容止已经是任他宰割，却不料自己又在鬼门关前走了一遭，方才那一剑，若非他侧了那么一下，刺中的便是他的咽喉。

一剑未中，容止也并未继续，只笑道："我料到你会去而复返，方才那些话自然是……我骗你的。"

他顿了顿，又道："我纵然再怎么不济，自保一时的本事却还是有的，宗将军若是还记得四年前我的喜好，此时便该顾着自己才好。"

什么喜好？

宗越心中一寒，陡然想起来，眼前这少年，是最喜欢用毒的，那么，这剑上……

容止提醒道："这毒发作虽慢，然而死状极惨，宗将军若是还想留得一命，还是尽早回城，寻人医治的好。"

宗越压着伤口，满怀恨意地最后看容止一眼，喝令部下跟随他狼狈离去。

这回，是真的走了。

容止低低地喘了口气，整个人躺回车上，哑声道："阿蛮，驾车，我们快些走，此处停留不得！"

他故弄玄虚，两番诡诈，加上从前积威深重，才算骗走了宗越，否则若是硬拼起来，只怕他们讨不得好。

一行人驾车行了许久，直至晨光亮起，前方的三岔道口边，立着一个黑点。

渐渐近了，容止一笑，让花错拍醒桓远。

桓远醒来时瞧见花错，想起自己先前是被此人击晕，兼之忧心楚玉，登时急怒交加，还未发作，肩膀上却搭上一只手，却是容止一手按着他，另一只手掀开前方的车帘。

大地已经被白雪覆盖，只勉强能看出道路的形状，三岔道口，立着一个身穿黑色毛皮大氅的人，正是楚玉！

桓远失声叫道："公主？！"

楚玉立在雪地里，身姿单薄，却站得笔直。她转过头来，目光明亮、温暖，宛如春水，朗声笑道："公主是谁？谁是公主？"

昨日事，仿若昨日死。

第一百零四章　雪中香如故

昔日王太后身死之际，给楚玉留下一只玉匣，那匣中其实无甚物件，只不过是留来他日动乱之际，容楚玉逃生之用。

玉匣之中无非三样物事，建康全图、宫中地道分布图以及一封求救书函。

王太后是王家的人，王家在这几代乱世之中，显赫沉浮了数百年，曾参与宫廷的修筑，便在自家人的宫中，留下一些外人不知的东西。

王太后床下是密道，密道直通宫中的几条地道，路线并不算复杂，出了皇宫，建康全图便派上用场，这张图倒不是为了详尽地记录地理，而是勾画出动乱来临之际最容易逃生的路线。

此外，假如楚玉实在没办法，还可以拿着信前往王家求助，送她安然出城。如此，楚玉不仅出了建康，甚至还赶在了容止等人的前头，在此等候着他们。

桓远也不等马车完全停下，便直接跳下车去。他快步走到楚玉面前，在距离她三尺远的地方急刹车般陡然站定。

纵然是关心则乱，他依然习惯保持一个礼貌的距离。

桓远上上下下打量楚玉，确定她没有受到丁点伤害，终于在心里舒了一口气。想起自己方才行止极是失礼，他连忙抬手补了一揖：“公主。”

楚玉望着他微笑道：“既然已经出了建康，今后便不要叫我公主了，我们还得改换身份，为免说漏嘴，你先适应一下，叫我楚玉吧。现在就叫来听听。”

楚玉，这两个字对楚玉来说，不过是她名字的正常称呼，可是放在山阴公主身上，却是一个女子的闺名，桓远张了张口，好半天才如蚊子叫一般吐出两个字：

“楚……玉……”

轻唤出声后又觉得仿佛太温柔亲昵了，桓远禁不住脸上发热。

见桓远神情古怪，面颊绯红，楚玉有些奇怪，但是并没有怎么往心里去，只笑着点点头，应了一声，交代道：“今后都这么叫我吧。”

问了桓远路上的情形，在得知花错将桓远打晕时，她不好意思地笑了笑，因为那是她出的馊主意。在听说柳色死于宗越之手时，她沉默地点了点头，而在听说容止在那时候醒来时，她反而完全没有任何表情。

桓远简单说了路上发生的事，接着便想问楚玉是如何赶到他们之前的，但楚玉却岔开了话题，转眸看向马车。两人说话间，花错、阿蛮、流桑以及幼蓝等人都下了车，一并朝她走来。

在他们之后的，是容止。

他并没有走向她，只闲闲地倚靠在车边。

流桑等人自然而然地走到她身旁来，因她正与桓远交谈，便没有打扰她。

花错见楚玉无恙，心中的愧疚终于开解了，才走出一半，发现容止没跟上来，他迟疑地在半途顿住脚步，却又不知该不该往回走。

就好像一条跑道，她是终点，马车是起点，心无芥蒂的人走到了她身旁，摇摆不定的人在跑道中段停步，而唯独一人始终站在起点一步都未曾迈出。

他本来也可以和别人一样，假装若无其事地走向楚玉，但是他没有。

不知何时雪已然停止。

楚玉笑容微敛，她的目光越过流桑等人，投注在容止身上。

容止此刻也抬起眼眸，平静地对上她的视线，在默默不语之间，起点与终点遥遥相望，静静地看着彼此。

虽然在容止昏睡时已经有过心理准备，但楚玉还是没料到，真正解放了的容止竟然会是这样的美丽，纵然站在那里不言不动，也仿佛汇聚了世上所有的灵气。

她终于明白，为什么当初说起钟年年时，花错会那么不屑一顾，对比此时的容止，钟年年简直就像皓月一旁的萤火般毫不起眼。

可是……

楚玉叹了口气，有些无奈地笑了笑。太美丽了，美得不像她所能够拥有的，他看起来是那么遥不可及，如同云端的轻风和水底的月光，不管她怎么伸出手，都无法触摸到。

楚玉才想开口，忽然面现惊愕之色，看着他们后方。

桓远顺着楚玉的眼光转头看去，却见身后雪白的道路尽头，一片褐色压了过来，再近一些，方看清楚，那是一支骑兵队伍，与先前宗越所率领的三十人小队伍不同，这支队伍足有三四百人，马蹄声错落交叠在一起，甚具声势。

桓远脸上才刚现出的少许绯红之色，唰地变白了。

不光是他，花错等人亦是心惊不已。一个人的武力固然能暂时牵制住几人，但是在对方数量占绝对压倒性优势的前提下，他们没有任何胜算可言，甚至连跑都跑不掉，因为对方是骑兵。

与宗越在前方骑马并行的是另一名将领，这也是宗越去而复返的原因，在他返回的半途中，遇到这支队伍，从队伍中的军医那里确定自己颈上的伤口无毒之后，便与那将领一同率领骑兵再度追来。

这已经不是功劳不功劳的问题了，领功的念头早被抛到了一边，现在的宗越满心想着的是如何将容止一刀一刀剁成肉酱，以解被他两次戏弄的心头之恨。

容止瞥了一眼越来越近的宗越，笑道："毕竟，人算还是不如天算。"

他醒来之时，仓促之间拔出玉簪，解了花错的危急，剑还是从桓远身上抽出来的，又哪里去寻得来毒药？说是用毒，不过是利用自己从前的积威以及宗越自个儿的狐疑，吓唬他一番罢了。

然而，容止的思虑再怎么周密，也不可能算到预期之外的偶然事件，比如宗越回去的路上竟会遇到自己人，又比如——他回头看了一眼——楚玉。

不是刘楚玉，而是楚玉。

在心里默默计算自己还有多少气力能动用，在这种情形下能做到什么程度，容止又一次拿起了剑，经过半日多的休息，他的体力又恢复了少许，倘若先前他能有现在这个状态，便能将宗越一剑杀了，免除后患。

自然，这时候说"倘若"毫无用处，容止也不过是随便一想，便将心思全放在对敌之上了。

然而，宗越的骑兵军队尚未来到他们面前，容止却仿佛想到什么，全不顾宗越等人很快便要逼近，他转过身，朝相反方向看去。楚玉亦随之讶然回望。

在他们的另一侧，一条道路分成两条，左侧那条道路上，竟然也有黑云伴随着马蹄声，浩浩荡荡地疾奔而来。

一前一后，两支队伍将楚玉等人前后包抄。

黑骑是晚一些出现在他们视野中的，却几乎与另一支骑兵队伍同时抵达他们身前。

楚玉只听见蹄声如雷，数百乘马疾风般席卷而来，雪地上碎雪飞扬，翻起白茫茫的一片云雾，看上去就好像黑骑踏云而来一般。马上的骑士皆是全身玄色衣衫，身上披着黑色毛毡大氅，脸上罩着遮挡风雪的黑巾面罩。而更为难得的是，每一匹马也是与骑士衣衫同色，天生通体黑毛，雄峻威武。

为首的骑士疾驰到楚玉跟前，忽然一抬手，勒住缰绳，骏马长嘶一声停下，紧接着，他身后上百骑马一同发出长长的嘶鸣，竟然令行禁止，齐齐停了下来。

直到这一拨骑士停下，楚玉才看清楚他们总共也不过百骑，但个个矫健非常，分作两排整齐排列，每排不过五十多人，气势上竟然比宗越那边三四百人还要强上不少。

为首那人翻身下马，大步走向容止，在距离容止一丈远时，他停下脚步，除去面罩，单膝跪地："宇文雄见过公子。"

那自称宇文雄的人，却是楚玉曾经见过的于文。他已经不似当初与楚玉同往江陵时那般和气谦恭，此时的他目光坚毅，整个人显得刚健凌厉，就如一把出鞘的利剑，现在这柄剑，正低伏在容止的脚下。

容止仍然倚靠在马车边，手掌虚抬，示意宇文雄站起来，接着便回头朝面色惊疑不定的宗越笑道："宗将军可是愿与我们一战？"方才容止还没什么把握能从这番局面中逃出生天，但是宇文雄这一到来，局面便完全反转了——至少在他心中已然如此。

宗越神情古怪地看着宇文雄带来的骑士，南朝士兵在骑射之上并无多大成就，他想不到在南朝境内，竟有一支这样威猛的骑兵队。无须正式交战，只看对方此刻声势，便知比自己身后的骑兵要强上十倍。

两次对付容止皆失败，他真的很不甘心就此退却。

宇文雄冷冷地看了宗越一眼，旋即转过身去，高声喝道："儿郎们！备战！"他的声音雄壮豪迈，仿佛滚雷一般，在这平地上炸开。

"杀！"那百名骑士齐刷刷地应声，喊声震天，他们同时抽出佩刀，一瞬间刀身上的白光闪得宗越几乎睁不开眼睛，雪花夹带着冲天杀气扑面而来。

这是何等的勇武，何等的气势！

宗越几乎有些妒忌起来，他不知这是哪里来的骑兵，倘若他南朝的骑兵都能如这般威武刚健，那该有多好。

天助容止。

事已至此，宗越也知事不可为，倘若失去理智硬拼，只会全军覆没。他含恨咬牙，与旁边那名将领说了几句，便带领队伍慢慢撤退。他三番追来，却三次被容止逼退，纵然口中好似含着黄连苦涩无比，却也不得不含恨咽下。

宇文雄转向容止，问道："公子，可要追击？"

容止笑道："不必，建康既已事变，新帝必不能容下此人，我们何需多费气力？"顿了顿，他又笑着瞥向宇文雄，"你怎会赶来？"没等宇文雄回答，他的眉毛轻轻一掀，忽然想起一事，便笑吟吟地朝百名骑士后方看去。

那已经被马匹践踏得凌乱不堪的路上，后方有一骑缓缓而来，一个身穿黑色斗篷的人骑着马慢慢走着，马蹄声不紧不慢地敲打在地面上，也传入楚玉等人的耳中。那人行得近了，一百黑骑自动从中间分开，给他让开一条路，让那人一直骑到容止身前。

容止笑了笑。

那人停住马，缓慢下来。他下马的动作有些笨拙，好像身子不太灵便，骑术更是粗劣得不值一提，但是宇文雄却并未流露出轻视的神色，反而尊敬地看着他。

那人慢慢地下马站定，慢慢地抬起手来，掀开黑色的绒毡斗篷，露出一侧有着深深刀痕的脸。那张脸原本是极为美丽柔婉的，此时却被那可怕的刀痕和憔悴的情态衬得煞是凄惨。

万籁俱寂。

墨香掀开斗篷时，楚玉一行人几乎全呆住了。这个在他们认知中早已死去的人，此刻却活生生地出现在他们的面前。

纵然形容憔悴、容貌损毁，甚至神态也与从前大不相同，可他们还是能辨认出来，这是墨香。

这确确实实就是墨香。

雪地里，好像有幽婉的暗香，如丝如缕地扩散开来。

流桑喃喃道："那个，好像是墨香哥哥啊……他不是死了吗？"说着他自己抖了一下，"难道是鬼？"

楚玉瞧见墨香，略一错愕，旋即有所领悟，笑了起来。

容止会易容改扮，想必聪慧乖觉的墨香平日里也深得其传承，所以，墨香也习得一二。那次怎么会那么不小心，在紧闭的房门外转悠呢？

原来他是故意的，他令死士改换外貌前来送死，趁着黄昏光线半明半暗之际瞧不真切，偷梁换柱一点都不难。

之后墨香脱开身来，为容止暗中筹谋。而她因此心生愧疚，不由自主地与刘子业离了心。

花错在墨香掀开斗篷前，就知道了来人的身份，可是看到墨香现在的形容，面上登时浮现愧疚之色。

楚玉所能想到的，桓远自然也想通了不少。他心中现出被欺骗的怒意，目光锐利地望着容止："容止，你是不是该有什么说道？"

容止没有回他，甚至没有朝他瞥一眼，只一径凝视墨香。墨香掀开斗篷，缓慢地低下身，想要行礼，但他的行动似是极不便，就连这么一个简单的动作做起来看上去都非常难。

容止这回终于不再靠着马车，他轻轻往前踏了一步，扶住正要下拜的墨香，低声道："苦了你了。"

纵然没人跟他细说前后经过，他也能猜出个大概来：他令墨香在楚玉面前诈死，代他执行整个计划。之后花错与墨香一直暗中联络着，为墨香提供便利。直至现在这样情形，一切皆在他的掌控之中。

但因着楚玉所做的牺牲，花错出手制住了墨香，将其囚禁，并摧毁其一切与部属联系的途径。

后来墨香设计脱得身来，因与部属联系的途径为花错所断，不得以墨香前往江陵，寻找他们隐而不发的最后力量——于文，即眼前的宇文雄，向他请求武力增援，以应付因为花错胡乱插手而产生的混乱局面。

这后面的部分是在他昏迷后发生的，虽无人告知他，但依着眼前情形及墨香与花错的性子，便可推断个八九不离十。

虽然只带了一百人，但是这一百人个个都是娴熟弓马、惯于厮杀的猛士，马上马下皆可杀人，纵然是在千军万马之中，亦可如利箭般突围。

江陵那边，墨香请出宇文雄，让他们赶来建康，而楚玉等人此时正遭到宗越的追击，正好赶上给他们解围。

这一遭的功劳，是要算在墨香身上。

容止猜的与事实几乎相差无几，只是少了些细节：墨香被花错打晕后，便被他关在建康城一座空宅子里，雇了人看守着他。墨香不似花错那样身具武力，他想尽办法逃出囚牢后，发现已经失去了与部属联系的渠道，不得已只有只身前往江陵求救。他先天体质柔弱，身无分文，这一路上吃了不少苦头，甚至还有歹人打他美色的主意，为了自保，他自毁容貌，历尽艰险，方至江陵，见到了于文雄。

而赶来建康的途中，虽然宇文雄见他身上带伤，劝他不要同行，但是墨香还是以他比较容易判断局势的理由坚持一道前往，一路折腾，又让他受了不少罪。但是，不管多么痛苦吃力，墨香却咬紧牙关，从不叫喊，完全没有拖慢黑骑的行进速度，硬是以孱弱的身躯支撑过了这段路途。

几日来，他已赢得了宇文雄以及一百黑骑的敬意。

墨香吃的苦、受的罪，他不打算说，容止也不打算问，他扶起墨香后，用那双足以夺去人心志的眼眸看了他一会儿，便放开他，后退两步。

接着，容止抬起双手，正了正衣衫，弯下腰，端端正正地朝墨香作了一揖。

墨香挨饿受冻时，并没有后悔，他自毁容貌时，也不曾迟疑，可是面对容止这一礼，他却惊慌失措了，连忙想躲开容止的正前方，但是他的肩膀被身后伸来的一双大手稳稳地固定住，硬是让他受了这一礼。

一直等容止重新直起腰来，宇文雄才放开墨香：“这是公子的心意，你受得起这一礼，无须避开。”

纵然宇文雄这么说，墨香依旧惴惴地道："但是，我还是没办成公子交代的事……"

容止轻笑着打断他："墨香，成事在天，非你之过。"

几乎在同时，站在三四丈开外的楚玉轻笑一声，伸肘捅了捅桓远："哎，你可觉察到，那家伙方才行礼的样子，很有你的几分架势呢？"桓远一直是这样端方严谨、礼数周到的样子，却不料今天能在容止身上看到相似的动作。

虽然还散着头发，只正了衣，没有正冠，但是这对平素居高临下的容止而言，已是极大的诚意了。

桓远见楚玉还笑得出来，忍不住讶然道："公……""主"字还没吐出口，他便见楚玉明媚的眼眸带点警示意味地眯了一下，随即想起来正确的称呼，涨红了脸，像蚊子一样叫了一声："楚……玉。"

顿了一下，他说话才恢复正常："墨香诈死，该是容止授意，你怎的好似并不生气？"

楚玉偏头想了想，笑道："我生什么气？"

楚玉没有气，桓远心中却有，他几乎忍不住要脱口质问："你就这么喜欢他？！喜欢到什么都可以不在乎？！"但是他直觉到自己没有立场这么问，便只闭口不言，面色微沉。

见桓远有点变了脸色，楚玉心说不逗他了，又笑了笑，道："其实，我心里早就隐约知道，容止手里拿着什么我不知道的倚仗，但那是什么，我却不晓得，今日总算是略知一二。"

楚玉偏过头，看着依旧对墨香说话的容止，神情晃过一丝恍惚，低声道："我是怎么打算的，你待会儿便会晓得了。"

容止对墨香说完话，便让宇文雄率众退至一旁。他迈开脚步，来到楚玉跟前："公主，能否借一步说话？"

楚玉却没有像对桓远那样纠正他的称呼，只淡淡道："有什么事便在这里说吧。"

容止一笑："那也无妨。"说罢，他也像方才对墨香那样，对楚玉端端正正地作了一揖。

楚玉懒得避开，只冷笑道："你拜我作甚？我又没有像墨香那样诈死，顺便还请援军来给你解了围。"

容止抿了抿嘴唇，笑道："那时候，我听见了。"

"什么？"他没头没尾地来了这么一句，让楚玉有些摸不着头脑。

容止静静道："一千五百年。"她来自一千五百年后，这是她最大的秘密。

楚玉当即色变："你装睡的！"

"是。"

楚玉面色变幻不定，咬了咬牙道："……我们借一步说话。"

第一百零五章　愿终有一日

容止走向楚玉的时候，花错也来到了墨香的身前。他看着墨香的脸竟然如此恐怖，禁不住一阵愧疚。那日在楚园他打晕墨香后将之囚禁，目的并不想伤害墨香，只是要阻止他罢了，可是他万万没料到，墨香外貌柔婉，内心却刚强不屈，竟然不畏艰险地逃了出去，如今更是凑巧解了他们的围。

虽然花错并不认为自己做的有什么错，但面对墨香冷漠的眼神，他还是禁不住心虚，“墨香，当日不得已之处，还请你不要见怪。”

墨香冷冰冰地道：“花公子这是哪儿的话，小人不过是一介小小奴仆，怎么敢见怪公子你？公子不杀了我，已经是极为宽宏了。”他虽然强以意志支撑过这些天的苦楚，可是心中怨气还是有的，因而见到花错服软，便禁不住出言讽刺。

他言语讥讽，花错脸皮挂不住，暗暗有些恼怒，而那边楚玉也跟容止正说到要“借一步说话”，就在这时候，雪地上传来一道冷厉的声音：“在此之前，可否先让我借这一步？”

那声音传来之际，众人才注意到，白茫茫的雪地上，不知何时来了一个人。那人一身黑衣，本该极为显眼的，不知为何，竟然没有人发觉他的到来。容止、花错这些正与人分心说话的倒也罢了，可一旁守卫的宇文雄等人，竟然也如此，怎不叫人骇然？

宇文雄见那人英俊的脸上满是暴戾傲慢之色，下意识地挡在他与容止之间，百名黑骑也跟着收拢队形，以防那人突然对容止出手。

容止笑了笑，摆手示意宇文雄不必紧张，随即朝向那人，道：“鹤绝兄别来无恙？”

鹤绝淡淡地道：“托福。”

容止笑道：“鹤绝兄不是说要借一步说话吗？请随我来。”说着他首先迈步朝一旁走去。走出一步后，他回头瞥了花错一眼，“你也来吧。”

花错听了容止与鹤绝的寥寥两句话，登时神情大变。他少年时便与鹤绝同行共游，对鹤绝的性情也算知道一些，他如此说话作态，像是与容止有过一些交往，可是，除了上次容止去救公主，他们之间哪来的机会相处？

虽然鹤绝如今神情还是与从前一样，可是花错却能感受到，鹤绝对容止少了一些杀意。这究竟是怎么一回事？

看一眼容止，花错心中升起强烈的不安，踟躅片刻，他还是跟了上去。宇文雄也想跟随相护，却被容止的一个眼神制止住了。

三人走到道旁，距离楚玉所在的地方不远，风吹送着他们的声音，一直传到楚玉的耳中。

相对站着的三人呈现一个三角形的姿态，鹤绝满面的恶意，花错满脸的狐疑，唯独容止不慌不忙，从容淡定地笑着：“鹤绝兄今日前来，可是你我之间的交易有什么变故？”

鹤绝冷笑一声：“你我交易照旧，但我无意中知道了一事，想要向你请教一番。”

“请讲。”

“昔年你与花错相识，是你刻意为之，还是偶然相逢？”鹤绝的话方一出口，花错陡然色变，忍不住道：“什么叫刻意为之？”

昔年他年少轻狂，兼之与鹤绝吵了架，便四处流浪散心，那时他仇恨已报，一时间没什么事可做，便发了个狂言要找天下第一美人，不料倒是真给他找到了一个。

虽是找到了，却是个男的。

当年的容止，尚未遭天如月挫败，容光比之如今更为不可逼视。花错虽然没有断袖的心思，但因先是见容止相貌好，心生亲近之意，后来与他相处一段时日，两人说话甚为投机，偶尔切磋武艺，容止的武艺更是令花错倾心折服，便渐渐视其为知己。

再后来容止遭遇天如月，虽然并未想过自己最终会败得那样惨，但是也思索了一条落败之后的退路，便是给花错留讯，让他前去公主府寻他，如此两人才再一次相聚。那时候花错见容止落得那般凄惨，心中恨不过，便去找天如月麻烦，不料自己却遭反噬，落了个重伤，不得已也留在公主府中。

一来是因为朋友之谊，二来则是怜惜容止的困境遭遇，他便一直留在了容止身边，否则即便是伤势缠身，以他的骄傲，又如何肯留在公主府中？

这么些年来，花错一直对容止深信不疑，纵然是之前破坏了容止的计划，他也想着跟容止好好解释，两人坦诚相见，可是鹤绝的一句话却让他整个人几乎都要战栗起来，将一个他从来没想过的问题放在了他面前：容止是否早就存着利用他的心思？

他虽然不愿相信，但是鹤绝他也是了解的，若非发现了什么，鹤绝定不屑说这样的话。

鹤绝虽然是取人性命的刺客，却并不稀罕做信口雌黄这等事情。

容止微微笑道："原来还是被鹤绝你想到了，当初我与花错相逢，确实是偶然，我原本并不太知道有这么一个人，也没有费心打过他的主意。"

花错才松了口气，可是接下来的话却让他几乎陷入疯狂："然而，昔日我与他初次相逢之后，我便命人去彻查了花错的底细，发现他居然与刺客之首的阁下有交情，于是，我便刻意与他交好，以期能钓出阁下这条鱼来。"

在双方之间没有敌意存在的前提下，以容止的本事，只要有那份心思，想要让什么人对他产生好感，是再容易不过了，花错又焉能例外？

花错怔怔地看着容止，好像看着另外一人。他看着容止的嘴唇一开一合，声音接着传入他耳中："怎料突然生出变故，我遭受沉重打击，不仅一身武艺尽数毁去，部属也几乎被铲除了十之六七，身边一时之间竟无可用之人，于是我便改了主意，不再想钓鹤绝兄你出来了。我对转剑堂的了解，也是从花错口中得知的。其实以我的医术，本可以立即治好他的伤势，但是我存心留下他，便一直拖延了三年。"

昔年花错、鹤绝相交，鹤绝并未隐瞒自己的身份，也不避讳让花错瞧见刺客组织的行事，这间接地让容止得了一些信息。

鹤绝没料到容止竟然会如此爽快地承认，忍不住惊讶道："你如今却怎的愿意说了？"他此番是特意来离间容止和花错的，虽说自己与容止之间已有交易，但交易归交易，这种能落容止面子的事，他还是很愿意做的。只是他没料到，容止竟然会顺水推舟承认这一切。

想来他方才叫花错一道过来说话，便是存了跟花错摊牌的意思，难道他早就料到了？

容止随意笑道："自然因为此时花错已无用处。"

他话音方落，花错已是面色雪白，好一会儿，才含恨道："容止……你……好冷硬的心肠。"从前看容止对敌的手段时不觉得，但是如今只这么一句话，便叫他几乎承受不住。

初见时的惊艳，交往时的欢悦，几年来的倾心相待，一幕幕在他眼前滑过，那么令人不舍，可是眼前的人却只一句"已无用处"，便轻轻巧巧地了结了这一切，叫他怎不心急如焚？

容止依旧笑吟吟的，面貌如雪，眼波却似见不到底的一汪深潭："我说得难道不对？我昔日留下你，也不过是因为身旁没有一个武艺高明的帮手暗中替我跑腿。如今我已脱出牢笼，重获自由，帮手更是不缺，你坏我大计，平素桀骜不驯，难以调遣，我又留着你做什么？”

花错忽然狂笑起来，那笑声中充满了悲愤和不甘，笑了好一会儿，才停下来，道：“好，好……我从前常常暗地里嘲笑别人是傻子，却不料我自己才是真正的傻子！”

四年！

人生有多少个四年？这四年的大好时光，他为了容止身受重伤，为了他做了多少见不得光的事，为了他深陷于泥淖之中，剑术不得进益，却没料到昔年两人交好，却也是在这人的算计之中！

他转过头来，目光如电如剑，扫了周围一圈，扫过了黑骑众人，扫过墨香，扫过楚玉，最后停在鹤绝身上，艰难地道：“鹤绝，能否借剑一用？”

本来他也可以向在场任何一个身具武力的人借兵刃，但是他心中羞辱愤怒交加，潜意识里不想和公主府以及容止的手下扯上半句话，便只有向鹤绝开口。

鹤绝眼睛眯了一下，更显得狠毒暴戾，但并未说话，只是沉默地拔出背上的长剑，随手一丢，长剑便插在雪地里。

花错回头再望向容止，厉声喝道：“容止，拿起剑！昔日我对你的剑术很是佩服，今日你武艺也算是恢复了些，应有足以与我一战之力！”他的脸上一阵扭曲，神情凄厉，显然心中已是痛苦至极，就连声音也隐约变了调。

宇文雄着急想要抢上前去，但鹤绝却似笑非笑地转过身来，朝前迈了一步，正好拦住了他的去路。虽然把剑借给了花错，但以他的武力，想要空手解决一个宇文雄，还是不难办到，只要宇文雄敢上来，他便敢杀。

容止微微抬手，示意宇文雄无须担忧。他随意地拔出雪地上的长剑，先从衣摆上撕下来一条衣料，缠绕绑住剑身靠剑柄处，才轻声道：“好。”

两剑铮然相交。

宛如疾风迅雷：“好”字犹在空气里扩散，两人已经交上手。

鹤绝的剑身末端有部分是镂空的，快速挥动的时候，与空气摩擦，会发出宛如鹤唳般的尖锐声响。虽然这么大动静对于一个刺客来说并不算好事，但是鹤绝生平最喜欢光明正大地杀人，极少行暗杀之事，因此这鹤唳声对他算是没什么影响，反倒是有可能扰乱敌人的心志。容止特意包起那部分剑身，便是表示不愿意占花错这一点便宜。

楚玉也是头一次见容止这么正式地与人过招交手，显露出高明的剑术，忍不住看得出神，虽然不能看清两人的每一个动作，但大概情形还是晓得的。

花错在容止周围不断地游走，剑光密集，宛如暴雨，而容止只是双脚站在原地几乎不动，好像十分随意地、左一下右一下地格挡花错的剑招。他的动作本来杂乱无章，可是由他做来，却仿佛浑然天成，好像每一个动作招式都是本该如此，不像是容止去挡花错的剑，而是容止随意地挥洒，但是剑之所向，正好是花错所攻之处。

鹤绝挡着宇文雄，确定他不会再上来了，便回头去看激起了凌厉剑风的战场。在场中人除了容止，以他武学见识最高，看着容止长剑纵横捭阖，竟然禁不住心神微醉。

花错的剑术套路他在几年前便是知晓了的。令他心醉的，乃是容止施展的剑法。那套剑法不见得如何快，却有一种说不出来的意味，令鹤绝这样的绝顶高手也不由得有些出神。

他从前一味求取狠戾快速，在这条道上已经算是走到了尽头，最近一段时间总觉得自己的剑术没有丝毫进展，如今看容止使剑，可算是让他瞧见了另外一条道路。

然而众人之中，最为心惊的，却还是要数花错。身处战场之中，他比战局外的人更清楚地感受到容止的可怕，更隐隐有一种被掣肘的压抑感。容止的速度和力量都不算强，可怕的是他每一剑都恰到好处，打在他最弱的地方。

他与容止多年相交，也没有想着提防，对方早就把他的剑术摸了个透，可是容止施展出来的剑术，却是与从前他们切磋时的大不相同，更让他认定昔日容止刻意隐瞒，包藏祸心。

花错移动得太快，楚玉甚至看不清楚他的身影，但是她还是能瞧见处在狂风骤雨般攻击里的容止，笑意散淡悠闲，不像是在与人生死相搏，而像是正漫步在春日的青青草地上。

但是楚玉已经学会不从容止的脸上判断现在的形势，便拉了一下看得眼睛一眨不眨的流桑，问道："谁会赢？"

"啊？"流桑缓过神来，想了想，道，"容哥哥吧，我看花哥哥已经没有余力，容哥哥却不同。"

果然，不过片刻，容止长剑一摆，竟然将身体周遭环绕的几乎织成网般的剑光尽数拆散，花错身形疾退，才退了不过四五尺距离，便噗的一声跪倒在雪地上，他双肩双腿上射出来四道血箭，射向半空后，零落地洒在雪地上。

雪白血红，相映得极为美丽，也极为惨烈。

花错剧烈地喘息着，胸口起伏不定，脸上身上的汗水被寒风一吹，让他如坠冰窟。他抬眼望着容止，满怀恨意地喝道："技不如人，你要杀便杀，想必我这颗已经没用的棋子，杀了也是无关紧要的。"

容止却反手将剑交还给鹤绝，转头笑吟吟地望着花错，柔声道："与你交手，不过是满足你的心愿，我杀你作甚？"

他言辞之中丝毫不带火气，依然是那么平淡。花错望着那双柔和宁静的眼眸，忽然间悲从中来，他双目通红，悲愤狂笑道："容止，我诅咒你，终有一日，你会尝到肝肠寸断、心碎欲死的滋味！上天绝不会让你如此逍遥，终有一日一定会的！”

他顿了顿，语气微微缓和，神情却是怨毒至极地道：“我愿终有一日，你会因为得不到什么而辗转反侧，得到了之后，又日日夜夜惶恐失去。”

这个人……这个没有心的人……

谁能伤害他？

他死死地盯着容止，好像要将他这一刻的模样烙印进心里，一个字一个字清楚无比地道：“我愿终有一日，你付出一片真心，却被人弃之如敝屣，因爱别离，求不得而失措发狂，身心千疮百孔。”

这个人……他没有眼泪……

谁来摧折他的微笑，谁来毁灭他的从容？

希望他会痛苦，希望他哭泣流泪，希望他……

花错闭上眼睛再睁开，勉强摇晃着站起来，撕下衣衫给伤口止血。容止下手巧妙，并未伤及他的筋骨，肌肉也是顺着纹理切开，包扎止血都很容易。他扎好伤处，再度看向容止，脸上已是一片坚毅：“我若活着，这辈子余下来的时日都会来寻你报仇；我若死了，化作厉鬼也要日日夜夜纠缠诅咒你……你不杀我，日后定会懊悔莫及。”

容止笑道：“请便。”对于花错的威胁，他并未放在心上。

鹤绝从容止手上接过剑后，扯下容止缠绕的衣料，猛地一挥剑，剑身上发出凄厉的鹤鸣声。他使剑时是听惯了这声音的，可是不知为何，此时却没有欢悦之感。他此番前来，目的已经达到，离间了容止与花错，也顺带报复了花错，本该十分高兴，可他心头却陡然生出一股怅然之感。

留于此地已是无益，他收剑回鞘，转身扬长而去。

花错深吸一口气，转头环顾四周，此时的他仿佛由仇恨铸成，目光散发着冰冷刺骨的寒意，只在看到流桑和楚玉时，稍稍和暖一些。前者是不解事的小孩子，至于后者，在花错的认知中，是跟他一样被容止欺骗的可怜人。

“公主，”花错望着楚玉，恳切地道，“容止此人冷酷无情，纵然在他身上花费再多的心血，也得不到半点真心相报。花错从前遭容止欺瞒，对公主多有不敬之处，也不奢求公主谅解，只盼望公主不要像我这般，给人骗了这么久。”

言尽于此，他单手提剑，蹒跚着朝远处走去，红色的背影在雪地里渐渐变小，最后缩成一个小红点，宛如一滴凝固的血，隐没在荒芜的雪地里。

墨香有些不安地走近容止，问道：“公子，就这么放他离去，好吗？”语意之中已是隐含杀机。

这并非为了他与花错之间的私人恩怨，而是怕花错伤害到容止。方才花错赌咒般怨恨的誓言让他担忧，虽然说这些年来，容止的许多谋算计策，都是交给他来主导，但有时候实施起来，会需要花错来跑腿，如此下来花错也算是知道了不少内情。从前花错一味信任容止倒也罢了，现在花错成了敌人，倘若他有心，可以破坏容止的不少安排。

容止微微一笑道：“我知道你心中的顾虑，但是我既然说了不杀他，也望你不要自作主张暗中下手，他若是要来，便冲着我来好了，难道我会怕他不成？方才我与他交手一番，用的是这四年来思索悟出的剑术，待他静下心来，便会从中获益，五年之内即可大成，也算是我回报他四年相伴相助之情……嗯？公主，你要做什么？”

将剑还给鹤绝后，他的目光便重新转向了楚玉，一直注意着她的举动，就连墨香过来说话，他也分了一半心思望着她，这时见她走到马车边，拿起被他放在车边的桓远的佩剑，忍不住微微惊讶，出声询问。

楚玉捡起桓远的剑，翻来覆去地仔细看了一会儿，才小心地拿在手上握紧，接着慢慢地走到容止的身前。

不光是容止，在场所有人都惊呆了：她该不会想着像花错那样，也跟容止打上一场吧？

第一百零六章　往事休相问

在所有人错愕的目光中，楚玉走到容止面前。自然，她没有像花错那样凶猛地一剑砍过去，只是拿着剑在手上，既不放下，也不举起。

容止脸上微微笑着，其实他的气力并未恢复太多，方才与花错一战，几乎已经耗费了全部的体力，只不过他掩饰得极好，没有一个人能看得出来。

楚玉提着剑，前后左右张望了一会儿，才正眼瞧着容止，掀了掀眉毛，道：“现在，该不会再有人来抢我借的这一步了吧？”别一会儿又来一个什么绝的。

容止没料到她注意的竟然是这个问题，愣了一下，才道：“约莫是没了。”

楚玉满意地点了点头：“那我们接着刚才的，借一步说话吧。”说完，她便率先朝一旁走去。

容止略一怔，还是跟了过去。

假如楚玉就这样一剑朝他刺过来，现在的他未必能抵挡得住，但容止心念一转，暗想，她若真想出气，那便让她刺一剑好了。

两人就这么“借一步”去了，但一旁的人却不放心，墨香一拉宇文雄，就要跟上去，桓远则轻拍了下阿蛮的肩膀。

听见身后传来不止一个人的脚步声，楚玉一皱眉，转头道：“你们不要跟来。”这话是对桓远等人说的。

而她声音传开的同时，另外一个声音也响了起来：“不要跟来。”

一模一样的四个字，低缓平和地从容止口中吐出，与她的声音节拍不偏不倚地合在一起，一个清朗，一个低柔，却又仿佛能融在一起。

两人俱是一愣，片刻后各自回过神来。楚玉冷笑一声，投给桓远一个放心的眼神。容止抿了抿嘴唇，朝墨香摆了摆手。两人便又继续朝前走去。

一直走到了确定没有第三者可以听到他们说话的地方，楚玉才停下来，转过身面对容止。容止一直跟在她身后，保持着四五尺的距离，见她停下，也跟着停步站定。

面面相觑的两人沉默了许久，容止才缓缓开口道："公主可是有什么话要对我说？"

楚玉奇怪地道："你怎么反过来问我？方才不是你叫我借一步说话的吗？现在你可以说了。"要借一步说话的人是他，问她有什么话要说的人也是他，他问得真是有些莫名其妙。

容止微微颦眉，很细微的动作，即便是站在他面前的楚玉也发现不了。

他在等着楚玉质问他，甚至等着楚玉刺他一剑，相信事到如今，楚玉应该也发现了许多东西，但是为什么她依然能如此平静，平静得甚至宛如静谧的湖面？面对他预想之外的反应，他有些茫然，现在的楚玉，甚至有了一些他看不穿的东西，仿佛有什么跳出了他的掌控，让他捉摸不定。

这情形极为陌生，因此他只好先沉默着，心中抽丝剥茧般慢慢梳理着思绪。

等了好一会儿依然不见容止说话，楚玉想了想，无奈地道："好吧，既然你不说，那么我就说了。我问题不多，只有三问，第一问，你就不怀疑那时候我是在胡说八道吗？"一想起容止将她说的那些话都听进耳中，楚玉便不由得一阵发窘，那时她真以为容止听不到，才放开了尽情说的，把该说的不该说的都说了。

比如，她最大的秘密，又比如，她喜欢他这件事。

秘密暴露也就暴露了，反正她现在已不是公主了，容止看起来也没有传扬这件事的意思，但是……

纵然是站在郊外寒冷的雪地里，楚玉脸上依旧禁不住微微发热。倘若那时候知道容止是醒着的，打死她也不会说出那些话……她简直就是当着容止的面做了一场长篇表白外加自我介绍。

那些话，一个人自言自语发泄一下也就罢了，对着喜欢的对象说，实在太过肉麻，也太难为情了。

容止温声道："我为什么要怀疑呢？虽然公主当初所言极为不可思议，可是易地处之，细细想来，也确实合情合理，我有什么理由不去相信？"

他目光如水，嗓音柔和，楚玉对上他的双眼，心中叹息一声，移开视线："换作别人，绝不会如你这般想的。"

来到这个时代，就连身为当事人的她自己，也花了好些天才接受这个事实。倘若是别人听她说了这些话，只怕会立即斥她为疯子，但容止却会站在她的角度仔细来思考，相信她的每一句话。

从前她和容止说话时，有时候会因为自身顾虑，说出一些没头没尾的话，但是他却从来没有忽视，而是会认真地思索，并说出他的见解。

这种仿佛不经意处的温柔，让人不知不觉心动，但是很久过后，也许才会发现，那只不过是他个人的习惯，习惯于缜密地分析每一件事。

思绪慢慢越跑越远，眼看着楚玉就要回想到她刚来到这里的事，忽然被容止的声音唤了回来："公主既然问了，那么可否也给容止解惑一二？"

楚玉一愣，心说刚才让你问你不问，现在我问了你又来反问，不过横竖是要说开的，她也没什么意见，于是便爽快地道："你问吧。"

容止很诚恳地问道："请问公主是什么时候知道我……别有用心的呢？"看楚玉现在的样子，像是早就知道了他的一些心思，但是他却不晓得自己是从哪里露出来的破绽，难道是他昏迷后花错不小心泄露了什么？

容止话音方落，楚玉面色陡然一沉，好一会儿才逐渐缓和："当初王意之给我留信，让我去建初寺找寂然，在我去的时候，寂然被人刺杀，是你让花错干的吧？"

"是的。"到了这个时候，容止也不避讳承认，"难道那寂然不仅没死，还找到了公主你，告诉了你什么事？"

楚玉叹了口气："我倒是没有再见到寂然，但是我那几日在王意之住处的附近转悠，得知王意之曾经去找过一个人，那人从前是公主府的侍卫。"

公主府内苑的人手在三四年前有过一次大换血，因此想要知道那之前的事情，必须找从前的老人，但是那些人的去向是一个谜，并无文字记录，楚玉也跟着断了线索，但是间接地通过王意之，重新接了上来。

容止讶然道："那人不是喝醉了吗？"他查探过那侍卫的情况，确实是喝醉了不假。话才问出口，他忽然想到一个可能，一个极为偶然的巧合，一个意想不到的状况。

楚玉微笑道："那人是喝醉睡着了没错，可是谁都没规定，喝醉睡着之后的人不能说梦话呀？"难得巧合那侍卫说了梦话，更巧合的是，就那回他喝醉之后，睡梦之中所见的正是三四年前的往事。

容止脸色依旧，心中却震动不已：竟然是那么早？不是在他昏迷后，而是在那么早的时候？

楚玉低声道："我从那侍卫梦话中得知，其实当年你并不是自愿留在公主府的。三四年前，你被当时的天师天如月生擒，被山阴公主要走，但是公主府困不住你，你以一人之力，尽杀内苑中人，即将逃得自由的时候，天如月却赶了过来，不仅再度生擒你，还毁去了你一身武功。"

被摧毁的健康，被剥夺的自由，被践踏的尊严。

那侍卫便是那场杀戮之中的幸存者和见证者，当时他倒在尸体堆里，身上的伤很重，被当成了尸体一起抬走了，他苏醒后偷偷地离开，在建康城贫民区找了个住处，以编织草鞋为生。

容止就是再怎么神通广大，也想不到那侍卫竟然有说梦话直播梦境的毛病，差错出在这里，他也无可奈何。

楚玉想起来，当初容止试探她身份时，曾经称自己并不是自愿留在公主府的，现在想来，竟然是实话。

她在木屋中听到那侍卫的梦话，心中震动自是不说，但是那只是梦话，并不能全当真。她虽有疑虑，却也不想表现出来，便瞒过了所有人。

后来又发生了一连串的变故，便一直耽搁着，当然，也有一点她自己的因素，直到现在，她才与容止坦诚相告。

甩甩头，不去深思，楚玉将注意力转移到自己的第二问上："公主既然如此待你，你为何不杀她？纵然不杀，但我见你周围的监视并不严密，你为何不逃走？别告诉我你没有这等手段。又及，既然你知道了我不是公主，就算不杀我，又为何依然留在公主府中？"

纵然容止那时候已是手无缚鸡之力，但是她相信以他的智慧谋略，先假装臣服于山阴公主，消除其戒心后，杀一个人或逃离一个地方，也不算什么难事。

为什么他没那么做?

她现在可绝不会认为容止对山阴公主日久生情了，那是完全不可能的。

或许别人会，可是容止绝对不会。

但是，这个时候，楚玉却没有等到容止的回答，回应她的是一片沉寂以及风从远处吹过的声音。

她抬眼看去，却见容止清润漆黑的眼眸泛着一层茫然，仿佛不认识似地看着她。过了好一会儿，容止低声问道："你既然早知我有所图谋，也许尽是虚情假意，又为什么要放弃回家，换来救我？"

她想要什么?

他太擅长阴谋算计，太擅长计较得失，也太习惯掌控全局，他怎么也没想到，楚玉竟然会是在已经知道他心怀叵测的前提下，依然舍弃了那么珍贵的回家机会，让天如镜解救他。

她说过她的时代很好很和平，她说过她十分想念家人……留下来，她能得到什么?

他不是不晓得世间情爱，亲缘之情，朋友之情，夫妻之情，这些他都知道，只不过他的心神太过稳固，很难为此动摇，反而会翻覆、掌控、操纵、利用这些情感。

比如对花错，比如对楚玉。

以及对山阴公主。

四年前，容止偶遇山阴公主，那时候山阴公主还只是一个十三四岁的少女，尊贵骄傲，但，对他一见钟情。

但是那时候，纵然知道对方是公主之尊，他也懒得敷衍，毕竟那时他已在南朝各地布下了自己的势力，无须向任何人低头便可逐步达成所愿。

但是，容止万万没料到，因为这个女子，他遭遇了生命中最惨烈的意外。

为了得到他，山阴公主请来了一个叫莫问的人，那人的武艺不错——容止的武学造诣极高，能得他赞一句不错，已经极为难得了——但还是被他击败杀死，不过为了隐藏自己的实力，他做出中毒的假象。

莫问固然是难得的高手，但容止并不畏惧，就算再来三四个这样的人，以他的武功智计，也不难应付，但是，因为莫问的死，引来莫问的师父，也便是天如月。

莫问是天如月的徒弟，天如镜和越捷飞两人的师兄。假如莫问没死，那手环本该是由他来继承的，原本属意的继承人这么轻易就死了，天如月当然要去瞧一瞧杀死莫问的人是谁，接着他便发现了容止，并跟着发现了容止的身份以及他的图谋。

但天如月对付容止，却不是为了帮山阴公主，而是为了他所肩负的职责。在天如月那不该属于这世间的手段面前，容止终于被迫拿出了全部的本事，利用一切可以利用的条件，但最终还是败了。

就在天如月要杀死容止的时候，山阴公主赶到，请求天如月将容止交给她。天如月虽然实质上击败了容止，但他心里知道，若非有手环的那些手段相助，他只怕早就被容止算计不知多少回了。他的性情骄傲、偏激、狠毒，纵然是实质上的胜利，也不能抚慰他被容止打碎的自尊。正确的做法，他本该立即杀了容止，免除后患，但那时候他极想羞辱容止一番，便顺势将他送给了公主。

容止也是能屈能伸，自入公主府后，先花费一些时间，养好了自己的伤，才欲行突围。山阴公主不放心他，对他看得紧，但这并不妨害他施展手段。用计、下毒、杀人对他来说是家常便饭。公主将私兵调来，也没办法阻挡他，可是就在他即将顺利脱身之际，天如月却忽然出现在他的面前。

他想挥剑斩杀天如月，却被天如月身体周遭的蓝色光罩将力量返回，重创自己。

之后再一次挫败。那一次，为防止他逃走，天如月给他喂下了一粒药，令他的身体衰竭，几乎连重一些的东西都拿不了，且在他身上下了奇怪的禁制，令他不能远离公主府，更不能伤害山阴公主。

那奇怪的禁制究竟是怎么做到的，他不晓得，但他尝试过，只要他有试图伤害山阴公主的念头，便会头疼欲裂，而倘若他离开建康城的地界，身体便会无可救药地衰竭。

这是天如月的目的，他让容止失去足以自傲的武功，让他不得不托庇活在山阴公主的羽翼之下，甚至连向公主报复都做不到，因为假如公主死了，他也会随着一并死去。

摧毁他的健康，剥夺他的自由，践踏他的尊严。天如月想看着容止连憎恨的权力都被剥夺，痛苦不堪，最终让他走向绝望。

倘若换作别人，落到如此境地，只怕早就一死了之，或者痛恨度日，但容止却没有。

不是不痛苦，容止比别人更能忍痛，但并不代表他感受不到痛苦，只不过这痛苦也在他的掌控之中，不会令之扩大蔓延，更不会影响他的心志。

他曾对桓远说过“天地为炉，世间万物冥冥众生，谁不是在苦苦煎熬”，这并非空口白话，纵然是煎熬，也是一种经历，这世上有谁能永远不败？容止不是喜欢钻牛角尖的人，他赢得起，也输得起。

健康被摧毁，那又怎么样？

自由被剥夺，那又怎么样？

尊严被践踏，那又怎么样？

纵然经历了这些，容止的心志依然稳如磐石，没有什么能撼动，没有什么能转移，纵然深陷泥淖之中，他也没有如天如月所希望的那样绝望或自暴自弃。

他有一颗强大的、凌驾于一切之上的心。

强大不是一个人，不是一股力量，更不是金钱地位，而是一种态度，是一种不论落到何等境地，都不绝望，且能坦然面对的态度。

容止拥有这种强大——胜固欣然，败也从容。

天如月不仅摧毁了容止的健康，容止从前在南朝的部属也被天如月拔起了十之七八，以至于容止不得不重新谋算。

为此，容止与山阴公主达成协议，在山阴公主愿意主动放他离开之前，他不会再考虑逃走的事情，他会在她身边一直陪伴着。以自身的臣服和退让为条件，容止换来了在内苑的掌控权力，以此为根基，重新布置他的罗网。

这，便是其间的内情和缘由。

他不能伤害山阴公主，甚至要设法保全她，不是不愿，而是不能，否则以容止的冷酷心性，又何至于对一个女子如此呵护？

他在公主府，一留便是这些年，之后，山阴公主消失，他遇上了楚玉。

楚玉等了一会儿，没等到容止的回答，想知道答案的心也渐渐淡了。她想起当初天如镜解救容止时，除了给他吃解药，还让她躺在容止身边，接着一片蓝光同时笼罩住他们，如今想来，应该是当初天如月对容止做了某些限制，让他不能伤害山阴公主，等等，而天如镜所做的，则是解除这种限制。

知不知道内情又怎么样呢？那都是过去的事了。

楚玉自嘲地笑了笑，暗笑自己还是有点放不开，在雪地里站得太久，纵然身上穿得厚实，但她还是开始觉得冷了，心说早死早超生，她盯着容止，一字一顿地问："那么，最后一个问题吧。"

"容止，我喜欢你……那么，你有没有一点喜欢我？"其实从头到尾，她最想问容止的也就是这句话罢了。

她眼眸澄澈，毫不回避地望着他。抛开矜持和疑虑，放弃所有的顾忌，从未有一刻如此坦诚，大大方方地说出自己的心意："喂，我喜欢你，你是否喜欢我？"

这只是一个女孩很简单很纯粹的爱的表白。

第一百零七章　无心我便休

怎么可能不喜欢他呢？这样一个少年。

他的外貌是她最偏爱的类型，既不如柳色、墨香那样太过娇媚，也不似越捷飞那样刚毅英挺，那是一种很柔软很清新的秀美，只微微一笑，便能令人轻易卸下重重心防。

被外貌吸引，是最开始的事，最初只看到色相之美，可是相处的时间久了，便会发现他的那双眼眸，敛着惊心动魄的深不可测。

他沉吟的样子，他微笑的样子，他专注凝视一个人的时候，眼眸里仿佛带着能吸走别人魂魄的魔力。

初见时的怦然心动，相处时的宁和怡然，迷茫时看到他便会心中安定，胆怯时从他身上寻找勇气，交谈时会悄悄地欢欣，纵然是一开始她将他当成敌人的时候，也禁不住欣赏他的风仪气度，之后她从天如镜的只言片语中摸索当年的事，其实多半是被自己误导了的，她潜意识里不希望他是敌人。

不管面临怎样的险地，不管落入怎样的困境，他总是那么沉静从容，那份从容她很向往，抑或说有一点点倾慕的情感。

还有，还有……楚玉在心里默默地找理由，忽然间忍不住一笑：还能有什么理由呢？因为他是容止。

楚玉喜欢容止，非常喜欢。

“我喜欢你。

“喂，我喜欢你。”

容止怔怔地看着楚玉，眼前女子的目光如水如天空，如世间一切澄澈明净的事物，那么真挚，心中便好像有什么浅浅地浮了上来。但是容止的神情依旧是那么平和，他心中的无形之手微微翻转，又将那不知什么给压了下去，这个时候，他需要绝对的冷静。

他听见自己缓缓地道：“没有，一点都没有。”

“从前那些话，都是骗我的？”

“是的，都是骗人的。”他不会道歉，不祈求宽恕，所有作为，他一人承担，她若怀恨，可随时报复，他会等候。

纵然心中早就做好了准备，但是听到这话时，楚玉心里还是忍不住难过了一下，就好像有人拿细小的针刺入她的心脏。然后她闭上眼睛，十分洒脱地，如释重负地笑了笑：“多谢。”纵然难过，但她还是得谢谢容止，帮助她斩断了最后一丝念头。

容止是不可能爱上任何人的，他太理智了，而爱却是一种非理性的情感，他总是那么缜密从容地掌控着全局，又怎么会有为一个人怦然心动的时候？倘若是因为容止仇恨公主，又或者是别的什么原因，她还有翻盘的希望，可是偏偏都不是，他只是——没有感情。

她起初喜欢上他是因为他的从容，可现今掐断这份喜欢也是因为他太过从容。

楚玉的反应大出容止的预料之外，毕竟他最初是以假象误导了她，导致她的心系在他身上，这一点他不否认，因此也做好了承担楚玉怨恨的准备，横竖憎恨着他的人不少，也不怕加上她一个。

但是她没有！

楚玉轻轻地叹了口气，转眸向旁侧一瞥，被白雪覆盖的地面，远方边缘隆起平滑的弧度，那里是花错离开的方向，此时已经看不到那红色的影子。她和花错是不同的，花错性子烈如火，知道自己遭到欺骗、利用甚至背叛，原本深厚的情感便会化作滔天恨意，以最激烈的方式表现出来。

但她不是，纵然伤心难过，她也不会愤怒喝骂，更不会诅咒对方如何，因为这除了痛快痛快口舌没任何用处。

楚玉看着辽阔的地平线，心底渐渐舒畅不少，暗想耽搁了这么久，也是该走的时候了，这时她听见容止有些迟疑的声音：“你不恨我？”为什么她的反应这样平静？为什么她的眸底丝毫不见恨意的阴霾？

楚玉看着他，专心地凝视着他，过了好一会儿，她才道：“容止，我不恨你。”

顿了顿，她微微一笑，笑容虽然难过，眼角却有十分洒脱明媚的味道：“我也不会报复你。”她长长地吐出一口气，带着点抱怨地道，“我觉得我很倒霉，先是坐飞机死了，好不容易有个机会活过来，结果附身在一个糟糕的公主身上，要替她解决一大堆烂账。这个公主也没当多久，很快皇帝就被推翻了，然后，”她的声音忽然放轻，轻得很温柔，

“第一次喜欢上一个人，却喜欢错了人。”

“可是，容止，”楚玉微微扬起下巴，有一点倔强地看着他，“容止，你不要小瞧我，我喜欢上你，是我自己愿意，你做的那些事虽然不那么地道，但是想想你的处境，我也能理解。我既然继承了公主的身份，那么接手她的烂账也没什么。”

不可否认，容止在发现她不是山阴公主却依旧占着公主的躯壳后，为了安全起见，偶尔撩拨那根暧昧的弦，比如念《凤求凰》，又比如说永远不离开，但是即便没有那些，她迟早也会喜欢上容止，只是早一步和晚一步的区别罢了。她喜欢上他，并不是因为他为了她付出多少，爱情并不是商品，不是给予什么便能换回什么来的，她喜欢他，只是因为他是容止。

楚玉望着他，目光莹澈，字字清晰利落：“喜欢上你，是我自愿；放弃回家的机会救你，也是我自愿；今天离开你，还是我自愿。”她眸光似水，却仿佛具有一种锋利强硬的力量，“我不乞求你什么，也绝不想用这些来交换什么，喜欢你是我一个人的事，离开你也是我一个人的事。你不喜欢我，那么我便也不喜欢你好了，就这么简单。”

很清淡的语调，既不激烈，也不高昂。

她的声音原本偏向低柔，可是此时听起来，却仿佛坚硬的玉石清脆敲击，每一个声调都那么决绝美丽。

好像被巨大的波浪冲击，容止只觉得微微晕眩。

是太阳太刺眼了吗?

不，是眼前这个女子，太耀眼了。

他可以看透很多人，可是，直到现在他才发现，他竟然从来没有真正看透过楚玉。

他从来不知道，她竟然是这样的人。

坦然地说喜欢，坦然地说伤心，坦然地说承担，坦然地说着爱和放弃，那么自由洒脱。与山阴公主截然不同，与他从前遇见的所有人都截然不同。

舍弃宝贵的东西，却并非想过要换取什么，她有时候会做一些旁人看起来很傻的事，但是谁都不晓得，她只是诚实而坚定地面对自己的心。

容止头一次发现，自己竟然会有如此震撼的时刻，即便是当初得知楚玉的真实身份，也不曾有过如此情形，他身体里仿佛有什么在冲撞着，又仿佛有什么在慢慢地碎裂。

他终究是错看了这个人，她与公主是截然不同的。

说起来，其实公主与他有些相似，同是那种一旦付出什么便一定要索取回报的人，他们做的每一件事，都是有目的有条件的。可是，楚玉不同。

这个女子，坚定、温柔、广阔、坦荡，拥有不可思议的明净晶莹，她的喜欢也是如此磊落洒脱，一旦确定，喜欢便是喜欢了，倘若遭到拒绝，也绝不怨恨。

她的真挚从不痴缠，她的喜欢毫不计算，她的放手那么洒脱。

这世上怎么会有这样的人？

她所坚持的，不是最高利益，不是什么有好处就一定要去做什么，有的事情明知道要损毁自己的利益，但只要想做，便一定要去做。

也许在许多聪明人眼里，她简直笨到了极点，但是楚玉自己并不觉得这有什么不好的，假如每一件事都要用利益得失计算得清清楚楚，那么她便不是楚玉，而是容止了。

容止看着楚玉，陷入了长久的沉默之中。

她可以追随着他的脚步跳下悬崖，可以为了救他，放弃与家人相聚的机会，但是这样几乎付出所有后，她却依然可以如此干净洒脱地抽身而退。

放弃并不是一件那么简单的事，恋爱是一场赌博，有的人赢得满载而归，有的人输得一贫如洗，下的注越多，便越是不甘心一无所获，拿得起、放得下不是每一个人都能做到的事，这需要坚毅果决的心性以及达观通透的大智慧。

容止以为楚玉会要求什么，并不是他将人性往糟糕处想，而是纯以常理推断，在倾注了那么多的情感之后，谁能真的毫无挂碍？

不是每个人都能如他这般，以理性操控一切的。

感情不是算术题，二减一等于一，想要减去，便真的能干干脆脆地减掉。已经那么深厚的情感，要多少决然的魄力，才能彻彻底底地斩断？

他无法感受，也估算不出来。

楚玉朝容止微微一笑，一直拿在手上的剑忽然抬了起来，朝自己的颈边切去。她这个动作毫无预警，之前也没有流露出任何要自尽的意图，可是现在做来，却仿佛早有成算，毫不迟疑。

容止乍见她如此，猛地一惊，下意识想要上前阻止，但是他此时体力又复衰竭，才抬起脚，膝盖便忽然发软，单膝跪在地上，只能眼睁睁地看着楚玉将剑搭在颈边。

楚玉看着容止，嘴角现出一丝诡秘笑容，她笑眯眯的，有些调侃地道：“你跪我做什么？免礼，平身吧。”她一边说着，一边散开发髻，让乌丝散落下来。

楚玉在刚来到这里不久时，嫌山阴公主这具身体的头发太长，曾经自己削过一次，几个月下来又长了一些，软软地从肩头垂落，她随意地抓起一缕头发，便横剑切过去。

青丝是情丝，她要断发断情，以表决心。

但是，片刻后，小小的意外发生了……

楚玉一手揪着头发，一手握着剑用力切，来回拉锯，但锯了几个回合，她发现自己高估了这柄剑的锋利程度，别说是杀人，就连割断几根头发都得费大气力，她锯了这么久，也才锯断十多根头发罢了。

会不会是抓起来的头发太大束了导致切不开？楚玉想了想，分出更细的一束发来，原本她一把抓下去，起码有数百根头发，可是分出来的这一小缕，算起来也就二三十根……

这回总能够切断了吧。

楚玉满意地想，剑一挥便斩下去，希望能达到一剑两断的效果——

“啊！”剑锋还没接触到要断的那一缕头发，楚玉便感到头皮一痛，好像有谁用力扯住她一缕头发似的，仔细一看，却发现是刚才她将一小缕头发分出来时，不小心让剑锷处钩住了旁边的发丝。楚玉的发髻梳得比较复杂，原本散开时便有些打结不顺，现在更是缠绕着，一下子竟纠结在了一起。

她想要赶紧解开，可是偏偏钩住的那一缕头发在脑后，她想转过头去，那缕头发也带着剑跟着转，忙乱之间，竟是弄不下来。

楚玉又是疼又是窘，她原本想在容止面前耍一把酷，表示此处不留人，自有留人处，你不喜欢我，我还不稀罕你呢，却没料到因为业务不熟练，闹出来这样的笑话。

饶是容止原本心如铁石，看见楚玉这副模样，也不由得失笑。他调息片刻，重新站起来，走近，道：“公主，我来帮你。”

楚玉被头发挂得偏过脸去，眼角余光瞥见一袭白影来到她身侧，随即感到一只手从她脑后环过，轻柔地拂上她的另一边额角，她的身体僵硬了一下，但很快便放松下来，任由容止作为。

容止握住楚玉执剑的手，微微侧转剑身，略一用力，便切断了被钩住的那一缕发。他随意地向楚玉一瞥，却见方才在他面前发出铿锵有力宣言的女子，此刻满脸通红，半是因为疼痛，半是因为羞窘。她眼角闪着晶莹的泪光，嘴唇发白，紧紧抿着，看上去却意外的可爱。

他知道她从来就不是豪杰，倘若是豪侠女子，有这等作为尚不奇怪，但她不是，也正因为如此，她做的那些事，才格外令他震动。

容止眨了眨眼睛，忽然停下动作，心口某个地方，非常微妙地柔软了一下，好像有什么狡猾的东西，从坚硬外壳的裂缝里，悄然钻了进去。

就宛如切下来的那一缕发丝，轻柔地落入他宽大的袖口中。

好，好窘啊……楚玉泪汪汪地想，以前在电视和小说里看到那些割发断情然后挥袖而去的美女觉得很酷，好不容易轮到她做一回，却让容止看了笑话。

然而……

眼前雾蒙蒙的，但视野一角的白衣却是那么鲜明，鲜明得仿佛要烙印进心里一般，虽然说了要彻底放弃他，但是哪有这么容易说断就断的，被贴得如此近，耳旁传来他微温的呼吸，纵然不情愿，还是会有心跳加速的感觉。

容止垂敛眼眸，松开手退了两步，顿了一会儿，才低声道：“好了。”

楚玉松了口气，小心翼翼地拿着剑远离自己的头发，心里给自己打了下气，从闹笑话的打击里振作起来，便很江湖地朝容止一抱拳：“既然咱们掰了，那么也该就此分开，青山绿水，后会无期。”她心里有些失落，原想很潇洒地割完头发，一把扔在地上，再说出这段话，感觉应该是很酷很有气势的，现在只能勉强扳回一点面子。

说完，她快步往回走，没再看容止。

离开他，离开这个无情无义、无血无泪的妖魔。她已经错了一次，不能继续错下去。

赶回桓远身边，楚玉招呼众人上车，让阿蛮赶紧驾车离开。

宽大的马车里坐着三人，楚玉、桓远以及缩在角落可怜巴巴的幼蓝，阿蛮、流桑在前面赶马车，原本那么多人离开建康城，只不过一夜时间，便零落至此。楚玉定了定神，暗道风流云散不过如此，终究忍不住有些黯然。

抬起眼，对上桓远担忧的目光，楚玉冲他一笑：“你这是做什么？我好不容易脱离苦海，你该为我高兴才对……”声音渐渐变得有点低弱，她叹了口气，“我承认，我还是有些余情未了，毕竟想放下并不是那么容易的事，但如今我已死了心，只要时日如水消磨，这世上有什么是无法淡忘的？”

她一点都不担心自己会没办法放下容止。时间是最可怕的黑洞，它能不动声色地吞噬一切。

桓远仔细地观察她，见她眼角虽有湿痕，但眉间神采却轻快明澈，知她说的大约是实情，心头一松，便也不在此处多做纠缠，掉转话题问道：“公主……楚玉，你今后有何打算？”

楚玉想了想：“我也不知道一时间该去往何方，你怎么看？”

桓远略一沉吟：“今日我们与宗越有了过节儿，他只怕不会如此轻易放过我们，不如我们往北去，那里也没人认识公……楚玉你，如何？”当初他在布置自己的退路时，重点就是在北面的那个国家，因为那是南朝的手无法触及的地方。

楚玉笑着接口道：“好，就按你说的，去北魏！”

走吧！去北魏！

第一百零八章　殊途而同归

一直等到楚玉一行人乘坐的马车驶出去很远，容止才迈动脚步。

之前楚玉与容止"借一步"说话时，墨香被命令不得跟上去，好容易盼着容止回来了，才连忙迎上："公子，我们当下应如何？"

容止收回微微飘移的心神，暗忖南朝的局势虽然有些乱了，却不是他所期望的方向，这个时候倘若还想从地方发兵，可能没办法敌过建康的军队，打也是白打。

更何况，他现今也不需要再利用这场乱局。这一盘棋局，被花错莽撞地伸出一只手搅乱了，也不知道他可用的棋子还剩下多少，能否捡回来一些。

略一沉吟，他开口道："我们先在此滞留一些时日，墨香你与宇文雄带着我的手信，去联络我们分布在各地的人，看看还剩多少可用的。"

容止抬起手，忽然感到身体内一阵空乏虚脱，几乎要倒在地上，他只道是方才与花错交手耗力过甚，但为了谨慎起见，还是自己切了下脉。

墨香见容止无缘无故自己诊脉，忍不住担忧地问道："公子，怎么了？"

容止松开手，摇了摇头："没事。"

接着他转向宇文雄："你带着黑骑出江陵，该惊动了不少有心人注意，也算是放弃了江陵这一处据点，这是过失，但你们是为了救我而来，也确确实实救了我……"

容止微微一笑："功过相抵，功大于过，就赏你们回家乡如何？"江陵一隅，放了也便放了，好的弈者不会为一地的得失耿耿于怀。

宇文雄坚毅的脸上现出惊喜之色，单膝跪下道："谢公子。"

容止转过头，沉静而悠远的目光投向北面："待南朝打点完毕，我们便回北魏。"

阔别四年有余，不知故人可一切安好？

远方冰雪堆叠，宛如天际的层云。

冬日里的江陵堆积着层层冰雪。

何戢令人停下马车，从暖香萦绕的车厢内走出来，接触到冰冷的空气，让他整个人精神一振。

何戢矜骄地抖了下肩膀上华丽的狐裘披风，站定之后举目四顾，瞧见竹林尽头的简陋竹屋，不由得皱起眉头。

“确是此处无误？”

何戢转头问身旁的侍从，那侍从恭谨道：“我寻人问过了，江陵城外住着的姓观的人家，只此一家。”

听完侍从的回话，何戢挑剔地皱了皱眉，再度望向那两间挨着的竹屋，还是抱着尝试一番的心情走了过去。

两间竹屋并排立着，都是由一般粗细的南竹拼接构建而成，但那手艺并不怎么精细，显然建筑者的心思只顾着舒适，却忽略了好看，外观很是粗陋，这在何戢眼中看来自然不入流。

让人上前去敲门，不一会儿，屋内传来懒散的声音：“来者何人？”

何戢略一迟疑，清了清嗓子，慢慢地道：“何家后人。”

片刻后，屋内那声音有点儿不太情愿地传来：“门没有锁，你自个儿进来吧。”

何戢微微扬了扬下巴，便伸手推开门，让侍从在外等候，何戢袖手而入，身后的门再度合上。

进屋之后，何戢的目光扫了一下，便将屋内情形尽收眼底。屋子虽然不大，但因为家具甚少，也不算拥挤，只有几只箱笼放在墙角，正对门的一张竹制矮榻旁，置着红泥小火炉，炉上温着一壶酒，而炉子边的地面上，放置着几碟爽口小菜。

屋子的主人正横卧在矮榻上，一只手拿着酒杯，另一只手执筷夹菜，样子极为悠闲，听见何戢进来的声音，他也没有起来相迎，只自顾自地喝酒、吃菜。

何戢见到那人，有些吃惊于对方的年轻，但很快便被另一件事吸引住了注意力：“你看不见？”那人的双眼一直闭着，但他的动作却有条不紊，单看动作完全看不出他是个盲人。

那人笑了笑：“我确实看不见，怎么，这位何家公子，你来此之前，竟没打听我是怎么样一个人吗？”

何戢想了想，从怀中取出半块玉佩，玉佩好像是被人掰断的，断口并不十分平整。他用食指与拇指捏着玉佩：“我家中长辈曾对我言，昔年他曾经施惠于人，倘若他日我有事相求，可以拿这半块玉佩，来江陵城找一个姓观的人。”

那人扯了扯嘴角，脸上现出怪异的神情，随手将杯筷放下，这才肯下床来。他脚上没穿鞋，就这么走在屋内的竹板地面上，纵然屋子里燃着火炉，但这点微弱的热力，根本抵不住侵入屋内严冬的寒意。他一边慢慢地走，一边慢慢地道：“我是姓观没错，我叫观沧海。”这时候何戢才发觉，那观沧海身上仅仅穿着一重单衣，却似乎丝毫感觉不到寒冷。

观沧海走到箱笼旁，打开来一通乱翻，嘴里还在嘀咕着什么，何戢隐约听到诸如“麻烦”“死老头子”“没得安乐”此类的词句，却听得不甚分明。

那人翻找了一会儿，好不容易才拿着半块玉佩站起身来，走回来随手与何戢手上的那块一对，两半玉佩正好吻合在一起。

何戢有些发呆，观沧海分明是一直闭着眼的，可是拿着两半玉佩对齐的时候，动作却分毫不差……他真的看不见吗？

“是你没错了。”观沧海口气淡淡地道，随手拿过何戢手上的半块，“你说的受惠之人，应该是我的父亲，如今他已过世，我身为他的儿子，自然会继承他的承诺。”他手上拿着玉佩，双掌用力一合，在何戢惊骇的目光之中，坚硬的玉石化作细碎的颗粒，落在地面的竹板上，发出清脆的声响。

何戢方才还在想观沧海究竟是否真的瞎了，亦有些担忧此人是否能完成交托的请求，这一刻却被他状似随意的动作镇住。观沧海的双手看起来并不强健，只是外表很普通的一双手，方才竟然生生压碎了玉石！

趁着何戢还在惊骇的当口，观沧海重新坐回竹榻上，那只足以碎裂铁石的手轻轻拿起尚且微温的酒杯，不疾不徐地问道：“说吧，你所求何事？既然是我父欠下的人情，只要我力所能及，便会为你办到。”

何戢回过神来，咬牙道：“我要你替我杀一个人。”虽然明面上的记载里那人已经死去，可是知道内情的人都晓得，那人现在还不知在何处逍遥地活着。

只要那人活着一日，他心中的芒刺便横亘不去。

“什么人？”

“刘楚玉。”他的妻子，他最恨的人。

第一百零九章 谁操黑白子

观沧海独自一人走在南北相通的官道上。

由南向北。

无月无星的夜空下，白色的雪地也笼罩上一层幽暗的蓝色，道旁错落立着树木，光秃秃的枝丫交错重叠，形成大片的黑影，远方则是起伏不平的地面。

观沧海慢慢走着，每一步都深深踏入雪地里，在他身后，留下一串半尺深的脚印，渐渐被风吹过带起的积雪所填满。

北风凛冽地吹着，吹在人的肌肤上，好似冰刀刻骨切割，但是观沧海神情从容怡然，他闭着双目，嘴角含着些许浅淡轻松的笑意，仿佛走在明媚的春日里，又仿佛踏在青葱的草地上。

他已经走了一日一夜，却并不觉得疲惫。他身上穿着单薄的衣衫，背上背着一根钓竿，衣衫是细麻布，钓竿材质也是随处可见的竹子。

他的双眼看不到隆冬与黑夜，心中也没有隆冬与黑夜。

在地平线的尽头，天空与地面的分野并不那么明显，夜色与雪光仿佛揉碎了混在一起，当晨曦的第一缕光辉绽开的时候，雪地也泛起了一层晶莹的辉芒。观沧海不能看到这一切，但他还是停下了脚步，静静地对着前方。

因为在他正前方十多丈外的道路正中，坐着一个人，倘若他想要走过去，必须绕开那人。

那是个看起来只有十八九岁的少年，乌发如墨，眉目秀丽，神情高雅。他身上拢着厚实的雪白狐裘，脸色嘴唇皆失去了血色。少年见观沧海停下脚步，微微一笑道："听闻你重出江湖，我特地在此等你。”

观沧海脸上现出冷淡的笑意：“原来是你，虽然感觉与从前不大相同，但是除了你，也不会有人在此时挡在道上了。”

“沧海师兄。”

“容止师弟。”

两人互相称呼对方，语气却不怎么亲切友好，平和中隐藏着微微的冷峭。

容止脸上虽然一直挂着笑意，但望着观沧海的目光却深沉幽远，片刻不曾偏移；观沧海也是笑着，却微微偏过头去，用耳侧对着容止——他的感觉极是敏锐，平素甚至无须刻意，便可从气流的变动判断周围的环境，但此时他却特意地来“听”容止。

他们师出同门，各自知晓对方本事惊人，又因曾有过节，四年不见，分辨彼此是否有敌意之前，得先拿起十二分的戒备。

容止先释去防备，伸手轻轻在身前扫过，扫去一层薄薄的雪，露出下方的木质棋盘：“我在此等了一个时辰，便是等着要与师兄手谈一局，不知四年不见，师兄棋力可有长进？”

观沧海微笑接道：“容止师弟有心了。”说着他解下背上的渔竿，便在棋盘另一边坐下。

容止从身后取出黑白两罐棋子，置于棋盘边，观沧海执白，容止执黑，先在四个星位上分别放置黑白各两粒棋子后，观沧海执白棋，轻巧地将云子按在棋盘上。

两人相对而坐，在小小一块四方棋盘上，黑白两色棋子起落有致，每一处皆潜藏着凌厉的杀机，有明的，有暗的，那黑白之间无声无息的生死杀伐之意仿佛要朝四面八方漫溢开来。

晨光逐渐亮起，在寒日里显得不怎么温暖的太阳慢慢升空。一直升到两人头顶上时，观沧海拈起一粒白子：“看”了棋盘片刻后，叹息一声，弃子认输，“师弟棋力比之从前精进不少，这四年想必没少使阴谋算计人。”棋盘尚未到达终局，虽然他已居于劣势，但是倘若着意拖延，也未尝没有翻盘的微弱机会，然观沧海性素惫懒骄傲，对此不屑为之。

容止笑眯眯地道：“是师兄让着我。”

棋局终了，两人开始收拾棋子，都只拣自己那一色的棋，并不管对方的。

观沧海拈起白子随手丢进棋罐里，冷笑一声：“我没有让你，是你自己赢回去的，说吧，只要是我能办到的，我便应承你。”这是他们师兄弟之间的默契，倘若一方想求另一方做什么事，便会在两人都会的才能中挑一项进行比试，赢的那方提出要求，但不能超出对方的能力所及范围。

容止微微一笑，也没继续客套，开门见山地道：“我要你放弃此行的目的。”

未料容止竟然要求此事，观沧海眉头微蹙：“你知道我此行要做什么吗？”

容止低头微笑道：“我得人传讯，得知何戢去了江陵，找到你，他想要做什么我再清楚不过，无非是要你杀死公主，但是我的请求也正在于此，希望师兄就此罢手，不要与她为难。”

观沧海闭目笑道：“你要我罢手倒也容易，告诉我缘由便好。”

他与容止分开四年有余，在江陵居住了四年多，这四年来他居于郊外荒野，对世事不闻不问，于文——宇文雄，虽然偶尔前去拜访，也仅仅是把他当作贵客看待，并未曾提出任何要求，也不曾对他说过容止的情形。

因此，直到何戢来访，观沧海才大致知道这些年来容止身在何处。

但是就算听何戢说了不少，观沧海也不认为容止与山阴公主有什么太大的牵扯。在他的记忆里，容止心肠如铁石，会留在公主府，想必也是有所图谋。他万万没有料到，容止竟然会专程摆下这一局棋，提出让他放过楚玉，惊讶之后，也禁不住对楚玉产生了一丝好奇。

照理说，那女子失去了公主身份，对容止来说，应该没有了利用的价值，难道还有什么可用之处不成？

容止不动声色，淡淡地道：“我欠她一份天大的人情。”他知道自己这位师兄的性子，观沧海虽然平素万事不管，可倘若对什么有了兴致，便会追根究底。

观沧海听闻此言，立即嗤笑出声：“你素来无血无泪，什么时候竟成了会顾忌欠下人情的人？”容止说的话，他半个字都不相信。

容止扬起的嘴角泛起了浅浅的无奈：他要怎么才能对观沧海说明白其间的缘由呢？因为连他自己都道不明白。

他只知道在得知观沧海要出手杀楚玉时，他的第一个念头，便是不能让她死去，直至现在也无法抹除。

难道是因为四年来保护她已成了一种习惯，如今竟然戒不掉了？！

容止本来需要先想明白这个问题再做决定的，他素来谋定而后断，极少有这样没想清楚便行动的时候，可是他也知道观沧海的实力，想杀个楚玉是很轻易的事，等他释除疑惑，楚玉只怕早就变成了尸首。

他隐约有一种预感，倘若他今日不理会此事，任由楚玉被杀掉，今后也许会后悔。

容止也质问过自己，是否对楚玉起了如天如镜般的心思？他多谋善断，老练世故，不会像天如镜那般直至心境被搅得一塌糊涂，喜欢到了极点还不明白；也不会如桓远那般，分明已经心存爱慕，却依旧自欺欺人，连对自己承认都不敢。倘若他真的起了这般心思，应该极早想出应对之法，将这份情感控制住。

他是冷静而冷酷的人，一旦发现有可能，便不畏惧直面自己的心。

但是，结果却让他困惑：他能够看懂天如镜隐藏着的热烈而缠绵的眼神，也能够看懂桓远强以理性压抑的妒忌，可是轮到他自己的时候，却是有些看不分明。

什么是倾慕？

什么是相思？

他素来心如冰雪，那冰雪接触到微微的暖意，有融化的迹象时，竟然让他有些不知所措，而越是深思，从前与楚玉相处的情形，便越是分外清楚地一幕幕在他脑海中浮现。

但是，这并不是情，他依旧冷静理智，犀利强韧，不曾如痴如狂，不曾相思忧愁。动了情的人，该是似天如镜那般，再不济也该有桓远那个程度，怎么也不该是他如今的模样。

他还能有这么多闲情和余暇来思索是否动情，也许这本身便说明了他尚未动情……可是无可否认，他还是动摇了。

容止知道这是什么引起的，楚玉所做的一切震动了他，这撼动了他稳固的内心，因此想要恢复平静，恐怕要在偿还这一份天大的人情之后吧。

从这个角度上看，他方才对观沧海所说，也不算是说谎，只不过省略了其间诸多细节罢了。

观沧海听着容止久久沉默不答，也不着急，只是冷笑道："你既然不肯说，也就罢了，别人不知道你，难道我还不知道吗？你这人看似无欲无求，出尘高雅，实际上心思比谁都深，算计比谁都重，倘若不是有所图谋，你又怎会特意来与我说项？"

他冷冷笑着，双目虽然不能视物，但是他的感觉极为灵敏，能感觉到容止就坐在他身前，甚至能感觉到他的视线和表情："我说的是也不是？"那是一种极为奇妙的感觉，周围的一草一木、任何物体的存在都逃不脱他的感知。

他虽然失去了视觉，但其他感觉却充分运用到极致。

容止也不反驳，只淡淡地道："你既然说是，那便是了，只是我的图谋，不便告诉你。"

观沧海按下这一节："也好，我们不问缘由，只问结果，只怕我不能应承你，我父，也便是你师父，曾经受过何戢长辈的恩惠，如今对方执信物索要承诺来了，我身为人子，自当代父行事。"

同样是承诺，一边是父亲欠别人的，一边是他方才输给容止的，这却要如何衡量？

容止静静地等着观沧海的后文。

观沧海笑了笑："所以，你我再比一场，倘若你赢了，便可提出让我违背父亲的遗言，如此一来，我放弃此行的目的也不算为难，倘若我侥幸胜过，那么方才你赢我的那一局便作废。”

容止心中权衡一二，知道这是观沧海让步的极限，用两个承诺去打败一个承诺，这对他而言已很宽限了，便点头应承下来：“如此甚好，师兄可是还要手谈一局？”

他故意如此说，观沧海也不动怒，只平静道：“你如今的棋艺我已不能比，倘若再来一局，便是我存心让你了。”他伸手将棋罐朝容止那边推去，随即拿起渔竿站立起来，“以我们的武艺决胜负吧，如此也算简单明了。”

观沧海单手握竿，渔竿梢端轻轻点在雪地上，纵然手中执的只是普通竹子制作的渔竿，但容止知道，这渔竿在观沧海手上，会化作可怕的利器。

数年前，他们分别之时，他便不是观沧海的对手，如今数年过去，观沧海潜心静修，他却身体遭创，健康大损，差距更是加大。

但容止什么都没说，他只是掀开棋盘，棋盘下的雪地里埋着一柄通体漆黑的长剑，剑柄到剑鞘都是深沉得不带一丝杂色的乌黑……拔出剑来，剑身也是漆黑如墨。

既然在此阻拦观沧海，他便做好了这份准备。

这是师兄弟之间的默契，也是他们的交易法则。

“看”着容止慢慢地站起来，观沧海凝聚心神，全身戒备，虽然几年前他是比容止稍强，但是他父亲曾说，容止的天分高于他，假以时日，必然有超越他的时候，也不知这个时候到了没有。

容止站直，下一秒，他忽然整个人倒在地上……

冬去春来，一晃眼又是春日复返。

楚玉与桓远一行人逃出宋境，进了北魏，已在洛阳城中住了一段时日。

这一年的春天仿佛来得特别早，冬眠的酣睡尚未足够，便迎来雪融冰消，从泥土中冒出来小小尖尖的可人新绿。

但是楚园之中，依旧残留着冬日的缱绻慵懒，楚玉一直睡到日上三竿才艰难地从床上爬起来，足足花了一个时辰才慢悠悠地洗漱吃饭，又在宅院里闲逛了一会儿，才找来幼蓝问话：“你有没有看到桓远？”桓远又不知哪儿去了，平日里他最常待的书房也找不到他人影儿。

幼蓝想了想，恭声道：“桓公子今天一早便去了城南。”

“哦。”一听幼蓝说城南，楚玉便知道了桓远的去处，暗忖自己横竖无事可做，便去找人好了，也顺便逛逛街。

楚玉现在所住的地方叫作景宁里，在洛阳城的青阳门外：“里”是古代一个系统的民居管理单位，就好像是现代的“某某小区”的意思，一般每里有五百到一千户人家。楚玉自来到洛阳城之后，发觉这里的街道纵横交错，规划得非常整齐，气势也很恢弘，看地图都是一个个方块状。

洛阳的街道极为笔直宽阔，走在街上，纵然是好几辆马车并行，也不会觉得拥挤。

楚玉慢悠悠地在街道边走着，过青阳门，再穿过开阳门，便在开阳门外不远处，看到了立在一片石碑之间的桓远。

第一百一十章　寂然不寂然

洛阳是个很有历史和文化气息的城市，这里曾十分繁荣，曾是汉、魏、西晋的都城，曾有天下士子云集的盛况，曾是世界上最大的古代都城。

楚玉可以说是半个历史盲，她对于洛阳的认识，大概也就是洛阳的牡丹比较出名，至于别的，还真没什么印象。选择在这里定居是桓远的意思，他对这个城市有一种接近仰慕的心情。

整齐排布的数十块石碑，每一块都比人还要高，远远看去便是一小片石林，走得近了，便可以看见石碑上斑驳的痕迹。石碑上雕刻有文字，这些文字已经很久远了，并且遭受过损害，有的字迹已经模糊看不清楚，有的石碑上还残留着火焚的痕迹和墨染的颜色。

但是楚玉所感受到的，并不是破败，而是悠久。

这些石碑名叫“熹平石经”，是汉代所立，距今已经有两三百年的历史，用了七年时间，将《周易》《尚书》《鲁诗》《仪礼》《春秋》《公羊传》《论语》七部经典，用雍容典雅的隶书刻在四十六块石碑上。

经历了战乱，时光如水磨过，朝代更迭与替换，当年的大汉朝早已经被扔进了历史的故纸堆里，但是，这些石碑依旧在这里矗立着。而这些石碑之后，正对着的建筑名叫“太学”，是汉朝时设立的高等学府，相当于大学或者研究生院。在太学最鼎盛的时候，学生曾达万人，全国各地的学子都聚集在这里，甚至有西域人前来学习。

桓远一身白色锦袍，绣着草花云纹的宽袖和衣摆被和煦的春风吹起，俊美的年轻男子宛如玉树，立在古老的碑文之间，更显出他温文尔雅，风神出众。

楚玉还记得，她头一次来看这些石碑，便是陪着桓远一起来的。

昔日还是落雪的冬天，他们才来洛阳，方安定下来，桓远便带着她来到此处，那时候桓远望着这些石碑，眼神缠绵热烈，宛如望着世界上最美丽的女子。

只不过这热烈也未免太久了一些，从去年冬天到今年春天，桓远隔三岔五地便往这里跑，也不怕天寒地冻，时常一看就是一整天，简直就像是痴心的少年守候爱慕的女子。有一次，还因为在雪地里站得太久，生生给冻感冒了，结果在床上躺了十多天。

楚玉耸了耸肩，走过去准备把桓远叫醒。虽然已是早春，但春寒还有些料峭，这时候正是乍暖还寒之时，极容易得病。

虽然很无奈，但她能理解桓远这种心态。洛阳太学可以说是天下学子心目中的圣地，他想来朝拜也在情理之中，要知道，她小时候也有类似心理，梦想能住在北大、清华旁边。

这一回没等到楚玉叫他，桓远听到她的脚步声，便自动回过神来，转头望向她，目光温和，嘴角含笑："楚玉，你来了。"经过这些日子，他叫她的名字已不觉别扭了。

楚玉笑嘻嘻地调侃道："真难得，舍得醒来了吗？"

桓远面色微赧，垂下眼眸，片刻后，才道："前些日子是我做得太过，如今想来已是愧疚不已。"自从他那次重感冒之后，便没再那么狂热过，但真正令他热情减退的并不是他自身的病倒，而是他生病的同时楚玉因为出来找他着了凉，也病倒了。虽然不似他那么严重，却让他瞬间从那种几乎失去理性的狂热中苏醒过来——他的身边还有其他的人。

这些石碑只是过去，虽然光辉灿烂，但毕竟是过去了，只能在缅怀和瞻仰之中寻找过往的痕迹。现在他看这些石碑，虽然心潮依旧澎湃，但已比当日多了几分理性与克制。

桓远微微一笑，伸手摸了摸这些已有几百年的石碑，低声道："今后我不会来这里了，你放心吧。"

"为什么？"这回轮到楚玉惊讶了。看他这么狂热的架势，不像是很快就能抛得下的啊，更何况，他们现在除了吃吃饭、长长肉，根本没别的正经事可干，每天来此走动走动，也算是给自己找点娱乐。

桓远微微一笑，目光却有些黯然："因为在这里只会徒增感伤。"昔年的太学已经风流云散，如今只能看着石碑缅怀逝去的光辉，那万名学子云集的盛况，今日已不再现，那么，他在这里，又有什么意义呢？

看着桓远的表情，楚玉明白了一些他的心思。她对于文明文化什么的兴趣不大，这时候也不知该跟他说些什么，只是默默地走上前两步，拍拍桓远的肩膀，微笑道："好啦，不要再想了，想这些也没有用处，这不是你我的能力可以左右的……我们回家吧。"

桓远的眸光微微和暖："好的，我们回家。"

虽然从南朝流离到了北朝，从一个城市流离到了另一个城市，可是有关心的人在，有安安心心睡觉的地方，便可以安顿自己的身心了。

楚玉与桓远并肩走在街道上，春风吹拂在脸上，如此安宁温柔。

原本在南朝的一切，才过几个月，却仿若前世的幻梦般不那么真实了，要是早知能有如此的安稳舒适，她会更早一些离开建康。她跨越了南北的国界，也仿佛跨过了一场人生，来到另外一个世界。

每天可以睡到自然醒，不必担心什么时候会被砍脑袋，更不用花心思去想人与人之间复杂的关系，现在这样惫懒的日子，再舒适不过，再悠闲不过了。

虽然有时候楚玉也会认真地反省一下就这么一直坐吃山空是否正确，但很快又放弃了思考，难道一定要做些什么，人生才是有意义的吗？不管怎么样，先享受这一阵子难得的安宁吧。

走回楚园的时候，已是下午，才进得宅院，便听到流桑的叫喊声，楚玉笑道："昨天流桑和阿蛮说要去白马寺玩，我还以为他们至少得玩到晚上才回来呢，想不到居然还记得回家。"

白马寺距离他们的住处不近，虽是坐马车去的，但一来一回也要花不少时间，想不到流桑这么早便回来了，按这个时间算，他们俩只是玩了一会儿而已。

走过一道门，楚玉抬眼四处搜寻着，意外地看到一个不该在这里，甚至在理论上应该已死去的人。

"阿弥陀佛。"一道清越之声传来。

寂然一身素色僧衣，眉心一点朱砂嫣红，双手合十，怡然微笑着："施主别来无恙？"

看见寂然，楚玉有一瞬间的恍神，仿佛又回到了那秦淮河畔的建康，年轻的僧人站在寺庙门口，低垂的眼眸仿佛敛着无限的悲悯。

但那只是一瞬间的幻觉而已，楚玉发觉寂然好像比昔日所见有些不同了。从前看他，毫无疑问看到的是和尚，可现在看他，第一感觉却是"人"的印象大于"出家人"这一概念。这并不是说寂然不再像一个和尚了，只是他身上的人味似是比从前多了一些。

楚玉虽然有一点意外，但并不去深究。这时候流桑蹦跳着扑过来，一把抱住楚玉的手，指着寂然道："公主……"他压低了声音，"是从前认识的人，他说想见你。"当初在准备举办茶会的时候，流桑曾去建康城外的那座楚园玩过，与寂然照过面，两人也算是相互认识的。

与桓远一样，来到北魏后，其他人也都对楚玉改了称呼，楚玉在这里做男装打扮，幼蓝称她"公子"，流桑叫她"玉哥哥"，阿蛮跟着桓远叫她"楚玉"，但因为遇到从前的故人，流桑又不由自主地叫回了原来的称呼。

楚玉也懒得纠正他，只投给桓远一个眼色，后者立即会意，将流桑拉到一边去说话，留给楚玉和寂然面谈的空间。

楚玉上下打量了寂然一会儿，露出欣慰的笑容："我原本一直愧疚于心，若非为了给我传讯，你也不会惨遭横祸，如今总算放下心来。"虽然这件事是容止所为，但也因为那时她太不小心露了马脚，才会叫容止看出端倪，进而痛下杀手的。

只要是容止想做的事，鲜有他做不成的。因而，今天竟然见到活的寂然，楚玉感到十分意外。

楚玉问起寂然是怎么逃脱的，岂料她的话才一出口，便见寂然的脸上闪过非常不自然的神色，似欢喜又似忧愁，还带着些尴尬。随即，他生硬地转移了话题，只说王意之暂时不在洛阳，等他什么时候回来便会告知她。

说完，寂然便逃也似的匆匆告辞而去，好像这院子里有什么吃人的猛兽，倒忘了是他主动找来的。

看着寂然的背影消失在门后，已经将流桑哄开的桓远走过来，淡淡地道："他有事瞒着。"这一点，只要是明眼人都能一下看出来。虽然熟读经文，精通佛法，但是寂然说谎和转移话题的技术实在太拙劣了。

楚玉点了点头："我原本只是随口一问，现在倒是很迫切地想知道他逃脱的全过程。"寂然好歹也修了这么多年的佛，定力和气度都算不错了，却因为她一个问题露出那样的神态来，想必他遇到了什么很了不得的事儿。

她想了想，随即转身搭上他的肩膀，笑吟吟地道："不急在一时，今天时候不算早了，倘若明日的天气不错，我们便一道外出游玩吧，听说洛阳的白马寺很是有名呢。"

桓远静静地看着她，她的笑颜并不算多么艳丽，却宛如春风扑面而来，纵然有心事，在这笑容之前，也可暂时放下。他跟着露出一抹笑，低声道："是的，我们来洛阳这么久，也不曾好好游玩游玩。"

有句话是这么说的，跑得了和尚跑不了庙，用在此处恰恰合适。

好容易挨到次日。

天刚蒙蒙亮，楚玉便拉着桓远乘马车出门。她昨天虽然说不着急，但是这么多天无所事事，也实在闲得有些发慌，如今遇见故人，又发现了值得探究的事，顿时燃起了无比浓厚的兴趣。

楚玉倒不疑心寂然会对她有什么不利的举动——世界上哪有这么笨拙，连掩饰一下都不会的反派？

车行缓慢平稳，上车后楚玉便倒在车上的软榻上补觉，也不知睡了多久，被桓远叫醒的时候，便已在白马寺附近了。

作为已有四百年历史的古刹，白马寺看起来庄严恢弘，并排三座拱形山门，不时有人出出进进的，多是上香拜佛的信徒。

楚玉和桓远在白马寺山门前晃了一遭，却不着急入寺，两人对视一眼，在对方眼中看到默契的认知，便吩咐仆从先将马车赶往别处，两人却下了车，慢慢地走到一旁。

桓远去打探消息，楚玉随便找了个地方歇脚，一边看着白马寺兴盛的景象，一边听旁边的路人闲扯聊天，去年是换天子的好年份，不仅南朝宋那边换了皇帝，北魏这边也同样换了一个皇帝。

稍有不同的是，南朝宋那边刘子业是被叔父谋逆篡位的，而北魏这里则是先帝病死，原太子顺理成章地继位。

不过其中还有一点小小的八卦，便是北魏那个死去的皇帝，在举行葬礼的时候，按照北魏的习俗，要焚烧他生前所用的衣物器具，而他的皇后在仪式之中，忽然跳入火堆中意图殉葬，虽然后来被救回来了，但是这一举动赢得了当时满朝文武的赞叹。

那皇后姓冯，现在应该称之为太后了。

先不说冯太后这一手是不是在收买人心，但至少人家表面上做得很漂亮，再回想起南朝那乱七八糟的宗室亲缘关系，楚玉不由得露出苦笑。

不一会儿，桓远回来了，他简单说了说打听到的情况，寂然是去年冬天来到白马寺的，比他们来洛阳还要晚一些，只不过楚玉并不怎么关心佛教事业，所以一直不晓得。

虽是外来和尚，但寂然在白马寺的地位还是很高的。他一来，便担任了重要的职位，权力极大，人事、财物他皆可过问。只是手握着这么大的权力，他看上去却十分清闲，有什么事均吩咐手下和尚去做……

虽说和尚是方外之人，但是古龙说得好，有人的地方便有江湖，和尚再怎么清修，毕竟也是活在这尘世上的，不可能完全超脱，寂然能够得到这样的待遇，必定是其背后有某位权势之人支持着。

原本只是满足自己一时的好奇心才来打探一下，只当这是一个好玩的游戏，但听到桓远的汇报后，楚玉不得不深思起来：寂然只是比她早进入北魏疆域几个月而已，他怎么认识那样位高权重之人？

难道是王意之的关系？

也不对，给他安置这么一个尊荣又清闲的地位，这根本不符合王意之的作风，也与从前的寂然大不相同。在南朝建初寺的时候，寂然虽然在寺中也有地位，却是近似于苦修，清贫简朴，才不过几个月而已，怎么会发生这样大的变化？

第一百一十一章　白马寺见闻

楚玉原本只想稍稍了解一下寂然来到洛阳的近况后便直接入寺求见，跟他聊聊天什么的，但现在她忽然不想就这么贸然去见他。

在背后支持寂然的是什么人？对方这么做有什么目的？能从中获取什么？王意之现在在什么地方？他是否知道寂然现在的情形？是否赞同？寂然在白马寺中担任重要职位，是否与她的事儿有关联？

楚玉越是深思，眉头便锁得越深。

她倒不是自恋，非得把每件事都跟自己牵扯上关系，倘若寂然这一桩与她毫无牵连，那是再好不过了，可是，倘若有关联呢？

寂然应该是在被花错刺杀不久后便逃离南朝宋进了北魏，以期能避开容止的追杀。可是，他在洛阳安顿下来的时间比她还要迟。

楚玉不安地望向桓远，在后者眼中也看到了相同的疑虑。

楚玉现在的心情真是两难，倘若就此放下不作理会，或许会有什么未知的危险在不知不觉间降临到她的头上，可是倘若这件事本来与她没有关系，却因为她错误的判断，将他们几人都牵连进去，到时得不偿失。

仿佛看出了楚玉的心思，桓远低声道：“你无须如此忧愁，倘若你同意，我们便试探寂然一番又何妨？纵然是误算，了不起一走了之便是了。”两人一边说着，一边绕着寺院里的建筑走，沿着高耸的围墙，慢慢绕到了寺院后方。

寺院后也有一道门，朱漆木门紧闭着，与前面的山门不同，这应该是供寺僧处理事务进出以及运送货物的所在。

两人还未走近，便见两扇朱门左右打开。楚玉对白马寺已心有芥蒂，见后门一开，不及多想，连忙拉着桓远退到隐蔽的角落。桓远被拉着，一时不及反抗，被楚玉一把推到墙边，紧接着楚玉的身体也靠了过来，他心中窘迫，却又不能推开楚玉，只有尽可能地让身体贴着墙，让两人之间留下两寸左右的距离。距离是如此亲近和暧昧，桓远忍不住屏住呼吸。

等退到了角落的阴影中，楚玉才想起来，自己根本没必要回避。但是，这时候走出去仿佛有些不好，她便索性站在原地，抬眼朝门开的地方望去。

一望之下，楚玉不由得发怔，最先从寺庙中出来的，是一辆贵重的马车。

马车没有繁复精美的装饰，外表式样简单朴素，在公主府混过一段时间的楚玉，对奢侈品的鉴赏能力得以大大提高，不需要任何提点，她便一眼看出那马车的制作材料是一种坚硬昂贵的木料，能抵御一定程度的刀枪袭击，倘若换算成金钱，足够买下好几个她的楚园。

马车的两侧与前方，是一队神情肃然、身体健壮的护卫，他们紧靠在马车边，尽忠职守地执行保护的任务，所有人步伐整齐，目光坚毅地直视前方。

但这都不是让楚玉惊讶的，真正让她讶异的是马车驶出寺院后门后，紧跟在护卫队之后出现在门口的，一个身穿玄色僧衣的和尚。

这和尚正是楚玉方才还在琢磨的寂然。

看这个情形，却是寂然送马车中的人出寺，也不知车中所坐的是何人，竟然劳动寂然亲自相送。

寂然停在寺院门口后，马车也随即停了下来，几乎在同一时间，保护马车的侍卫们，也跟随着停下脚步，动作整齐划一，显然训练有素。这群护卫的整体质量，恐怕比楚玉在建康所见的正规军人还要高出一些。

坚固的马车，得力的护卫，能有这样的配置，不仅需要有钱，还需要有权。

但是——楚玉忍不住扬了扬眉毛——这种以整齐化作威势的架势，她仿佛在什么地方见过似的。

寂然双手合十，对着马车默默不语，马车中的人也一样不说话，这让存心想通过听声音猜测车内人身份的楚玉扼腕不已。就这样默默相对了一阵子，马车才启动出发，而寂然依旧站在原地。

他的神情带着几分萧索的落寞，双目望着前方，好像出了神，沉浸在自己的思绪中。

楚玉见寂然不走，心中暗暗着急，却也不想在这个时候暴露行迹，然而她越是不想怎样，运气却偏偏与她作对：后颈处忽然吹来一股温暖的气流，不及细想的她惊叫出声，跳开来，回头看去。

在她身后，桓远正弯着腰抚着胸大喘气，好不容易呼吸平复些许，桓远才歉然地望向楚玉，不知道该如何解释方才的举动：他方才一时失神，屏息太久，最后实在憋不住了，才吐出那么一口气，却不料惊着了楚玉。

楚玉苦笑一下，想起还站在寺院后门边上没走的寂然，便无奈地回过头去，发现寂然的神情比她还要窘迫，白皙的脸上红得仿佛要滴出血来。

看着寂然慌乱无措的样子，楚玉忽然间不尴尬了，她笑了笑，走上前去："寂然大师，别来无恙？"打招呼的方式与昨日一般无二。

她本有所怀疑，可是看到寂然现在这个样子，心知自己猜错了：寂然在白马寺中，就算是有什么图谋，只怕也不是冲着她来的，因为他此刻的神情是纯然的羞涩，却没有半点儿愧疚甚至心虚。

如此一想，楚玉心中轻松了不少，走到寂然身边，欣赏了一下他还没褪色的通红耳朵，她开门见山地问道："抱歉，我与桓远来此游玩，方才见你在送客，不便打扰。对了，不知车中坐的是什么人？"

疑心去除大半，剩下的便是好奇。

既然被发现了，索性开诚布公地询问吧，也免得她心中诸多猜疑，一个不小心伤害了什么人。

寂然脸上现出为难之色，他低声道："那位的身份，我实在不便告知，还请施主见谅。"

楚玉微微一笑，也不勉强，只道："你有为难之处，那不说也罢。"她又与寂然寒暄几句，从他口中得知，王意之自从探知她从建康逃脱后，便抛开俗务在北魏各地游走，说不定什么时候就来洛阳了。

白马寺一行虽不能算圆满，但也算有所收获了，楚玉朝寂然告辞，与桓远一同离开。

两人慢慢走着，一直走出了白马寺的地界，才停下脚步，楚玉笑着转头问："你怎么看？"

桓远亦是微笑道："我观他颜色，似是真的有难言苦衷，并且于我们无害。是否就此放手，还是看你抉择。"

倘若楚玉想知道其中原委，那么即便寂然为难，她也会毫不放松地探究下去。

反正与自身没有关系，楚玉也懒得多花心思和精力去探究，她笑了笑，正想说算了，却见前方街口，方才所见的那辆马车缓缓驶过。多情的春风吹起柔软的车帘，明媚的春光挥洒入内，只不过一眨眼工夫，却让她瞧见了端坐在车中的人。

看到那人的模样，楚玉全身僵硬，如遭雷击。

那个人……

那个人是……

虽然车内的光线不太好，虽然仅仅是半张侧脸，可是那在阴影之中现出的眉眼轮廓，却与她心中烙印镂刻的模样重合起来。

距离上一次分别，已有两三个月，可是那个人的影像，却清晰得仿佛昨天还看见一般。

那是——容止。

这个名字在心头浮现，仿佛打破沉冬的第一声春雷，在辽阔而荒芜的原野上，以无可抵御之势，轰鸣着炸开。

随后又伴随着旖旎的春风，反复地在胸臆之间回响。

楚玉情不自禁地抓紧桓远的手腕，那一瞬间她用力之大，超出她身体的极限，几乎要生生地将桓远的腕骨捏碎。

“怎么了？”忍着疼，桓远顺着楚玉的目光看去，但是车帘被风吹起来只有那么一瞬间，桓远看去的时候，车帘已重新盖好，掩得密密实实的，看不见车中的情形。

楚玉好半晌才回过神来，深吸一口气，叹道：“车中的人，是容止。”意识到自己还抓着桓远的手腕，她有些不好意思地松开了。

桓远心中一凛，觉得手腕上的疼痛益发鲜明起来，好似有一圈烧红的烙铁印在上面。他又看了一眼马车，低声道：“会不会是你看错了？或许仅仅是一个相貌相似的人罢了。”

听桓远这么说，楚玉也开始怀疑起自己来，毕竟那人坐在马车之中，正好在阳光照不到的地方，加上那人只露了半张脸，而她也不过是一瞥之间……

再细细回想，车中人的神情冰冷漠然，却与从前总是微笑的容止大不相同，难道真是她大白天里犯了花痴，看到一个有几分像的人，便在脑海中自动幻想成容止？

望着远去的马车，桓远道：“更何况，那辆车的车厢边缘，有一个被刮去的纹样，却没刮干净，我依稀记得在书上看过，乃是北魏官家女眷的标志。”

桓远本想进一步打消楚玉的疑虑，但他不说还好，一说楚玉便感觉极为郁闷：“万一，这辆车是别人借给他的呢？北魏贵族女眷借给他用的马车？就好像当初我公主府的马车随他用一般……”容止该不会做回了在南朝时的老本行——继续给人当小白脸吧？

一想到也许有这个可能，楚玉便禁不住怒火万丈，她知道自己应该与他彻底断了关系，这怒火来得很没来由，可她就是忍不住生气。

假如容止给别人当面首，她就，她就——

忽而沮丧：她也不能怎么样。

桓远闻言微微一怔，随即有些古怪地看了楚玉一眼。过了好一会儿，他才不怎么情愿地道："容止不会，他不是那样的人。"虽然不喜欢容止，也不愿承认这个事实，但作为敌人，他对容止还算有一定了解。

容止也许会因为势比人弱而暂时低头，但绝不会为了一点利益去主动服低，这世上基本还没什么值得他这么做的人，而他也没可能两次让自己处于相同的境地里。

楚玉沉默片刻，才道："你说得是。"容止不是这样的人，只是她自己先乱了判断。

她最后看了一眼街道尽头，马车已经从那里的拐角处消失了。

楚玉怏怏不乐地与桓远回了家，纵然告诉自己那不过是看错了，可是那短暂的一幕却仿佛一根刺扎进她心里，怎么也拔不出来。

她总是控制不住地想：倘若那是容止，他来洛阳做什么？又为什么与寂然在一起？她没办法不在意他，这不仅牵扯了容止，还牵扯了王意之。对前者她已彻底放弃，对后者她却不能不理会。

桓远将她的神情看在眼里，记在心里，没过几天便将调查来的资料整理后送交到她手里——他在洛阳虽无势力，但任何一个地方都有三教九流，也有那游手好闲四处打探飞短流长的闲人，只需要花费些财物，自然会有人将他想要知道的事情告知。虽然不是什么内部消息，但能够从表象上推导，也是不错的。

先是寂然。寂然是在他们之后到达洛阳白马寺的，但他第一次到的地方却是北魏的首都平城。平城佛教盛行，倘若只为做和尚，没必要特地千里迢迢地来洛阳，在平城就可以做和尚了。

至于上面关照他的人是谁，桓远无从得知，只听人隐约透露说对方地位极高，像是与皇宫有干系。再者，便是那神秘的马车，那马车护卫的架势，怕是没人可以忽视。因此，桓远得到的资料反而更多一些。

那马车中的人出门时就一直坐在车中，偶尔有人窥得车中人的相貌，是一个极为俊俏美丽的少年，那少年现居住在本地官员的别院里，那些官员对那神秘少年的态度甚是恭敬，显见其地位极尊。

最后一条信息，便是桓远自己反复看来也有些怀疑自己先前的判断了："曾有人听闻，本地官员称呼那人为……容公子。"

听到最后一句话，楚玉终于咬紧了牙：居然还姓容！假如是巧合的话，哪来这么多的巧合？相貌相似不说，还偏偏姓容，这叫她怎不起疑？

好一会儿，楚玉放缓语气转向桓远："不管怎样，倘若不是容止倒也罢了，假如是容止，我想知道他究竟是何目的。"

桓远的脸上掠过一丝失落，低声道："公主还是放不下容止？"原本奉命办事是他分内的，他既然承诺了楚玉为她工作三年，不到期限他不会离开，可看到楚玉如此在意容止，他还是忍不住多问了一句。

楚玉全没留意桓远改了称呼，只是叹了口气：“怎么可能？我只是担心意之兄，更何况，容止若是身在洛阳，定是有所图谋，一日不弄清楚，我心头芒刺便难以拔除。”

桓远不自觉地露出释然的微笑：“公主说得是，桓远自当竭尽所能。”

两人作出决定，便开始商讨该如何弄清楚那车内人的身份，最直接的办法便是在光线充足的地方亲眼看看，可是那人总坐在车中，如何能让他走出来呢？指望着风再次把车帘吹开，那可不现实，更何况，就算风把车帘吹开了，对方坐在车内阴暗处，即使看见也不会太分明。

若使用武力，那更是异想天开，对方那一批护卫可不是摆着好看的，何况，她现在不是公主身份了，没有足够的武力可以达成这件事。

正在为此苦恼之时，忽见流桑蹦跳着闯入了书房，叫道：“外面来了好多人！”

楚玉眉头一皱，跟着流桑快步穿过几个院子，走到大门口，站定，看清楚外面的情形，她心中蓦地一凛。

只见一队二十多人的护卫队伍打头，步伐整齐，而方才她与桓远谈论的对象——那辆来路神秘的马车，正缓缓地朝他们这边驶过来。

第一百一十二章　幽人独往来

楚玉方才还在与桓远谈论如何才能看清楚车中人的相貌，却不料被他们谈论的对象这就到了她的面前。

该不会是来找她的吧？楚玉看着马车，心中慌乱，假如车中的人是容止，她甚至没想好应该以什么样的神情去面对。

马车驶到大门前时，楚玉下意识地后退两步。出乎她预料的是，马车却没有停下来，经过门前，继续朝前驶去。马车两旁的护卫警戒地看了她一眼，确定一个文弱公子和一个小孩没什么威胁后，便收回了目光。

原来只是路过。楚玉松了口气，忍不住暗笑自己实在自恋过度了，她现在对于容止已没有任何利用价值，他怎会来这里？纵然他们擦肩而过，他也懒得多瞥她一眼。

楚玉正想回屋去，忍不住朝马车的方向瞥了一眼，却惊讶地看到那马车竟然就停在旁边一座宅院的大门前！

楚玉现在住的楚园是当初桓远为了给自己准备后路而买下的，提前派人来北魏打点照料好，等楚玉一到，便改名为楚园。

楚园的两侧都是空置的宅院，但在楚玉等人搬进来后不久，在楚园左侧的原本空置的宅院也住进了人，门口没有像别的人家那样挂上主人的姓氏或身份表明所有权，只悬着一块空白的牌匾。

宅院的主人几乎从来不出门，所有的琐事都是几名管家负责打理，除了偶尔有仆从进出采办货物，其余时间大门皆紧闭着。楚玉在与对方相邻的花园里，偶尔能闻到围墙后传来的药味，猜测其府上大约有病人。

楚玉从来没有邻里和睦的打算，更不好打探是非，因而虽然做了一段时间的邻居，却对这位邻居毫无了解。然而，这位新邻居竟然与容止有关系？！

马车在无名宅院的大门前停下，一个护卫上前去敲门，接着，马车被直接从缓缓开启的大门抬了进去。因为那大门是有门槛的，不方便车子直接出入。照理说，车中那人该下车自己走进门去，可他偏不现身，直接让护卫将马车整个抬高了几寸，越过门槛后，再小心放下。

楚玉心中暗忖：居然连几步路都不愿意走，容止好像没有懒惰娇贵到如此地步吧。

尽管疑虑重重，但有一件事在楚玉的心中是雪亮分明的：她一定要弄明白车中人的真实身份，否则，她的心无法安宁。并不仅仅因为容止，而是牵扯了寂然。

现在有两个下手的方向：其一，使用武力硬闯，劫道袭击马车，以期能看清楚车内人的容颜；其二，便是混入旁边那家宅院里。她就不信，那人可以坐着马车进园子，难道还能坐着马车进屋不成？

当然，楚玉也不是没想过趴在墙头偷看。可那样一来，自己目标太明显，万一被人发现，打下墙头，难免不好看；二来他们的宅院也不是普通的小四合院，亭台楼阁、流水园林，一应俱全。虽然不若当初公主府那般开阔，但要从前门走到正对方向的后门，约莫得十分钟。她若想趴在墙头看，必须先练就X光加望远镜的神功，穿透园林障碍，外加远距离瞭望。

自从那马车第一次造访无名宅院后，楚玉便让流桑搬一个小板凳在自家门口坐着，随时监视邻居家的客人往来，如此过了半个月。

那辆马车每隔两三天便造访一次，有时候早上来，有时候下午来，每次都是停留两个时辰便走，每次都不曾在楚玉视线可及的范围内露出真容。

楚玉曾想私下用金钱收买无名宅院里的仆佣，探问些事情或为她行方便，也曾让人隐瞒身份掳劫无名宅院里出来采购的下人。然而，不管她是威逼还是利诱，对方贫贱不能移，威武不能屈，让楚玉见识了一把什么叫忠贞不贰。

就在楚玉作好长期抗战准备的时候，揭开谜底的机会比预料中来得更快。

那是一个很平常的下午，楚玉照例坐在花园中发愁，周围春光繁盛。无意识地望着眼前绽开的花朵，楚玉猛然想起来，她来到这个世界，从去年的春日杏花吹满头，到此刻的今年花胜去年红，已整整一年的时间。她不知不觉地习惯了古代的一切，衣食住行，都沾染上这个时代的气息，她没能改变这个时代，却被这个时代改变着。

还有便是，她喜欢上一个人，然后跟那个人说最好再不相见。

心头微微黯然，纵然是满园清丽的春光，也没能让楚玉的心情好转。这时候，她看见花园门口站着两个人，一个是桓远，另外一个是……楚玉不禁愕然，“花错？”

他怎的到了此处？与桓远并肩而立的花错依旧是一身红衣，看着那一身艳色，楚玉眼前不由得现出几个月前的雪地里，他与容止决裂时发出怨毒而凄厉的诅咒。

几个月不见，花错整个人的气质发生了巨大的改变。从前的花错，纵然对她有冷言冷语的时候，但给人的感觉还是一团炽热的烈火，骄傲恣意，可是现在，这团火焰好像凝固冷却了，虽然他嘴角挂着笑容，眼睛里却仿佛凝结着万年不化的寒冰。

他的性格，几乎可以说是被完全扭转了，从极端的热情天真，变作极端的冰冷憎恨。

非此即彼，非爱即恨，花错的逻辑是如此简单和直接，爱与恨都这样的浓烈和深刻，甚至让有类似遭遇的楚玉都有些自愧不如。当然，花错至少还有一点没变，那便是他心中的情感真实地写在脸上，不管是过去对容止的维护，还是现在对容止的憎恨，不隐瞒，不遮掩。

桓远这些天在搜集洛阳城情报时，无意中发现了花错的踪迹，想起楚玉要做的事，便设法找到花错，与他说明原委后，便将他带来了。

花错曾经跟身为刺客首领的鹤绝混过一阵子，虽然鹤绝不屑使用暗杀手段，但这并不代表花错没有见识过，而跟在容止身边，各种诡秘手段他更是学了不少，想要暗中刺探什么，让花错来做是最合适不过了。

楚玉身边的武力少得可怜，而两个能动武的流桑和阿蛮又太过单纯，这些事交给他们并不稳妥。花错一来，一切便都解决了。

桓远简单说明后，楚玉便朝花错点了点头："如此，便劳烦你了，多谢你愿意出手相助。"

花错淡淡地道："不必言谢，我并非为了你。"

他抬眼看了看与无名宅院相邻的围墙，闻到围墙后的药味，他皱了皱眉："在刺探马车中人是谁之前，我要先瞧瞧，这宅院里所居何人。"

言罢，不等楚玉反应过来，他一个纵身，红影在墙头一闪而过。

这是花错的心结。长期带着伤病，住处长期飘荡着药香，这与当初花错留在公主府的情形何其相似。只是与从前不同的是，这一切已经化作花错耻辱而痛恨的回忆，是难以愈合的伤口，一触便剧痛不已。

桓远为了请动花错，将他们所知的情形全告知于他，自然包括了邻家宅院的古怪。花错按捺不住，想要一探那宅院里的究竟。他对那药香耿耿于怀，不能放下，一如他对过去的回忆。

桓远带花错来，虽然也有想让花错一探邻宅的意图，他原想交代花错晚上潜入，却没料到纵然花错心性大变，但还是一个不折不扣的行动派，他竟然连几个时辰都等不及了。

眼看着花错轻巧地跳过围墙，两人来不及阻止，只能苦笑着对视一眼，便一起站在围墙下，静等花错的消息。

花错沿着墙壁疾走，风从他的身侧犀利地刮过，他的脚步极轻，偶尔踩在湿软的泥土上，只留下一个浅得让人觉察不到的印子。他神情冰冷而沉默，随着他的跑动，斜出的树枝一道道出现在他的眼前，但他没受到干扰，只轻微的一个侧身或偏头，便轻易地绕开了障碍。他动作流畅快速，纵然是绕过障碍，奔走的速度依旧没有减半分，倘若此刻有人在旁看着，会有那些树枝自动地给花错让开了路的错觉。

一路行来，附近不是没有人，却无人觉察到花错的侵入，纵然有人瞥见了花错的影子，那片刻便消失无踪的红影也会让他们认为是自己的幻觉。

这样的敏捷和灵活，他几个月前还做不到。但即使有了这样大的进步，花错也丝毫不觉开怀与振奋，他胸中充斥着浓烈的仇恨火焰，那火焰无时无刻不在焚烧他的脏腑，一如几个月前与容止决裂之际。

忽然，花错停下脚步，身形一转，贴在一棵大树后。借着林木的掩蔽，他朝宅院的主道上看去，那里正走过来一个侍女，手上端着长方形托盘，托盘上摆放着白瓷盅。

见了那侍女，花错的手当即按在腰间的长剑上，可是下一瞬，他又放开手来，剑鞘口绽出的寒光在绿叶之间隐没。

静待侍女走过去，花错悄无声息地跟上她。他化身为猎手，不远不近地跟着猎物。走过几道院门，穿过轩室长廊，周围的药香一下子变得浓起来，这让花错仿佛又回到了从前，眼中现出片刻的恍惚。但他当即便清醒过来，眼中尖锐凌厉的杀意如狂澜一般翻卷肆虐。

见那侍女走近一扇门，似要推门而入，花错不再犹豫，快速地走出藏身之处，隐约带着血光的细剑无声无息地出鞘，宛如毒蛇一般，刺向那侍女的颈部……

杀了侍女，再进去看看屋内是什么人，花错是这么想的。倘若从前，花错只会将可能碍事的侍女打晕。但现在，对容止的恨意消磨了他心中的柔软与怜悯，让他行事更为狠辣无情，他也并非有意要杀人，只是下意识地这么做了。或许事后他会后悔，可是这一刻，他完全没想过要手下留情。

花错锐利的剑锋长驱，眨眼间，剑尖便要刺入少女娇嫩的脖子，可就在这时，侍女身前虚掩的门忽然开了一条缝，不知什么东西飞快地探出来，带着一缕极细的锐风，越过侍女肩头，准确地击在花错的剑脊上。

花错的剑尖一偏，顿时失去准头，便从侍女的颈侧擦过，钉在门棂上。

他反应极快，眼见一剑落空，知道屋内人已经得知他的存在，便立即收剑后撤，退了好几步，在院子中央站定，定定地瞧着那扇微开的门。方才，他甚至没看清楚是什么打歪了他的剑，但他知道，从前的容止是能做到如此的。

一直等花错后退站定，那侍女才知晓方才自己竟在鬼门关前走了一遭，惊得双手一松，手中的托盘直直地往下落，眼见便要摔在地上。

几乎同时，花错敏锐地听见锐风破空之声，有什么飞快地打在门边，让两扇门之间的开口更大了一些。随即，又有什么闪电般伸到了托盘之下，速度之快，在花错的目力所及范围外。伴随着啪的一声脆响，托盘被稳稳地托住，顿了顿，托盘就这样平缓地被送入屋内。

那人始终不曾现身。这样的态度，岂是“嚣张”二字可以形容的？

花错只道容止轻视于他，连露面都不屑。他面色发白，深吸一口气，沉声道：“容止，我已在此，你连出来相见的胆量都没有吗？”

门内发出一声轻笑，没过片刻，脚步声缓缓来到门后。两扇门豁然分开。

楚玉与桓远等了约莫一刻钟，始终等不到花错出墙来，等得久了，两人开始不安起来。

楚玉抬头瞄了一眼墙头，忍不住开口道：“那个花错，不会倒霉得被人抓住了吧？”

桓远也朝相同方向看去：“花错不应该如此不济吧？”他不太懂武，实在不能准确地判断花错的水准高低。

楚玉开玩笑道：“要是他落网就擒，还供出了我们，被对方找上门来，我们就给他来个不认账，推得一干二净……”

她话音未落，便听到旁侧传来阴沉的声音：“你说谁要推得一干二净？”

循声望去，却见院子门口站着一袭熟悉的红影，花错面色不太好看，显然听到了楚玉方才所言。

楚玉干笑两声：“说笑说笑，怎么样，你有什么发现？”

花错扬了扬眉毛，不悦的神色尽消，取而代之的是一种略带讥诮的冷笑：“发现了一个人，我把他带来了。你见了他，便可知晓前后缘由。”说罢，他朝旁边一让，露出身后挡着的人。

院门是有门槛的，花错方才站在门槛上，便高出来一截，挡住了门口大半。楚玉说笑被撞见，心中正尴尬着，未曾注意到那人露出的衣角，直到花错毫无预警地让开。

那人负手而立，衣着简朴，是那种寻常人家的细麻衣。楚玉的视线随着他修长挺拔的身躯往上，是干净的下巴、含笑的嘴唇、挺直的鼻梁，但看不到眉眼。他的双眼覆着一条两寸宽的锦带，锦带缝制得较厚，眼角有些许褐色的药汁渗透出来。

恍若云破月出，记忆中模糊的人影与眼前之人渐渐重合，楚玉万万想不到出现在此地的人竟然是他：“沧海客？”

观沧海微微一笑：“吾名观沧海。”

第一百一十三章　风水轮流转

见楚玉神色惊讶，花错冷笑一声，想起方才见到观沧海时，自己比楚玉还要惊讶。待观沧海开门走出来，他才发现观沧海的手上提着一根钓竿。看来，方才打断他攻击侍女并将托盘接住的东西便是此物。出得门来，观沧海示意侍女安静退下，便转向花错，道：“不知道是哪位客人，为何下如此辣手？”

如楚玉一般，花错也不曾料到这位原本应在南朝境内的绝顶高手，也来了北魏，竟然还做了楚玉的邻居。说起来，他与观沧海算是打过交道的，当初他误以为观沧海是容止的部下，命令他去救容止，结果反被观沧海教训了一场。

事后，他才从楚玉口中得知，观沧海是与容止有仇的。

花错原本想好了，倘若看见的是容止，又或者如他一般被容止蒙骗的人，该怎么做，他都做好了打算。然而竟然是观沧海，这大出他的意料，以至于他在乍见此人之时，愣了好一会儿神，没反应过来。

一方面是与自己有过节儿，另一方面却又是仇人的仇人，其间关系该如何拿捏，花错全无主意。只得先问观沧海为什么会在此地，在得知他的目的后，花错便立即将他带来见楚玉，甚至忘了问那辆经常造访他宅院的马车。

楚玉闻听吃了一惊，过了好一会儿，才问出一句：“你孝期满了？”当日看观沧海在溪边对待萧别的态度，还以为他要守个七八年的孝。

观沧海笑了笑：“守孝一事不过是用来挡刘备的借口。”他久居江陵，不愿四处走动，便索性拿守孝当借口，凡是上门骚扰的，一律以此为由挡回去。就算别人有三顾茅庐的耐心与诚心，他却不是那个愿意治国平天下的卧龙先生。

瞥了一眼还在冷笑的花错，楚玉有些无奈，不得不问："那么，沧海兄，请问你为何要离开江陵来北魏呢？"

楚玉心想，观沧海甚至成了她的邻居，还时常与身份不明、可能是容止的人来往。倘若只是巧合，这未免也太过了些。

观沧海一笑，坦然地道："既然你已找上我，我也无须隐瞒你。我与你为邻，确是别有用心。昔日我父亲曾欠下人情，允诺他日偿还，他死之后，这笔债便落在了我头上，我如今乃是受何戢所托，为杀你而来。"

为杀你而来！桓远原只是站在一旁，一听见这几个字，脑子里顿时一片空白，待他重新恢复思考能力时，发现自己已挡在了楚玉的身前。

楚玉一听观沧海此言，先是慌张，可当桓远挡在她与观沧海之间时，她迅速地安下心来。

虽然她也明白桓远是不可能阻拦得住观沧海的，但当面临危险的时候，有人这样毫不迟疑地护在她身前，她的心里便毫无道理地感觉安全了。

视线被桓远的身影挡住，冷静下来的楚玉想起了什么，释然一笑，抬起手拍拍桓远的肩膀，低声道："没事，他并不想杀我。"倘若观沧海想杀她，以他的本事，楚园之中无人能挡，这几个月来，要杀早便杀了，又何必等到现在？

楚玉转身从一旁绕出来，再度望向观沧海："可否请沧海兄为我释疑？为何你如今不杀我，为何你与我为邻？还有那辆出入你府上的马车中坐的究竟是什么人？"她顿了顿，"是不是容止？"

观沧海只是笑笑，过了许久，才慢慢地开口："你见过那人的相貌？"

楚玉点了点头，忽而意识到观沧海看不到，便开口说："是。"

观沧海有些莫测地笑了笑，这个时候，他的笑容看起来竟有几分肖似容止："我在此处且不杀你，此间缘由，我有顾忌，不便告知，你只需明白我对你并无加害之意便好。至于出入我府上的那个人，我纵然说不是，只怕你也不会信的。你若真想知道其身份，明日来我家，我可为你安排。"

算起来，已有两日未见那马车来，明天该是来的时候了吧。

次日，楚玉身穿侍女衣饰，站在观沧海身后，暗暗发笑。

他们现在身处一间花厅里，观沧海就像没骨头似的躺在长椅上，手中握着渔竿，正有一下没一下地教育花错："腿并拢，低下头，待会儿你要是也这么正脸看人，只怕头一眼便会给那人瞧出来。"

楚玉遵照观沧海昨天所说，前来他家中等着见那车中的人，花错也强行跟了过来，却不料观沧海的安排是让他们扮作侍女和小厮，等观沧海与那人见面时站在两侧，自然能看个分明。

对于这个要求，楚玉毫不犹豫地答应了，反正她做了这么久的公主，还没尝试过当侍女的感觉，就当角色扮演好了。但花错却不情不愿，纵然放下了剑，与楚玉一样换上了侍从的衣饰，他身上的傲气，始终是太过张扬扎眼了：同样是站着，他的身体笔直如剑，什么都不必做，便仿佛有股剑气自然散发出来。这一点，便是观沧海现在正在挑剔的。

花错脸上含怒，好几次要发作出来。可偏偏观沧海的渔竿好像长了眼睛一般，他稍有异动，便飞快地点在他最弱的关节处，让他清醒地认识到两人之间的巨大差距，纵然观沧海没给他造成什么伤害，但让他明白，那是对方刻意手下留情的结果。

技不如人，只能任由摆布。

楚玉心里并不清楚即将要见的那人是真的需要如此慎重对待，还是观沧海趁机玩弄花错，横竖事不关己，还是高高挂起了吧。只是看着看着，楚玉不由得想起来这情形竟是她见过的：大概一年前，花错也曾这么对付过柳色，那时他在帮容止训练柳色，只要柳色稍一偷懒，他便不客气地教训过去。只不过此时被教训的人是花错自己罢了。巧的是，那时花错用的是竹竿，这时观沧海用的是竹制渔竿。

真是风水轮流转，楚玉才想发笑，可是不知为什么，一时却笑不出来。

观沧海又戏弄了一会儿花错，忽然放下渔竿，拍拍身旁的扶手，示意他们做好准备。这个时候，门外传来了整齐的脚步声以及马蹄和车轮滚动的声音。

来了！楚玉心中一凛，瞥一眼花错，见他完全忘了方才观沧海训练的要收敛低调，他的目光凝成寒冰，眼睛一眨不眨地看着门口。

门很快被拉开，先出现在门口的是两名侍卫，他们开门之后，马车上的人才缓缓地走下来。

楚玉不像花错那样毫不掩饰，她状似恭敬顺从地低着头，不时地偷偷瞥一眼门外。一直有护卫包围在那人的前后左右，她看得不甚分明，虽然有些焦急，却也只能默默地等待着。

侍卫簇拥着那人走到门口，这才左右散开，分别在门外守候着。而那人独自缓步走进屋内，终于在楚玉面前露出了真容：这样的近，这样的清楚。

楚玉只瞥了一眼，便飞快地低下头，不敢多看，也不必多看。

那个人……不是容止。

楚玉低下头，说不出此刻心情是失落还是放松，或是二者兼有。那日，她在白马寺外匆忙一瞥，可以说是看错了，也可以说是没看错。

那少年进屋之后，便自己找了个锦垫，正对着观沧海坐下来。他的容貌与容止相似，不管是那如画的眉目，还是那秀丽的轮廓，几乎与容止一般无二，若是从远处匆忙看一眼，加上光线的影响，真的很容易错将他看成容止。

但是，他不是容止。方才只看了一眼，楚玉便看清楚了他与容止的区别。

不是外貌上的细微差异，就算这少年有着与容止一分一毫不差的脸，楚玉也能毫不犹豫地分辨出他们——那是在气质上的根本性区别。

容止是从容的、沉静的，纵然心中伏着凌厉的杀机，他也始终是那么一副高雅温柔的模样。可是，这个人不同，他的眉眼神情始终不似容止那般善于收敛，他毫不掩饰自己的冷漠，周身都是让人不可逼视的尊贵气势。

然而，这些只是次要的，让楚玉一眼区分开他们的却是另一面：即便是在身体最虚弱的时候，容止依然给她一种强势的感觉，那种强势平时并不显露，只在山穷水尽之际，才能现出些许端倪，他就像那屹立的山岳，就像永不干涸的海洋……可是眼前的少年，纵然看起来外貌也是尊贵的，可在那份刻意展现出来的强势中，却始终伴着脆冰薄刃一般容易摧折的脆弱。

这少年……不够强大，抑或说，他的强大，不够本质。

他的身侧纵然环绕着很强的武力保护，可那些只是外部条件，容止的强大，始终在他的内里。这少年生得与容止十分相像，他们之间也许有莫大的关系，可是不管怎么样，他不是容止！这个认识首先让楚玉大大地松了口气。

现在她算是明白了观沧海说的话，这少年是不是容止，只有让她在近处用自己的眼睛去确认，别人说什么都是没用的，而他让他们扮作侍从站在他身后，不全然是为了好玩，而是给他们一个好的视角，假如只让他们远观，因为外貌上的相似，很容易将两人弄混。

心情放松下来，楚玉开始有了闲暇去思考对方的身份。从对方侍卫的配置来看，必是位高权重之人，从他侍卫警惕的情形来看，说明他目前处境十分危险。

身份尊贵，加上处境危险，再联想到去年的帝位换人事件，楚玉隐约嗅出一些什么味道，虽然尚不能确定这少年是什么身份，但大致猜测与北魏政权脱不开关系，甚至是与北魏皇室有关联的。

想明白这一节，楚玉瞥了一眼一旁的花错。此时花错的脸上是一种像要把少年一口吞下的可怕神情，双眼紧盯着对方不放，像是要将少年剥下一层皮来。

花错的脸上明白写着“我不是一般人”这几个字，而那少年真沉得住气，尽管被花错这么盯着，他好像没事人一般，当花错不存在，只斯斯文文地问了观沧海一些问题。

楚玉原本想仔细听听少年在询问观沧海什么，不过，才听了几句，她便放弃了。这两人说话太绕弯儿了，什么事都不放在明面上说，一个劲儿地玩暗喻。什么天上的鸟儿啊，地上的马儿啊，山川河流啊，春花秋叶啊，一切可以拿来作比喻的事物，都从他们嘴里冒出来了，就是死活不说到人与事。

楚玉隐约能听出他们是在用暗语交谈，那些什么鸟儿、马儿、山水、花叶，应该都别有所指，只不过她并不清楚这谈话的背景资料，更无法推导出真实的情形，只能跟着迷迷糊糊地听，听十句忘九句，最后索性放弃不听了。

反正观沧海不可能马上就跑掉，她若是真想探究，待会儿问观沧海便好。

那少年与观沧海谈了约一个时辰，便告辞离开。走到门口的时候，少年停步转身，用一种深沉得可怕的目光扫了一眼花错。那种深沉与容止深不见底的沉静不同，充满了张扬逼人的凌厉，仿佛对世上任何事物都不屑一顾。

花错何尝经得起这样的撩拨，对上少年这样的眼神，再衬着他与容止几乎一样的脸，纵然明知此人不是容止，他也控制不住了，脑子里嗡的一下，便要朝那少年冲去。

观沧海的动作比花错更快，他飞快地拾起渔竿，反手一晃，打在花错脸上，在花错脸上正中的位置印下了一道鲜明的红痕，这一下不重，只让花错稍缓了缓。花错不管不顾地疾奔而出，反手拔出藏在身后的剑，朝少年直刺而去。

虽然只有这片刻工夫，但对少年来说足够了，他一踏出门外，守候在门边的侍卫便迅速包围上来，当先两人迎上花错，登时刀剑交击之声破空传开。

剩下的一半侍卫也在下一瞬间迅速聚集过来，极有章法地从不同方向和角度攻击花错。这些人的武艺虽然不及花错那么高明，可是难得他们配合有度，且凶猛狠戾，将花错生生困在门口，一步都前进不得，只能眼睁睁地看着少年登上马车。

少年没有理会花错，对于身后激烈的交战，他甚至也没多看一眼，似乎早已习惯了这样突如其来的袭击，只自顾自上了车，命另一半留守原地的侍卫与他先行离开。

纵然被那么多人包围着，楚玉从屋子里遥遥看去，却也禁不住产生一种错觉：那少年的身影，是那么孤独。

楚玉一直看着那少年上车走了，见花错还在门口与那些侍卫缠斗，地上的血迹越来越多，忍不住低下头，小声问观沧海：“你不阻止他？”

观沧海懒散地一笑，点了点头：“你说得是，倘若死在我家，我还得费神叫人埋尸，不如就此分开他们。”他话音未落，手上的渔竿便闪电般点了出去。楚玉只听见一连串几乎叠在一起的脆响，紧接着门口几乎缠斗成一团的几人快速散开。

少年的侍卫后退了几步，对花错形成合围之势。他们身上都带着不轻的伤，血迹在衣衫上洇开。而花错身上的伤势比他们更重，他虽然剑术比之前更有长进，可是这群侍卫也不是普通的武者，个个都拥有一流的身手，竟然将他给逼迫到了这个境地。

看清楚花错的伤势，楚玉心中微动，对那少年的武装配置又高了一层评价。

观沧海语气平淡地道：“花错，你回来。”

花错全身都在滴着血，衣衫几乎被完全染红，可是他眼中的杀意却异常明亮，坚决地道："不。"

观沧海冷冷一笑："我不是在求你，我是在命令你。你若是不肯听从，今天便索性死在这里好了。"

之前在楚玉面前一直表现得十分平和亲切的观沧海，此刻终于现出了他骨子里的强硬冷酷。他的嘴角依旧挂着笑，但屋内屋外的人都感觉到一种几乎让人喘不过气来的强大压力。

这是一种威势，与容止精神上的强势不同，这是不逊于容止的、另外一种可怕的强势。

观沧海不带感情地道："假如你始终如此冲动莽撞，只怕还未再见容止，便死在什么人手上了。与其放任你自寻死路，不如我在此了结了你的性命。"

他说话的语气很平静，平静得就像在陈述事实，可花错却禁不住颤抖了一下。他听得出来，观沧海不是在开玩笑，倘若不听从他的，只怕真的会被他立即杀死。

而这个时候，先前花错被那少年激得发热的脑袋也渐渐冷静下来。那少年并不是真的容止，他根本无须如此在意，退一步讲，即便他想杀那少年，也不必如此明着来，暗杀手段用上一二便好。

心情一放松，身上的伤随即产生了效果，花错眼前一黑，昏倒在地。

观沧海轻描淡写地打发走少年的侍卫，再叫人来处理了花错身上的伤。好不容易得闲下来，已是半个时辰后。

楚玉和观沧海坐在花园边上的凉亭中，两人面前摆放着点心酒水。此时观沧海又恢复了平常的模样，但先前的印象还残留在脑海中，让楚玉说话时都不由自主地带上一种小心翼翼的感觉："观沧海，你能不能告诉我，那少年究竟是什么人？"

观沧海微微一笑，端起一杯酒，却不沾唇，过了好一会儿，才道："我曾对某人做出承诺，不对任何人透露其身份，故而不管你问什么，我都不会说的。"

楚玉一听，不由沮丧地道："什么都不能说吗？"

"自然。"顿了一下，观沧海忽然神秘地对楚玉笑了笑，"可是，我不能说，你却未必不能看啊……只要你不介意继续扮成我的侍女。"

那笑容带着点恶作剧，一下子便将楚玉方才在脑海中建立起的充满威势的印象打破，不由得跟着笑出来："当然不介意。"

下一次那少年来访时，只有楚玉一人跟在观沧海身边。花错因为伤势太重，不得不卧床养伤。那少年照样是与观沧海花花草草、山山水水地猜谜。可是这一次，那少年交谈完毕，站起来，却没有立即离开，他抬手指向楚玉，问观沧海："这侍女我瞧着很合眼缘，居士能否将她送给我？"

没预料竟然扯到自己身上，楚玉愣住了。

第一百一十四章　不安全之地

楚玉原本是低垂着眉眼，安分地扮侍女的，可听见少年的话，她禁不住震惊地抬眼，望向那少年。只见少年眼中一片淡漠，没什么特别的情绪。镇定了一下，她带着惊疑的目光，下意识地投向观沧海。

那少年，会否发现了什么？

楚玉并不认为那少年是真的看上了她。从少年的外表来看，可以推断其拥有极高的地位，什么女人没见过？想要什么样的绝色会得不到？她虽然比不上容止那样聪明绝顶，但还算是有自知之明的，知道自己这具肉身虽然称得上清雅美丽，却并不足以让这样美貌的少年动心，甚至拉下面子，开口向观沧海索要。

但楚玉眼下又不能开口拒绝，她现在扮演的角色是侍女，去留都应该由观沧海决定。倘若这个时候为了避免被要走而主动承认自己的身份，那么不光是断了继续光明正大地旁听的机会，同时可能会扯观沧海的后腿。

虽然不知道这少年究竟是什么身份，但楚玉觉得若是让他知道观沧海帮外人来窥探其身份，总是有些不好。莽撞的失误，有花错一个便够了。当然，楚玉相信，观沧海定会毫不迟疑地拒绝少年的要求。

不料，楚玉突然感到自己腰间一紧，随即被一股力量带倒，倒入一个温暖的怀抱。清淡的草药香气迅速地包拢住她，让她全身僵硬，动弹不得。

楚玉睁大双眼，只听头顶上传来爽朗的笑声："承蒙你看重，可这侍女是我极为心爱之人，实在不便相让呢。你若是不弃，我这儿还有不少美貌侍女，你尽管挑便是。"

楚玉实在不知道这个时候她是该甩观沧海一巴掌，骂声"流氓"后站起来，还是应该配合观沧海的说辞，嘤咛一声“公子，有外人在”。前者，她的实力不够强；后者，她的脸皮不够厚。犹豫了一下，楚玉选择了折中的办法，稍稍转身，她假装害羞地将脸埋入观沧海的怀里，以免那少年看出她神情不对。

少年有些讶异，但很快恢复了平静，问道：“真的不能通融？”

观沧海单手抱着楚玉，他的手臂很稳很有力，将楚玉的身体圈在他的怀中挣脱不得，另一只手则轻轻抚摸着楚玉的头发，微笑道：“还请恕罪，唯独这个，我不能给你。”

少年嘴角一翘，露出个意味不明的笑容。楚玉背对着少年，看不到他的表情，担心他又出什么花招。过了一会儿，她听见往外走的脚步声，接着，是马车车轮声和整齐一致的脚步声远去。

听着少年和他的随从已远去，楚玉这才放下心来。她翻了翻白眼，出声道：“喂，观沧海，人都已经走了，你还打算抱到什么时候？”

与此同时，楚玉感到腰上一松。她的双手在观沧海肩上扶了一下，几乎是跳着离开他的怀抱。虽然知道观沧海是为了做戏给那少年看，但太过亲密的接触还是让她有些窘迫。

方才她几乎是整个人倒在观沧海的怀里，身体紧贴着他，他温厚的热力透过衣衫传递过来，与容止单薄的温凉不同，这是一种让人心神安定的温度，强大宽厚，宛如山岳。

站稳之后，楚玉忍不住瞪了一眼观沧海。当看见他眼上蒙着的锦缎，才意识到他其实看不到。观沧海的行动太像一个正常人了，以至于她常常会忘记他其实是看不到的。

观沧海淡淡一笑，随意地拿起身旁的酒壶，自斟自饮。才这么一会儿工夫，便让楚玉抛开了窘迫与慌乱：不过是抱一下而已，也是为了表演逼真，让那少年知难而退，观沧海已经放开她了，她自己还有什么放不开的？这么一想，楚玉心中也跟着释然。今天来此的目的已了，楚玉向观沧海告辞。

观沧海的家和她的楚园虽然相邻，但想要回楚园，要先从观沧海见客的屋子里出来，走一大段路到门口，再转弯，走上一程，才抵达楚园。楚玉一边往门口走，一边在心里盘算着要不要建议观沧海在两家间隔的高墙那里开一道门，方便直接来去。忽然，她听到脑后传来异样风声，还没等她有所反应，脑后传来一阵痛楚，将她卷入黑暗之中。

被绑架了。醒过来时，楚玉第一个念头便是这个。好在她也算是有过被绑架经验的人，如今再度面临，勉强能临危不乱，观察周围的情形。楚玉揉了揉还有些隐隐作痛的后脑勺，慢慢从床上爬起来。

这是一间干净简单的卧房，房里除了床，便是梳妆的镜台以及屏风木架。屋内除了她，再无第二人，她身上没有绳索铁链等任何束缚的物件，对方将她带来，好像就这样把她扔在床上便不理会了。

对方要么太疏忽，要么对他们的防范能力有足够的自信。

仔细回忆一下昏迷前的情形，楚玉已经大致猜出来绑架自己的是什么人。不一会儿，斜对面的门被推开，站在门口的人证实了她的猜测：正是那向观沧海索要她不成的少年。

楚玉很容易便想明白了前因后果：那少年假装离开，却只是离开观沧海的视线。随后，他派人埋伏在她回家的必经之路上，将她打晕了，绑到此处来。

观沧海家的宅院虽大，人手却不多，更没有多少保卫力量，而观沧海本身实力强大，不需要保护。但这并不意味着在他的家中就是绝对安全的。正相反，在观沧海看不到的地方，谁都能侵入，谁都能任意妄为。

楚玉正是忽视了这一点，她因观沧海不会伤害她，便下意识地将观沧海家中也视作安全的，身边没带能保护她的人，这才落得如此境地。楚玉默默地在心中反省自己的失误，镇定地盯着少年，等着他开口。既然对方不杀她，反将她带来，那么必定有所图谋。她且看这少年要做什么。

少年缓缓地走进来，做了个手势，侍卫便在门外等候。他用一种极为严苛的眼神审视楚玉片刻，沉声道："你好似并不惊慌。"

他说话的时候，那种居高临下的尊贵傲气更为显著，隐约有一些霸道，也越发显出他与容止的区别。楚玉心中低叹一声，微笑道："我纵然是慌张哀求，也无济于事，倒不如先听公子说说请我来此的用意。"

楚玉直起上半身，毫不回避地看着少年，坦荡镇定地对上他凌厉冰冷的目光，没有丝毫退缩的意思。不出楚玉所料，那少年索要甚至绑架她的目的自然不是看上了她，而是想从她口中，获知花错的真正身份。

听罢少年问话，楚玉神情有些古怪地问："你若想知道，为什么不亲自去问我家主人呢？"在上次花错的全力表演之下，吸引去了所有的注目和怀疑，楚玉也乐于这少年真的将她当成观沧海的侍女。只是有什么话，他不能亲自问观沧海，却要特地抓她来，为了什么呢？

少年淡淡地道："我自然要问他，只不过在此之前，要将你拿在手上。"顿了一下，他自嘲地冷笑，"因为我很多疑。"

楚玉想了想，明白了：少年若是直接问观沧海的话，就算观沧海说实话，他也是不愿相信的，所以先抓她来问话，再挟持她质问观沧海。接着，将他们二人的回答对照一番，以此验证真伪。这种不信任，并不是基于不安，而是身处上位者习惯性的怀疑。

楚玉禁不住好奇，这少年究竟是什么人，为什么养成了这种唯我独尊又百般怀疑的性格？

这种感觉，汇集成四个字，简直就是——孤家寡人……而天底下最高处不胜寒，最孤独的地方，是皇位。

——不过这完全不可能。

念头一出，楚玉当即否定了自己的猜测。

这时候南朝的皇帝，现在已确定是她那位曾被刘子业关起来的叔父。只是不知道为什么，他们是在二十七日的两日后才宣布杀帝继位，正好符合了天如镜那里的记载。而北朝的新帝，从街巷的谈论之中可以得知，才十三岁左右。而眼前这少年，至少有十八九岁了。就算北魏的贵族发育再好，也不可能一下子看起来比真实年龄大五六岁吧。

楚玉一边胡思乱想，一边慢慢地回答少年的提问，尽量站在一个真正侍女的角度，客观地叙述曾经发生的事。她只说几日前花错潜入观沧海的家，好像把观沧海当成了什么容止，接着，也不知道观沧海与花错谈了什么，竟让花错那日来，扮作观沧海的侍从站在他身后，接下来的事情，这少年便都知道了。

少年一边听楚玉说，一边皱眉思索。楚玉则小心翼翼地观察他的神情，在她说出容止的名字时，少年的眉毛微微动了动。

审问完毕，那少年沉思片刻，带着几分讥诮对楚玉道："想不想知道在观沧海的心中你占着多少分量？他若是当真看重你，便会前来相救，在他来之前，你就跟在我身边吧。"

楚玉听他这一番郑重其事的话，顿感啼笑皆非，她跟观沧海又没什么关系。但这话自然不能对少年说，她只能低下头忍笑应声。

楚玉跟在少年的身后，才刚走出关押她的房间，守在门外的护卫随即严密地围了上来，把楚玉也一并围住。

楚玉和少年一前一后走着，两人之间间隔两尺多远，十六名侍卫分别在他俩的前后左右保护着，距离都是三尺，这些护卫的步伐间距几乎一样，仿佛一个模子刻出来的。四周充斥着一种森严的杀气，让身处其中的楚玉感觉不自在。

再看一眼走在她前面的少年，少年仿佛全没觉察，又或者说他早已习惯了这一切。

走到书房前，少年停下脚步，问楚玉："你识字吗？"

楚玉下意识地点点头，但当听到少年的下一句话，她便后悔了，少年说："正好，来服侍我看书吧。"

进了书房，就只剩下少年和楚玉两人，那些护卫依旧立在外面守候，几面书架上摆放着各色书籍，而靠窗的桌案上还摆放着一卷摊开的书册。

那少年在桌案前坐下来，便拿起看了一半的书继续往下看。不一会儿，少年停下翻页，沉思良久，脸上现出隐约的笑意。楚玉在一旁偷偷瞟了一眼，发现是一本记载民情和官吏考核的资料，再看看书架上的书籍，多半是兵书史书，再不然，就是一些记录卷宗。

少年看得很专注，也很专心，偶尔叫楚玉找些什么资料，竟是真将楚玉当侍女用了。

楚玉醒来的时候大约是下午，她原以为观沧海很快便会发现她失踪，不料一直等到晚上，依然不见观沧海或别的什么人前来救援。就算观沧海不来，她自家的桓远、流桑等人发现她失踪后，也总会想办法吧。

就这样一边猜测一边等待着，楚玉兼职当了一个下午加一个晚上的侍女。一直到少年睡觉，她终于有点沉不住气了，因为走进卧房后，少年便张开手命令她替他宽衣。

纵然原本楚玉认为少年不可能对她怀有别样心思，但这个时候，还是忍不住退缩了一下：虽然知道少年真正的目的是探知花错的身份，可也并不意味他就不会顺便用她来暖床，毕竟目前她在他眼中，不过是一个微不足道的侍女罢了。

少年发现了楚玉的反应，念头一转，跟着也明白了她的想法。他秀丽的脸上露出嘲讽的笑容："你的主人难道没有告诉你，我并不是男子？"

听闻此言，楚玉当即愣住了。

不是男子？那么，换言之，这少年……是女的？

过了好一会儿，楚玉才回过神来，目光下意识地移到少年的胸前，发现那里确实有微微的起伏，只不过因为衣服太过宽大，让人很难看出曲线。

她竟然是个女人！

有了这个认知，楚玉打量她身体各处，便不断地发现了新的证据来支持这个论点：她的相貌虽然稍微偏向中性，嗓音虽然低沉沙哑，但她的皮肤太细嫩，脖子纤细，身材在女子中虽然算是高的，但比起容止来还是稍矮了一些……这些证据，都说明了她的女性身份。

可是倘若没事先说明，楚玉还是会将她认作是男子。假如容止与她站在一处，告诉她两人之中有一个是女子，她可能反而会将容止当成女的那个。

因为这女子的气质太过强硬刚毅了。从近处看这女子，注意到的并非她的外貌，而是她骨子里凌厉尊贵的气势。那种高高在上的骄傲，宛如狂风般席卷一切，迅速地让楚玉把她与容止区分开，让她潜意识里认为拥有这样气质的应该是一名男子。

楚玉还在发愣，却见那少年……不，应该说是扮作少年的女子冷笑一声，走出卧房，推开外屋的窗子。

夜色里，隐约有混乱的骚动，由远及近，快速袭来。

第一百一十五章　轻风拂山冈

女子望着窗外，冷笑一声："观沧海来救你了，你总算在他心底还有些分量。"

楚玉听她说话，跟着走出来，站在女子身边朝窗外看去，只见院子门口有一个人影。他双眼蒙着锦带，以一种非常奇特的节奏奔行，他的速度虽快，可是给人的感觉，却像闲庭信步一般。

但他才闯进来，便有三四十名护卫迅速拦在他身前，紧接着从他身后的门口也拥进来四五十名护卫，雪亮刀枪森严以待。

院子里一下子聚集了百来人，原本宽敞的空间一下变得拥挤不堪。那些护卫的行动极为协调统一，打扮与曾经合击阻拦花错的人一般无二，当初十来人就逼得花错寸步难移，惨败当场，可如今的人数却是那时的好几倍。

看来那女子出门时，为了避免太过扎眼，并非将所有的武力都带在身边。不过就算什么人都不带，她本人也够瞩目的了。

观沧海被包围住后，停下脚步，微微转向楚玉所在的方向："没事吧？"

见到观沧海，楚玉悬着的心才算放下。但见女子这方人多势众，又立即为观沧海的处境担忧起来："我没事，你要小心。"

观沧海笑了笑。夜色中，他的笑容有些模糊，却无所畏惧，他也不去理会包围得里三层外三层的侍卫，只沉声对那女子道："放人。"声音稳如山岳，并非请求，而是命令。

对花错是这样，对这名不知来头却位高权重的女子也是这样。他不专横自大，也不服软求人，他只是做自己认为应该做的事，始终如一，对方是什么人，对他来说并无分别。他自身就是稳固和强大的代名词。观沧海一生，从不求人。

面对观沧海这样的态度，女子并未动怒，只露出一个浅浅的笑容，但纵然是浅笑，她的眉宇间依旧充满了凌人的威势：“观沧海，你定要与哀家为敌？”

哀家？楚玉还有部分心神沉浸在性别带来的惊愕中，这会儿却听到如此劲爆的信息。哀家，就是皇太后的自称。南朝的那位皇太后是楚玉目送着去世的，至于新登基的那位，本身年岁已经不小，其母是否健在都难说，再加上这里是北朝的地界，现在出现在这里的皇太后，显然是指北朝的皇太后了。

不久前，楚玉还听说了她的传闻，据说这位姓冯的太后在先帝的葬礼上哀痛欲绝得要投火自焚，被救下来后，便获得了朝野的一致拥戴。对于“太后”这个名词的印象，楚玉一直停留在电视剧里所见的老太太，最起码也是个中年妇女，却没料到北朝的太后竟然是这样一位青春美貌的妙龄女郎。当日第一次窥见她时，桓远说马车上有北魏贵族女眷的标志，身为太后，这确实算是北魏最“贵”的女眷了。

只是，应该在深宫之中的太后，为什么会离开北魏都城，不远千里来到洛阳呢？

观沧海不为所动地道：“我不欲与任何人为敌，但我也不惧与任何人为敌。你是平民也好，太后也好，都不能逆我意愿。”他声音不大，语气亦不严厉，只平静地陈述着事实：“你若是愿意就此罢手，我可以既往不咎，就此揭过；然而，你若是紧逼不休，我也不会手下留情。”

不管环境如何险恶，对他而言，仿佛不过是轻风拂过山冈。

冯太后的眼睛非常亮，却不是女子明媚的亮。她的目光凛冽刚硬，直刺观沧海：“你是在威胁哀家？”

观沧海慢慢地将双手抱在胸前，微笑道：“一口一个哀家的，你可是想拿身份压我？皇太后很了不起吗？北魏很了不起吗？你莫要忘记了，容止会的，我也会。容止可以帮你获得这个地位，我一样能毁掉你。”

楚玉怔怔地看着观沧海，只见他在十多米开外，立在侍卫们的重重包围之中。夜色温柔，春风和暖，他的笑容散淡，可他骨子里那股狂傲却迎面扑来。

简直就是……藐视一切，这是基于自己实力上的可怕自信。

恍惚中，楚玉还以为自己看到了容止：虽然表现的方式不同，可观沧海身上真的有某种与容止源自同一的东西，那种强大、稳固、坚毅的自信，在任何境地下绝对相信自己坚持不变的本质，是那么……惊心动魄。

容止的神秘如深不可测的海，观沧海的稳固则如高不可攀的山。

观沧海慢慢地道：“你并不是蠢人，说起来，你勉强能算我半个师妹。虽然偶尔我会玩些花样给自己解闷，可并不会真的伤害你，你该明白这一点。那花错是我贪玩放他见你的，但倘若你因此对我生疑，进而与我敌对，以你如今的境况，却是自寻死路。

“你只能相信我。

“你该知道，以我的实力，纵然是杀尽此地之人，我也可从容离去。

“我说到便能做到，你没得选择。

“我言尽于此。”

观沧海每说一句话，楚玉便发现站在她身侧的冯太后的脸色便苍白一分。她明丽刚强的眼眸中现出难言的痛苦挣扎，但只不过呼吸间的工夫，又被强行压制下去，化作一片冷漠平静。

“是。”冯太后略略点了点头，口吻比方才放软了些，“此番是我做错了，希望师兄原谅。”只不过片刻的权衡思索，她便果断地作出决定，如此决绝干脆，毫不拖泥带水，让旁边一直看着的楚玉终于忍不住升起微微的敬佩之意。

冯太后挥了挥手，所有的侍卫便左右分开，让出通往院门口的道路。她也不看楚玉，只冷冰冰地道：“你可以走了。”

等楚玉走到观沧海身边之后，冯太后派人将他们送出去。没想到居然这么轻易便脱身，兵不血刃地解决问题，以至于离开了冯太后暂居的府邸后，楚玉依然有一种不真实感。这个晚上对她而言实在是太过刺激了，与容止相貌非常相似的少年是个女子，这女子的身份又是北魏冯太后，同时还被观沧海称为半个师妹……

观沧海是坐车来的，两人上了马车，各自在一边坐下后，楚玉才略为清醒，盯着观沧海道：“眼下，你是不是应该对我解释解释？”

观沧海就坐在楚玉身前不远处，此时是夜晚，车内没有点灯，更加漆黑一片，楚玉只能在黑暗里隐约瞧见他端正俊秀的面部轮廓以及挂着可亲笑容的嘴唇的弧度。倘若不是亲眼所见，楚玉很难想象这个看起来十分和气亲切的男子，竟然有那样可怕的威势。

他不过二十七八岁的样子，身材偏修长而非健壮，可见识过几次后，楚玉再也不认为这人软弱无力，相反，他连指尖发梢都无比强大，这不同于阿蛮的蛮力，而是纯粹的实力与本质的强势。

他之所以能兵不血刃地逼得冯太后让步，并不是他的言语有多么厉害，而是他的每一句话都基于他本身而发。他本身就是强横无比的实力保障，不管是智略还是武力，都有令人胆寒的成分在其中。

听了楚玉的问话，观沧海很随意地笑了笑，与刚才他在冯太后府邸充满魄力的笑容又大不相同。他问：“你想知道什么？”

楚玉一时语塞，她想知道的太多了，观沧海摆出这么一副随便问的架势，她反而一下子不知该问什么好。梳理了一下纷乱如麻的思绪，楚玉决定问自己比较关心的。她问：“你们三个是怎么回事？从头说，详细说，越细越好。”

黑暗中，楚玉看见观沧海的笑容仿佛模糊了一下，但她很快便以为那是自己的错觉，一切都还是原样。接着，她听到观沧海低缓的声音，那声音沿着缓缓流逝的光阴逆流而上，仿佛让旧日的时光渐渐浮到表层，翻越无数如山峦般起伏的思绪，便回到了很久以前那个楚玉所不知道的时光里……

楚玉静静地听着，在马车中，伴着微微的颠簸，黑暗中马车车厢木材的香味和从观沧海身上传来的药味混合起来，慵懒轻缓地浮游不定。

那是一个听起来并不怎么出奇的故事：二十年前，或是十八九年前，总之时间已不太确定，一对孤独相伴的父子，来到了洛阳城定居。自然，这不是一对普通的父子。虽然就连做儿子的都对父亲的人品有些怀疑，可对于父亲的才能，他从来都是很佩服的。

过了没多久，这对父子居住的地方，来了一个不速之客。不速之客送来了两个孩子，一男一女，请那个父亲代为教导，只不过那女孩没多久便被带走了，只留下其中的那名男孩儿，与儿子一同长大。

那父亲将自己的学识毫无保留地教给那个男孩，对其的教导甚至比对自己的儿子更严格，更用心。那身为师兄的儿子是有些妒忌的，但他并不是钻牛角尖的人，偶尔妒忌一下便又恢复如常。

随着时光的流逝，这一对师兄弟渐渐长大，他们年岁本来就相差不多，又是师从一人，一起长大，彼此可以说是最亲近的伙伴，却也是最留意的对手。人总是有比较之心的，这对师兄弟所学重合不少，因此便不时地以其中一项较量，各有胜负，并逐渐形成一个习惯，那便是凡有什么事要对方去做，便先比一次胜负，败者答应胜者在能力范围内的一件事。这个不曾约定过的默契直到现在都还存在着。

只是好景不长……

观沧海顿了顿，忽而轻柔地微笑道：“其实好景已经很长，可是我每每回想，总是觉得不够长似的。后来，那个师弟与他的师父和师兄发生了一些争执，彼此不欢而散，那师弟去了他该去的地方，做了他该做的事。而那师兄和他的父亲则离开了洛阳，前往江陵定居。又过了几年，那父亲死了，只留下那师兄一个人，独自打着守孝的名义在江陵城外做那世外闲人。”他说这话时，语调极为柔缓，虽然他双眼为锦带所蒙，可是楚玉相信，倘若他眼睛完好，目中的光芒必定满是温柔的怀念。

观沧海淡淡地道：“我说了这许多，你也该猜得出，那师兄便是我，而那师弟便是容止。至于那与容止一同被带来又很快被带走的女孩儿，便是你今日瞧见的北魏太后冯亭。”他从来不认为自己是哪国的臣民，既不是南朝宋的，也不算北魏的，故而他言辞之间，对所谓的太后并无多少尊敬之意。

楚玉沉默许久，问道：“那你当初跟我说的，你是容止的仇人，是骗我的了？”

观沧海微微一笑："也不尽然。昔年我与容止决裂，他用毒伤了我的双目，这些年来一直未能复原，也算是恩断成仇。只不过，那冯亭当初差一点儿便成了我的师妹，当初她着急顶替人进宫，没来得及受我父亲教导。我如今代父为师，帮她这一把，却是与容止无关。"

虽然贵为太后，但冯亭如今的处境并不好，她扶持先帝的儿子坐在皇位上，可是朝中却有大臣手握重权，专横跋扈。她想要真正将权力握在自己的手中，只有先除去那权臣。

冯亭留皇帝在北魏首都平城那里做幌子，自己却千里迢迢南下洛阳，找到观沧海，向他求助。观沧海早已打定主意不为任何人出仕，因此纵然冯亭以太后之尊前来邀请，他也仅仅只是代行师职，教导冯亭真正的权术手段和治国方略，让她拥有自保甚至进一步掌控权力的机会。

这也是方才观沧海说"你只能相信我"的原因。

观沧海的解释很详细，很完整，也很长，说了整整一路，将三人的关系说得分明，包括他原本是受何戢所托前来杀她，半途却被容止所阻，直至后来到了洛阳，竟然改了主意在楚园的旁边住下。

楚玉花了好一会儿工夫，才将观沧海说出的信息完全消化。这时候，马车已经行到她家门前，停下了。

观沧海又是一笑："回去吧，你的家人在等你。是他们今日来寻我，我才知道你消失不见的。"所以他便顺理成章地想到了冯太后，前去要人。

楚玉却有些踯躅，她抿了抿唇，欲言又止。观沧海静待片刻，忍不住微笑道："你还想知道容止现在何处，对吧？"

楚玉轻声道："你应该知道，对不对？"不得不承认，这个名字，对她至今还有着影响力，尤其在她知道是容止阻拦了观沧海杀她之后。

第一百一十六章　时间足够爱

沉默了许久，观沧海轻笑着出声："不错，我确实知晓，只不过，我只知道他的去处，却不晓得他现在究竟身在何方。"

楚玉皱眉道："这话又是何解？"

观沧海慢慢说出当日容止拦阻他的情形。那日，他们才要以彼此武力较量第二局的时候，容止忽然倒下，他并非想作伪，而是他的身体真的出了问题。

容止获救苏醒之后，感到自身体力恢复，本以为应该再无挂碍，可是不知为什么，时常会有脱力情况发生。第一次发作是在与花错激斗一场后，那时他并未在意，只探了探自身脉象并无异常，以为是一时使力过度。不料在那之后，却一次又一次发作起来，较轻的症状是使不出力，严重时甚至会陷入短暂的昏迷。

楚玉一听观沧海说了容止的情况，便立即想起来，当初天如镜答应她救昏迷的容止，给容止喂了两粒已经有至少三百年历史的解药……她当初的担心显然没错，看这情形，那解药果真是过了保质期。

简单地说，就是容止吃错药了。

楚玉吞吞吐吐地告知观沧海其中的原委，后者愣了好一会儿，嘴角才现出古怪的笑容，须臾，放声大笑："居然是这样。"他一边笑一边道，"容止只道是那天如镜做了什么手脚，眼下却是去找那天如镜去了。只不过，我听说南朝换了皇帝后，天如镜也不晓得去了何处。"

自然，去找天如镜的容止，也一样下落不明。

也许容止会找到天如镜，得以彻底解决自己的问题；也许就算他找到了天如镜，也不能改变现状。又或者他没法子找到天如镜——这一点可能性很小。

但是，这些都与她没有关系了。她是楚玉，是只属于自己的楚玉，现在不管容止做什么，只要不干扰她的生活，那么都与她毫无干系了。

楚玉微微一笑，向观沧海道了谢，便跳下马车。才一下车，她便瞧见楚园门口的三个人影，其中最矮小的那个风一般冲过来，一下子撞进她怀里，伸出双手紧紧地抱住她的腰。

楚玉低头轻抚流桑的头发，复又抬头望向门口。桓远站在门口，手中提着一盏灯笼，散发出昏黄柔和的微光。蹲在一旁的阿蛮，则慢慢地站了起来。这些人，都在等着她。

拉着流桑，楚玉慢慢地朝门口走去，脸上缓缓绽放出欢欣的笑容。

把楚玉送到了家，马车并未着急离开，观沧海坐在车内，嘴角现出一丝古怪的笑容，他静静地倾听楚玉越来越轻快的脚步，随同其他几人踏入楚园之内，关上大门。

春天的夜里吹着旖旎的风，观沧海伸手探出车帘外，感觉春风轻吻上他的指尖："嘿，我虽然甚少骗人，可近墨者黑，近了那么多年的容止，我胡扯起来，还是颇有几分模样的。你说，是也不是？"微不可闻的低语声在车内回荡，很快便被透入车中的轻风吹散，而回答观沧海的，只有一片悠长深远的静谧。

确认了车中人的身份，同时确认了观沧海与自身无碍，楚玉悬着的心终于放下，便在自家宅院内，优哉游哉地过日子。偶尔心血来潮了，便又去假扮观沧海的侍女，去参观本朝太后冯亭的求学现场，这可是在别处想看都看不到的。

对于冯亭，楚玉并无多少怨怼之情，毕竟冯亭除了让人打晕她，并未对她造成实质的伤害。再加上是她窥视冯亭身份在前，如此一想，也算扯平，反正事情已经过去，再记恨也是无济于事。

跟着又旁听了好些天，楚玉开始逐渐能听懂两人花花草草的暗语。但她无心于此，常常是听了几句便自顾自地神游天外。相比之下，冯亭的专注让楚玉自叹弗如。她向观沧海请教时，那种肃穆认真的神色，让她的眉宇之间仿佛笼罩了一层动人的光辉。

冯亭虽然人在洛阳，但并不担心北魏首都平城那边会生变故，因为她在先帝葬礼上往火中的一跳，极大程度地巩固了她与现任小皇帝的地位，获得了朝野上下的支持。楚玉现在明白了，冯亭那一场火蝴蝶的大戏不过是为了给自己增加政治筹码。可即便是做戏，一个地位尊贵、年轻美貌的女子，敢豁出去一切，跳入烈火之中，这本身就需要莫大的勇气、果决和刚强。

楚玉自问并无这样的胆略。

除了冯亭这边水落石出，结合多方面收集来的消息，楚玉也弄明白了寂然那边的前因后果。寂然与王意之在击退了容止部下的又一次追杀后，藏身在北魏首都平城的一间佛寺之中。正巧遇上了前来礼佛的冯亭，彼时冯亭已经是太后，她替寂然解决了被追杀的后患，并且让寂然在佛寺中好生养伤。

这么一养便养出了问题，一个太后、一个和尚之间竟然生出了一些若有若无的暧昧。虽然并未真的发生什么，可也足够让寂然羞惭欲死，因而伤势才愈，寂然便请求离开平城。冯亭自知在当前情形下，两人的身份绝无可能，她是个刚强不输男子的人，更不会为了一点点情意失去理智要死要活，便让寂然来了洛阳，在白马寺中担任重要职位。

之后，冯亭因为要请教观沧海前来洛阳，请不动观沧海，便在此停留向他求教，想起寂然，又去白马寺拜访了一次，那是第一次也是最后一次，便恰好被楚玉给瞧见了。这其中并无阴谋，也无诡计，只是一场无端生出却断然中止的风月情怀。

终于得出结论后，楚玉有些唏嘘，又有些觉得不可思议：当时王意之应该是与寂然一道的。冯亭遇见寂然的同时，应该也遇见了王意之，怎么竟然会有人在看见王意之的前提下，反而看上了一个和尚呢？最后她只能归结为：人的审美真是多种多样。

不知不觉间，楚玉和观沧海越走越近，原本只是偶尔去参观太后求学记，到了后来，楚玉每天往隔壁跑的时间比在自家宅院里待的时间还要长。因为观沧海这个人实在太对她胃口了，除了眼睛看不见，他身上几乎没有什么可以挑剔的缺陷。

相比起容止，观沧海的爱好更加平民化一些。他喜欢钓鱼，有时候钓来一大筐鱼，兴致一起，便翻着花样做来给楚玉和桓远等人吃。他有一双灵活的手，这双手可以充满力量，与阿蛮平分秋色，也可以轻柔地穿梭在草叶之间，编出精巧的花环，随后精准无误地丢到楚玉脑袋上。当然，更多的时候，他是往花错脑袋上丢。

不知不觉间，观沧海进入了楚玉等人的世界，两家之间的墙形同虚设，最后索性打通，建了一道门。他一边跟花错、阿蛮与流桑三人同时过招不落败，一边还能跟桓远谈古论今，空闲时还不忘跟楚玉商量明儿去哪里玩。

他的眼睛虽然看不到色彩，可他的心比明眼人更斑斓。春天，他坐在林中听鸟鸣；夏日，躺在池边闻荷香；秋天正是好季节，他领着楚玉把水产吃了个遍；冬天，他拉着楚玉一起蹲在屋檐下听雪落。那簌簌的声响，在夜晚静静听来，竟然是那么优美。

两人全身上下都裹着皮毛，远看蹲着的两人，好像两个并排放着的一大一小的毛茸茸的毛球，紧紧相挨在一起。

楚玉一边听一边抱怨道：“为什么我要做这种事啊？大冷天的晚上，我应该在屋里睡觉才对。”可抱怨的时候，她还是禁不住聚精会神地去倾听。从前从来没有想过，有一天她竟然会无聊到专程听这样不起眼的声响，并且还乐在其中。

观沧海笑眯眯地道：“自然是陪我了。我这人毛病不少，好玩又惫懒，多谢楚玉你啦。”

白他一眼，楚玉用一种恍然大悟的语气道：“对哦，你这么一说，我才发现你有这么多毛病，我居然一直容忍下来了，真是心胸宽广。”

观沧海依旧笑眯眯地道：“那么心胸宽广如你，便一直陪着我吧。”

“陪你有什么好处？你养我啊？”

“这个倒也不难。”

现在他几乎就是在养着她了，她的每顿饭，都是在他家蹭着吃的。当然，这只是说笑，之后哈哈一笑，两人谁也没当真，至少楚玉是完全没当真。

春暮夏至，过秋入冬，再到第二年的春，这些时日过来，楚玉几乎没有再想起过容止。那些过去的影响，在脑海中渐渐淡去，偶尔闪现的一些浮光掠影，甚至连波澜都不曾吹起。

时间足够去爱，也足够去……忘记爱。

第一百一十七章　春风知我意

又是一年春来早。

经历了秋霜冬雪，楚园再度布满生机盎然的绿意。楚玉在北魏已经度过了一年有余的安宁时光。

春风绿了楚园，也连带绿了观沧海的宅院。在观沧海家后院的角落里，有一个十多米宽的池塘，楚玉坐在池塘边，用小勺舀起饲料往池塘里撒。她最近对养鱼有了些兴趣，正好观沧海家里有池塘，便弄了几十条活鱼进来，有红的、白的、灰的，形状也不一致，也不管是什么品种，混在一起放养。

楚玉每天变着法儿弄饲料，有时候是吃剩的米饭和菜，有时候是特地炒的小米，有时候甚至干脆丢下去一块骨头，有时候忘记了就没喂。养了这么多天，这些鱼还没被她弄死，不得不说是一个奇迹。

今天的这一碗饲料是用煮熟的米粒混合了麦麸粉末做成的，还掺了一点儿调味料。撒一勺下去，饿了好些天的鱼儿便争相游过来，几乎要撞在一起，接着又追逐着水中往下沉的米粒不住地吞食。

观沧海坐在楚玉身旁听着声响，手微微动了动，几粒石子便直直射出去，正敲在抢食抢得最凶的几条鱼的脑袋上。

他用力恰到好处，足够让鱼吃痛受惊，却又不会让它们真正伤着。那几条鱼惊慌地退开少许，其余的鱼随即补上空位。

两人一人喂一人玩，边喂边玩，虽然不说话，心里却仿佛有相通的默契和乐趣。观沧海手头一把石子射得差不多的时候，楚玉的小半碗饲料也差不多见了底。这时候他们身后传来蹦跳的脚步声，楚玉心中一叹，接着脖子被一双手臂搂住。

流桑撒娇地蹭着她的肩膀：“楚玉，楚玉，我们去游春，好不好？”最近几个月，流桑开始不叫她哥哥姐姐或公主了，而是学起了桓远，直呼她的名字。楚玉给扳了几次，没扳回来，便只好由着他去。

这个时候的流桑，虽然脸蛋还是白里透红一样水嫩，眼睛还是圆圆大大的，但身量比起一年前来到洛阳时却高出不少，眼看着长了六七寸，如今已经到了楚玉齐眉处，也不知道是因为洛阳的水特别养小孩，还是流桑正好到了发育期。

轻轻从脖子上扯下流桑的手臂，楚玉转过身时已换上一张笑脸：“你自己也可以去玩儿啊。去找阿蛮还有桓哥哥他们陪你吧。”顿了顿，她微笑道，“我今天身子有些乏力，不怎么想外出呢。”

流桑扁了扁嘴，闷闷不乐地哦了一声。他偷偷地看了一眼坐在楚玉身旁的观沧海，自从这个人出现后，就大把大把地霸占了楚玉的时间，可是他竟然完全不敢对这人有任何抱怨不满，不知道为什么，看到观沧海，他就会不由自主地服从。

等了一会儿，确定楚玉没有答应的意思，流桑只有垂着头慢慢地从来路回去。待到他走远了，楚玉随即听见身旁传来轻笑：“我怎么不知道你今日身困体乏？”

楚玉瞥了一眼观沧海，无奈地道：“自然是推托的话，你就不要跟我较真儿了。”

观沧海笑道：“可是有什么烦恼？说来与我听听。”

楚玉轻叹一声，道：“前几日我跟流桑他们出去游春，遇见一户人家也在游玩，他家有个与流桑差不多大的孩子，两个人玩作一处。那家人便随口问我流桑可曾娶亲，又说起他家孩子将来要谋出路。”

这本是随意寒暄，可是却问到了楚玉一直忽略的问题：当初她初见流桑的时候，他还是可以称作小孩子的，可是两年下来，他的身高直往上蹿，声音也不似从前脆嫩，微微低哑了一些，已经到了可以归入少年的年岁。

现在她在洛阳，就是在做一只混吃等死的米虫，带着一群人一起混吃等死，反正他们逃出南朝时携带了足够的财物，如今她也没有特定目标，混上几十年都不成问题。

可这样是不对的。

楚玉郁郁地道：“这是不对的，从前公……从前我太娇惯流桑了，导致他现在对我太过依赖。但他的人生不该只有我这一块，他今后要娶妻的，最好也要自己做出一点成就，才不辜负大好人生。”流桑的生命轨迹和重心，已经被山阴公主彻底带歪，她不知该如何再将其带回正轨。

桓远是个知道自己要什么的成年人，有自己的主见，不需要她担心；阿蛮身份特殊，留在她身边是最好的选择；可流桑不同，他本来应该有一个正常美好的人生，而不是只围绕着她打转。

可她不知道怎样才能说服流桑走出这个圈子，她曾尝试着跟流桑透露一点自己的意愿，却立即遭到了他的强烈反对，被质问是不是嫌他麻烦不想要他了。而在那之后，流桑仿佛觉察出了些什么，变得更爱黏着她。

楚玉皱着眉说完后，抬眼瞧向观沧海，却见他嘴角挂着诡异的笑容，忍不住微微恼怒道："你笑什么？见我发愁你很开心吗？"

观沧海又笑了笑，才不紧不慢地道："我确实不明白，为什么你总是在烦恼些奇怪的事。"那本是别人的人生，她不需要那么担忧不是吗？为什么她竟然会当成一件重要的事情来认真地苦恼呢？

楚玉撇撇嘴："你可以认为我是太闲着了，不过我一定要想出解决的办法来。流桑是我的家人，我怎么能不为他打算呢？"倘若是不相干的人，她才懒得这么费神。

观沧海闻言，虽然还是笑着，却沉默着不再说话，一直到楚玉拍拍手走了，他才低声道："家人？"

虽然在观沧海面前信口开河地说一定要想出法子，可接下来几天，楚玉还是毫无进展，倘若说几句狠话，固然可以激走流桑，就好像对萧别那样，可萧别与流桑是不一样的，纵然同是山阴公主遗留下来的问题，萧别对楚玉来说是外人。而这两年来，楚玉早已经将流桑当成了自家弟弟。

她想要在不伤害他的前提下达成自己的目的，只不过这个目的看起来依然十分遥远，因为现在流桑正缠着她一块儿出去，并且数着日子告诉她，她已经有整整半个月没有陪他了。

楚玉被他扯着衣袖缠磨得没法子，正要让步，却见流桑忽然停下动作，偏头倾听着什么。过了片刻，他的面色一连数变，又是惊讶又是怀念，还隐约有些不敢置信。过了片刻，他松开楚玉，拔腿飞快地朝外跑去。

楚玉心中疑惑，担心流桑会出事，便叫上阿蛮，一道追至门口，只见流桑已经打开大门，站在门边定定地望着外面。

门外不算宽阔的青石板道路上，停着一顶轿子，一个人影斜靠在轿边，坐在轿杆上，悠悠地唱着歌。她唱的是一支儿歌，一口吴侬软语的江南小调，温温软软地顺着春风送了过来。那曾经令无数男子神魂颠倒、酥麻入骨的声音，如今却充满了诚挚与温情。声音的主人一边歌唱，一边专注地凝视着流桑，好像看着失去许久的珍宝。

曾经艳光四射的绝世容颜，此时卸去了昔日的铅华，素净而柔婉，如一枝亭亭玉立的荷花，楚玉从不曾见过钟年年这样一番面貌。

钟年年慢慢地唱着歌，唱了一遍又一遍。而流桑也静静地听着，待钟年年停下来时，他已是泪流满面。

楚玉站在一旁冷眼瞧着，心中已明白了几分。

流桑胡乱地用袖子抹去脸上的泪水，有些抽噎着开口问道：“这曲子你是从哪里学来的？”

钟年年温柔地望着流桑，目中亦有晶莹闪动。她低了低头，柔声道：“这曲子不是我学的，是我自己想出来的……许久不见了，阿桑……你还……记不记得姐姐？”话未说完，她的泪水自白玉般光洁的脸颊上滑落，楚楚动人，更添风姿，“昔日我们家中途败落，我为了还债跟人走了，你则被送到一户姓百里的人家寄养。算起来，你我姐弟已经有九年不曾见面，你不记得也是理所应当。”

流桑怔怔地看着眼前美貌绝伦的女子，已经淡去很久的影像又浮现出来。记忆中的美貌少女与眼前的绝色女子重叠起来，竟是有七八分相似，只是少了如今的风情。他慢慢地张口，低哑道：“姐姐……”这一声终于唤出口来，却让他更加确定。

接下来，一场认亲大戏便在楚园门前隆重上演。流桑飞扑过去抱住钟年年大哭，而钟年年笑中带泪，不住地抚摸他的背脊，反复道：“流桑，你长大了。”

这一番热闹惊动了桓远，他走出来时，正瞧见流桑、钟年年姐弟相认。

按说钟年年算是与他有过节儿的，不过时过境迁，眼下再计较也是无用，更何况她是流桑的姐姐，索性就当忘了。不过令他奇怪的，却是楚玉的表情。

楚玉饶有兴味地看着姐弟相认，见桓远来了，连忙拉他过来品评：“你看钟年年哭得多漂亮。”她前世看娱乐新闻，说苦情言情片选女主角，都是要选那种能哭会哭的，还要哭得好看，眼睛一眨，两行清泪便顺着脸颊流下来，按这个标准来说，钟年年的哭相显然可以打满分。

跟流桑抱着哭了一会儿，钟年年擦干眼泪，抬眼望向楚玉，这时候开始说正事了，她目光盈盈，语带哀求道：“公主殿下，昔日我受命容公子，得罪之处还请多多原谅。”

流桑愕然地抬起头来，也似乎想起了什么。他一直被养在公主府中，关于钟年年此人的身份以及她给楚玉带来的麻烦，也曾听过只言片语，只不过方才姐弟重聚，他心情激动，一时没想起这茬儿。

流桑害怕楚玉因这件事迁怒或讨厌他，下意识松开手，可又有些不舍，便朝楚玉投来恳求的目光。

楚玉笑了笑：“过去的事我懒得追究。钟年年，我知道你是了不起的女子，也不必在我面前装作这么一副可怜的模样。直说吧，你今日前来，有什么目的？”得知钟年年是容止的部下，楚玉略一吃惊便恢复了常态，有了这一条前提，过去的事情也算是能说通了，为什么钟年年当初死活赖上她，原来是为了接触容止。

钟年年仿佛受惊一般低下头。倘若不是曾见过她长袖善舞的模样，又吃过她一点亏，楚玉恐怕真会觉得她楚楚可怜。但现在楚玉只感到好笑，只听钟年年说道：“如今我已是自由之身，想要补偿这些年来与流桑分别的亏欠，还望公主能允准我带着流桑离开。”

果然是这样。

楚玉还没有什么反应，那边流桑却叫起来：“我不要！”他不满地道，“我不要离开楚玉。”

料不到流桑会如此干脆直接地拒绝。

钟年年闻之，神情带着微微的受伤，她柔柔地朝楚玉看了一眼，轻启朱唇道：“公主意下如何？”

楚玉盯着她笑道：“你要是能劝得流桑自己跟你走，我自然不反对。”虽然钟年年出现得太过突然，但楚玉细细想来，她的身份约莫不会是假的，倘若她真有什么不好的图谋，只需要趁着流桑单独外出之时派人将其强掳带走，以她的本事，做到这一点不难，但她既然亲自来见她，恳求她，便也说明了她的诚意。

但，就算钟年年真的是流桑的姐姐，想要带走流桑，也得流桑自己愿意。

她虽然希望流桑能离开她，不要局限于这么一小片天地，可是并不希望强行扭曲他的意志。假如流桑不愿意，那也只有对不住这位亲姐姐了。说这话的时候，楚玉已经做好送客的准备，接下来她也许还会为流桑的去处烦心，可是她并不愿意有一丝一毫勉强流桑。

这时候，钟年年做了一个让在场众人都吃惊的动作。她弯曲双膝，也不顾地上的灰尘，就跪在楚玉面前。这个时候，她眼中不再是伪装的柔弱，而是一片坦荡的清澈：“多谢公主成全。”

见她如此，楚玉微微怔忡，旋即苦笑道：“流桑还没答应呢，你谢得未免太早了些。”先前她只道钟年年一番做作好生有趣，此刻却能感受到她一片诚心：她早已不是公主，钟年年根本无须对她如此恭敬，如此小心，只怕多半是看在流桑的面上。

流桑看着钟年年，心中有些不安，他刚刚才喊出不走便有些后悔，却不是为了不走，而是怕伤了多年不见的姐姐的心。想了想，他拉拉钟年年的衣袖，低声道：“姐姐，我不愿与公主分开，反正这里很大，你跟我们一起住下，可好？”若是钟年年住在楚园之中，这样他既不用离开楚玉，又能够跟姐姐团聚，实在是两全其美，再好不过。

流桑想得倒是很好，可惜两方面都不太愿意。楚玉盯着钟年年的嘴唇，生怕她吐出来一个“好”字，先不说钟年年跟容止的关系，她可不愿意这么个招人眼球的万人迷住在她家里，万一招惹来狂蜂浪蝶怎么办？

钟年年的眼中也带着几分犹豫，却没有直接回答，只站起来，转过头，附在流桑耳边说了一些话。她说话的时候，流桑的面色随之变化，并且频频看向楚玉，显然那话的内容是与她有关的。楚玉心里好奇，却不便这么凑过去跟着听。

待钟年年说完了，直起腰离开流桑耳旁，流桑依然呆呆地站着，过了好一会儿，他才下定决心地道："好的，姐姐，我跟你走！"

楚玉愕然：钟年年究竟说了什么，这么快便让流桑改了主意？

楚玉反复地问了流桑几遍，问他是不是心甘情愿跟着钟年年离开，得到的回复都是他没有受到强迫。她仔细观察他的神情，发现他只红着脸，不像是被威胁强迫的模样，虽然不解，但也只好由着他去。

目送流桑与钟年年一同坐入轿子里，轿夫抬着他们远去，楚玉心中挥之不去的是满满的怅然。虽然她心里很想流桑离开，可是当他真的离开时，她却忽然舍不得起来。

第一百一十八章　对影成双人

楚玉怅然地收回目光，看着身旁的桓远和阿蛮，强笑道："今后就剩下你们陪我了。"虽然家里还另外住着一个花错，可是那家伙每日只顾着疯了似的练剑，完全将她这里当旅馆，还时不时去找观沧海过招，因为观沧海从不对他下重手，却能指导他剑术上的偏差。

也不知道花错发的什么疯，在知道了冯太后、观沧海和容止三人的关系以及他们在此的原委后，竟然依旧死活认定容止便在这洛阳城内，坚定地守在这里不挪窝。

不过花错平素只在院子里活动，并不怎么外出惹事，楚玉存着多养个保镖的心思，也便放任他在楚园住下。

桓远看着楚玉失落的神情，心中有一股冲动想要抚平她眉间所有的担忧，但是还未有所行动，他的内心便陡然警醒，理性地克制住了不该有的动作。他垂下眼眸，低声道："我们回去吧。"楚玉点了点头，率先往内走，桓远迟了片刻才跟上，两人之间，保持着一个不远不近的距离，从过去到现在，默默地默默地，始终是这样不远不近的距离。

既不会太生疏，也不会太暧昧。

如此便恰到好处，退一步是不舍，进一步却是危险。

钟年年与流桑坐在轿子里，姐弟俩细细地说着这些年来分别后的经历，多半是流桑说，钟年年听，不时地柔声附和两句。

说了不少，流桑忽然想起一事，问道："对了，姐姐，你怎的知道我与楚玉住在这里？"他们逃出南朝时还是颇花了一番工夫的，方才见着钟年年心情激动，忽略了不少事，现在想来，却很是奇怪。

钟年年被问得一怔，眼波流转，便绽出笑意道："我昔日交游广阔，想要寻什么人，实在是再容易不过，更何况你是我唯一的亲人，我自然时时令人留意你的去向，莫说你是从南朝来了北朝，便是去了那荒蛮之地，我也一样会找着你。"

她说得情真意切，毫不费力地便让流桑放下疑虑，抱着她道："姐姐你真好。"

流桑偎依在钟年年身旁，感受着轿子微微摇晃，又忍不住忧虑地问道："姐姐，你方才说我这么一味的没出息，楚玉永远会当我是小孩子。倘若我将来有出息了回来，她真的会对我另眼相看？"

方才钟年年附在他耳边，并未如何劝说，只问："你自以为，你比起容止如何？比起桓远如何？甚至比起墨香之流如何？你是愿意一辈子在她身后做个孩子，偶尔被她摸摸脑袋便当作安抚，还是愿意她正眼看你？"

她说的几个人，正好都曾经是楚玉身边的人，并且都有流桑及不上的地方，最后的一句话正说中了流桑的心事：他眼看着楚玉跟观沧海越走越近，他却只能用小孩子的手段撒娇耍赖，除此之外再想不出别的法子，他心中不是不难过的。

所以，他要改变。即便是多么不舍得，他也要暂时离开楚玉，今后回来时，他将会是一个不一样的百里流桑……不，现在他应该改回本姓了，叫钟流桑。

钟年年正想顺口敷衍他一定可以的，可是瞧见他晶亮的眼神和期待的目光，心中霍然领悟他是认真的，目光不由自主地软了下去。她停顿一会儿，才道："我不能将话说死，纵然你真能有所成就，她也未必会重视于你，可是我能直言，倘若你就只这么跟在她身边，你永远只是她眼中的小孩子。"

流桑忧心忡忡地点了点头，他今日大哭了一场，方才说话又有些疲累，到现在有些支持不住了。他合上眼，靠在钟年年肩头，很快便沉沉睡去。钟年年眼中流露出温柔的光芒，她抬起手，将流桑的身体小心揽入怀中，就这样静静地抱着他。

轿子一直抬出洛阳城外，在一辆马车前放下来。钟年年轻轻地放开流桑，走出轿外，在马车前行了一礼，道："谨遵使命，已经将流桑带出来。"

车内的人没有说话，这沉默让钟年年的额头不知不觉地沁出汗来，她忐忑不安地等着下一步指示。

钟年年虽是流桑的姐姐不假，可她本不想这么快便来接流桑的。一来姐弟分别了这么些年，她心里竟是有些怕两人生疏，二来则是因为她为人效命的时日未满。只不过前些日子她却忽得传讯，言道提前放她自由，却要让她再做一件事，乃是一并将流桑带走，且教了她哄流桑自愿离开的法子，如若办得晚了，便等着收流桑的尸体。她骇得无以复加，只好乖乖照做，虽然不晓得流桑哪里碍着了上头那位的眼，但尽快将他带离是非之地总是没错。

终于，车内发出了一声轻轻的磕击声，接着车旁候立着的随从便给她送上早已准备好的行李与文书。钟年年略微翻看了一下，看到其中有一份地契，便放下心来，朝车内再行一礼，复又返回自己的轿内。

凝视着伏在座上熟睡的流桑，钟年年眼里现出温柔之色。她捋了一下流桑额前的发丝，接着缓缓在轿内所剩不多的空位坐下，虽然前途未卜，可是她从未有一刻如此刻一般充满了希望。

流桑走了数日，虽然生活依旧照常，可楚玉总觉得身边仿佛少了些什么，长时间没有人黏过来缠着她，反而让她无端地生出一股失落感。失落归失落，但楚玉并不后悔，也没有因此萌生出将流桑找回来的想法，只不过叹息声多了些，平白让观沧海的耳朵受折磨。

"我说……"当楚玉又一次叹息出声后，观沧海终于忍不住开口道，"前些天你还在烦恼如何打发那小鬼，如今可算是天遂人愿，你还有什么不满的？"她这么一声声的叹息，不是故意折磨他的耳朵吗？明知道他是以耳代目的。

楚玉瞥了他一眼，不但没收敛，反而变本加厉地用力叹息一声，才开口道："我只是一时有些不惯罢了，你就忍耐几天吧。"顿了一下，她犹疑地问，"你说我是不是日子过得太无聊了？要不要干点什么，比如开个店什么的？"

观沧海毫不客气地冷笑道："你？你还是好好做你米虫这份很有前途的职业吧。"这话中的一些名词，他前些天才听楚玉说过，转眼便恰到好处地反用在了楚玉身上。

"喂，喂，不用这么打击我吧。"

"我这人惯来实话实说。"

"信不信我咬你？"

"你有本事就来咬啊。"

…………

两人你一言我一语，话题一如既往地歪到了不知道什么地方。到了最后，楚玉自己也忘了方才要说什么，但这一番下来，她心中的郁结却是舒展不少，最后竟畅快地笑出声来。

闲扯半日，送走楚玉，观沧海慢慢地往回走，他居住的屋子很大很宽敞，有好几个相连的房间，平素除了侍从来打扫整理，并无外人出入。

但是观沧海进屋关门后，屋内却有两个人影。

其中一个人影道："你还打算留多久？"

另一个人影却不说话。

桓远与楚玉相对坐在酒肆中，两人之间的桌案上摆放着一只酒壶与两只酒杯，楚玉低头给桓远斟了一杯酒，一边慢慢地啜饮，一边散漫地谈笑。他们是出来买东西的，本来这些事可以交给侍从去做，但桓远想买一些书，加上楚玉又想逛街散散心，便一道出来了。买了书后，二人便在道旁的酒肆里休息。

桓远听着其他酒客的闲聊，估算着当下的情势。

通过楚玉，他略为知晓了冯太后、观沧海及容止三人的关系。冯亭在去年便已返回北魏都城平城，一力周旋与联合朝内的亲王大臣，诛杀了攫取权位意图谋反的丞相乙浑，并彻底地帮助她自己和现任皇帝拓跋弘稳固了地位。

解决了外忧，这对曾经面临相同困境而站在同一战线上的母子便立即开始了针锋相对的斗争。两人争夺的焦点在于权力。皇帝拓跋弘年纪虽小，却性格刚强，极有抱负；而冯太后亦是果决坚毅不肯放权，两人一个皇帝，一个辅政太后，一个是名正言顺的帝位继承人，一个以皇帝年纪尚小为由，继续临朝称制。

思及此，桓远忍不住冷笑一声：古往今来，皇室之中，几乎没有真正的亲情。远的且不说，就说近的，刘子业在他父亲死后，不但没有悲色，反而因为继承帝位而面现微笑。更何况，冯太后与北魏这位皇帝，并不是真正的母子。

在北魏的皇室中，有这么一条与众不同的规矩，那便是子贵母死。倘若哪位妃子生下的皇子被封为太子，便要处死那名妃子，将太子交由别人抚养。冯太后与拓跋弘之间没有血缘关系，少了这么一层缓冲，两人夺起权来，便越发尖锐与无所顾忌了。

思及此，桓远不由得低语出声：“好一对母子。”

他声音虽低，但楚玉却刚好能听清楚了，知道他在想什么：她从前在网上看宫斗小说，后宫中妃子的斗争多半都在于要自己努力生下皇子，被封为太子，并拼命阻止别的妃子生育，但是倘若到了北魏皇宫的后宫，只怕要千方百计地避孕，就算怀上了，也要想方设法主动流产了。

在脑海中想象出这么一幅荒诞的画面，楚玉禁不住一笑，这时却听到酒肆里南来北往的行商谈论北魏都城平城的见闻，却是拓跋弘将出生不久的孩子封为太子，交由冯太后抚养。

楚玉听闻，禁不住吐了吐舌头，觉得这小皇帝够了得的，今年才十四岁，却已为人父，而冯太后更是不容易，二十多岁的年纪，却当了祖母。楚玉心中无所挂碍，所想之处亦是十分轻松，不经意间却瞥见桓远神情惊诧。

楚玉不解地道：“怎么了？”北魏皇家的事，他们当八卦听听也就罢了，桓远为何一脸凝重？

桓远想了想，压低声音道：“你难道不觉得奇怪吗？”想想在酒肆内说这话还是不安全，他结账与楚玉走出来。两人坐回马车上，他才接着道："冯太后身后有什么人，楚玉你心中也大略有数吧？"

楚玉一怔，微微点了点头。冯太后身后的人，除了观沧海，还有容止，这一点，她从上次观沧海与冯太后的对话中不难猜到。观沧海仅仅是教导冯太后一些为政的策略，并不直接参与政治，但以冯太后与容止的关系，就算他正在寻找天如镜，也应该会时不时帮助冯太后谋划夺取政权，这几乎是毋庸置疑的。

心中想着来龙去脉，楚玉猛地一惊，顿时明白了桓远的意思。

楚玉、桓远两人在得知这对名义上的母子之间的矛盾后，都下意识地认为，最终的胜利者一定会是冯太后，因为她背后有容止，可眼下又是什么情形呢？

冯太后负责抚养太子，这虽然只是一个征兆，却显出了她被迫退居二线的苗头，将君主的权力交还给皇帝，也许尚未交全，却说明她在斗争之中确实是落了下风。

楚玉皱眉道："这究竟是怎么一回事？"

桓远摇头苦笑道："我们身在洛阳，距离平城有两千里之遥，其间的关节，又岂是我们能知晓的？"不论皇城之中如何风起云涌瞬息变幻，远离争斗中心的他们，也只能从少许的信息之中推断也许是过时的消息。

楚玉想了想，笑道："不管怎么样，他们爱怎么斗就怎么斗吧，跟我们无关便好。时候不早了，我们快些回去吧。"

她神情轻快明朗，不带半丝阴霾。桓远细细观察着她，方才虽然提到容止的名字，却仿佛对她没有半点儿影响，仿佛那真的只是一个寻常认识的人，与她没有半点儿特殊关系。

其实北魏的政权之中不管如何争斗，对于桓远而言，都不过只是一场无关己身的闹剧，刻意了解这些，只不过是为了避免祸及己身，方便提前趋利避害，而方才有意无意地提醒楚玉容止在其中的位置，则是出于一股他自己也无法理解的冲动。

容止所属的一方落败，可是楚玉却没有流露出半点儿忧虑之色，这让他心中有些隐约的欢喜。那种欢喜根本压抑不住，就仿佛泉水一般，不断地涌上心尖。

桓远不断地告诫自己，他仅仅是不想楚玉陷于过往，无法自拔，见她完全放下，情不自禁地为她欢喜。可是这个理由是那么薄弱，连他自己都无法信服。距离那个真正的答案只有一层薄膜，可他始终不愿意伸手捅破，仿佛一旦越过那个界限，便会有什么崩毁溃败，不可收拾。

桓远心中的波动没有半点呈现在脸上，他依旧是一脸沉静如水的神情。楚玉在车中坐着无趣，便凑近小窗朝车外望去，正碰上一阵风吹来，浅浅的香风将她包围，却不知是哪家的花在这春日里开得繁盛。

春光一片明媚，楚玉心中明快，方才得桓远提醒，得知容止那边也许有变故，她却并不担忧。并不是因为她对容止已经漠不关心，而是她觉得这点小风浪应该难不倒容止，他不会出什么事的。

假如容止真垮了，她一定会给面子多一点反应的，而不是像现在这样不怎么挂心。

大概……会吧。

楚玉不怎么确定地想。

还是观沧海的居室内，依然有两个人影。

其中一个声音隐带笑意：“平城局势有变，你不回去？你若是再不动作，只怕真的会失去先机。”

另一个声音却始终不曾响起，依旧只是沉默。

第一百一十九章　一手遮洛阳

楚玉的马车是在楚园挨着的巷口停下来的，因为前方传来一些喧哗声。楚玉和桓远走下车来，却见几个人影正站在楚园门外。两人对视一眼，心中疑惑，便慢慢地走过去，看究竟发生了什么事。

走得近了，他们瞧清楚了具体的情形，只见楚园的门开着，而门口的两拨人正在对峙。

其中一方站在门内，是阿蛮和家中的侍从。阿蛮双手大张，正正地拦在门口，而门外则站立着一个身穿官服的中年男子，以及几名随从。被阻拦在外的官员已经气得脸发红，正怒骂阿蛮："你这蠢笨的昆仑奴，有什么资格替你家主人做主？还不快些让开！"

阿蛮站在门口，眼睛微微发红，显然是那"蠢笨"二字正好刺中了他心中的难过之处。跟着楚玉学认字以来，他知道得越多，便越知道自己的无能。虽然有一身可怕的力气，可是除了能听命挖挖洞，楚玉遇到麻烦时，他什么主意都想不出来。

因为这，本来就不多话的阿蛮越来越沉默，越来越不起眼，几乎恨不得将自己缩在自卑的角落里，平常别人叫他做什么他都去做，就连流桑都能支使他。但面对这些想要硬闯楚园的外来人，他却倔强地抿起嘴唇，难得地表现出了一步不让的强硬。

楚玉走近，瞧见这一情形，却没有招呼阿蛮，更没有出声打扰，反而拉着桓远后退几步，站在一处阿蛮瞧不见的转角处，静静地看了一会儿。她忽然偏头低声问桓远："你说，我是不是一个非常糟糕的人？"

桓远讶然道："何出此言？"

楚玉转回视线，依旧盯着阿蛮，淡淡地道："我自以为对你们每个人都很好，其实不过是我自以为是罢了，阿蛮在这里过得并不快活，我做什么都不带上他，不需要他的时候便将他撂在一边，因为我下意识里觉得他头脑简单，不是可以顺畅交流的对象，可是这样想着的我，岂不是更加自私自利，卑鄙可恶？”

桓远微怔，却听楚玉继续道：“我与你出门，却将他一个人丢在家里，这种软性的伤害比直接的辱骂更可怕，我将他带在身边，却又让他孤独一个人，以前流桑在的时候还好，可是现在流桑走了，他便彻底地孤单起来。”

阿蛮在难过，自卑，是的，可是这何尝不是她造成的？她无意中的冷落给了他这么一个印象，让他觉得自己是很没用的人，当初那个在山阴水边明澈纯净、宛如野生动物一般充满活力的少年去哪里了？

他的眼睛依旧如琥珀一般剔透，可却蒙上了一层忧伤，那种充满野性的天然生机仿佛被消磨殆尽。她把他带回来，除了给他吃的，还给了他什么呢？

当初的阿蛮也许比现在还要笨，却比现在快活许多。

楚玉静静地望着阿蛮，桓远则静静地看着楚玉，目光化作他自己瞧不见的柔和，他忽然觉得移不开目光，仿佛不论什么都不能转移他看着这女子的心愿。在他看来，楚玉完全没必要考虑阿蛮的心情，那不过是府上养着的一个下人，但是她这样认真自责的模样，不知为何却有一种别样的动人之处。

阿蛮拦在门口，只要那官员敢叫人过来，便轻轻一推给推出去。他力量奇大，几个随从都被推得踉跄后退，他自己则纹丝不动。他心里没有别的，只想着绝不能让这些人进门，一直守着等到楚玉回来。这时，听见上空传来冰冷的人声：“你为什么不索性关上门呢？”关上门，把不想见的人挡在门外便好。

阿蛮一愣，抬头望一眼坐在侧面墙头的花错，随即下意识地道：“我忘了。”想了想，他摇摇头道，“不关门，万一他们砸门怎么办？”要是门被砸坏了，还得让楚玉重新花钱修理，倒不如他自己辛苦一些，守在这里。

花错紧绷着的脸难得地被逗笑了一次，他眼风朝楚玉藏身的地方一飞，对那官员道：“楚园的主人回来了，你若是找她有事，便可对她说明白来意。”

顺着花错的视线，那官员便瞧见了楚玉与桓远，连忙气急败坏地道：“你回来得正好，你们家的家奴怎的如此无礼？”

既然被花错叫破行藏，楚玉只好牵着桓远站出来，走近那官员，笑道：“那不是我的家奴，是我的家人，我若是不在，他便可代我做主，请阁下莫要弄错了。”

走到门前，她冲阿蛮笑了笑，才又一次转向那官员道：“本人便是户主，请问阁下来意为何？”

官员先是被楚玉满不在乎的说辞给惊了一下，好一会儿才想起此行的目的，他呼吸几下，平复怒火，不久神情转为平和，道："请问阁下是否名作桓远？"

楚玉朝桓远偏了偏头："找你的。"说着她后退半步，让桓远上前去交涉，自己则在一旁拉起阿蛮，小声地鼓励，"干得好，不过下回不要一个人挡在门口，万一发生什么危险怎么办？我教你啊，你看，墙头上那个穿红衣服的是我们家的食客，便是利用他的时候，要压榨干他的全部剩余价值，有什么事吩咐他来做就好。"

什么乱七八糟的！

楚玉的声量虽小，但花错却还是能听到的，他的脸黑了下去。不过想想，他确实是白吃白喝的食客，也没办法在这方面反驳什么，只好跳下墙去，心想下回再不理睬门前闲事。

随口刺走了花错，楚玉才专心观看桓远那边的情形，可听着他与那官员的对话，她却不由自主地渐渐睁大眼睛：原来那官员竟然是北魏皇帝拓跋弘派来的，说什么听说桓远才学不凡，前来请他入朝为官。

先不说拓跋弘的手居然伸那么长，从北面千里之外的平城伸到了洛阳，她单只好奇，那拓跋弘是怎么知道桓远的存在的，甚至还要请他做官？

倒不是说不该有人知道桓远的所在，只不过楚玉一直以为，知道他们所在的，应该是容止所属的一方。就好像上回被钟年年找上，她并不怎么奇怪，但为什么是以皇帝的名义，而不是太后呢？

那官员说明了来意，还没等他提出官阶、年薪、休假等招揽条件，桓远便毫不迟疑地拒绝道："请恕在下不能从命，阁下还是请回吧。"

楚玉正好奇地等着听拓跋弘打算为了招揽桓远付出什么代价，却不料桓远想也不想，便拒绝了，忍不住有些惊讶。而那官员更是愕然，想不到桓远一介平民，竟然连皇帝的旨意也敢违抗。不过一回想刚才阿蛮和楚玉的态度，他便大约明白了：这宅院里住着一群刁民。

官员迟疑一下，心道自己此番前来带着的随从太少，倘若一味纠缠，只怕不能讨好，光是那昆仑奴便够他们受的，还是暂时离去，待向本地官府借调些兵力，再回头来找刁民算账。他存着这门心思，便不多停留，甚至没再劝说桓远，只是冷笑一声，带人离去。

桓远沉着脸，与楚玉进了家门。关上门没走几步，楚玉便迫不及待地问道："你不想出仕吗？"虽然桓远一直没有表示对米虫生活的不满，但相对于其他人，楚玉对桓远的愧疚反而是最深的。

不管是从政还是为文，桓远都足以成就一番事业，但是他自打来到北魏后，始终收敛着他的光华。他几乎不怎么与同城文人交往，更别说谋求仕途，除了偶尔与观沧海说两句，或是因买书、陪她而出门外，他最常做的事情便是待在家里看书。

楚玉心里知道是为了什么。

他这么做，是为了避免引起别人的注意，尽量少地让人留意到他们，以免暴露他们的身份，更准确地说，是避免暴露她的身份——他们所有人里，最缺乏自保能力、最有可能遭遇到危险的便是她了。

一旦她的身份曝光，没了从前那层身份的保护，她的处境也许会陷入艰难。虽然这里不是南朝的地界，但楚玉从前的名声并不是很好，因而等待她的未必是北朝的接纳。

不过，既然皇帝的旨意过来了，便意味着皇帝知道了他们的底细，隐藏不隐藏都已经无所谓。楚玉原以为桓远会愿意担任官职，毕竟那是他一展才能的机会。

桓远停下脚步，吩咐侍从去他房里拿来他放置在书柜里的包裹，而后转向楚玉，一字一顿地道："我不想做鲜卑的臣子。"

一听桓远这么说，楚玉才猛然想起来，北魏是鲜卑人而非汉人建立的政权。鲜卑族，通俗地说，便是胡人，原本是北方的游牧民族，在逐渐壮大后，建立了自己的国家。金庸小说《天龙八部》里那个以复国为志向的慕容复的祖先慕容氏便是鲜卑部族，那是一个真实存在过的民族，慕容氏曾经在南北朝之前的混乱时期建立过数个国家，但没过多久都覆灭败亡了。而北魏的当家拓跋氏，则是鲜卑部族里的另一个分支。

因为周围生活的多是汉人，鲜卑人经过逐年汉化，统治体制也多半沿用汉人的，导致楚玉经常会忘了，这里其实是非汉族统治区。

楚玉内心对于胡、汉并无严格的区分，虽然不清楚具体历史，但她总还是知道，若干年后隋朝一统天下，南北朝又归于统一，所以要她对鲜卑人产生什么民族对立，实在是一件比较艰难的事情。

但楚玉也知道，想要让桓远理解她的这种想法，也是一件比较艰难的事。桓远的立场比较偏向于传统的文人，所以她很小心地没有表现出不以为然的神情，只道："那你有什么打算？皇帝都已经派人找上门来了。"她沉默了一会儿，"要不，我们现在便逃走吧。"

对方不大可能因为桓远的一句拒绝之言就此善罢甘休，想要避开那些麻烦，离开此地是最好的选择。

桓远缓缓地摇了摇头，他的脸上飞快地掠过一抹奇异的神态，接着用一种不知道什么含义的目光深深地凝望着楚玉。过了许久，他才慢慢道："不，不是我们走，而是我走。"

他一个人离开，这样便能解决问题。

楚玉有些不安地道："为什么？"他这是什么意思？

桓远垂下眼帘，淡淡地道："我们一群人无处可去，北魏不能留，南朝也同样危险。”

普天之下，莫非王土。虽然有两个王，但也是王土，而王土之外，漠北岭南是荒蛮之地，他实在不忍因他之故而让她遭受颠沛流离之苦。

桓远抬起头，他俊雅的双目之中光芒微微闪动，似是有些难过：“只要我走了，就算是北魏皇帝，失去了为难你的理由，也不会再来相扰。”

楚玉好笑地道：“你怎么会以为你走了，拓跋弘就真的不会计较？说不定他会迁怒于我呢。”两人对北魏皇帝都没有什么君主的意识，因此一个仅称其身份，另一个更是肆无忌惮直呼其名。

桓远的声音很低，但恰好能让楚玉听到：“不会，北魏皇帝要的只是我。至于你，只要我走了，他不会为了出气而直接与你背后的人作对。”

他说到这里，心中一痛，索性偏过头不看楚玉：“也许你不知晓，但我逐渐觉察我们一直被保护着，从我们到北魏始，一直至今，没有任何背景根基的我们，却不曾遭遇过任何为难，不曾被商贩诈骗，不曾被里长欺压，不曾受权贵刁难，更没有引起旁人半点注意，甚至，南朝的仇人再也没有差人追来……这不是我的能耐，而是有人刻意在背后保护我们。”

那是一只手，不着痕迹悄无声息地一手遮着这洛阳城的天空，扫除一切对他们不利的，将他们完好无损地保护着。这只手异常强大，也异常稳固，一直保护着他们。这份强大和稳固几乎让他灰心到极点。对方不动声色便可护楚玉周全，可是他却什么都帮不上。那个人或许是观沧海，可是他观这行事的风格，却更加像另一个人。

楚玉怔怔地呆愣住。原来，这一年多来她的安稳生活，都是被保护着的？因为有人为她遮挡着一切危险和灾祸，她才能如此无忧无虑，平和安乐？她能够享受清澈爽朗的风，能够自由自在地与人谈笑，都是因为已经有人为她树立起了遮挡风雨的无形壁垒？

看楚玉陷入神游之中，桓远微微苦笑，低声道：“不错，你的平安，压根儿无须我来保护，我留在此地，又有何益？”

这个时候，侍从已经依命取来了他所说的包裹，这里面装着一些财物和一套换洗衣裳，是他前些日子发觉有人暗中保护楚玉后，便做好的准备。那时候他已萌生了去意，只不过当时他离开的理由并不充分，他自己也不大想走，便一直拖延至今，如今确实是他该离开的时候了。

拓跋弘既然能派人来，说明那只保护的手已经不能太严密地遮挡风雨，他的离去大概能给楚玉减轻一些负担和麻烦。

他转身抬步，便要往不远处的门口走去，却见一条人影飞快地从他身边越过，接着拦在门前。

第一百二十章　似是故人来

待看清那人影时，桓远微微吃了一惊，旋即心头一暖：拦在门口的人，是楚玉。她从桓远身边跑过去，赶在他的前面，到了门前。她是怕桓远从身后的出口离去，她的背部抵着门板，用身体挡住两扇门闭合的中缝。

看她紧张得如临大敌的样子，桓远忍不住笑了笑：“你光是挡住正门有什么用？别忘了，这宅院还有侧门和后门。”

楚玉一听，立即咬牙叫道：“来人，把其他的门都给我堵死了！”

桓远见之，笑出声来：“别耍小孩子脾气了，你拦得了我一时，难道还要拦我一世不成……”话说一半，他瞧见楚玉的神情，声音渐渐地低了下去，笑容也随之凝固——因为此刻的楚玉正焦急得快要哭出来。

楚玉的双手撑在门上，她明明知道自己这样做徒劳无益，但她不能就这么让桓远一个人去漂泊流浪，可是她又不知该说什么话来挽留他。

楚玉难过得快要哭出来，心想自己身边的人一个个离她而去，流桑被钟年年带走了，现在桓远又要走，流桑至少有钟年年，可是桓远有什么？

他究竟是怀着什么样的心情要离开的？

一想到这个，她便难过得不能自持。她身边的人都是她的家人，从南朝到北朝一直相伴着走过来。她谁都不能割舍，谁都不想忽视。

流桑走的时候，她还可以自我安慰地说他有亲人陪伴着，可是桓远呢，桓远有谁陪伴呢？他一直默默地陪伴着她，到最后却想默默地离她而去。他失去了那么多，却什么都没得到，连一个安稳的家都成了难为之事……

楚玉死死咬着嘴唇，眼眶发红，话语哽在嗓子里。

不要走……

不要一个人去流浪……

不要离开她……

她会难过，因为他的孤独而难过。

桓远心中泛起复杂的滋味，他温雅自持的目光渐渐泛出泪光，望着楚玉良久，苦笑一声：“公主，不要这样。在下不过一介孤零鄙陋之身，不值得您如此……”

不要哭，假如她哭了，他会不舍得离开……

可是再怎么不舍得，他也是要走的，天下没有不散的筵席。

过了约莫一刻钟工夫，桓远总算走出了楚园，看着身后合上的大门，恋恋不舍了许久，最后还是迈开了沉重的脚步。

他先走到观沧海的家门前，敲开大门，请开门的仆从将信件交给观沧海，并请其代为传话，希望他离去之后，观沧海能代为多照料楚玉。

他不知这话最终会否传到那人的耳中，但至少有观沧海保护着，楚玉的安全便在很大程度上有了保障，他也可离开得安心一些。

开门的仆从也认得桓远，问他是否要见观沧海，桓远微笑着摇摇头，随后便礼貌地告辞了。他并不想见观沧海，因为见到观沧海，他就会不自觉地想起另外一个人，尤其是在此时此刻。

他用脚步慢慢地丈量着洛阳城的地面，每走一步，便觉远离楚玉一步，但他并未停下来，仍然继续往前走去。决定了的事便一定要去做，桓远的固执不输于他人。

桓远一路向东缓缓而行，才走出不到一里路，经过一条不见人影的巷子时，突然瞧见前面出口处一人背对着他负手而立。那人身穿黑色衣衫，背影单薄瘦削，风姿如柳，柔而不弱。

桓远面色一沉，稍顿片刻，淡淡地道：“是你，墨香。”

虽然只见其背影，但桓远眨眼工夫便认出了这个从前与自己共事过的人。

墨香缓缓地转过身来，望着桓远抬手一揖，微笑道：“桓公子，许久不见，墨香在此等候，桓公子似乎并不意外。”他的神情动作学着容止，行止言谈风度翩翩，丝毫不见从前用作伪装的柔媚之色。

他脸上的伤犹有余痕，但比一年前淡去不少。

此时的桓远不再小瞧墨香，定定地看了他一会儿，冷淡地道：“我自是不意外，容止在洛阳城里一手遮天，莫说是你得知我出城，纵然此时站在我面前的人是他，我也毫不意外。”墨香既然来找他，自是有所图谋，他只需沉着应对，或能获知一些信息。

对于桓远的冷淡丝毫不以为意，墨香莞尔一笑，道：“桓公子言重了，我家公子另有要事，拦阻桓公子，乃是墨香自作主张……桓公子方才可是推辞了陛下的旨意？”

桓远冷笑一声：“那是你的陛下，可不是我的陛下。”不管南朝皇帝怎么不成器，但他自始至终也不打算奉鲜卑胡人为君主。

听闻桓远隐含怒意的话语，墨香先是一怔，思索一番，才释然笑道：“桓公子且慢恼怒，谁的陛下并不重要，在下真正的主人只容公子一人。墨香在此拦阻，是有事相求，请桓公子且熄心间怒火，听我从头道来。”

桓远皱了皱眉：“你说。”

墨香露出一个胜利的笑容，躬身一揖，而后以低柔的嗓音婉婉说开了。

从墨香的叙述里得知，先前桓远所料想的对了一半，容止确实是站在冯太后一边的，但他并非直接辅佐冯太后，而是派墨香作为冯太后的帮手，偶尔单方面联络墨香，询问情况。但最近一段时间，冯太后与北魏皇帝拓跋弘开始对立，原本眼看着冯太后即将以辅政的名义取得全面胜利，但由于拓跋弘身边忽然出现了一人，这人帮助拓跋弘扭转了劣势，甚至逼得冯太后稍做了让步。

桓远微微冷笑，刚要讽刺说这与他有何干系，忽然想起，倘若与他无关，墨香不会这样毫不厌烦地说与他听，便接着耐心地听下去。

墨香说话之时一直仔细观察着桓远的神态，见桓远情态稍有变化，便笑了笑：“桓公子不愧是桓公子，那人桓公子也是认得的，是南朝来的故人呢。”

此时的墨香虽不再受桓远的管束，但昔年逢迎养成的见人说人话、见鬼说鬼话的习惯还在，先奉承一句，才接着往下说，但说到“故人”二字时，他言语之间多了些切齿的意味。

墨香见桓远颇沉得住气，始终不开口询问那人的名字，便也不吊其胃口，坦言告知：“那人是天如镜。”

这一回，桓远眉间终于出现一丝波动，他望着墨香，示意他继续说下去。不可否认，墨香抬出天如镜来，已勾起了他的警惕与戒备。天如镜不光是容止的敌人，同时也曾暗害过楚玉以及被楚玉暗害过，从这一层面上来说，容止与楚玉反而是一条船上的人。

墨香见终于引起桓远的注意，不禁松了口气，继续解释：墨香原本辅佐冯太后辅政，但天如镜出现在拓跋弘身边后，也不知他使了什么法子，便让胜利倒向了拓跋弘那边去。

楚玉知道天如镜和手环的底细，容止在精神上站得极高，对一切抱持着俯视的姿态，因而只有楚玉和容止两人对天如镜的天师身份不以为意，但墨香不同，他一不知真相，二不能拥有容止般的心境，前些天看到天如镜与小皇帝拓跋弘一同出现，他便顿时自乱了阵脚。

没有容止的指导，他不知该如何应对这突如其来的局面。

迟疑了一会儿，墨香还是说出了自己的目的："在下希望，桓公子能答应拓跋弘的请托。"说容止只与他单方面联系，这自然是假的，他知道容止身在何方，此番前来洛阳，一方面是为了找桓远，最主要的还是为了找容止。

只是他实在确定不了容止会不会再一次被天如镜用什么神奇的手法给制住，因而他要想方设法地增加自己这一方面的胜算。他希望桓远能作为他的内应，到天如镜那边，以辅佐拓跋弘的名义，实际却是探究天如镜的虚实。

墨香诚恳地望着桓远："桓公子，虽然我们实在算不上是朋友，我这番建议对你而言也是为难，但天如镜出现在北魏，不知他是何目的，或许是为了我家公子，又或许是为了公主而来。我不讳言，我是为了我家公子着想，担忧天如镜如他师父一般再出手加害于我家公子，但是，也未必全无可能，那天如镜不会再度对公主不利……"他说到这里便停顿下来，满怀期待地看着桓远。

两个都是聪明人，墨香知道桓远应该能完全明白他的意思，天如镜曾经是容止与楚玉两人的敌人，他来北魏，也许是冲着容止来的，但也未必不会再阴楚玉一记。他知道自己的目的瞒不过桓远的心思，便索性和盘托出，让桓远自己权衡利弊。

依他推断，桓远和楚玉的所在地，应该是天如镜告诉拓跋弘的。先不说天如镜有什么目的，只要拓跋弘对桓远有所期待，桓远便有了机会。倘若桓远能答应拓跋弘的请托，到拓跋弘身边，并得到他的重用，或许能伺机掌握住先机，窥探到天如镜的意图。

这不管是对容止，还是对楚玉，都是有利的。墨香承认，其中对容止的好处要大一些，但对于楚玉而言也未必全然无用，就看桓远是否甘愿为了那一点用处而屈身为臣了。

方才观桓远的态度，对于在北魏为官似极为抗拒，他应允与否，要看他对楚玉有多重视，因而墨香拦住桓远时，心中并无多少把握能劝说动他，只是想试试看才这么做的。

桓远一言不发地转身，沿原路返回。

墨香静静地站在原处，等着桓远从他的视野中消失不见了，又等了一会儿，才离去，开始了他真正的行程。

桓远最终还是走了。

身边只剩下阿蛮一人，楚玉终于不能再无动于衷，可怕的孤独感将她包围，就连去找观沧海也不能抹杀这种感觉。

不管是流桑还是桓远，他们都是她的亲人，是无可取代的，观沧海只是朋友。

所幸还有一个阿蛮，虽然脑子不灵光，偶尔很笨拙，却是唯一留在她身边的人，因为阿蛮的存在，才让她不至于失去最后一分安慰。

倘若阿蛮也因为什么理由离开，她不知自己该怎么办才好。

如此过了数日，楚玉与阿蛮、观沧海一同闲逛集市。这趟出行是她提出来的，阿蛮是一切听命，观沧海无可无不可。

说是逛集市，楚玉不过是想出来透透气。观沧海知她心中烦闷，便让马车慢慢行驶着，三人坐在马车上，一路晃悠悠地驶过了半个洛阳城。楚玉靠着马车边，车帘子和旁侧小窗皆开着，方便她瞧清楚四周情形。

过了青阳门，途经辟雍太学时，楚玉忽然喊“停车”，还未等马车停稳当，她便跳下车去，一直跑到太学之前的石碑前才停了下来。

石碑和一年前她来此时的模样几乎一样，石体表面印着风霜战火的斑驳痕迹，只是那时候带她来看碑文的人现在不在了。

楚玉望着石碑怔怔地发呆，她甚至不明白自己此时心中的滋味，只是有一个念头格外分明，那便是桓远真的走了。

方才她几乎生出幻觉来，好像桓远就站在这石碑前，衣袂飘飘，风仪古雅，仍旧站在这里等着她叫他回家。

那个有一点书生气质的男子，曾经多次跑出来看这些石碑。有时候她也会暗暗觉得有一点儿不耐烦，但是现在她却希望桓远的离开只是来看石碑，她出来找他，他便会跟着她回去。

楚玉站在石碑前出神，过了一会儿，听到有脚步声走近，转头见是一脸担忧的阿蛮，才安慰地一笑，道：“我没事，就是来看看。”

楚玉正要上马车，瞧见不远处经过一个卖杂货的货郎，便让阿蛮在原地等一会儿，她自己跑过去，向那货郎买了两个精巧的泥人娃娃，跑回来顺手递给阿蛮一个：“拿着。”出来逛街怎么能不买东西呢？

阿蛮接过泥人娃娃，立即便忘记了方才的担心。两人返回车上，阿蛮翻来覆去看着泥人娃娃，才想起楚玉手上的另一个，目光瞟过去，却见楚玉正望着她自己的手苦笑。

楚玉在苦笑：她从前给阿蛮、流桑买东西，为了不偏袒，都是习惯性地买双人份的，怎料流桑走了之后，这个习惯却保留了下来。见阿蛮望向自己，楚玉随手将另一个娃娃也递了过去：“都给你吧。”反正，流桑也已不在了。

阿蛮接过娃娃，却没有像另一个一般把玩，而是小心翼翼地收起来。再抬起头来时，他对楚玉认真地解释道：“等流桑回来给他。”

楚玉一瞬间露出一个奇怪的神色，她想说流桑也许不会回来了，可是却说不出口，只是非常艰难地笑了笑，将脸转向一旁，假装去看车外的风景。

马车一路朝南行驶，一直行驶到洛阳城外，洛水之旁。

第一百二十一章　一别有经年

洛阳，因坐落在洛水之阳而得名。

马车出城又行驶了一段路。前方有缓和的水流，水波在阳光下折射出清亮的辉光，倒映着河边青翠欲滴的垂柳，那般缠绵悱恻地将一江流水化作一江春水。

楚玉定定地望着河面，好一会儿，才喃喃地道：“观沧海、阿蛮，陪我走一走吧，总坐在车上也有些闷。”

三人停车下来，让仆从照看马车，便沿着河道边慢慢行走，楚玉行在前面，观沧海在后，阿蛮一会儿走得快，一会儿走得慢，来回前后不定。走了一段路，楚玉才意识到观沧海这一天意外的沉默，自打上车来，除了吩咐车夫行止快慢，他几乎没说别的话。

楚玉心感奇怪，但此刻她的心中也是抑郁的，便也懒得询问。

平缓的河面上偶尔卷起一两个小小的旋涡，而远处则有行船缓慢行驶着，春光明媚，就连空气都是缓和温煦的。

楚玉自顾自走了这么半天，此时平静地望着江面，才吐出一口气来，心中郁结稍微缓解。此时，楚玉站在江边一块地势较高的土丘边上，再往前迈一步，便会坠落江水之中。但是站在这里，眼前视野一片辽阔，她的心情随之舒展开来。

下方距离十多米处，行驶着一艘画舫，看上去富丽堂皇，想必是哪户有钱人家在游春，楚玉随意看了两眼，便收回目光。

往好处想，桓远虽然走了，但未必再也见不着，再说桓远也是有自家主见的，她难道能一直管着他不成？至于路途辛苦，她相信桓远有照顾好自己的能力。

楚玉对自己说：“不必担忧什么，不必挂心什么。”

心情略微好转，她转身回望，正要招呼身后的人，却见观沧海不在身边，而几米之外的阿蛮望着她的脚下，露出一个惊骇的眼神，他张口似想叫喊什么。

楚玉顺着他的目光看去，见自己站立的大约两尺的地面已出现明显的裂纹，脚下传来沙石往下滚落的声音。原来土丘边缘不怎么结实，原本勉强能支撑它自身的重量，却不料她往这里一站，便产生了小范围的龟裂。

楚玉想立即逃开，但她的脚才微微一动，甚至还没完全抬起来，脚下便又是沙石响动之声，骇得她不敢轻举妄动。这一刻，时间和思绪仿佛都凝固了，楚玉看着阿蛮慌忙掠近。落下一大截远的观沧海似是发觉这里情形不对，也飞快地朝她奔来。

阿蛮的距离较近，先跑到楚玉身边，伸出手想拉楚玉，却想起自己的力量奇大，害怕把楚玉给拉坏了。这一个迟疑间，他脚下也发生了变化，原本楚玉所站的位置仅仅是坍塌一小块，但加上阿蛮踏上来，往旁边再施加重力，裂纹的范围迅速蔓延扩大，两人身体一个歪斜，手在空中飞快交错一下，接着又迅速分开。伴随着坍塌的沙土石块，两人一同下坠。

楚玉只觉得身体有一瞬间失去了重量，她的双眼望着自己落下的地方，这时候观沧海已经赶到，他迅速地伸出手，先抓住的，却是阿蛮的手臂。

抓住阿蛮，观沧海的手顿了顿，像是要松开，但最后还是往回拉，只这一瞬间，便耽搁了救楚玉的时机，观沧海将阿蛮拉回土丘上时，楚玉已落下一段距离。

这土丘不高，下方便是江河，掉下去也不至于死人。楚玉脑海中一片空白，唯一的念头却是：我好像不怎么会游泳。

观沧海之所以先摸到阿蛮，是因为原本楚玉与阿蛮站立之际，就是楚玉在外侧，阿蛮在内侧，失足之后，阿蛮便正好挡在楚玉的前方，导致观沧海不能及时救援。

随手用力将碍事的黑人少年甩到一旁，观沧海抬手摸上覆目的锦带，身体也做好了往下跳的准备，然而下一秒，他的手缓缓放下，脚下力道跟着卸去。

楚玉耳边是呼呼的风声，心中并不慌张，方才瞧见观沧海的身影，她便放下心来，即便是不幸落水，想必观沧海也能赶在她淹死之前将她救上来……正这么想着，楚玉的后背落入一个温暖的怀抱。

一只手从她臂下穿过，紧紧地揽住她的腰，她背后贴着一人的胸口，接着便看见那人伸腿朝同样落下来的大块岩石用力蹬了一下，借着反作用力，两人轻飘飘地斜线下落，正落入楚玉方才所见的画舫中。

与此同时，观沧海转身走下土丘，朝更靠近江边平缓处的低矮地面走去。

两人双脚才一沾船板，那只手便随即松开。船身随之微微摇晃了一下，楚玉脚下不稳便要摔倒，伴随着一声轻快的“当心”，一双手牢固地扶住她的双肩，这一回却是确定她站稳了之后才松开来。

近处看着，才真正瞧了个清楚，画舫外每一处的雕饰镂刻皆是极尽秀丽华美之能，聚起来却又不嫌繁复冗杂，只会让观者瞧见层出不穷的美丽。此时，楚玉却无心欣赏，她的全部心思都放在了身后那人的身上。

方才听到那人的声音时，楚玉的心便剧烈地跳动起来，待好不容易稳住身形，慢慢转身朝后看去，映入眼帘的俊逸眉目，还是与记忆中一样，那么散淡自在，仿佛无拘无束的水和风。

没有什么人能羁绊他的脚步，也没有什么人能打扰他的快乐。

两人之间的距离近得几近暧昧，但在这个人周围，什么暧昧都可以化作清风朗月，流水云烟。

上一次，他不告而别，留下字条说不必相送，而如今再见，他仿佛真的实现了自己所言：天地之间，任他遨游。

王意之笑吟吟地低头相望，手上折扇一拢，竟是楚玉当初赠送的那一柄。他微微笑着，仿佛两人不过是在街头偶遇："一别经年，子楚兄别来无恙？"

怎么可能别来无恙？

楚玉有些恍惚地望着他，从他离开至今，她失去了公主的身份，从南朝到北朝，雪地里的摊牌与决裂，她身边患难与共的人逐一离她而去，有的离开，有的背叛，有的死去，有的已发生了天翻地覆的变化。只不过一年多的光景，她却觉得仿佛过去了十几年。那么多变故，那么多伤怀，一时之间如何能道得分明？

可是，在这个人面前，好像一切都不重要了。分别的这一年多时光，在他面前好像一下子被缩减到无，那些在心头留下深深刻痕的事，在他春水般的眼波里，瞬间即被抹平了。经历过的天翻地覆般的际遇，也仿佛淡得随时会被风吹走，找不到任何痕迹。

他们仿佛是昨日才分别，今日便再度聚首，而后彼此轻松地打着招呼：你还好吗？

她仍旧是子楚，他依然是意之。

不论光阴如何飞逝，地域怎样变迁，身份各自不同，这种感觉却始终没变。

心头涌现强烈的浪潮，冲击着五脏六腑，楚玉眼中泛起水光，泪中带笑，几近哽咽："意之兄，别来无恙？"

意识到自己竟然哭了，楚玉有些赧然，连忙抬手去拭眼睛，给自己开脱道："风太大了……"

鬼扯，今天风和日丽，吹面不寒。

"那个，沙子吹进了眼睛……"

更扯……

楚玉也不知道自己怎么会失态地哭出来。被何戢追杀死里逃生，她没哭；与容止摊牌、分别，她没哭；从南到北流离失所，她没哭；流桑、桓远先后离她而去，最终她也忍住了。可是在这一刻，面对王意之温柔的目光，仿佛长久以来积累的情绪轰然崩溃，化作汹涌的潮水，冲破理智的堤坝。

王意之静静地看着楚玉，他的目光中没有嘲笑，更不曾吃惊，只是沉默地传递着支持与理解。

对上这目光，楚玉仿佛全身都放松了，她索性也不再遮掩，释然地道："让你见笑了，我方才不知怎么的……"说来奇怪，哭过之后，她这些日子以来郁郁的心情仿佛随着泪水一同散去了。

王意之微微点了点头，十分体贴地不问什么。他下令让画舫靠近河边，画舫上放下小舟，两人乘舟靠岸，小舟行驶的方向便是观沧海在洛水边上站立的位置。

观沧海站在河水边，踩着湿润的泥沙，一手背负，静静地等待小舟靠岸。王意之方才救楚玉时也看到了观沧海，知楚玉与他一路，便令驾舟的仆人靠向他。距离河岸还有三尺多的时候，小舟便搁浅了。

楚玉踯躅一下，倘若这时候下船，难免会浸湿衣衫、鞋子，灌一脚河沙。她单足后退半步，提起裙子小心地朝河岸边跳去，却不料因为她起跳的动作太大，小舟一阵摇晃，而她自己也站立不稳，眼看便要栽入水中。

王意之眼明手快，一把揽住楚玉，索性抱起她，轻巧地跃上岸，落地之后才放下楚玉，抬眼望向观沧海："这位……"阿蛮他是知道的，这位却不知是谁。

楚玉给双方通了名与姓，但被相互介绍的两人一时间似有异样，虽然都笑着，可相对而立的两人之间，仿佛弥漫着一种难以言喻的古怪气氛。

倘若两人经由介绍，初次相见相识，多半要打声招呼，或是寒暄两句。但王意之却一言不发，他微微笑着，只上下打量着观沧海，目光透着端详审视；相对地，观沧海亦是嘴角含笑，任由王意之随意打量。

直觉有些不妙，楚玉拍拍王意之的手臂，打断他对观沧海的审视："许久不见，意之兄，你这一年来，过得怎样？"

王意之哈哈一笑，朗声道："你若是问我，那可是说来话长，我们找个地方慢慢说去，如何？"

他这么一说，楚玉心里痒痒的，见到王意之，心中顿时畅快了许多，以往的郁结之气一扫而空，眼下也是恨不得能与他重拾往日谈笑。

王意之笑道："那你的两位同伴……"

王意之像是不想带观沧海和阿蛮，虽然奇怪他怎么变得这么小气，但楚玉也没说什么，只不太好意思地转向观沧海道："沧海兄，今天实在是对不住，劳烦你陪我出来散心，能否请你带阿蛮先回去？"虽然这么做好似有些过河拆桥的意思，但王意之素来无拘无束，万一耽搁些时候，他又因什么原因走了怎么办？

至于观沧海，横竖两家相邻，他一时半会儿也跑不了，楚玉心中盘算，待回去再跟他好好道歉。

观沧海没说什么，只是点了点头："你既然与旧友重逢，我也不便打扰，先行带阿蛮回去便是。"说完，招呼不太情愿的阿蛮，不多停留，转身远去。

等观沧海走了，楚玉才扯了一下王意之的袖子，问道："方才你为什么总瞧他？"这回正主走了，总可以问了吧？

观沧海平时走在街上时，因为目覆锦带，也常常招来不少好奇的眼光，还曾有顽皮的少年跑到他的身前，伸手在他眼前乱晃。但王意之并不是无礼之人，先不说一个盲人对他而言不稀奇，就算是头一次见，也不至于死盯着对方看。

王意之微微一笑，道："这位观沧海，与我认得的一位故人有些相似，我一时看得忘形，怠慢了他，子楚兄请勿见怪，也请代我向那位朋友道歉。"

楚玉摆了摆手："观沧海自然不会介意，走吧，我们找个地方说话去，是回你的船上，还是入洛阳城里？"

王意之抬目看了眼画舫，含笑道："去白马寺可好？我有许久不曾得见寂然了。"昔日他与寂然分别，一来是他本性使然，不愿在一地过多停留；二来，却是因他身为见证寂然与当今太后暧昧的人，若时时出现在寂然的身边，定会让负罪感深重的寂然愈加沉重。

如今过了许久，他算着寂然也该看开了，才再一次途经洛阳，并打算停留些时日，却在入城之前，遭逢也同样来到了洛阳的楚玉。

一年多前，王意之第一次来洛阳，是陪同寂然一道来的，那时他并不知楚玉也在洛阳城中，辞别寂然匆匆离去，两人缘悭一面，直到如今才遇上。

重新见到王意之，楚玉心中甚是畅意。跟这个人在一起，仿佛所有的忧愁都可放下，世间烦恼皆微不足道，并不是王意之能帮他解决什么，而是整个人的心境便受到了他的感染。

两人说说笑笑着回了洛阳城。

与楚玉分别之后的观沧海带着阿蛮回到马车上，三个人一道出来，现在只得两人回去，阿蛮一个人怏怏不快地玩着泥人娃娃，观沧海则一直沉默着。

将阿蛮送回楚园，观沧海才回了自己的家。从侧门入内，迎面走来一人，身罩黑色斗篷，身子单薄瘦削。

墨香掀开斗篷的兜帽，朝观沧海施了一礼："我今日便返回平城。"他前来洛阳，已经停留了一些时日，冯太后那边还需他的辅佐，他耽搁不起太多时间。

观沧海随意点了点头，便继续朝前走去。

他的步伐不疾不徐，一直走到了自家屋内，反手关上房门，才问道："他今日前来，可还说了什么？"

屋内本来应该没人的，此刻却响起另外一个声音："说什么我自当转告于你。在此之前，我却是奇怪，你今日不是陪同楚玉出去的吗？怎的如此早便回来了？"

第一百二十二章　谁是谁的谁

此时屋内有两人。

其中一人背靠门边，乃是才归来的观沧海，他的身体藏在阴影中；另外一人，却斜躺在窗沿边的软榻上，他背对着观沧海，整个人沐浴在柔和的春光中，身姿懒懒散散的。

观沧海嘴角现出一丝奇异的微笑："她遇上了一个人。"

那人道："什么人？"

观沧海道："王意之。"

静默片刻，那人才又开口："那，你麻烦了。"

观沧海道："怎么说？"

"因为……"那躺在软榻上的人，缓慢坐起来转身，朝向观沧海，"因为，那王意之，昔日在江陵之时，是与我认识的。"他的脸色完全展露在春日明媚的阳光里，脸上蒙着一条两寸多宽的锦带，样貌几乎与门边的观沧海一模一样！

两个……观沧海。

门边的观沧海微笑之中含着高不可攀的料峭雪意："原来如此，但他当时还未能确认我的身份，故而没有当场点出。"照他推测，离开之后，王意之也不会告诉楚玉，因为他无法确定。

躺在榻上的观沧海还是那么懒懒散散，他摇了摇头，重新倒回榻上："横竖面对难题的人是你，与我无关，你自己斟酌便好。"

门边的观沧海单手解下蒙在眼前的锦带，随手弃置于一旁的屏风上。他缓缓走到墙角，站定在盆架前，就着铜盆中的清水，把布巾蘸水后，轻轻擦拭脸颊边缘。浸了一会儿水，他的颊侧逐渐现出一条不大起眼的白线。

手指探入那白线之中，指尖轻挑，挑起来的却是一层肉色的薄膜，就着水盆边蘸水慢慢掀开来，如此从脸上撕下来好几层，才终于露出真实的脸来。

他缓缓地睁开一直闭合的双眼。

秀丽温雅的眉目，并不张扬犀利，可是那清幽高远、从容自若的气韵，却仿佛拥有刻入骨髓的奇异魅力。

听到他卸除伪装的声音，软榻上的观沧海笑道："你总是这样冒我的名义也不是法子，总有一天你得用你自己真实的脸去对着她，总不能扮我扮一辈子吧……容止师弟。"

一个人，是很难完全伪装成另外一个人的，这一点不光精通此道的容止知道，了解过一点改装知识的楚玉也知道。

伪装改换，不外乎是从着装、身材、相貌上着手，身材可以在衣服上做文章。但每个人的气质是不相同的，改变外在的相貌很容易，但完全模拟某人的气质，却有很高的难度。昔日容止扮作刘子业，也是在光线不好的屋内静坐，那已是做到了极致，但倘若在阳光下活动，长期相处不露破绽，却是不可能的。

可是观沧海例外。

因为正在治疗双目，他脸上覆着幅度颇宽的锦带，覆盖住了眉眼及大半鼻梁，这就首先掩盖了人脸上最为重要的部位，也即是最难改变的外貌特征。兼之观沧海先前与楚玉并不算熟识，纵然有些微差别，楚玉也不一定会留心到。

再者，锦带之中所浸的药汁，药香始终伴随观沧海身侧，这在掩盖了特征的同时，又给他自己增加了一条特征，在旁人眼中，一想到观沧海，脑子里的第一印象便是一个眼蒙锦带、身染药香的青年。只要看到锦带，闻着药香，那么观者便会下意识地认为这是观沧海，不会更多留神细微处的差异。

因着这两重缘由，容止扮作观沧海的模样，一年多来，楚园之中竟然无人觉察。

"沧海师兄，"容止唤观沧海的声音十分文气，话语之中却尽是掌控一切、不容辩驳的意味，"这是我的事。"

"哈。"观沧海笑出声来，"确是你的事。但是师弟，你在我这里，已经有一年多的时光，平城有了大变故，天如镜突然现身，想必是冲着你来的，墨香已然支撑不住，你若不早些做决断，只怕真的会危害己身。"顿了顿，他语调放平，变得有些低沉，"你素来杀伐决断，狠毒无情，没有什么不能割舍，没有什么不能放弃……容止师弟，你现在这性情着实可憎。但你若变了性子，我瞧着反而更为古怪。"

容止从容不迫，微微笑道："我如今也不曾软弱可欺，沧海师兄，你多虑了。"

观沧海不信地冷笑一声。这一年多来，他看在眼里，容止冒着他的名义，去与楚玉结交，原本说好只在他这里留四五个月调养身子，待四五个月过去后，又说要再留两个月，两个月之后又两个月，至今还赖着不走。

也许在别的事情上容止依旧拥有他一贯的冷酷镇定与缜密，他的判断依旧精准无误，纵然身在千里之外的洛阳，亦能影响着平城的局势——他站在冯太后身后，引导着她夺取北魏的权势，一步一步、有条不紊地布他的局。

可是，这一年多来，在去与留方面，他出尔反尔，又是为了哪般？

最初，容止留下来，是因为身上异样，虽然昔日武力渐渐回到了他的身上，却出了一点儿小问题，那便是他偶尔动作的时候，身体内会涌出横冲直撞的力道，生生剥夺他对身体掌控的权力，譬如他想要抬手之际，手腕之中便会冲出一股向下的力量，反令他的手垂下。

这情形虽然不常有，也便是三五天才来一次，但对于容止而言，却已是不能放心的意外。

他并不疑心是楚玉做的手脚，也不觉得天如镜犯得着与他耍这等花样，只直觉其间应有些曲折，是他所不了解的。

因而他下令搜寻天如镜的踪迹，同时自己则与观沧海一道成了楚玉等人的邻居。

说起来，这也不是刻意为之，而是这几间宅子，原本便是观沧海和他父亲住过的旧居，只不过辗转了许多年，又回到原处罢了。

纵然与楚玉等人为邻，也不妨碍观沧海什么，他只是想住在此处，谁在左右，这一点并不重要。

而容止与他住在一起，一面替他治疗双眼，一面派墨香前往平城帮助冯太后。

邻里之间互不往来地过了几个月，直到冯太后前来洛阳，被楚玉偶然瞥见真容，接着楚玉注意到这位邻居，才有了接下来的交往。

而原本容止预定的离去时机，则一而再、再而三地后延。

言语打发了观沧海的质疑，又问了一遍墨香来此说的话，容止擦拭干净脸上残留的药物，又清理了手上覆盖的伪饰，细细地洗干净双手，他缓步走到窗边，清透的日光照在他秀美的脸上，现出一种空灵高远的气韵。

他留下来的理由，观沧海不会明白，因为就连他自己，也未能彻底捉摸清楚。最初假冒观沧海去接近楚玉，只是源于心底的一些震动，他惊讶于她决绝的放弃，甚至忍不住想要知道，她是不是真的如她所言，能彻底放下。再往后的相处，又是因为什么呢？

容止深不可测的眼眸中流动着沉思的神色，他冷静无比地剖析着自己的心境。这样的事在一年来他已经做过许多次，容止不是别人，他是那个内心强大、凌越于一切之上的容止，他不会让任何外物遮蔽他的双目，模糊他的心志——包括楚玉。他剖开自己的心，摊在眼前严密查看，一旦发现任何问题，他都会挥动决然之剑，斩断症结。可是这一回，他发觉自己竟然找不到症结。

真荒谬，容止在心里说。

与那个女子的相识是十分荒唐和意外的，从晨梦中被叫声惊醒后，见到的女子，眼中写着羞愤和惊慌，从那一刻起，一切都悄悄地开始不一样了。

她笨拙地掩饰着，认真地苦恼着，谨慎地思考着，以及……诚挚地坦然地爱着。

什么时候起，变得无法忽视了呢?

原本想着再过一天便好，因为与她约好了次日要一道去钓鱼，倘若就那么走了，正牌的观沧海可不一定会去。可是钓完鱼后，又干脆在河边野餐过夜。回到家时，连第三天的黄昏都过去了。

一次又一次地因为各种原因留下，容止心里明白，那些不过都是借口，倘若他真心想要离开，无论有多少事务耽搁，他都可以置之不理。

他不离开，只是他不想离开罢了。

纵然时常与楚玉在一起，但他并没有放弃原本的目标。通过冯亭，他逐渐渗入北魏的朝政，冯亭和小皇帝拓跋弘只是一个幌子，也是他目前使用的工具。

但天如镜的出现打乱了他的布局。他站在拓跋弘那一边，明确地将拓跋弘与冯亭这一对名义上的母子对立起来，并阻止了冯亭进一步把握权势的举动，接着，他又通过拓跋弘前来延请桓远。容止万分清楚地知道天如镜的目的。天如镜这么做，有两个目的：一是控制住楚玉一行人，二是向他作试探。

这是给他的战书：从南到北，虽然跨越了国境线，但北魏是他们新的战场。

过去的天如月，如今的天如镜。

天如镜并不可怕，但是他所拥有的手环却令人头疼，纵然是容止，也不得不有所顾忌，假如他此刻无所挂碍，此时应该立即前往平城，处理因天如镜引起的困局。

去平城解决天如镜，掌握北魏，整顿几年军备后，令自己在南朝的细作挑起战乱，再一举挥军南下，这些计划中的事完成之后，他赢下江山这场棋局……

然后呢……

然后又能怎么样?

容止微微颦眉，从前想到此处，他从来不会这样诸多思虑，只会更仔细地谋划筹备，可是现在，他心中不知为何有一种仿佛缺少了什么的感觉。

那空旷无法消灭，纵然是万里锦绣河山，也不能充满，一定要填入什么，才能餍足。

“什么？”

楚玉听得一惊，几乎跌落了手上的酒杯。

虽然饮了好几杯酒，但甜甜淡淡的果酒与饮料并无多少差别，她的脑子依旧十分清醒，仔细回想一遍，确定王意之方才确实说了那句话："要不要跟我一起走？"

楚玉忍不住皱起眉："跟你一起走，做什么？"

王意之爽朗笑道："你如今在洛阳也没什么牵挂，正巧我缺个旅伴，你我性情也算相投，不如随我一道，悠游天地之辽阔，岂不快哉？"

两人此时正在白马寺里，寂然在寺中有独属于他一人的院落，只要他吩咐不让打扰，便不会有人进来。

清雅的禅室之中，寂然坐在角落，望一眼正对坐饮酒的两人，无奈一笑，却也由得他们去，自顾自地研读经文。只要王意之不招他喝酒，在这片所谓的佛门净土上做什么，他都权当睁一只眼，闭一只眼。佛不在佛寺里，佛在人心中。

楚玉放下酒杯，认真地考虑王意之所说的话，有些意外地觉得他这个建议竟然让她感觉很舒心。假如真能如王意之所言，无忧无虑地遨游天下，未必不是一件快活的事儿，同时也能让她摆脱现在郁结的心情。

原以为已经走远，却不料再度相逢，他满身不羁的气息，笑意盈盈，朝她伸出手来。越是深思便越是心动，楚玉忍不住问道："一起去的话，能不能带家属？"

王意之扬扬眉毛，微感不解："家属？"

楚玉眼也不眨地改口："我是说家人，我想带上阿蛮，不知道是否方便？"

将阿蛮这个名字与方才在河边看见的昆仑奴少年对照一下，王意之答得很是爽快："没什么不便的……不过，你只带他一人？另外那位……观沧海呢？"

楚玉耸了耸肩，道："观沧海他本事很大，有自己的去处，不需我烦忧。"迟疑片刻，又道，"你说的这事情太过突然，能不能容我些时间考虑？"虽然对王意之的提议很是心动，但楚玉并不想满口答应，因为她还有些别的顾虑，要等她回去后才能细细思量。

王意之也不为难她，只道："这样自然最好，你若是一口应下，我还得怕你中途反悔。"他端起酒杯，眼带飞扬的笑意，"三日之后，我在洛阳城南的洛水之上静候你的佳音。倘若你答应了，便来我的船上，我们一道出发。"

为他目中笑意所感，楚玉也禁不住笑了起来。她举起酒杯，与他的酒杯轻轻一碰："一言为定。"

第一百二十三章　真假观沧海

王意之送楚玉到家的时候，已经是深夜时分。

两人在门口道别，楚玉瞥了一眼黑漆漆的街巷，心想，现在已经这么晚了，想必观沧海早已睡下，还是明早再去跟他说对不住吧。

楚玉走入楚园内，大门关上之际，王意之脸上轻松的笑容微微凝结。他在原地站了片刻，转而走向旁边的宅院，来到没有牌匾的门前，轻轻敲响门扉。

夜幕笼罩，将周围都蒙上了深深的暗色与寂静。王意之也不着急，他甚为悠闲地在门口等待着，微风徐徐地吹动着他飘逸的衣摆与发丝，过了一会儿，门内传来谨慎的问话声："请问门外何人？"

王意之轻笑一声，悠然道："请去转告你家主人，就说江陵故人王意之来访。"与楚玉闲聊之际，他知道观沧海就住在楚玉的隔壁。

过不多久，那人的脚步声去而复返，将门打开，施了一礼："请随我来，我家主人在前厅等候。"

跟随那仆人到了前厅，王意之一眼便瞧见了歪斜靠坐在主位上的观沧海。观沧海身穿白色中衣，肩头松松垮垮地披一件蓝灰色的袍子，他的双眼上，依旧是白日里所见的散发着药香的锦带。

听见王意之的脚步走近，观沧海随即露出笑容："意之这么晚到来，可是在怪罪我白日里明明识得你，却不与你招呼？"

王意之闻言微怔，他仔细看了观沧海一阵，与白天不同，此刻感觉他才是观沧海……难道是因为太久不曾相见，导致他对印象里的观沧海生疏，才会造成白天的误解？

但他虽然误解，观沧海为何又不主动与他相认？

听着王意之仍不说话，观沧海知他在疑惑什么，却不解释，只淡淡微笑，任由他猜个够。

现在的这个观沧海，并非容止假扮，而是正牌的观沧海。他与容止听得下人通报，得知王意之到来，师兄弟俩心中雪亮，知道他是为什么来的，于是被推出来接客的便是货真价实的观沧海。

楚玉没对王意之说起容止与观沧海的关系，饶是王意之如何机变敏锐，也想不到这两人竟然是有勾结的。暗自揣测了一会儿，王意之终于肯定，眼前的观沧海确是如假包换，卸下猜虑，笑嘻嘻地道："抱歉抱歉，我今日乍见你时，疑心你是假的，故而装作不相识，于是便上门求证，还请沧海兄不要见怪。"

王意之不是心里藏不住话的直肠子，但也不是满腹心机从不表露的深沉之人，他觉得自己此番玩的心眼儿对不住朋友，便坦然道歉。一来是他天性使然，放下疑虑后便无挂碍；二来也是因为知道观沧海不会介意他的错认。

观沧海一笑置之。两人又说笑片刻，王意之见此行目的达成，便起身告辞。观沧海自是一路相送到门前。

送走了客人，观沧海才独自顺着原路返回。王意之来之前，他与容止正在对弈。此刻容止依旧坐在棋盘前，听见他拨动棋子的声响，观沧海随口笑道："我方才险些便要供出你来，容止师弟。"

王意之心中风光霁月，照得他几乎也差点儿坦然相告，好在他并非冲动热血之辈，只心中念头微动，便彻底打消。

王意之和容止之间，他还是选择回护容止。

容止微微一怔，垂目淡淡道："多谢沧海师兄，我们继续这一局棋。"

这是师兄弟之间的老规矩，虽然方才观沧海半途离开，却并不担心容止会趁机在棋盘上做手脚。他们这个层面的比较，不会使用不入流的下作手段，更何况，棋局早已在各人的心中了。两人的棋下了很久，每一步都经过了长长的思索，一直到夜晚过半，容止才以些微优势胜出。默默地注视棋盘片刻，容止开始收拾棋子。

其实，容止的棋力并无多少进步，也没如何退步，他的操控能力依旧强大稳固，但是……比起从前，他似乎多了那么一些东西，让某些地方出现了细微的意外。

观沧海叹息一声："这一局作废，你心不在棋中，我们改日再弈。"

容止面无表情地提醒："沧海师兄，这一局，还是我胜的。"

观沧海哈哈一笑："是吗？我忘了。"

师兄弟一局完毕，便各自回房睡了。第二日清晨，观沧海在睡梦中听见有脚步声靠近。他耳力绝佳，很容易便分辨出这是楚玉的脚步，情知又是来找容止的，他也懒得理会，翻了个身，又要睡过去。

这一年来楚玉时常前来找“观沧海”，几乎将这里当成了第二个家，她来去时都不需任何通报，直接便能进来。

没过一会儿，楚玉的脚步声便到了门前，敲门声和招呼声同时传来：“观沧海，你在不在？”

作为货真价实的观沧海自是不会应答的，等了好一会儿，却没听到容止假扮他回话。

观沧海十分清楚，容止的耳力虽然不似他这般可以完全以耳代目，但也灵敏过人，否则也不会假扮他这么久而不露破绽。兼之容止性情使然，一有风吹草动便会从睡梦中醒来，这样被叫唤却不回话，实在有些反常。

心中疑惑，观沧海也顾不上睡觉，当即翻身下床，穿过主屋，来到另一侧的卧房中，觉察到容止依旧躺在床上，只是不知为何仿佛动弹不得。

观沧海知道容止因为天如镜留下隐患怪病，时不时便会发作，轻则身体某部分无法掌控，重则遍身力量失去控制。如今是那怪病正巧再度发作，而且这回比较严重，不仅全身都没法动弹，就连声音都发不出来。

相处一年，观沧海见过数次容止发作时的情形，因而此时也不慌张，只飞快地来到床边，一手按在容止肩头，另一只手的手指弯曲成扣，力道均匀快速地击打在容止身体各关节处，敲击如雨点般密集。

这是他与容止共同琢磨出来的，用这种手法，虽然不能根治，却能缩短发作的时间，能让容止的身体状态尽快恢复正常。

只不过他凝神专注于此，一时间竟然忘了在门外敲门的楚玉。

楚玉敲了一会儿门得不到回应，心里奇怪，又听见门内有隐约声响，便推门直入，朝着那声响发出的地方走去。

一轮均匀快速的击打后，容止紧绷的身体终于渐渐松弛下来。

这一套手法不仅得快速，还需要力量均匀，不能有分毫轻重偏差，饶是观沧海武力惊人，控制下来亦是额上微微见汗。他才松一口气，却又听到已经来到卧房门口的楚玉的脚步声，这才警觉眼下是什么情形。

怎么办？

观沧海眉头轻皱，容止勉强半翻过身来，嘴角微翘。纵然面临这千钧一发的关头，两人依旧神情冷静，没露出半点儿慌乱之态。

观沧海自己虽有把握在楚玉再迈一步进屋之前从窗口逃去，但此刻容止体力尚未恢复，脸上更没易容，倘若丢下他一人，只怕他们这一年玩的调包计会被楚玉瞧出来。

但带着容止走，不大方便，那窗口容他一人进出已是有些勉强，带上一人，定会有所耽搁，届时两个都走不了，被楚玉撞个正着。

倘若这时候喊住楚玉不让她入内，固然能避免她瞧见容止，但是难免会令她生疑……

虽然想了这许多，但对于观沧海而言，却只不过是瞬息闪电般的心思，这时候容止有了动作，听出他想做什么，观沧海当即心领神会，做出配合。

楚玉走到卧室门口时，那引她走来的声音忽然停下，虽然对观沧海的实力十分认可，认为他不会有什么危险，但那异样的声响还是让她忧心不已，顾不了太多便抬脚闯了进去。

走入卧室，楚玉抬眼扫去，一看之下，不由得愣住了。

卧室内的摆设很简单，无非便是床铺柜子，最显眼的床上，此刻竟是躺着两个人的。其中一个头发散乱，衣襟大开，双目闭合的脸上渗出晶莹的汗珠，正是她此番要找的观沧海。而另一个人，伏在观沧海胸前，大半身体被观沧海遮挡住，肩颈以上，包括脑袋，也都盖着薄被，映入楚玉眼帘的，只有散落的乌黑发丝……

看着眼前的情形，楚玉愣了足足十多秒，一直到薄被里的人仿佛不堪忍受，发出一声浅浅的呻吟，才将她从呆愣中惊醒，连忙道歉退出门外。

从卧室退到主屋，楚玉犹嫌不够，一连退到大屋的门外，才缓缓停下脚步。她抬手摸脸，感到脸上滚烫似火，心跳甚是急促。

她刚才……好像看到了那什么什么现场啊……观沧海额头上还有汗……

方才所听到的那奇异的声响……该不会是……那什么什么的声音吧？

不对，那什么什么就算发出声音，也不会那么快速吧……

那也说不定，观沧海是习武之人啊，说不定习武之人速度和力量都比较强大呢……

也不对，习武也不是用在这方面的吧？

…………

一番胡思乱想之后，楚玉终于恢复冷静，紧接着，心头现出疑惑：她与观沧海交往一年来，几乎没怎么看他有过女人啊，怎么今天忽然……

转念一想她便又释然：别人房内的事，也没必要展现在她面前吧？

话虽是这么说，但是楚玉心里隐约有些不好受：方才看到那景象时，她只顾着震惊，现在回想起来，意识到观沧海也有属于他自己的生活，便觉得仿佛有什么原本属于她的东西被抢走了。

从认识到交往，一直与她相谈无忌的观沧海，彼此之间从来不涉私情，她也从来没机会窥得观沧海私情的那一部分，可是今日瞧见，却有些不悦。

一萌生这个想法，楚玉登时惊出一身冷汗：她不会是那么花痴的吧？容止不行换容止师兄，这也才相隔一年多而已！

不行，这个苗头要坚决打住。楚玉暗暗咬牙，心说绝不能栽了一次再栽一次，再说观沧海既然已经有那什么什么了，她就算喜欢，也坚决不能做小三，这是原则问题。

正想得入神，楚玉忽然感到肩头被人一拍，下意识转头看去，看到“观沧海”，骇得慌忙后退。

容止的手还悬在半空，便听楚玉见了鬼般的后退，忍不住心中疑惑，暗忖他今日的易容改装是否有什么破绽。虽然扮成观沧海破绽很少，可这也有个弊病，他眼睛被蒙住，无法通过直观的审视来判断楚玉的心思。

楚玉望着“观沧海”，脑子里再度闪现的却是方才的情形，脸颊又有升温趋势，她连忙深呼吸，平复心绪，这才想起她此番前来，是为昨日之事特来道歉的。

觉察楚玉似乎又有站着发呆的倾向，容止轻咳一声，改变嗓音道：“进屋坐下说，可好？”

楚玉下意识地点了点头，猛地又想起那个刚才在观沧海怀里的人：“那个……不太方便吧……屋内那位……”屋里应该还有那谁谁在，这么请她进去没关系吗？因为楚玉自己也不清楚那位连脸都没看到的人是什么称谓，因此便以那谁谁代称。

容止漫不经心地道：“那人你不必挂心。”心想，那人现在应该从窗户出去了。

因为认知上的偏差，两人说的虽然是同一件事，所指却是不同的人。楚玉万万不会想到，方才那位正版观沧海怀里的那谁谁，此时正以另一副面孔站在她的面前。

进屋就座，楚玉的眼光还是忍不住往卧房那个方向瞥了一眼，就怕里面有人出来，虽然“观沧海”好像十分镇定的样子，但她却颇为尴尬。等了一会儿不见“那谁谁”现身，楚玉心下稍安，便也集中起精神，先为昨日让观沧海先走的事道歉，接着便说到了王意之对她的邀请。

容止此时正拿起茶杯，听了她的话，手腕在半空中一凝。

不仅仅是动作、思想、呼吸，连同血液，也仿佛停滞了一瞬。

过了片刻，容止慢慢放下茶杯，手指却不曾松开，他缓声地问道：“你，想随他一道走？”

楚玉点了点头：“老实说，我很动心。反正桓远他们都走得差不多了，我在这里也没有太多的牵挂，带上阿蛮随时可以离开。跟着他一起去旅行好像也很不错。”说着她很期待地望向容止：“我今天前来，也想听听你的看法……你觉得怎么样？”

她问他觉得怎么样？容止怔了怔，又端起茶杯，在唇边沾了沾，声音有几分暗哑地道：“你不该问我，你的去向，该由你自己抉择。”

王意之……

容止几乎毫不怀疑，假如楚玉跟着王意之离开，他今后也许再没机会见到她，她将与王意之一样，化作无拘无束的风……

可是此时此刻，此情此境，他竟然没有任何立场来阻止她。

楚玉笑笑道："但我自己也不太拿得定主意，再说你是我的朋友啊，我当然想听听你是怎么看的。"

楚玉发觉从观沧海这里得不到什么意见，顿觉兴味索然，没过多久，便告辞离去，只留下容止一人执杯端坐。一直等楚玉走远了，容止才放下杯子，手指缓缓离开，细白瓷的杯缘流转着温润的光泽，杯中茶水澄碧，宛如一整块上好的碧玉。他转身离开，只留着茶杯立在桌案正中。

清晨的阳光缓慢转移，一束明亮清澈的光柱打入屋内，照射在茶杯上。忽然听得"哗啦"一声，伴随着相互敲击的悦耳脆响，茶杯化作一堆碎片，杯内的茶水从碎片的缝隙与光洁的棱角之间流淌而出，漫至桌沿，晶莹细流滴落地面。

第一百二十四章　江面起杀机

又一轮夜色降临时，白日里的喧嚣尽散，街道上再度恢复了冷寂。

春日里的夜晚和暖温馨，夜色里浮动着熏人欲醉的暗香，不动声色，倾倒行人。可是却有那么一个人，他心如坚冰，香气虽透过他的身体，却什么都不曾留下。

容止缓步走在夜晚的街道上，此时他已恢复了自身的打扮，衣衫如雪，在这和暖的春夜里，透出来一丝萧然的冷凝。他的眼眸比夜色更漆黑更深沉，在仿佛看不到底的莫测之中，翻滚着妖异的狂澜，越来越浓烈，越来越快速，最终没入无尽的深渊……

穿过了半个洛阳城，出城门后，前方便是洛水，容止抬眼一瞥，放缓脚步，沿着洛水朝下游行去，不多时，便瞧见了静静停泊的画舫——翘角屋顶、琉璃筒瓦、舫柱雕花。夜虽已深，画舫上依旧亮着灯火，缝隙里透出来的光线，映着江水半明半灭。

容止站在江边，听着画舫内隐约传出来的丝竹之音，他雪白的衣衫被江风掀起，卷在腰间所佩的长剑上，几有一种欲乘风而去的飘逸感。他神情沉静，可心底弥漫的，却是诡异的杀意。

想不露声色地阻止楚玉，不是没办法，只消杀了王意之。妥善处理一番，这个人便会从此在世上消失。处理起来其实不难，王意之生性放浪，有时候谁都不知晓他到何处去了。杀了王意之，世上便不会有第二个王意之带着楚玉永远离开。

也许是因为容止在江边站得太久，还正对着画舫的方向，画舫边上的侍从对他生出了警觉，仔细看了他一会儿后，钻入屋内禀报去了。没一会儿，王意之慢悠悠地走了出来。

半江相隔，一人站在船头，一人立于江边。天上圆月安静地倒映在徐缓清澈的河流里，水中也流淌着月光。两人静默对视，并不言语。

良久，王意之潇洒一笑：“容止兄深夜来访，请恕在下有失远迎。”

容止微微笑道：“意之兄素来潇洒不羁，何必多礼？”他心中虽早存杀机，但见到王意之后，反而恢复了深潭般的沉静从容，一双漆黑的眸底，含着平静的笑意。

王意之令人放下小舟，载他抵达岸边。脚底踩着沙滩上浅浅的水渍，他望着容止悠然道：“这情形似曾相识，昨天白日里，我也是这般乘舟而来。那时候，在岸边的人，正是容止你，没错吧？”

他虽然对内情了解不多，但感觉甚为敏锐，之前觉察初见的“观沧海”不对劲，一时半刻没有想到容止身上，兼之后来观沧海又代为掩护，才暂时被欺瞒过去，此刻既见容止，当即便想明白前后缘由。

既然被王意之识破，容止也不隐瞒，只点头淡淡地道：“你说得不错，那人确是我。”他凝视着王意之，眼前男子的身上，有一种他难以企及的洒脱，他随时可以放下，随时可以抽身而出，他游戏着这人间，除了自由，从来不曾真正看重什么……

王意之身上有一种令人心折的气度，不论男女，纵然是当初的他，也在一见之后，心中明白，这也许是他完全无法掌控的人。两次。王意之两次扰乱了他的计划，不经意甚至是极偶然的，在他严密的棋局上投落变数，并且两次都对他造成了很大的干扰。

容止并不是一个因为这点小事便动怒杀人的人，从过去到现在，不知道多少人与他为敌，破坏他的计划，花错、天如月，他也不过仅仅按照自己的需要行事，却从未有一刻像现在这般，心中凝聚着明确清晰的杀意。

再无多说什么的必要。容止垂下眼眸，手抬起来按住剑柄，他甚至不曾尝试对王意之要求，令其主动提前离开洛阳，因为即便他说了，王意之也不会屈从于他的武力而答应。王意之纵然闲散放浪，却绝不软弱可欺，他不会迫于威胁改变自己的想法意图。倘若他试图以武力强逼王意之离去，反是对王意之的侮辱。

王意之轻叹一声，先一步长剑出鞘。他离船之际，也带上了佩剑：“我是该怨恨你狠辣无情呢，还是该感佩你知我甚深，知道我不可能因你改变主意？”

两人俱是十七八个玲珑心窍，容止知道王意之不会屈从，王意之也知道容止的来意以及他不开口劝诫的原因。话语在他们之间反而成了最多余的东西，因为只需要一个照面、一个眼神，便能了解对方意欲何为。

王意之感慨地想：自打初次相见，他便对容止的才情佩服不已，容止也是知他甚深，他们本该成为朋友。可是，是什么让他们在此执剑相向，杀机交逼呢？

因为楚玉。但不仅仅因为楚玉。楚玉只是诱因，真正本质的原因，还是这两人骨子里强硬无比的个性。纵然一个优雅从容，一个随意潇洒，可是容止的孤高要求自己能掌控一切，王意之的骄傲则令他不愿为任何事物所掌控。

王意之并不清楚容止的武力强大到何等程度，既然容止敢只身前来，他应该是有了完全的把握，此时在王意之面前的，只是死路一条。可是他不曾畏惧。从过去到现在，王意之从未真正畏惧过什么，他依从自己的本心，自在快活地活着，纵然是死了，也要自在快活地死去。

容止的剑迟迟没有出鞘，尽管来此之时，他早已明确杀人的目标，可是临到眼前，却好似迷惘起来：他分明想杀王意之的，不是吗？又怎会如此迟疑？他在顾忌什么吗？

倘若杀死什么人，必然要做好承担一切后果的准备，可是这一回，他心里竟然现出模糊的恐惧感：倘若真的杀了王意之，也许会出现什么他不愿面对的境况。

忽然，容止眉间现出异样神情，转头朝身侧看去。江边出现了第三个人。

两人对峙之际，那人已经走到了他们身侧十米外，竟无一人发觉他的到来。那是一名二十八九岁的青年，头发松松散散地束着，衣服松松垮垮地穿着，双目微微闭着。他随随便便打了个哈欠道：“两位当真好兴致啊，这么晚了，还相谈甚欢。”

王意之一看他的模样，当即笑了起来：“沧海兄这是做什么呢？”纵然今夜见到容止，知道上一回被观沧海诓骗过去，他亦不曾有半点儿恼怒，反而笑嘻嘻地与他打趣。他和容止拿着剑倒也罢了，观沧海的身后，却背着一根钓竿。

观沧海哈哈一笑：“我？自然来此钓鱼，今夜风清月朗，正是下饵的好时候……意之你可愿作陪？”

心里知道观沧海是特地前来救他的，王意之心下感激，收剑回鞘。而与此同时，容止的剑却陡然拔了出来，剑尖斜指地面。容止没再瞧王意之，直接转向观沧海，微笑道：“沧海师兄是要来与我为难的吗？”

观沧海笑道：“怎么能算上是为难呢？我不过是前来钓鱼罢了。只不过，你莫要打扰我钓鱼的兴致，伤害我的渔伴。”纵然他偏帮容止，却不能眼看着王意之被他杀死。

容止嘴唇微微抿起。观沧海此番前来，似是护定了王意之，连“渔伴”这么荒诞的借口都能给想出来，顿时在容止面前竖起一道坚固的阻隔之墙。

观沧海了解容止，白日里听到楚玉与容止的对话，晚上发觉容止外出后，他便立即明白他要做什么，便跟着追来，维护王意之周全。容止同样了解观沧海，观沧海既然说出了渔伴的借口，便表明他决意回护王意之。

这对师兄弟都是表里不一的性子，正如同容止貌似清雅出尘，实则城府极深，观沧海表面看起来可靠稳重，和蔼可亲，骨子里却是带点无赖的性子，否则也不会用守孝那么牵强的借口来挡萧别。但是他的无赖，却是以异常强大的实力做后盾的，就算被人识破，也没人敢对他怎么样。现在这一招，作用在容止身上。他无所顾忌时，也便懒得找借口，当初用守孝来挡萧别，今日拿渔伴来阻容止，皆是如此。

相较于容止的无奈，观沧海的神情却可以用好整以暇来形容。他慢慢地道："容止师弟，虽然你如今武力恢复，可是不要忘记了我是什么人。"慢慢地取下背上的渔竿，他很平稳地叙述这样一个事实，"不错，我父说你是五百年难得一见的天才、鬼才、奇才、全才……老头子嘴上一贯没谱儿，这几种说法都对我说过……但你是天才也好，鬼才也好，奇才也好，全才也罢……"他微微一笑，唇畔笑意并不张扬，内含的却是强大无比的自信，"眼下，你不如我。"观沧海一来，登时便将局面主导在了他的手上。他的武力足以横扫一切花招，纵然是容止，在他面前也讨不到好去。

顿了一会儿，观沧海低声道："意之，能否暂且回避，我有一些话想要对我的这位师弟说。"

王意之点了点头，虽然他也惊讶于容止与观沧海的关系，但还是体贴地转身走远，给这对师兄弟留下一个私密的谈话空间。

王意之才走，观沧海便叹道："容止师弟，你今夜不该来，杀人是好办法，也是坏主意。"

容止沉默不语。他何尝不明白这一点，可是除此之外，他不知自己还能做什么。外有天如镜远在平城出招，内有身体时不时会发作的隐患，内外交逼已经足够他煎熬的。而在这个节骨眼上，王意之如风过洛阳，眼看便要带着楚玉漂泊而去……

他要做什么才能得到满足？

他要如何才能消灭心底的不安？

他想来想去，竟然找不到在楚玉身上下功夫的途径，那个女子在他面前的时候，他竟然无法伸出手去触碰。生平头一次如此不知所措，强大而紧迫的压力令他选择了最极端的路——斩草除根。

观沧海思索片刻，忽然似有所悟，他的面色有些怜悯："容止，你心乱了。"倘若是从前的容止，不会用这样粗暴而极端的手法，纵然用了，也会雷厉风行，立下狠手，而不会一直等到他赶来阻止。

容止目光沉静。月光映在徐缓的江水中，也融进了他深不可测的眸子里，尽管神情无恙，可是他心中却因为观沧海的话，微微地，微微地，动了一下。他素来智计百出，胸藏城府，要做什么事，转念之间便能想出无数手段，可是他却不知如何对楚玉下手。头一次这样因为一个人不知道如何是好，所有的智谋思虑都付诸流水，连伸手出去都仿佛成了禁忌，唯恐指尖的锋芒摧毁眼前的平衡。

他的狠辣手段，他的坚忍心机，现在完全无用。做什么都不妥当，说什么都是错，终于开始不知所措。

是在什么时候，茫茫雪地之中，艳红如火的人影凄厉怨毒地诅咒：上天绝不会让你如此逍遥！终有一天一定会的！

瞬间，容止的眼瞳猛然收缩。当初听见时，只当是笑话，如今想起来，却仿佛是可怖的魔咒，化作荆棘的绳索纵横交错地缠绕住他的身体。

观沧海看不到容止的细微神情变化，继续道："我帮你骗骗人本没什么，只是你不能杀王意之。从今日起，一直到他离开此地，我都会伴他左右，你若是有把握能胜我，便尽管来吧。"

容止微微点头，毫不迟疑地收剑转身，顺着原路返回。他不是观沧海的对手，武力上不及，花招也不管用，他会的东西，观沧海大半都会。

王意之已经杀不得，他也没必要在此再停留。

容止走得很慢，很缓慢，脚步是一如既往的平稳从容，可是不知为何，王意之从远处看着，产生一种错觉：那在月色下更显朦胧的雪白身影，好像迷途的旅人，在尝试寻找正确的道路。

一夜就这样过去。

洛水之畔的杀机便在溶溶月色里消弭飘散。第二日，楚玉来找"观沧海"时，庭院里还是一片清雅可人的春意。楚玉脚步轻快地在院子里转了一圈，找到坐在鱼池边的"观沧海"："早上好哇！"她心情似是极好，眉眼漾着笑意，连语调都是飘扬的。

容止早已听到楚玉的脚步声，却不回头，只继续手上的动作，将鱼食撒入池中，过了一会儿，才淡淡回道："嗯。"

楚玉完全没注意到容止的异样，只继续道："我昨天回去后想了一整日，总算是想好了。"

作出了决定，她只觉放下了心头的一块大石，整个人都轻松了，心情也跟着愉快起来："我决定跟王意之一块儿走。"她轻快地、兴高采烈地这么说。

第一百二十五章　一夜听春雨

楚玉的话就这样轻快地掠过满园春色，宛如离弦的利箭一发不回头地射入容止的耳中。

容止撒鱼饵的手轻微地顿了顿，接着又恢复如常，淡淡地微笑道："是吗？祝你一路顺风。"

楚玉点了点头，她侧身坐在容止身旁，叹了口气，道："其实我有点儿舍不得你，不过这世上没有不散的筵席啊，纵然是好朋友，也有分离的一刻。今后我会常常想念你的。"

容止没说话，他的嘴角微翘着，弯起完美的笑意，显出仿佛心情极好的样子："确实有些可惜，你也是我极相和的好友，今后我也会偶尔想起你的。"声音、语调都没破绽，带着浅浅的欢喜以及些许怅然，这应该是"观沧海"的表现。

楚玉笑道："只是偶尔吗？你真不会讨女孩家欢喜，你该说今后会日日想念我，这样说不定我心一软，便舍不得走啦。"她满不在乎地开着玩笑，没瞧见容止的嘴唇张开一线，然而什么声音都没发出。

下一刻，她又很快地道："说笑一下啦，你就是真这么说，我也是要走的。我一直很向往王意之那种逍遥遨游的境界。就算他不来邀请我，总有一日，我自己也会四处走走。现在时机正好，流桑、桓远都走了，我身边少了许多牵绊。路上有王意之做伴，想必会很有趣。"

容止轻声道："确实如此。"

楚玉又与"观沧海"谈了许久，她即将离开，心中有些不舍，又想起一年来与"观沧海”相处的趣事，说得甚是开心。直到中午，日光直射进来，楚玉才意识到自己耽搁了太长时间，她连忙向“观沧海”告辞，接着回家处理私务去了。

除了差遣人去城外给王意之传一个准信，她还要及时处理宅院的所有，包括家中仆人的安置以及财物的收拢。时间很紧迫，她只剩下不到两日时间。

楚玉走后，容止依旧坐在池塘边，他慢慢地扯下蒙眼锦带，随手弃置一旁，身形好像被定住了一般，一动也不动地低头凝视着池水。明亮的日光照在他身上，在地面投下一个浓暗的缩影。

池水中各色鱼儿欢快地游来游去。这些都是楚玉养的，她有时候好些天忘记喂食，容止便会弄些鱼食来投入水中，就如同今日楚玉来之前他所做的那样。他的身体是静止的，他的眼神也仿佛完全凝固，漆黑漂亮的眸子不曾现出丝毫波澜，目光亦没有片刻转动，来来往往的游鱼倒映在他的眼眸中，好像映在镜子里。

满园都是郁郁葱葱的生机，但这一方小小的角落却是清冷的寂寥。

容止就这样坐了很久，他一点也不担心楚玉会去而复返，因为她既然要离开，必然有很多事情要做，她将会忙得连偶尔想起他都难。

正午的日光慢慢偏斜，逐渐稀落，光线也逐渐暗淡下去，容止缩小的黑影随着光线的角度偏转，一点一点地被拉长，最后与夕阳一同没入夜色中。

入夜了，容止依然坐在水池边。家中侍从大半是他的部下，他未传唤，没人敢擅自前来打扰他，更不会有人知道，一眨眼便是七八个心眼的容止，竟然在这么长的时间内，什么都没想。

他只是在发呆。过了半个白日，又过了一个晚上，待清晨的第一束光穿破云空之时，容止的身上湿得像才从水里捞出来一般。

昨夜，下了一场小小的雨。绵绵春雨，雨丝细得几乎感受不到，可是在悄无声息间，清寒的湿润又缓缓地浸染万物，很小的雨，却足足下了一夜。而容止，便沐在这春雨中过了一整夜。他的头发衣衫全被打湿，长而翘的睫毛上凝着晶莹细小的水珠儿，衬得他的眼眸越发清润动人。

容止轻轻地吐了口气，这是从昨天中午到今日，除了呼吸、心跳，他做的唯一证明他还活着的明显动作。接着，他拿起放在身旁的装着鱼食的碗——经过一晚上，碗中的鱼食已经泡在了雨水里——翻手一倒，便尽数倾入池中。

他缓慢启唇，声音微哑地道：“如此也好。”仔细一想，她就此离开，对他其实有利无害，能够将他从眼下进退不得的局面中解脱出来，今后与他再无干碍。“如此也好。”他再一次重复这句话，很是郑重地，好像是在说服谁一般。接着，他从怀中取出一只白色的瓷瓶，拇指一掀，掀开瓶口，反手倒置瓶身，灰白色的粉末便飘飘荡荡地落入池水中。

起初不见什么变化，可是渐渐地，池中的鱼游动得越来越缓慢，最后竟一条条地浮起来，雪白的肚皮露出水面，再也无法游动了。

忙一忙，时间很快便过去了，楚玉将宅子留给花错，一来是因为花错还打算继续留在洛阳，二来则是这么大的宅院，短时间内没办法找到好买主，索性不卖了。

家中仆人遣散了大半，把卖身契还给他们，不过幼蓝是没卖身契的，楚玉想了想，还是把她留下了，毕竟不是每个人都喜欢东奔西跑的。

挑拣贵重的东西带走，虽然已经尽量精简，但还是装了整整一马车，其中还有些楚玉舍不得丢的衣服饰物，不过王意之的画舫很大，应该不至于装不下这些东西吧。

于是，到了约定的那日，晨光未亮，楚玉便让阿蛮赶着马车出城，她则跟在马车后面慢慢地走。再怎么长的路总有走到头的时候。终于出了城，楚玉站在城门口，对阿蛮道：“你先去找王意之，我再看看。”

此时天色已经亮了起来，晨曦中的洛阳古老而宁静，楚玉驻足回头，目光中恋恋不舍。看了一会儿，她才笑着叹了口气，继续朝前走去。前方便是洛水，江边有一大片地方植着垂柳，那一段江水较深，画舫便在那片碧玉丝绦之后。

此时看不到阿蛮和马车的所在，想必他们已在船上等候着她了。

走入柳树林，穿枝拂叶间，已隐约瞧见停泊在江边的画舫一角，楚玉正要加快脚步，忽然感到手腕被一股大力拉住。

楚玉的手遭擒，被用力一拽，她的身子随即失去平衡，朝后倒去，正好跌入一个怀抱。突逢变故，她张口欲呼，还未发出声音，带着微微凉意的手指便牢牢地捂住她的口唇。

抢劫？楚玉下意识地挣扎，身子却被牢牢地禁锢住，对方的另一只手松开她的手腕，下一瞬，以迅雷不及掩耳之势环绕住她的腰，将她的两条手臂也一并牢固地束缚在他的臂弯中。

大得有点出奇的力量勒得她的手臂腰腹生疼，楚玉既慌张又后悔，早知如此，她就不与阿蛮分开了，只不过这么一会儿，竟遇到打劫的。

意识到对方的力量远不是她所能抵抗的，楚玉当即停下了动作。她现在要是试图努力发出声音，也许能引起船上王意之等人的注意，但更大的可能却是激怒身后那人，将她杀死逃走什么的。

前世在网上看新闻时，常看到反抗劫匪反遭杀害的报道，楚玉不认为一千多年前的无成本从业者会比一千多年后的更文明宽容。现在只能期待阿蛮等不到她回头来寻找，又或者身后这位只是求财，拿走她身上的钱后便会放开她。

可楚玉等了一会儿，却等不到那人接下来的动作，她安静下来，对方也跟着安静下来，她的身体倚在他的怀里，他的手揽着她的腰，身体之间密密实实的，没有空隙。

楚玉心感奇怪，暗想难道不是如她所想的劫匪？她用眼角余光往下看，勉强能瞥见白皙手背的模糊重影，但由于视角所限，却看不见更多。

这是做什么？楚玉试探地动了一下，发觉身子还是被紧紧地箍着，对方既不想抢劫，又没有放她走的意思。

倘若不是口不能言，楚玉真想开声问问："你究竟要干什么？"

他究竟要做什么？

容止惊疑地低头看着自己的手以及被他抱在怀里的人。她的身躯很柔弱，只要他再用力些，便能掐断她的生机，她的生命其实一直掌握在他的手中，只要他愿意，随时都能将她从这个世上抹除。

容止有些为难地颦眉，他来此的目的，原只想最后送她一程，却不料眼看着她一人往江边走时，忍不住出手将她拉入怀中。他原本没想现身的，尤其是，今天他还没改装。

容止不知道应该怎么用自己原来的样貌去面对楚玉，因为倘若拆卸下伪装，他会想起从前的事。

公主府中不动声色的试探，她骤然改变的神情气韵，从那之后，一切就不一样了。一直到雪地上分别，他看到了这女子最光芒耀目的一刻。此后，便再也无法完全忘却这个人。

这一年来他扮作观沧海，并不是怕被什么人发现自己的行踪，也不是顾忌楚玉在发现他之后远远地避开——只要他愿意，他甚至可以将楚玉囚禁起来。他完全有能力有手段这么做。他扮作观沧海，仅仅是他想尝试着从另一个角度来看清楚楚玉，他只想看得更清楚些，楚玉是什么样的人。

他可以面对楚玉，却不愿意在面对楚玉的同时，直面他容止的身份。他不愿面对容止，不愿面对那个曾经被楚玉诚挚地爱着的容止；不愿面对那个楚玉放弃极为珍贵的东西去拯救的容止；不愿面对那个在山崖边上楚玉不离不弃的容止；不愿面对那个即便知道他心怀叵测，楚玉还是张开手臂用力拥抱的容止。

假如以容止的身份见楚玉，这种认知便会格外深刻地在脑海中浮现。

他太过理性也太过聪明，从不做没有回报的事，付出了什么便一定要索取什么，这是他的本能，也是他的信条。所以他无法理解，怎么会有这样的人，愿意那样一无所求地、含笑拥抱冰冷刀锋。

手下这具柔弱的身躯里，停驻着一个来自另外一个世界的奇异的灵魂，那灵魂深处燃烧着他所缺少的另外一种勇气。容止从来不认为他是缺少勇气的，可是这一刻，用本来的面貌出现在楚玉身后，拥抱住她的时候，剥开观沧海的那层伪装，他终于愿意承认，假如易地而处，他绝没有那样的勇气，一如楚玉那样，不计较回报地去爱一个人。

在割舍了回到原本世界的最后机会，那么浓烈哀伤的时候，她也不过是仅仅轻吻一下他的额角。她并不是一个纯粹而激烈的人，来到这个世上，她也会小心翼翼，也会贪生怕死。有时候她会自寻烦恼，为了旁人而自己陷入苦恼，因为一些暧昧窘迫羞涩，这些都是极寻常的……可是那一日，仿佛没有边际的雪地里，她洒脱而决然地放手，又是极不寻常的。

他这一年来以观沧海的身份与她相处，除了一而再、再而三地难以割舍，何尝不是存着另一种心思，希望能够通过寻常的生活淡化她的存在。

可是在方才那一刻，他脑海中一个从未有过的念头刹那间分外清晰——世上只有一个楚玉。

难的是他不经仔细思量就这样冒失出手，以致陷入这样进退不得的境地。他现在要怎么做？强行将她带走，还是趁着她还没识别出他的身份时，就此抽身离去？他沉默着，思索着，而时间也就在这沉默与思索间慢慢地流逝……

突遭挟持，被制住后对方又不行动，楚玉很是莫名其妙，但随着时间的流逝，她感觉对方似乎没有恶意，便渐渐放下心来。站得久了，她双腿有些发麻，索性放松身体，几乎将整个人的重量都靠在对方的身上。

而就在这个时候，也许是阿蛮久候楚玉不至，便跟王意之说要回来找她，他的声音穿过柳树林十来丈距离，传入容止的耳中，接着，便有轻微的脚步声朝他们这里走来。这声音太细微，楚玉是听不到的，但是阿蛮迟早要寻到这里，届时便会发现他们二人。

容止眉头微皱，不及细想，手上微一用力，双脚飞快地后退，脚踏在地面上，几乎不发出丝毫声响，轻得宛如浮云，快得好似流星，就这样带着楚玉一连退了七八十步，他才停下来，侧耳倾听。

过了一会儿，阿蛮走过他们原来站立的地方，没多停留，又继续朝前走去。他不知道楚玉已经入了林中，只道她还在城门那里耽搁停留。

既已安全，容止的心思又重新回到楚玉身上。此刻的她显得那么安静柔顺，她的头发竖起来，露出白玉般的耳垂，近处看着，他忽然想起，宣告决裂之后，她想割头发，却不慎用剑将头发钩住，羞窘交加，连耳朵都通红的样子。

他凝视着她的耳根，呼吸轻轻地吹在上面，很快便又看见，白皙的皮肤一点点染上红霞的颜色，挟持与被挟持，现在看起来，就好像拥抱与被拥抱一般。

亲密地环着身体，亲密地捂着嘴唇。

楚玉忽然全身不自在起来：她身后这位……该不会是……打算……劫色吧？

第一百二十六章　劫色不劫财

难道真要劫色？可是哪有这么劫的？光抱着有什么用？

再说，她现在是男装打扮啊！会不会是那个人原本好男色的，劫上手来发现性别不对，就不下手了？又或者，对方正在下手与不下手之间摇摆着？楚玉越想越紧张：这个时候她应该怎么做？以前看“女性防暴指南”时，说可以打对方的要害，但是这个人明显是会武的，她只怕很难讨得好处。倘若一击不成，弄得那人恼羞成怒将她先怎么怎么样再怎么怎么样，那就太划不来了。

容止敏锐地觉察到楚玉身体的僵硬，大为疑惑，方才她明明已放松下来，怎么却好似又害怕起来？

楚玉拼命在脑子里回忆“女性防暴指南”，奈何那玩意儿她前世看到不过就是瞧个新鲜，完全没往心里去，因此也想不出什么好办法，便没有下一步动作，没有试图挣脱或反击什么的。她又等了一会儿，终于还是受不住身为鱼肉的煎熬，勾起手腕，伸出手指努力向后探，勉强触摸到容止的衣袍后，她开始写字。

她在写什么？容止有些好奇地看着，待那一个个字成形，他分辨出来了，是：我们谈谈吧。

她这是打算说服他？心中生出一丝兴味，容止改变嗓音，问道：“你要说什么？”

楚玉试着张了张嘴，发现对方并没有松开手的意思，只得郁闷地继续以指代口：不知阁下挟持我来，究竟有何用意？我身上所有的东西阁下可以尽管拿去，只希望阁下能放我平安离开，我保证不会声张叫喊。

只要能消灾，楚玉是不介意破点财的，再加上她大部分家当都在阿蛮那儿，这边就算破财也不过是小损失。因着楚玉试图张口，手指上嘴唇的触感变得鲜明起来，温暖而柔软的唇瓣间吐出湿意，好像在亲吻他的手指。

容止心中微动，几乎没注意辨别楚玉写的字，过了一会儿才随口接道："所有的都给我？"

他这一问顿时触动楚玉的敏感神经，她的身子又是一僵，随后继续写字：是所有值钱的财物，衣服给我留下吧。

容止是何等心机，闻弦歌而知雅意，随即恍然领悟楚玉所担心的事，险些笑出声来。他的呼吸变得明显，轻轻吹在楚玉的颈侧与耳根，让楚玉更加紧张。

容止微微低头，附在楚玉耳边，道："你怕我对你不轨？"

感觉到对方的呼吸几乎就在她的耳后，楚玉惶急无比，暗悔自己为何那么沉不住气，哪壶不开提哪壶。而这个时候，两人都听到来自柳树林外的呼唤，那是十好几人在叫她的名字。

楚玉心中大喜，知道阿蛮大约是找不到她着急了，心里盼着他们能找来这里，脚下也微微动了动。

她这一动，立即让容止注意到眼下钳制的漏洞。现在他只有柳树林做掩蔽，这里便是柳树林的边缘，若是出了林外，很容易便会被瞧见。但楚玉现在还有一双脚能活动，倘若她发出什么声音，麻烦的却是他。

林外呼唤的人叫了一会儿后，便有数人分几路走入林中，其中一个脚步声渐渐接近两人所在。此时不比方才，方才只阿蛮一个人，只消退后一段距离便自可隐藏身形，现在那些人却是有目的地分头在林中寻找，想要如方才一般避开再无可能，而容止也没有与这些人玩捉迷藏的意愿。

心念立转，容止脚下移动，将楚玉整个人带到一株较粗的柳树后，钳着她身体的手忽然松开，捂着她嘴唇的手也随着放下，紧接着，他一个旋身到了她的身前。

但楚玉只恢复了一瞬间的自由，身在垂柳之下，眼前晃动的尽是低垂的翠叶青枝，还没等她瞧清楚忽然出现在前方的人，视野便忽然陷入黑暗，却是一只手覆在了她的双眼上。与此同时，她的身体被按在树干上，左右手腕被牢牢地捉住，而她的身子，也被对方的身体完全压制着，丝毫动弹不得。

膝盖顶着膝盖，身体扣着身体。这一回，是完全的压制，与方才还能动动手、跺跺脚不同，此刻楚玉从手到脚，连同身躯，都被牢固地定住。

唯一没有被封住自由的，却是她的口。

楚玉先是愣了一下，随即才想起来自己竟然可以呼救了：对方吃错药了吗？光顾着拿手拿脚，却忘记如方才一般封她的嘴了？

耳中听到寻找她的人越来越近，楚玉张口欲叫，这时候，嘴唇却似乎被什么给贴上了。

那是……柔软的，细腻的，带着微微的凉意和温润的，人的嘴唇。

脑海中一片空白，楚玉几乎整个人都傻了。

她两度为人，还从没给人占过这么大的便宜……

思考能力瞬间被抽离，过了好一会儿，那入林寻找楚玉的人叫喊一阵，走得远了，楚玉才艰难地捞回自己的神智。

对方的嘴唇依旧贴着她的，并不曾如何用力，仅仅是唇与唇的触碰，一枝垂柳正巧垂在两人之间，细柔的柳叶贴在她颊侧，微凉的叶片更让她感到自己脸颊火烫。

这时候楚玉也顾不上会被先怎么怎么再怎么怎么的问题了，她恶狠狠地张开嘴，自觉牙锋齿利，下巴一仰就要咬过去!

容止的一双眼睛清澄冷静，他大部分心神都放在周遭，警戒是否有人接近，对于楚玉的袭击，他只微一偏头，便避了开来，下一秒又低头封住楚玉的嘴唇。

她不是怕他劫色吗？那他便顺道劫一劫吧。与此同时，容止脑海中浮现的，却是当初她割发失误、满脸通红的样子以及方才她的嘴唇贴在他的手指上柔软细致的触感。

嘴唇与嘴唇辗转相贴，一点一点地厮磨着，好像要磨尽一切的温软与缠绵。有人说摩擦生热，于是温度上升。不管是楚玉的脸颊还是容止的嘴唇，借由交错的不规律的呼吸，传递着彼此的温热，已经分不清楚是他的还是她的，仿佛有沸腾的海水漫溢开来。也不知过了多久，容止离开了楚玉的嘴唇。一获得自由，楚玉当即大口呼吸，她还没学会怎么换气。

她面色通红，嘴唇鲜艳湿润，目不能视物，思维尽数化成一团糨糊，只听见耳边有一个几乎钻进心尖里的微微低哑的声音贴着道：“再来。”

不等她有所反应，容止再一次低下头。嘴唇才一触碰，楚玉便直觉地感到与方才的不同，唇与唇之间不再是缠绵碾磨，反而多了一丝侵略的意味。舌尖从形状优美的嘴唇探出，仔细描绘她唇瓣的形状，过了片刻便果断地撬开她的嘴唇，试图更加深入。

楚玉紧咬牙关，容止也不着急，他好整以暇地亲吻着，舌尖灵活地扫过她的齿列，骚扰得她忍无可忍想咬人时，又及时撤回，慢条斯理地舔吮她的唇瓣。

楚玉只觉得自己的头脑好像要沸腾起来。她什么都思考不了，本能地抵抗，全身的感觉仿佛集中在了唇畔齿颊，被亲吻时便有火焰蔓延开来，连牙齿都好像有了触觉，微微地发麻发痒。

容止再一次离开时，两人的呼吸交错着吹拂在对方脸上，吹起暧昧麻痒的热潮，嘴唇挨得很近，不到半寸距离，只要稍稍低下头，便又贴在一起。

要停下来了，容止镇定地想。人已经走远，不必再用这种手段封口……再这么下去，他可能会把持不住。可是脑海中却不受控制地不断有影像飞掠着闪现，她微笑的样子，她惊慌的样子，她坚定的样子，她难过的样子，她羞涩的样子，她窘迫的样子……再没有一个人会如她这般，折断手脚、背弃归途也要拥抱他。越是想要遗忘，却越是无可遏止地深刻。

柔软的柳枝又滑到了两人之间，楚玉感到一片冰凉的东西贴在自己嘴唇上，下意识咬了一口，却咬下一片嫩绿的柳叶，红唇与绿叶都分外鲜嫩，容止低叹一声，再度垂首。

先是极轻的吮吻，唇瓣已经非常柔软与火烫，但柳叶却夹在四片嘴唇之间，冰凉单薄地辗转着。容止轻笑一声，张口咬住半片嫩叶，舌尖轻灵地一挑，这个吻又开始加深。

舌尖巧妙地打着旋，卷着柳叶尖若有若无地刺着她的舌面，随后甜腻地交缠起来，脆嫩的叶片不知什么时候被碾碎，融化在不知是谁的口中。

就好像……麻药，楚玉模模糊糊地想，因为缺氧，她有些分不清楚自己在做什么，被掩住的眼前却不是一片漆黑，反而绽放着一重又一重的烟火，层层叠叠地交错在一起，连眼角都是绚烂的华彩。嘴唇开始微微发麻，可是却本能地渴求着更多，这种亲昵的缠绵简直让人舍不得推开。

容止按着楚玉双腕的手逐渐放松，手指缓慢地摩挲着她的腕侧，好像在模仿亲吻的姿态，指尖极尽温柔地抚摸手腕内侧细腻的肌肤。

不知过了多久，来寻找楚玉的人好几次从附近走过，但是两个人却沉浸在深深的亲吻中，谁都没有理会。容止选的角落极好，也没人前来打扰他们。

他们非常安静，沉默而无声地深入浅出。

再来一次。

再来一次。

好像发现了有趣的游戏，嘴唇分开片刻又重逢，已经分不清楚是谁主动。柳树林的边缘角落里，春光简直肆无忌惮地挥洒……

“找不到，怎么办？”好几轮来回寻找的人都无功而返，阿蛮站在画舫不远处的岸边手足无措，几乎要哭出来。

王意之抬手轻敲眉心，转头问观沧海：“沧海兄，你怎么看？”观沧海说要贴身保护他，便真一直留在他船上。

观沧海勾了下嘴角，笑容却有些古怪：“我估摸着，你或许不必再派人去寻了。”他的耳力不是容止能比的，也不是任何人能比的，一定范围内许多细微的声音，都逃不过他的耳朵。

王意之微微一怔，随即明白了他话中潜藏的含义：“被迫？”

观沧海神情古怪："眼下不是。"

略一思索，王意之随即下令准备开船。阿蛮和马车都还在岸上，原本是打算等着楚玉来后再连人带货一起上船的，眼见王意之要走，阿蛮连忙出声道："你不等楚玉了？"

王意之爽朗一笑："她想必不会来了，你也不必继续在此等候，回家去候着吧。"

阿蛮有些不明白，他下意识地转向观沧海，观沧海没有立即答他，只张口问道："你不等了？"这话问的是王意之。

王意之笑笑道："她毕竟不是与我同路之人，就是带她走了，她心中仍会存有羁绊。倘若是十年之前，我年少轻狂，纵然无意温柔乡，也必定与那人相争。"但是现在不同，横竖那两人各自有意，他索性自行离去，放手任凭他们折腾。

听出来王意之真的没有半点儿留下来的意思，阿蛮心里一着急，就要往船上跳："你不能走。"

观沧海笑了笑，跨前一步，张开右臂，横拦住阿蛮，硬是将已经跳出岸边的黑少年带回岸上。他轻轻巧巧地按住阿蛮的肩膀，轻易地让他动弹不得："随我走吧。"

画舫开动，王意之漫不经心的歌声自江面上悠悠地传开："君不见，黄河之水天上来……"

他的笑意飞扬到天际，纵然别离，也要如同相聚一般快乐。人生得意须尽欢。

船行水流，歌声荡开，终至渐行渐远。

漫长的亲吻终于止歇，容止微微喘息着，凝视着脸上几乎红得要滴出水来的楚玉，手指有一下没一下地轻划她的掌心。

他的另一只手，依旧覆着她的眼眸，他不确定倘若他移开来，那双直面本心、坦然面对她自己爱憎、软弱与卑微的眼眸会否也映出他的心思。

楚玉喘息许久，脸上的红潮才缓慢退去，此时她身上的钳制已经松到几乎没有，但是她并未用力挣脱，只靠在树干上，待呼吸平复后，才冷冷地道："可以放开我了吗，容止？"

容止心中苦笑一下，松开双手，后退一步。

楚玉盯着他，她的嘴唇依旧鲜艳湿润，眼角带着浅浅的红痕，好像尚未退去的缠绵余韵，衬上没有表情的脸色，显出一种别样的冰冷艳丽。楚玉抬起袖子，仔细地擦拭嘴唇，她抬眼望向容止，眼前垂着一条条柳枝，雪衣黑发的少年身影宛然，笑意如水，眼眸深不可测。

那个……妖魔般的男子。

楚玉盯着他看了一会儿，才慢吞吞地道："我应该称你容止呢，还是叫你'观沧海'？"

一个字一个字，语意如坚铁，柔情蜜意荡然无存。

第一百二十七章　两地朝天子

容止笑了笑："还是唤我容止吧。"

楚玉撇了撇嘴："这一年来，从头到尾，以观沧海身份出现的人都是你？"

容止抬手轻拂落在她发际的柳叶，神情淡然："不尽然，初时几次是真的沧海师兄，那时候他对你所说的，也多半是真的，但后来十有九次是我。"

楚玉心说难怪有时候观沧海对她的态度稍微有点疏淡，她当初未曾细想，只道是他那日心情不佳，却全不知晓竟是换了一人的。

停顿了一会儿，容止道："你是何时察觉是我的？又是如何发觉我便是'观沧海'的？"答案他心中已经差不多有数，但总是想听楚玉亲口说出来。

楚玉下意识冷声道："方才那个情形下，我若是再认不出你，就真是傻瓜了。"话才出口，她又猛然回忆起亲昵的片段，火热的唇瓣相贴，几乎能烧去神智。

瞥见容止含笑的嘴唇，嘴唇上鲜艳不同于以往所见的苍白，楚玉脸上霎时通红，简直快要冒出烟来。

垂下眼帘，楚玉压住心绪，继续冷言冷语："还有，你身上的药味没洗干净。"容止一年来一直假扮观沧海，纵然他眼盲是假，但是锦带里用的药却是与观沧海相同，长期与药香相伴，让这种味道沁入了他的身体，纵然此番容止仔细清理后才来，却依旧留下了些许破绽。

一旦意识到身前的是容止以及分辨出他身上的药味后，一年来的时光随即在脑海中倒转，楚玉刹那间发觉，在许多细微之处，那个"观沧海"竟然是与容止那么相似。

一个人想要完全扮演成另外一个人是不可能的，尤其是在熟识的人面前，楚玉虽然不熟悉观沧海，但她熟悉容止。

一想到自己居然被蒙骗了一年多，无名火顿时从心头蹿到脑门，冲散了满怀的不自在。她镇定地转过头，上下打量可以说是一年多未见，又可以说是一年来时常见的容止。

容止静静地望着她，她的目光明亮锐利，眼神警惕、戒备，再不见一年来她面对“观沧海”时毫无防备的爽朗亲密。

楚玉盯着容止，她的嘴角慢慢地翘起极浅的冰冷笑意：“好吧，请你直说，你要做什么？”

容止眨了眨眼，十分柔和地道：“我要做什么？我不想做什么啊。”语气神情极无辜。

这个语调，这个神态，楚玉仿佛又回到了前年春日，她初来之际。那时候的春光，也是与现在一般好，春光中少年衣衫如雪，清雅温柔，刹那间便令她怦然心动：春日杏花吹满头，谁家年少足风流。

但是，时至今日，一切都已不一样，前年的春天早已追随落花流水飘零而去，再看着这个人，唯有冷漠相对。

楚玉扬了扬嘴角，露出微微的讥诮：“你这一年来假扮观沧海，跟我接近，难道不是在图谋什么？我不信你会做全无回报、没有价值的事，现在刻意阻拦我离开，也是为了某个目的吧。”

她一字一顿地道：“眼下的我，可不会再被你蒙骗、欺瞒。”

容止的笑容仿佛静默了片刻，原本漆黑的眼眸仿佛又深了些许，他很轻柔地道：“你这么想？”

楚玉粲然一笑道：“难道我还应该自作多情地以为你喜欢上我了？”这可太不切实际了，她连做白日梦时都没想过这等事。

容止笑吟吟地道：“有何不可？这么想难道不会欢喜一些吗？”

楚玉的笑容很灿烂，目光却是异样的冰冷，居然被欺骗了足足一年，这个事实几乎让她怒不可遏。但是她没有大喊大叫，反而竭力让自己冷静，十分清楚地道：“先不说我明知道这是假的，纵然是真的，我也不会高兴，因为我现在不要了。”

两人含笑对视，乍看上去仿佛相处融洽，可是他们之间却竖立起一层无形的高墙。

容止目光略微闪动，有些奇怪地问道：“为什么？我以为你是喜欢我的。”

楚玉叹了口气，有些无奈：“容止，你还是不懂啊。我给你打个比方，比如有一盘美味佳肴，但是我吃不到，为了不让自己因为吃不到而难过，我会让自己努力地忘却，过了许久，我再去看那盘佳肴时，那盘佳肴早就已经腐烂了。”

爱一个人，那是一种非常勇敢无畏又非常容易凋零的东西，喜欢的时候极喜欢，一旦爱意消逝，便会变得极冷漠。

“我不后悔曾经喜欢，但是现在，我要保护我自己，我要忘记你。”楚玉的目光毫不退避地与他对视，吐字清楚地道，“就如同佳肴，是有保质期限的，过期的爱意如同久置的菜肴，没人会稀罕多看一眼。”

那种东西，吃了会食物中毒的。

有那么一瞬间，楚玉觉得自己好像看到容止的目光碎裂开来，可是下一秒，他从容不迫地笑起来，那种稳固掌控的气韵让她立即认为方才所见的不过是错觉。

容止轻声道：“你说得不错，我确实别有目的。”他的声音有一点儿飘，仿若从很远的地方传来。

楚玉耸了耸肩，哼笑一声。她站直身体，回头望了一眼平缓的江面，洛水之上，已经瞧不见画舫的影子。王意之走了，这让她微微失落。

但是……走了也好。她想跟着王意之走，其实有些逃避了。她与王意之不同，王意之能放下一切，可她还有许多的牵挂羁绊，不能真正地无忧无虑，容止这一阻拦，反而是帮她做了正确的选择。

真相大白，看容止的样子，似乎也不打算明说接近她的目的，楚玉更是懒得追问，横竖也是问不出结果。

思路一清，楚玉猛然想起来，倘若她没有上船，那么阿蛮应该还在等她……念及此，她赶忙朝江边跑去，将容止抛在身后。

容止出声叫她：“楚玉。”

她没有回头，也没有缓下脚步。正如她所言，真的没有再多看一眼。

容止望着楚玉逐渐被层层柳枝掩盖住的背影，心中仿佛模模糊糊地了悟：有的东西，错过了就是错过了，也许永远都追不回来。

楚玉走出柳树林，来到洛水江边，有些意外地看到马车停在岸边，阿蛮则蹲在马车边，半张脸埋在膝盖上，露出一双亮晶晶的眼睛，好像被抛弃的小狗。

楚玉跑出柳树林时，已经想过在这里会看不到阿蛮，毕竟拖延那么久，阿蛮也许等不到她，便自己回去了，可是现在他还在。也许有点傻，但是无论怎么样，这种始终有人等待着的感觉真的很好，简直温暖得能把胸口塞得满满的。

楚玉走近的时候，阿蛮也同时看到了她。

他呼的一下站起来，险些把身旁的马车撞倒。他一脸开心地迎上来，原本沮丧的神情一扫而空，走近了，才道：“我就知道你会来的！”所以观沧海叫他走时，他没走。

但想起王意之走了，阿蛮又垮下脸来：“但是……船走了。”画舫开走的时候，他被观沧海按住，连一步都迈不出去，不管他怎么费劲反抗，都无法对观沧海造成影响，他头一次发觉，自己是那么无力。

楚玉宽慰地笑笑："我们不坐船了，跟我回去吧。"船啊什么的，已经无关紧要了，现在她应该做别的打算。

还是如同来时一般，阿蛮驾车在前，楚玉步行跟随车后，绕经柳树林时，楚玉朝原本容止站的地方看了一眼，没看到他的身影，想必他也离去了。

回到楚园的时候，花错见她去而复返，有些错愕，但没说什么。楚园还是今早她离开时的样子，屋子都维持着原样，楚玉进了卧房，一头栽倒在床上。

翻过身来，放松了一会儿筋骨，楚玉的目光逐渐变得有些空茫，伸手进腰间摸索了一会儿，她扯出来一个精巧的挂件，雪白的长方体，似玉非玉，两头包裹有金箔，一侧挂着细绳。

这是当初容止身处险境之际，交托给她的信物，让她倘若等他不到，便将此物交给观沧海，但是后来发生了许多事，她忘了这件信物的存在，而容止也似乎忘了向她索回。

这一年来，她虽然可以请观沧海代为转交，但总是不太情愿经由第三人之手，想要亲手归还。今天虽然揭破容止身份，但她被怒火冲昏了头脑，又忘了这档子事。手掌用力收拢，坚硬的长方体硌得掌心生疼，楚玉苦笑一下。

为什么生气？因为恼羞成怒。容止欺骗她，这固然让她不快，但更多的，却是对她自己。

在容止身份被看破之前，她已经对"观沧海"产生了隐约而模糊的好感，仿佛这个人有什么地方在吸引着她一般……

她居然两次吊死在一棵树上！那株名叫容止的树换个了名字，把自己乔装打扮一下，再一次来到她的面前时，她还是无知无觉地头一伸，吊了上去！

这算什么？！

心里暗暗懊恼了半晌，楚玉腾的一下从床上坐起来，攥紧信物便直闯隔壁，邻家下人都已经习惯了她的到来，见她满脸被人欠了几百万的表情，虽然奇怪，却也不曾阻拦。

楚玉没有找到容止，倒是在一棵树下找到了观沧海。她仔细确认了一会儿，这个确实是正牌的观沧海，没有伪冒的迹象。

观沧海听出是楚玉的脚步，微微一笑道："大驾光临，有何贵干？"

这个人也是帮着容止骗她的帮凶，什么师兄弟不和啊，八成是编出来骗人的吧。这对师兄弟狼狈为奸，简直和得不能再和了。

楚玉狠狠地瞪着他，在心里腹诽了一阵子，才开口问道："容止在哪里？"

观沧海懒洋洋地道："他方才回来之后，便收拾行装走了，你来晚了一步。"

楚玉眯着眼睛分辨这话的真假，但是从观沧海脸上看不出丝毫端倪，她只得悻悻地放弃："就当你说的是真的吧，他去哪里了？"

观沧海笑道："他去哪里，与我何干？"他摆明了一脸"我就是不说，你奈我何"的神情，让楚玉恨得牙根痒痒的，就连对容止的恼怒也有点儿转嫁到了他头上。但是恼怒归恼怒，楚玉心里明白，她没办法把观沧海怎么样，这人的武力毕竟是真的。

楚玉想了想，心说既然找不到容止，那便暂时放在一旁好了，反正容止既然有所图谋，便肯定会来主动与她接触的，横竖都已经耽搁了这么久，再迟一些还给他，也没什么关系。

北魏首都，平城。

平城是北魏都城，甚为恢宏壮丽，与江南的温婉相比，又是一番动人景致。约莫是在天子脚下的缘故，纵然到了春末，天气依旧带着一点凛冽的味道。

又是天子脚下，桓远有些嘲讽地笑了笑。建康也是天子脚下。不过此天子与彼天子却不一样，桓远依照墨香的请求，随使臣来到北魏皇都之后，见到了北魏现在的皇帝拓跋弘，发现这个年岁甚至比刘子业还小几岁的皇帝，却出人意料的老成大气。

拓跋弘才十四五岁，也就和流桑差不多的样子，但无论是谁，都无法从这个少年脸上看出不成熟的稚气，他的目光坚毅、凌厉，黑瞳之中时常闪烁着野心的光辉。

在与拓跋弘一席谈话之后，桓远心中便想，倘若他是北魏人，也许便会真心诚意地做这人的臣子。

来到北魏的这些时日，他不光见了拓跋弘，也看到了两个南朝故人。其一自然是天如镜，即是他此行的真正目的。天如镜始终是那么一副缥缈出尘的模样，桓远一时间也不能看出天如镜想要做什么，只能暂且留下，见机行事。

而另外一人，则曾是南朝的一个亲王，因为被刘子业猜忌，在楚玉的帮助下逃亡来到北魏的刘昶。他来到北魏后，北魏皇室便将公主许配给了他，还封他做了高官，日子过得极是不错。

也许是因为同来自南朝的缘故，两人较为亲近，又兼刘昶对诗文也算有心得，时常邀请桓远去他府上。

今日两人一番畅谈，临别之际，刘昶看着他欲言又止，好一会儿才道："桓远，我有一些话，不知道当讲不当讲。"

桓远微笑道："你我之间有什么不当讲的？请说吧。"刘昶这人没什么不好，就是性格太过拖泥带水，就比如眼下，明明是有话要说，反倒需要旁人来鼓励他一下。

刘昶犹豫一下，还是说了："桓远，有的人，不当碰的不要碰。"

桓远有些迷惑，跟着追问下去，但刘昶却闭紧了嘴，怎么也不肯说了。

出了刘昶府邸，桓远步行回家，他住处离此地不远，不需马车劳顿。他身穿白色面料的广袖长衫，袖口衣摆绣着精致草花纹，衣袂飘飘，极具风致，每次走在街上，都能吸引来不少目光。

平城是北魏首都，居住着不少鲜卑贵族，街上身着胡服的人并不少见。但是自从桓远来了之后，便不断有鲜卑人因倾慕他的风度仪态，舍弃胡服，改易汉装。这是桓远始料未及的。

慢慢行着，桓远的心思飘到了千里之外的洛阳，也不知楚玉现下境况如何，是否依旧安好。他或许该派人去瞧一瞧她，或者给她送一封信。

但是，信上写什么呢？

正思量着，桓远隐约听见有人唤他的名字，还未及反应过来时，那声音第二次传过来，稍微大了些，带着点笑意，破空而来："桓远！"

这声音是……

桓远心中一震，朝着那声音的来处转身，抬目看去，只见身着男装的年轻女子，站在还有些春寒的街头，笑意盈盈，如花盛绽。

车如水，马如龙，桓远怔立当场。万物都仿佛笼上一层雾，眼中只有她一人的影像是清晰的，当真见到时，才觉察思念来得如此猛烈。

楚玉朗声笑道："怎么，才这么些日子，便不认得我了？"

理当在千里之外的人出现在眼前。梦耶？非耶？

什么胡汉分别，什么权力争夺，什么江表风流，什么南宋北魏，什么祖上旧怨，什么道德文章，在这一刻，皆轰然倒塌，灰飞烟灭。

第一百二十八章　何日再相逢

楚玉、桓远两人街头重逢，各自说起别后情况。听得楚玉说这一年来与他们往来的"观沧海"竟是容止所扮，桓远心头一凛，暗道：难怪他一直不喜欢"观沧海"，纵然与他谈论文章，也始终脱不去那一丝防备的意味，他原以为是因容止之故，如今看来，原来那人本就是容止。

他蛰伏一年，又是何故？一念及此，桓远担心地观察楚玉的脸色，但见她淡淡恼恨中有几分不以为然，似是没吃什么亏，也便放下心来。

楚玉继续说她来平城的事："我既然明白那'观沧海'是容止假扮的，也没兴致继续住在洛阳了，加上我有些想念你，便跟阿蛮、花错一道来了平城。"花错后来也知道了容止的身份，却没有太剧烈的反应，神情冰冷如旧，只是在她提出要离开洛阳来平城时，要求一道前来。

她初到平城之际，人生地不熟，也不知道往什么地方找桓远。虽说有一个大目标，但她总不能往皇宫里闯吧？

桓远虽在平城声名不显，但楚玉还是很快打探到了另外一人的所在，便是在危急之际她亲自从建康送走的义阳王刘昶。他一离开建康便直奔自己的驻地，与刘子业的手下将官打了一仗，随即收拾行装，投奔北魏而来。

刘昶到了北魏，很受皇帝的礼遇。楚玉让人投递拜帖，本是抱着试一试的心态，却意外地得到了全面的帮助。刘昶不仅告知了她桓远的近况，还在平城给她找了一处仆佣齐全的大宅子，她一来便能住进去。

她来平城已三四天，杂七杂八的琐事不少，今天才算差不多安定下来，便专程来找桓远。

桓远一直倾听着他离开之后发生的事，不时地含笑点头。平城位于北方，这里的春日景致总是不如江南浓郁，可是今天他却觉得仿佛全天下的春光都聚集在了他的身边。

楚玉说了自己的情形后，桓远也拣一些无关政务的事说给她听。只说自己住在何处，每日与什么人来往，但朝政这边却极少提及。

他现在虽然跟随着拓跋弘，却未封官，只是偶尔被传唤召见，在一些政事方面询问他的意见。除了制定政策，拓跋弘最迫切的事情是从冯太后的手中把权力完全抢夺过来。

冯太后掌控朝政的时间虽然不长，但也收拢了一批亲信，只要她愿意，依旧可以影响朝局的变动。这对于野心勃勃想要独揽大权的拓跋弘来说，是不能容忍的。

皇帝是孤家寡人，不允许有人站在同样的高度，分享与他一样的权力。

不过冯太后那边也不是省油的灯，冯太后自己精于权势之争，手下又有得力的谋臣。目前情形纵然有些落下风，却并未彻底败退，两方便陷入了僵持的状态。拓跋弘纵然着急，却无可奈何。

让桓远惊讶的是天如镜所表现出来的态度，好像是站在北魏皇帝这边，却没有进一步的努力，仿佛只是一个安静的旁观者，静静地看着这一对名义上的母子互相残杀。

他忽然想起，在南朝之时，天如镜仿佛也如现在这般，随侍在刘子业身边，看着刘子业行事暴虐，自己走向败亡，却不曾出手干涉。难道，天如镜要的就是现在这个状态？他究竟安的什么心思？

无论桓远如何聪明，都猜想不到天如镜此举只不过想暂时维持一个平衡，以符合某一段历史的记载罢了。

两人说说笑笑，先去了桓远的住处，楚玉要求桓远与她住在一起，桓远并不推托。不过半日工夫，便顺顺当当地入住楚玉的新宅。

桓远让人把书籍等行李搬进家中，偶尔抬头一看，却见楚玉含笑望着他。从南到北始终相伴，虽然不是亲人，但已比亲人更难割舍。四目相对，两人心中俱是一片暖意。

楚玉来到平城最主要的目的就是找桓远，看他貌似一时脱不开身，便也跟着在这里安顿下来。好在刘昶提供的住宅极为舒适，几乎都是按照南朝的格局布置的，宅院里的仆人更是细心周到，尤其是厨子，还考虑到她初来此地可能水土不服，在饮食之中加以药物调养温补。

但是……太细心太周到了。什么都是她喜欢的类型，建筑、摆设是她喜欢的样式，菜肴、酒水亦是她偏爱的口味。据刘昶说是南方来的名厨，但不管什么样的厨子，也不可能未卜先知地完全懂得她喜欢吃什么吧？

才过了没几天的舒心日子，楚玉便渐渐地觉察出不对劲来，她先后找来几人询问，接着便在一日早晨，心中有数地去找了刘昶。

楚玉乘车来到刘昶府邸门前，先使人通传，没一会儿有人走出来，说是请她往另一处相见。马车随着领路人行了一段路后，楚玉发现那人又将她带回了自己的居所附近。

就在楚玉忍不住要问是怎么一回事时，那人在一扇门前停下来。

那正好是楚玉左侧邻居的大门。

入住新居后，楚玉曾特地令人先去打探了左邻右舍的来路。她左右皆是高官贵族的别院，其中左侧那座便属于刘昶名下，但刘昶多半住在自己府邸中，并不怎么来此。

领路人没有敲门，推门直入，两扇门未上锁，只一推，便两侧分开来。领路人朝门内走去，楚玉迟疑片刻，下车跟随而入。

顺着石子道路，走到一处偏院里，院中满是葱郁的竹荫，白衣宛如浮冰薄雪，在深静绿意之中分外明显。

引领着楚玉到了这里，领路人躬身一礼后，便倒退着离开了。楚玉站在院子门口，冷笑一声："果然是你！你又想做什么？"

建康——洛阳——平城，一路阴魂不散。

发觉刘昶给她配的厨子竟然如此了解她的饮食习惯，楚玉便存了疑。她询问了跟她一道从洛阳来的人，得知那厨子并未向他们询问她的喜好，说明厨子的资讯是从别处得来的。

她回想起洛阳之事，很容易地便将这些与容止联系起来。只有他会如此细心缜密，也只有他，完全了解她的习惯喜好。如此不难推导出，刘昶也是跟容止一路的。只要询问刘昶，便能找到幕后的容止。恰好，如今容止正在眼前。

楚玉心中明白，她能发现那些细节，该是容止刻意给她留下，好方便她顺藤摸瓜找到他的线索。以容止的心机，不可能露出如此大的破绽来，否则刘昶不会连见都不见她，便直接派人带她来到容止的住处，而他也不会早就等在此处静候着她。

他到底想做什么？

这偏院与建康公主府的沐雪园是相似的格局，同样是入眼竹林，白衣少年独坐幽篁，青石台上，他笑意如水，眼光深不可测，只是物是人非。

见到楚玉，容止并未询问别后之事，更没有解释自己的行为，只洒洒落落地微微笑着，好像面对着寻常人，说着一件寻常的事："我有一笔交易，想要与你做，不知你是否愿意？"

楚玉有些讥讽地笑了笑："难道我可以拒绝吗？"口气中除了嘲弄，还带着微微的倦意。

他总是在无声无息间布下巨大的罗网，等着她毫无知觉地走入网中，洛阳时是这样，到了平城还是这样。

她居所的宅院只怕早在他的掌握之中。那些细心周到的侍从仆人，约莫也是他的耳目心腹。她现在居住的宅院里，除了她从洛阳带来的原班人马，只怕连一只微不足道的小蚊子，也是姓容的。

很好，他全盘掌握，她不能；他位高权重，她没有。在这样不对等的条件下，她不知道自己还有什么值得他图谋的。孙悟空无论如何都翻不出如来佛的五指山，她从南到北都不曾摆脱他的影子。

嘿，很了不起吗？

方才见到容止的一刹那，楚玉便做好了妥协的打算。面对这么一个人，跑又跑不掉，斗也斗不过，偏偏对方还好声好气地笑面以待，弄得她连生气的力气都没有。

现在楚玉也想开了，摆脱不掉就不要摆脱吧，她认输，她服气，等她身上的利用价值消失，想必容止不会多看她一眼。从过去一年的情形看，容止似乎并不想对她造成什么伤害，甚至还加以保护，这也是她如今全无畏惧的原因。

说话间，楚玉注意到了一件事。

从建康到洛阳，再从洛阳到平城，周折辗转几千里，对于容止，她的神经已经锻炼得比较强悍。现在就算容止忽然变身赛亚人，她恐怕也不会吃惊。

可这件事还是让楚玉稍稍吃了一惊，因为她如今才发现，容止并不是一个人在竹林中，他身旁还有一人，只是那人个头太小，兼之方才她的心思都放在容止身上，一时没瞧见。

那是一个被华丽锦缎丝帛包裹得圆滚滚的婴孩，用好几层锦被垫着，就躺在容止身旁。婴儿皮肤细白娇嫩，圆圆小脸上五官精致，尤其是那双小嘴柔嫩水亮，两只胖乎乎的小手还抱着容止的手掌，容止还时不时地伸指逗弄那婴孩。

与容止幽深不可测的眼眸形成鲜明对比的，是婴儿不染尘垢的双目，虽然是同样的漆黑如墨，但前者幽深得仿佛能吞噬时间，后者却清澈澄然，完完全全倒映出竹林的青碧疏影。

楚玉仔细地打量那孩子，试图从小孩子漂亮的眉目中找出属于容止的痕迹，但那孩子漂亮归漂亮，却并不怎么像容止。找了一会儿，她还是按捺不住好奇心，直接问道："你的私生子？"

容止神秘地笑了笑："我的甥孙。"

他一说关系，楚玉当即明白了那婴孩的身份：太后冯亭是北魏皇帝拓跋弘名义上的母亲，换言之，容止是拓跋弘名义上的舅舅。再换言之，拓跋弘早熟、早婚、早育生下来的儿子便是容止的甥孙。

这个婴儿，那么幼小那么柔弱，很有可能是北魏未来的继承人，现在却在容止的手中。

楚玉忍住多看一眼那婴儿的冲动，收回视线转到方才的话题："言归正传，什么交易？"她仿佛隐约能窥见容止野心的一角：纵然身为太后的兄弟，但是容止似乎并不会满足于此，他也许会继续攫取，如画江山是他的万里棋局，这婴儿或许便是他的棋子……

但是，这些都与她没有关系。楚玉平静地想。他为王也好，为寇也好，这都与她无关，她不介意暂时做他的棋子，等事情一了，便离开此地，也彻底地摆脱他。

容止微微一笑："这交易有关天如镜，如今天如镜在拓跋弘的身边，我不便直接出面与之争锋。我猜想，对于那手环，你大约知道得比我多得多，告诉我你所知道的。待北魏权柄最终有了归属，便是这交易完成之时。"

对于他提出来的要求，楚玉略一吃惊，便立即释然：这大约也是容止唯一可以从她这里图谋的了，只是她还是奇怪，容止所要求的并不是什么难事，为什么上次在洛阳的时候他不肯直说呢？再往前推导，他作为"观沧海"时，她对他几乎没什么防备心，那时候他完全可以从她口中套出话来，为什么他也没那么做呢？

不知道为什么，楚玉感觉好像不太应该问这些，便强捺住疑虑，直接谈起了条件："好极，那么倘若我告诉你那些，你能给我什么？"

容止微笑着，他漆黑的瞳孔里映着楚玉的倒影，分外深凝专注："你想要什么呢？"

楚玉迅速地在心中盘算了一下，再看一眼容止，试探着开口道："我也不要太多。第一，北魏的自由居住权。这个不过分吧？"

"不过分。"

"第二，事成之后，我希望你不要再出现在我的面前，也不要再派人来打扰我。"这个条件，楚玉是为自己提出来的，倘若一直跟容止照面，她很难把持住自己。就好像现在，只是跟他在一个空间内相处了一会儿，便又有一丝难言的滋味在心头蔓延。

这种感觉虽然还能控制压抑住，但楚玉很不甘心。只有真正地与他断绝关系，她才有可能完全忘却他。

见容止只是沉默，却不回答，楚玉平静地继续道："我这个要求也不过分吧？本来你也只是为了天如镜的情报，等你事成之后，也没我什么事了。我们算是恩怨两消，今后再不相干。这样难道不好？"

她不是在赌气，而是审时度势，这样最好。

"……很好。"容止微微一笑，慢慢地道。好一个再不相干！原来，真的可以冷漠到这个地步吗？

容止望着楚玉，看着她带着几分决然意味的眼眸，头一次感到这种冷意。分明夏日已近，但那发自灵魂深处的幽寒却将他整个包裹住，不明显，不昭彰，无声无息，无痕无迹，无所不在。

他心性素来强大坚忍，无可动摇，只要是对目标有利的，即便是折断骨头，甚至生命垂危，他也能受之如饴，那不是忍耐痛苦，那是基于强大掌控下的满不在乎。

他从来没想过竟然会有这么一天。

那个先动心的人，分明是她，最初无情的人，分明是他。可为什么到了如今，却是她全身而退，他却不知所措呢?

他只是对自己的身体狠毒，可她却是对自己的心狠毒。你若无情我便休。

怎么喜欢都可以抛却，不管不顾，一刀斩下，再不回头。

第一百二十九章　离心而同居

容止就那样当着楚玉的面陷入沉思。他城府极深，不管心中汹涌着怎样的狂澜，只要他愿意，都能控制住，不给人觉察，眉目神情反而更为从容高雅。

这一景象落入楚玉眼底，便觉得他大约又是在打什么坏主意了。

就在楚玉等他回神等得有些不耐烦的时候，才听到容止的声音："还有吗？"

还能提条件？楚玉精神一振，立即接上早就准备好的话："还有，你想做什么我不管，但是我不希望你将手伸到我的身旁，拖我身边的人入局。"

容止微微扬眉："比如？"

楚玉直视他，目光坚定道："比如桓远，比如流桑，我知道桓远之事也许与你无关，流桑跟着他姐姐走，也是我所希望的。但是，我不希望这样的事再度发生，这个要求，也不算过分吧？"事实上，除了桓远，现在她身边还真没什么可以利用的人了，提这个要求，也只不过是以防万一而已。

楚玉所思容止自然明了，他含笑点了点头："这个也可以允准。"他坐在石台之上，言语、神情甚是温柔，却生生让楚玉生出一种错觉，仿佛她就是那笼中鸟、网中鱼，生杀予夺全在他的一念之间。

这感觉不大舒服，楚玉有些不悦地皱了皱眉，心里又仔细思量了一遍：其实以容止的手段、心机、地位和权势，想要从她这里逼问，获得天如镜手环的全部信息并不是什么难事，但他却选择了相对温和的交易手段，从这个层面上来说，应该还算不错了。

再想想从前，容止被困于公主府内时，只怕日子比她还难挨，如今不过是风水轮流转，轮到她身上而已。

眼下的情形虽然令她不满意，但只要挨过这一阵子，应该能一了百了了。这么一想，楚玉的心情又好了起来，她脸上的笑意忽然变得爽朗明快起来，笑眯眯地瞧着容止：“最后一个小小的要求，你别嫌多。这个和方才的要求可以算是合在一起的，那便是，你扳倒了天如镜的同时，最好也让桓远脱身出来，不再需要给拓跋红拓跋绿的当什么幕僚。”

容止凝视着她，缓慢地眨了眨眼睛，微笑道：“好，你说的这些，都不难办，我一并应允下便是。只不过最后一条，现在不是兑现的时候。”

楚玉原本还预备着讨价还价，却不料容止答应得如此痛快。惊讶之余，心中充满了欢喜，她脚步轻盈地走近两步，飞快地伸出手来，掌心朝外竖立：“成交！”

容止抬手在她掌心轻按一下，随即笑道：“仅以口头约定，你就不怕我反悔？”击掌为誓，这可是最不可靠的誓言。

楚玉嗤笑一声：“倘若你想反悔，就算白纸黑字写下来，你也不会被约束，倒不如索性简单些。”不知道是不是错觉，她总觉得方才容止的手掌与她相触时，不像是拍击，反而更像是安抚似的抚摸……

错觉，绝对是错觉。

两人如此算是一言为定，容止散淡地笑了笑，转头又去逗弄北魏未来的继承人。他的神情十分温柔，眉眼间流转的光彩好似春光，将料峭而高不可攀的雪意逐渐化开，楚玉忍不住看得呆了一呆。回过神后，她便觉得有些无所适从，不知道现在该做什么。

按照她跟容止的约定，她现在应该将自己所了解的手环的资讯告诉容止。可是，看容止现在的样子，似乎并不怎么着急想知道，反而撇下她去逗小孩……他究竟是怎么想的？

容止白皙修长的手指轻点在婴儿柔嫩的小嘴上，后者伸出肉团一样的小胖手，抓住他的食指往嘴里送，细白的小虎牙卖力地啃咬着，好像要咬断手指一样。

楚玉看得都快呆了，心中暗暗为北魏继承人捏了把汗，就算是长牙期间需磨牙，也该挑一下对象吧。小孩子就是小孩子啊，无知者无畏，谁都敢咬，那可是容止啊，她都不敢咬……啊，不对，她咬过，但是没咬中……

想起“咬人”的原因，楚玉脸上又热起来。

容止沉静地一笑，探出手指轻轻搔刮婴儿的脸颊、嘴角，逗得婴儿咯咯笑起来。趁此机会，他抽出手指，只见食指的第一、二指关节间留下一个带着湿痕的细巧牙印，乍看上去好像套上了一个指环。容止看了看那“指环”，转头对楚玉笑道：“见笑了。”

楚玉想了又想，还是小步移动双脚走过去，差不多是蹭到婴儿的身旁，容止在婴儿左侧，她便站在右侧。她不知道该用什么目光看容止，只好假装专注地看婴儿，原本是假装看，到最后竟是仔细地端详起来，并且越看越喜欢：这小孩儿实在太漂亮了。

看着看着，楚玉想起一事：“这孩子好像生得不怎么像胡人。”不是说北魏的皇帝原本是游牧民族鲜卑拓跋氏吗?

她老听桓远说平城胡人多，可是这些日子下来，她偶尔出门游荡，在街上一看，却分不出谁是胡人谁是汉人，只觉得看起来都差不多，除了衣装，跟南朝并无多大差别。

当然，鲜卑人具体长什么样，楚玉自己也没什么概念，只模糊地觉得应该是高鼻深目。但是又不像外国人那样金发碧眼，总之和汉人应该不大一样。

街上这样的情形可以理解，是因为进入中原后，鲜卑人与汉人混居、通婚造成的，因为汉人的数量多、基数大，导致鲜卑人逐年被汉化。现在看来，就连所谓的皇室血统，也被汉化得很厉害了。

看了一会儿，楚玉忍不住也学容止那样，伸手去逗弄小孩儿，下一秒，她的右手食指也跟着步容止的后尘，被小家伙用软绵绵的小手一把抓住，非常熟练地塞入口中啃咬，看来他干这事已经不是一次两次了。

楚玉倒吸一口凉气，吃痛地想抽出手指，却又怕失手弄伤婴儿，那么软，那么柔嫩的小家伙，仿佛稍一用力就会被弄坏。

容止抿着嘴唇，眼角微微弯着，瞧她皱眉的样子，欣赏了一会儿，才拔指相助，逗弄婴儿主动张开嘴，解放她被咬住的手指。楚玉一抽出手来，便也看见自己的手指上多了一个细小牙印，正好与容止手上的在同一个地方。每人一个牙印，在一模一样的位置。明明两人之间没有半丝儿接触，却仿佛有一条无形的丝线牵系着此端与彼端。

楚玉正不自在着，耳旁忽然传来问话声：“你喜欢孩子？”

楚玉一怔，好一会儿才反应过来容止是在跟她说话，犹豫了一下，点了点头：“还好，不吵闹的时候喜欢。”就如同现在这样，要是闹起来，她就该跑了。

容止认真地点了点头：“我记住了。”

楚玉有些莫名其妙：他记住这个做什么？

又逗弄了一会儿婴儿，楚玉脑子里先自行梳理一遍，才有条不紊地将她所知的有关手环的全部告诉了容止。

她轻声慢语，偏低的嗓音在清幽竹林中婉转回旋，从最初开始，将她的来历，对于天如镜的观察与猜测，曾经与他做过的交易，等等，一五一十地告诉了容止。

反正这些东西，上回在他装晕之际已经被他听去不少，此时就算再多说些，也不妨事。

楚玉说得很慢，遇到有听不明白的地方，容止便打断她，详细地询问，直到解释清楚后，才继续往下说。

楚玉看着婴儿，容止也看着婴儿，他们交谈着同一件事，却似是极为默契地不去看彼此，目光交错，而不交会。

一直到楚玉说到她发现那手环还有穿越时空的功能时，容止的手指微微一颤，他转过头来定定地注视楚玉："你是说，那手环，能让你回到千年之后，你原来的地方？"

一想到没回成家，楚玉顿时心烦意乱，草草地点了点头："应该是吧，我自己没有尝试过。但是从理论上来说，应该是可以的。"

只要让她能操纵那手环……

只要……

没那么多只要了，她上次主动放弃了机会，天如镜有了防备，想要再放倒他，已经不是那么容易的事。

容止又深深地看了楚玉片刻，问道："换言之，那手环能将人带往千年之后，是吗？"

楚玉正要随口答是，忽然心中一动，她扭头望向容止："你是不是可以将手环弄来？"纵然现在两人不对盘，但这不妨碍楚玉坚信容止的心机、手段，倘若他决定这么做，也许真的可以得偿所愿也说不定。

容止眨了眨眼睛，轻描淡写地巧妙绕过："届时再说吧，我量力而行。"

没有答应，也没有拒绝。这个问题就含糊带过。

因为想起往事，楚玉的心情低落不少。接下来也没什么重要信息，她便又简单地说了一些，接着便要告辞离去。临走之前，楚玉终于忍不住看了一眼容止，犹豫了一会儿，还是把压在心头的话问了出来："容止，你，想当皇帝吗？"

这个人绝不像是能一辈子居于人下的，他拥有深沉的心机和钢铁般的手腕。他在南朝时便已经翻手为云，覆手为雨，纵然因为意外而溃败，但想要重建也不会是太大的难事。他的同胞姐妹能操控北魏一半的朝政，大权也等于掌握在他的手中。北魏太子都能给他养着玩儿，他现在还十分年轻，绝不会就在这一步中止。将来，更进一步是什么呢？

再往前一步，这个世界权力的极致，便是帝王。

更极端些，则是唯一的帝王。

容止微微一笑："你以为呢？"他不回答，只又将问题抛还给她。

楚玉轻叹一声，又踯躅一会儿，才道："你知道我是从未来来的。"

"是。"他知道。

"我没有说谎。"

"是。"他相信。

"容止，"楚玉望着容止，目光忽然变得有些悲哀，"就我所知的历史，从来就没有一个姓容的皇帝。"

她的历史虽然不大好，但是，每朝每代的皇帝姓氏，她还是能勉强记得的，从现在起，南北对峙的情形还会持续上百年，直到隋朝一统天下。

历史犹如一条波澜壮阔的长河，翻出无数的浪花，可是其中并没有一朵浪花是容止的名字。

容止这样的人，无论在何时何地，处于何种境况，都不可能被湮没在平庸之中，只要他能够发挥自己的本事，必然会在这世界上永久留下属于他的痕迹，除非他死了。

除非他在真正绽放出光芒前便死去。而在他死后，所有痕迹皆被掩埋，将他这个人曾经存在过的事实完全抹杀。

这是历史，不能违抗。她曾经想要逃脱这命运，但还是不得不遵从了那看不见的轨迹。到洛阳后，她让桓远打听过南朝的消息，听到的是她已经死去——作为山阴公主死去，作为楚玉的她悄然活了下来。

不管是政客的统治要求，还是别的什么原因，山阴公主如历史上记载的一般死去，除了好养男宠的恶名，她的美貌风致，她的音律才华，什么都没留下。

正如她昔年所说的，河流中的一小股水流，想要脱离河流的方向，可是她个人的力量太小了，不得不被滔滔大河席卷而去，无可抗拒地按照原来的轨迹奔流。

她是这样。

刘子业是这样。

已经死去和侥幸活下来的人都是这样。

所谓命运，无人可逃脱，无人可幸免。

从充满希望到现在悲观地随波逐流，那些变故改变的不仅仅是她的身份和环境，也改变了她的心态。现在她只愿能平静、安宁地度过这一生，便很满意知足了。

这些，她本来可以放在心里不对人言说的，反正也不关她什么事。但犹豫了半天，她终究还是不忍，不忍心眼睁睁地看着容止走向注定的惨败。

楚玉话音方落，便感到竹林间一片可怕的沉寂，只有不解世事的婴儿不时地发出咿咿呀呀的声音，反而显出这份沉寂更为诡谲。

也不知过了多久，容止缓缓地道："你所谓的历史，也是由人造就，未必就不能改变。"他的神情没有丝毫动摇，仿佛楚玉所说的话对他全无影响。

楚玉慢慢地摇了摇头："但是你也要知道，历史不是由一个人创造的。"由千千万万、无数个因素交汇而成，不知道什么时候、什么人、什么事物就会成为致命的变数。

容止又沉默了许久，他深思着，末了，才再度现出浅笑，柔声道："你的好意我心领了。"

心领，但也仅仅是心领。

楚玉有些失望，却也知道这是必然的结果，她不可能劝动容止。似他这般意志坚定、心如钢铁的人，不可能因为一两句话而动摇，即便明知道前方是刀山火海，他也会从容平静地走过去。

虽然明知道不能改变，但楚玉还是忍不住微微黯然。就在此时，有人走入院内，乃是侍女和侍从各一名，他们先向容止行礼，随后那侍从道："公子，已经准备好了。"见容止点了点头，那侍女便上前来，抱起婴儿。

容止站起身来，朝楚玉微微一笑："我陪你走一遭。"楚玉迟疑片刻，还是点了点头，两人并肩朝外行去。身后，侍女抱着孩子，小心翼翼地跟随着。

出了刘昶府邸，再往前走一段路，便到了楚玉的住处门前。楚玉心情有些低郁，来到门前方想起应该对容止说不要送了，才一转头，忽然瞧见容止的身后跟随着一长串人，一个个或端或抬，搬运着家什用具，简直就像在……搬家？其中在最前头的，便是方才进院子的侍从和侍女。

楚玉目瞪口呆，忍不住问容止："你这是做什么？"

容止眨了眨眼，黑眸之中染上了一丝不易觉察的狡黠："自然住进你家去。我在平城并无恒产，唯一一处宅子已经给你住了，刘昶的府邸我也不能长住……你总不忍心见我流落街头吧？"

第一百三十章　谁在股掌中

扯谎！骗人！睁眼说瞎话都不脸红？

什么在平城没有产业？只要他愿意，以他的本事，想要几套房子还不是举手之劳？

楚玉发呆了好久，才找回自己说话的能力。想到方才容止所说，这处宅子是属于他的，立即便想起，宅子的一个偏院里，种植着大片竹林，格局与原来公主府容止的居所有些相似。她原以为只是巧合，因为那院子太偏僻，就没安排人住，如今想来，像是早有预谋似的。

瞪着容止一脸无辜的笑容，楚玉的牙根痒痒的，很想扑上去狠狠咬容止一口。

但楚玉也知道，她纵然不情愿，也不能改变什么，容止定然是做好了所有的准备，才出面与她交涉的。如今她让也得让，不让也得让他住进来，否则他一定还会找到别的办法。自然，她也可以自己搬走，但是，一来在平城找居宅不是那么容易的事；二来，就算找到了，也不能避免容止再度设计，还不如索性如他所愿。

按下冲动，楚玉冷诮地一笑，让开大门："想要就近监视我的话，那便请进吧。"思来想去，她只能为容止的行为找到这么一个借口。

因为真正的原因，在最不可能的方向，而那个方向，则是楚玉绝对不可能去思考的。就连梦里，也不曾有过那样的幻想。

也因此，容止所有的异常，甚至洛阳城外昭然若揭的亲吻，也在有意无意的曲解下轻易被忽略过去。真心想要回避什么的时候，无论看到什么，听到什么，都会朝自己预设的角度思考，曲解和误会，这只是开始。

容止顺利登堂入室，身后，仆人搬着用具家什鱼贯而入。他对宅院熟悉，无须他人带领，便自己循道而行。容止脚步不停，身后的人也顺序跟随，远远看上去像一条长龙，蜿蜒曲折，足有二三十米长。

楚玉与他并肩走着，回头细看身后的长队，只见有的人双手捧着书本，有的人肩上抬着箱柜，有的人平端着装饰摆设……各式各样，一应俱全。看来容止似乎有与她长住的打算。

幼蓝从主道对面走过来，远看着这条长龙有些奇怪，待走得近了，一眼瞧见与楚玉并肩而行的白衣少年，当场骇得松了手，手中托盘跌落在地上，白瓷碗碎成好几瓣，碗中雪白的鱼片粥流淌了一地。

“容……容公子……”幼蓝的脸色霎时变得刷白，微弱的声音颤抖得如同风中的落叶。

算起来，从建康到洛阳到平城，一直还在楚玉身边的，除了桓远等人，便是幼蓝了。在建康公主府时，她是楚玉的侍女；在洛阳楚园时，她还是楚玉的侍女；而来到平城，她依旧做她的本分工作。

带她离开建康，一是因为她身为楚玉的贴身侍女，楚玉想做什么，并不能完全瞒过她；二来她没有家人，离开公主府后无处可去，便一直跟随着楚玉，默默地走了这么远的路。

容止瞥了幼蓝一眼，又转向楚玉笑道：“你倒是很念旧啊。”

楚玉面无表情地道：“幼蓝，你先退下吧，今后他要住在我们这里，不过你不必理睬，他的人自会伺候。”

幼蓝低着头，胆怯地应了一声。她尚未退开，便有一条红影紧跟着出现在前方院落门口：“怎么回事？”原来方才那一番动静，将住在不远处的花错给惊动了。

花错手上握着出鞘的长剑，脸上还挂着些汗珠，似是正在练剑。他和幼蓝一样，也是一眼瞧见了容止，原本冷漠的神情，刹那间变得铁青严酷。

楚玉心中一惊，暗叫糟糕：方才自己只想着容止住进来后该怎么应对，却忽略了这宅院里的另外一个人对容止恨之入骨。让花错见到容止，或许下一秒便会酿成血案。

楚玉大为懊悔，她想要说些什么缓和解释的话，发现花错的双眼定定地看着容止，仿佛完全没注意到她的存在。而容止含着浅浅的微笑，镇定地回望着花错，全不在乎眼下紧绷的危险气氛。

两人对视片刻。令楚玉意外的是，花错并非提剑冲上来，甚至很快地，他的神情又恢复如常，口中问道：“你要住在这里？”

容止笑了笑：“不错。”

“好极。”话音未落，花错已反身转回门内。

一场风波就这样于无形之中消弭了。虽然楚玉知道花错现在不出手并不代表今后永远不出手，但眼下没打起来总是好事。楚玉轻轻舒一口气，赶紧把容止送到那种植着大片竹林的偏院后，自己便逃也似的离开了，算是暂时甩开了他这个麻烦。

容止在竹林里找了个僻静的角落坐下，就如同从前他静静地坐在公主府里那片竹林中一般。他的身躯仿佛与竹林融为一体，绿荫洒在他的身上，在雪白的衣衫上蒙上一层幽暗的凉意。他随手扯了一片竹叶，低头仔细看了看，而后一笑：虽然已经尽可能按照南朝时的格局修建，但毕竟还是有些不同。有的竹子并不大适宜生长在北方，种植在这院子里的，是与建康不同的另外一个品种的竹子。

倘若还要种植建康的那种竹子，只怕就算不凋零，也不会长得太好。

什么东西，变了地方，总是另一番模样。

不过……只要来到这里便好。

他在这里，并且掌控。既然已经迈出了那一步，便不要迟疑，跟着走下来。

确定了就不会再踯躅。

该是他的，终归还是属于他。

异常清雅秀美的脸上，缓慢呈现的，是一种全盘在握、强大冷静的神情。

容止住进楚玉家一事，院子里原本南朝的人都知道了，但并不是什么人都会对此产生反应的，每人每天该干什么还干什么，并不曾因为家中多了一群人，便有太大的改变。

花错每日还是一如既往、足不出户地练剑；阿蛮记住容止居住的院子后便绕着走；桓远听闻此事，只“嗯”了一声，便再没过问……

而楚玉，则在数日之后，又一次踏入容止的院落。她来此的目的自然不是容止，而是曾经咬过她的那个小家伙。

拓跋宏，是那个婴儿的名字，与他的父亲——当今北魏皇帝拓跋弘的名字同音而不同字。这个孩子，现在由容止身边的人代为抚养。平日里容止也不怎么理会这小孩，只在楚玉来访的时候拿出来玩弄一番。

站在院落门口，楚玉一眼便瞧见了竹林边上的小木床。照料婴儿的侍女看见了她，愣了愣神，随即行了一礼，恭敬地道：“公子今日有事外出，您请自便。”言毕，便退出院落。这个架势，仿佛是在说：孩子放这里了，请您随便玩儿……

眨眼间，院子里便只剩下一大一小两个人，小床边还有那侍女方才坐过的凳子，楚玉便顺势坐了上去，低头凝视熟睡的婴儿。

幼小的孩子仿佛完全不知道他在什么人手上，今后会面临什么情景。他圆润粉嫩的小脸泛着健康的光泽，红润的小嘴微微张开，嘴角流下一点透明的液体。

也不知低头看了多久，楚玉忽然开口道：“墙上的那个人，你可以下来了吗？”

楚玉话才说完，头顶上便传来一道惊异的嚷嚷声：“你怎知道我在上边？”

楚玉撇了撇嘴，抬起头来。墙头上，一个身着黑衣的身影一脚在内，一脚在外地跨坐着。他的身子背着光，脸孔埋在阴影中看不大分明，但是听他的声音，不超过十五岁。

楚玉看他一眼，不声不响地指了指地面上的影子，一道属于墙顶的阴影上，人影的形状再清晰不过。

“哈。”那少年尴尬地笑了一声，双手按在墙上一用力，整个人便跳入院内，动作极为英武利落。落地之际，他腰间挂着的两块玉佩互相碰撞，发出圆润清脆的声响。

少年才一站定，便三步并作两步地快走过来。楚玉这才看清楚，这少年也就流桑那个年龄，但相貌却英气凛然，顾盼之间隐含威严，纵然是这般如同玩闹似的来到她的面前，亦颇有几分隐约的威势。这是长期处于上位者才会拥有的气质。

英武少年凑到楚玉身边，没理会楚玉，目光只定定地集在小婴儿的身上，那目光混合着怜爱、思念以及一点点好奇。看了一会儿，那少年便不怎么安分地伸出手来摸婴儿的小脸，他的动作不知轻重，没两下就把婴儿给弄疼了，婴儿惊醒过来，当下嘴巴一张，哇哇地哭了起来。

稚嫩的哭声在寂静的空气里传开，显得特别凄惨可怜。楚玉和少年不约而同地往旁边一跳，好像避开炸弹一样远离哭闹的婴儿。待跳开后，两人对视一眼，少年不客气地先发责难：“你不是照看孩子的吗？怎么不去哄哄？”

楚玉冷笑一声：“谁告诉你我是保姆？孩子是你弄哭的，你这个为人父的不去哄，要我这个外人做什么？”

刚才看清这少年时，楚玉顿时便明白了他的身份。他的玉佩之上，雕刻着一个“弘”字，而当今北魏天子的名字，便叫作拓跋弘。而他与婴儿眉目有八九分相似，两人放在一起，若是要说他们之间没有血缘关系，鬼都不信。

拓跋弘与拓跋宏同音不同字，楚玉怕弄混了，便只记其中父亲的名字，管小的那个叫小拓跋。

若不是认出来这个拓跋弘的身份，方才她也不会任由他伸手去摸孩子。只不过这北魏皇帝当得稍微惨了点，居然连看自己的儿子都要偷偷摸摸地翻墙而来。

拓跋弘身份被识破，先是一愣，这才匆忙转过头来打量楚玉。他眨了眨眼，想起什么似的道：“难道你是……”还未说完，他的话便被小拓跋猛然升调的哭声打断，约莫是气愤旁边两个大人看见他哭了都不来理会他，小拓跋哭得更加伤心欲绝，肝肠寸断。

拓跋弘这个父亲虽说早婚早育，还不怎么负责地把儿子送给太后当人质，但毕竟是父子连心，听见这哭声，整个人都慌了神，便忙不迭地转向楚玉道：“你还不去抱抱他？”

声音还微微颤抖，大约是没见过小孩这么哭。

楚玉脸上比拓跋弘镇定些，但实际上也不知所措："我说了我不是保姆……要不干脆叫人来……"

叫人？听到这个词，拓跋弘才猛然想起，这里是容止的地盘，他此番偷摸翻墙进来，若是被容止给撞见，纵然容止不会对他怎么样，但总归是丢面子……

想起这件事，他也顾不上儿子还在哭，立即拔腿朝墙边跑去，三两下蹬上墙头，很快便消失不见了。楚玉观其动作的熟练程度，便知道他不是头一回干这事。

照顾婴儿的侍女并未走远，听见小拓跋的哭声便很快赶来。她熟练地抱起婴儿安抚。楚玉也有些做贼心虚，感觉好像是她把孩子弄哭了一般，趁着侍女照料孩子的空当，她悄然离去。

有一便有二，有二更有三，第一次碰面之后，楚玉便时不时在容止的院子里见到翻墙而来的拓跋弘。而几次后，楚玉终于禁不住同情心泛滥了一下，觉得这位皇帝当人父亲当得也太惨了点，便与他约好，给他留着后门，并遣开附近的下人，也免得他连看儿子都跟红杏出墙似的。

第一次里应外合，拓跋弘十分准时，没有失约，但看到拓跋弘身后的人时，楚玉却宁愿他失约没来。眼前一片恍惚，拓跋弘一身玄黑衣衫，在他身后右侧，立着一个身着紫衣的少年——天如镜，熟悉的脸和神情让楚玉几乎有回到了南朝的错觉。他依旧是一身深紫衣衫，外笼一层白色轻纱，整个人如身在雾气之中，缥缈又冷漠。

而初见的那一瞬间，楚玉甚至以为与天如镜站在一起的不是北魏新君，而是已经死去的南朝废帝刘子业。是的，刘子业，她这具身体的弟弟，同时也是……她在这个世界上辜负最多的人。

一直到现在，楚玉也不知道自己做的是对还是错，又或许，这世上有些事本就不能以对错来简单区分。但是从她离开建康开始，又或许从正式听到刘子业死讯的那一刻始，那份愧疚便悄无声息地深埋在她的心底，直到现在都不曾完全消失，此时此刻，更是宛如梦魇一般，再度升腾起来。

这个世界上她最对不起的人，不是他人，竟是一个凶残狠毒的暴君。

她不住地默默安慰自己，告诉自己这不是刘子业，而是与刘子业截然不同的另外一个皇帝，这个皇帝有理想，有野心，也很想认真地治国。虽然他们之间唯一的交集是看孩子，可是从桓远的言辞之中，还是可以窥得一二的。

是的，他们是不一样的，他不是刘子业，他是拓跋弘。反复默念了不知多少遍，楚玉的情绪才逐渐平复下来。她深吸一口气，走上前去，正好这时候拓跋弘逗小拓跋逗累了，稍微让开来让她靠近。

现在小拓跋有一岁多了，已经到了能学说话的时候。见楚玉靠近，他的小嘴一张，便将前些天楚玉教他说的话重复出来：“去洛阳，去洛阳。”声音软软嫩嫩，清清亮亮。

这纯粹是楚玉一时的恶作剧，秉持着调教要从娃娃抓起的原则，她耐着性子反复教小拓跋说话，本来是想让他记住“今后要把首都迁去洛阳”这么一句的，奈何小拓跋说话尚不灵光，反反复复，也就说出了“去洛阳”三个字。

她甚至曾偶尔想过，倘若真的把小拓跋调教出来，让他今后把首都换个地方，算不算在一定程度上改变了历史呢？

说者无心，听者有意，小拓跋话才说完，拓跋弘眼光便亮了亮，竟当着楚玉的面陷入沉思。而天如镜的目光，则在一刹那变得有些古怪。

楚玉不客气地瞪过去，嘴唇无声无息地开合：就是跟你作对，怎么样？

天如镜瞥了一眼拓跋弘，确定他没怎么留意，才移步来到楚玉身边：“洛阳确实是做都城的好地方。”他靠近楚玉的耳畔，声音压低了少许，“你大概不知道，在二十多年后，拓跋宏确实迁都洛阳了。”这个拓跋宏，便是正在婴儿床上的那位。

她这么做，算不算是阴错阳差呢？

楚玉呆了足足十多秒，才猛地回过神来，连忙俯身逼近小拓跋，几乎咬牙道：“忘记我之前跟你说的，不去洛阳，不去洛阳……”

但小拓跋只会重复末三个字：“去洛阳，去洛阳……”

“不去洛阳，不去洛阳……”

“去洛阳，去洛阳……”

…………

第一百三十一章　惊风飘白日

时光短，岁月长，小拓跋一天天长大，会爬，会走，还能摇摇晃晃地跑了。

但奇怪的是，冯太后与拓跋弘的权力之争，抑或说容止与天如镜的暗里交锋，却始终不曾真正激化，以产生实际的结果。

皇宫里和朝堂上具体是什么情形，楚玉不了解，也不打算了解。但家中的情形她却心知肚明，家中几人呈现出微妙的势态，明明几个人关系并不怎么好，却一直维持着表面的和平，没爆发出来。

桓远自然早出晚归，为北魏皇帝拓跋弘出谋划策，甚至制定政治方略，等等。做北魏的谋臣并不是一件太容易的事，因为北魏是由游牧民族转化而来的，尽管已经很努力地学习汉人的规矩，但还是在很多地方不到位。改革社会制度是一件很费力的事，桓远的计划书做了一份又一份，也根据实际情况修了一次又一次。虽然本人不承认，但桓远确实是在为异族人民汉化事业添砖加瓦。

家里的另外两个人，阿蛮和花错，则整日缩在院子里练武。不光花错勤于练习，容止来了之后，阿蛮也主动勤奋起来。楚玉每次路过他们院门口，金属撞击声都不绝于耳，往里面一瞧，便见刀光剑影闪烁，颇有几分磨刀霍霍向容止的意味。

好几次，花错与容止在家中狭路相逢，然而花错也真沉得住气，或许他明白自己与容止的实力差距，在确定能对付容止之前，他不再莽撞地去挑衅。这或许是成熟，可这样的成熟真的是花错想要的吗？

至于楚玉，她与容止可以说是家里最闲的人。容止身上虽然挂着官衔，却仗着自己是太后的亲戚，整天“抱病”在家，每月顶多出门四五日，和真正的闲人楚玉没多少区别。

容止不外出的时候，便会在竹林中设下两张方便休憩的软榻，弄几碟点心，煮一壶茶，随后将楚玉请来，让她给他上课。

在得知了天如镜手环的主要功用之后，容止还不满足，便又向楚玉提出要了解她所知道的一切知识。于是，继南朝教过天如镜英文后，来到北朝，楚玉重操旧业，而教学对象则换成了容止，教学范围则是全科。

在开课之前，楚玉已经做好了受打击的准备。她知道容止很聪明，学起东西来会很快，就算见到他过目不忘，也不应该觉得奇怪，但是尽管做了这样的准备，待教学正式开始后，楚玉还是被容止的吸收、理解能力给镇住了。那已经不是单纯的过目不忘，而是达到了闻一知二知三知十的境界：比如教他一个公式，那么他便能根据之前所学的，把相关的几个增补公式给推导出来；再比如教他一个英文单词，那么这个单词的各种变形以及延展词汇他也能无师自通。

好在楚玉每天最多只教他半刻钟，否则，一定会在第一天就被他打击坏了：容止这种学习已经不只是“人形学习机”了，简直就是“黑洞”。

每天上课半刻钟，这是容止要求的。最初楚玉看到这个时间的时候觉得很不可思议，假如每天只教半刻钟，要多久才能讲完她寒窗苦读十多年所获得的知识啊？不过，等真正上课后，她便发觉容止考虑得实在太周到了，不仅考虑进去了他的学习掌握速度，还把她的精神抗打击能力也一起算计进去了。

两人每天的日程是这样的：早晨楚玉先睡个懒觉，睡舒服了，洗漱完毕，便有一个侍从在外面等着，请她前往容止的院落。到了地方，一般容止便已在等着，而后，两人一起吃早饭，假如楚玉起床晚一些，顺便把午餐一块儿吃了。待吃饱喝足后，再休息片刻，才是短暂半刻钟的教学时间。饱受打击的半刻钟过后，便是愉快的休闲时光，楚玉偶尔说起21世纪的事，容止也饶有兴致地听着，偶尔凑趣插上一两句。

在这个世上，虽然最早知道楚玉拥有超出时代局限知识的人是天如镜，可是能够理解楚玉思维的人，却是容止。

在公主府的时候，容止别有用心，楚玉亦是有所隐瞒，那是他们相互隔阂最深的时候，彼此不信任，存有保留；在洛阳的时候，容止化身“观沧海”，单方面地欺瞒楚玉，而楚玉也对他保持有距离。

直到现在，到了平城，在达成一个至少双方都首肯的、表面上还算平等的交易后，他们彼此之间才算是真正地第一次坦诚相对。已经明确了一致的目标，彼此之间并无利益冲突，说起话来也轻松不少。楚玉不必时刻担心说话间会泄露什么，反正对于容止，她已经没什么值得泄露的了，说起穿越之前的事也能十分随意。

而容止，他虽然还隐瞒了一件重要的事，但与楚玉相处的时光，却是他有史以来最诚实的状态。两人谈论到某些事时，他不再隐瞒自己的真实心思，而是坦然说出想法，有时候会与楚玉的想法意外地完全重合，有时候却截然相反。

说到皇帝时，一个来自废除帝制的21世纪，一个心比天高想凌驾于所有人之上；一个是漠不关心，另一个则是满不在乎。看着彼此，俱是大笑。

但有一些理念，他们的观点截然相反。就拿教导小拓跋来说，楚玉坚持要将小拓跋往“四有新人”方面培养，容止则整天给一个两三岁的小鬼灌输“人不为己、天诛地灭”的理念。

“有理想、有道德、有文化、有纪律？身为帝王，道德是最多余的，而他的理想，也只能是自己的国家。”

“好吧，我教他未来的‘四有新人’标准是不大正常，但你教一个不到四岁的小鬼怎么用权势杀人，怎么要阴谋诡计，这就正常了？”

…………

光是为了这件事，他们就不知吵了多少架，吵完后不欢而散。第二天，楚玉又没事人似的过来吃饭，吃饱之后是拍桌子继续吵还是转移话题聊别的，要看当时的天气或心情。

那真是一段非常快乐的时光，就连吵架都是很愉快的，比在洛阳维持的虚假和谐不知快乐多少倍。然而不管是楚玉还是容止，两人心里都明白，这样的日子总有结束的一天。他们不说，并不代表这件事不存在。

而那一天，就在小拓跋四岁的那一年，到来了。

惊风飘白日，光景西驰流。时间就如生了一双看不见的羽翼，就在那眨眼工夫，飞逝而过。

第一百三十二章　司马昭之心

小拓跋是个很可怜的小孩子。

遵从北魏的“子贵母死”传统，在他成为太子后，他的母亲依照制度被处死，他的太子之位上，第一抹血是属于他的母亲的。他年轻的父亲则忙于权势争斗，起初还偶尔偷偷摸摸地来看看他，待他长大一些后，却是连来看他一眼的时间都抽不出来了。

在他最初的生命里，时常在他身边的，除了照料他饮食起居的侍女、随从，便只有两个人，一个叫容止，另外一个则叫楚玉。

只有这两个人不像其他的仆人那样无趣，他们也不是他的仆人，按照辈分，小拓跋应该管容止叫“舅爷爷”，而楚玉呢……

“舅奶奶！”

一听到这软软嫩嫩的喊声，楚玉当即便垮下了脸。小拓跋长到了四岁，健康漂亮，聪明伶俐，人见人爱，但唯一美中不足的，便是这小鬼对她的称呼。也不知是谁教的，自从会认人、会喊人后不久，每次一见到她，这小鬼都坚持管她叫“舅奶奶”。

先不说她跟容止不是那种关系，光是这称呼本身，便能成功地让楚玉起一身鸡皮疙瘩。

楚玉弯下腰去，伸出两根手指轻捏小拓跋的嫩脸，皮笑肉不笑地咬牙道：“小鬼，谁是你舅奶奶？叫楚姐姐！本姑娘年轻貌……”她瞥了一眼容止，那个“美”字硬生生地卡在喉咙里说不出来。在容止面前自称貌美，也太不要脸了。

小拓跋揉着被捏出一点红印的脸，扁了扁嘴，眼角余光偷偷瞥了一下旁边，只见容止环胸而立，正笑眯眯地望着他，小家伙心里咯噔一下，反复盘算，决定还是坚持不改口，只鼓着腮帮子左躲右闪，避开楚玉的魔掌。

两人正玩闹着，忽听身后一个低柔恭敬的声音道：“公子，墨香有事禀报。”

楚玉转身看去，墨香一身黑衣站在院子门口，浓重的黑色将他身上的妩媚风致几乎尽数压下。自从诈死脱身后，楚玉每次见到墨香，都看他把自己包在黑色中，与从前在公主府内时判若两人。

墨香来此的次数不多，一年最多一两回，每次都是有要紧事才亲自前来的。这一回，估计又有什么要紧事了。

容止略一点头，靠着一丛翠竹就地坐下，淡淡地道：“有什么事，说吧。”他并不打算避开楚玉。

墨香略一迟疑，道：“李奕被杀了。”

不光容止微怔，听到这个消息，楚玉也吃了一惊。李奕是北朝中的大臣，楚玉知道这个人的存在，并不是因为她关心朝政，而是因为她关心八卦。

冯太后与山阴公主，两人虽然一南一北，性格、作为也是南辕北辙，但两人却有一个共同点，便是收面首。楚玉甚至觉得，倘若山阴公主现在还在，她甚至可以跟冯太后交流一下对男人的审美心得。当然，养面首之余，冯太后并非放弃朝政，她将工作和娱乐结合起来，收的面首都是朝中的俊美大臣，这样跟情人幽会的时候，还可以讨论国事，事业、爱情两不误。而如今墨香口中那位被杀的李奕，正是冯太后最心爱的男宠。

墨香简单地叙述了前因后果：那李奕的兄长包庇贪污事发，被弹劾出三十多条罪状，满门抄斩。这李奕也一并牵连上，被斩了。

虽然没明说，但楚玉和容止都明白，这并不仅仅是一桩单纯的包庇贪污罪案，底下暗藏着的，却是冯太后和拓跋弘之间的矛盾。冯太后公然收面首，这就是当着拓跋弘的面，给拓跋弘已死去的父亲头上戴绿帽子。拓跋弘自然气不过，便找了个机会，干掉了面首之一的李奕。

得到消息的第一时间，墨香便明白，性格刚硬的冯太后不会忍下这口气，表面上平静的朝堂局势，很快便要掀起巨大的波澜。

就要开始了！楚玉、容止相互对视一眼，彼此都在对方眼中看到了这样的意思。

朝堂上的僵持平衡维持了这么些年，已经很不容易了。现在发生了这等事，无论如何都不可能继续维持下去。拓跋弘先出手打破了这个平衡，为了自己的利益和威严，冯太后会给予拓跋弘猛烈的回击。从另外一个角度来说，也算冲冠一怒为蓝颜吧。

墨香前来报了讯，转身便走，因为他知道容止会有适当的考量和处置，无须他提醒、劝告。容止是清醒而冷静的人，过去是，现在是，将来还是。他只消传达消息，真正的决断，还是交由容止来做。

小拓跋有些不安地站在楚玉的身边，他不太能听明白刚才那个漂亮哥哥说的话，可是却敏感地觉察到，漂亮哥哥说了那些话后："舅奶奶"就不打算跟他玩儿了。他轻轻地拉拉楚玉的袖子，小声地道："舅奶奶，你是不是生气了？我不跑了，你捏吧。"小拓跋心想，让她随便捏，他不反抗就是。

楚玉哑然失笑，又随手捏了他一把。这时，她听见才淡去不久的脚步声重新响起，但这一回不是一个人，而是一群人。

墨香前脚才走，宫内的侍从后脚便跟来，站在门口向容止恭敬地请求，要带小拓跋回皇宫里去。不需要如何辨认，楚玉便知道这些人是冯太后那一边的，否则不至于会对容止如此毕恭毕敬。

小拓跋有些害怕地朝楚玉身后躲了躲，虽然年纪小，但是聪明过人的他已经开始有些明白现在发生了不太愉快的事，而这些人要把他带走。他有一种预感，倘若现在离开，也许今后都不可能看到楚玉了。那个华丽的皇宫就像一个漆黑的大口，他一旦走入，就会被吞得连渣子都不剩。

小拓跋一躲到身后，楚玉便下意识伸手护住他，随即有些戒备地望向容止：冯太后在这个节骨眼上派人接走小拓跋，自然不会是什么好事儿。一想到这么小的孩子要被当成政治工具来使用，楚玉便有些不忍。

小拓跋的去留，这里唯一能说上话的人是容止，只要他说一句话，就算十个冯亭来了，也会给他面子留下人。

容止温柔地凝视着楚玉，微微摇了摇头，他轻声道："这是他的命运，你不能代替他去面对。"顿了顿，他的目光投向楚玉的身后，正与探出头来的小拓跋对个正着，"倘若你决定留下来，我可以替你挡下这一桩，甚至能一劳永逸地将你送去一个安全的地方，改名易姓变成另外一人。但是，今后你都将只是一个平民百姓，而不是北魏太子——这半壁江山的继承人。"他正色地望着小拓跋，淡淡地道，"是做无忧无虑的平凡人，还是做生死攸关的拓跋氏，你自己权衡，做好了决定，我可以如你所愿。"

他说完之后，空气里便陷入一片寂静，楚玉只听到自己的呼吸声，慢慢地，她的衣袖被松开，慢慢地，小拓跋从她的身后走出来。他小心地整了整自己的衣衫，用软嫩的小手用心地抹平方才疯玩弄乱的衣摆袖口，好不容易理好了，他挺直背脊，缓缓地抬起头来。

虽然脸上还有些畏惧，可是那双清澈的眼睛里，闪烁着微弱的坚定神色。"我去。"他低声说。

容止说得对，纵然他避得开这一时，也避不开这一世，只要他身上流着拓跋氏的血，总有一天要面对这些。不管他是四岁，十四岁，还是四十岁。

小拓跋脚步不太稳地朝来迎接他的宫人走去，离开他快乐的天堂，挥别他短暂得不可思议的童年，走向属于拓跋氏的命运。

一边害怕得发抖，一边强迫自己走过去。

他是拓跋宏，是北魏将来的君王。

小拓跋走了，走得那么可怜巴巴的。楚玉好几次想要冲上去，把他拉回来，却还是强抑住。容止说得对，这是小拓跋的命运，她不能代为面对。虽然很可恶，却不得不承认，那家伙说得很对。

她必须也要面对她自己的命运。不知怎么的，心情一下子低落下去。楚玉垂下眼帘，双目凝视着脚边的地面，清晰地道："冯太后和拓跋弘马上就要开战了，你和天如镜也应该出个结果了。当初我们是怎么约定来着，你没忘记吧？"

容止下意识地露出一个和缓的笑容："我自然记得。"

四个条件，层次条理分明：

第一，她离开；

第二，他永别；

第三，不入局；

第四，放桓远。

记得就好。楚玉松了口气："那么，你打算什么时候兑现？"

听她的语调神情，如同前些年那般毫无眷恋，无半分不舍。容止凝望着她，许久没说话，直到楚玉再次问出，他才慢吞吞地道："很快。"

楚玉对这个含糊的答案不甚满意，直追问道："很快是什么时候？"

容止微微吸了口气，还是那么从容地道："今日起，桓远不必再去皇宫了。三日后，你做好准备，离开平城。"

楚玉一怔，飞快而模糊地笑笑："好，我现在就去做准备。"三天的时间很短，倘若只是她自个儿走，自然不必如何准备，但她身后跟着一大家子，器物财产，整理起来是一桩不小的工程。

因为决定来平城，洛阳那座宅子的房地契还攥在她手上，楚玉打算带着桓远等人回洛阳，观望一段时间，看北魏的情形如何，倘若发生她不愿意看到的变故，就顺势从洛阳逃回南朝。

刘子业死后不久，刘彧便登上帝位。很快地，他在朝中展开新一轮的屠杀，扫除刘子业的余党，宗越便在被扫除的范围内。

过了这些年，南朝对她的搜捕应该早就淡去，只要换个身份、姓名，小心一些，还是可以回去安然度日的。

主意打定，楚玉想了想，伸手入怀，片刻后摸出来一只白色长方体挂件：“这是当初你交给我的，后来发生了那么多事，一直忘了，今后我们没什么机会再见面，就在此还给你吧。”这些年来她不是没机会，但东西在身上挂久了总有些舍不得，今天推明天，明天推后天的，一直拖延到现在。

容止漫不经心地道：“你喜欢便留着吧，这东西放在我这儿也是无用。”虽然是家中传下来的，但这物件对他而言并无多大价值，更何况在这个时候，他的心思全不在外物之上。

桓远走下马车，眉宇之间满是忧虑，昏黄的夕阳照在他的衣衫上，像染了一层黯淡的金边。拓跋弘的作为他不是不知道，相反，他眼看着拓跋弘下令搜查李家的罪状，还连坐斩杀了李奕，他曾试图阻止过拓跋弘，却没成功。

纵然拓跋弘心怀大志，但现在不过还是个不满二十的少年，沉静不足。眼看着冯太后公然给他死去的父亲戴绿帽子，这样巨大的侮辱他如何承受得起？

冯太后时常召李奕等人入宫陪伴。亲眼看着自己的臣子朝太后寝宫走去，他却什么都做不了，而每次上朝之际，看到朝臣们的目光，纵然没什么异样，他都觉得那仿佛是在嘲笑他。

如此日积月累的压力下，拓跋弘对冯太后的怨恨已到了无法压抑的地步，好不容易能抓住李奕家人的短处，便趁机连坐杀死了李奕，也算是出了胸中一口恶气。

今日李奕遭斩杀的消息一传开，冯太后势必不肯善罢甘休，接下来朝堂上会掀起怎样的波澜，桓远只略想想，心中便微感寒意。轻叹了口气，桓远决定把皇宫中的烦心事暂时压下，他抬头朝自己称之为“家”的地方看去，却见楚玉站在门口，似是在等他。

此时是秋末，平城的傍晚秋风很冷。楚玉有些怕冷地抱住手臂，一见桓远回来了，赶紧跺跺脚，迎上去，笑道：“回来了？有件好事要告诉你。”

桓远不问她什么好消息，只解下身上的细绒披风，小心地给楚玉披上，皱眉道：“天气转寒了，怎么不加件衣衫再出来？”

楚玉感激地笑了笑，扯了扯颈前的束带，继续方才的话：“今天容止和我说了，从明日起，你不必再去见拓跋弘。三日后我们回洛阳去。”

她简单地叙述前后缘由，说完，却见桓远脸上并无喜色，反倒有些怔忡地望着她，好像看到了很吃惊的事。

被他看得有些心虚，楚玉抿一下嘴唇，微微不安地道：“有什么不对吗？”他怎么这么看着她？难道他不想走？

过了一会儿，桓远露出苦笑，低声道：“你究竟是真不明白，还是假不明白？”

楚玉奇怪道："不明白什么？"

桓远停下脚步，望着楚玉，欲言又止。

这三年来，容止待楚玉如何，他们都看得到，先不说外面，至少在这个家中，容止的用意已经如司马昭之心——路人皆知，就连最不晓事的阿蛮都看出了端倪，可她为什么好像什么不知道似的？

她是当真不知，还是故意装成这样的？

"容止……"他声音极低，含混地隐没在吹来的秋风中，楚玉一时走神，没听清楚，笑着问道："你说什么？"

她神情轻快爽朗，眼中全无即将分别带来的不舍与忧伤，反而更像迫不及待地想离开的人。桓远心中黯然一叹，口中应道："没什么。"

知道又如何？不知道又如何？难道他还希望楚玉为了容止而留下不成？

如今这个境况，难道不正是他所希望的吗？

楚玉高兴地与桓远说了许多，说今后回洛阳的安排。要离开的消息，她已经通知了花错、阿蛮两人。阿蛮自是没有任何意见，花错则说要考虑考虑。她等在门口，则是想亲口将这件事告诉桓远。

事情交代完毕，楚玉一身轻松地回到自己居住的院落，才走入院门，却瞧见一个人影背对着她，坐在院子里的大树下，手上的渔竿一晃一晃的，姿态甚是悠闲。

楚玉脸上的笑意登时沉了下去，她停步站定，冷冷地道："观沧海？你来做什么？"

第一百三十三章　离声断人肠

自从知道此“观沧海”不是彼观沧海，而是容止假扮的之后，楚玉对正牌观沧海的好感便一下子降至零点。虽然主导者是容止，但观沧海全力配合了容止的作为，这是不争的事实。

观沧海似乎也明白她心里的疙瘩，三年多前他和容止一起来到平城，却极少在她面前出现，之后两人不曾打过交道，如现在这般不声不响出现在她的院内，更是从来没有的事。

渔竿悠然地朝后一甩，坐在树下的观沧海站起来，转向楚玉。他的身形修长，他的双目之上依旧覆着一层锦带——他失明的时间过长，虽有容止尽力医治，却依旧只能勉强分辨出光影和模糊的轮廓，反而不如他以耳代目来得灵便。故而，观沧海便索性一直蒙着眼睛，权当自己完全看不见——面朝楚玉，他微笑道：“我有话要对你说。”

楚玉略一迟疑：“进屋吧。”

两人一前一后走进屋内，楚玉让观沧海自便，自己则在一张椅子上坐下。两人各自坐定，观沧海也不客套，开门见山地道：“我此番前来，是做说客，劝你留下。”

楚玉拿起身边桌上的茶壶，给自己倒了一杯冷茶。

观沧海继续道：“你该心知肚明，我是为何而来，为谁而来，一定要我说出来吗？”

楚玉苦笑着放下茶壶，低下头道：“你既然明知道我不想说破这些，为什么偏偏要来说破呢？”

两人嘴上打着哑谜，心中却是再分明不过。

“你究竟是真不明白，还是假不明白？”桓远的话犹在耳旁，现在想起来，楚玉却只能苦笑：怎么可能不明白呢？

也许第一年，她还能怀着最大的恶意去揣测容止的一切行为，但是第二年，第三年……她竭力避免自己往那方面去思索，纵然百般不愿承认，可她心里其实早有了答案。

楚玉专注地凝视着茶杯，好像能从水中看出一朵花来似的，静静地道："就算是这样，可我为什么要留下来？难道说他对我示好，我便该感激涕零地扑上去，报答他的恩赐？"

她选择离开，并不是为了逃避而胡乱做的决定，正是冷静思考的结果。观沧海对她说这些，没有任何意义。抬起眼帘，楚玉望向观沧海，虽然也许观沧海看不到她的模样，但她还是想对着此人说话："这是我的意志，与容止待我如何，并无干系。三年前我是这么想的，三年后的今天，我也是这么想的。道不同，不相为谋，我跟他不是一条道上的。虽然过去三年我们之间相安无事，那是因为正好我们的道路交错了一段，能共同走一阵子，但现在又要分开。他有他的皇图霸业，可我呢，我留下来做什么？"楚玉面无表情，冷静地道，"我不知道他将来会如何，成王或者败寇，都与我无关，就算他能一统天下，当了皇帝又如何？难道我要做他后宫里的妃子？别说笑话了。"

楚玉微微一笑，目光却有些难过："我喜欢容止，没错，但我同样不能接受他的一些想法和作为。倘若一直留在他的身边，我无可避免地会目睹他伤人，害人。我不会因为他不喜欢我而怨恨，因为我喜欢他是自愿的，但相对地，我也不会因为他改变我的态度，转而忽视他的一切作为。"她的语调自始至终十分平静，平静得令人心寒，"容止是什么样的人，你应该比我更清楚，我不奢望他改变什么，也不打算为了他而改变我自己。"

有那么一句话，叫作相爱容易相处难，也许相爱未必就容易，但相处确实比前者更艰难。光只是一个喜欢，并不能粉饰一切，至少对楚玉来说是这样的。容止有容止的心性，她有她的骄傲……归根结底，也只有分开一途了。

听出她语意坚决，不可更改，观沧海叹了口气："你说得……不错，是我冒昧了。"他沉思片刻，道，"你一定要走吗？"

楚玉点了点头："对。"

也许几个月后，她便能将他忘却，也许这一生都不能磨灭，她会一直思念他，但她永远不想再见他。

就是这样，也只能这样。他们之间有一条不可逾越的鸿沟，他们只能相望，却不能相守。

观沧海仿佛还想说些什么，但最终还是没说出口，只是无奈笑道："也罢，此番是我多事，连带着先前我帮容止骗你，一并在此向你致歉。"只是，容止纵然有百般不是，他还是要帮他的。

听他语气诚恳真切，楚玉也随之释然，微笑道："说来我也是小心眼儿，竟然记挂了那么久。"她对观沧海的第一印象太好，得知他那样作为，一时心理上难以接受而已。

两人说到此处，该说的都已说尽，未说的心中亦已明了：楚玉心志如一，不能更改，就算容止强行禁锢住她的去留，也不能改变她的决心，反而可能会将情势恶化。

容止玲珑剔透的心，明白怎么做才是最好的，因而比起观沧海的不解，他甚至都不曾挽留楚玉。因为他知道自己留不住，正如那朱颜辞镜花辞树一般。

离去的那日是艳阳天。

楚玉走出大门，眼前一片白光，骄阳如火。

这三日来，她没再见过容止，容止一直留在他的院子里。她不踏足那院落，容止也不走出来。相见不如不见。

楚玉的全身沐浴在阳光下，阳光洒在白色的衣衫上，分外耀眼，脸上的肌肤还能感觉到薄薄的暖意。她身旁站着桓远、阿蛮和花错。在考虑了一天后，花错表示要一道回洛阳，也许他想明白了不是容止的对手，便不再做无用功。

楚玉正撩起衣衫下摆，抬脚要踏上马车，一缕清脆透亮的叶笛声不疾不徐地破空而来。不算连贯的调子，哀伤宛转起伏，叶笛声本是清亮响脆，此刻却显出水一般的幽远缠绵。叶笛声中，白日里灿烂的光辉浸染上了浓郁的别离之意。容止的乐曲造诣自然及不上萧别，但吹曲的人是他，听曲的人是楚玉，一切的含义便都变得不同。

楚玉仔细听了一会儿，眼光瞥见身旁桓远担忧的神情，她微微一笑："上车吧，要出发了。"

马车很快启动，车轮滚过石板路，发出接连不断的低沉声响，将缥缈的叶笛声远远地抛开。

楚玉走后的一个月，宅院内还会不时地响起叶笛声，薄而轻锐的调子忧伤缠绵，听得久了，甚至让人有一种肝肠寸断之感。他不仅每日吹，时常吹，还换着地方吹，想躲都躲不开这声音。不过没有人敢对吹叶笛的人发出什么异议，又不是不想活了，他爱吹便吹吧，最多把耳朵堵上不听。

容止悠闲地坐在菊花丛中，他取来一只新蒸的螃蟹，慢条斯理地剥开蟹壳。他的手指极为灵巧，眨眼间便捏出白玉般的蟹肉，蘸一蘸身前长案上的姜醋汁，再缓慢地送入口中。食一口蟹，容止又端起酒杯，浅浅地抿了口温热的黄酒。他神情从容，沉稳得仿佛世间一切缤纷都黯淡下去，一身清寂，压得满园金灿灿的菊花都失了颜色。

秋后正是菊黄蟹肥的好时候，然而有酒无伴，有蟹无朋，有菊无亲，一个人自斟自饮，自食自赏，终究有些落寞冷清。从前一个人倒不觉得什么，但过去三年总与楚玉相伴，如今人突然走了，容止终于觉出索然无味了。

又吃了几口，容止以丝巾擦拭手指，习惯性地又吹了一会儿叶笛，才拿起放在身旁的文书资料，认真地翻看起来。

他看得甚为快速，可谓一目十行，但字字入眼入心，百般计较盘算在呼吸之间，便从心中电闪而过。没过多长时间，容止便浏览完毕足有一寸多高的文书，但是他并未就此停下休息，顿了一顿，他又伸手入怀，取出今晨方送达的密信。

再仔细擦拭了一遍手指，容止才拆开信封，展开信纸慢慢查看。信上的内容很寻常，无非是记录了楚玉近两日吃了什么，穿了什么，做了什么，与人说话谈笑，甚至中午多吃了小半碗饭这等琐碎小事都不遗漏。关于楚玉的所有日常事务被整齐地抄录在纸上，通过特殊的渠道，送至容止的手中。

与方才看文书时的快速干练不同，对于这一封信件，容止看得很慢，几乎是一个字一个字地在心间咀嚼几遍，从这些记载中，他可以想象出楚玉的言行、举动。

容止的嘴角泛起悠然的笑容，默默地盘算着楚玉的行程。这一封信写的还是路上的事情，乃是从半路发出来的，但算算时日，如今他们一行也该抵达洛阳了。

“倘若楚玉知道你的一只手还一直罩在她头顶上，不知会不会发怒呢？”一个声音从花园门口传来，容止没有回头，就算不分辨声音，他也知道来人是谁。能在他觉察之前靠近的，天底下只有一个人。

折叠好信纸，将之重新纳入信封中，再小心地放进怀里，容止微微一笑道：“无妨，她会有些生气，但她也会很快想明白：以我的性子，不可能任由她离去。想通之后，她便懒得生气了。”横竖她曾几次为了类似的事生气，再来一次也无妨吧。

几年前，楚玉刚到洛阳的时候，他便在她身边安插了一粒棋子，便是负责管理楚玉家中一切大小琐事的管家。那管家生得一副忠厚老实的面相，却是他手下极为精明能干的人物，几年来，从洛阳到平城，此番再回到洛阳，他跟随着楚玉、桓远，不曾露出丝毫破绽。

那管家跟在楚玉身边，是为容止之眼，也起一些保护作用。

观沧海知道容止脾性如此，便不再与他唱反调。他是闻着香味来的，闲话一完，便不客气地走过去，在容止对面坐下，顺手捡起锅里一只捆好的螃蟹，利落地拆开来吃。

容止没理会他，只自顾自地梳理思路：那管家本是他手下的要员，被他派去保护楚玉，虽然周全了楚玉的安危，却也算是被阻碍了前程。从前与他平级的人，要么在朝中担任不算小的官职，要么手中握有万贯财富，唯独此人，甚至连成家都给耽误了。

略一思索，容止决定等过了这阵子，便抽调那人回来任职，等平城局势定下，他也可以安心地去洛阳，届时便不需要属下代为照看她了。

只不过到那时楚玉知道真相后，大概又要生他一阵子的气吧。心中有了计较，想到楚玉可能的反应，容止的嘴角边现出一丝有趣的笑意：待平城局势定下，便去洛阳吧。

目前暂时还需冯亭出面，发动对拓跋弘的攻击，逼迫拓跋弘退位。小拓跋登基之后，他将以辅政的名义，正式参与北魏朝政。冯亭那边还需一些时日做准备，容止也不着急，只慢慢等着，并整理自己的部属。

然而，从秋日一直等到冬天，平城降了好几场雪，容止终于等出来一丝疑虑和不安，他曾遣人向冯亭问过几次，什么时候对拓跋弘出手，但得到的回答始终是再等一会儿。

再等一会儿。

再等一会儿。

他们掌握着全部有利的局势，冯亭究竟在等什么？是难言之隐的隐瞒，还是别有用心的欺骗？或者说，她真正的目标并不是拓跋弘，而是想对付他？容止并不会因为他与冯亭身上流着相同的血而放松警惕，手足相残对他而言并不稀奇，但之所以认为冯亭不会出手对付他，是因为她没有那个能力。

先不说现在掌管平城军权的人是他的部属，就算冯亭手中握有兵力，他和观沧海联手，一样是天下哪里都去得，哪里都闯得。

而假如一击无法毁掉他，必将会面临他的反击扑杀。

冯亭应该很清楚这一点，她虽然策略不如他，但好歹在宫廷里生活了这么多年，又得观沧海教导，不可能如此不智。

应该不会有什么问题的。但为什么心头始终有不安的阴影笼罩，徘徊不去呢？

容止心绪微微紊乱，为了稳妥起见，他又回顾一遍朝中的布置，觉得并无疏漏，暗怪自己多心，正思索间，他的手不经意地抬起来，袖口擦过胸前，忽然醒悟少了什么……

是信。

自楚玉走后，每隔三日，必有管家书写的密信送到，向他报告楚玉的日常生活，可是最新一封密信却延迟了两日还未抵达。

他本以为是冬天下雪延误信件传送，从洛阳到平城，两日的延误还在允许的范围之内，但和眼下的局势结合起来联想，竟然得出一个令他心悸得如坠深渊的结论：那一支始终藏在暗中的毒箭，指着的却不是他，甚至也不是平城，而是……洛阳……楚玉。

楚玉！

第一百三十四章　吹响的号角

一瞬间，凛冽的寒意贯穿容止的胸膛，他本不畏寒冷，此刻却觉得手指在轻轻颤抖，一生之中，他从未有过如此恐惧的时候。

他在……害怕。

那恐惧几乎要将他的心捏碎。

然而，失措也只是一瞬，很快地，容止吸了一口气，冰冷的空气迅速灌满胸腔，他的眼眸里，沉凝着刻骨的冷静。现在不是慌乱的时候，首先要确定的是，洛阳那边是否发生了意外。虽然时间巧合得令他心悸，但信件的延迟，未必就与宫中有关。

关心则乱。

不过，洛阳距离平城两千里之遥，他一时之间根本无法获知具体的情形，这个时候，容止不由得想起楚玉跟他说过的后世的“电话”，要是这时候能有电话该多好！

他在洛阳也安排有人手，直接受管家管辖，负责周全楚玉的安危，倘若冯亭要对楚玉下手，他的部属大约能做一些阻拦。

即便确定洛阳生变，他也无法立即赶去救人。

冷静地压下杂念，容止略一沉吟，当下做出决断。

观沧海得容止派人传讯，请他一晤，口讯中语意甚是急迫。他心中奇怪，容止做事素来大局在握，从容稳妥，生死关头犹面不改色，这回究竟是出了什么大事？竟似比生死更为要紧似的。

跟随着容止的部属一路快步而来，观沧海觉察出街上的气氛冷寂肃杀，不断有马蹄声和整齐奔跑的脚步声从他身边经过，溅起飞扬的碎雪。

军队的号角首先在这条街道的街头响起，接着，观沧海听到四方传来的呼应，军官的喝令声，兵器的碰撞声，嘈杂而冰冷地敲击着观沧海的耳膜。

倘若这时候有人在天空上观看，便能瞧见被白雪覆盖的平城，一个个细小的黑点汇聚成流，将雪白的城市分割成数个方块，这些黑色的流动，朝同一个地方奔涌而去。

那个地方是——皇宫。

观沧海为之愕然。目前在平城，唯一有能力调动大批军队的，只有容止。容止这是要做什么？想要杀入皇宫？虽说冯亭的动作慢了些，但他也不至于这么没耐性吧？

观沧海一直记得，从很小的时候，容止便很能沉得住气，今日怎的变得这般急躁？

这个疑问在见到容止的时候变得更为强烈，观沧海敏锐地感到，容止的情绪被他自己强力压制着，仿佛只要稍一碰触，便会猛烈凌厉地喷薄而出。

“……容止？”观沧海有些不确定地道。他目不能视，此时甚至有些怀疑站在自己身前的人究竟是不是容止。

容止简明扼要地道：“洛阳那边的信迟了两日。”

观沧海平素虽然不怎么算计人，但论起心机来，并不比容止少，同时更是知道容止不少事，因而只听这么一句，便当即明白容止所虑。

“或许真的只是信来迟了呢？”

容止静静地道：“但愿，或许是真的出了意外。”或许，或许，或许没事吧，可他赌不起那个“或许”。

一觉察到冯亭有可能对楚玉不利，容止便当机立断，召集起他所能立即调动的人马，控制住平城内外，固守城门，并且分出一半兵力锁住皇宫。

这些，都只是准备。

观沧海与容止两人肩并肩，快步走在军队让开的道上，皇宫就近在眼前，观沧海忽然开口道：“我还是不明白，冯亭怎么会这么做？”

他始终觉得，冯亭没有对付楚玉的理由。冯亭若是要对楚玉不利，目的无非是为了针对容止，可是不管怎么想，这都是极为不智的举动。不过分地说，现在北魏接近一半的权力暗中捏在容止手上。冯亭虽然贵为太后，但她若是想跟容止相斗，只需一个照面，就会被扳倒。

洛阳那边，可以分两个可能来看待。

其一，冯亭杀了楚玉。这是极愚蠢的做法，杀死楚玉不但不能带来任何利益，反而会激怒容止，招致可怕的报复。

其二，冯亭绑架了楚玉，并以此来要挟容止。这一条看似可能，其实也是难上加难，洛阳、平城两千里之遥，押解前来的过程中，多少个可能的变数容止都能给变出来。

然而这一切的前提是必须先瓦解容止在洛阳的部署，但那更不是轻易的事。

此刻容止已看到皇宫大门在密密麻麻的士兵包围下，往日辉煌庄严的皇宫竟显出几分不堪承受的脆弱，他的眸光深不见底，不带感情地道：“就算与洛阳无关吧，今日也顺道将一直悬而未决的事解决了。”

他的思路和观沧海还算接近，观沧海能想到的，他自然能想到，不管从哪方面考虑，冯亭都没有对付楚玉的理由，因为她没有足够的力量能够倚仗。

只不过，与观沧海不同的，便是楚玉对于他的分量，他不能接受一星半点的侥幸，他现在就要确切而肯定地掌控局面。

倘若冯亭真的做出不智之举，包围在皇宫外的军队便是他的筹码与武器；另一方面，即便能确定洛阳无恙，冯亭一直拖延着不进行皇帝废立，却是不争的事实，他趁此机会强行将此事给解决了。

在招来部属之前，容止便已考虑好一切可能，想过了最好和最坏的情形，并做出各自对应的策略。

最好的情形，是他多心了，密信很快赶到，拓跋弘在压力下传位给小拓跋，由太后辅政。

最坏的情形……最坏的……

两人走到距离皇宫门三丈时，观沧海觉察身旁的容止忽然停下脚步，扭头问道：“怎么了？”

容止长长的睫毛上凝着几粒细小的冰珠儿，他微微敛眸，轻声道：“没事。”

倘若，他是说倘若，倘若楚玉真的有什么不测，他将拿整个北魏皇宫来给她陪葬。

这是最坏的情形。杀光皇族的人，对他有百害而无一利，虽说现在他掌控着很大的力量，但并非整个北魏都受他控制，一旦最高统治者崩塌，必然会发生内乱和争夺。

自然，对他而言，和平夺取与武力征服的区别，不过是少些心力和流血的数字罢了，并无太大的不同。可是此时此刻，容止真心地希望不要逼迫他用到最后的手段。他心肠冷酷，纵然山河遍地血，也不能动摇他分毫，但他不愿意其中有楚玉的血。

来到紧闭的皇宫大门前，两人停下脚步，容止微微仰起头，语气冷冷地道：“开门。”

话音未落，便有两排军士合力抱起粗大的圆木，一齐撞开了大门。

哐的一声巨响，高大的宫门向两侧分开，北风卷地而起，吹得枯草簌簌作响，夹带着凛冽的雪片，抢在容止之前扑门而入！

记得初到洛阳的时候，也是像现在一般的冬日。

静静地倚靠在窗边，楚玉悠闲地凝望着从天空中飘落的白雪。雪片很大，很轻，好像天上雪白的羽毛纷纷扬扬地飘落人间。

不知道容止现在如何，是否已经达成了他的愿望，她派遣去探听消息的人到现在还没回来，两千里的距离实在太不方便了。要是有电话就好了，一通电话就能解决问题。楚玉想得有趣，忍不住露出微笑。

回到洛阳已有一段日子，头些天想起容止时还会有些难过，但渐渐地，心中只剩下一片空灵安宁，就如她现在一般。

弄个温室养养花、种种草，偶尔研究一下厨艺，看看古代的诗文、笔记，排遣寂寞的方法有很多种，有时候专心起来便想不起容止了。

其实，思念并不是一件太痛苦的事，只要确定他安好，远远地想着，自己也能有不少的乐趣。

急促的脚步声响起，有人匆忙闯入，打破这一方小天地的静谧，楚玉惊讶地看过去，见是姓陈的管家急忙奔来。

陈管家姓陈名白，几年前，楚玉他们第一次来洛阳的时候，准备去市场上挑几个仆人，结果便看到了在人贩子手上的陈白。桓远见他气质不同常人，便上前问了几句，得知他本是南朝人，因家中经商破产，一个人背井离乡来到北魏，几经周折，沦落至此。

因为来自同一个地方，又兼其谈吐不俗，桓远起了爱惜之意，便买下了陈白，让他负责家中的杂事。那时候陈白不过二十四五岁，年岁虽然不大，为人却极为沉稳、忠厚，行事颇有章法和手段，没几日工夫便将家中的大小事务处理得井井有条，省了桓远不少辛苦。

虽然陈白很能干，却从来不显锋芒，平时没事的时候，他往往是沉默而低调的，有时候楚玉甚至会忘记他的存在。

陈白闯入院子里，目光一扫，看见楚玉，连忙快步走来。他脚步如风，行动间透着挺拔傲然之意，不再是几年来一直微微低头的谦恭态度，而他脸上神情紧绷着，看上去非常严肃，与往日低调的和气截然不同，平凡相貌里生生露出几分刚毅来。作为管家，平常他是极少来此的，有什么事，也是先请人通报，从未如此失礼过。

在楚玉惊讶的目光中，陈白走到她面前，欠身一礼："在下有十万火急之事禀报。"他的神情大异于往常，语调亦变得坚毅、刚健，即便楚玉的心神还未完全恢复，也轻易觉察出了他的反常："什么事？"

陈白三言两语便将自己的身份、来历以及潜伏目的说了个分明。他直视楚玉，掷地有声道："在下本不应自承身份，但近日洛阳情形疑云重重，两日前洛阳城附近无端出现流寇抢劫行人，驻扎本地的士兵被调派离开，公子安排的人手今日忽然大半下落不明，而负责传递信件的信使也迟了一日未归。在下身负公子嘱托，唯恐生变，请您随我一道，前往安全之地暂避几日。”

容止说过，隐藏身份只是其次，一旦出现什么意料之外的变故，保全楚玉的安危才是第一位的。陈白虽然不能知道平城是否出了什么事，但眼下的情势，确实让他嗅出来一些危险的味道，为了取得楚玉的配合，他索性坦承一切，否则一时之间，他很难找到理由骗楚玉跟着他一道走。不怕一万，就怕万一，容止将他放在这里，就是看重他的稳妥与缜密，他冒不起风险。至于是否会受到楚玉的诘问和责难，这些都已顾不上了。

楚玉目光奇异地望着陈白，过了好一会儿，才慢慢地道：“在我家中一留就是几年，你很了不起啊。”眼下看来，陈白该是容止手下的得力人物，却不显山不露水地做了好几年的平庸管家，光是这份隐忍沉静的功夫，便相当了不得。

陈白微微苦笑，等着楚玉责骂。但楚玉只离开窗前，绕路走出门来，对着陈白长长一揖：“多谢阁下数年暗中维护相助。辛苦你了。”

虽然才听陈白说他是卧底的时候，楚玉有些生气，但理智地一想，这怒气很快便消散了：陈白不过是听命行事，真正做主的人还是容止，她就算生气，也该对着容止发；再者，陈白虽然是卧底，但他做管家时，一直尽心尽力，不曾懈怠，如今更是一力维护，以她的安危为先。容止派来的人绝无庸才，这样的人给她做几年管家，实在屈才。如此算来，她不但不应怪他，反该谢他才对。

陈白连忙让开：“在下当不起，眼下情形紧迫，请立即随我离开。”

楚玉点了点头，返身回屋，从衣柜里翻出件披风，一边走出来一边披在身上，发觉是一件旧披风，正是几年前她最后一次见刘子业时，他给她披在肩上的那件。她后来再没有穿过，却一直带在身边，不料今天给翻了出来。楚玉心中一颤，但此时没闲暇容她再换一件，只得压下心头的不安：“都交给你了。”

危难当头，当然是专业人士做主比较靠谱。跟着陈白走出院门，楚玉才瞧见外面竟然齐齐地站着四五十人。而看清这些人的面孔后，她脸上的苦笑更加深了几分：“原来你们都是……”

此时站在她身前的四十多人，个个神情精悍、坚毅，佩刀带剑，显然是陈白召集起来的部下。这些人楚玉大半是认识的，有家中的园丁、马夫、随从护卫，乃至附近的邻居、卖酒的商人，如今都以另一番面貌出现在她的面前。

容止那家伙……究竟在她周围张下了多大一张网啊。

但是现在这时候，她生气也没什么用，只好转向陈白道：“现在我们怎么办？就我一个人走？我希望能带上桓远他们。”

陈白沉声道："是。我已派人去寻他们，请稍待片刻。"

没过多久，桓远、阿蛮便给找来了，一道带来的还有幼蓝，就差花错没找到。自从回到洛阳后，花错便时不时地不见人影，从早到晚不着家，谁都不知他去了何方。楚玉略一思索，觉得花错就算是一个人，也有自保之力，便让陈白带路出发。

楚玉被前后簇拥着快速走出后门，登上早已准备好的马车。前后几辆马车将几十人尽数装下，护着最中间的楚玉、桓远，一行人专门走冷僻的小巷，穿过了好几条街道。

马车轮飞快地印过石板路，陈白与楚玉同车，路上才慢慢解释了一些细节，又对桓远说了一遍现在的局面。末了，他道："……如此这般，为了避免出什么差池，公子在洛阳还有一处隐蔽的宅院，地方虽狭小些，却胜在无人知晓，等平城那边确实消息传来，再回头安顿不迟。"

他话刚说完，马车便在一座位置偏僻的宅院前停下来，陈白先跳下马车，随即请楚玉下车。

一行人正要向宅院大门走去，陈白忽然觉察到了什么，抢在楚玉的身前，如临大敌般地盯着缓缓开启的大门。

楚玉偏头从陈白的身侧看过去，见缓慢开启的门口，立着一个如血一般鲜红的身影，那人单手执剑，斜指地面，剑身上滴滴答答地往下滴落着更为殷红的液体。

鲜红如血，他的上衣如同他手中之剑。

楚玉睁大双眼，惊讶道："花错？"

当门而立的红衣人，嘴角泛起一丝妖异傲慢的笑容。

第一百三十五章　倒戈的盾牌

“花错！”容止的唇间低沉地吐出这两个字，猛地刹住脚步。

两人在皇宫中几乎畅通无阻，宫中的反抗防卫力量在第一时间被无情地扑杀，所见、所至之处，皆以被征服的姿态呈现在容止眼前。

两人在宫中快步行走，容止猛地想起他遗漏的一个人，毫无预警地停了下来。

他终于想起来，一直疏忽的那处——是花错。

倘若只有花错一个人，根本不足以成事，但倘若他和冯亭联合起来呢？

花错一直未曾放下对他的憎恨，只要冯亭稍许以复仇的机会，他定然会愿意与冯亭联手。

花错为什么不留在有他在的平城，反而跟着楚玉回了洛阳？

所有人都知道，楚玉是他容止唯一用心的人。

洛阳是他费心安设的地方，冯亭就算派遣人去袭击，也未必真的有能耐伤害楚玉，可假如再加上一个潜伏在楚玉身边的花错呢？

往日凄厉的诅咒再度回响：你不杀我，日后定会懊悔莫及。

听到“花错”二字，观沧海一怔，抬手放在容止肩上，劝道：“现在连冯亭的面都还没见到，你不要净往坏处想，说不定原就是你多心所致呢。”

听着他的安慰，容止苍白的脸上却不见半丝欢容，他静静地道：“我也但愿如此。”他如今真是有些懊悔了。

他素来算无遗策，此生唯“二”失算的，却是在天如月和楚玉身上，天如月拥有超出这世间的手段，输给他非战之罪，而楚玉……

这女子仿佛是一切的错乱起源，一次，两次，三次，直到现在，凡是有关于她的，他总会发生偏差，连带着，他忽视了楚玉身边的花错。

可这回的疏忽却是致命的！

在静谧的声音中，容止似有已成定局的绝望，观沧海听了，忍不住皱一下眉：“我还是不明白，不先除去拓跋弘，冯亭对付你做什么？难道她有把握在胜过你后再解决拓跋弘？她难道不怕把你逼迫到拓跋弘那一边去？她有什么可倚仗的？”他这么说，并不是质疑，只是为了抚平容止的不安。

拉开观沧海搭在他肩膀上的手，合一下眼，再张开，容止沉静地道：“我们去见冯亭吧。”

在他来到之前，身为皇帝的拓跋弘与身为太后的冯亭已被分别请到两个宫室内，前者可以暂不理会，后者却是容止的主要目标。

守在门口的军官是容止的部下，此时神情却有些不安，容止心中微动，快步踏入宫殿内，看清楚殿内的情形，他心头登时一片雪亮。

原来如此。容止面无表情地开口，接上观沧海方才的话：“冯亭倚仗的人，是天如镜。”

此时，冯亭着一身端庄华服立于宫殿中央，神情尊贵、庄严。在她的身前，站着不该出现在此处的天如镜。天如镜左右两侧，是他的两位师兄，越捷飞以及从前跟着刘子业的那位，现在这些人站在这里，是为了保护冯亭。

天如镜，花错……一个成为平城的盾，一个化作洛阳的剑，冯亭找上花错，容止并不意外，可是他竟然不知道，冯亭什么时候却与天如镜串通一气。天如镜那一脉有多固执他是知道的，他在宫中布有不少耳目，重要成员的一举一动都不会错过，冯亭何以能瞒过他的耳目与天如镜接触，并且在很短时间内说服天如镜，让天如镜倒戈向她这方？

天如镜不是号称顺应天命吗？拓跋弘此时不顺天命了？

来到此处，看到冯亭摆下来的这场阵仗，便再也不需要细细询问冯亭是否对洛阳出手，因为在他进门的第一时间，天如镜便张开了蓝色的光罩，保护包括他在内的四人。

冯亭嘴角的嘲弄与得意的微笑，证明他之前的一切推测都是正确的。

看也不看天如镜，容止望着冯亭道：“你待如何？”从始至终，他都不曾把天如镜看作一个有分量的敌人，天如镜的手环只有自保的力量，却不能主动向他人发起攻击，只要他不想在这儿杀死天如镜，对方便不能对他造成什么伤害。

当初他败给天如月，一来是想夺取手环，反遭手环的自我保护功能电噬；二来，天如月当初还指挥着一支军队，对他展开包围埋伏，才逼得他狼狈不堪。可现在在北朝，军队掌握在他的手中，他也不想再夺取手环，天如镜不可能效仿他师父当年的做法。

天如镜至多也不过能保住几个人的性命而已，但大局的态势，却不是寥寥数人的生死决定的。

眼下最为急迫的，是楚玉的安危，因而容止头一句话便直指冯亭，也直指核心。

冯亭轻笑一下，与容止肖似但又多出三分英气艳丽的脸蒙着浅浅的蓝光，显得幽诡难测："你竟不奇怪我为何要设计你，后来又是如何与天如镜联手的吗？"

容止淡淡地道："前一问我知道，后一问眼下已成定局，我不必深究，你若是愿说，便说来听听，若是不愿，也不必在此兜圈子，我没那闲工夫。"

见到冯亭之前，他心忧如焚，几乎不能自持，但入殿之后，他却瞬间恢复了波澜不兴的平静，以稳固强大的自制力控制住近乎崩溃的心神，展现于脸上的是冰雪般冷彻的从容与高雅。

冯亭要反他，无非是不愿继续再做他的傀儡。虽说贵为太后，但冯亭一切较大的施政举动都需要经过他的许可，朝野有一半在他的掌握之中。倘若冯亭全无野心，得过且过倒也罢了，但她偏偏野心勃勃，连拓跋弘的权力都想夺过来，更不可能心甘情愿地一直受他的制约。

容止虽然知道冯亭心有不甘，却没料到，她竟然会在除掉拓跋弘之前发难。

天如镜的存在，左右了这个意外。

因容止漫不经心的语气，冯亭一愣，随即想起自己这位兄长是最擅长骗人的，于是再度冷笑起来："你约莫不知道吧，数年前天如镜初到北魏，最先找上的人却是我。"

容止不知道，楚玉不知道，甚至拓跋弘、冯亭也不知道史书上的记载是怎样的，今后历史的发展又是如何。

但是，天如镜知道。

拓跋弘只做了短短几年的皇帝。小拓跋五岁的时候，冯太后将逼迫拓跋弘传位于太子，随后，把持朝政近二十年，成就一个传奇——这是此后的事。

因此，天如镜一到北魏，最先找的人并非拓跋弘，而是才刚成为太后的冯亭，他知道她才是今后真正的掌权者。那个时候，容止还身在洛阳，不慌不忙地思索着他与楚玉之间的关系。

天如镜找到冯亭，最开始只是想了解一下北魏的局势，却意外地从冯亭口中得知容止与她的关系，随即意识到容止心中的志向，为了阻止容止，他主动向冯亭提出联手。

拓跋弘从一开始就是一个幌子，是天如镜用以掩人耳目的棋子。天如镜见冯亭，与冯亭定下对付容止的计策，接着假意投向拓跋弘。这几年来他与冯亭甚至没有说上几句话，可是两人每一次目光交错，他们都知道自己真正的敌人是谁——是容止。

几年下来，他们不动声色，以退为进，任由容止的势力壮大，逐渐形成一个整体。同时，北魏的朝政也借由他暗中操控的那只手，整顿得越来越似模似样。容止甚至制定出了今后二十年内的施政计划，冯亭只需稍加改动，便可使用。

他们小心地隐藏着真正的目的，等待一个机会，等待容止的弱点越来越明显和深刻，终于在这一刻，与花错两地联合，遥相呼应，瞄准容止最薄弱的地方，向他发难。

空气中仿佛有一种凝滞般的沉重，过了一会儿，容止才发觉是他自己忘了呼吸。

这是一个局，一个五年前便设下的，针对他一个人而设下的局。这些年的平静无波，是为了引他入局，也是为了让他渐渐放松警戒。

若论才智，冯亭绝不是容止的对手，倘若在政事上明刀明枪地争夺，又或者凭各自势力较量，冯亭、天如镜、花错甚至加上拓跋弘绑在一起，也未必能有容止一半能耐，但冯亭在宫廷中长大，她更为擅长的是针对人，而非势。她此番攻的是容止心性上难得的空隙，出手迅捷无比，以至于容止甚至还未来得及防备，便中了这一记绝杀。

花错是剑，天如镜是盾，而幕后操纵的人，还是冯亭。

容止轻轻地舒了口气，他露出一个极浅的笑容，丝毫不带火气："阿亭，我小觑你了。"他静静地问，"那么，现在的洛阳如何？花错已经出手了？"

冯亭也同样微笑道："不错。"

容止平静地道："你要什么，我都可应允，但是你怎么担保在我应允之后，你能保证楚玉的安全？"他心如明镜，冯亭不会杀死楚玉，否则便失去了与他谈判的资本，但是冯亭也不会给出空暇，让他有救回楚玉的机会，眼下，洛阳那边大约已经动了手，楚玉等不到他赶赴两千里去救援。

冯亭却没有回答容止的问题。听到"都可应允"这话后，她双眼一亮，问道："你当真什么都舍得？"

此时无须她回答，容止自己也找到了答案，因为他看见天如镜的神情稍稍动了动，如此看来，另外一个关键便在天如镜的身上，他的作用不仅仅在保全冯亭这个人，他应该还有某种非常手段，能转瞬间改变洛阳的势态。

这样一个局，宛如悬于丝线上的千钧，险之又险，只将所有胜负赌在楚玉一个人的身上。如果他能割舍楚玉，眼下的局势对他便是完全有利的，没有人能伤害到他，没有人能左右他。

可是……

容止的手探入另一侧袖中，摸到一个锦囊。那个锦囊是几年来他一直随身带着的，锦囊中没有其他，只盛装着一缕青丝。那日雪地里，她割断的头发他留了下来。她舍弃的东西，他拾了起来。他作茧自缚。他不愿挣脱。

原本以为只是无关紧要的棋子，可是什么时候开始，竟然成了他灵魂的主宰。容止低下头，禁不住自嘲地笑了笑。

这些年来，他以为他可以掌控的，就连楚玉提出要离开，他心中亦早有成算，却不料此刻终于豁然：他以为他囚禁住了她，可是谁能料想，真正遭囚禁的人，是他！他的身和心都不由自主被她囚禁住了！可怕的是，他却偏偏甘之如饴。

容止再度抬起头来，接着，他笑了笑。他平素深沉内敛，难以度测，喜怒不形于色，然而这一刻，他却少有地真诚地笑了起来。那是释然与坦然的从容，那是彻底放手的决然，就像世间最瑰丽的宝石在碎裂的前一刻，绽放出无与伦比的华彩。纵然是冯亭见惯了这张脸，也恨极了这张脸，看见他的笑容，也禁不住怔了一怔。紧接着，她心中大为戒备：容止如此反常，难道他想玉石俱焚？

容止笑着摇摇头："你无须如此防备，愿赌服输，胜者为王，无论你用了什么手段，如今你胜了便是胜了，我也不是输不起。"

为了设这个局，冯亭也不是没有牺牲。她为了瞒过他的双眼，故意装作与拓跋弘相争，甚至不惜为此牺牲了她最心爱的男宠——冯亭对李奕的宠爱是真心的，这一点，他不会看错。

他转身唤人近身，说了几个名字令其代为传唤。这几人与墨香的身份近似，乃是他的直属部下，其中有人在朝为官，分别掌握军权、财政和人事，民间的则拥有大片土地财富，此外还有藏在暗地里的细作或探子总领。这些人，容止现在要交给冯亭。

他不是不能保留一些实力以求将来翻盘，但容止虽然常施诡计，却从未赖过账，输了便是输了，他不赖账，更不屑于赖账。他有失败的器量。冯亭赢了，他便将她所想要的都给她，至于原来手下这些人会不会完全服从于冯亭，那便要看冯亭自己的本事了。

权力的交割很快便完成了，虽然属下都不怎么愿意，但在容止难得一见的强令重压之下，却也不得不服从。这边才一了账，容止便转过身，头也不回地走向殿后的另一间屋子。屋内站着等待他的天如镜，容止单刀直入地问："要怎么做？"他半点时间都不愿浪费，每一个瞬间，都是楚玉的生死关头。

天如镜却只凝视着他，沉默不语。

容止粲然一笑："也罢，楚玉说过，天底下没有白吃的午餐，不过眼下我孑然一身，一无所有，便只有求你了。"他轻轻地一撩衣摆，身子一低，便屈膝跪在了天如镜面前。

天如镜惊得退了好几步，如遭雷击，身体剧烈颤抖，不能自已。数年前，楚玉也是这样，为了救容止，跪在了他的面前。而如今，容止为了救楚玉，做了相同的举动。

这一刻，他才感觉到真正的绝望。他们心心相印，天作之合，纵然身在两地，但是他们各自愿意为了对方向他屈膝。这两个人之间，一点儿没有他人插足的空隙，如同一个完美的圆。

天如镜艰难苦涩地开口道：“我有一个法子，能在转瞬之间让你直接跨越两千里距离，到达洛阳。”他吸了口气，语调这才稍微顺畅了一些。抬起手腕，他让容止看到腕上的手环，“虽然手环的主人是我，但若是得我允准，可让你暂且施展手环的一种神通，借着这神通，你能及时赶到洛阳，救楚玉。”

他这段装神弄鬼的话翻译过来便是：他能够授权手环的部分功能使用，让容止通过空间转移，瞬间直达洛阳。

容止微微松了口气，他站起身来，神情平和地笑道：“既然如此，那便来吧。”他话音未落，身后传来一个声音将两人的动作打断：“容止，当心其中有诈。”

说话的人是观沧海，在容止与天如镜说话的时候，他因不放心容止来到门口，虽然天如镜话语之中并未表现出什么来，但观沧海敏锐地感到，对于容止，其中必然还有什么他所不知的伤害。

被观沧海点破，天如镜的脸上现出些微的不安。他下意识地望向容止，却见容止依旧平和地笑着，仿佛已经明了了一切真相。

天如镜心中剧震：不，他是真的已经明了了一切真相！

他知道他要害他。

天如镜和冯亭的安排是这样的：先逼迫容止交出权力，再以救楚玉为由，让容止使用手环中空间跳跃的功能，这一项功能用起来风险极大，必须先经过一段时间的调养，将身体调养到最佳状态后方可，就在使用时，还得在原地缓冲，超过三个时辰，让身体逐渐适应从普通环境进入空间扭曲的环境，之后，才能启动空间折叠，达成穿越时空的效果。

自从几年前容止吃的药不对之后，他的体内便埋下了隐患。以他现在的身体状况，再立即进行空间转移，空间扭曲的力量会诱发他身体深处的隐患以最恶劣的态势爆发出来，裂解他的健康，摧折他的生命。

天如镜仔细估算过，救下楚玉后，容止活不过三天。

天如镜以为容止是不知道这些的，却没料到容止与楚玉生活的这几年，对手环相关知识的了解几乎已经不在楚玉之下。虽然楚玉对空间物理学没有多少研究，但容止已经可以猜测出其中的危险性。

他早就知道冯亭和天如镜不会这样轻易地如他所愿，但即便知道前方是万丈深渊，他还是要走过去，因为楚玉就在悬崖边上。

第一百三十六章　怎么阻止他

几乎在同时，从容止的沉默中，观沧海也忽然明白了他的想法。一种难以遏止的伤痛攫住了他的心房，他抬手扣住容止的肩膀，低声道："容止师弟，壮士断腕，还来得及。"

容止失去权势什么的，他并不如何在意，这等身外之物从来就不是他所看重的，可是当知道容止为了救楚玉，竟然要用自己的性命去博时，他终于不能再安然坐视。

死并不可怕，观沧海无法忍受的是，容止竟然是以这种方式自愿走向死亡。他没有死在战场上，却死在诡计中，他不曾被堂堂正正地打倒，却是为了一个人不得不放弃唾手可得的胜利。

观沧海手上加重力量，沉声道："听着，容止，我不会让你自个儿去寻死，纵然是要救楚玉，也不单只这么一个法子，倘若那手环能让一个人眨眼间到了洛阳，那么让旁人去，也是一样的，你何必亲自犯险？"

容止低下头，笑了笑。自从在前殿中做出了决定，他的笑意便一直这样温柔平和。好像并不曾被胁迫，并未失去一切，笑看着死亡，他如此从容。

观沧海手上的力量显示了他的决心，只要容止不改变主意，他不介意使用武力来阻止他。容止尝试拨开他的手，没成功，只得叹了口气道："沧海师兄，你何以待我至此？师父是师父，你是你，你全无必要为了师父当年的事耿耿于怀，一直对我忍让。"

当年……

其实说起来，容止和观沧海，与天如镜那一拨，是师出同门的。观沧海的父亲观日月，昔年正是天如月的师兄，而那手环，本来预定是要观日月来继承的，但观日月素来桀骜不驯，不愿自己将来的人生被一件死物左右，更不愿用自己的一生去维护什么天命，便主动放弃继承，如此，手环才最终落入作为替补存在的天如月的手中。

论起智略谋算，天如月原不如观日月，但自打天如月继承了手环之后，倚仗手环之力，暗害了观日月一记，甚至牵连观日月的妻子身亡。观日月心中悲郁孤愤，立誓要让天如月付出代价，但当初他放弃手环之际，又曾在他的师父面前立誓，此生绝不与天如月为敌。如此，他只有自己培养一个工具去对付天如月，容止便是那工具。

虽然观沧海的天分不逊于容止，但观日月又怎么可能忍心让自己的亲生骨肉冒险对付天如月？因此当他见识到被父母送来求教的容止的资质时，顿时便确定了替他复仇的人选。

观日月倾其所有教导容止，但在容止十七八岁的时候，他发觉这工具成长得太过快速，快到了一个他难以掌控的境地。他试图左右容止的意志，却遭他反戈一击，也就是在那一击中，观沧海失去了双目。

容止出走后，观日月苍老得很快，妻子、儿子先后因他而遭受牵连，这让他心中负罪感极深。而容止走后，对这个弟子的愧疚也终于在他心间浮现，他最初收下容止便没存好心，又怎么能怪他不听使唤?

而观沧海，他在少年时，便与容止之间一直存在着一种奇怪的竞争关系。过了许多年后，观沧海才明白，那时候他只是妒忌父亲教导容止如此尽心尽力，一直到容止离开，他知道真相后，对容止的情感，又转为矛盾。

一方面，他理解容止的作为，换作是他，也不甘愿如此受人控制；可是另一方面，受害的人却是他，观日月的抑郁早死，也与容止有分不开的关系。以至于师兄弟两人分开的几年，观沧海尽力让自己不去打听容止的消息，便是不知该如何面对容止。

观沧海受何戢委托，准备追杀楚玉的时候，容止再度出现在他的面前，并且因为身上隐患发作倒下。观沧海接住容止，讶异地发现自己这位师弟竟然是如此的清瘦单薄。从那一刻起，怜惜才终于压倒过往的一切，他不动声色地留在容止的身边，守护他一直到现在。

他帮助容止，并不是因为容止治疗他的眼睛，也不是为了父亲昔日对容止的亏欠，而是因为容止是容止。

观沧海哑声道：“你这人肚子里九曲十八弯，万事万物无不可用计，心思太重，城府太深，实在讨厌极了。可是不管你如何讨人厌，父亲过世后，你便是我唯一的亲人，却又叫我如何能放手不管？”他成长的过程中，除了父亲，几乎有一多半的时光是与容止在一起的，纵然是相互较劲，他们之间也始终不曾成仇。

不管最初他对容止抱的什么心态，也不管谁亏欠了谁，那么多年的相伴、争胜，似远又似近，已经化作他生命中最宝贵的一部分。正如容止无法割舍楚玉一样，他也无法割舍容止。

说他自私也好，卑鄙也罢，他怎么能眼睁睁地看着自己的亲人去寻死呢？

楚玉是什么人？对他而言，只不过是有过几面之缘、交情泛泛之人，连说朋友都勉强。可容止却是他唯一的亲人，孰轻孰重，一眼便知。

容止微微动容，旋即再度笑开。他反手按住自己肩头上观沧海的手，低声道："师兄，你不明白，手腕可以斩断，可是你叫我如何剖出自己的心？我这一生，没有多少时候真正快活过，唯独少年时与你相争之时较为无忧无虑。而这些年，因为楚玉，我才真正像一个人一样地活着。"他嗓音温雅低柔，语调却异常凄凉，好像孤独的旅人，走在没有尽头也没有同伴的漫漫旅途中，低低地唱着别离的哀歌，"师兄，就当是我最后求你一次，我这个做师弟的素来任性妄为，你便让我再放纵一次吧。"

观沧海怔怔听着，不禁落下泪来，手上的力道开始放松。他固然能凭着一己之力强行阻止容止，可若是那样，便真的是对容止好吗？这个惊才绝艳的师弟，生命却是如此坎坷。他的父母逼迫他，折磨他；他的师父欺骗他，利用他；在他的心性还稚嫩的时候，便被专横之手强制扭曲得失去了本来的模样；好不容易遇上能让他放开心胸的人，却又遭到这样的胁迫和打击；他空有绝世才华，却遇上不属于这个世界的力量，生生扼杀了他这么多年，如今更要夺去他的生命。

可是，自打他认识容止以来，从未听过他如此温柔的声音，此刻他是这样幸福，他怎么忍心阻止他？

容止曾经试图夺取手环。不过，那时候他对于这种超出时代的高科技缺乏了解，一不当心便着了道。而在几年后的今天，这件曾经险些置他于死地的物件，终于套上了他的手腕。

冰凉的手环如同镣铐，沉甸甸地坠在腕上，容止一边好奇地抬起手来端详，一边听天如镜解说使用方法。

在天如镜的指导下，容止启动了手环的空间折叠功能，很快，他身体的周围出现了微微的扭曲，周围的物体好像也被扭曲了一般。而他自身的感觉更为明显，就好像有澎湃浩荡之力正撕扯着他的身子，而身体内部时不时地与他作对的那股奇异的力量在这外力的诱导下，再一次苏醒，比之前更疯狂地躁动起来。

在外面的人看来，容止的身躯仿佛笼罩上了一层朦胧的雾气，变得模模糊糊，似幻似真，衣衫无风自动，恍若要乘风而去。

这所谓外面的人便是天如镜、随后进屋的越捷飞以及天如镜的另一位师兄干林。观沧海虽然目不能视，却能敏锐地觉察到在容止身边逸散出来的、极为可怕的毁灭性力量——那是他所不能抗衡的。

撕裂身体也无妨……要快些啊。容止温柔地想。早些到洛阳，便能早些救楚玉。

其实不是没有别的法子，比如让别的人代他走这么一遭，但是事关楚玉的生死，他又如何能放下心来，用那微小的可能去冒险？他也知道，天如镜此刻心中也在忧心楚玉的安危，倘若他拖延下去，说不定天如镜自己便按捺不住要去救楚玉。

可是他赌不起。他不愿意楚玉遭受风险，他不能以楚玉的安危做筹码，光是这一点，他便彻底输了。容止微微一笑，觉得人生的转折真是荒谬：今天清晨，他还不慌不忙地局面在握，可现在却情势大变，沦为棋盘上一粒小小的棋子。

那作弄着他的不是任何人，而是楚玉所说的命运。他可以反抗命运，可是假如这有可能赔上楚玉的生命，他宁愿束手待毙。天下是他的一局棋，他原是操棋之人，但为了楚玉，他愿沦为飘摇的棋子。

容止微微一笑，在心中默念启动，眼前好像出现大片漆黑，空间生生撕裂开来，以无可阻挡之力将他卷入其中。身影在空气里消失之前，容止留下两句话：“师兄，留下天如镜。”后一句却是对天如镜说的，因为已经开始传送，他的声音仿佛从极为遥远的地方传来，听起来有些许失真，“天如镜，我认输，论狠心，我不如你。”天如镜可以拿心爱的人做工具，可他做不到。

容止的话音还没落下，人便彻底从屋内消失了。天如镜脚下有些不稳，他面色苍白，嘴唇全无血色，目光几近空洞地望着容止消失的地方。容止虽然走了，可他留下来的最后一句话，如同一把锋利冷酷的刀，不动声色地在他的心头划下一道道血淋淋的伤痕。

他一直在竭尽全力压制自己的情感，却被容止一句话，轻易地勾出藏于最深处的痛苦：以楚玉的生死为筹码，逼迫并诱使容止一步步走上不归路。这是他与冯亭共同订下的计策，最初他也同意了，可是执行的过程中，每一分每一秒，对他而言都是凌迟的痛苦。他努力地想着自己的职责，几乎用尽了全身的气力，才让外表看起来没什么异样，然而容止的一句话，却轻易地迫得他现出了原形。

容止去了洛阳，屋内剩下的四人，当即感觉出剑拔弩张的气氛，越捷飞与干林护在天如镜身前，警戒地望着神情沉默的观沧海。

现在，天如镜已失去了他的护身工具。身为习武者，越捷飞与干林都感受到来自观沧海身上散发出来的杀意。他的神情并不凶恶，只是静静地站在那里，却给人一种全身如遭冰针穿刺的错觉。

观沧海静静地笑了起来，他转向天如镜，很和气地道：“若是有什么遗言，趁着现在赶紧说了吧。”

这不是恐吓，是事实。越捷飞与干林同时拔剑，一左一右攻向观沧海，观沧海脚下微微一让，以毫厘之差避开相错的两剑。他不慌不忙地抬起一只手，就在两剑因刺空而交错的瞬间，捏在两剑剑身的交叠处。

没了视觉的干扰，观沧海的知觉反而更敏锐，在寻常人的眼中极快的剑，对他而言不过如此而已。他的指下略一用力，两剑同时崩断。越捷飞的脸色大变，想要再度出手，眼前忽然没了观沧海的踪影。转头一看，只见观沧海不知什么时候到了天如镜的身前，他那只足可断金碎石的手，此时放在了天如镜白皙纤细的颈上。

只要观沧海稍微一用力，天如镜的那脖子便会如同他们的剑一般折断。

越捷飞后悔不已，早知这人如此可怕，他说什么也不会让天如镜来蹚这浑水，他与干林凌厉的剑招在这人面前仿若小孩子挥舞树枝似的微不足道。现在的情形容不得他后悔，眼见天如镜命在旦夕，他握紧断剑又攻过去，想要迫观沧海回身自救。但观沧海一只手依旧放在天如镜的颈上，头也不回地反手一挡，便随意地夺下了越捷飞手中的断剑。他的手腕一转，断剑直飞而出，挟带着凌厉之势，生生地以断口穿过越捷飞的肩头，击得他后退好几步。

干林也被观沧海如法炮制。

天如镜仿佛没有觉察到自己颈上放了一只随时能置他于死地的手，也没有发觉他的师兄们受到了伤害，他的双目空洞迷惘，好像一尊即将破碎的水晶雕像。

观沧海冷笑一声，手上稍微一用力，却意外地发觉天如镜丝毫不挣扎，甚至连痛苦的本能反应都没有。他眉头一皱，想起容止临行前留下的那句话，便将手收了回去。天如镜白皙的颈上现出一道紫色的勒痕。

观沧海冷声道："我改主意了，暂且留下你。"容止要他不杀天如镜，必然有他的用意，绝不是因为心软善良之故。他且等着。

第一百三十七章　红豆生南国

陈白挡在楚玉的身前。

楚玉看着花错，花错眉间杀意凛然。沉默了一会儿，楚玉慢吞吞地道："花错，我可有亏待过你？"之前两人曾有过一些矛盾，但那是因为容止。可现在，眼前的血色艳得令人心寒。

花错淡淡地道："你最大的错处，就在容止心上有了你。"冯亭、天如镜以及他，三人各司其职，以冯亭为主导，天如镜为盾牌、后招，以及他作为剑。冯亭牺牲了她的男宠，天如镜背弃了他的爱意，而他，则要在这一刻摒弃良心。

憎恶与愤怒的毒火灼烧着花错，在这些年来越来越烈，做到这一点，并不是多么困难的事，仇恨可以蒙蔽一切，包括心智。

陈白厉声下令："挡住他！"陪同的随行便各自拔出武器迎上去，挡住花错的去路。这边鲜血飞溅呼喝不断，而陈白却看也不看一眼，他护着楚玉重新回到车上，下令快速返回。

陈白直接夺了车夫的位置，他抽了马匹一记鞭子，趁着一点空隙，从怀里取出一个半只巴掌大小的纸包，一抽边上绳线，就从车窗扔了出去。做完这些，他对车内的楚玉等人道："既然花错倒戈，眼下洛阳是留不得了，我们速速离去。"

纸包滚落在街角，砰的一声炸开。不一会儿，黑烟冲天而起，宛如古战场上萧瑟的狼烟，在森寒的冷风之中，飘摇地诉说即将到来的杀伐。

准备带楚玉前来此处暂避时，陈白还派了一部分人手做好了另外一方面的打算。容止看重的，便是他半点儿不放松的缜密，遇到突发事件时，能迅速做出最好和最坏的打算，并相应做出对策。

眼下的情形，无疑是最糟糕的，但陈白依旧沉着地应对着。事先约定好，倘若无事，他会事后再传讯；倘若发生变故，便需动用最后一招，走为上策。

这是他在洛阳城内的最后一点准备了，所有容止藏在洛阳的暗棋都在这一刻，为了同一个目的被挖掘出来，行脚的商人、棺材铺老板、乐坊女子，各自以不同的方式，为陈白一行人提供便利，并阻拦他们身后的追击者。

追击者不止花错一人，还有一批经过了训练的人手。

马车一路急行，几乎可称得上风驰电掣，陈白坚毅的眉宇间写着显而易见的忧虑。手上马鞭不断抽在马背上，矫健的骏马吃痛嘶鸣，发疯一般狂奔着，带着马车在石板路上颠簸，震得车内几人东倒西歪。

但是这时候没人抱怨，楚玉靠在桓远身上，努力不被震得摔倒，后者的背部紧紧地倚靠在车厢壁上，一只手按住楚玉的肩膀，另外一只手紧握成拳。

马车很快便出了洛阳城，这时候他们身后的尾巴也终于给甩了个干净。陈白强行勒住马匹，飞快地跳下来，请楚玉下车。

楚玉在桓远的搀扶下，头昏脑涨地跳下马车。才一踏上地面，便觉得一阵天旋地转，好一会儿才稍微缓过来，发现他们站在洛水边，六七十米外，有一座码头。

此刻码头上站着几人，一艘中型船只停在码头边，陈白飞快地道："请随我来，走水路。" 他走在最前面，带着众人直奔码头。

一行人从马车上下来，码头上已有人快速奔向他们，与陈白错身而过，两人相互略一点头，陈白简短地道："交给你了。"

交给他什么？楚玉脑子还有些迷糊，心中奇怪，下意识追着那人的背影转过头去。只见那人走向他们来时搭乘的马车，上坐，驾车，朝河流的上游处行驶了一段距离。洛阳城昨日和今日清晨下了一寸厚的雪，雪地上留下一道明显的车辙痕迹。

见到这一情形，楚玉的脑子虽然还有些混沌，却明白了陈白的打算：他预备用这辆马车来吸引花错等人的注意力，而他们则乘船，沿水路朝另一个方向逃去。

这是陈白在意识到情况不对时，瞬间便做的安排，同时利用今日的天气状况与环境：昨日、今日下了雪，江面虽然没有冻结，但是，江上漂浮的冰雪和这样恶劣的天气对船只行驶很不利，陈白偏偏反其道而行之，利用人的惯常心理制造一种假象与错觉。

不容楚玉多想，她便被连拉带抱地送上了船，陈白和码头上另外四人与他们同行。除了以自身做诱饵驾驶马车离开的那人，码头上还有一人，只见他抬起一只竹筐，里面装了满筐的积雪，船只开动时，那人便从筐中舀起积雪，往后倒退着撒积雪，用来掩盖码头附近杂乱的脚印。不多一会儿，积雪撒满了，原来的脚印全不见了，码头上便好似没人来过一般。

那人一边撒雪，一边后退，一直到方才马车停下来的地方，他从身后抽出一根枝条，平着在地面上横扫过去。马车曾在这里停过，车辙的痕迹比较深，他要做得更仔细些。

他正打扫着，突然看见皑皑白雪中有两颗颜色鲜艳的红豆，好似两粒心头滴落的血珠儿凝在这寒冷的冰雪间。他捡起红豆，抿了抿嘴，心中有些不安。

原本在码头上的那几人负责划船，凛冽的寒风吹得他们粗糙的手发红，但仍然拼命划着，加上船顺水而下，不多会儿，船只便行驶了大约半里之远。陈白紧绷的脸上稍有放松，他走上船头，背对着凛冽寒风吹来的方向坐下，这才有暇细细思量之前安排的得失。

他听到有脚步声走近，偏头一看，见楚玉走出了船舱，连忙起身施礼。楚玉摆摆手，叹了口气道："你不必如此恭敬，照理说我还要谢你救我一命才对。"

陈白肃然道："主子千万不要如此，小的担当不起，这一切都是公子的巧妙安排。"他的智计，几乎都是容止教的，如今为了容止而施展，再恰当不过。

楚玉笑了笑："我自然知道，但他是他，你是你。你救了我，我怎可不向你道谢呢？"

陈白不敢居功，只道："此时还算不上周全，须得再过几日，到别处安顿下来，再做打算。"

楚玉自知在这方面远不及陈白，便很虚心地请教："那么，在你看来，应该前往什么地方？"

陈白略一思索，苦笑道："究竟何去何从，在下也没有定论。只不过，我怕只弄那么一个幌子，不能骗过他们。"

船行半日，陈白便让楚玉弃船登岸，改走陆路，而船只则由两人继续操桨向前行去。连施了两招金蝉脱壳之计，陈白这才稍微放心下来。他与楚玉一行来到最近的城镇，买了马匹、马车，继续踏上行程。

对方就算识破他第一次金蝉脱壳之计，心神放松之下，只怕也会沿着水路追去，朝东而去，不会怀疑他们又一次改了道。

一路上饮食简陋，休息也只能睡个囫囵觉，但楚玉一言不发地默默忍耐着，就算稍有不适，也隐忍下来，以免拖累大家。

楚玉等人朝温暖的南方跋涉，为了避免在官道上遭到冯亭的追杀，他们尽量走山路，可是约莫两日后，那一身梦魇般的红影，再度出现在他们眼前。

这是半山腰上一道狭窄山路的出口，花错蹲踞在前方的大石上，他艳丽的红裳已经染上了风尘之色，划破了口子的衣摆自他身体两侧垂下，盖住了石上的残雪。他的指尖拈着一粒鲜艳的红豆，脸上的冷厉混合着疲色，虽然楚玉等人逃跑得很辛苦，但他这个追杀的显然也不轻松。

可是不管如何，他还是追上来了。

他是怎么找来的？

一行人面面相觑，楚玉无力地苦笑，陈白脸色如灰。陈白所擅长的，便是筹划布局，至于武力方面，实在不是他的强项，眼见着花错出现在他们面前，他心中一片绝望。

虽然这样绝望着，他还是没忘记自己的职责，反手将楚玉往后一推，拔出腰间佩剑，朝花错迎了上去，口中犹大声道："请您快逃。"片刻工夫，他已下了决定，用自己的性命阻花错一时半刻，但他实在没自信能阻拦花错太长时间，至于他死后的事，他实在无能为力。

花错毫不在意地弹开红豆，反手拔剑，朝陈白劈去。眼看着剑风临面，陈白正待闭目等死，忽然一道黑色身影从眼前晃过，定睛再看，却是阿蛮握着一把黑色短枪，挡住花错的长剑。

阿蛮头也不回地大叫："你快点带楚玉走！快走！"第二句话还未说完，他的话音忽然一滞，紧张地招架花错刺来的长剑，再没说话的闲暇。

陈白左右看看，确定花错是只身前来，并无其他追兵，他牙一咬，转身朝楚玉一揖："请您随我走。"不能浪费了阿蛮争取来的这片刻时间。

阿蛮固然神力惊人，可花错这几年不断苦练，尤其他的剑术还得容止指点，闯过了瓶颈，更是大有进步。反观阿蛮却仿佛到了某堵墙之前被挡着，此番打起来，花错自然远在阿蛮之上。

只不过几剑工夫，花错的剑便险险地擦过阿蛮的手背，虽然阿蛮的肤色深，看不出是否受伤，但片刻后，滴落在地上的血便说明了谁胜谁负。

陈白一见此情形，知道阿蛮不是敌手，更是大急，催促楚玉道："请不要耽搁，快些逃吧。"

楚玉却怔在原地，双脚仿佛生了根一般，动弹不得。

从前看小说和电视，时常会看到这样的情形：两名正道之人被黑道追杀，追兵赶到，其中一人上前拼斗抵挡，对另外那个没有武力或很重要的人喊"你快走"，决意牺牲自己换取一人逃生，但后者却哭喊着站在原地，硬是不走，结果大家一起落入魔掌。

每当看到这样的桥段，楚玉颇有几分不屑，暗道那人留下来也没用处，白费了同伴的牺牲，甚至把自己也给赔上了。可是当她遇到同样的情形时，却不知该如何迈出脚步。

踏着亲人的血铺开的生存之路，就算最终能逃离死亡，难道她就能心安理得地活下去吗？

心脏灼烧至干涩，楚玉目光转动，看了陈白一眼："逃？去哪里？"

对上她的目光，那是一种已经认命的、灰色而绝望的眼神。陈白愣了愣，飞快地道："请恕我无礼。"说完，弯下身子，一手横过楚玉的腰，将她整个人扛上肩头，快步朝来时的路而去。

山中是最易隐藏的地方，只要逃开一段距离，便多一分活下去的机会。

那边阿蛮瞥见楚玉被带走了，终于放下心来，一心一意地来对付花错。花错也不着急追赶楚玉，冷笑一声道："让我瞧瞧这些年来你的武艺到底长进了多少。"他反倒与阿蛮认认真真过起招来。

一看花错没去追楚玉，阿蛮大为放心，想着总算能帮上楚玉的忙，虽然身上不断出现伤口，他的脸上却不由自主地流露出欢喜之意。在楚玉的身边，一直没他出力的时候，直到现在，他才觉得自己是有用的。这一刻，反倒是他几年来最快活的时刻。

随行的其余两人，也拉着桓远、幼蓝一同追去，远离花错的视线后，转个弯儿，便见有个三岔路口，其中一条是陈白带着楚玉去了，那两名随行与桓远、幼蓝走到路口，对视一眼，一人扛起幼蓝，一人扛起桓远，分别择了剩下两条道狂奔而去。

桓远心中了然，他们这是为了留下相似的痕迹，让花错分不清楚玉究竟是从哪条道走的，同时也是为了缩小楚玉的目标。于是，他便放松自己，任由那人扛着他狂奔而去。

幼蓝这边却没那么配合，她小声地惊叫着，挣扎着，身下那人不耐烦跟一个小侍女缠磨，便伸手强硬地捂住了她的嘴，在另一条山道上狂奔而去。

然而，在他们先后走了之后，一粒红豆静悄悄地躺在当中那条岔路上，在白雪的衬托下，显得分外娇艳欲滴。

陈白扛着楚玉跑了好一段路，力气终于有些衰减，正停下来扶着身旁树木喘息，忽然听见肩头上楚玉低声道："放我下来，我随你走。"

陈白一愣，赶紧矮身让楚玉双脚着地，细看她的神情，虽然依旧悲伤，却没了那种欲死的晦暗，这才略微放心，他劝慰道："您不要太过伤心。"

楚玉勉强一笑，并不说话，只点了点头。

此时他们走的地方没有路，极为崎岖，陈白扶着楚玉，两人深一脚浅一脚地，大约半个时辰后，来到山脚下。

山脚下有一溪流，溪边积着一团白雪，偶尔有一小团白雪随水漂流，溪水清冷冷中带着不动声色的冷意。楚玉瞥见溪边雪团中刺出干枯的树枝，枯萎的败叶被埋在下面，却不知春来能再发几枝？

陈白低头喘了口气，道：“好了，我们走这边，应该不会被找着。”

好像是在故意嘲弄他一般，他话未说完，便听到一声讥诮的冷笑，宛如听见炸雷，两人寻着那笑声看去，前方山岩之后，闪出一道鬼魅般的红影来。

也不知施了什么法子，花错再一次追了上来，与方才一样，他的手上，依旧拈着一粒鲜艳欲滴的红豆。

第一百三十八章　此物最相思

陈白面色惨变，接二连三的打击让他完全失去了信心，他精心布下的迷局对花错全无影响，不仅如此，还一而再、再而三地让楚玉陷入险境。此时，他们既无路可逃，又打不过花错。

楚玉的神情倒是比陈白镇定，她望着花错，道：“阿蛮怎么样了？”

花错冷笑一声，甩了甩剑锋上残留的血珠：“还能怎么样，你以为我会让他活着？”翻手看了看长剑，他笑了笑，“倘若容止当初没有给我演示那套剑术，我也许不会有今日的成就，你若是恨，便恨容止吧。”

现在他要用容止指点的剑术，取走楚玉的性命。一想到容止会因此痛悔、煎熬，他心中便升腾起一阵快意。

他等不及了，他要让容止痛苦、流泪，他要让他的身和心都遭受巨大的创伤，他要亲眼看着容止伤心欲绝，这样他昔日受到的欺骗与利用，这些年来的不甘和怨毒，才能得以平复。

楚玉淡淡地“哦”了一声，虽然明知自己就要死了，却反而感到无比平静，仿佛只要死了，一切便能回归安宁，再也感受不到痛苦，再也不会如此焦虑，再也不会颠沛流离。

横竖都是死，为什么她不放宽心情，死得更从容一些呢？

陈白低号一声，冲向花错。后者随手一剑，便在他的咽喉上划开一道利落的红线，随即鲜血喷了一地，热血融化了少许白雪，旋即又被寒冷冻住。

楚玉垂下眼帘，叹息道：“你大可以饶过他，杀我又何必如此大费周章，多伤人命？”

此时已没了碍事的闲杂人等，花错也不着急杀楚玉，他似是更乐意看着猎物慢慢挣扎。他虽然与冯亭、天如镜合作，但是三人并不完全相同，冯亭想要容止手上的权力，天如镜希望杀死容止，但他只想看容止痛苦。

要那个人伤心，要让他痛苦、流泪。

这个念头不断地焚烧着他。

杀死容止，并不能让他痛苦，相反，让他活着，却杀死他的心上人，这才是最佳的复仇。花错听过这么一个故事：说有一个异族，其爱恨皆如烈火，对仇人的最佳报复就是杀死仇人所有关心的人，包括仇人的亲人、朋友、父母、妻子和孩子，唯独留下仇人不杀。这个习俗虽然凶残野蛮，却颇合花错的口味。

三个人三条心，但冯亭和天如镜也知他不好掌控，为免他胡乱出手，便小心翼翼地节制约束他。他也明白那两个人对他的提防，只得假意顺从他们的安排，而今，终于给他找到了机会。

此地距离洛阳已不算近，就算容止插了翅膀来到洛阳又怎么样呢？他不可能找到他们。在不杀死容止的前提下，制造尽可能惨烈的伤亡，容止的部下能杀一个是一个。容止总会有所惋惜的吧。

杀意如烈火，已不可阻挡。望着楚玉无喜无怒的双眸，花错忽然心中一颤，现出些微愧疚，可转眼间又被他硬着心肠压下："你要怨，便怨容止吧。"他说着，也不知是想说服楚玉还是他自己，手上的剑却毫不含糊地朝楚玉的咽喉刺去……

楚玉平静地闭上眼。

挣扎无用，逃避无用，痛哭无用，哀求无用。

她是卒子，是微尘，渺小得微不足道，不能反抗，只有等待，死亡……

可是为什么心中却还有那么一丝隐约期待，希望能有个人来救她呢？

血花溅出，如同缤纷散落的烟火，纷纷落在雪地上，恰似一粒粒相思红豆，殷色宛然。

流血的人却不是楚玉，而是花错。

花错手腕中箭，箭矢挟带大力穿透他的手腕，他吃痛地松开剑柄，长剑斜插入雪中，这一回，花错长剑上染上的却是他自己的血。花错惊怒地看去，却见上方山腰上，容止的白衣被风吹起，他手握长弓，张弓搭箭，又一箭遥遥地对准花错，破空疾射而来。

花错连忙拔起剑，侧身闪避，却还是被擦伤，这时，容止的第三支箭已再度搭上。

容止脸上没有丝毫表情，毫不停顿地一箭接一箭地射向花错，同时不着痕迹地，让花错在闪避的过程中一步步远离楚玉。

既要避免楚玉受伤，又不能让花错反应过来可利用楚玉来挡箭，许多要害处都不能射。

容止冷静而缜密地算计着，如他所愿，一点点逼开了花错。

花错完全没想到可以利用楚玉来挡箭，甚至在容止出现之后，他对楚玉的杀意瞬间消失无踪，相反还隐约生出了一丝庆幸：幸好容止及时赶来，阻止他杀死楚玉。

容止的箭囊终有射空的时候，最后一支箭取出来时，花错已经伤痕累累，都不是太重的伤，但是各处的擦伤加起来，看上去也很恐怖了。

血迹在雪地上一路歪歪斜斜地拖曳着，从楚玉身前，一直到三四丈开外花错的脚下。他的长剑因接连挡箭，剑身上已出现了裂纹，他一脸的痛楚，眼中却闪烁着亮得骇人的光辉。

腥甜的血腥味混合着白雪幽冷的芬芳，瞬间又被凛冽的寒风吹散。容止毫不留情地松开弓弦，最后一箭疾射而去，花错抬手一挡，依然应声中箭。

他的手捂着心口，鲜血自他的指缝间不断涌出来，落在同样鲜红的衣衫上，再顺着衣衫落入雪地里。

他的脸色极为苍白，神情却颇为平静。

好像这些年来，他就是在等待着这一刻，等待着……容止将他杀死。所谓的爱和恨，永远没有终点，如何才能斩断？他手中的剑不会明白。

一直活在仇恨里的滋味不好受，他没办法解脱，日日折磨着自己，可是又学不来楚玉那样潇洒放手……天地之间如此寒冷，不如就此归去……

花错微微一笑，颓然倒下。

这时候，容止没有表情的脸才微微有些动容。他手一松，长弓落在山石上，箭囊跟着落地，接着，他缓步走向楚玉。

容止射出第三支箭的时候，楚玉已睁开了双眼。

她怔怔地看着那一支支宛如流星赶月般的黑色箭矢不间断地射向花错，殷红血滴从他身上飞溅出来，落在雪地上，一直到花错捂着心口倒下，她依旧分不清这究竟是现实，还是辗转于生死之间萌生出的幻觉。

风势忽然转大，凛冽地灌入楚玉的皮裘领子里，她禁不住打了个寒战，猛地清醒过来。而此时容止用手合上陈白的双目，站直身子，缓慢从容地向楚玉走来。

望着容止清雅悠然的容颜，楚玉忽然想起一部电影《大话西游》。上大学时，曾经多次跟朋友一起看，看一次笑一次，看一次哭一次。紫霞仙子说：“我的如意郎君是一个盖世英雄，有一天他会身披金甲圣衣，脚踏七色云彩来迎娶我。”

容止不是传统意义上的盖世英雄，他不是正义的象征，因为他的心中几乎没什么道义可言，世事在他的眼中只是利与弊，他算计得太清楚了，就连从容赴死，也是理智的，豪迈的。

他没身穿金甲圣衣，他穿着一身白衣，看起来秀雅高洁，但那其实是骗人的，他温柔的目光中是缜密的心机，他骗起人来，从来就不露痕迹。

他的脚下也没有七色云彩，他现在踩着的是冷冷的冰雪和花错的热血。他曾经踩踏过许多人的鲜血，或许今后还将踩踏更多人的血，走着他自己选择的道路。

所以，他不是她的如意郎君。

可是为什么，为什么，在见到容止的一刹那，已经冰凉的心会再度温热呢？好像有什么狂涌而出。难道，她一直在等待着他？是否从一开始到现在，便一直觉得他会这样从容不迫地出现，在生死关头来救她？

从平城到洛阳，两千里的光景，她就算穷尽自己的目力，也看不到尽头。

可是，他来了。

这是怎样的神奇？

楚玉抬起手用力捂住唇，压抑住即将逸出的哽咽。她的双眼一眨不眨地看着风雪之中尤显清雅出尘的容止，好像看着一个极易碎的梦，只要眨一眨眼，就会消失不见似的。

容止没说话，甚至不曾出言安慰她，只是站在那里看着她。过了许久，他缓缓伸出修长优美的手，在楚玉的面前静静地摊开。

楚玉犹豫了一下，还是将自己的手放在了他摊开的掌心。

早已冻得冰凉的两只手，才一接触，便各自轻轻颤了一下，而后无端地生出一丝丝温暖来，将僵硬的寒冷消散开，仿佛只要相依便能获得力量和温暖。

容止微微一笑，用力握住她冰冷的手，将她拉入怀中，张臂抱紧。白色的宽袖宛如蝶翼，印在她的黑色披风上。

“终于见着你了。”容止懒洋洋地道，“想看你一眼，就从平城过来了。”他抬起手来，指缘轻轻擦过她的耳垂，慢条斯理地梳理着她凌乱的发丝。

被他闲适从容的态度感染，楚玉也一下子从紧绷的生死关头回过神来。虽然很想就这样一直被他抱着，但她还是不得不振作起精神来，反握住容止的手腕：“快跟我去看看阿蛮他们！”尤其是阿蛮，方才听花错说阿蛮已死，可是未见到尸体之前，她不愿放弃最后一线希望。

楚玉拉着容止，往山上跑去，先后经过花错与陈白倒下的地方时，她的脚步缓了缓，却还是没停下，继续朝山上跑去。

好容易回到阿蛮拦住花错的地方，楚玉远远瞧见有几条人影在那儿晃动，赶过去时，见阿蛮躺在地上，另外几个人正在给他包扎伤口。

耳边传来低柔的嗓音：“安心吧，他虽身受重伤，但尚有生机，此番救得及时，兼之他身体强健，只消休养一段时日，便可恢复如前。”

楚玉一愣，下意识地望向容止，见他神情平稳，便立即明了是他带来的人。

容止淡淡地道："陈白是我调教出来的，他惯用什么手法，我一清二楚，我觉察冯亭可能对你下手，赶到洛阳之后，循着蛛丝马迹，不难追来。"

陈白比冯亭等人预定的日子早一天发觉异样，反令对方提早图穷匕见，引动杀机，而容止也同样提早了一日发觉异样，两相抵消，又是一个正好。

容止赶到洛阳的时候，看到的是满城的混乱和遍地的尸体，他心中虽然急迫，却依旧临危不乱，当即想出应对之法。他熟知陈白惯用的手法，只略一思索，便想明白了楚玉等人大致的去向，召来洛阳附近的剩余人手，快马加鞭地赶来。

确定楚玉入山之后，他令部下分散搜索，但是凭着对陈白的熟悉，最先找到楚玉的人，还是他，至于其他人，此刻应该也找到了桓远等人。

侍从给阿蛮包扎好伤口，其中一人将他背在背上。楚玉看阿蛮的口唇之间依旧有微微的呼吸，这才放下一直悬着的心。花错毕竟不是真的铁石心肠，他还是留下了阿蛮一条性命。

而这时候，另外分两路奔逃的桓远、幼蓝也被带到楚玉的面前。

见到桓远，楚玉扯了扯唇角，无论如何都高兴不起来。这一路上折损了那么多人，陈白死了，阿蛮重伤，花错也死了……在这样的情形下，纵然是死里逃生，她也无法生出多少高兴来。

桓远亦是心情复杂，虽然他很感激容止救了楚玉，可是此番他也算是再一次承了他的情，心中始终有些不甘。

容止淡淡地扫了一眼桓远、幼蓝，接着，在楚玉、桓远惊诧的目光中，他踏上前一步，伸手扣住幼蓝的脖子。他的手指冰凉如雪，冷得幼蓝一个哆嗦，但下一刻，冷意化作惧意，幼蓝睁着一双盈盈泪眼，又惊又怕地望着容止，不知他这是要做什么。

容止的唇边缀着温雅的笑，手上动作却冷静稳固。他一手扣着幼蓝的脖子，另一只手则撕开她的衣领。从幼蓝的怀里，一只小小的荷包掉落在地上，滚出来十数粒鲜艳欲滴的红豆。

容止也不多问，只道："你有什么可说的？"

见到此番情景，楚玉顿时明白，原来花错之所以能一路跟随，竟是幼蓝以红豆留讯的缘故，她不断地在关键地方丢下红豆，或多或少都给花错留下了线索。

陈白的安排并无大问题，却坏在了这一粒粒相思红豆上，而他自己，也因此丢了性命。

想到先前陈白被花错一剑划开咽喉，楚玉终于禁不住怨恨地望着幼蓝："你为什么要这么做？"

她自问从不曾亏待过幼蓝，就算这次逃命，也没有抛下她，可偏偏就是这不抛下她，反而差点给自己带来杀身之祸，甚至还连累阿蛮重伤，害得陈白平白丧命。

第一百三十九章　凤何以囚凰

幼蓝瑟缩地低下头，小鹿一样的眼里写着不安和恐惧。她不敢看楚玉，更不敢看容止。过了好一会儿，她痛哭出声："太后，太后……"

她的声音极低，但还是传入了楚玉耳中："太后应允我，只要我愿意替她办事，将来她便让我去服侍容公子。"她的声音里满是绝望。

楚玉愕然地望了容止一眼，忽然间心中充满了荒谬之感：这算什么？

幼蓝的语调还是那样悲哀绝望，或许是知道此番再怎么辩解也难逃一死，她反而什么都不在乎了，便一五一十地全说出来："我从很久之前，还在公主府的时候，便极为仰慕容公子，可是公主对容公子的独占之心谁都知晓，我无论如何也不敢让公主觉察此事，只要能远远地瞧上公子几眼，便心满意足了。

"公主离开建康，离开南朝，我想着只要跟着公主，就能瞧见公子，便也跟随公主一道……"在很久很久以前，那个从容高雅的少年便深深地烙印在她的心头，一个漫不经心的微笑便让她此生难以忘怀。

楚玉叹了口气，当年离开建康时她原本要安置幼蓝的，却被幼蓝坚决拒绝，执意要相随，原来并非幼蓝有多么忠心耿耿，而是她想跟着容止。

"可是，公子半途离开了，我不知何去何从，只得依旧跟着公主。公主此番又要离开，我心想这回可能再也见不到公子了……后来，太后派人找上我……"

太后仅仅应允她这样一件小事，并非将她许配给容止，而只是继续做一个卑微的小侍女，只要能在容止的身边，能一直看着他，便是她最美的梦。她自觉自己的身份配不上容止，因而，除了那么小小的、卑微的爱，再无奢求。

幼蓝说得不太连贯，说几句便顿一会儿，在她又一次停下来时，楚玉叹息道："你为什么不告诉我呢？你不说，我从来没觉察到你有这样的心思。"

幼蓝的肩膀抖动了一下，她慢慢地抬起头来，目光异常绝望："让您知道又如何呢？"她之所以如此绝望，并不全是因为怕死，也因容止知道了这一切，那簇柔弱的微不足道的倾慕之火便失去了保护的屏障，将会很快化作灰烬。

楚玉下意识地望向容止，这一路来，折损最重的毕竟是容止的部下，起因正好也是容止，于情于理，幼蓝的处置权都在他手上。

容止脸上的笑意丝毫未改，他的眼神不见半点儿动摇，只见他手上稍一用力，按了按，幼蓝的颈上传来一声脆响，脑袋无力地歪在一旁了。

容止一来，先杀花错，后杀幼蓝，虽然说这两人都危及过她的生命，但像容止这样干脆利落、无情决断地杀人，却是无人能及。前后两具尸体，一具是视容止为友被欺骗后愤而成仇，另一具则是因爱慕容止而受冯太后的蛊惑，虽然可怜之人都有可恨之处，但也有可悯之处。

她不是以德报怨的圣人，不会想让容止宽恕这两人，可是看到容止这样毫不留情，她心中还是禁不住微微轻颤。

楚玉知道自己不该这样那样想太多，人都已经杀了，容止也是为了救她，但……

随意推开幼蓝尚带余温的尸体，瞥见楚玉有些惊悸的目光，容止微微一笑，主动挽起她的手："我有话要对你说。"

楚玉尚在混乱中，直到被容止拉着走远，两人独处时，才猛地惊醒："什么事？"她隐约觉察，容止有了某些变化。自方才容止出现始，整个人便一直温情脉脉的，与从前若即若离的容止不同，他好像主动越过了某道界限，开始想表明什么。

可是，楚玉此刻却禁不住想后退。

让楚玉意外的是，容止什么都没说。他只是拉起楚玉的手，低下头仔细端详，打量她掌心的每一条纹路，仿佛在肌肤之间能绽出绚烂的花来。

看了片刻，容止收回目光，从怀里取出一物，轻轻地放在楚玉平摊的掌心上，微笑道："这是你从前很想拿到手的，我从天如镜那儿给你弄了来。"

楚玉定睛一看，银色的金属环安静地躺在她的掌心上，金属环的边缘流转着冰冷的光泽，方才容止抱住她的时候，她便感觉他怀里好似有什么硬物，却无论如何也想不到竟然是这东西！

容止笑吟吟地冲她眨眨眼："我费了些心思从他那儿弄来了，虽然你不能使，但拿着玩儿也不错。你拿着这东西，天如镜迟早得来求你，届时你可借此大出口气。"

楚玉陷入恍惚中，从容止出现，她好像总在出神，一连串的事都像做梦一般不真实，原以为再也没机会能拿到这手环，却不料竟是以这种方式又一次复得。

发了好一会儿呆，楚玉才珍惜地将手环放进自个儿的怀里。看着她小心翼翼的动作，容止的眼中闪过一丝古怪的笑意，转眼间又恢复如常。

楚玉以为容止提前发现了冯太后的计划才从平城赶来洛阳，再顺路找过来。至于获得手环，她也只当容止用了诡计。全没想到平城那边，容止竟然已一败涂地。

容止与楚玉并肩走在前头，两人的手彼此交握，好像再也不会分开似的，然而走到了山下，楚玉却停下脚步，抽出手来，对容止笑道："你什么时候回平城？"

容止也慢慢地收回手去，他眼波柔和如水，笑吟吟地看着她："你随不随我一道走？"他的眼中少有如此真切的温柔，只等着她一个回答。

看着他，楚玉几乎差点就答应了，可她始终有抛不开的顾忌：方才死去的人、从前死去的人、容止一贯的手段作风……这些，都横在他们中间……

所以，她只是低下头，最终回绝了他的邀请："不。"

寒风如刀，凛冽而过。

道不同，不相为谋。

寒风吹起地面的残雪，覆盖在花错的红衣上，越积越多，渐渐地快将他掩盖。

就在这时，有人走过来，看到雪中露出来的半张青白脸孔，不禁大声惊呼："是他！"

那人上前探了探花错的呼吸，感觉他还有微弱的气息，连忙将他从雪里拉出来。

"送君千里，终须一别。"站在湍流的江边，楚玉低声道。

此处水流甚急，不时有岸边的冰雪被滔滔流水卷走，在江水里漂浮着，随即如泡沫一般散开。江边水势较缓处，停泊着一艘大船，船上水手护卫齐全，是容止为楚玉准备好的。

此番分别，容止回平城，而她则向与他相反的方向去。这个冬天十分漫长，让人有一种春天永远不会到来的错觉。

楚玉心中恻然，她心知自己舍不下容止，却无论如何也不想跟着他走。看容止秀美绝伦的容颜依旧从容，仿佛她的离去不会带给他任何影响，她禁不住暗暗气恼：他难道就不会多说些好话留一下她吗？

这个负气的想法一出，楚玉禁不住自嘲：她到底在期待什么？既然已明白结局不能改变，容止也不会多费那些气力。他本就是这样的人。

容止望着楚玉，他漆黑如墨的眼眸中氤氲着谁都看不懂的情致，脉脉的眼波便是这冰天雪地里唯一的暖意。他悠闲安适地微笑着，抬手给她理一下被风吹乱的发丝，他的手指白得几乎透明，动作亦极温柔，仿佛拈着一片稍一用力便会碎裂的雪花。

梳理好她的头发，他的手指又缓缓滑下，指腹缓缓地抚过她冰凉的脸颊，好似留恋不舍、亲昵地反复摩挲着。

被他这么摸啊摸的，楚玉心中的那点儿凄恻很快便烟消云散，转化为不好意思了，被摸过的地方腾得一下热起来。她的眼光飞快地朝旁边瞟了一下，抬手制住容止继续摸下去，红着脸，悄声道："有很多人在看啊。"

容止很顺从地停了下来，但他的目光依旧温柔地徘徊在她的脸上，好像要将她这个模样深深地记住。他低声说："让我再看看你吧，今后或许再也看不到你了。"

听着他低低的声音，楚玉有点心软，犹豫片刻后，才道："你，你今后也可以来看我啊。反正我的身边都是你的人，你也应该知道我身在何方，偶尔见一两面，还是可以的。"

容止没有回答，无声地笑了笑："公主此去，一路保重。"

楚玉沉默片刻，点了点头："再见。"她牙一咬，心一狠，转头朝船上走去，甲板上，桓远已在等她。

容止带来的所有人手，都跟着楚玉上了船。船开动之际，楚玉回头看去，只见容止孤零零的一人站在江边。一会儿，他蹲下身，捧起一堆冰雪覆在脸上，再抬起脸时，依旧是容颜如雪，神情高雅。那种冰雪般的决绝与无情，一直以来，让她又爱又恨，牵挂不止，恼怒不已。

楚玉站得有些远，角度亦偏了些，因而并未瞧见那些自容止指间漏下的白雪之中，沾染着点滴触目惊心的红。

望着船顺水而下，渐行渐远，容止苍白的嘴角终于绽出一抹缥缈的笑意，雾笼如纱，飞烟如雪，既梦幻又美好，仿佛世间一切虚幻不真、转眼即逝的事物。又站了一会儿，他才转过身去，不再看江面上缩小的船影，迈着轻缓的步子，漫无目的地走去。

雪片纷纷扬扬落了下来。

身体内那可怕的力量彻底失控，整个人似快要崩溃了，他可以感觉到，仿佛有无形的利剑在来来回回地穿透他的骨骼和肌理，他已经数不清有多少道这样的剑痕了。他全身上下，从心脏到指尖，每一分每一寸都好似遭凌迟一般痛楚。纵然他性情坚忍，此时此刻，也禁不住流露出些微的痛楚之色。

他的容颜秀丽，微凉的眼色与隐忍的痛楚，让他看起来拥有一种不可思议的凄凉之美。此刻，只有茫茫的大雪与他为伴。

每一寸肌理与骨骼都在剧痛，只走了几步，容止就觉得自己仿佛被绞碎了一遍之后重新组合起来，再度承受更剧烈的痛楚，那种失控的力量在身体内来来回回地肆虐着，不可遏制，无法阻挡。心脏好像被边缘锋利的金属丝网包住，丝网来来回回地切割。可是其中一小块地方，却那么坚定温暖，如何都不能磨灭。

“终有一日，你会尝到肝肠寸断、心碎欲死的滋味！上天绝不会让你如此逍遥，终有一日，一定会的！”

“你会因为得不到什么而辗转反侧，得到了之后，又日日夜夜惶恐失去。”

“终有一日，你付出一片真心，却被人弃之如敝屣。因爱别离，求不得而失措发狂，身心千疮百孔。”

“我不会。”容止静静地对自己道，“我的生死、我的爱恨皆是我自己的抉择。我不后悔，也不痛苦。”

“这是我自己选择的道路，我不需要怜悯，亦没必要动摇。”

“生也是我，死也是我。”

“胜固欣然，败也从容。”

容止微微笑着，慢慢地走着，他想起方才临别前楚玉依依不舍的“再见”，忍不住一笑。

再见？不！

楚玉在甲板上站着，远远地看着容止在江边站了一会儿，随后转身离开，心中暗叹一下，朝船舱内走去。

船舱内，火炉烧得很温暖，楚玉解开毛氅，找了个靠火炉的地方坐下，觉得身上的寒气一点点被驱散，可是又忍不住担心容止冷。

虽说已告诉自己不要再去想，可是她还是无法控制地，一遍遍回忆方才分别的情景，心中有些遗憾。但想起容止既然能来洛阳，那就说明他在平城的争斗中获得了最后的胜利，她忍不住为他感到庆幸。

现在看来，容止还是扭转了局面，没有应验她所说过的话，他终于还是战胜了所谓的命运……大概，今后的历史，将会发生很大变化吧。

想着想着，蓦然，楚玉的双眼睁大，浑身僵硬：不对！容止既然追来，又怎会如此轻易让她离开？很不对！

假如他在平城的争斗中取得胜利，为什么要让她去南朝？留在洛阳岂不更好，更安全？

以容止的志向，必然不甘心只守着半壁江山，将来定会挥军南下，到时候在南朝的她陷入战乱之中，岂不更危险？他若是真心为她着想，又怎会这么做呢？

楚玉再也坐不住了，她猛地站起来，快步朝外走去。走到船舱外，冷风灌进领子里，她才想起要裹紧大氅，接着厉声道：“停船！我要下船！”

声音散在风中，寒意中透出一丝丝恐惧。

第一百四十章　血泪复交加

“停船！”

楚玉第一声喊出来后，才惊觉自己的声音嘶哑。此刻，她的心中竟然如此惊恐：容止他，容止他……他最后告别的那一声，是叫她“公主”，而不是她的名字。这个暌违了数年的称呼，仿佛是他故意与她拉开距离似的。

楚玉只觉得自己思绪纷乱，呼吸急迫，心脏被巨大的力量压迫着，假如不做些什么，她怎么都无法安心。

桓远见楚玉如此慌张，也跟着踏上甲板，担心地扶住她站立不稳的身体，低声问道：“怎么了？”

楚玉慌乱中一把抓住他的手，如同抓到救命稻草一样，急忙道：“我要下船！”

她一定要回去看看，亲眼看他依然安好。

船已行至河中央，并顺风行得正好，但在楚玉的坚决要求下，还是找了个地方抛锚停下。楚玉只带了几个人乘小船上了岸，迫不及待地往回跑去。

好不容易跑到两人分手的地方，楚玉弯下腰来，剧烈地喘息着，但不见容止的踪影，也不知他去了何处。楚玉只觉得一团焦急的火焰在心头胡乱焚烧，痛苦难当，却不知道如何舒解缓和。

容止，容止在哪里？

方才下了一场短暂的雪，楚玉的头发顶上、身上已落满一片莹白，这雪也覆盖住地面上所有的痕迹。楚玉喘息未定，仓皇四顾，最后瞥见前方的山腰上，一抹缥缈如孤鸿，转眼间又消失不见的白影。

他上山做什么？

咬了咬牙，顾不上因为跑得太急而疼痛的心肺，也顾不上酸麻发抖的双腿，楚玉拔腿朝那山上追去。

容止随意地走了不知多久，骨骼、肌理好像被绞碎了一般，可是每次再低头看，他总奇怪为何身体的表面看起来依旧完好无损。

眼前的视线开始模糊起来，他有些分不清自己此时是活着还是死了。或者他的身体已经死去，只存着那么一丝不灭的妄念，在没有边际的寒冷中飘忽。

自己这是要去什么地方呢？为什么一直向前走着，不愿停下来？

忽然一脚踏空，容止及时收回来，这才意识到自己竟然在无意之间走上了死路。他定了定神，视野稍稍恢复了一些亮光，这才看清楚，此地是险峻的山头，与对面的山峰一同夹着下方几十丈远处湍急的流水，波浪呼啸着彼此拍击。印在此刻容止的眼里，便是一条雪似的白练。

容止皱了皱眉，转头要往回走。身形微动，却又停下，嘴角现出一丝奇异的笑容。

有人来了，就像是在一片昏暗里，循着急促而来的脚步声，开辟一条由光辉铺成的道路，直直地朝他指了过来。

容止轻拍宽袖，一展衣衫下摆，便席地坐在雪上。

楚玉上气不接下气地赶来时，见到的便是容止悠闲地坐在山崖边，侧脸垂目，似是在欣赏山下风光。

此时天色明亮，山上覆盖着白雪，一片茫茫的白，又将白色的光辉折射出来，容止就坐在这雪光里，沉静的脸上仿佛映着光芒。

楚玉走近时，容止转过头来，微微一笑，目光沉静悠远，语意却带着几分调侃道："怎么回来了，是舍不得走了吗？"

楚玉板着脸不答话，顾不上自己喘息未定，只有些踉跄地走过去，盯着他上上下下地仔细打量，确认他没什么事，才松了口气，一下子坐在雪地里："原来是我多疑了。"

瞟一眼就在跟前的容止，楚玉有些窘迫，小声地埋怨道："你刚才有些不对劲，我还以为你出了什么事，就赶回来……"刚才她慌慌张张的样子一定被很多人看到了，真糟糕。

容止目光转柔，笑吟吟地道："我方才是故意那般的，便是想瞧瞧你是否会上当。想不到你真的转回来了，你眼下可会恼我？"

楚玉沉下脸来。她这么担心，结果却换来一句他是故意戏弄她的，这家伙就不会说句好听的吗？见她这么紧张，很好玩吗？

怒火蹿上心头，楚玉就要负气站起来走开，可是才刚一动作，手掌摸到冰凉的雪地，她突然想起来，刚才赶来的途中，自己不小心摔了一跤，却什么也顾不得，只知道爬起来继续追，那时候的心情是那样急切惶恐，甚至对自己说只要容止无事，她就什么都不在乎了。

现在容止好端端地就坐在她的面前，还微笑着戏弄她，他现在很安全，这不就够了吗？

怒火顿时烟消云散，楚玉撇了撇嘴，有些懊恼地道："好啦，我就是好骗，很傻，很天真，你满意了？"顿了顿，她伸出手来，握住容止冰凉的手掌，低声道，"你心机深，你本事大，我栽在你身上也不算丢脸。刚才我就在想，只要你能好好的，我什么都不在乎了，现在能看到你，就觉得十分高兴，你爱骗几次就骗几次吧。"

容止微微一怔。

好一会儿，他露出复杂的神色，摇摇头，无可奈何地道："你啊……"他笑着，正想再说些什么，忽然觉得眼角嘴角有一点凉，随后，便听见楚玉转瞬间好像变得很遥远的惊呼，"你怎么了？"

楚玉惊骇地望着容止，只见他的眼角和唇边都流淌出一缕殷红的鲜血来，衬着他冰雪般的脸，显出一种诡异的瑰丽。

容止此时却还在困惑，他只觉着楚玉到来之后，身上的痛楚仿佛缓解了一些，但听楚玉此时的声音，纵然看不清她的神色，也知道自己身上出了问题。

他抬起修长白皙的手指，在眼角边轻轻一抹，再送入口中尝了尝，冰凉的血气让他顿时笑起来："原来如此。"原来不是状况缓解，而是死期将近。

此时此刻，他反而忽然颇觉有趣："花错曾言道我无血无泪，这下子可算是有血又有泪了吧？"

楚玉没心思听他说笑，她着急得快要哭出来："我们去找大夫……不，你自己就是最好的大夫……可这不是医术能解决的……去求天如镜，求他救你，好不好？"

第一百四十一章　天地之悠悠

容止静静地按住她的手。他的手苍白冰冷，可是动作之间却无限温柔。楚玉可以看到，一滴滴血珠从他的眼角沁出来，顺着他的脸颊滑落，落到雪中，却成了一粒粒红豆。

“怎么会这样？不是说近两年你的身体好转了吗……我明白了，为了赶来这里，你是不是付出了什么代价？”楚玉又急又怕，想伸手抹去他眼角的血迹，却又害怕碰坏他。她哀求地望着容止，哽咽道：“容止，你想想办法啊……你不是一向都很有主意的吗？”

容止微微笑道：“有什么法子？你也说过，我就算再怎么有本事，也敌不过所谓的命运，这般了结，倒也不坏。”

眼看着血从容止的眼角、唇边流出来，过了一会儿，见他的鼻端、耳中也流出同样的鲜血来，楚玉感觉浑身冰冷，手足无措。

容止这是七窍流血。斑驳的血迹在他雪玉般秀美洁净的脸上流淌，骇人的诡异，却又现出别样的出尘安宁来。容止笑了笑，随手捧起一把雪，擦拭狼狈的面容。

方才他也这么做过，只不过那时候只有嘴唇溢血，现下大约到了最后爆发的时刻。

楚玉不言不语，一动不动。容止反手握住她的手，送到唇边，在她的掌心印下一个轻轻的吻，柔声道：“原本不想让你知晓，既然你已看见了，那我还是告诉你吧。平城那儿，我输了，输给了冯亭和天如镜。

“天如镜暂时将手环给我，让我跨越两千里路程赶到洛阳。在操纵手环的时候，我瞧了瞧里面的东西。今后几十年，不管南朝北朝，都不会太安定，但总有地方会有几年太平的，这我已经写在一封书函里，让我的部下携带着，你待会儿找一个叫陆鸣的人，问他要即可。按照上面所写，你可以自行决定去处。

“其实，你去哪儿都不妨事，我临出发前，求师兄今后代我保护你，他算是被我这个没良心的师弟给坑害了，就连死后也不放过他。

“我原本一心想掌握这万里河山，但这些年来，听你说古道今，这份念头反而渐渐有些淡了。天之悠悠，如此广阔，你我在此之间不过沧海一粟。纵然君临天下，我亦不过是区区蝼蚁，这江山，就算我到手了，滋味也未必如同原先所想的那般好。”他是通透颖慧之人，一旦接触到什么，便能触类旁通，迅速扩展开来，而他得知今后的世界以及楚玉从前生长的环境时，眼界比从前更高了，虽然谈不上立即大彻大悟，但有些事总归是看得淡了些。

“我这人素来不做无利之事，此番救你，也是如此，我觉着救你会比得到北魏更好些，便舍北魏而取你。”容止十分平静地道，“天如镜一定会来寻你，问你索还手环，届时你打算如何处置他，都依你的意思。他没了护身之物，有沧海师兄在，你就是杀了他出气，也不是不可能的事。”

楚玉看着他，说不出话来，只是拼命地摇着头，甚至不知道自己在否定什么，拒绝什么，排斥什么，可她不想听他继续说下去，仿佛只要他不说遗言就不会死一样。

容止想了想，没再想出来什么可以交代的，只觉得眼角又有液体流出来，他叹了口气：“我原本没想让你见我这般狼狈模样的，怎料眼下你竟是知我甚深，稍有异样便给你瞧出来了。”

他又一次抬起手，想要抹去脸上的血迹，忽然觉察手背上也流出了鲜血，忍不住又是一笑：“太狼狈了。”

从手背开始，好像有无形的刀刃划过他的身躯，一道又一道，纵横交错地，毫不留情地切割着。

很快，他的白衣由内而外被染红，雪白的衣衫竟变得鲜红一片，地上的冰雪亦浸在血水里。

楚玉惊骇欲绝。

一刀。

两刀。

三刀，四刀，五刀。

十一刀，十二刀，十三刀，十四刀。

一百零一刀。

……千刀万剐。

仿佛有无数的刀刃在他身体周遭飞舞，那灿烂的艳红血光，组成最后的镇魂调。

先是七窍流血，再来千刀万剐。

可是，他的脸色还是那么安宁，他的眸底写着刻骨的冷静，又是那么温柔——楚玉几乎为了这个眼神死去。

可现在却是，他为她而死。

楚玉再也控制不住，想要去抱住他，却捞了个空。容止轻飘飘地站起来避开，连退几步，退到山崖边，身后便是深渊江水，他淡淡地道："你莫要靠近我，我体内那股奇异的力量眼下已失控，怕伤着你，你站得远一些……你们来得正好，把她架住……不对，你们是谁？"模糊之间瞥见上来的两条人影，原以为是桓远等人追来了，容止才毫不犹豫地发令。但很快便觉察出不对，他秀丽的眉梢此刻满是鲜血，不禁微微一蹙，微笑起来，道："原来是你，花错，你还没死。"

此刻，他视线已模糊，视野之中一片鲜红，甚至连近在眼前的楚玉都看不分明，但还是能感觉到来的两个人中一人扶持着另一人，被扶持的那个人气息极为虚弱，似是才受了重伤。

楚玉转过头去，看见一身红衣的花错，在另一个身穿斗篷看不清脸色的人的搀扶下，慢慢地走了上来。

原来花错先前虽然受伤颇重，但容止的最后一箭，因他竭力阻了一下，只射进胸口少许，并未触及心脏，只因失血过多，暂时倒地昏迷。他身旁那人披着厚厚的斗篷，自称是途经此地的旅人，花错才一苏醒，在那人的搀扶下，走了一段路后，正好瞧见楚玉的足迹，便一路跟了上来。

容止话音才落，花错便下意识尖锐地反驳道："你死了我也不会死……你这是怎么回事？"死里逃生一遭，他的心境平和了不少，可看见容止，却还是禁不住想刺上两句。然而，当他看清楚容止此时的模样，发觉他身上的血并不是别人的而是他自己的时候，花错呆住了：容止怎么会到如此末路？

容止平静地道："无须你费神杀我，从前是我对你不住，眼下我便将死，也算是以命偿还你，以血还血，你解了心头恨，便就此去吧。"

他懒洋洋地冲楚玉笑了笑，虽然遍身血污，笑意之间，却有着十足沉静明丽的味道，眼眸清远高雅，正如最初见面时的样子："我不想留下尸身，你也莫要看着，这么死去，必定很不好看。"说罢，他往后一仰，向下倒去。他的眼睛已看不见任何东西了，脑海里却有无数的影子飞掠而过。这一刻，他的心完全敞开，无数感情涌现出来。

天如月说："你不应生于世间。"

父亲说："你给我站起来，这点儿伤死不了。"

观日月说："我教你本事，你便要用给我看，去杀了天如月。"

花错说："你这个没有心的人。"

山阴公主说：“我得不到你，也不会让任何人得到你。”

王意之说：“阁下心有七窍，世上少有，在下佩服。”

观沧海说：“容止师弟，你心机太深，可憎可厌……但，你是我在这个世上唯一的亲人。”

楚玉说：“我喜欢你，是我愿意，这与你无关。”

对父母的冷漠，对师父的感激怨怼，对王意之的欣赏，对花错的亏欠，对观沧海的亲情以及最后停驻在意识之中的……对楚玉的……爱。

他是被囚困了，还是被释放了？

楚玉跪坐在雪地里，慢慢地回想着从最初到现在的点点滴滴。最初，是那春日杏花吹满头，谁家年少足风流？后来，伴随着缓带轻裘疏狂事，天阔云闲向歌声，抛了流光，便迎来那大多好物不坚牢，彩云易散琉璃脆。

她想，此情应是长相守，你若无情我便休。本以为，相见争如不见，有情总似无情，分开来总是好些……

可是，为什么临到终来竟是这般境况？

楚玉仿佛感觉不到双腿冻得麻木，时间好像停滞了一般，她定定地看着容止身影消失的地方，眼中所有的光彩都在刹那间寂灭了。

花错也同样愣愣地望着那个方向，忽然，他猛地推开搀扶他的人，跌跌撞撞地往前跑了几步。

雪地里有很多的血，容止说是还给他的。

“不……”仿佛受伤的野兽，花错嗓子里发出低低的呜咽。

不是……他其实，并不想让容止死……

其实，他只是气不过，他恨容止无情无义，想看他受伤，想看他流泪，想让他露出软弱的一面，希望他看起来像……一个人。

就算容止骗他，负他，伤他，害他，他还是不想杀容止。此刻容止死了，他反而整个人如同坠入永不回暖的寒冬。

眼下容止死了，杀害他的，也有他的一份。

花错忽然凄厉地狂笑起来，正如数年前与容止决裂之际，甚至比那时更多了几分绝望。

为什么直到现在他才明白呢……他最想要的，并不是杀死容止，也不是看容止痛苦，而是回到最初那刻——两人和睦谈笑的时光。

就算是假的也好……记得当时年纪小，我爱谈天你爱笑。

花错的笑声很快就转为凄厉嘶哑，最后慢慢地低了下去。他左手拿起用来当拐杖拄的长剑，看了看，忽然哑声含怨道：“好，好，你还给我，我也都还给你，从你身上得来的剑术，都还给你！”

话音未落，他猛地挥剑，反手齐肩斩下自己的右臂！

一条手臂落在地上，鲜血喷洒出来，花错身上原就带伤，此刻伤上加伤，几乎要昏死过去。他咬牙维持清醒，也不去看他那只握了十几年剑的手，只撕开身上的衣衫，包扎伤处。

勉强止住流血，花错望向楚玉，道：“公主，虽说你眼下不再是公主，但我还是叫你公主吧……是我对你不住，你若是要杀我，现下便可取我的命。”

见楚玉只是发愣出神，并不说话，他惨然一笑：“这条命，等你什么时候想要了，便让容止部下传话一声，他们知道往哪儿寻我。”说罢，他拖着蹒跚沉重的脚步，朝山下慢慢走去。

花错下山之际，正与追上来的桓远等人擦肩而过。桓远看着花错这等惨厉模样，心中甚为骇异，直到看见楚玉，雪地里只有她一人独自跪坐，周围是缤纷的血色，一条断臂躺在地上，血迹犹未凝冻，而一个被斗篷包住脸的人在一旁不远处站立着，四野茫茫，不见容止的身影。

桓远走到楚玉身边，这才瞧见她空茫茫的眼神，禁不住心下一恸，他急忙扶住她的肩头，低声轻唤：“楚玉……楚玉……”

也不知唤了多少声，才见楚玉的目光逐渐有了焦距。只见她抬起手，用力攥住桓远的手腕，指关节紧绷得发白。桓远看楚玉现下的情形，估摸出容止必定凶多吉少。他感觉手腕吃痛，却不挣开，只愿楚玉能好过些。

见楚玉微微张开嘴唇，声音轻得几乎听不见：“容止走了。”

她发出声音来，这才恢复了思考的能力，先前发生的一切再度在脑海中轰然回放。原来冬天这么冷，雪意肆无忌惮地侵袭，周身彻骨生寒。

相聚之后是永远的别离，紫霞仙子后来绝望地说：“我猜到了这开头，却猜不到这结局。”

楚玉泪流满面。

静静地等待楚玉的情绪缓和一些，桓远才弯身扶着她的双臂：“起来吧，地上太冷，莫要伤了身体。”忽而又想起站在一旁穿着斗篷的人，他忙转过头去，对那人道：“不知道这位兄台留在此处，可还有什么事？”那人一直一言不发，让他有些不安。

听闻他问话，对方伸手拉下斗篷，楚玉看见那是一只带着伤痕的手，接着，她瞧见了那人的脸。

已经过了这些年，从前那张少年面孔已经褪去了生涩的稚气，经过风霜磨砺过的眉眼，更加阴沉冷厉起来。但这是楚玉几年来都不曾忘怀的脸。

曾经的少年暴君此刻长成一个阴沉的青年，他没有死，他活了下来，此刻就站在楚玉面前，比几年前长高了些。他就那么阴戾而沉默地望着楚玉。

楚玉看得出来，他吃了很多的苦，他的手上有经年的伤疤，身上穿着陈旧的衣服，这对养尊处优的皇帝而言，几乎是不可想象的。

该来的，总会来。楚玉忽然释然，在这个时候，反而轻松地对刘子业笑了笑："你是来杀我的吗？那就来吧。"她的神情淡然无惧，心中却充满了浓厚的悲痛绝望，眼看着因她而败，因她而亡，她却一点办法都没有。

现在刘子业出现在她的面前，她反而觉得突然之间找到了解脱，假如就这样死去，一了百了，也未尝不好。

刘子业静静地看着她，当年寿寂之等人与刘彧部下串谋弑君，他逃入竹林堂里，眼看剑尖便要及颈，当日告假外出的干林忽然赶至，救了他。

干林是天如镜的师兄，一直担任着刘子业的侍卫。刘子业性情虽暴戾，待他却甚为宽厚，他本来应该照天如镜的吩咐对此事袖手旁观的，但是最后还是舍不下数年的恩情，暗中出手救了刘子业，让寿寂之斩下旁边小太监的头颅，抹上血污，当成刘子业，谎称刘子业已死。随后，干林护送刘子业出宫，放他自行离去。如此，刘子业才保下来一条性命。

失去皇位离开建康，刘子业这才想起楚玉临别前欲言又止的神情，那分明是知道了有人要谋反，却隐下不说，他心知复位无望，心中最为怨恨的人，便是楚玉了。

"阿姐，"刘子业缓缓开口，叫出这个久违了数年的名字，"你要财物，我给你；你要地位，我给你；你要男人，我也给你；纵使你要江山，只要你开口，我就是把皇位让你一半又何妨？可你为什么要害我？"他的声音较之数年前低沉许多，已经是成年男子的音色，此番带着隐痛说出，更显饱历沧桑。

楚玉望着他，却只是笑。她满不在乎地道："解释这些有什么用呢？难道我要求你饶了我不成？"

彼时，他是皇帝，她是长公主；现下，他是落魄流浪的复仇之刃，她是心若死灰的缥缈浮萍。因为容止的死，现下她只觉一切都是空的，连性命也可有可无，谁要拿去，便拿去好了。

桓远见此情形，连忙侧身挡在楚玉的身前。但刘子业伸手一拨，便将他整个凌空摔出去。桓远本来一只手扶着楚玉，这么一摔，连楚玉也被掼倒在地。她不像桓远摔得那样重，却不起来，只一动不动地躺在雪地里，像一尊没有生机的雕像。

刘子业静静地望着她。这些年来，他从未间断地寻找楚玉，他相信她一定没有死，他一定要找到她，问个究竟，他一定要杀了她，以泄心头之愤。

第一年，他满腔恨意，只想一杀楚玉为快。

第二年，第三年，他从南走到北，一路上看了许多，历经不少磨难，渐渐地，仿佛也懂得了一些，知道当初自己做皇帝时是怎么样的。

但是，他依旧没有放弃寻找楚玉。他去过很远的地方，比北魏更北的地方，比南朝更南的地方。他做过很多事，杀过人，也救过人。

但他始终不甘心，他纵然是负尽千万人也不曾负过楚玉，他要问楚玉要一个公道。现在，终于给他找到了。

刘子业拔出腰间的弯刀，走向楚玉，贴在她纤细的脖子上，却迟迟斩不下去。他本以为楚玉会哭泣会害怕会求饶，可是她现在的模样，却仿佛比死人还无动于衷。

这时，他瞧见楚玉的披风领子松开了，冷风灌进她的脖子，刘子业便不由自主地放开刀，伸手去给她系紧。这个动作和情形是如此熟悉，刘子业猛然想起来，当年临别之际，他解下身上的狐裘披风，给楚玉穿上，还小心地给她系紧领口。

此时她穿的正是当初他给她的那件黑色毛皮大氅，还是数年前那么崭新的模样，这些年来她都不曾丢弃。

时光是这样残酷地轮转，可以将爱变成恨，也可以让恨彻底消弭。

刘子业颤抖着手，他猛然站起来用力踢了楚玉一脚，嘶声喊道："你怎么能这样？！你怎么能这样？！"

她怎么能这样？怎么能这样？为什么要负他、骗他？为什么要离开他？倘若真的憎恨，又为什么还留着这件衣裳？让他下不了手！恍若疯了一般，刘子业转身朝山下跑去，身影很快便不见了。

又下雪了。地面上的足印、血迹覆盖上一层银白，看上去是那样凄厉与洁净。桓远挣扎着站起来，脚步不稳地走回到楚玉身边。他看着楚玉安静的模样，忽然悲从中来，俯身用力抱住她。

大雪纷纷扬扬地下，将爱和恨都掩埋了。

第一百四十二章　春闺梦里人

楚玉在雪地里待得太久，冻伤了双腿，血脉不通，以至于整个冬天都不能自如行动。找了几个大夫都说医治不了，若非观沧海及时赶来施以援手，楚玉这双腿可能就废了。

饶是如此，楚玉还是需要休养好几个月。不能行走的时候，桓远请人给楚玉做了一把轮椅。

容止曾说楚玉哪里都可去，但不论是南朝还是北朝，楚玉都没有定居，更准确地说，这个冬天，她都在走走停停地寻找，寻找容止的尸体。

她始终不相信容止死了。或许这一次，他又是在玩弄什么把戏，筹划着什么图谋。他是向来不忌讳骗人的，甚至是骗她。自从那日雪后，楚玉便反复地，一遍一遍地这么告诉自己。

她顺着河流，一直朝着下游寻找，找到哪里便在哪里暂时住下。不光是河道，河道周边的区域也不曾放过，活要见人，死要见尸，除非见到容止尸体，否则这回她绝不上当。

为免有误认错辨的，每找到一具尸体，楚玉都会亲自去确认，她所要找的，无非容止一人，可是一冬天下来，却瞧了几十具尸身。

饿死的、病死的、冻死的、遭兵祸匪患被杀死的，等等，最初，楚玉只管辨认是不是容止，看到尸体时还会有些害怕，只确认不是容止后，便命人小心埋葬。渐渐地，到了后来，对于每一具尸体，即便确定了不是容止，楚玉还是命人去打听其身份，寻找其家人，自然，每次都是找不到的居多。

这些已然冰凉的身体，他们姓什么，叫什么，家中可有别的人，他们的生前都有怎样的悲欢，是否也会有别的人在什么地方为他们牵肠挂肚？

死去的男子，是否也曾风流潇洒马踏青郊？死去的女子，是否也曾婀娜娉婷闺阁画眉？

随着时间的推移，最初只因容止一人而生的悲伤，逐渐转化为一种更广泛而无奈的苍凉：白骨如山忘姓氏，无非公子与红装。

在这个纷乱的世界里，他们都只是微不足道的蝼蚁。

春天再度到来的时候，绿草新萌，青叶初发，鲜花再度装点大地，楚玉心中却依旧全是冰冷荒凉的雪地，再没有一朵花开出来。

她心中只有一个念头：找容止。就这么找下去，只要一日找不到他的尸体，她就一日不相信他死了。

“今日春光正佳，我们出去走走吧。”见楚玉这般模样，桓远终于忍不住，一日早晨轻声提议。

楚玉怔了怔，望着神情微微憔悴的桓远，见此刻他眉目间已失了几分从前的儒雅淡定，这才惊觉愧疚。她这个冬天只沉浸在自己的世界中，却苦了身旁的人与她一道受累，实在是不应该。

心里叹了口气，楚玉点了点头。

经过一个冬天的休养，她双腿的状况终于好转一些，昨天已经能在旁人的搀扶下勉强站立片刻，但眼下还需继续借助轮椅。

桓远在楚玉身后推着轮椅，两人正要出这间暂时借住的村舍，忽然部下迎面跑来，言道前方河边看到一具尸骨。

桓远心中微涩，知道这回散心又是不成了，因为楚玉的神情已经在听到那消息后立即转为凝重，他索性推着楚玉朝据称发现尸体的河边走去。横竖这回也将确认不是，要是快一些，说不定还能赶上今日去踏青。

初春的风还有些微寒，迎面吹来湿润的水汽，楚玉远远地瞧见，在河边，观沧海竟然也在。他正站在水里，手伸进水中摸索着什么。

难道……楚玉心中一凉，她转动轮椅，想要快些到达河边，但仍嫌太慢，也不知道哪里来的力气，她猛地从轮椅上站起来，一口气踉跄着拼命跑到河边，站住了。

仅七八米宽的小河，河边的水清澈得几乎可以一望见底，在河底幽暗的绿色水草间，静静地躺着一具森然白骨，而白骨之间，还飘荡着些许撕裂的布料，破败之中带着隐约的暗红。

而观沧海的手在这具白骨的身上摸索着，摸索到一个位置，神情变得黯淡。

楚玉几乎不敢深想下去，她的双腿开始有些站不住，颤抖着声音问道：“观沧海……你，有没有什么发现？”

一定不是的。这样一具白骨，谁能辨认出他生前的模样？

观沧海沉默片刻："容止幼时曾遭虐打，虽然都已痊愈，但也有照料不周的地方，他的肩后下方有块骨头，因为打坏了再接上，又接得不大好，长得有些不齐整，虽然外表瞧不出来，却是能摸出来的。"

"那……这具……"楚玉的声音越来越低，心中越来越恐惧，几乎不敢问下去。

观沧海点了点头。

楚玉倒抽一口凉气，咬牙反驳道："你莫骗我！才这么些日子，要腐烂也没这么快，怎么这骨头这么干净？"

不信不信不信！

观沧海神情落寞地淡淡地道："你莫要忘了容止当初是什么情形。"

当初……当初他身体如遭千刀万剐，肌肤血肉皆尽破碎，那般惨厉骇异情形，她此生都不会忘记。

观沧海继续木然地道："再加上一路激流冲刷……"

"别说了！"楚玉高声阻住，可是话说出口时，嗓音低弱，却仿佛哀求一般。楚玉双腿脱力，站立不稳，一下子跪进水中，双膝浸在冰冷的浅水里，但她顾不上这些，只定定地瞧着那尸骨：那森然发白的骨头，挂着幽绿色的水草，这就是昔日那个曾经拥有无限光华的容止？

那个神情高雅不可攀附，可恶的深沉莫测的容止……

那个容颜辉煌目光沉静的容止，他鲜活柔暖的肌肤，他平稳跳动的心脏……

他清隽秀丽的眉梢眼角，他从容温和的声音……

卓绝孤高的身影，如水月镜花般的笑意……

她的容止全没有了？连血肉都不剩下，只余这么一具冰冷的白骨？

楚玉慢慢地伏下身子，也不管冰凉的河水灌入衣服里。她小心翼翼地，唯恐弄痛一般，抱住那具白骨。

容止。

是哪条河边的凄寒白骨，又是谁的春闺梦里人？

眼泪流不下来，微微张开嘴，楚玉喉咙里压抑地溢出撕心裂肺的呜咽："容……容……容止啊……"

在这流离的乱世，纵然她已经见惯生死，可还是会因为一个人的死感觉如此绝望："容止……容止……容止……"

良辰美景奈何天，赏心乐事谁家院？七情六欲，喜怒哀乐，贪嗔痴怨，人世间，原来姹紫嫣红开遍，似这般都付与断井颓垣。

第一百四十三章　很好很好的

终于确定了容止的死讯，楚玉不再无休止地寻找。

她非常听话地让桓远和观沧海带着她到洛阳住下，还是当初那个她与容止、观沧海比邻而居的宅院。她很安静地养伤，饮食起居都很有规律，她不流泪，不哭泣，也……不说话。

最明显看到楚玉变化的人，是桓远。他更愿意楚玉发狂痛哭，哭过之后彻底放下，也不愿见她这般模样。楚玉安静得不像活人，有时候她甚至会微微一笑，嘴角翘起很小的弧度，可是她的眼神，幽深冷寂，如看不到尽头的隆冬黑夜。

桓远不知该如何劝解她，只能更悉心地仔细照料她。

没过几日，家门口来了一位不速之客，亦是旧识故人。

桓远见到来人，没说什么，只道："你是来见楚玉的吧，随我来。"

楚玉坐在轮椅上，独自在后花园里晒太阳，春光明媚柔暖，楚玉的心中却感受不到暖意，她只是静静地望着这阳光，好像望着另一个世界。

脚步声从身后传来，楚玉自然而然地转过头，先瞧见前面的桓远，再瞧见桓远身后的人，那是个大眼睛的俊秀少年，脸上还带着不成熟的稚气，但身材已经是一个成年人的高度。

那少年看起来有些眼熟，楚玉懒得多回忆，既然是桓远带来的，他自然会给介绍。

来到楚玉身前，桓远叹了口气："流桑，自从发现容止尸体后，她便一直是现在这副模样。"

流桑？楚玉迟疑一会儿，才将大眼睛少年和从前那个孩子联系在一起。分别的日子里，流桑长得很快，身材的变化自是不必说。他的脸较从前看起来瘦了一些，脸颊上的肉少了不少，只有一双大眼睛，依旧还留着几分旧日的神韵。

见到流桑，楚玉微微一笑，冲他点了点头。

流桑有些紧张，他期期艾艾地望着楚玉："我……我回来了。"

楚玉点头。

"我回来后便不想走了。"

楚玉笑一笑。

"阿姐也同意了。"

钟年年？楚玉依旧是点头微笑，而这时候，不知为何，对面的少年忽然流露出异常悲伤的神色。

楚玉眨眨眼表示好奇，为什么他这种表情啊？她又没怎么样。

见楚玉如此，流桑更为难过。他蹲下身子，双手握住楚玉的手，哀求地望着她："我好不容易说服我阿姐，她才让我回来……可是，是不是太晚了？"

流桑哽咽着，眼泪盈满双目。他快速地低下头，用楚玉的手盖住他的双眼："你不要这么伤心，好不好？你伤心，我会更难过的……我不是为了这个才回来的……你跟我说说话啊……一定要容哥哥不可吗？我不能代替他吗？"

好像触碰了某个禁忌的机关，楚玉一瞬间变得呆滞。过了好一会儿，她才从流桑的手中抽出手来，看着带着湿痕的手掌，低声道："是不是一定要大哭一场才能表现我的正常？我只是不想哭而已啊……为什么你们都这么担心我呢？"

自那日后，她便一直沉默着。其实并不是不能说话，只是仿佛一下子无力开口，偶然发呆，感觉竟然很美好。假如能一直不思考下去，那就再完美不过了。

久违的眼泪静静地流了下来，如同告别的仪式，直到现在，楚玉才愿意承认容止永远不在了。

楚玉低下头，抚摸着靠在她膝盖上的流桑的脑袋。虽然流桑现在已经长大，可是在她眼中，还是和从前那个小孩子没什么两样："你是你，容止是容止，每个人都是这世上独一无二的，你们谁都不能取代另外一个人。"

更何况，容止，是不一样的。

纵然这世上有千万种温柔风情，对她而言，也及不上容止一个悠然的眼色。

观沧海聆听花园内的动静，微微舒了口气。他走过两家宅院相通的门，走回自己房中，拉开书柜，便露出一条暗道。沿着暗道走下去，观沧海来到一间密室之中，幽暗无光的密室正中摆放着一具石棺，棺盖敞开着放在一旁地上，石棺中传来古怪的什么断裂般的脆响，他就对那石棺道：“今日流桑来看她。”

那石棺内传来一道极低也是极冷寂沙哑的嗓音：“流桑来了也好，能让她稍解郁结，她若是这么下去，迟早得生出病来。”

观沧海身子靠在密室墙上，苦笑道：“从前我帮你骗过她，如今我又帮你骗她，她大约做梦也不会料到，什么尸骨上有异，都是我照着那具骨头的伤痕编出来唬人的，而这宅子里依旧是和上一次一样，多藏着一个你。”

他有些感慨地道：“你又何苦如此呢？在她面前诈死，骗她伤心流泪，纵然她郁结成疾，难道病因不是你？”

棺材里的声音又淡淡地道：“自然要骗她我死了，长痛不如短痛，难道要叫她日日瞧着我这副模样？”

听他如此说，观沧海又是一叹。他虽视物不便，但也知晓容止现在的情形，倘若如今有个眼目清明的人来到棺材边往里瞧，定会瞧见做噩梦般的情形：棺材里躺着一个人，但是这个人几乎已经不能称之为人了，他全身的肌理骨骼几乎都绽裂开来，棺材底浸泡着一层浓厚的血水，人形的物体就躺在这血水之中。

方才棺材里传来的那一声脆响，便是骨骼肌肉碎裂的声音。

“我现下的模样，纵然是不相干的旁人瞧见，也会连着做好些天的噩梦。若是她看见了，定然难以承受……咳咳咳……”他话才说一半，忽然好像被呛到一样，剧烈咳嗽起来。

观沧海忍不住问道：“怎么了？”

过了好一会儿，容止才若无其事地接着道：“嗓子裂开一道缝……我不告诉她，一来是这半生半死的模样实在不能见人，更何况，不知什么时候才是个头，也许最终我还是会死，与其让她陪着我受折磨，倒不如早早地便告知她我死了。”

这些日子以来，除了脑部稍微完好一些，他身体各部分都在重复那日离开楚玉前的经历，被看不见的力量切割裂解，可是他偏偏又不会死去，待身体血肉模糊之后，生机再度旺盛，很快又迅速地生长痊愈，迎接下一轮的破碎，每一分的痛感都直接传递进脑海之中，永远没有尽头。

每一个轮回是七天的时间，偶尔有数个时辰的停顿缓和，但缓和过后又是再一次的伤害。在漫长的痛苦折磨之中，容止已经分不出现在是黑夜还是白天，也记不得现在是什么时候，只能通过时不时前来探望的观沧海获知时间的变化。

从几个月前他一跃跳下江中开始，便一直在重复这样的过程。他的身体被那股强大蛮横的力量冲击得几乎碎裂开，却又有另外一种力量修补着受损的身躯，让他不至于死去。但是这样活着，容止也不知道会不会比死去更糟糕。

摧毁、苏生，摧毁、苏生……在看不到边际的身体极致的痛楚之中，他在生与死的一线间缓缓徘徊。即便如此，他的思路依旧无比清晰，而他的眼眸，在没有流血的时候，依旧稳固沉静，幽深坚定。

自打流桑来后，楚玉的心情终于渐渐纾解，如同过了很长的隆冬，如今终于窥得些许细微春光。人的心其实是有很强大的韧性与弹性的，只要一息未死，一念未绝，就能慢慢地活过来。

但这并不意味着楚玉就因此忘记了容止。她永远都不会忘怀她曾经爱过、离开过、恼怒过，却从未真正憎恨过的人。纵然容止死了，他也是她心中永远闪耀着光辉的宝石。她过去爱着、现在爱着、将来也会继续爱着这个人，她现在愿意承认，即便生命不再，有的东西是可以永恒的。

流桑留下来，给家中增添了不少活力，楚玉终究也没赶他走。他似乎也明白了些什么，再不提其他，只用他的方式给楚玉解闷。

这一日，楚玉忽然听见门口传来流桑的高声喝骂："你来做什么？你还好意思来？给我滚！"

紧接着伴随一阵兵器交接之声，其间还夹杂着流桑的咒骂。

楚玉有些吃惊，流桑平时也是挺好说话的孩子啊，怎会如此破口大骂？正好桓远就在附近，楚玉便请他去看看怎么回事。

没过一会儿，桓远带着复杂的神情走回来："天如镜在门口，说要见你。"

楚玉愣了愣。

桓远神情担忧地望着她，迟疑地道："你，见不见他？"与流桑不同，桓远并非一见到天如镜便发怒赶人。对于这个人，他认为楚玉更有决断处置的权利。

楚玉忽然一笑："自然要见，为何不见？你让人传话给流桑，让他把人带到客厅等着，你顺便去请观沧海来，我去换件衣裳。"

推着轮椅慢慢回到自己的卧室，因为行动不便，所以在这座宅子里，一切门槛都是不存在的，阶梯都用缓和的斜坡取代，就是怕她一不小心给绊着摔着了。

关上卧室门，楚玉先换了身衣衫，接着才从枕头下取出一只木匣，打开盖子，银白色的手环光泽流转。楚玉低头冷笑一下，盖上盖子，放在椅子边，又慢慢地转动轮椅出去。

客厅里流桑和桓远已经在等着，前者脸上还有些不忿之色。楚玉冲他们点头一笑，接着便转向站在客厅中央的三个人，居中的是天如镜，两侧站着他的两个师兄，方才与流桑动武的应该是他们。

楚玉和天如镜看到对方时，彼此都是一怔。

天如镜还是那副衣衫干净装束整齐的模样，但他整个人好像瘦了一大圈，脸上仿佛一点肉都瞧不见，紫色衣袍如同挂在架子上，空荡荡地撑不起来。

而天如镜看见楚玉竟然是坐着轮椅来的，形销骨立的脸上现出诧色。站在他身旁的越捷飞忍不住开口问："你的腿？"

他与楚玉毕竟曾主仆一场，虽然他最终还是听命于师门的，但是曾经一起相处的那些日子，要说他对楚玉全无恩义，那是骗人的。正如干林救刘子业一样，那时越捷飞也曾好几次想来洛阳暗示楚玉小心些，却被冯亭及时发觉阻止。

楚玉微笑道："冻伤了，托你镜师弟的福呢。"她眼波温柔，声音和蔼，说出的话却带着冷厉尖锐的讥讽，每一声都直刺天如镜的心。

天如镜不安地抿了抿苍白的嘴唇，低声道："对不住……"

楚玉也没多看他，只让桓远将她推到主座旁，扶她坐上去，她顺手把盒子拿在手上："你来我这儿，是问我要那手环的吧？"她也懒得多说废话，直接帮他开门见山。

天如镜却恍若未闻，只是失神一般望着楚玉。他清楚地看见楚玉眼中写满了对他的嫌恶，就连偶尔不得不对着他说话，也仿佛看着什么肮脏丑恶的东西一样。

楚玉不耐烦地重复了一遍："但这世上没有白来的东西，你若是想要，总得付出一点代价。"

天如镜轻飘飘地笑了起来："我并不是来要手环的。"

楚玉讶然道："你说什么？"是她听错了吗？她冷冷地、毫不留情地又道，"不是来要手环的，那你巴巴地来我这儿做什么？讨骂吗？"

越捷飞有些不平，禁不住插嘴道："你嘴上便不能饶人吗？镜师弟也是身份使然，才会做出那些事来，他心中知道对你不住，一病就病了一冬，稍稍好转些便来寻你。"虽然越捷飞对楚玉有恩义，但看楚玉这么嘲讽天如镜，他还是要回护自己的师弟，"他此番前来，是……"

他好像要说出什么，天如镜急忙打断他："师兄，你答应过我的。"

楚玉瞥了越捷飞一眼，轻轻地惨笑道："他是身份使然，天命驱使，难道就因为这样，我便不能恨他？他有他的使命，可谁来还我的容止？"她恨天如镜，在容止之前，从未那样强烈地喜欢过一个人，而在此之前，她也从未有过像这样清楚而明晰的恨意。

越捷飞登时哑然。

再度转向楚玉，天如镜脸上泛起一丝艰难，他缓缓地道："我不是来索回手环的，这手环，你不是一直想要吗？我需要找一个继承人，正好你知道许多，通晓其中知识，做继承人是再适合不过了。"

楚玉这回是真的给惊着了，她狐疑地打量天如镜："你在打什么鬼主意？"不会是想用这种蹩脚的借口把手环给骗回去吧？

天如镜苦涩地笑了笑，道："你若不信，可让我服下毒药，解药拿在你手上，容不得我弄鬼。"

楚玉犹豫一下，还是同意了天如镜的提议，毕竟她现在固然能把天如镜千刀万剐又如何？她的容止永远回不来了。此外假如天如镜肯自愿服毒那是再好不过，也省得她让观沧海动手。

转头问观沧海要了他比较厉害的一种毒药，毒发时间为一刻钟，倘若一刻钟内天如镜不能如他所言的做到，没有解药，便会毒发身亡。

楚玉甚至有点希望天如镜是来拼死拿回手环的，干脆毒死他好了。

但让她惊讶的是，天如镜竟然完全没捣鬼，他很快速地让她贡献出了一点细胞，手环记住了她的DNA，接着转移权限，不过是半盏茶的工夫，便完成了一切。

不一会儿，手环便套在了楚玉的手腕上，冰凉沉重的触感让楚玉有一种仿佛被什么给锁住了的感觉。楚玉尝试着发动一下手环的防御功能，幽蓝的光罩顿时笼罩在她身体周围，这下子她才终于确信天如镜不是诓骗她的。

可是，他为什么要这么便宜她？

皱了皱眉，她刚要说什么，却见天如镜如释重负地松了口气："如今我总算能卸下职责，今后便交给你了。"他好像终于解脱了一般，整个人显得轻松了不少。

楚玉负气地冷笑道："你怎么知道我拿着手环便会听你的话去维护历史？我若是偏要逆你的意改朝换代，现在你可奈何不了我。"

她一边说，一边从观沧海手中接过解药来，朝天如镜递过去。

毕竟天如镜遵守了承诺，她也没必要一下子毒死他，一想起容止，楚玉便又觉得，就这么毒死他太客气了。可她毕竟不是一个恶毒的人，虽然有心让天如镜品尝生不如死的味道，却不知具体该如何实施，只能走一步看一步。

天如镜却没接那解药，只露出一个飘忽的笑容："你不知道，每一个朝代，都有一个数，称之为势，假如这世上情形与天书所载不符，势便会发生偏差，而一旦势发生偏差过大，手环主人也会跟随着身死。"

换言之，其实每一代的继承人，维护历史，并不仅仅是维护着所谓的"天命"，还存在着一丝自保生命的意图。

假如历史发生不可逆转的偏差，那么手环主人也会跟随着死去。

楚玉一怔，手好像被蛇咬伤一般弹起来。她惊骇地望着套在自己手腕上的银色金属环，那物体不仅仅是套住了她的手腕，也套住了她的生命。

楚玉又惊又怒，下意识反手扇了天如镜一巴掌。她本以为天如镜意在取回手环，却没料到他在最后的时刻，还摆了她这么一道！

天如镜的脸被这一下打偏至一旁，但是他什么都没说，只是慢慢地转过头来，固执又倔强地道："所有可能影响势的人，容止我要杀死，你，我要锁起来。"

楚玉想也不想，立即用力把银色金属环从手腕上往下撸，冷笑道："我不会也学你转移给别人吗？"他会玩这一招，难道她不会？

天如镜眼神空落落的，他苍白的脸上印着明晰的指印，嘴角却流淌出乌血来："你知道不知道，原本拥有手环但又放弃权限的人会怎么样？"他的目光逐渐空洞，声音也越来越慢，"会失去所有的记忆，变成一个傻子。"

这情形与容止那时的权限转移又有所不同，容止那时是借用，时间不超过一个小时，只要在此时间之内不做什么，便不会有太大影响，而楚玉现在，则是将她的生命和这手环牵系在了一起。

楚玉原本满腔怒火，可是见他这副模样，禁不住怔住了。天如镜眼下的模样，分明是毒发症状，可现在距离天如镜服毒还没到一刻钟……她下意识回头看观沧海，后者亦是有些茫然，不知道究竟发生了什么。

天如镜强撑着最后的意识，缓慢地道："我来此之前，便没打算活着离开，早已自行先服了毒药，我一生的价值如今已然用尽，来此完成我最后的使命，便是我死的时候。"

楚玉怔怔地看着他，不知该如何是好：她憎恨的人，却抢在她动手之前，自行踏上死路。

"我……"天如镜的目光涣散，言语开始变得模糊不清，"我求仁得仁……死又何妨……这是我的……道……我不后悔……"

可是，假如没有遇见她，就好了。

假如没有遇见她，他还会那般冰心无尘，不为任何俗世的情愁所困扰，那样他便可以坚定不移地朝着目标前行，不会这样挣扎地爱恨不能。

他的身躯无力地在她面前跪下，如同一具伤痕累累的可悲玩偶，一直在牢笼之中起舞，终于走到了生命尽头。他瘦削的身体倒在地上，很快便没了呼吸。

只不过眨眼工夫，天如镜便在楚玉面前死去。他憔悴的脸上挂着解脱的微笑，一双眼睛睁得大大的，眸底仿佛还印着生前最后看到的那个人影。

楚玉的脑海一片空白，她没料到天如镜竟然毫不犹豫地选择死亡，如此决绝，这变化快得让她几乎反应不过来，原本她胸中满腔的恨意，可是眼下却尽皆化作茫然。

她隐约知道天如镜为什么会寻死，那是她从前不愿深思的问题，如今更没有必要深思，人一旦死去，恨与不恨都无关紧要，不管多少往事都随风而去了。

过了一会儿，楚玉下意识地望向与天如镜同来的越捷飞，后者神情虽然悲伤，却并不激动，显然他早已知道天如镜的决定，此番前来，就是来看着他死的。

越捷飞走上前来，弯腰小心地抱起天如镜的尸体，转向楚玉："公主，阿镜已经用命还给你，这样可足够了？他其实一直对你……算了，不提也罢。"

楚玉一时间说不出话来。越捷飞也没再言语，他抱着天如镜逐渐冷却的身躯，转过身，慢慢朝外走去。干林随后跟上，这两人再也没回头。

第一百四十四章　不如从此去

纤细白皙的手腕上，套着冰冷的金属环扣，带着沉甸甸的质感和难以解脱的束缚。

坐在阳光灿烂的花园里，楚玉抬起手腕，对着光静静地凝视着。从前做梦都想得到的，如今真正到了手，却有一种万事皆虚妄的幻觉。

原本指望着手环能送自己回家，可是真正到了手后，却发现这其实是做不到的，想要打破时空的壁垒，需消耗的能源是单纯空间转换的数倍。而这手环内储存的能源，不足以完成一次穿越启动。

通俗的说法就是：电池电量不足。现在手环里的能量格是两格，五格为满，而让一个人穿越时空需要三格。

亏了啊！太亏了！等楚玉回过神来后，便不由得这么感慨。

她想要手环，无非指望着能依靠它穿越回家，否则当日也不会上天如镜最后一个当，现在不但回不成，反而身上平白多了一副担子。

天如镜所说的势，楚玉在亲自查看之后，有了一个更明确的认识：就好像河流的水，一般正常状态下的水面高度是一个数值，这个正常状态的数值便对应着每一个时间段每朝每代的势。假如历史发生偏差，这个数值就会改变，或者变高，或者变低。假如只是在那数值附近波动，并不会有太大影响。但倘若产生了剧烈的变化，就如同河水一下子发洪灾或者干旱一般，会造成连锁反应，导致崩溃。

其实在天如月及其之前的几代，这个数值时常会有些变动，但是大抵还是脱不开正常范围，大局上没有偏差，直到容止出现，再经历天如月、天如镜这两代，又一次将容止可能造成的偏差拉回正常值。

楚玉现在所接下来的担子，表面看起来比较严峻，实际上只要她自己不主动乱来，乖乖地混吃等死，基本不会有什么大纰漏。

但楚玉所认为亏了的关键在于：就算不接这手环，她也能舒舒服服地混吃等死，如今反而平白多了些什么，叫人心下不快。

拉起袖子，楚玉不再深思，转而将注意力放在如何吃喝玩乐方面来。她最近都在致力于改变家居环境，希望居住的环境更加舒服一些，如何在没有空调、没有电冰箱的地方更加舒适地做米虫，在屋舍的规划方面，观沧海提出了不少深得她心的好建议。

从椅子上站起来，楚玉揉了一下僵直酸麻的双腿。在观沧海的医治下，如今她的腿已能走动。虽然偶尔还会有些疼，但调理好也不过是时间的问题。现在观沧海每天让人给她炖药，美其名曰她身体太弱需要进补。每天的这个时候，桓远就会把药端来。

虽说是良药苦口，但是这药未免也太良了，还偏偏是那种最难以入口的汤剂，虽然明知道观沧海不是这种人，但每次喝药的时候，楚玉都会情不自禁地觉得他是故意整治她。

算一算，现在时间也差不多了。所以楚玉打算逃跑。

躲一会儿，等药凉了，她就能找借口不喝。

飞快地溜出庭院，特地绕开常走的道，楚玉打算先出去避一避，可是才跑了不过十多步，她便尴尬地停下来，冲前方的桓远打声招呼："真巧啊。"

桓远单手端着药碗，沉稳地站在楚玉的逃亡路线上，微微一笑："该喝药了。"

虽然完全可以拒绝，但是看着桓远不瘟不火的神情，连推拒的话都说不出来，那种神情好像是最亲的亲人在关切地望着你，仿佛一个回避的眼神都是莫大的罪过。

楚玉又一次认命地接过药碗，非常熟练地屏息、皱眉、仰头，以就义的魄力一口气灌下。

盯着楚玉喝完药，桓远满意地接过碗施施然离去。而楚玉则拖着被苦得只剩下半条命的身体回房漱口，之后便躺着去了。

躺了好半天，楚玉才慢慢回过神来。坐到梳妆台前，正打算整理一下仪容，楚玉忽然瞥见放在台上的一件物什。那是她几次想还给容止，但因为各种各样的理由一直延误，最后容止还是留给了她的不知什么材质的挂件。

从前她总是有意无意地忘记还给容止，其实她的记性并不那么差，只是那时候她不想归还，因为她想留下容止的一些东西。

可是现在已经不需要了。

现在，她甚至不怎么随身携带，因为她已经不需要依靠信物去思念容止。她呼吸着容止曾经呼吸过的空气，她生活在容止曾经生活的世界，她的生命是容止救回来的，她的心跳延续了容止的心跳。不需要哀悼，也不需要苦苦思念，她生命中的一切，都打上了属于容止的标签，难以磨灭。

无意识地把玩着那挂件，脑子里却想着别的事，等摔落的声音传入耳中时，楚玉才猛然惊觉手中不知什么时候竟然空了。

心中陡然一紧，楚玉连忙低头寻找，虽说是不常带着，但这东西总归是有纪念意义的，摔坏了不好。

快速捡起挂件，细细检查，挂件本身没问题，但挂件一头包着的金片因为方才的撞击，脱落松开了。楚玉心说改日找匠人镶上，便随手揭开，不料揭开之后，竟然发现下方是一只黑色的方盖，这白色的长方体只是一个容器。

楚玉有些好奇，掀开方盖，她抽出藏在内里的物件，是一块白色的细条状长方体，但两端却镶着复杂的纹路。

看着这物件，楚玉先是愣了一会儿，接着想起什么似的面色大变。她快速脱下手环，操纵打开手环的能源部位，这里她拆开看过许多次，却没有一次像现在这样，双手颤抖着，甚至有些拿不稳。

躺在手环能量槽里的能源块，也是一只一模一样的白色细条，大小、形状、色泽完全相同。

有些恍惚和不敢置信地，楚玉拆下原装能量条，换上新发现的这只，再重新启动手环，切换至能源显示屏，屏幕上五个格子满满当当，分毫不差。

楚玉决定离开。

离开这个时代，是她早就希望的，如今机会就在眼前，虽然并非想象中的狂喜，但她还是宛如下意识一般本能抓住。

按照能量格的格数来计算，离开这里会消耗掉三格能源，那么剩下的不够她再度回来，换言之，她最多只能穿越一次。

这个地方虽然有许多牵挂，可是在另外一个世界，同样有她记挂的人，假如一定要理性抉择，楚玉只能说她抉择不了，她只是本能地想回去。

或者因为无论如何也想见家人一面，或者是留在这里不能开怀。纵然平日里她可以若无其事地与人谈笑，可每当夜深人静、午夜梦回之际，可怕的寂寞便会将她整个人密密实实地包住。

楚玉决定离开的时候，是静悄悄的深夜，夜里的春风也一样柔媚多情。楚玉的双腿才刚恢复，便暗中收拾好东西，深夜里去探访桓远。

之所以要偷偷走，是因为前些天她旁敲侧击地试探过流桑他们的口风。对于她离开的假设，流桑的反应很是激烈，阿蛮亦是十分生气，为了避免真正离开时与他们发生不必要的冲突，楚玉才这般连夜脱逃。

才一敲门，门便应声而开。桓远站在门口，衣冠整齐，似是早料到她的到来，特地在门后等待似的。

楚玉见状一怔。见楚玉这般神情，桓远苦涩地一笑："你此番是走定了？"

好一会儿，楚玉才回过神来。她轻点下巴，低声道："是。"这些天她有些魂不守舍，异样的情态落入桓远的眼中，大约给他瞧出了些端倪。不过，给桓远瞧出来也无妨，横竖她要跟他说一声的。

见楚玉神情落寞，桓远叹息一声，道："我虽说早知留你不住，却依旧不曾料到这一日来得如此之快……你不会回来了，是吗？"这些日子，他瞧见楚玉每每瞥向他们时，目光带着浓浓的不舍与歉疚，那分明是永别的眼神，倘若只是暂时分别，绝不可能如此流连。

楚玉抿了抿嘴唇，更加心虚与不安："是的，或许永远不回来了。"

桓远忽然微笑起来，俊雅的眉目映照着屋内昏黄的灯火，在这一刻，温暖到了极致，他轻声道："一路保重。"他知道他是留不住楚玉的。

楚玉眼眶有些发酸，后退半步，躬身一揖："我在屋内给流桑、阿蛮各留了一封信，倘若他们因我生气，烦请代我向他们致歉……桓远，多谢你这些年来一直照应着我。"

桓远沉默不语，忽然也后退了一步，双手带着宽袖抬起来，非常端正、非常温文尔雅地一揖。

这些年来相互陪伴与扶持，他们之间已经不仅仅是朋友这么简单，是接近亲人般的情感，不仅楚玉是这么想的，桓远也是，虽然在此过程中曾有过怦然心动的一刻，但最终化作了细水长流。

他是她的亲人，永远都是。

两人的影子遥遥相对，他与她之间，永远都有这样一段距离。

第一百四十五章　此时难为情

楚玉离开洛阳，并未立即启动手环，她独自上路，先去了平城。她这一去，可能再也回不来了。因此在离去之前，楚玉打算好好看看这个世界，看一眼想要看的人。

冯亭终于得到了她想要的，在击败容止后，她强逼失去倚仗的拓跋弘退位，将皇位传给才五岁大的小拓跋。她作为辅政太后，地位尊荣，俨然便是没有冕冠的女皇。

拿到手环后，楚玉才发现有很多功能天如镜他们并未开发出来，比如其中有一项便是改变光线的折射，而达到短时间“隐身”的效果。利用这一点，楚玉潜入皇宫，偷偷地看了看这对过分年轻的祖孙：冯亭依旧艳光四射，但是一双眼睛却已显出远超出真实年龄的沧桑。而还是幼童的小拓跋，目光中是令人心疼的早慧，楚玉再也看不到他脸上无忧无虑的笑容，当初他作为拓跋氏的子孙选择了这条道路，不知现在他是否后悔。

静静地看了许久，楚玉又离开皇宫，改变方向，缓缓朝南行去。

春光、夏日、秋风、冬雪，复春来，时光在一双不变的眼眸前缓缓流过。楚玉刻意放慢行程，且行且住，所有曾经留下美好记忆的地方，她一再徘徊，不舍离去。

从北朝进了南朝，这一路上不是没遇到过流寇劫匪，但只要祭出蓝色光罩，便能吓得劫道的人见鬼一般逃走，因此楚玉走得还算平安。

南朝的故人其实没剩几个，有些人楚玉甚至不知道往何处寻找，回来南朝，其实多半是为了缅怀一些地方。

大约是因为被刘子业折磨过甚，推翻了刘子业的刘彧也没做多少年皇帝，他的生命在短短数年之后便走到了尽头，而后将皇位传给了他的儿子。

建康那个城市，虽然仅住了一年，却留下了她太多的喜怒哀乐，临行前不去看一眼，楚玉心里总归有些牵挂。建康城中，公主府和楚园已易主，看着门楣上的招牌换成了别样，虽说楚玉早已决定放弃，但心里总不是滋味，感觉属于自己的东西被别人给夺去了。

在建康城内徘徊了大半日，楚玉回到公主府外，静静地等待着什么。公主府现在的主人像是朝内哪位文官，那文官似是喜静，楚玉在门口站了许久，都不见有人进出。

她想要进入什么地方，必须是那地方有一个容人进出的入口，尽管靠着手环她既能隐身又能防御，可毕竟不是真的超人，没办法飞檐走壁，或直接穿墙过室。

好容易见一顶轿子抬来，打开大门入内，趁着此时入夜光线昏暗，楚玉连忙发动“隐身”，跟在轿子后面悄悄入内。公主府仿佛依旧保持着她离开时的大观全貌，建筑格局并无太大变动，内苑竟然没多少人，楚玉一路行来，别说是守卫，就连仆人都不见几个。

府内无人，兼之夜色深浓，楚玉索性便撤去了光线折射，独自慢行至从前的居所。

她从前居住的院落现在也几乎与原来没有分别，就连院名都不曾改动，楚玉见此便不由得感慨此间的新主人实在太懒了，竟然就换了一下门口的牌匾，内里一切照旧。

轻轻地开启旧日房屋，屋内打扫得很整洁，但一看便知道是许久没人住的冷清模样，楚玉轻叹一口气，回到闭着眼睛都能找到的卧室，床竟然也是原来的。

望着眼前的一切，楚玉不禁生出恍如隔世之感：当初就是在这张床上，她睁开眼睛，第一眼便看到了容止。如今想来，已经是好些年前的事了。那时候她万万不曾料到后来的波涛起伏、生死颠沛以及深深地爱上一个人。

楚玉走过去坐在床边，忽然倦意上涌，仿佛这一路行来的疲惫尽数涌了过来。她叹了口气，抬腕用手环设置了防护，只要一有人踏入设定的圈子内，便会立即祭出防御光罩。就算有人发现她，她也不会有生命之忧。

她设置好这些，如同几年前一样，在这张久违的床上沉沉睡去。楚玉睡得很安宁，这一年多来，每每入睡之后，她总会梦到一些从前的事，然而这一夜却没有什么来打扰她。

一觉醒来是清晨，楚玉整了整衣衫，趁着天光尚未尽亮，便朝昔日的西上阁而去。她走过从前熟悉的一个又一个院落。这些院落里从前居住的人也一个个浮上她心间，柳色、墨香、花错、流桑、桓远……

最后是沐雪园，容止。

楚玉来到竹林依旧繁茂的沐雪园前，老远便站定，定定地望着黑漆大门，仿佛经过了一个轮回。

也不知站了多久，一道叶笛声陡然高高地拔起，清越无比，如抛至九天之上的丝弦，猛地贯穿楚玉的心魂。叶笛声是那么清透脆亮，又是那么宛转低回。

她这一生，只在一个地方听过这样的声音。楚玉睁大眼睛，几乎不敢置信。

叶笛声曲曲折折，迂回转折，那么悠长。

她踏出一步，可又仿佛畏惧什么似的收回脚来，神情变得惊疑不安。

可是那叶笛声始终不曾断绝，一声一声，听得她几乎肝肠寸断。

全身都仿佛在叫嚣，终于，楚玉抬脚朝门口奔去。她的脑海里一片空白，身体每一分每一寸都是急切，理性这种东西早就被丢到九霄云外，她身体内灵魂正在沸腾。

砰的一声推开虚掩的黑漆木门，楚玉三两步闯入翠色竹林，叶笛声刹那停歇。

仿佛电影里画面定格，好似时光从未轮转，她才穿越而来，生涩而懵懂地、不知深浅地闯入那白衣少年的世界。

光滑的青石台上，半倚着竹丛的少年白衣曳地，宛如浮冰碎雪。他的眉目清浅温润，肤光如玉，唇边似笑非笑，目光深不可测。

与从前不同的是，宽袖之中探出的秀美双手，白皙的皮肤上交错着斑驳的伤痕。

慢慢地走过去，楚玉伸出不住颤抖着的双手，轻轻地抚上他秀丽无伦的脸。掌下接触到的肌肤，温凉柔软，是真实鲜活的。

楚玉小心地眨了眨眼，唯恐稍用力一些眼前之人便将消失不见。她的手缓缓地下移，指尖触及粗糙的伤痕，禁不住一阵心疼。她掀开他的衣领，只见他脖子下的肌肤交错着可怖的伤痕，光是看着这些伤痕，便可想象出此前他遭受过怎样的苦楚。

楚玉说不出话来，她只是含着泪，一遍又一遍地抚摸那些伤痕。她顾不上问容止是怎么活过来的，也忘了思索他为什么会出现在这里，这些全不重要，重要的是，容止现在在她的眼前。

他的呼吸是暖的，他的心跳是沉稳的，楚玉小心翼翼地掀开他的衣衫，难过地以指尖划过每一道伤痕，纵然这些伤此时已痊愈，可是她还是禁不住地心痛。

容止的嘴角一哂，伸手便要拉上衣衫，轻轻道：“不要瞧了，很可怕，会吓着你的。”他还未动作便停了下来，因为楚玉用力地抓住了他的手。

看着他身上几乎数不清的伤痕，楚玉终于哭了出来，她仿佛看到了容止的身体是怎样破裂绽开的。她缓慢地低下头，轻轻将嘴唇覆在他颈间的伤痕上。

有什么可怕的呢？不管变成什么样，容止都是她的容止。

更何况，这些伤痕，曾经受的每一分痛楚，都印着她楚玉的名字。

楚玉昏昏沉沉慌慌张张地胡乱亲吻着容止的脖子，她几乎不知道自己在做什么，只本能地渴望再多一些温存，如此方能证明容止是活着的。

不知不觉间，容止被按着躺在了青石台上，他有些好笑地望着楚玉。她一边哭，一边胡乱亲着他，又亲又咬。她哭得满脸泪水，好像一个受尽委屈的孩子，在祈求攫取着一点点的安慰。

好笑之余，他又有些心疼，便抬手轻抚她的背脊，温柔地抚平她的不安。

也不知过了多久，楚玉逐渐回过神来。她擦了擦眼泪，看清眼前的情形，不由得惊呆了：这，全是她干的？

容止上半身的衣衫已经被扒到了腰下，他乌黑的头发如云一般柔软地散开来，仰面躺在青石台上。

这青石台正好能容他一人躺下。

吻痕和咬痕从他带着伤痕的脖子开始，蔓延到圆润的肩头，顺着起伏的肌理向下蔓延。伤痕外的肌肤原本还算光润，可是此时被楚玉咬过一遍，伤上加伤，有几处还渗出血丝。

楚玉的脑子里嗡的一下，脸上好像有火炸开：她方才都干了什么？被山阴公主附体了吗？就算是好不容易见面太激动了，她也不必把容止啃成这样吧？

现、现在该怎么办呢？

楚玉羞愧地抬起头，瞥见容止的身上累累伤痕，更不知该把眼光往哪里放。

是温柔地扶起他，慎重地说“我会对你负责的”，还是淡漠地道“今天的事就当没发生过”，随后掩面而去？

慌乱之间，楚玉对上容止含笑的眼眸。即便这样被楚玉又推又啃的，他还是那样从容不迫、似笑非笑地望着她。

楚玉对上他的目光，好不容易凝聚起来的勇气烟消云散，深吸一口气，鸵鸟式地扭过头去，仿佛不去看这件事就没发生过一样。

不看容止，她的紧张才稍微放松了一些，这时才想起早该注意到的事实：“你骗我。”沙哑着嗓子，楚玉有些埋怨地指控他。

既然他没死，那么那具尸体肯定就是假的了。观沧海所以骗她，也一定是出于容止的授意。

一想到自己竟然又被他摆了一道，还白白伤心了这么久，楚玉就觉得很不甘心。她伤心了这么久，难过了这么久，结果这家伙又变魔术般地出现在她的眼前，而她立即很没出息地扑了上去。完完全全不假思索。

一想到自己的失态，楚玉暗暗磨牙：刚才咬得那么轻，实在太便宜他了，应该再咬重一些才对。

但若要让清醒过来的她现在再咬一遍，她又于心不忍。

容止单手支撑着身体半坐起来。他微笑地望着楚玉，深凝的目光渐渐柔和，对于楚玉的指控，他不辩解，只淡淡地道：“是啊，我骗你，对不住。”

楚玉转头瞥了他一眼，看见他身上的伤痕，又是一阵心疼，同时也不可避免地瞧见了那些牙印，紧随而来的是一阵窘迫，慌忙转回头去。

“你骗了我，害我很伤心。”楚玉轻哼一声，决定这回一定要好好扳一下容止这种恶习，要是一直惯着他这么骗人，今后她肯定会接连上当，“我很生气。”

容止饶有兴味地望着她，禁不住抿起嘴，笑道：“是，是，都是我的错，求你原谅我。”他语调散漫，这样的道歉几近敷衍，听起来简直全无诚意。

听他这个口吻，楚玉一阵气闷，可是下一刻，努力维持的严肃还是快速地流逝，忍不住要看容止，很想扑过去抱住他。

心中挣扎许久，楚玉认输地叹了口气，她转过身去，不由得看着容止。就这么静静地看着他，心中涌动着无尽的温暖，不可置信的狂喜如潮水一般冲刷着她的心房，她从未因为一个人的死亡如此绝望，也从未因为一个人没有死，从绝望之中如此快速地苏醒复活。

然而心中的恐慌依旧存在，眼前的一切仿佛做梦一般，即便是现在，楚玉还控制不住地去怀疑，这会不会是一场过于真实的梦境，只要苏醒，容止便会与梦境一同消失？

小小的怨怼消失无踪，楚玉倾身再度用力抱住容止，怀里填满的时候，她才感觉到安心。手臂空旷的时候，她的心也会陷入不可挣脱的惶恐里。

被骗就被骗吧，她从前不是说过吗，只要他好好地活着，被骗一下也无妨。更何况，看着他身上的伤痕，她又怎么忍心多加苛责？

楚玉手臂抬起少许，越过容止赤裸的肩头，搂住他的颈子，有点不好意思地飞快在他的嘴唇上轻轻地亲了一下。

亲过之后，楚玉便偏过发烫的脸，双手却抱得更紧。她贴在容止的耳边，喃喃地道：“你还活着，实在太好了。”

她不管容止是怎么活下来的，又或者骗了她多少以及这些日子来的伤心，喜欢一个人，又怎么能计较得那么清楚？

她伤心，她难过，她愿意，她深深地喜欢这个人，他活着，她高兴，他死了，她悲伤，这个人是无可取代的，再顾不得别的了。

容止反手拥住她，他不为自己辩解，不提这一年多来是怎么熬过来的，也不提是为了什么而欺骗她。容止抬起手将她的脸正过来，抚着楚玉的脸庞，仔细端详，她哭得真是狼狈极了，脸上满是泪痕，眼睛红红的，现在还漾着水光。

他从来没见过她如此失态地哭泣，好像心中情感的堤坝决口，泛滥千里。

心头润着温温的暖意，容止微微笑着，偏头怜惜地亲吻她。

从秀致的眉梢，到通红的眼角，他柔软的唇瓣一路向下，蝴蝶般掠过她带着泪痕的脸颊，细擦过她瘦削的下巴。

他亲得很仔细，嘴唇密密地覆盖，温暖叠着温暖，最后，他缓慢地印上她的嘴唇。

楚玉怔怔地睁着双眼，望着容止的眼眸，就这么近在咫尺，她的目光一下子便陷入了那看不见底的深渊里。

她用力地抱紧他，生涩而笨拙地回应他的亲吻。

唇瓣碾磨着唇瓣，楚玉脸上的红晕宛如火烧般无边蔓延，因为羞怯，又或许是别的原因，她的眼角又流淌出泪水来。

第一百四十六章　冲动是魔鬼

脸颊挨着脸颊，这样温存地亲昵着，楚玉微微地喘息着，双手按住他的肩膀，制止住他，将脸别开少许，低声唤道：“容止。”

容止见她双眸水光闪烁，声音惴惴不安，心中了然，他平稳安然地应着：“我在。”

楚玉松了口气，再唤一声：“容止……”

“我在。”

伴随着应声，随之而来的是失而复得的欣喜，这样珍重的心情从未有过，往后约莫也不会再有。楚玉有些满足地轻叹一声，双臂下滑，手掌捧着容止的脸，认真地看着，她慢慢地合上双目，胆怯地温柔地轻吻容止的面颊，一连串细碎的轻触，好像蝴蝶的羽翼，但又似更温存数分。

楚玉的脸上已经如同火烧，霞飞双颊，红润的色泽映在白玉肌肤上，宛如白玉珍珠伴着艳艳珊瑚，平添几分少见的丽色。

容止随意半躺着，任她动作，目光凝住她。只见她双目紧闭，长睫微微颤动，分明是有些羞涩，却偏偏强自镇定，湿润的嘴唇色泽鲜艳，呼吸都是滚烫的。

容止抬手钩过楚玉的脖子，修长的手指宛如初开的花一般半拢半展，指尖划过她耳后细致的肌肤。

楚玉双手抓紧容止的肩膀，只觉得全身的感官仿佛丝弦一般紧绷起来，全数聚集在耳后被触碰的地方。他的指尖轻描淡写地撩拨勾画，偶尔有粗糙的伤痕擦过。

可过了片刻，她又发觉，掌下的肩膀是赤裸的，温热的肌肤边是粗糙的伤痕，这伤痕让她又莫名地慌张起来。

睁开眼，楚玉望着几乎又要被她推倒躺下、神情从容洒落的容止。

现在的容止已经不再是少年模样，他长大了，看起来有二十二三岁，骨架亦抽长舒展了许多，但眉间的清丽高雅始终不曾改变，秀色绝伦，一如初见。

“……容止。”

“我在。”

楚玉鼓起勇气，更贴近一些，注视着他含笑的眼眸。

他在。

这样的好容貌、好风致，绝世无双。

他没有如泡沫般消散，不曾像春雪般消融，不管经历了什么，他活了下来。

脸上的热度持续不退，理智上知道应该抽身，可是心里却失魂般的想要拥抱。

“容止？”

“嗯。”

“容止。”

“我在。”

“容止，容止。”

“我在。”

“容止，容止，容止……”

“我在，我在，我在……”

温柔的呢喃声中，交错着脉脉情愫，楚玉垂目看着他赤裸着的上身满布的伤痕，禁不住又落泪。

绿影叠嶂下，料峭春风里，楚玉心里一半火热一半冰凉，羞怯得想后退，却又禁不住想上前亲吻拥抱。

正踯躅忐忑间，楚玉瞥见容止的眼神。

温润的黑眸底漾着似笑非笑、带点儿揶揄的意味，微微地还有他惯有的若有若无的了然嘲弄，仿佛在说她不敢。

楚玉原本是真不敢的，但对上这目光，她瞬间便想起了从前的事。

被这家伙欺骗了多少次？他总是这样，什么都知道，好像什么都尽在掌握之中的神情……

太可气了！

脑子一热，长久以来盘桓的理智顿时被炸得烟消云散。楚玉牙关一咬，手上用力把他按着躺下，紧跟着抬腿跨过他的腰侧，整个人坐在他的身上。

时过境迁之后，楚玉一直在后悔，当时她怎么就一下子失去理智了呢？居然主动对他出手，这种事……这种事……她有什么可着急的啊？

冲动是魔鬼啊！

但眼下，楚玉脑子里只有一股火焰四处乱烧，烧得连羞怯也暂时消退了。

居高临下地看着笑吟吟的容止，楚玉的脑子有些发蒙：要……要怎么做？

她曾生活在资讯爆炸的年代，活了二十多年，要说完全不了解这方面的知识，那绝对是装纯。先别说学校的生理课，就是电影、电视、小说里，也看到不少相关的内容。可是理论上的了解不意味着实际上操作，纵然一肚子理论知识，在真正要付诸实践的时候，楚玉还是一下子……蒙了。

是先亲还是先摸？上嘴还是上手？往哪里上？

楚玉的目光慌张地巡回了一阵，便定在他胸口的上方。虽然容止身上有伤，但肌肤完好的部分，肤色还是如珠玉般光润，他左侧肩下锁骨线条柔和，楚玉咬了咬嘴唇，抖着手摸上去。

容止压抑住即将冲出口来的笑意，楚玉从来不知道她这个模样多有趣，看多少次都不会厌倦，自然，这一点，他是绝不会说出来的。

指尖接触到的肌肤柔润温暖，但旁侧的粗糙的伤痕又带起满心的怜惜。楚玉抿了抿燥热的嘴唇，低头轻轻地吻了一下容止的嘴唇，接着啄了一下他的下巴。

她呼吸之下，是温软带着微凉的肌肤，楚玉沿着容止的脖子一路亲吻，嘴唇来到他的肩头时，她感到容止的手悄然地探入她的衣领，带着些凉意，慢条斯理地擦过她的脖子，掀开她的衣裳，只掀开一半，便让楚玉的双臂挡着，没法全拉下来。

“你……不准动。”楚玉红着脸，凑近容止的嘴唇亲吻，见他神情依旧淡定如常，目光清澈如水，不由得心中不忿，但在此方面，她实在谈不上老练，此时反而更为苦恼。

紧紧地按住容止，楚玉弓身伏在他的身上胡乱亲吻着，一直到了某处，她听见头顶上方传来了一声低低的呻吟，而下方一直放松的身躯，也在那一刻出现片刻的僵硬。

楚玉抬头看去，却见容止淡定的目光中终于出现了一丝不稳定的颤动，再低头看，却见是容止胸口下方，一处伤疤脱落，新生的肌肤带着浅浅的粉色，带着濡湿的唇印，明显比旁侧更细嫩些。再看容止，却不见刚才那一丝动摇。

楚玉有些惊疑，不确定容止方才那一声是因为疼痛还是别的什么，她伸出手指，指甲轻轻刮过唇印尚未干透的地方，果然如她所愿地，容止抿着嘴唇，颊上微红，脸侧向一旁。

一只手沿着他伤痕的边缘向下轻柔地摸索着，楚玉终于听见容止喉咙深处传来压抑的呻吟，低低地如同呜咽一般。他的手指紧紧扣住青石台边缘，柔和的眼眸之中隐约有湿润之意，呼吸微微急促。

他平素总是那般从容不迫，显得异常强大的模样，此刻难得一见任由摆布的脆弱，反而带着致命的魅惑魔力，让楚玉几乎要移不开目光。

亲昵之间，他的喘息变得急促，目中仿若有星光闪动，颦眉的神情微微苦恼。楚玉本来已是极为赧然，却又不由自主地为他神情所惑，低头亲吻下去。

嘴唇再度分开时，皆是喘息未定，楚玉直起身子，忽然感到胸前一凉，惊讶地低头，她看到自己胸前的衣衫已经尽数敞开，白皙的胸口起伏在层叠衣衫之间若隐若现，腰间束带也不知何时落在了地上。

垂下视线，正对上容止眼中狡黠的笑意，楚玉咬住嘴唇，不甘示弱地伸手去解他的腰带，她心中羞怯得厉害，手甚至不听使唤地抖起来，手指软弱无力，好几次都解不开。

慌慌张张地扯下容止腰上的束带，他的衣衫便彻底散开来，如此两人都是衣衫半解，就在这青葱竹林里，目光胶着相对。

有句话叫作骑虎难下，现在楚玉则是“骑容难下”。

她知道接下来应当如何，也知道这么下去会发生何事，但是，现在她身体僵硬着，怎么都做不下去。

一想到接下来要那样那样还要那样……她就觉得丢脸得要命。但是，但是，难道就在这一步打住？那样未免也太没有担当和不负责任了。假如在这个关头逃走，今后一定会被这个家伙嘲笑死吧？

这时候楚玉已经忘了考虑离开不离开的问题，她心里满满的都是容止，眼前的人占据了她所有的思绪，但这上下不能的境地又让她尴尬羞窘，一时间动作又停了下来。

容止平复喘息，抬起修长的手臂，安抚地摸了摸她已然散落的头发，接着手指滑下，落在她湿润的嘴唇上，沿着她的唇瓣来回摩挲。

楚玉迟疑片刻，红着脸微微低头，张口含住容止的指尖，认真地轻缓吮吻。

她垂着眉眼，目中氤氲着雾气，神情羞涩，脸颊绯红，小猫似的细细亲吻他的食指。虽然身着男装，此刻却显出一种殊异的丽色，衣衫半解，胸前起伏若隐若现。容止静静地望着她，秀致眉目中尽是怜惜之意。

瞥见此刻容止的脸上又恢复平常镇定，楚玉有些懊恼，伸手去遮挡他的眼睛：“你不要看，闭眼。”她身上软绵绵的全无力道，五指张开也盖不稳，这一伸手，胸前原本勉强遮掩的衣衫却敞开来。

容止目光微转，随即一笑，缓缓合上那双惊心动魄的眼眸，不再瞧得她心慌，口中却悠然道：“你若是心里害怕，眼下逃走，还来得及的。”

这绝对是嘲笑。楚玉原本已生出退意，但被他一激，很快再度顺溜地上当。牙关一咬，她从容止的身上翻身下来，抬手要脱下衣衫的时候却又想起什么停手，反而将衣衫拢好，只磨磨蹭蹭地褪下裤子。

鞋子一并留在地上，楚玉赤着足，修长光裸的双腿再度跨上容止的腰间。少了一层遮蔽，双腿之间顿时有凉意侵肌，楚玉禁不住颤抖一下，下意识收拢双腿。然而她此刻坐在容止的身上，腿间怎么也无法完全合并，而因为她身体挪动，身下容止隔着一层布料的某部位仿佛又起了变化。

是那个什么……

楚玉窘迫得快要哭出来。

她身上穿着宽大的长衫，过长的下摆连她的双腿一并盖住，肌肤也没露出几寸，但是衣衫之内修长的双腿却是未着寸褛的，以一种极为狎昵暧昧的方式，她身体最隐秘的地方与他只有薄薄的一层布料相隔。

在这样的困扰下，她的身体感官反而更为敏锐，如此磨蹭着，一股异样的热流从深处缓缓渗出，微微战栗的酥麻在小腹滋长扩散。

身体的反应太奇怪了。

楚玉慌乱得不知所措，然而手脚却绵软无力开始不听使唤，越是紧张羞怯，反而越是不能自持，肌肤上像点了火，如脸颊一般烧起来，而心里面却空荡荡的，仿佛在渴求什么。

她知道这是怎么回事，也知道应该做什么，但也只是理论上知道而已，真正亲身体会时，才发觉是这样的，这样的……

楚玉的眼前又是一片水雾，连近在咫尺的容止也看不分明，全身上下都蒙了一层燥热薄汗。就在上不得、下不得的时候，楚玉感到一双手穿入她的衣衫，轻柔地按在她腰上，将她暂时扶起来少许，接着他一只手不疾不徐地向下移动，轻拢慢捻地，撩拨着她已然十分脆弱的神经。

楚玉本能地想阻止他，可是身体仿佛化作了一团水，而话语也埋在宛如擂鼓般的心跳里，什么都说不出。

容止坐起身来，偏头吻上楚玉的嘴唇。他的眼中带着些温柔蜜意，动作却依旧从容稳定，扶住楚玉的肩膀，身体已经现出燥热，但亲吻之际，却依旧轻缓缠绵。

容止不紧不慢地吻着楚玉，他自制力极强，纵然身体已动情，却依旧能隐忍克制。他一边亲吻着，一边近距离凝视着楚玉逐渐迷乱的脸色神情，目光偶尔往别处一瞥，却是楚玉的手腕。

白皙纤细的手腕上，银色的金属环光华流转，冰凉冷厉。

他嘴唇微微勾起，似是有些玩味，接着加深亲吻，另一只手则悄然探幽寻秘。

楚玉被吻得迷迷糊糊，才得喘息，忽然感觉身体内部好像多了些什么不属于自己的东西……

楚玉只觉得有一把火从脚底烧到脑门，但容止的嘴唇又温柔缠绵地贴了上来。很快地，她又陷入迷幻般的晕眩里，毫无抵抗之力地任由容止随意摆布。昏昏沉沉里，她感觉自己好像化作了柔软的水，又被容止捏成各种形状，柔软的肌肤被一遍又一遍地吮吻噬咬，隐约的疼痛伴随着酥麻的快意，在肌肤上炸开。

胸臆间火热里夹杂着生涩，可是不知为何却又萌生出无可救药的贪婪。

晨光逐渐明亮，春日的竹林里漫溢着的依旧是一片凉意，然而两人身体周围却几乎要沸腾起来。容止半躺下来，温柔而强硬地托起楚玉的身体，完成她方才没能完成的动作。

被撩拨得空虚的身体终于被填满，热楔压入身体的刹那，楚玉忽然睁开双眼，看着依旧躺在她身下的容止。

容止眨了眨眼，飞快掩住一丝异样，微笑地回望着她。

身体最隐秘的部位咬合，楚玉羞得不能自已，却还是伏低身子，因为这动作牵动下身相连之处，她发出一声低低的呻吟。

她低下身体去拥抱他，也顾不上衣衫散开，春光外泄，只弓起身子，尽量贴得近一些，含着泪水轻轻地吻他的嘴唇，呼吸急促，语调颤不成声：“容……容止……”

“我在。”

“容止……”

“我在。”

惶恐、不安、焦躁统统烟消云散，心口仿佛有什么跟着被填满。

第一百四十七章　凤终以囚凰

楚玉把整个人埋进被子里，也顾不上整个人烧成了一只红色的虾子，只叫嚷：“你不要过来，出去，出去！”她宁愿自己方才是真昏死过去，也不要似眼下这般尴尬。

被抛至浪潮的顶端，好不容易神魂归位，她才发觉自己竟然身处竹林之中，换言之，是在户外，以一种强迫压制的姿态，坐在容止身上，那什么那什么……

那时候，楚玉的神志还有些不大清楚，思路迟钝没缓过劲儿来。接着，容止坐起来，把她抱回屋内。看到卧室里的床榻，楚玉这才一下子扑过去，二话不说掀起被子，盖在自己的身上，羞惭不已地叫容止快出去。

好丢脸，她不要见人了。她刚才一定是被魔鬼给附身了，否则怎么会那么冲动，完全不顾自己身处什么地方，还主动把容止给啃了个精光，居然就那么在光天化日之下，把生米煮成了熟饭。幸好没有人路过，否则她可以直接羞愧自尽了，可是现在也好不到哪里去。好……好想死啊。

容止并不上前劝她，只瞥了一眼她露在被子外的半截玉白小腿，轻声道：“你好生休息。”便合拢衣衫，往门外走去，行至门口，又听见楚玉一声闷闷低唤：“容止……”

“我在。”他微微一笑，返身关上房门。他神情从容悠然，乌发披散，衣冠不整，缓步走在过去的公主府内，却不曾遭到阻拦，也没有任何人打扰。

一直走到东西上阁交界处，他瞧见前方站着的人影，才豁然露出笑容：“你一直在这儿等着我？”

观沧海不自在地抱怨道：“你们真是不知节制，光天化日……”从楚玉和容止一开始，他就听见了，偏偏他耳力奇佳，为了不听到什么不该听的，不得不躲得远远的，避开那些响动。顿了顿，他眉头一皱："我如今却是有些后悔帮你骗她，你连我一道给骗了。"他曾听楚玉说过当初容止追去洛阳救护的情形，当时便觉着有些不对劲，如今串联前后，终于猛然明白过来。

其实容止一直在设局。他在洛阳时，便故意假装让楚玉离去，却又流露出异样，让楚玉觉察出来，返回瞧见他的惨状。倘若他有心，完全可以不流露出半点异常，但是他没有。他是故意的。

身体的崩毁固然是不能逆转，但他偏偏利用了这一点。楚玉心中一直存在着心结，认为纵然与容止在一起，也不能相安相守，于是他便下了一剂猛药，故意让她发觉，故意让她愧疚，故意让她目睹那最惨烈的一幕。

容止想要什么，便会想方设法拿到手，纵然楚玉身体暂时离开，他也要牵着她的心魂。他并不后悔为了楚玉放弃所拥有的东西，也不后悔身遭千刀万剐之痛，可是他一定要得到。

他付出了这么多，怎么可能不索回？

他不是楚玉，绝不可能无私。江山与楚玉不可兼得的话，他选择对自己更为重要的东西，但是，一定要得到才行。他不介意付出生命，但是楚玉想要离开，却是万万不能。

放手……怎么可能？容止嘴角泛起浅浅的笑容，黑眸之中，却是无比的冷静沉稳，"你在怨我？"

观沧海叹息道："我自是不会怨你，被你折腾的人又不是我，真要说上怨，楚玉才有资格。我如今依旧不明白，既然你不肯放手，为什么却又故意诈死，平白让她那般伤心？"

容止微笑道："自然也是为了让她永远记着我。我生，要她记着我；我死，也要她记着我。"那时他是当真无把握活下来，所以故意一番布置，先是黯然分离，再让她发觉异样返回，接着教她瞧见他因她周身浴血，最后含笑永诀。

纵然是离别的最后一刻，他也是绝好的风度姿态。

于是，他留给楚玉的最后印象，依旧是那从容的笑以及为了她而身死这桩事实。

容止是玩弄棋局与人心的高手，他知道楚玉是怎么样的人，这一番刻意设计，足以让她心神接近崩溃，至死也忘不了他。

整了整散乱的衣襟，仿佛还能感觉到缠绕在指尖的温润滑腻，容止微微一笑："有一句话，叫作久病床前无孝子。"换在任何地方都是一样的，他自然不会以为，倘若是他一直半死半生地活着，让楚玉照料看顾，楚玉会因此不爱他，可是那样做，无疑会冲散削弱他刻意营造出来的一刹那凝固到永恒的凄厉惨烈。

倘若那样，他最后死了，楚玉或许会黯然伤心，但绝不会那般刻骨铭心，而倘若他最后活下来，楚玉也不会有今日这般狂喜失态。

他在最惨烈的那一刻果断下刀，给她的灵魂留下最深的伤口。

他是狠心肠的人，为了达到目的，连自己的心上人也舍得伤害，纵然听着观沧海跟他每日汇报楚玉如何伤心，纵然有些难过，他也没有丝毫心软动摇，甚至还按照原定计划布置了河边骨让她瞧见。

他用死亡这柄利器让她痛不欲生，再用时间慢慢地煎熬，过了一段时日，确定她已经感受得足够深刻，才放流桑来打开她的心扉。那个时候，楚玉便已在他掌握之中了。

后来出了一点意外，他也没料到，天如镜竟然会将手环交托给楚玉，而在听说楚玉要走的那一刻，他就明白，楚玉并不是要去什么地方，而是要离开这个时代，到他永远触摸不到的未来。别人不知道，可是了解楚玉来历的他却是晓得的。

幸好楚玉没打算立即就走，给了他一段时间的缓冲，于是他派人一路跟随，自己伤势初步好转愈合后，也跟着赶来。

公主府是他早就安排好的地方，楚玉纵然要走，也定然会回到此地缅怀一番，他很早便派墨香回来打点，这地方表面上是南朝官员的住宅，实际上还是属于他的。

竹林中相聚后所发生的一切，表面上看去，只不过是楚玉失措激动，可是实际上，却是他精心安排，一步步引君入瓮。

他不着痕迹地引诱，让楚玉错以为是她主动。他并非重欲之人，但是楚玉性情害羞，倘若引她踏出这一步，便代表着她的牵绊更多一分，他也多了一分阻止她离开的筹码和把握，而事后，也怪不到他身上。

从头到尾，都在他掌控中，偶尔有些脱离，也连着不断的绳线。

容止静静地道："沧海师兄，你可知晓，那些日子，我躺在石棺之中对你说，倘若我死了，合上盖子烧了我，但我心里却是不甘心的。我来到这世上一遭，却什么都不曾得到，但至少我要留住她，不管用何等手段，也不管她是否会伤心难过。"因为心中尚有执念，有想要得到的东西，他才强留着一口气，在生死之间徘徊，在那样可怕的地狱边缘最终挣扎着活了回来。谁也不能阻拦他。

听他说起那段日子，观沧海不由恻然，他低低一叹：被你这样的人喜欢上，也不知是幸还是不幸。"

容止微微一笑："如人饮水，冷暖自知，师兄你也不必过分担忧。"

尾声　睁开眼时，看到的人……

楚玉与容止在原来的公主府又住了数日，表面上，这里虽说是南朝官员的住所，内里，尤其是内苑部分，却依旧在容止的手上。

楚玉也懒得问他又收买了谁、勾结了谁，反正他有的是手段，别说是公主府，只要他有心，就算想在皇宫里开辟一间别苑，想必也不是太困难的事。

更何况，她尚有更重要的事，正费思量呢。

她一直是想回家去的，活下去，回去，自从知晓有回去的可能后，这个念头在她心中始终徘徊不灭，曾有几度，她也做出尝试，甚至这一回是真的打算这么做了。

可是啊，容止……

经过这些年来的聚散分合，生离死别，想要再如当初那般决然放弃，已经是万万不能。这已经不再是她单方面的问题。

容止为她舍弃了多少，她已经间接从观沧海口中得知，倘若她一走了之，会不会太对他不住？她几乎很难想象，容止那么骄傲孤绝的一个人，那么冷酷无情的一个人……她怎么走得了？

相较于容止的从容与安然，楚玉自己却是辗转反侧，几乎夜不能寐。

又过数日，两人在街道上行走，却见一面带戾色的少年在街市内纵马疾行，惊翻行人无数，那少年却哈哈大笑。

楚玉看去，见那少年才十二三岁，眉目之间神情狠戾，甚至胜过昔年的刘子业。

容止附在她耳边轻声道：“这人乃是刘昱，便是南朝现在的皇帝。”即是刘彧的儿子。

父亲还没死多久，这少年继承了皇位便连做样子都不做，在集市之中纵马飞奔。南朝的几代皇帝真是一代比一代不成器。

楚玉瞥了他一眼：“你可是后悔了？”大好河山啊，倘若他没有放下一切来救她，现在只怕已经挥军打进南朝来了吧。

容止不语，却只是笑。

楚玉只见他目中情意真切，终于禁不住心中一软，主动拉住他的手，脸上微热，道：“走吧，很多人看着呢。”

“去哪儿？”

“天涯海角。”

死生契阔，与子成说。执子之手，与子偕老。

这句话古往今来不知被用过多少次，可却是最真的承诺。在这片辽阔的天空下，她不过是尘埃蝼蚁，任由无形之手恣意翻覆，生死颠沛。她也许什么都掌握不了，可是至少她能握住掌中的这一抹温暖。

不相离，不相弃。

番外之一　谁在谁的罗网

那是两年后的一日。容止带着楚玉回江陵探亲。

观沧海解决了麻烦师弟的私事，便回到了昔日的江陵城郊居住。此时河冰乍化，春意犹寒。

观沧海依旧静坐在溪水边垂钓，正如楚玉初见他的时候。两年下来，他似乎也不怎么见老，还是那般散漫平易的模样，只是在听见容止来时，他面上露出了一丝显而易见的不悦。

随即两师兄弟彼此假惺惺地客套了一番。

“容止师弟。”

“沧海师兄。”

楚玉这边看看观沧海微微冷笑，那边看看容止笑意宛然，心中很是莫名，不知道他们之间究竟发生了什么事，但按照惯例来说，多半是容止的过错。

知道楚玉在场，观沧海缓和了一下神情，道：“家中已无米粮，你若是要在此留宿，那便自个儿去城中采买。”

容止一笑，也不辩驳，只转身走开来，将楚玉留下。

楚玉身上披着厚厚的白裘披风，天气并不算暖和，微风吹在脸上，还带着微微的萧瑟之意，空气里似乎还残留着些许残冬的影子。

观沧海拉了拉渔竿，容止走了，他与楚玉在这儿，便好似有些冷场，暂时无事可做，便问楚玉：“这两年来，你们去了何处？”

楚玉微微笑起来：“去了很多地方。”容止知道她的心愿，想要到处走走看看，两人重逢后，便踏上旅途，他带她去了所有她想去的地方。

他们去过北地的草原，浏览了塞外风光，见识到了这个时代的游牧民族，也到过湘西的苗疆，闯入连绵的山岭之中，观山观水观风物。虽然放弃了前半生所追求的，但容止很快又找到了新的乐趣，比如如何在不改变历史大方向的前提下，做一些可以控制的小小的扰动。

她拣了几件事草草地说了说，但观沧海仿佛有些出神，过了片刻，他问道："我心里一直有些奇怪，那手环究竟有什么用途？怎的容止一知晓天如镜将手环转给了你，便死活要从棺材里爬出来？"

他也算与那手环有些关系，并不是一无所知，但后来见楚玉也不过是四处走走，怎的容止却以为她要去到无人可达的地方般紧张？

楚玉嘴角浮起一丝笑意："他确实要爬出来，因为倘若放我走了，我便再也回不来了。那手环的用途，可不只是挡挡刀剑而已，你可知过去五百年、将来五百年？"顿了一顿，又道，"这手环便能带着人到数百年之前，又或者数百年之后，一去不回。"横竖观沧海是容止的师兄，告诉他这些事并不妨害。不过她的身份这件事，这个时代只容止一个人知道，她再也不会对第三人提及。

观沧海却有些震动，他并不知道楚玉原本就不属于这个时代，只道楚玉当初过度伤心，伤心到甚至不惜前往未知的时代，他当初帮着容止骗她，实在很不该。但眼下这情形，他似乎又不该将当初的往事真相说出来，以免两人之间再生嫌隙。

楚玉瞥见他面上的犹豫之色，笑了笑，道："你是不是在想，该不该把容止装死的事告诉我？"

观沧海一惊，道："你知道了？"

楚玉叹了口气："原先是不知晓的，但这两年来，怎么也慢慢回过味来了。"

最初再看到容止的时候，她真的是被狂喜冲昏了理智，但是过了几个月，闲暇的时候，她偶尔会忍不住胡思乱想，便想到了一个可能：会不会，从头到尾，都是容止安排的？不仅仅是河边那具尸骨，甚至之前的那一幕，也在他的计划之中？冷静下来的时候，楚玉便想明白了，她是被容止彻底设计了。

最初想通那时候，她是真的很生气，生气得不得了，一整晚上都睁着眼睛，怎么都睡不着。那一晚上他们在江边赏月，就在江边的岩洞里休息，月在中天映着半江水，澄明而幽静，那一晚上，容止一直握着她的手，始终都没有松开。

楚玉静静地说："我明白，这是他故意让我明白的，以容止的谋略算计，想要对我隐瞒什么事，其实再容易不过，我能想明白这些，是他故意留下破绽，他并没有打算一直欺瞒我。"

虽然生气得恨不得咬容止十下八下，甚至想干脆一走了之，回到那个容止永远找不到的时代，但最后楚玉还是什么都没做。

容止固然可恶，但是更可恶的是，她没办法真正舍弃这个可恶的家伙。那一晚上，她睁着眼，他闭着眼，但两人同时一夜未眠。

他们之间，有些事情不需要说出口，便可心知肚明，那已经是无以用言语表达的默契。

经过了一段日子的挣扎，楚玉最终还是退了一步，纵然过去的伤心难过非常不值得，可是那都是过去的事，将来才是最重要的。倘若她因为一时负气离开，很有可能再也回不来。

有些事情不是用值不值得来衡量的，作出决定前，她不希望自己后悔。既然连容止这个罪魁祸首她都不计较了，自然不会与眼前的观沧海计较。

楚玉耸了耸肩，笑吟吟地去拿观沧海的渔竿："你这个怎么玩儿的？借我试试。"

不过呢，有一件事，她是不会告诉容止的，其实这手环，只能往更古老的时代而去，底限时间是两百年，换言之，只能回溯，不能朝前，她就算用了，也无法前往二十一世纪。

那是她后来彻底放弃回去，撤掉满格电池摆弄手环，打开穿越时空的程序时才发现的。在那之前，她以为一切十拿九稳，甚至没有多加检查。

反正目前，她不打算告诉容止这一点，今后要是吵架，还能吓唬他说要回娘家。

番外之二　这其实是一篇说明书

对于贯穿本文的重要线索物件——手环——做全方位三百六十度立体解析。

这是一只手环，手环，当然只是它的通俗叫法，它真正的名字是一长串英文字母，出于作者考四级留下的恨意，它失去了在本文中出现的资格。

功用一：防御。

能在身体周围制造力场，防御一切被设定为危险程度的攻击，防御范围与危险程度可自行设置，比如限速1米/秒，限制范围半径三米，那么凡是有物体以超过每秒一米的速度进入以手环为中心半径三米时，便自动触发防御发动的条件，能将一切施加的力量以双倍朝相反的方向反作用。

功用二：进攻。

能外放出能量束进行攻击。

（因为配备装置与程序已经拆除卸载，本功能亦废除，具体情形不详。）

功用三：资料。

分经典、历史、文学、理学和技术五个部分，包纳了古今中外的各学术学科的阐述。但在具体的理论和技术方面，并无详尽解释，只有简要描述。

功用四：限制。

这一项，也是容止不得不留在公主府的原因。在制服一个人后，手环能锁定一个人的脑波，设置某些条件，对其进行某种程度上的控制，在人的意识层面设置一个关卡，虽然不能完全控制其行为，却可以阻止其做某些特定的事，以及产生某些特定的想法。

功用五：医药。

（医疗装置程序已经拆除卸载，仅余药物。）

两种药物，一种使人体衰弱，一种则能够大幅度恢复人体的生机，进行全面活化，保质期……不详。

功用六：时光穿梭。

只能回溯而不能向前，只能回到之前的年代，并且穿越时间必须在两百年以上。

功用七：空间转移。

通过空间折叠技术，进行空间的跨越。

功用八：记录。

这并不是什么功能，只是一个记事本。每一个手环拥有者都建立了一个文档，留下了自己的话。不过，从留下的文字多少可以看出每个人的性格，有的比较话痨，事无巨细都记录下来；有的比较寡言，一个字都没留下，只有一个空文档。

然而最早的一个文档，楚玉却打不开。那是设置了密码的。

“太无耻了。”本日第六十七次挑战密码失败，楚玉重重地吐一口气，手朝旁边一伸，“茶。”一只白瓷杯随即送到她手上，澄碧温润的茶水温度适宜。

抿了一口润润嗓子，楚玉随手一递，便有一双秀美绝伦的手接过杯子，接着她继续挑战。

她就不信这么一直尝试下去打不开第一个文档。

这是一个位于宁静乡村的四合院，依山傍水的环境让人心旷神怡，青瓦白墙映着山清水秀，很是雅致，两个月来，楚玉和容止便在这里居住。

又连续许多次失败后，楚玉已经懒得去计算自己猜了多少个密码，只对自己说：最后一次，最后一次，这一次再不成功，那就放弃……今天放弃，改天再说。

然而，当她不抱希望地念出一串数字和字母时，那个屏幕上一直不断跳出的“密码错误，请重试”的小提示框忽然不见了。

文档，顺利打开：

我不知道有没有人能看到我留下来的这篇记录。我故意留下记录，又故意加上密码，就连我自己也不知道我是否希望后人看见这一切。

人就是这样的矛盾。

我来自许久之后，那时候，时空技术已经从理论上得到验证可行，却没有人能真正地成功尝试。

我不是科学家，但是我有钱。

我想穿越时空，也不是出于什么浪漫的梦想，而是为了一个明确的目的。

我自己组建了一家科技公司，网罗了大量的人才，这只手环便是研究的成果。

虽然还没有人能真正穿越时空，但是时空法案已经出台，为了避免能量被扰乱，穿越时空是犯罪的行为。

但是我要犯罪。

手环里的资料和其他功能不过是附带，我真正的目的是回到过去救一个人。

我死去的恋人。

在她死后十年，医疗科学出现重大突破，她所患的绝症不再是绝症，但是没有人能起死回生。

我要带着自己一手主导研发出来的药物，回到过去挽救她的生命。什么时空法案啊，什么能量扰乱啊，这都不重要。我是一个自私的人，只要我高兴，别人跟我有什么关系？

我甚至做好了准备，一旦离开了我的时代，我要带着她去二十一世纪定居，那个能量最为混乱的时期。去那里，就算有人想追捕我，也追捕不到，所以手环里的所有资料，都是到二十一世纪为止。

不过这个时候我已经四十多岁了，虽然外表看起来和三十岁无异，但我无疑明白，这样的我争不过从前的我。但我也没打算把那个女孩让给从前的我，所以我又做好了一套囚禁设施，用来清除情敌，也就是我自己。

第一个意外是，我的研究计划被泄露，实验室大楼被军队包围，无奈之下，我只得带着还没有完全准备好的手环，提前穿越时空逃跑。

然而这一回，我又出了纰漏。

时空定位还不太准确，因为军方攻击，更是出现巨大偏差，我没有回到二十多年前，而是回到了两千多年前。

这在数字上也不过就是多了两个零，可是对我而言，却是毁灭性的打击。

不能回头，假如我想见到她，必须慢慢地度过两千多年的时光。

哈哈，命运之手是多么残酷，只轻轻一拨，便玩弄了我。

我不管怎么做，都胜不过时间。

浑浑噩噩地活过余下的岁数，临死之前，我想起来，今后会不会也有别人穿越时空，改变某些事，从而改变世界？

我调整了手环的一些程序——跟着那群科学家耳濡目染，这种事我还是能做到的——今后会有一个人帮我维护历史，让其按照正常的轨迹进行。

就算不能救她，我也不希望她所属的那一部分世界消失，至少，让她来到这世上，并且充实地活过。

这是我所能做的最后一件事。

…………

楚玉静静地看完，沉默许久，才转头望向容止："我们算不算是被囚禁了？"

囚禁在历史之中。

容止微微一笑，伸手握住她的手，倾身附耳低语："这有何妨呢？只要是关在一个牢房里，那便很好了。"

楚玉也是一笑，便转过头去，挥手赶人："做饭去，今天中午我要吃鲈鱼。"

等容止走了，楚玉整个身体缩在椅子上，做贼似的打开最新建立的空白文档，慢慢地输入：

我睁开眼时，第一眼看到的人……

番外之三　从来都是我一个人的独角戏

我是山阴公主刘楚玉。

我是公主，我是金枝玉叶。

很小的时候，我就知道身份带来的好处，那便是我想要什么，都比世上大多数人容易许多。

父皇很宠爱我，身为女子，我不必像子业那样惶恐太子之位的问题，我只需要享受身份带给我的一切便足够。

但是后来我才知晓，这世上真的没有什么人是能一生顺遂没有烦恼的，总会在什么时候，又或者什么地方，让你遇见那件事，或是那个人。

于是，我遇见了容止。

那是春光极好的时候，我居于山阴，闲时乘车出外踏青，春花芳树，垂杨裁柳，我遇见我的劫数。

那时候，他一身雪白衣衫，坐在白马之上，目光顾盼，神采飞扬。

我从未见过如此风采的少年，禁不住下车与他攀谈。那少年甚是温雅，眸子浅浅含笑，语带机锋，他仿佛天南地北无所不知，我总觉得必须挖空所学所知，才能跟上他的话。

分别之际，我得知了他的名字和暂住之处，回到府邸，怎么也不能释怀。

那时，我快到可以成婚的年龄，不久前父皇还曾说只要看上哪家公子，他便赐给我做驸马，当时我并没往心里去。可与那少年交谈半日，我却禁不住心醉神迷，暗道若他是我的驸马，那我这一生都没有什么缺憾了。

想必他也是喜欢我的吧，否则怎么会那样对我笑？

若论容貌才学、身份地位，天下间比得上我的女子不多，想来无论如何也不会配不上他。

我翻来覆去想了一夜，如何都不能成眠，心中满是他笑着瞧我的样子。第二天一大早，我便再也忍不住，前往他的住处，表明身份，说会让父皇下旨，让他成为我的驸马。

当时，我并不知道世上会有人对尊贵的皇室不屑一顾的。

说完之后，我瞧见了他的笑容，还是那么温雅周至，眉目秀丽无双，可是那双深不见底的黑眸里，却仿佛多了一抹若有若无的讥嘲之意。然后，他对我说："不。"

之后的事，每次回想起来，我都觉得仿佛一场噩梦。

我痴缠不休，他始终以笑容拒绝。我生来顺遂，从未给人这么狠狠地拒绝过，一怒之下，便派人擒拿他，却不料他的本事比我所想象的更大，一直到我请来了天如月，他才终于被擒住。

看见他昏迷不醒重伤的模样，我有些心疼，却也微感快意，这就是拒绝我的下场，不知道他现在是否后悔了？

然而他一睁眼，却又仿佛若无其事地对我微笑，我这才警觉，他的笑容并不是为了欢喜而发的，之前也不过是我自作多情。

可我不甘心，我是公主啊，应该要什么便有什么才对，于是我留他在府上。

我待他好，他不领情；我折磨他，他也不在乎；我给他灌药，然而一夜之后，他还是那么微笑……不管我做什么，都仿佛与他无关，一次又一次的失望让我绝望。

后来，我到了要成婚的年龄，父皇问我要什么，我心里说我要容止，可是嘴里却随意说了我所知道的一个贵公子的名字。我想看看，假如我跟别的人成婚，容止是否还会无动于衷？

婚礼很盛大。可是当晚我却偷偷地跑到容止的院子，发现他在安静地看书，见我来了，还是那么微微一笑。

那本该是新婚之夜，我却去看了另外一个男子，随后躲到无人之处，失声痛哭。

那之后，我终于明白一件事：原来世界上，真的有东西是我得不到的。

求不得就是求不得，没有什么可以改变。我的容貌不能，我的身份不能，我的财富不能，甚至我的满腔爱意也不能。

我最想要的东西，它就在我眼前，可是我永生永世都无法得到。

那，就是容止。

我将我最好的年华给你，我将我最真挚的情意给你，但是，你却让它们渐渐沉入冰冷的海底。

我没有办法改变容止，只能改变我自己，我跟他达成协议，求他留在我公主府中，我会在身份所允许的范围内，给他提供一些便利。

我隐约知道容止来历诡异，可是我不敢去深思，唯恐想明白后，会真的与他断绝最后一丝维系。

至少现在，我可以骗自己说他是喜欢我的，所以才留在我身边。

后来，我又有了收集面首的嗜好，可很少有人知道，那些人之中，多多少少有容止的影子，眉眼鼻唇，脸形身段，神情动作，言辞举止，有一些像的，我便想得到。仿佛得到了他们，我便能拼凑出来另外一个容止。

每当欢宴大醉，头痛欲裂地醒过来后，我总会心如明镜：我在自欺欺人。

欢笑是我，悲伤是我，爱着的是我，恨着的也是我，痛苦挣扎的是我，不能舍弃的是我，从来都是我一个人的独角戏。而他作壁上观，微微冷笑。

就这么过了两三年。后来的后来，一天夜里，我睡着之后，忽然觉得有些异样，仿佛有什么看不见摸不着的东西，侵入我的身躯，电光石火间，我明白过来，那是另外一个人的灵魂。

我感觉我在渐渐地消失，好像飞灰散在风中，那个外来的灵魂正在无意识地夺取我的身体。

她比我想活下去，那个愿望是那么强烈。

是了，原来如此。

原来是我不想活了。

我所有的爱情和生机，都孤注一掷地消耗在一个人身上，现在活着的，只不过是一具名为刘楚玉的躯壳。

这样……也好。

占据我身躯的女子，我该不该提醒你，当你睁开眼睛时，千万，千万不要去看睡在你身前的少年。

不要去看他的眼睛。

不要对上他的微笑。

不要与他有只言片语的交谈。

那是个会吞噬人心的妖魔。

不要爱上他，否则你会与我一般爱恨不能，生死不如。

…………

意识越来越模糊……

好啦。

戏已落幕，我该退场。